U0665112

大明皇妃

孙若微传

莲静竹衣 著

（中）龙凤情殇

百花洲文艺出版社
BAIHUAZHOU LITERATURE AND ART PRESS

前缘

她，八岁时就以美貌闻名天下。
他，出生之际就手捧玉圭，是皇祖钦定的国之储君。

一个预言，让她从小秘养大内。
她，梨窝浅笑如新荷照水。
他，俊秀卓绝似云中蛟龙。
她与他在紫禁城中相遇，
从此便情根深种，两小无猜。

七年后，一旨皇命，鸳梦破碎。
她被迫离宫隐身于道观之中，
而他则违心另娶他人。

命中注定的龙凤情缘偏遭多劫。
前路渺渺，仰望苍穹，策马朱门。
大明后宫内，
她和他将如何成就这段真实记载于史册中的旷古帝后之奇恋？

目录

第二卷

此度见花忆君归

第六卷

叹隙中驹梦中身

第七卷

月若无恨月长圆

第一卷

重九登高看孤雁

第一章　凝恨春漏短

若微静静地站在窗前，凝神远眺，脸上神情不似紫烟那般望眼欲穿，也没有湘汀的黯然落寞。

离宫的时辰一点儿一点儿近了，瞻基还没有回来。

瞻基会回来吗？

雨水落在廊子里，一滴一滴，滴滴都如此晶莹，仿佛她心底的泪珠儿。院中柳树上初生的枝条在细雨中显得朦朦胧胧，烟雾缥缈，就如同她的一双美目，好似秋波一般。此时，她是悲还是在笑？

蝤首蛾眉，巧笑倩兮。

是，她脸上渐渐浮起的竟是淡淡的笑容。

瞻基，昨夜的你，如同寂寞空庭里皎洁的满月，闪烁着温润的光泽，说不出的温柔，温暖着那颗已然碎了的心。

今晨，当你离去的时候，我其实是醒着的。你匆匆离去，一心只想为我去争取那所谓的名分，却没有看到我为你努力绽放的笑容。因为我知道，没用的，真情总被无情误，也许在这朱楼玉宇之中，最不该有的，就是真情。

若微长叹一声，伸手将窗子关上，她环视室内，这住了七年的静雅轩，如今，也要别离了。

"姑娘，再等等吧！"紫烟带着声声悲啼，上前几步，轻轻挽住若微的手。

若微摇了摇头，唇边始终带着那抹淡然的微笑，"去把我的琵琶取来！"

紫烟眼睛里闪着点点泪光，走至西墙下，取下那琵琶，递到若微怀里。

怀抱琵琶，玉指轻抚，一曲《梅花三弄》信手而弹。

一弄梅花花未开，两小无嫌猜。二弄梅花花正红，玉宇琼楼、朱门宫阙之中留下几多情？三弄梅花花已落，独自享寂寞。转眼又是杨柳青，何不打开家门迎春风？

没有哀怨惆怅，亦没有凄楚缠绵，旋律中少了一丝幽雅，却多了一缕柔韧，推、拉、吟、揉之间流淌出来的曲音委婉柔美，正是"弦弦掩抑声声思"，闻者莫不动容。

然而她玉指稍一停歇，转瞬再起时，已换作《阳关三叠》。

曲音突变，激昂悦耳，力透苍穹，越过小小的静雅轩，传到很远很远之外。

"姑娘！"湘汀立在门口，面上表情有些不忍，一副欲言又止的样子。

"说吧！"此时的若微，如同天山上的雪莲，又像皑皑白雪中独幽的红梅，孤傲出尘，又有一种说不出的寒意，冷浸浸的，让人有些畏惧。无喜无悲的神情中，掩藏住自己心底真正的悲喜，原本纯真而脆弱的内心，硬生生地裹了一层铠甲，为自己强披了一件黑色的外衣，包裹住全部的怯懦与无助。

这样的她，在湘汀眼中是如此地陌生，十五岁的少女仿佛一夜之间历经沧桑，还未盛开却忽地早早凋零了，这样的她，让人更加心疼无比。

湘汀低垂着头，不敢去看她的神色，因为不忍，声音微弱得如同蚊蚋："太子妃差慧珠送来汤药一碗。"

若微的手突然一歇，曲音戛然而止。

"汤药？"若微一双秀眉微微蹙起，心底暗暗发寒，而面上依旧不动声色："既是太子妃差人送来的，就端进来吧！"

"是！"湘汀的声音中带着哭腔，强忍着匆匆退下，不多时，太子妃身边的大宫女慧珠手捧托盘缓缓入内，托盘里盛的是罩着盖碗的青花瓷汤盅，那盖碗上还封着一道黄纸。

慧珠进了门，抬眼一看，若微脸上薄施粉黛，一身浅绿色的裙装。头上斜簪着一朵白芙蓉，除此之外挽了一支碧玉七宝玲珑簪，虽然有些憔悴，却依旧娇媚可爱，让人看了不免暗叹上天造物之神奇。

若微看着那汤盅，忽地吸了口气。

慧珠微微颔首："若微姑娘，这是太子妃特意赐给你的，再三叮嘱姑娘一定要服下。娘娘说了，姑娘精通岐黄之术，所以自然明白娘娘的苦心。"慧珠心中不免胆寒，都说太子妃大度贤惠，端庄厚道。可是没承想，却是如此心狠。虽然如今是自己的妹子做了皇太孙妃。可是对于若微，慧珠还是难免会有些怜惜之情。谁能想到呢？昨天的大婚之夜，皇太孙没有与皇太孙妃洞房，反而与若微暗结连理。原本得到消息之后，慧珠还担心太子妃会出面奏请皇上，索性让若微进了皇太孙府，纳为侧妃或者侍妾。

想不到太子妃得到消息以后，三言两语点中利害，便让皇太孙恨恨而归。又吩咐人准备了这碗汤药，如此，才算真的了结后患。

只是，这样对若微，未免也太难堪了，她会从吗？慧珠将托盘举起，低垂下了头。

"这是什么？"丫头紫烟不同于湘汀，虽然都是一同服侍若微的侍女，但她是与若微从小一起长大、情同姐妹的家生丫头，见此情景，大惊失色，拔腿就往外跑。

"紫烟，回来！"若微冷冷地喊道，因为她知道，紫烟此时要去求助的只有他，皇太孙，朱瞻基。只是如今这一切，他定是无能为力了，否则，又怎会眼睁睁地看着事至于此呢。

若微上前几步，伸手悄悄掀开盖碗，凑在近前，稍稍一闻，心中便全然明白。

麝香、红花。

宫里的老把戏了。

若微知道，在皇宫中，妃子得皇上宠幸之后能否有孕，首先取决于皇上。皇上说留，便可留；皇上说不留，便有当值太监在妃子的股间、脐上等穴位上轻轻一戳，于是龙液尽出，就无从受孕。而这只是第一关；接下来，要看皇后和得宠的主子，想让你生，便能安安稳稳地生下来，如果不想让你生，那宫里有太多的"凉药"与"阴招"让你不中。

没有想到，原本昨夜的缠绵，只是对昔日青梅之恋的一种纪念，不是抗争，更不是要挟，可是在她们的眼里，原来是如此不堪，唯恐自己会借此另图机会。

罢，罢，罢。若微一阵冷笑。

那笑声，即使是在宫中见过太多风雨的慧珠都有些胆寒。

若微举起碗来，一饮而尽。

唇边还残留着一抹腥红色的汤汁，就那样保持着完美的弧度，对着那空碗盈盈一拜："若微谢过太子妃，谢过慧珠姐姐！"

慧珠愣了，看着她镇定自若的神色、明媚如春的笑容，慧珠疑心自己眼花了，可是她又偷偷瞧了一眼，若微眼中居然漾着一股邪佞，再看那笑容，也变得有些轻狂不羁。在宫中阅人无数的她，突然觉得身子微微颤抖，有些发冷，立即躬身说道："奴婢这就回去复命！"

"慧珠姐姐，忘了向你道贺！"若微娇俏的声音自身后响起，如同一个魔咒。

慧珠惊惶失措，难道她知道？这一切，她都知道？

仿佛逃离一般，匆匆出了静雅轩。

慧珠手抚胸口，喃喃低语："感谢老天，这样的女子，还不满十五，多亏被送出宫去，若是留在皇太孙身边，妹妹善祥未必是她的对手！"

看着慧珠有些惊惶的神色，若微笑了，笑得酣畅淋漓，只是眼中分明有泪花闪过，梨花带雨一般，楚楚可怜。

倚门相望，这才知道，真的再也等不到那个心中的人了。

若微呢喃着："紫烟，我想家了，你呢？"

"姑娘！"紫烟从身后抱住她娇小的身子，再也抑制不住地哭了起来。

太子宫太子妃寝殿。

太子妃歪倚在贵妃榻上，用手轻轻揉着自己的太阳穴。

头痛，而心似乎更痛。

若微，你会怪我吗？

太子妃摇了摇头，要怪只能怪你和瞻基昨夜做下那样的荒唐事。原本，你们还有三分希望，可如今，此事若传到圣上耳中，恐怕连命都保不住了。

我赐你一碗红花，只是小惩大戒，堵了悠悠众口，也平息了所有人的恨与怒，我的苦心，你能谅解吗？

"娘娘！"慧珠从殿外走了进来，从楠木雕花的衣架上取下一件披风，轻轻搭在太子妃的身上，"春寒最是袭人，当心受了凉！"

太子妃欠起身子，抬眼看着她的神情："她，喝了？"

"喝了！"慧珠点了点头。

"可说了什么？"太子妃索性坐起身。

慧珠又从旁边的圈椅上拿起一个靠枕垫在太子妃身后，这才说道："只说，谢过太子妃！"

太子妃眉头微拧，心中苦笑："谢我？该是恨我才是！"

"慧珠，善祥那里，你还要去安抚一下。就说昨夜让她受委屈了，皇太孙性子直，一时有些转不过弯来，让她多担待些。路遥知马力，日久见人心。只要她大度一些，贤良一些，皇太孙会明白的！"太子妃语气和缓，细细叮嘱，说完重新靠在榻上，闭上眼睛不再言语。

"是，太子妃请放心，妹妹不是小性之人，这道理她自是明白的。"慧珠为她拉好披风，这才轻手轻脚地退了下去。

辰时三刻，若微带着紫烟与湘汀，手里挽着包袱，跟在一个管事太监的身后，走在高高红墙下长长的甬道上，一步一步，连绵不绝，只叫人心中更加哀凄，就这样，默默不语，深深垂首，一直走到皇宫的南角门。

宫门外是一辆马车，早已候在此处。

管事太监送到此处，给守门的侍卫递了腰牌，又与赶车的荣公公交代了几句，这才说道："若微姑娘，咱家就送到此处，荣公公会送你们到栖霞山，到了那儿，自有管事的嬷嬷照应着，咱家就先回去了！"

"谢谢公公！"若微冲着他深深一个福礼。

迎我入宫之人今何在？而送我出宫之人，我将永远铭记于心。

"哎，姑娘保重吧！"管事的太监转过身，又重新走回宫中。

谁说宫内没有平白无故的善心，只要没有利害冲突，也会有发自内心的怜惜与同情。

若微心中思绪万千，只是此时唯有故作镇定，她最后看了一眼这富丽华美的宫城，看着湘汀不由嫣然一笑："湘汀姐姐，你原本就是宫里的，自可以留下。若是跟着我，以后怕是没有好日子过了！"

湘汀摇了摇头："湘汀只知道跟在姑娘身边这七年是湘汀最舒心的七年。以后跟在姑娘身边，也许日子清苦，但绝不会受气，也不用费脑子算计这个、防范那个，所以湘汀愿意跟在姑娘身边！"

若微紧紧抿着唇，嘴角微微有些抽搐，入宫七年，一切梦想均成虚幻，如今只换来一个义仆。唏嘘之时，迎着骄阳，见两人匆匆赶了过来。

那一刻，若微分明有些恍惚了，阳光中那个跑在最前面的影子会是瞻基吗？

她瞪大了眼睛，踮起脚尖，翘首以盼。

然而，气喘吁吁地奔过来的是胖胖身子、圆圆笑脸的朱瞻墉，而他身后跟着的则是瞻基的近侍太监小善子。

瞻墉手里紧紧攥着一个小锦盒，见到若微，立即塞到她的手里："这是皇兄给你的，他说你看了就会明白！"

若微拿在手中，目光久久凝视着那个盒子，却不忙着打开。

谁也猜不透她在想什么，瞻墉在旁催促着："你快打开看看呀！"

若微迟疑着，手指微微颤抖，这才打开来。

目之所及，盒中放着一枚红灿灿的枣子，还有一只小小的乌龟。

眼泪如决堤之水，瞬间便倾泻下来。

"姑娘！"

"若微！"

湘汀、紫烟与瞻墉和小善子都看呆了。

若微止了泪，走到马车边上，解开其中一个包袱，从里面翻来捡去，找出一块帕子，又拿了支红蜡烛，拔下其中的烛芯，用帕子包着那支没了烛芯的红烛，递到瞻墉手中："这个，帮我转呈殿下！"

说完她就转头跑开，跳上马车躲到车厢里不再出来。

瞻墉挠了挠头，云山雾罩的表情，怔怔地，不知如何是好。

湘汀与紫烟冲着瞻墉深深一个福礼，也随后上了马车。

小善子悄悄给赶车的太监塞了一包银子，低声说道："荣公公，这若微姑娘可就麻烦您多照应了！"

荣公公满面笑容："回去转告皇太孙，咱家明白轻重。况且临行前马总管也都交代了，万岁爷有话，若微姑娘虽然是出了宫，在栖霞山上清修，可是吃穿用度并不清减，前些日子还专门派了嬷嬷前去照应，殿下尽可放心！"

小善子频频点头。

朱瞻墉此时才缓过神来，忙又冲着车里喊着："若微，到了那儿，若缺什么、短什么，尽管差人来找我，我一定给你置办全了，要是有人欺负你，也要告诉我！"

"瞧三皇孙说的，哪能呢？"湘汀探出头来，冲着瞻墉与小善子挥了挥手。

"驾！"荣公公一挥鞭，马儿扬蹄，车轮滚滚，终是离去。

第二章　闲庭花影移

朱棣躺在乾清宫东暖阁的炕上，半眯着眼睛，听着总管太监马云的汇报。

"一粒红枣，一只小龟？"朱棣凝神静气地想了一会儿，突然一拍大腿，轻哼道："早归，早归？这脚还没迈出宫门口，就开始盼着她早归了？瞻基这孩子的心也太痴了！"

马云微微发怔，站在一旁答也不是，不答也不是。

偷偷抬眼打量着天子，马云心想，明明是一对青梅竹马的小鸳鸯，您老人家突发奇想，横空弄出这么一个神来之笔，谁受得了？

"你刚才说，那丫头回赠了些什么？"朱棣兴致大起，突然问道。

"是用帕子包了一支红蜡，还有，那蜡烛是拔去烛芯的！"马云细细搜寻着记忆，不敢有丝毫的怠慢。

"帕子？红蜡，还拔去烛芯，这是何意？"朱棣莫名其妙。

而马云就更是云里雾里，不明所以然。

正在他们费尽心思，慢慢揣测的时候，皇太孙朱瞻基手里拿着那块帕子，看着那支去了芯的红烛，心如刀绞，面色凄然。一方素帕寄心知，丝谐"思"，横也相思，竖也相思，一缕情思，几番惆怅，只有灵巧如若微才会用这种方式诉说自己的情谊。

而红烛，一则寓为蜡炬成灰泪始干，就是说自此离别，夜夜悲泣，思念之痛绵而不绝；二则，她竟会拔去烛芯，没有了烛芯的蜡，就是说她的生命里从此不再有光和亮，也不再有温暖和热情。

因为，她的心丢了。

丢在哪里了？

若微，你的心丢在哪里了？

这样生死相随的她，这样生死相守的情，问世上能有哪一个男子可以不为之动容！这是她的才情，更是她的痴情！

若微，那烛芯，我定帮你寻回来！

俊秀无比的英眉轻轻挑起，一双深邃的星眸像水晶一样明亮澄澈，然而却缺少了往日的熠熠光泽，眼中仿佛迷雾笼罩一般，转瞬间，便泛起柔柔的涟漪，高挺的鼻梁，带着好看的弧度，而此时却为他添了一抹孤寂。

清寂如南岭之孤松独立，冷峭似天山之寒冰崩泻。

"殿下，有件事……紫烟让奴才偷偷告诉殿下！"小善子侧立一旁，缩头缩脑，欲言又止。

"说！"瞻基眼眸微闪，连忙追问。

小善子悄悄上前几步，附在朱瞻基耳边低语片刻。

"什么？"朱瞻基剑眉高挑，一脸冷峻，霎时散发出一股邪魅的笑意，声声哀恸，"红花，母妃居然让若微喝红花！"

朱瞻基心中激愤难平，立即冲了出去。

"殿下！殿下！"小善子苦苦在后面追着，"殿下可是去找太子妃理论，如果那样，小善子就没命了！"

朱瞻基顿时停下脚步，神情转瞬即变，低喝了道："备马！去演武场。"

策马狂奔，飞身射箭，大汗淋漓，痛快极了。

瞻基一阵仰天大笑，年轻英俊的脸上，是从未有过的轻狂而张扬的笑，只是这笑，在正午的阳光下，分明有些邪魅，这丝丝笑意，是傲视独立、睥睨天下的自信？还是狂妄不羁、藐视一切的张狂？

朱瞻基心里十分明白，这一次自己婚事的变故，如同经历了一场不见硝烟的战斗，这一仗，他输了。

输给谁？

他不知道。

他能赢吗？

以前，他没有想过，但是现在，他想明白了。他想赢，他要赢，战斗还没有结束，他已经想到了反败为胜的办法。

栖霞山下，马车突然驻足停下，赶车的荣公公掀车帘说道："若微姑娘，前面的路不好走，可要坐稳了！"

若微探出头向外望去，满山葱翠，想到心中的烦闷正无处排解，于是说道："我们下车，步行上山即可！"

"也好，这样午时之前，就在山顶的三元观会合！"荣公公放下脚凳，湘汀与紫烟下了马车，又伸手将若微扶了下来。

于是，领着湘汀与紫烟，若微三人拾阶而上，缓缓而行，不禁回想到当年，也是在这栖霞山上，自己和瞻基、瞻墉兄弟以及咸宁公主踏青出游同爬此山，往事历历在目，而如今同样是阳春时节，却物是人非，想及此，心中更是难过不已。

所有的怨恨都化作一腔力气，铆足了劲向上爬去，不多时便来到了栖霞寺外，驻足在大殿前，听着钟声阵阵，若微不由止步。

"姑娘，要穿过栖霞寺，过了千佛岩，上至山顶，才能到三云观！"湘汀在旁边代为解释。

若微淡然一笑。

紫烟上前几步，轻轻拉过她的手："姑娘，那年你在这儿许下的愿，如今看来是不灵的。"

若微扭头盯上紫烟的眼："你错了，这愿很灵。"

"姑娘！"紫烟心中不免惊讶。

若微心中涌起淡淡的苦涩。是啊，众人皆以为当日在这儿她求的是自己和瞻基的姻缘，可是当初她却以为姻缘天定，她与瞻基心心相印，婚事只是时间而已，定不会风波迭起突生变故的。所以当日她求的是父母康泰，家宅平安。如今，怎能说菩萨不灵呢？要怪只能怪自己没求。

于是，对着巍峨庄严的山门，若微双手合十，虔诚无比地伏身下跪。这一次，是为父母还是为自己，又有谁知呢？

穿过寺院就是千佛岩，千佛岩就是在一块两三丈高的大石头上，镶嵌着一千个大大小小的佛窟。有些佛窟恢宏精美，法相安详肃穆，只须驻足看上一会儿，便会心神宁静，烦恼尽消。

这栖霞山果真是个好地方，塞翁失马，焉知非福？既来之，则安之，若微搜寻着脑中所有此类的句子和典故安慰着自己。

经过千佛岩，在一片葱绿中闪出一条小径。

"姑娘你看，顺着这小径上去，就是三元观！"紫烟眼尖，一眼望去，口里便喊了出来。

若微抬眼望着，远远地看见那古朴清幽、掩映在青山叠翠中的道观，又回眸向山下一瞥，心中豁然开朗。在山脚下时仰看这栖霞山，景色虽美却山路蜿蜒，有些险峻。如果因为畏惧陡峭而放弃攀登，又怎么能看到这山上的美景呢？过了山腰之后这路更加难走，很多人便中途折返，于是他们也只看到山腰处的景致。不往上攀，又怎会看到这掩藏在幽深之处的一条小径其实是如此地平坦而寂静，仿佛是一条通往山顶的捷径，引着你登上主峰去看那里最美的景致。

这一切在山脚下、在半山腰，都让人无从体会。若微忽然便明白了一个道理，不要放弃、不要退缩，峰回路转、柳暗花明，出路和希望也许就在脚下。

于是，她心情大好，脸上立即笑逐颜开，脚下生风，似乎是一路小跑着上了山顶。

"姑娘，姑娘等等我们！"紫烟与湘汀对视一眼，都有些不解。紫烟心中暗想，姑娘这是怎么了？前一刻还是凄风苦雨的，而转瞬间就云开雾散，明朗如初。湘汀则面露喜色，暗暗祈祷，感谢这灵秀的栖霞山安抚了她的委屈，也化解了她的悲苦。

于是她们两人的心情也明朗起来，紧紧跟在若微的身后，快步如飞向山顶攀去。

三元观三面青山环抱，前通小径后靠溪冈。数十株槐柳绿如烟，一两塘池水清照影。实在是一处难得的清幽之处，也真乃道家清修之佳境。

置身其中，还真能感觉到几分仙气。

若微三人走至观门口，早有一名中年妇人，带着两名清秀的道童，连同荣公公在门口相迎。

"若微姑娘，这是宫里的老人桂嬷嬷，以后衣食起居就由她打点照应。这三元观乃是皇家道观，规矩甚多，姑娘安心住下，桂嬷嬷会慢慢教你的！"荣公公态度和蔼，说完，便领着两个小道童去车上搬着箱笼与包袱。

桂嬷嬷五旬左右，肤色微暗，此时还是一身宫内服饰的打扮，她上下打量了一眼若微，面上看不出是什么情绪，只说道："姑娘先随老奴进去吧！"

若微与紫烟、湘汀跟随她步入观内，进入观门才发现这三元道观里面别有洞天。过了门楼，是两座讲经说法的殿堂，后边才是居住的殿阁，两侧各有厢房。几处院子，住房共有数十间。而不远处，顺山势而建，在这山间水上还有凉亭数座、小桥几处。

若微等人跟在桂嬷嬷后面，一直走到最后一所院子，穿过西厢房后面的月亮门，进入一处小跨院，里面是三间正房，三面围墙，院内有一株老槐树，还有一小片翠竹，显得格外幽僻。

"姑娘，这就是清心院，姑娘以后就住在此处，老奴就在前面殿里的西边耳房，有事再唤我！"桂嬷嬷推开房门，微微颔首就径自出了小院，向前边走去。

进入房中，才发现这房子仿佛好久都没有住人了，室内有些潮湿，窗棂上还有些隐隐的霉斑。

桌案、茶几、书架与床榻，都蒙着一层厚厚的尘土，房角处挂着密密的蛛网，若是换作上山之前，见到这样的情景，若微肯定难过得又要落泪，而此时她不动声色，挽起袖子捡起一把扫帚，踩着凳子就开始扫房。

湘汀怔了一下，立即说道："紫烟，去给姑娘扶着，我到外面打水，咱们好好收拾一下！"

"这房子，还能收拾得出来吗？"紫烟嘟囔着，"就是咱们孙府的下人房也要比这儿好多了！"

若微听了，不由笑道："如今，咱们就是下人！"嘴上说着，手里却并不怠慢，从墙角到墙面，细细地扫着，对着那一扫帚就钩下来的蜘蛛网，若微口里还念念有词："对不住了，蛛兄，因为本姑娘要住进来，所以得请您挪挪屋了！"

她说得有趣，惹得紫烟与湘汀面露笑容，解去不少烦忧。

扫墙、擦拭门窗家具，又拆下床幢上的帐子，清洗干净后晾在小院之中，足足忙到日落西山，三间小屋才焕然一新。

若微双手叉腰，站在屋内审视着一切，仿佛十分满意，看了看同样是满面尘垢的湘汀与紫烟，她突然开口说道："紫烟，湘汀，我有个主意，这房子正中是厅，两边各是两间卧房，不如咱们把两边屋里的床摆在一室，三人同住可好？"

紫烟掩唇而笑，指着若微说道："姑娘是害怕了？这山上到了晚上风声鹤唳、树影婆娑，又不像宫里，外面有守夜的侍卫与公公往来巡视，所以才让我们陪的？"

若微瞪了她一眼："死丫头，真不识好人心，因为山上夜晚阴冷，咱们三人同处一室，既可解闷，又积了热气，我是为了你们好！"

"好好好！"湘汀立即打着圆场，"姑娘怎么说，就怎么好！"

于是三人齐动手，将西边房里的床榻移到东里间，两张床相对而放，又打开箱笼取出锦被、枕头铺盖起来，此时才觉得小屋有些温馨之感。

"所以有人说过，有了床才有家，这床上布置好了，屋里立即舒适了许多！"若微倚在门上，仿佛有些累了，刚刚忙的时候不觉怎样，而如今，稍一停歇，就觉得心口隐隐作痛。

"姑娘，可是累了？"湘汀最是心细，眼眸一扫，看到若微神情不似刚才那般明朗，立即有些紧张。

"没有，是饿了！"若微呵呵一笑，三人这才想起这一整天因为心事重重，到现在还都未进食。

正在此时，院内响起一阵脚步声，回首一看，正是桂嬷嬷领着一个小童手提食盒走了过来。

"桂嬷嬷，饭堂在哪里？下次湘汀去取就是，何劳嬷嬷走这一趟？"湘汀立即满面堆笑，走上前去，接过她手中的食盒，放在正中的黑漆圆桌上。而紫烟也伶俐地上前，在凳上用手中帕子轻轻一掸，"嬷嬷请坐！"说着，便扶着桂嬷嬷坐下。

桂嬷嬷四下里一打量，小屋内已焕然一新，而面前三人都是满面浮尘，鬓发蓬乱，不由口中轻叹："几位姑娘受苦了，只是这观中自有观中的规矩，凡是起居饮食，均要自己动手，这儿也没有什么主仆之分，每日辰时钟起，先去大殿听经，早课结束，方可入饭堂用餐。这一日三餐虽有厨子烹制，但也要轮流前去帮忙，今儿姑娘们第一天来，所以老奴才差人给你们送过来了。"

若微连连点头。

桂嬷嬷又说："这山上处处是林木，所以最是怕火，各殿各院均不许私自烧火，只在前边有一处火房，烧水、做饭均在此处。只是一切也要自己动手，一会儿吃过饭，老奴会让人给你们提几桶热水来，好好清洗一下身子，明日一早再带你们去见观主，玉华真人！"

"玉华真人？"若微心中默默叨念，心想这又是何许人也？

"你们先用饭吧！"桂嬷嬷站起身，抬眼往东里间一看，只见两张床榻摆在了一处，心中不免微微一颤，虽暗自叹息，却又不能在面上流露出来，只带着小童走了出去。

"姑娘，快吃饭吧！"湘汀打开食盒，将里面的饭菜端了出来——放在桌上，紫烟望了一眼："天呢，都是青菜豆腐！"

若微坐在桌前，拿起筷子，夹起一箸青菜放在碗中，狼吞虎咽地吃着碗中的饭，湘汀与紫烟对视一眼，也都不再言语，默默低头吃饭。

吃完饭，紫烟收拾碗筷，湘汀拿出一个烛台，点燃一支白蜡，插在上面。若微站在窗前，眼神儿幽幽地望着院中的那棵古槐，眉头微皱，细细思索。

想那唐时的一代女皇武则天在感业寺时，是不是也是如她今日一般的心境呢？如果与她一样，倒也好了，怕的是如玄宗时期的寿王妃杨玉环一样，最终太真娘子变身为大唐贵妃，如果是那样，这条路倒真的没有必要走下去了。

第三章　谁解女儿愁

泡在散发着原木清香味道的浴桶中，又让湘汀从前边伙房里要了些生姜，切成片放在桶中，用手轻轻按着全身各处的经络穴位，一时间气血通畅、温暖舒适。

把头靠在桶边，几乎要昏昏睡去，然而脑子却清醒极了。

朱棣不是唐明皇，北部边境，残元的蠢蠢欲动，朝堂上的暗流奔涌，如今的永乐朝更不能与物丰富足的开元盛世相比，所以，今日他对自己的安排，一定是另有深意，不会只是单纯地为了拆散自己和瞻基。

可是，他这样做，究竟是为了什么？

若微想不透，她索性将身子一缩，屏住呼吸，慢慢把头沉入水中。

而提着一桶热水推开房门的紫烟，看到的是木桶中那四散漂起的黑色秀发，和沉入水中若微那如玉的胴体，立即吓得大叫一声："小姐，小姐，你不能想不开呀，你不能丢下紫烟一个人去呀！"

听到呼喊的湘汀也从厅里匆匆推门而入。

两人奔至桶边，伸手合力将若微的头托出水面，只见若微口吐一道水柱，笑嘻嘻地看着她俩："干什么？我还要再泡一会儿呢！"

"小姐，好端端的，怎么这样吓人！"紫烟气得直跺脚，站在一旁抹起了眼泪。

这回湘汀也不帮若微了，两腮鼓鼓的，紧绷着脸，也不说话，只是用力抬起热水桶，又往浴桶内注了进去。

"啊，好烫！湘汀，你要给鸡褪毛吗？"若微煞有介事地叫了起来。

一句话，说得湘汀和紫烟又都笑了。

三个人先后洗完澡，收拾了东里间，这才又回到西屋里。躺在床上，若微翻来覆去怎么也睡不着，刚一闭眼似乎就看到瞻基倚在床头，一双俊目紧紧盯着自己，温润的手轻拂着她的脸颊，声声腻人地低唤："若微、若微！"

耳边分明还是他今早的誓言与情话，身上似乎还留着他昨夜的气息，可是如今，他在哪儿呢？是不是搂着娇妻美妾，把酒弄琴，好不快活。

不是，不是！

若微翻了个身，用手狠狠在大腿上掐了一把："不许你这样污蔑瞻基，瞻基不是，瞻基也不会那样！"

一滴清泪滑落枕上，无声无息，女儿愁思有谁解？

> 相思难枕眠，别恨苦依依。
> 横也丝，竖也丝，
> 原来鲛绡惹千愁；
> 去是忧，来是忧，
> 相顾唯有在梦中。
> 只是清风不入梦，披衣坐起独望月。

天刚刚蒙蒙亮，湘汀睁开眼向对面床上一扫，却发现那床榻之上整整齐齐，仿佛从来无人睡过一般，立即捅了捅身边的紫烟："紫烟，快醒醒，姑娘呢？"

紫烟睁开眼睛，立即呆住了。

两人立即穿上衣服，急匆匆向屋外奔去，只见若微正从门外走来，两只手用力提着一桶热水，见她们出来，立即喊着："快来帮帮我，往日都是你们照料我，今儿我去打水，侍候你们洗漱！"

"姑娘，姑娘这是做什么？"紫烟嘴里埋怨着，可这腿却立即跑了过去，接过若微手中的热水桶。

若微双手叉腰，气喘吁吁："我想好了，既来之则安之，如今小院里没有厨房，用水和吃饭都不方便，现在还好，可是等到入了秋，天凉之后就太难过了。所以我要想法子，把这小院改造一番，让咱们住得舒服些，还要找些正经事情来做才好！"

"姑娘！"湘汀诧异连连，难不成你还真铁了心要在此处住下？

若微摆了摆手催促道："快去洗漱，换好衣服咱们还得去前边见那个什么玉华真人，听听她给咱们讲些什么真经？"

"是！"两人相视之下，只有从命。

收拾妥当之后，三人这才走出小院来到前边的西厢房，找到桂嬷嬷，由她引着来到一所殿阁的外面。

"玉华真人，若微姑娘来了！"桂嬷嬷毕恭毕敬，那态度分明像是在皇宫之中，在东西六宫宫门外，等候主位娘娘的召见一般。

不是说这道观正是化外之地，众人皆讲平等吗？

一个小童跑了出来，手中拂尘一抖："真人请你们进去！"

于是，跟在桂嬷嬷身后，若微与湘汀、紫烟走入殿内。

一进门，就愣住了。

这屋子不大，一明一暗，外厅内堂。

厅中无甚摆设，桌椅几案，书隔棋桌，简朴陈旧却收拾得干干净净，一尘不染。

而目光往内堂一扫，却发现风格突变，这屋内的摆设极是幽雅，东墙边摆着一台古琴，窗下有案桌一张，上面文房四宝俱全，北边则是一张绣榻，芙蓉帐深深垂着。

看着房间布置不似道房，很像是一位才女的闺房。

正在愣神之间，从里面走出一位女道士，洁白的道袍，衣长至膝，腰系石绿丝绦，乌黑的长发端庄地束在发顶，一根玉簪绾住秀发，梳成了一个高髻。

清丽其容，端庄其品，正是美人迟暮，看起来有一种超脱世俗、宝相庄严的美。她的目光投在若微的身上，由上及下，细细打量。

桂嬷嬷施了一个万福礼，口里说道："玉华真人，这就是若微姑娘！"

她点了点头，声音有些缥缈，冷俏俏地眼睛紧盯着若微，说不出是喜欢还是讨厌，只开口问道："刚从宫里来到这观中，定是有诸般不适吧？"

若微微一颔首，展颜说道："适与不适，皆在一念中，云中过雁悲，山高离愁散！"

"哦？"玉华真人眉头微拧，一双美目紧紧盯着若微，看她小小年纪如此镇定，遭此变故，却能淡定豁达，反而有几分狐疑，于是想开口相试，"只是过雁吗？过雁还可盼得年年归，而你，还能回去吗？"

此人是谁？看那样子与气度还有这内堂中摆设的精致程度，实在不像是普通的女道士，况且这里又是皇家道观，她究竟是谁呢？她仿佛对自己的事情一清二楚，若微一时想不清，索性也不去费心猜度，依旧照直回道："回去如何？回不去又如何？若微只知道如今是奉旨在此修身，日后一切，还请玉华真人多多照应！"说完，郑重地行了一个万福礼。

那玉华真人忽地笑了："你能如此想，便是最好！"说罢，抬眼看了看身边侧立的小童，那小童立即从书案上捧起两册经书送到若微面前。若微接过来一看，正是《南华真经》和《冲虚真经》，心中暗暗叫苦不迭。

"这两册经书你先拿回去好好看，若有什么不明白的，就过来问我！"玉华真人仿佛在转瞬之间态度就变得和蔼起来，"去吧，这三元观虽是皇家道观，但也不是冷宫禁地，每日午后许你出观四处走走，不过要记得不许走远，申时之前必须回来！"

"是，谢谢玉华真人！"若微立即满心欢喜，天呢，这就意味着在离家七年之后，自己终于恢复自由了，虽说从午后到申时，不过只有短短一个时辰，但是这对她来说，似乎就是天大的恩泽。

若微与湘汀、紫烟行礼后退下。

看着她的背影，玉华真人凄然一笑，桂嬷嬷上前扶着她坐下："娘娘，可是又想宝庆公主了？"

"是，我的宝庆，也如她一般年纪……只是这么多年未见，也不知长成什么样了？"玉华真人倚在桂嬷嬷怀里，此时她再也不是端庄出尘的女道姑了，只是一个伤心的女人，"嬷嬷，做皇上的女人，这下场怎么都如此可怜？"

"娘娘！"桂嬷嬷眼中流露出一种不忍，"宝庆公主是先皇最疼惜的公主，虽然不在娘娘的身边，想来衣食定是无忧，娘娘还是宽宽心吧！只是如今好端端地弄来一个孙若微，真怕会给咱们惹来灾祸。"

玉华真人摇了摇头："不过还是个孩子，你交代下去万万不要太拘着她了。小小年纪便离开父母入宫，刚待成年又与心上之人分离，已经够悲惨的了。如今被发落到这儿，不是冷宫恰似冷宫，难为她还知道随遇而安、苦中作乐，咱们就睁只眼、闭只眼罢了！"

"不成，这可不可，娘娘糊涂了。当今皇上的心思可不像娘娘这般，所以老奴得睁大眼睛，仔细盯着这几个丫头，可不能让她们惹了祸，搅了咱们的清静日子！"桂嬷嬷说完，便朝屋外走去。

整个上午都老老实实待在大殿中跟着一班道姑听经讲学，听的是老子的《道德经》，从开篇起就枯燥无味。若微只好充耳不闻，她在心中默念曲谱，想着给自己找些有意思的事去做，也省得昏昏欲睡。好容易熬到讲经散了，又跟着众人一道去饭堂领饭，回到自己的小屋吃完饭、又收拾完了，这才像笼中小鸟一般带着湘汀与紫烟飞出了三元观。

出了观门，并不走远，而是围着这座道观勘察起周边的地形来了。想不到在这三元观外，还有许多天然的美景，若微惊喜地发现，观内后门外百丈之遥的悬崖边上居然有一个大龙洞。

就像张着大口等着吃人的怪物，黑漆漆、阴冷冷的。

"小姐，咱们回吧！"紫烟看若微向洞口走去，不由面色大惊，声音也有些打战。

"是呀，姑娘，这里面阴气太重，怕是有什么不干净的东西！"湘汀更是惊恐，居然伸手在身后紧紧拉着若微的衣袍，不让她上前。

若微冲她们做了个手势："嘘，听！"

凝神静心，侧耳倾听，居然有若有若无的潺潺的流水声音。

若微大喜，她甩开湘汀的手扶着山崖边上的树根慢慢走了过去，走过一小段崖壁，就到了那个大洞口边上。

"天呢！"若微一声惊呼，从山的这边看不到里面的情形，而走过一段峭壁之后就会发现在这大龙洞洞口几步之内的石壁下边，居然有一股清凉的泉水，潺潺地跳跃着穿过石壁的缝隙，一直向下，流淌至山涧，形成一条隐蔽的小溪。

而那出水口，看起来居然像是一个龙头，凹凸的岩石就像它的鼻子和眼睛，十分逼真。

若微双手合拢，掬起一捧泉水，以唇轻啄顿觉得甘甜可口，立即欢欣雀跃惊叫连连。

"姑娘，怎么了，那洞里有什么？要不要我们过来！"紫烟大喊。

"不要不要！"若微连连回应，"这岩壁太陡，你们走不得！"

若微自小练舞，在手掌宽窄的地方都可以如同在平地一般摇曳出灵动的舞步，所以这路她能走，别人却只有望尘莫及的份了。

此时她一脸喜色，美滋滋地走着回头路。心想今早去伙房打热水时就听烧火的小道童说了，这山里最麻烦的就是提水。三元观在山顶没有水源，要去半山腰的栖霞寺提水，栖霞寺有井有湖水量充沛，可是这一来一回，快了也要半个时辰。而这道观之中全是年轻少弱的女子，所以每天为了省水，都很少洗澡洗头，就是连这青菜都只是在水中稍稍一浸就拿出来烹调，不敢多洗几遍，难怪每餐吃起来都有些泥土的气息。

现在好了，找到了水源，以后用水就方便了。

然而，乐极生悲，仿佛是一句真理。

马有失蹄，也是如此。

若微也许是在洞中汲水时，脚下的鞋子沾上了水，眼看就要走过那一小段峭壁步上坦途的时候，这脚下一打滑，身子一斜，就向山涧中滚了下去。

"姑娘！"

"小姐！"

不管湘汀与紫烟如何呼唤，被耳边呼呼的风声掩过，她仿佛什么也听不到了。上一次，也是在这栖霞山上偶然失足，那时有许彬突然出手相救所以有惊无险。而这一次，又有谁来相救？

难道就在这儿，这样死去吗？

若微忽然睁开了紧闭的双眼，她看到自己在迅速地下落，也看到了不远处的山崖，她伸出手奋力一抓，不管是树枝还是什么只狠狠地抓住，随即手上传来一阵钻心之痛唯有咬牙挺住，手上抓牢，腰上也微微用力，双腿一蹬，就像猴子一样攀在了一处崖壁之上。

刚刚松了一口气，可是手中抓着的枯树枝突然"嘎吱"一声，硬生生地断了。若微这一次惊恐得连眼睛都忘了闭上，"完了完了，这次是真的完了！"

第四章　翩翩佳公子

就在这千钧一发之际，若微忽然觉得自己腰上一紧，仿佛被一股力道吸引着，狠狠撞入一个人的怀中，四目相对，她眼中是惊恐与意外，而他的眼中依旧是怒而若笑，冷似寒星。

这一次，他没有展开轻功借力打力向上攀去，而是紧紧地抱着她一路下坠，那下坠的速度让若微冷汗淋淋、大惊失色，她下意识地伸手紧紧环住他的脖子，把头贴在他的胸口上，再一次闭上了眼睛。

"好了！"

下坠的速度虽然很快，但是落地的时候却是轻如柳絮，毫发无损。

若微睁开眼睛，环视四周，发现他们正在一处山窝之内，三面环山，一面临水，不远处还有一所竹坞。

千株老柏，万节修竹，奇花布景，瑶草生香。

她顿时呆住了，喃喃低语："莫不是摔死了？入了天堂？"

只是回眸一看与自己面挨面、身贴身紧紧拥在一起的许彬正似笑非笑地看着她，不由立即大窘。许彬放开手，可是若微的手还依旧牢牢地吊在他的脖子上。他眼中含笑，似是戏谑："怎么？还不舍得放手？"

若微从来没有这样仔细地看过除瞻基以外的另一个男子，他有着一双极好看的眉，眉角微微向上扬起，勾人心弦，目若秋波。虽怒时而若笑，笑时又似怒，嗔视而有情……这样的他，若微完全被迷惑了！

而他则将双手置于颈后，稍稍用力掰开若微的手，原本刚要甩开然而突然间看到她手中的血污，面色不由得微微阴沉了下来，似是埋怨道："徒劳之举，还要挣扎？伤了手以后还怎么抚琴弄曲？"

那纤纤玉指，有三两处秀甲从根部折断，指尖向外渗着丝丝血色，而掌心又像是被什么东西划了，有两处不浅的伤痕。

他牵着她的手，走到水潭边，以清水冲去手中的血污，又撕下袍子下摆处的一条绸布，小心地为她包好。

"举觞白眼望青天，皎如玉树临风前。"若微痴痴地看着他，不由脱口吟出这样一句赞词。

而他却仿佛恼了，恨恨地说道："出了宫，就成了野丫头，只会诵些淫词艳句！"

若微不以为然地耸耸肩，又拍了拍手，转身看着谷内，这里似乎并无出去的道路："你怎会在此处？"

"你不是一向自命聪慧敏捷吗，你说呢？"他抱肩而立，脸上表情有些嘲讽。

"哼，你别说你一直在跟踪我！"若微瞪着他，想来想去，他出现得如此及时，也似乎只有这个原由了。

"嗯，猜中了！正是如此，从昨日你出宫到今日此时，我一直在暗中跟着你！"他毫无掩饰，仿佛自己在做一件多么正大光明的事情。

"跟着我？你干什么跟着我？"若微瞠目以对，"哦，我知道了，是瞻基让你跟着保护我的，对不对？"

他脸色立即微变，轻哼一声，不再言语。

若微四下里瞧着，不远处有座竹坞。于是灵动的眸子闪烁着满眼的喜色："你说那里面会不会住着什么隐士？"

他也不答话，只是昂首向那竹坞走去，走到门口以手轻轻一推，门便开了。屋内摆设精巧脱俗，令人惊叹，杏黄色的毡毯、短榻暖衾、锦墩矮几、琴棋书画以及茶具酒壶，空间虽小，却样样俱全。

这竹坞两面明窗，竹帘高卷，满目香风，清新至极。

若微呆呆看着，脱口便问："难不成，这隐士就是你？"

他一掀袍袖，盘腿坐在榻上，拿起茶壶微一倾斜，在杯中倒满一杯香茶，递给若微。

"天呢，居然还是热的？你，你是人是鬼？"若微怔怔地站在那儿。

"在有些人眼中，是人；而有些人眼中，则是鬼！"唇边淡定自若地浮起一丝笑容，介于黑色与紫色之间神秘的瞳，也随着这笑意微眯起来，让人更加移不开视线，只得愣愣地注视他。

白皙的脸庞透散着七分的邪气，清瘦的身形却掩不住一股剽悍之意。

"你？"若微完全傻了。

只是转瞬间，他的态度就变了，又恢复了往昔的儒雅与温和："有时烦了就会在此处读书，只图一个清静自在、无人打扰。你呢，打算如何？是回邹平老家？还是另谋出路？"

"什么？"若微的脑子完全跟不上他的速度，"我？我自然是要上山回三元观，这会儿，紫烟和湘汀怕是会哭死的！"

"你……可以再想想！"他拿起桌上的酒壶也不执杯，只是对着壶嘴，自饮起来。

"再想想？"若微眉头微拧，细细体味着他话里的意思，突然便醒悟了，是啦，这一次是从山顶坠入山涧之中，众人定是以为自己死了。如果是这样也许可以回家，从此自由自在地生活。只是转念又想只怕回家以后暴露行迹连累家人，那么或许也可以从此浪迹四海。

若微缓缓坐在榻上，拿起桌上的那杯热茶慢慢饮着，只喝了一口便放在案上，站起身来说道："不行，我若这样走了，定会连累湘汀和紫烟，而且找不到我的尸首，恐怕就是三元观里那玉华真人和桂嬷嬷也要被我连累。"

"不会！"许彬的身子映在阳光之中，闪烁着灼人的光彩，看着她的神色也有些异样。

"为何？"若微瞅着他，呼扇着长长的睫毛，可爱极了。

"她是先帝的妃子，论辈分是当今皇上的母妃，你说皇上如何处置于她？"许彬悠然说道。

"她是先帝的妃子？哪个先帝？建文帝？"若微完全傻了。

许彬叹了口气，又摇了摇头："难道是刚刚吓傻了？都说是母妃了？自然是大明朝的开国之主，太祖爷的妃子，也是太祖最小的女儿，十六公主，宝庆公主的生母，太祖晚年最宠的张美人。"

"什么？"若微惊呼着，"怎么可能，太祖的妃子，四十余位，不是都殉葬了吗？"

"那要感谢宝庆公主。太祖崩时，宝庆公主才三岁，太祖偏疼此女，所以不忍她在自己逝后没有生母抚养，这才免了张美人一死！"许彬对于宫中之事仿佛如数家珍，知之甚多。

"这些，你怎么会知道？"若微愣愣地盯着许彬，"你好奇怪，不像是一般的官宦子弟，有点儿像行走江湖的侠士，时而是文弱书生，时而又是身负绝世神功的隐士。明明武功绝尘，却为何又去参加科举，中了文科进士？你到底是什么人？"

许彬收敛了脸上的笑容，对着她的眸子："我是谁都不重要，你只要记住，终此一生，我都会护在你身边，这就够了！"

"许彬！"若微一时忘情地喊着他的名字，又立即改口，"许公子，你明知道，我已然心有所属，我……"

"那又如何？"他淡淡地笑，"你心有所属与我何干？我只要知道我的心，就够了！"

此语一出，两人顿时有些尴尬，相对默默无言，他起身走出屋外："在这儿等我，这屋里什么都有，却没有治伤的药，我去采几味草药回来帮你敷上，省得日后留下疤痕！"

"许公子！"若微在他身后唤着。

而他恍然不闻，身形如云，飘摇如流风一般。若微怔怔地跌坐在榻上，以手托腮，心中暗想：是啊，如果当初不入宫，不遇到瞻基，在宫墙之外，她还可以有别样的生活。

如果是那样……

同样懂医、同样沉浸在琴棋书画四艺当中的他，懂风雅、知冷暖，刚毅中透着温存，文武兼修的他，也许正是自己的佳偶呢。

可是如今，自己怎么可能忘记瞻基，怎么可能……

若微站起身，推开房门，向外面跑了出去，她只想一口气儿跑回山上，跑到小小的三元观里，从此再也不出来。自己的烦恼还不够多吗？

如今，还要凭空多一个许彬吗？

泪眼婆娑，却硬生生撞到一个人的怀里。

他的表情仿佛是在嘲笑，眸子中的意思分明是："你这么喜欢钻到我怀里？"

若微扭过脸去，掩面而泣。

他手上稍稍用力，扳过她的肩头，拉着她走回到竹坞里，将她按在榻上，拉着她的手放在案上，解开刚才包好的布条，又将自己怀中的两株植物的嫩叶取下，含在口中嚼了，轻轻啐到她的手心上，这才用布包好。

若微不禁破涕而笑："哪有你这样的医者，嘴里嚼了的东西拿来给我敷？"

"你自己不是懂医吗？我刚刚在口里含了一口酒，已然除了毒，况且这唾液本身也可疗伤，我这屋里又没有药槌、药罐，难不成让我回城中去取药吗？"

"你……算你有理！"若微语结，无言以对。

若微静静地坐在榻上，低头搓着自己的衣角，很是有些难为情，怕伤了他的一片好心，又怕自己会错了意自讨没趣，想来想去，才喃喃低语："许公子，两次蒙你搭救却无以为报。现在天色渐晚，我得赶回观里。今日种种我都铭记于心，永世不忘！"若微一脸坚定，言之凿凿。

他却面如寒冰："你，可想好了？你是否报答于我，并无所谓。可是这样回去了，这机会，此生便不会再有。"

她低垂着头，思索半晌，终于还是轻轻点了点。

在意料之中，又似乎有些意外，他微微怔了怔，起身拂袖而出，"我送你上山！"

第五章　七巧玲珑心

三元观玉华殿内。

紫烟与湘汀跪在殿中，抽泣着将事情经过讲说一番。

玉华真人秀眉微蹙，紧紧盯着她俩，而从外面匆匆入内的桂嬷嬷则显然沉不住气了："瞧瞧，老奴说什么来着？这个丫头看着就古怪，要盯得紧点，这才来了一天，人就没了！"

"嬷嬷！"玉华真人面上极为淡然，"派个道童去栖霞寺中，请住持方丈派人到山下各处、山涧边上、悬崖底下细细去查，若是找着了，先替咱们施救！"

桂嬷嬷一双眼睛狠狠瞄了一眼紫烟与湘汀，凑到玉华真人身旁："真人，哪有这么巧的事情，去趟后苑就掉到山涧里边去了，哄谁呢？依老奴看，就是那小丫头偷偷跑了，又串通了这两个小蹄子来骗咱们，用不着这样兴师动众地去求人。咱们只要把这两个小蹄子绑了，严加拷问，一定能问个水落石出……"

她话音未落，紫烟立即爬了几步上前，面上表情又悲又愤："桂嬷嬷怎么这样说？我家小姐为什么要跑？她真的是一片好心，想着咱们观里取水不方便，我们走到后苑的崖边，听到石洞里有水流的声响，她是为了给大家找水源，才涉险爬过去的，她说那洞里有一处泉水，高兴得什么似的，所以回来的时候，才一不留神儿滑下山去的。如今，咱们得赶紧找人去山下寻她，也许……"

湘汀也止了泪，在一旁帮腔："是呀，如果是挂在什么树枝上、石壁上，也许现在去救还来得及！"

"说得跟真的似的，要真是如此，也不必去寻，这么高的山，掉下去连尸首都未必是全的！"桂嬷嬷依旧不信。

玉华真人站起身："嬷嬷，快去吧！听我的，不管怎样我们也要尽力救人！"

"真人！"桂嬷嬷还待再说。

玉华真人的脸微微一沉："难不成，现在劳烦不起嬷嬷了？"

"真人，这怎么话说的，这不是折杀老奴了？"桂嬷嬷脸上悻悻的，狠狠瞪了一眼紫烟与湘汀，这才匆匆向殿外走去。

玉华真人看了一眼跪在殿中的紫烟与湘汀，叹息一声："不管怎样，你们两人都难辞其咎，先在此跪着吧！"

湘汀与紫烟对视一眼，紫烟仰起脸："谢谢真人！"

玉华真人摇了摇头，转身走进内室，拿起案上的一本经卷，默默诵读。

一个时辰以后，桂嬷嬷走进内室，看着玉华真人娴静自若地诵经，不免又在一旁唠叨起来："娘娘，我看这孙若微是找不到了，如今应该想想，该怎么向宫里交代才好！"

"交代？"玉华真人微微一笑，"他把人送来，只说在此处暂居，可曾说过让我们严加看管、不许走失？"

"这个，自是没有。"

"小孩子玩性大，在山上失了足，找不到了，与咱们何干？"玉华真人心中暗恼，如果不是朱棣发动靖难之变，逼宫造反，害得建文帝生死不明，如今自己依旧在宫里守着宝庆开开心心地过日子呢。

因为他的入宫，子壮而庶母少，须避嫌，自己才被送出宫，在这栖霞山上孤孤单单地度日，每天被思女的痛苦折磨着、侵蚀着，想见又不能见。

如今，又把一个好端端的豆蔻少女送了来，那孙若微看起来天真纯善，性子就如同当年的自己，这样一个年少的女孩儿，他想做什么？难不成人到暮年，还要将她收为己用，如果是这样，若微就是又一个张美人。

过不了几年，帝崩之时，年轻的妃子除了殉葬，哪还有别的出路？这不是作孽吗？想到此，更是心烦意乱，索性将经卷掷于一旁。

"娘娘！"桂嬷嬷像见到了鬼，大叫一声，眼睛直愣愣地看着厅里，莫不是自己老眼昏花了？她使劲揉了揉眼睛。

玉华真人随着她目光所及之处向外一瞅："若微？"

她腾的一下站起身，紧走几步来到厅里。

只见三个女孩正抱在一起，泣不成声。

"小姐，你有没有怎么样？哪里受伤？快让紫烟看看！"紫烟拉过若微，上下打量。

湘汀则瞪着一双大眼睛，将自己的手放在唇边狠狠咬了一口："天呢，是真的！姑娘，你没事？"

若微笑嘻嘻地安抚着紫烟与湘汀，在二人面前转了个圈："没事，掉下去的时候抓住一个枯树枝，就是手被划破了。后来被一个好心人所救，找了些草药帮我包扎了伤口，这才回来，所以耽搁了。"

"佛祖保佑，天尊保佑，感谢栖霞山上各路的神仙菩萨！"紫烟对着大殿东西南北四个方向叩了四个响头。

若微一抬头看到玉华真人，立即走过来深深施了一个万福礼："玉华真人，是若微错了，害大家担心了！"

"回来就好，此次能够有惊无险，若微，看来你真是有福之人！"玉华真人面上微微含笑，终于放下心来。

若微看着她，心中不知不觉涌起一丝感动，好像很亲近，她想要说些感激的话，一时也不知该说些什么。玉华真人走到她身边，轻轻拉过她包着布条的手，一边拆着布条，一边吩咐着："桂嬷嬷，将我的药匣拿来！"

"是！"桂嬷嬷从书隔最上层取下一个小匣子，从里面挑出一个碧绿色的小药瓶，递给玉华真人，"可是这个玉脂凝肌膏？"

玉华真人点了点头，低下头凑近若微的手，闻了闻："这草药用得极对！"这才又拧开药瓶，倒了一些在手指上，轻轻涂在若微的手心上："这是宫里的药，涂上以后不过三两日就可恢复如初，这女儿家的手是何等金贵，万万不能留疤！"

若微有些痴痴地看着她，她的容貌不输于宫内的妃子，而她的神情举止正应了她的道名，如玉如华，温和高贵，娴静贞淑。看来许彬说的是真的，她应该就是出自宫中，可是为何又流落至此呢？若微很好奇，但是她忍住了，宫中的女子，哪一个是平凡的呢，每一个人似乎都背负着不为人知的秘密与故事，又怎么可能一一问清楚呢。以前怎样都与她无关，重要的是她相信现在这个玉华真人对自己是无害的。

"好了，遭遇此劫你心里定是又惊又怕，早早回去休息吧！"玉华真人为若微包好手，又伸手理了理她的秀发，"在这山上穿家常的服饰怕是不方便，明日我让桂嬷嬷给你们送上两身道服，外出的时候穿上，方便利落些。"

若微点了点头，对着玉华真人这样一个娴静如水的女人，仿佛根本无从拒绝，原本以为回来后定要受到一番责罚并引起新的风波，没想到她会如亲人一般体贴关怀自己，这反而让若微有些无所适从。

怔怔地发了一会儿呆，忽然想起一个点子："玉华真人，我们今天在后苑的岩壁上发现一个龙洞，里面有泉水，这下我们用水就方便了！"

玉华真人刚刚点了点头，一旁的桂嬷嬷则大呼起来："还提你的龙洞，你空着手往返，都掉下山去，若是提着水桶，那还不知道一天要摔死几个？小祖宗，你就消停些吧。"

"嬷嬷。"玉华真人嗔道，"若微也是为了观中众人的方便。"

"可是……"桂嬷嬷像看着一个怪物一样看着若微。

若微歪着头笑了："放心，桂嬷嬷，人都说吃一堑、长一智。经过今天这样的险境，我自然不会让观里的姐妹遇险。刚刚在回来的路上，我就想了一个好法子，管保万无一失！"

"哦？"不仅是桂嬷嬷，就是玉华真人和紫烟、湘汀都有些置疑。

若微细细讲来，一边讲，一边比画，说了一大车，众人还是莫名其妙，若微眼波一扫，看到窗下的书案，冲玉华真人微微一笑："玉华真人，我可以用一下您的笔墨吗？画个图大家一看就明白了！"

玉华真人点了点头。

紫烟立即凑上前去："我来研磨！"

若微提起笔，稍稍凝神细想，随即下笔。不一会儿，一幅后山龙洞的图便栩栩如生地跃于纸上。她又画了一张取水的图，以长长的竹子为水管，一端置在洞中泉口处，一端置于山崖这侧，又在临近出水口的竹管上设一个小阀门。她一边画一边解释着："看，每次需要取水时，将阀门提起，这样水就源源不断地流出来，而不用的时候，将阀门放下。这水就流不出来了，如此这般，清净便利。可惜我们没有菜园子，要不然可以引泉水为溪流环绕，这样就更方便了！"

"这能行吗？"桂嬷嬷几乎趴在纸上，端详半天，也看不明白。

而玉华真人听了则大喜过望，将若微揽进怀里："好孩子，你真是天尊赐给三元观的福星。这样一来，用水、吃菜，我们观中都可自给自足，不用每天远赴山下去取了。这法子你是怎么想出来的？"

若微仰起一张笑脸："总不能白白摔这一跤，还受了惊吓。我想好了，等到明日装这竹渠的时候，进去施工的人都以绳子缚在腰上，另外一头拴在树上，这样就不怕沾了水脚底打滑坠下山去！"

"若微，好孩子，难为你想得如此周全！"玉华真人拥着若微，透过她，就好像看到自己的女儿宝庆公主，她是否像若微一样伶俐贴心呢？想着想着，眼里就渐渐蒙起一层水雾，这当娘的如果自己的孩子不在身边，最见不得的就是与自己孩子年龄相仿的孩子，每见一次，就会勾起无尽的伤心，久久难以平息。

"玉华真人？"若微不知她为什么突然伤心，只是觉得看着她伤心，自己心里也难过起来。

"没事，好孩子。你如此聪明伶俐，却不在娘亲的身边，我在想你娘此时不知心里是如何难过？"玉华真人轻拂着她的秀发，"去吧，到后面休息吧！"

若微点了点头，这才带着紫烟与湘汀回到自己住的小院。

第六章　前缘入梦来

若微坐在书案前，以手支着头，默默发呆。

湘汀去前面厨房打饭去了，紫烟见湘汀走得远了，立即凑到若微身边："小姐，快跟紫烟说说，今天是谁救了你？"

若微头也不抬，懒懒地回了一句："一个好心人。"

"好心人？"紫烟转了转眼睛，"好小姐，你就招了吧。刚刚湘汀在，所以紫烟没好意思问你。这个人，跟上次你在半山腰失足遇险救你的那个人，是不是一个人？"

"什么？"若微颇感意外，伸手在紫烟头上敲了一下，"你这脑子里胡思乱想些什么？"

紫烟撇了撇嘴："小姐不老实，上一次的事情就透着蹊跷，可是公主殿下和皇太孙都没有生疑，紫烟也就不多事了。可是这次也太奇怪了，从山顶上掉下去只划伤了手心，这衣服和身上都好好的，这怎么可能？"

"紫烟，你疯了吗？难道要我摔断了腿、划伤了脸，你才高兴？"若微索性站起身走到床边，翻身上床，头朝里侧，蒙着被子好似要睡。

而紫烟一把将被子扯下："小姐，你平安无事紫烟当然最开心了。可是刚刚看你手上包扎伤口用的布，那分明是上好的云缎，一般在山里打柴或者是练武的隐士，不会穿这么华贵的袍子，而且若是素昧平生、毫不相干的人，救了你就是了，又何必在乎这手上的小伤，替你撕下袍子小心翼翼地包好伤口。就是他想，小姐又怎会让外人帮你包呢？所以，这个人，小姐一定认识。他出身富贵，又懂医，武功又好，还三番两次搭救你。他是谁？小姐又为何要隐瞒？”

若微从榻里翻了一个身，鲤鱼打挺直愣愣地坐了起来，像看一个怪物一样盯着紫烟：“天呢，是我傻了，还是你变聪明了？紫烟，给我当丫头太委屈你了！你应该去刑部，去大理寺，这样的明察秋毫，这样的推理演绎，你简直是狄公转世。”

“什么毫，什么寺？小姐，你不要转移话题好吗？你就跟紫烟说说嘛！”紫烟缠着若微，紧紧逼问。

若微捂着耳朵逃到外屋，刚巧看到湘汀提着食盒从外面走进来，立即奔了过去，一脸讨好地说：“湘汀姐姐辛苦了，紫烟偷懒，我刚刚骂过她，一会儿吃过饭让她去送食盒，顺便今晚上的热水也让她去打！”

湘汀见她一脸欢喜，心情也大好：“姑娘说的什么话？我年长，多做一些也是应该的。”

“哼！”紫烟噘着嘴接过湘汀手中的食盒，拿到厅里放在桌上，开始摆放菜品、碗筷，脸上还是气呼呼的，“行，小姐，反正，你不说，紫烟也知道！”

“呵呵呵，就是不说，让你猜来想去，睡不着觉，明天早晨变成乌眼鸡！”若微仰着脸，故意拿话刺她。

湘汀盛好一碗饭，递给若微，脸上有些莫名其妙：“这是怎么了？”

可是这两个人，一个笑嘻嘻，一个气哼哼，谁也不搭理她。

因为前一夜刚刚换了地方，若微认床，所以几乎一夜无眠，原本就乏得很，再加上今天下午的遇险伤神劳力，所以她很快便沉入梦乡。

而紫烟虽然心中存着几分疑虑，那也是为了若微好，担心她在外面遇到什么事，见她心无旁骛、气息如常，不多时便睡熟了，所以也不再思前想后，只是心中默默企盼，让小姐少受些磨难，或是早日回宫与皇太孙团聚，或是能有一个好的归宿，想着想着，也睡着了。

湘汀倒是有些心事，躺在床上思来想去睡不安稳，却也不敢翻身，怕稍有动静，吵了她俩，于是只能睁着眼睛默默理着思绪。

跟在若微身边，湘汀始终有些忧心忡忡，她与紫烟不同，紫烟是若微从家里带来的，自然是走到哪里都要跟在一起，可是自己原是宫里太子妃身边的人，当初被派给若微，一方面是为了照料她的起居，另外一方面也是替太子妃从旁细细观察她的人品、性情，不时地给太子妃递个消息。

可是湘汀虽然机敏，为人却最是敦厚，跟在若微身边日子久了，不知不觉一颗心竟然全都偏在她的身上了，就连太子妃都靠后了，每次太子妃召她去问话，她说的都是若微如何聪慧、如何善良、如何得体，又如何出众。

就连这次出宫，太子妃也曾差人唤她前去问话，湘汀心里十分明白，如果太子妃继续让她留在若微身边，就说明一切还有转机，若微还有可能重新返回宫中；如果太子妃的意思是让自己重返太子宫，那就说明她已经放弃若微了。

所以湘汀决定为了若微，试一试太子妃的意思，所以她说关于去留一切听太子妃的意思。太子妃滴水不露，面上的表情让人无从猜度，只说了句："那就留下来吧，正好皇太孙即将分府出宫，皇太孙妃身边也没个老成持重的人，你就到皇太孙妃身边侍候吧！"

湘汀听了，顿时觉得兜头被浇了一桶凉水。

曾经以为太子妃为人和善、举止端庄，能在太子妃身边服侍是她的运气。而此时她才知道，面上和善的人内心竟是如此冷酷。

于是她仰着脸，第一次忤逆了主子的意思，她说，义仆不侍二主，如果重新回到太子妃身边，是她所愿，但是去服侍皇太孙妃，则心里难免有所芥蒂。

太子妃先是一愣，随即点了点头，只说了一句也好。

她说，既然如此，就算你离宫脱籍吧。

宫中十二年，八岁入宫，在太子妃身边五年，在若微身边七年，如今恰是双十年华。大明宫中的规矩，宫女原本要到二十五岁，才可出宫返乡。

如今，自己要追随若微，太子妃却许她离宫脱籍。

这意思再明确不过了，就是说从此之后她湘汀便是自由之身而不再是太子妃宫里的人了，这所言所行自然也与太子妃无关。

看似对自己的恩泽与体恤，实际上还是为了避嫌。

这样的心机，真让人有些寒心。

只是如今，自己已是自由之身，可是究竟是该返乡还是该继续陪着若微，湘汀心里也没了主意。她微微侧过脸，看着对面床上的若微一脸稚气睡得正香。

一只如玉的手臂伸在被子外面，而被子有一半都掉到了地上，心中不由轻叹，即使才华满腹也究竟还是个孩子。她轻手轻脚地下了地，走到若微的床边帮她拉好被子，坐在她身旁看着她安详的神色，又想起去厨房打晚饭时听到的厨子和小道童的议论。

她们说，若微一定是个大富大贵的人。

能从后面的峭壁中发现龙洞，能在里面找到水源，这本身就是福泽深厚的人才能做到；而且从这样高的山上坠下，却毫发无损，更是有天神护佑，恐怕这栖霞山上的三元观，就是凤凰暂栖之所。

湘汀凝视着若微，看她吐气如兰，面似明珠，不由心中一动，以自己如今的年纪回到家中又能如何？最多不过是嫁一名小吏，倒不如跟在若微身边，也许，出路更好。

想到此，心中豁然开朗，重新回到榻上，一觉睡到天明。

第二天一早，若微早早起身，用过早饭以后，便带着紫烟、湘汀、桂嬷嬷和众多道童一起来到了后崖，又请来栖霞寺的师傅，按照若微画的图纸，以竹子为管引水出洞，方法便宜又省事，不到半日，就修出了一条山泉水渠。

掬一捧甘美的泉水，看着连绵的青山，耳畔是众人的赞语与欣喜的雀跃之声，在若微面前，仿佛那扇已经关上的窗，又悄悄被开启了一条细小的缝隙，阳光一下子照进原本有些阴郁的内心世界。是的，出了宫，看似进入一条死胡同，然而只要你心中希望长存，就会迎来收获。

大明南京城乾清宫中。

天子朱棣坐在龙案之后，注视着面前这只纸鸢，神色肃然又有些落寞。殿中垂首而立的正是大总管马云，他小心翼翼地打量着天子的神色，从他的脸上看不到喜，也参不透怒，只是那龙目中的幽深让人忍不住有些心惊。

"这是从哪儿拾来的？"半晌之后，朱棣忽开龙口。

"是在西华门外！"马云实在有些汗颜，身为乾清宫总管，朱棣身边的第一红人，又背负着锦衣卫指挥使的双重身份，居然一连几日让这风筝凭空飞进宫里来了。把守宫门的侍卫最初都不以为然，后来马云偶然听到两个小太监的议论，这才留了心，拾来一看，只见这画中所绘，是一名戎装将军身负重伤被一老者所救，而不远处还赫然画着一个怀抱琵琶的女子的背影。

此事透着玄妙，又像是一个哑谜。

马云得到消息以后，又想到此前朱棣曾经命他在宫中找寻过善弹琵琶的女子，这才不敢怠慢，将纸鸢立即捧于圣前。

朱棣巍然不动，目不转睛地看着那风筝，想了又想才说道："去，叫人多扎几个纸鸢，记住要白底的，挂在西华门外，在宫门口备好笔墨，若有人上前来画纸鸢面的，不许阻拦，立即呈给朕看！"

"是！"马云低下头，匆匆退下。

朱棣心中喜忧参半，想不到她真的来了，许是朱瞻基纳妃之事传到邹平，她得到消息之后，担心女儿的命运，终于忍不住露面了。

想不到十几年过去了，早已为人母的她还是这般机警伶俐，居然以这样的法子要求面圣。朱棣手捋须发，眼底渐渐泻出一丝淡淡的柔和。

第七章　突逢慈恩顾

三元观的山门之内十丈左右的地方，不知从何时起又多了一间小小的药庐。

每日午后到太阳下山之前，这里都会有一位年轻的道童为过往路人问诊开方，遇到囊中羞涩的还会接济一些草药。因为这小道童不仅相貌极好，人长得唇红齿白，而且态度最是亲切和善，更重要的是不管是什么病症，只须三两副汤剂下去便可药到病除。

于是原本冷冷清清的三元观，一时之间人流涌动、络绎不绝，即使是城中的大户人家也常常会驾着车马，来到这儿问诊。

三元观后崖上发现龙洞的消息更是不胫而走，很多人都专程来龙口处取上一壶泉水，都说龙泉甘美可口、可治百病。

栖霞山在众人眼中自然成了一处上风上水的大吉之地，所以有如此妙手回春的小道童也不足为奇了。

而这位时常穿一件水绿色道袍，以一根玉簪绾住如黛秀发梳成一个高髻并以薄纱掩面的小道童，正是孙若微。

又是夕阳西下之时，药庐之内，好不容易才送走最后一位看诊的病患，紫烟刚刚关上门，若微就往竹榻上一躺，随便摊成一个大字，嘴里呼着："累死了，不行、不行，明日要休诊一天，不然本大师就要去见天尊了！"

湘汀从壶里倒了一杯热茶，以山泉水冲泡的清茶散发着袅袅的烟雾，芳香四溢，她伸手将若微扶了起来，又好言好语地哄着："姑娘，快喝口水吧，这一下午都没沾口水，唇都干了呢！"

接过茶杯，一口灌下去，随即咧着嘴跳了起来："老天，想烫死我呀！"

紫烟一面收拾着药箱，一面搭着腔："湘汀，看见没有，咱们姑娘在外人面前是何等的宅心仁厚，这关起门来，真是连个手指都不想动了，这水呀你得晾得不烫不凉，才能送到她的嘴边！"

湘汀连连点头："是我疏忽了，姑娘，有没有烫到？"

若微摆了摆手："真累呀，原本只想着咱们在清心院住得太过简陋，所以开个药庐挣点零花钱，换些吃的用的，哪承想这一张，就像拉上磨的驴子，再也由不得自己了，如今想闲都闲不下来！"

湘汀挨着若微坐下，拿着扇子给若微扇着风，而紫烟站在一旁，帮若微轻捶着肩膀："好姑娘，你开药庐既能挣钱又是在做善事，可若是太累了，不如就停了……"

"停了？你忘了咱们能开这个药庐，费了多大的劲？"若微鼓着腮，偎在湘汀怀里，身子绵软得如同一摊泥。

紫烟扑哧一下乐出了声："是呀，姑娘也真神，居然会想到给桂嬷嬷治什么脱发之症，她原本心里是八百个不乐意，可后来前面头顶真的长出了浓浓的新发，这才将咱们姑娘奉作神明，再也不处处盯着咱们，管这个管那个了！"

湘汀也笑了："是，还是姑娘眼尖，居然知道她平日里绢花底下的那块头皮是秃的，又想法子治好了，这才让她没话好说！"

若微心想，虽然你们如此夸我，可是打死我也不说厨房里丢的那几斤鲜姜是我偷的，要没有这些鲜姜，我才没办法给老太太做什么生发的药水。

正在暗自得意之时，忽然听得外面有人轻轻叩门。

"这么晚了，难不成还有人来？"紫烟走到门口，打开竹门，不由立即一声惊呼："少奶奶！"

若微腾的一下站起来，跑到门口，"天呢！"沐浴在夕阳的光芒中，一身玄色的道袍，乌黑的长发端庄地束在发顶，头上还戴了一顶黑色的风帽。

"娘！"若微一头冲进她的怀抱。

紧紧拥着娇小柔美的女儿，董素素不想哭，可是眼泪却怎么也止不住。

若微把头埋在娘亲的怀里，迟迟不愿抬起头，她一直以为自己是坚强的，不论面对何种境遇，是突然奉旨入宫还是被迫与瞻基分开来到这栖霞山上清修，生活中的起起浮浮，她以为她都能够淡然地接受。可是此时，面对突然出现在面前的娘亲，她只想在她的怀里，好好地哭上一场。

"少奶奶，您，您怎么来了？快里面坐！"紫烟一边抹着眼泪，一面去扶董素素。

湘汀看到此情此景，心中也很是难过，但是她毕竟年长些，所以虑事周详。她四下里看了看，才劝道："姑娘，请夫人到后殿咱们的小院里慢慢坐下来叙话吧！"

"好！娘！这药庐里乱乱的，只是白天的诊室，我们原是住在这三元观后面的小院里，很是僻静，咱们到后面说话吧！"若微仰起脸看着娘亲，反而有些扭捏起来。

董素素伸手轻轻在她脸上拂过，用袍袖帮她抹去泪水，叹了口气："这是皇家道观，旁人不得入内，娘也不想让别人知道我来过，就在这儿跟你说几句话，还得赶回城中！"

"娘！"若微蹙起秀眉，似懂非懂。

湘汀心中却仿佛明白，立即拉着紫烟远远地走开。

董素素拥着若微，走进竹屋，关好房门，这才坐在榻上。

"娘，你怎么会来到此处？爹爹呢？谁跟你一道来的？"若微问出一连串的问题。

董素素用手抚着她的秀发，眼中露出一派忧色："你爹爹在北京城中督建，走不开。是继宗陪我来。"

"继宗来了？"若微面上大喜，"他在哪儿？"

董素素叹了口气："还是这个性子，你这样的性子，宫里怎么能容你？"

"娘？"若微的眼神儿刹那间变得十分暗淡，她心中料想娘会突然来到京城，定是因为得到了消息，也就是皇太孙册妃大喜诏告天下的消息，人尽得知，娘肯定也是听说了。于是她呢喃着，轻声说道："对不起，微儿让娘失望了！"

董素素摇了摇头："娘何尝对你入宫有过什么期盼？从未想过让你入宫、得宠、封妃。这次是继宗陪娘来的，这皇家道观看似清净，实际每天你一举一动都会有人盯着，所以娘一个人打扮成云游的道姑来看你，继宗在下面等娘。"

"娘？"若微完全糊涂了，在她的印象当中，娘就是个柔柔弱弱的大美人，美则美矣，可性子柔得像水，整天大门不出二门不迈，除了绣花、弹琴、写字、画画，就是相夫教子，所关注的不过是时新的花样和新鲜的胭脂膏子，今天这样的娘，一脸的坚定与处处流露出来的谋略，反而让她觉得如此陌生。

董素素拉着若微，一脸肃然："宫里的日子不好过，娘这次来，是去找一个人。他可以决定你未来的日子。如今娘只想问你一句，你是想随娘回家，从此平平淡淡，找一个温良厚道又能与你举案齐眉的人嫁了，还是……"

董素素微微一顿，"还是想和那个皇太孙，再续前缘？"

"娘，你在说什么？我怎么一句也听不明白？找什么人，什么人可以决定我的命运？我……"

董素素叹了口气："你不要问这么多，娘只想知道你的选择？"

若微从来没有见过自己的娘亲有这样坚毅镇定的一面，她眼帘低垂，细细思索，然而一时之间却没了主意。

就在此时，竹榻上有一个小东西在缓缓地移动。董素素似乎吓了一跳，脸色微变："那是什么？"

若微抬眼一看，不由笑了，她爬到榻里，伸手将小乌龟放在手里，用自己温润的手摸着它冰凉的壳，小乌龟好像认识她一样，在她手心里居然舒服地伸展着四肢和丑丑的小脑袋，若微用手指轻轻弹了弹它的小脚，忽地笑了。这是出宫的时候瞻基托人送来的，那只枣子已被自己吃了，可是这只小乌龟她一直带在身边，就是每天早晨去大殿念经，也要把它揣在袖中；而每日午后看诊，也会把它带到药庐，不时地看它一眼，得了空就放在手心把玩一会儿，仿佛心里一下子就宁静了，舒适了。

此时，若微脑子里反反复复就闪过一句话，这是他送的，这是他送的，是他心中的期盼，是他和自己约定。

"这是我出宫的时候，他托人送来的，还有一粒枣子！"若微脸上浮现起一丝淡淡的笑容，似乎是在撒娇，"娘，那枣子女儿吃了，这只小龟女儿也一直留在身边！"

董素素看着女儿的神色，不由有些心慌，多少年前，爹爹也曾问过自己这个问题，爹爹说，留在此处，等着他，他也许会迎你入宫，给你尊贵的地位与恩宠；随爹爹走，只能嫁个凡夫小吏，却可以保一生的平安。

当时自己想都没想，抱着琵琶就跟着父亲远走他乡。

后来才知道，自己无意中救下的那个燕军将领，那个深夜在她闺房门外听琵琶曲，诉衷肠的人就是逼宫夺位的一代枭雄天子——朱棣。

后悔吗？

是的，在听到这个消息的刹那，她稍稍有些后悔，因为对于每一个女人来说，得到天子的青睐，都是一种荣幸和骄傲。

可是，后悔只是瞬间的。

而与孙敬之的琴瑟和美、夫妻恩爱，儿女的绕膝之乐，才是永恒而真实的。

今天，似乎历史在重演，而女儿的答案却出乎她的意料。

"若微，你可想好了？在宫里那可是百芳争艳、花团锦簇的日子，任谁也不可能一枝独秀、独享天恩。如果……"素素还待再劝，而若微只是轻轻点了点头："得宠，就会失宠。失了宠，就是昔日汉武帝的金屋昭阳殿也会成为冷宫，女儿都明白。"

她不再说话，只是轻轻抚着手里的小龟，眼中充满了温柔。

董素素微微怔了怔，随即将若微拉在怀中，紧紧拥着在她耳边轻声说道："也许娘能帮你达成这个心愿，只是娘希望这是在帮你，而不是在害你！"

"娘？"若微对上娘亲的眼睛，一双灵动的眼眸像是蒙上了一层水雾，烟云逶迤，迷离而痴。

董素素放开手："如今身处在栖霞山上，你还能将自己照顾得如此妥当，苦中作乐、悬壶济世，如此，娘真的可以放心了！"

"娘？"若微惊了，"怎么？娘这就要走？"

董素素点了点头："是，原本是继宗奉你爹爹的意思来接我和继明去北京与他相聚，我求了继宗，瞒了你爷爷，偷偷绕路到此处，只为了看你一眼，再办妥一件事情，还要匆匆赶赴北京！"

"娘？"若微此时真像是一个孩子，她死死拉着董素素的衣角就是不放手。

董素素看着她再次叹息不已，最后狠了狠心才推开门。

"紫烟！"她轻唤一声。

不远处的紫烟与湘汀立即上前福礼："少奶奶"、"夫人！"

"若微全赖你们照顾，如今在山上连带你们跟她一起吃苦！"说着从袖中手腕上褪下一对碧玉镯子。

紫烟与湘汀刚要推托，董素素却已经将镯子一人一只帮她们戴在手上："这是做娘的一点儿心意，若要推托倒让我为难了！"

湘汀与紫烟对视之后，只得深深福礼相谢。

董素素点了点头，又回首看了看满面泪痕的若微，这才匆匆离去。

"娘？"若微声声悲泣。

而董素素头也不回，那玄色的身影越来越小，终于掩映在山林之中，没了痕迹。

第八章　谁与共芳盟

　　秦淮河畔百花巷内许彬的府中，月牙池畔的妙音斋里静静的，月光洒入室内，柔和而旖旎，西小间的书房内，摇曳的灯烛下，是一个俊秀修长又孤寂萧瑟的身影。

　　他，即是许彬。只着了一件白绸素袍，坐在书案之前，对着跃然于纸上的那名女子，愣愣地有些出神儿。

　　绿衣掩衬着白色的抹胸，如碧荷莲衣一般含苞于水中。

　　那天的她，美得如同九霄云际间坠入尘世的精灵。

　　谁能想到，她居然在摇摆不定的小舟之上，舞出了那支令人惊艳叫绝的盛唐名曲《踏歌》。

　　画上的她，手持陶罐捧于胸前，松膝、拧腰、倾胯，以婀娜之态定格，含笑而望，身韵优美。

　　画笔只能将她最后的一幕记录下来，而在此之前，那一长串令人目眩的舞姿与娇美的神情，任他撕碎多少张画纸，折断多少根画笔，都不能完美传神地呈现出来。

　　许彬很清楚地记得，她先是坐在船边以手试水，湖水清净明澈，被她的玉手溅起纷乱的水花；轻盈的旋转像雪花飘舞，垂下的双手似柳丝那样娇柔，舞裙斜着飘起，仿佛白云升起。舞袖迎风带出万种风情。

那日的她，素肌流露天真，夜来玉立瑶池，盈盈素靥，若仙若灵。

霓裳舞罢，只是断魂流水。

从此逍遥烟浪谁羁绊？

许彬对着桌上的画卷，不由一声长叹。

而门外与之相应的，是更加轻柔，几乎不可闻的叹息之声。

"进来！"许彬将案上的画卷卷好，放入画筒之内。

"每日都要看上一两个时辰，何必还要收起来呢？"羽娘袅袅地步入室内，一只手轻搭在许彬的肩上。

许彬反手握住她按在自己肩上的那只玉手："东西，她收了？"

"收了"！羽娘盯着他的眼眸，面前的男子本就英俊，在柔和的烛火下更是好看得让人心惊，这是一张令男人嫉妒、让女人痴狂的脸，只是可惜，他时常刻意以阴冷和桀骜为自己绝色的容颜加了一张冷酷的面罩，让人倾慕却难以亲近。

这样骄傲的男子，视天下女色为草芥的他，竟也遇到了自己的情劫。

羽娘笑了，笑得十分悠雅。是的，她们这样的女子不同于普通的娼门女优，有为妓的媚态娇俏，更有大家闺秀名门淑女的气质与风姿。

男人们只知道这样原本对立却结合在一起的美，让他们欲罢不能，却永远不会知道，它是怎么形成的。

养尊处优的官家小姐，一夕之间，沦于最下等的营妓，被无数的草莽汉子轮奸玷污，求生不得，求死不能，随即被投入妓馆，强学卖笑。

天底下，还有比这更悲惨的命运吗？

羽娘这倾城倾国的笑容，就是这样得来的。

"笑什么？"许彬拉她坐下。

她伸出手，用手指尖轻轻抚着他的眉、他的鼻、他的唇，眼中神色有些幽怨："她自己就在三元观外行医赠药，深通岐黄之术，哪里又会需要你这两丸药？"

"她……"许彬并不相瞒，"那日在山谷中替她包扎手上的伤口，不经意间触到她的脉象，才知道她似乎服下了宫中的凉药。她医术尚浅，治些寻常的病症或许可以，而这等害人之法她未必懂得如何应对，若不早早为她调理，日子久了怕要贻误。"

羽娘静静地注视着他，两人咫尺相隔，近得似乎可以听到彼此的心跳，当他提到"她"的时候，唇边微微含笑，眼中是说不出的旖旎温柔，往日的清冷与阴郁之色全然不见，羽娘突然觉得，如果和"她"在一起，能让他如此快活，就是以自己的命去换，仿佛也是值的。

"她真是有些奇怪，被贬出宫，在荒山道观中修行，却还能自在怡然，弄出这么多新花样来，我看她的气色似乎比之前在宫中的时候还要好上许多！"羽娘的声音里带着愉悦，将若微在栖霞山上引水设渠、在三元观外开设药庐替人诊病的事情娓娓道来。

许彬沉浸在她描绘的情境中，极为安静，从始至终他只是认真地倾听，不插话也不打断，而唇边的笑容则渐渐扩散开来。

"既然如此牵挂着她，不如公子直接去见她如何？"羽娘心中实在有些不忍，因为他面上的神情，是这十年间从未有过的快活，羽娘不忍片刻之后，这神情就消失得干干净净。

是啊，直接去见她？

许彬摇了摇头："她现在的身份比之前在宫中更加尴尬，而且暗中还有锦衣卫的人在盯着，我怎能因为一己之私，让她惹祸上身？况且，现在你和白纻、绿腰扮成病患常常去看看她，我自可放心！"

"公子是放心了！可是苦了我们，装作老妪病妇，弄得脏兮兮丑巴巴的，还要给自己变着法子编些病症！"羽娘嗔道，"这一连去了几日，山上很是太平，公子还担心什么？"

许彬神色稍暗："我也说不清，只觉得心神不宁，仿佛要有什么事情发生，况且她这次出宫原本就有几分蹊跷，怕是老头子又有些什么阴谋，所以还是要多加防备！"

羽娘神色一凛："早就说了，咱们可先拿皇太孙下手，先除了他的心肝，再取汉王、赵王和太子之命，让他断子绝孙，那老东西定是会气得血吐龙床，一命呜呼，何须一等再等，贻误时机！"

她此语一出，许彬剑眉高挑，乌瞳中立时透出七分邪气。这是怎样的眼神儿，只淡淡地一扫而过，那股勾魂摄魄的霸气就冷俏俏地射了出来，如同利箭一般。

羽娘好端端的却被吓到了，身子微微轻颤，低垂眼帘呢喃着："羽娘多言了！"

"好了，你也累了，下去休息吧！"仿佛只是瞬间，许彬又恢复了常态。他不再说话。

羽娘站起身，缓缓走到门口，回眸凝视着他的背影："那明日，还去吗？"

烛影中，他仿佛微微点了点头。

羽娘恭敬地答着："那明儿派白绫去吧！"

他仿如不闻。

而她则知道，他是应了。

于是悄然退了出去，又将房门带好。

而他，用手轻抚着画筒，仿佛挣扎良久，才将画筒放入书案边上的青花瓷缸中，那里面有许许多多相似的画筒。

他站起身，走到西墙下的琴案前，轻轻拨弄琴弦，只三两声响过，他又疾步走到书案前，在一堆画筒中，一眼就挑出了那轴画卷。

轻轻解开上面的绢绳，再次打开，平铺于案上。

他想起刚刚羽娘说的话，每日都要拿出来看好几次，为什么还要卷起来呢？干脆挂在房中，抬头就可看到，岂不更好？

可是羽娘不懂他的心思。

他就是喜欢这样一点儿一点儿、小心翼翼地将画卷展开，看着她的秀发，娇颜，身姿，一点儿一点儿出现在他的视线里，花上一个晚上的时间，用手轻轻地将微卷的画纸抹平。

如此往复，才觉得她就在身边，如此真实地伴他左右。

也许自己是病了，或者是着了魔，只是就算自己的医术可比华佗、孙思邈，恐怕此生，也无法自医而愈。

第二日，艳阳高照。

栖霞山三元观内，若微坐在大殿之上与观中的众道姑一起听玉华真人讲经。所谓讲经，其实就是她念一句，而底下的人跟着念一句。

若微初时还觉得女子们朗朗的诵经声听起来很悦耳，因而念诵之时甚是起劲，可是好几日下来，就觉得枯燥无趣。

此时她手托香腮，昏昏欲睡。

玉华真人何其敏锐，一双慧眼向下扫去，看着若微粉面嘟嘟、睡得正香，心中怜她自是不忍叫醒，本想转过脸去继续念经。可是……那是什么？玉华真人眉头微蹙，定睛再看，在若微的膝头上居然有一个黑漆漆的物件蠕来爬去，立时大惊失色。

身旁服侍的桂嬷嬷看玉华真人面色不对，顺着她的目光向若微望去，"天呢！"桂嬷嬷立即走过去，将那个东西拎了起来，"我的天，居然是只小龟！"

众人见玉华真人停了诵经，也都把目光投向若微。

而若微还在梦里，脸上浮现着痴痴的傻笑。

坐在她身旁的紫烟与湘汀，立即用腿轻轻蹭着她。

"啊，讲经结束了？"若微揉揉眼睛，旁若无人地从蒲团上跳了起来，拉起紫烟的手，"走，快出去透透气儿去，我都要闷死了！"

"姑娘！"紫烟冲着她不停地使着眼色。

若微傻傻的不明就理，一回头就撞到一个坚实的膀子上："桂嬷嬷！"

桂嬷嬷拎着小乌龟："这是怎么回事？清静庄严的大殿之上，你竟然带这个东西来听经，你真是顽劣之极……"

"小龟！"若微立即喊了起来，"求嬷嬷还我！"

"还你？"桂嬷嬷瞪着她，刚要再开口教训。

而若微则有意无意地用手轻轻捋了捋自己的发梢，桂嬷嬷立时气短，想到这丫头鬼点子太多，自己的脱发是她治好的，要是骂得紧了，得罪了她，不定有什么鬼点子整治自己呢，罢了。桂嬷嬷想到此，把手里的小乌龟丢给若微，若微立即伸手接住，又把小乌龟放在手里小心呵护，而桂嬷嬷则转身走到玉华真人面前："真人，您看若微扰了早课，该如何责罚？"

玉华真人面色极尽淡然，说不出是喜还是怒，眼波在若微身上久久沉浸，仿佛有些失神。

"真人，若微知错，下次不带小乌龟上殿就是了！"若微脸上尽是懊悔之色，脑子却转得飞快，原本还想着自己药庐里的药材有些缺项，想去山下再采买些，无奈这三元观规矩甚严，根本不许私自下山。平日里的柴米油盐各项供给，都是宫中定时按例送来的，而时令的蔬菜和零散的物品用具，都是托栖霞寺里的僧人们代办的，然后由他们送至观门，由桂嬷嬷支取银子结算，所以很不方便。想到此，若微大着胆子跪在蒲团之上，低眉顺目轻声求道："玉华真人，前些日子若微在观门口为路人诊病，得了些诊资。若微原本想将这些银两献出，为观中的姐妹添置些贴身用的物件，可是这些东西都是女孩儿家用的，若托栖霞寺的僧人们代为采买，恐怕多有不便。而且药材也该添置了，所以若微想求真人，允许若微下山，将所需物品置齐，就算罚了徭役如何？"

殿上众位小道姑听了，面上都有喜色。

桂嬷嬷却是满脸阴云密布，只是她还未及开口，玉华真人就点头了："难得你有这份心，那就早去早回吧！"

若微听了喜不自胜，立即美滋滋地跑到桂嬷嬷身边耳语片刻，众人不知她说些什么，只是桂嬷嬷的神色却是渐渐转晴。

于是，若微带着湘汀和紫烟，回到自己住的小院中，脱下道袍换上一水儿的青衫男装，束发插簪，收拾妥当，这才下山。

"小姐，你刚刚跟桂嬷嬷说了什么？让她那么痛快就放咱们下山了！"紫烟好奇地拉着若微问。

"我就跟她说，回来给她带一瓶上好的桂花头油！"

"啊？"紫烟拍手称道，"想不到桂嬷嬷一把年纪还这么爱美，平日里凶巴巴的，谁能想到她的软肋就是这一头云雾。"

"每个人都有弱点，只是有些人善于隐藏，不容易为外人察觉，而有些人则过于外露，不管怎样，只要知其弱点，便可掌握此人！"若微的面上，是一份与年纪毫不相衬的成熟与冷静，口里说着，而步子匆匆。

　　湘汀与紫烟对视之下，也不再开口，只跟在若微后面加快了步子。

　　湘汀心中明白，若微并非只是为了下山采办所需物品，她应该还有别的事情想要去做。可是既然她不说，自己也不能点破，为奴就要有为奴的本分。

第九章　金川潘安怨

金川城门位于南京城北，坐南朝北，城门外设有"金川桥"一座，城门附近设有水关，以扼城墙内外金川门之要津。

南京城十三座城门，而此门却是北上的首选，也是昔日燕王朱棣靖难起师，亲率兵将自瓜州渡江经此入城之门，所以对于这座城门，当今的天子永乐大帝朱棣格外看重。

所以十三座城门中，也唯有此门专设千户所，为守门之将所用。

今日，城楼之上，赵辉悄然而立，沐浴在夕阳之中，九尺身躯顶天立地，如天神下降，又似人间太岁。赵辉，人如其名，年二十许，状貌伟丽，线条硬朗，眼神中毫不掩饰的精光四射开来，整个人充满了狮王般的霸气。

城下已经聚集了不少专门在此等候他的姑娘和少妇，赵辉心中暗笑，想那"掷果盈车"的典故也莫过于此。古有美男，姓潘名安，至精至美，每当外出行至路上，便有老妪妇人以香果掷之，遂满车而归。

而他，更是有过之而无不及。

赵辉的父亲名唤赵和，行伍出身，早年以"千户长"之职跟随大明军远征安南，不幸战亡。按照大明规制，父亲为国捐躯，子孙可以袭封，于是赵辉就继承了父亲的千户长职位。他之所以被调来专守金川城门，并不只靠其父的功勋，因他自小习武、工夫了得，其统辖的一千一百二十名守兵队伍井然，风纪超群，曾在皇上点兵阅武时获得嘉许，所以才会前程似锦。

年轻英俊、伟岸不凡的赵辉，每每临城而望，就会引来众多女子的翘首相望。久而久之，每到他值守之际，便有不少女子早早聚在城下相守，只为一睹他的风姿。

谁说明朝女子拘束内敛？

被蒙古外夷统治了那么久，多多少少还有些崇尚原始自然的遗风相传。

要说这大元也不是全无好处的，想到此赵辉不禁笑了，如今城中虽然兴起缠脚之风，明令女子大门不出二门不迈，可还是挡不住豪爽女子当街拦他、看他。

果然有如此魅力，也不知是福还是祸，不如学那兰陵王，做一个丑陋凶残的面具带上，也好省了这许多烦恼。

正想着，突然视线中闪出一人。

弱小的身姿，在人群中挤来蹿去，穿着青衣素袍，一头黑亮的美发以木簪绾起，像是一个小道童。赵辉眉头微蹙，莫不是趁乱偷窃的小贼？

只见他从人群中挤了出来，走到城门外的馄饨铺子前，跟摊主搭讪起来，仿佛在打听着什么。赵辉想了想，还是正事要紧，这些小贼今日不抓还有明日，而大事则耽误不得，于是立即走下城头，进入千户所内，刚一坐下，便有亲兵上前听候差遣。

"去，按计行事，加派人手，不许放过任何蛛丝马迹，前几日的事情若是再发生，这颈子上的脑袋可都保不住了！"赵辉从案上端起茶盏，缓缓饮了一口，又细细叮嘱一番。

"是！"亲兵立即下去传令。

赵辉想了想，换下军服，只着一件秋香色的丝绸袍子，头上戴一顶文士帽，用随身携带的荷包里装着的香灰，倒在手上揉匀了，细细涂在脸上，又带上一副假髯。

这样看起来，满腮虬髯，面色灰暗，顿时像是老了二三十岁，只是一位普通的中年男子，并无半点惹人注目之姿。

这样，他才放心走出千户所。

手中一把折扇，缓缓走上街头。

果然，原本拥在城下看美男子的痴心怨妇们谁也没有注意他，都渐渐散去。人群中还有不少议论之音。赵辉立即悄悄跟上，凝神屏息，认真听着。

一位粉衫女子说："听说这位千户爷，已然二十有一，可是还未娶亲呢！"

在身旁扶着她的，是一位身着蓝布碎花裙的中年妇人，则在她额上轻轻戳了一下："小姐呀，什么千户爷，这选相公可不能光看外貌。老奴听人家说了，此人最是无赖，虽然没正式纳娶，可是行为一向不端，都把花街柳巷当成了家，而且，听说最近城中有不少倾慕他的女子都着了他的道，还未出阁，就失了身子。"

"奶娘！"粉衫女子仿佛恼了，跺了跺脚，甩开她的手，"别人以讹传讹，偏我就是不信。人长得好，便要遭忌，定是哪个被他拒了的人，怀酸之心，编排出来污蔑他的。"

"好好好，小姐说是就是！"蓝衣妇人立即劝着，"行了，人也看了，早些回去吧，偷溜出来，要是让老爷夫人知道了，老奴两条命也不够罚的！"

赵辉听到此，不由哑然。他叹了口气停下步子，目光如炬巡视着城门口往来的人群，不经意间又瞥到了那个小贼。

他以手托腮，静坐在馄饨铺外的长凳上，面前有一碗馄饨，早已没了热气，可是依旧满满的，仿佛一个也没有少，而他呢，一双眼睛紧紧盯着城门口，一动不动。

赵辉有些好奇，不由自主地走了过去。

"客官，要点什么？"小二热络地招待着。

"一碗馄饨！"赵辉挨着他坐下。

他居然浑然不察，依旧目不转睛地望着城门。

赵辉细细打量着他，一丝不易察觉的笑容浮现在他的脸上。因为边上的小贼，细看之下，肤白似玉，青丝如墨，晶莹灵动的眼眸，小小的朱唇不点而绛，小巧的耳垂儿上还留有耳孔，身上隐隐传来阵阵幽香。

刚刚在城头上向下俯看，就觉得她有些惹人注目，如今离近一瞅，便立时明白，原来是位女扮男装的俏佳人。

赵辉心想，这也是从家里偷跑出来，乔装打扮看自己的怀春少女吧。只是这个女孩，虽着男装，却难掩其倾城的娇美，粉光莹润，明艳不可方物。

看得人心中痒痒的。

她这样一动不动地盯着城门看，莫不是在等自己？赵辉心中美滋滋的，第一次感觉到身为美男子的好处。

他哪里知道，他眼中的痴情俏佳人，此时心中所念所想的，其实是自己的娘亲。

一直到日落西山，天色渐暗，她才失魂落魄站起身，在案上丢了两枚铜钱便向城外走去。赵辉的心不可抑制地抽搐着，看到她失望的神色，只想冲上前去，扯下脸上的胡须，让她看个够。

可是又想到今日身上所负的职责，只好暗暗忍下。

眼看着她眼中噙着泪，缓缓离去，赵辉想了又想，还是止了步子，重新回到千户所中。

又等了一盏茶的光阴，所属亲兵，两个百户长入内禀告。

"爷，今儿风平浪静，并无歹人行凶之事再次传出！"

"正是，属下命人跟着那几名容貌俏丽的女子，直到回到家中，途中并无可疑之人近前！"

赵辉皱着眉头："是不是露了行径，让那个恶人发觉了。前几日连着发生命案，按说今天也应该……怎么会……"

不对，赵辉猛然醒悟，立即站起身向外冲了出去。

两名百户长莫名其妙，也只好点了得力的兵士在后面跟上。

若微走在上山的路上，心情大为沮丧。原本以为耍了个小聪明，求玉华真人让自己下山采买物品，然后将差事交给紫烟与湘汀，让她们买好东西后雇车上山，而自己去金川门外等娘亲。她原本以为自己一定能再见娘亲一面，却没想到天不遂人愿，空等到此时。

心中难过极了。

只是疑惑不已，难道是自己想错了？

娘昨日上山来看自己时，天色已晚，肯定不会连夜出城，要走就是今日，而且她要北上，在十三座城门中，也只能走此门，所以应该能碰上的，难道是他们今日一早就出的城门，就此错过了？

若微一边踢着路上的石子，一边拧眉踌躇，突然她仿佛想明白了，对了，昨儿娘好像说要办好一件事再走。

也就是说娘今天去办事了，所以还并未出城！

想到此，若微立即愁云散去，心情豁然开朗起来。

太好了，那今儿晚上好好去求求玉华真人，让她明日再放自己下山去城门口等娘，肯定能遇上。

想到此，她心情大好，又看到天色渐渐沉了下来，山路两旁树影婆娑，有些瘆人，于是立即加快了步子向山上走去。

"啊！天呢！"一个女子的惊呼与惨叫从林子里传来。

吓了若微一大跳，她停下步子看了看四周好像又没有人，正疑心自己听错了刚待继续前行，又听到女子凄惨的哭声，随即是"砰"的一声闷响，接着是痛苦的号叫与呻吟。

在夜幕初罩、寂静空旷的山上，真令人毛骨悚然。

这次，若微听清楚了，这声音是从林间一个山坳里传来的，她从山路上捡起一块石头，掂了掂轻重，紧紧捧在手中，大着胆子走了过去。

山坳里，巨石之后的景象让她完全呆住了。

草地里，躺着一个赤身裸体的年轻女子，看上去不过十七八岁，面色白皙，模样姣好，如同一位小家碧玉，可是她的身子上遍布着被人凌虐的痕迹与腥腥点点的血迹，不远处是被撕成碎条的粉色衣衫，而下体和头上，都不断有鲜血流出。

再看那充作屏障的大石头上，也有一团血色。

若微立即明白了，刚才那声闷响，就是女子遭人凌辱之后，自寻短见以头相撞，碰在石头上的声响。

"姑娘！"若微大着胆子走了过去，从身旁捡起一片大些的碎布，遮在她的身子上，又抓起她的手腕，轻触脉搏。

还好，虽然气息微弱，但是命还没有绝。

若微立即用碎布压住她额上的伤口，又拔下头上的木簪充作银针，点了她身上的几处穴位，为她止血。

那女子靠在若微的怀里，眼睛紧闭，气若游丝。

"姑娘，是谁害了你？"若微不禁气极，天子脚下，仙山境地，竟然有人公开行凶，简直太过分了。

"貌，貌如潘安，心比蛇蝎，奶娘说得对……赵……辉……"那女子断断续续，还未说完，头一歪，就昏死过去。

"姑娘！姑娘！"若微声声急唤，心中乱作一团，此处距离三元观和栖霞寺都有一段不近的距离，正处于山腰之处，上下皆难。

而她用力抱了抱，又抱不动，也不能拖着她走。

这可怎么好？也不能见死不救，眼睁睁地将她弃于荒野；可是如果上山去喊人，根本就来不及了。

正在为难之际，只听身后一阵清冷的笑声。

还未及抬头，自己的脖子上突然感觉微微一凉，仿佛被什么利器抵着。

"好个俊俏的道童，生得比这丫头还俊！"清冷的声音带着邪恶，在寂静的山坳里更让人恐惧。

若微刚一抬起头，又立即满面通红，赶紧扭过脸去。

只微微地一瞥，即看到一个裸露着精壮胸膛的男人站在自己眼前，这男人生得很是好看，细长的柳叶眉，微微地蹙着，好似含着一股江南女子的哀愁风情，一双狐眼，眼梢微微上翘，唇角微扬，仿佛笑意正浓。

若微突然明白了，她顾不上羞怯，逼上他的眼："你是赵辉？"

"哈哈哈！"他无所顾忌地朗声大笑，"怎么，赵辉的美名，你也知道？"

"是你害了她？"事到临头，若微反而不怕了。

"怎么是害？她天天去城门口看我，不就是盼着我能好好疼疼她。可是这丫头没经过世面，爷的活技太好，让她快活得竟然去撞了石头！"他说着说着，突然止了笑，捏紧若微的下颔，仿佛要把它捏碎一般，眼中充满暴虐，"贱人，都是贱人！"

　　若微一双眼睛紧紧瞪着他，居然忘记了挣扎，她的怀里还抱着那名赤裸的女子。而他一把将她怀中的女子拎了出去，像丢一块破布一样。

　　只听她那破碎的身子里发出一声痛苦的呻吟。

　　"姑娘！"若微拼了命去扶。

　　而他一手探到若微的领口，用力一扯，衣襟便被扯开，露出里面碧色的胸衣和雪白的肌肤。

　　"呦？我说看着那么别扭呢，原来是女的！"他又是一阵冷笑，一手扼住若微的咽喉，仿佛要取她性命，将她按在草地之中，另一只手又去扯她的衣袍。

　　"救命，救命！"若微用力高呼。

　　他手上更加用力，若微只觉得自己的颈部马上就要被掐断了，呼吸困难，立时晕了过去。

第十章　冰释前嫌误

此时的若微，身处险境，却无法自保。

那人一把扯下她的外衣，刚刚欺身而上，正想好好享用这飞来的艳福，谁知脑后"砰"的一声，他吃痛地大叫起来，用手一摸后脑勺，鲜血直流。

原来是若微刚好摸到一块石头，趁他不备，狠狠砸了下去，他一手捂着后脑，再次捏住若微颈部，这一次用尽全力，若微的腿初时还使劲蹬着，没过片刻，就软塌塌的没有半点力气了。他以手轻试鼻息，已然没气了。

这才觉得解恨，又拾起身旁的铁爪，只想在她脸上划上几道，出出恶气，只是刚要动手，就听到路边一阵急促的脚步声由远及近，他立即变得有些惊慌，拾起外衣，飞身而去，转瞬即没了踪影。

匆匆赶来的他，被眼前的景致吓呆了。

眼前两个女子，一个血污狼藉，赤身裸体弃于草丛之中，仿佛已经没了呼吸。

而另外一个，衣衫不整，雪白的颈子上是两道青紫的勒痕，静静地躺在那儿，像个毫无生气的布娃娃。

"若微！"他慌了，一向衣着洁净不容微尘相染的他，竟然跪在她的身旁，眼中仿佛有些湿润，颤抖的手轻轻搭在她的脉搏之上。

"若微！"一触之下，大喜过望，他小心翼翼捧起她的头，放在自己的怀中，伏下身子，将自己的唇覆在她的唇上。

通过那点点的芳泽，传递着生的气息。

用自己的舌轻轻叩开她的贝齿，小心地翘起她柔软的嫩舌，一点儿一点儿将气息传递给她。也不知过了多久，她仿佛有了意识，然而许彬还来不及欢喜，即被一阵巨痛袭击。

口中吃痛不已，立即松口，已然满口血污。

而面上与脖子上在顷刻间又被纤纤玉指狠狠地抓了十几道血印子。

"你？"

"你？"

许彬跳开之后，两个人才同时清醒。

若微使劲揉着眼睛，瞪得大大的，用手指着许彬："你，你，你……"

许彬转过身去，背对着若微吐了一口血水，又伸手在自己火辣辣的脸上抚着。

若微这才明白，是他救了自己。而她在神志不清时感觉有人与自己唇舌相依，原以为是那恶人在偷香，现在想来应该是他在帮自己过气儿。

可是自己糊里糊涂地把他给当成坏人，又是咬舌，又是抓脸的！天呢天呢！他怎么背对着自己不说话呢？

若微立即吓死了，不是把他毁容了吧，还是咬断了舌头，从此成了哑巴？想着想着，若微吓得痛哭起来，刚刚遇险时都没顾得哭，此时却哭得地动山摇的。

背对着她，突然听她大哭，许彬不知又发生了何事，只好忙转过身，几步上前，拉着她问道："怎么了？可是哪里不妥？"

然而刚一开口，舌头上的疼痛就令他痛苦不堪，于是一张俊脸，拧在一起，十分怪异。

正在此时，一阵脚步声临近，四五条人影闪了过来。

许彬立即将她挡在身后，若微这才意识到自己衣衫不整，酥胸半露，马上整理衣衫。

来人正是金川门守门千户赵辉和他的手下。

"许兄！"赵辉在此处见到许彬，大感意外，然而目光一扫，看到地上不远处躺着一名裸女，再仔细一瞧，分明就是今日在城门口等他的粉衫女子。再看许彬，面上有血迹，唇边也有血迹未干，身后还藏着一女，看那服色，正是在馄饨铺子看到的那名绝色女孩儿。

仿佛全然明白了。

他双手一抱拳："许兄，小弟一向敬重你的为人，只是想不到你背地里竟然做出如此龌龊的勾当，况且，你我二人既以兄弟相称，你又何苦行凶之后，把罪名嫁祸在兄弟的身上？"

许彬本想与他相辩，只是口中有伤，又碍着若微，一时也不知从何说起，正在暗自思忖之际。

只听赵辉说道："来人，还不将连日来毒害城中数名女子的采花淫贼拿下！"

"是！"手下众人纷纷上前。

"慢！"一个娇俏的声音自许彬身后响起。

若微从许彬身后闪了出来，指着赵辉说道："你哪只眼睛看到他行凶了？当官判案就这么草率吗？"

赵辉见她虽然粉面蒙尘、头发零乱、衣衫不整，然而在月色中，更显得十分动人，竟然也不气恼："那你说不是他，还会有谁？本官听到有女子的哭声，赶过来就看到你们在此，难道还有别人不成！"

此事许彬也很关心，刚刚没顾得询问，现在伸手拉住若微，面上表情很是严肃，眼中透着探究之意。

"刚刚这位姑娘说，害人的是赵辉，你们去拿他就是了！"若微说完，拉起许彬的手，"走，快帮我看看这位姐姐，是不是还有的救！"

许彬看了一眼草丛中的裸女，微微怔了怔。

"迂腐！"若微骂了一句，刚想脱下自己的外袍，却见许彬已解开腰间玉带，将身上雪白的袍子盖在那女子的身上。

许彬穿着一身雪绸的中衣蹲在地上，为那女子细细诊起脉来。

而赵辉与手下，听了若微所言更加哭笑不得，站立在侧竟然没了主意。可是如今看若微与许彬的情形，似乎才发现事情并不像他们想的那样。

许彬的手轻轻抬起，目光扫向若微："你，有没有怎么样？"

"啊？"若微皱着眉，"什么怎么样？"

许彬眼中闪过一丝无可奈何，心中自然明白她是有惊无险，否则不会还如此傻里傻气的，这才站起身来。

"我是让你看看，这位姐姐有没有的救！"若微牵着他的衣袖，满是期待之色，那神情倒有些依恋。

许彬点了点头。

"太好了！"若微大喜过望。

"只是……"许彬看着那名女子，又看了看若微，"怕是救了她，还会遭她埋怨，也许死了倒还干净！"

"呸呸呸！"若微立即甩开手，"迂腐，好死不如赖活着，我不管，你一定要把她救活！"

那神态中的霸道与刁蛮，却让许彬觉得很是甜蜜，他低下头，在若微耳边低语一句："遵命。"

两人旁若无人地说着，站在不远处的赵辉显得十分尴尬，他轻咳一声："许兄，借一步说话！"

许彬这才走到赵辉面前，两人对视之后，忽地笑了。

赵辉伸出拳头在许彬肩上重重砸了一拳："许兄，到底是什么情形？都把兄弟弄糊涂了！"

许彬刚要开口，若微跑了过来，拉了拉他的袖子："你舌头不好，就别说话了！"

一语脱口而出，众人皆云里雾里，只是许彬目不转睛地盯着她，闪过一丝戏谑的笑意，若微这才意识到自己又露怯了，简直就是自暴其短。她脸上羞得通红，索性沉了脸，硬声硬气对赵辉说："你是官家吗？"

赵辉点了点头，又看了看自己的打扮，原本还是乔装后的模样，并没有穿官服。

若微哪管这些，照直回话："我是三元观中的道童，今日去山下办事，回来晚了。走到路边，听到有女子哭泣的声音，跑过来一看，见这位姑娘……她是被坏人所害，一时羞愤撞在石上，奄奄一息之际，跟我说是赵辉所害。我正想用什么法子带她离开此地去疗伤，可是突然从那边的草丛里闪出一人，又与我纠缠了片刻，千钧一发之际，这位许公子出现，那人就匆匆跑了。事情始末详由，小女子亲眼所见，都跟你说了。现在最要紧的，就是要带这位姑娘去治伤，你要想抓到那个赵辉，也得靠她了。所以都快别啰唆了，先帮我把人抬走再说！"

赵辉听她伶牙俐齿一口气儿说了这一大串，显然已经明白了大半，立即点了点头："姑娘准备带这位……去哪里治伤，须留下住址，以待日后官家查检。"

"这？"若微苦着脸，看了看许彬，若是贸然把这样一个重伤女子带回观里，恐怕又会引来轩然大波，况且观中药材不全，而她的情形如此凶险，自己也没有十足的把握将她治好。

许彬神色从容，淡然道："若无稳妥之处，就先送到我那儿吧。"

若微乍闻此言，仿佛不信，她仰着脸，对上许彬的眼眸，如此翩翩公子，家中居室精致幽雅，美仆俏婢如花似玉，那样风雅而洁净的男子，竟然会愿意把这样失洁重伤的女子接到家中治伤，他真是……

"或者，你有更好的去处吗？"许彬的眸子在夜色中，闪烁着灼灼的光华，明亮如皓月繁星，最重要的是，他能在瞬间就看穿她的心事。

若微摇了摇头。

"那就快走吧！"许彬转过身，将那名女子用袍子裹好，抱了起来。

赵辉则严令手下细细搜寻，将所有衣物、配饰等物品收捡起来，以备日后查案所需。一行人离开山坳，重新走上山道。

许彬唤住赵辉："辉弟，可否派人将她送上山？"

赵辉刚要表态，若微立即眼巴巴地瞅着许彬："我跟去看看！"

"添乱！"许彬沉着脸，似乎是在训斥，"什么时辰了，不想想一会儿回到观里，要怎样开脱！"

"这……"许彬的话如一记重槌，让她立时想起自己的处境，若微咬着嘴唇，拉着脸，心情大为沮丧。

许彬的眼皮莫名地跳了起来，有些心慌。

此时，远远地看到两盏灯笼。

还未看清，就听到一声带着哭腔的惊呼："小姐！"

原来是湘汀和紫烟，她二人立即扑了上来，紫烟忙拉着若微泪眼婆婆："小姐你去哪儿了？"

而湘汀看着这群人，有官兵，还有许彬怀里抱着的奄奄一息满面血污的女子，立即吓呆了："姑娘，你遇到什么事了？"

若微此时脑子一转，立即有了主意："你们俩来得正好，对了，观里的人有没有问起我？桂嬷嬷有没有为难你们？"

湘汀看了看瞪大眼睛盯着若微的一群人，拉着若微和紫烟走到一边："我们办了货，回来已经过了晚饭时间，把东西分到各处，她们都欢喜极了，就是桂嬷嬷也忙着打水洗头，根本顾不上咱们。我和紫烟在上面，左等右等不见姑娘，这才偷偷从后门溜了出来，下山来迎迎姑娘。"

若微感叹真是天助我也："那就好，原本我还在挠头，我们在路上救了个人，现在要送到许公子府上去治伤。你们先悄悄回去，别惊动旁人。若是顺利，明儿早上讲经之前，我肯定回去，要不然你们就帮我扯个谎，说什么都行。"

"小姐！"紫烟听了，面上大惊，使劲扯着若微的袖子不放，"你又胡闹了，怎么能在外面过夜呢？再说，什么样的谎？该怎么编？奴婢也不会呀！"

"这个……"若微想了想，"就说我娘来了，我去找我娘，在客栈陪她住一夜，对，就这么说，玉华真人一定不会怪罪的！"

"可是……"紫烟与湘汀还待再劝。

若微立即把脸沉了下来："你们看那姑娘，我能不管吗？许公子医术再高明，他也是个男子，很多事情，他都不能做，我自然要跟着了，为医者，能见死不救吗？"

"这……"湘汀与紫烟看看许彬怀中所抱的女子，显然是受到了非人的摧残与重创，作为女人感同身受，也不好再开口阻拦。

若微如同出了笼的鸟又飞回到许彬的身旁，许彬注视着她的目光里喜忧参半，想要劝又觉得不知从何说起，只好对赵辉说道："还请赵兄派人护送两位姑娘上山！"

赵辉点了点头："这是自然！"于是点了两人，送紫烟与湘汀向山上走去。

而他们则是回到城中许彬的府邸。

赵辉遣散手下兄弟，只一人跟随许彬与若微入府。

府中下人看到许彬怀抱受伤的女子入府，丝毫不见惊讶，反而训练有素地立即关好大门，随即引他们来到一处清僻的小院之中。

第二卷

此度见花忆君归

第十一章　月夜知己心

　　许彬亲自为受伤的女子料理了额头上的撞伤，敷了一层上好的秘制伤药，包好之后又让若微细细查看并处置了她伤在隐处的创口。

　　外伤处理好之后许彬又开了方子，交由白纻下去熬制汤药。

　　不多时，白纻领着两名粗使丫鬟抬着沐浴用的木桶进入室内，这时许彬又对着白纻细细叮嘱一番，这才走出小院与赵辉同去前厅落座。

　　而若微则依旧守在此处，看着白纻领着人在木桶中倒入一桶一桶的热水，这热水似乎也是掺了草药的。

　　白纻与丫鬟将受伤女子先用热水把身上的血污擦拭干净，再扶她泡在药浴之中，为她轻拭着备受蹂躏的身子并刻意用药水冲洗着下体。

　　这让若微感到十分新鲜，看白纻她们熟练的动作，面上的波澜不惊和郑重之色，心里觉得真是奇怪极了。

　　泡了约半个时辰，白纻她们才将女子扶出，擦净她的身子又换上干净的衣服，将她重新安置在床榻之上，又喂了内服的汤药。

　　"这药？"若微似乎心存疑虑。

　　"被人强占了身子，并不是最悲惨的，如果怀上仇人的孩子，那才是求生不得、求死不能！"白纻的声音极为清冷。

若微一向伶俐，此时竟无言以对。

从始至终，白纻都没有看若微一眼，直到忙完，她才对着若微说道："姑娘，这儿有我们守着，请姑娘移步，随绿腰到妙音斋休息。"

若微见躺在榻上的女子气息渐匀，也放下心来。她点了点头，跟着绿腰穿过回廊，走过花园，来到月牙池畔那座如同世外桃源一般的院落中。

记得那年在池畔凉亭中饮宴，咸宁公主醉酒后就是在此处休息的。若微站在门外，不禁稍稍有些愣神儿。

绿腰推开房门："姑娘请吧！"

若微步入其中，只见正厅、东里间依如过去一般无二。她穿过客厅来到西间，一眼望去，紫檀木书架上还是满满的书籍。房间四角的花架子，仍然是常青的合果芋、绿萝、竹柏，而正中的琴桌、琴椅、古琴和墙上的琵琶，一切一切，都没有变。

只是书案边上，多了一只青花瓷缸，里面放着许多字画。难道这许彬又添了新的爱好，喜欢字画了？

刚要伸手去拿，只听身后绿腰说道："姑娘，已备好热水，请姑娘沐浴更衣，早早休息吧！"

"好！"客随主便，若微也乏了，泡在散发着淡淡木香的浴桶里，任由热水洗净自己身上的尘垢与疲惫，也不知泡了多久，仿佛要睡着了，这才听到绿腰在外面轻唤："姑娘，是否要再加些热水？"

"不必了！"若微从水中起身，拿起浴桶边上小藤几案上放置的洁白浴巾，将身子和头发擦干净，伸手要拿自己的衣裳，又觉得今日在山中被那恶人胁迫，衣服都弄脏了，为难之际刚要皱眉，就看到屏风前面的小桌上摆着一套簇新的裙装。

这难道是给我预备的？

若微刚一迟疑，门外又响起了绿腰的声音："姑娘，那套绿色的衣裙和里衣都是新的，姑娘请放心穿就是了！"

好个贴心的丫头。

若微换好衣服，站在那张玳瑁彩贝镶嵌的梳妆台前，对镜一看，竟然惊了，绣着白色牡丹的绿色抹胸，腰系绿烟水纹百花裙，外罩浅碧色软纱的披帛。这里怎么会偏偏有这样一套与那晚一模一样的衣裙？

镜中的自己，优雅如故，妩媚如故，只是看似相同，却又仿佛差了什么？

是哪里不一样了？

她自己也弄不清楚，只觉得心乱如麻。

绿腰派人将浴桶搬走，又收拾了房间，点了熏香并将锦被铺好，"姑娘早些休息吧！"绿腰脸上的笑容淡极了，却有一种说不出的柔美。

绿腰的温柔与体贴，恭敬与周到，就像那晚侍奉咸宁公主一样。

只是当日，咸宁公主醉了，而今日，她没有醉，她清醒极了。

于是她心里像燃起一团火，突然拉住绿腰的手："姐姐，我要见许公子！"

"要见公子？"绿腰仿佛并不意外。

"我……"若微还想要为自己找个堂皇些的借口，可是绿腰已从案上拿起一盏八角玲珑水晶宫灯："姑娘请随我来！"

"啊？"若微心想，难不成连自己深更半夜想见他，他也猜到了？他到底是人是鬼？

心中藏着一千一万个谜，只等着他来解，跟随绿腰走在幽静的园子里，心咚咚地跳个不停。

诒燕堂与妙音斋隔湖相望，就像横亘在夜空中的牛郎星与织女星。

诒燕堂内，早已送走赵辉的许彬，沐浴更衣之后，躺在床上小憩。羽娘从外间入内，手里拿着一个绿莹莹的小瓷瓶，坐在许彬床前的圆凳之上，刚一打开盖，许彬就睁开了眼睛，"你来了！"

羽娘未曾开口，笑意盈盈，看着他脸上与脖子上的十几条血印子，带着几分嬉笑之色："公子受了这么重的伤，羽娘自然是放心不下，立即赶过来给公子疗伤了。"

许彬微微皱眉，并不答话。

"这是玉露凝肌丸，还是公子秘制的呢，羽娘帮公子擦上吧，三两日后玉面就可恢复如初！"羽娘刚待上手。

"不用！"许彬把头扭向里侧，就像一个别扭的孩子。

羽娘的手在他的面前稍稍一顿，划了一道美丽的弧线，便轻轻放在他的胸口之上："公子其实早已将她镌刻在心里，所以这脸上，留不留痕迹，怕是没那么要紧了吧？"

"咳！"许彬被她说中心事，更是有些恼羞成怒，索性以折扇掩面。

羽娘扑哧一声笑了起来。

香炉中升腾起沉香的袅袅轻烟，精致的居室在黑夜里分外的静谧，而甜丝丝的香气沁人心脾，舒适极了。

两人半晌无语之后，羽娘才缓缓开口："那个毒疠子总算自己冒头了？"

许彬一把将脸上的折扇拿上，狠狠丢到地上："万没有想到险些伤了若微。"

"若是早知道如此情形，公子还会以此计逼他现形吗？"羽娘脸上笑意全无，眼中是冷冷的寒光与仇恨。

许彬看着她，平日里素衣淡容的她今儿却上了浓妆，烟眉秋目，凝脂猩唇，一身玫瑰色裙装，外边搭了件水红色纱衣，两只金蝶耳坠挂在脸颊边灿烂耀目，此刻的她明艳动人，艳惊四座。但是在许彬看来，只是觉得更加心痛："你，今儿待客了？"

羽娘深深吸了口气，执拗地问着："公子还未答我？"

许彬对着她的目光，不想有半点相瞒："我，不知道！"

"不知道？"羽娘腾的一下站起身，"他丧尽天良，做尽了坏事，又害得一代名臣谢大人……竟在雪地里活活被冻死。你不是一向要锄奸扬善吗？为了一个她，你就改了主意？你就犹豫了？后悔了？"

许彬拉起她的手，刚要劝慰，只听门口响起绿腰的声音："公子，若微姑娘来了！"

羽娘脸上浮起一丝嘲讽的笑容，许彬讪讪之后，暗自松开了手。

在绿腰与若微进入室内的一刹那，羽娘远远地站在下首，恭敬如同仆役。

若微看到羽娘，十分惊喜："羽娘姐姐！你也在此！"

羽娘面上依旧是得体而亲切的笑容，摇曳着曼妙的身姿走上前，牵起若微的手："听说许公子受了伤，被猫儿抓伤了脸，这不，就连夜赶着送药来了。"

"啊？"若微的脸立时红了起来。

羽娘将药瓶塞到若微手中："只是公子一直不愿意上药，怕是想让这痕迹天长地久地留在脸上呢！"

此语一出，不仅是若微，就是许彬的脸也微微泛红。

他眼中含着嗔怒之意，立即起身："我们厅里说话！"

羽娘又是一阵银铃般的笑声："好妹妹，公子交给你，姐姐要先行一步了，店里还有难缠的客人，我得赶紧回去，咱们有机会改日再叙。"

未等若微开口，羽娘就匆匆离去。

绿腰也悄然退下。

整个诒燕堂的大厅里就剩下若微与许彬两个人。

两人相对而坐，都觉得似有千言，又不知从何讲起。

若微拿着手中的药瓶，想了想便站起身走到许彬面前，拔开盖子，用食指轻轻挑起一点儿药膏，不容分说地涂在许彬脸上的血印子上。

那动作有些霸道，并不轻柔，也不温存。

仿佛像是跟谁赌气一般，可是在许彬看来，却觉得她就如同济世的仙子，心中暖极了。涂完了脸上，若微又用手轻轻托起他的下颌，微微蹲着身子低下头，在他脖颈之处轻抹着。她态度肃然，小脸紧绷，手指轻颤，迷人的体香一阵一阵袭来，许彬有些难以自持，两个人离得太近了，许彬甚至听到她心跳得飞快，仿佛要飞出来似的。

只是她，美好得不容任何人侵犯，哪怕是自己，心里也不能有丝毫的亵渎。所以，他闭上了眼睛，任由她给他脸上、脖子上那十几条血印子上药。

"好了！"

她娇滴滴地笑了，一句话，将两个人都释放了。

许彬睁开眼睛，看着站在对面，周身被月光涂上一层柔和光晕的她，脸上浮起淡淡的笑容："是头发！"

"什么？"她歪着头，仿佛没听清。

"与那年一样的衣裙，只是当日，你的青丝斜斜地绾起一缕，像是一轮弯月，而余下的那些如瀑的黑亮秀发随意披散在身后，显得飘逸绝尘。今儿，你只是束起一缕，将满头青丝肆意而散，所以不同！"许彬靠在梨花木圈椅里静静地说道，那神情就像品评一件心爱的瓷器或者古玩，有珍视，有欣赏，还有些若微看不透的情绪。

不行！若微使劲摇了摇头，心里立即警钟长鸣，暗暗告诫自己，你已经有了瞻基，就不能再为别人感动，许彬再好，也是不可以的。仿佛此时，她才明白什么叫"既生瑜何生亮"。

她转过身推开了大门，望着皎洁的月光，声音悠远而清亮："今儿你给那位姑娘喝的药是什么用处，我知道！"

许彬望着她玲珑的背影，没有打断她。虽然他早已想到，她为何要来这儿，又要对他说些什么，他只是静静地听着。

若微狠了狠心："那药，我是说同样作用的药，我也喝过！"

"若微！"虽然早有准备，但他还是不忍心让她重提旧事，再经受一番心灵的磨砺。

"你知道，你早就知道，所以你才让羽娘给我送来那两粒丸药！"若微有些激动，她的声音也微微有些轻颤，"你既然知道，就该明白我已非璞玉之身，又如何值得你如此费心对我？"

许彬站了起来，走到她身后，此时他很想将她拥入怀中，但是他忍住了，只是将手轻轻按在她的肩上："正因为如此，我才更钦佩，也更珍视于你。"

若微猛地转过身，千万次地想过，她将实情相告之后，他的表情与回答，但是他还是让她惊讶了。

看着她充满意外的眼神，许彬笑了，轻轻拂过她额前的一缕青丝，那动作中没有轻视、没有亵渎，没有情欲，只是一份珍视。

"喜欢你，因为你至善至美，爱美之心人皆有之。许彬也是凡夫俗子，不能免俗。可是爱你入骨，是因为你至诚至真。在皇宫大内那样虚伪肮脏之境，还能保持真性情，任性又直率，这是多么难得？你会那样，不是轻浮，也不是抗争，只是对真情的一种执着与即将永远失去之前的告别和纪念。"淡淡的笑容始终保持在他的脸上，眼中的真诚与疼惜毫无掩饰，让人感动万分。

若微眼中一热，她几乎控制不住自己，只想要投入他的怀抱，这世上原来还有一个人，不需要自己对他说什么，甚至经年才能见上一面，可居然会是如此地懂她。

这样的他，自己该如何面对？

她再次转过身背对着他，她的身子微微有些发颤，半晌之后声音中带着哭音："那两丸药，我没吃！"

许彬并不惊讶，仿佛一切都意料之中。

"你若还想有朝一日回到宫中伴他左右，你就必须服下！"许彬的话语清冷而坚定，仿佛金科玉律，不容置疑。

许彬轻轻靠近她，拉起她冰冷的小手，似乎是要放在自己的手心里暖着，那只是片刻的错觉，若微感觉手中多了两丸药，随即，他的手就离开了。

"最后两颗，丢了，就再也没有了！"他的声音又恢复如常，温暖得如同自家的兄长。

因为背对着他，所以他看不到她脸上早已清泪纵横。她手上稍稍用力，蜡壳裂开，将两粒红丸放入口中，仿佛赌气一般用力嚼着，好不容易费力地吞下，一旁已经恰到好处地递上了热茶一杯。

若微没有去接，眼泪成串地落下，她真的想不明白了，既然有瞻基的青梅之恋在前，又为何还要有这样的知己相遇？与瞻基是钦定的缘分，与许彬是不经意间的邂逅，然而邂逅似乎比钦定更让人心碎神伤。

在许彬眼中，此时的她就像一个委屈的孩子。他将茶杯放在案上，走到她面前，转过身，用衣袖轻柔地为她擦去脸上的泪水。

"好了，早些回去休息，明日一早，我送你回山上！"就像哄孩子一样的口气。

若微破涕为笑："可是，那位姑娘怎么办？"

"放心，官家会找寻她的家人，定会妥为安置的！"今晚的许彬如同变了一个人，温柔的语气和举止让人无端有些晕眩。

"还有，那个大恶人呢？"若微提起凶徒，又有些劫后余生的感觉，不由寒战连连。

"放心，那个人，就是官府不办，我也会将他生擒！"许彬眼中露出一股杀气，与平日里的文士做派大不相同，吓了若微一跳。

许彬立即恢复常态。

"对了，那人拿着一个铁爪，我想以铁爪为兵器防身的人定是不多，可从这方面下手去查访！"若微明眸微闪，细细思量之后又说道。

许彬看着她："除了行医，还想当女捕快不成？"

若微脸一红："我哪有？我是想让你们早些抓着他，好为民除害！"

"好了，我送你回去休息！"许彬拿了一件外袍，为她披在身上，牵着她的手走出诒燕堂。

若微此时并没有拒绝，经过这个晚上，仿佛她和许彬已超脱了男女间情爱之狭隘的私情，心底生出的情，是知己？还是生死契阔？她也说不清，没有一个词语可以用来定义这份感情。

只是从此，她终于可以坦然面对他，不会矛盾，也不会自责和排斥，因为她知道，他是离她心灵最近的人，也许今夜一别之后，两人各守天涯永不得见，可是彼此却如比肩而立。

心是最近的，而身却不得不刻意远离？

要这样吗？

同样的思绪也在困扰着许彬。

握在自己手中的那只柔弱无骨的小手，就像轻轻托起的美人的那颗水晶心，还是进退两难。

许彬在心底默默叹息，这样的月夜，究竟还是要辜负了。

"你说，依大明律例，他会被判什么刑罚？"若微突然问道。

许彬牵手佳人，走在月下的亭苑之内，原本心情就是忽明忽暗尚在踌躇之间，却听她如此煞风景的问话，一时没有对答。

而她却脱口而出："若是罚得轻，还不如抓住以后，直接阉了，既惩戒了他又能彻底了结！"

许彬停下步子，目光久久地盯在她的脸上，似笑非笑。而她这才意识到这样的话原本就不是女孩子该说的，脸上立时红透了。

第十二章　前路谁与共

天还未亮，若微就被绿腰唤起。

"若微姑娘，公子吩咐，若要在观里早课开讲之前到达，这会儿就要请姑娘起身了！"绿腰笑意吟吟如春风拂面，让人看了就觉得心情大好。

若微翻身从床上坐了起来，拿起衣裙就往身上套。

绿腰忍不住笑了："姑娘真是爽利，一叫就醒了，原本还以为姑娘要再缓缓呢！"

若微听了不由心中暗想，谁叫这里不是我家呢？要是在我家的话，娘亲不叫过三遍、连拉带拽我才不起呢。

穿好衣裳、洗漱之后，绿腰又帮若微梳头打扮。妆台前，绿腰抚着若微一头油亮乌黑的秀发，啧啧赞道："姑娘的发质真好，今儿想梳个什么发式？"

若微想了想："弯月髻吧！"

绿腰眼眸微眨，立即会意，一双巧手上下翻飞，不多时一个出尘俏丽的弯月髻就梳好了。若微对着镜子看了又看，如今衣裳与发髻都如两年前一模一样，可是看起来，还是有些不一样，不会吧，是老了还是多了些沧桑？

想也想不明白，一双眼睛微微眨着，绿腰看她对着镜子照来照去，还以为她顾影自怜，孔雀心思呢，所以这才催道："姑娘，请去诒燕堂，公子等姑娘用早膳呢！"

"你家公子这么早也起来了吗？"其实若微这一整夜几乎都没怎么睡着，刚闭上眼睛，许彬的身影就浮现在眼前，赶也赶不走，一整夜就是在跟他的影子打架，害得眼睛都有些红肿。

绿腰秀眉微扬："公子一向早起！"

"哦！"若微点了点头便跟着绿腰来到诒燕堂，才发现这早膳并未摆在厅里，而是设在东里间。包金丝的碧烟罗云纱窗下，侍女们把黄花梨缠丝的方桌抬至罗汉床榻之上，在桌上摆放着碗、筷、汤、菜、粥等各色精致的食物与器皿，一切都放好了，正巧若微进门。

可她环顾室内，却没看到许彬。若微立即探着脖子，一双眼睛眨来望去，看看东间，又瞄着西间。

却不想他居然从屋外而来，风尘仆仆，身上还带着花草间露水的清香，一身如雪的白袍被汗水轻浸，手上提着一把镶金嵌玉缀宝石的长剑。

"你？做什么去了？"若微目不转睛地盯着那剑锋，生怕看到一点儿血污，难道他一大早就找人对决去了？

"今儿起得早，林间舞剑去了！"许彬将长剑一掷，屋中侍立的白纻立即小心翼翼地接了过来，恭恭敬敬地捧走了。

事实上许彬也是一夜未眠。此时静静地看着若微，那碧衣白裙、弯月发髻把他生生地晃晕了，就似月牙池中的一枝新荷，这样的她还一脸娇憨，以一双美目紧紧地盯着他，就像是将他放在火上炙烤，又像是磁石引着他向前。可是他知道，自己此时又偏偏什么都不能做，于是浑身上下都有些不自在，所以故意沉了脸训道："愣着做什么，快吃饭，我换件衣服就来！"

"哎，别换了！"若微嘟着嘴，脱口而出，"一个大男人，这么计较做什么？练剑换一身衣裳，一会儿去看病人，又要换一身，外出还要换，你累不累？就是你不累，给你洗衣服的人也累了！"

身侧侍候的丫鬟们纷纷投来震惊的目光，虽然公子一向善待下人，可是他清冷孤傲，令人难以亲近，就是羽娘、绿腰和白纻这些近身侍候的人，也不敢这样跟他说话。

许彬听了却仿佛十分受用，仿佛受她如此这般教训，才觉得格外亲切。他的眼中立即闪现出少有的温和，紧紧盯着若微，生怕错过她脸上一丝一毫的生动与娇媚，半晌之后才对众人说道："都下去吧！"

"是！"

众人退下，只剩下许彬与若微两个人，面对面用餐。

"我给你盛碗粥！"若微刚要伸手，就被他拦下："我来！"脸上是不容相否的坚定，盛好一碗粥放在若微面前，又往她的碟子里夹了些爽口的小菜，直到那碟子满得像一座小山，才停下筷子。

若微脸上原本含着笑，见他如此，又忽然觉得有种说不出的心酸。许彬的神态仿佛就像那年自己离开家的前一晚，继宗也是如此，明明心里不舍得，还故作镇定地为她做这个忙那个，此念一起，又勾起无数前尘往事。

两人均是各自低着头，默默地吃着，静静地想着心事。

这一餐饭，没有想象中的暧昧与亲热，吃得极为安静，以至于立于室外侍候的丫鬟们都疑心，两人是不是就那么面对面坐着，根本没有进餐？

然而，一阵女子凄厉的哭声突然打破了这份宁静。

许彬眉头微皱，若微侧着耳朵听了听，立即丢下了筷子。

"是她？"若微站起身就往外跑，却被许彬自身后拽住："刚吃完饭，慢慢走！"

说完竟不容辩驳地将她的手牢牢握在自己掌心里，牵着她出了诒燕堂，来到昨晚为那受伤女子疗伤的清静小院内，若微这才发现，小院也有名字："冰心阁！"

"一片冰心在玉壶？"若微自言自语。

白纻从里面匆匆走了出来，见着许彬，深深一拜："公子，那姑娘醒了，刚一醒就想撞墙自尽，被我们拦下之后又想咬舌，绿腰与红袖在里面看着她，现在只是一个劲儿地哭！"

许彬点了点头，原本这种事情通常都是羽娘去料理的，可是如今……他还未及表态，若微已经冲了进去。

"姑娘！"若微站在床前，伸手去拉她的手。

"不要理我，让我去死！"她用力甩开若微的手。

"你想死？"若微沉了脸，声音如冰，"就因为被恶人欺负了，失了贞、失了洁，就觉得没脸见人了？你要这么想，那你去死好了！"

守在伤者身旁的绿腰与红袖眼睛睁得大大的，瞪着若微，心想这若微姑娘看起来蕙质兰心、聪明伶俐，怎么说起话来颠三倒四的？不是您巴巴地把人救回来的吗，如今怎么又激人去死？

"好，苏玉就求你们不要管我，让我死好了！"那女子痴痴呆呆的，眼睛盯着不远处案上的花瓶，似乎下一刻就要冲过去，再撞一个头破血流。

"好，我们都不管你，反正你是个糊涂人，自己要做千古罪人，关我们什么事？"若微面色肃然，小脸紧绷，话语冰冷。

"罪人？"那女子泪眼蒙眬地听到她这样说，眼中立即一片茫然，怔怔地看着若微不知所措。

"对呀，如果你死了，你父母、亲人自然为你伤心欲绝，你即是不孝，其罪一；再者，你一死，倒是帮了那个欺负你的大恶人的忙，他还可以去作恶害人，还会有更多的姑娘受到你昨日所受的凌辱，原本对她们而言这一切是可以被阻止的，就是因为你的懦弱与自私，才会让恶人继续横行，此罪二。这两条大罪，还不够重吗？"若微言之凿凿、斩钉截铁。

那女子细想之下，渐渐明白："你，你是想让我去指证那个赵辉？"

"我不知他是不是赵辉，我只知道昨日为了救你，我也差点儿被他凌辱，你欠我一个人情。所以不管是为了自己，还是为了还我这个人情，你都要做完这件事，做完以后，你要死要活，没人管，随你的便！"若微瞪着她。

"你，你是昨天那个？"那女子这才想起来，原来面前这个美丽少女便是昨日山上出手相救的那个小道童，"如此，我便先不死了！"

嘻嘻，若微心中乐开了花，而面上只得强忍着："你叫苏玉？那你家住在哪里？"

"我……"她踌躇着，眼神儿空洞而悲凉。家人，她真的还能活着去见自己的家人吗？想着想着，抑制不住的泪水又流了下来。

若微自然知道她心中的顾虑，又柔声细气地劝道："你如果一时难以面对家人，也可在此暂住，但是也要想办法给家人送个信，让他们放心。你可以说是在下山路上扭了脚，在这里疗伤，否则你家人定是要急死。"

苏玉连连点头，哽咽着："小女名叫苏玉，城西苏记布店是我家的产业！"

"苏记布店？"南京城中，若微只知道秦淮河和晚情楼，于是她扭头看着许彬，许彬微微颔首。

那就是知道了，若微又想起心中还有疑虑不吐不快，所以坐在床边，帮苏玉理了理微乱的秀发："那苏姑娘，你昨日为何独自上山？"

"我？"苏玉这才娓娓道来，"昨儿，我也是鬼迷心窍了，听府中的小婢说他如何貌比潘安，如何……所以，我就求奶娘，骗了爹娘，就说去栖霞山求福。然后……"

"然后就去金川城门，看他？"若微不由插着嘴，说实话，她真的想不明白，传言会有如此大的魅力。

苏玉满面通红，又带着深深的恨意，突然扬起手，狠狠打了自己两记耳光，若微立即拉住她的手。

"是我自甘下贱，才有此劫！"苏玉把头深深埋在被子里，失声痛哭。

若微想劝又不知如何劝好，侧身看着许彬。许彬面色清冷，一副事不关己的超然。若微恨恨地瞪了他一眼，又轻轻拍着苏玉的背："苏姑娘，你别伤心了，爱美之心，人皆有之。你接着说呀，看过之后，又怎样了？那赵辉真的很好看吗？"

苏玉轻轻抬起头，紧紧咬着下唇，仿佛下了很大的决心才点了点头。

"那后来呢？"若微心中十分好奇。

"后来我和奶娘就去栖霞寺进香，回来的路上，遇到那人……"说到此处，她再次泣不成声，昨日的惨痛经历浮现眼前，又急又痛，竟然昏了过去。

"苏玉，苏玉！"若微声声急唤。

许彬上前为她搭脉。

"怎样？"若微眼巴巴地看着他。

"无恙，一时昏厥。时辰不早了，我先送你上山。让她先歇一歇。晚些时候，官府的人还要前来问话！"许彬脸上如冰般冷峻，再没有了昨夜的似水柔情，目光在若微脸上稍稍一扫，就向屋外走去。

车马行至半山腰，两人弃车而行。一路之上，两人又是相对无言，直到过了栖霞寺，在通往三元观的岔路口，许彬这才止步。

"好了，我就送到此处！"从这里可以远远地看到三元观的大门，许彬站在这儿不须移动半步便可以将她目送入观。

若微却没有移步，脸上露出孩童般的纯真笑容，眼里似乎有些难舍的情愫。这样的女子，总会轻易将男人的心抓得牢牢的。

没用的，许彬狠了狠心，只望着远处的山色，忽视掉近在咫尺的她。

她不知道他此刻在想些什么，也不知道为什么白天和黑夜，同样的一个人会有如此大的反差。

"我这次回去，可能会被重罚，也许会被禁足，可能再也不能出来了！"她呢喃着，为什么要这样说呢？是自己心里在恋着他，还想见他吗？

"我知道！"他负手而立，衣带飘飘。在他的眼中没有悲喜，也捕捉不到半点的依恋与怜惜，仿佛对面而立的只是一位从不相识的路人。

若微转过身去，一步一步向上走去，只觉得这次上山，步子格外沉重，什么叫如负千钧，此时还真是深有体会。

"如果案子有了消息，一定要想办法告诉我！"她突然喊了起来，是的，很大声，他应该能听到。然后她就拎着裙子跑了起来，虽然不多时就香汗淋淋，气喘吁吁，但是她依旧用力向山门跑去。

身旁倒退的青松，耳边缥缈的风声，一切一切，都留在身后。

他依旧负手而立，目送她跑入观中，姿态既不淑女，也毫无美感可言，就这样像一阵风一样在他的视线里消失。

为何要跑？

能跑开吗？

许久之后，直至落花满身，他才悄然离去。

第十三章　浮沉谁主宰

三元观大殿之上，早上按例的早课和讲经说法结束之后，众人齐颂并叩拜玉华真人。若微长长松了口气，回来得太及时了，正好赶上入殿听经，看样子自己彻夜未归的事情没人发觉，正在暗自偷笑，准备等玉华真人退殿之后，就拉着紫烟与湘汀随着众位道姑向殿外走去的时候，听见殿里冷俏俏地响起玉华真人缥缈清丽的声音："都下去吧，若微留下。"

若微与紫烟、湘汀面面相觑，都感觉有些意外。

她还在思前想后，玉华真人话音又起："丫头，还不快过来领罚？"

完了！完了！肯定是露馅了！若微摆了摆手示意紫烟与湘汀悄悄出去。然后这才轻转过身，蹑手蹑脚地退了回来，跪在大殿正中的蒲团之上，低垂着眼帘说道："求玉华真人恕罪！"

玉华真人看着若微娇俏的身影跪在殿下，又看了看她身上的道服，心里不免涌起一阵难过。如此美丽聪慧的女孩，定是父母亲人的心头肉、掌中宝。一旨皇命被宣入宫中，原本应该在家中享受父母疼爱、拥有快乐童年的她却生生地被禁锢在宫中将近七年。而如今花季之期又被莫名其妙地禁于这道观之中。现在，她就这样跪在自己面前乞求恕罪，她又何罪之有？

玉华真人实在有些难以抑制内心的激动，从莲花宝座上走了下来，伸手将若微扶起："陪我到前面山门外走走！"

"是！"若微看她脸上闪过一丝苦涩，仿佛有很多话要对人倾诉一般，于是扶着她，两人来到大殿外，向山门走去。

若微不知道，这是十五年来，玉华真人第一次迈步出了观门，虽然只是在十几丈外，却恍如隔世。

站在观景亭中，满眼苍翠，寂静的山色，古朴的道观，似乎让她们的心情都稍稍平静下来。

"昨儿，你一夜未归，去哪儿了？"玉华真人望着远处参天的柏树，那认真的神色，仿佛在细细品鉴着树冠上每一片树叶的差异。

若微原本一路之上都在编着应对之语，但是此时看着她脸上的祥和与宁静，置身于这样清静圣洁环境中，她竟然将编好的理由都弃之不用，直接把昨日为何下山，而归途中遇到的事情悉数坦白相告，没有半分的隐瞒。

说完之后，心中虽然忐忑，但是却如释重负。

"无量天尊！"玉华真人转过身，将若微紧紧搂在怀中。

突如其来的亲切，让若微有些难以适应。

半晌之后，玉华真人才轻轻放开了她："我知道你是不会做不好的事情，所以昨夜你没有回来，我并未声张，也不想罚你。只是担心你遇到什么事情。好孩子，你心地纯善，自然会逢凶化吉、遇难成祥的！"

"玉华真人？你，你真的不责怪我？"若微大为意外。

玉华真人摇了摇头，神情十分忧伤："看着你，就像看着我的宝……"她稍稍顿住。

"宝庆公主？"若微接语道。

"宝庆？"玉华真人抓着若微的手臂，眼中又惊又喜，"你知道我的宝庆？"

其实若微在宫中七年，也参加过大大小小许多次宴会，可是她从来没有见过宝庆公主，如果不是从许彬口中得知，她永远不会知道大明还有这样一位公主。只是现在，面对这样一位可怜的母亲，她平生第一次说谎了。

"是呀，宝庆公主长得很漂亮，只是尊贵异常，平时只待在自己的宫中，旁人很难得见。我也只是在每年正月的宴会上才能见到她。听说她最早是由徐皇后代为抚育，后来徐皇后崩逝，就改由王贵妃照顾。王贵妃为人极是和善，待公主极好！"若微把咸宁公主的境遇与衣食住行、起居情况娓娓道来，只不过将主角换成了宝庆公主。

在她的叙述中，玉华真人眼中渐渐蓄满了泪水，面上是令人不忍相视的悲凉与哀伤，而唇边却努力浮起一丝淡淡的、若有若无的苦笑。

就像月宫寂寞的嫦娥，又似对着银河默默垂泪的织女。

那泪水一串串滴落在玄色的道袍之中，点点离人泪，悠悠慈母情，看得若微也鼻子发酸，眼圈发红，一时之间忘了词。

"好孩子，你怎么知道我是宝庆的……"她很想说，可是最终还是将那个称谓生生咽了回去，她有些痴狂地摇了摇头，"不是，我什么都不是……"

"不！"若微从袖中掏出帕子，轻轻为她擦拭着脸上的泪痕，"你是宝庆公主的娘，永远都是，不管是在宫里，还是在观中，不管过了多少年，也不论你们能不能相见。你是她的娘，这是磨灭不掉的事实，更是割不断的亲情！"

"若微！"此时的玉华真人是脆弱的，她连连摇头，"好孩子，你一定是哄我的，宝庆也许根本就不记得我了。我离开她的时候，她才四岁，现在她都十九了，她怎么会记得我？而且，如果照你所说，皇上和贵妃如此疼她，她为何不能来此处看我？"

说着，说着，她花容大变，一双眼睛痴痴呆呆地盯着若微："不可能，你一定是在骗我。他，他怎么会那么好心？他绝不会善待我的宝庆。如果依你所言，宝庆今年都十九了，眼看就二十了，为何他还不为宝庆挑选驸马？"

那样高洁清冷、镇定自若的女子，此时只是一个痛哭流涕、伤心不已的母亲。

若微看着她，就想起了自己的娘，她想都没想就脱口而出："怎么没选，皇上很早就替公主择驸马了。只是咱们宝庆公主十分挑剔，一般的官家子弟她都看不中。皇上很尊重公主的意见，说是一定要让公主自己选一位满意的驸马，万不能委屈了公主。"

不知是若微的话起到了安慰的作用，还是玉华真人自己想明白了。此刻，她停止了哭泣，定了定神，眼睛凝视着山下皇城的方向。半晌之后，她脸上才渐渐恢复了往日的清冷与肃静，仿佛自言自语一般："若微，你知道吗？宝庆曾在童稚之时救了娘亲的性命。是她的天真可爱，让她的父皇在垂危之际以一丝怜悯留下了我的性命。除我以外，先帝三十四位有品级的妃子、二十名曾经侍寝却无册封的宫人悉数为他殉葬。从那时起，我生命中的每一天，都是宝庆赐给我的，可是她永远都不知道。我此生并无他求，只想让她幸福。我活一天或是活十年都无足轻重，我只希望，从小就可以挽救他人的宝庆，也能够主宰自己的人生。"

"主宰自己的人生！"若微在心中暗暗重复着这句话。天下的母亲，有一百个就有九十九个会祝福自己的女儿嫁得好，一生无忧。然而那只是美好的祝福。想不到玉华真人和自己的娘亲，她们的所言所行、心愿与期盼竟会是那样一致，那就是，不管是苦或甘、坦途或是坎坷，她们似乎并不在意，她们希冀的，只是前路的选择是掌握在自己女儿的手中。

这样的母亲，也许才是有大爱的智者吧！

此时的若微，还不明白这其中的差别与意义，直到许多年以后，一场惊天浩劫之后，她才真正明白此话的真谛。

南京皇宫御花园内，倚北宫墙用太湖石叠筑的石山"堆秀"，山势险峻，磴道陡峭，山上的御景亭原是帝王、后妃重阳节登高的去处，而山下不远处的浮碧亭和澄瑞亭，都是一式方亭，跨于水池之上，两座对亭造型纤巧秀丽，为御花园增色不少。

此时御景亭内，朱棣端坐其中，左右的宫女太监都远远地沿石阶而立，肃然宁静。

朱棣自斟自饮，乐得自在，饮酒间隙，放眼望去，只觉得翠篁拂拂，朱亭峥峥，碧泉涓涓，宫中景致似乎美不胜收，却仿佛少了些什么。

这时，正看到马云拾阶而上，入内之后刚要行礼，朱棣便大手一挥："免了！"

马云立即起身上前复命。

"什么？"朱棣听后，两眼顿时射出冷酷凶狠的光芒。朱棣不会像其父朱元璋那样常常龙颜大怒，动不动就拍案怒斥，但是马云看到天子的双手放在腰间的玉带之上，骨节微微用力下按，他便立时明白了。

纪纲的死期到了。

这纪纲在靖难之战中，因作战勇猛狠决而得到朱棣的青睐，朱棣称帝之后，初封其为锦衣卫指挥使，后因他在"景清案"中护驾有功，又以"瓜蔓抄"的方式为朱棣监视满朝文武大臣的言行，网罗朱棣不喜欢的大臣的罪名，办事效率超过三法司，故深得朱棣的宠信，又加封他为都督佥事，官至正二品。

纪纲本是草芥之身，得志以后，便仗着皇帝的宠信与锦衣卫的特殊作用，不仅气焰嚣张，作威作福，更是大收贿赂，欺男霸女。

对此，朱棣不是不知道，只是有些不以为意，本着睁只眼、闭只眼，用他可用之处、略其瑕疵的原则，不予拘束。

然而纪纲却不知收敛，变本加厉，弄得民怨日深，因为他是朱棣的宠臣，地方官府对他也无可奈何。

这一次，想不到却是他自己撞到了虎口。

马云将若微在栖霞山上遇险差点受辱一事，避重就轻、如同蜻蜓点水一般讲给圣驾听，即使如此，朱棣还是大为恼火。

看他龙颜骇人，马云只得低着头，小声说道："幸亏有惊无险！"

"有惊无险？"朱棣脸上浮起阴狠之色，"还要怎样？"

马云心中暗想，这纪钢也真是昏了头了，什么样的女子，竟然值得他追踪到栖霞山上去行凶？知道先皇的张美人与若微都在山中的道观里清修，依皇上的性情，自然要派人监视，却还敢跨越雷池。这个愣小子，这次我也帮不了你了，只怪你色令智昏，自己找死。

这就是朱棣的高明之处，锦衣卫有三大都督，官二品，都直接听命于朱棣；而其手下又各有数名指挥使，为三品，每人统率上千名锦衣卫精英；其属下各有分工、互不干涉，也不许互通消息和泄露任务。也就是说，分属不同组别的锦衣卫，有可能在执行任务的同时，还被其他人监视着，再或者对决厮杀时，竟不知敌我双方原是同属圣命。

马云主要负责皇室成员和皇宫大内的动向与安全，纪纲则负责监视百官，而还有一位，即是胡濙，名为兵部侍郎，暗为三都督之一，他的任务简单又艰难，就是要负责追讨建文帝的消息。

"将纪纲投入都察院严审！"朱棣的目光如苍鹰一般紧盯着马云，"他还有什么恶迹，都要给朕查得清清楚楚！"

"是！"马云明白，此语无疑是宣布了纪纲的死刑。

身为锦衣卫，最重要的就是对信息的掌控，你可以藏而不报，因为何时上报，要看天子的心情，审时度势后再做决定；但是不报，并不意味着不知道。

就像关于纪纲的罪行，马云心中早有一本账。

永乐五年，他协助司礼监在各地为朱棣选美时，就曾挑出数名绝色美人，私纳于自己家中。

永乐六年，查抄到已故吴王的冠服后，私自隐藏在家中，还不时穿在身上，命令左右饮酒祝贺，高呼万岁。

永乐十年射柳比赛，纪纲学秦朝的赵高指鹿为马，射失之后，反命锦衣卫镇抚庞英将柳枝折下来，并让众人大喊他射中了，然而可怕的是，在场众人竟无一个敢出面纠正。

永乐十四年，为与武阳侯薛禄争夺一名绝色女道士，而用铁爪将位高权重、品级高过他的武阳侯打得脑裂，几乎死掉。

同年，浙江按察使周新等数十位大臣，因不满威胁，没有交上高额的贿金，而受到纪纲诬陷，以谋反罪被处死。

不仅如此，近年来他还在家中私养了大批亡命之徒，暗中修建隧道，制造了数以万计的刀枪、盔甲和弓箭，意图不轨。

以上种种，人证、物证俱足，只是现在，马云十分担心，这些事情要是一股脑都直接呈报到御前，恐怕朝中又将是一场血雨腥风。

正在为难之际，又听朱棣说道："若微那丫头也太不知分寸了，原是想送她到观中，好好收收性子，不承想，倒成了出笼的鸟。你去，派人去知会一下张氏，三元观是皇家道观，没有宫中特许，谁也不能自由出入！"

"是！"马云立即俯首。

"还有，你刚才说，是谁救了她？"朱棣半眯着眼睛，仿佛在记忆中搜索那两个名字。

"金川门千户赵辉，吏部检讨许彬。"马云如实回话。

"他们二人怎么会在那儿出现？"朱棣听了，更是莫名其妙。

"纪纲行凶，事引正是赵辉！"马云心中一震，看他面色此时仿佛渐渐和缓起来，须知越是如此，越要担心，说不定什么时候就龙吼咆哮起来。

"哦？"朱棣脸上的神色就像是乌云密布的天空，阴冷肃穆，让人在阳春三月，却感觉冷风飒然吹过身侧。

"赵辉是出了名的美男子，在金川城门巡视时，常引妇人观看，就如同晋时掷果潘安一般。纪纲一向自命不凡，恐是不服气，于是这才接连蒙面行凶，又嫁祸给赵辉。赵辉无端招致恶名，必是心中不甘，而官府又一直没有破案，所以他唯有自己处处留心，一心只想抓到真凶，洗清嫌疑！"

朱棣点了点头，目光渐渐和缓："照此看，赵辉倒是个有心之人。还有，那个许彬，又干他何事？"

"这个？"马云迟疑了片刻，若是旁人，他必照实回奏，只是涉及许彬，他更是慎之又慎，小心回话。"是碰上的，还是受赵辉所托，尚不清楚。不过听暗衣成安说，许彬与赵辉情同手足，也许是应赵辉之请，出面相帮，也未可知。"

"这两个人都给朕好好查查，查清楚些！"朱棣闭上了眼睛。此时，他的思绪又想到了另外一个名字，"宝庆？"

自己的小妹妹，父皇七十岁时育下的幺女，只比瞻基大一岁的十六公主。

"赵辉果然长得很美？"朱棣突然开口如同梦语一般，天子的心事，就是跟了他数十年的马云，也参不透。

马云绝不敢有丝毫的怠慢："是。"

"听你说来，似乎此人有勇有谋，还是性情中人！"朱棣又问。

"是！"马云真不知此时皇上心中在想些什么。

"就把宝庆许给赵辉吧！"朱棣脸上浮现起淡淡的苦涩。

"这……"马云在圣前一向很有分寸，然而突逢此言，他还是失态了。

"怎么？"朱棣龙目微睁。

"赵辉只是守门千户，怕是难以高攀皇家公主吧？"马云照实回话。

"哼！"朱棣闷闷地哼了一声，挥了挥手，有些不耐烦，马云立即退下。

朱棣站起身，手执龙杯，凭栏远眺，一饮而尽。

"父皇，儿子为你最宠爱的宝庆公主择的这个驸马，你一定喜欢！"朱棣笃定地说。公主下嫁，皇子皇孙纳妃，最讲门第，可是为何要门当户对呢？不过是借着联姻，恩赐功臣，或者是为了平衡政局中的各方势力。

而这一次，朱棣却改了主意，那个自小密养在西内、不与外人相交的小妹妹，纯善如水，不懂世事，就给她觅一个好男人，好好过日子吧。

第十四章　何时妾心归

永乐十八年，九月初九。

栖霞山上，若微登高远眺，从这儿可以看到山脚下浩浩荡荡的队伍，似山峦般连绵不绝。旌旗招展，风声瑟瑟，成千上万的骏马上，哪一个身影才是瞻基的呢？她看不到，也辨不清。

"与其一个人在这儿远望，为何不随他去呢？"他的声音自身后响起。

若微回头望去，悄然一笑："是你！"

"是我！"他淡然回道。

从永乐十五年被遣出宫，在这栖霞山上的道观中修行至今，已整整三年了，三年之中，除了湘汀与紫烟，见得最多的一个人，便是这个许彬。

若微虽一身白色的道袍在身，却更显她婀娜的身姿，体态轻盈柔美像受惊后翩翩起飞的鸿雁，容颜亮泽莹光似秋天盛开的菊花，青春华美繁盛如夏天茂密的青松。

偏偏这样绝色的她，此时脸上却有着一份无可奈何的幽怨，一双秀眉似皱非皱，面上表情似嗔非嗔，一声叹息之后才开口说道："我的心早就跟他去了。只是可惜，恐怕我们今生再也无望相守了。别说是迁都北京，就是留守南京，在宫城之中，皇太孙府内又何尝有我容身之地？"

许彬始终站在她身后不远处的树下，看着她的一颦一笑、一嗔一悲，虽然她笑的时候，灿烂得像忽然绽放的玫瑰，耀眼得如天边的晚霞，但却是如此脆弱易逝。极致的美，瞬间而逝，而心底的悲哀则永远定格在脑海之中。

若微静思不语时有一种天生的贵气，与年龄不符的优雅与淡定，让她看起来有些孤傲，但是许彬知道，她原本热情如火、张扬活泼，只是可惜，少年时期的宫中生活，过早地禁锢了她，也改变了她。

"走吧！"许彬看着她，若隐若现地浮起一丝淡淡的笑容。

"去哪？"若微口里问着，而双脚已经不由自主地随他移步。

"今日重阳，百花巷内略备酒宴，静贞仙师可赏光否？"许彬眼中神情亦正亦邪，仿佛还带着一点儿嘲弄，"敢去吗？"

他有着剑眉星目的完美面貌、修长挺拔的身材，然而他却像风一样让人捉摸不定，时而狂野不羁，时而温文尔雅，时而柔情似水，时而又如冰般冷峻。

若微怔了怔："为何不敢？"

说罢，便紧紧跟在许彬后面。是的，被禁足了三年，如今瞻基都走了，自己还有什么可顾忌的。任性也好，放浪形骸也罢，再也不要这样委屈着自己，想做什么就做好了。

许彬看着她脸上的神色，仿佛能参透她的内心，因此爆发出一阵朗笑。随后，就像是恶作剧一样展开轻功步履如飞，转瞬间便不见踪影。若微气恼地跺了跺脚，狠狠骂道："死许彬，恶许彬，跑得那么快，到底想不想我去？"

耳中即响起一阵传音："本是为了你好，你我同进同出，不怕有多嘴的奴才把消息传到宫里，毁了你的清誉？"

原来如此，若微笑了，许彬的心思自己真是摸不透，看似清冷如寒冰，可是不经意间往往又会流露出一种体贴与细致，只是一想到自己如今怎会有这般尴尬的境遇，又愁上眉头。

百花巷内许彬府中的月牙湖畔，观景亭内。

黄花梨木圆桌上是各色精致的小菜，玉壶里盛着芳香四溢的美酒杏花春。抬眼望去，只见湖中渔火点点、波光粼粼，置身其中让人心情舒畅，立时解去不少烦忧。

目光一扫，看到侍立在旁的白纻，若微仿佛又想起了几年前的那个夜晚。也是在这儿，咸宁公主、羽娘还有许彬、瞻基、瞻墉兄弟，他们这许多人围坐在一起，品酒、投壶、吟诗，还有自己的踏歌舞，那是何等的快哉与美妙。

而现在，景依然，而人已非。

"若微！"远远地传来一声呼唤，虽然离得不近，却那般真切，若微猛地回转过身，看着两名侍女手持灯烛，头前引路，而后面姗姗而至的，正是咸宁公主和她的夫君，当朝驸马宋瑛。

"公主殿下！"若微很是意外。出宫已经三年了，一直待在栖霞山上道观里，除了初时偷跑下山去城门口等娘那次以外，她几乎从未下山，与宫中的人更无半点联系，想不到居然在今日，在这儿，竟然会见到咸宁公主。

"若微！"咸宁公主一把拦下正待俯身下拜行礼的若微，紧紧握着她的手，目光中有怨，有恼，更有满心的怜惜。

若微目光微闪，笑意连连，细细打量着婚后的咸宁公主：金黄色绣着凤凰的云烟衫，逶迤拖地的黄色双蝶云形千水裙，手挽碧霞罗牡丹薄雾纱，云髻峨峨，头戴着彩凤朝阳的珠钗，脸蛋娇媚如月，眼神顾盼生辉，气质雍容又略带娇气的绝代帝姬。

"公主大婚以后，出落得越发标致了！"若微像以往那样与她嬉戏着。

可是咸宁公主没有笑，她目不转睛地盯着若微，看她一身白色道袍，一支木钗随意而绾的长发，脸上不施粉黛，颈上与手腕还有耳孔处均无半点饰物，清新如斯，美则美矣，只是不由一阵心酸，眼中微红，险些掉下泪来。

许彬见状，则拱手说道："公主殿下和宋兄，都请入席吧！"

咸宁公主这才神色稍缓，挽着若微的手坐下。

宋瑛依旧是一副翩翩佳公子的俊模样，只是身形微微发福，坐在若微的对面，他看看公主又看看若微，不由叹息道："永乐十四年，为若微庆生，咱们也曾在此摆宴。当时还羡慕她与皇太孙琴瑟和美，是人间少有的一对佳偶。谁知世态弄人，到如今两相分离，身处南北两地，不知何时才能聚首？"

此语一出，桌上更是一片寂静。

咸宁公主立即凤目一瞪，嗔怪道："不会劝人就莫要开口。咱们原是来给若微解怀的，你如此说，不是平白添堵吗！"

宋瑛自知失言，连忙举起酒杯："是是是，是宋某失言了。若微，我罚酒一杯，你别往心里去！"

若微淡然一笑，也举起杯子："驸马爷说的哪里话，这杯酒应该是若微敬公主和驸马的，昔日对坐饮宴的人中，还好你们是幸福的。驸马与公主婚后生活甜美，民间早有称颂。若微心怀感慰，只是可惜，直到今日才能亲自送上祝福！"

她举杯自饮，态度端庄镇定，他人看了，不免唏嘘。

酒过三巡，微醉薄醺的若微与咸宁公主在园内缓缓而行，身后不远处跟着许彬与宋瑛。

"若微，你还想瞻基吗？"咸宁公主挽着若微的手，低声问道。

"瞻基？"若微默然，这个镌刻在她内心深处的名字，每每想起，心中便隐隐作痛，"他，还好吧！"

"好？"咸宁公主一声冷笑，"整个皇太孙府，犹如一座冰窖。皇太孙纳妃后出宫开府已过三年，府中一妃两嫔，还有淑女选侍诸姬，可是有谁能入他的眼？连瞻墡都得了一子一女，而瞻基府中还无半点消息。你可知，这是为何？"

"瞻基！"若微如鲠在喉，只轻唤一声，便珠泪滚滚，不能自持。

当年为了能让自己留在宫中，哪怕是皇太孙府一个小小的姬妾名号，瞻基都想尽了办法去争取，然而结果如何呢？皇命终不能改，自己还是奉旨出宫，带发修行。

临出宫时，瞻基差小善子送来枣子和小乌龟，寓意盼她"早归"。可是如今整整三年过去了，等到的却是朝廷北迁，他举家先行、远赴北京的消息。

临行前，瞻基差瞻墉悄悄给她送来一物，那便是永乐八年初入宫时，他送给自己的第一件礼物，那个碧玉虎的镇纸。

原本在他大婚之前，自己把入宫几年间所有的赏赐与他的赠礼都封箱退回到太子妃处，可是偏偏他又拣出这个，差人巴巴地送了来。若微明白，在永乐八年第一次收此物时，她还不知道这小小的玉虎代表着什么，而如今，在瞻基远赴北京时，再次收到此物，她泪如雨下，是的，他，皇长孙朱瞻基便是属虎的呀！

瞻墉带来了他的话，他说，只要你愿意等，总有一天我会将一切原本属于你的加倍奉上。

只是，若微，你能等吗？

我能等吗？你何须问我？

若微深深吸了口气，此时才是无奈之极。

"若微，父皇已经下旨，明年正月初一，要在北京城中接受百官和各方使臣的觐见，至此正式迁都北京。现如今，父皇与瞻基已经先行北迁了，瞻基临行前，托我给你带句话！"咸宁公主语气中透着一丝殷切。

"公主！"若微对上咸宁公主的目光。

"你，还等吗？"咸宁公主目露怜惜之色，又满含期待。

"他问我还等吗？"若微几乎哭了出来，"他居然要问我还等吗？"若微以帕掩面转身跑开，一直跑到湖畔柳下，以手撑着树干，身子微颤。

咸宁公主立即追了过去，以手轻轻拍着她的背："若微，若微。你别急，瞻基没有变心，只是三年未见，他知道你在外面过得这样清苦，他怕你……"

若微只是不语，心中有恨，又不知该恨哪个。一时间泪水纵横，她喃喃自语："瞻基，你明知道我会等的，却还要来问我。你这无疑是在我伤口上撒盐，你让我情何以堪？"

"好了，好了……若微，你的心，瞻基是明白的！"咸宁公主扳过她的身子将她搂在怀里，轻拍她的背又抚着她的秀发缓缓劝道，"我对瞻基说过，如果他负了你……我就把你许给宋瑛，咱们俩从此相守在一起，还像以前一样形影不离、快乐度日，你看可好？"

"啊？"若微听了，竟是破涕为笑。

身后不远处的宋瑛听了，直呼："惨兮！"

咸宁公主转过身，狠狠瞪了一眼宋瑛："有何惨的？省得你一双色眼总是在宫娥侍女身上打转，我把若微许给你，你该谢我才是！"

宋瑛连连作揖行礼："公主殿下，臣近日并无犯错，殿下莫要吓臣。若微如此天仙一般的模样，放在臣身边，只许看，不许亲近，那岂不是如同凌迟之刑？"

"许给你就是许给你，本宫可没说不许亲近！"公主把秀眉一扬，大度端庄。

"公主不是说了，若是臣管不住自己去碰别的女人，就把臣给阉了吗！"宋瑛说得一本正经，还有些神色紧张。

若微与许彬听了，都大笑起来。

咸宁公主恼羞成怒，松开若微的手，追着宋瑛好一顿捶："促狭鬼，这原是你我闺房之中取笑的话，你竟也在外头胡呛，看我不撕烂你的嘴！"

宋瑛一边躲，一边连连讨饶。

若微看着看着，面上笑盈盈，心中烦闷仿佛已去了大半。

妙音斋中，若微在三年之内，第三次步入其中。

她醉了，面如娇花，躺在雕花大床上，头昏昏的，可是却难以入睡。

恍惚中，他，坐在了她床前。

只是静静地注视着，那眼神儿就像一双温润的手，抚过她的眉，抚上她的唇，抚着她柔弱无骨的身子。

是杏花春带给她的醉，还是她心底的悲？抑或是他的注视让她羞涩不已？她的脸似流霞般晕红，精致的五官朦胧可人，眼波流转，风流极致。

这样的她，在他面前，若想心如止水，那似乎是绝无可能的。

将她藏在袖中的手，轻轻放自己两手中间，就这样小心翼翼地焐着，真想就这样相守到老。

"这算什么？"她却像是突然醒来一样，"叭"地甩开了他的手，"我刚刚说过，我会一直等瞻基的，你又来做什么？可怜我？"

"可怜你？我有什么资格可怜你？"许彬微微蹙眉，蹙起的不仅仅是一双剑眉，还有他的心。

"这世上简直荒唐透顶了！"若微醉了，她一面笑，一面喊，"圣上竟然将宝庆公主嫁给那个淫棍赵辉，这简直是一种凌迟！"

许彬的眼神宛如刀刃一般，像是要刺穿她，或者说是要刺醒她。

"宝庆公主虽然曾在童稚之时救了自己母亲的性命，却无力主宰自己的人生。不只是所嫁非人，居然是那个大恶人赵辉，他祸害了多少良家女子，嫁了这样的男人，也许她宁可自己当个寡妇……皇上是糊涂了吗？"若微居然说着说着，就哭了起来。

这是第几次看她落泪？许彬眼中渐渐浮起一丝柔和："你不是一向自认敏慧巧思，对人对事，不以俗念俗礼相待？若微，这名与实，哪个才是最重要的？要知道，在这世上有太多金玉其外败絮其中的人和事。而你有没有想过，如果反之呢？"

她没有答话，只是默默流着眼泪。

那神情委屈得，仿佛待嫁的不是宝庆公主，而是她自己。

"赵辉勇猛果敢、文武兼修，更是南宋皇家后裔。配宝庆公主，绝不委屈。什么淫荡下流、变态恶毒，都是以讹传讹。去年在栖霞山上，苏玉姑娘遇险，所指的行凶之赵辉并不是真正的赵辉，而是锦衣卫纪纲！是他假冒赵辉之名作恶施暴的。也只是在那次，他原本以为苏玉必死，才解下面巾以真面目示人的。"许彬索性将真相讲出，向她细细言明。

"纪纲？"若微撑着身子坐了起来，靠在床栏上，为了驱走昏昏的睡意，她伸出纤纤玉指在自己手臂上狠狠拧了一下。

"纪纲已被皇上查明法办，以凌迟之刑处置了。"许彬悠然说道，唇边是淡极了的笑容，"很多事情，听到的、看到的未必是真的。那日在山上，在我之后出现的官家才是真正的赵辉！"

"什么？我怎么都听不懂。那天咱们见到的那位千户大人，长得黑黑的，胡子长长的，怎么是美男子？"若微用力想去弄明白，但是似乎这里面的内情太过复杂了。

"不懂？"许彬看着她，眼中的神色耐人寻味，"你只要记住，也许有时候看到的、听到的坏人并不是真正的坏人。记住就好！"

若微努力睁大自己的眼睛看着许彬，只是他的容貌为什么越来越模糊呢？

渐渐地，她睡着了。

看着她通红的小脸，匀平的呼吸，许彬将手伸在她的头下，轻轻将她的身子放平，又为她拉好锦被，就这样坐在她的床边，一动不动地看着她。

我说的话，你是否记住了呢？

第十五章　心事终如愿

永乐十八年葭月十六，月华初上。

大明新都北京城外，通州水陆码头"柳荫龙舟"是这条贯穿南北的大运河最北端的皇家专用码头。

雕饰华丽的御船，浩浩荡荡的官船一字排开，有序地驶入港口。

这是朝廷王孙贵戚与官员北迁的最后一批官船，因为大明永乐皇帝朱棣已经颁旨昭告天下，明年也就是永乐十九年正月初一，要在新落成的宫殿中接受四方的朝贺与觐见。因此，自永乐十五年至今，便开始了历史上著名的北迁。

这一次，将是最后一批。北迁的官员与王孙们下了船，自有礼部及内务府的各级官吏在此候驾，直接迎上车马，再行进京。

京杭大运河的漕运码头，一时之间人声鼎沸、热闹非凡。然而一两个时辰过后，又重新归于平静。

此时，一位锦衣公子在码头上迎风而立，目光殷殷。

所有的官船都已是人去船空，而他要等的人，却还没有踪影，不由心焦如焚。

此时，一阵婉转的琵琶曲悠然而起，音色纯粹、乐曲动人，锦衣公子立即神色微变，循着那动人心弦的曲音，在岸上往来奔走。

曲音戛然而止，一抹俏丽的身影出现一艘官船的甲板之上，她身披翠纹织锦镶毛的棉斗篷，内穿镂金穿花云锦袄和百蝶云缎裙，一手轻搭在一位年青公公的手上，美丽的大眼睛向四外打量着；头上低低绾了个堕马髻，又留出两绺头发娇媚地垂在脸颊两侧；绾得松散的发髻上插着个镏金穿花戏珠步摇，旁侧垂着一串蜜蜡。

北风吹过，衣裙飘飘，更显得她袅袅婷婷，娇媚风流而不失端庄。两名侍女紧随其后，分作两边，一人手捧琵琶，一人手擎八角宫灯停在船舱门口。

"若微！"那锦衣公子低唤一声，立即狂奔过来。

"奴才见过皇太孙殿下！"

"奴婢湘汀、紫烟见过殿下！"

小公公和两名侍女纷纷伏身下拜。

而她，依旧俏生生地站在那儿，等着他一步一步接近。

俊美如玉的容颜，经过三年的积淀，成熟了许多，这还是她的那个良人吗？她轻启珠唇，只轻唤了一句："瞻哥哥！"

如同十年前初见时一般无二。

瞻基紧绷着嘴唇，嘴角微微有些抽搐，眼中含泪，一把将若微搂在怀里："若微，终于把你等来了！"

贴在他的胸口处，听着他急促的心跳声，若微眼中没有泪。她仰起脸，晶亮动人的眼眸顾盼生姿，两只美丽的酒窝儿隐现在脸颊，依旧是醉人的笑："你，是怎么做到的？"

原本当若微以为此生无望相守的时候，突然之间，小善子出现在她暂居的道观之中，说皇太孙朱瞻基得了皇上的恩旨，允许若微入皇太孙府，名号只是一个小小的太孙嫔。

虽然只是一个姬妾的身份，可是足以令若微欣喜若狂，这说明三年的光阴没有白等，终于可以和瞻基长相厮守了。只是欣喜过后又有隐隐的疑虑，如果可以，皇上为何不在三年前朱瞻基册妃分府时就下旨成全他们，而偏偏是在三年之后才允？这其中必有什么不足为外人道的缘由。

一路之上，若微百思不得其解，所以见到瞻基，一开口便以此语相询。

"若微，委屈你了！"皇太孙朱瞻基并没有直接回答，而是松开臂膀，用手托起若微的脸，如同凝视着一件失而复得的传世之宝，眼中充满珍视与郑重。他又帮若微理了理鬓发，将棉斗篷的带子系好，重新拉入怀中："北京的冬天，天寒地冻的，真怕你受不了，快快随我回府！"

朱瞻基与若微同乘一车，车底笼着火盆，车厢内温暖如春。瞻基将若微的手焐在自己的手心里，来回轻揉着："咱们的府第在皇宫外东大街，知道你素来亲水，当初入府的时候便特意留了一个临湖的园子给你，早早就着人收拾出来，如今一切妥当，就等着你来了！"

"瞻基！"若微轻唤着，对上朱瞻基的目光，"真不敢相信这是真的！"

"是真的！"朱瞻基拥紧了若微，"只是如今，只能让你顶着一个小小的太孙嫔的名号，实在是委屈了你！"

"瞻基！"若微鼻子一酸，仍自强忍着，"能让皇上改旨易弦，实在不是一件易事，你一定为此吃了不少苦头，我……"

朱瞻基看着她，脸上浮起一个孩童般的笑容："你知道吗？这次回来，你自己可说是责任重大呢！"

"责任？"若微眉头微蹙。

朱瞻基悄悄凑到她耳边低语几句，若微立即羞红了脸，面如桃花一般，她紧紧咬着自己的娇唇，仿佛顷刻间便没了主意。过了半晌，才瞪着一双明媚的大眼睛看着他："你，你怎么……"

朱瞻基笑着揉了揉她的鼻子："不如此，怎么能让你回来？不过，此次也多亏了王贵妃和小姑姑，正是她二人从旁劝说，皇爷爷才能恩准。"

若微这才明白，瞻基纳妃三年，一妃数嫔，然而不管是谁他都退避三舍从不近身。如此一来怎么可能有喜讯传出，于是宫中上下便有人风传，皇太孙不能人道，有隐疾在身。

朱棣对此心知肚明，也不点透。

可是眼看着其他比瞻基还小的皇孙都有了子嗣，朱棣终于坐不住了。可是每每提及此事，瞻基总是一副恭顺异常的样子，绝口不提若微半个字，然而回到府中，依旧是独自安寝。身为天子的皇上可以管天管地，却不能绑着自己的孙子与妃子行房。

正暗自气恼得不行，再加上王贵妃与咸宁公主从旁敲着边鼓，朱棣这才同意可以让若微回来，但是天子也有天子的条件，就是必须要为瞻基生下子嗣方能正式册封。

瞻基低头看着依偎在怀里的若微，长长的睫毛覆盖在一双灵动的眼眸上，小巧挺秀的鼻子，薄薄的、坚毅的红色樱唇，如雪的肌肤，如画的黛眉，有些情不自禁地悄悄俯下头，在她的樱唇上吮吸着，芳泽如初，摄人心神。

若微眼眸微眨，刚待抬眼，便被他紧紧钳制在怀里不得动弹。他如火的唇急不可待地吻上她的眼眉、她的面颊，最终锁定在她的珠唇上。

一双温润的手悄悄伸入斗篷内侧，轻揉着她的细腰，渐渐向上，直至将那娇蕾握于掌中，轻轻揉捏，欲取欲得。

"瞻基，瞻基！"她气息微喘，声声低唤。

而他仿佛受到鼓励一般，他的唇一路向下，那棉斗篷的带子不知何时已被解开，他的舌又索上了她如玉的颈子，用力地吸吮，仿佛诉说着这三年以来压抑的情欲与思念。

扯开她的衣襟，露出细长的脖颈，胸前白嫩的肌肤微微显露，月色从窗子的缝隙中射进来，给她添了一抹柔和的光晕，如同羞涩的荷花，微风过处，送来缕缕清香。

朱瞻基醉了。

一边享受着片刻的缠绵，一边低吟着："小舟帘隙，佳人半露梅妆额，绿云低映花如刻……"

然而就在此时，车子一顿。马车外有人低唤："殿下，到了！"

朱瞻基这才悻悻地停了手，只说了句："走侧门，直接入府！"

"是！"

于是车轮碾碾，重新启程。

若微斜靠在垫子上，一手托着腮，一手被朱瞻基紧攥着，似笑非笑地也不说话。

瞻基直愣愣地盯着她，只觉得怎么看也看不够。

车子再次停下，瞻基心有不甘，又无可奈何地笑了笑，伸手帮若微整好衣衫便推开车门跳下马车。随即又向车内伸出手，若微站起身，向外走了几步，没见马车旁边放置马凳，正在愣神儿之际，便被朱瞻基伸手抱下马车。

刚要开口嗔怪，只见马车旁恭恭敬敬地立着一群仆从侍女，于是立即缄口不言，只俏生生地站在一边。

朱瞻基目光一扫，不动声色地说道："这就是孙令仪，你们的微主子。"

"见过微主子！"

"司音、司棋留下侍候，余下的都下去吧，明儿个一早再来回话！"朱瞻基神色清冷，不怒自威。

"是！"于是众人纷纷退下。

只留着小善子头前引路，名唤司音、司棋的两名侍女各执一盏宫灯分列左右。瞻基牵着若微的手，缓缓而行，一边走，一边略为介绍。

"走侧门，马车可直接入府！"没走多远，就来到一座殿宇前面。

此处南面有门殿三间，穿过门殿，迎面是一座二层小楼，卷棚歇山布瓦顶，上下围廊以苏画做装饰。小楼与门殿之间是个规整的方院，月台下两座石雕须弥座上设有铜鹤一对。院内青松苍劲挺拔，其中一棵南倾穿檐，枝繁叶茂，若翳若盖，院周围廊壁上，还开有十面形态各异的什锦窗。

若微抬眼看到门殿上方的匾额被遮了一块红布，不由面上生疑，侧身转头看着瞻基，以目相询。

瞻基微微一笑道："当初此殿落成时，拟了几个名字，长信居、采薇斋、沁心苑、迎晖殿，想来想去竟拿不定主意，又思忖着这里原本就是要留给你来住的，该让你来定。所以我选了一个名字，就在这正中匾额之上，你来猜猜，对与不对，明日一早掀了红绸就知道！"

若微心中一热，当下便明白了瞻基的苦心。自己这一猜即使错了，他找人连夜重做，明日一早揭晓答案时也定是对的。如此种种，不过是想让府中上下都知道他们是心心相印的。只是瞻基究竟还是有些小看自己了。她凝神细品，低声轻诵："我猜你最初是想用长信居……可是后来，最终还是觉得这迎晖二字最好，所以正中匾额上的字应是'迎晖殿'！"

瞻基目光微闪，伸手将若微紧紧揽在怀中，他嗓音轻颤，对左右随从吩咐道："取下红绸！"

"是！"立即有人登着梯子攀上挑去红绸。

借着淡淡的月光，众人抬眼望去，那正中匾额上面三个大字写的正是"迎晖殿"！

若微怔怔地望着匾额，心中激动不已。"迎晖"，是把自己比成他心中的阳光？还是说她来了，他从此才得以有明朗的晴天？只是这份情太过厚重，让她内心深处有些难以承受。

"若微，你喜欢才好！"瞻基领着若微缓缓移步来到廊下，手指东侧说道，"出围廊东便门不远处就是一座方亭，隐藏于山石之中，亭中有汉白玉石桌。夏天，你可在此抚琴；冬日，可在此观雪；秋时，临亭东望，满眼碧莲；春时南眺，绿野仙踪，景色怡然。而方亭之北就是我的书斋，你在亭上招手，我推开窗子就能与你对诗。"

若微听着，仿佛身临其镜，已完全入迷。

而瞻基又牵着她走向西廊："从这里出西廊便门即是一处清幽的小院，墙开洞门，如同满月，你可在院中练舞，也可从月亮门出去，或游船轻泛，或近赏湖光景致，如诗如画，岂不美哉？"

"瞻基。"若微一声轻唤，如同梦语。

瞻基握紧她的手："这府中景致，日后再带你慢慢赏析，如今先回房沐浴更衣，早些安置才是要紧！"

"嗯！"若微低声应着。

瞻基紧挽着她的手进入小楼之中。

小楼外表淡雅，室内陈设却十分精致，四处都列有精致的小摆设，芬芳的檀香味阵阵涌出，金、银、玉、瓷、古玩、挂屏可说得上是满目琳琅。

"这？"若微一进门便怔住了。

小善子立即上前说道："这次为了迎接姑娘来，咱们爷可是把皇太孙府的库底子都拿出来了。这些家具摆设，原都是皇上赐给皇太孙和皇太孙妃，预备放在正殿之中的，这次都让咱们殿下给倒腾过来了。"

"小善子，多嘴！"瞻基微微一喝，面上有些窘意。

若微抬眼看着瞻基："这样怕是不妥吧，那胡氏毕竟是你的正妃，我……"

瞻基拉起若微的手，坐在榻上："若微，这正是我要跟你说的。这三年，她在母妃和皇爷爷面前积下不少贤名。而我对她虽一直不冷不热，可是她始终没有失德之举。所以在这府中，面子上，你须让她三分。我自然是一心维护你的，可是也怕物极必反，如果传到皇爷爷和母妃耳中，怕是要连累你吃苦受责，所以……"

若微点了点头："我知道，虽然我入了皇太孙府，但是能不能长久，这做主的除了皇上、太子妃，就是她了。不管是皇家，还是普通的官宦人家，为妾自要有为妾的规矩，如果我稍有越礼，那便是让你为难。"

瞻基眼中一热，将她紧紧拥入怀中，只低语了一句："我说过，总有一天，会把属于你的一切，加倍奉还！"

第十六章　峥嵘初显逢

皇太孙府内东侧宜和殿内。

皇太孙妃胡善祥坐在妆台之前，对镜理妆。

侍女落雪拿来一盏宫灯，取下灯罩，拨亮烛心，又放在一旁，轻声唤道："娘娘，再等等吧！"

"不必等了，卸了吧！"说着，胡善祥从头上取下那只金步摇，又摘下玉钗和翡翠耳坠。落雪面上微微一暗，这才上前帮她拆了发髻，那一头秀发如同黑色的缎子一样，瞬间倾泻下来。

脱下薄如蝉翼的金丝银线织就的霓裳睡衣，重新换上一件朴素的雪绸中衣，胡善祥走至床边，侍女梅影掀起幔帐，又在锦被中多放了一个汤婆子。胡善祥面上微微变色，却不发一语，躺在床上拥着被子，怀里抱着一个暖炉，脚下还放着一个汤婆子。

一滴清泪缓缓从眼角流出。

"汤婆子……"胡善祥喃喃低语，三年了，每到入冬，自己就要靠它来挨过长长的寂寞的冬夜。这名字是谁起的？不过是一个灌了热水为人暖床的瓷罐子，却偏偏起了这样一个名字。

婆子，民间语，意思就是娘子、妻子的意思。原本是该夫妻间相互依偎、相互暖床的，到了她这儿，天底下最尊贵的皇太孙妃，寝宫夜夜里，她居然只能依靠这个瓷罐子。

胡善祥眼中的泪水越蓄越多，她下意识地一脚将那个"汤婆子"踢开。谁知一声轻微的咕隆声音，守夜的侍女立即警醒，隔着帘子问道："娘娘，碰到什么了？"

"无妨，踢到汤婆子了！"胡善祥语调尽量和缓。

她真想把手中的暖炉与床上的汤婆子统统扔掉，摔个粉碎，可是她不能，因为她是皇太孙妃。三年来的谨小慎微，左右逢迎，得到宫中上下一片赞誉之声。如今，绝不能因为一时激愤而莽撞行事，白白丢了这个好名声，于是她紧紧咬着被角，任由泪水悄无声息地滑入被中，却不能露出半点儿声响。

这宜和殿，原是皇太孙府除了议室待客的前殿以外的中心建筑，也是最华美的殿宇。

这里是皇太孙与皇太孙妃的寝殿，可是皇太孙朱瞻基却一直住在东南侧的书斋之内，所以这正殿形同虚设。

在正殿之后，东西两侧还各有几处殿阁和院落。

皇太孙的两位有封号的侧妃，曹雪柔与袁媚儿都居在西侧，一个居月华楼，一个住香远斋。

还有其他几位侍妾，统统居在西南角的碧晴院里。

东边最好的一处独立成景清幽雅致的园子一直空着，原本众人以为那里离皇太孙的书斋最近，是他留给自己休息、待客用的。然而没承想，前几日他突然命人仔细收拾出来，打扫一新之后亲自布置妥帖，又从库内调出许多陈设摆件和崭新的家具。引得众人私下议论，不知是哪个说走了嘴，消息这才传开，原来是给一位姓孙的嫔妾预备的。

如今，她虽然是午夜时分悄然入府，可是此消息在府内上下像一阵风似的都传开了。

什么皇太孙亲自去码头相迎，不仅与皇太孙同乘一辆车辇，居然还破了府内的规矩，将马车直接赶入内院；而且，据说还是皇太孙亲自给抱下马车的。

仆从及侍女们议论纷纷，原本冰冷而不苟言笑的皇太孙，竟然也有如此深情款款、缠绵体贴的一面。

下人们聊得起劲，不过当个新鲜事来过过嘴瘾，可是传到主子们的耳朵里，却是如芒刺在身、抑郁难平了。

如今，夜已经深了。可是整座皇太孙府内不仅是皇太孙妃胡善祥辗转难眠，那月华楼上的暖阁之内，对坐品茶的袁媚儿与曹雪柔也在为此事唏嘘不已。

袁媚儿一派娇憨，靠着绣墩神态慵懒地歪坐一旁，伸出纤纤玉指从炕桌上的果品盒里捡起一块杏脯放在口中含着。

曹雪柔见了，不由笑道："妹妹可是有喜了，这阵子总是喜欢吃这样酸酸甜甜的东西！"

"我若有喜，便离死不远了！"袁媚儿瞥了一眼曹雪柔，恨恨说道，"姐姐明知道我们几个还都是璞玉之身，这皇太孙从未近身，何来的有喜？"

曹雪柔平白遭她如此抢白，却不能恼怒，只得端起桌上的茶浅浅地饮上一口，不再言语。

可这袁媚儿却是个猫儿性子，说歹就歹，说好便好。见曹雪柔不语，自知理亏，又开口圆场，借题说道："姐姐，听说了没有？今儿殿下从外面迎回来一位佳人，安置在迎晖殿里了。听说一直到现在，殿下还没出屋呢！"

曹雪柔面上不动声色，只淡然一笑，道："哎，想我们几个，姿色太过平庸又无才德，所以入不了皇太孙的眼。如今殿下能找到意中人，若真是早早生下一儿半女的，我们府里也就太平了！"

"咳！"袁媚儿不满地撇了撇嘴，"姐姐这话，是说给外人听的。妹妹面前，何须如此虚枉？若真是旁人，倒也罢了。听说，这回入府的正是那年败在皇太子妃手下的那个孙若微。"

"哦？"曹雪柔仿佛初闻此事，面上有些惊诧，连连问道，"可是真的？那倒是奇了，明明是选退的才女，不是听说送到南京城郊的道观中为仁孝皇后祈福去了吗？如今还能入咱们府中，这里面的缘故可是耐人寻味！"

"说得才是呢！"袁媚儿也有些气闷，"我看皇太孙对她那才是情深意重。听说了没有？那所空着的殿宇给了她了，名字起的正是'迎晖殿'。'迎晖殿'，我看怎么不直接叫作'昭阳殿'。如今我才算明白，这三年来殿下如此冷落咱们，原是跟上边较着劲，做给皇上和太子、太子妃看的。现在好了，上边刚一松口，这人立马就从南边给接过来了。看那样子，可不是对一个小小的令仪嫔妾，倒像是对待正经的元妃呢！这样捧在手心里焐着，我看，咱们往后的日子，恐怕还不如从前呢！"

"嘘！"曹雪柔拿眼四下一扫，示意袁媚儿小心说话。

"怕什么？"袁媚儿面上有些满不在乎，"不过咱们也不必犯愁，这天塌下来自有个高的在上边顶着呢。恐怕咱们的这位胡娘娘，现在才真是百爪挠心呢！"

"呵呵！"曹雪柔不禁掩面而笑，嗔怪道："瞧妹妹说的。不过这三年也多亏了我们姐妹守在一起，互相说说体己话，打发些时日，要不这日子可是真难熬！"

袁媚儿端起桌上的茶饮了一口，一双娇媚的俏眼转了又转，忽又说道："姐姐，说正经的，明儿个早上去皇太孙妃处请安，如果遇到那个孙若微，你说我们该如何相处？"

曹雪柔眼帘低垂，一双纤纤玉手轻轻摆弄自己的衣带，似是有些踌躇，许久之后才说了句："我向来是个没主意的，妹妹要怎样，我跟着便是！"

话虽如此，曹雪柔心中却另有打算。那孙若微既然是殿下心坎上的人，虽说是刚刚入府立足未稳，自己明着应是不亲不近、两下里都不得罪才好；可这私底下，还是应该与那孙若微多多走动、多亲近些才是正途。

袁媚儿见她不语，也没了兴致，两人懒懒地又闲话几句，袁媚儿才起身告退，返回自己的香远斋。

迎晖殿内。

寝室的四个角落都放着火炉，炉上冒着蒸蒸的热气，让室内温暖如春。

四周垂着层层纱幔的七宝床上，轻纱幔账之内，正是一室旖旎，春光无限。

若微静静地躺在床上，头枕在瞻基的臂弯里，长长的秀发遮去了她小半张脸，裸露在外的肌肤如雪似玉，柔肩似削成，细腰如弱柳。绫罗雪丝织就的几乎半透明的纱衣内，那完美的胴体莹白润红，精致娇美的五官如稀世明珠般耀眼。

朱瞻基侧卧在她的身边，目不转睛地盯着她。她就如同清晨一枝带露的梨花，令他如醉如痴。他悄悄拿起她的手，将她纤长白皙的手指轻轻含在口中，微微用力一咬。

她便醒了，呢喃着低语了一句什么，却没有听清。

"若微，你好美！"他不由自主地圈紧了怀中的美人，在她脸上偷偷亲了一口。

而她睡眼惺忪，冲他微微一笑，那笑容如习习的春风，似迷人的月色。她真的是好美，清丽出尘中散发着一种媚人的韵味，朱瞻基仿佛再一次受到鼓舞，他有些急不可奈地俯下身子，再一次吻住她的如花般的娇唇。

然而就在此时，更声响起。

外面守夜的太监已经叫了两遍，若微伸手轻轻抵上他的胸口，笑意吟吟地看着他："要去宫里给皇上和太子、太子妃请安了？"

瞻基抓起她的手紧紧攥着，又点了点头，而面上表情实在有些恋恋不舍。

"我……我这次回来，是否要入宫谢恩呢？"若微犹豫半晌，还是怯怯地问了出来。

"皇上面前就免了。母妃体恤，前两天就有交代说是让你先休养几日，待腊月初八，与胡妃一起入宫请安！"朱瞻基眼中流露出来的关切与宠爱安慰着若微，让她放下那颗稍稍有些不安的心。

若微点了点头，当下即全然明白，她心中暗沉。腊月初八，一同入宫请安。这似乎是在对外宣称，自己与朱瞻基其他几位嫔妾一般无二，都是一样的待遇。是了，只有正妃才在大婚之后第二日清早入宫谢恩的，自己如今只是一个小小的侧室，说是领皇太孙四嫔之一令仪的名分，可是却并无正式的纳采之礼与册封之典。想不到太子妃处事依旧如此遵循章法，并没有为了自己而有所破例。

想到此处，若微心里不免有些难过，可是对着瞻基又不能表现出来，于是冲着瞻基露出一张俏丽的笑脸。

瞻基笑着揉了揉她的头，凑在她耳边低语："今儿在家好好歇着，等我得了空，带你好好逛逛这紫禁城！"

若微点了点头便坐起身来，刚待下床就被瞻基拦住："你再多睡会儿，这一路上舟车劳顿，总要缓一缓。府内一切用度，只管找小善子去办。司棋、司音跟在我身边日子也不短了，最是妥帖，知道你不喜欢老嬷嬷啰唆，所以指给你的都是些伶俐的丫头，你尽管差遣就是了！"

瞻基说完披上外衣，掀开帘子走到外间。

司音、司棋立即迎上来帮他整好衣衫，另有外面粗使的丫头奉上铜盆、手巾，侍候着梳洗清爽，又在饭厅用过早饭，净手之后换上朝服这才匆匆离去。

若微躺在床上翻来覆去难以成眠，索性不睡了。只轻唤一声，司音立即近前，伸手将帐幔挽起："主子醒了，可再多睡会儿？"

若微看她本是双十年华，看上去比自己大不了几岁，人又长得极为清秀，不由心生好感："你是司音？那紫烟与湘汀呢？"

"回主子，紫烟与湘汀昨儿歇在西小院了，这府里的规矩和惯例还没得空儿跟她们讲，所以这两天内室就由我和司棋侍候着。主子请放心，都是一样的。"司音一张巧嘴，说得很是麻利且句句都在点子上。若微听了很是受用，心中暗赞瞻基对自己真是事事上心，早早地安排妥当，就连这近前服侍的人都透着一股聪明乖巧劲儿，让人见了就不由得喜欢。

想到这儿若微起身下床，环视内室。司音则扶她走到妆台前，一面又朝外面轻声唤道："司棋，主子醒了！"

"是！"外面一声应答。

不多时，另有两名侍女进来侍候她梳洗。洗了脸，漱了口，司音又引着若微来到南墙下面两排金漆楠木雕花衣柜前："主子，这里面是四季的衣裳，也是殿下早早差人备下的。主子看看喜不喜欢？殿下吩咐了，如果不合适，再命人去改！"

　　若微抬眼一看，夏季的梅花纹纱袍、绢纱金丝绣花长裙、丝绸罩衣、百褶如意月裙、撒花烟罗衫……又轻软又飘逸，款式和花色都是自己中意的。而冬季的云纹锦缎棉袍、紫绡翠纹棉裙，还有织锦的镶毛棉斗篷、白狐孔雀裘的披风、妆缎雪貂皮大氅，件件精美鲜艳、耀人眼眸。

　　"让殿下费心了，一切都好！"若微并没有心中不喜，反而眼中渐渐湿润。人人都说皇子龙孙最是薄情，可是瞻基却是个例外。原本以为三年的不闻不问，是一种放弃。没承想，他是以退为进，居然真的为自己争来了一个局面。

　　只是这样的情、这样的爱，在以后的日子里是福还是祸呢？若微突然一阵心慌，只觉得一股凉气蹿入体内，冷飕飕的，让人难以支撑。

第十七章　残冬花更艳

若微在花厅用早膳，湘汀与紫烟也前来服侍，此时她们身上都换了府内侍女的衣裳。

湘汀站在一旁侍候汤水，看到若微面色白里透红，精神却有些倦怠，暗想自然是昨天晚上与皇太孙久别重逢情浓似蜜，定是颠鸾倒凤纠缠了整晚。

于是眼中含笑，与紫烟偷偷递了个眼色，紫烟不由扑哧一下笑出了声。

若微接过司音接来的帕子擦了擦嘴，眼睛盯着紫烟嗔道："吃个饭，你笑什么？"

紫烟上前扶起若微低语道："奴婢和湘汀姐姐是在笑，看姑娘这神情好像是乏得很呢！"

若微细品她的话，不由面上飞红，狠狠瞪了她一眼。

侍立在旁的司音则说道："紫烟妹妹，以后这称呼可要改改了。在咱们园子里，主子面前回话唤姑娘或是尊称娘娘都行，可是出了咱们的院门到了前边，就只能称微主子，妹妹可要记牢了！"

一句话，点醒众人。

湘汀听了立即开口问道："主子，司音说得极是。那如今咱们是不是该去前边，给胡娘娘问个安？"

若微稍一犹豫，刚巧司棋捧着香茶自外面走了进来，她将茶盏奉到若微面前，微微一欠身说道："照理说，微主子第一天入门，是该去前边问安的。可是殿下并没有交代，今儿一早临出门的时候，殿下还特意叮嘱让微主子多睡一会儿！"

此语一出，众人皆有些踌躇。

若微不禁心中感慨，瞻基处处为我着想，我又怎能让他为难。正所谓适者生存，人在矮檐下不得不低头，该来的总是要去面对。就算今日不去见她，难不成还老死不相往来吗？

于是她站起身看着四名侍女淡然一笑："还是去一趟吧，既然入了府，就要守这府里的规矩，总不能让殿下为难！"

"是，奴婢帮主子更衣、上妆！"湘汀等人随若微又回到内室，不多时再出得厅堂已打扮好了。

绯红色的宫锦钿花彩蝶锦衣上衫配着同色的绯红百褶罗裙，外面罩着一层嫣红的薄丝蚕锦细纹罗纱，那领口处和腰带上还缀着几粒晶莹的北海珍珠，雪白的珠子一粒粒点缀在大红的锦缎上，显得很是惊艳。

鞋子是软底的嫣红细罗宫纱锦缎面，上面绣着一双翩翩起舞的彩蝶，那双彩蝶是用了五彩镶金的金色丝线，绣工很是精巧，看起来栩栩如生。

若微看了眼湘汀："这衣服太过鲜艳了吧！"

"无妨，昨夜主子始承恩，今朝穿红才是正理。我们虽是去请安，但是也不能太过做小！"湘汀从小长在深宫，对宫里女人间的各种较量早就烂熟于心，特意帮若微选了这身衣服。

一头乌黑秀发梳成如雾的涵烟芙蓉髻，司棋在妆匣里挑来选去，最终拿了一支点翠嵌珠的凤凰步摇为她插在发间，又薄施粉黛，淡点绛唇。若微原本绝色，再加上这样精心的装扮，更显得美丽绝伦，叹为天人。

临出门时，紫烟又抱着一件妆缎雪貂皮大氅给她披在身上，于是司棋、司音头前引路，湘汀在旁相伴，走出了迎晖殿。

昨夜匆匆入府来不及细看，今早借着和煦的阳光，若微才得了空边走边瞧。这新建的皇太孙府的壮观与华美不输于东宫，头宫与摆宴、待客用的正殿均气势恢宏，殿顶铺着绿色的琉璃瓦，飞檐之下更有彩绘的金龙，而殿门上配以金钉与狮头扶手，华美仿如皇宫。

黄瓦红墙、朱漆楹柱门窗和以青绿为基调，配合贴金的彩画雕栏，虽不是皇宫，却有一种"金碧辉煌"的气势。

此时虽是隆冬时节，看不到园内花木扶疏、碧波荡漾的盎然之态，可是府内楼阁耸峙、树木葱郁、奇石林立，也算景致怡人。

宜和殿，是进入正门之后，头宫与正殿之后的第一座寝殿。

道面铺着素面方砖，坡面铺的是莲花方砖，两边有石柱和螭首的青石勾栏。殿后东西两侧还有月华楼和香远斋，均以廊庑与前面的正殿相连。

无论如何，这寝殿的位置，就表明了胡善祥正妃原配的身份。

若微静立于门外，司音前行通禀。

很快，司音退了回来，轻声说道："主子，咱们进去吧！"

于是轻移莲步，举止端庄，步入殿内。

正殿中央是一张黄花梨木的圈椅，上面铺着厚厚的大红棉垫子，还摆着两对大大的靠枕。胡善祥原本一只手半倚在几案之上，手上还拿了本书，见若微进来，面上微微带笑，身子向前探了探，却不急着开口。

若微刚待行礼，身后却传来一阵银铃般的笑声。

两名绝色美姝一左一右携手入内。

左边的，玲珑身材，面如桃花，一双杏眼水灵动人，橘色的披风之内，是一身粉嫩的短袄棉裙，面上一派天真娇憨，艳丽无边。

右边的，亭亭玉立，一张素颜清丽幽雅，面上微微然带着几分笑意，身上是一件缎绣氅衣，只在下摆处露出淡青色的裙子一角，神色间似笑非笑，悄然而立，却有幽兰之姿。

若微深深吸了一口气，想必这两位就是他的侧妃，敬仪袁媚儿、恭仪曹雪柔。

而自己则是令仪，同样是三品的侧妃，可是自己入门最晚，照理也是要向她们问安的。

正在愣神之时，殿内自有侍女为她二人解去外衣，她二人冲着胡善祥同时道了个"万福"。

"雪柔给姐姐请安！"

"媚儿给姐姐请安！"

"免了吧，快坐吧！"胡善祥回了一个颔首礼，即命人看座、上茶。

若微等她们都坐下了，也前行几步，对着胡善祥行了一个万福礼，口中说道："若微给皇太孙妃请安！"

话一出口，室内便一片寂静。若微也觉得自己的问候太过清冷，但是若让她学那两位侧妃的样子冲着胡善祥喊姐姐，还真是有点儿叫不出口。

胡善祥也怔了，原本她就没想到若微会来给自己请安。如今来了，便是把她逼到台上，究竟是该对她亲近些还是冷淡些，一时也没了主意。

正是这时，站在胡善祥身后的苏嬷嬷开口了："哎哟，看来这身边没个老人提携，真是不成。"她几步走到若微跟前，上下打量，然后又说道："我说微主子，您第一天入门，这规矩自然与袁主子和曹主子不同，您得行跪礼！"

说完，又招了招手："落雪、梅影，快给微主子拿个厚点的拜垫来！"

"是！"

当那厚厚的簇新的垫子呈到若微面前时，若微不由一愣，难道说这殿里平时就没有人跪拜吗？这垫子如此新，仿佛从来没有人用过一般。她动了个心眼，别是里面被动过什么手脚。于是面上呵呵一笑，一派天真地说道："既然如此，这头就要叩得响，跪也要实实在在的，谢谢嬷嬷，这垫子若微就省了！"

说着便推开垫子，双腿"扑通"一声就跪在了地上。

这一跪，殿中众人都有些意外。

曹雪柔面上依旧是淡淡的笑容，仿佛一切与她无关；而袁媚儿则是瞪大了眼睛，原本一晚上翻来覆去睡不安稳，就是想着怎样与这个新来的劲敌对上一对，可是没承想，她竟然是如此没心眼，此时心中也说不清是遗憾还是欣喜，总之是有些异样。

高高坐在殿上的胡善祥看着她，不由想起了三年前在太子宫门口的那次遭遇。小小的若微，那时还不满十五，望着自己的目光却如刀似箭，硬生生地刺入自己的心房，她目光中流露出的那种鄙视与不屑，连同那句带着嘲弄的"恭喜"都如同梦魇一般，让自己不能安枕。这样骨子里透着倔强与不驯的女子，从此真的会在自己面前俯首做小吗？

胡善祥不由打了个寒战，姐姐说得没错，死而不僵才最是可怕。也好，你装傻我就与你周旋下去。于是面上极是和颜悦色，立即站起身迎了下来，伸出双手将若微扶了起来："妹妹怎可行此大礼，倒让本妃难以安坐，若非造化弄人，今日坐在殿上的，正应该是妹妹呀！"

若微笑而不语，静立一旁。

"妹妹坐吧！"胡善祥见她不答，也只好顺势而行又重新落座。

一时之间，四下安静，不管是胡善祥还是若微，以及那两位侧妃，都不知该如何挑起话题。胡善祥只得端起茶盏，说了句："这茶是前儿入宫时贵妃娘娘赏的，大家都尝尝吧！"

于是，另外三人出于礼节，也举起杯子，慢慢品着。

坐在若微上首的袁媚儿抬眼一扫，忽然便有了主意，她冲着若微展颜一笑："早就听说，殿下有位青梅竹马的红颜知己，一直无缘得见。今儿一仰玉容，倒真是让媚儿看花了眼，若微妹妹真是如新荷映水，美似天人。"

若微虽然自小入宫，看多了妃嫔间的假意奉迎、嘘寒问暖。可是身处其间，还是不能应付自如，只回了句："哪里，袁敬仪过誉了！"

袁媚儿仿佛碰了个软钉子，只是她并不气馁，目光一闪，突然惊呼道："妹妹，今儿怎么穿了这身衣服来？"说罢，目光又转而对上了坐在正中的胡善祥。

今日的胡善祥，穿了一身绛红色的长裙，外套金银丝线织就的华彩罩衣，一支累丝嵌宝的金凤簪斜插在同心髻上，与若微的装扮倒有七分相像。

只是若微的服饰精致优雅，再加上逼人的青春与娇艳，倒显得胡善祥的装扮过于老成。

而相近的服色，更是犯了尊卑的忌讳。

若微刚待开口，身后的司棋则上前几步代为解释："回皇太孙妃，昨日孙令仪已经与殿下圆房，新承恩泽，照例是该穿红！"

只此一句，众人面上皆不好看。

胡善祥端起茶杯，连饮数口，以此相掩。

袁媚儿与曹雪柔对视一眼，脸上表情也多少有些抑郁。

片刻之后，胡善祥才微微一笑，口里说着："妹妹大喜。如此，倒是姐姐疏忽了，该给妹妹备上八珍补身汤才是，苏嬷嬷！"

"老奴在！"苏嬷嬷立即躬身上前。

"去吩咐厨房，给孙令仪多加些补汤！"胡善祥面上波澜不惊，眼中微微含笑，让人参不透她的心思。

"是！"苏嬷嬷立即退下。

袁媚儿顽皮一笑，冲着胡善祥撒娇道："娘娘真是偏心，媚儿也想喝那八珍补身汤呢！"

胡善祥笑而不语，曹雪柔则忽开尊口："傻妹妹，这汤哪里是你我喝的，不是娘娘偏心，明明是殿下偏心才是！"说完，那目光便对上了若微的发髻。

众人随着她的目光看去，才发现若微发上戴着的那支点翠嵌珠凤凰金步摇，不由唏嘘不已。它以黄金为底托，凤身用翠鸟羽毛装饰，其眼与嘴均用红色宝石、雪白的珍珠镶嵌，两面还嵌着红色的珊瑚珠。凤身呈侧翔式，尖巧的小嘴上衔着两串熠熠生辉的珍珠串，这金步摇造型精巧别致，选材更是精良，样式实属罕见。

袁媚儿愣愣地脱口而出："殿下还真是偏心呢！"

若微听了，着实觉得无趣，又实在不想与她们周旋应对，随即站起身，再次深福一礼，告辞而返。

第十八章　寂寂宫花红

若微前脚出门，袁媚儿便开口说道："娘娘，这孙令仪与殿下自小一起长大，有青梅之谊，人又长得如此标致，刚一入府便得专宠，怕是以后，娘娘不好驾驭吧！"

胡善祥目光扫过袁媚儿，又看了看曹雪柔，只轻叹一声，并不接语。

曹雪柔一向机敏，立即拉着袁媚儿起身告退，二人出得殿外，在府内园中缓缓而行，因为各人心中均有心事，故也不多言。

只是走着走着，曹雪柔突然轻唤了一声："不好。"

"怎么了？"袁媚儿一脸疑惑地问道。

"这耳上的碧玉坠子掉了一只，想是刚刚在殿里脱氅衣时掉的！"曹雪柔唤着身后的丫头，"锦素，快随我原路返回，仔细找找！"

"妹妹是先回去？还是在此等我一会儿？"曹雪柔走出几步之后，又停下来问袁媚儿。

袁媚儿想了想："媚儿就在此处等姐姐，回去也是无聊，正好今儿日头足，在园里走走！"

"也好！"曹雪柔点了点头，领着丫头锦素匆匆而返。

袁媚儿站在假山石后，对着太阳独自发呆。

忽地听到有两人窃窃私语的声音，于是立即闪在一旁，细听端倪。

"碧月，你可是看真切了？"这像是府里的教养嬷嬷李嬷嬷的声音。

"嗯，今早是司音铺的床。我特意到跟前看了，没有落红，而且我还巴巴地问了，是否要把殿下的里衣和褥单送去浆洗。司音说不用了，您想呀，照常理，昨儿个晚上，殿下和那位孙令仪明明是圆了房的，这府内的值守太监那儿都有记录，可是……"碧月欲言又止。

"碧月，这话可万万不能对第二个人讲，主子们的事情咱们可不敢多嘴！"李嬷嬷细细叮嘱。

两人又说了一会儿闲话，这才散了。

袁媚儿不由喃喃重复着碧月的话："没有落红、没有落红！"

一丝不易被察觉的笑容浮现在她的脸上。如此，也算一个意外的收获。

迎晖殿内。

若微歪在西里间的暖炕之上，懒懒的有些没精打采。

紫烟见了悄悄凑到跟前，一边小心地打探着神色，一边问道："小姐，这是怎么了？可是在前边，那胡妃给你脸色看了？"

若微摇了摇头："只觉得无趣得很，一想到日后少不得要与她们周旋应对、往来应酬，心中不免有些烦闷！"

紫烟刚待开口相劝，就在此时，司棋一掀帘子近前回禀："主子，苏嬷嬷来了，说是来送皇太孙妃让厨房特意给你熬的八珍汤！"

紫烟面色微微有变，伸手扶起若微："小姐……"

"请她进来！"若微神态如常，不温不火。

"是！"司棋又退了下去，再入内时，身后便是胡善祥身边的那位苏嬷嬷，只见她手中端着一个托盘，正中是一个炖盅。

"孙令仪，这是我们娘娘体恤您，特意让厨房给您熬了补身的。请令仪速速服下，老奴也好回去复命！"

"多谢娘娘！"若微亲自站起身，走到跟前，从托盘中拿起炖盅置于炕桌之上，苏嬷嬷又呈上汤勺。

若微掀开盖子一看，才见到这八珍养身汤的真面目。

她面上带笑，搅动汤匙，缓缓服下，喝了一大半，才放下勺子。

"有劳苏嬷嬷跑这一趟，紫烟，替我打赏！"

紫烟立即从隔壁屋里拿出一枚银锭子塞入苏嬷嬷手中。

那苏嬷嬷自是欢天喜地，收了炖盅乐呵呵地退下。

见她走远了，紫烟才低声埋怨道："小姐也真是的，这入口的东西怎能拿起来就喝？"

若微无可奈何地笑了笑，身子向后一躺，靠在垫子上："为什么不喝？怕中毒不成？傻丫头，她这样明目张胆地把吃食送过来，不过是博个贤名，再试试我罢了。放心，死不了的！"

"小姐！"紫烟气得直跺脚。

谈话间，皇太孙朱瞻基正好回房。一身明黄色缠枝宝相花纹织锦袍，袖口处用品蓝银丝边纹束袖收紧，腰缠玉带，举止中更显干净利落，头戴金缨展翅冠，冠上的两根小小的金尾羽微微轻颤，极为精巧，冠顶镶嵌的珠子饱满圆润、颗颗晶莹。

若微头一次看到如此正装打扮的朱瞻基，一时之间痴痴地瞅着，也忘了起身行礼。

朱瞻基笑了，挨着她坐在炕上，拉起她的手嗔道："怎么才半日不见，人就变痴了，刚进门的时候听你说什么死不死的，如今又直愣愣地盯着我看，在想什么？"

若微把头一歪，顺势依偎在他怀里，只说道："刚才看到殿下从外面进来，一身正装，英气逼人、俊美绝尘，晃得人家眼睛都花了！"

"说的可是真心话？"朱瞻基把她轻轻揽在自己怀中，让她的头贴近自己的胸口，轻抚着她的秀发，开口问道："离腊月初八也没几天了，到时候皇爷爷要在乾清宫内摆宴，后宫女眷、诸王府妃嫔都要奉旨领宴，到时候，我的若微一定是最耀眼的。"

若微伸出手指在他脸上一抹："羞也不羞，你的若微？我偏不让你如愿，一定画个大花脸，找件叫花子的衣服，保准让你丢人丢到极致！"

"淘气！"朱瞻基抓住她的手指，叼在口中，用牙齿轻轻咬着。

屋内的司音、司棋连同湘汀与紫烟均满脸羞涩，悄悄退下。

若微倚在瞻基的怀里似睡非睡，瞻基搂着她的身子，只觉得柔若无骨、绵软可人，耳鬓厮磨间低语道："前晌儿，到她那儿去了？"

若微轻声"嗯"了一声。

"见了面，可还好？"瞻基揉捏着她的玉手，抚着纤细的手指，似是随口一问。

若微又"嗯"了一声。

瞻基笑着在她手上打了一下："问三句也不答一句，是乏了，还是哪里不舒服？"

若微这才微微抬眼，道："今日去宜和殿看到胡善祥。不禁想起那年荷花节，我们在南京城里同游玄武湖，原本已是尽兴，若不是瞻墉提议，我也吵着要去，咱们这才去了夫子庙边上的那家晚晴楼，也才会遇到她。她效仿先贤，为自己当街择夫。瞻基，我在想……"

"想什么？"瞻基盯着她的眼眸，面上微微带笑。

"其实，如果她选中的不是你，以她的所作所为，也堪称不俗。我倒有些欣赏她，也许我们还能成为朋友。可是偏偏，她看上的是你，是天遂人愿，还是造化弄人？最后她真的和你结发成为夫妻……"若微眼中的神色有些茫然，如果说自己和瞻基是有缘的，那她和瞻基呢？也是缘吗？

"若微，你知道的，我的心，从未变过！"瞻基目中流露出一种坚定，仿佛誓言一般，炯亮有神，不容人有丝毫质疑。

若微浅浅一笑，伸手环住他的脖子："我知道，你用不着动不动就表态的。我是说，善祥也许是个蕙质兰心的好女子，只可惜入了你这皇太孙府，不知是幸还是不幸。今日一见，我和她都不免尴尬，相对自是无言。想想个人的处境，除了暗自唏嘘还能怎样？原本心中一直怨着她，可是一想这三年，你都把人家晾在一边不理不睬，也亏得她是个好性子，要是我……"

瞻基不由一阵爽声大笑，伸手在若微鼻子上轻轻一刮："若是你又当如何？好端端的怎么突然替她不平了？"

若微瞥了一眼门口，叹了口气："今儿在宜和殿还看到你另外两个侧妃，一个如空谷幽兰，一个似牡丹映水，都是天生的美人坯子。想到你对她们不理不睬的，心里又是高兴，又是难过。高兴的是你终究是心里有我的，可是又不免替她们难过。对了，善祥知道昨天我们……刚刚还特意让人送了八珍养身汤来，倒让我有些难以承情！"

"她，倒是有心了！"瞻基点了点头，心中也不免怅然，之前对胡妃与袁、曹两人的冷漠与置之不理，只是为了替若微争回一个局面的无奈之举。今儿一早入宫请安，母妃已经再三提醒，若真是为了若微好。从此之后，必须恩泽公允，让府内妃嫔雨露均沾才能无风无浪、平安度日。只是三年未见，才刚聚在一起，总想着法子逗她开心，于是故意说道："咦，瞧你今儿只见了一面，就把她们夸得天上有、地上无的。一会儿我也过去好好瞅瞅，看看是不是如你所说，如此出色！"

"哼！"若微扭过脸，轻哼一声。

瞻基笑着扶她起来："走，一道用过午饭，下午带你去城中走走，也好见见故人！"

"故人？"若微眼眸一闪，"是瞻墉还是咸宁公主？"

"还有驸马，你这一路之上多亏他和公主暗中照应，正要谢他。今儿早上在朝堂外面碰见了，特意约到一处，下午同去瞻墉那里聚聚！"

"好啊！"若微立即欢呼雀跃。

第十九章　风翻晚照霞

用过午饭，瞻基吩咐湘汀："给你主子准备两身轻软的里衣带上！"

湘汀似是不明，又不能多问，只好立即下去照办。

若微抬眼望着瞻基："怎么还带衣裳？"

瞻基笑了笑只说着："去了不就知道了？"又转身对司棋说道，"取那件带帽的厚貂皮雪狐大氅来！"

"是！"司棋立即应着。

若微一头雾水，眼巴巴地瞅着瞻基唤着丫头们准备这个、收拾那个的，又插不上嘴，只好一切随他。

不多时，收拾妥当之后，瞻基见若微已然换好了装，又帮她理了理雪狐大氅的风帽，这件大氅既防风又保暖，他又伸手抻了抻衣角以示薄厚，感觉轻软暖和，这才放下心来。

而朱瞻基则并没有像往日那样头戴金冠，身穿绛纱棉袍，而是简简单单以通天冠束发，内穿一件嵌青纹提花蟒缎的棉袍，系同色腰带，在外面披了件黑色貂皮大氅，那黑色的帽沿外镶了一圈白狐毛，倒显得十分地冷峻与英武。

瞻基牵起若微的手，正待往外走去，忽然间只听外面有人回道："殿下，袁主子来了！"

瞻基与若微不由一愣。

若微想了想，立即说道："既然来了，就快请进来吧，外面天寒地冻的，别受了风！"

"是！"

身披橘色披风的袁媚儿缓缓步入殿内，一抬眼看到瞻基与若微携手立于门厅，脸上神情略有些惊诧，微微有些惊慌，一面立即福礼请安，一面娇笑连连："只想着孙令仪刚刚入府，所以过来瞧瞧她，没想到殿下也在，可见是来得不巧了！"

"无妨！"瞻基看了看她，又看了看若微，态度十分和缓，"若微初入府中，你们多多走动、往来照应也正该如此！"

袁媚儿藏在袖中的指尖微微轻颤。这是入府三年以来第一次离他这样近，第一次听他这样和声细语地讲话。她微微仰起脸对上他的眼眸，这样的英俊，这般的人才，只是却不曾属于自己。心中暗流汹涌，又不好表现出来，只笑意吟吟道："看样子，殿下与令仪是要出去？"

瞻基代为答道："是，若微初来京城，带她四处转转！"

袁媚儿脸上微微一嗔，戏语道："殿下可真是偏心！"

瞻基一时语滞，也不知如何以对。

若微则淡然一笑，拉着袁媚儿的手说道："殿下才不是偏心呢，是若微吵着要出去看看这新都的繁华，要不，媚儿也一起去吧！"

袁媚儿立即拍手赞道："若微姐姐，真是善解人意！"然而美目一闪，瞥了一眼朱瞻基，则吐了吐舌头，娇憨地说道："我才不讨人厌呢，姐姐一句同去的话刚出口，殿下的脸就拉下来了。媚儿有自知之明，媚儿先告退了，改天再来看姐姐！"

三言两语，口中就将称呼由陌生而冰冷的"孙令仪"变为"若微姐姐"，这一笑一嗔之间，仿佛与朱瞻基、若微相交多年。

她这样的热情寒暄，若微自然也要相应以对："好，媚儿有空就常来坐坐！"

袁媚儿冲着若微与瞻基娇笑连连，又福礼退下，然而刚刚走到门口又回眸一笑，从身后丫头的手上取来一物，递到若微手中。

若微低头一看，原来是一个紫貂绒的昭君套。

若微心中微微一暖。

袁媚儿拉着她的手小声说道："姐姐，媚儿的家就在京城南边的大兴县，自小长在这里，哪里好玩，哪里有什么好吃的，媚儿都清楚着呢。如果以后，殿下能开个恩典给媚儿，媚儿一定带姐姐去看看！"

"好！"若微看她脸上一派天真，心情也十分愉快，连同上午在宜和殿中发生的小小风波带来的不快都仿佛荡然无存了。

袁媚儿离开之后，瞻基脸上有些不自在，伸手牵着若微的手出了殿门，走到院外，就看到一辆马车早早候在那儿，依旧是一把将她抱上马车，然后自己也跟着坐了进来。

小善子坐在车驾之上，扬鞭催马前行。

车厢内，瞻基把手也伸进了那昭君套内，口里说道："其实这皮筒子，箱子里早就给你备下了，只是一时疏忽忘记吩咐她们取来！"

若微笑了笑："堂堂的皇太孙，心中所系的应该是江山社稷才是，女孩家用的皮筒子、步摇、脂粉，你费心准备这些做什么。"

看着她的笑颜，如珍珠般熠熠生辉。

朱瞻基不由轻叹："我现在心里装的只有一个若微，哪还有旁的什么。只想一心一意好好待你，这三年里你一个人待在栖霞山上，你可知道我心里是什么滋味？"

"瞻基！"若微依偎在他怀中，气息如兰幽幽说道，"你的心，我都知道。"

马车出了东华门，一直向北走了有个把时辰才停了下来，只听到一阵爆竹声声，震耳欲聋。若微忙用手捂住耳朵，朱瞻基掀开帘子，跳下马车。又把若微抱了下来。

若微抬眼一看，这是一座小小的院落，整座院子坐北朝南，正门在院子的东南角，迎面是一个福禄寿三星的砖雕，给这院子添了些祥和之气。门口两名青衣小童立即上前请安，而大门口站着的正是一脸憨态、笑嘻嘻地望着他们的三皇孙朱瞻墉。

朱瞻墉上前几步，对上若微的脸，细细打量。

若微稍一欠身，福了个礼："殿下！"

"别，当不起，如今你可是我的小皇嫂了！"瞻墉的性子依如儿时那般直爽，"小姑姑她们都到了，就等你们了！"

说着，便头前引路。

走入院内，才发现这里原来别有洞天。

前面是四合院的正院，正院连接着厅堂与寝室，然而从西跨院的角门处出去，便是后苑。后苑有各成一景的小园，其中有梅花千树组成的梅冈，还有杏坞和小桃园，长廊通道、假山瘦石、潇竹、卵石，小亭恰到好处地缀在各处。更奇妙的是那环绕其间的小溪中流淌的居然是淙淙的冒着热气的温水。

若微甩开瞻基的手，几步走到溪边以手汲水，不由惊呼道："天呢，这水居然是热的，难不成这北京城里也有温泉？"

瞻墉哈哈一笑："正是。怎么样？一会儿让你在这儿泡个温泉澡，全当你与皇兄重逢的贺礼！"

瞻基站在一旁，悄然而立，只看着他们嬉笑，也不搭话。

此时，远远地走来几人，走在最前面的正是咸宁公主，她身后如影随行的自然是驸马宋瑛。

"公主！"若微紧走两步，与公主紧紧相扶在一起，咸宁公主面上一片戏谑之色："怎样，若微丫头，这新嫁娘的感觉如何？"

若微毫不羞涩，直直地顶了回去："公主又不是不知道，你若真的不知，那咱们就要好好拷问拷问你身后的驸马爷了！"

"哈哈！"宋瑛爽声大笑。

瞻墉则叹了口气："三年未见，若微的性子还是没变！"

"殿下，酒菜都已备好，请入席吧！"管事模样的下人在一旁回话。

"走走走，都去西花厅，今儿咱们好好饮上几杯！"瞻墉热情相邀，众人随着他走过长廊，穿过竹林，来到小山之上的一所暖阁之内。

进了屋，瞻基帮若微除下外面罩着的雪狐大氅交到侍从手中，这才解下自己身上的外衣，拉着若微一同入席。

若微拿眼往桌上一瞄不禁笑了："要说到吃和玩，谁也比不过咱们二皇孙！这寒冬腊月的，在这暖阁之内，围炉吃汤锅，真真舒服！"

瞻墉听她夸奖自己则越发得意，嘴里哼着："那是，这就叫作'浪涌晴江雪，风翻……'"原本是想诵句诗来应应景，却不料卡了壳，怎么也想不起后面的句子来。

驸马宋瑛则好意为他解围，续言道："风翻晚照霞！"

咸宁公主掩唇而笑："叫你少时不用心读书，如今可知道书到用时方恨少了吧！"

瞻墉不以为然，轻哼了句："卖弄！"

咸宁公主把眼一瞪："你也卖弄一个，给我瞧瞧！"

"汤锅"是在生炭的小火炉上架一个铜制的锅子，里面煮着各种肉片和菜品。这汤锅最早起源于三国时代，是魏文帝提出的"五熟釜"，就是将一口锅里分成几格，加水后可以同时煮各种不同的食物，然后捞起来蘸着调味料吃，这样食物吃起来十分鲜美。自唐宋以来日渐盛行，大都是在大雪纷飞的寒冬时节，与三五好友围聚一堂，谈笑风生又随性取食毫不拘束，所以食者心情会极为愉快。于是这样的吃法，就有了一个"拨霞供"的美名，也才有了"浪涌晴江雪，风翻晚照霞"这样赞颂的诗句。

若微看着桌上那个架在小火炉上的双耳铜制汤锅，里面正呼呼地冒着热腾腾的水汽，又看了看围坐在桌前的几人，心中一时有些感触，不由又想起了远在胶东的亲人，听说父亲和继宗就在北京督建天寿山的工程，如今也不知怎么样了？正在暗自伤感之时，桌下一只手轻轻握在她的手上，那温润的感觉瞬间便安慰了她的情绪。

于是，她兴致又起，隔着桌子问瞻墉："今儿这汤锅，殿下准备煮些什么？"

瞻基晃了晃脑袋，一脸得意地说："兔肉，是我前儿在山里现打的，把兔肉切成薄片，用酒浸了，等汤烧开了在汤中涮熟，再蘸着用豆酱、花椒、桂皮做成的调味汁，那味道才叫一个鲜，比什么羊肉、鱼肉强多了！"

说着他微一示意，立即有人出去传话。不多时，切成薄片的兔肉和各色的青菜、蘑菇、冬笋纷纷端上桌，众人围炉煮酒，品着汤锅小菜，话说儿时的各种趣事，谈话之间，已然到了掌灯时分。

吃完饭，天色已晚，公主和宋瑛起身告辞，而瞻基却没有动身的意思，若微刚要开口相问，就有丫鬟上前服侍。"去吧，瞻墉这儿水好，泡泡可以解乏！"瞻基目中闪烁着脉脉温情，此时她才明白，瞻基出门前为何特意叮嘱紫烟为自己备下里衣和中衣，于是便跟着丫鬟们来到暖阁内的西小间。推开房门往里一看，里面是一座水池，汉白玉砌成的池子，光可鉴人。池边一座小巧的孔雀铜铸，正昂首而立，口中还衔着一粒铜珠。

"请令仪娘娘入池！"丫鬟说着便上前来欲侍候她更衣入浴。

若微想了想，终究有些羞涩，遂说道："我自己来就可以，你们在外面候着吧！"

丫鬟们笑了笑，走到铜孔雀边上，取下铜球，那孔雀的嘴便露出一条缝隙，温泉水从缝隙中缓缓流入池中，犹如小溪徜徉，顿时令人心平气和，徒生雅意；而池内还有三处石鱼喷水，声音隆隆，飞沫反涌，一时之间烟雾升腾，暖意四溢。

丫鬟们退到门外。若微除去衣衫坐到池边，以脚试水，顿感舒适，慢慢滑入水中，眼中一时被迷雾笼着，这眼中的湿意不知是因为热腾腾的水雾熏了眼，还是源于心中涌起的那份感动。

从温暖如春的南京迁至寒冷的北京，抵京后的第一天，他就为自己做了这样的安排，若微泡在池中，让温泉水洗涤着她心中积蓄的全部委屈与怨恨，一切的一切，因为有他，才变得如此美好。

也不知过了多久，只觉得全身酥软，酣畅淋漓。

这时才听得门外有人轻轻叩门："令仪娘娘，温泉水不宜久泡！"

"好了，知道了！"若微这才从池中出来，在黄花梨木雕屏风后面，拿干净的毛巾擦拭净身子，又换好里衣和中衣。

这时候才轻唤一声"好了！"

于是，外面侍立的丫鬟们又纷纷入内，引着她到外间的妆室细细打扮。

两个小丫鬟手捧托盘，静立两旁。看到她们手上捧的翟衣凤冠、花钗九树，若微心中便立时明白了，她静静地坐在镜子前，任由另外两名侍女为自己上妆打扮，华丽繁复的服装，高贵端庄的发髻，钗环首饰，一切正是大明朝皇子婚礼的规格。

当一切打扮妥当的时候，她被蒙上一块红色的盖头，手中攥着红绸一角由丫鬟牵引着走出内室。

莲步微移，从西小间穿过回廊，走入正厅。

从盖头的一角，可以看到身旁他的官靴。

他从侍女手中接过红绸的另外一端。只轻声说了句："若微，我们不用礼赞，不用拜天地，只对拜可好？"

若微并不答话，悄悄转身对上了他，而身子已经微微下福。于是，没有鼓乐，没有礼官的唱赞，她和他相对，深深三拜。

然后他小心翼翼地牵引着她的手，步入东里间的卧房，坐在铺着龙凤褥的床榻之上。

他手拿秤杆，挑下了她的盖头。

满眼都是喜气洋洋的红色，窗子上贴着大红的喜字，香案上一对大红龙凤烛，室内铺着红色的地毯，床幢四周悬着重重的大红纱幔，一切的一切，如同一个新房。

他亲自拿起两只连体圆筒酒杯，这杯子很是精致，外侧还雕着龙、凤的图案，他的手微微有些抖动，举着杯子递到若微面前，若微接过来，两人环臂对饮。

若微的眼角涌出一滴晶莹的泪水。

瞻基拥着她，怅然地说道："对不起，只能给你这样的婚礼！"

"瞻基！"若微只觉得更加委屈，把头埋在他的怀里，再也不愿抬起。

第二十章 艳艳冬晴雪

当清晨第一缕阳光照入室内的时候，若微稍稍一动，随即缓缓睁开眼睛，正对上朱瞻基的一双俊目。他的眼神清澈明亮，在演武场上，那眼神如利剑般果敢、刚毅，而此时，那眸子中却闪过一丝忧郁和柔情。

她嫣然一笑，眼中神色分明在问："你看什么？"

瞻基看她粉面上一点朱唇，神色间欲语还羞，娇美如带露初蕊，眼波流转，珠辉闪闪。光阴荏苒，她已出落得如此绝美出尘，可是在他眼中，她仿佛依旧是往日那个一脸稚气的小女孩。

瞻基从枕头下面拿起一个荷包，在若微眼前一晃。若微伸出莹白胜雪的素臂，一把抢了过来，拿在眼前细细一看，竟然是那年瞻基随皇上远赴塞外北征时，紫烟比着自己临的王维的《江山雪霁图》而绣的荷包。

若微的手指轻轻抚过荷包上的图案，那么惟妙惟肖、栩栩如生，素净的藏蓝色布面，用墨绿色和褐色的线绣成的雪霁图，将那冷僻、孤傲、高洁的雪景展现得淋漓尽致，若微仰起脸，对上瞻基的目光："你还留着？"

瞻基点了点头："当然，你送的每一个物件，说过的每一句话，我都会妥妥当当地留着！"

"来！"瞻基把着她的手旋开那荷包上的珍珠扣子，"看看里面，装了什么？"

若微朝里面一望，立即呆住了，仿佛难以置信一般，她伸手轻触，手指上被一团青丝缠绕，"这是？"

"这是三年前，你离宫前的那晚，在静雅轩，你用梳子狠狠地扯着自己的头发。后来你走了，我在你的房里静静坐了一天，最后将你梳子上的断发收了起来，就放在这个荷包里。"瞻基说到此处，微微一顿，从自己胸前垂着的一缕头发上用力一揪。

"瞻基！"若微腾的一下坐了起来。

朱瞻基将两缕头发缠在一起重新放回到荷包中，似笑非笑地看着若微："如此，可放心了吧！"

若微把头一扭，低语着："我有什么不放心的！"

"呵呵！"瞻基笑而不语，翻身下床，"走，快起来，今儿带你去看冰嬉！"

"咦？"若微好生奇怪，"殿下，怎么如今年纪大了，反而不忙了，今儿不用上朝吗？"

瞻基笑语："你再不起来，我可真要去上朝了！"

若微听了，立即满心欢喜地起身下床。用过早饭之后，瞻基便差人为她准备了一身男服，换好衣服，若微与瞻基、瞻墉一道出了庄园。

若微坐马车、瞻基与瞻墉骑马走了半个时辰，再下车时已经到了西海沿子，虽然是寒冬腊月，这里却是一片喧闹。

瞻基牵着若微，来到湖边。

湖面早已冻得死死的，成了一个天然的演武场。场内旌旗飘飘，场外四周围了黑压压的一圈人，大多是看热闹的老百姓。

瞻墉看若微一脸兴奋，仿佛献宝一般，立即凑到身边为她讲说详情："这冰嬉，原是民间老百姓冬天找乐子的玩意儿。朝廷北迁以后，皇爷爷为了让兵士们能勤加习武，这才下了旨意，定期让他们在冰上练兵。"

"哦！"若微点了点头，不由转身对着瞻基做了个鬼脸："我说今儿怎么得空陪我出来玩，原来还是领了差事，我猜你们原本就是要来检阅练兵的！"

瞻基笑而不语，瞻墉则说道："这就叫假公济私。噢……不，是公私兼顾、面面俱到、顾全大局……"

"哈！"若微扑哧乐出了声，"咱们殿下今天倒是才思敏捷，出口成章，只是这词似乎用得不太恰当！"

瞻墉一脸的不服气，刚要回嘴，就在此时，突然鼓声大作，场外众人都停止了喧哗，翘首驻足静静观看。

原来，练兵开始了。

身穿校官服饰的人高唱："冰上武术！"

话音刚落又是一阵震耳的鼓声，在鼓声中，一个个身穿窄袖紧衣、束腿裤的兵士陆续上场，他们在冰面上飞速地滑行。绕场一周之后才滑入冰场中心表演出各种绝技，如大蝎子、金鸡独立、哪吒探海、双飞燕、千斤坠、朝天登、卧睡春等，其动作变换迅速，轻如飞燕、疾如鹰隼，看得人目瞪口呆，惊险之处不由得让人拍案叫绝。

若微站在场外，踮着脚尖不停地拍掌叫好，而身后还有不少后来的民众往前拥着，瞻基与瞻墉怕后面的人将她挤倒，在她身后小心地护着，仿如一道人墙。

令人惊叹的冰上武术结束之后，紧接着是"冰上射箭"。

在冰场一侧竖立着一座高达数丈的"霭杭"，也就是冰做的箭靶，上面悬着五色彩旗和彩带，兵士们列队滑行，至三十丈开外的红线之后，以各种姿势射击靶心。

在滑行中射箭，原本就很难，冰上滑行的速度不亚于狂奔的骏马。策马而行方向还比较好控制，可在冰面上滑行于喘息之间便会偏离方向，原本滑行中射箭就是一件很难的事情，更何况那靶子还是冰冻的，这就要求射箭者的臂力了得，才有可能在飞速的滑行中，将箭射入冰靶之上。

若微一脸的兴奋，不停地欢呼拍手。

场外围观的百姓皆与若微一样，被这样的热闹与壮观之景所感染，一时之间，欢腾呐喊之声不绝于耳。

当演武结束以后，很多人还不愿离去，许多小孩坐在木筏子上就像一个冰车一样被大人拉着，他们尽情享受着大自然赐予他们最原始的快乐。

若微看着冰上嬉戏的孩子们，一脸的羡慕。

瞻基不由笑道："看得眼都直了，莫不是也想坐在木筏子上，让我拉着你走？"

"有何不可？"若微以手托腮，稍加思索，突然有了一个好主意，"三殿下，我给你想个新鲜的法子，你是否愿意一试？"

瞻墡立即来了兴致："说来听听！"

若微这才说道："以木材制成床框子的样子，在木床下面的四个框子处以铁条镶嵌。而木床上面还可置上篷帷、伞盖，铺着毡毯。这就是冰床，这样一个冰床可以坐好几个人，冰床前面可让人或者牲畜用绳子拖拉。然后咱们就在这冰床上面摆起酒席，边疾驰如飞，边饮酒观景。怎么样，我的法子妙不妙？"

瞻墡听了，皱着眉头想了一想："妙呀，太妙了！过几日皇爷爷要在北海检阅冰上演武。到时候让皇爷爷坐在冰车之上。皇兄，咱们再叫上瞻埈他们几个，亲自为皇爷爷拉车，既尽了孝道又不铺张，这点子还新鲜，皇爷爷一定龙颜大悦！"

瞻基在他肩头轻砸一拳："就怕到时候皇爷爷说你玩物丧志，不思进取！"

"会吗？"瞻墡苦着脸，细细思索，仿佛难以抉择。

"好了，天色不早了，咱们早些回去吧！"瞻基挽起若微，就向场外走去。

他们几人刚刚走到马车前面，还未及上马，就听到不远处的一片湖面上，一阵喧哗与哭闹声。

"小善子，去看看！"瞻基吩咐着。

小善子匆匆跑过去一看，很快又跑了回来。

"回殿下，是有个少年在湖边破冰凿洞取鱼，后来不知为何与幼军中的一名校尉发生了争执！"小善子抬眼偷偷打量着朱瞻基的神色，果然朱瞻基神色一凛："过去看看！"

幼军，是永乐十三年起，皇上为朱瞻基在各地挑选的青少年随从，由兵部侍郎金忠负责训练，专属于朱瞻基的私人卫队。

虽然小善子说得含糊其词，但是一听此事牵涉到幼军，朱瞻基立即面色威然，紧走几步过去看个究竟。

若微与瞻墉也紧随其后。

走过去一看，只见一个身穿青色粗布棉袄、面色清秀的少年用手紧紧扒着一个筐子，面上已经有了几道血印子，而身上的棉袄也有撕扯的痕迹，有些地方还露出了棉花。

与他对峙的正是一名身穿甲胄的兵士，正指着他的鼻子开骂："小叫花子，在这人来人往的道上挖坑捕鱼，害得小爷马失前蹄，一头栽在地上，你还有脸哭！"

"军爷，此处平时就是捕鱼之处，并不是练兵之地，也不是人来人往的大路。我在这儿捕鱼也有些时日了！"那少年声音微微发颤，可是话说得却十分在理。

围观中的百姓，立即有人附和："是呀，这孩子是一直在这附近捕鱼！"

"我不管，你说吧，脏了小爷我的皮袍子，磕坏了我的腿，你说怎么赔吧！"那兵士脸上怒气汹汹，显然不肯善罢干休。

听至于此，若微心里就明白了。

刚要开口帮腔，那地上的少年仰起脸说道："小的身无长物，有的只有今日打上来的这几条鱼，原是要到集上卖了，给娘看病的。如今都给了你，就算作赔礼！"

"你说什么？"那人挥着马鞭子的手微微发颤，"爷的皮袍子是新上身的，就你这几条破鱼，能值几个钱？"

"小的真没钱！这鱼既然你看不上，那小的就拿走了。"那少年苦苦哀求无果，抱着鱼筐起身要走。

那兵士立即恼了，大喝一声，一鞭子就抽在少年的头上。

少年头上的棉帽子落在地上，包头布一散，一头乌黑的秀发瞬时倾泻下来。

"原来是个女的！"兵士以马鞭抬起她的下颌，目光一扫，嘴角微微浮起一丝别有深意的笑容，"也好，没钱，就拿你抵账！"

说着，一只手就上来拉扯，那女孩也着实很是倔强，在他手上狠狠咬了一口："你们这样，比昔日那些元人，又好到哪里去了！"

"你说什么？你敢谩骂时政？"那兵士眼中露出凶光，手中鞭子高高扬起。

鞭子狠狠抽下，那女孩却仰起脸，眼中充满恨意。眼睁睁地看着那鞭子向自己抽来，然而却最终没有落在自己的脸上，而是被身后突然伸出的一只手牢牢抓住。她诧异地转过身，他的影子沐浴在阳光中，俊朗如玉却面似寒冰、眸如深潭。他冷冷地盯着欺负她的那名兵士："现在认错，还来得及！"

"认错？谁要认错？"那兵士被他的气度与穿着震住了，然而很快就缓过神来又开口说道："别管小爷的闲事，小爷是皇太孙的护卫，错与对，都轮不着你来管！"

朱瞻基点了点头，指着她："她在此捕鱼并不犯法，你路经此处自己不小心跌落马下，她说一声抱歉，又愿意让出鱼儿作为补偿，情理已然做足。你苦苦相逼，公开行凶，你可知你犯了身为兵士的大忌！"

"你是谁，从哪儿冒出来的？也敢来教训小爷？"他嘴上依旧逞强。

"不管我是谁，路见不平，人人皆可管。身为兵士，习武演练就是为了保卫疆土、护一方百姓，更应爱民如子才是。若是人人都像你这样为了一点儿小事就滋生事端，那天下百姓岂有宁日！"朱瞻基目光如炬，语气凌然。

"嘿，今儿出来没看皇历，碰上硬茬子了。小爷我不懂这些大道理，懂的只是身上的拳脚工夫。怎么着？你想英雄救美，咱就练练！"

瞻墡在一旁哼了一声："不知死活的东西，你在谁面前称爷？你想练练？好，爷爷我就陪你练练！"

说着把身上披风一脱，往若微怀里一塞，就与那人过上招了。

正打着起劲，小善子领着一群人跑了过来。

领头之人看那服色，该是一名千夫长，他见状立即跪下叩首："下官参见皇太孙殿下、越郡王殿下！"

只此一语，冰面上立即鸦雀无声。

与瞻墡对打之人顿时僵住犹如一座冰雕，忘了动弹也忘了行礼。

朱瞻基的目光环视四周，围观的百姓与赶来的兵士们纷纷下拜行礼，朱瞻基看了一眼那领队之人："徐千户，此人是你手下吗？"

"是，是下官驭下不严！"徐千户立即低下了头。

"寻衅滋事，骚扰百姓，论军法，该如何处置？"朱瞻基的声音中不带一丝温度。

"该重责五十军棍。"徐千户道。

"好，那就罚吧！"外表儒雅潇洒的朱瞻基，此时眼神冷峻而锐利，冷俏俏的，让人看了有些畏惧。

"是！"徐千户嘴上应着，只是又悄悄抬起头，目光中仿佛有些迟疑，"现在？"

"正是现在！"朱瞻基脸上是前所未有的镇定。

"是！"

于是就在这冰面之上，前一刻还是靠精彩的演武而博得阵阵掌声与喝彩的兵士们，此时都有些汗颜。

在百姓的注视下，那个滋事之人被结结实实地打了五十军棍。这五十军棍打下去，早已是皮开肉绽，血肉模糊。打完之后又被兵士拖出场外，在他身后是一道长长的红色印迹，印在白色冰面上的红色印迹是如此鲜艳，晃得人有些晕眩。

"刚刚你说驭下不严？"朱瞻基看着徐千户，眉头微微拧在一起，"本王才是幼军的统领，真正驭下不严的，正是我。"

"下官惶恐，下官认罚！"徐千户连连告罪。

朱瞻基却摇了摇头，看了一眼小善子，小善子会意立即从怀里掏出一锭元宝。朱瞻基拿在手中，走到那名怔怔发呆的女子面前："这位姑娘，是本王驭下不严，让你受惊了。这银两你拿去，陪你的衣裳，还有，买些药来治你脸上的伤！"

那女子并没有接那银两，对着朱瞻基盈盈一拜："殿下仁爱，民女惶恐！"

朱瞻基淡淡一笑将那锭银子放在她面前的鱼筐之中。

此时他，脸上漾着温和的笑容，柔情似水，温文尔雅。

第三卷

凤楼龙阁珠翠绕

第二十一章　金殿仰圣颜

永乐十八年腊月初八。

若微早早起床，在迎晖殿内的小厨房里，精心熬着八宝粥。

这腊八粥原是用黄米、白米、江米、小米、菱角米、栗子、红豇豆去皮后放在一起煮成的粥。若微则又添了麦仁、黑米，还特意放了白果、莲子、桂圆，又配以蜜饯，这样煮出来的粥不仅香甜可口还极为养生。

当她笑意盈盈端着粥走进内室的时候，才发现朱瞻基早就梳洗完毕正端坐在饭桌前，他似笑非笑："快把好东西献上来吧！"

若微大呼无趣："原想给你端到床头的，想不到你起得这样早！"

紫烟则笑道："主子的心意殿下早就领了，刚刚在门口驻足观望了好一会儿，见你进了门，才坐下的！"

"快尝尝，这是我第一次煮腊八粥！"若微仿佛献宝一样，将粥碗递到瞻基面前。

瞻基看着她，又求助似的看了看立于一旁的司音。司音立即笑了，她转身出去，不多时则奉上一柄勺子。若微愣了愣，面上一红，眼巴巴地等着瞻基评价。

"嗯，好香！"瞻基还未开口品尝，即大加赞赏。

"真的好吃？"若微眨着一双美目，似是不信。

"真的！"瞻基频频点头，不一会儿，一碗粥就吃完了。

"那好，紫烟，你去把我煮的粥给咱们殿里的人都盛上一碗，谢谢她们平日对我的照顾！"此语一出，迎晖殿内众人面上皆是一团喜气，纷纷上前又是一番相谢。

瞻基拉着若微的手，眼中含笑："如今是越发贤惠了！"

若微撇了撇嘴："殿下喝了我的粥，就要给我讲讲这腊八粥的来历！"

"这……"瞻基笑了，"这有何难？据传是印度的佛祖，成佛之前，在……"

"不是这个！"若微笑了，"说本朝的！"

"本朝的？"瞻基一脸糊涂。

"我听说是太祖皇上，小时候家里很穷，给地主放羊，经常食不果腹。有一天他发现一个老鼠洞，想抓老鼠烤熟充饥，就开始挖鼠洞。挖到深处，发现里面有老鼠的存粮大米、豆子、玉米等，于是就把它们放在锅里熬成粥，吃起来感觉香甜无比。后来太祖率领群雄揭竿而起，得了天下，做了皇帝，吃厌了宫里的山珍海味，在腊八这天猛然间想起以前曾吃过的粥，便命御厨将五谷杂粮煮在一起做粥，果然十分好吃，这才命名为'腊八粥'。""是真的吗？"若微仰着脸，望着瞻基，仿佛一心想求证似的。

瞻基不置可否，只在她脸上轻轻一拍："淘气，快些梳洗更衣，一会儿要去宫里饮宴，可要小心行事！"

"是！殿下！"若微喜滋滋地应下，立即去内堂更衣梳洗。

巍峨庄严的乾清宫正中摆着天子的金龙大宴桌，东侧面朝西摆着皇后的金龙宴桌。虽然仁孝皇后徐皇后早就仙逝了，但是在这迁入紫禁城新宫内的第一次宴会上，永乐帝朱棣还是特意给徐皇后单独备下一桌，是追思还是作态，自是无人能晓。

然后东西一字排开的是内廷主位宴桌。西边头桌是贵妃，二桌惠妃、淑妃，三桌顺妃、德妃，四桌是丽妃、贤妃，再往后就是婕妤和昭容、昭仪、美人等位分。而东边二桌，则是太子妃与太子侧妃。东边三桌起是皇太孙妃并太孙诸嫔。四桌以后是诸亲王、郡王府的女眷。

另设陪宴者，即有封诰的夫人，若干桌。

到此时才会真正明白，在这皇宫之中，一切的主宰只有一个男人，那就是天子。其余的，即使是太子也只能在外廷宴请群臣诸王。

只有朱瞻基，虽已过了弱冠之年，原本也该避嫌，可是得天子隆宠，也得以在内廷侍宴。

此时，朱瞻基左侧主位，坐的是胡善祥。原本按照位分，他右侧应该是袁媚儿和曹雪柔两位侧妃，若微入府最晚，位分最低，该坐在下首。可是从一入宫门起，朱瞻基的手就紧紧拉着若微，仿佛她随时可能会消失一般。

直到入座之时，还执意拉着若微坐在自己右侧。若微自小长在深宫，自然知道宫里的规矩，不仅坐次，就是杯碗羹匙，都有着森严的级别与身份之分，所以她有些微微忐忑，偷偷看了眼瞻基，瞻基则回以一个安慰的眼神。

坐在下首的袁媚儿突然发出一阵咯咯的银铃般的笑声。

"媚儿在笑什么？"胡善祥举止大方，面上一派端庄贤静。看得出来，今儿她是精心妆扮过的。身上穿的是只有皇太孙正妃才能独享的大红色霞帔广袖对襟翟衣，头上是七翠二凤双博鬓冠，这样的妃品正妆，显得她风华绰约，端庄得体中又透着温文尔雅。朱瞻基的眸子微微一扫，与她在不经意间对视一眼，她的脸不由唰地一下便红了，如同飞霞流云。朱瞻基看了，心中不免有些怜惜。

胡善祥白白担了三年正妃的名号，却至今没有与自己圆房，即使如此，还要在人前人后保持着一份淡定与得体。以前若微在宫外，瞻基一门心思只想着怎样才能赢回若微，对于胡善祥，不仅是疏忽，更有着隐隐的恨意。因为正是她的突然出现，才会挤走了从小跟自己青梅竹马的若微。然而如今，若微回来了，两人夜夜缠绵，享受着鱼水交欢的幸事，才体会到一个人独守空房的滋味是如何的难挨。想到此，便对她生出丝丝的怜惜与好感。如今放眼望去，不仅是胡善祥，就是温柔如水的恭仪曹雪柔、娇媚艳丽的敬仪袁媚儿，似乎都鲜活起来，看在眼里，也分外赏心悦目。

袁媚儿娇笑连连，微一侧首，拉起若微的纤纤玉指，这才说道："刚刚媚儿是在笑，从一进宫门开始，咱们殿下的手就始终牵着孙令仪的手不放。媚儿不由在想，莫非是孙令仪的手里藏着什么宝贝，咱们殿下怕人抢了去不成？"

此语一出，朱瞻基脸上微有些窘意，不由轻"咳"一声，只把眼眸转向若微。

若微脸上也浮起淡淡的笑容，被袁媚儿拉着的一只手握也不是，抽也不是，只得说道："袁敬仪的手玉如凝脂，柔弱无骨，才真真是一宝呢！"

"真的吗？"袁媚儿闪着一双漂亮的大眼睛，仰着青春四溢的笑颜，索性伸了另一只手递给瞻基："殿下说是，才是真的！"

朱瞻基看她一派天真、娇艳可人，原本就生得肤如白雪，又常常喜欢穿一身橘色的衣裙，更显得媚态横生，玉容晶莹。

看她隔着桌子娇憨十足地伸出的一只玉手，小嘴俏生生地噘起，也不好拂了她的面子，这才伸出手在她手上轻轻一握，随说道："果然凝华似脂，既然如此宝贝，就好生藏着！"

袁媚儿立即喜上眉梢，含羞带怯地将手抽了回来，悄悄缩进衣袖。

那神情任谁看了，都不免又喜欢又心疼。

只是轻轻握一下她的手，就能如此欢天喜地。那一瞬间，不止是瞻基，就是若微心中都涌起一丝歉意。

想她们三人都是二八年华初入宫闱，原本得配龙孙满心欢喜，却怎奈一腔柔情遇寒冰，夜夜独居，就连这样想一仰朱瞻基的欢颜都是痴心妄念。

桌上几人一时之间，心思各异，寂寂无声。

未时一刻，乾清宫两廊下奏起中和韶乐。

众妃嫔女眷立即起身垂首而立，静等着永乐大帝朱棣御殿升座。

圣上升座之后，司礼太监口称："坐。"

众妃嫔眷才纷纷落座，筵宴正式开始。

先进菜品，六热四凉十道菜品。上菜的顺序先是皇上的金龙大宴桌，然后是皇后宴桌。接下来是太子妃的头桌、皇太孙的宴桌。再接下来才是内廷主位桌。这盛菜的器皿也很有讲究，各桌按所属位分，上菜时使用的是不同花色与质地的碗碟盘勺。

菜上齐了，就是进献八宝粥。这粥是在午门外所置的四口二米阔的大锅中第二锅熬成的八宝粥。每逢节令，在皇宫的午门外的广场上，都会有在京的中下级官员在此参拜，同时获得天子的赐食与封赏。腊八节，为了表示与民同庆，广场上会支四口大锅，第一锅敬神，第二锅敬天子及后宫嫔妃，第三锅则分赏百官，第四锅则赐给百姓。

以前类似的节日宴席，在南京的皇宫之中也曾办过，只是规模要小得多，也没有这么多的规矩。这次是朝廷北迁以后的第一次大聚会，朱棣特意颁了恩旨要热闹、要气派。所以前前后后，御膳房与司礼监忙得团团转。

在整个宴会之间，也有得脸的后宫主位们，为皇上敬献自己精心熬制的粥品，只是这些都只是图个热闹，摆在金龙大宴桌上，皇上领了心意，可以打赏，可以称赞，但是并不服食。

坐在高高的御座之上向下望去，整个大殿之内花团锦簇，莺歌燕语好不热闹，这一切的一切都是属于他的。朱棣此时心情大好，目光扫过面前的金龙大宴桌，突然眼光一闪，伸手指了指桌子上不起眼处的一只双耳碧玉碗。

司礼监黄俨何等机警，立即弓着身子从桌上端起，双手捧着呈到朱棣面前。

这碗粥看起来格外与众不同，朱棣先是以为自己眼花了，然而近前一看，只见红豆、白果的簇拥之中，居然有一个活灵活现的小狮子。

"这是什么？"朱棣兴致大起。

黄俨立即拿一柄金勺轻轻舀起。

朱棣凑过去仔细一看，居然就是一只小狮子。

这小狮子好像是用好几种果子做成的。

朱棣感觉十分有趣，于是把目光转向殿内。

黄俨立即朗声唱念："肃——刚刚哪位主子是以双耳碧玉碗进献的粥？"

此语一出，众妃纷纷低声相询，也不知这位献的粥是中了陛下之意，还是惹恼了天子？

半晌过后，并无人应答。

黄俨再次开口，这时皇太孙朱瞻基站起身，胡善祥与若微等人均是一惊。朱瞻基面上微微含笑，拿眼盯了一下若微，示意她乖乖听话。随后才牵起她的手缓缓走入殿中，来到金龙大宴桌朱棣的驾前，双双跪下。

若微脸上有些茫然，心里又似乎闪过些断断续续的思绪，仿佛似懂非懂，只低低垂首。

"皇爷爷，这是若微的一点儿心意！"朱瞻基声音不大，却如春雷一般，把殿内所有的人都惊到了。

"哦。"朱棣抚须而视，看着面前下跪的若微。

皇太孙的令仪，是从三品。品级虽然不低，但是在后宫之中，在贵妃与各宫主位、皇族正妃的面前，她只能算是末等宫妃，所以不能着红，就是绯红也有些僭越。今日，她穿了件香色的宫装，梳了一个简单的流云发髻，头上也没有几翠几凤的双博鬓冠，连金钗都没有戴，只在发髻左边戴了支蓝宝石蜻蜓头花，右边戴了一支点翠嵌珍珠岁寒三友的珠饰，身上也无金丝银线织就的五彩玉带缠绕，只系了一个绣着翠贴莲蓬金销藕叶的小香囊。

可即使这样，也难掩她生来的婀娜多姿与绝世妩媚。那微微一垂首的柔美堪称优雅至极，如同一朵含苞欲放的梅花，淡淡地吐露着冷香。

"若微！"朱棣喃喃重复着这个名字，又看了看面前那个一脸春风的孙子瞻基，金冠紫袍，锦裾玉带，气概潇洒，神采逼人。此时他定是心中隐隐得意，以为是他的抗争才逼天子改变初衷，又将若微重新给了他。却不知若微一事，真正让他回心转意的，正是那个胶东十全才女董素素。

如今乾清宫里西暖阁的墙上还悬着那两只风筝，一只是昔日自己夜听心曲的画面，而另外一只就是他命人放在宫门口的白面风筝。她真的在上面留下了手记，只是一句诗而已，并没有跟随守护在此的马云入宫见他。她只说，已为人妻、人母，岂能背夫另与其他男子私会。只是祈求他可以成全女儿的青梅之恋。

拿着那个写着"稚子无垢，青梅绝恋"的风筝，他惶惶了很长一段时间，最终才在朝廷北迁的最后一刻松了口，让若微与瞻基团聚。

想到此，朱棣面色微微有些发暗，盯着孙若微说道："这粥是你献的？"

若微抬起头，只觉得瞻基轻轻在她手上按了一下，心里明白这正是他的所为。也许是为了自己重新回到宫中获得朱棣的认可与宫中上下的尊重而出的一着棋，如今自己也只有硬着头皮点了点头，她清声回道："是皇太孙府众人贺皇上喜迁新宫的寸心！"

谁也没有想到，她会是这样的回答。

瞻基微微一愣，坐在东二桌的胡善祥与袁、曹二嫔也微微有些诧异。

只有若微心中明白，瞻基虽是一片好意，然而自己此时身份比起几年前出入宫中的时候还要尴尬，如果眼下她将功劳独揽在身上，在太子妃眼里就是不贤，而其他人眼中，恃宠越礼的痕迹又太过明显，所以只能如此说辞。

"你倒说说看，这粥里怎么弄了这么一个东西？"朱棣似乎有些明白，而面上仍然僵着。

若微抬眼一看，心里便明白了这自是瞻基与紫烟做下的好事。

于是只好说道："回皇上，这是用五种果子做成的果狮。用剔去枣核烤干的脆枣作为狮身，以整个的核桃仁作为狮头，桃仁作为狮脚，甜杏仁用来作狮子的尾巴，以蜂蜜粘在一起，放在八宝粥里煮成的。狮子乃百兽之王，以它煮成此粥，意为兽王领五谷百果为皇上朝贺！这百果与五谷是府内两位侧妃所选，这粥是皇太孙妃所熬，果狮是殿下的主意，借若微之手粘成的，所以这小小的一碗粥，聚着皇太孙府上上下下对皇上的一片诚心。"

"啊，果子做成的狮子？"

"这听起来怪有意思的！"

朱棣听了，也自然心花怒放，想绷着脸说教一番，看着她水灵灵娇俏俏的丽颜，又狠不下心，这才说道："这心意嘛，倒是不错！"

说着便拿起勺子舀起那个果狮，一口吞下，大快朵颐。黄俨在边上看了，也有些目瞪口呆，皇上看来真是龙心大悦，连这银针验试的程序都免了，这就直接入口了。

众人见了，也皆是笑语连连，又不免一番称颂。

此时，朱棣又问："好了，你们的心意朕领了，如今也遂了你们的心愿。让你跟在瞻基身边，就要好好地严守妇德，服侍好瞻基，知道吗？"

若微连忙垂首："是，谢皇上！"

"嗯？"朱棣眉头微微皱起，"怎么听来有些别扭！"

若微一愣，瞻基立即用手轻轻捅了一下她："是皇爷爷！"

若微这才恍然明白，再次下拜："谢皇爷爷！"

朱棣看着面前的这对璧人，终于放下芥蒂，频频点头，一时兴起，又是一番赏赐。若微与瞻基再次叩谢之后，才重新归坐。

第三进就是酒馔。由大内太监总管马云向皇帝进酒。皇帝饮后，才进送皇后及内廷主位酒水。

当各桌各位的酒都斟好之后，总管太监则跪进："敬万岁爷酒。"

此杯，朱棣一饮而尽。

然后是敬皇后酒，由王贵妃带着众妃嫔冲着皇后的宴桌，行礼、进酒，然后同饮。

最后是进果桌，就是各种精致的点心、果脯、蜜饯等。

同样是先呈进皇帝，再送皇后、皇太子妃、皇太孙妃及各妃嫔主位等。

重新回到本桌的若微与瞻基相视一眼，报以会心一笑，只是若微的笑容中透着一丝嗔怪，而瞻基则是有些得意扬扬。

此时，胡善祥手执酒杯冲若微举起："刚刚殿上一席话，若微妹妹处处维护，为我们姐妹全了面子。本妃代雪柔和媚儿，以此酒敬妹妹。还望以后，我们能像那五果一样，牢牢粘在一处，同心同德服侍殿下！"

若微心中一暖，听她如此一说，往事如同烟雾一般散去，也举起酒杯："若微初入府中，年轻不懂事，如果有越礼之处，还请太孙妃和两位姐姐海涵！"

此时，袁媚儿与曹雪柔也举起了杯中酒。

朱瞻基看着她们几人和和气气，心中更是畅快无比，喜不自禁。

不多时，礼乐又复，此时则为宴毕的意思。皇帝离座，乐起，后妃出座跪送皇帝还宫后，才各回住处。

第二十二章　躬身聆慈训

太子所居的端本宫设在紫禁城东部东华门内。

与南京城中的太子宫相较，这里更加恢宏大气，处处透着森严与尊贵。

御宴结束之后，太子妃差人命皇太孙并太孙妃及三位太孙嫔前往太子宫候见。

若微跟在皇太孙与胡善祥身后进入太子宫的东殿，抬眼一看，殿中设着剔红夔龙捧寿纹宝座，这宝座通体雕着剔红花纹，靠背是透雕夔龙捧寿纹，无论靠背、扶手还是座面、腿牙之上均雕刻缠枝花纹，枝叶满布，比起昔日南京城中太子宫的宝座更加精巧。

正在偷偷打量之时，皇太子妃从东暖阁里走了出来，手轻轻地搭在一个小宫女的肩上，今时今日的她，举手投足间透着国母的气度与风范。

小宫女扶着她坐在宝座之上，另有两名小太监在殿内摆下几个拜垫。

若微抬眼看了，正中一个黄色的拜垫，左后寸余相邻的地方又摆了一个同样颜色的。

而在这两个垫子后面又并排摆了三个橘色绣着荷叶莲花的略小些的垫子。

朱瞻基与胡善祥分别站在前排，袁媚儿与曹雪柔略一谦让，袁媚儿居左，曹雪柔在中间，而若微则无从选择地站在最下首。

"儿臣给母妃请安！"朱瞻基心中虽然稍稍有些意外，以往来母妃宫中请安，何曾真的如此大礼参拜过？但是既然宫女太监们摆好垫子，母妃又是一身皇太子妃的礼服端然稳坐在宝座之上，他也只得带领着一妃三嫔，依礼而拜，做足规矩。

"臣妾给母妃请安！"胡善祥与袁媚儿、曹雪柔、若微均纷纷跪下。

太子妃张妍坐在上面，目光掠过瞻基、掠过胡善祥，终于落在了若微的身上。这孩子真是与宫中有缘吗？想不到她居然回来了。

张妍不露声色，并没有像往日那样立即就让他们平身，而是缓缓说道："今日在圣驾面前，你们能一团和气，彼此亲近，母妃看在眼里，也着实替你们高兴，故特意召你们过来，就是要略加提点！"

"儿臣请母妃教诲！"朱瞻基似乎知道母妃要讲些什么，尽管如此，面上还是一派恭敬。

张妍的声音和缓而轻柔，目光在每个人脸上一一扫过，最终落在胡善祥的脸上，盯着她的眼眸，面色更加和煦："善祥掌太孙府三年，处理府内事务，一向有法有度，本宫心中是有数的。如今若微入府，这太孙府更热闹了。你们三人要好好侍候殿下，襄助善祥，安乐度日。万不可争风吃醋，徒增事端。须知圣上对你们寄望颇深，莫要让他老人家失望才好。"

张妍的话不多，但是句句都如同警钟，分别敲打着众人，一样的话，每个人听来又各有不同。

胡善祥心中不禁涌起一阵暖流，看来这三年的委屈没有白受。姐姐也一定在皇太子妃面前为自己说尽了好话。今天太子妃在皇太孙与三嫔面前这样替自己说话，是一种莫大的荣宠和疼惜。所以她微微有些哽咽，连忙伏身再拜，开口说道："母妃的嘉许，善祥实在惶恐，只是善祥无德无能，实在是有负母妃的厚望！"

张妍看她眼中忍着泪，回话也有几分艰难，自知是碰到了她的痛处，心中暗暗叹息，又把目光投向了自己的儿子朱瞻基。

朱瞻基感觉到自己母妃的目光，透着三分责怪与七分问询，也立即说道："母妃放心，善祥大度稳重，而若微与媚儿、雪柔也都是知进退、守分寸的，往后自然是和睦相处，一团和气。"

"哦？"张妍似乎淡淡地笑了，"好了，本宫也乏了，你们都下去吧。"

"是！"众人行礼后刚待退出，张妍又吩咐着："瞻基和善祥留下！"

若微心里一惊，此次入宫，原本希望能有机会拜见太子妃，将往日存于心中的芥蒂想办法解开，不管怨也罢、恨也罢，她终究是自己的婆婆，况且又是未来的皇后，不能得罪。可是从始至终，她待自己一直是冷冷的，盯着自己的眼神似乎还比不上看媚儿和雪柔的温和。如今又把瞻基与胡善祥留下，心里不免有些忐忑。

三人静静地站在宫门外，袁媚儿一手拉着曹雪柔一手挽着孙若微。

袁媚儿脸上透着一丝顽皮："两位姐姐猜猜，母妃把殿下和太孙妃留下，会说些什么体己话？"

若微只是摇了摇头，而曹雪柔则伸手在袁媚儿脸上一抚："好个伶俐的媚儿，你这样问，莫非是你知道了？"

袁媚儿一脸得意，眼睛瞄着宫门，压低了声音说道："我猜呀，说不定今儿就是个好日子，母妃是催着咱们殿下跟太孙妃圆房呢！"

若微听她如此一说，心里立即扑通起来。

而曹雪柔则是羞红了脸，用手轻轻拍着袁媚儿："羞也不羞，这样的话也说得出口，莫不是你自己等不及了，今儿是胡姐姐，明儿就想着轮到自己了？"

"曹姐姐，你好坏！"袁媚儿伸出纤纤素手，探到曹雪柔怀里挠着，曹雪柔最是怕痒，立即笑着闪开。她们两人一个追，一个闪，衣带飘飘，在冬日午后阳光的映衬下，美得让人晕眩。

就在此时，朱瞻基在前，胡善祥在后，从殿中走了出来。曹雪柔背冲着她们，正步步后退，一个不小心身子一歪险些摔倒，朱瞻基伸手一接，于是，曹雪柔不偏不倚被他抱了个满怀。

曹雪柔的美与众不同，不娇不艳，出尘脱俗，如同春晓之花。瞻基看着怀中的她，鬓若刀裁，眉如墨画，面如红霞，怔怔地倚在自己的胸前，满脸的娇羞与似水的柔情，一副心醉崇拜的俏模样，朱瞻基就是铁石心肠，此时此刻也不得不被其融化。

两个人似乎都有些意外，同在府中三年，所见不过数面，神女虽然有情，可惜襄王无意。如今偶然撞在一起，都有些隐隐的躁动浮在心中。

正在恍惚之时，胡善祥上前几步，凑了过来，一脸关切地问着："雪柔妹妹，有没有扭到哪里？快走几步试试看！"

一语才惊醒了梦中人，瞻基双手一松，曹雪柔绵软的身子如同弱柳一般轻晃着，还好胡善祥与袁媚儿一齐上前将她扶住。

曹雪柔低垂着头，再也不肯抬起，只说了一句"无恙"就躲在众人的身后。

瞻基看了一眼若微，眼神中闪过一丝怅然，那神情让若微心里惊慌极了，可是她又不能表现出来。

这一次，瞻基没有去牵她的手，而是回首向身后的胡善祥微微示意，随即迈步向外走去。胡善祥又惊又喜紧紧跟上，就在他的左侧只半步之遥，这样在众人看了，都道是皇太孙与太孙妃并肩而行。

袁媚儿扶着曹雪柔也缓缓跟上，若微在这一刻才发现，宫中妻妾争宠的生活，她已经无可避免地卷入其中。

清晨入宫时，瞻基始终牵着她的手，那一刻她只觉得很安心，却不能体会胡善祥与袁媚儿、曹雪柔心中的酸楚与妒意，而返回之时，瞻基与胡善祥的并肩而行，硬生生地在若微心里扎了一下。是的，她是正妃，如今是皇太孙妃，日后是皇太子妃，有朝一日，还会是那掌管六宫、母仪天下的皇后。

只有她，才能在人前与他并肩前行、并驾而列。

自己呢？

不去嫉妒，不去吃醋。若微一遍一遍地告诉自己，她不能这样小气，瞻基对她，始终是独一无二的。

在宫中，这一切不过是做给外人看的。

她要大度，要豁达。

于是她仰起头，在脸上努力呈现出迷人的微笑，也跟在他们的身后，亦步亦趋。

车驾在府门前停下，门口的小太监高唱："皇太孙、皇太孙妃回府！"于是早早在此侍立的丫鬟、太监们纷纷行礼请安。

朱瞻基挥了挥手，对着众人说道："都回去各自休息吧！"

"是！"胡善祥微微领首，在侍女、太监的簇拥下最先离去，接着袁媚儿与曹雪柔也各自离开。

大门口就剩下若微与朱瞻基。

"主子！"司音与司棋迎了过来。

若微点了点头，并没有等瞻基，就独自朝自己的迎晖殿走去。

瞻基微微一愣，立即跟了上去。

刚要伸手去牵若微的手，却发现她将手一缩，只抓到了她的袖口。司音与司棋见了，都低下头暗自偷笑。

瞻基面上一窘，只好跟在她身后。

二人一前一后进了迎晖殿。

殿门口，紫烟与湘汀早就望眼欲穿，见他们回来立即迎上前，紫烟帮瞻基接过外面穿的雪貂皮大氅，而湘汀则为若微除去身上的织锦皮毛斗篷。

粗使的丫头端着铜盆入内，司音帮若微挽了袖子，又试了试水温，这才服侍她净了手。司棋奉上香茶，若微接过来，也不喝，只是用手捂着茶杯。

"主子这是怎么了？"司棋见状立即从里屋拿过一个暖手炉，"可是受了寒？快喝口热茶，拿手炉暖暖手吧！"

"你主子不是手冷，怕是心寒呢！"朱瞻基净完手，喝完茶，坐在一旁歪着头看着若微，眼中含着暖暖的笑打趣道。

"心寒？"几个丫头听了都是莫名其妙，怔怔地望着若微。若微这时才意识到，如今自己跟过去已大不相同，不管怎么说好赖也算个主子，一言一行都影响着身边这几个丫头，这才缓了又缓："别听殿下胡说，没有的事。"

若微站起身走进东里间，歪在卧榻上，头朝里闭着眼睛想着心事，朱瞻基悄悄跟了进来挨着她倚在榻边，一手倚在大红绣金的枕上，一手轻轻搭在若微的腰上。

见她依旧不理，这只手也开始不安分起来。

若微心中暗暗难过，头也不回，只低声问着："是今儿吗？"

"什么？"瞻基索性把头靠在她的香肩上，"可是乏了？躺一躺，可别睡实了。马上就要用晚膳了！"

若微用手轻轻推开他的头："你和她，是今晚吗？"

瞻基并不回话，他依旧赖赖地把头倚在她的肩上，一只手紧紧环着她的腰，唇轻轻地从她的颈部一路吻了下去，突然，在她锁骨之处狠狠一嘬。

"哎！"若微吃痛地哼了一声。

瞻基呵呵地笑了起来，又坐起身把她拽在怀里，凑在她耳边小声说着："我的若微最最聪慧，什么事儿都瞒不了你。今晚我会宿在宜和殿，明晚……"

"明晚？"若微几乎哭了出来，"明晚去香远斋，后儿去月华楼，大后儿再去宜和殿，后天之后天，还是香远斋、月华楼……"

"胡说！"瞻基一声低吼，用嘴轻轻咬住她的耳垂又是好一番温存，亲昵得如胶似漆不忍罢手。若微动也不动，只是眼中含着泪，眉心微蹙，好一副楚楚可怜的小模样。

瞻基停了手，将唇附在她的耳边，轻如蚊蚋般地低语道："这世上的花，何止千百种？世上的女人香，也难止千百种味道！花再美，不过是转瞬即败的静物；香再诱人，一阵风过后，又能留得几许？可是我的若微不同，是长在我心里的，除非拿利刃从我心上剜了去，否则……"

若微忽地抬起头对上他的眼，不知他说的是真是假，但是这样的话，从这样俊朗的他的口中说出来，恐怕天底下没有哪个女人会不信。

若微没有像大多数女人那样，用自己的手挡住他的嘴，阻止他去讲那些掏肝掏肺、诅咒发誓的话，而是仰起脸，以自己的樱桃小口吮上他的唇，将他的誓言全部吸纳，不容遗漏半分。

第二十三章　独眠惹幽怨

宜和殿内。

侍女们将灯烛都罩上了大红的灯罩，寝室内层层悬着的红色纱幔，将屋子装饰得绮丽异常。瞻基坐在紫檀雕龙戏凤的幪床之中，摘下紫金冠，脱下玉带紫袍，身上只着一袭薄雾轻衫，却更显得仪容俊美、风姿潇洒。一件普通的睡衣，穿在他的身上却是如此卓绝不凡，温润如玉又不失阳刚果敢的轩昂气宇，神色间自有一种睥睨天下、运筹帷幄的尊贵气度。

胡善祥偷偷看着朱瞻基，身旁这个人不仅仅是尊贵的皇太孙，更是她的夫君。不，也不仅仅是夫君，对于他的崇拜和喜欢，不是从被选入宫定为皇太孙妃才开始的，火一般炽热的爱始于那年，在夫子庙旁的晚晴楼。

那时的自己，被父母兄长娇宠惯了，性子直爽至极，想到什么就要做什么，看到书中古代才女为自己择夫，居然就不管不顾地乔装打扮一番，兴致盎然地冲到街上。谁承想，一下子就碰到了他。

那时的他，明明是微服出游，只穿了一件简单的长袍，可是眉宇间那种与生俱来的贵气，一下子就把自己给迷住了，而他又是那样地善良。

拒绝自己的时候，都不知道如何编一个圆通一些的理由。

那样的啼笑皆非，若不是身后跟着的侍卫上前解围，他恐怕真的手足无措，无可奈何。

想到此，胡善祥不由笑出了声。

瞻基放下手中的书卷，目光投在她的脸上："善祥在笑什么？"

只此一句，在胡善祥听来，却如同天籁之音。三年了，这还是他第一次这样和声细语地唤着自己的名字。善祥眼中渐渐有了湿意，她扭过脸去。是的，不想让他看到自己的泪水，在他的面前，她总希望能维持着那份大度与淡然，因为她知道，这才是自己最好的妆容。

胡善祥微微定了定神，再回首时又是笑靥如花："善祥在笑，当初在夫子庙前与殿下初遇的情景。"

夫子庙，晚晴楼。朱瞻基的思绪又回到了四年前，是啊，那时的场景真有趣，只是在街上偶然间遇到的一个奇奇怪怪的女子，可是一向温柔可人、善良体贴的若微就跟自己闹起别扭来。如今一经提起，仿佛那张鼓着腮一脸怒气的娇颜就在眼前，真是造化弄人，当时自己还莫名其妙，好端端的吃的哪里的飞醋，而如今看来，也许女人真的要比男人先知先觉。

朱瞻基深深吸了口气，面上有些无奈。

胡善祥察言观色，心中暗呼糟糕，好不容易经太子妃当面训诫，才得以将他迎入自己的寝殿，万万不可在此时让他分心，再想那孙若微。于是她立即仰起笑脸，从枕下拿出三个明晃晃的金镯子，笑盈盈地看着朱瞻基："殿下，可还记得吗？"

朱瞻基点了点头。

"殿下，若微妹妹与殿下的青梅之谊，在善祥入宫之时就已知晓。如果可能，善祥也不愿雀占凤巢，坏了殿下与若微妹妹的情缘。可是，皇命比天大，善祥也是无可奈何。殿下还记得当日在晚晴楼，善祥说过的话吗？"

朱瞻基努力理着自己的思绪，他好像想起，当日她亮出素臂上戴着的金镯，说是嫁妆。他拒绝了，她又说女子名节最为重要，如今一只玉臂已在他的面前亮过，如果不能嫁他为妻，就将自断其臂。

想到此，朱瞻基皱眉道："善祥，你……"

"请殿下为臣妾戴上，圆了臣妾心中这个痴梦，此后就算殿下再也不进入这宜和殿，臣妾夜夜独眠，也能感受到殿下的恩泽，绝无半点怨言！"她说得声声悲泣，而面上却始终含笑。

那神情让人看了分明有些心酸，就像是月宫里水晶帘下玲珑望月的姮娥。朱瞻基接过金镯，为她套在腕上。

在摇曳的红烛下，金镯约素腕，光泽润芳华，她强撑着一抹笑容，而眼中是难掩的悲凉，那神情任谁看了，都不免有些心疼。

朱瞻基暗暗叹息，不发一语，伸手揽住她的肩，将她搂在怀里。

突如其来的亲近，在梦里想过千百回的场景，真的来临的时候，胡善祥的心砰砰一阵乱跳，难以抑制的幸福与激动。她颤颤巍巍地伸出手，抚上朱瞻基的胸口。

朱瞻基轻轻握在她的手上："善祥，委屈你了！"

"殿下！"她再也抑制不住，是幸福还是感动，是委屈还是欣喜，连她自己也无从分辨。

朱瞻基拥着她缓缓倒向榻里。

此时的感觉与若微完全不同，跟若微在一起时，是身心的契合，灵与肉的交融，是满心的欢喜与兴奋，抑制不住的快感与冲动；而与善祥在一起，则更多的是"义"，是"礼"，是"尊重"。

这一夜，又是几人春梦几人愁。

香远斋中。

曹雪柔躺在床上，丫鬟锦素坐在床边的圆凳上，一边帮她捏着腿，一边说道："今儿晚上，殿下留宿宜和殿了！"

曹雪柔微闭着眼睛，并不作声。

锦素偷瞄着主子的神色，又说道："明儿怕是要到咱们香远斋来了。主子，奴婢要不要提早准备一下！"

曹雪柔忽地睁开眼："准备什么？有什么可准备的？"

"主子怎么忘了，临入宫的时候老太太是怎么叮嘱的？"锦素压低声音说着，"以前殿下哪屋都不去，倒也省心。如今看这样子定是要恩泽众人。如此一来，主子要把握住机会，如果能最先怀上殿下的子嗣，不管是宜和殿那边的正妃，还是迎晖殿里最得宠的那位，都没办法和主子相比。咱们家传的熏香……"

曹雪柔轻轻拧起眉心："轻点儿！"

"是！"锦素笑了，"主子这么不受力，身子如此娇弱，明儿晚上承恩，可是要吃苦了！"

"死丫头，越说越离谱了！"曹雪柔瞪着眼伸手在锦素额上狠狠一戳，脸上闪过一丝狡黠的笑容，"我不急，让她们争去，现在争的都是傻子！"

"主子！"锦素忽闪着一双大眼睛，一脸的莫名其妙，脑子里飞快地转了几圈，也没想明白主子这话里的意思。

"跟你说了也不明白。总之，告诉下人，三面都不亲不近。礼来了，咱们就回礼，别人不睬咱们，咱们也绝不主动相迎。明白吗？"曹雪柔收了笑容，她心里已经打定了主意，上有太孙妃胡善祥，位分在那儿压着，如今又圆了房，是正牌的主子，现在想都不要想去与她争位。

而下面又有袁媚儿和孙若微。在殿下心中，孙若微无疑是抢尽了先机，不说容貌德性，就说这八岁入宫与殿下在一起十年的情分，就不是旁人能比的，况且看今天在金殿上的样子，就是在万岁爷面前也是有脸的。那袁媚儿呢，原本这三年她们在一起是无话不说，无论宫里宫外哪儿的消息，她都叽叽喳喳地跑来告诉自己，直爽而娇憨，心里想什么，一眼望去全知道了。

可是最近曹雪柔才发现，她是外表憨直、内里藏奸。表面上把孙若微骂得一钱不值，又替太孙妃打抱不平，可是私下里往迎晖殿跑得最勤。

曹雪柔心里明白，她此举明着是拉拢孙若微，实则是借机多接近殿下，并且让殿下在心中认为她与若微情义深厚，因此连带着对她也会青睐有加的。

哼，想得美！

曹雪柔翻了个身，锦素帮她拉好锦被。

今夜，睡不着的人肯定不少，但自己不会，曹雪柔唇边微微带笑，摆了一个舒服的姿势，渐渐睡去。

迎晖殿内，若微躺在床上翻来覆去不能成眠。

枕边仿佛还是瞻基留下的味道，可是这手轻轻一触，才发现已是空空如也，那感觉像极了三年前在静雅轩内，那一夜之后，他也是悄悄离开，此后就再也没有回来。

若微这时才体会到深宫之中，为何会有那么多的怨妇。

想来无趣得很，她索性坐起身。刚要下地，外屋守夜的湘汀就走了进来："主子，睡不着？我去沏杯安神的茶来。"

"不必了，这么晚了，别扰了大家！"若微看到不远处的琴桌，缓缓走了过去，手指轻触琴弦，刚想要弹上一曲缓解一下心绪，就见紫烟手执宫灯从外面走进来，特意将灯烛放在琴桌边上。

若微笑了："摸着黑也是能弹的！"

"主子，还是别弹了！"湘汀拿起一件轻裘披风为若微披上。

"为何？难得主子今天有兴致，为何不弹？"紫烟有些不明白。

"主子，自您入府之后，一连几天殿下都留宿在此，天天吃住都在一块。这府中上下早有议论，有说主子得宠的，也有说太孙妃大度的。如今殿下刚刚去宜和殿住了一晚，您就抚琴弄曲，怕明儿个会有多嘴的奴才乱嚼舌头，说主子气量小！"湘汀缓缓说来，若微听了觉得这话似乎有理，可是越如此就越觉得烦闷。

紫烟在边上听了，也不由气闷："谁爱说就让她们说去。这府里以殿下为尊，有殿下宠着咱们主子，咱们怕谁！"

"紫烟！"湘汀用手戳着紫烟的额头，"如今年纪长了，人怎么反而倒糊涂了？这府里是以殿下为尊，可是府外面呢？太子宫、乾清宫，上面有好几层主子盯着呢！下人们乱嚼舌头无所谓，可是如果传到宫里，传到太子妃面前、圣上面前，又该如何？咱们主子刚回来，一切都要小心行事。今儿面圣回来，殿下就去了宜和殿，不明摆着是在提点主子吗？紫烟，如今可不是万事大吉、一切平安，你不知提醒主子事事小心，反而火上浇油，真真该打！"

一番话说完，不仅是紫烟，就是若微也瞬间警醒。

若微伸手拉过湘汀，把头靠在她的怀里，默默说道："湘汀姐姐提醒得极是，是若微错了。此番回来以后，得殿下宠着，一时间竟然像回到了小时候，常常犯起小性儿。如今不是昔日在静雅轩时的情形，而若微也不能一错再错。如果再错，恐怕都没有一个三元观能容身了！"

"主子！"湘汀叹息一声，"别怪湘汀僭越才是！"

"哪能呢！"若微笑了，又拉过紫烟，"你们两个如今才是我最亲的亲人，有时候我在想，就是殿下，似乎也像是隔着一层，也没有你们俩这般亲近！"

"主子！"湘汀与紫烟均大为感动。

第二十四章　迎晖春意浓

　　出人意料的，朱瞻基在太孙妃胡善祥的宜和殿里宿过一夜之后，并没有像众人猜测的那样，紧接着去香远斋或是月华楼，而是独自在书房里住了两日。

　　第三日，瞻基从宫里回来，正是午后，走在府中，园子里静悄悄的。他抬眼向东北面的殿阁望了一眼，心中莫名抽搐着，两天没见了，也不知这丫头心里是怎样气恼呢？今日进了宫，拜见父王母妃。母妃想必是得到了消息，看起来很是满意，特意留自己用过午膳，又封了几份礼，让他一并带回。如此也算了一桩心事，所以他步履轻松，快步朝后院走去，小善子在后面紧紧跟着，不用抬眼也知道，殿下去的依旧是迎晖殿。

　　当朱瞻基进入殿内的时候，屋子里静悄悄的，厅里居然一个丫鬟都没有。他微微皱眉，目光往东里间和西暖阁一扫，都没有人，索性提起袍子上了二楼。

　　二楼是留给若微的琴室和书房，布置得极为清幽雅致，东墙下面立着紫檀描金云龙纹的三层书阁，里面摆着各种医书与经典，都是朱瞻基亲自开出的书目，命人去找来的。西墙下面是两把紫檀藤心圈椅，正中摆着一张黑漆棋桌，这桌面上有活榫，合拢时是四足木桌，打开后为八足棋桌。桌面正中为活心板，上绘黄底红格的围棋盘，棋盘侧镶有圆口棋子盒两个，内装黑白棋子各一份。棋盘下有方槽，槽内左右各有一个小抽屉，内附雕玉牛牌、骨骰子、牛牌骰子等。原本是怕她闷得慌，特意为她备下的。

南窗下面放着一张黑漆表里雕着如意云纹的书桌，书桌上摆着文房四宝与碧玉镇纸，都是精品，只是如今那张黄花梨藤心扶手椅上空空如也，并没有伊人的倩影。

瞻基绕到书隔边上，一掀珠帘，才赫然发现，在东内小间的琴室中，在那张做工精湛、装饰华美的百宝嵌戏狮图木屏风的后面，那红木嵌大理石的美人榻上，若微头朝里睡得正香。

一旁的黄花梨荷叶式六足香几上的紫铜双鱼耳香炉里正轻烟缭绕，淡雅之极，不是龙涎香，也不是苏合香、檀香，朱瞻基心道，定是这丫头自己配的。

一床锦被早已被她压在身下，一双雪白无瑕的玉足俏生生地露在外面，细嫩得让人爱不释手。

瞻基看得有些呆了，也许是她睡得太香了。那粉嫩的脚趾微微上翘，俏皮可爱，十个脚指甲像是被晕染过一样，粉红粉红得如同晶莹的花瓣。

目光向上移去，雪青的裙摆缩至膝盖，露出细滑粉嫩的小腿，腿肚纤细却不显瘦弱。

瞻基悄悄走了过去，坐在她的身旁，下意识地撩起她的绣裙，透过薄如蝉翼的内裙，若隐若现的是一双完美如羊脂白玉精心雕刻的美腿，修长均匀，晶莹如雪。

他轻轻伏下身子，在她的腿上吻了下去。

熏笼玉枕无颜色，美人横陈摄人目。

谁知一掌兜头打来，把腿一蹬，她眼睛还未睁开便连连大呼："有贼！"

"哪里有贼？"朱瞻基一把将她拽到怀里，盯着她的眼眉，似嗔非嗔，"瞎喊什么？吓了我一跳！"

"瞻基？"若微这才清醒过来，前一刻还是喜滋滋的满脸笑意，然而转瞬间又踢了他一脚，"从哪里过来的？干不干净就往人身边坐！"

瞻基刚待回嘴，就看到小善子、紫烟等人上得楼来，见室内情形几人均低下了头，小善子缩头缩脑地也不说话。

紫烟忐忑地喃喃低语："殿下来了，是奴婢们疏忽了，没在前头侍候，请殿下恕罪！"

瞻基点了点头："正是，虽说府内外都有人值守，可是你们这迎晖殿也是几进几出的院子，大白天的连个侍奉传话的人都没有，也太说不过去了……"

他还待再训，而若微则拿腿轻轻踢了一下他："这几日晚上睡得不安稳，连带她们几个也没睡成囫囵觉。午后日头好，原本就乏，是我让她们去补个觉的。"

朱瞻基盯了她一眼，面上微微笑着："既如此，就都下去吧，以后万不可这样，厅里始终都要留人。你们主子睡得死，刚我进来都不知道，万一有个闪失……"

他原本还要说，只见若微瞪大了眼睛含着怒意望着他，这才马上封口挥了挥手："去吧，都下去吧！"

"是，谢殿下！"众人纷纷退下。

瞻基瞟了一眼小善子："把东西交给司音，让她按规矩给主子服下！"

"是！"小善子嘿嘿一笑，退了下去。

瞻基一回身，轻轻拉住若微的手："刚刚在喊什么？吓了我一大跳！"

若微甩开手，嘟着嘴说道："谁知道是你？人家睡得好好的，腿上有些痒，还以为是什么毛毛虫，可是又觉得好似有些扎扎的，心里怕极了，才叫的！"

"哈哈！"瞻基一阵大笑，以手托着若微的下颌，目光炯炯，闪着情思，"让毛毛虫好好亲亲，如何？"

"不要！"若微伸出手推开他的脸，"外面那么多莺莺燕燕的，爱去哪儿亲去哪儿亲去！把我当什么了？猫儿还是狗儿？想起来哄一哄，不想理就丢在一边！"

她越说似乎越委屈，眼中竟然有泪花涌动。

瞻基低着头，眼中含笑："让我看看，是光打雷不下雨，还是雷声大、雨点儿小？人都说这春雨贵如油，依我看，我们若微的眼泪才是琼浆玉液、珍贵无比，赶明儿我叫人做个金碗，专门给你接泪！"

"讨厌！"若微似乎恼了，伸手在他肩膀上狠狠捶了两下。

瞻基任她撒了气，这才将她拉在怀里，和声细语地小声哄着："你呀，又要小性儿。你可知今日我去母妃宫里，母妃赏了些什么？"

"不知！"若微倚在他怀里，用鼻子使劲吸着气，嗅来嗅去。

"你闻什么呢？"瞻基拍了拍她的脸。

"没什么！"若微心想，谁知你前脚儿在哪个殿里怀里搂着谁？可是闻上去只有淡淡的龙涎香，并没有女人的脂粉香气，心里这才舒服些。

"母妃赏了些养身的补药！"朱瞻基凑在若微耳边低语着。若微把头一扭："反正也没有我的份！"

"谁说的？"瞻基看着他，"我的若微真是被宠坏了，怎么变成了小气包。母妃特意嘱了，除了善祥的那份，再就是你了。母妃还说，若微如此聪慧，生的孩子定是出众不凡。"

"真的？太子妃真这样说？"若微长长的睫毛呼扇着，清纯至极。

瞻基点了点头："如今可放心了吧！"

"我有什么可不放心的？"若微心里美滋滋的，可是嘴上还较着劲。

瞻基伸手在她额头上轻轻一戳："调皮，你若放心，为何连着几日睡不安稳？连带着这屋里的丫头们都没精打采的。这大白天的倒是呼呼睡得挺实，要是有坏人进来，被什么登徒子占了便宜，都不知道！"

"坏人？除了你，还能有谁？"若微咯咯一阵坏笑，突然抚着瞻基的胸口说道，"刚刚踢疼了没有？"

瞻基面上立即浮起痛苦的表情，眼睛微闭，身子一歪："疼，疼死了！"

"瞻基，瞻基！"若微趴在他身边又是摇晃，又是一阵乱捶。

瞻基终于长长出了一口气："都说了疼，你怎么还打？"

若微笑嘻嘻的，一脸得意："没办法，我一见到你，就会想起你和别的女人在一起的场面，想到你像亲我一样去亲她，还有……所以我生气呀，我就忍不住要打你！"

"哼！"瞻基坐起身，理了理袍袖，绷着脸，"孙若微，大唐长孙皇后的《女则》，本朝仁孝皇后的《女训》，你看过没有？为女子者，不争不妒才是有德，你知也不知？若是母妃也像你也一般善妒，那父王纵使有十个身子也不够挨的。"

"不听，不听！"若微以手捂耳，一双玉腿来回乱踢，"那些《女则》《女训》都是皇后、正妃写出来教训人的。我又不是正室，只是个小妾，我才不要贤良淑德呢，我就是善妒，就是小气……"

瞻基瞪着她半晌无语，一双手牢牢按在她的腿上，憋了半天才说道："以后，不许你把腿露给别人看！"

"哼！"若微一边往脚上套着袜套，一边气呼呼地说，"那要看你对我好不好了，就许人家当街露臂，为什么不许我露腿？你要对我不好，我也上街露腿选夫去！"

"你！"瞻基恼也恼不得，知她提的自是当日胡善祥之事，这是她心底永远的痛，所以也不好与她争辩，只是转过身，暗暗叹息。

也不知过了多久，若微柔软的手臂轻轻环住他的身子，把脸靠在他的脖颈处，气息如兰，幽幽说道："殿下请放心，若微知道分寸，只是心里难过，跟殿下嬉笑一番，不会真的不明事理。胡姐姐是圣上钦定的正妃，明媒正娶，如今又跟殿下圆了房。若微明白，以后事事以她为尊，不会有半点儿僭越的。就是那媚儿与雪柔，也会好好相处，不会让殿下为难的！"

"若微！"瞻基听她语气肃然，一派诚挚，心中反而十分不忍，他转过身，将她搂在怀里，让她的头紧紧贴着自己的心，以手轻轻抚着她的背，"若微，你记住，善祥也好，媚儿、雪柔也好，甚至是日后其他女子，就算我召她们侍寝，与她们欢娱应对。可是对她们而言，我是皇太孙，是殿下；对你，我是夫，是瞻哥哥。我永远不会对你称孤道寡，因为有你，我何其幸运。以后，我们两人独处的时候，你不要称我殿下，我只是你的瞻基。"

"瞻基！"若微紧紧忍着心中的酸楚，依偎在他的怀里，呢喃着，轻唤着，十遍、百遍、千遍……

第二十五章　春江花月夜

永乐十九年正月初一，大明天子朱棣在新落成的都城北京城皇宫紫禁城的奉天殿里，接受文武百官和四方使臣的朝贺。

同样是这一天，在天安门金水桥下，天没亮就汇集起不少人。

这些人都是北京城郊十里八乡选出的德高望重的长者，他们代表全村或者全乡的百姓在这里聆听圣训，以仰圣颜。

这是大明朝自永乐帝朱棣迁都北京以后的新规矩，每逢初一，天子就会登上高高的城楼，站在城楼之上与底层的百姓见面，亲自发布一些训诫与恩旨。

既是亲民之举，也是让百姓沐及天恩的意思。

从初一夜里就开始飘飘扬扬地下起雪来，雪花如鹅毛一般，不多时便给街巷铺上了一层白茫茫的毯子。宫里茶水间的太监们纷纷手提大铜壶，为等候在此的百姓们倒上一杯热茶，暖暖身子。当太阳升起的时候，朱棣出现在城楼之上。

百姓纷纷下跪，山呼万岁！

朱棣仰天而笑，气壮山河："瑞雪兆丰年，永乐十九年，一定是个好年景！众乡亲回去好生过年，来年早早翻地播种，莫要误了农时，辜负了老天赐予的好年景！"

百姓们欢呼着、跳跃着，更有年长者热泪盈眶。是啊，原来天子也知道庄稼地里的事情，高高在上的真龙天子，居然这样惦记着百姓的生计，怎能不让人感动呢？

朱瞻基站在朱棣的身后，看着他挥舞着右手，面上是从未有过的慈祥与和蔼，而城楼下是振臂高呼的百姓，耳边听到的是一浪高过一浪的发自肺腑的"万岁！万岁！万万岁！"。

朱瞻基心中感慨颇多。为君者，不管臣子们如何歌功颂德，也不论史官手中的那支笔如何记载，更不用去理会千秋万代之后人们的评说与议论，只要能让百姓发自内心地称赞，这就是真正的有道明君。

跟在朱棣后面，在城楼上给百姓们赐了圣训，又随朱棣在乾清宫接受百官及四方使臣的觐见之后，朱瞻基这才带着随从与小善子来到了太子宫。

太子宫的东殿之内，太子妃特意设了宴席，此时胡善祥与若微等人正围坐在暖阁之内。

"皇太孙殿下到！"小太监唱奏一声。

若微刚待起身，坐在外首的袁媚儿已经抢先走了过去，先是一个福礼，然后伸手帮瞻基除下紫貂皮大氅，朱瞻基微微一笑："有劳了！"

太子妃身边的管事姑姑慧珠扑哧一笑，冲着太子妃说道："咱们皇太孙真是文雅，这就是书里说的相敬如宾吧！"

太子妃也笑了，冲瞻基招了招手："来，就等你开席了！"

朱瞻基大步走到太子妃身边坐下，目光快速地扫了一眼若微，看她面色如常，这才安心。

前一刻还是笑意连连，跟大伙儿说着笑话的袁媚儿却没有笑，把嘴一撇，那小模样看着煞是可怜，低着头坐回位子上。

太子妃看在眼里不由问道："媚儿这是怎么了？"

袁媚儿低着头，轻声说了句："可不是相敬如冰吗？只是这冰字原是水字旁的！"

此话一出，满桌寂静。

　　太子妃的目光扫过朱瞻基，朱瞻基一脸沉静，又看了看胡善祥，只见她眼神一黯，低下了头。太子妃又拿眼瞥了一眼曹雪柔，曹雪柔嘴角微微抽搐着，似乎想笑，可是怔怔之后，那笑却比哭还要难看，太子妃心里仿佛明白了，最终把目光久久地停在若微的脸上。

　　早在媚儿说出那句话的时候，若微心中就大呼糟糕，如今见太子妃盯着自己，心里面更是七上八下的，又不好开口，只是一双手默默揉着自己的衣带，有些紧张。

　　太子妃淡淡地笑了，扭过脸去看了一眼站在身边的慧珠："瞧，这府里没有一个老成稳重的管事就是不行。这媚儿都叫屈了，也不知她们小夫妻几个平日是怎么相处的。苏嬷嬷也跟本宫说了，如今年纪大了，好多事情想管也没那个力气了。慧珠，今儿你就收拾收拾，随太孙妃回府，帮着她打理打理府内吧。"

　　"是！"慧珠微微颔首，连连称是。

　　"母妃！"瞻基看了一眼若微。他早已知道慧珠原名胡善图，是善祥的亲姐姐，自然知道太子妃此举的目的，恐怕慧珠入府之后会多有不便，于是便要开口推托。

　　"好了，传膳吧！"太子妃淡然一笑，"你们几个多吃点，母妃还等着你们的好消息呢！"

　　"母妃！"胡善祥深深低下了头，面上含羞。

　　好一个婆慈媳孝的和睦场面，若微唇上微微带笑，只是暗暗心寒。

　　曹雪柔不经意间抬起头，正对上朱瞻基那柔情似水的眸子，虽然那眸子里的情不是为了自己，但是她依旧装着恍然不知，优雅地轻轻一笑，如同惊鸿，朱瞻基看了遂冲她微微点头。

　　"好个袁媚儿，这才是聪明反被聪明误。以为自己在太子妃面前可以倚小卖小、装巧弄乖，让太子妃怜惜于她，也好促成她和皇太孙的好事。没承想，太子妃顺势将慧珠派到太孙府，如此一来，这府中的一举一动都逃不过太子妃的眼睛。以后就是想弄出什么花样也难，更何况太子妃此举正是明摆着在帮衬太孙妃。"

　　曹雪柔看着太子妃那端庄慈祥的神态，突然间就明白了一个道理，太子妃为何放着从小看大的孙若微不疼惜，反而是一味偏帮胡善祥。以前自己也很是不解，现在她才终于明白了。这就是嫡庶的差别。太子妃其实疼惜的也不是胡善祥，而只是那个太孙妃的位子，也许因为她自己就是正妃，正妃的难处与苦楚，她自然最清楚。是了，常听人说这皇太子最宠的是太子宫的一位郭贵嫔，如今已经很少进太子妃的寝殿了，也许正是如此，她才会对胡善祥生出几分怜惜与偏爱。

好险呀！曹雪柔心中暗暗发冷。她心中暗想，看来此时唯有不露声色、不争不闹、平安度日才是上上之策。曹雪柔想明白了，脸上也越发柔和起来，不时地给身旁的袁媚儿夹个菜，眼神交错之时，冲胡善祥微微一笑，然后就安安静静吃着自己面前的那几道菜。

如此，不仅是太子妃，就是在朱瞻基看来，这一妃三嫔当中，最贤淑温顺、不争不妒的人便是她了。

吃过饭，谢了恩，拜别太子妃之后，各自乘上车马回府。

回到迎晖殿，若微就觉得全身发冷，乏力得很，早早地让司音、司棋关了院门，在东暖阁的暖炕上躺下。

正在似睡非睡之间，听得紫烟的声音响起："主子，殿下来了！"

朱瞻基脱下外衣，坐在炕边，轻轻推着她。

"殿下！"紫烟走进来，递上香茶，"主子一回来就喊累，刚还说手脚冰凉，冷得难受，怕是受风了吧！"

朱瞻基立即伸出手探到里面，放在她的额上："是吗？受了风了，这可怎么好？前儿是你说的，初一晚上要在雪夜里放烟火。我在泌芳亭都备好酒菜了，也生了火盆，置了暖围，原本想着咱们坐在里面看着，让小善子带人在山底下放烟花。怎么样？现在咱们去还是不去？"

若微原本懒懒的，听他如此一说，立即坐起身："当然去了，不说我还忘了！"说着又下去穿鞋。

"咦？主子怎么风一阵、雨一阵的？"紫烟瞪大了眼睛满脸疑惑。

湘汀从外面走进来，笑着说道："还愣着做什么？快给主子把那件最厚的水鸭子毛缎绣氅衣找出来，还有那对皮筒子，现在出去可得仔细捂好了，别回头只顾玩得高兴，当真受了寒！"

"不会的，有本王在身边看着！"瞻基理了理若微略显蓬乱的发鬓。

穿戴整齐之后，瞻基揽着若微走出院子，出围廊东便门，行至不多远，上了一座小山，来到泌芳亭内。这亭子高两层，八角型，上披琉璃瓦，亭身、栏柱饰有朱漆雕纹，十分精致，四面有窗，夏天垂竹帘，冬天置棉帘，内设火盆，虽然临湖，又处小山之上，然而置身其中，却温暖如春。

亭内正中是一张黄花梨木的圆桌，上面摆着各式的点心，还有一把双耳白玉梅花雕的酒壶。

"来，若微。"朱瞻基拿起酒壶斟了一杯酒递给若微，又给自己满上，"这是你我二人成亲以后的第一个新年，我敬你！"

若微举起酒杯对上瞻基的眼眸，眼中含情似有千言，最终却什么也没说。伸手与瞻基的酒杯微微一碰，放在唇边仰头即一饮而尽。

"若微，你快看！"瞻基举起手，指着那卷起帘子的一扇窗。

"天呢！"若微站起身走过去倚在窗前，眼前是繁华如锦的烟火，那一束束的光芒美得令人目眩。让人惊叹叫绝的烟火如同天女散花，火树银辉，五颜六色，绚丽无比，只把无边的夜空晕染得艳丽绝伦。

若微一面看，一面不时地拍着手，满眼的欢喜尽情流露，她突然扑进瞻基的怀里："瞻基，谢谢你。好美的夜空、好美的烟花，虽然转瞬即逝，繁华转眼就会散去，但是那一瞬间的美足以成为永恒，将永远留在我的心中。瞻基，谢谢你！"

瞻基紧紧拥着她，看着夜中的美景，低语着："你喜欢就好！"

"我喜欢，我喜欢！"若微连着说了好几个"我喜欢"，忽然眼眸一闪，连呼可惜。

"怎么了？"瞻基抚着她的秀发，微微皱眉。

"此情此景，我好想弹琴助兴！"若微仰着脸满溢着醉人的笑容。

"那有何难！"瞻基推开窗子，高声喊着，"小善子，去把微主子的琴取来！"

"是！"小善子跳着脚，立即应着。

转眼间，泌芳亭内。

若微临窗抚琴。

瞻基则在旁手绘丹青。

她弹的是《春江花月夜》。

繁星点点的夜空，静谧的夜晚带着醉人的气息，曲音撩人，脑海中满是嫩绿的春色、半开的花蕾，仿佛还有宛转的江流。

雅音与良辰美景完美结合，愉悦着她的心，徜徉着她的情。

她的纤纤玉指在冷冷七弦上，拨弄弹抹之间，便将让人浮想联翩、心旷神怡的美景尽展眼前。

而在朱瞻基的笔下，又是另外一番景致。

朦胧而空灵的水墨丹青，静夜里的烟花，烟花下面的八角琉璃亭，绮丽之光环绕着的美人，还有美人玉指下的七弦古琴……诗情画意、儿女情长与江山美景浑然一体，水乳交融。

悠扬而动人的天籁之音伴着一对璧人，天之骄子与倾城美人，一个低吟弄曲，一个巧绘丹青，这才真是珠联璧合、相映成辉。

第二十六章　巧手弄春晖

宜和殿内。

慧珠将一个大红绣花的靠枕垫在皇太孙妃胡善祥的身后，又奉上一碗热汤。

胡善祥连忙接下，放在榻上的边桌之上，开口嗔道："姐姐快歇歇吧，如今你是我皇太孙府的管事，这些端茶递水的活儿哪里用姐姐来做？"

慧珠淡淡地笑了笑，又回身看了看殿内："落雪、梅影这些年跟在娘娘身边，自是妥帖的。只是能亲自为娘娘做些事情，姐姐心里也好过些。"

胡善祥心中微微一紧，还是亲姐姐最知道自己这几年的苦楚。于是将身子向前一探，依偎在慧珠怀里："姐姐，母妃怎么好端端地让姐姐入这皇太孙府？可是对妹妹有什么不满？"

慧珠目光扫着那碗还冒着热气儿的汤药："还不是为了这个！"

顺着慧珠的目光，胡善祥怔怔地望着那碗汤药，心中更加疑虑："这是什么？"

慧珠用手指在她脸上轻轻一抹："娘娘好糊涂！这是宫里的暖宫九保汤，是为了让娘娘坐怀中胎用的。"

"啊？"胡善祥面上微微发烫，眼神瞬间黯淡了下去，喃喃低语，"想必母妃是着急了，是我没用，跟殿下圆房也有些日子了，可是……总也没个消息！"

"我的傻妹妹！"慧珠此时也改了口，顾不得再唤什么娘娘了，她悄悄附在胡善祥耳边低语片刻，只见胡善祥面上神情似信非信："当真如此吗？"

"那是自然的，否则这宫里为什么早有祖训？初一、十五，必得在正宫娘娘寝宫中留宿，就是这个缘故。"慧珠言之凿凿，又从怀里掏出一本小册子，递给胡善祥。

胡善祥只当是什么求子的秘方，拿过来展开一看，立即羞红了脸，忙把小册子合上丢回给慧珠，嘴里轻"啐"一声："姐姐怎么拿这等污浊之物给妹妹看，真是羞死人了！"

慧珠忍着笑，低声说道："什么污浊之物，这是保妹妹荣宠一生的宝贝。为了这小册子，姐姐可是花了五百两银子和一串东珠才换来的。"

胡善祥刚待回嘴，只听得外面突然一阵红通通的火光："哎呀，不好，可是哪里走了水？"

慧珠回身一看，红通通的耀眼光彩已然把窗子映染得煞是好看，心中也不免犯疑，嘴里立即喊着："落雪，梅影，快去看看，外面是什么光亮！"

"是！"外面守夜的侍女立即应着，匆匆退下。

不多时，梅影进殿来报："回娘娘的话，是小善子带了些人在东苑湖边放烟火！"

"哦！"胡善祥长长松了口气，面上立即变得和缓起来，"吓了本妃一跳，还以为是哪里走了火，原是在放烟火！"

只是慧珠听了，秀眉一挑："那烟火是放给谁看的？"

"这……"梅影微微一顿，这才回道，"听说，是殿下与孙令仪在泌芳亭上饮酒弹琴……"

慧珠点了点头，果然不出所料。她挥了挥手，梅影悄悄退下。慧珠对上胡善祥的眼眸，面露忧色："殿下也太没有分寸了，这新年里的第一天，不来陪娘娘也就罢了，居然还在园中领着侧妃尽情欢娱。这也太没把你这个正妃放在眼里了！"

胡善祥低垂着头，心里何尝不是既委屈又愤恨呢。

与瞻基合鸾的甜蜜此时早已烟消云散，以前自己是对男女之事朦朦胧胧，不得究竟；而如今她才知道与心爱之人共度云雨、同享欢娱是何等的快哉。以前没有圆房，她可以独守空房三年之久，如今领略了那等让人欲醉欲仙的快活之后，让她日日独眠，却是再也不能了。

慧珠看她面色凄然，眼中含泪，十指也微微轻颤，心中自是又气又恨，偏偏在此时东面高坡之上又隐隐地传来一阵琴音，无疑如同火上浇油。慧珠深深吸了口气，凑在胡善祥耳边寥寥数语。

胡善祥又惊又喜，一双美目三分期待，七分惶恐："姐姐，这样，可行吗？"

慧珠目光幽幽，郑重其事地点了点头。

第二日一早，瞻基刚刚起身，若微还在帐内熟睡。闻听动静的司棋、司音悄悄进房，双双福礼："殿下，今儿不用上朝，还起得这么早！"

瞻基点了点头，帮若微掩好帐子，这才站起身来，一面向外走着，一面说道："你主子还没醒，让她多睡一会儿。"

司音立即闪身出去，不多时，便有两个小太监进得殿内，手提铜壶，将热水缓缓注入明晃晃的青雀压花铜盆里，另有一人手捧青瓷带盖方盒，司音把瓷盖轻轻一掀，瞻基用目一瞅，不禁笑了："又是什么新鲜玩意儿？"

司音刚待答话，只见身穿翠衣锦绣八宝百褶裙的若微俏生生地从内室走了出来。

"咦，这倒是奇了，你怎么也起得这么早？"瞻基原本正要洁面，看她来了，立即冲她招了招手。

"殿下也不叫我，昨儿慧珠姐姐入府，当了咱们府里的宫正管事，今儿该早早地去宜和殿道贺才是！"若微一面说着，一面拿眼睛瞄着瞻基身前刚倒好的洗脸水。

瞻基笑了，拉着她道："来来来，让你先洗就是，省得一会儿晚了，又来赖人！"

司棋带着人正从外面进来，听到此语不由笑道："瞧殿下说的，真把我们主子当成小孩子了！"

瞻基心情大好，也与她们调侃起来，眼中含笑，指着若微："可不就是个小孩子吗。"

若微用清水洁了面，又从司音递过来的瓷盒里拿起一块嫩滑白净的圆形粉团，在手上轻轻一揉，随即又把粉团放回到盒中，双手在脸上一抹，立时像涂上了一层白脂。她以食指和中指轻轻在自己脸上打着圈圈，轻轻抚触着，然后才用水洗净了，又拿手巾在新换上的温水里浸湿、拧干，轻柔地擦拭着自己的玉颜，这才算完事。

朱瞻基在边上看着，觉得很是新鲜。

若微像献宝一样，拿着瓷盒子送到他面前："殿下闻闻，香也不香？"

朱瞻基轻吸了口气："好香！这是何物？"

若微眼眸一闪，也不直接答着，只文绉绉地念着："王敦初尚主，如厕……既还，婢擎金澡盘盛水，琉璃碗盛澡豆，因倒着水中而饮之，谓是'干饭'。群婢莫不掩口而笑之。"

她话音未落，朱瞻基大窘，面上微红，扬手似乎要打，而她一转身就闪到紫烟的身后，笑得直不起腰："殿下怎么不尝尝呢？"

"真是把你宠得没边了！"瞻基恨恨地瞪了她一眼，这时司音已唤人重新呈上洗漱用品，瞻基绷着脸，也不理人，只顾着自己洁面、漱口。

而紫烟偏是打破砂锅问到底的性子，缠着若微问道："主子，刚刚说的什么？殿下为何要恼？"

若微又是一阵大笑却也不答话，坐在妆台之前由着湘汀等人帮她上妆、梳头。

紫烟更是莫名其妙，连连追问。

若微被她缠得紧了，才说道："我刚刚跟殿下说的是魏晋时期的一个典故。那时刚刚有了澡豆，可以洁肤去垢。不过只是宫中少数得宠的主子才能用，民间还不知道，就是一般的王公贵族也不知晓。那澡豆本来是用来洗手、洗澡用的，可是初登大宝的王敦不知道它的用途，在入浴时，见婢女们用琉璃碗盛着端到他面前，以为是什么吃食，就用水和了，把它当'干饭'吃了，左右侍从无不大笑，也由此闹出个大笑话。"

"啊？"紫烟听了目瞪口呆，就是司音、司棋也是忍俊不止，压抑着低声笑着。瞻基一掀帘子走进内室，轻哼一声，脸上还有些怒气未消。

若微站起身，摇曳身姿在朱瞻基面前轻舞着转了个圈："怎样？殿下看看今日若微如此装扮，可还妥当？"

"不妥。"瞻基气哼哼地坐在榻上，瞅也不瞅。

"哦？哪里不妥？是发髻、珠钗、还是衣裳？"若微脸上洋溢着笑容，走过去拉起他的手。瞻基想甩，又怕用力过猛闪着她。

只好任由她拉着，可是面色依旧还是没有缓和。

若微紧挨着他，直往他怀里钻。

见此情形，湘汀招了招手，室内服侍的几人都退了下去。

瞻基这才伸手在她脸上狠狠一捏："好个刁钻的小丫头，如今越发皮了！"

若微的手轻抚着他的胸口，吐气如兰："开个玩笑以博夫君一笑嘛，原是小女子一番好意呢！"

"好意？你是想博我一笑？我看这满屋子的人都在笑，唯独本王没有笑！"瞻基轻哼着，对于怀中的佳人当真是说也说不得，打也打不得，恼又恼不得，无奈至极。

若微仰起脸，对上他的眸子："那是殿下小气。我若说得通，说得有理，证明这就是我的一片好心，殿下又当如何？"

瞻基看她明眸珠颜，轻灵动人，心中闷气早已去了大半，遂说道："若有理，就自然会赏！"

"好！"若微拍手叫好，"我也不要别的赏赐，我要殿下带我去看'西山晴雪'。"

"这有何难？"朱瞻基点了点头。

若微站起身，从妆台前面拿起几个小盒子走过来，像献宝一样在瞻基面前晃了晃："看看！"

瞻基拿起其中一个琉璃做的小圆盒，打开一看，竟然是一盒胭脂；

又拿起一个白瓷嵌红梅的小瓶，拔下塞子，轻轻一闻："好香呀！有一种茉莉的清香，又似掺着翠竹之气。"再看另外几个小盒里，就是刚刚若微洁面用的白脂玉面粉团子。

"你又弄什么鬼？"瞻基还是没明白。

"殿下手上是洁面用的香饼，这一季的新鲜胭脂，还有洗发用的香液。"若微一脸得意，"胭脂膏子没什么特别，不过是拿院里的梅花，用清晨花蕊上的露水，磨成了泥调入上好的蜜糖，再放进香檀盒里慢慢蒸，等到晚膳过后再取出来，就得了。而这洁面用的香饼可是最费神了。我用了鸡蛋清、豆粉、蜂蜜做底料，又把皂荚中的果肉与白芷、白附子、白僵蚕、白芨、草乌、山楂、甘松、白丁香、杏仁、密陀僧等二十多种草药调和到一起，形成凝团。以如此复杂烦琐的配方调制出的香饼，不仅可以洗净面部油污，还有清凉解毒、活血生肌、芳香醒脑的功效，同时还可滋养皮肤，是不可多得的驻颜佳品！"

若微说了一大串，瞻基虽然频频点头，可是依旧不得要领："咦，你费心弄这些做什么？宫中赏的还不够用？"

"哎！"若微大呼失望，"好殿下，人家是一片丹心寄明月，奈何明月对沟渠。我这么费心，自然是帮殿下准备的。殿下想想，这新年佳节，也该往各殿、各苑去看看，拿这些送给袁妹妹、曹姐姐，还有太孙妃，岂不显得殿下心里有她们？这样的礼自然要比什么金银珠宝、锦缎珍馐还要让人欢喜呢！"

瞻基这才恍然明白，心中不免大为感动："好微儿，我以为你对她们几个心里始终存着芥蒂，想不到你是如此大度明理。"

"别……"若微把脸一扭，"我可不是大度，只是既然大家共聚一处，同侍一夫，自然要和和睦睦的。况且正因为我，她们才会受你冷落，原是我的不是。"

"微儿！"瞻基一时感慨，也无言以对。

"哼！"若微突然语气一变，又愤愤然说道，"现在还只是我们四人，以后还不知道要有多少人呢，真怕到头来不过是'只闻新人笑，不见旧人哭'。殿下，若是以后你嫌弃若微了，把我打入冷宫没关系，但是要把宫中和诸王府胭脂水粉的买办差事交给我，也好让我自力更生，既能衣食无忧还可自得其乐！"

瞻基哭笑不得，轻轻揪了一下她的耳坠子："我说你有如此好心，原来还是想着怎么生财，好个财迷的微儿，若真将这宫里和诸王府的胭脂水粉差事交给你，怕是你要天天坐着数钱，再也顾不得本王了！"

"呵呵！"若微面上是一阵狡黠的暗笑，"那是自然，在宫外这三年，正是因为此技傍身才能换来银两，让我和紫烟、湘汀衣食无忧。哎，这才是技不压身呢。若是不会这些，女子要在世上立足，恐怕只有倚门卖笑了……"

瞻基听着，原本还连连点头，然而最后听到此言，立即佯怒，伸手便打："说着说着，就没边了！"

"好了，我要去前殿给太孙妃请安了。殿下记得，答应我的事，别忘了！"若微站起身，轻移莲步，向外走去。

瞻基像是突然想起什么，腾的一下站起身，紧走几步，自后面将她娇小的身形紧紧搂在怀里，低头在她玉颈之上，狠狠地嘬了一口，低声说着："早些回来……"

若微转过身，看他面色微红，眼中闪烁着难掩的情欲，正低下头来又欲索她的朱唇。这样的缠绵与温存，若微偏偏不领情，伸手在他脸上一拍："殿下色急的话，可以去找袁妹妹和曹姐姐解渴！"

她不说好，话一出口，瞻基更是被她撩拨得欲火上涌，一把狠狠拽住她，将她搂在怀里，吻上她的唇，一双手也开始在她身上摸着。

"殿下、主子，先用早膳吧！"隔着厚厚的棉帘，湘汀轻声提醒。

而两人唇舌相依，一时之间都有些忘情。

正在此时，外面又有人回道："殿下，皇太孙妃跟前的慧珠姐姐叫人来传话，今儿的早膳摆在宜和殿，请殿下与微主子和两位嫔主子移驾！"

"哦？"若微立即推开瞻基。

瞻基也似乎迟疑着，两人对视之后，瞻基才开口说道："知道了，本王和令仪这就过去！"

"是！"

第二十七章　连环巧谏言

瞻基亲手为若微披上水鸭子毛的缎绣氅衣，牵着她的手，身后跟着司音与司棋，一并出了迎晖殿，向皇太孙妃所在的宜和殿走去。

穿过回廊，刚远远地看到大殿，若微手上就稍稍用力挣开了瞻基的手。瞻基微一垂首，似是有些不明就理，只见若微淡然一笑，更是放缓了步子，与他隔了尺余，只在他侧后方悄悄跟着。

瞻基这才明白，是的，依旧是嫡庶有别，人后如何宠爱，人前也须得顾及礼法。瞻基心中虽然不甘，却也不便多说，只把步子稍稍放缓，向殿内走去。

"殿下驾到！"门口小太监的嗓子似乎比往日更要清亮。

惹得瞻基冲他扫了一眼，小太监忙低下了头。

分列两旁的侍女立即高高打起棉帘，此时，皇太孙妃胡善祥领着袁媚儿、曹雪柔等人出来相迎，深深地福礼下拜："殿下！"

朱瞻基点了点头，迈步入内。

若微紧走几步，冲着胡善祥道了一个"万福金安"。

胡善祥立即伸手相扶："快免了，这外面天寒地冻的，快进来吧！"

进入室内，司音、司棋上前为若微除去外衣。若微抬眼一看，这次

176

可不是袁媚儿抢在头里，正是胡善祥自己亲手为朱瞻基解开大氅，又命梅影恭恭敬敬地拿到里间，还特意嘱咐拿上好的龙涎香熏着；一边又吩咐下人端上香汤，又是亲自为朱瞻基净手。

如此殷勤体贴，倒让朱瞻基很是有些不自在，只好说道："刚刚净了手过来，这一路上并无风尘，不妨事的！"

胡善祥笑而不语。

此时只见慧珠上前对着众人肃了肃："殿下、娘娘，西花厅已备好早膳，请移步！"

"好！"胡善祥目光投向瞻基，瞻基点了点头，两人先行步入西里间。

若微正在迟疑，只见袁媚儿走上前来拉起她的手，耳语道："姐姐可听说了？今儿怕是要给咱们定什么规矩呢！"

若微"咦"了一声，摇了摇头，又把目光转向曹雪柔，曹雪柔冲她微一颔首，态度大方得体、不卑不亢，一个人领着丫头在头前走了。若微心中暗想，此人倒不是骑墙之流，看似娴静如水，实则颇有风骨。

正在愣神儿之际，袁媚儿冲着自己深深屈膝："姐姐，小妹昨日唐突了，姐姐可莫要往心里去呀！"

若微知道她正是为了昨日在太子宫中一句戏言惹来的事端致歉，看她脸上一派天真娇憨，想想她应该也是无心的，所以并不为怪："袁妹妹哪里话，你昨日不过一句戏言，太子妃此举也不全是因你而起！"

袁媚儿刚待再说，只听身后丫头轻声催促，这才与若微携手，一同入内。

西花厅内布置得极为雅净舒适。

一只暗红色的檀木大圆桌放置其中，四周配了五张同质暗纹机凳。朱瞻基居主位，胡善祥居左，曹雪柔甚是机灵，居然弃右边不坐，而是坐在了最下首。

如此一来，留给若微和袁媚儿的，要么是紧挨着朱瞻基，那几乎就是要与王妃比肩，要么就是得挨着胡善祥。

若微心思一转，立即轻轻推了一把袁媚儿，以手一指朱瞻基："妹妹昨儿还说冷呢，今殿下身边有个位子，你去坐坐就暖和了！"说完，自顾走到胡善祥身边："若微挨着娘娘坐！"

胡善祥虽有些意外，但依旧露出端庄和煦的笑容，伸手拉了若微坐下。

袁媚儿呢？怔了一下，仿佛有些扭捏，看着瞻基满脸羞涩。

瞻基见她如此，只得冲她招了招手："媚儿也快落座吧！"

"谢殿下！"袁媚儿一脸欢喜，忙走了过去坐在瞻基身边。

慧珠稍一示意，立即开始传膳。

府内膳房的小太监们，手提着内置火炉的红木食盒进入殿内，由近身侍候的丫头们掀开食盒，随即从里面端出各式菜品和汤水。

所以这膳食上桌的时候，都是芳香四溢、冒着热气的。

这是若微第一次在胡善祥的殿中饮宴，那菜肴固然精致，可是那盛菜的器皿似乎更让人惊叹，都是一水儿的掐丝珐琅缠枝花卉瓷盘，那珐琅釉色纯正，花朵饱满肥硕，都是官窑内烧制出来的上上之品。

这套器皿，就是太子妃也未必舍得拿出来摆宴。

又看她今日的妆扮，镶貂狐毛的大袖圆领花冠袄，二十四褶大红流金的玉裙，外罩的是只有一品、二品亲王正妃才能用的蹙金绣云霞翟纹的霞帔，虽然不是正式参见帝后的礼服，却也极为隆重华美，难道她今天真是别有用意？

正想着，只见胡善祥冲众人淡淡一笑，指着面前的几样点心说道："这油炸云吞、夹心小红糕、长生粥、鸭油烧卖、糯米红豆粥和桂花糖糕，都是南京的厨子做的，大家都尝尝吧！"

"还是胡姐姐想得周到！"

"谢娘娘！"

席上一派和美，吃得欢畅尽兴。

瞻基也连连称赞，他刚刚放下筷子，在桌旁侍立的慧珠即上前问道："殿下，可是用好了？"

瞻基点了点头。

慧珠又看了看在坐的各位："娘娘和各位主子也用好了？"

众人见瞻基落了筷子，自然也都纷纷停箸，示意用好了。

慧珠"扑通"一声跪在桌前，众人都不免一愣。朱瞻基微微皱眉，胡善祥立即起身走到慧珠跟前，伸手相扶："慧珠姑娘是太子妃跟前近身侍候的老人儿，也是六品的宫正，更是这府里的管事，何事至于如此？"

慧珠正色说道："殿下，娘娘。正因为慧珠身负管理、督促太孙府事务的重责，所以见到不合规矩之事必要严于律之，可又怕惊扰了娘娘和殿下所以要先行请罪！"

"这？"胡善祥回头看着朱瞻基，朱瞻基挥了挥手，"既是按规矩办，本王与娘娘又怎会怪你？这府里事务既是母妃令你打理，你自当秉公处置！"

"谢殿下！"慧珠这才站起身，"恕慧珠越礼了！"

"无妨！"朱瞻基的目光从慧珠脸上轻轻一扫，转而停在了胡善祥身上。胡善祥面上如水般宁静，并无半点惊慌，瞻基暗暗思忖，不知她们这一出究竟为何。

这时，慧珠对着殿内服侍的众侍女和小太监说道："太子妃与殿下和娘娘，都如此信赖于我，我就要鼎力而为。须知咱们皇太孙府不比其他的亲王府、郡王府，规矩是比照太子宫的。以前的事情我不管，但是如今我在一日，就不允许越礼的事情发生。刚才是哪几个在近前上的菜？出来跪下！"

她此言一出，殿内的人都是一惊。

于是，连着胡善祥身边的大丫鬟梅影、落雪，还有几个小丫头都跪在厅内。

慧珠一脸严肃："刚刚那道香酥炸黄鱼，是谁上的？"

声音中透着一丝冷俏俏的寒意，有胆小的丫头居然瑟瑟发抖。

片刻之后，才有一人跪着向前挪了几步："回慧珠姐姐的话，是芳儿！"

回话的是一个穿着青布蓝花衣裙的小丫头。

"是你？"慧珠走近一步，抬起她的下颌，面上似乎有些不忍，只是怜惜之色转瞬即逝，她猛地抽回了手："来人，拉下去重责二十板子！"

"是！"外面侍立的小太监立即上前按住芳儿的肩，硬拉着她往外拖，芳儿先是吓傻了，随即惊呼着："慧珠姐姐，为何罚我？"

"为何罚你？"慧珠笑了，又叹了口气，指着梅影说道，"梅影，你教教她！"

梅影低垂着头，似乎微微有些胆怯："侍候主子们膳食，要提前净手，并在香炉上熏过。这手万万不能留指甲。呈菜时，双手可托、可捧，然手指不能触及盘子边缘，更不能碰到菜品。掀盖碗时，要侧身转头掩面。上菜时要守的规矩，其一，热菜应从主宾对面席位的左侧上；其二，上单份菜品或配菜席点和小吃等应先宾后主；其三，上全鸡、全鸭、全鱼等整形菜，不能头尾朝向正主位……"

"好了！"慧珠弯下腰，看着芳儿，"如今，可知道自己错在哪里了？"

芳儿抬眼看了一眼那桌上，吃剩下的半条香酥炸黄鱼，鱼头并未朝着朱瞻基，于是立即惊呼："可是，可是，那鱼头并没有对着殿下呀！"

慧珠叹了口气："那是刚刚梅影见你坏了规矩，又不能当时提点，怕影响主子们用餐，所以偷偷移的！"

梅影听了立即伏身叩首："慧珠姐姐，梅影知错，梅影不该私自动主子们的菜肴！"

慧珠点了点头："你的错，一会儿再罚！"

她伸手指了指芳儿："看来，你真的不适合在内堂当差，错了居然还不认账，教你还不用心学，只知道一味地狡辩。来人，先打二十板子，然后遣了出去！"

"慧珠姐姐！"芳儿此时是真的知道害怕了，一双大大的眼睛满是惊恐。看她的样子不过十三四岁，众人都有些不忍，却也不好讲情，毕竟这施罚和被罚的人都是皇太孙妃屋里的，旁人自不便说什么。

朱瞻基靠在椅背上眉头微拧，他刚要开口，只是余光一扫，看到若微冲他使了个眼色，于是又将要说的话生生咽了回去。

小太监们架着哭号哀求的芳儿退了下去。

室内一片安静，慧珠看了看跪在地上的众人："礼数，如果不会，可以学。但是如果明知而故犯，就是大大的不对。今日罚芳儿，只是给你们做个样子，以后小心服侍，不容有失！"

"是！"众人纷纷称是。

侍从与丫头们退下之后，慧珠"扑通"一声又跪在了地上。

朱瞻基此时微微一笑，盯着慧珠说道："慧珠，接下来，是不是要罚本王了！"

"殿下！"胡善祥立即起身，也挨着慧珠跪了下去。

"这是做什么？"朱瞻基微微嗔目。

袁媚儿与曹雪柔立即起身将胡善祥扶了起来。

慧珠抬起头迎上朱瞻基的目光："殿下说笑了，不过慧珠确实有话要说！"

"慧珠！"胡善祥开口相阻。

朱瞻基摆了摆手："让她说下去！"

胡善祥心中七上八下，挨着朱瞻基坐下，偷偷打量着他的神色，不知他是恼是怨，十分惶恐。

而慧珠则开口说道："慧珠奉太子妃之命，襄理府内事务，诸事必须要遵礼守度，不敢有半点偏废。"

朱瞻基点了点头："所以，刚刚你在本王和娘娘面前，立威罚人，本王并没有相阻！"

"谢殿下体谅。只是除了此事府内还有越礼废法之事，慧珠却不能相罚，只能相谏。"慧珠一脸肃然，言之切切。

若微唇边渐渐浮起一丝意味分明的笑容，她正想着自己要不要假装晕倒，趁势避开，以此搅了她们局呢？可是随即又一想，既是有备而来，今日不说，这戏改天还是要唱，不如就让她们一并演到底吧，于是她以手托腮，静静地坐在一旁，一面用手捏着一块蜂蜜蛋糕，一面静静地注视着眼前的一切。

慧珠稍一思索，终于开口说道："殿下，有些事慧珠不便说，请苏嬷嬷来讲，可好？"

朱瞻基似乎知道她要说些什么，拿眼朝若微一瞅，谁承想这个丫头没心没肺，还在事不关己地吃点心，心中哭笑不得，只点了点头。

这时苏嬷嬷走了过来，也跪在正中："殿下，老奴原是宫里派来的管事嬷嬷，可是老奴糊涂了，原该一早提点殿下的礼数，竟都忘记了，真真该死。"

说着，就开始自己掌嘴。

"嬷嬷这是何苦？"胡善祥立即起身上前将她拦下。

苏嬷嬷深深叩首："殿下，这宫里和诸王府的规矩是祖上早就定好了传下来的。每逢初一、十五、三十，殿下和娘娘的生辰，以及二十四时令节气，正月、元宵、腊八、中秋、七夕、端午、清明，殿下必得要在正妃的寝殿中就寝合鸾。"

朱瞻基深深吸了一口气。

而若微似乎是刚巧被一块点心渣子呛到了，忍了又忍，还是一通儿猛烈的咳嗽。惹得众人的目光齐刷刷地向她望去，瞻基又气又笑，指着司音说道："快去，快过去看看！"

司音、司棋赶紧上前，一个拍背，一个奉茶，若微连连说着："别管我，你们说你们的！"

原本严肃而压抑的气氛，一下子就让她给搅了。

看着苏嬷嬷涨得通红的老脸，朱瞻基想笑又只得暗暗忍着，不过若微的恶搞，倒让他有了主意，他索性站起身一抖袍子："嬷嬷的意思，本王听明白了。就是说日后本王哪天去哪儿跟谁睡觉，都得听嬷嬷的，对吧？"

苏嬷嬷瞪大了眼睛："殿下，老奴不是这个意思！"

"哦？"朱瞻基瞋目道，"那嬷嬷是什么意思？倒把本王给弄糊涂了。"

见此情形，慧珠正色说道："殿下，这些也不是苏嬷嬷凭空乱说的，宫内的《内篇要训》中都有明示。各位侧妃、选侍、侍妾，如何侍寝、如何接驾、如何承欢，什么时辰、事前、事中、事后都有些什么规矩，这《要训》中都一一载明，这些事项，殿下原是不必知晓的。不过府内所有女眷都要牢记，都要遵守，如果坏了规矩……正如昨儿个夜里，孙令仪那般，原本该罚。"

"啊？"若微心里一阵惊呼，闹了半天，这么一场大戏，到最后才唱到点子上，竟是因为昨儿夜里，瞻基陪着自己看烟火又弄曲谈心的，招她们不乐意了……唉，早说呀，真是累人。

心里虽然如此想，可面上却不能表露出来。若微秀眉微扬，立即起身扑通跪在了地上，冲着胡善祥就是三拜。

　　朱瞻基的脸唰的一下就沉了下来，胡善祥也大感意外："妹妹这是何意！"

　　若微低着头："娘娘，若微错了。昨儿应该劝殿下到宜和殿来与娘娘和鸾的。既是错了，便认打认罚。只是这寒冬腊月的，若是罚我挨板子，皮肉开花不易长好。娘娘一向为人大度，能否先记着，等挨到开了春，再罚不迟！"

　　她说得一派诚恳，听起来却似小孩撒娇一般。

　　袁媚儿最是直爽，扑哧一声笑了起来；曹雪柔也低着头掩面而笑。

　　胡善祥面上微微发烫，心中暗暗恼恨可又不能当场发作，只得伸手先将她扶了起来。胡善祥眼中含泪，不无幽怨地说道："妹妹何苦羞我？阖府上下，哪个不知你是殿下心坎上的宝。本妃怎么可能会罚你？"

　　不知她是真的伤心如此还是刻意做作，此时两滴珠泪来得恰到好处，若微的嬉戏，转眼就成了嘲讽，而她才是真正无辜又惹人怜悯的。

　　若微心中顿时十分惭愧，伸手拥紧了她："姐姐，是妹妹错了，妹妹向您诚心赔礼！"

　　朱瞻基看在眼里，似乎也是左右为难。

　　而慧珠与苏嬷嬷又是一脸执拗，跪在地上。

　　"请殿下做主，明示诸位主子，日后遵从《内训》，遵规守矩！"慧珠再次谏言。

　　朱瞻基叹了口气，终于点头应允。

　　袁媚儿与曹雪柔匆匆对视一眼，心中各有打算。

第二十八章　不觉陷重围

该演的戏码全部演完，朱瞻基坐在当场，隐忍不发。

袁媚儿与曹雪柔起身，双双告退。

若微见状，心中如同明镜一般，也起身行了礼，适时离开。瞻基原想与她一道回去，可是见她眼神微闪，似乎是在暗示，让自己别跟着，所以只好耐着性子坐在原处，由她去了。

回到迎晖殿，若微吵着困倦，湘汀侍候若微在楼上的暖阁里睡下，又回到楼下，刚好听到司棋、司音小声地议论今日西花厅内发生的事儿，不由心中一动，又重返楼上。

见若微似乎还没睡熟，湘汀就拿了一个绣花撑子，坐在她榻前的圆凳上，一面绣花，一面小声说着："主子，这胡妃可真是厉害，如今她与慧珠，一个红脸，一个白脸，配合默契，一唱一和地就把主子和殿下给制住了！"

"啊？"若微翻身转向外侧，眼睛盯着湘汀，似乎没明白她在说什么。

"主子想想！主子自行请罪，她若是顺水推舟，当真要责罚你，殿下会答应吗？"湘汀又伸手帮若微向上拉了拉锦被。

若微摇了摇头："自然不允！"

"所以，殿下非但不会答应，而且还会认为王妃不够大度贤惠。可是她不但不罚你，反而自轻自贱，默默垂泪，不仅主子看了心软，就是殿下看了，也只会多有内疚。"

若微点了点头："正是，我原是想插科打诨地搅了她的局，眼看就成了。她又摆出那副凄风苦雨的样子，叫人看了心酸，我就……"

"不论这过程，单就说结果。这一餐饭吃下来，在府中上下，慧珠立了威，而太孙妃呢？以《内训》为名，得了辖制您和其他几位侧妃的法宝，更让殿下允诺，以后初一、十五、逢节都去她殿内就寝。就得与失来说，您和她，谁得，谁失？"湘汀面上风轻云淡，仿佛在闲话家常，手中依旧有条不紊地绣着花。

"这个？"若微细细想来，重重一掌拍在床榻之上，"惨了，惨了，我临进殿门的时候，脑子还是极清醒的，知道宴无好宴，如今来了一个慧珠，肯定要生出些事端来。虽是千防万防，她们的把戏我也看得清清楚楚，只是最后关头，脑子一热，就让她得了逞……"

"唉！"湘汀帮若微加了一个靠枕，又递上一杯香茶，"说起来，还是因为主子心善。那太孙妃，湘汀并不熟悉，可是慧珠……"

"慧珠怎么了？"若微不明其理，只喃喃低声说着，"想想入宫那几年，咱们与她同在东宫，虽然说不上亲厚，倒也算熟识，更没有得罪过她。只知道她在太子妃面前甚得信任，处事有度，驭人极为严谨。难不成她还有什么道行？"

湘汀摇了摇头："主子有所不知，湘汀入宫之后，最初就是跟在她的身边。她十二岁入宫，不出几年，就当上了太子宫的宫正，这可是东宫最高的女官。别说太子妃宠信她，就是那最得宠的郭贵嫔，还有太子殿下，都对她礼让三分。"说到此处，湘汀叹了口气，有些幽怨地望着若微，"宫里历来就是人斗人的地方。这主子们有主子们的斗争，可是丫头们呢？这宫里的主子不过就是百十来位，而这宫女可是成千上万的，要能在短短几年内出人头地，这心思、这手段都远非常人可比！"

一番话说得若微心凉如水，她悄悄拉过湘汀的手："好姐姐，我原以为你就是出类拔萃的，什么事情都想得那么周到。没想到，那个慧珠看似憨直，却如此有心机，真让我心寒。我想，原本姐姐跟着我，就是希望能躲过这些争斗算计，怎料到头来还是得面对这些，想想也真是委屈你了。"

湘汀摇了摇头，忽地笑了，她怔怔地看着若微："主子说哪里话？既然跟定了主子，自然事事要为主子考虑周全，就是劳心劳力、苦心踌躇，也不会有半点犹豫。况且，这些年主子如此待我，说句逾越的话，湘汀早就把主子当成亲人了！"

"湘汀！"若微心中颇为感动。

正说着话，只见紫烟急匆匆地跑上楼来，一进门就是满脸的不高兴。

"紫烟？"湘汀看她两手空空，不免起疑，"主子的雪耳红枣莲子汤呢？"

"什么莲子汤？"紫烟气呼呼地站在一边，"刚刚去膳房，原本赵嬷子都洗好了锅、备好了料，正要给咱们主子炖呢，你猜怎么着？"

若微与湘汀对视之后，都摇了摇头。

"哼！"紫烟双手一插，满脸的激愤，站在房中恨恨说道，"我和赵嬷子正说着话儿呢，那皇太孙妃殿里的苏嬷嬷就进了膳房，对管事的周公公说，以后咱们府中一日三餐的食谱都要由太子妃身边的慧珠定好，再派丫头们传出来。每七日一排，膳房就按这食谱备饭，至于汤水和炖品，也一并如此，每日只供应一种。如果各位侧妃或小主，需要另外备餐或者是备炖品，须由周公公记录在案，使了多少材料，是谁做的，用时多少，都要一一记录，而且还要核定本钱交给膳房。也就是说咱们主子以后想吃什么，须额外给膳房交了银钱，他们再做，而且还得是等他们忙完了，不能误了正餐，得了空再做！你们说说，这叫什么事呀？"

湘汀秀眉微蹙，仿佛在细细品着紫烟的叙述。

而若微唇边浮起一丝似有似无的笑容："好个慧珠，果然是个当家理事的好手！"

"主子莫不是气糊涂了？"紫烟瞪着一双大眼睛，直愣愣地盯着若微，"她们如此苛刻咱们，您怎么还夸起她们来了？"

若微冲她招了招手："来，先过来坐下，瞧你急得跟什么似的！"

"哼，还不是为主子抱不平吗？"紫烟走过去，也坐在若微的榻边。

若微面上却丝毫不见气恼，只笑了笑说道："我赞慧珠，自有我的道理。你们想想，这府中上下几百口子人，吃穿用度，所有的开销，就靠殿下的俸禄与年节时万岁爷的赏赐。皇太孙的身份在那儿摆着，咱们府中自不能像其他王府那样弄些赚钱的营生，若不精打细算，弄出了亏空事小，给殿下惹来麻烦才事大。而府中最大的开销，不过"吃穿"二字。穿还好说，除了换季时按例添置新衣，谁若喜欢什么，自己去做，也不算什么；而这吃就不同了，多大的窟窿都有可能从这儿漏出去。所以她掌家以后，先从此处下手，每日的食谱由她来排，用多少材料、花多少银子，她心知肚明，膳房自不能虚报。可这样一来，怕是有不少人会嫉恨她，于是又想出一个为他们创收的法子，咱们各房要吃些什么，需要额外给钱。这样，节省了宫中的用度，又不妨碍膳房的人挣钱。一举数得，真真是个伶俐的人。"

如此一番解释，紫烟才恍然明白，脸上不由有些羞涩："还是主子精明，紫烟原是一肚子气，以为她们是故意与咱们为难，没想到这里面的道道儿如此深，真是惭愧。只是以后，咱们做事恐怕没那么便利了！"

若微靠在床头，面上极为平和，只是闭上了眼睛，仿佛有些困倦："自是为了府中的公益，咱们即使再不便，忍忍就是了。你们跟司音、司棋说一声，交代下去，以后咱们殿中的众人更要谨慎，不能有半点儿的差错！"

"是！"湘汀见她是真的乏了，这才冲紫烟递了个眼色，两人悄悄起身，帮她放下帐子，然后悄悄退了下去。刚刚走到外间，就看到倚门而立的朱瞻基，两人立即欠身行礼，朱瞻基示意她们不必声张，挥手让她们退下。

他轻移脚步，隔着纱幔坐在她的床榻边上，看着她如花的娇颜沉静在睡梦之中，甚是安详，唇边还带着淡淡的笑容，瞻基心中感慨万千，好个聪明灵巧、大度贤惠的若微，将一切世事都看得那样透彻，偏偏又是一副不与人相争的柔和性子，只是这样的若微，为何她们还是要步步相欺呢？瞻基实在有些想不明白。

瞻基正暗自慨叹之际，忽听榻里的佳人喃喃梦语："瞻基，就不许你去她那儿！"

朱瞻基先是一愣，随即笑了，原来所谓的贤惠大度，都是装出来的，嘴上说着不在乎，可是转眼在梦里竟又真情流露了。

朱瞻基伸手掀起帐子，坐在她的榻边，轻轻握住她的玉手："好，不去，这一生，都只伴着你！"

"骗人！"原本睡得正香的若微突然眼眸一闪，直挺挺地坐了起来，与低头凝视着她的瞻基撞在一起，瞻基揉着下巴，又气又笑地瞅着她："睡个觉，怎么还这么不老实？"

"哼！"若微也不答话，只是把头依偎在他的怀里，紧紧拥着他，一只手在他胸口轻轻抚着。

这样的她，娇憨可人，一头乌发微乱，胸前所系的碧玉坠子斜在充满诱人弧度的酥胸上，惹得瞻基心中阵阵激荡，只是压低了声音说道："小妒妇，刚刚赞了你，就露出原形来了！"

"殿下说什么？"若微仰起脸，"什么时候赞我了？我怎么没听到！"

"呵！"瞻基伸手在她鼻子上轻轻一刮，"我心里赞着，你又怎能听到？刚刚赞你大度贤惠，心善柔和，结果就听你梦语，反吓了我一跳！"

"哼！"若微轻哼一声，眼神儿微微有些幽怨，"若微不要殿下来赞！"

"那你要什么？"瞻基看着她面似桃花，粉嫩动人，越发心痒难耐，只想拉着她立时云雨一番，于是又把脸轻轻凑了过去。

若微用手一挡："青天白日的又来撩人，一会儿传了出去，又是我的不是。"

她一面说，一面努了努嘴，拧着眉心，仿佛有些无可奈何。

瞻基圈紧怀中的可人儿，趁她仰头之际在她唇上偷得一吻，羞得她再度脸红，伸手在他胸口又是好一顿轻捶。

"呵呵！"瞻基此时再也控制不住，伸手急匆匆地解开袍子，不管不顾地掷到外面地上，掀开被子，挤了进去，又将若微拉入怀中，紧挨着她的脸，轻声说道："今儿个晚上要去那边，所以趁着现在，好好温存片刻，也省得你晚上又睡不着。"

"讨厌！"若微又拿粉拳在他肩上狠狠砸着，"你倒是左右逢源，哪儿都不肯落空，我偏不让你如愿！"

"好微儿……"瞻基声声低唤，见她依旧不理，索性也不再说话，只是紧紧地搂着她，伸手探入她的衣衫之内，在她的小蛮腰上轻轻抚着，又将她压倒在身下，烫人的热吻密密地落在她的脸上、颈间、胸口。若微先是用手抵着，用腿蹬着，可是这样的反抗似乎更激起了他的兴致，瞻基也不知是怎么了，往日温和缠绵，今儿却变得有些疯狂，热情如火，若微渐渐地有些难以抵挡，在他的喘息与进攻中，也如同疯了一般，一双玉腿攀在他的腰间，任他欲取欲得、纵情欢娱。

这边是红纱帐里度白昼，一室的旖旎风情。

而宜和殿的寝殿内，慧珠却是一脸的激愤，看着胡善祥，一副恨铁不成钢的样子："娘娘，怎么没把殿下留住？"

胡善祥放下手中的书卷，抬眼瞥着慧珠："姐姐怎么了？殿下说，天还早，要去四知堂看会子书，晚些时候过来用晚膳，还说今晚会留宿在此的。一会儿姐姐帮妹妹看看，穿哪件衣裳好？"

"咳！"慧珠皱着眉头，看着胡善祥，只深深叹息。

正在此时，苏嬷嬷进殿，先拜了胡善祥，然后附在慧珠耳边低语着。

慧珠面上越来越难看："真的？"

"哪里还会有错？"苏嬷嬷回道，"听说殿下一上楼，这屋里不多时，就有了动静，两个人缠在一起，直到现在还没出屋呢。也不让人进去侍候，可是那湘汀刚刚派人去水房，说是给微主子备水沐浴。您想想，这青天白日大晌午的，不准备传膳，却忙着让人预备香汤，那自然是……"

"行了，我知道了。你下去吧，给我盯着那边，另外今儿的事，让府里负责司寝的女官给我记实了。"慧珠脸上有些阴冷的神情，饶是苏嬷嬷看了，都不免胆寒，点了点头又立即退下。

胡善祥只听得一头雾水，忙拉着慧珠问道："姐姐，可是出了什么事？"

慧珠看着胡善祥，神情变得有几分沮丧，挨着她坐在一旁，压低声音说道："刚刚在殿下用的茶里放了合欢散，原是以为妹妹能拉着殿下在这寝殿里说会子话，等这药劲上来了……"

"合欢散？"胡善祥大惊失色，"姐姐可是疯了吗？这宫里最忌用这些春药，若是被查出来，那可是掉脑袋的大罪呀！再说，这大白天的？"

"妹妹好傻！"慧珠连连叹息，"妹妹不知，这白天行房，往往是一举而中，最有把握。"

"啊？"胡善祥完全愣了。

慧珠盯着不远处香案上摆着的那柄羊脂玉如意，面色清冷悠然说道："妹妹莫要大意，虽然今儿让殿下允诺，照规矩初一、十五、节令必在妹妹房里就寝。可是除此之外，他要是天天宿在若微那儿，咱们也是没法子，她承恩时间长，机会多，如果抢先怀有身孕，再产下男胎，那么妹妹这皇太孙妃之位……"

"姐姐！"胡善祥的脸色唰的一下就白了。

"所以我才煞费苦心，一定要好好利用每一次机会，好让妹妹早些有孕！"慧珠深深吸了口气，"阴错阳差，今儿这绝好的机会，想不到居然还是被她抢了去，我真是不甘心！"

胡善祥心思微转，难道现在，殿下没在书房，而是在若微那儿？就在自己品茶看书，一片芳心等着晚上与他温存的当口，他正和若微在房里颠鸾倒凤，又是一番欢娱恩爱？

胡善祥心中难抑，一股无名之火涌起，抓起炕桌上的书卷啪的一下扔了出去，狠狠摔在地上。

慧珠似乎还从未见她发过如此脾气，脸上怔了怔，这才劝道："罢了，罢了，娘娘莫急，今儿许是慧珠操之过急，这分寸没拿捏好。不怕，就算她此次有了身孕，那还要十月怀胎，长长的日子，咱们不怕没有机会……"

"姐姐！"胡善祥眼中似有泪花闪过，伸手拽过慧珠，靠在她怀里，像个委屈的孩子。

"娘娘别担心，万事，慧珠都会替娘娘周全到底！"慧珠眼中透着一股寒光，唇边微微浮笑，一个绝佳的主意又涌上心头。

第二十九章　西山沐晴雪

永乐十九年正月二十九。

皇太孙府书斋之内，朱瞻基手捧书卷潜心研读，不觉间仿佛听到窗外鹊鸟啼鸣，想想时辰也差不多了，这才开口唤道："小善子。"

小善子应声入内："爷！"

"去看看微主子打扮好了没有，时辰差不多了，这会儿启程最好！"朱瞻基稍做沉思又开口说道："车驾都备好了吗？去西山的路不太好走，找个好把式来赶车。车内多笼个火盆，备好暖炉和点心！"

"是，我的爷，这等小事奴才都办得妥妥当当的了，您就不必操心了！"小善子仰着一张笑脸，美滋滋地说道。

"你这小子，又来表功！"朱瞻基随手从桌上拿起一个金玉镇纸掷到他怀里，"拿去！"

"呵呵，谢殿下赏！"小善子乐呵呵地行了礼，忙向外走去，谁知刚走到殿门口就远远地看见两个人影朝这边缓缓走过来。

看那衣着与容貌，不由一下子就愣在当场，他使劲揉了揉眼睛，仿佛难以置信。

瞻基在里面听着他步子突然停了，心中起疑，也走了出来。

正巧某人进殿。

只见她头上戴着七宝束发紫金冠，身穿一件雪白的贡品柔缎大袖衣袍，腰束嵌白玉青色祥云宽边锦带，外罩一件亮绸面的靛蓝色对襟长袍，领口袖口都镶绣着银丝流云纹滚边，足蹬一双玄缎千层底棉靴，正似春晓之花，媚人眼眸，眉如柳，面如桃，目似秋波，正直愣愣地盯着自己，似笑非笑，一脸的淘气。

"怎么样？"她在他面前转了一个圈，"是不是面如冠玉，眼若星辰，貌似潘安，美若红妆？"

瞻基望着她眼中脉脉含笑，可是脸上却依旧竭力绷着，甚为严肃，他走过去拉起她的手，看了又看："哪个丫头这么大胆，竟把本王的衣服给你改了？"

若微忍着笑："也没有改什么，就是穿着有些长，所以裁去了一块。嗯，似乎还有点儿肥，不过扎上腰带倒也看不出来。你只说好看不好看？别这么小气，等哪天得了空，我亲手帮你做一件袍子就是了！"

"哼！"瞻基盯着她，眼中透着不屑之色，"你给我做件袍子？算了吧，相识也快十载了，就送过我一个荷包，还是假他人之手缝的，等你给我做件袍子，恐怕本王牙齿掉了，也等不到！"

"就会拿这个说我！"若微嘟起嘴仿佛要恼，而转瞬间又换上一张笑脸，"这样跟你出去，像不像兄弟？"

瞻基还未开口，小善子在一旁搭话了："太像了，刚刚远远地看着微主子走过来，小善子都傻了，要不是刚刚还跟殿下在屋里回过话，肯定立马下跪给您请安。"

"呵呵！"若微喜不自禁，"嗯，以前就总想着要正正经经地扮一回男人，只是从来没有机会，最多就是装成小书童，无趣极了。今儿咱们去西山，穿成这样既方便又好看，殿下可别阻我！"

瞻基看她穿上男装美则美矣，而且气度优雅从容，举手投足之间果然是一位风姿奇秀的美男子，便伸手在她脸上微微一拍："也好，只是外面冷，还须加一件氅衣！"

若微点了点头，面上忽然有些扭捏，而跟在她身后的紫烟则扑哧一声笑道："殿下，咱们主子翻箱倒柜之后，说没一件合适的，就看上了您那件大红的锦锻雪狐皮大氅，只是又不好意思拿来穿，这才巴巴地赶过来……"

"哦！"瞻基点了点头，佯装不悦，"自己那么多衣裳不选，偏偏看中我这件，真是贪心！"

若微不急不恼，只上前拉着他的袖子，撒娇道："殿下，若微是琢磨着咱们今日是去西山赏雪，想那重叠的峰峦上凝聚着银白色的积雪，茫茫无边。倘若我以一身红妆傲立雪中，就如同怒放的红梅。殿下看了，定会感到赏心悦目，所以若微才费心打扮的，原是为了博殿下一笑，才不是为了自己呢！"

"是了，是了，你接下来，怕是还要说什么'女为悦己者容'对吗？"瞻基眼中满是宠溺之色，"好好好，都依你！"

说罢又转向紫烟吩咐道："还不快去取来，别再耽搁了时辰！"

"是！"紫烟点了点头，立即退了下去。

皇太孙府门外。

朱瞻基亲手将若微扶至马车上，自己也刚待上车，忽听见身后有人轻唤："殿下请留步！"

回身一看，正是慧珠急匆匆赶了来，见到朱瞻基伏身就拜："殿下可是要出府？"

瞻基点了点头："带微主子往西山走走！"

"殿下，殿下忘了，今儿约了皇太孙妃一同去宫中给太子妃和王贵妃请安。"慧珠面色有些焦急。

瞻基淡淡一笑："是吗？本王果真忘了，只是这请安明日再去也不妨事！"

"殿下！"胡善祥身穿大红的锦缎雪貂皮大氅，头上带着朝阳五凤的八宝玉金冠，行色匆匆地从院内走了出来，"殿下，若是给母妃请安晚上一日两日，母妃自不会怪罪。只是如今这王贵妃是在病中，听母妃说，这两日病情越发重了，今日不去，怕是……"

朱瞻基听了，心中微微思索，王贵妃自入冬以来，身体就一直病恹恹的，按理说自己这个做皇太孙的是该携妃嫔前去请安，只是他朝车中一瞥，早早地与若微商量好的今日要一同去西山赏雪，怕她又要失望。

正在踌躇之时，若微掀开车帘，冲他展颜一笑："殿下，既是贵妃娘娘病了，理当前去探视！"

"若微！"朱瞻基眼中闪过一丝犹豫。

若微跳下车："贵妃待咱们一向是极好的，如今病了，若微也该去看看！"

胡善祥听她如此说，心中不免有些惊惶，微侧首看了看慧珠。

慧珠微微福礼："令仪娘娘说得是，只是令仪这身打扮，进宫怕是不合时宜。"

此语一出，众人的目光齐刷刷地投向了若微。

若微面上微窘，低头站在一旁。

胡善祥面上含笑，走过去拉起若微的手："好妹妹，若是平日等你回去换了衣服咱们再一同进宫也无妨，但今儿这时辰真的误不得了！"

若微点了点头，拿眼一扫，见胡善祥身后只跟着慧珠、梅影、落雪几个大丫头，也没见袁媚儿和曹雪柔。当下便明白了，这是入宫请安探视，自然不方便带着一大堆侧室嫔妾，随即闪在一旁，俏生生地说道："是妹妹不好，没有提醒殿下，差点误了正事，就此恭送殿下和太孙妃先行吧！"

胡善祥点了点头，又拿眼看着瞻基。

瞻基轻咳一声，目光投在若微的脸上，全是歉意："若微，咱们明日再去！"

若微笑而不语，看着他们上了马车向东而去，这才缓过神来。

跟在身后的紫烟见众人都走了，门前只剩下若微愣愣地站着，心中不免气愤："好好的一次出游，全让她们给搅了。主子费心的打扮、湘汀姐姐做的点心，全都白费了！"

"谁说的？"若微转过身看着她，"紫烟，她们不想让咱们去，咱们偏去！"

"啊？"紫烟瞪大了眼睛，"主子？"

"走，上车！"若微踩着脚凳上了马车，又冲紫烟招了招手。

紫烟糊里糊涂地跟着她上了马车。

若微探出头对赶车的车夫说道："赵四，还是去西山！"

王府的车夫赵四有些迟疑："微主子，这殿下刚刚说了改天再去，咱们如今去了，会不会不妥？"

"改天再去？"若微仰起脸看了看天空，"这几日日头这么足，改日怕是西山的雪就都化了。如此一来，今年看不到'西山晴雪'的美景才是不妥呢，咱们快走吧！"

赵四不再开口，扬鞭打马，随即启程。

一个时辰以后，马车到达山脚下。

"微主子，车上不去了！"赵四勒住马，停下车，放好脚凳。

紫烟掀起厚厚的棉帘子，向外一看："天呢！好美！"

前几日一场大雪初霁，飘落在连绵不绝的西山之上，雪白如银，晶莹闪耀，衬着一树一树的红梅，显得格外绮丽。

紫烟跳下车，又伸手把若微扶了下来。

看着眼前洁白的山峦，早上出门时的阴郁与小小的不快，全都消散得无影无踪，心中立时觉得舒爽无比。

若微想也未想，就向山上跑了过去。

"主子，微主子！"赵四与紫烟在她身后喊着。

"知道了，我不走远，就到前边看看！"若微指着不远处山窝里的一树梅花。

皇太孙府中的园里也有梅花，只是那些都是被府中花匠精心侍候的名贵花种，没有这种依山而长的梅花美得真切、自然。

若微走在上山的小道上，紫烟在后面紧紧跟着，不多时就有些气喘吁吁："主子，赵四说，这山看着不高，其实里面深着呢，让咱们别走远了。"

若微回头冲紫烟笑道："好了，只是看看雪景，呼吸一下这带着梅花清香的新鲜气息，一会儿咱们就回去！"

话虽如此，但兴致所驱，不多时她们就走到了半山腰处。这儿有处观浪亭，若微站在此处，遥望连绵的山峦，近看千峰积雪，只觉得千岩万壑、积素凝华，眼前宛然一幅绝妙的图画！

若微一向最爱王维的《雪霁图》，然而此时眼中所及的景致，比那一纸素图美了何止千百倍？

为什么呢？就因为它是真实的，同时也是稍纵即逝、难得一见的！

若微张开双臂，和着心中的韵律，轻轻舞动身姿，以一枝红梅为剑，以洁白的雪地为舞台，像一个精灵，跳了一曲世间早已失传的公孙大娘的"剑器舞"。

紫烟远远地看着，除了惊叹还是惊叹，从来没有看到穿男装的小姐，如此俊美，更没有看到她透着阳刚之美的剑舞。火红的衣衫，绝色的容颜，天地之间，只有白与红两种颜色，万籁寂静，雪的世界中，也只有一个火红的精灵。

可是，那是什么？

紫烟眼睛一花，黑色？

为什么红与白的世界里，突然有了一团黑色？

"天呢！"紫烟一阵惊呼，"主子，小心！"

然而她的话还未说完，不知从哪里蹿出来两只如狼一般凶狠的护林犬，狂吠着冲着若微就扑了上去。

"主子！"紫烟眼前一黑，晕了过去。

若微被突如其来的危险吓坏了，她下意识地把雪狐大氅一脱，用力向两只跃起的狼犬头上一扔，然后双手护着头向山坳边滚去。

她想得很简单，地上铺着厚厚的积雪，滚总比跑快多了，可是没想到，自己抱着头滚了没多远，那两只狼犬就冲着她又扑了上来。

完了完了，她把脸埋在雪地里，闭上了眼睛。

就在此时，仿佛听到了两声嚎叫，接着是一个男人肆无忌惮的大笑。

紧接着，自己仿佛被什么东西一蒙，全身都被裹了起来，又被一股力道拎起，离开了地面，随即耳边响起几声嗖嗖的利器声音，身边的男人闷哼了一声，便提着自己飞快地向林中深处走去。

"这是怎么回事？"若微头晕目眩，想要问又不知该去问谁，只觉得胸口发闷也昏了过去。

当若微醒来时，发现自己正躺在一处山坳里，不远处的大石头上盘腿坐着一个大汉，只见他身躯凛凛，相貌堂堂，一双眼睛寒光飞射，两弯浓眉浑如墨点，胸膛宽阔，似有万夫难敌之威。

若微的身上盖着一件黑色镶金边的披衣，而他身上只穿了一件藏青色滚兽毛的皮袍子，只是肩上似乎有些不对。

若微站起身，向他走了过去，这才发现他肩上有一处伤口正在向外渗血。

那血色？若微立即大惊失色，那血顺着他的肩膀滴到石上，又缓缓流到雪地里。更为可怕的是，那血色不是红色的，而是微微有些发黑。

"你受伤了？还中了毒？"若微大惊失色语无伦次起来，"你，你是什么人？是谁害你的？"

他薄薄的嘴唇微微上翘，不知是想笑还是表示轻蔑，只是看起来很是冷酷："你问我？这正是我要问你的！"

"问我？"若微更是糊涂了，"怕是这毒伤入内脏，乱了心智不成？"

她也顾不得男女有别，立即走上前去，伸手刚要去抓他的手，却被他反手按住。

"哎哟，疼！"若微吃痛地大叫起来，眼中更有泪花闪过。

那大汉这才放手："你不会武功？"

"什么武功？当然不会了！"若微瞪着他，"我会医术，我想替你诊脉，先看看伤势再说！"

"你懂医术？"那大汉似乎十分不屑。

若微再次上前，伸出三指搭在他的脉上，不由脸色大变："你的仇家是谁？下手这么狠，分明要置你于死地！"

"哼！"那大汉抽回了手，似乎仍是一脸不相信的样子。

若微忙又说道:"让我看看你的伤口!"

那大汉瞪着她:"你真想看?"

若微点了点头,大汉转过身,背对着她。若微用手轻轻一扒,凑上前一看,更是惊讶不已:"太狠了!常人都以毒箭伤人,只在箭头上淬了毒液。可是你的仇家居然会以钢钉为刃,涂满毒药,用力射入你的身体。现在,这钢钉没入肉中,就是想拔也拔不出来,这可怎么办?"

"刚才还说自己懂医,不过是三脚猫的工夫!"那人冷冷地说道。

离得近了,若微才看到他额上满是汗水,想来是疼痛难抑。一时之间她也没了分寸,来不及细想便开口说道:"要不,你先跟我下山,我的家仆就在山下,可带你回府疗伤。"

"丫头!"他转过身,直盯着若微,"你可有仇家?"

若微不知他是什么意思,下意识地摇了摇头,突然间又觉得哪里不对:"你?你怎知我是女儿家?"

大汉突然微微一笑,这一笑却让若微看傻了眼,怎么觉得此人是那样眼熟,只是一时片刻又想不起来在何处见过他。

他的笑容极为特别,仿佛寒冰被骄阳灼化,刚强变作温柔,冷酷换为同情,就像是温暖的春风吹过大地。

只是此时,他的笑,只让若微更加惊愕。

若微心中窘得不行,是自己被他一眼看穿?还是刚刚他在抱着自己的时候碰到哪里才感觉出来的?想到此,若微立时满脸通红,不知所措。

"你没有仇家,那两只护林犬怎么会发了疯地去咬你?"他眉头微蹙,仿佛在想一个百思不得其解的难题,"这背后射来的钢钉,又如何解释?"

"这?"若微低着头细细想来,也觉得十分古怪,她的目光盯在此人的脸上,突然明白了,"难道?你的意思是说,出手伤人的不是你的仇家?这钢钉原是冲着我来的?而正是你为我挡下的?"

那大汉笑容一收,紧盯着若微看了半天,这才从靴子中拔出一柄短刀递给若微。

若微吓了一大跳:"这是何意?"

"你不是懂医吗?应当知道该如何做?"他面色越来越暗,额上的汗水也越来越多，饶是他在竭力忍耐着，否则这样的伤势，一般人恐怕难以支撑。

若微细细品着他话中的意思，若是箭入体内，需要把箭拔出来，而箭头上的棱角反着拔出会与肉相侵，故通常都是医者以刀剜出。而他身上所中的钢钉深入肉中，想拔也拔不出来，可是如今也不知这钢钉有多长，这伤口有多深，难道真要以刀相剜？

若微忽然觉得一阵恶心，险些难以支撑，她连连摆手："我不行，我不行，我怕血！"

那大汉轻哼一声："可惜伤在后肩，我看不到，否则我就自己动手，不劳姑娘芳驾了！"

若微看他的神色，别说他是为救自己才受伤的，就是没有半分瓜葛，自己遇到了又岂能不管？于是说道："这位壮士，还是我扶你下山吧。我的马车在山下等着，我带你去山下找家医馆，或是去我府上疗伤，你看可好？"

"姑娘是想要帮在下，还是要让在下死得更难堪些！"他闭上眼睛，面色更加狰狞。

若微稍稍一愣，忽然间就懂了。是的，这钢钉上有毒，若是到了山下再到城中，怎么也要一两个时辰，恐怕他难以挨到那时。

就在此时，看他自胸前衣襟内掏出一个小瓶，从里面拿出两颗丸药放在口中嚼着。

"这丸药可缓解一时三刻，只是如果不及时把有毒的钢钉剜出，只怕这半边膀子是要废了！"铮铮铁汉忽然变得有些无奈。

若微刚待开口，只见他突然跃起，以手扬雪又将雪地上的血迹掩上，伸手拉起若微就跑。

"去哪儿？"若微大感意外。

"嘘！"他示意若微噤声。

两人向西行至不远，只听到潺潺的流水之声，一片松树林中是一汪碧潭，而水边就是一处断崖。

行到断崖边上，已然无路可走，他突然将若微打横抱在怀里，然后涉水而过，紧挨着断崖在水中没走出多远，就看到一个一人来阔的洞口。

进得洞中才发现此处妙不可言，头上的洞顶如同一线天，直上云霄，不远处的崖壁上有一条缝隙，缝隙中缓缓流出的泉水源源不断地注入不远处的池中，犹如小溪徜徉，令人心平气和，徒生雅意；而站在洞口，正对着对面池中三头喷水的白象，声音隆隆，飞沫反涌，烟雾升腾，这样的奇景让人拍案叫绝，更为称奇的是从外面根本看不到里面的庐山真面目。

这洞里丝毫不见潮湿阴冷，有石床、石桌、石椅、石灶，石床上还铺着厚厚的兽皮褥子，墙壁上居然还有放置灯烛的石窟，更奇怪的是，最里面一字排开的正是十几口半人来高的黑玉酒瓮。

若微虽然存着满心的疑问，但是却什么都没有问，这世上的奇人奇事、隐私秘密实在是太多了。而现在，她只关心自己还能不能活着走出这个洞穴。

"快找找，明明就是追到这里，这人还能上天？"外面隐隐地传来一个男子的声音。

"算了，一个弱女子，不被那两只疯犬吓死，也会被咱们射出的钢钉毒死。"另一人仿佛不想再追。

"不行，上边交代了，一定要办得干净利落，不能泄露半点痕迹！"

"那就去那边再找找！"

声音渐渐没了。

若微扶着墙壁缓缓跌在石炕之上，原来今儿的险情竟然真的是冲自己而来的。

"啪"的一声，他扔过来那把匕首。

"看吧，正是冲着你来的。所以我救了你，你欠我一个人情！"他面如寒冰，"快帮我疗伤，咱们就两清了！"

若微紧紧咬着嘴唇，伸手将那把匕首握在手中。

第三十章　突遇险境生

茫茫的雪地上，紫烟在一阵剧烈的摇晃中醒来，还未睁开眼即大声疾呼："主子！姑娘！主子……"

"紫烟姑娘，你怎么会躺在雪地里？看这脸和手都冻伤了，对了，微主子呢？"王府的车把式赵四瞪着眼睛问道。

紫烟茫然从地上爬起，环顾四周，白茫茫的一片，不远处是几片红色的碎片。她疯了似的跑了过去，顾不得浑身上下的酸痛与冻伤，那映在雪地里的片片红色，竟然是那件大红色的锦缎雪狐大氅，回想起刚刚的情景，紫烟泪如雨下，这雪狐大氅定是被那两只狼犬的尖牙利齿给撕咬坏的，那主子……

"天呢！主子，不能啊，万万不能啊！"紫烟此时除了痛哭哀号，仿佛再也顾不得其他。

赵四看在眼里，似乎有些明白，可依旧是不得要领。他拿着马鞭，着急得不行，围着紫烟说道："紫烟姑娘，你别只顾着哭啊，这到底是怎么了？"

紫烟泪流满面，将地上的雪狐大氅的碎片捡起，紧紧抱在怀里："咱们主子在这儿赏雪观梅，看得高兴，就跳起舞来。谁承想这舞着、舞着，从东边林子里突然窜出两只恶犬，冲咱们主子就扑了过去，我心里又急又怕，竟然就昏了过去，如今，这衣服，这衣服……"

赵四听了，细想一番："不对，咱们只是看到衣服，并未看到主子……"

"对呀！"紫烟这才醒过闷来，立即朝山坡下跑去。赵四也紧紧跟上，两人走出百步，只看到地上一片繁杂的脚印，那脚印中还有点点血滴，只看得紫烟又是一阵心惊肉跳，忍不住大哭起来。

赵四嫌她麻烦，也顾不得与她多说，只是一路循着脚印向密林深处走去。

紫烟一边哭，一边在他身后紧紧跟着。

一盏茶的工夫以后，到了一处山坳里，再往前就是个十字路口，通往四方的脚印都有，至此仿佛再无痕迹可循了。

"这可如何是好？就是遇到险情，伤着了碰着了，咱们也得找到主子。要不然回到府里，殿下面前如何交代？"赵四喃喃低语，看着只知道痛哭的紫烟，他叹了口气，"紫烟姑娘，咱们还是先回府去，如实禀明殿下，让殿下多派些人手，再来搜山找寻，你看怎么样？"

紫烟此时已完全没了主意，只知道抱着那件雪狐大氅失声痛哭。

赵四见此状，也顾不得男女有别，走上前去半拉半推地与她一道下了山，赶车催马急驰回府。

紫禁城皇宫，东六宫之景阳宫宫门外。

皇太孙朱瞻基与胡善祥探视完王贵妃，从宫内走出来，朱瞻基的步子有些沉重，胡善祥刚想开口宽慰，就看到一顶四人软轿停在面前，太监宫女上前打帘，从轿中走出的正是咸宁公主。

咸宁公主看到是朱瞻基，立即迎上前相叙。

"给小姑姑见礼！"朱瞻基伸手相揖，胡善祥也深深福礼请安。

咸宁微一颔首，向他们身后一瞥，开口就问："瞻基，怎么没见若微？"

胡善祥面上如如不动，可心中十分不自在。

朱瞻基则答道："今日来得匆忙，她未及换装，所以……"

"所以什么？少编故事来骗本宫，若微什么性子本宫最清楚，她一向乖巧伶俐，善良念旧，若是知道贵妃娘娘病了，肯定会巴巴地赶过来探视。"咸宁公主面露不悦，话是对着瞻基说的，可是一双美目只盯着胡善祥，"瞻基，若微与本宫自小一起长大，情同姐妹，若是让本宫知道她在你们府中受了委屈，本宫定会为她讨回公道！"

"皇姑此言差矣，若微妹妹入府后就得殿下专宠。这府中上下、宫中内外，谁人不知、何人不晓？若微妹妹的性子极好相处，莫说皇姑喜欢，就是臣妾和府中姐妹都是喜欢得紧，府内一片和睦，皇姑尽可放宽心！"胡善祥唇边带笑，话语轻柔，不卑不亢，落落大方。

咸宁原本是只看到朱瞻基却不见若微的身影，又看他与胡善祥夫妻二人携手同进同出，心中稍稍有些不忿，所以才出言警告。只想给她一个下马威，可是见她如此说，咸宁公主反而觉得自己有些唐突了。是了，是了，都是因为自己下嫁之后与驸马一直琴瑟和谐，道不尽的恩爱，府中更无姬妾争宠的烦恼，这才觉得一夫一妻的好处。于是咸宁每每看到人家姬妾成群，就忍不住要说上几句，如今既然她们说和睦，自己也不便多干涉，这才点了点头，开口又问瞻基："贵妃娘娘怎么样？"

瞻基叹了口气，只摇了摇头。

咸宁深深吸了口气，她与瞻基虽名为姑侄，却自小长在一处，都是由朱棣的原配徐皇后抚育长大的。后来徐皇后病逝，咸宁改由王贵妃代抚，瞻基回到东宫由太子妃教导，但事实上，他们俩多多少少都受到了王贵妃的照顾，所以对她自然要比寻常的皇妃更亲近些。如今见此情形，怕又是红颜薄命，不得寿终了。

咸宁突然自言自语道："莫不是父皇的命太尊贵了，没有哪一个女人可以长久承恩？先是母后，接着是权贤妃，如今又是贵妃娘娘，怎么都是这样的结果……也不知最后伴在父皇身边的，会是哪个？"

"小姑姑！"瞻基出言相阻，目光朝四下一扫，示意她谨言慎语。

咸宁点了点头："行了，一时感慨罢了，本宫这就进去探视贵妃娘娘，你们也回吧！"

"是！"瞻基与胡妃再次行礼。

咸宁摆了摆手，领着宫女太监们向前走了几步，又驻足回眸说道："改日，带若微到我府里坐坐，驸马回南京去了，我想让她过来陪陪我！"

"是！"瞻基再次点头。

胡善祥面上微微变色，心中暗想，在我们面前就一口一个"本宫"，摆足了公主的架子，可是提到若微，立即变成了"我"，她真有那么大的魅力吗？让每一个人都那么喜欢她？就是刚刚在病榻上的王贵妃，那双失去往日光泽的凤目，也越过瞻基和自己向后瞅了又瞅，似乎是有些期盼，直到瞻基说若微没来，这才收了目光，面上变得十分黯然，虽然刻意保持着平静，可是胡善祥分明在她眼中看到了失望。

胡善祥低垂着头，只盯着自己的裙摆，心中的怨气越积越深："孙若微，你真的有那么好吗？"

不是！刚刚去太子宫看望太子妃的时候，太子妃见到自己是满心的欢喜，那神情是真挚的。想到此，胡善祥心中才稍稍舒服了些。什么王贵妃，什么咸宁公主，一个皇奶奶，还不是嫡亲的，一个皇姑姑就更远了，只要自己紧紧地抓住了太子妃，比什么都强。

想明白了，胡善祥心里就豁然敞亮了。就在此时，她脚下突然没踩稳，身子一斜险些摔倒，而朱瞻基则从她身侧伸出一双手，恰到好处地将她紧紧拉在怀中，胡善祥抬头一看，正对上朱瞻基那双关切的眸子，脸上顿时像火烧起来似的。

仿佛只是一瞬之间，朱瞻基的手又松开了，只说了句："当心！"

虽然只有两个字而已，在胡善祥听来却如同天籁之音。

出了宫门，小善子牵着马迎了上来，胡善祥看着停在边上的那辆四马高车，仿佛有些欲言又止，略为思索之后，才对瞻基低声说道："殿下，起风了，冬日傍晚最是阴冷，千万别受了寒，还是与臣妾一同乘车而行吧。"

原本来的时候，胡善祥乘车，朱瞻基骑马。此时他原想婉拒，又看胡善祥态度恭敬、诚挚殷切的样子，只稍稍点了点头，踩着脚凳上了马车，待自己坐稳之后又冲着胡善祥伸出了手。胡善祥眼眸微闪，面上含羞，把手轻轻搭在瞻基的手上，身后又有丫头们扶着，也上了马车，挨着朱瞻基坐下。

马车缓缓而行，朱瞻基靠在铺着绵软的厚垫子的椅背上，闭着眼睛，似是假寐，其实他的心思早就飞回了迎晖殿，也不知若微今儿这一天在府中做了些什么？一想起早晨出门前她的那身装扮，瞻基就忍不住想笑。这丫头就是鬼点子多，跟夫君一起去西山赏雪，反而打扮成翩翩佳公子的模样，若是今朝真的与她携手登上西山，让路人见了，莫不是要猜测自己有断袖之癖。

想到此，他心中更是如同长了草一般，只想马上回到府中，好好地把她捉到怀里温存片刻。

胡善祥坐在他下首，抬眼偷偷看着他，只见他面上忽明忽暗，前一刻唇边带笑，似乎是在想什么有趣的事情，而转瞬间又紧绷着脸，眉头微拧，仿佛有什么心事。

不知他此刻想些什么，胡善祥痴痴地凝视着他如玉的面容，此时的他比起几年前初遇时，更加风流英俊，也多了些英武之气，怒时含笑，嗔亦有情，真叫人琢磨不透。对于他，自己明明心里爱得如痴如狂，可是偏偏还要装着贤良大度的正妃仪态。胡善祥此时更希望自己是一个侍候他洗漱更衣的小丫头，可以时时看着他，甚至是不顾礼仪廉耻地扑到他怀里，向他索要温情与宠爱，声声诉说对他的爱慕之情。

可是现在她被正妃的身份拘着，就是难得的几次与他同房的夜晚，也必须要恭恭敬敬，紧闭着眼睛，僵硬的身子压抑着心中的情欲，不敢有半分的逾越，生怕流露出一点儿内心的火热与痴迷，反而让他看轻了去。

姐姐偷偷给自己看的大内春宫图，那里面令人面红耳赤的交欢姿势与手法，自己就是死，也不敢在他面前用上一星半点。

可是，胡善祥不禁在想，他与她……当他留宿在孙若微的房里时，又是何等情形呢？

看她那古灵精怪的性子，在闺房之中，她会不会以此等房中之术来媚惑皇太孙呢？

此念一起，胡善祥立即如芒在身。

温情脉脉又镇定自若的皇太孙，望着孙若微的眼神，毫不掩饰的爱慕中分明有一团火在燃烧。只要她在的时候，不管是在圣上面前还是在太子妃的宫里，皇太孙的目光都那样肆意地追逐着她，仿佛只有她存在于他的视线中，他才能泰然自若。

是美貌吗？

胡善祥承认，若微很美，但是袁媚儿不美吗？曹雪柔不美吗？不要说她们，就是皇太孙府中那些得脸的大丫头们，哪个长得丑了？

胡善祥倒吸了一口冷气，姐姐说得对，女人要抓住一个男人的心，凭的绝不仅仅是美貌。

东宫太子妃与太子嫔郭氏之争，就是一个绝好的例子。

论学识、美貌、性情，郭氏都不如太子妃。可是每当太子进了郭氏的寝殿以后，往往就不想再去别处了，靠的不过就是床上的工夫。

想到此，胡善祥轻哼一声，用手撑着头，似乎晕眩乏力难以支撑。朱瞻基听到动静，立即睁眼一看，只见胡善祥似乎差点撞到车窗上面，于是立即伸手扶了一把。而胡善祥则顺势瘫软到他的怀里，瞻基稍稍愣了愣："善祥可是哪里不舒服了？"

胡善祥也不说话，只是将头埋在他的怀里，一只手轻轻抚着他的胸口，面上有些幽怨。

如此一来，朱瞻基倒是进退两难，也不好伸手将她推开，只能任由她这样依偎着。谁知没过片刻，胡善祥悄悄抬起头对上他的眸子，脸上仿佛染了一层胭脂，眼中含着浓情蜜意，仰起朱唇，径直对上了他的嘴。

这样主动的她，朱瞻基极为不适应，他把身子向后移着，直到靠在椅背之上，而她反而更是欺身近前。两人面挨面，鼻尖几乎已然碰到了一处，瞻基刚想把脸扭开，而她微微一笑，伸出玉手轻托住他的脸颊，以自己的唇映在了他的唇上。

说实话，朱瞻基对于男女之事始于若微，那是情到浓时自然而然的一种汇合，并不需要太多的技巧与心思。

然后，一夕之后，就是三年孤寂的日子。虽然有一妃两嫔在府中，但是他视若无物，不理不睬，倒也相安无事。

三年之后，若微归来，小别的重逢与新婚的柔情蜜意，才让他真正领略到男女之间恩爱欢娱的幸福与快活。

若微柔媚娇巧，与她在一起时如行云流水，只恨夜太短，总希望时时守在一处，亲昵起来没完没了。

与胡善祥在一起，他从内心深处有一大半是不情愿，因为对于一个男人来说，她再好，也是别人强压给自己的伴侣，所以总是会有一种自然而然的抵触情绪，似乎就是一种责任，或者是为了让母妃不去责怪若微的一种妥协与平衡，所以在敷衍中带着几分无奈，更谈不上什么快乐。

胡善祥与若微不同，没有灵动，没有柔媚，更没有纤纤玉手在身体上抚触所带来的快感。她中规中矩、稳重而端庄，从来只是被动地接受，在她的脸上永远看不到若微那种满足的笑容和纵情欢娱之后的喜悦，可是今天，她为何这样主动？

瞻基一时之间乱了分寸。

就在此时，车轮一停，车外响起小善子的声音："殿下，到了！"

如同惊雷一般，胡善祥立即从朱瞻基怀里直起身子，以手扶了扶鬓发，正了正衣衫，又含羞带笑地看着瞻基。瞻基轻咳一声，立时有随侍的太监上前打开门帘，朱瞻基身子刚刚向外一探，就看到远远地驶来一辆马车，赶车的正是赵四。

朱瞻基心中莫名抽搐了一下，立即下了马车，站在府门外。

与此同时，赵四也跳下马车，"扑通"一声，重重跪倒在朱瞻基的面前。

朱瞻基心中立时涌起一种不祥的预感。

赵四跪在地上，大气儿也不敢出。

胡善祥被侍女们搀扶着下了马车，看着此情此景不由十分纳闷："怎么回事？你先起来回话！"

赵四依旧把头伏在地上："回禀殿下，微主子……"

赵四鼓起勇气，只是话还未说完，朱瞻基脸上立时神情大变，他几步走到马车前，一掀车帘，只看到紫烟两眼红肿，满面泪痕，目光痴痴呆呆的，也不请安也不答话，怀里紧紧抱着一物。朱瞻基定睛一看，分明是自己那件雪狐大氅。

朱瞻基只觉得脑子里嗡的一下，仿佛被什么东西炸了似的，头痛欲裂。他伸手扯过那件大氅，只是没想到扯到手中的竟然是一片碎布，这才发现紫烟手中抱着的都是七零八落的碎片。

"紫烟，出什么事了？快说，你快说！"朱瞻基急了，一阵怒吼，额上青筋突显。

府门口的侍卫与原本候在此处准备接驾的侍女太监，几十个人全部跪倒在地，谁也没见过一向温和内敛的皇太孙有过如此雷霆之怒。

紫烟只是一味地抱着那堆衣服，眼泪纵横，却并不开口。

赵四跪着爬到朱瞻基身前："回殿下，今儿殿下走后，微主子还是执意要去西山赏雪！"

"说下去！"朱瞻基心中已然凉了半截，只是此时他还抱着一线希望，尽量克制自己的情绪，目光紧盯着赵四。

"到了西山半山腰，这车上不去，微主子就和紫烟姑娘步行上山。奴才一再劝说，这山上空寂无人，怕有个闪失，可是微主子说只是在观景亭看看雪景，不妨事的。后来眼见着她们上了山，奴才就在底下等着，左等不回、右等也不回，实在放心不下，这才上山去找。谁知……"

说到此处，赵四又卡壳了。

朱瞻基深深吸了口气，袖中双拳已然紧紧握起，眉头也紧紧拧在一起，一双俊目说不出的冷峻与肃然，只盯着赵四，并不言语。

小善子走过来，狠狠踢了一脚赵四："捡要紧的说，殿下面前回话，又不是书场说书，快点说下去！"

"是，是！"赵四叩头如捣蒜。

"奴才上至观景亭，只看到紫烟姑娘晕倒在雪地里，衣服也浸湿了，身上也冻伤了，也不知躺了多久。奴才就知道事情有变，赶紧走过去把紫烟姑娘喊醒。谁知她醒后，就一个劲儿地大哭，然后我们在不远处就捡到微主子的这件大氅，已经碎成片了，听紫烟姑娘说，微主子是遇到了护林犬，她一急就晕过去了，而微主子……"

第四卷

揉碎桃花红满地

第三十一章　夜寻佳人影

"天呢！"这时从府内跑出了湘汀、司音等在若微房里侍候的人，刚好听到这句，湘汀顾不得主子们在场，立即冲上前去一把将紫烟拽下马车，她用手狠狠晃着紫烟，"紫烟，紫烟，咱们主子呢？"

紫烟仍痴痴呆呆的，只是一味地哭，并不答话。

湘汀心里又急又悲，于是发了狠伸手就在紫烟脸上重重扇了两个耳光。

紫烟这才如梦初醒，哇的一声哭了出来，扑在湘汀怀里泣不成声："湘汀，主子，主子遇难了，我们只捡到她的衣衫，还有血，雪地里有血迹，一定是她的，是被恶犬咬了，还是摔到山下去了……"

湘汀猛地推开紫烟，用手狠狠在紫烟脸上又是一掌："被猪油蒙了心的蠢东西！莫要胡说，咱们微主子一向福大命大！你忘记前些年，在栖霞山上两次遇险，最后不都是平安归来吗！如今，微主子又得殿下如此眷顾，怎么可能会遇难！这中间定是出了什么岔子，也许是主子被什么事绊住了，再或者是找不到下山的路，正在四处找寻着出路呢，又或是遇到什么好心人给救下了，这都说不准。主子还没怎么着，你少在这儿号丧添堵！"

一语点醒梦中人，湘汀的一番话，不仅点醒了紫烟，更点醒了朱瞻基。

朱瞻基看了看湘汀，眼中全是赞许之色："湘汀，你且带着她们几个回去，把房里弄得暖暖的，再让府中的医官全都待命，备好治外伤和冻伤的良药，再通知厨房备下暖身的炖品。"

湘汀点了点头。

朱瞻基一回身，小善子已经将他的蒙古良驹牵了过来，朱瞻基飞身上马，又指着门口的侍卫道："通知府内亲兵，随本王前去西山！"

"是！"侍卫立即进去通传，不多时已点齐五百当值亲兵，齐刷刷地翻身上马。

朱瞻基刚待策马扬鞭，只听紫烟哭着拦在马前："殿下，奴婢认得路，奴婢与殿下同去！"

朱瞻基微一思忖，伸手将紫烟拽上马，双腿一夹马腹，打马前行，领兵飞驰而去。

府门外，胡善祥看着朱瞻基与一众亲兵马队远远消失在暮色中，面对这突如其来的变故，不知是喜是忧，只是原本对孙若微的嫉恨又添了几重。以前殿下在闺房之内对她的宠爱，这府中上下也只是近身侍候的人才知道；如今可倒好，在这皇太孙府门口，当着仆役、侍女、太监、侍卫几百口子人，皇太孙的痴情与抓狂尽显无余，全都被人看在了眼里。

胡善祥强忍着心中恶气，刚想入府，又看到依旧跪在一边的赵四，这才叹了口气，以无比贤良的姿态说道："去吧，这是突来的祸端原本与你无干，先下去歇息吧！"

赵四原本以为皇太孙在盛怒之下，自己的小命也许就不保了，现在听皇太孙妃如此说，如同得到大赦一般，口中立即称颂："皇太孙妃英明！"自然又是一番千恩万谢。

胡善祥又看了看众人："都下去吧，各归各处，今儿晚上都给本妃打起精神来，尽心值守，不容有失！"

"是！"

回到自己的寝殿，慧珠与苏嬷嬷、梅影、落雪等人立即迎上前来，梅影、落雪侍候她更衣、净手、洁面，慧珠奉上香茶，苏嬷嬷在贵妃榻上放好靠枕，扶着她坐了上去。

胡善祥靠在榻上，喝了一口热茶，稍稍定了定神。

苏嬷嬷满脸堆笑："娘娘，听说了吗？那位微主子出事了！"语气中透着几分幸灾乐祸。

胡善祥把脸一沉："嬷嬷，本妃累了，你们都下去吧，慧珠留下！"

"是！"苏嬷嬷虽然有些意外，还是招呼着其他人退了出去。

室内只剩下慧珠与胡善祥两人，胡善祥盯着慧珠问道："姐姐，西山的险情，是天灾，还是人祸？"

慧珠面上原本带着三分笑，听她如此一问，立时沉了脸："妹妹说呢？"

胡善祥看着她的神色，心中已全然明白。她轻轻摇了摇头，身子向后一仰，躺在榻上半眯着眼睛说道："姐姐在家时的名字为善图，为何入宫后却改了名字？"

慧珠不知道此时此刻，她为何突然问起这个，只好据实回道："太子妃认为'善图'二字太过直白，在她宫中叫着不太合适，况且当时我们一同分到太子妃宫中的小宫女，都是珠字辈的。太子妃为我们几个重新起名，叫作金珠、银珠、慧珠、丽珠、贤珠、锦珠，就像后来的碧落、碧月、湘汀、梦汀一般。"

胡善祥点了点头："昔日的六珠，如今出头成为有品级的女官的，只有姐姐一人？是也不是？"

慧珠听她如此说，更是有些莫名其妙，挨着胡善祥，坐在她的榻边："娘娘，今儿这是怎么了？"

胡善祥叹了口气："姐姐，心急吃不到热豆腐，妹妹是怕姐姐这着棋走得太急、太险，反而会输了局势！"

"啊？"慧珠心里咯噔一下，不由眼皮乱跳，"娘娘！"

胡善祥唇边浮起一丝意味不明的笑容："本妃现在倒是祈祷上苍能让孙若微平安归来。"

"娘娘？"慧珠顿时愕住了。

胡善祥看着她，眼中神色有些幽怨："姐姐不会下棋，自然不知道下棋的乐趣。要棋逢对手，于棋盘上杀得你死我活，旁人看着惨烈，而下棋人的乐趣自知。若是为了赢棋，让对手永远消失，那自然也就没了乐趣。现在不同往昔，即使她在府中，本妃也有信心从她身边将殿下的心赢回来。可是如果她死了，姐姐想想，妹妹如何去跟一个死人争呢？"

慧珠仿佛被问倒了，一时竟无言以对。

胡善祥又说："况且，此时出手实在不是时候。她与殿下久别重逢，正是如胶似漆之时，此时离去，殿下心中记得的自然永远是她的美好，旁人就再也入不得他的眼了。我并不要她死，就是想要让她眼睁睁地看着自己在殿下的心中慢慢消失，这样才能对得起我这些年所受的苦。"

"娘娘……"慧珠望着一脸笃定的胡善祥，分明有些恍惚，面前的人还是自己那个天真直爽的小妹吗？

西山断崖内的石穴中。

若微靠在石椅上，全身虚脱，只觉得头重脚轻，晕眩得厉害。

而对面盘腿端然稳坐的大汉，借着石窟内的灯火，仔细打量着若微，眼中还有几分戏谑之意："小丫头，这就怕了？受伤的还没怎样，你这个医者反而先倒下了？"

若微一脸苦笑，想起刚刚自己大着胆子，用那柄在火上反复炙烤后去了毒的匕首，生生地剜入他的肩头，因为找不准位置，有好几刀都白白割了好地方。原本他肩头就有伤，经过自己的处理，更加血肉模糊，中间自己有好几次都扭头呕吐不止，强忍着惊惧与恐慌，才勉强取出钢钉。

而他则从一口黑玉酒瓮中舀出一勺酒，让她倒在伤口之上反复冲洗，紧接着从怀里摸出一瓶金疮药让她敷在伤处。若微又从自己的里衣上扯下一条布帛，为他包好伤口。料理好伤口之后，若微仿佛也在生死间游走过一个来回，全身无力，只觉得身子昏沉沉的不是自己的了，再无半点气力。

可是从始至终，他都没有哼一声。

若微心中佩服万分，由衷地说道："大哥！不，大侠！小女子真是万分佩服，这样的巨痛，常人根本无法忍受，你却一声未吭，果真是英雄豪杰！"

"哈哈！"那人浓眉一挑，眼神黑亮如墨，那里面的神情如铁石般坚硬，"些许的小伤算不了什么，只是可恨他们竟然会以这样的手段对付你这样一个女流，若是被我抓住，定要活活把他们撕碎！"

若微听了，心中暗暗发冷。是谁呢？居然要置自己于死地？真的是冲自己来的吗？

说不通呀，明明是约了瞻基一道来的，出门时才知道瞻基要入宫，原本是要放弃此行的，正是自己临时起意，这才独自来西山赏雪。若是谁想要刻意加害自己，这临时布置起来显然是来不及的。

若微实在想不明白，不由得幽幽叹起气来。

"小丫头，你叫什么名字？"那大汉忽地问道。

若微浅浅一笑："小女本家姓孙，名若微，是山东邹平人士。"她稍稍有些犹豫，虽然两人也算共患过难，可是今天的事情蹊跷极了，所以她不敢轻易告诉他自己就是皇太孙朱瞻基府中的媵妾。

又怕他起疑，忙问道："侠士如何称呼？"

那人听到若微的名字，分明愣了愣，喃喃重复着："孙若微？邹平？"

若微点点头："正是！"

他突然笑了，原本满腮虬髯根根如铁，一头浓发显得有些冷酷凶悍，然而这一切都因为他的笑瞬间变了颜色。他的笑让若微想起"拈花一笑万山横"，那感觉就像是成吉思汗问鼎中原时的得意与畅快。

只是好奇怪，自己为什么会有这样的感觉？

"丫头，咱们见过面！"他笑着，眼睛久久地凝视着若微。

若微仔细看着他，是觉得有些面熟，可是怎么也想不起来："在哪儿，什么时候？"

"罢了，你想不起来不打紧，我记得就好！"他面上涌起些许的柔情，声音也极是和缓，"记住，我叫脱脱不花。"

"脱脱不花？"若微扑哧一下笑出了声，"好奇怪的名字。"只是心思微转，立即腾的一下站起身："你是元人？"

"元人？"脱脱不花又是一阵大笑，只是这笑中带着悲怆与失意，他毫不掩饰自己的情绪，"我是元人，可大元何在？"

"大元何在？"刚刚没有为自己的伤口哼出半声的他，此时竟然眼中含泪，悲恨交加。

大元何在？是的，狂扫欧亚大陆的成吉思汗一手建立的大元皇朝，早已被一代草莽朱元璋推翻，而成吉思汗的子孙七零八落，死的死、逃的逃，听说在遥远的漠北又重新过起了游牧生活。

若微皱着眉头，心思百转。

不知是刻意安慰，还是出于什么心思，她仿佛自言自语般低吟着："西山御屏江山固，积雪润泽社稷兴。"

脱脱不花抬起头，对上若微的眼眸："你刚刚念的是什么？"

若微淡然一笑，笑中也含着些许的苦涩："这是金章宗的诗作。这西山的雪景之所以盛名远播，最初就是因为金章宗的金口玉言。他冬狩至西山看到山峦玉列、峰岭琼连，又见旭日照辉、红霞映雪，眼中一派银装素裹，山色也壮丽辽阔，不由龙心大悦，当即便吟出此诗，自此之后'西山积雪'才渐渐传开。"

"西山积雪？"脱脱不花瞪着眼睛道，"不是西山晴雪吗？"

若微又重新坐下，缓缓说道："那是元代著名书法家鲜于枢之子鲜于必仁所写的燕京八景词。是他将'西山积雪'改为'西山晴雪'。而大明永乐初年，翰林院侍讲邹缉又将'西山晴雪'改为'西山霁雪'。其实就诗作的美感来讲，'西山晴雪'无疑最为出色，是点睛之笔。可是这一切都始于金章宗的'西山御屏江山固，积雪润泽社稷兴'，不花大哥，你可明白这诗句的意思？"

脱脱不花眯着眼睛细细品味，面色渐渐缓开："我明白了，你的意思是说不管哪朝哪代，即使是汉人眼中的外夷蛮寇金章宗，在夺了江山之后心中念及的也是百姓的生计。瑞雪丰年，是啊，只要百姓丰收，社稷才能永固。"

若微笑靥如花："此其一，还有其二。这里经历三朝，数易其名，可不管叫什么，这西山还是西山，雪景依如当年。"

脱脱不花闻听此语，突然重重一拳砸在石炕之上，仿佛恍然顿悟："得到的并未真正得到，而失去的也不曾真正失去。"

若微看着他神情如此激愤，语话轩昂又心雄胆大，言谈间更有凌云之势，不由得揣测起他的身份。

脱脱不花见若微目不转睛地盯着自己上下打量，微微有些不自在，瞪着她说道："看什么？一个姑娘家，也不知道害羞？"

若微低着头，抿着嘴偷偷乐了。

正在此时，远远地听到一阵呼喊声。

"若微！"

"微主子！"

"主子！"

也不知是多少人的呼喊声，在寂静的山中响起阵阵回音。若微腾地站起身，走到洞口边，借着水雾的缝隙，似乎看到不远处燃起的火把。

她立即挥手，刚想开口相应，突然被脱脱不花伸手拽了回来，他一手捂住她的嘴，一手将她牢牢地按在怀里。

若微又惊又窘，瞪着一双大眼睛不停地忽闪着。她想要挣扎，无奈他的臂膀太过有力，紧紧地钳着她，使她不能动弹。

过了半盏茶的工夫，对面的火光不见了，四下里又重新恢复了一片黑暗。

他这才松手。

"瞻基！"若微喊了出来，与此同时，委屈的眼泪也夺眶而出。

"丫头，你莫哭，莫哭呀！"脱脱不花天不怕地不怕，可是面对若微的眼泪，看着原本绝色的容颜变得眼泪纵横，如梨花带雨一般娇俏可怜，他立时手足无措起来。

若微抽泣着，指着他哭道："你救了我，我帮你疗伤，你亲口说的咱们两清了。可是刚刚我家里人来寻我，你又为何要阻拦，不让我们相见？"

"你若不哭，我就如实相告！"脱脱不花面色沉静，站在若微面前如同一尊雕像。

若微立即止了哭，眨着眼睛："你说！"

"这眼泪真是来得快，去得也快！"脱脱不花哭笑不得，用手指着那些黑玉酒瓮，"你可曾想过，这是哪里？而我又为何知道有此处可以藏身？"

若微摇了摇头。

"你不奇怪吗？"脱脱不花盯着她，眼中神色有些闪烁。

若微嘟着嘴："这世上的事千奇百怪，每个人做每件事，都会有自己的理由。事不关己，何必要一一问清？知道多了也不是好事。"

"也对！"脱脱不花看着她，"你这样的性子，也难怪连自己的仇家是谁，又为何要追杀你，都不知晓。"

若微深深叹息着，更是凄楚可怜。

在脱脱不花眼中，这小女子比十年前更加可爱。只是当初的情势，即使自己再喜欢也无可奈何。而今朝似乎大有不同，随即狠了狠心直接说道："实话告诉你，我是大元皇室后裔，成吉思汗黄金血统的传人，这洞中原是当年行宫的酒窖，如今，那里面是大元末代皇族子弟们的尸骨！"

"你说的是真是假？"若微用手捂着嘴，扭过头，回首看着那些黑玉酒瓮，只觉得万分恐怖，立即转身向外跑去。

脱脱不花紧走几步，一把将她拦下，若微退无可退，身子抵在石壁之上，瑟瑟发抖。

脱脱不花用手轻轻托起她的下巴："不是我不放你走。刚刚你若是大喊大叫引来那些人，我大元皇族先人们的尸骨必将毁于一旦，那我脱脱不花就成了千古罪人，只有一死以谢先祖。"

第三十二章　别离太匆匆

　　若微怔怔地看着他："那你此番来到西山，就是为了要将你先人的尸骨运走？"

　　脱脱不花点了点头："作为成吉思汗的子孙，我没有能力匡扶社稷、收复失地，总不能让祖宗的尸骨永远留在这暗无天日的石穴中。我一定要将他们迎回漠北，建庙设陵，好让后世的子孙祭奠他们。"

　　若微心里说不出是什么滋味。元朝灭宋时的惨烈，自己没有亲身经历，所以对于元人也说不上有多大的仇视和反感，而这一整日相处下来，他留给自己的印象阳刚果敢、气宇轩昂，举手投足间有一种海纳百川的大家风范，怒眉阔宇透着那睥睨天下、运筹帷幄的尊贵气度。或者这些都不重要，重要的是不管他是谁，或尊贵，或落魄，都依然能在危难间施手相救一个与自己毫不相干的弱女子，还有他剜肉疗伤时显出的硬汉风骨，更着实震撼了她。

　　"那你？"若微此时也没了主意，如果瞻基知道他是元朝皇室后裔，而这里又埋着元朝皇室的尸骨，作为明朝皇太孙，他必须要如实禀告皇上。如果是那样，脱脱不花的命运又当如何？就算瞻基念在他搭救自己的情面上放了他，如果日后透露出半点风声，自然会成为汉王、赵王他们打击皇太子一脉的有力武器。

所以此事，决不能让瞻基知道。

可是……

"你别担心！"脱脱不花坐在石炕上，终于有些气力不支，"三日之后，我的手下会来此处与我会合，到时候，我将这些酒瓮运出京城，你自然就可以回去了。"

"三日之后？"若微看着这小小的石洞，"我们要在这里待上三日？先不说饥寒交迫、体力上难以支撑，就是你的伤口若不妥善处理，恶化起来，那又如何是好？"

脱脱不花不再答话，只用手指了指对面石壁上的石窟，若微走过去一看，里面有几个油纸包，取出来放在石桌上一瞧，居然是些肉干和干粮。

原来此人早已打定主意，要在这里等他的手下，所以早早备下了干粮。可是如今他受了伤，还能挨得过去吗？又想到瞻基，若微心中更是惴惴不安，知道自己出了事，瞻基会急成什么样子？还有紫烟、湘汀，想到此处，若微更是坐立不安。

若微站在洞口翘首以盼，虽然眼前雾气昭昭，抬眼望去，外面也是黑漆漆的一片，自然什么也看不到，可是她还是目不转睛地看着对面。

身后突然传来一声若有若无的轻叹："你如果实在想走，明日天亮，我可以送你下山！"

"真的？"若微喜出望外。

他不再作声，把头靠在石壁上，眉头紧蹙，仿佛十分痛苦。

若微凑上前去，把手轻轻放在他的额上，初试之后便又惊又急，他烧得滚烫；又为其搭腕诊脉，更是大惊失色："不行，等不到明日了。咱们这就下山，先去找家医馆要紧。你所服的药都是止血治伤的良药，可是刚刚定是受了风，再加上那伤口我也未必处理干净了，怕是要恶化起来……"

若微搀起脱脱不花的手臂，就要扶他起来。

而他稍一用力，便岿然不动："没事，这点儿小伤算得了什么！"

"可是，你分明已经发烧了！"若微又急又怕。

"你去外面抓两把雪来帮我敷在额上，一时三刻就能退烧！"

"可是，可是……"若微急得眼中又有泪花闪过，从有记忆时起，似乎从来没有这样六神无主过。不知怎的，若微心里突然想起一个人，那风轻云淡又带着些许不屑的眼神儿仿佛正躲在什么地方偷偷地看着自己。是的，因为有他在，每一次她都能逢凶化吉，并没有真正面对过什么危险。可是现在，他在哪儿呢？眼泪不知不觉就滑落下来。还记得离开南京的那天，当她站在船头回眸远望时，他远远地立于岸边，唇边带笑，像是开玩笑似的随口说了一句："自此之后，就把我忘了吧。"

她脸上无喜无悲，踌躇了半晌，摇了摇头。

"那就留下。"像是一个赌气的孩子，微风轻拂起他的一缕发丝，英俊的面容似水含情。

她依旧摇了摇头。

他不再说话，只是目送着官船一点儿一点儿远去。

在对方的视线中，他和她都渐渐成了一个看不清的小黑点儿，可是他们彼此却深信不疑，他俊秀的风姿，她娇俏的容颜，在两个人的心里都不会随着距离与时间而真正忘却。

为什么在此时，脑子里挥之不去的竟然会是他，那个许彬？

若微的眼泪如断线的珠子，脱脱不花伸出自己那只带着厚厚茧子的大手在她脸上轻轻一抹，拭去她眼角边的泪滴："哭什么？"

那神情中有一种说不清的亲近与温和，如父如兄，这让若微恍惚了，更是珠泪连连。

"别怕，死不了。今日天色太晚，而且加害于你的人也许就在附近，还有那些恶犬像是服了什么猛药，如狼似虎，大意不得。再说万一碰上你的家人，我们冲突起来，伤了哪一方都会令你为难。明日清晨我就送你下山，再顺便找个医馆疗伤。全都依了你，就别再哭了。"他声音越是柔和，若微就越是心惊，总怕他一口气上不来，有个什么闪失。

若让自己一个人守着这些元朝先人的尸骨，真是要吓死了。于是，若微从外面崖壁上捧了两捧雪，用帕子包了，敷在他的额上为他去热；又从石桌上拿起那只铜壶，蹲在池边用池水洗净，接了泉水，放在石灶上，取来火石点了干柴生起火来。如此，石洞里立时暖和起来，不一会儿水便烧开了。

若微倒了一碗热水，将油纸包中的炒面冲开，端到脱脱不花跟前喂了他半碗，又在他嘴里塞了几块肉干。吃了些东西，脱脱不花的面上渐渐有了血色，看起来了也不那么吓人了。

脱脱不花由着若微侍候摆弄，也许是真的没有力气了，他始终不再开口。

而与此同时，朱瞻基带着五百兵士，自西山脚向上仔细地搜寻着每一寸雪地，不肯放过一丝一毫的蛛丝马迹。然而时间渐渐流失，朱瞻基的心也渐渐冷却。

"若微，你在哪儿？"朱瞻基心中如同万蚁齐噬，痛苦不堪。

身边随侍的人虽然饥寒难忍，却是大气儿也不敢出。

也不知过了多久，远远地看到一队人马飞驰而来，领头的正是近侍太监小善子。小善子飞身下马，跪在朱瞻基跟前："殿下，宫里来人传话，说贵妃娘娘殁了。眼看着快四更天了，请殿下早早回去，今日五更还要入宫致哀！"

"什么？"朱瞻基如遇晴空霹雳。贵妃娘娘崩逝，作为皇长孙的他怎可不去？可是这边若微生死未卜，他又怎么能忍心弃她不顾？这才是屋漏偏逢连夜雨，伤神的事都往一块儿凑！

"殿下！"小善子苦苦相劝，"奴才留下来继续找寻微主子，殿下放心，奴才的心与殿下是连在一起的！"

朱瞻基仰头望着茫茫的夜空，心中激愤难抑，突然大喊一声："若微！若微！你究竟在哪儿？"

"殿下！"小善子将马牵了过来。

朱瞻基飞身上马："小善子，你要替本王细细地查找，不要放过一寸一厘，如果此次微主子平安回来，记你头功！重重有赏！"

"是！"小善子再次跪拜，一脸郑重。

眼看朱瞻基带着十几名亲随走得远了，府内亲兵金事武成基这才凑了过来，对小善子说道："公公，这山上山下咱们都搜遍了，真是连半个人影儿都没有。兵士们又饥又乏，咱们是不是先歇歇，差人去山下买些食物回来，等天亮以后再找寻！"

小善子把眼一瞪："武大人，武哥哥，你可知道咱们现在找的是谁吗？"

武成基立马就愣住了："不是府中的一名侍妾，名唤'若微'吗？"

"呸！"小善子立马啐了一口，"好个没眼力见儿的，这微主子的名号也是你叫的？实话告诉你吧，这微主子，就是咱们殿下的命！别费话了，快点儿麻利地找吧，如果真有什么闪失，唉……"

小善子深深叹了口气，目露惋惜之色。

武成基似懂非懂，高高举起火把，带着手下兵士，又开始了新一轮的搜寻。

崖洞之中，若微趴在石桌之上，不知不觉昏昏沉沉地睡着了，睡梦中仿佛看到瞻基一个人在冰天雪地的山上四处找寻着自己，突然间从不远处冲下两只恶犬，冲着瞻基就撕咬起来，瞻基力不能敌很快倒在地下，紧接着在雪地中慢慢漾起一团血色，若微大惊，"瞻基！瞻基！"

"醒醒，醒醒！"似乎有人在推自己，若微猛然惊醒，只觉得冷汗淋淋，一抬眼就对上了脱脱不花关切的目光。

"做噩梦了？"

若微点了点头。

"天亮了！"脱脱不花站在洞中，他身形伟岸，气势如虹，在他脸上已经全无重伤之后的憔悴与痛苦，反而有些神采奕奕。

"你好了？"若微立即站起身，想伸手去摸他的额头，这才发现他的个子实在太高，这样伸手去够还差了一点。

而他仿佛知道若微的心事一般，稍稍屈膝低下了头。

若微伸手在他额上一摸，热度果然退了下去。

"你这身子仿佛是铁打的！"若微盯着他，难以置信的神情中透着一丝钦佩。

他大笑着："草原上长大的雄鹰，这点小伤算得了什么？"

"原本是大元皇室的龙子龙孙，从繁华的大都重新回到草原大漠，也难为你了！"若微轻叹着，人都道身为落难皇室，命贵身贱，最是堪怜，凄苦之境不如草芥。于是更是有心宽慰，则说道："随高随低随时过，或短或长莫强求。人的一生境遇如何，我们未必能把握，随遇而安坦然顺受，也就是了！"

脱脱不花紧紧盯着若微，只看她一身华服，锦衣男装的打扮，可是任谁一眼望去，都知道是一位妙龄俏佳人。

自己昨日在山中偶然遇见她，一身红妆锦衣，手持素梅在雪地里飞舞《剑器》。那种美，沁人心脾又令人倍感震撼，让他不由自主地被她吸引了，原来中原的女子并不都是养在深闺含羞娇柔的，也有这样气度卓绝、空灵超群的大家风范。

所以，当看到她突然遇到险情，脱脱不花脑子一热，想都未想就冲上前去为她解围；又在这石穴中共处一晚，更发现她的许多长处；如今临近分别，原本就生出些许的不舍，听了她的话，脱脱不花更是有感而发："此话大大的不妥！"

"有何不妥？"若微仰着脸，闪着灵动的眸子回望着他，"你倒说说看！"

"若是随遇而安，坦然顺受，昨日你就该死！"脱脱不花面色沉静，原本刚毅的外表此时更见狰狞，"在草原大漠，要想生存，只有搏杀。靠杀、靠拼才能争出一条生路。我对中原诸事不熟，但是我想这生存之道大体都是一样的。只不过我们是真刀真枪血淋淋地搏杀。而你们汉人则是遮遮掩掩在暗中较量。但不论是明争还是暗斗，如果像你所说的，只是一味顺受，到头来恐怕连自己是如何死的都不知道！"

若微听了似信非信，只是眼巴巴地看着他。

他嗓子里低吼一声，似乎用蒙古语骂着什么，脸色微变。

若微更加不明："你说什么？"

他一把将若微拉进怀中，一手托起她的下颌："我说，你再这样看着我，我就把你……"

"把我怎样？"若微瞪着眼睛，丝毫不见退却。

　　直到那长着浓密胡须的下巴对上了自己的嘴，在他眼中看到了毫不掩饰的情欲时，若微才慌了，她用手紧紧抵着他的胸口："你，你是我的救命恩人，你不能……"

　　"不能什么？"他笑了，如同寒冰初融，"不能碰你，不能要你？"

　　"我，我嫁了人的！"若微此时才乱了分寸。

　　"嫁人？"他笑容不减，"就是你此时肚子里怀了别人的孩子，又与我何干？我若是喜欢你，想要你，那是我的事，别人又能奈我何？"

　　"什么？"若微大惊，"你，你，你？"

　　看她花容大变，眼中神色是又惊又怕，脱脱不花心中不忍，罢罢罢，自己还有要事要办，怎么能被一个小女子绊住？随即松开了手。

　　若微脚下不稳，连着退了几步，身子抵在石壁之上，心里怦怦一阵乱跳。

　　只是刚刚惊魂未定，脱脱不花又欺身上前，一把将她打横抱起。

　　若微吓呆了："你……"

　　脱脱不花沉着脸，也不应答，只是抱着她向洞口走去。若微心中这才安稳，这人原来真是面恶心善，从这洞中出去就要蹚过前面的水池，他是怕天寒地冻，让自己沾了凉气。想到昨日进洞时，负伤的他也是如此相待，若微又觉得此人心地实在是太过善良。

　　出了洞，蹚过池水，终于重新来到了山脚下。他拦了一辆马车，不多时二人便来到了城里。

　　"你家住在哪里？"脱脱不花问。

　　若微心中暗自为难，如果实言相告，真怕惹出什么事端来；可是两人患过生死，又蒙他搭救，又怎么忍心骗他？想来想去，若微计上心来："我知道城东有家医馆，我先送你去疗伤，然后再回家！"

　　"不必！"他断然拒绝，态度坚定，没有半点更改的余地。

　　若微又想了想："那你预备住在哪里？我若是想去看你要去哪儿找你才好？"

　　脱脱不花轻哼一声："送你之后，我就返回山中，等着与我手下会合。这些你不必管，只说家在何处就是了！"

若微沉吟片刻，终于把心一横："在石穴中，你将自己的身份坦诚相告。我也不该有半点儿隐瞒，我家正是东华门内，十王府中的第一家，皇太孙府。"

脱脱不花眼中流露出稍许的柔和，笑而不语。

若微看着他，不禁大感意外。

"有什么好奇怪的？看你的气度与穿着，你说你是明朝的公主我都信。如此，你就是那皇太孙的小妃子了？"脱脱不花压低声音问道。

若微面上微红，摇了摇头："只是皇太孙身边侍候的人。"

"哦？"脱脱不花仿佛有些失望，"你们这个皇太孙，也太没眼力了，这么一个好好的妙人放在身边，居然无名无分的，真真是委屈你了！"

"不怪他！"若微面露急色，想要开口解释，又觉得一时半会儿也说不清，索性缄口。

马车向东华门内的十王府驶去，不多时便到了皇太孙府外。

正在此时，马车外面响起一阵喧哗。

"去去去，闪到边上去，皇太孙回府！"似乎是府前的侍卫在清场。

赶车的把式立即将马车赶到一旁，若微掀起车帘一看，只见两排亲兵之后，一辆四马披红的辇车停在府门外，从车里下来的正是皇太孙朱瞻基。若微刚待开口要喊，这时候朱瞻基一伸手，从车中扶出的居然是皇太孙妃胡善祥。

若微心中咯噔一下，自己失踪，生死未卜，瞻基昨日在山上找寻了片刻就回府了，如今又和胡善祥同进同出、共乘一车，心中不免有些悲愤难平。

脱脱不花看在眼里，心里已然明白大半，不等若微表态，立即吩咐赶车人："走，去城东医馆！"

车子绕路，驶向城东。

若微如梦方醒："我还未下车呢。"

"下车？"脱脱不花扫了她一眼，"你遇险生死未卜，也没见他有多伤心费神，既然他如此轻视你，不如跟了我吧！"

"什么？"若微哑然失笑，"不花大哥，你说什么玩笑话？这样好了，我先陪你去医馆看伤，之后我再回府，如何？"

脱脱不花点了点头，他心中也有些难以决定。这丫头分明是自己喜欢的，按照他们蒙古人的风俗和性情，真想就此把她劫了去，从此朝朝暮暮守在一处。可是又想到自己在蒙古的处境，北元在漠北分为三部，如今也是纷争不断，将她带去，未必真是对她好。

可是就此将她放下，又实在有些难以割舍，故此才掉头先去医馆，如此也算是能拖一时算一时吧。

城东医馆门前，车子停下，赶车人一掀门帘："官人，夫人，医馆到了！"

若微心中恨他胡喊瞎叫，想要开口斥责，却已被脱脱不花抱下了车。

那赶车人见状，更是认定他们是一对夫妻。

脱脱不花从怀里摸出几枚碎银子，丢给了他，赶车人自然又是一番客套之词。

刚要进店问诊疗伤，路边飞驰而来一队人马，若微随意地一瞥，竟然愣住了。

马上带队之人，正是小善子，朱瞻基身边最得宠的近侍太监金英。

看到若微，小善子也吓了一跳，他立即翻身下马，连跑带颠地赶了过来，"扑通"一声跪倒在地："主子娘娘，我的亲娘祖奶奶，您这一天一夜去哪儿了？殿下都快急疯了，奴才带着王府的亲兵在山上找了整整一夜！"

若微看到他和身后的兵士都显得十分狼狈疲倦，知他所言不虚，这才说道："昨日在山上遇险，承蒙贵人相助这才平安无恙，可是恩公为救我而受了伤，这才前来医馆疗伤！"

小善子频频点头又朝若微身后望去："这位恩公现在哪儿？奴才也得拜上一拜，谢他的大恩！"

若微扭脸向身后望去，忽然呆立在当场："不花大哥？不花大哥？"

谈话间，脱脱不花早已不见踪影。

第三十三章　重归逢喜讯

小善子将若微扶上马，亲自牵马缓缓而行，不多时就回到了皇太孙府。

"快去通禀，微主子找到了！"小善子满面喜色，对守门侍卫喊着。

"是！"侍卫立即跑进去通传。

若微站在府门口，反而有些踌躇。

"主子，主子！"小善子声声轻唤，"可是累了？快些入府，回寝殿休息吧！"

若微点了点头，移步向内走去。

远远地，看着瞻基从里面迎了出来，身后还跟着湘汀、司棋等人。朱瞻基得了信自然是从内室一路狂奔，然而当他看到佳人悄然立于面前的时候，朱瞻基反倒是停下了步子，目光紧紧地锁在她身上，从头到脚细细打量，不容有失。

只见她一身锦袍沾了不少污泥，皱皱巴巴，头上的紫金束发冠早已歪了，头发零乱地披散着，而身上披的是一件黑色镶金边的男人的披风，脸上是难掩的疲惫与愁容，心里顿时七上八下，浮想联翩。

瞻基一把将她拽进怀里，恨恨说道："死丫头，跑哪儿去了？不知道我牵挂得要命，这一颗心如同在热锅里煮，在炙火上烤……"

仿佛他啰啰唆唆还说了许多，可是若微似乎都没听清，只是瞪着略带迷茫的眼神儿望着他，而他身后陆陆续续赶来了更多的人。

有穿着大红锦袍的皇太孙妃胡善祥，也有杏黄衣衫的袁媚儿，还有一身素服的曹雪柔，一时之间纷纷扰扰，不胜其烦。若微只是沉浸在朱瞻基的怀抱里，觉得好温暖、好舒服，仿佛再也不愿抬起头来。

"若微妹妹回来了？回来就好！"胡善祥面上是和煦的笑容，关切之情溢于言表。

朱瞻基轻轻拍了拍怀中的佳人："微儿，微儿，快回房去，已派人备好了香汤，先泡个热水澡，然后就传膳？"

他连拍了两下却不见动静，心中微微惊讶，低头一看不由呆住，原以为她是昏了过去，可是仔细一看，才发现若微似乎是在他怀里睡着了一般，气息平匀安详。瞻基不由得又气又笑，也顾不得另外一妃两嫔和府内众多的仆婢在场，只好将手托在她的腰上，将她打横抱起。

"想是在冰天雪地遭了罪，竟昏了过去！"朱瞻基似乎是在向谁做着解释，"传徐医正、李良医至迎晖殿侍候！"

"是！"

说罢，他就抱着若微向后面东殿走去。

胡善祥看着朱瞻基怀抱佳人渐行渐远的身形，面上依旧温顺异常，只吩咐着府内的仆从，传医官、备膳食，操持着诸多的体贴事宜。

袁媚儿与曹雪柔对视之后，面上微有异样。

迎晖殿内，沐浴换装之后的若微躺在床上，依旧昏昏沉沉的。

朱瞻基拉着她的手坐在榻边，目光始终未曾离开她的脸，开口问着："徐医正、李良医可在外面候着？"

紫烟应道："是！"

"快宣！"朱瞻基面色微微有些焦虑。

司音在旁开口劝着："殿下，微主子刚刚沐浴的时候曾低声喃语，说是身上并无大碍，让她好好睡上一觉就好，不用传医正了！微主子说，她自己知道。"

"胡闹！"朱瞻基不由怒道，"还听她的？你们就是平日太过纵容她了，才会由着她偷偷跑出去，此番若是有个好歹，哪个拿命来抵？"

司音立即伏身下拜。

自湘汀以下，所有的丫头都跪下了。

司棋与司音默默对视一番，心中都有些不服："要说纵容，还不是殿下纵容的。明明是一大清早，您拉着微主子出去的，人都到了门口了，我们哪里敢拦？"

可是事实虽如此，总要拿奴才们出气。

跟在紫烟身后入内的两位太医，看到殿内气氛肃然，也自是打起万分精神，不敢懈怠丝毫，来到朱瞻基面前，先是躬身行礼又是请安问好。

朱瞻基把手一摆，湘汀放下榻前的纱幔。

徐医正刚刚将悬脉用的金线递了出来，而朱瞻基则说道："不用这些劳什子！"

说着，便将手中一直攥着的若微的左手递了出来。

"就在本王面前，替令仪把脉吧！"

徐医正微微一愣，这王府内的女眷们往日问诊把脉都是设上重重纱帘，在外室悬线而诊；今儿不仅破天荒入得室内，更得以在主子娘娘的玉腕上搭脉，这倒真是奇了，想来应该是殿下心急如焚，所以才顾不得这许多礼数。

徐医正于是轻咳一声："下官越礼了！"将小药枕垫在玉腕之下，三指微悬，为她诊脉。

徐医正五旬年纪，为人一向老到，曾在宫中侍候过朱棣。朱瞻基分府之后，朱棣特意将他和得意门生李良医派到太孙府。此二人比起在其他亲王府中供职的医官不仅品级高，更是荣宠有加，而且医术精湛。

徐医正片刻之后便手指轻抬，起身拱手行礼道："恭喜殿下，令仪娘娘有喜了！"

"有喜？"朱瞻基仿佛没听明白。

而湘汀与紫烟对视之后，喜不自禁，立即跪倒在地，齐声贺道："恭喜殿下，恭喜娘娘！"

"有喜！"朱瞻基恍然觉醒，也顾不得众人在场，一把掀开帐子将若微抱在怀里，喃喃低语着，"若微，若微，你快醒醒，咱们有喜了！"

若微睡得昏昏沉沉的，忽然听到外面十分吵闹，所以想也没想，伸手就是一掌挥了过去，而这一掌正脆生生地拍在了朱瞻基的脸上。

众人立即伏下身子，装作不察。

若微睁开眼，才看到是瞻基紧紧抱着自己，只是他眼中惊喜难抑，还有泪光闪过，不由好生奇怪："殿下？你怎么了？"

朱瞻基在她脸上狠狠亲了一下："若微，咱们有孩子了！"

若微"哦"了一声，并不惊讶："早就知道了，别吵，好困，让我再睡一会儿！"说完，头扭向里侧，又昏昏睡去。

朱瞻基愣了又愣，心道，这个丫头可真是没心没肺，又想到她自小懂医，自然是早早就得了喜讯，可是这丫头也真是可恨，为何不早些告诉自己呢？

瞻基一时之间喜怒交加，回首又看着跪在殿中的众人，定了定神儿，大声说道："微主子有喜，阖府同庆，都重重有赏！"

"谢殿下！"众人齐贺。

"殿下，只是……"徐医正抬起头，欲言又止。

"只是什么？"朱瞻基立即收了笑容，盯着他问道。

"只是娘娘似乎受了寒气，这胎自脉象上看，似乎不太稳……"徐医正把心一横，低声回道。

须知这可是皇太孙的头胎，太过事关重大了，又关系着当今皇上四世同堂的美梦，上边更有皇太子、太子妃眼巴巴地等着。就是前几日，皇太孙妃与府内管事慧珠都再三叮嘱。徐医正在宫中久经风雨，自然心如明镜，这众望所归的喜脉恐怕未必就是真正的喜事，万一有个闪失，自己是绝对担当不起的。索性在此时留个伏笔，日后即使有个万一，也尽可以归咎于此次她在山上走失，一切源头都可推到这受寒上来。

朱瞻基果然阴沉了脸："可有凶险？可有法子调息？"

徐医正低下头，仿佛有些踌躇。朱瞻基一再催问，他才又说道："回殿下，令仪娘娘身子一向康健，虽然此番受了寒，若好好调养应当无恙，微臣这就下去拟方，开些温补的汤药！"

朱瞻基点点头，面上十分恳切："如此，就有劳了！"

"为殿下分忧，理当如此！"徐医正带着李良医躬身行礼后退下。

折腾了一天一夜，好容易重新回到府中，若微心无旁骛，自然睡得十分香甜，这一觉从晌午一直睡到日落西山。

眼看着外面厅里已摆好晚膳，朱瞻基这才声声轻唤，把她叫醒。

若微揉着眼睛，看到朱瞻基眼中神色格外温煦，闪着浓浓的情意，不由伸出手轻抚他的脸庞，口中说道："殿下，昨儿若微在山上遇险，还以为就此命丧西山，往后再也见不到殿下了呢！"

朱瞻基看着她蟮首蛾眉、巧笑倩兮，说不尽的妩媚动人，心中纵是有千般恼恨，此时也丢到九霄云外了，只抓着她的手，放在唇边轻轻咬着。

"哎哟，疼！"若微忙抽回手。

朱瞻基抓着她的手不放，嘴里说道："你也忒调皮了，昨儿我从宫里回来，眼巴巴地想去看你。你可倒好，自己跑到西山去了。去就去吧，还弄得如此惊天动地，看着紫烟抱着那件破碎的袍子，把我的魂都吓没了。当时又急又气，真恨不得……"

"恨不得什么？"若微脸上带着三分笑意，歪着脸看着他。

"恨不得把你找回来，捆在春凳上，重打十几板子！"朱瞻基绷着脸，故作严肃。

"哦！"若微笑意吟吟，连连点头，"那殿下现在还想不想打了？"

朱瞻基又气又笑，伸手在她脸上拧了一下："明知故问，自然是见了你的面，什么气都消了，还能真打你不成？"

"那打板子是打在屁股上，还是打在肚子上？"若微撇了撇嘴，"你现在是舍不得打了，也不是真心疼我！"

"什么？"朱瞻基一愣，随即恍然明白，"好个任性的小丫头！我还没罚你，你且说说，为何得了喜讯不早早告诉我？"

若微眼神忽地黯了下来，声音低如蚊蚋："果真是喜讯吗？"

朱瞻基眉头紧蹙，他将若微搂在怀里："自然是天大的喜讯。"

"殿下，主子，晚膳摆好了！"湘汀站在下首回话。

若微探着头朝外面看了看，这才惊讶道："天呢，才睡了一会儿，怎么就到了用晚膳的时辰？我还真是饿得紧了。"

湘汀笑道："主子这一睡，从晌午到现在，好几个时辰，害得咱们殿下连午膳都没用，直说要等主子醒了一起用呢！"

"真的？"若微依偎在朱瞻基怀里，娇憨柔美，惹人怜惜，朱瞻基此时半步也不愿离她左右，只对湘汀吩咐着："你们主子刚睡醒，今儿就不在厅里用膳了。挑些爽口的小菜和羹汤端进来，就在这屋里的暖炕上摆上一小桌，本王陪她在屋里吃就好！"

"是！"湘汀抿着嘴忍着笑，迈着轻盈的步子向外屋走去。不多时，丫头们就在窗根底下的暖炕上抬了一张紫檀掐金丝的小炕桌来，上面摆着八个小碟、四个汤盅，还有几道米糕及各式面食。

瞻基扶着若微起身挪到炕上，又给她披上一件雪绒的短袄。

两人坐在炕上，司棋递上包金的红木香竹筷子。

司音掀起盖碗，逐一介绍："主子，今儿的汤品是燕窝冬笋烧鸭子汤，最是温补的。主子先喝口汤，润润嗓子！"

若微接过碗来浅浅地喝了一口，抬眼四下里看了看，心中不由起疑："怎么不见紫烟？"

瞻基面上微微有变，用小勺舀起一个酒糟鸽子蛋递给若微："尝尝这个，味道不错。"

若微还要再问，瞻基沉了脸："好好用膳，有什么事一会儿再说！"

若微从未见瞻基如此严肃过，于是才闭上嘴，闷头用膳。从昨日到今晚，若微整整两天没怎么正经吃东西，如今自然胃口大开，先喝了一碗燕窝冬笋烧鸭子汤，然后就着一小碗紫米和绿竹贡米蒸的双色拼饭，什么五香鸡丝、鲫鱼炖豆腐、狍子熘蹄筋和山药南瓜盅等，每个菜都吃了不少。

朱瞻基虽然也是好几餐没有正经进食了，然而此时心中兴奋异常，自然也不觉得饿，只是不时地帮她夹菜、添汤，看着她吃得舒畅，心情大好，面上极为明朗。

朱瞻基十九岁成婚，不仅在皇室，就是民间也属晚婚之列，更何况成亲以后三年内一直未与府内妃妾圆房，直至今日二十二岁才有了子息，这欢喜自然是非比寻常。

若微把筷子一放，朱瞻基从司棋手中接过热手巾递给她："可是吃好了？"

若微点点头："嗯，快撑死了！"

朱瞻基不由嗔道："大喜的日子，说话也不知避讳！"

谁知若微拉起他的衣袖，撒娇道："我吃饱了，快把紫烟还给我！"

"紫烟……"朱瞻基脸上的笑容慢慢退却。

看他神色有变，若微更是焦急，把脸一扭，转向在下首站立的湘汀："湘汀，紫烟呢？"

湘汀看了看朱瞻基，吞吞吐吐道："紫烟回来以后，又惊又吓，病了……"

"病了？我去看看！"若微立即起身下炕，司音赶紧上前，拿起脚凳上的那双鹿皮软底小靴子帮她套上。

朱瞻基伸手将她拉住："已经叫医官看了，天晚了，才刚吃过饭暖和了些，就别忙着出去了！"

"她这病是因我而起，我自然要去看看！"若微站起身，拉着湘汀问道，"在西厢房还是在东厢房？快带我去瞅瞅！"

"主子！"湘汀拗不过她，又拿眼偷偷看了看朱瞻基，正在此时，外面有人回话："皇太孙妃到！"

若微这才定了定神，立即起身与朱瞻基一起走到外屋，刚巧胡善祥带着慧珠从外面进来。

"若微给娘娘请安！"若微欠身行礼。

胡善祥立即相迎，扶着若微笑道："妹妹大喜，姐姐在这儿恭贺了！"

说完，又转向朱瞻基深深一拜："臣妾恭贺殿下！"

朱瞻基微微颔首，指了指厅内的座椅："都坐下说话！"

于是，朱瞻基坐在主位上，胡善祥居左，若微却没有落座，只是吩咐司音司棋赶紧上茶。

若微从司音手中接过茶碗，亲手奉给胡善祥："请娘娘恕若微一时糊涂，玩心太重，独自去西山赏雪，遇到险情误了归期，让殿下和娘娘担心，实在是若微的不是。"

胡善祥接过茶碗，置于案上，淡然说道："此事，原是妹妹的不是。莫说是堂堂皇太孙府的令仪娘娘，就是小门小户家的女眷，也不能私自出府游玩。此次虽说是虚惊一场，可是若真出了事情，父王母妃面前、皇祖驾前，该让姐姐我如何回话？我又如何担待得起？"

她说着说着，两行急泪竟然滚落下来。

若微深知自己这次祸闯得不小，原本就做好了认打认罚的准备，所以一味地恭顺，只垂手立于一旁聆听教诲，也不辩解。

朱瞻基虽有心相帮，又觉得于大面上自己似乎也不能太过偏袒若微，好在有惊无险，若微既然平安归来，让胡妃教训几句也是应该的，所以面色沉静，坐在上首如如不动。

胡善祥从袖中掏出一方帕子，轻轻拭去眼边泪水，稍顿之后才又说道："妹妹如此行事，原本该罚，只是如今有了身孕，便是我们太孙府中第一功臣，自然是不能罚的。可是咱们府中上下几百口子人，遇事必要有规矩。所以，姐姐自作主张，罚了你身边的丫头，也好给府中下人立个规矩，这得脸的奴才深得主子宠信，就该事事规劝提点主子，怎么可以听之任之，陷主子于危境之中？况且主子失踪，而她自己却平安无恙地回来了，实在是太过可恨。所以本妃不得不出面教训，这份苦心，还望妹妹不要介意。"

什么？罚了我身边的丫头？若微立时明白过来，是紫烟！她连忙抬眼看了看朱瞻基，他眼中尽是安抚之色。原来如此，是紫烟成了替罪羊。也不知胡妃口中说的罚，是怎样的罚法？若微心中立时七上八下，可是又只能强忍着。

第三十四章　凭空遭构陷

"娘娘所言所行，都是为了大局、为了殿下，若微只有感激。此次真是若微错了，娘娘怎样罚，若微都无半点怨言，只是紫烟……"若微垂下头，刻意让自己更加顺从，只是她还是想为紫烟求情。

"好了，妹妹要说的话，姐姐都明白。紫烟是妹妹身边最亲近的人，不过是小惩大戒，打了二十板子，发到浆洗房劳作，让她得些教训，过些日子再送回来！"胡善祥面上微微含笑，仿佛所谈的不过是件不值一提的小事。

若微听了，不禁心惊肉跳。二十板子，在这隆冬时节，紫烟昨儿又在山里受了惊吓，原本就着了风寒，如今挨了二十板子，再发到天天都要沾冷水的浆洗房去，那还有活命？原本还想刻意忍着，此时再也顾不得了，"扑通"一声跪在胡善祥面前。

不仅是胡善祥，就是朱瞻基也是一惊。

朱瞻基刚要起身相扶，胡善祥却抢在头里双手扶在若微手臂之上："妹妹这是何意？"

若微抬眼望着她："若微已然认错，千错万错，错在我一人，不关紫烟的事。娘娘罚也罚过了，就请高抬贵手，将她遣回。否则重伤之下，再去浆洗房劳作，这不是生生要她的性命吗？"

胡善祥面上神色微微僵硬，颓然地跌坐在地上，泪水又在眼中打圈，苦笑着看着朱瞻基，喃喃低语："殿下，您说，臣妾该如何是好？一片苦心又是枉作小人了吗？"

朱瞻基此时也不好替若微讲情，胡善祥在此前，确实问过他的意思，一来当时若微没有半点儿消息，朱瞻基心中又气又恨，也没心思管这些事，又想到此事动静如此之大，不可能不传到宫里，如果让母妃知道了恐怕又是对若微一番埋怨，所以才牺牲紫烟，治她一个撺掇主子惹事遇险的罪名，也好堵了母妃的嘴，这才从了胡善祥所请。

而如今若微平安归来，小睡之后一睁眼便问起紫烟，原本还想着拖上几日，想不到胡善祥又来夜访，心中怪她多事，可是看她面上凄苦，又想到她是府中的女主人，统辖众人，也须得如此。

于是狠了狠心吩咐左右侍女道："愣着干什么？快把你们主子扶起来！"

司音与司棋立即将若微扶起，若微抬眼看着朱瞻基，此时才明白，原来紫烟的事，他一早就知道。

"娘娘！"慧珠也将胡善祥扶了起来。

胡善祥重新落座。此时，外面又有人通传，袁媚儿与曹雪柔姗姗入内，与朱瞻基、胡善祥分别见礼后，各自落座。

袁媚儿挨着若微坐着，拉过她的手，似怨似嗔道："孙姐姐好莽撞的性子，昨儿这一出，可把咱们都给急坏了。听说是遇到恶犬了？姐姐可伤到哪里没有？"说着便挽起她的袖子，又上下打量着。

若微忙说道："没什么要紧的，当时抱着头，只顾在雪地里滚着，就是腿上有些瘀青，并无大碍！"

"姐姐真是福大命大。不过昨儿的事，也真透着古怪。这西山乃是咱们的皇家林苑，那恶犬也该是专人伺养的护林犬，怎么可能会突然行凶呢？"袁媚儿一脸疑问。

若微心中挂记着紫烟，根本无心与她闲谈。袁媚儿见她不语，也不再开口。

只听慧珠开口说道："袁主子所问，正是奴婢心中所疑，还请微主子明示，否则明儿个太子妃问起来，怕是不好回话！"

朱瞻基听她们如此一说，也觉得疑窦丛生，原本昨日突逢噩耗，心中焦虑万分，只想着马上找到若微，后来又是王贵妃崩世，心里乱糟糟的没有半分头绪，今日看到若微平安归来，又得喜讯，根本顾不上追问她遇险的细节；如今听她们你一言我一语地提及，才觉得大大的不妥。朱瞻基于是也把目光投向了若微。

若微看众人的目光都盯着自己，仿佛这其中藏着什么天大的隐情一样，心中不由得挣扎再三。脱脱不花的身份自然是不能说的，而自己在此情此景之下，就更不能说是被一位异域男子所救，又与他在石穴中共度一夜。原本清白单纯的事情，在她们眼中定是不堪。想来想去，若微才轻描淡写说道："昨儿在西山遇袭，后来蒙一位老伯所救才幸免遇难，可是那位老伯却受了伤，所以今早同返城中，原本想先去医馆疗伤的，正巧遇到了小善子……"

"原来如此！"众人频频点头。

若微抬眼看了看朱瞻基，只见他眼中闪过一丝忧虑。若微知道，自己所言当中疑点甚多，只是一时又无从解释，只得低垂眼帘，不再作声。

"微主子！"慧珠深福一礼，"恕奴婢无礼，刚刚微主子所言中漏洞颇多，似乎有些闪烁其词。请问微主子，皇家园林中，怎会有平头百姓出现？况且，既是被老伯所救，为何不马上与紫烟、赵四会合？为何不马上回府？后来殿下亲率府中亲兵去搜山，金公公带侍卫山前山后、山上山下找寻了整整一夜。那个时候，微主子，您和那位老伯在哪里藏身？今儿在医馆，如果不是金公公先认出了主子，主子与那位老伯疗伤之后，又打算去哪里？"

慧珠一席话说完，厅内寂静一片，可谓鸦雀无声。

若微深深吸了口气，是啊，这一切她都无从回答。因为慧珠所言都是死穴，她根本无法坦白相告。首先，不能暴露脱脱不花元室后裔的身份；其次，如果说自己和施救之人藏身在石穴之内，不知她们又将做何联想。更重要的是，脱脱不花坦言相告，这石穴内埋藏的是他先人的尸骨，若是全盘托出，他还未将那些尸骨送走，自己岂不是害了他？

若微紧紧咬着嘴唇，半晌无语。

朱瞻基见她如此神态，知道必是有什么难言之隐，于是轻咳一声："好了，孙令仪遭此一劫自然是又惊又累，还是让她先歇歇。有什么事情留待明日再说！"

袁媚儿与曹雪柔听朱瞻基此语，立即起身告退。

胡善祥最后一个站起身，面露忧色地看了一眼朱瞻基，也要告退。慧珠却走到朱瞻基身前，福礼相拜："殿下，今儿是三十！"

朱瞻基点了点头："本王有些话要对微主子说，晚些时候再过去！"

"是！"慧珠再次拜别，临出门时还别有深意地盯了一眼若微，那眼神不禁让若微感觉有些不寒而栗。

"你们都下去吧！"朱瞻基遣退众人，站起身拉着若微走入内室，双双坐在榻里。

"此时，可以说实话了？"朱瞻基盯着若微，心中疑云密布，只盼着她能吐露实情、坦言相告。

若微坐在榻里，低垂着头，实在不知如何开口。

时间一点儿一点儿流逝，朱瞻基一直耐着性子等她开口，可是看到她面上踌躇的表情，心中更是焦虑不安。

精致华美的寝室内，墙边一角的香案上放着一尊三重镀金博山炉，内中弥漫着缥缈的香片味道。熏炉旁边是若微的妆台，上面绿莹莹的，正是那只碧玉虎的镇纸。若微的眼睛瞄来瞄去，仿佛又想起了初入宫闱时，他送给自己这个镇纸，而自己回赠给他的居然是一盘磨豆子用的小石磨。

若微唇边不由微微含笑，又看到不远处的暖炕上，顶着乌黑的壳缓缓爬行的小龟，更是笑出了声。

她神情越是淡然甜美，朱瞻基就越是焦躁，看她转着眼睛瞄来瞅去，一副心神不宁的样子，不由恼了起来。他伸手托起她的脸，眼中带着几分怒意说道："问你话呢？这里又没有旁人，快把当时的情形如实讲与我听！"

若微对上他的眼眸，想了又想才说道："我今儿在厅里说的是实情，也不是实情。"

"哦？"朱瞻基眸子中闪过一丝疑惑，话语渐渐轻柔和缓起来，"不论怎样，你实话讲给我听，我不会怪你的！"

"怪我？"若微撇了撇嘴，"怪我什么？我又没做什么不好的事情！"

朱瞻基叹了口气："好好好，小冤家，快说吧！"

若微笑了，把脸轻轻凑上去，附在他的耳边："殿下想听实情，三日之后，我便原原本本地讲给你听。若是你等不及，或者不信我，就是此时要打要罚、严刑逼供，我也是不会招的！"

朱瞻基听了，心中立时涌起一股无名之火，狠狠瞪着她，眼中的冷光有些吓人。

若微见了，不由把肩一缩，微微打了个寒战。

朱瞻基努力压抑着心中的不快，低声问着："还是不说？非要等到三日之后？"

若微点了点头。

朱瞻基贴在她耳畔，在她耳垂上狠狠一咬，若微吃痛地叫了起来。

朱瞻基一抖袍袖，站起身来，面无表情地丢下一句话："好，三日后此时，本王听你的坦白。只是从现在开始，你，被禁足了！"

说完，他转身向室外走去。

"殿下，紫烟……"若微心中暗自懊恼，怎么没好好哄哄他，让他想法子放了紫烟才是正经。

可朱瞻基头也不回地说道："三日之后，你的坦白让本王满意，紫烟自然可放！"说完，大步向外走去，那步子如此坚定，神情如此冷酷。

若微实在惊讶，这样的朱瞻基，此前可从未见过。

宜和殿内。

身穿雪纺镂空雕花大袖低胸睡衣的胡善祥，披着一头如瀑的黑发，正在小心地服侍朱瞻基宽衣升冠，朱瞻基坐在妆台之前，胡善祥站在他身后，为他细细梳理着长发。

"殿下的头发，又黑又粗，光滑乌亮，如同缎子一般！"胡善祥一下一下，动作十分轻柔。这一幕不禁让朱瞻基想起了三年前，自己与她大婚的那个晚上。

他将她弃于新房之内，独自跑到若微住的静雅轩内。

漆黑的室内，一盏火烛也没有点，她亭亭玉立于镜前，用梳子一下一下地扯着自己的头发，每一下，都像在撕扯朱瞻基的心。

他记得自己走上前去，从她手中夺过那把梳子，然后小心翼翼，郑重而深情地为她理着那一头如瀑的长发。

心中隐隐作痛，这样的美发，以后会不会由另外一个男人抚在手中、看在眼里？一想到此，他的心立即抽作一团，痛苦不堪。

仿佛那天晚上，不是他与胡善祥成亲，而是她要另外嫁给别人，嫉妒与愤恨，还有对命运的不满，将他的心填得满满的。

然而，娇俏的她悄悄转过身，直愣愣地望着自己，她居然问："你，会爱上她吗？"

记得当时，自己斩钉截铁地从口中挤出两个字："不会！"

她又仿佛顽皮的孩童一般，歪着头撒娇地问："你会这样给她梳头发吗？"

瞻基当时像是被火烧灼一样，立即答着："不会！"

她笑了，就像那年看到那盘红通通的樱桃一样，心满意足地笑了。

她的笑，像一把火，燃尽了他的矜持。什么礼仪道德、规矩家法，他全不顾了。他只知道，这样的她不能放弃！于是，在那个小小的静雅轩里，在她的香闺内，他要了她。

是的，甜美而带着几分稚气的若微，胜过晨光中的露珠，惹人心醉。

他永远记得初次承欢时，她微微蹙着的细长的柳叶眉，微闭的媚眼，眼梢微微上翘，形成一个好看的弧度，浓密的睫毛微微扑扇着，白皙小巧的面庞因为紧张和兴奋而挂上了一层密密的汗珠，随着他有节奏的冲击，鼻尖上的汗珠与耳边的珍珠坠子轻摇微颤，细碎的娇吟和低声的喘息，当真是撩人到了极点。

那是他一生都不会忘记的情景！

"殿下，殿下！"胡善祥的声声轻唤，把朱瞻基从回忆中拉了回来。

"殿下，该安置了！"胡善祥面上含羞，在烛火的映衬下，比白天多了几分妖娆与妩媚。

朱瞻基看着她，有时觉得她太过普通，普通到同处三年，闭上眼睛却几乎想不起她的容颜，可是这些日子以来，又觉得她确有独到之处。

明知道自己宠爱若微，却能与她和睦相处，在人前人后，处处为她留有余地，并没有刻意为难她。在母妃面前，竟然后来者居上，被宠信的程度已经超过了若微。就是府中对待下人，她也是大度宽厚，连小善子也常常念叨她的好处。

若不是慧珠入府之后，为了扬威立信才有些生事之嫌，朱瞻基似乎挑不出她的错来。

这样的女子，似乎很适合掌家理事，看来皇爷爷的安排也是有道理的。

不对，朱瞻基立即否定了自己，若微何尝不是如此呢？还记得她幼年进宫，在大大小小的宴会与事件当中，行事灵巧，独具匠心，何尝不是赢得了宫中上下一致的好评？只是现在，没有给她施展才干的机会罢了。

想到此，朱瞻基不由笑了，若微莫不是真的给自己施了什么魔法？就是心里刚刚去赞另外一个女人，也能立即打住，仿佛觉得对她十分不公一样，看来此生真是要被她绊得死死的了。

胡善祥看他面色时时闪过恍惚与笑意，不知他心里在想些什么，只小心地说道："殿下是今日得了喜讯，高兴得难以入眠了吧？"

朱瞻基眼眸微闪，唇边含笑："是啊，若微此次有喜，是咱们府中第一胎，以后还要你好生关照！"

"这是自然，何劳殿下吩咐，臣妾定当尽心竭力！"胡善祥面上始终带着淡淡的笑意，她伸出手，轻轻按在朱瞻基的手上，随后双腿一屈，竟然跪在朱瞻基的身前。

朱瞻基微微一愣。

只见她一双玉手，隔着衣衫，轻轻抚着瞻基的胸口，而后玉指轻撩，慢慢向下，从胸口滑至小腹，最后轻放在他的玉茎之上。

朱瞻基腾的一下站起身："善祥！"

哪知胡善祥双手环住他的腿，把头轻轻靠在他的小腹之上，隔着衣衫，在他的隐处缓缓蹭着。

朱瞻基心慌意乱，从来没有想到一向端庄得体、落落大方的胡善祥会做出如此惊人的动作。他立时惊讶万分，只想躲开，而胡善祥的手臂却如同藤萝一般，将他紧紧缠绕。

她仰起脸，以朱唇轻轻吻着他的身体，从上至下，甚至是龙准玉茎。

朱瞻基直立在房中，一直如如不动，但是很快，他的身体渐渐有了反应。

他弯下身子，有些怜惜地看着胡善祥："善祥，不必如此，不必！"

说着，他将她抱入榻中，依旧是将她放在身下，这一次，他没有像以往那样直接交合，而是极尽可能地给了她温存与爱抚，直到她在他身下面色潮红，喘息连连，弓起身形，眼中带着恳求与期盼，朱瞻基这才进入，猛烈而带着律动的撞击，一次一次，比以往都要长久。

她的手臂紧紧地缠着他的腰肢，今夜，她仿佛变了一个人一般，没有矜持，没有端庄，在他的身下，她快乐地呻吟着，不停地吻着他裸露的胸膛。

朱瞻基有些困惑。不知是什么让她有如此的改变？原本与她的行房，每一次都当成例行公事，就像隔日去太子宫给母妃请安一样，是定例，是一成不变的风格。

而今天，她的热情、她的主动，甚至是她对自己的顶礼膜拜，让他有些震撼。

朱瞻基甚至觉得自己有些亏待她了，是出于怜惜还是别的什么原因，他自己也说不清，只是尽量在今晚用自己的热情回应着她。

第三十五章　误会两重重

第二日一早，朱瞻基醒来时看到胡善祥已经醒了，正坐在床前梳妆。她回眸一笑，面上娇羞一片，朱瞻基稍显尴尬。

这时慧珠等人进来侍候，丫头们个个含羞带笑。

这让朱瞻基更感不适，于是更衣梳洗之后，早饭也未用就出了殿门。

吃过早膳，慧珠与胡善祥在室内闲聊。

"看娘娘这神色，是西域的奇香发挥了作用？"慧珠戏谑着。

胡善祥面上飞红，心想若是只靠着这西域的奇香而突然让他性致大起，恐怕事后朱瞻基清醒过来会起疑，所以自己才照着春宫图中传授的法子试了试，想不到双管齐下，这效果当真不错。

一想起昨儿夜里的情景，胡善祥心里就美滋滋的，可是随即又想到，原本冰冷严肃的殿下在夜间却是这样的热情如火，那么他平日里在若微的房里，两人又是如何的情景呢？此念一起，立时心里又凉了半截。

慧珠仔细打量着她的神色，只见她脸上一时喜来一时忧，不由问道："娘娘，到底如何？怎么才露笑颜却又见愁容？"

胡善祥叹了口气："昨儿夜里，借着西域奇香，妹妹才真正做了一回女人。欢喜之余又不免觉得自己实在可怜，堂堂的正经夫妻，偏要以这样下三烂的法子作践自己才能得到殿下的怜爱，心中真真难过！"

"咳！"慧珠这才放下心来，"我当是什么了不起的大事，娘娘多虑了。娘娘只道独是咱们如此所为吗？这宫中得宠的妃子、诸王公大臣，谁家在闺房之中没藏着些春宫图、发情的香饼、香丸还有壮阳的春药？就是人家夫妻和美的，也想锦上添花，添些乐子，算不得什么！"

"当真？"胡善祥将信将疑。

"那是自然。远的不说，就说咱们东宫，太子殿下对太子妃是何等的尊重，也算得上是恩爱有加了。太子殿下事事以太子妃为先，可是一到了晚上就坐不住了，巴巴地往郭贵嫔殿里去。那郭贵嫔靠的是什么？还不是这些手段。"慧珠振振有词，说得十分肯定。

"那母妃可曾知晓？"胡善祥眉头微蹙，竟然有些同情起太子妃来，在她眼中太子妃俨然是天下女子的楷模，端庄高贵、美丽脱俗、处事公正，在她身上找不出半点不是来。

慧珠点了点头："太子妃自然知道，我当初也给太子妃献了些，只是太子妃不屑去用，宁可夜夜独守空房。"

胡善祥脸色立时暗淡下来："母妃那样高洁出尘的女子，自然是不屑用这些的！"

慧珠这才知道自己言中有失，让妹妹听了心里不舒服，于是立即笑道："非也，太子妃有三男二女傍身，是正经的东宫主子，而皇太孙又得皇上如此宠爱。后面的郭贵嫔、李良娣、张选侍就算再生多少，对她也不会有半分的威胁。若是她膝下无子，你看她还是不是今日这般的淡定自若？"

慧珠此言正中要害，胡善祥听得心服口服，又想到自己的处境，更是不免忧虑："姐姐，那孙若微果然有喜了，妹妹真怕……"

"哼！"慧珠轻声哼着，面上十分不屑，"有喜？娘娘莫急，咱们有的是法子叫她空欢喜一场。"

"姐姐！"胡善祥面色突变，"不可妄行，这毕竟是殿下的头胎，万万不可……"

一抹若隐若无的笑容在慧珠脸上浮过："恐怕这事情还轮不到咱们谋

划，她就自己送上门来了。"

"姐姐！"胡善祥一头雾水。

"前儿的事透着蹊跷。娘娘细品一下，那冰天雪地的西山之上原本就人迹罕至，那两只护林犬发了狂冲她扑过去，原本她是绝对躲不开的。怎么可能凭空出来一个老人家把她救下？而她居然毫发无损。既是如此，就该立时寻找紫烟与赵四回府，可是直到昨儿晌午才回来。听胡安说，小善子是在城东医馆门口见到她，下马相迎，这才一道回来的。试想如果小善子当时没有认出来，你说她会何时回来？"

胡善祥心中暗暗思索，昨儿在她房里，孙若微明显是闪烁其词，并没有说出实情，不仅自己起疑，就是皇太孙神情中也带着几分探究之色。

"姐姐是说，难道那孙若微在外面还有什么牵扯不清的事情？"胡善祥只觉得此事太过蹊跷玄妙，又有诸多疑点，可是又想不通。

"娘娘莫急，我看此事，殿下也起了疑心。咱们只须稍稍加把火，就能让她有嘴也说不清！"慧珠言之凿凿，"娘娘想一想，以殿下对她的情分，如果知道她在外面有什么不清不楚的，殿下能容吗？"

胡善祥眉头微蹙："殿下的脾气，我也参透了些。看似儒雅淡定，其实内心如火，又有些执拗。为了若微，他做了那么多。如果那孙若微真有什么对他不起的地方，我看，殿下第一个不能容她！"

"那就是了，娘娘且放宽心，看场好戏吧！"慧珠仿佛胸有成竹，这些天的事情虽有意外，也让她看出一些端倪。原本此次就是想彻底弄个干净，天衣无缝的连环巧计，她断没有逃脱的可能，只是什么人救下了她？如果不查个清楚，日后行事还真是投鼠忌器，不好筹谋。

静雅轩内，若微刚刚起身，司音司棋等人伺候她梳洗打扮之后，这才坐在桌前。睡了一觉之后，若微心情大好，特意换上自己最爱的那件半新的浅碧色小袄，袖口是淡淡的月白缀花丝边，下身穿了一条白色的百褶棉裙，如同夏日荷花般清新雅致。腰肢倩倩、风姿万千，脸上更是莹润光泽、俏丽出尘。

湘汀在一旁说道："府里新改的规矩，殿下不在房里的时候，早膳清减了许多。"

若微拿眼一瞅，银碟里是四样小菜，黑漆笼屉里有两道点心，而面前的碗里是红豆小枣百合山药粥。

"也好！"若微拿起来就吃。

湘汀欲言又止，看了一眼司音、司棋，"你们也下去各自用膳吧！"

"是！"司音、司棋一向乖巧，自知跟湘汀、紫烟比，两人与若微远了不少，知道她们定是有什么体己话要说，于是都静悄悄地退了下去。

"湘汀姐姐坐下，再舀一碗粥，就在这儿陪我一起吃吧！"若微知道她要说什么，故意岔开话题。

湘汀瞅了瞅门口，房门紧闭，棉帘子低垂，这才说道："主子，这饭菜没什么问题吧？"

"啊？"若微没料到她好端端的怎么扯到这上面来了，原本舀起一勺粥刚要往口中送，立时停了下来，怔怔地盯着湘汀。

湘汀沉了脸，极为忐忑："这西山的事，透着古怪，好端端的怎么就遇了险呢？主子细想想，去西山的事情，咱们院里和殿下那边是早就准备好的，可是偏偏在府门口，胡娘娘她们偏要来阻。"

"你的意思是说？"若微听她如此一说，仿佛醍醐灌顶一般，立即理清了思绪，盘踞在心中的疑团全都解开了。

从小长在太子宫，自己的性子如何那边的慧珠自然是清楚的，若是兴致来了，定是不肯白白放弃这个出去散心的机会。所以她想法子让胡善祥调开殿下，然后明知自己心有不甘，一定要去西山赏雪，这时再制造点什么意外……最后，是死了或是伤了，还只能怪自己不守规矩，偷偷出府游玩。

若微又想到那颗射入脱脱不花肩膀内的毒钉，立时面色大变、冷汗连连。

"主子！"湘汀声声轻唤。

若微用勺子轻轻搅着那碗还冒着热气的粥，凝神深思，低语道："只是推测，并无半点证据！"

湘汀点点头:"正是,昨儿夜里,奴婢想了一夜,越想越害怕。如今主子有喜,那边不定怎么咬牙呢。现在咱们府中,慧珠在明,胡妃在暗,掌管全府。这茶水、点心、膳食,随便哪个环节出点岔子,那主子可就太冤了!"

正说着,门口响起司音的声音:"微主子,守门的侍卫有东西要呈给主子!"

若微与湘汀对视之下,都有些意外。湘汀低语着:"多加小心!"这才走到门口,推开门。

门口除了司音,还站着一个年轻的侍卫,手里抱着黑漆小木盒,见到湘汀,微微抱拳道:"刚刚门口有人将此物交由在下,说是要当面呈给微主子!"

湘汀淡淡一笑:"微主子就在里面,只是这府里的规矩,恐怕……"

"是,小人知道!"那侍卫双手举起木盒,"烦劳姑娘了!"

"原是分内的事,请问侍卫大哥,是何人送来此物?"湘汀接过木盒,又问道。

"是一个十来岁的小童!"

"哦,好,多谢!"湘汀指着司音,"送送侍卫大哥!"

"是!"如此司音与侍卫向院外走去,湘汀才闪身入内,将木盒呈给若微。

若微接过来,只觉得盒中有点沉,轻轻晃了晃,仿佛里面放着什么东西,又见这盒子开盖之处被蜜蜡封着,湘汀灵巧,立即点了一支蜡烛拿了过来。

以火相烤,蜡封自然开了。

若微轻轻打开盒子,里面竟然是一把明晃晃的匕首。

"咦!"湘汀脸上立即变了色。

而若微则将那把匕首放在手中细细把玩,这匕首正是前天夜里,自己用来替脱脱不花剜毒疗伤用的。

如今他托人把此物送来,是何意呢?若微想不明白。

湘汀拿起小盒,突然发现一物:"主子,快看!"

若微伸出纤纤玉指，原来盒中还有一粒丸药，依旧是用蜡封着，打开以后，居然是张字条。若微看后立即揉碎了。

"主子！"湘汀越发觉得蹊跷。

若微站起身，在房中慢慢踱着步子，神情有些凝重，片刻之后，突然问道："殿下可在府里？"

湘汀摇了摇头："殿下昨晚上宿在宜和殿了，今早入宫，现在还未回来！"

若微想了又想："快帮我换装，我要出府一趟！"

"出府？"湘汀愣了又愣，"主子，您忘了，昨儿殿下撂下话，您被禁足了。"

"所以才要换装，你去帮我随便找件府里小太监的衣服。我乔装之后从侧门溜出去，半个时辰之内就回来。再说我看殿下昨儿走的时候气呼呼的，恐怕三天之内都不会来咱们院里，发现不了！"若微打定了主意，既然是脱脱不花相约，自然是有要事。他既有恩于自己又怎么可能对他不管不顾呢，再说依他那样的性子，若真是不理睬他，他突然闯进府来，自己更是说不清了。可是她的心思，湘汀哪里知道？只是觉得有些不妥，还想再劝，却见若微沉了脸，一副一意孤行的样子，也只好依了她。

一盏茶的工夫后，湘汀后面跟着一个俏生生的小太监，来到了太孙府的东角门。

守门的侍卫看着眼生，盘问道："哪儿的？"

湘汀出示腰牌给他看："是迎晖殿的，这是小顺子，微主子害喜，想吃外面的炒红果，如今府里单做太麻烦，所以打发他出去买回来！"

守门的侍卫一看是迎晖殿微主子身边的人，点头哈腰，立即放行。

出了东角门，若微冲着湘汀挤挤眼："湘汀姐姐放心，小顺子速去速归，湘汀姐姐回去照看主子吧！"

湘汀原想跟着她，可是在门口见两旁都有侍卫看着，故也不便多说，只点了点头，面露忧色地走了回去。

出了府门，若微如同被放飞的笼中鸟，兴冲冲地赶往字条上与脱脱不花相约的东四大街的五福客栈。

入得店内，小二直接领着若微上了二楼，推开天字号房，里面正是脱脱不花伟岸的身影。若微入内，小二闪身退下，并把房门带好。

脱脱不花转过身，目不转睛地盯着若微："原本绝世的容颜，偏只爱打扮成小子的模样，却俏生生的，看得人眼晕！"

若微抿嘴一笑："没办法，不如此出不来！"

"哼！"脱脱不花嗤之以鼻，"不如我们草原上的女子爽快，骑马、放牧、赛歌、饮酒，想做什么就做什么，不必拘着性子！"

若微眼中透着一丝向往，又看他今日换了一身装扮，鹤氅黑袍，衬得他高大魁梧的身形英气逼人，看那神色，一点儿也不见身上带伤的颓废与病态，眉宇间有关公之勇，浩浩然又不失亲切，九尺身躯足以顶天立地，真是一代枭雄的硬汉风骨。只可惜，元朝覆灭，他成了最堪怜的落魄王孙。

"你一双媚眼瞄来看去地做什么？"脱脱不花被她看得有些不自在。

若微笑了："你的伤好些了吗？还有那些酒瓮，运出来了吗？"

"昨儿夜里就都办妥了，这个时候恐怕已经出了山海关，原本我也想一道走，只是又放心不下……"脱脱不花紧走两步，与若微咫尺相隔，紧紧盯着她的娇颜，"昨儿回府，没遇到什么麻烦吧？"

若微心中一热，这人真是古道热肠："没有，只是在医馆，好端端地突然不见了你，心中有些挂牵！"

"当真？"脱脱不花的浓眉下那黑亮亮的瞳中闪过柔柔的涟漪，双手情不自禁地揽住若微的手臂："我还当你一入朱门，就把前情全都忘了！"

若微刚想笑他汉话说得不好，这用词实在不当，就在此时，房门"咣当"一声被推开了。

若微转身一看，惊骇万分："殿下！"

门口悄然站立的，正是皇太孙朱瞻基。

一身紫袍玉冠的朱瞻基与黑衣鹤氅的脱脱不花，就那样对立在房中，他的俊目与他的黑瞳，两相对峙，一时之间，眼波中闪过的，何止是刀光剑影？

朱瞻基白皙的肤色微微涨得有些泛红，而脱脱不花如如不动，仿佛一尊雕像，只是眼中透着一股轻蔑之色。

这眼神儿彻底激怒了朱瞻基，他很想抽出腰间的佩剑，一剑飞花，让他命丧当场。可是残存的理智告诉他，现在是在闹市之中，万万不能一时意气，闹得满城风雨，不可收拾。

若微怔怔地看着他俩，完全糊涂了，她实在不知道朱瞻基为何会突然至此，所以只好说道："殿下，他是前儿在西山救我的恩公！"

"恩公？"朱瞻基从牙缝中挤出这两个字，眼睛瞥着若微，眼神冷得吓人，"是你口中的老伯吗？"

"殿下？"若微面上又红又窘，一时也不知该如何解释。

谁知脱脱不花突然仰天长笑，指着朱瞻基道："瞧你的样子，就像是看到自己媳妇偷人，捉奸在床一般！想不到堂堂的大明朝皇太孙是如此气量、如此心胸！"

他此语无疑是火上浇油。

朱瞻基此时再也按捺不住，抽出腰间的佩剑，明晃晃的，直抵上脱脱不花的胸口。

若微立即拦在当中："殿下！此间情形不是殿下所想的那般！他真是救我的恩公！"

朱瞻基指着若微："你，好……"他手指轻颤，言语不顺，显然是大动肝火又暗自强忍，顿了又顿才说道："跟本王回府！"丢下这句话，他转身便走。

而脱脱不花却拉着若微道："在这儿，你不过是他的小妾。不如跟我北上，我一言九鼎，此生就只要你一个！"

朱瞻基转过身，一双眼睛冷得带血，脸上毫无一丝表情。他死死地盯着脱脱不花，那样子，不带一丁点儿的人味，令人胆寒心惊。

转瞬之间，长剑骤起，一剑跟着一剑，绵绵不尽。

脱脱不花冷冷笑着，赤手相对，拳挑掌振，纵横交舞，沾不进一滴水，插不进一根针，却又是那么变化万端，拈东打西，飞南卷北，几十招瞬间过去，两人缠着都不能抽身，却是谁也伤不了谁。

突然间，朱瞻基抽剑止步，脱脱不花也立即收掌。

两人面面相对，不似刚刚那般剑光惊寒，掌风如浪，却更是煞气逼人。

朱瞻基环视四周，若微不知何时早已经悄然离去，如今屋里除了两个如同狂狮的男人，再无芳影可觅。

第三十六章 醋意惹新愁

皇太孙府门外。

孙若微在前，朱瞻基在后，二人一前一后进了府门。

门口的侍卫看是一个年轻的小公公，瞅着眼生，刚要上前阻拦，只见后面的朱瞻基把手一挥，则立即退下。

府门之内，一路之上遇到不少侍女太监，纷纷给朱瞻基请安行礼。朱瞻基强忍着不便发作，只紧紧跟着孙若微。

穿过回廊，一直走到自己住的迎晖殿，门口的粗使丫头碧月看到若微进门，愣了又愣，张口结舌地唤着："微主子！你这是打哪儿来？"

若微也不理，径直进了迎晖殿，厅里的司音、司棋，立即起身来迎："微主子！"若微低声应着。

此时，朱瞻基铁青着脸进入室内。司音、司棋刚待行礼，朱瞻基立即吼道："都闪远远的，院子外面侍候！"

司音与司棋面面相觑，低着头掩好房门退了出去。

若微进入内室，自顾自地摘下帽子，脱去外面的太监服，回身看着朱瞻基："殿下避一避，臣妾要更衣了！"

朱瞻基额上青筋直跳，拳头攥得紧紧的，强忍着怒火转过身去。若微站在四扇雕花的紫檀屏风后面，不多时就换好了衣服，依旧是那件浅碧色的小袄和白色的百褶棉裙，闪身从屏风后面出来，坐在妆台之前，拿起一把象牙半月梳子，对着菱花镜自顾自理着一头长发。

朱瞻基回转过身，一拳重重击在妆台之上："说，那人是谁？在哪儿认识的？你去西山，果真是遇险？还是与他约好的？"

若微把手中玉梳"啪"的一声放在妆台上，象牙梳硬生生折成两半，她粉面微怒，眼中含泪，只盯着朱瞻基，也不答话。

朱瞻基立即大发雷霆："你还委屈了？"

"我就是委屈了！"若微高喊，"想不到殿下是如此之人，不但偷偷跟踪，居然还如此污蔑我！"

"我……"朱瞻基立时气短，"谁让你遮遮掩掩，行事诡秘！"

"你是怎么知道我要去五福客栈的？"若微反而气势汹汹。

朱瞻基眼神一凛："你可知道，宫中与王府，最忌的是什么？就是私相授受！"

若微立时像被浇了一桶凉水，从头冷到脚："你派人监视我？"

朱瞻基沉着脸，背着手在房内来回踱步："原也是为了你好，怕你再有个什么闪失。没想到你居然跟别的男子私下约见，共叙情话！"

"你！"若微紧绷着一张粉面，小脸涨得通红，显然是气极了，她眼中含着泪，半晌说不出话来。

此时花架子里的小乌龟正缓缓爬了出来，朱瞻基上去一把将它拿起，狠狠冲着墙脚摔了出去："房里养着这玩意儿，难不成你也想让本王名副其实不成？"

若微先是吓了一跳，立即跑过去从墙边捡起小乌龟，可是不知它是受了惊，还是被摔死了，四肢和头缩在壳里，任若微怎么叫，它都一动不动。若微此时再也忍不住，"哇"的一声就哭了起来，一边哭一边喊："你摔它，倒不如来摔我！"

朱瞻基也是怒火冲天："早知道，就不该送你这个玩意儿！"

说者无意，听者有心，若微手里托着小乌龟，颤颤巍巍地转过身，一双灵动的美目噙着泪珠儿，对上朱瞻基的眼眸，一字一句，字字泣血：

"殿下是后悔了？"

朱瞻基看她梨花带雨的俏模样，又想到她此时正怀有身孕，也略为后悔，这才勉强压着心口的怒气说道："还不快原原本本地将事情的来龙去脉讲清楚？真逼着本王与你翻脸？"

泪水在眼中盘旋，若微深深吸了口气："我原本就说了，你若信我，三日后我必坦言相告。可你非但不信，还要跟踪我。西山之事，我本想息事宁人，想不到你却来步步紧逼。罢罢罢，殿下爱怎样就怎样，若微无话可说！"

"事到如今，你还是不说？"朱瞻基绷着脸。

若微手抚着小乌龟，坐在榻上，再也不发一语。

朱瞻基怒不可遏，拂袖而去。

走到院里，大喊一声："不许她出房门半步！"

若微心中又气又怨，更觉得万分委屈，然而目光落在手中的小龟身上，突然发现它背上的壳裂了一块，乌黑的壳里渗着丝丝血印。

立时眼泪就涌了出来："小龟，小龟！你不能死，你千万不能死呀！"

若微心中更是凉得彻彻底底的，这小乌龟是昔日你送给我的，盼我早归，又寓意着朝朝暮暮永不相负的寄托，如今你竟然狠心地把它摔了，难道如今，你的心思全变了？

若微这边是泪如雨下，伤心不已。而朱瞻基更是心情烦躁，出了迎晖殿的院子，信步向南苑的园子里走去。

上了小山，来到观景亭中，才发现一人身穿大红猩猩毡的羽毛缎斗篷，面前的石桌上铺着上好的宣纸，而纸上是画了一半的园中之景。

她画得很用心，全神投入，对于亭子中又来了一人居然浑然不知。

朱瞻基站在她的斜后方，能看到她的侧影。

原来是曹雪柔。

三年中，虽然同居一府，又是名义上的侧妃，却也不过只是在年节的聚会上见过数面，印象中她是不擅言谈的，有时候目光相交，只一笑而过。

对于她的笑，朱瞻基印象很深。怎么说呢？那笑中给人的不是如同三月春风般的温暖和煦，而是一种清冷，淡然而幽雅，仿佛她对所有的事、所有的人都很淡漠，没有刻意去应酬谁，也不妄自菲薄。

此时，不知她想到什么，在唇边忽然勾起一丝倾城的微笑，朱瞻基顺着她的目光望去，在林子里那尚未融化的雪地里，居然落着一只黑白相间的大花喜鹊。只见她从石桌上拿起一个荷包，从里面倒出些东西放在手心里，然后又走到亭子边，把手一扬。

朱瞻基这才看清，那竟是一把黄灿灿的小米，不由哑然。

"若是一只大黑乌鸦，你还喂食吗？"朱瞻基轻声问道。

而曹雪柔仿佛被惊吓住了，身子微微有些轻颤，怔了怔，才立即转身参拜："殿下！"

"疏影横斜水清浅，暗香浮动月黄昏。"这是这一瞬间，她带给朱瞻基的感觉。

曹雪柔定了定神儿，收敛起刚刚的拘谨与惊讶，清丽的声音缓缓响起："每日在这里画画、临帖，不管是喜鹊还是乌鸦，有时候还会有一两只小松鼠，总归是活生生的有灵性的东西，雪柔都会给它们喂食的！"

这一句，自是回应了刚刚朱瞻基的所问。原本只是随口一问，此时见她郑重其事地回答，朱瞻基反而有些无言相对。朱瞻基目光投向了那画了一半的风景，正是这园中的雪景。

朱瞻基在六艺当中也最喜欢书画，一眼扫过就知道她的功底如何，虽然说不上有多好，比起若微也差了些灵气，但似乎透着一股苍凉，特别是那画中只是满山的松树柏树，而园中的梅花开得正好，却不见她入画，不由好奇道："世间女子都爱以花鸟入画，雪景之中更倾慕梅花，可是你这画中只有树木山石池塘，这是为何？"

曹雪柔抬起头，对上朱瞻基的脸，还未开口，面色已然绯红。这是她第一次离他如此之近，英俊而清秀的五官，秀美挺拔的身姿，举手投足间流露出的王者之气，都不如他那双如黑宝石一般的眼眸，那微微有些忧郁的深沉眼神和不经意间闪烁的落寞气质，让他充满魅惑。在他面前，即使是再害羞的女子，也不舍得移开自己的眼睛。

曹雪柔心中暗暗感谢上苍，难得的机会，就这样来了。

她轻启朱唇道："臣妾不敢以花入画，是因为世间女子爱花、惜花，又怕花；而不以鸟雀入画，是因为这灵动的生命如此可爱，臣妾笔法拙劣，又怎能将那一份生趣跃然于纸上呢？"

朱瞻基听了好生奇怪："这后一句，本王明白，是你的自谦之说。只是你为何说世间女子爱花又怕花呢？"

曹雪柔目光微微闪烁，伸出一只玉手，指着不远处山坡下的一树梅花："殿下请看，梅花傲立雪中，是一种带着风骨的美。"

朱瞻基频频点头。

曹雪柔又把手指向西边的池塘："殿下再看这里，殿下看到了什么？"

朱瞻基笑而不语。

曹雪柔自揭谜底："现在只能看到满是积雪的洁白冰面，而每到夏秋之季，这清澈池水中便是亭亭玉立、明丽耀眼的莲花。"

曹雪柔又指着不远处的回廊："而廊子边上到了五月间，就是旖旎多姿的兰花。八月，是芳香四溢的桂花。天气转凉以后，夕秋时分，就是鲜亮芳华的菊花。此外，在花圃里还有名贵的牡丹和娇艳的月季、多姿的红杏。这世间的花何止千百种？各有各的美，各入各人的眼。可是再名贵、再娇艳，也不过是别人手中的把玩之物。然而，就是这样的机会，也是可遇而不可求的。更多的是，花自开来花自败，零落成泥碾作尘。"

说到此处，曹雪柔停下了，没有意料之中的伤心垂泪，脸上的表情依旧十分淡然，唇边还若隐若现地保留着那抹微笑。

朱瞻基心中微微有些不是滋味，他听懂了曹雪柔话中的意思。是啊，能够在各地成百上千的淑女中脱颖而出，被皇爷爷钦点为自己的侧妃，容貌才学自是当中的翘楚。这几年自己对她们不闻不问、不理不睬，就像她说的，即便只是被人把玩的花草一般的命运，那也是可遇而不可求的。

朱瞻基心中暗暗叹息，如果说对于胡善祥，自己是出于责任与道义而与她圆了夫妻之实，那曹雪柔与袁媚儿呢？对于她们，难道真的要让她们白白荒废了青春，红颜寂寂悲白发吗？

朱瞻基回身走到石桌之前，提起笔，曹雪柔先是一愣，立即走过来为他研磨。

他轻蘸墨汁，微微思索，随即下笔如风。在他的笔下瞬间肆意而泻的，正是一幅墨色雪梅图。

他轻声诵道："琉璃世界梅自幽，水晶帘下姝望月。老柏修竹沐雪青，鹊栖艳至露华浓。"

"殿下！"曹雪柔看着他亲笔绘的画，又听着他低声吟诵的诗句，心中万分感动，这诗未必有多好，却正应了此情此景，也慰了她多年的情思寂寞。

曹雪柔一步一步走近朱瞻基，对着他的眼眸，眼中喜忧参半，有三分小心，七分惶恐，那模样实在让人堪怜，朱瞻基伸手将她揽在怀中，俯瞰着园中的景色，心中恍然得到了暂时的宁静。

当晚，朱瞻基住在了曹雪柔的香远斋之中。

第二日，又是初一，朱瞻基按例去了胡善祥的宜和殿。

第三日，则破天荒地光临了袁媚儿的月华楼。

原本这在其他王府或者豪门大户内司空见惯的临幸妻妾雨露均沾，在皇太孙府里却引起了一场不小的骚动，上上下下都开始议论纷纷，而这矛头更直指迎晖殿的孙若微。

在园子里迎面走过来的侍女们都会窃窃一笑："听说，微主子失宠了？"

"可不是呢，刚入府的时候被殿下捧在手心里，如今有了身孕，反而失了宠，连着三日殿下都没去她房里。"

"难不成这子嗣不是殿下的种？……"

"嘘，你可别瞎说！"

"怎么是瞎说，听说前儿她偷溜出府会情人，被殿下捉了个正着。"

"真的？"

"可不是，还听说当初她入府时，跟殿下圆房，根本就没有落红！"

"天呢！这怎么可能？"

紧接着，两人就会交头接耳一番，然后才各自散开。

宜和殿里，胡善祥坐在主位。

袁媚儿与曹雪柔携手来拜，行礼之后分坐两旁。

胡善祥看她二人神色都比往日润泽艳丽了不少，心中虽暗暗不快，而脸上却依旧明朗，一面吩咐丫鬟们上茶，一面说道："殿下圣明，如今雨露恩泽，两位妹妹大喜，姐姐也替你们高兴！"

曹雪柔依旧是一副如水的性子，娴静羞怯。

而袁媚儿则是娇憨直爽："这真要谢谢咱们的孙令仪，若不是她把殿下气急了，恐怕殿下一辈子也不会想起我们！"

胡善祥本就是满腹心事，见她如此心直口快、没个遮拦，也笑了起来："这个媚儿，什么话到了你嘴里，就像变了一个味道。"

曹雪柔未曾开口，先是笑靥如花："娘娘，这好几日请安，都未曾看到孙令仪，莫非外面所传是真的？"

胡善祥笑容稍减，正思忖着该如何回话，只听外面来报，说是迎晖殿里孙令仪跟前的湘汀姑娘前来求见。

曹雪柔看了看袁媚儿："娘娘，我和媚儿是否要回避？"

胡善祥笑道："何须如此，你们是正经的主子，哪有给丫头让行的道理？"说罢，对在殿中值守的梅影说道，"你去问问她有何事，再来回我。这会儿主子们都在，若无大事，就让她先回去！"

"是！"梅影闪身出去，不多时才进殿回话。

"何事？"胡善祥问。

梅影近前回话："说是微主子被禁了足，所以不能过来请安，让她代问娘娘安好。另外还想问问，紫烟什么时候送回去？"

胡善祥暗暗思量，既然若微与殿下已经起了嫌隙，自己就没有必要蹚这趟浑水，不如做个顺水人情，在这个时候给她一个面子，让她念着自己的好，于是说道："既然微主子开口向本妃讨人，本妃就成全她。梅影，你去柴房把紫烟放出来，着人送回迎晖殿！"

"是!"梅影退了下去。

不多时，袁媚儿与曹雪柔也告退离去。胡善祥独自坐在正厅，心中不免有些郁郁，正巧慧珠从外面端着托盘走了进来，看她神色不对，开口询问："娘娘，这是怎么了?"

胡善祥叹了口气："前门赶虎，后门引狼。一个孙若微还未了结，又让她们两个捡了便宜!"

"我当什么呢，原是为了这个!"慧珠笑了笑，站在胡善祥身后，为她轻轻捏着肩膀，"我的好娘娘，您是皇太孙正妃，以后的太子妃、正宫娘娘。常言道，天子三宫六院七十二妃，那是外面人不知详情胡说的。咱们可是心知肚明，这东西六宫，是十二位皇妃。而下面的庶妃、嫔御、贵人、才人、淑女、三千宫人，只要天子高兴，就都是他的女人。您就这么点气量，以后怎么母仪天下?"

胡善祥身子一歪，略有些撒娇道："在外人面前装着大度，自家姐妹才跟你说句心里话，你又来刺我!"

慧珠从案上的托盘里拿起药盅："快别气了，娘娘您先趁热喝着，听我细细讲来!"

胡善祥掀开盖碗，用勺子轻轻搅着。

"如今情势对咱们才最是有利。只要殿下不专宠孙若微，多几个怕什么? 人越多，您这正经主子的位子才越安稳呢。以前只是您和孙若微僵在面上，明里暗里，只有你们俩斗。现在可好了，娘娘可以作壁上观，不用您出手，自有人帮咱们忙活。"

慧珠言之切切，胡善祥将信将疑。

第三十七章　泼皮闹王府

迎晖殿中。

若微呆呆地坐在书案前，手里依旧捧着那只受伤的小鬼，眼中尽是哀凄之色。她原本对朱瞻基只是一时气恼，气过之后也就原谅他了。

别说他是皇太孙，就是哪个男子看到当时的情景也会误会，也会生气。可是他万万不该摔了这小乌龟，它对于自己的意义，他比任何人都清楚。

然而若微心里最难过的是整整三天他都没有踏入这房中半步，已经过了她当初跟他所说的三日之约，难道他已经不在乎真相了？若微这才仿佛慌了。

正在愣神之际，听到外面有人惊呼："天呢！紫烟！"

若微腾地站起身，冲到外面，"紫烟！"若微只觉得身子发虚，一个不稳，就差点晕倒。司音立即上来扶她，若微用手推开她们，茫然地扑到紫烟面前。紫烟居然是被人抬回来的，她趴在床板之上，背上的衣服血肉模糊，透着一股血腥之气，若微一阵头晕恶心，立即忍不住干呕起来。

"主子，主子！"紫烟奄奄一息，还强撑着说道，"看到主子平安，真好！主子放心，紫烟没事！"

"紫烟，她们……她们怎么能把你打成这样？难道都没找人帮你疗伤吗？"若微声声悲怆，两行清泪肆意而淌。

紫烟强撑着身子，颤颤巍巍地伸出手，居然还要去帮若微拭泪。若微紧咬着下唇，直到口中有了血腥也浑然不觉。

"湘汀，快去请府中的医正来给紫烟看看伤！"若微强忍着心中的悲怨吩咐着，"司音、司棋，你们去备好热水和干净的衣服，咱们给紫烟净净身子！"

"是！"湘汀与司音、司棋立即下去。

若微将紫烟扶到暖炕之上，紫烟连连说道："主子，这是主子的床，奴婢怎么能躺？再说奴婢身上不干净，再弄污了……"

"紫烟，你就让我心里好过些吧！"若微的眼泪又垂了下来。

紫烟立即点头："好了，好了，都听主子的！"

若微将紫烟在暖炕上安置好，还不见湘汀她们回来，她走到屋外翘首以盼，不见人影，索性跑到院门口张望，谁知立即有两名小太监上前相阻："微主子，您不能出这院门！"

若微气得一跺脚，只好在院中等着，好半天才见司音、司棋她们回来，可都是两手空空，而湘汀身后也没有跟着医正和良医。

若微立时急了："怎么回事，去了这么长时间，怎么空手而归？"

司音嘟囔着："这些个人，眼皮子真浅。往日微主子得宠的时候，天天姐姐长、姐姐短的，交代些什么事情，办得快着呢！如今可到好，半天支使不动，先说是灶上没热水，奴婢就说那赶紧烧呀，她们又说缸里没水了，奴婢就和司棋去西园井边提了好几桶水，灌满了缸。可是她们又说没柴，我们把心一横，又去劈柴。可是都备好了，她们又说现在没工夫，也没灶，得赶着准备午膳。"

"司音！"司棋轻轻拉扯着司音的袖子，想是劝她不要再说了。

若微这才明白，原来自己太过天真了，跟瞻基这次不是简单的闹别扭，而是失宠了！

才三天，这府里的奴才就知道踩低捧高了。若微点了点头："湘汀，那医正也是如此对吗？"

湘汀见她神色不对，立即劝道："主子，医正倒没说什么，只是这府里的规矩，医正、良医，都是有品级的医官，只能给主子问诊。这底下人病了，要想劳烦他们，必须得殿下或者是太孙妃开口！"

若微深深吸了口气："我不求他们来给紫烟治伤，我自己会瞧。这样，我马上写个方子，你去典药局跟他们拿些药，这总行了吧？再不成，我拿银子去换！"

"主子，不行！"湘汀面露难色，"这层意思，刚刚奴婢已经跟他们说过了，没有主子的话，一钱药都不能往外给！"

若微点了点头："明白了！"

若微转身回到房中，再出来时手上已抱着一个首饰盒，还有一顶朱瞻基常戴的紫金玉冠。她小脸紧绷，谁也不理，只说了句："你们在屋里好好照顾紫烟，谁也别跟着我！"

"主子！"湘汀立时觉得心里扑通扑通地狂跳起来。司音与司棋也愣住了。

只见若微抱着东西往院门外面走，两个小太监上来就拦："主子留步，殿下有令，您不能——"

若微依旧向前："你们敢拦？是想摸我的身子，还是想伤了殿下的骨肉？"此话一出，两个小太监伸出的手立即缩了回去。

若微抱着东西大步向外走着。湘汀从未见过若微如此鲁莽，立时招呼司音、司棋："还不快跟上瞧瞧！"

若微先是直奔伙房。一路上有小太监和丫鬟看了，都不免觉得奇怪，一向温良可人见谁都笑眯眯的微主子今儿却凶神恶煞，怒气冲冲地走着，一身单薄的碧色棉衣裙，也没穿斗篷、没戴风帽，感觉甚是奇怪。

若微到了伙房，用脚把门狠狠一踢。

一个胖嬷嬷上前打量着她："姑娘是哪房的？看着眼生呀！"

若微扫了她一眼："这儿的管事是谁？叫他出来！"

"哟，姑娘好大的口气！"胖嬷嬷嗔道，"你是什么人啊？"

湘汀与司音、司棋正好赶了过来，立即挡在若微前面，司音说道：

"周嬷嬷，这是我们微主子！"

"呦！"胖嬷嬷立即变了腔调，"这怎么话说的，微主子怎么到了我们这个腌臜的地方？"

"你是管事的吗？"若微瞪着她。

胖嬷嬷被问得张口结舌，这时从里面走出一位干瘦的中年太监："微主子，小的柳二，是这儿的主事，微主子有何吩咐！"

若微指着他说道："刚刚我差司音、司棋来要两桶热水，给生病的丫头洗个热水澡。怎么就这么难？帮你们提了水、劈了柴，最后还是空手而归，有这事没有？"

柳二微微皱眉，扫了一眼伙房里的人，那周嬷嬷立即上前说道："柳爷，有这么档子事，这马上要开午膳了，膳房那边催得急，这实在是忙不过来！况且上边吩咐的，额外的差事……"

"额外的差事，得赏银子是不是？"若微淡淡一笑，把手中的东西一颠："这个成吗？"

柳二不由得一愣，那紫金冠他当然认得，这是殿下平日里常戴的，而那沉甸甸的首饰盒里的东西，更是可想而知。

"用这些能换两桶开水吗？"若微眼中含泪，依她的脾气，原本想把这些东西砸在她们脸上的，然后砸了她们的锅灶，让谁也吃不成喝不成。可是这样一闹，到头来受苦的还是自己身边的丫头。罢了，息事宁人，于是她强抑着怒火，一字一句地说道："柳爷，各位嬷嬷，我不是闲得没事跟你们搅乱，原是因为我的丫头受了伤，伤口都化了脓，我得拿热水给她洗洗身子，才好上药。是，这些天出了些事，你们想来也听说了。用你们话，我失宠了，既然是我失了宠，所有的罪我一个人来受。可是我的丫头，跟在我身边的这些人，她们没错，我不能让她们跟着我受委屈。今儿，我就用这些东西跟你们换两桶热水，哪位好心，帮我这个忙，若微感激不尽！"说完，若微对着他们深深一拜。

自柳二以下，大伙全都愣了。还是柳二反应快，立即说道："使不得，使不得，微主子言重了。这水，老奴亲自给您烧，烧开了，马上给您送过去！"

若微点了点头，把手中的紫金冠与首饰盒往柳二怀里一送，扭头就走。

"微主子，这，这，这实在是使不得呀！"柳二立即傻了眼，而若微则又向府中典药局走去。

湘汀与司音、司棋在后面紧紧跟着，大家的心都跳得咚咚的，觉得甚是紧张。

进了典药局的门，正看到三两名医士在清点药材，而桌案前坐的正是徐医正。他见若微入内，不由眉头微皱，但又立即起身相迎："您是孙令仪？"

若微伏身下拜，徐医正刚要伸手相扶，又觉得不妥。于是只好侧身而立，躲开了她这一礼："娘娘折杀下官了，何事须如此？"

湘汀真怕若微意气用事，所以上前代为解释："医正大人，我家主子也是为了求药而来！"

徐医正恍然明白，立即揖手说道："令仪娘娘，不是下官推托，确实是因为规矩所限，我们这些人不仅要从太孙府的规矩，还有宫里太医院管着，没有殿下之命，不能擅入内堂，更不能为女子诊治！"

若微点了点头，面色很是恳切："大人的为难，若微明白。只是恳请大人赐我几味治外伤的草药，我自行为小婢调理，不与大人相干！"

徐医正面露难色："不是下官拂娘娘的面子，只是这典药局中每一味药一钱一厘都有账目，不能私自流出去半分。还请娘娘去请了殿下之命回来，下官立即效劳，绝无二话！"

"主子，既然如此，咱们就去求殿下吧！"湘汀轻轻扯着若微的衣袖。

若微唇边浮起一丝苦笑，心道，他不见我，我何苦去求他？随即从袖中掏出一物，湘汀立即大惊："主子，万万不可！"

亮光一闪，若微手中拿的正是脱脱不花所赠的那柄短刀，她手起刀落，冲着自己的左臂划去。众人这才明白，她是想伤己求药。

徐医正吓得当即跪倒，湘汀和司音等人已经哭了起来。

若微闭着眼，拿刀狠狠地向自己的手臂划去。

可是突然持刀的右手被人用力握住。

若微睁开眼睛一看，居然是一位年约三旬的医士，他左手狠狠攥着若微的手，而自己的右手上还拿着一把药杵。

原来是站在门口弄药的医士。

若微用力挣着，却被他抓得牢牢的，怎么也挣不脱，看不出这文弱之人倒有股子蛮力。

"徐医正，这就不是男女有别了吗？"若微声音一凛，秀眉微挑，瞪着徐医正。

"这个，梓琦，快放手！"徐医正轻咳一声。

那医士先放下自己右手的药杵，又用右手从若微手中取下宝刀，这才松开自己的左手。

若微甩了甩腕子："徐医正，今日这药，若微取定了，你若不给，若微便自残于此！"

"这！"徐医正大为挠头。

那个名唤梓琦的医者凑在徐医正耳边低语几句，徐医正频频点头，这才对若微说："微主子要什么药，请提笔开方，也算留个凭据，日后理账，或是殿下查问，下官也好对答。"

若微立即喜笑颜开，对着徐医正和梓琦又是一番拜谢。

若微闹了一场之后，终于如愿以偿，回到迎晖殿中给紫烟沐浴之后，敷了外用的药，又喂了内服的汤剂，换好干净的衣服，就让她躺在迎晖殿正房的暖炕之中。

一切都消停了，司音、司棋摆好午膳，她实在没有胃口，闹了这样一场之后身子乏力得很，只想歪在床上睡上一会儿，于是遣开了丫头，独自睡去。

仿佛刚刚睡着，就听得外面传来一阵急匆匆的脚步声，那样有力的步子，除了朱瞻基不会是第二个人，若微翻身向里，拿被子蒙了脸。

朱瞻基踢门而入。

"孙若微！"朱瞻基简直快要被气死了，刚一回府，就碰上慧珠带着伙房和药典局的管事来报，他胸中的怒火立即被点燃。所以午膳也没吃就直奔迎晖殿。一进门居然也没人来迎，进了屋可倒好，暖炕上躺着一个丫头，而若微蜷缩在架子床上，蒙头大睡。这火更是无从遏制，他冲到床前，一把掀起被子，指着若微说道："你居然拿本王的紫金冠和皇姑赠你的珠宝去换洗澡水？"

"有何不可？"若微眼皮都没抬，依旧头冲里蜷着身子，闷闷说道，"你把我看作至宝的小龟都差点给摔死了，我怎么就不能拿你的紫金冠去换东西？"

"你？"朱瞻基欺身上前，用手狠狠指着她，几乎已经戳到了她的鼻子尖，"你居然以刀自残的方式去威胁取药？你不顾自己，就不顾我们的孩子？"

若微扭过脸去："你不是夜夜欢娱，身处花丛之中分身无术吗？相信好消息很快来临，自有一堆女人愿意为你生儿育女。我死我活，殿下岂会真的在意？"

"你？"朱瞻基挥起手掌，眼看着就要扇在若微的脸上，可是她连躲也不躲。

朱瞻基这一掌硬生生地重重拍在床架之上。

"殿下！"窗前暖炕之上的紫烟挣扎着撑起身子，跪在炕上叩头如捣蒜，"这一切，主子都是为了奴婢，殿下千万不要责怪主子！不然，紫烟只有以死相报！"

"紫烟！"若微立即从床上弹起来，走到炕边将紫烟抱在怀中，两人相拥失声痛哭。

朱瞻基原本九重怒火抑郁在心中，如今见她们哭作一团，立时乱了分寸。若微从炕上拿起一件血衣，呈给朱瞻基："你看看，你看看，就是所谓的规矩。你的王妃把紫烟打得半残，回来的时候，就剩下半口气了。我想要桶热水给她擦擦身子都要不到。这全府上下，都知道我失了宠，失宠就失宠，我死我的，何必要连累我身边的人！"

朱瞻基理亏词穷，他与若微一样，一向最是善待下人，所以看着紫烟奄奄而泣的模样和那件血衣，这气势立即没了大半。

若微走到榻里，又用手捧起小乌龟，举到他面前："你看，你仔细看看，你把它摔得有多狠，这壳都裂了，它该有多疼？"说着说着，若微珠泪涟涟，呜咽地哭了起来。

见她如此，朱瞻基就是再气，此时也没了脾气。

"好了好了，你别哭了！"朱瞻基伸手去拉她，"这两天闹得也够了，惊天动地的，就许你闹，别人还不能发个火了？"

"发火？你怎么不摔你那个玉虎镇纸？为何偏偏摔我的小龟？"若微更是委屈，索性大哭了起来。

"好好好，你别哭了，你把我的紫金冠都送到伙房去了，也算扯平了！"瞻基拉着若微，"走，楼上说去！"

若微执拗着不动："就在这儿说！"

朱瞻基看了一眼歪在炕上的紫烟，皱着眉头："你说的三日后给我讲实情的话，如今还作不作数？"

若微一仰脸，抹了把泪："当然算数，不过，我不是为了得到你的谅解重新受宠才告诉你的，我是为了我的名声！"

朱瞻基轻哼了一声："都是一样！"

"不一样！"若微跳着脚喊道。

"好好好！"朱瞻基皱着眉。

若微从箱子里拿出一件乳白色锦缎大红绸里滚毛边的大斗蓬披在身上，向外走去，朱瞻基愣了："去哪里？"

"捉奸！"若微头也不回，向外走去。

朱瞻基莫名其妙，只得紧紧跟上。

第三十八章　石室情誓蒙

西山脚下，蜿蜒的小路之上，若微在前，朱瞻基在后，不紧不慢地向山上走着。漫山的积雪还未融尽，走在上面还有咯吱咯吱的声响，寂静的空谷中不时有鸦雀飞过，走在这样真实的雪景图中，令人心清神爽，就是有再多的烦恼也都会暂时搁置。

朱瞻基跟在若微后面，将满心的疑问暂时压下，如今看她一身素衣衬托出玲珑的身段，风帽下面露出的流云髻光亮如墨，乳白色的斗篷在银装素裹、绵延无际的峰峦映衬之下，就像一个雪精灵。而不时被风掠起的斗篷露出的大红面里，就像跳动的火烛，耀花了人的眼睛。这斗篷就像是若微的写照，乳白色的绒面像她娴静温和的外表，而大红的里子，才是她热情如火的真实诠释，真真一个外冷内热的性子。

朱瞻基原本跟在她的身后，是怕她步子太快会有个闪失也好自身后将她接住。而此时，他紧走两步与她并肩，又伸出手去拉她藏在袖中的小手，而她却嫌恶似的丢开，朱瞻基则执拗地稍稍用力，将她的小手再次牢牢握于手中。

她停下步子，扭头瞪着他。只见她雪帽下那双美目灵动有神，修眉端鼻，颊边梨窝微现，微怒之中更是秀美绝伦。那一瞬间，在蓝天、白雪、苍松的映衬下，更显得她肤色晶莹，柔美如玉。朱瞻基一向认为自己在女色面前，有过人的自制力，然而在若微这样的绝色面前，他真的是毫无招架之力。

他低下头，很想去吻她的朱唇，今儿的她，未施脂粉，丹唇不点而红，莹白的肤色因山中冷风吹过而微微泛红，自然而真实的美，更让人目眩。他很想在这万山空谷中，拥紧她，唇舌相抵，共享片刻的缠绵。

可是她的眼神儿，冷俏俏的，让他忘而却步。他克制着自己的冲动，牵着她的手，继续前行。

行至半山腰，忽听到淙淙的流水之声。瞻基随着若微，走到一处池塘断崖之处。

朱瞻基很是莫名，而若微则依旧向池边走去。朱瞻基立即用力拉着她的手："你要做什么？"

若微眼睛盯着波澜不惊的水面，指着那处断崖："蹚过水池，崖壁之后有个山洞，一切谜底就在里面！"

"当真？"朱瞻基眼中透着探究与疑虑。

若微不去理他，依旧往池边走去，她的一只脚已经迈入池中。朱瞻基立即将她拉了回来，伸手将她抱起，盯着她的眼眸说道："数九寒冬，又有了孩子，怎么还如此横冲直撞的？"

若微把脸一扭，指着前边："向西十丈，可见洞口！"

朱瞻基抱紧若微蹚水而过，这才发现这池中的奥秘。池边水深，而沿着若微手指的方向越往里走地势越高，潭水不过只到膝处，并不像外面所见的那般深幽。

行了十余丈，果然见到一个石穴的洞口。入洞之后，瞻基才将若微放下。

刚刚入内，光线较暗，朱瞻基站在洞口仰视着上方的一线天，适应了一会儿光线，才把目光投向室内。此时若微已从石桌上拿起火石，点燃了石窟上的两盏油灯，洞里立时亮了起来。

"咦！"若微环顾视内，才惊讶地发现，不过几日而已，这石洞内竟然模样大变。

朱瞻基看到石洞里间，有石床、石桌、石椅，还有石灶和锅碗器皿，心中虽然称奇，面上却依旧淡定。随着若微再往里走，才发现里面空间极大，平整的青石板上七零八落地摆着一些黑玉酒瓮，而再往里看，则发现石板之中还有数十个黑色的圆形深坑。

若微走过去，掀起一个酒瓮的盖，洞内立时酒香四溢。

他说是先人的遗骨，恐怕是为了掩人耳目，这其中还掺着盛满美酒的瓮缸，而真正的尸骨，便是深埋在地下的那数十个圆形坑穴当中。

一定如此！

朱瞻基坐在石椅之上，看着若微思来想去，也不急着追问，只等她来答话。

若微转过身，这才将那日在山中遇袭的事情原原本本讲了一番，连着脱脱不花的身份与这石室当中的秘密也一并告之。

朱瞻基听来只觉得匪夷所思，若微见他仿佛不信，目光一扫，在那石床上寻得当日自脱脱不花肩头肉中取出的那枚钢钉，还有一些沾血的布条，都拿给朱瞻基看。

朱瞻基眉头微蹙，眼中精光一闪："微儿，你说害你之人，会不会是？"

若微瞪了他一眼："现在又亲亲热热地管人家叫微儿，刚刚扯着嗓子，指名道姓地喊孙若微，真是薄情寡义到了极点，以后我再不要理你！"

朱瞻基眼中含笑，温柔至极，伸手将她揽在怀中："此事也怪你，你我之间，有什么事情不能当面讲清？非要什么三日之后，还遮遮掩掩，无端惹人生疑。"

若微面色沉静，依在他的怀里，缓缓说道："我若当时告诉于你，救我之人就是元朝后裔，成吉思汗的正统子孙。你知道他的身份和藏身之处，作为大明的皇太孙，你又该当如何？是抓是放？是瞒是报？"

"这……"朱瞻基稍稍停顿，"当真是有些为难。虽然他将你救下，但是这里面的内情却太过复杂。一则你与他孤男寡女共处一室，就是我信你，传了出去，恐怕还是会惹人非议。二则他是元朝后裔，我自当应该领兵将他擒下，于公于私，都难以留他活路！"

一声轻叹，若有若无。朱瞻基盯着若微的眼眸："所以，你才瞒着不

说，一来怕我左右为难。二来也是为了保全他。而三日之约，正是希望
他能得偿心愿，将先人的遗骨送出京城？"

若微把头轻轻依在他的胸前，仿佛睡着了一般，不再开口。

朱瞻基则小心翼翼地将沾血的布条与那枚钢钉包好，塞入随身挂着
的荷包之中，不经意间，手触及自己的袍袖下摆，才发觉自己的衣裳与
靴子刚刚蹚水而过的时候都弄湿了。他不由得眉头微拧，仿佛想起什么
事情一样，低头在若微肩头就狠狠咬了一口。

"啊！"若微一声大叫，扬手要打，却被朱瞻基牢牢拽住。

朱瞻基眼中冒火，狠狠逼视着她："前次，你和那个脱脱不花进出石
室，而回来时你的靴子和衣袍都是干的，难不成也是他将你抱进抱出的？"

果然是得了朱棣的真传，龙子龙孙都是一样，这脾气说好就好，说
恼就恼，真是喜怒无常。若微冷不丁被他问及，仿佛真像是做了什么亏
心事一般。

她低着头，装了一副低眉顺目可怜兮兮的小模样，喃喃低语着："当
时我穿的男装，他只把我当成小兄弟，一番好意，并无别的越礼之举！"

朱瞻基双膝一抖，若微从他身上滑落下来，直接坐在地上，她吃疼
地"哎哟"一声，站起身来揉着自己的娇臀。

朱瞻基依旧生着闷气，依旧嚷道："还说什么并无别的越礼之举？抱
都让人家抱了，又同处一室，你，你还想怎样？你倒是说说看，什么才
叫越礼之举？"

"那，那……"若微站在一旁，面上红一阵白一阵，想来想去，仿佛
也是自己的不是。明朝不比元朝和唐朝，女子名节与礼教最是严苛。别
说是让男人抱了，就是让夫君以外的男人看见了，也算失贞。若是此事
被宗人府知道了，估计一条白绫，自己的小命就算交代了。可是她又想
到，不对不对，如果真是这样，自己早就死了多少回了。那年在栖霞山，
就是许彬也抱过两回呢。

糟糕，怎么无端地想起许彬来了？若微赶紧将许彬那个英俊的身影
从自己脑海中驱逐出去。

"那个，殿下……"若微还想找借口解释，却冷不防地被朱瞻基狠狠

拉入怀中，他的唇覆在她的蓓蕾之上，极力吮吸着那两片柔嫩与芳香。她刚想开口，他火热的舌便顺势侵入，在她的唇齿间肆意横行，只逼得她有些喘不过气来。声声低吟，似在求饶，却又像是战鼓阵阵，让他更加疯狂。

双手揉捏着她柔软的身子，如饥似渴地吞噬着她每一寸的芳香，若微步步后退，他却步步紧逼，只把她逼在墙壁之上。

她的斗蓬不知何时已然掉落在地上，身上的碧色小袄微微敞着，朱瞻基的手已悄悄探入到她的袄内，隔着一层薄雾般的里衣，轻抚着她的娇躯。

若微已经从他的低喘声中感觉到他的欲望，而两人紧紧相依着，他身下傲立的坚挺更让她明白，如果不及时制止，也许下一刻在这石室当中，他就会不管不顾地做出荒唐事来。

于是，若微的两滴清泪，恰到好处地缓缓流下。那泪水从她眼中流出，却滑落在他的脸上，似一股清泉，滋润了他心中雄雄燃起的欲望之火。

他立即停了手，凝视着她的眼睛："怎么？"

若微闭上眼睛，泪水在粉面上轻轻滑落，在半明半暗、火烛闪烁的幽静石室中分外撩人，她轻启朱唇："你不信我？"

朱瞻基身子一僵。是啊，自己是被无端的醋意蒙了心智吗？在这种地方，这样强迫她，对于那个自小被自己看成珍宝的若微妹妹，简直就是一种轻贱和污辱。

他紧紧盯着若微："不是不信，是嫉妒，发狂的嫉妒。我一想到你跟另外一个男子在这小小的石室中共度一夜。我心里就痛得不行。理智告诉我，你不会做对不起我的事。在我眼中，你圣洁如皑皑的白雪，不会有半点污点。可是，我还是……"

"己所不欲，勿施于人！"若微靠在墙壁之上，缓缓说道，"殿下，从永乐十五年起，每一天，若微就是在这样的痛苦中度过的。每到夜深人静，若微就会想，殿下会不会用对我的温存去对待别的女人！"若微的手指轻轻点在朱瞻基的唇上，"殿下的唇，会像吻我一样，去吻别的女人。吻她们的唇，吻她们的颈，吻她们的胸，甚至是她们的花蕊和私处？"

朱瞻基面色微红，盯着若微，想要辩驳，却又不知如何开口。

若微又牵起他的手，轻轻覆在自己的脸上："这只手，是否也会像曾经抚过我一样，去爱抚别的女子的青丝、面庞和玉体？"

若微直视着他："我们在一起时所拥有的快乐，在别的女人那里，殿下都会得到，不是吗？"若微深深叹了口气，眼中无喜无悲，一张小脸空灵纯净，唇边努力挤出一丝淡雅至极的微笑。

"不是的，若微，不是的！"瞻基再一次将她拉入怀中，把她的头轻轻按在自己的胸口，"你听，听到了吗？只有你，才能让它跳得如此有力，如此咚咚作响。我或许会去吻别的女人，或去跟她们行房交欢。但是你说错了，我们在一起的快乐，是你与我独享的。那种快乐，只有你和我才会有。别人，永远不能！"

若微轻轻笑出了声："傻瓜才信你呢。前脚跟我吵完，后脚就踏入美人香闺。袁媚儿、曹雪柔、胡善祥……广赐恩泽，夜夜承欢，哪里还记得我？现在还只是刚开始，以后怕是新人多得连皇太孙府都盛不下了。"

"若微！"瞻基的声音分外轻柔，身上隐隐的龙涎香缓缓传来，直熏得若微有些晕眩，"不管日后有多少新人，你永远是我心中的唯一，我永远不会负你！"

"哈哈！"若微伸手把他推开，"我被人家抱一下，就是不贞不洁、负了你。可是你呢？今儿这个，明儿那个，轮着番地宠幸，这还叫不负我？小女子真想请教殿下，在殿下眼中，什么才是相负呢？难不成您不杀我，不把我投入冷宫，就叫不负吗？"

瞻基被她噎得不知如何相对，索性又坐在石凳之上。

正在此时，"嗖"的一声，突然间便是利刃的声响，一支短箭冲着若微就飞了过去。

若微的脸立时吓白了，她呆立当中，动也不动，瞻基立即将若微拉在怀里，而那短箭则直直刺入石壁之中。

朱瞻基几步冲到洞口，向外张望，外面飞流池水，雪地茫茫，并无半个人影，心中疑窦迭起，重又回到洞中。

"那箭羽上有布条！"若微眼尖，指着那短箭说道。

　　朱瞻基伸手刚要去拔。"当心有毒！"若微拿帕子递给瞻基，瞻基以帕子相裹，拔出短箭，解下布条一瞅，更是如坠云端。

　　"写的什么？"若微凑上去一看，"胡安？"

　　"是个人名！"若微想了想，轻轻推了推朱瞻基，"殿下，殿下，这箭是胡安射的？还是射箭的人让咱们去查胡安？到底是何意呢？"

　　而朱瞻基心中仿佛渐渐拨开云雾，这石室如此机密，恐怕除了若微，就只有那个脱脱不花才知道。所以这箭定是脱脱不花所射，而从前日在客栈中对决时，他就知道，此人是硬铮铮的一条汉子，更是侠肝义胆、铁骨柔情，对于若微，虽然只是数面之交，却仿佛十分倾心。

　　知道她被人暗害，身处险境，也许是暗中查到了什么，所以才来示警。而看到这布条上所写的"胡安"两字，朱瞻基全然明白了。只是一想到那端庄娴静的太孙妃胡善祥，心中就又不免疑虑。善祥真的会如此狠心吗？原本自己对她还有七分尊重、三分怜惜，如今却真真恼人，他重重一拳击在石案之上。

　　见若微睁着大大的眼睛一副莫名之态，瞻基这才说道："胡安，是胡善祥的兄长，在府军中任前卫指挥佥事。"

　　此语一出，若微立即明白了。她的脸变得煞白，身子微微轻颤，脑子里乱作一团，眉心拧在一起，瑟瑟呢喃着："她已经做了你的正妃，我不过就是一个小小的侍妾，她还要怎样？居然要杀我？"

　　瞻基见她吓得厉害，忙将她拉入怀中："微儿，别怕，这只是咱们的推测。一切还要细细核查，等拿了实证，我就禀告父王、母妃。这一次，就是皇爷爷也保不了她！"

　　"不可！"若微腾的一下从瞻基怀中挣脱出来，"万万不可！"

　　"怎么？"她此语倒让朱瞻基完全糊涂了。

　　"殿下想想，常言道'家和万事兴'，民间普通百姓尚且如此，更何况咱们呢？正是因为她是皇上为殿下选中的正妃，她就代表着皇上。我们办她，皇上心中怎么想？臣子们又如何想？"若微双手背后，缓缓踱步，如同一个审时度势、临战备敌的将军。

　　朱瞻基却恨恨说道："若证据确凿，皇爷爷也不会轻饶了她！"

若微摇了摇头："此事不好找到实证，就是找到了实证，以她这三年在宫中积下的善行，怕是也未必能让人信服。此事唯一的人证就是脱脱不花，可是以他的身份，能为我们做证吗？即使做了证，皇上会信吗？况且又会牵连出咱们对元朝后裔知情不报的罪责。到头来，只怕会让人认为，是我欲谋得正妃之位而设计诬陷她，那又当如何？而最重要的是，如今王贵妃刚刚崩世，皇上神伤，龙体违和。宫中风起云涌，恐怕汉王、赵王又要出头，咱们东宫正是要以静待动，谨慎行事的关键时刻，万万不能自乱阵脚。"

这几层意思和其中的关键，朱瞻基早早就想到了，可是他实在不想就此罢手，如今听若微娓娓道来，心中更觉得对不起她。故眼帘低垂，稍一沉吟才悄悄拉了她的手："微儿，我常常在想，永乐十五年，若是我能断然抗婚，也许就不会让你受这么多委屈了！"

"哼！"若微娇俏一笑，在他头上轻轻一戳，"你才不是这么想的呢！觉得我好时，拉在怀里温存片刻。不知什么时候恼了，就往太孙妃屋里一躺，心中念道，还是皇上早有英明，为本王定下善祥这样贤惠得体的妻子，也只有她这样的性子才做得了正妃。"

朱瞻基听了，面上不禁大窘，真被若微说中了，自己确实有好几次是这样想的。于是他立即岔开话题："此事，断不能这样算了，必得给她些教训。"

"殿下的教训就是三天不踏入她的房中吧？"若微言语中透着戏谑。

朱瞻基不置可否，突然将她拦腰打横抱起。

若微又惊又窘，轻轻捶着他的肩："快放我下来，要做什么？"

朱瞻基抱着她走出洞口，蹚入水中："自然是出去，难不成还要在这石室中待上一辈子吗？"

"原来如此，吓了我一跳"！若微把头依偎在他胸前，双手轻轻缠在他的脖子上，只觉得满天乌云都散去，又是艳阳高照，心情大好。

第三十九章　玉箫引骇浪

　　紫禁城乾清宫寝殿内，金碧辉煌，四处都置着精致的摆设。芬芳的檀香烟气氤氲，一张雕刻了九十九条金龙的紫檀木龙床上，大明天子，当今皇上，六十二岁的朱棣倚在绣着金龙的靠枕上，半闭着龙目，静静地想着心事。

　　御床对面立着西洋进贡的灯漏，这灯漏非常稀奇，乃由机械所控制，上面有十二个小木偶人，分别捧着十二个时辰标志，每当时辰交替时，下一个小偶人便从小门中出来，捧着时辰牌，有趣极了。

　　乾清宫大总管首领太监马云入内，看着朱棣的神色，小心翼翼，还未及开口，龙床上的朱棣龙目微睁，问道："回来了？"

　　"是！"马云立即回道，"殿下跟孙令仪出了太孙府，一直往西，直奔西山，一个时辰之后才下山回府！"

　　朱棣眉头微皱："这冰天雪地的，去西山做什么？"

　　马云心中稍稍有些犯难，听锦衣卫的李宣说，怕殿下发现，所以他们离得稍稍有些远，居然在半山腰便把人跟丢了。一个时辰之后，才发现殿下和孙令仪携手下山，只是这中间的岔子，实在没脸在皇上面前直说，所以低着头，不敢搭腔。

朱棣见他不回话，闷哼了一声："也是，他们去做什么，你怎么知道？"

马云立即说道："万岁圣明！"

朱棣心道，圣明个屁！若说圣明，当初没叫孙若微给瞻基当正妃，那才是歪打正着呢。这丫头鬼点子多，不安分得很，若是没人拘着她，不定把他的乖孙子引到什么歪路上去呢。

马云又道："只是听跟着的人回奏，殿下上山的时候心事重重，面上有些不悦，与孙令仪也是一前一后，互相不理不睬。而下山时……"

"下山时又怎样？"朱棣坐了起来。

马云稍稍一顿，面上似乎有些窘意："殿下满脸阴郁一扫而去，与孙令仪携手而归！"

"哦！"朱棣手抚胡须，暗自思忖，原是派在皇太孙府中的人偷偷回话，说这两天太孙府不太平，闹得有点儿乱糟糟的，这才叫马云派人去查，没想到竟是这么一个结果。朱棣想了想，定是这若微丫头想法子又把瞻基给哄好了，可是要哄在府中哄就好了，为什么非要去西山呢？

朱棣想来想去，却也想不透，只得说道："去，派人盯紧点！"

"是！"马云立即应着，他脸上神色稍缓，仿佛有喜事要报，抬头看着朱棣的神态，有些踌躇。

"还有事？"朱棣目光如炬。

马云笑道："什么事都瞒不了万岁爷。原是件天大的喜事，只是奴才想着，是不是该等着皇太孙亲来给万岁报喜？"

都说天子不该喜形于色，只是朱棣听了此语，仿佛吃了一根老人参，立时觉得浑身上下精气十足，一把按在马云的肩上："你是说，皇太孙府中有喜讯传出来了？"

马云满面堆笑，双膝扑通跪倒在地："奴才给万岁爷道喜，万岁爷猜中了，正是府中传出的消息，孙令仪有喜了！"

"哈哈哈！"朱棣站起身，在屋中来回踱步，面上大喜过望，"果真是喜讯！"只是顷刻间，龙颜又沉了下来，气得胡须微颤，"那这个丫头还跑到冰天雪地的西山去疯折腾什么？”

马云当下便愣住了，心想万岁爷这思路怎么跳来跳去，这什么事也经不住他来回琢磨呀。他这儿还想着怎么搭腔呢，哪承想朱棣又自言自语开了：“去，去让黄俨挑几个老成妥帖的嬷嬷派到皇太孙府中，专侍候那丫头，好好替朕看着她，千万别出什么岔子。另外再着太医院去给她会诊，看看要不要开什么方子好好调理一下。还有，你去给朕再挑些好东西，送过去！”

朱棣一高兴，什么赏赐恩典都一股脑儿地吩咐下来。可是马云心里明镜儿似的，他依旧跪在地上纹丝没动。

朱棣见马云没有回应，这才把目光投在他的身上。

马云颇有些为难：“万岁爷，这消息是锦衣卫传给奴才的。万岁爷要是这会子又是打赏，又是派太医嬷嬷的，怕是……”

朱棣这才反应过来，一阵大笑：“朕真是高兴坏了，乐而忘形。这不是明摆着不打自招吗？若是瞻基知道朕派人在他府里盯着，肯定心里不自在。罢了罢了，朕先忍上这一时三刻，看这基儿什么时候来给朕报喜，再赏不迟！”

“万岁爷圣明！”

“好了，你下去吧！”朱棣面上是难得的和煦。看着马云退出了寝殿，他这才重新坐在龙床之上，抬眼又看到不远处，对着龙床的那面墙上，挂着的那只纸鸢，愣愣地有些出神。素素，他在心里唤着她的闺名，不由有些伤感。你不愿入宫，千方百计地躲开朕，却没有想到你的女儿却成了朕的孙媳，如今还为朕的孙儿孕育着皇家的血脉，看来这“缘分”二字，真的不是人力所能左右的。

外间响起值守太监的唱奏：“司礼监黄公公觐见！”

“宣！”朱棣收回思绪，又恢复了往昔的肃穆威仪。

司礼监黄俨躬身入内，亦步亦趋：“老奴参见万岁爷，给万岁爷请安，给万岁爷道喜！”

道喜？天子的心事怎能容别人窥视半分，朱棣一道厉目射来，凌厉得如同寒冰。

可黄俨似乎并不畏惧，面上笑容依旧。

此时，寂静的夜色中，在寝宫外面忽地响起一阵悠远的箫声，如泣如诉，曲调声声动人心弦。这箫声听着如此熟悉，让朱棣仿佛想起了什么，他从龙床之上站了起来，缓缓向外走去。

宫门口值守的太监与宫女刚要请安，朱棣嫌恶地挥了挥手，她们立即伏在地上，再不敢发出半点声响。

朱棣站在宫门口。一弯新月之下，无边的夜色中，一个曼妙的侧影，静立于大殿外面的汉白玉石阶上。白衫红裙，青丝墨染，若仙若灵，手执一管玉箫，朱唇轻启，那优美如同天籁的曲子就这样流泻出来。

她悄悄转过身，仿佛月中的精灵般从夜色中向朱棣缓缓走来。如同天上一轮春月开宫镜，月下的女子两颊笑窝中霞光荡漾，丽质天成，如同生于月宫的仙娥。

"贤妃？"朱棣有些恍惚了，此人好像死去的贤妃权氏福姬。

"万岁爷，这是老奴此番在朝鲜为万岁爷精心挑选的喻氏！"身后传来黄俨低沉的解说。

原来不是权氏。天子乌黑的眼眸中，初时是灼人的火热，然而瞬间就无端地染上了一层嗜血的寒意，仿佛苍狼遇到久违的猎物，那眼神中透着绝杀之气。

只是那女子似乎不怕，依旧笑意盈盈，手执玉箫独自品奏。箫音未停，脚步不歇，一步一步蹬上石阶，一步一步向朱棣走来。

朱棣半眯着龙目，这个女子，倒别有一番风韵。这份直爽，似乎比王贵妃和当初的贤妃权氏还要合他的心思。只是可惜，朱棣心中暗自嗟叹。若是三两年前，自己也许会立即将她扛入寝宫成就好事，可是现在，朱棣不免有些苦涩，当真是老了吗？心思尚存，怎奈气力不足。

朱棣看了一眼面前的女子，又看了看黄俨，不发一语，独自进殿。

那喻氏女子稍稍一愣，黄俨立即冲她使个眼色。那喻氏仿佛会意，也悄悄跟随朱棣进入寝宫。

在身后女子的娓娓动人的箫音中，朱棣重新坐回到龙床之上。

她的箫音很美。朱棣歪倚在龙床上，目光投在她的脸上，从她水汪汪的眼睛、高耸的玉鼻到如蓓的小口，还有那执着玉箫的削葱一般的手指，顺势而下，是完美的胸线、倩倩的腰肢，他似乎可以想象出那衣裙下面玲珑之处藏着的诱人之物。

"过来，离近些！"

她这才停口，将玉箫放置一旁，悄悄走近天子。

"再近些！"

她羞涩地抿嘴浅笑，又向前走了几步，直到双膝几乎碰到龙床。朱棣盯着她，脸上只有少女的娇羞，却无半点恐惧，也没有当日权妃脸上的伤感。朱棣倒有些奇了："你不想家？"

"想！"她答得干脆，脸上笑容未减。

"知道来宫里是做什么的吗？"

"侍候上邦的皇帝！"她的汉语说得没有福姬好，略有些僵硬。朱棣微微皱眉。她却一点儿都不知道害怕，伸出玉指轻轻抚上朱棣的额头。朱棣原本想反手将她擒下，可是似乎就在迟疑之间，她玉指便在他额头两侧太阳穴上轻轻揉着。

那指尖中缓缓传递过来的温度和轻重适度的手法，让他很受用。

"你不怕朕？"朱棣突然对面前这个足以做她孙女的女子产生了些许兴致。

"为什么要怕你？"她面上含笑，而手指未停，从额头至肩膀，为朱棣轻轻按压。别看她身子轻软纤细，手劲却很不小，按在身上很舒适。

朱棣大笑："是呀，为什么要怕朕呢？"

难道天子是洪水猛兽，难道天子真的是孤家寡人吗？所有的人都怕他、敬他。这天底下只有一个人，没有把他当成天子，那就是董素素。可是那又如何呢？她终究是嫁给他人，生儿育女。就是为了若微来求他时，也是一副傲骨，只以纸鸢传话，却始终不肯见上一面。

哎，朱棣心中轻叹。

徐后、权妃、王贵妃，还有许许多多曾经被他宠幸又被他忘记的女子，到了暮年，都不能伴他左右。

朱棣想到此，突然有些烦躁，他一把将喻氏拽入怀中，动作有些野蛮，下手不轻，她倒在他的怀里，眨着水汪汪的眼睛，一动不动地看着他，眼中还是没有丝毫畏惧之意。朱棣仿佛被激怒了，他的大手粗野地按在她翘立的双峰之上，狠狠地用手揉捏着，没有半分怜香惜玉，更不是温存和爱抚。

只是令他惊讶的是，她并没有紧张，也没有挣扎和恐惧，她甚至连眼睛都没有闭上，依旧是含羞带笑地看着他。

朱棣下意识地一把扯下她的外裙，里面是一件大红簇金的抹胸，露出半截雪白的膀子，还有若隐若现的双峰。朱棣进而扯下她的抹胸，那两峰雪白直挺挺地立着，新鲜得仿佛带着露珠，朱棣想也未想，就将它紧紧含在口中，原始地吮吸着，呼吸越来越急促。

宫门不知何时早已紧紧关闭，香炉里是沁人的芳香。

华美的宫殿在黑夜里分外静谧，天子低低的喘息声与少女轻微的呻吟和嘤咛，在夜色中分外撩人与暧昧。

只是一声低吼，紧接着是什么东西被扔到地上，摔得粉碎的声音。

是的，当朱棣被一种原始的征服的欲望驱使着，把身下的女子剥得精光，正准备要活吞的时候，才发现自己再一次力不从心。于是龙床边上的玉香炉就成了可怜的羔羊，顷刻间被天子一只龙臂推倒，成了万千的碎片，满室的芳菲与久久不退去的香气在默默诉说着它的无辜。

帐幔之中，喻氏如同一只光溜溜的美人鱼，她跪在天子身旁，轻轻地靠近朱棣低语着："万岁，奴婢擅长吹箫！"

朱棣面色通红，紧闭着眼睛，半晌之后才轻哼一声："吹吧，吹吧，吹着，朕好入睡！"

原本他还在想，是不是让这个知道他隐疾的女子从此永远消失，只是她的一句话又让他的心莫名地抽搐了一下。若是得此妙人，每到入夜之时伴在自己身旁，吹着悦人的曲子让自己安寝，倒也是件乐事。正想着，却不见曲子响起，而身旁的女子，柔软的身子又贴了上来，只是那莹润的朱唇……

朱棣立时惊愕，忙睁开眼睛，只见喻氏跪在自己身旁，小小的粉面正对着自己的龙准之处。

“你？你要做什么？”天子也有惊慌失措的时候。

喻氏笑了，歪着头眨了眨眼睛，俏皮地说道：“为万岁吹箫呀！”

“什么？”朱棣如坠云端。

然而很快，他就明白了，什么是她口中的“吹箫”。

第四十章　风云重重至

　　乾清宫外，黄俨如同一只狡猾的老狐狸，在宫门外静立了一个时辰之后，才放心地离去。回到自己的住处后，立即有个伶俐的小太监上前侍候，又是奉茶，又是捶腿，最后才忍不住问道："二叔，那喻氏成了吗？"

　　黄俨摸了摸光溜溜的下巴："成了吗？把'吗'字去掉！"

　　"成了？"小太监一脸惊喜，满眼崇拜地看着黄俨，"二叔，那以后这宫里就要以您老人家为尊了！"

　　黄俨扫了他一眼："这点出息！告诉你，打今儿以后，更得给咱家夹起尾巴做人！不许你跟他们几个小猴崽子出去招摇。万岁爷耳聪目明，手段高着呢。这只是第一步，一切还得慢慢筹划！"

　　"是，全听二叔的！"小太监连连点头称是。

　　黄俨轻轻抚了一下他的头："柱子，也委屈你了。若不是这天大的打算，二叔信不过旁人，也不会让你爹把你给送进来！"

　　被黄俨唤作柱子的小太监眼神一黯，随即又尽展笑脸："瞧二叔说的，当初要不是二叔进宫谋了差事，怎么会有我爹我娘我们一大家子的今天？再说二叔这也是为了咱们黄家的万代基业，若是老天保佑，大事能成，这往后咱们黄家的子子孙孙，可都捧上了金饭碗，得了尚方宝剑，这样一劳永逸的事情，柱子心甘情愿地跟着二叔干！"

黄俨叹了口气："去，把消息送出去！让他们安心！"

"是！"小柱子悄悄退下。

黄俨脱去蟒袍外衣，只着一身素缎中衣躺在床上，细细思量着，自己筹划了多年，终于才走成了第一步。原本看中王贵妃，可笑她迂腐得很，真把自己当正宫主子了，又加上跟在徐后身边多年，根基太深，拉拢不成，也不能除去。直到后来苦心扶植了权氏，谁知最后关头，却功亏一篑。吃一堑，长一智，自己学乖了，早早地从朝鲜找到这个喻氏，却没有急着献给皇上，而是一直在暗中派人调教，足足用了好几年的时间，终于可以放心地把她当成自己人来用了。可是皇上却老了，在女人身上没有念想了。而王贵妃的死，又让他神伤不已，这时献上喻氏，才正中下怀。仿佛久旱逢甘霖，恐怕过不了多久，皇上就离不开她了。

黄俨想到这儿，不由得低声笑了起来。

只是可惜了柱儿，这世上的事，他还没看透。自己筹划这桩惊天大事，真的是为了黄家吗？他一个阉人，哪里还会顾及本家的兴旺荣宠？这一切，不过都是为了他。

唉，黄俨叹了口气，辗转反侧，过了许久才渐渐睡去。

第二日，乾清宫中传出朱棣的旨意，择吉日册封朝鲜淑女喻氏为贤妃，赐居长春宫。

朱棣的后宫中，除了徐皇后、贤妃权氏、贵妃王氏之后，又迎来了一位六宫之主。同样的朝鲜贡女的身份，同样的贤妃称号，一时之间，宫中上下又引起一阵不小的喧哗。

东华门内端本宫文安殿内，皇太子朱高炽与太子妃张妍端坐于正中的宝座之上。

皇太孙朱瞻基与胡妃善祥、令仪若微从外面依次入内，下拜行礼。

朱高炽满面祥和，笑容可掬："都起来吧！"

太子妃的目光在他们三人面上一一掠过，最终在若微的身上停下，心中不免喜忧参半，喜的是皇太孙终于有了喜讯，可以开枝散叶了，可是这头胎却不是中在正妃胡善祥的腹中，又不免有些遗憾和担心。

胡善祥从太子妃的目光中窥出一二，立即唇边带笑，半开玩笑地说道："母妃也太心急了，才不到两个月的身子，母妃就眼巴巴地盯着若微妹妹的肚子看，怕是此时还未显怀呢！"

太子妃看她面上和煦如三月春风，不见丝毫别扭，更是觉得她为人贤惠，大度得体，这才笑着点了点头："都是基儿不好，直到今日才传出喜讯，让本宫望眼欲穿等了这些年！"

太子妃的话一语双关，在敲打着朱瞻基的同时，又暗示着若微。

若微低垂着头，从上面看去，仿佛是害羞一般。其实她才是一脸的淡然与平静，若非是西山遇险，朱瞻基非要让府中的太医诊治，自己是断断不会这么早就将有喜的消息透露出来的。一想起当年在静雅轩离宫的那一天，正是太子妃派人给自己送来的红花，若微就觉得身上一阵一阵地发寒。

皇太子朱高炽看着若微，打心眼里喜欢，然而目光扫向朱瞻基和胡善祥，又觉得有些无趣。原本想跟若微调侃几句，再求些强身健体的药方，可是奈何这样的场合，身为公公的他也不便与儿媳多聊，于是轻咳一声，只说道："若微有了身孕，可要好好调息，万不可有了闪失！"

若微起身，低头福礼："父王教诲，若微定当谨记在心！"

"罢了，罢了，孤在此，你们定是拘束！"朱高炽侧脸看着瞻基，"你们陪你母妃多坐坐，孤还要往文华殿议事！"

瞻基等人立即起身再拜："恭送父王！"

皇太子朱高炽离去之后，太子妃从案上拿起一个锦盒，递给胡善祥，又对朱瞻基说道："基儿，你与善祥去长春宫见一见贤妃，母妃留若微在此，召了宫里的太医再帮她看看！"

朱瞻基显然有些意外，目光追着若微看了一眼，若微冲他使了个眼神，示意他从之。于是朱瞻基与胡善祥双双离去。

太子妃看着若微，面上表情冷静得有些怕人，指着身边的软椅："坐近些！"

若微依旧低垂着头，轻移莲步，挨着太子妃坐在下首。

太子妃伸手拉起若微的手，若微这才抬起头："娘娘！"

太子妃苦笑着，在她手上轻轻一拍："本宫身边长大的女孩，如今倒跟本宫生分至此！"

若微立即起身，扑通跪在殿下："若微知错！"

"你知错？"太子妃紧紧盯着她的眼眸，如此灵动妩媚，莫说是瞻基喜欢，就是任谁见了，又能真正弃之？董素素，孙敬之，你们养的好女儿。太子妃心中暗流涌动，忍了又忍才说道："你错在哪儿？"

若微眨了眨眼睛，不知如何接语。是呀，自己错在哪儿？总不能说是我勾引瞻基，让他成婚三年不与府中妃妾圆房，耽误太子妃抱孙子，如今又凭着媚术，抢先有孕？还是说，太子妃已经知道自己前些时日在西山遇袭，随即闹出的那些荒唐事？

"说不上来了？"太子妃伸手在她额上轻轻一戳，"可见刚刚说的不是心里话！"

"娘娘！"若微脸上微红，神态越发乖巧。

"快起来吧，以后不要动不动就跪！"太子妃的语气中没有关切，反而只是有些无奈。

"谢娘娘！"若微站起身，依旧坐在她身旁。

太子妃目光幽幽，紧盯着若微，又仿佛透过她在看着什么人，想着什么事，有些心事重重的。

"唉！"太子妃叹了口气，"又不叫母妃了，改叫娘娘了？"

若微心中暗呼糟糕，以前怎么没发现太子妃这么难相处，现在才知道，这女人当了婆婆，再好的性子也会变得乖张，于是只得解释着："若微是心存芥蒂，知道娘娘并未承认若微，所以不敢越礼！"

"不敢越礼？"太子妃站起身，从宝座上走了下来，站在大殿之后，挥了挥手，殿内侍女纷纷退下。

"好一个不敢越礼！一个未出阁的女儿家，引着殿下在大婚之夜跟你共赴巫山？三元观清修，却女扮男装，当街行医。入了太孙府，目无正主，恃宠而娇，处处滋事。这越礼的事情，你做的还少？"太子妃面色清冷，然而语气很重。

若微原本就知道，自己在她心中的形象早已一落千丈，辩也无济于事，索性不再开口。

太子妃看她低垂着头，粉面微变，眼中似有泪光闪过，这才意识到自己口气重了些。罢了，基儿喜欢，自己何必与她太过为难，况且如今又怀有身孕。太子妃这才强抑了心中的躁怒，语气渐缓："你不要以为本宫不疼你。只是当初圣意难违，如今虽然经历了些曲折，你和瞻基也算修成正果。还望你日后好自为之，本宫只希望你与善祥好好相处，那孩子朴实单纯，你恭顺侍之，她自然会好好待你的！"

若微心中冷笑连连。她朴实单纯？太子妃您一向自命清高，以才女自居，想不到也有看走眼的时候。只是此时，自己又能说什么呢？恭顺就恭顺吧，若微面上含笑，频频点头。

太子妃哪里知道她心中作何想法，只见她点头相应，也稍稍放心："留你，就是为了稍加提点。你自小长在宫中，经历的风云不少，应该比善祥更知道应对，日后还要好好襄助于她！"

若微心想，说了一大车，这句才是关键。前几天听到贤妃喻氏的消息后，就觉得风向不对。果然，太子妃最关心的还是这个。

正说着话，一个女官模样的人进殿来报："娘娘，太医院的秦大人在外面候着！"

好个清脆甜美的声音，若微抬眼望去，只见一个身着六品宫正女官服饰的女子步入殿内，看年纪与湘汀差不多大，削肩细腰、高挑身材、鸭蛋脸面、俊眼修眉，十分端庄大气。若微心中暗暗称奇，昔日太子妃身边的八位有品级的女官和几位大宫女，自己都识得，就偏偏看着她眼生。这个宫女能在慧珠离开之后顶了她的位子，成为太子妃宫中掌事的宫正，定是不俗。

她这边浮想连连，只见那女官又冲着她微微福礼："奴婢云汀见过孙令仪！"

若微立即起身回礼，原本只须额首即可，但是一想到她是太子妃身边的人，又加上相貌举止让人不禁有些喜欢，所以也福了半礼。

"云汀，引孙令仪去内堂，放下三重幔帐之后，请太医进来把脉！"太子妃又重回正中宝座，于桌案上拿起茶盏，浅浅地饮了一口。

"孙令仪，请跟奴婢移步！"云汀前头引路。

若微在后面跟着，进了文安殿西边的内室，这文安殿原是太子妃召见太子宫中的嫔妾与命妇的正殿，东西两侧又设有临时休息的暖阁。

这西里间布置得极为幽静雅致，若微在云汀的指引下在雕花的紫檀圈椅上坐好。云汀又拿来两个方形的大红靠枕让若微将手臂轻放在上面，又把室内悬着的三重纱帘垂下，这纱帘是用上等的云雾宫纱做成，透而不露，看上去如云雾缥缈。只是纱帘虽然轻柔，可隔着它外面的物件就只能是模模糊糊的一个影子，丝毫不能看得真切。

若微靠在椅中，心中暗叹，太子妃的心思真是缜密，还怕自己塞个枕头装着假孕不成？居然支走瞻基与善祥，再召宫中太医为自己把脉。可见在这宫中，人与人之间连起码的信任都没有。

她正想着，只听外面一阵步子由远及近。隔着三层纱帘，一个人影随着云汀入内，坐在了对面的扶手椅子上。云汀再次闪身入内，拿着一根红线拴在若微的腕部，绕经中指然后才递了出去。

"悬丝诊脉？"若微这还是第一次见识，据传孙思邈就精通此道，曾经为长孙皇后诊脉就是以此法成名的。

若微自幼熟读医经，对于用药、诊脉、针灸可谓是样样皆精，唯独这悬丝诊脉总是不得其法。后来还是经娘亲点拨，说是要以抚琴之意去细细体会，才可掌握。可是娘也说了，这悬丝诊脉的技艺并不是每一位医者都能用好的，必得有灵气之人才可得其要领。而且，医者悬丝诊脉往往不足为凭，还要辅以其他手段相验之后，才能确诊。

在太孙府时，因为瞻基心情急切所以顾不得避嫌疑，只是让自己躺在床榻里侧放下帐子，而他又挡在外首，以他的手托着自己的腕部让那个徐医正诊的，所以很快便有了定论。

而这一次，时间稍长，也不见太医出言。

若微一时玩性大起，另一只手从头发拔下一支玉簪，在红线中轻轻一挑。于是这悬着脉动的红线被玉簪一阻，看他还诊不诊得出。

只听外面那位太医轻咳一声，云汀立即近身上前仿佛与他耳语片刻。若微还在纳闷，云汀已经掀帘入内，若微正待抽手却已经来不及了。

云汀笑了笑，一双慧眼看着若微，什么也没说。

若微自知理亏，这才说道："第一次见识这悬丝诊脉，心中好奇，试他一试，云汀姐姐莫怪！"

云汀微微怔住，眼中闪过一丝柔和："令仪言重了！"说罢又帮若微理好红线，这次，云汀就守在若微身边，一动不动。

很快，那位太医站起身，揖手说道："云姑娘，下官诊好了！"

云汀帮若微解开红线，说了句："令仪稍坐片刻！"

眼看着云汀领着太医到正殿回话，若微闷坐在室内，只觉得无趣得很，刚想站起来伸展一下身子，谁知云汀与那太医去而复返。

这一次云汀竟然将太医直接领入室内，穿过两道纱帘，只在最内侧的珠帘前止步，又搬来一个圆凳请太医坐下。

云汀躬身说道："请孙令仪将玉腕伸出！"

这倒奇怪了，太医居然去而又返？若微满心疑问，难道不是喜脉？是府中的徐太医诊错了？那自己的月事也两个月未至了，难道是滞下之症？若微一边胡思乱想，一边将手伸了出去，正放在旁边的方形茶几之上。

这一次居然连药枕都没给垫就直接把脉，若微更是奇怪，心里七上八下的，只觉得这时间过得很慢，仿佛许久之后，太医才说道："好了！"

云汀立即上前："确是喜脉？"

"正是，且脉象平稳，请太子妃不必忧心！"太医的调子缓缓的，仿佛有些苍老。

听说在宫里给后宫诊病的太医都得六旬以上，若微叹了口气，这老爷子也真是辛苦，早知如此，何必费神弄什么悬丝呢？直接把手伸给他不就完了吗？

宫里的事情真是故弄玄虚，明明很简单的事情偏弄得如此复杂。

太子妃张妍坐在正殿之上，心情大好。当第一次云汀领太医来回是喜脉的时候，自己还有些不相信，想来想去总觉得不妥，于是索性破了规矩，让太医撤了红线再次诊脉。云汀再报，还是喜脉，太子妃这才放下心来，心中不由万分欢喜。

此时云汀送走太医，又引着若微出来，太子妃面上已然和善了许多，又叮嘱了些安胎的事项，并特意吩咐，等瞻基与善祥回来之后，留他们一起用膳。

第五卷

逍遥烟浪谁羁绊

第四十一章　洛神赋新篇

端本宫花园之内。

若微独自缓缓行着，刚刚在文安殿里的情形，让她进一步了解了太子妃张妍的为人，事事求稳，不容行差半步。怪她吗？若微叹了口气，自己腹中所怀的是朱瞻基的头胎，轻重利害自是心如明镜。倘若不是确信万无一失，太子妃如何向上奏报呢？恐怕就是报到圣前，皇上也会再派人来瞧，皇家的规矩就是这样无情而烦琐，想想真是烦都烦死了。

初春时节，残雪消融，树木吐出新绿，天空蓝得让人心醉，这端本宫虽不比御花园，但同样是生机盎然，满目芳芬。

一阵春风微拂，很是惬意，眼前的一池湖水实在是太迷人了，说不上烟波浩渺，却是环境幽雅，景色迷人。岸畔挺立着苍松翠柏，空中垂下绿色丝绦，碧波如镜，顽石杂陈，处处透着宁静和清幽，真是静思问禅的妙处。

若微站在池畔，静静地想着那年在南京宫中龙池之边巧遇太子朱高炽的事情，想着想着，不由得笑出了声。

"一个人，也能笑得这般有趣？"一个温润如玉的声音自身后传来。

若微转过身，在那一片淡紫色的丁香花中，一个身着白色绵绣襦衣，头戴玉冠，腰束玉牌腰带的年轻公子，正驻足而望。

宫里何时有了这般俊俏的公子？

世间的男子中，在若微眼中能称得上英俊的原本只有两人，瞻基和许彬。对瞻基，自然是因为情爱所致，所以心里便认定他长得最是英俊。而事实上，理性地判断，许彬才是男人中少有的绝色。

只是面前此人，与许彬相比，似乎更胜一筹。同样的美如冠玉、明眸皓齿；所不同的是，许彬的眼神太过复杂，时而阴寒，时而凌厉，偶然闪过一丝柔和，任你费尽心机也难以捕捉到，而且他骨子里带出来的傲气与桀骜之态则更让人难以接近。

而眼前这个他，冰清玉洁，眼神纯净得如同一池春水。不，她马上否定了自己，春水太过柔媚，而且微风拂过，还会有阵阵涟漪。

他的眼神，干净得就像八月里的晴空。不是，这个比喻也不好。若微轻轻咬着下唇，眉头微皱，一时之间竟想不出什么准确的词来形容。总之，他眼神纯净得如同处子一般，让人看了，就心生好感。

而此刻他也在细细打量着面前的女子，一身水绿色的印花锦缎衣裙，围着白狐围脖，脚上蹬着同色的皮靴，外罩一件银白色的兔毛风衣，头上简单地绾了个发髻，簪着一支翡翠素钗，散发着淡淡的柔光；灵动的眼眸，如蓓般的朱唇，娇俏的秀鼻，浅浅的梨窝，组合成一张绝世的容颜。这样一张脸，叫人看了，就再也舍不得移开目光。

像什么呢？他稍加思索就想到了，是残冬中从满是积雪的地里冒出来的点点新绿，闪烁着灵性的美，透着无尽活力与生机，让人心惊，更让人沉醉。

这是谁呢？没听说父王又纳新宠呀。

他索性开口问道：“你是新来的？”

若微笑了，若是别的女子像她这样笑，他只会嗤之以鼻、十分不屑。就像百花之中，他素来喜欢丁香，只因为丁香吐露芬芳，而叶子却饱含苦涩，它把素雅美丽的容颜、沁人心脾的芳香悄无声息地留给世人，却把忧郁、哀怨深深埋藏；而他最不爱的就是张扬的红杏与斗艳的牡丹。所以，他喜欢安静的、温婉的、内敛的女子，就像他所尊敬的母妃一般。

可是今日，不知怎的，这样活泼不知道害羞的女子，这样对着他笑，他非但不恼，反而觉得十分亲切。这笑容，他怎么如此熟悉？

而她则突然停下，将所有的笑容全部收回，眉间也重新笼上点点忧愁，独自转过身去，沿着池边缓缓而行。

好奇怪的女子，她到底是谁？只淡淡的一瞥，娇俏的一笑，一嗔一笑间就让自己沉迷其中，忘了所有。

他仍站在原地，动也不动。一片杏花悄悄落在他的肩头，他也浑然不觉。

若微沿着湖边慢慢走着，不多时就来到一座木桥之上，刚待坐下休息，却仿佛听到一阵窸窸窣窣的声响，她立即停步，四下张望，才发现那声响似乎来自桥下。

轻声的喘息声中，夹杂着衣裳布帛摩挲的声响，带着威吓口气的男子的质问声幽幽传来："既然敢来，为何还要躲躲闪闪的？"

"主子，奴婢实在是怕得紧！"稚龄女子瑟瑟发颤的音调。

若微正是进退两难，若照直走过去恐怕桥下的人听到会有所察觉，而要退回去，又不知他们会不会从桥洞下面看到自己，正在踌躇。

只听桥下男子又说："怕什么？与其跟那些太监结成对食、菜户，当一对假夫妻，还不如跟了我！"那女子没有再出声。

接下来桥底下传来的声音让若微听得有些面红耳赤，这桥下的女子应该是这太子宫中的小宫女，可是那男子又是何人呢？也真恶心，居然大白天的，在这花园的桥下干这等下作之事，也太张狂了吧！这人来人往的，若是让人瞧见，岂非又是一场轩然大波？

若微悄悄站起身，轻移莲步向桥面走去，然而不想听的话又再次传来："把这个献给她，保你当上六品宫正！"

"奴婢，奴婢不敢！"小宫女的声音听起来甚为可怜。

"又不是毒药，这东西的妙处，你不是一早就知道了吗？"那人仿佛在小宫女的脸上轻拍了两下，"听话，否则……"

"奴婢知道！"

无意间碰到宫里最龌龊不堪的垢事，若微心情立时跌入到谷底，只好赶紧蹑手蹑脚地逃离了现场。好容易看到了文安殿的大门，若微手抚胸口，面色苍白，只一味低着头往前走。正遇上前来寻她的云汀，见她脸色不好，急忙问道："孙令仪这是怎么了？走得这么急！"

若微见到云汀，又回身看了看百丈之后的花园，小桥隐约在碧波花海之中，四下里并无半个人影，这才定了定神说道："云汀姐姐，我内急！"

云汀忍着笑："既如此，令仪就快随奴婢回去吧，殿下已经回来了，太子妃请令仪速去一同用膳！"

若微长长松了口气，跟着云汀回到文安殿中，先去了偏殿解了所谓的"内急"，才进入正殿宴会厅。只见太子妃、朱瞻基与胡善祥已然落座，见她入内，也不等朱瞻基开口，胡善祥便立即起身将她扶了过来，坐在朱瞻基下首，口里说道："妹妹快坐下用膳吧，妹妹不在，殿下食不甘味！"

若微笑了笑："姐姐说笑了！"这才举起筷子，开始用膳。朱瞻基看她神情仿佛微微有些异样，不知她是在外面遇到了什么事，还是刚刚又被母妃教训了？所以下意识地把目光投向太子妃，只见太子妃一派沉静，并无不妥与不悦，心中不由暗暗纳闷。

四人围坐用膳却静默无语，一餐饭吃得实在有些拘谨。

宴罢撤去席面，换上茶水。太子妃看了看若微，又把目光投向朱瞻基："若微的性子，依旧有些稚气，才一会儿没盯着，就跑出去没了人影。这哪里像是要当娘的人？本宫想留她在太子宫多住些日子，也好帮她调理调理身子，你们的意思呢？"

若微心中大呼糟糕，差点脱口而出，只是桌子底下悄悄伸来朱瞻基温润的手，他的手紧紧握着若微，安定了她的紧张与惊惶。

朱瞻基并未直接开口相阻，只把目光投向了胡善祥。胡善祥自然明白，朱瞻基此时怕是舍不得离开若微半步，与其他来开口回绝太子妃，倒不如让给自己做做面子。于是胡善祥面上含笑，柔和的语音悄然响起："母妃的体恤与关切，莫说是若微妹妹，就是善祥也甚是感动，只是眼看父王的千秋节近了，两位皇妹又值及笄待聘之期，母妃定有很多事情要操心，善祥原本还想帮母妃分忧，哪能让母妃再劳心费神照顾我们？"

太子妃张妍眼神中流露出欣慰之色："这些事情难得善祥还记得这么清楚！"

胡善祥淡淡地笑了，那模样要多贤惠就有多贤惠。只是她心里明白，一切都多亏了姐姐慧珠，在出门之前再三提醒，否则又怎会有如此现成的一番说辞呢？只是此刻她微微有些不快，太子妃要把若微留在宫中，明着说是要给她调养身子、立立规矩，而暗中还是为了要保住她的龙胎，难道太子妃对自己并未完全相信？

想到此，她故意面上一派热忱之色，先是冲着若微笑了笑，随即仰头望着太子妃说道："母妃大可以放心，若微妹妹就像善祥的亲妹子一样，善祥一定会把她们母子照料得妥妥当当的！"

太子妃见她言辞甚是恳切，趁着举杯饮茶，又扫了一眼朱瞻基与若微，心道："痴儿呀，为娘的苦心，你们竟不如胡善祥看得透，只一味顾着缠绵与私欲。罢罢罢，儿孙自有儿孙福，我放手就是。"想到此处，这才又拉起胡善祥的手，语重心长道："善祥多虑了，有你执掌太孙府，又有慧珠从旁帮衬，母妃自是放心的，母妃是怕若微丫头恃宠生骄，再惹事端！"

若微听了，心想此时再不表态更待何时，立即开口说道："母妃，若微不敢。"

太子妃看着她更显娇艳的容颜，只一笑而过，轻声唤道："云汀！"

云汀从内堂款款走出，双手捧着一个黑漆托盘，上面盖着黄色的绸布。瞻基等人见了，都暗暗称奇。

太子妃稍做示意，云汀走到若微身旁："微主子，这是娘娘赐给主子的！"若微立即起身，恭恭敬敬地接了过来。

太子妃目光停在那黄绸布上："若微，猜猜母妃送你的是什么？"

若微略加思索，看了看瞻基，又对上太子妃的眼神，有些犹豫，仿佛自己也不太肯定："是《女则》？或是《女训》？"

"呵呵！"这一次，太子妃是真的笑了，她笑起来真是好看，头上的凤冠轻轻颤着，明晃晃的有些刺眼，笑过之后，才说道："打开看看！"

若微心想，难道错了？瞻基伸手帮她将黄绸布掀开，居然是一本蓝色外皮的经卷，上面三个大字：《地藏经》。

"母妃？"瞻基略带疑问的目光投向自己的母亲。

太子妃面上含笑："吃多少补品与灵药，都不如它来得有效。你回去以后每日诵上一遍，必能凝神静气、安胎养身，就是日后生产，也自然是顺之又顺！"

"多谢母妃！"若微心中大为感慨，此声道谢更是发自肺腑。

从端本宫中出来，若微与胡善祥各自上了马车，朱瞻基稍加犹豫，随即冲着若微使了个眼色，然后走到胡善祥的车前，刚要上车，胡善祥却体贴温存地说道："殿下还是与若微妹妹同乘吧！"说罢，便放下了帘子。

瞻基稍稍一怔，这才上了若微的马车。坐在车上，瞻基伸手将若微揽在怀中，不发一语，而眼中神色有些迷茫，若微靠在他的胸前，随着马车轻微的颠簸，幽幽说道："殿下是在想，这样贤惠大度的她，会做出买凶伤人那等残忍之事吗？"

"你这丫头，时精时傻，刚才在母妃面前如同锯了嘴的葫芦，这会子偏又这般灵巧，像是能参透人的心事！"朱瞻基轻轻抚着她耳际边上垂着的黑珍珠紫玛瑙耳坠子，不知是赞还是贬。

"殿下还是想把此事查得水落石出？若是她所为，殿下即使碍于形势暂时不会处置，也会从此对她敬而远之，就算日后如何冷淡于她，都不会心生内疚。反之，如果经查实，此事与她无关，那么殿下心中自然还是要敬着她、爱着她的。"若微平静的语调中透着些许的无奈，声音越来越低，有些气力不足，仿佛就要睡着一般。

瞻基低下头，在她脸上狠狠一啄："胡说！"

若微仰起脸，闪着那双惑人的明眸，眼中含笑："殿下嘴上逞强也没用，被我说中了吧！"

瞻基不再说话，只是用温润的唇轻轻在她的脸上蜻蜓点水般一点儿一点儿地吻着，极尽温存。

若微突然明白，有的时候，爱抚本身与情欲无关。她轻轻挣开他的怀抱，冷俏俏地说出一句话："她不杀伯仁，伯仁却因她而死，错否？"

瞻基面上立时僵了："你是说慧珠？"

若微扭过脸去，不置可否。

"用人不察，任人唯亲，行偏弄乱，自然是错！"瞻基不假思索地回应着她。

而她脸上笑意渐浓，翻开手中的经卷，口中嘟囔着："佛曰'不可说，不可说'。"

"好你个微儿！"朱瞻基伸手将她重新抓回自己的怀中，在她的小脸上又是一轮袭击。

第四十二章　双姝暗离间

皇太孙府宜和殿内。

慧珠听完胡善祥的一番学舌，立即疾呼："娘娘错了！行差一步，这一局竟是咱们输了！"

"错了？输了？"胡善祥被她弄糊涂了。

"娘娘为何要拂逆太子妃的意思，而没有让孙若微留在太子宫中？"慧珠脸上是毫不掩饰的失望。

"不是姐姐说的吗，殿下的长子，庶出还是嫡出，甚为关键！"胡善祥的脸憋得通红，心想，这还用我明说吗？留在府中，十月怀胎，有的是时间改变一切。可是如果此次孙若微被太子妃留下，进而保护起来，那自己除了干瞪眼，还能有什么好法子？况且孙若微即使留在府中，她已然有孕，殿下只能看着，又不能解渴，自然要把雨露分给别人，自己也好近水楼台。若是孙若微在太子宫，那殿下还不也得跟着搬过去？只是这些话，就是亲姐妹，也只能意会，让她说出口是断断不能的。

"哎哟，我的傻娘娘！"慧珠气得不知说什么好了，想也没想，就直接挑明了，"在太子宫里，出了任何岔子，都不关咱们的事。可是要在咱们府中，那就不能出一点儿问题，就是孙若微自己走路崴了脚，摔了跤，掉了胎，也得算在咱们头上。"

"那？"胡善祥似乎有一点儿明白了，可她转念又一想，还是不得要领，"那她待在太子妃宫中，咱们又能怎么着呢？"

"唉！"慧珠长长叹了口气，"娘娘忘了吗？姐姐我在宫中十几年，历任太子宫大宫女、监事宫正，直至尚书，掌管上上下下几百口子人，有多少人受惠于我，又有多少人是经我提携的，只要稍稍用心，不用咱们费神费力，一切尽可水到渠成。可是现在……"

"原来姐姐说的打算，是要借刀成事？"胡善祥这才明白，她怔怔地呆坐在榻上，暗自懊悔不已，为自己亲手葬了这样一个机会而痛惜自责。

又气又急的当口，胡善祥一口气没提上来，竟然晕了过去。

迎晖殿内，朱瞻基坐在窗下的暖炕上，手执书卷，凝神静气看得正是入神，而若微倚在他怀里小睡，瞻基不时将目光投在怀中的佳人身上，又帮她向上拉一拉身上的锦被。

司棋悄悄入内，冲着朱瞻基福了福礼，看面上的神色似是有话要讲。

朱瞻基用手指了指外面，司棋立即会意，忙从榻上拿来一个枕头，帮着瞻基将若微悄悄移开，这才随瞻基来到外面厅里。

朱瞻基坐在圈椅之上，目光一扫："何事？"

"回殿下，慧珠姐姐差人来报，胡娘娘身子不适，请殿下过去看看。"司棋照实回话。

身子不适？今儿一同入宫，一道回府，也没见她哪里不适？朱瞻基沉了脸："宣医官去看了吗？"

"已经宣了。"司棋看殿下的神色似乎没有要起身过去看看的意思，心中不由暗暗为难，慧珠派来的人是将话儿传给自己的，如果殿下不去，她们也许会反以为是自己没有将话传到。司棋为人一向谨慎，滴水不漏，虽然知道殿下独宠若微，可是这府里的女主人毕竟是胡妃，而慧珠又是府中的管事，正管着这些丫头、太监，可是万万得罪不起的。前些日子的事，不就是明摆着拿紫烟顶包出气吗？这上边的主子相争，底下的人也不好过。所以她想了又想，试着劝道："殿下，太医虽是宣了，可按理说，殿下也该过去瞧瞧！"

朱瞻基面上淡淡的，没有半分的关切之情，依旧坐着没动。不是他绝情薄义，原本对于胡善祥，他是有着七分敬重、三分怜惜的，然而经过若微西山涉险一事，他对胡善祥的心立即又回到了原点，就像永乐十五年，刚刚得知她占了若微的位子一样，心中是迁怒，是厌恶。

"司棋说得不错，殿下正是应该过去看看，不仅如此，若微也该与殿下一道去！"若微不知何时从内室走出，她倚着门边，正凝眸望着他。小睡之后，她凝脂般的雪肤之上隐隐透出一层胭脂之色，双睫微垂，被长长的睫毛装饰起来的眼睛美极了。

瞻基看着她，竟有稍许的愣神，这样一副小女儿的俏丽模样，仿佛又回到几年前在南京宫中的时候。

"怎么起来了？才刚睡了一会儿！"瞻基嗔道，又吩咐司棋为她披了件鹅黄色的披风。

"殿下，该去看看才是！"若微的神色间仿佛蕴含着丰富的意味，说着就走过来，将瞻基从椅子上拖了起来，"走吧，走吧，礼不能废。今儿母妃还提点若微不能恃宠而骄呢，若是你在别的地方，不去也就罢了，偏在我这儿，不去不行！"

"咳！"瞻基立即笑道，在她脸上又轻拧了一把，"我说你怎么突然变得大度起来，原来是这般打算的，真真是天下女子皆大同，没有一个是不妒的！"瞻基虽然如此说着，却依旧牵着若微的手，走出了迎晖殿。

春日的午后，太阳光照在身上暖暖的，正像两个人的心情，温馨而甜美。

进了宜和殿，若微抬眼一看，才发现袁媚儿、曹雪柔都到了，平日里近前侍候胡善祥的一众丫鬟也都候在厅里，面上皆是难掩的喜色。

这状况哪里像是屋里躺着病人？朱瞻基心里想着，面上愈发清冷。

"殿下大喜！"袁媚儿见他来了，立即上前贺道。她原本相貌甚甜，肤如玉脂，此时一双大大的眼睛漆黑光亮，小嘴边带着俏皮的微笑，目光仿佛不经意间瞥了瞥若微，眼神儿中传递的信息很是复杂。

瞻基原本以为她是在道贺若微有喜之事，也未留意，只是点了点头。然而满殿的侍女、嬷嬷，都郑重其事地跪下向他道喜，朱瞻基竟有些糊涂了，而若微心中一阵扑腾，仿佛已然料到了什么。

这时只见慧珠领着徐太医来到瞻基面前，满脸的喜色："恭喜殿下，咱们娘娘有喜了！"

朱瞻基微微惊讶，然后先是回头盯了一眼若微，眼神中有歉意，也有安抚。若微面上一派娴雅，美目流转，嘴角带着与往常一般无二的淡淡的笑容。朱瞻基这才稍稍安心，对着徐太医脱口就是一句："可看好了？"

此语一出，众人皆感意外。就是朱瞻基自己也觉得十分不妥。

而徐太医在宫中久沐风雨，这点眉眼高低自然心如明镜，他立即拱手回道："回殿下的话，正是喜脉，胡娘娘脉象平和，胎象强劲，已有两个月了！"

"两个月？"若微的脸色稍稍有些发暗。

朱瞻基挥了挥手："偏劳徐医正，先下去吧！"

慧珠秀眉高挑："殿下，皇太孙妃有喜，这是咱们府中的大喜事，该重重打赏才是！"慧珠此语明显是在提醒朱瞻基，前些日子因为若微传出喜讯，朱瞻基大喜过望，传令府中上下皆有赏赐，而此时初闻皇太孙妃有喜，并不见朱瞻基有多大的欢喜之色，显然是厚此薄彼，有些不公。

朱瞻基点了点头："府里由你统管，这等事情，就按例而行吧！"

"是！"慧珠转身进入室内，不多时捧出一个银盘子，里面是用红绸包着的几封银子，大约有五十两，捧给了徐太医。徐太医谢了又谢，这才告退。

"殿下，是否该去里面看看太孙妃？"一直静而不语的曹雪柔移步上前，一双含情的美目看着朱瞻基，面上是和煦的神情。"是啊！"慧珠也开口劝道。

朱瞻基这才进了里间，只见胡善祥歪倚在暖阁里，隔着两层纱幔，朦朦胧胧的，见瞻基进来，立即起身相迎，口里轻唤一声殿下，面上含羞，比往日多了些娇艳。

朱瞻基迎上前，伸手将她扶起："内室之中，何须多礼？"

胡善祥笑了："殿下是夫君，不管在哪里，善祥都仰为天颜，不敢怠慢！"

看她情真意切，眼神清澈，唇边含笑，好一副贞静贤淑的样子，朱瞻基不禁有片刻的失神儿。

"殿下，臣妾有孕，殿下似乎并不开怀？"胡善祥索性把头轻轻倚在朱瞻基的怀里。

朱瞻基微一沉吟："哪里？善祥莫要多心。"

原本若微随袁媚儿和曹雪柔正要进入内室给胡善祥道喜，只是领头的曹雪柔刚一欠身，又立即退了回来，脸上像涂了层淡淡的胭脂，红晕微染，笑而不语。

袁媚儿眨了眨眼睛："怎么了？"

若微却明白了，"既是如此，咱们就先回去吧！"说完她便第一个转身退了出来。

从宜和殿里出来，若微走在府中小径之上默默想着心事，耳边始终徘徊着徐太医那句"两个月"的话语。

虽然若微知道朱瞻基每逢初一、十五都会去胡善祥房里，可是他曾经说过，他是不会让她受孕的。瞻基曾经不止一次对自己说过，他的长子只会是她孙若微的，可是现在，胡善祥居然有了两个月的身孕，也就是说，他骗了自己。

阳春三月，府中一派郁郁葱葱、花木葳蕤。虽然景致怡人，可是若微的心却如坠冰潭，只觉得柔和的春风拂过，却似剪刀一般锋利，割得自己浑身上下哪里都疼。

若微感到一阵难以抑制的恶心，竟扶着路边的树干干呕了起来。是谁在她身后轻柔地抚着，动作轻缓，又小心翼翼？若微抬起头，正巧对上她的眸子，清淡如雾，丽质天然，从来没有发现曹雪柔是如此动人，此时她正一脸关切，又将自己的帕子递给若微。若微也不推却，接过来轻轻擦了擦唇角："谢谢！"

"妹妹出来怎么身边连个丫头也没跟着？"曹雪柔一腔的吴侬软语，更显柔和。

　　刚刚与瞻基一道自迎晖殿里出来，两人手牵着手，自然不喜旁人跟着，可是现在，他留在宜和殿里陪着胡善祥，若微深深叹了口气，如今才知道形孤影单的难处，她只得以笑相掩，没有直接回话。

　　"看妹妹害喜得厉害，不如到我那儿坐会儿，歇歇再走？"曹雪柔上前扶着若微，又对身后的丫头锦素吩咐着："去迎晖殿里传个话，就说令仪在我这儿坐坐，省得她们惦着！"

　　"是！"锦素立即下去照办。

　　心细如发、体贴入微，曹雪柔平日里对谁都不远不近，而此时的一扶一帮，却让若微觉得很贴心。

　　曹雪柔的香远斋布置得极为清净，不像女儿家的香闺，倒像是公子的书斋，若微刚一坐下，即有丫头奉上茶。

　　此茶清香淡雅，宁神静气，一品之后，只觉得唇齿留香，若微不由赞道："好茶！"

　　"茶是再普通不过的洞庭龙井，只是用今冬的梅花熏过，又以夏日荷叶上的露水冲泡而成，所以才最是清香！"曹雪柔袅袅地站在书案之前，目光扫过上面的一幅画，竟不由得眉头微蹙。

　　若微顺着她的目光望去，她立即拿起一方素帕，覆在上面。脸上笑容不减，又拉着若微去看她的藏书。

　　只是这样的欲盖弥彰，反而见拙，那幅画画的什么若微没看清，但是那画卷下方题的，正是瞻基的字。若微只看到"老柏修竹沐雪青，鹊栖艳至露华浓"这两句，这是瞻基送给她的？

　　原来到头来，竟是自己错了。原以为瞻基对自己的心才是唯一的，对于胡善祥，他只不过是敷衍了事，想不到他却让她珠胎早结。刚刚还在为此痛惜，转眼就看到了他写给曹雪柔的情诗，什么叫沐雪长青，露华正浓？若微只觉得短短八个字，如同一把钝刀凌迟在自己的心上，原来对于曹雪柔，他也不仅仅是应景儿？那么袁媚儿呢？

　　若微面色越发清冷，深深吸了口气，费了好大的劲才让自己没有失态。

　　曹雪柔看在眼里，心道，只如此你便心寒了吗？原来还是高估了你，原来你竟会如此不堪一击，这以后的日子才真真有趣。

第四十三章　风摧月奴折

　　山东乐安原本是一座清静的小城，民风淳朴，百姓富庶，然而不过三两年，这里就大变了模样。

　　高大宏伟的汉王府门前，王妃韦氏与府内诸位侧妃、侍妾都分列两侧，得了消息说汉王今日回府，所以早早在此候着。只是众人眼巴巴地等了一个多时辰，还不见踪影，不由有些急了。

　　韦妃年近四旬，身材高挑，体态丰盈，言行举止端庄娴雅。今儿为了迎接汉王，韦氏天还没亮就早早地装扮起来。身上是亲王王妃的常服，金黄色绣着凤凰的云烟衫，逶迤拖地的黄色古纹双蝶云形千水裙，乌发如漆，只是略有些稀薄，所以特意加了义髻。这义髻原是盛唐时宫中贵妇人以铁丝加发编织而成作为装饰的假髻，据传还是杨贵妃首创的，而经过宋元两代，早已失传。如今韦妃头上的义髻，则是以薄木制成髻式，在上面缀以珠宝和花朵，看起来高贵美艳，更添风姿，宛如一朵怒放的牡丹花，美艳绝伦。

　　韦妃身后的几位侧妃站得腿都酸了，可是谁都不敢稍稍流露出半点不耐烦的神色，只有在心中暗暗祈求上苍，让汉王早些驾临。

　　正翘首盼着，只见远处烟尘浮起，马蹄阵阵，一队人马飞驰而至，后面那辆四马高车，正是汉王的辇驾。

侧妃邓氏轻声说道："好奇怪，平日里王爷都是骑马的，今儿怎么会坐在车辇之中？"

韦氏也是纳闷，然而车驾已到近前。"快，侍候王爷下车！"韦氏立即指着王府门前的太监说道。

有人马上抬来三层木阶的车马凳放在车旁，车门自里面被推开，朱高煦大步走了下来。

"臣妾恭迎王爷回府！"自韦氏以下，所有的妃妾和九位王子都俯身下拜，如此恭敬，如同圣驾来临一般。

"嗯！"朱高煦哼了一声，听着似乎不那么高兴。韦氏与众妃起身抬眼望去，不由都愣了，只见朱高煦从车中扶出一个妙龄女子，看起来正是双十年华，一张瓜子脸，水汪汪的大眼睛，容貌甚美。

"王爷！"韦氏脸上的娴静与端庄立时不见了，刚要开口询问，朱高煦仿佛十分不悦，挥了挥手，拉着那女子大步向府内走去。

王府正殿之后是朱高煦的寝殿，他进入室内后便往正中椅上一坐，接过侍者端上的茶饮了一口，又盯着立于下首的那名女子说道："坐下！"

那女子瞪着他，也不知道害怕，面上表情有些倔强："王爷将民女强押至此，到底何意？"

"强押？"朱高煦一阵大笑，眼中射出厉光，一把将她拽入自己怀中，"你说是强押？好个不知好歹的丫头。得本王青睐，是你三生修来的福气，还这样忸怩作态？"

"你放手……"女孩眼中一派惊恐之色，"你不是说要带民女去找皇太孙吗？"

"皇太孙？"朱高煦大笑不止，狠狠地捏住她的下巴，几乎要生生掐碎一般，"你倒先说说看，为何要找他？"

"我？"她又惊又怕，"民女早就说了，皇太孙救了我和我娘，我亲手绣了件袍子，想赠给皇太孙！"

"哈哈哈！"朱高煦眼中闪过噬人的凶狠，一个巴掌狠狠甩在她的脸上。玉面之上顿时红肿起来，唇角也开始渗出腥红的血色。

"贱人，什么送袍子？你是想把自己送给他吧？"朱高煦压着她的头，自己的脸几乎紧贴着她的面。

女孩紧紧咬着嘴唇，不再开口。

"怎么不说了？戳中你的心事就不说了？"朱高煦索性将她压在桌上，健壮的身躯强压了上去，"凭你？以为自己有三分姿色，就能在皇太孙面前得了宠？你醒醒吧，你的模样放在皇太孙府中，只比那些二等的丫鬟稍强些罢了。还是让本王先调教调教，让你长些本事，再送到皇太孙府中！"

"真的？"那女子似信非信，眼中又有了希望，也灵动起来。

朱高煦冷笑着，扯下她的腰带，于是淡粉色的长裙瞬间飘落。她立即大惊失色，用手狠狠抵着他："你要做什么？"

"做什么？教教你规矩，要想入太孙府，这是必得要学的！"他眼中没有半分的欲望，有的只是恨意。

这恨从何而来？她想不明白，只是稍一游移，他的手已然探入她的衣底，扯下她的胸衣与里衣。

还未来得及细想，她出自本能地拒绝，却被他狠狠扼住咽喉："想想你娘，不想活了？"

她脸上神色是越发糊涂，都是王爷，都是出自皇家的龙子龙孙，怎么会有如此大的差别？皇太孙英俊潇洒，为人亲和，而汉王却如狼似虎，阴狠残暴。

然而就在此时，他手上稍稍用力，而她不由一阵猛咳，汉王两指之中多了一粒丸药，瞬间塞入她的口中，她很想吐出来，但是根本不可能。随后，一杯滚烫的茶水被强灌入她口中，连着那粒丸药，一起被送入她体内。

"这是什么？"她眼中除了惊恐还是惊恐。

"很快，你就知道了！"他笑了，随即便放开了她。因为他知道，要不了多久，她就会自己送上门来。

当韦妃进入寝殿的时候，镂凤的大红帷帐里是一室的旖旎，汉王强健的身躯压在那年轻女子白皙的玉体之上，两人紧紧缠绕在一起，低沉的喘息和细碎的娇吟同时灌入韦妃的耳膜。

韦妃站在帐幔之外，进退维谷。

这可是大白天呀！印象中，汉王虽然欲望过人，众多妃妾，但是还没有过这样放浪形骸的时候。这是怎么了？而床榻之上那个年轻的女子又是何人？论容貌，虽然清丽，但绝说不上有多出色，根本比不上府中的那几位后入门的侍妾。只是帐中的呻吟和粗喘，一阵一阵的撞击，以及汉王痛快的大喊声，这一切让韦妃完全呆住了。

也不知过了多久，汉王才翻身站起，就那样赤身裸体地掀开帘子站在她的面前。即使是与他多年夫妻，育有两子一女的韦妃，也面红耳赤羞愧不已，此时只想找个地缝钻进去。然而她不经意间地低头一瞥，正看到了榻上女子如玉的肌肤上满是瘀痕，真是惨不忍睹！

"王妃看够了吗？"汉王冰冷的声音突然响起。

"王爷？"韦妃面上青一阵、红一阵，心中更是恼恨异常，只是还得强忍着。

"侍候本王更衣！"汉王盯了她一眼，似乎十分不满意她的迟钝。

"是！"韦妃万般委屈，无奈之下只得帮汉王将身子擦拭干净，又套上了一件崭新的长袍。

而床榻上的女子依旧弓着身子，呻吟不止，看那情形，似乎还是欲壑难填，未曾满足。

这女子也太不知羞了！韦妃不由十分反感。

"去，把后面的紫月阁腾出来，让她住下，再让秋棠好好调教调教她。"汉王穿好衣服，就出了殿门，只留下怔怔的韦妃与床上如落花般的女子。

屋里充斥着男女长久交欢留下的气息，韦妃一刻都不想多留，她立即走出殿外。不多时，便有两名粗壮的丫鬟入内，掀开帐帘，看到榻上的狼藉与那个满是瘀紫的身子，相视之下，便将她拖了起来。

"这是王爷的寝殿，王爷都起身了，你还在这里挺尸？"其中一女横眉以对，而她仿佛不闻，痴痴呆呆，如同傻了一般。

"银杏，别跟她多说！"另外一个女子从地上捡起她的衣裳，手脚麻利地帮她穿好。二人将她架起向外走去，而她似乎忍着巨大的疼痛，步子沉重，每走一步，脸上都是莫名的痛苦，就这样出了朱高煦的寝殿，走过几重殿阁，才来到西所一处小院之内。

进了房里，两人一松手，她便重重摔在地上。二人转身把房门锁上，过了半晌提着热水和浴盆入内，将热水倒入浴桶内，便不由分说地扒去她身上的衣服，将她推入水中。

"干什么？你们干什么？"泡在水中，由她们揉来捏去的她，此时方才清醒过来。

"干什么？你当我们愿意伺候你？"银杏嘴上说着，手里更暗暗用劲，王府的规矩，除了有品级的妃妾、选侍以外，其余的小丫头们侍寝之后，就要立即用秘制的药水冲洗下身，这样便不会受孕。

只是这冲洗的手法，实在是难以启齿，又十分难受，所以有的小丫头为了让自己洗得舒服些，就会给这些婆子们塞些钱。而她刚刚入府，既没交情，又不知内情，自然是不懂这些的。

于是那两人下手极重，丝毫不比刚刚朱高煦带给她的侵犯好受，所以她才疼得连连求饶："两位姐姐，我自己洗就好了，不劳你们大驾！"

"哼！"两人充耳不闻，加快了动作，不顾她的苦苦哀求，手下更加麻利。

当一切结束之后，她们拿了一套府中丫头穿的蓝布短衫长裙丢给她："快换上，一会儿侧妃娘娘要召见你！"

换好衣裳的她呆呆坐在榻上，眉头紧蹙。直到现在，她还不能相信刚刚发生的一切，原本心怀欢喜，以为跟着汉王从京城南下，就能见到那如同天神一般的皇太孙，她心中的良人。即使是为奴为婢，她也甘之如饴，可是怎么突然间就变了！

原本和蔼如同长辈的汉王，转瞬间就成了一尊吓人的罗刹。

他对自己做了些什么？为什么自己没有挣扎？没有拒绝，竟然还有些许的欢喜？刚刚那些淫荡的呻吟，是出自她的口中吗？不是，这是梦，这绝不真的！

怔怔之间，被银杏强拖着，她来到了朱高煦侧妃李秋棠所居的西福殿。

她站在殿前的亭园里，只见侍女们往来穿梭，在碧草畔的小亭内摆好了果品香茶，还有紫檀木的座椅香几，上面放着柔软的绣花靠垫，周围还陈设着镶银海棠刺绣的屏风，她不知自己为何要出现在这儿，身旁经过的侍女们不时将目光投在她的脸上，随后便是鄙夷的神色。为什么？她如同痴人，什么都想不明白。

正在此时，李秋棠袅袅地从殿中走了出来，迎着落日的余晖，脸上笼着淡淡的光晕，映得她如同粉装玉琢的一般，与韦妃相比，她没有正妃的端庄，却多了些风流娇媚，妖娆艳丽不可方物。

李秋棠坐在椅上，将手轻轻搭在靠墩上，打量着下首站立的女子，指了指对面的圆凳："坐！"

她怔怔的，不敢坐，又不敢不坐，只将身子轻轻挨着凳子的边沿，这姿势就如同她的心思，摇摇欲坠。那神情可怜兮兮的，若是换了旁人必要心存怜惜，可是李秋棠却笑了："你，叫什么名字？"

"小女无姓，名叫赘儿！"她低下了头。

"无姓？倒也罢了，怎么叫了这么一个名字？"李秋棠笑意不减，仔细打量着她的面容和身姿，她未施粉黛、素面朝天，眼圈微微发红，像是刚刚哭过，而嘴唇红肿、向上翘起，深深低垂着头，那洁白的颈上还有片片青紫。李秋棠全然明白了，她从香几上拿起一块点心，放在嘴里轻轻嚼着："听说，你随王爷一入府，就承恩泽了？"

"什么？"她仿佛没听懂。

"娘娘问你是不是被王爷收了房？"身旁的银杏狠狠瞪了她一眼，忍不住点醒她。

"哪里容你插嘴？"李秋棠柳眉轻挑，眼中射出一道厉光。

"是，奴婢该死！"银杏立即自己掌嘴，打得还真实在，转瞬间那张脸如同满月一般，已然肿了起来。

"好了，都下去吧，别在我这儿碍眼！"李秋棠显得十分不耐烦。

银杏与园中其余的几名侍女都退了下去。李秋棠这才又开口说道："如今王爷让我调教你，也是你的造化，看来是入了王爷的眼，相信不久之后，也许我们还要以姐妹相称！"

赘儿这才慌了，立即"扑通"一声跪在地上："民女不敢！民女，民女此时只想一死了之！"

"哈！"李秋棠笑了，"少来了，这套把戏我看多了。你若真是三贞九烈之辈，还能立着身子出王爷的房？早就该一头撞死或者咬舌自尽，现在好端端地站在我面前，就少跟我充什么正经。这府里但凡有点儿姿色的丫头，谁不想着法子攀高枝，得王爷的青睐与恩宠？"

"民女实在不愿意，可是……"赘儿这才想起朱高煦喂她服食的那粒丸药，难道那就是所谓的春药？赘儿心里有说不出的凄苦，眼中噙着泪，越发可怜，只是想起孤苦无依的奶娘，她这才收了求死的心。

李秋棠哪管她心里想些什么，自顾站起身，围着赘儿缓缓转了一圈，仔细看着她的腰肢、双峰与秀肩，这才在她身上拍了拍："不知王爷看上你什么了？罢了，如今我就费点儿神，好好调教调教你。"

"娘娘！"赘儿似乎大为惊讶，"民女，民女……"

"得了，你这名字实在难听，我得帮你改一个！日后叫着也便宜。"起个什么名字好呢？李秋棠想了想，看她容貌实在没有什么特别之处，又想到王爷让她住在紫月阁，忽然有了主意："就叫月奴吧！"

她本想拒绝，你是谁？凭你也配为我改名字？只是所有的情绪都要深藏心底，她面上依旧可怜兮兮，怔怔地点了点头。

初入汉王府的第一个夜晚，她一个人缩在紫月阁的床榻之上，透过敞开的窗子，可以看到天上的满月。今儿是十五，月亮圆润莹亮，是树影的婆娑，还是别的什么原因？月亮中隐隐约约好像有一棵大树，树旁还有淡淡的身影。月宫里真的住着嫦娥与玉兔吗？

　　赘儿，不，应该是月奴，笑了。脸上神色，不再是白天的凄苦之色，而是坚定与决然。在这个世上，除了相依为命的奶娘是一心一意地对她好，再就是两个人。一个是十年前，那个邹平的小女孩，对她不仅仅是一饭之恩，还有说不出的体谅与宽待。而另外一个就是高高在上的皇太孙朱瞻基。这两个人，都是眼见了自己最丑陋的一面，却都是那样善良真挚地出手相帮，可是自己呢？每一次都是骗。

　　还有两个人，一个看似有知遇之恩，另一个又似乎要成人之美，却都是豺狼野心，都想把自己当成工具，推入深渊。

　　从家破人亡被卖入妓院那天起，她就暗暗下定决心，这一生决不能像自己的娘亲那样，一味地恭良礼让、温顺贤惠，到头来连自己是如何死的都不知道。就算是真的走投无路了，要卖身，也要自己找个好主顾。

　　汉王，你真以为是你算计了我吗？

　　唇边渐渐浮起一丝狠决的笑容，这样的她，表情骇人极了，只是任何人都不会看到，只有清冷的月光，仿佛带着嘲弄地看着世间的悲欢曲折。

第四十四章　静夜起相思

　　咸宁公主府后园之中，一座玲珑精致的二层小楼内，若微与公主歪倚在雕花罗汉床上诉说着心事，太监侍女都远远地退到楼下，不敢近前打扰。

　　宁静的月色倾洒在室内，给两个原本绝色的女子添上了一抹旖旎的色彩。

　　若微面上笼着淡淡的忧愁，说不清的郁郁之色，让咸宁公主看了也不免心事重重。隔着摆满时令鲜果和精致宫廷糕点的黑漆小几，她把手轻轻覆在若微的手上，一声叹息，幽幽说道："瞧，有了身子怎么反倒更清减了？以往最爱取笑你的手，哪里长得都好，偏这一双手丰美圆润，活脱脱一个小女婴的手，肥肥的，如玉似藕一般，可如今倒真是柔弱无骨了。"

　　公主的话，若微不知听到了没有，而她的目光却长长久久地停滞在自己的手上。白皙的肌肤上，那朵红艳艳的梅花是如此的鲜活，须知那一针一针都是娘亲为自己刺上的。还记得当时自己忍不住地流泪，一边流泪，嘴上却还执拗地说着"不疼"。

　　若微心中一紧，猛地抽回了被咸宁公主握着的那只手，缩回到袖中，眼泪就这样止不住地流了下来。

泪眼蒙眬中，她仿佛看到了许多。

草原上的重围脱险，狼群中的命悬一线，邹平故里是去是留的坚定选择，还有栖霞山上清苦的三年等待，悲与喜，她已无从辨别。

她只看到胡善祥隆起的腹部，曹雪柔的含羞带怯，袁媚儿的秋波暗送，在她们中间簇拥着的，是那个曾经与自己生死契阔两小无猜的朱瞻基。

"好了，若微！"咸宁公主看着若微的神色，心中也很是黯然，"我知道，在太孙府，你的日子不顺心！"

"公主，我以为我只是女人的妒忌。"若微对上咸宁公主的眼眸，"可惜不是。"她把手轻放在自己的心口处，"这里，抑制不住地疼，白天，晚上，只要是清醒的时候，就疼得不可抑制。瞻基，我现在竟无法面对他了。"

"我知道！"咸宁叹了口气，"莫说你和瞻基的情分，就说我和驸马吧。你是知道的，原本我有多讨厌他，讨厌他的油滑和轻浮，讨厌他的举止作态甚至是衣饰冠带，可是成了亲以后，竟变了。连我自己都没想到，我会这般在意他。若是平日里他对哪个丫头多看两眼，我也气得跟什么似的。更何况你？要眼睁睁地看着瞻基雨露均沾，自然是如在炙火上烧烤一般。"

若微靠在引枕上，眼神儿微微有些愣怔，出奇的安静。

"可是如今之势，又能怎样呢？"咸宁公主仿佛自言自语一般，"像我母后，仁孝皇后，自然是天下女子的典范，她倒是不争不妒，生尊死荣，一生得到父皇的尊重。可是你知道吗，母后其实也不快乐，不快乐却还要装着快乐，也许正是如此，她才去得那么早。"

若微仿佛睡着了，半天没有声响儿。

公主叹了口气，帮她拉好锦被，悄悄退了出来。

静夜安谧的月光中，湖心亭上，驸马宋瑛与许彬正在对饮小酌。

"可真是巧了，早朝时刚约了你今晚来府小聚，想不到若微倒先你一步来了。你们俩，也说不上是有缘还是无缘。"宋瑛给许彬重又斟满，面上笑意微拂。

　　许彬对上他的目光，虽然不发一语，但是意思宋瑛已全然明白。便把他想知道的一股脑儿说出来："不好，当然是不好。太孙府里那几位，以往节日庆典我跟着公主也见过几回，都是人精似的人物，精明得不行，笑言戏语中就能伤人于无形。以若微那样的性情，她自然是穷于应付，这才避到我们府里来了。"

　　许彬手执酒杯，望着寂静夜空中的明月，自顾一饮而尽，仿佛对于宋瑛所说的毫无兴趣。

　　"你，不想见上一面吗？"宋瑛再一次为许彬斟满杯中酒，目光中透着问询。

　　许彬笑了，淡淡的，若不是宋瑛与他相交甚深，这丝笑容又怎会被人察觉？可是笑过之后，他眼中却浸着苦涩，有些无奈，又有些洞悉一切的了然与包容："此时，她最不愿意见的就是我！"

　　"哦？"宋瑛面上尽是不解之色，"这倒奇了。她应该知道你的心思，所以在这个时候，你的安慰总能为她排解排解呀。"

　　"她？"许彬脸上隐隐的笑容霎时退去，"她，并不需要任何人的安慰。"

　　看着宋瑛一脸的不解，许彬只淡淡说了句："开弓没有回头箭，她知道。所以再难，她也只有孤单前行，没有退路，也无须他人怜惜。这一切，她比任何人都清楚。此时我若是出现在她面前，对她便是一种磨砺，我若出手相帮或是相慰，对她更是一种负担和侮辱。"

　　宋瑛完全糊涂了，"那么，就这样了？你就真的放下了，退出了？"

　　"哈哈！"许彬发出一阵爽朗的大笑，他站起身，手执酒壶靠在栏杆之上，对着碧波明月一饮而尽，微风拂过他的发丝，宁静的夜色下，他是如此丰神俊秀、飘逸出尘，甚至带着稍许的癫狂。

　　"身距天涯遥，心在咫尺间。"

　　第二日，日上三竿，若微依旧懒懒地靠在榻里，对着一个绣花撑子怔怔地发着呆。

紫烟撤下纹丝未动的早餐，坐在一旁的圆凳上想劝又不知如何开口，斟酌了半晌才说道："主子，咱们在公主府，一直待下去吗？"

"紫烟？"若微目光微抬，"你想说什么？"

"公主府虽好，也不是咱们自己的家。那太孙府虽然繁杂，也总会有令主子不顺心的事儿，可那儿毕竟才是咱们该待的。原本是主子与公主交好，过来小聚，也不算什么。怕是太子妃又会认为主子小性儿，不懂事儿！"紫烟拿过若微手里的绣品，一针一线接着绣了起来。

若微怅然，"家？我的家在哪里？太孙府吗？"

"主子！"紫烟静静地对上若微的眼睛，"您变了。"

"变了？"若微不明。

"以往不论遇到什么事情，就算是那年咱们被迫离宫，就算是被慧珠逼着喝红花，还有在观中清修，与夫人分别，哪一次您都没有真正地退却过。可是这次，您为何如此消沉呢？从昨儿到今天，皇太孙来了两次，两次您都避而不见，这样，好吗？"

"紫烟，其实这些日子我自己也恍惚了。从前与瞻基分开的时候，我心里总有一种期盼，瞻基与我是一样的，纵然分隔两地不得相见，相守之心也从未摇摆。可现在，我不那么确定了，昔日，瞻基的确为我抗争过，但是这抗争中也有妥协。他虽尽力护我，可终归很多事，也要我独自面对。"若微说到此处，微微一顿，长长一声叹息，神色黯然，她下意识地将手放在自己的腹部，眉宇间闪过一丝恍惚。

"很多时候，我更像一个在暗夜中独行的人，要独自蹚过沼泽，走过荒漠，破冰斩荆……这一路上的艰难，让我有些不想走下去了。"若微的面色越发苍白。

紫烟不禁一阵心惊："主子，你怕了？"

若微神色微苦："是怕，也是累了，昔日有过太多的机会可以选择别样的生活，但是都错过了……一想到从今而后总要这样度日，无趣又不甘。"

紫烟仔细凝视着若微的神色，眼中渐渐浮起一层水雾。

"傻丫头。"若微怔了怔，"哭什么？"

"昨儿晚上，我在园子里看到许大人了！"紫烟垂下头，不再去看若微的眼睛，只是眼泪一滴一滴落在膝上的绣品里，留下斑驳的印子，就像平静湖面泛起的涟漪，让人心境难宁。

"他？"若微呆住了，他在京城？他在公主府？是巧合吗？不会，他从来不会无目的无计划地去做一件事，这不是巧合。可是他为什么不来见自己？想到这儿，她的心立即揉作一团，孙若微，你真是糊涂，凭什么要他来见你？凭什么总要让他来救你于危困？一双玉手紧紧揉搓着胸前衣襟上缀着的丝带，说不出的怨恨，怨自己，又为许彬不值。

"身距天涯遥，心在咫尺间。"

"什么？"若微如梦初醒。

紫烟又重复了一遍，"这是许大人昨夜的醉话！"

"果真是醉话！"若微此时豁然清醒过来，原本自己是这样的幸运，有了瞻基的青梅之恋，又得许彬如此知己，还计较些什么呢？这世上的好事难道只许罩在你孙若微一个人的身上吗？罢了，醒醒吧！

于是，连午饭也未用，顶着春日骄阳，若微领着紫烟回府了。

马车行至皇太孙府门外，远远地听到一阵嘈杂，紫烟掀开车帘，刚刚探出头便缩了回来。

"怎么了？"若微问。

"是胡娘娘！"紫烟脸上神情有些莫名。

就在此时，车厢外已响起胡善祥特有的温润贤静的声音，"可是若微妹妹回来了？"

若微与紫烟对视了一眼，忙开口应声，紫烟高打车帘扶着若微走出车厢，正看到一身太孙妃正装的胡善祥立于车下。她冲着若微淡然一笑，伸出一只丰盈的玉手，而旁边早有得力的奴才将脚凳放好，看那意思，像是一早就守候在此处一般。不远处是皇太孙妃专属的车驾，慧珠等人也列队在此，若微稍一迟疑，便扶着胡善祥的手下了马车。

"娘娘这是要出去？"若微问。

"原本是要到公主府接妹妹回来。谁承想咱们姐妹想到一块儿去了，姐姐车马还未起程，妹妹就到了门口，还是妹妹心疼姐姐。"胡善祥满面笑容，仿佛心情甚好。

若微却越发疑惑，只得回道："公主盛情，留若微小住，若微不好推却，但也知道礼法不能越，故只住了一个晚上便向公主辞行了，又怎敢有劳太孙妃前往相迎？"

"哦，这样就好！"胡善祥挽着若微的手步入大门，边走边说道，"旁人不知情，都说妹妹是因为跟姐姐起了嫌隙，心里不痛快这才避往别处的。这两天姐姐心里七上八下的，妹妹身怀龙种，万万不能有所差池，否则姐姐纵是万死又何以抵罪？只是细想想，妹妹又哪里是气量狭小之人？"

左右两旁林立的太监侍女都垂手低头，静立不语，但是若微知道从一入府门，两人的对话都尽数被人听了去，心中立时明白，这胡善祥果然不是一般人，自己与瞻基的小纠葛如今又被她好一番利用，又一次成就了她的贤良与大度。于是，她不再开口，只浅浅一笑。

过了正殿，穿过花园，胡善祥陪着若微一直来到了迎晖殿，进入内堂，自有丫头们上前请安问好。若微见胡善祥没有要离开的意思，也只得将她让到内堂主位。落座之后，胡善祥的目光巡视了一番，最后落到湘汀的身上，依旧是温婉和顺的模样，缓缓说道："还不把她们请出来，拜见令仪！"

若微心中微微诧异，目光对上湘汀，却见她神情复杂，眸中的意思似乎是让自己稍安，也不知这两日府里又出了什么变故。

若微正在狐疑之际，只见两个五旬左右的嬷嬷领着两个身形高大壮实的丫头进了门，这四人极为眼生，进入殿内先是冲着胡善祥行了大礼，随即又跪在若微的面前，为首的一个看起来老成持重身形微胖的嬷嬷开口说道："奴婢等奉皇命前来服侍微主子。"

"奉皇命？"若微脑子飞快地转着，难道是皇上从宫里派出来的教养嬷嬷不成？

"妹妹，这是程嬷嬷，前儿皇上得知咱们府里的喜事，特意请司礼监的黄公公选了最得力的四名教养嬷嬷、四名大宫女来府中，你我殿中各分得一半儿，由她们专门侍候衣食起居。这可是皇上的一片体恤之情，你房里的人都年轻，不经事儿，如今有她们在此，皇上和母妃也都可安心了。"胡善祥面上是和煦极了的笑容，只是那笑容看起来是如此的虚幻，若微心中越发没底，却也只有点头相和。

胡善祥的目光定定地注视着若微，突然似有似无地叹了口气，道："姐姐这些日子脸色不好，清早起床对镜一照，肤色发暗又有些浮肿，想拿脂粉来掩，又吃不住粉儿，看着妹妹这样肤光盈润，真是羡慕。前儿在雪柔那里看到你送她的桃花妆粉，姐姐试了一下，还真是好用。所以刚刚心里叹息，妹妹不仅人长得好，这手也如此巧，又懂医术，哪里像姐姐这般无用。"

胡善祥说着说着，面色又暗淡下来，仿佛是如此无助和柔弱。

若微此时并不想说些没来头的客套话，便伸出手握住了胡善祥的手，虽然不发一语，一切却在不言中。两人又说了会儿话，胡善祥才起身离开。

若微走进内室，换了衣裳，来到二楼书房，坐在琴桌前，信手弹了一支极为铿锵有力的曲子，唯有此才能抒发出自己心中的抑郁之气。

可是那两个嬷嬷又偏偏如同老僧念经一般开始叨念起宫中的胎训来，惹得她不厌其烦，索性罢手不弹了。才刚歪倚在美人榻上准备小憩片刻，嬷嬷们又开口闭口地训她没有仪态了，什么坐要如何坐、躺要如何躺，这样的姿势对小皇孙不好，如此一番云山雾罩，让她实在烦闷。

好容易等到午膳时分，花厅里摆上了饭，若微坐到桌前，司棋等人掀开碗碟上的盖碗，若微拿眼一瞅，立即扭头吐了起来。

"怎么上了这些？"紫烟先怒了，指着湘汀说道，"旁人不知道也就算了，怎么你也糊涂了？咱们主子什么时候吃过这些？原本害喜得就厉害，只拣些清淡的菜肴来就好了，什么猪蹄子、炖小排，还有鱼头，咱们主子平日里都不沾的，今儿怎么反倒端上来了？"

湘汀看着紫烟欲言又止，只是一味地帮若微拍着背，又附在她耳边低语了两句，还未等若微搭言，那个程嬷嬷却开始聒噪起来："娘娘不要这样使性儿，身怀皇家子嗣，就不是你一人的事，也不能以你一人的喜好为由依着自己的性子来。这些菜都是按宫里娘娘们怀胎时定下的单子来做的，奴婢们是不敢擅专的。"说着还从怀里掏出了一个小本，打开以后开始念起来，无外乎什么胎训之类的话。

若微嫌她麻烦，只得强忍着吃了小半碗白米饭，而菜竟是一口未动，这其中又是吐了好几次，直弄得浑身酸楚心情郁闷。好不容易盼着撤去了席面，刚想上床躺一会儿，偏那程嬷嬷又说饭后不能立即入眠，硬要丫头们扶着她在院里转悠了半个时辰，这才放她回房。

躺在床上刚要休息，若微才赫然发现这屋里的帐子、铺着的锦褥和被子全被换了，不由柳眉微挑，还未开口，湘汀就悄悄上前压低声音说道："主子，昨儿您前脚刚走，她们后脚儿就进来了，说是要打扫，要按风水安胎神，所以换了咱们常用的东西。"

若微看着一水儿红艳艳的百子被面有些眩晕，只是既然这些人是老皇帝派来的，想来也该是好意，还是忍忍算了。

"哼，什么玩意儿？这被面绣的倒是吉祥图案，可是这料子、这绣工比咱们之前用的简直一个天上一个地下。还有刚刚的午膳，原本材料也算是好东西，可是让她们这么一做，简直比猪食还不如。这哪里是来安胎的，分明是来催命的！"紫烟小脸紧绷，刚刚一席话说完，只听外面隔着帘子，老嬷嬷突然咳了两声，随即响起如钟的高吼："哪个小蹄子乱嚼舌头？敢打扰主子午休，拉出去就是一顿好打！"

如此叫嚣，就是若微听来也觉得甚是刺耳，刚要回嘴，只见湘汀立即走了出去，跟外面小声地说了些什么，这才安静了。

当湘汀再次进屋的时候，只是示意若微与紫烟不要再开口，若微躺在榻里闭着眼睛想心事。过了片刻，外面一片寂静，紫烟隔着帘子向外探了探，这才回身冲湘汀摆了摆手，湘汀长长松了口气，压低声音对若微说："你以为她们只是说说算了？昨儿半天，咱们房里的司音、碧月就被罚了，那大耳贴子打得啪啪的，可不是作假！"

"什么？她凭什么罚我房里的人？"若微立时变色。

"嘘！"湘汀目露难色，"主子稍安吧。不仅是咱们这里，就是那边，胡娘娘殿里的梅影也领了罚。胡娘娘倒是二话没说，还给了这些教养嬷嬷银子，说她们是奉了皇命，一切为了皇嗣的安全，虽然严苛但也是为了咱们府，为了皇太孙。所以命府中上下以她们为尊，也请她们不要拘束，该罚就罚，不必手软。"

"罚了梅影？"若微与紫烟都愣了。

"以前在宫里就曾听说过，东西十二宫中若有皇妃受孕，宫里就会派专门的教养嬷嬷，这些嬷嬷以宫规胎训为尚方宝剑，就是皇妃本人也要听命于她，只是入宫这些年从来没遇到过。太子宫虽然不断有妃嫔生产，可是东宫内里的事情，皇上一概不管，都由太子妃处置。这一次想是慎重，才由司礼监派了人来。如今于咱们是福还是祸，一时还看不出来。"湘汀目露忧色，一派凝重之色。

看着从碧纱窗渗进来的日光，若微却觉得身上有些阵阵发寒。

第四十五章　山雨风满楼

晚膳过后，朱瞻基与若微对坐在西次间的矮榻上，两个嬷嬷站在下首如同罗刹一般瞪大了眼睛盯着看，朱瞻基几次想开口与若微说两句体己话又觉得有外人在场实在别扭，拿眼瞅着若微，只见她双颊含愠，目光蒙眬，面露倦色，随即挥了挥手，道："你们下去吧！"

"殿下，如今微主子有孕，殿下过来看看也就是了，不宜久留，更不可同寝。"程嬷嬷态度异常郑重。

朱瞻基先是不语，随后一道厉目向她射去，那目光冷飕飕的，有些吓人，程嬷嬷忙低下了头，"殿下，老奴逾越了，可老奴也是奉了皇命，一切依从宫规。"

朱瞻基反而笑了，目光炯炯盯着她道："果真是皇爷爷派来的，本王自然当你们是贴心人。今儿索性把话说明了，管你们是哪个主子调教出来的，须知这普天之下，均以皇命为尊，所有的规矩不过是为了一个'好'字。若真是对微主子好，对小皇嗣好，你们也就一切安好。反之，若是假借'好'名，暗行挟持之事，本王倒是没什么，只怕到时候皇爷爷第一个饶不了你们！"

一席话说得直截了当，再明白不过，两个嬷嬷对视一下，立即扑通跪倒在地上，又是一番忠心来表。

"罢了，都下去吧。"

当屋里重新恢复宁静，只剩下瞻基和若微两人的时候，瞻基先开口了："我明儿就随皇爷爷北巡，这一去少则十日，多则个把月。你，要万事小心。"

若微抬起头，对上瞻基的眸子，眼中一片雾气，怔怔的没有接语。

瞻基伸手轻轻一带，将她拉入怀中，用手抚着她的秀发，闻着发中的香泽，叹息道："好微儿，别跟我闹别扭了，一想到要有十多天见不着，我心里好没着落。"

若微靠在他的怀里，鼻子发酸："我也不想跟你闹，就是忍不住，那日看到你……题给雪柔的诗，你对她们终究还是有情的。"

"瞎说！"瞻基在脸上轻轻捏了一下，"她那样的人品，清淡如水，不过是给她一个念想罢了。想她们都是享誉一方的才女，从小勤习六艺，也不知吃了多少苦。原本才貌双全，可进了咱们府里，我却唯有辜负，心中也内疚得很。"

朱瞻基用手轻扶着若微，只觉得她比前些日子又清瘦了些，不由微微皱眉，"要不明日还是送你去小姑姑那儿住吧？"

若微摇了摇头。

"总要面对的。"她仰起头，冲着朱瞻基展了一个淡极的笑容。

"我把颜青留在府里，若有事还可以去找瞻墡。"朱瞻基低下头，在她的额上印上一个温润的吻，缠绵悱恻，万般不舍。

"好。"若微应着。

"你早些休息，我还有些事情要准备，今儿就宿在书房。"嘴上如此说着，而双手却拥得更紧了。

"殿下，到时辰了，微主子该休息了！"外面的嬷嬷又催了。

朱瞻基叹了口气，终于松开手，站起身一步一步走向门口，刚要掀起珠帘，猛地被若微从身后抱住。伏在他的背上，她只说了句："保重！"

　　第二日一早，胡妃以下，若微及袁媚儿、曹雪柔等人，领着府内侍女太监皆在院门口恭送朱瞻基，看着皇太孙的仪仗渐行渐远，府内女眷面上皆有落寞之色。

　　"好了，都回去吧！"胡善祥依旧是和煦温婉的，遣散了众人之后由慧珠扶着回到了自己的宜和殿，在寝殿内的榻上坐下，立即有丫头送上靠枕在身后垫得舒舒服服的，慧珠端着汤羹送到面前，一脸的笑意："好东西，娘娘快尝尝。"

　　"哦？"胡善祥掀起盖碗一看，立即来了食欲，接过汤勺吃了起来。

　　见她胃口好，慧珠的心情也甚是明快，她朝柳嬷嬷使了个眼色，柳嬷嬷立即领着落雪等人悄悄退了出去。

　　"怎么了，有话要说？"胡善祥瞥了她一眼，"还是姐姐心疼我，这两日她们安排的膳食实在是让人难以下咽，姐姐还非要我强吃，好在有这些单独烹制的小点汤羹，要不然真是要了我的命了。"

　　"哎哟，我的好娘娘，说话可别这么没忌讳！那些人是聒噪，但是塞了银子也就消停了，她们也乐得清闲，不过是做做样子。"慧珠挨着胡善祥坐下。

　　"那边呢？我瞧着她的脸色可不怎么好。"胡善祥放下碗，慧珠立即递过帕子让她擦嘴。

　　"能好得了吗？昨儿程李两个嬷嬷在内室守夜，打了一整夜的呼噜，她呀，估计是一夜未成眠。"慧珠忍不住笑道。

　　"想不到这次黄公公倒是帮了咱们的大忙，我看也不用咱们费力了。"胡善祥歪倚在大红绣花的枕垫上，懒懒说道。

　　"这才哪到哪呀！"慧珠收拾了碗碟，放在一旁，压低声音说道，"这次殿下随皇上北巡，正是天赐良机。"

　　"什么？"胡善祥面色微变，拉着慧珠的袖子说道，"姐姐，万万不可轻举妄动，如今我只盼着腹中的胎儿能稳稳当当地降生。可不敢再生枝节，须知'一着不慎满盘皆输'。况且上次西山的事情了结之后，殿下就再也没有进咱们的屋，看我的神色也清冷了许多，许是殿下已经知道了……"

"娘娘！"慧珠面上是一副恨铁不成钢的样子，"如果殿下知道了，为何不办咱们？"

"这……"胡善祥迟疑了。

"再有，之前太子妃三番两次要接孙若微入东宫安胎，可是最近为何不提了？"慧珠言之切切，目光如炬。

胡善祥摇了摇头。

慧珠指了指胡善祥的肚子，"还不是因为他！"

"此话怎讲？"胡善祥越发糊涂了。

"先前太子妃厚待娘娘，那是因为娘娘不仅是太孙正妃，更是皇上为皇太孙千挑万选、龙意圣裁的，厚待娘娘就是尊重皇上。后来孙若微有喜了，娘娘立即要把她接进东宫，说明先前对咱们的厚待与宠爱都是假的，都没有这皇太孙子嗣来得重要。而且，这也正说明她还是在防着咱们。"慧珠面上阴晴不定，唇边浮起一丝意味深长的苦笑，"没有人比她更了解这宫里的生存之道了。"

"那现在，她为何又不闻不问了？"胡善祥似懂非懂。

"哼。"慧珠冷冷一笑，"现在情势变了。当初若微有孕，那是长子；如今你有孕，就是嫡子。在皇家，历来嫡子都比长子重要得多，现在她看似不偏不倚只作壁上观，实则还是在帮衬着咱们。"

"姐姐，妹妹还是不明白！"胡善祥只觉得这思路是越理越乱，不知道慧珠到底想说什么。

"若是你们相安无事，都产下皇子，倒也安生。若是你们两个暗斗，依府中的情势，自然是妹妹占了上风，这样也许嫡子就是长子，也省了日后的纷争。"慧珠索性把话挑明，她又附在胡善祥耳边密谋了半晌儿。

胡善祥面色变了又变，目中尽是犹疑之色。

"好了，娘娘，从太孙妃到太子妃，直至那至高无上的后位，你且放宽心，既然咱爹给我起了'善图'这个名字，我就一定要为娘娘早早筹谋。亦步亦趋也好，费心安排也罢，总要搀着娘娘披荆斩棘，达成心愿。如今娘娘只要好好安胎，余的都不用管。"慧珠面上是一派势在必得之色。

胡善祥依偎在她的怀里，心里好一阵扑腾。

迎晖殿后苑竹林内，若微站在竹楼屋前的廊檐之下，手里捧着小龟，如今这龟壳早已长好，仿佛从来没有裂过一般。

如今迎晖殿里只有在此处才能觅得一丝清闲，刚要坐在一旁的石凳之上，紫烟立即将她扶住，垫上一个棉垫子，这才请她坐下。若微握住紫烟的手，一切感激均可意会。

"主子，湘汀回来了！"紫烟眼尖，看到从前院角门闪身而过的一抹丽影。

湘汀提着食盒款款走来，人未开口先是一笑，紫烟与若微都放下心来。

"可是办妥了？"紫烟忍不住问道。

"正是呢！"湘汀将食盒里的饭菜一一放在亭中圆桌之上，"看，都是平日里主子喜欢吃的爽口小菜，忍了这几日，快用吧！"

"不忙！"若微拉着湘汀坐下，"她们怎么说？"

"倒是没说什么。我先照主子的吩咐把银子拿出来，还没开口那程嬷嬷就训斥开了，说什么我没安好心，拿银子污了她们的清誉。可是当我把银子收起来，又把那几样稀罕玩意儿往她们眼前一晃，这两人立即直了眼。她们虽然没见过，可也该听说过，这可是宝船队出航西洋带回来的洋宝贝，皇上在正月里刚赏了皇太孙，引起满朝震惊，赵王汉王为此还闹了一阵。这价值连城的宝贝，她们哪里还能推？"湘汀一面给若微布菜，一面细细说来。

"这些人，平日里一本正经，一口一个宫规胎训，还不是张着嘴等咱们拿银子喂。看她们日后还猖狂不！"紫烟气呼呼地说道。

"你把我的意思都跟她们说了？"若微问。

"是！"湘汀笑了，"果然是主子高明。三下两下她们就招了，与咱们设想的一样。刚进府的时候，那边就使了银子，吩咐要好好照料您。如今我把您的意思说了，给她们厚礼，还不为难她们，让她们面上照旧，她们两边讨好，自然高兴。"

若微点了点头，"我倒不是为了一口吃食或是图个清净，只是总要防着些。即使如此，咱们也不能掉以轻心，这些人向来是墙头草，根本指望不住。"

湘汀面上也凝重起来，"主子说得极是。所以如此恩威并施，她们自然也知道厉害。我看她们纵使有心，如今也没胆了。她们根本没有料到我会打开天窗与她们挑明直言，如果帮着那边，暗中使坏害得主子有任何闪失，到时候不但领不了赏，这个黑锅也自然会扣在她们身上，那边先要拿她们抵罪。"

紫烟忍不住插嘴道："哎，都说是侯门深似海，果然不错。明明是一件喜事，却偏又暗藏杀机，真真是让人烦透了。"

"好了，咱们打起精神小心应对也就是了，主子还是得放宽心，不然整日劳神忧虑，怕是对孩子不好。"湘汀打量着若微的神色，小心劝道。

若微面上渐渐明媚起来，吃着精致爽口的饭菜，心情也渐渐好了起来，不过她心中的阴云丝毫没有散去，反而越聚越密。她知道，朱瞻基不在的这段日子里，一定会闹出些什么事来。只是她根本无从预见，虽然绞尽脑汁地防范着，但总觉得还是哪里有些不对劲，而这些话又不能对紫烟和湘汀她们说，她二人这些天已经憔悴了不少。罢了，走走看吧。

这样提心吊胆地过了两三日，府中一片太平宁静，若微反而觉得自己神经过于紧张了。想那胡善祥如今也是有孕在身，也许推己及人，心存仁念，改了将自己除之后快的心意也不一定。于是一直悬着的心稍稍放下了些。

这一日，若微在房内和紫烟摆弄花样，准备让巧手的紫烟为腹中胎儿做些精巧的绣品，只见湘汀急匆匆地从外面跑进来，一进屋就令司棋等人关上门在外面守着。

这副如临大敌的样子让若微立即警觉起来，"发生何事了？"

湘汀气息不宁，一边喘一边说道："不好了。刚刚程嬷嬷偷偷告诉我，说从宜和殿里传出消息，今儿晌午胡娘娘突然昏倒，如今，好像见了红……"

"怎会如此？"若微惊讶万分。

"老天有眼，恶有恶报。不是不报，时辰未到，如今到了……"紫烟倒是一派喜色。

"紫烟，住口！"若微面色沉静，这个时候原本好端端的胡善祥怎么会突然出了变故？那颗一直隐隐不安的心此时狂跳不已，一直担心的祸事终于来了吗？

"主子，这是好消息啊，你怎么反倒愁云密布的？"紫烟不解。

"这个时候，怎么会发生这样的事？怕不是什么好兆头！"若微柳眉微蹙，忧心忡忡。

"正是。"湘汀连忙点了点头，刚要开口，只见司棋从外面跑了进来，"主子，主子，不好了，慧珠带着好多人往咱们院子里来了。"

"什么？"众人皆是一愣。

第四十六章　迷踪胭脂误

迎晖殿正厅，若微居主座，慧珠立于堂下，她先是深福一礼，随即开口说道："微主子，事发突然，容奴婢越礼了。"

"慧珠，有话就直说吧。"若微面上淡定自若，而心中早已明白，一场空前的风波还是来临了，她已被席卷在当中，却还不知这场劫该如何化解。

慧珠侧首看了看身后的侍女和内监，重新对上若微的眼眸："请微主子海涵。"话音未落，目光一凛，对着众人只说了一个字，"搜！"

众人一拥而上，立即散到迎晖殿各处，正殿，东西次间，东西厢房，楼上楼下，乃至后院。

若微坐在上首，如如不动，虽然她很想制止，但是她没有，因为她知道，既然慧珠能领人来搜，就不是三言两语可以打发的。她倒很想看看慧珠此次会搜出来什么。

一时三刻之后，两个侍女手捧着一堆瓶瓶罐罐立于厅中。

"请微主子坦言，这些东西可是微主子的？"慧珠问。

众人拿目一瞅，都是些胭脂水粉，不禁更是纳闷。

"是。"若微点了点头。

"这些不是宫里配发的份例，微主子是在城中哪家胭脂铺子里买的？"慧珠又问。

若微渐渐明白了，她的目光一一注视那些精致的器皿，最后把心一横，说道："太孙府中上下皆知，一年四季这迎晖殿里，算我在内，以及所有的丫头，所用的胭脂水粉都是我自己做的。慧珠，这些你都知道，今日又何必以此相询呢？"

"很好，微主子认了就好。"慧珠点了点头，"就请微主子移步吧！"

若微笑了笑："去哪里？"

慧珠也笑了："去您该去的地方。"

若微收敛了笑容，看了看自己的一双玉手，尤其是那红艳艳的梅花，此时更显清晰。她低垂眼帘，淡定地说道："慧珠姐姐虽说是这府里的内当家，管着我们府里几百口人，但今日要若微移步，也该说个明白。如今这迎晖殿，你搜也搜了，总要让众人明白。"

话语虽柔，却透着一股力道，众人还从没有见过若微如此刚毅的一面，都把目光投向了慧珠。慧珠面上微微一僵，仿佛有口难言，又似万分踌躇，停顿片刻后才说道："我本不想说，原是给令仪娘娘留着脸面，只想请你移驾，避了众人再细细查问。如今既然娘娘如此说，慧珠也顾不得许多了。"说着从怀里掏出一个圆形的小盒，呈给若微看，"这可是出自令仪娘娘之手？"

若微一瞅，看那盒子似曾相识，慧珠将它打开，那是一盒全新的口脂，只是少了黄豆粒小的一块，似乎是被人用了一次。

若微从座上站起身，走到慧珠身边细细端详，又将鼻子凑到口脂前闻了闻，这才点了点头，"不错，正是我前些日子新做的。"

"这就是了。"慧珠举着那个小盒冷冷说道，"今儿早上胡娘娘用了这口脂，不到一个时辰即气息艰难，胸喉间僵硬如木，脉象颠倒错乱，直至昏厥，如今下体已然见红。令仪真是好手段！"

"什么？"不仅是若微，就是湘汀等人也大惊失色。

"来人，带走！"慧珠刚说出这句话，立即有粗壮的侍女上来钳制住若微，不等湘汀等人上前，即架着若微出了房门。

"这迎晖殿里的人，都不许走动，不许交谈。柳嬷嬷，你给我一个一个地拷问，看看谁是知情的。"慧珠扫视着湘汀、紫烟、司棋等人，"知情不举亦是同罪，谋杀皇太孙妃，伤及皇太孙嫡嗣，是株连九族的大罪，不要为了你们的愚忠，就连累了自己的家人。"

"阴谋，这是阴谋！"紫烟惊愕万分，此时才如梦初醒，惊天大祸就这样毫无前兆地迎面而来，让人根本无从招架。湘汀紧紧按住紫烟，她默而不语，只是她比任何人都清楚，如今之势已成死局，这局要想扳回恐怕没那么容易。

慧珠轻哼一声，领着人扬长而去。

阴冷的暗室中，只在头顶上方留有一扇小窗，低洼处还有些积水，也许是前些日子下雨从小窗里溜进来的。墙角边有些青苔，墙上总能看到一些斑点，整个房子像是发了霉一样，难闻的味道令人作呕。

若微从来不知道在这座外表华丽的太孙府中还有这样一座牢笼，是做什么用的。是专门用来惩罚下人的吗？就像华美的大明宫里有一处阴暗的宫苑叫掖庭，而金碧辉煌的紫禁城里也有一座冷宫。它的存在，似乎就是一种权力的证明，提醒着皇帝的妻妾和主子的奴才，天堂与地狱、幸福与毁灭，原来是这样的近。

原本她是静立于室内，墙和地面都太脏了，以至于她根本无法坐靠，可是站得久了，身子实在没有力气了，于是她想坐下，不远处的墙角边有一块席子，看起来还算干净。她走过去，刚刚触及那张席子，突然听到吱吱的声响，席子下面居然是一窝刚出生不久的小老鼠，光溜溜的，没有毛，样子要多吓人有多吓人！

她跳着脚跑开了，惊惶中她撞到墙，浑身立即酸痛起来。这一撞反而让她彻底清醒了，再也顾不得脏。她跌坐在地上，把自己的头埋在膝上，是的，就在这一瞬间，她想明白了。她必须理清思路，因为这一次，不再是她一个人的生死得失，在她身后还有许多条性命，包括已迁来京城却一直未得谋面的家人。

宜和殿外，跪着一个俏丽的身影，此时心中有千般恨，却又必须强颜欢笑。

慧珠从殿内走了出来，"曹主子，这是做什么？"

曹雪柔以头触地，磕得砰砰作响。

慧珠立即上前将她扶了起来，"曹主子，您这是做什么？"

曹雪柔再抬起头时，额头青紫，满面泪痕，"贱妾差一点儿助纣为虐，虽是无心之举，却害了皇太孙妃，万死难偿这滔天之罪，如今唯有在娘娘殿前叩三个响头请罪，这就回去自行了断！"

"曹主子何须如此自责？"慧珠冲着左右一使眼色，连拉带架地将曹雪柔让到了殿内，在偏厅安置好，又是让人上茶，又是差人备水递帕子让她净脸。再到四下无人之时，曹雪柔泣不成声，拉着慧珠的手哀求道："好姐姐，雪柔实在不知道孙令仪送我们的胭脂有毒，否则就是万死也不敢转送给太孙妃娘娘呀！"

慧珠点了点头，"曹主子不必自责，这些咱们娘娘自然是知道的，否则……您又怎么会好端端地在此呢？"

曹雪柔的脸霎时变色。慧珠面色更加冷峻，"如今殿下远在关外，娘娘更是苦不堪言，指望不上了。这府里如今就只有曹主子是明白人，依曹主子看，今日之事该如何处置呢？"

曹雪柔的手紧紧攥着，面上神情一派僵硬，怔了又怔，才迟疑着说道："慧珠姑娘怎么问我？如今雪柔也是戴罪之身，只盼着娘娘能逢凶化吉，躲过此劫。否则，我唯有这一条贱命相赔，还能有什么主意？"

慧珠笑了，拉过曹雪柔的手说道："娘娘在里面静养，如今已请太医看了，好不好得了就看这三两日了。若是此时报到太子妃那里，也是于事无补，反而让太子妃着急。最重要的是，咱们也得把事情查个八九不离十，否则谁又撇得清呢？"

一席话说完，曹雪柔只觉得自己的里衣全都湿透了，一身冷汗淋漓。她刚一得到消息就明白了，依她对胡善祥和孙若微的了解，这应该是胡善祥的苦肉计，只不过这计策太过高明，一石三鸟。一方面可除了孙若微这个眼中钉，再则顺便看看自己的反应，若是配合，则可以收为己用，否则就一并除之，最终还是为了保全她自己的位子。只是为何要将她曹雪柔扯进来？为什么不是袁媚儿？

　　然而心中稍微一思忖，曹雪柔就明白了。原来真正阴险善妒的不是别人，正是胡善祥。是因为皇太孙对自己的一时垂青，一幅字画，一场春梦，就令她担心了？比起外表娇憨的袁媚儿来，自己的才情与贤名也的确更让她不放心。想不到入府三年的刻意守拙、步步为营，竟还是被她窥了去。如今就是自己想置身事外，也难了。此局稍有不慎，她们完全有可能将自己诬为孙若微的同党，一并处之。如此，只剩下一条路了，就是与她联手。可是这样一来，倘若日后皇太孙有何疑义，她胡善祥左右逢迎，正好把自己推出去做挡箭牌，真可谓是"退可守，进可攻"的好计策！

　　"死局！"曹雪柔在心底默默叹息一声，想不到这么快就有了结果。虽然心中万分不甘，对于孙若微的处境又颇有些同情，可是她知道，此时除了立即表态让慧珠她们安心，与胡妃联手，自己面前也再无别的选择。如今，只有先把自己择干净。人不为己，在这纷乱红尘又怎能安身立命呢？

第四十七章　幽夜双煞至

静谧的夜色中，整座皇太孙府如同死了一般沉寂。

地牢外面的大门哐当一声巨响，就是隐在草丛中的鸟虫都吓得暂时停止了低鸣，一个粗壮的汉子手提食盒走进地牢，他扫了一眼缩在墙角的女人，虽然鬓发微乱，面容苍白，但依旧难掩往日的绝色容颜。

那汉子把食盒重重放在地上，刻意拍了拍盖子，瓮声瓮气地说了一句："吃吧。"随即又匆匆离去，大门也再次紧紧闭合。

若微稍稍移动了一下身子，双腿已然有些麻木，盯着那食盒，她只愣怔了片刻，便迫不及待地打开，狼吞虎咽地吃了起来。

头顶上方的小窗旁，一个黑影正在默默地注视着她，黑衣将他笼成一个细长的黑影，但是那双眸子却如夜明珠般光亮，莹动的不仅仅是珠辉。

宜和殿中，层层纱幔之后躺在榻上的胡善祥正在接受太医的悬丝诊脉。

为胡善祥诊治的不是别人，正是太孙府最年轻的医官穆梓琦，片刻之后，他手指微抬，自有伶俐的小太监上前收好药枕和丝线，又把他请至外堂。

"怎么样？"慧珠上前急切相询。

穆梓琦看了看慧珠，点了点头道："还好。"

慧珠伸着脖子等了半晌，只见他收拾好东西就要往外走，忙将他唤住："怎么就这两个字？娘娘的玉体要不要紧？腹中的胎儿能不能保？"

穆梓琦回转过身对上慧珠的眼睛："只要静养，少思虑，自然一切安好。"

慧珠仿佛明白了。

穆梓琦在她的注视中走出宜和殿，夜色中他的影子是那般萧瑟。

这个人，应该是可靠的吧？慧珠来不及细想，又有小丫头来催，说是娘娘请她过去，慧珠忙走进里间，坐在胡善祥的床头。

"怎么样？怎么不是徐医正？换了人？"胡善祥急切地问。

"换了更好。"慧珠帮胡善祥掩好被角，又扫了一眼外面，只见丫头们都知趣地退了出去，这才又说道，"徐医正为人油滑，未必可靠，这个穆梓琦可不一样。大哥不是说了吗，此人医术精湛，学富五车，只是没有门路当初才落魄市井的，与大哥相交以后才得以青云直上。三年前皇太孙府建成征人，也是我暗中使了关系这才将他分到了咱们太孙府。虽然一直隐而未用，但应该是可以放心的。"

胡善祥点了点头，拉着慧珠的手感慨万分："想不到我一人身处王府，却让你和大哥为我操持了这么多。只是可惜，你虽深受太子妃器重，终也还是没有脱籍。而大哥，顶着一个府军金事指挥的虚名，更是不被皇太孙正眼瞧。如今我自身之位尚且不保，也无法提携你们，真是愧疚得很。"

"罢了罢了，说这些做什么？自家兄妹，谁还会怪你不成？"慧珠笑着安慰道。

"那个孙若微怎么样了？姐姐到底做何打算？也不能这样一直关着她，这样的事情于情于理，咱们也不能擅专，总要报给太子妃才是。"胡善祥面露忧色，"此举还是太险，真怕偷鸡不成反倒蚀把米。"

慧珠笑容一僵，"她当真不能小觑。"

"此话怎讲？可是出了什么岔子？"胡善祥面上立即变色。

"原本把她关在地牢,又阴又湿,她是撑不了几天的。我猜她一定不敢吃我们送的饭菜,这样用不了三两日,就算她有命活,那胎儿也定是不保。那时再报给太子妃,咱们一没用刑,二没伤她,是她自己自绝人前,她的死活自是与咱们无关。可是想不到,她竟然毫不戒备,将咱们送去的饭菜吃得精光。倒真出乎我意料。"慧珠深深吸了口气,是呀,宫里长大的女孩儿,又怎会简单呢?

"那如今该怎么办?姐姐,你万万不能在饭菜中下毒,她若有个三长两短,这太医院必得验身,这是瞒不住的。"胡善祥愁容已起,眼中一片迷茫。

"这个,我自然知道,否则早就动手了,何必如此大费周章?"慧珠眼中闪过一片阴狠之色,"这次,就是让她自寻死路。我现在就连夜进宫,回禀太子妃,一切明早前就见分晓。"

"那么,我和曹雪柔真要在太子妃面前与孙若微当面对质吗?"胡善祥心中忍不住打鼓。

"当然不能给她这个辩白的机会,太子妃也非常人,稍有不慎,我们就会露出马脚。"慧珠面上又阴沉起来,她凝眸而视,盯着华美的灯罩内那摇曳的烛火,唇边渐渐有了笑意。

"怎么?"胡善祥还想再问,慧珠却站起身,"记住,好好在寝殿静养,哪儿也不许去,今夜就是天塌下来,你也不要动。就在床上躺着,等我回来。"

"好!"胡善祥目送着慧珠出了寝殿,身子靠在厚厚的枕上,细细地想着这两日的所有情节,只希望再检视一番,这其中万万不要有什么漏洞才好。

太子宫中,太子妃原本已经睡下,听守夜的宫女说皇太孙府的管事慧珠手执腰牌连夜闯宫,自知有大事发生,立即披衣来到正殿,刚巧慧珠入内。

"娘娘,慧珠辜负了娘娘!"慧珠满面波澜,"扑通"一声跪在殿中。

"这是怎么了？"太子妃立即命人将她扶起。

"娘娘，出了大事了，奴婢才冒死闯宫！"慧珠面上一派悲怆之色，目光含泪又看了看左右的宫女太监。

太子妃立即低喝道："都退下，云汀在门外守着，不许任何人入内。"

"是！"云汀立即领着众人退下。

太子妃引着慧珠至内殿，"说吧！"

"是！"慧珠正色说道，"昨日一早，胡娘娘突然晕倒，后来又见了红。"

"什么？"太子妃跌坐在榻上，一双美目紧盯着慧珠，"不要说过程，只告诉我善祥现在如何。"

"现在已然无恙了，太医说还须静养月余！"慧珠眼中蓄满泪水，重又跪在太子妃面前。

"菩萨保佑！"太子妃双手合十，美目微闭，默诵了数声佛号，这才气息如常，她盯着慧珠，面上露出了难得的笑容，"好孩子，现在，你把这其中的始末详由细细给本宫讲来！"

"是！"慧珠点了点头。

皇太孙府地牢之中，若微缩在墙角，此时她早已想得清清楚楚，这局是死局，但也不是全然不能解，因为还有一招"置身死地而后生"。想清楚了，也就不再害怕，只是担心这腹中的胎儿是不是强健，经不经得起后面的波澜与折磨。

"若是此次娘能够化险为夷，娘保证，一定要给你图一个安康宁静的生活，娘保证！"她把手轻抚在自己的小腹上，自言自语。

突然，花园里仿佛有了一片嘈杂，不远处闻到一股难闻的糊味，难道是哪里失了火？若微脑子迅速转着，这是否又是下一个陷阱？

若微正在左思右想之际，一声利器相抵的尖锐声响之后，咣当一声，铁链与大锁应声落地，大门被打开。一个身穿夜行服、以黑布罩脸的壮汉闯入地牢，一把将若微从地上拽起，"走，是他让我来救你的！"

"他？"一时间若微脑海中闪过好几个人的身影。第一个便是许彬，但只是一闪念便被否决了，他是不会这样出手的，这不是他的风格。第二个是颜青，但也说不通，颜青工夫虽好，但是进不来内苑，就算得了消息也应该是先通知越王瞻墉或是咸宁公主，而他们都应该是去求太子妃，走堂堂正正的路线。那么，还会是谁？

"是他！"那壮汉弯腰从靴子里摸出一把匕首，在若微面前一晃。

若微认了出来，"是脱脱不花？"

"正是，他知道你在此处受苦，特命我前来救你出去。"那人说着就上来拉扯，若微容不得多想，跟着他出了地牢，这才看到地牢门口几名守卫已然倒在地上。

"走！"那人拉扯着若微就往外走，眼看不远处手执灯笼值夜的人，若微突然心中一动，她停了下来。

"怎么不走了？"他问。

"不花大哥胸口上的伤可好了？"若微问。

"呃……"那人明显一愣，随即点了点头，"好了好了。"

"那他为何不亲自来救我？"若微又问。

"他，他……咱们还是快走吧，有什么要问的，等见了面你亲自去问他！"他说。

"呵呵。"若微反倒笑了，"是让我去问阎王吧？"

"什么？"那人被黑布掩衬的双眼中闪过一丝惊诧，"快走吧，再不走来不及了。"

"你根本不是脱脱不花的人。"若微冷冷地注视着他，"不管你是谁的人，受了谁的指使，你现在离开，我会当从来没有见过你。"

那人身子微微一颤，仿佛只是转瞬间便举刀冲着若微劈了下来，若微下意识地伸手护着肚子，随即紧紧闭上了眼睛。

砰的一声，仿佛高楼倾覆，接着便是鹤唳的风声。

当她再次睁开眼睛的时候，她又看到了那个熟悉的身影，身上还是好闻的味道，眼睛依旧亦正亦邪地瞅着她，同样，她依旧是偎在他的怀里。

第四十八章　血燕暗飞翔

"我知道，你不会不管我的。"若微笑了，甜美依如当年。

他也笑了，笑容中尽是苦涩。

"我们在哪儿？"她问，眼睛紧紧盯着他，神情中有兴奋，有信赖，更有娇纵。

他微一抬手，顺着他手指之处，她看到了令人难以置信的场景。她和他此时正置身在太孙府高高的殿宇之上，坐在平日里流光溢彩的碧瓦之上，俯瞰着夜色中的豪门深苑，有一种别样的味道。不远处正黑烟滚滚，火光冲天，所有的人似乎都被吸引过去。

"走水了，快过来帮忙！"呼喊声阵阵，只是她和他都很清楚，那不过是某人暗布的迷阵。

"我们在房上？"她忍不住咯咯地笑了起来。

"你还笑得出来？"他生气了，扭过脸去不再看她，只是把目光投向无边的黑夜和点点的星光。

她却顽皮地伸出手去托起他的下巴，像是调戏人家一般，扭着他的脸面向自己，"那么久没见了，想看就看吧。看完以后，我还得回地牢呢。"

"没心没肺的丑丫头，有何好看的？"他静静地对上她的眼眸，话语如此冰冷，可是在她感觉却如沐春风。

"如果你不救我，这次我真的会死得很惨，不仅是我，我全家、九族都会因此受连累。"她说，"我猜，那个人将我打晕或打伤之后会把我带到太孙府外，是杀是剐，再也无人知晓。而皇族内外，我只会留下一个'弑杀嫡妃，里通外男，祸起出逃'的十恶不赦的罪名。如此便坐实了我的罪名，再无翻案的可能，也死无对证了。"她说得兴致勃勃，丝毫不见伤心与颓废，反而像是解了一个深奥的谜题一般饶有兴致。

他不由微微皱眉，"如今可算是撞到南墙了。这样，还不打算回头吗？"

"呵呵！"她一阵娇笑，凝望着他，"你还是不够狠心。为什么不让我坐实了这罪名，让我彻底没有退路？那样，我自然会跟你携手天涯，再不问这红尘之事。"

他不语。

是的，他本可以不出手，因为他知道那个人是不会在太孙府出手伤她的，只是将她打晕带出府，然后顺便再杀伤几名侍卫，造成她阴谋联合外人暗害嫡妃，事发后连夜逃走的假象。如此，这太孙府，她是万万不可能再回来了。

那个时候，才是真正的山穷水尽之时。若是那时自己再出手，必定能达成心愿。

为什么自己没有耐心去等呢？因为不忍，因为不屑。

对她的情，不忍让她去挨那一下重击，哪怕不会致命，也决不允许自己眼睁睁地看着她受伤害。而他的骄傲更让他不屑去以那样的方式和境遇来接受她。所以，他宁愿在任何时候都给她可以自主选择的机会。正像现在，退可海阔天空，进可反击成功，而进与退，都是她自己来选的。

"你，是怎么知道我会来救你的？"他终于问出心中所惑，因为从她的眼神中流露出来的小小的得意让他知道，她一早就知道自己会出手的。

"因为，那碗酒酿圆子！"她说。

"哦？"轮到他糊涂了。

她仰着小脸，满是珠辉，让人疑心天边的月儿突然降落在身旁，美得那样朦胧失真。

"两个月前，湘汀从厨房给我端来一碗酒酿圆子。里面放了桂花蜜，甜丝丝的，浸人心脾，还有那圆子里包着香喷喷的芝麻。别告诉我，这与你无关。"她面上的神色笃定极了。

而他却稍稍有些泄气，闷闷地应了一声："是。"

"那次酒醉，吐得稀里哗啦的，住在你家，半夜醒来却觉得好饿，你叫白纻她们备下了许多精致的小点心。可惜，端到我面前时我偏偏又什么都吃不下了，只吃了一碗酒酿圆子。"她脸上映着一团柔柔的莹光，面色微红，眼中秋水含情，已然完全沉浸在彼此间那少得可怜的回忆中。

"我吃完以后还拉着你的袖子抹了抹嘴，说要是放了桂花蜜和芝麻就更好吃了。"她笑了，面色却红了起来，因为从来没有人那样去做，而她也是刻意地刁难，只是想让他知道她会跟他撒娇，也会跟他提要求。在他面前，她从来是憨直的。

他轻声一哼，"亏你还记得，那一夜，就像一个蛮横的小刁妇，闹了整整一夜。"

"因为我知道，天亮以后，就是咫尺天涯，再也没有交集了，所以，很想让你娇纵我一次。"她脸上的笑容没了，把脸深埋在膝头，无声无息，泪落无痕。

相对无语。

他清楚地记得，她曾经仰着笑脸对他说过想吃放入桂花蜜、包着芝麻馅的像黄豆一般大的精致的酒酿圆子。好苛刻的要求，他和厨子的眉都为此而皱起。当夜自然是没法弄给她吃了，所以她说，你要记得你还欠我一个心愿。

只是一个心愿吗？他用手指轻按着自己额头，唯有苦涩。

他也记得，她跟自己撒娇，扯着他的袖子哭闹了一夜。

这些他都记得，她也记得，但是她应该不会记得，她十个尖尖的手指尖曾经深深地插入他的手臂；她也不会记得，她曾抱着他哭诉："既生瑜何生亮，有了瞻基为何又会遇到你？"

是的，那是她得到消息从南京北上准备与瞻基重逢而前来与他告别的那一夜。

那一夜，伤感，挥之不去地萦绕着他们。

她不知道，他的放手，不是因为他风淡云清、不问世事的个性，却只是因为她。他不忍她沉浸在矛盾中，与其这样，他抽身而退，轻盈得如同一阵风，不留半点儿痕迹。

"所以，我才放心地吃牢里的饭，因为我知道，有你的人在膳房，我就不会被毒死。我也才一碗一碗放心地喝那些所谓的安胎药。因为我知道，穆梓琦是你的人。"

"你竟什么都知道。"他有些无奈，还是轻轻抚了抚她的秀发。

"那么现在，你预备如何反击？"他问。其实他有太多的方法让胡善祥自顾不暇，让她缠绵病榻，或者干脆一命归西。但是他的骄傲不允许他这么做，"女人间的斗争，应该由你们自己终了，或者应该由他出面，总之不该是我。"他声音略微有些清冷，仿佛真的想置身事外。

"我知道。"她鼓着腮，气呼呼的，为什么此时与她比肩而坐的不是瞻基。

"湘汀她们如何？"她问，声音有些打战。她很怕她们有任何变故，体无完肤，或是屈打成招。

"还好，都还活着。"他声音异常清冷。

"我要回到牢里。那个人，只是被你打晕了吧？跟着他应该能查出些什么。其余的事情，我可以应付。"她说。

"好。"他应着，依旧面无表情。

东宫太子妃寝殿，太子妃立于窗前，打开窗子，对上皎洁的月光，神情幽静。

云汀取下灯罩，换了一支新烛，静静地站在太子妃的身后，大气儿也不敢出。她不知道此时娘娘在想些什么，只是不能打扰她。

"云汀。"太子妃想了又想，终于拿定了主意，"去把那两盒上等的血燕送到太孙府。"

"娘娘，是现在吗？已经这么晚了……"云汀有些吃不准太子妃的意思。

"去，就现在，马上去。"太子妃转身紧盯着云汀的眼睛，"只说这是上等的血燕，交代慧珠让人以血燕与鸽子蛋加鸡肉慢炖，给太孙妃安胎养身。"

"是！"云汀应声刚要退下，太子妃又有交代："顺便去看一下孙令仪！"

"可是要说些什么？"云汀不解。

"什么都不用说，去看一看就好。"太子妃目送着云汀匆匆离去，这才和衣躺在榻上，凝视着绘有海棠报喜图案的彩绘屋顶，忧心忡忡。刚刚听完慧珠的奏报，太子妃并没有当场表态，她没有接受慧珠的提议，将若微与曹雪柔提来东宫当面聆训，也没有采取进一步的措施。最后只说让胡善祥安胎静养，而兹事体大，须等到皇太孙回府再行定夺。

慧珠奏报之后便安静地退了回去，仿佛太子妃的决定早在意料之中，这让太子妃微微有些诧异。出现这样的事情其实也是大大出乎她的意料，原本若微有孕在先，她就有些莫名担心。可是紧接着胡善祥也传来了喜讯，她便安心了，因为这样嫡庶两边即可维持暂时的平衡。

怎么也要到生产之后再分秋色，而且以她对胡善祥和孙若微两人的了解，一个贤良温婉，一个纯善爽直，倒不至于会弄出些什么李代桃僵、暗箭伤人之举。可她怎么也没想到，慧珠深夜觐见，竟然给她带来这样一个惊天噩耗。

因为无从分辨，所以便无从定夺，于是她只有先安抚胡善祥，拖后处理。刚刚在窗前站了半个时辰，她渐渐理清了思绪。

胡善祥从曹雪柔处得了一盒原本由若微做好送给她的胭脂，服用之后便有了流产之兆。胭脂是若微做的，而若微偏偏精通药理，又有恃宠而骄、谋夺嫡妃之位的理由，似乎一切都于她不利。

可真是她做的吗？太子妃不敢想，也不敢相信。

若不是若微做的，那就只剩下两个人，其一是胡善祥。如果是这样，这个胡善祥就太可怕了！不仅如此，此事将难以了局，全天下人都知道她是被当今天子永乐皇帝千挑万选出来的，还为她背弃了先前之盟，有负孙氏。所以，若真是她布下的局，那此事的定夺必然要呈至御前，而皇上又该如何处置呢？最重要的是皇太孙和整个东宫都要为之蒙羞，朝中隐于暗处蠢蠢欲动的势力又将顺势抬头，汉王与赵王不知又会搞出些什么风波来。

所以，她宁愿相信不是胡善祥。那么，就是曹雪柔了。

第四十九章　螳螂黄雀斗

皇太孙府。

宜和殿后院西厢房内，一名小太监匆匆入内，慧珠正端坐在椅上，盯着来人目光清冷如箭，"别告诉我，这次又失手了！"

小太监垂手而立，"全都依照姐姐的吩咐，我先是在前边薪库放火，引得众人过去救火，随即又派吴越潜入地牢将她诱走。可是……"

"可是怎么了？"慧珠怒不可遏，原本她就计划得清清楚楚，入宫禀告太子妃不过是个引子，太子妃的性子一向严谨，万事都要考虑清楚才会有所行动，绝不会因为她的深夜密报而当场发作。慧珠算准了，太子妃不表态，并不代表她不关注，她知道太子妃随后就会用自己的方法来太孙府暗查，所以时间算得准准的，就在自己进宫的这段时间里，让孙若微"越牢"而逃。

烧毁的仓房加上受伤身亡的侍卫，还有她出逃的事实，一定会激怒原本就是努力克制自己情绪的太子妃。如此，孙若微就是有千张嘴，也说不清了。正所谓不打自招，从此，她连庭审和为自己辩白的机会都没有了。

只是为什么会事与愿违？当她从宫里回来，进入太孙府的时候，期待的戏码并没有上演，而自己派出诱使若微逃走的杀手也不见了。

慧珠立即心乱如麻。

"慧珠姐姐！"小太监"扑通"一声跪倒在地，这差事办得不好，他心知肚明，可又不知会如何领罚，一时间心中忐忑不已。

"她，现在在哪儿？"慧珠问。

"还在地牢。"小太监低着头，身子不禁战栗起来。

"吴越呢？"慧珠秀眉一挑，神色突然和缓起来。

"刚去营房看了，还没回来，寝处也去看了，也没有。"小太监心中暗暗松了口气，看来慧珠的精力已经转移到吴越身上去了。

"好了，事发突然，出了变故也不能怨你，可是府外还没得到消息，怕是进退两难，你执此令牌去灯市胡同找安大爷，让他依计行事。"慧珠此时态度已完全恢复如常，依旧内敛谦和，气质高贵，看不出半点儿乖张阴狠的样子。

小太监这才放下心来，"多谢慧珠姐姐。"

"去吧。这些年你跟在我身边办事如此忠心，我一向都是知道的，你娘和妹妹也都在安大爷府上，等咱们这边的事情了一了，我就把你调过去，让你们一家三口团聚。"慧珠从案上的匣子里掏出一个金锭子递给小太监，小太监自然是感激涕零，又是一番千恩万谢，这才出了房间。

望着他的背影，慧珠唇边浮起一丝阴狠的笑容，冷俏俏地透着一股绝杀之气。半个时辰以后，步入胡安府中的小太监与先前困于此处的老母幼妹，一并变成了三具尸体。

而慧珠则在云汀送来血燕探望了胡善祥和若微之后，做出了一个决定。这个决定，她没有与任何人商量，她已经做好了关键时刻牺牲自己保全妹妹的准备。

如今吴越已不知去向，她脑海中顿时闪过一丝不祥之兆，吴越的忠心不容置疑。可是他偏偏在此时不见了，而孙若微依旧安然无恙地待在地牢之中。如果吴越根本没来得及实施诱骗之计，那一切还可以挽回；而如果他是已经行事却未得手，那情形则大大不妥。

一直以来，慧珠从未低估过孙若微的实力，论智慧与计谋也许她们本分不出伯仲，但是慧珠身后早已织就了一张根深蒂固的大网，孙若微孤军独斗，又怎能握有胜算？

今天的事情，透着蹊跷，让慧珠不得不重新思量起整个计划来。此局正是连环巧计，处处皆有伏笔，即使不能让孙若微受死获罪，也足以让太子妃和皇上在心目中留下一个阴影，不贤且妒，意欲谋害正妃，正所谓无风不起浪，后宫之中哪有真正的清白与良善。而万一失手，退一万步讲，胡善祥还可以出面斡旋，表示不再追究，如此称得上是退一步海阔天空，更积累了贤名；而阴谋暗害的诸多实证皆摆在明面上，从此孙若微的名声也就不再清明了。此局可说得上是没有疏漏，可是现在偏偏出了岔子。

要按第二个方案退而求其次吗？不，决不，一不做二不休。到了不得已的时候，大可以牺牲曹雪柔。

拿定了主意，心也就静了，只待明天，终究要在圣驾回銮前将事情办妥，慧珠终于下狠心了，想清楚了也就渐渐睡去。

与此同时，太子妃张妍在寝宫中辗转难眠，虽然双目紧闭躺在榻上，神情也看似安详，但实际上内心波澜已起，她一直在耐心地等，等云汀回来。

穿着软底云头双蝶绣履急匆匆步入殿内的云汀其实并没有发出半点儿声响，但是太子妃一下子就从榻上坐起，目光紧紧盯着那抹身着淡青色宫装的身影。

"回娘娘，一切照娘娘的吩咐，都去看过了。"云汀的声音极为和缓，这便是太子妃张妍对她最中意的地方，性情如水，真正的内敛与娴静，越是遇到风波与危机越显得安详端庄。

"她，怎么样了？"太子妃的神情有些恍惚，眼神也不那么明亮清澈了。

云汀心中稍稍一动，随即说道："太孙妃已经睡下，东西交给了太孙妃殿里的柳嬷嬷，没有让她们惊动慧珠。府里看着十分静谧，并不见风波乍起的迹象。只是听说前半夜薪房走了水，不过势头不大，很快被扑灭。而孙令仪……"

云汀稍稍一动，微微抬头，对上太子妃的目光，脸上竟浮起淡淡的笑意，"孙令仪身处地牢却十分恬然，我过去的时候，她竟睡着了，就缩在一张破席子上，面上微有沉垢，却也闪着珠辉。"

太子妃目光一滞，定定地怔了片刻，没有言语。

云汀就像是钉在地上一般，一动不动，一语不发。她不知道太子妃此时在想些什么，但是她知道，太子妃面上越是平静，也许就越是蕴着雷霆之势，做宫女的不管是初入宫门的小宫女还是有品级的宫正、尚宫，在主子面前，永远也没有说话的份儿，很多时候都需要沉默。

"好了，你去吧！"太子妃面上神情一缓，注视着云汀郑重地盯了一眼，随即便命她下去休息。

一切与所料的一般无二。那个丫头身居囚室，还能安眠，这性子倒真像他。既是像他，又怎会做出那样的事情？

可若不是她，就是宜和殿里的那位。然而，即使心知肚明，这个时候也绝不能办她。

皇太孙、小皇孙，只是太子一脉这枝藤上的果。若是因为果而伤及了根茎，便是得不偿失了。

如何才能将这场风波化于无形呢？张妍枕着自己的玉臂，静思深省，久久难眠。

如墨的夜色笼罩着的紫禁城里，与太子妃张妍一样夜不能寐的还有一人，此人正是权倾一时颇受圣宠的司礼监掌印太监黄俨。

黄俨盘腿坐在矮榻上，呷了一口刚沏上的热茶，目光微扫来人，意味深长地笑了，"想不到这个慧珠倒是个厉害角色。"

"黄公公，如今太子府是内紧外松，风声鹤唳。出了这样的事情，按说奴才是应该马上传书给皇上，否则就是渎职之罪。可此事事关重大，连太子妃都不敢妄动，所以奴才才将此事密报给公公。一来公公一向留意太孙府中的风向，二来也想向公公讨个主意。"

黄公公打量着此人，笑意更浓，"你做得很好。此事须立即走锦衣卫暗卫密道飞书传给皇上，余下的事情，你们不必管了，咱家自有安排。"

"是！"来人匆匆退下。

"咳，柱子，进来！"黄俨目中闪过一丝精光，对着应声入内的亲侄子太监小柱子吩咐了几语。小柱子面色微变，"二叔，当真要如此行事？她们可是皇上指派的人，这样会不会惹火烧身？"

"哼！"黄俨轻哼一声，"就是要把太孙府弄得鸡犬不宁，我们才好行事。他想双喜临门，四世同堂，咱们能这么轻易让他如愿吗？"

"是！"小柱子连连点头，"二叔的意思向来是不会错的，我听二叔的。"

"好，去吧！"黄俨从袖中掏出一个小物件，递给小柱子，"别忘记这个。"

"这？"小柱子一看，只是个女人的耳坠子，不由糊涂起来，可是当他对上黄俨那笃定的目光时，立时静定了，他万分顺从地退了出去。

对于皇太孙府来说，这注定是一个不寻常的夜晚。

当初升的阳光再一次照耀在宜和殿的窗棂上时，胡善祥早已梳洗完毕，端然稳坐在花厅的梨花檀木圆桌前。虽然只是一个人用早膳，但菜品却并不简陋，特别是喝着慧珠命人呈上来的以极品血燕熬成的鸽蛋血燕汤，胡善祥心里是说不出的舒坦。"姐姐，这外邦进贡的血燕与咱们平日里吃的白燕、黄燕终究是不同，味道虽淡，却回味绵长，口感更好。"

慧珠坐在下首为胡善祥布菜，唇边淡笑，轻声细语道："那是自然，这棕尾金丝燕本就罕见，又是每年三月在海边悬崖上结的窝，终其一生，只结窝三次，而精气日衰，以这第一窝最是稀罕，养分尤厚，咱们平日用的毛燕如何与之相比！"

胡善祥点了点头，一面吃一面盯着慧珠看，目中流露出钦佩之色："姐姐懂得真多！"

慧珠叹了口气，"从咱们小门小户进了这深宫内苑，每日看着主子们的吃穿用度才知道这样样都是学问。一个奴才，若想出头，就得在这些事情上下工夫，不仅要知道来由，还要会看、会辨。背地里吃的这些苦，只为了主子们能高看你一眼。"

"姐姐！"胡善祥面色一暗，伸手拉住慧珠，把面前血燕汤推到她面前，"姐姐，你受苦了。"

"唉！"慧珠长叹一声，"老天向来是公允的，以前我一个人在宫里，虽然一心想往上爬，可是总觉得无趣，知道的事情越多，费的脑子也越多，越受器重也越胆战。唯恐什么时候有个闪失，不仅面子没了，连小命也不保，更怕连累家人，不知不觉地养成了阴柔多揣的性子。原本自己都不待见自己，没承想，有朝一日，你来了！我自己的亲妹妹成了宫里最光彩最有前景的主子。以前吃的苦，攒下的人脉、银子和智谋，终于有了可用之地，也有了目标，这日子才觉得真正有趣。"

"姐姐。"胡善祥依偎着慧珠，眼中渐渐有了湿意，"其实我该求太子妃放姐姐出宫许个好人家的，哪能这样一直陪着我荒废了青春？"

"哪里话？"慧珠轻轻抚着胡善祥的云鬓，眼中满是体谅与疼惜，"姐姐太知道这宫里的深浅了，我的小妹，你那样的性子，若没有我在身边，你怎么度日？只怕早已成为怨妇了。"

"姐！"胡善祥眼中的泪水终于滴落下来，"是我没用，累姐姐劳心劳力、伤神为难了。"

"好了，好了。"慧珠又给胡善祥夹了一块南瓜栗蓉酥放在面前的碟子里，"好好用早膳吧，多吃点好东西，切不要心思过重，否则咱们腹中的小皇子也该跟着不高兴了。"

"呵呵！"善祥轻抚着还未显怀的肚子，悠然地笑了。

"娘娘！"梅影惊惶失措地跑了进来，"程嬷嬷，早起打水的丫头发现，她在井里，死了！"

"什么？"手里的筷子"啪"地一下，掉在桌上，胡善祥立即花容变色，一时间头晕目眩，心慌不已。

第五十章　铁证无从辩

宣府是大明北部较为重要的一座城池，紧连晋蒙，是边防之重镇、长城之要塞，也是以往北元残部经常来袭之域。此次大明天子领着诸王与皇太孙北巡，依着长城一路往西，所见之处，蜿蜒的山峦与巍峨的城池让人心潮澎湃。

清晨第一缕阳光初降之时，朱棣与朱瞻基并肩置身高楼上，俯瞰着远处的山河风貌，朱棣的雄心壮志早已不复当年，如今他只是一位走进暮年的长者，他指着远处层层叠叠的群山说道："瞻基，皇爷爷一生尚武，数次亲征漠北，又派兵征剿安南，许多人都在背后议论，说朕好大喜功，所做一切不过是为了图一个千秋万代之后的好名声。"

朱瞻基仰视苍穹，沉默片刻才开口回道："成林受荫之前，必要掘土植苗，如此也要十年成材。执掌江山，治理九州，统率万民亦是如此。皇爷爷的苦心，孙儿明白，我朱姓子子孙孙、天下万民也一定会明白！"

朱棣回眸，紧紧盯着朱瞻基俊朗的风貌，眼中神情颇有些复杂。孙儿是他从小看到大的，处处提点，就是为了要将大明的江山与帝统完完整整地交付到他的手上。他行吗？从他降生之日起，朱棣就没有怀疑过，可是现在，他内心着实忐忑了。

因为在朱瞻基的明眸中，除了英气、豪气、胆略和抱负以外，他还看到了一样令他最担心的东西，那就是情。

情，为帝王者一生都挥之不去复杂的感情，可谓是剪不断理还乱。为君者，不能无情，也不能滥情，可以多情却不能专情，否则对于执政来说未必是件好事。

"基儿，你怎么看待秦皇、汉武？"朱棣眉头微扬，似是随口而问。

朱瞻基稍稍有些迟疑，说心里话，在他心中对于朱棣是万分敬仰的，有亲情，有崇拜，还有依赖，但是这一切不会让他违心地只一味说些歌功颂德的话来。

仔细注视着天子的龙颜，朱瞻基意识到朱棣真的老了，他的老不是花白的须发，不是眼角与额头的皱纹，而是一种从心底流露出来的情绪，从筋骨中渗出来的感觉，英雄暮年，关山落日，真真正正的老态中夹杂着一股难掩的落寞与疲惫。

"皇爷爷，秦皇、汉武均是基儿崇拜与尊重的帝王，二者都为各自的朝代建立了不可磨灭的丰功伟绩。秦始皇一统六国，建立中央集权，开我华夏帝统之先河；统一文字、货币、度量衡，修建万里长城，称得上是旷古第一君。虽说他残暴，可是非常之时治世也许就该用非常之道，即使是令他遗臭史册的'焚书坑儒'都透着一股俯瞰世事的君主气度。而汉武帝就更为了不起了，从祖宗手中承继江山虽不比秦始皇统一六国开疆扩土那样艰难，但是守成更加不易。少年天子裹挟在外戚内患的逆境中，可以一举让朝政重归王道，就必须有难得的韬略和智慧。驱匈奴、惩内乱、平吏治，处处显露出武帝的才干与果敢，君主的气度不输秦皇。"朱瞻基缓缓开口，话语并不激昂慷慨，调子和缓而低沉，但在朱棣听来却像是一首最动听的出征曲。

只是他眉头稍稍拧起，依旧是目不转睛地注视着朱瞻基的眼眸，"他二人都拥有为帝的诸般优长，也做出了惊世之伟绩，但致命的弱点也同样鲜明。"

"皇爷爷？"朱棣的神情让朱瞻基微微有些诧异，好端端的皇爷爷为何会跟他谈起这些？评判史书上早已作古的先贤明君，这是自己在十岁前早已完成的功课，已经有好多年，朱棣没有再跟他谈起这些了。今儿天还未亮就命自己陪他攀山登城观日出，难道只是为了闲谈古人吗？

"基儿，秦自始皇之后二世而终，而汉武帝立少子刘弗陵为帝，又引来多少宫廷变故与国之劫难。秦皇汉武皆为一代雄主，治国确有丰功，可是偏偏都败在了治家上。作为君王，他们或许是成功的。可是作为男人，为父为夫，他们却输得如此彻底。而最终，家败，累国。"朱棣的神态异常凝重，目光直视着朱瞻基，炯炯如炬，直逼心房。

朱瞻基隐隐地明白了朱棣言之所指，他脸色微变，沉吟片刻，猛地问道："可是府中，出了什么事？"

朱棣肃穆的神色瞬间变得晴朗起来，一阵大笑毫无先兆地响彻四方，他重重地拍了拍朱瞻基的肩头，"去吧，这件事由你自己处理。记住，皇帝没有家事，家事亦是国事。你永远不属于任何女人，因为你不仅仅是她们的夫，更是天下臣子仰望的天。稍有不慎即会天地变色。"

朱瞻基怔了又怔，对上朱棣的龙目，他最终重重一拜，随即转身而去。

皇太孙府宜和殿内，太子妃居上坐，胡善祥坐在下首，而殿中立着的正是孙若微。

慧珠看了看室内立着的侍女与内监，刚要挥手让她们退下，太子妃忽开口道："不必了，府里出了这样的事情，哪里还能掩耳盗铃？原本太孙府上下就是一荣俱荣、一损俱损的关系，谁又真正逃脱得了干系呢？"

"是！"慧珠立即点头称是。

坐在次席的胡善祥把目光迅速投向了慧珠，太子妃的话一语双关，细听起来仿佛有些刺耳，像是在敲打着谁，又像在暗示着什么，让人隐隐有些不安。而慧珠则回了她一个安慰的眼神，一切按部就班，不必惊惶。

胡善祥从慧珠的目光中读出了安慰，于是又刻意让自己表现得淡定贤静些，她只是把身子微倾，倚靠在铺着红锦缎的扶手枕上，显得有些虚弱而乏力，而神情又似乎是在强打精神硬撑着，那模样着实有些可怜。

"善祥，母妃知道你身子虚，原本也想等皇太孙回府之后再来定夺。可是如今偏偏是一波未平，一波又起，府里出了命案，皇上派来的教养嬷嬷身遭不测，我们终究是要查一查，也好给皇上一个交代。你也终究是这皇太孙府的当家主母，所以还是由你来断吧。"太子妃缓缓开口，目光扫视着殿内众人，有些清冷又有些空洞，像是扫视着每一个人，似乎可以洞察一切，又似乎什么都没有看，只是透过她们再看另外的人和事，那情绪如此淡泊，真让人看不透她此时在想些什么。

胡善祥微微侧首，对上太子妃的目光，唇边浮起淡淡的苦笑，"是儿臣的错，没有管好太孙府，无德无能，惹出这些事端来，让母妃也跟着操心，真是不孝！"

太子妃淡然一笑，端起桌上的茶浅浅地饮了一口，没再说什么。

胡善祥轻叹一声，直起身子，目光对上立于殿中的若微，"若微妹妹，前几日姐姐身子不适，一直在寝殿静养。慧珠统管太孙府责任重大，自然是殚精竭虑事事谨慎，所以这才去妹妹那里查问查问，因为有些事情没弄清楚，便暂将你幽居在别苑，你也莫要往心里去。今日母妃也在此，我们只问事实，不究其他。若是你做的，我也不怨你，定是姐姐哪里做得不周让妹妹受了委屈，所以妹妹才想法子惩戒姐姐。如今说清楚了，这事情便了了，我绝不深究。若不是妹妹做的，也定要还你清白，对大家都有个交代。"

若微面上一直带着三分笑意，此时更浓，"太孙妃说的，若微听不懂，请太孙妃明示。"

胡善祥面上一僵，很是尴尬，于是端起案上的茶水想润润喉，也似乎是想定定神儿，可是偏偏呛了水，好一顿咳。

慧珠立即上前又是捶背又是顺气，也正好把话接了过来，"容奴婢逾越了。"

太子妃道："无妨，你也是这府里的管事，前因后果就与孙令仪对对吧。"

慧珠点头应允，这才挥了挥手，让梅影端上来一个托盘，只见里面放着一些精致的脂粉盒，"这是从孙令仪房里搜出来的胭脂盒，里面的胭脂都是孙令仪自己做的，已经请府里的太医查验过了，没有毒。而这两盒是孙令仪赠给曹恭仪的，这两盒均有毒。"

胡善祥把目光再次投向若微，眼中已然有了湿意："前些日子府里风传，说是若微妹妹因为殿下宠幸雪柔，手书题诗的事情醋意大发，原本以为只是谣传，可若微妹妹竟为此事离府住到咸宁公主府上，想来也是动了真气，这也是人之常情。只是气归气，吃醋归吃醋，万万不该做这等损人之事啊。"

"娘娘！"站在胡善祥身后的柳嬷嬷突然开口了，"咱们娘娘真是好性儿，事到如今还处处帮衬着孙令仪。孙令仪哪里只是吃曹主子的醋这么简单？奴才已经打听清楚了，孙令仪这两盒胭脂是在咱们娘娘有喜之后，命碧月送到曹主子那儿的。当时曹主子就说，哪里用得了这么许多，前些日子送的还没有用完呢。碧月就传孙令仪的话，说是若主子自己不用，也可以送人，曹主子与咱们太孙妃一向交好，若是送给太孙妃则是一份美意呢。"

"哦？"众人又把目光投向孙若微。

"你说此话，有何为证？"若微静立当场，开口只此一句。

"凭证？"慧珠轻轻击掌，立即有小太监带着迎晖殿里粗使丫头碧月上前。

碧月扑通跪在当场，"奴婢参见太子妃，太孙妃，诸位主子！"

"免礼！"太子妃细细打量着碧月，这丫头年纪也不小了，原本也是与湘汀、云汀、梅影、落雪等人一起入宫的，人家都出息了，当上了有品级的女官，唯有她还是个普通宫女，她不够伶俐，但是为人最是朴实，当初把她调到瞻基的太孙府，也是看中了这点。她的话，太子妃倒是有七分相信。

"碧月，这两盒胭脂，可是孙令仪让你送给曹恭仪的？"太孙妃胡善祥问。

"是！"碧月点了点头，又惊恐地看了看孙若微。

"'若是用不完，可以转赠她人，比如送给太孙妃。'孙令仪可让你对曹恭仪说过这样的话？"胡善祥又问。

"是！"碧月又点了点头。

胡善祥又把目光对上了孙若微，"妹妹，就到这里吧，别往下问了。姐姐知道你的心思，想来也是一时糊涂。如今好在姐姐身体硬朗，没有大碍，真的不必再追究了。"

孙若微迎着胡善祥的目光，唇边浮起甜美的笑容，"别，还是应该查个清楚。若是程嬷嬷无事，也许我会从了你的建议，就算我白白担了这个罪名，为了府内的安定我也认了。可是如今程嬷嬷暴死，若不查个清楚，谁能安心？"

胡善祥把目光从孙若微脸上移到太子妃面上，"母妃，今早程嬷嬷被人发现在水井里，身子已经泡肿了，原本以为是失足，可是她面色黑紫，七窍流血，故不敢怠慢，已着人查验过了，所中的毒正是断肠粉。而这断肠粉……"

"照实说来！"太子妃面色异常沉静，音调也依旧和缓，让人参不透半点儿心事。

"孙令仪房里的首饰盒中恰有此物。"胡善祥说着，慧珠便又呈上一个小盒，里面有些黄白相间的粉末，"这便是断肠粉，与金银花长得很相似，孙令仪房里的人都听她讲过，此药用一点儿即可封喉，当时湘汀等人还劝过她不要在房里放这些有毒的花草，可是她不听，偏留着。"

"若微，你有何解释？"太子妃面上依旧如如不动，只是这一次，她的目光直视着孙若微，一动不动。

"不错，我房里有此物，慧珠刚刚说程嬷嬷死因是服食了此物，只是谁又能证明致使程嬷嬷身亡的断肠粉就是我房里的？就算能证明，又与我何干？昨晚我一直被囚在地牢之中，太监小安子可以作证。"若微坦然回道。

"小安子？"太子妃看了看慧珠，"是昔日陪太孙读书的那个小安子吗？"

"是！"慧珠点了点头，"这几日都是他在地牢外守着。"

"宣他来！"太子妃心中有数了，小安子应是可靠之人。

"小安子，来不了了！"慧珠低下了头。

"什么？"太子妃侧目。

慧珠手捧着一个金锭子呈给太子妃看："昨儿府里失了火，众人都忙着救火，小安子也在其中，后来他不小心烧了衣裳，于是便回去换装。今早发现在房里已然断了气儿，在他的箱子里发现了这个。您看看。"

太子妃接过细细一看，这是宫里打的金锭子，是正月里赏下来的，上面有着太孙府侧妃的标记，正是一个"孙"字。

"若微，你如何解释？"太子妃原本渐渐理清的思绪又乱了。

"没有什么可解释的，这又能说明什么？"若微笑了，媚如三月春晖。"胭脂也好，毒药也罢，还有这金锭子，你们既然搜了我的屋子，把我囚禁起来，又隔了这么些天，谁知道这个中的曲折？物件是死的，人是活的，在我手上是治病的良药，到了旁人的手里便是夺命利器，我岂能奈何？"

孙若微言之切切，太子妃真的糊涂了，她再次把目光投向胡善祥。

"若只是一桩事情或许是巧合，也许并不能说明什么，可是三桩命案皆与你有关，毒药也在你的房里，你又如何能撇清？"胡善祥叹了口气，"妹妹，这可不是耍小性儿的时候。"

孙若微笑而不语。

她的神情大大地激怒了太子妃，这孩子着实有些不识好歹，莫说是人证、物证皆在眼前，就是没有这些铁证，身陷如此是非，又怎能是真正清白？

无风不起浪，几件事的矛头都直指若微，你不该反省吗？还如此高傲，太子妃心中十分反感，她强压着心中不快道："此事，还有何线索？"

"娘娘！"慧珠缓缓上前，呈上一个小锦袋，"这是程嬷嬷手里一直攥着的物件，您看看就知道了！"

太子妃接过来打开锦袋一瞧，脸上立即变色。

"你，也太过了！"指着孙若微，太子妃身形微颤，气息不平。

"来人，把孙若微送交宗人府审讯，告知宗正务必秉公处置，不必姑息！"太子妃站起身，狠狠盯了一眼若微，拂袖而去。

第六卷

叹隙中驹梦中身

第五十一章　疾风知劲草

东宫正殿，太子妃铁青着脸坐在正中的圈椅上，彭城伯夫人紧挨着她坐在一旁，一面打量着太子妃的神色，一面小心翼翼地开口道："娘娘，这事儿真的没有转圜的余地了吗？且不说事情是否像浮于表面的那般，就算是坐实了这罪名，也不过是为了争宠，小惩大戒算了，否则怕是对谁都不好；再者说，您也要考虑考虑咱们皇太孙的心啊，明知道是心头肉，难不成还要硬生生地剜了去吗？"

"娘亲，此事你别管，我也不想插手。"太子妃回答得十分干脆，"如今是与不是都不重要了。那'血蛊'一出，便是惊天骇浪平地起，妃嫔夺宠算不了什么，可是一沾上这个就是滔天大罪。别说她了，就是咱们如今想捂都捂不住了。她的命、她家人的命，追至九族，甚至是您老人家，怕是都难逃干系！"

"我的老天！"彭城伯夫人脸色立即变了又变，怔了片刻之后仿佛恍然警醒，"怎么能够？我不信，打死我也不信这丫头会如此糊涂。许是旁人陷害的，绝不会是若微所为。"

"娘！"太子妃腾地站起身，她神情中满是疲倦之色，眉头紧紧蹙起，盯着自己的母亲冷冷说道，"不信，为何不信？她比陈阿娇如何？比卫太

358

子如何？自古至今，从来就没有哪个皇朝会姑息魇镇巫蛊之事。一代明君汉武帝，因为一个莫须有的'巫蛊'之事就致几万人人头落地，一时间九州之内血雨腥风，几十万人被抓入狱，几百名股肱大臣被杀，太子被逼反后自杀，卫皇后自杀，公主、王侯更是被杀无数。血淋淋的祸事就要来临，稍有不慎，东宫一脉就将不保！都什么时候了，您还惦记着为她讲情？"

彭城伯夫人瞪大眼睛，原本极为伶俐的嘴此时张了又张，却没敢再发出一个音。

"此事，只能看皇上圣裁了。"太子妃眼帘低垂，叹息连连，"当初就不该从了瞻基的心愿，那丫头就是一个惹事精，这一次，真是把咱们都牵连了。"

彭城伯夫人正不知该如何搭言，只见云汀匆匆入内，她凑在太子妃耳边低语了数句，太子妃神情微滞，"说本宫身体不适，不见。"

"娘娘，皇太孙说，若娘娘不见，皇太孙则会按自己的方式解决此事。"云汀照实回话。

"什么？这个糊涂孩子！"太子妃面色立时阴沉起来，她紧握着双手在殿内踱步，不知她在想些什么，无从猜度，更无从劝慰，突然她停了下来，"去，去告诉他，他可以按自己的方式解决。他如果可以保全若微，母妃乐享其成。只是不要连累父兄，更不要置东宫千余条性命于不顾！"

云汀惊愕地对上太子妃的眼眸，只看了一眼立即又低下了头，这样的太子妃实在是陌生极了。此时，对皇太孙和若微，云汀竟生出些许的同情来，有情难道错了吗？为何宫门内的情路如此崎岖？为何他们就不能平静度日呢？

想不到今时今日，太子妃真的能狠心置身事外。云汀低着头应声退下，对于太子妃的话她不敢打半点儿折扣，均原原本本地告诉了在殿外徘徊的皇太孙朱瞻基。

朱瞻基冲着云汀深施一揖，只说了一句"有劳"便匆匆离去了。他的步子走得有些急，紫色的锦袍下摆微微拂起，夕阳下他的面色微微有些绯红，像是被阳光晕染，又像是内心原本焦急如焚，总之，今日的他与往日的镇定与超然的气度迥然不同。

宗人府大牢中，若微与曹雪柔隔着木栏杆两两相望。

初入牢房时若微还有些不明就里，不知事情又发生了怎样的变故，慧珠交到太子妃手中的物件究竟是什么，为何会引得太子妃惊愕失措，勃然大怒，随即就将自己不问青红地转投至宗人府。

为什么不是刑部，而偏偏是宗人府？

若微心绪不宁，正有些没着没落的，然而很快曹雪柔也来了。四目相对，两人之间没有半点儿怨恨，谁能想到，相视之后两人竟不约而同地笑了。

若微率先开口："想不到在这里会见到你，我以为此时你应该在宜和殿。"

曹雪柔面上依旧是暖如春阳的淡淡笑容，轻启朱唇，无比温和，"许多事情，都不是我们想的那样。"

"哦？"若微索性坐在地上，她的腰因长时间站立很是酸疼，靠着两个囚室之间的木栏，反而觉得要好受些，若微的手轻轻抚在腹部，三个月了，已经微微凸起，这里面会是一个聪明伶俐的女儿还是一个虎头虎脑的儿子呢？经受如此折磨，娘还能看到你吗？

"雪柔，那胭脂真的有毒吗？难道你也认为我会害你，或是害她吗？"若微的调子柔柔的，缥缈虚幻如同从天际边传来。

曹雪柔没有说话，现在还不是表明心迹的时候，她知道她的境遇其实比孙若微更危险，稍稍有异，她就会成为两派相争的牺牲品，所以，她不能过早地表态，什么都不说恰恰是一种保全之策。

然而迟迟不语却也只能暂避一时，片刻之后，宗人府宗令在执法司衙门提审若微与曹雪柔，而殿上端坐的还有朱瞻基和胡善祥。

"孙若微！"宗令乃是开国世袭亲王，对于小小的皇太孙府侧妃丝毫不看在眼里，开口便直呼其名，"皇太孙府管事慧珠呈上你的罪状，不守妇德，私通外男，阴谋毒害嫡妃，暗行巫蛊之术，事发后更是杀人灭口，太监小安子、教养嬷嬷程氏均是你指派人所害。以上种种，你可招认？"

若微静立其中，摇了摇头。

"人证、物证俱在，不容你不招。本王念你有孕在身，本不愿对你施刑，可你若是冥顽不灵，本王也就顾不了许多了！"宗令微微侧首看着朱瞻基，"皇太孙，得罪了！"

朱瞻基尚未表态，宗令已然下令："针刑。"

一声令下，立即有人拿着十支银光闪闪的长针走上前来。这针刑是后宫中对待女犯较为常用的一种刑罚，以十支长针从女犯的指尖插入指根，十指连心，其痛苦可想而之。

若微柳眉倒竖，"难道宗人府，堂堂的宗令审案，除了用刑再没别的了吗？"

"刑者分人而用，对你这等狡诈女子，不用刑你定会百般抵赖，审来审去，何时才能审出个结果？"宗令毫不以为然。

负责行刑的差人立即上前死死按住若微，银针刚待逼入，朱瞻基开口了："宗令大人，是否可以稍安，本王愿代为审讯。"

宗令眉头微皱，"这，怕是不合祖制吧？"

朱瞻基沉了脸，"此事已惊动了皇上，皇上对此事也颇为关注，故才命本王赶回京城督办此案。想来，宗令大人三言未明就用刑，不过是为了速速结案，若是本王亲自审问，不用弄得血溅当场，也可以令真相大白，岂不更好？"

宗令稍稍思忖片刻，终于点了点头，"那皇太孙就请问吧，不过老夫年纪大了，没什么好耐心来等，若是一时三刻问不清楚，这刑还是要用的。"

朱瞻基只把目光投向曹雪柔，"胭脂一事，你且细细讲来。"

曹雪柔双手轻揉着衣带，默而不语。

"照实情直言，本王在，任何人都奈何不了你！"朱瞻基再次开口相询。

曹雪柔点了点头，对上朱瞻基的目光，"胭脂确实是孙令仪殿里的丫头碧月送来的。后来，恰逢胡娘娘来我房里小坐，见这胭脂香气淡雅，颜色又好，面露欢喜之色。我便把胭脂转赠给了胡娘娘。后来听闻胭脂有毒，我如五雷轰顶……"

"那胭脂是从未开启过的，雪柔妹妹不必自责！"胡善祥开口说道，她只把目光对上了若微，"是你做的？"

若微点了点头，"胭脂是我做的，只是毒却不是我下的。"

胡善祥笑了，"依你的意思，这毒是曹恭仪下的？"

若微冷冷地对上她的眸子，"这个，就要问你了！"

"你……！"胡善祥又惊又怒，仿佛十分委屈，她双目中蓄满泪水转向朱瞻基，"殿下可要为臣妾做主呀！依孙令仪的意思，莫非臣妾自寻死路不成？"

"好了。"朱瞻基低喝一声，"来人，呈证物！"

自有来人捧着那两盒胭脂上堂，朱瞻基指着其中一盒用过的说道："此物确是孙令仪赠给曹恭仪的，又由曹恭仪转赠给太孙妃。这其中经手之人众多，如今只须一一盘查，在真相查明之前，不必妄下断言。"

"皇太孙，此话差矣！"一直静听朱瞻基问询的宗令不乐意了，他沉着脸说道，"这不是明摆着的吗？太孙妃有孕在身，怎么会自己害自己，拿自己性命和皇家的子嗣开玩笑？自然与太孙妃无关。而要把毒药与胭脂掺在一起，又让人看不出来，也不是寻常人能做到的。既然孙若微精通此道，而房里又有相同的毒药，此事自然是孙若微所为。殿下又何须故意为她开脱？"

第五十二章　三姝竞争妍

朱瞻基刚要开口相辩，宗令又道："这个胭脂先放一放，那涂了血蛊的玉坠上写着太孙妃的生辰八字和受孕时辰，这便是程嬷嬷暴死的真正缘由。应该是程嬷嬷发现了此物，才被灭口。"

朱瞻基对上宗令的目光，"在本王看来那不过是一只普通的玉坠子，宗令大人为何认为是血蛊？"

"皇太孙年纪尚轻，不知晓也不足为怪。自远古时起，这巫蛊之术便已流传开来，其中一种名外蛊，就是以想要加害之人的贴身物件，刻上其姓名及生辰八字，然后下蛊之人以自身鲜血浇筑，如此便可在三七二十一天内，令被蛊者身亡或癫狂。这便是血蛊。"宗令半眯起眼睛，手中拿的正是那只玉耳坠，他身子稍稍一倾，把它递到朱瞻基面前，"皇太孙看仔细了，这上面不仅有太孙妃的生辰，还有受孕时辰，最重要的是这玉坠中间是渗了血色的。"

朱瞻基接过玉坠细细查看，目光先是扫过胡善祥，随即又对上了若微，只见若微小脸紧绷，怒色浮面，知道她定是委屈极了，想要劝慰又不合时宜，只得给了她一个安慰的眼神。

"皇太孙，祖宗家法，后宫之人若有人敢以巫蛊之术害人，必当死罪，就是其家人、族人也当同罪。"宗令看着朱瞻基缓缓说道，真乃是字如千钧，透着一股子杀伐之气，让人不由瑟瑟发抖。

朱瞻基低头不语，只是从怀里掏出一块玉牌，他面上微微含笑把玉牌递给宗令，"请大人看仔细。"

"这是皇太孙出生时，皇上亲赐的吉祥龙佩。"宗令有些诧异。

"正是，这上面有本王的名讳和生辰。"朱瞻基站起身，拿着玉佩走到若微身前，在众目睽睽之下突然抓起若微的手，对着她的纤纤玉指竟张嘴狠狠咬了下去。

若微忍不住吃痛地叫了一声，血正从她的指尖溢了出来，朱瞻基抓着她的手往玉佩上一抹。

"天哪！"胡善祥也好，曹雪柔也罢，室内众人皆目瞪口呆，惊诧万分。

转眼间朱瞻基已然重回座上，他再次把沾了血的玉佩递给宗令，"如果这也算得是血蛊的话，那咱们就看看三七二十一日内，本王是否会一命归西。"

"皇太孙！"宗令已然惊愕得说不出话来，他又气又惊，胡须微颤，早知道皇太孙为人内敛谨慎，如今在宗人府执法司大堂之上，当着众人竟能做出这番举动，远远出乎他的意料，一时间也无从应对。

"宗令大人不必担忧，本王从来就不信什么巫蛊之术，当今皇上更是英明睿智，因而也不信此等把戏。所以我朝绝不会出现汉武帝时一个小小木偶就搭上数万条性命的人祸。以此种手段害人者不过是市井蛮夷之辈的所为，我太孙府妃妾皆出自名门，就是彼此争风、互相倾轧也绝不会使如此下作手段。想来是别有用心之人想把事态搅浑，所以此事我自会彻查。"朱瞻基眸如深海，精光微闪，全身上下透着一种凌厉之势，与平日的温润谦和的他简直是判若两人。

宗令一面思忖着他的话，一面扫视着大堂上众人的表情，从那些宗亲执事的脸上他看到了犹豫与迟疑，于是也不再坚持，只是又心有不甘，这才缓缓开口道："好，此事就依皇太孙，可以暂缓处置。但是程嬷嬷与小安子这两条人命，是不能不办的。"

"这是当然，人命关天，不管是主子还是下人，在我太孙府出了事，我总要还大家一个公道！"朱瞻基正色道，"程嬷嬷的尸体虽是自水井中打捞上来的，可是经医官查验，系毒发身亡。这毒是谁人所下？先前的指控都说是孙令仪。孙令仪身处地牢，如何能害她？就算是她下毒谋害，可是以孙令仪娇柔之力如何能将身形肥胖数倍于她的程嬷嬷从房中迁至井中？而小安子的死就更为蹊跷了，为重物击中脑部而亡，箱子中的金锭子更是欲盖弥彰之所为，一切皆不足为凭。但毫无疑问，这些案子看似牵连在一起，其实很难自圆其说。所以，本王已将此案报于刑部，按刑案来查。"

朱瞻基此言一出，实际上是已经剥夺了宗令审查太孙府命案的权力，宗令大为不满，只是面对在押的犯人，若是不能用刑，他一时间也没有别的办法能查明真相。宗令心中十分清楚，先前太子妃之所以将此案交给宗人府来审，就是巫蛊之术牵扯到皇族的体面，看今天皇太孙的意思，竟然以身犯险挑战血盅，丝毫不认为此事有多严重，这倒让人大感意外。如此一来，堂堂执掌皇族事务的宗令自然不会为了两个奴才的死与皇太孙反目。可是案子审到这儿，就如此罢手真有些不甘，宗令端起案上的茶细细咂了一口，目光落在桌上的那些证物上，突然开口道："好，既然血盅之案，皇太孙要自行查调，而两名奴才的命案又交给了刑部，那胭脂一案，本王就责无旁贷，要为皇太孙分忧了。"

说完，他目露凶光，直勾勾地盯着孙若微与曹雪柔，"这罪魁祸首，就在你们二人之中，如今本王再给你们一次机会，你们招也不招？"

曹雪柔与孙若微自是无言相对。

"来人，用刑！"宗令惊堂木一拍，大声喝道。

"慢！"朱瞻基再次开口相阻。

宗令面上已然极为不悦："皇太孙，本王尊您皇太孙的贵重身份，也请您自重。三个案子，难不成都想化为无形吗？堂下站的是您的嫔妾，而座上的太孙妃就不是吗？她的死活您就不打算管了吗？"

一语出口，众人皆感尴尬。胡善祥更是默默垂泪。

朱瞻基站起身冲着宗令双手一揖："老大人误会了，本王出言相阻，是因为本王以为此案证据不足，还有新证可鉴。"

"哦?"宗令面色稍缓,"愿闻其详!"

朱瞻基道:"这胭脂原是用各色花卉放在模子里上屉蒸熏而成的,成型之后便封好待用。若想下毒,必先将毒物与材料混在一起蒸熏才可不易被发现。可是经查验,致使太孙妃中毒的胭脂本身无毒,只在表面上加了一层。是这正薄如蝉翼的一层,让太孙妃中了毒。可是先前在孙令仪房中所搜出来的断肠粉是粉末,若以粉末撒在早已成型的胭脂中,自会被人一眼看穿,又怎么会用?"

"是呀!"宗令及在场宗亲执法官员皆频频点头。

"是被有心之人将粉末混入蜂蜜中,然后滴在胭脂上,慢慢滑过胭脂表面直至晕匀,这样待风干之后便如同新品一般。"朱瞻基话音稍稍停顿,随即淡然一笑,"之前孙令仪的房中已被彻查,无蜂蜜之物,如今只要彻查整个太孙府,看看谁的房里有蜂蜜,或是谁平时从膳房领过此物,即可断明。"

"好,来人,速去太孙府查验。"宗令一声令下,侍立在堂上的差官立即下去行事。

孙若微的目光紧紧追逐着朱瞻基,今日的朱瞻基让若微感动不已。原来一向内敛而有些懦弱的他,为了自己竟也知道步步为营、计计连施。眼中莹润着动人的泪水,紧紧咬着双唇才能稍稍克制自己的情绪。

朱瞻基的目光也久久地凝视着她,四目相对,眼中除了彼此,哪里还容得下别人。

所以,他们没有注意到太孙妃胡善祥怨愤的眼神和苍白面色,以及她缩在锦袖里瑟瑟颤抖的手。

可是,偏偏有人看到了。不是别人,正是曹雪柔,一瞬间,她便做出了决定。

谁也没有注意到,所以也无从拦阻,曹雪柔像烟花般一闪而过,抢上前去拿起那盒原本当作证物的毒胭脂,然后全部吞入腹中。

"梳洗罢,独倚望江楼。过尽千帆皆不是,斜晖脉脉水悠悠,肠断白蘋洲。"悲凄的音调诵出一首幽怨的诗句,随即曹雪柔面色大变,身子僵硬如木,气息艰难,咳喘起来。

"雪柔！"所有的人都惊了。

朱瞻基一把将她拉在怀里，"你做什么？"

对上朱瞻基的眸子，她笑了："殿下可知断肠散还有个名字叫'相思草'，抑或是'愁妇泪'？"

朱瞻基茫然地摇了摇头，事发太过突然，完全打乱了他的计划，为什么？难道自己猜错了，幕后主谋不是胡善祥，而是曹雪柔？

"古时，有一妇人怀念她的心上人，但是因为常常不能见面，所以经常在墙下哭泣，眼泪滴入土中，久而久之洒泪之处便长出一株花，花姿妩媚动人，花色像妇人的脸；而草叶则有毒，名为断肠草。《本草纲目拾遗》记载，相传昔人有以思而喷血阶下，遂生此草，故亦名'相思草'。"

若微把手轻搭在曹雪柔的腕上，目光逼视着她原本绝色的美目，"你好傻。"

曹雪柔面上渐渐漾开一朵娇美的花，她一直在笑。

"好妹妹，你为何自寻死路？纵使是你做的，也是一时糊涂，姐姐不怪你，不怪你！"胡善祥从座下跌跌撞撞地扑了过来，她轻摇着曹雪柔的肩，她心如明镜，关键时刻这个一直被自己利用甚至想在最后关头牺牲掉的曹雪柔，竟选择了和她站在一起，甚至为了保全她而甘愿自尽于人前，以干脆直白的行为承担了所有罪名。

这是为什么？她想不明白。但是她知道，这场戏还没有闭幕，所以她必须要演下去。

"殿下，宗令大人，我不追究了，真的不追究了。这原本就是咱们府里的家事，咱们回府，请最好的太医给曹妹妹救治。"说着，胡善祥竟对着宗令深深叩拜。

事到如今，宗令似乎有些明白了，久经官场沉浮，他太明白什么时候该抽身而退，而何时又该做顺水人情，于是他欣然应允，立即退堂回避。

"殿下，咱们快快回府吧！"胡善祥催促着。

朱瞻基瞅着若微："可还有救？"

若微怔了怔，"只有一个法子，可是……"

"什么可是，你尽管行之！"朱瞻基在若微手上轻轻一掐，四目相对，便明白了彼此的意思，他们都知道曹雪柔是无辜的，是不该就这么白白死去。

"去，拿个盛着秽物的恭桶来。"若微开口喊道。

众人皆愣在当场，唯有朱瞻基清醒，立即命人去办，不多时一个臭气熏天的恭桶被抬了上来。众人皆掩鼻而避，若微却拉着曹雪柔将她的头按在桶边，曹雪柔气息急促，胃里顿时翻涌起来，而若微更是不管不顾，伸入桶中抓起一团污物就往曹雪柔脸上去抹，曹雪柔再也忍不住，立时把头扭到一边，吐了起来。

这一吐可谓是惊天动地，胃中不留一点儿残余，最后只剩下绿色的胆汁，还在干呕。

而若微见状则长长叹了口气，"好了，叶出来就好，再去拿些绿豆、金银花、甘草急煎后服用即可。"

"好好，速速去办！"朱瞻基命人立即去办。

此时，松了口气的若微才意识到室内的味道，而警醒过来以后她便也抑制不住地狂吐了起来，朱瞻基刚刚怀里还抱着曹雪柔，此时又只得腾出手来扶她，而胡善祥则是瘫软在地上再无半点儿力气。

第五十三章　前嫌可尽释

草原大漠天子的龙帐内，收到锦衣卫暗卫密报的朱棣对着信函，爆发出一阵瘆人的大笑，总管太监马云听了不由感到莫名其妙，"万岁爷，这是怎么了？昨儿一晚上都在担心太孙府的案子，睡都没睡安稳，今儿却忽地龙颜大悦，难不成今日这案子已然有了眉目？"

朱棣大笑，把信函丢给马云："这对儿小冤家，真能给朕添乱。一个糊涂青天，一个蹩脚郎中，偏偏凑在一起，把这个死局给朕破了。"

马云看着看着，面上表情变得古怪起来，明明心里想笑得很，可又怕在圣前失了仪，故只得暗自忍着，而心底不禁暗暗称奇，难道这案子这样就算了结了？以皇上的性子应该不能吧？果然，拿眼一瞅，笑过之后的朱棣面上又浮起了阴郁之色，他坐在案前提笔而挥，只是不知这天子又给锦衣卫暗卫出了什么难题。

太孙府迎晖殿内，若微躺在床上昏昏而睡。朱瞻基倚在枕边细细端详着她，心中是说不出的滋味。

他自言自语道："原本这次是可以让她露出马脚跌下座来的，只是未曾想到……"

她在梦中接语:"只是未曾想到你的侧妃,有一个算一个,原来都不是寻常角色。"

"何意?"他以手轻轻拂过她的脸庞。

她翻了一个身,索性把头靠在他怀里,"曹雪柔好精明,好刚毅。此局,原本就算你找出证据,向世人揭示胡善祥以苦肉计陷害我,怕是也不能就此废了她,最多是罚俸、禁足或幽居。而曹雪柔身在其中,也难落得干净,弄不好会被视为同谋。与其如此,还不如豁出去,以身相保,周全了胡善祥。这样,在众人面前,既洗清了罪责,又彰显了大义。不仅胡善祥对她感激涕零,就是咱们太子妃,当今皇上,怕是也要对她称许高看。"

"此话有理。不过这也只是你的推断,其实或许还有一种可能,雪柔的性子原本高洁,是从心底厌烦了这妻妾倾轧、尔虞我诈的纷争,一心只想以此做个了断,只想图一个清净也未可知。"朱瞻基的声音柔柔的,目光有些缥缈,在他面前似乎又浮现出曹雪柔那双含幽带嗔的美目以及一身素妆于园中写意风景时的娴静与优雅,只觉得心中微微有些刺痛的感觉。此案之中,自己一心只想保全若微,却忽视了原本也是无辜受伤的她,这对她而言又是何其不公呢?

若微轻哼了一声。男人,如此而已,总是有同情弱小的雄性心理。

这一声轻哼透着不满与不屑,朱瞻基立即回过神,"心里又犯酸了?我的微儿何时会变得如此爱计较了?"

"哼!"又是一声轻哼,若微转过脸去,心想你人待在我身边,却想着曹雪柔的高洁与无辜,面上表情要多疼惜就有多疼惜,倒不如现在就过去安抚。

朱瞻基知道她心中所想,故话题一转道:"你放心,这两条命案,以及玉坠诬陷一事,我都会彻查,今儿已经跟宗人府宗令留了话,一个月内定给他一个交代。"朱瞻基像在安抚又像是在承诺。

若微叹了口气:"此事不可小觑,胭脂一案很明显是慧珠刻意弄玄,不过只是小伎俩。可是那两条人命又如何解释?特别是程嬷嬷,她是皇上派来的人，慧珠绝没有胆子向她动手，而她也不会拿胡善祥的性命开玩笑。巫蛊之术，你不信，她信。"

"我知道，我已找到了突破口，那玉坠儿如此小巧，而在那上面刻出生辰八字，这刀工不是一般人能做到的，从此处下手，定能查出真相。"朱瞻基抓起若微的手看了又看。

"看什么？"若微又哼了一声，"你也真会唬人，我开始也以为你咬破了我的手指，后来才发现，原是你自己咬唇而破将血滴到我手上的。我还说你这么好心，为了还我清白不惜以身涉蛊，没承想还是小气。"

"哈哈！"朱瞻基忍不住笑了，"好个没良心的微儿，真是天生的妒妇蛮女。我原是想咬破你的手，可是还未破，你就吃痛地叫了起来，我心一软，还怎么用力？可是情势所迫，这才咬破了自己的唇，你不但不谢我，反而说三道四的，我看真该让你在牢中多受些苦。"

"好啊，那我现在就搬回地牢里跟老鼠同睡！"若微瓮声瓮气地嘟囔着。

朱瞻基伸手轻轻拍在她的脸上，眼中尽是宠溺之色，"我看微主子还是在这迎晖殿里拔虎须吧，那老鼠自有鼠妹相陪，不劳你费心了。"

这边是情浓时分花好月圆，而宜和殿里则凄风苦雨好不烦忧。

胡善祥躺在床上，头冲里侧，呆呆地看着帐子，神情痴痴默而不语。

慧珠坐在边上也唯有长叹："这次事情真是出乎意料。那孙若微莫非是命太硬了？这样的连环巧计都奈何不了她？连太子妃都放弃了，想不到皇太孙会突然从天而降，更是得了皇命亲自督办此案。这真是万万没有想到的。"

"好在有曹雪柔，否则我真不知该如何结束这局！"胡善祥低语着，气力十分微弱。

"哼，她也未必好心，原本咱们只盯着孙若微，想不到身边还藏着这么一个厉害角色。"慧珠的目光中闪过一抹阴厉。

"姐姐，此话何意？"胡善祥糊涂了。

"妹妹好好想想吧，此局，我们与孙若微可说得上是两败俱伤。唯有曹雪柔，不仅全身而退，更是全胜而退。咱们这一局，想不到最终竟成全了她。"慧珠面上尽是不甘之色。

"哦？"胡善祥糊涂了，而慧珠的神色偏又那般郑重，不像是玩笑之意，于是她便沉下心，细细地思忖起来。是啊，在宫里生存的女人，主子也罢，奴才也好，谁比谁傻多少呢？

正说着话，只听门口有人来报："娘娘，迎晖殿里的湘汀在殿外求见。"

"哦？"胡善祥与慧珠都是一愣。

"她来干什么？"慧珠几步走出内室，来到厅里，进前回话的正是梅影。

"说是奉了微主子的话，来给娘娘请安，同时有个物件要交给慧珠姑娘！"梅影轻声慢语低垂着头，这些天府里不太平，连带着奴才们都小心翼翼，唯恐惹祸上身。今儿皇太孙领着各房主子们回府，三位主子倒有两位是抬着进来的，曹主子直接被抬回自己的香远斋，太孙妃则乘小轿径直入了宜和殿。令人称奇的是微主子，虽然面露微尘一脸倦色，衣衫带垢略有狼狈，却竟然是与殿下执手相携，缓缓走回迎晖殿的。

回来之后，主子们都没露半点儿风声，可是府里上下立即炸开了窝，各种猜测纷至沓来，说什么的都有。梅影不知道谁是谁非，更不知这里面的内情，但是她隐隐知道，从此迎晖殿才是这府中的正殿，而宜和殿却再难"宜和"了。于是，在殿中回话，她不得不打起十二分的精神，小心翼翼，唯恐惹怒了谁，成了炮灰。

"去，叫她进来。"慧珠沉了脸，心思稍转，仿佛有了主意，又回身向殿里交代，"娘娘先在里面歇着，咱们先看看再说。"

"嗯。"从殿里传来胡善祥的一声低应。

湘汀姗姗步入殿内，冲着慧珠浅浅一笑，又朝内殿隔着重帷深深施了一礼："给太孙妃请安。"

"免了，娘娘在小憩，有什么事就跟我直说吧。"慧珠道。

湘汀怀里抱着一个锦盒，双手捧给慧珠，慧珠一愣，接过来打开一看，饶是她再镇定，再老到的一个人也不由得立时愣住了。

这锦盒里放的便是那把明晃晃的匕首。

"这是我们微主子送给娘娘安胎的良药!"说完,湘汀冲着慧珠微微福了个礼,也不等慧珠表态,就独自退下了。

胡善祥在内室听着外面的动静,知道湘汀已走,可是却不见慧珠进来,忍不住披衣起身走了出来。

"这是什么?"胡善祥看到慧珠手里的盒子中放着的竟然是一把明晃晃的匕首,不由大惊失色。

"这是吴越最后去地牢诱骗孙若微出逃时冒充他人拿的信物。"慧珠一字一句,"原来人在她手里,怪不得……"

"姐姐,那就是说她全都知道了!那我们……"胡善祥只觉得眼前一黑,险些跌倒。

"莫急!"慧珠伸手将她扶住,"算她聪明,没有当场戳穿我们,如今派人送来这个,不过是为了让我们止兵罢戈,原是为了求和。"

"可是,姐姐,她为何如此?这不是她扳倒咱们绝好的机会吗?"胡善祥只觉得手脚冰凉,立时没了主意。

"哼,她也是投鼠忌器。罢了,此局现已下成和局,只能再图日后了。"慧珠面上神色有些不忿,又有些无奈,终究化为一声轻叹,"真是低估了她。"

第五十四章　三殿一朝毁

永乐十九年四月初八。

朱瞻基携胡善祥与若微一同入宫，贺其同母妹——皇太子的长女嘉兴郡主的及笄之礼。

太子宫内，礼乐声起，宾客盈门。

这一次，借皇长孙女的及笄之礼，京城大臣的名门淑媛都被邀入内。

原本依太子妃张妍的个性，实在不愿意这样铺张，可是朱棣特意颁了恩旨，说此乃新宫落成、皇家迁入后的第一场喜事，所以要办得热闹。而皇太子朱高炽的十个儿子，除四子朱瞻垠早夭以外，郭氏所生的瞻垲、瞻垍、瞻埏年纪尚小，皇太孙朱瞻基、因年长而被封了爵位的朱瞻墉、朱瞻埈已分府立室外，还有五皇孙朱瞻墡、六皇孙朱瞻堈、七皇孙朱瞻墺尚未册妃。

所以此次太子宫中的宴会，不言而喻，除了贺喜，更是一场名门淑女才艺容貌的大比拼，这其中有出色者，或许可能会成为皇孙们的妃子。

这样的安排，自然要比送入宫中由那些太监嬷嬷们遴选的方式要好多了，所以差不多京里四品以上大员的女儿全到了。

只是太子妃张氏恪守祖训，虽然有圣上的恩旨，依旧不能破了男女不同席的规矩。所以今天的宴席就设在端本宫中的花园里，沿着湖边一字排开，是黄花梨木的数十张圆桌，各府的命妇带着自家的小姐各领一桌，每桌的台布各不相同，上面还各自写着名签。

而就在不远处山坡之上的凉亭内，虽然垂着碧纱帘，但是众人皆心知肚明，那几位年轻的皇孙就在其中落座，从亭中俯瞰山下，各府的女子衣着容貌也能看个大概。

皇太子长女嘉兴郡主像极了太子妃，原本就绝色容颜，如今更是刻意隆装盛饰了一番，大红的礼服，衣袖、襟前、袍角都用金色绣锦镶了宽宽的边儿，又罩上了一层羽纱，更衬出高贵之气；衣料上点缀的是宫中绣房的巧匠们精心绣成的朝阳丹凤，头上戴的是珍珠和红宝石穿成的金丝镂空珠花，就像盛开的春花，让在场所有的诰命夫人、亲贵小姐都不免有些黯然失色了。

如今隆重的仪式刚刚结束，各府的夫人领着自家的小姐们，依次献上贺礼，说着精心准备听起来各不相同实则大同小异的吉祥话。

太子妃坐在正中，看着女儿如此明艳动人，心中的骄傲也自然地流露在脸上，但是她丝毫没有忘记今儿宴会的主题是什么，于是开口说道："众位夫人，难得带了自家的小姐欢聚一堂，今儿又承天公作美，风和日丽，不如就叫她们各展才艺，咱们看了也有趣些！"

太子妃此语一出，众人纷纷附和。

于是有人抚琴弄曲，有人现场泼墨，还有人吟诗展才。坐在山坡上凉亭之内的几位年轻皇孙都站起身来，瞪大了眼睛看着山下的旖旎身形，真是你方唱罢我登场，只觉得香风阵阵，一时间不禁看花了眼。

只有朱瞻基与五皇孙朱瞻墉静坐在席间，对饮小酌，<u>丝毫不为所动</u>。

若论容貌与文才，朱瞻墉是几个兄弟中最为出色的，朱瞻基与他碰杯之后，笑着打趣道："五弟如此不屑一顾，莫不是心中已有佳偶了？"

朱瞻墉面色微红，只是笑而不答。而朱瞻埈则大呼无趣："隔这么远，看也看不真切，还不如我去百花楼里来得实惠！"

朱瞻基在他头上轻轻一拍："原本就不是让你来看的，你家中娇妻美妾环顾，还不知足？"

"知足?"朱瞻塘端起桌上的酒,一饮而尽,"这哪有知足的?谁像你,为了若微,放着府里的美娇娥碰都不碰一下。若是我……"

朱瞻基立即拿眼狠狠瞪着他,"这个瞻塘,最是口无遮拦!"

"若微?"瞻墡玉面之上秀眉微拧,似乎是在细细追忆着这个名字。

"书呆子,就是小时候在东宫静雅轩住着的,大哥的那个小娘子,还和咱们一起放过纸鸢呢!"朱瞻塘又借势在瞻墡头上重重敲了一下。

瞻塘平日里最爱管这个训那个,尤其是对这个长得最好看学问又佳的同母弟弟,更是他常常戏弄的对象。

瞻墡似乎被他打蒙了。就在此时,瞻墺冲他们招招手:"哥哥们快来看,那个女子真真有趣!"

原本无意相看,在瞻塘与瞻墺等人的鼓动下,瞻基与瞻墡这才站了起来,将目光投向席间。

席间所有的女子一一展才之后,就只剩下坐在西侧第三桌的一位姑娘。

众人都把目光投向了她,就是太子妃也开口问道:"不知方大人的千金,有何才艺要展?"

原来是兵部尚书方宾之女,众人的目光齐刷刷地汇聚在她的身上。

若是旁人,早就要娇滴滴地低下头了,而她却恰恰相反,冷俏俏地迎上众人的目光,态度不卑不亢,秀美中透着一股英气。她的服饰也与众不同,没有像普通的闺阁小姐那样穿一身短袄长裙或是披帛纱衣,而是穿了一件鹅黄色的锦衣窄袖长袍,并在腰间扎了一条玉带,如同男子一般。她的头发也没梳髻,只是用金丝绣的织锦将一头黑发高高束起,看起来英姿飒飒,十分出众。

她还未答话,坐在她身旁的方夫人立即起身回道:"太子妃有所不知,这孩子平日里都是被我家老爷当男孩子来养的,什么琴棋书画都不精通,哪敢在太子妃和诸位夫人面前献丑!"

原来如此,席间若有若无地响起一片唏嘘之音。

太子妃点了点头:"方大人戎马生涯,教女也是如此严格,真教人敬佩!"

太子妃此语,无疑是给方家解围,又顾全了他们的颜面。原本事已至此，可算了结，但那方小姐似乎并不领情。只见她站起身向前走了几步，来到太子妃座前，双手一揖行了一个男儿之礼后说道："今日贺郡主及笄礼宴，众人都要展才以献心意，非子衿逞强，而是若不如此，倒显得我们失礼！"

"哦？"太子妃笑了，"那你是献曲还是吟诗作画？"

方子衿胸有成竹，目光扫过不远处站立的太子府的侍卫，坦然说道："子衿可以献舞，只是要借宫中禁卫的佩刀一用。"

"子衿，不得放肆！"方夫人大惊失色，立即上前轻轻拉住她。

"这也有趣。"太子妃不怒反笑，倒不是她喜欢这位方小姐的豪气，而只是为了遮掩心中隐隐的不快，方子衿此举在她眼中不过是欲擒故纵、刻意取宠，而她偏偏最不喜欢这样的女子。

"难不成她要舞刀弄剑吗？"

"我就不信，咱们如今还碰上了公孙大娘？能看一眼剑器！"

众人开始小声地议论。

场上气氛着实有些尴尬，太子妃也没料到她会如此，如今倒有些为难，许了她舞剑，仿佛太过越礼；如果不许，倒显得自己没有肚量，被她将在那儿了。

若微与善祥原本作为皇嫂与嘉兴郡主同坐一席。看了此情此景，若微立即凑在嘉兴耳边低语片刻，嘉兴则站起身走到方子衿身旁说道："子衿姑娘似乎擅长剑器，只是嘉兴胆子小，怕一会儿刀光剑影的，反而吓得不敢看，不如以这玉笛代之，可否？"

嘉兴郡主喜欢笛子，所以笛不离手，此时正好将手中的玉笛递给她。方子衿看着嘉兴，唇边浮起一丝笑容，终于点了点头。

"好了，如此，我们就静心观看吧！"太子妃也长长松了口气，武将家的女儿真是难缠。这样的女孩就是舞得再好，也绝不能配给自己的皇儿。只是她话音未落，方子衿又开口了："这舞还须有乐音相配，不知哪位姐姐可以为子衿抚琴相助。"

若微端起面前的茶，浅浅饮了一口，暗想，这个丫头真是有趣极了。

而此时在场的诸女当中有不少就是以琴艺见长的，正想借机会露脸显才，于是有人便开口问道："方姑娘想以何曲相配？"

"《十面埋伏》！"方子衿收了笑容，黑亮的眼睛扫过在场众人。

果然，再也没有人来应。

官家小姐所练的曲子，不过多是像《秋水》《梅花三弄》之类的抒情曲子，而对于《十面埋伏》这样气势恢宏又带着铿锵杀气的震撼之曲大都不喜欢。当然还有另外一个原因，也是最重要的，若要弹好此曲，不仅要技艺精湛，更要心存高远、气度超人，而且此曲也最是耗费气力。

谁会愿意在这样的场合下献丑呢？所以自然无人来应。

太子妃面上虽然依旧淡然沉静，但是若微看得出来，她已经相当不悦了。若微凝眸看着那个方子衿依旧满怀自信，面上是一缕巧笑，爽朗中带着些年少的俏皮，不由心中暗暗喜欢，于是她起身说道："方姑娘执意献舞，一片热忱之心，郡主以笛相陪，那若微也愿略尽绵力助之！"

若微一直伴在嘉兴身旁，不时与她低语，相交甚欢，众人初时皆以为她也是太子妃身边的小郡主，然而细细打量，看她衣着简单又素面朝天，似乎更像是郡主的侍从，此时听她如此称呼，都有些糊涂，不知她的身份究竟如何。

正在众人侧目之时，若微已然离席，坐在琴案之前，她侧身冲方子衿微微一笑，手起乐奏。

各种猜测与心思，都在随后绝美的舞姿与激昂的音律间被暂时搁置，众人都不由自主地沉醉其中。

方子衿右手拿着长长的玉笛，如执白刃，俊目流昐，樱唇含笑。玉笛在众人眼中幻化成宝刀利剑。她一剑跟着一剑，绵绵不尽，舞姿翩翩间似有千钧之势，又像是举手毙敌，浑若天成，玉袖生风，典雅矫健，说不尽的英姿飒飒。

乐声清泠，铿锵而雄壮，不像是女子的纤纤玉指中流泻出来的，然而就这样真真切切地响于耳畔。

方子衿只觉得酣畅淋漓、十分痛快，手中玉笛更是挥洒自如，身形优美，如流水行云又若龙飞凤舞。

站在亭子间的男子们，所有的目光都被方子衿吸引着。只有朱瞻基，他的眼中只有她。

古琴之上，可以清晰地看见她雪白的手臂与纤细的玉指在琴弦上推、捻、挑、抹，手腕上只戴了一条圆润的黑晶珠串，更衬得她肌肤胜雪，而手臂上那朵鲜艳欲滴的红梅更让人心旌摇荡，头上的鎏金穿花戏珠步摇轻颤，就像怀春少女撩人心弦一般。一袭淡紫色的长裙衬得她秀色照人，恰似明珠美玉，纯净无瑕。

朱瞻基眼中流露出暖暖的情意和宠溺，他的若微还是如此古道热肠、意气用事，怕是一会儿宴席结束之后，母妃又要训责于她。

只是在这个时候，男人似乎比女人还要虚荣，以至于他不经意间扫到五弟朱瞻墉直愣愣地盯着若微的目光时却并不介意，甚至还有稍许的得意。而瞻墉却真的傻了，难道她就是昔日寄居宫中那个长着七巧玲珑心的小姐姐吗？幼时她还带着自己一起玩耍过，可是此前不是听说她已被送出宫去了吗？怎么又会回到宫里？然而偏偏造化弄人，她居然就是那天在湖边被自己惊为天人、以为洛神下凡而心中暗许的佳人。

华丽的旋律终于戛然而止，只听见琴弦断裂的声音，轻微而黯淡，殷红的颜色在手指上虚弱地盛开。

若微怅然一笑，立即以袖相掩，众人不察，以为曲子正巧结束，而方子衿也极为配合地收手止步。

自太子妃以下，全场皆大为赞叹。

若微与方子衿对视一笑，经此一曲，两人不用言语，便可成为知己。只是若微心中有稍许的不安，隐隐中感觉又要发生什么大事。

席罢，众命妇夫人与太子妃辞行之后便各自散去，胡善祥也扶着太子妃回殿中休息。而嘉兴郡主则拉着若微去她宫中，看各宫皇妃及命妇们送来的礼品，硬要她拣两样喜欢的带走。

姑嫂两人沿着小径缓缓而行，只听身后传来阵阵轻唤，原来是方子衿让母亲先行，自己又悄悄回来找她们。

"郡主殿下，孙令仪！"方子衿脸上是明媚的笑脸。

若微与嘉兴停下步子："方姑娘！"

"郡主殿下，多谢殿下借子衿玉笛，而又劳烦孙令仪为子衿抚琴助兴，子衿觉得今日快活极了！"她的声音里洋溢着欢快。

嘉兴郡主自小养在深宫，除了身边侍候的下人根本不曾得见外人，今日在宴席中见了那么多的名门淑媛也十分开心，"方姑娘为人爽朗，舞跳得真好！嘉兴十分仰慕。"

"咳！"方子衿耸了耸肩，"郡主太过客气了，子衿其实也可以像她们一样抚琴、作画或是吟诗，只是心有不甘所以才故意为难，想不到郡主和令仪为子衿解围并亲力助阵，真让子衿惭愧！"

"啊？"嘉兴郡主愣住了，仿佛没听懂她在讲什么。

若微则代为解释："方姑娘一定是知道今日宴会的意义，便是为皇孙选妃。方姑娘不愿自己如伶人一般为人挑选，所以才故意推托。我们却帮了倒忙，如今她果然成了最出色的。说不定这会儿，皇孙们都在求母妃要选方姑娘为妃呢！"

"咦？"方子衿瞪着若微，"你居然都知道呀？子衿心里怎么想的，你猜得一般无二！天哪，那你还来帮我，看来真不该谢你！"

"哈哈！"若微笑了，花枝轻颤，最是动人，"当时情景，姑娘即使不舞也成了众矢之的。我想姑娘定是不愿意让令尊、令慈蒙羞，所以才勉强为之，可是又实在不愿意拾人牙慧，所以才另辟蹊径，反其道而行之，不做则矣，要做就做最好的！"

嘉兴郡主已然完全糊涂了，而方子衿紧紧盯着若微的眼眸，眼神中涌动着欣喜与激动："你，真是我此生的知己！"

就在此时，突然雷声大作，毫无先兆的大雨倾盆而至。正在收拾宴席的宫人们乱作一团，而随侍的宫女们则急忙回去取伞，却已然来不及了。

第五十五章　愚忠尽子职

"若微！"朱瞻基从亭中冲了出来，护着若微和嘉兴、子衿一起避入亭中。

小亭中原本是几位皇孙，然而宴席一散，瞻墉就拉着瞻塙等人不知跑到哪里去了，如今亭中就只剩下瞻基和瞻墡。

"这雨好没来由，说来就来了！"方子衿掸了掸身上的雨点，好在跑得快，只是袍子上还是微微淋湿了些。

而嘉兴郡主就没那么幸运了，她跑得最慢，大红的礼服又长又赘地拖在身后，如今湿了大半，正恼得不行，一抬眼看到瞻基搂着若微，瞻基的袍子也湿了，可是若微身上却干干的，不由长叹一声："真是同人不同命，皇兄与若微，真是羡煞旁人！"

瞻基毫不理会，只细细打量着怀里的若微："怎么样？有没有哪里不妥？"

方子衿听了，神情极为紧张："孙姐姐，身上不舒服吗？"

瞻墡的眼中也是难掩的关切。

若微两颊微红，嘉兴郡主则借机取笑道："皇兄是心疼若微肚子里的宝宝。"

若微瞪了她一眼，面上娇态十足，更是让人怜爱。众人目光齐聚她的小腹，此时才发现已然悄悄凸显。这一切瞻墭看在眼中只觉得凄苦难当。

正说着话，空中突然一道电闪，紧接着雷声大作，若微惊慌失措地捂着耳朵藏在瞻基怀里，而西边皇宫上方忽地腾起一道火球，顿时火光冲天。

"不好，是奉天殿！"朱瞻基大惊失色，轻轻松开手，将若微按在椅子上，"你在这儿好好待着，一会儿自有太监宫女们执伞来接！"

"你去哪儿？"若微紧紧拉着他的衣袍。

"三大殿是皇宫的门户，如今突然遭了雷击，宫中定然乱作一团，须速速前去料理！"说完便指着瞻墭说道，"帮为兄照看好她们！"

瞻墭还不及表态，瞻基已然冲入雨中。

若微眼中尽是担心之色，此时才觉得指尖隐隐作痛，稍一抬手，才见三指玉甲尽断，渗出猩红的血色点点，更是一阵心慌意乱，只觉得隐隐不安。

"你的手？"瞻墭也看到了，其实刚刚曲间突然变得有些生涩，他就猜到了。这《十面埋伏》原名《楚汉》，原是琵琶传统大套武曲。今儿宴会当中若微却以古琴来弹奏，想来是怕琵琶原谱杀伐之气过重，不适合今日的氛围。改以古琴奏之，在金戈相斗的激情中增加了悠扬与抒情的别样感觉，正是独具慧心。可是以古琴来演奏此曲，在高潮部分要想奏出那个效果是非常不易的。

同样精通音律的瞻墭知道，古琴若想奏出激昂的效果，高潮部分必须要用四个手指同时按住四根弦，一起上下滑奏，非使大力所不能；临阵换器，曲谱必精妙于心，而弹奏之人更要以心为曲，音人合一，颇是耗费心力与体力的，对于一个有孕在身的纤细女子来说更是不易。只是她的这份心，母妃和在场众人究竟有几人能体会？此念一起，瞻墭心中的倾慕之情更甚。

其实瞻墭自己也曾经将《梅花三弄》变换于笛、琴、琵琶三者之间，所以十分了解个中的精妙。想不到自己与若微竟是同道中人，一时间百感交集，莫名唏嘘。

朱瞻墭的情绪自然流露在脸上，随着他的目光，众人皆把关切之色投向若微。

方子衿更是掏出绣帕为若微擦拭血渍,此时面上满是歉疚之色,"孙姐姐有孕在身还为子衿奏曲助阵,原是子衿太过唐突了。"

"没事!"若微面上含笑以示安慰,这才将目光停在朱瞻墡的脸上,双目对视,若微竟也呆住了:"是你?"

朱瞻墡面上拂起淡淡的笑容,冲着若微双手一揖。他很想开口尊称一声"嫂嫂",可是他如鲠在喉,最终什么都没有说。

永乐十九年四月初八,大明都城北京新宫中的奉天、华盖、谨身三大殿因雷击起火,皇太孙朱瞻基率亲兵与内阁大学士杨荣一道指挥禁卫军进行抢救,也只抢出一些重要图籍,三大殿均未保住。

于是朝堂内外开始流传一种声音,说是北京原是元朝蒙古人的大都,皇城内外依旧盘踞着外夷的莽气,不适合汉人的真龙天子居住,而原本就反对迁都的保守派大臣们也开始轮番劝谏,叩请天子重新启用南京都城。由此又引发了一场新的政治风波。

时隔半月,纷争依旧未决。

这日早朝,金殿之上,朱棣面对朝中元老重臣的再次启奏,终于把目光投向了皇太子朱高炽。

朱高炽内心深处巴不得早早回到风光旖旎、温暖舒适的南京城中,只是他再清楚不过,朱棣之所以把大明都城从南京迁至北京,不仅仅是表面上所说的完全出于威吓蒙古部落的战略作用,也不完全是街头巷议的那般,说朱棣原为燕王,这人老了总想着叶落归根,把都城和陵寝都迁至自己旧时的封地才觉得踏实自在。

朱高炽很清楚,朱棣迁都的决心是因为他的皇位毕竟不是从先祖那里按大统承继过来的,所以身处南京皇宫,就会常常想起这皇位与皇宫都是经过杀戮和流血的战役才从侄儿手中抢过来的。这才是他弃南京城而北迁的真正用意。如此一来,谁要是当堂反对迁都,那就是反对朱棣,让他如芒在身,他是万万不会同意的。

所以此时，尽管朱棣把目光投向太子，可朱高炽只是以袖掩面，轻咳不已，并不开口。

立于殿中的皇太孙朱瞻基看在眼中，心中百感交集，自己的父王总是让他如此揪心。原本这是一个多好的机会，明知皇爷爷的意思，就在殿上开口维护迁都之议，说几句劝慰百官安心的话，自然会讨得皇爷爷的欢心。

可是父王偏偏三缄其口、不置可否。

其实父王错了，这个时候哪里会有明哲保身、两不得罪的出路？金殿之上，面对百官的提议，太子不出面相斥，在皇爷爷看来自然就是附议和支持，也必然让皇爷爷心中不快。

朱瞻基想开口，可是他却不能表态，因为君君臣臣、父父子子的规矩在那儿压着，既然皇爷爷和父王都不表态，他又怎可擅言？他只是悄悄把目光转向左侧第二位大臣，他最为信赖和尊重的大学士杨荣。

目光交会，杨荣则出列起奏。他先是陈述了一番迁都北京对于解除蒙古部的威胁有不可低估的战略作用，最后又画龙点睛地说道："皇上继承大统，又以蓟燕左环沧海，右拥太行，内跨中原，外控朔漠，宜为天下都会，乃诏建北京焉。此乃千秋万代之明策，万万不可因为雷击之偶然事端而更迭！"此语一出，立即得到户部尚书夏原吉，吏部尚书蹇义等人的支持及附和。

然而也有人不识时务。"只是三大殿乃皇宫门户，这突遇雷击而燃毁，怕是天谴吧！"平江伯陈瑄刚一开口，便感觉到一道厉光自金殿正中龙座上方向自己射来，他立即跪地垂首说道："这是民间百姓之妄议。"

朱棣的目光从陈瑄的脸上掠过满朝文武，脸上挂着一丝若有若无又极难揣测的笑容，这笑容中藏着阴冷的杀伐之气，最终他的目光停留在皇太孙朱瞻基的身上，这才面色稍缓，真正有了些许的柔和。

朱瞻基"扑通"一声跪下，他语气和缓淡然说道："杨学士所言极是，北京乃是固我大明万代之吉地，迁都乃是兴国之圣举。而平江伯所奏街头民议也不可不理，瞻基以为，此番雷击示警，是在提醒我等要居安思危，处处为社稷与民生着想，不可有一时半日的懈怠，这样才能永享太平。"

朱棣连连点头，目中满是赞许之色，目光掠过群臣缓缓说道："皇太孙说得极是。既然是上天示警，做臣子的首先要想想是不是民间有什么疾苦，地方州县是不是太平，吏治是不是清明，不要只想着是不是朕的行为哪里有差。"

众人立即齐声道："谨遵圣谕！"

朱棣轻哼一声，又把目光投向了兵部尚书方宾："益州之事如何了？"

方宾立即起奏道："回圣上，在汉王的协助下，山东都指挥卫青、鳌山卫指挥同知王真两位大人全力围剿。唐赛儿、刘信、宾鸿、董彦升等暴民之役已被平息，刘信等人被诛，山东之境已然重获太平了。"

"重获太平！"朱棣脸上突然变色，阴冷肃穆得如同冷风飒然吹过殿内，朱棣指着方宾说道，"一个小小的村妇，居然在短短的时间内纠集起数万民众，占益都、诸城、安丘、莒州、即墨、寿光等州县。青州卫指挥高凤、都指挥金事刘忠领五千京营精锐及州府兵围剿无果，两人还死在阵前，若不是煦儿领王府亲兵助阵，局面还不知怎样！你这兵部尚书在做些什么？"

方宾立即伏身叩头，口称惶恐至极，虽然是满腹苦衷，但在天子面前，又当着满朝文武，他也实在不好为自己开脱。

可是朱棣却偏偏与他过不去，从案上拿起一本奏折狠狠地丢了下去，不偏不倚，正巧落在方宾面前。

"看看吧！"随后，朱棣便目不转睛地盯着他，生怕错过他脸上一丝一毫的表情变化。方宾怔怔地看了一眼朱棣的神色，然后从地上拾起奏折，用目一瞅，立即变色。方宾的眼中流露出怨愤的神色，坦然答道："陛下信吗？"

朱棣仿佛没有想到他会有此一问，而满朝文武也皆是大感意外，不知这奏折中写的是什么，但是看朱棣阴沉的面色，都屏息静气不敢多言。

"朕若信了，你此时还会活着站在殿上吗？"朱棣目光如炬，声音如钟。

方宾脸色异常苍白，神情中居然透着一股清冷高傲，他不发一语，只是跪在地上，砰的一声，以头重重地触地，久久没有抬起。

半晌之后，朱棣才开口说道："三月为限，将那村妇缉捕归案。否则，你这脑袋就换个地方吧！"

"谢万岁！"方宾依旧伏在地上，只应了这样一句。

"退朝！"朱棣甩下这句话，起身离去。

"恭送万岁，万岁，万万岁！"又是繁复的三拜九叩之礼后，满朝文武才渐渐离去。

朱瞻基没有像往常一样跟在太子朱高炽的身后离开，而是走到殿中，亲手将方宾扶了起来。

方宾原本就不擅言谈，此时更加沉默寡言，满心激荡与感慨也只化为对朱瞻基的深深一揖，便悄然离去。

大殿外，耀眼的骄阳中，朱瞻基匆匆追上大学士杨荣，轻唤道："杨学士，瞻基有事相问！"

杨荣止步回眸，在红墙绿瓦的映衬下，朱瞻基突然发现文人出身的杨荣，斯文儒雅中居然透着一股英武之气，虽然沉静内敛如同晓月清风，但此时沐浴在朝阳中却像一把藏于鞘内的宝剑，无端地有些凌厉。

但是这样的感觉只是转瞬即逝，当朱瞻基走到杨荣面前的时候，杨荣笑容如春，依旧是儒雅可亲，他拱手相问："殿下可是为了益州之事？"

朱瞻基点了点头，不由笑道："杨学士真乃奇人，瞻基还未开口，先生就已然知晓了！"

杨荣抚须而笑，笑容中透着些许的苦涩与无奈，目光对上了朱瞻基那年轻的面庞："此事，殿下还是不要过问的好！"

"哦？"朱瞻基初闻，以为自己听错了，然而当他从杨荣的目光中得到了确认，才更加恍惚了。

而杨荣则冲他揖手行礼："殿下，下官先行一步！"说完，便转身离去了。

朱瞻基拧眉而视，心情难以平静。

第五十六章　烦忧迭来扰

太子宫花园内，朱瞻墭对着一池春水呆呆地想着心事，以至于太子妃张妍缓缓走到他身旁，他都浑然不知。

"墭儿在想什么？"太子妃轻声问道。

"母妃！"朱瞻墭这才惊觉，立即回转过头行礼请安。

太子妃轻轻摆手，身后的宫女太监悄悄退下，宁静的湖边，只留下母子二人面面相对。

"墭儿，前几日嘉兴的及笄礼上，满朝文武的千金、京城的名门淑媛中，你看中了哪个？母妃自会替你做主！"太子妃张妍看着面前的小儿子，在她自己亲生的三子一女中，她最倚重瞻基，是因为他是长子，是皇太孙，是朱棣钦定的继承人。然而也正因为如此，瞻基从生下来就几乎是在婆婆徐皇后与朱棣的呵护下长大的，直到十岁以后，徐皇后崩驾，才重新回到自己身边。朱瞻基少年老成，行事守礼有度，对待自己却是恭敬有余而亲近不足。而二子朱瞻墉性子憨实耿直，虽最受宠爱，可亦不是她内心中最疼惜与欣赏的。只有面前这个瞻墭，才最得她的心。

清雅之极的英俊，秀美异常的风姿，谦和内敛又温文尔雅，如青竹似幽兰一般，那感觉居然有三分像他。

张妍有些恍惚了，她笑了笑，伸手轻轻撩了撩他的发丝。

瞻墻面色微红，仿佛有些窘意，"母妃，墻儿不愿出宫建府，墻儿只愿在宫里陪着母妃。"

张妍脸上笑意更浓，她静静地注视着瞻墻，不由轻轻抚了抚他的脸，随后叹息一声："痴儿说的什么痴语？"其实儿子的痴语也无端唤起她内心深处的阵阵涟漪。

落英深处，他悄然而立，洁白的衣袍上有点点飘落的花瓣。微风拂面，带起发丝轻扬，他立于树下对着自己凝眸而视。

那笑容是如此淡定而超脱，而自己呢，一个养在深闺略有些任性的青涩女儿，满面娇羞地对他说："我只愿与你在一起。"

他笑了，笑得如珠似玉，让人难以移目。可是她却不知那笑容中竟隐含着拒绝与无奈。

罢了，好端端的，想他做什么？太子妃张妍定了定神，注视着儿子，话锋一转，说道："此次圣上隆恩，特意让你借嘉兴的宴席在大臣之女中择妃，这是何等的恩典？这样自主择妃，就是你父王和皇兄都不曾有过的。你还不趁此机会择一良人，早结秦晋之好，也好了却母妃一桩心事。"

"母妃！"瞻墻眼神儿微黯，"一定要选吗？"

张妍收敛了笑容，定定地看着朱瞻墻，面上闪过一丝忧郁："怎么，那么多的名门淑媛，难道你一个也没有看上？"

远远地大步走来的正是三皇孙朱瞻墉，他微微有些气喘，一边走口里一边喊道："母妃，母妃！"

张妍嗔怪道："墉儿，何事如此焦急？"

"母妃！"人还未到近前，朱瞻墉已经开口喊了出来，"五弟还没开口，我得抢在他前头说，方大人家的千金，就是那个舞剑的方子衿，就赐给儿子吧！"

"墉儿！"张妍又气又笑，面色微沉，不由瞪了朱瞻墉一眼，"哪里轮到你来挑？原本是为了墻儿的婚事！"

而朱瞻墻却长长松了口气，连忙将朱瞻墉拉来当作挡箭牌："既然三哥有心仪的女子，母妃就允了吧！"

"是是是，就是！"朱瞻墡喜滋滋地央求着太子妃，"我就要这一个！我就看她最中意了。反正五弟也没看上，不如赏了儿子吧，您是知道的，我府里的那些人没一个比得上她！"

太子妃张妍沉了脸训道："你府中的妃妾已经不少了，怎么还要添人？再说，又偏偏看上那个方子衿，她性情乖张、高傲难驯，恐非良配，本宫是断断不会允的！"

"母妃！"朱瞻墡还待再求，太子妃凤眼一扫，盯着他们兄弟二人说道："你们二人虽不比皇兄，但是府中妃妾也要选至纯至善的贞静淑女，绝不允许那样的女子入门！太孙府已然是不太平了，若是你们府中再有些什么风波，母妃哪还有脸在宫中立足！"说罢，又转而盯着朱瞻墡，"再给你两日，好好考虑一下，三日后就要确定人选禀明圣上，到时自会令礼部择日册封的。如果墡儿实在没有主意，也就只好由母妃与你父王为你定夺了！"

"母妃！"朱瞻墡如珠似玉的明眸就像染上微尘般，顿时失去了颜色。

太子妃张妍心中一荡，这神情是何等的相似，与当日朱瞻基得知要娶胡善祥时的那副表情如出一辙，难道墡儿心中已有了意中人？那他为何又不明讲？难道这个人不是名门淑女，不及匹配？

太子妃秀眉微挑，压下满腹疑问拂袖而去。园内只留下面面相觑、各怀心事的兄弟二人。

"唉！"一声长叹，出自朱瞻墡之口。

"三哥这是怎么了？明明身处为难之境的是小弟，三哥又为何叹息呢？"瞻墡笑中含涩，对上瞻墡的目光。

"五弟心中在想些什么，普天之下怕是只有三哥我能明白。"朱瞻墡嘿嘿一笑，只是笑过之后面上瞬间变得清冷起来，"别想了，不属于你的惦着也是徒劳。"

"三哥？"瞻墡面色微变，眼中神色莫名复杂起来。

朱瞻墡的大手重重拍在瞻墡的肩膀上，"因为感同身受，所以才能体谅。"

"群芳竞艳在眼前，而最美的那株却长在他人的园中，除了远观静守，再或者是将眼前的诸芳占尽图一个安慰，我们还能做什么？"看似玩笑之语，可瞻墉面上却没有半分笑意，一向憨直的他此时竟如此冷静，冷静得都让人心生畏惧。

"选一个吧，看着顺眼些的，哪怕是方子衿，这样对谁都好。因为你太过纯善，你的心思瞒不了人。大哥明达睿智，自不会这样。可是母妃呢？母妃会怎么想？一定会迁怒于她。此时已经够乱的了，万万别给她找麻烦，这也许是我们唯一能帮她的。"朱瞻墉的声音分外轻柔，仿佛变了一个人一般。

朱瞻墭眼中满是迷茫，目光从瞻墉的脸上转至满园的花草，怔怔的半晌儿无语。

兵部尚书方宾府中书房内。

方宾眉头紧锁，对着案上那本奏折看了又看，那上面的话他都可以倒背如流了。虽然满纸胡言，但是他却没有力证能够为自己辩驳。三个月！万岁给了自己三个月的时间，要抓住山东民变的首领，那个所谓的白莲圣母吗？

"唉！"长长的一声叹息，却不是出自方宾之口。

倚门而望，故意装出一脸愁苦之态的正是他的女儿方子衿。

"丫头！"方宾冲女儿招了招手，又下意识地合上案上的奏折。

而方子衿则走到近前，却偏偏伸手抢了奏折来看，初是粉面微愠，紧接着便将奏折狠狠摔在地上，"爹爹，这是何人如此诬陷爹爹？"

"女儿！"方宾立即轻喝一声，随即从地上拾起那本奏折，轻轻拂去上面的微尘，态度恭敬异常。

"爹爹，那山东之事原本就是民变，若是百姓们能得温饱，自会安居乐业，怎会又有民变？既然是民变，面对手无寸铁的老百姓，爹爹自然不能向对待敌人一样刀剑相伐，以怀柔之策劝导，自然是为国为民为君。怎么还会有人诬陷爹爹心存不轨、刻意纵敌？"方子衿又急又恨，说着说着竟然淌下两行急泪。

方宾伸手将女儿揽在怀中，轻叹道："丫头，你当这个道理圣上不知吗？"

"爹爹？"方子衿仰起脸，似有不明。

"正如今日朝堂之上圣上所言那般，如果圣上不明，你爹爹的命早就没了！"方宾虽然心知肚明，却又实在无可奈何。

"可是……"方子衿还要再辩。

"丫头。"方宾抚着女儿的青丝怅然说道，"有多久没去看你舅和姥姥了？收拾收拾，陪你娘回去看看吧！"

"爹爹！"方子衿心中隐隐觉得有些不安。

"听话！"方宾淡然开口，两个字如同千钧。

第五十七章　开口与谁亲

皇太孙府迎晖殿二楼书房内，若微一袭白衣，乌黑的头发如云似雾般地倾泻在身后，静静地立于桌前，案上是平铺的上等宣纸，若微手执玉管小狼毫，却迟迟不下笔。

一个身影悄悄上楼，屏退侍女，站在她身后，伸手将她揽在怀中，把头埋在她稍显凌乱的发丝中，他喃喃低语着："怎么，才女也有才思停滞的时候？"

若微不语，凝神静气提笔而就。

清夜无尘，月色如银。
酒斟时、须满十分。
浮名浮利，虚苦劳神。
叹隙中驹、石中火，梦中身。

虽抱文章，开口谁亲。
且陶陶、乐尽天真。
几时归去，作个闲人。

对一张琴、一壶酒、一溪云。

朱瞻基轻声诵出，不由心中暗暗吃惊："苏轼的《行香子》，好端端的，怎么想起它来了？"

若微双目含水，眉宇间隐着一丝忧郁，"快到爹爹的生辰了，以前远隔千里，想了也是白想，所以只在心中为他祈福。如今同在京城，竟也不能得见。这思念却像野草般疯长，只想写几句话或是作幅画给他当作寿礼。只是提起笔后，方觉不知该写什么。"

"哦？"朱瞻基这才明白。自纳妃之后，按照惯例，胡妃的父兄赏了千户之职并调入京中安置，因为自己讨厌他们那副小人嘴脸，所以从未与他们亲近过，其兄胡安纵使是在府军中任职，也令其只领军饷不必列班循值。即使如此，胡妃还是可以时常招其父兄进府相聚，共享天伦。

而若微的父兄也在京中供职，先是督建天寿山皇陵，后又调入工部。虽然自己曾经多次关照，可是孙父与继宗却刻意回避，并不想承自己这椒房贵戚的情。

朱瞻基知道孙家书香世家，门风极正，于是也就没有刻意照拂，而是顺其自然，于是两家可说是相亲却不相见。

如今听到若微提及孙父的生辰将至，心中立即觉得十分愧疚，自然是和言细语地好生劝慰着："是我疏忽了，应该早些让你与家人团聚，不如明儿个叫人请你娘入府？要不，我陪你回门祝寿……"

"千万不要！"若微听他如此说，竟然满脸急色，情急之下咳嗽连连。

"怎么了？"朱瞻基拉她坐下，托起她的下颌，这才发现她原本美玉莹光的小脸此时有些潮红，灵动清澈熠熠生辉的眼眸也不见了光彩，有些恹恹的病态。瞻基立时大惊失色，伸手轻触她的额头，觉得不十分烫手，这才定了定神儿。

"我爹爹与娘亲都是淡泊安静的性子，不喜交际应酬，更不会逢迎与周旋，这样远远地惦记着，倒是省去了日后相见、往来相亲的麻烦。"若微的神情懒懒的，索性闭上眼睛靠在朱瞻基的怀中。

"若微，你在怪我？"朱瞻基眉头微拧，若微话里的意思他怎么不明白？如今若微的身份在皇族中依旧十分尴尬，虽然自己一味相护，可是并不算根基稳固，此时若是大张旗鼓地与她母家交往过密，在旁人眼里不过是多了一宗恃宠而骄联络外戚的罪责，而万一日后有个风吹草动，孙家也将难保太平。

若微入府不过半年，西山遇险让瞻基吓得几乎失了魂，而胭脂案与血蛊一案又险些酿成大祸，如今形势虽表面上静，内中却风波暗涌，更是万万不能掉以轻心。

瞻基虽然从没放弃过暗查若微在西山遇险的真相，但从那根铁钉下手，顺藤摸瓜最终查到了在太孙府亲兵中供职的胡安；而胭脂案主谋为慧珠也可以定案；只是另外两桩命案查了近一个月，却迟迟没有进展，这幕后的黑手究竟是谁呢？

若是现在将两桩陷害若微的案子提交宗人府，或是直接禀告太子妃，甚至是圣上，不管胡安与慧珠如何招供，胡善祥都难辞其咎。

然而，真的要这么做吗？

"你疼若微，也要有个分寸。还有，纵使心里再欢喜，在自己府中也就罢了，何必闹得天下皆知呢？什么事情都须有个度，谨记物极必反的道理！"母妃的诸般教导如同警钟长鸣一般，时时响彻在瞻基耳畔。

所以，最终他什么也没做，只是坦然向若微告知了一切。

"不是因为她此时怀有身孕，而是因为……"朱瞻基有几分踌躇，因为什么呢？

"因为前几日的雷击，圣上正为三大殿的事而恼火；朝堂上下对于都城北迁之事非议又起，隐隐地又重提靖难的旧事，惹圣上震怒；而山东的民变不仅给永乐盛世抹了黑，更让汉王寻机再立功勋。这一时间，朝堂上的风向再次对东宫不利，而这一系列的事件之后……如今正值多事之秋，太子一脉需要安定，不能自乱阵脚。这些我都知道，我并没有怪你！"若微的声音柔柔的，但是每一句都像是铁锤敲在他的心上。

其实瞻基不知道，若微会在今天写出那首苏轼的《行香子》，并非像她口中所说的，只是想起了她的父亲。

清夜无尘，月色如银。

酒斟时、须满十分。

浮名浮利，虚苦劳神。

叹隙中驹、石中火，梦中身。

虽抱文章，开口谁亲。

且陶陶、乐尽天真。

几时归去，作个闲人。

对一张琴、一壶酒、一溪云。

"几时归去，作个闲人。"这首诗，让她由自己的父亲想到了他，每当自己静思独寝的时候就会在脑海里冒出来的那个许彬。她赫然发现，他和自己的父亲似乎是同一类人，他们很像，都是才华横溢、俊秀出尘，也都视功名利禄为草芥，对天下人和天下事皆洞察秋毫，隐于一庐却通晓时势，比任何人都透彻清醒。同样，他们也都是为世间女子所倾慕的良人。

只是他们终究还是不同的，父亲有娘亲相伴，有儿有女，享尽天伦，恬静度日。

而他呢？虽然府中有绝色美姝相伴，却只是相近不相亲，没有人能真正走进他的世界。

今日晨起早膳之后，府内医官照例来请平安脉，进殿问诊的正是那个穆梓琦。

若微知道，他会来给自己请脉，定是有特别的事情，于是格外留意，可是他并没有说什么，在悬丝看诊之后便悄悄退下了，临走的时候才隔着帘子看了看若微，又看了看紫烟。

若微心中一动，待房内无人时便把紫烟唤到身旁询问。紫烟眨着眼睛想了又想才说道："说也奇怪，那穆医官清冷严肃，从不在人前多言。

可是今儿来到咱们殿里，他在院子外的花圃前停了一会儿，竟指着一株金银花说那是难得一见的钩吻，还说这黄色如此鲜明如何隐得了呢？"

"主子，他说的是胡话吗？"紫烟感到莫名其妙，一脸疑惑地问。

若微初时听来也不明白，只是她知道，穆梓琦是许彬派来在府里保护自己的人，不是非常之时他不会接近自己，以免暴露身份，而如此严谨之人更不会大清早站在园中与自己的丫头说些没头没尾的胡话。那么，他说的就一定是什么要紧的事情，或者说是通过这些话向自己传递什么消息？

"钩吻？"若微细细思忖，那是一种封喉的毒药，与金银花相似，也是黄白相间的花朵，因为花形像良药金银花，所以经常会被人误食中毒，即使是蜜蜂不小心采了钩吻花粉酿出的花蜜被人服食，也会中毒。

他指着金银花说是钩吻，就是说有人看似寻常，实际是隐于暗处谋害自己的人。

"紫烟，他最后一句说的是什么？"若微再次问道。

看若微面上一脸严肃，知道事关重要，紫烟立即警觉起来，"他说，这黄色如此鲜明，如何隐得了呢？"

"黄色？"若微踌躇半晌儿，依旧不得要领。

若微这才在书房内冥思苦想，存着的典籍都被翻了一遍，还是没有所悟，心中不由恼恨起许彬来了，非要故弄玄虚吗？有话就不能明说吗？可是心中刚一嗔怪，又觉得自己太过霸道，原本他那样的性情，若非是对自己的事太过上心，又怎会来搅这汪浑水？

正像他所说的："女人间的争斗就该由女人自己来完成。就算要帮，也要朱瞻基来帮。"他能在外面暗暗帮自己，又派人来示警，已经算是破例了，还让他如何？这王府深宅内的纷纷扰扰难道还要他来料理不成？

心中的怨与悲、爱与恨，说不清，道不明，交织在一起，就想起了这首词，提笔而就，此时才真正理解苏轼的意境。

朱瞻基见若微此时面上神色忽明忽暗，知道她心里还是不好受，她的委屈自己何尝不知呢？其实朱瞻基也常常想，这样的日子对于若微来说实在是一种折磨，原本的爱巢始终建筑在风浪之中，想要宁静度日却总也这么难。他不禁想，也许自己真的是自私，若是当初不执意将若微接回，而是像咸宁公主笑谈的那样，将她许给瞻墉或者宋瑛，也许她的笑容还会是如从前那般明媚吧。

朱瞻基心里暗暗发酸，是的，会想到瞻墉和宋瑛，就不会想到许彬。

为什么不是许彬呢？朱瞻基只觉得心里憋闷极了，一想起许彬，他反而清醒了。没有什么如果，一切的假设都不成立，如今若微能在自己身边，是他千辛万苦抗争来的，眼下小小的挫折算得了什么？正如东宫之势一般，不会永远处于劣势，总有苦尽甘来的那天。

朱瞻基也没有开口劝慰或是主动找些话题来与若微交谈，因为他知道，此时说什么都是苍白的。在这一刻，他居然想到了兵部尚书方宾，他们的处境竟有几分相似。

“瞻基，你在想什么？”若微突然仰起脸，对上朱瞻基的眼眸，“朝堂上又有烦心事了？”

朱瞻基淡然一笑，“果然什么都瞒不了你。今儿在殿上，因为山东平叛一事，皇爷爷责罚了方大人！”

“方大人？可是兵部尚书方宾？”

朱瞻基点了点头，“想不到好端端的，山东竟然会发生民变，而派了两批官兵围剿数月却不得胜，最后还是在二皇叔的协助下才得以击溃叛军，而其首领却并未一举得擒。皇爷爷以三月为限，让方大人将其缉捕归案，我看方大人的神色似乎有难言之隐。”

“哦？”若微眉头微蹙，“前些日子与子衿闲谈时，我也听说了，这山东民变领头之人竟是一名女子，自称白莲圣母，想她一个弱女子能够成事，其中必有玄机。”

“正是如此，只是朝廷中的奏报却看不出什么端倪来。”朱瞻基叹了口气，“我看皇爷爷的神色，似乎是知道这里面暗藏的内幕，否则不会无端地大发雷霆，想是锦衣卫又有密报。前儿在朝堂外，我特意就此事请教杨学士，他却三缄其口，不愿多说。越是如此，就越觉得古怪。”

"最重要的是，此事发生在山东。汉王的封地，汉王……"若微柳眉微拧，"殿下可以去通州码头走走，那边往来商船客舟云集，也许可以打听出什么消息来。"

"好主意！"朱瞻基面露喜色，紧紧拥着若微，思绪渐明。

第二日下了朝，朱瞻基便换了衣裳带着亲随去通州码头暗访，果然很快便知道了个大概。

朱瞻基身着便服，只是一件很普通的藏青色袍子，头发用同色的发巾一束。以这样的装束走在大街上，十个人中倒有两三个和他穿得一样，可看起来虽很普通，却还是有一种说不出的高贵与优雅。

跟在他身后的贴身护卫颜青警惕地看着周遭往来的路人，生怕有个闪失。

朱瞻基在码头上转了转，随即指着附近一处客栈说道："进去看看！"

"是！"

一进门，自有热情的小二上前招呼。坐在大厅临窗的位子，一壶淡酒，三两个小菜，朱瞻基自斟自饮。

"爷！"颜青出言相阻，"这等地方怕是腌臜了些，爷要是饿了咱们就回府去。"

朱瞻基笑着看了看颜青，"你不是第一次随我出来吧？"

颜青面上微窘，点了点头。

"当年追随爷爷北征，在漠北极地汲溪水而饮、捧雪充饥，那样的苦我也甘之如饴。而每到农忙时节，爷爷又命我于田间地头与老农扶犁，入农家品豆饼、番薯、菜粥。如今，此处的饭菜比那时自然是强了不知多少，所以你自可放心。"朱瞻基声音低缓，面色柔和，那表情分明是风轻云淡，可是举手投足间的气势与风华却如同熠熠明珠，耀眼得很。

颜青心中感慨，难怪圣上会如此看重皇太孙，果然是贵而不骄，贤而不迁，人中之龙，令人敬重。

此时一位中年妇人手提食篮进得店内："小二！"

小二立即上前："陈嫂子，陈大哥的病可好些了？"

"好些了，所以特意做了些素斋来看看静云师太。"中年妇人一边说，一边向楼梯口走去。

小二上前相拦道："陈嫂子有所不知，师太昨儿就离京了。"

"什么？她走了？"那中年女人面上满是意外之色，怔怔地说道，"不是说要在此处住些日子，还要去西山会友吗？这怎么说走就走了？"

店小二凑到中年女人身边，低声说道："还不是唐赛儿闹的，官军为了抓她，现在到处在抓出家的妇人，现在不走还留在这里等着被官军抓？"

"唐赛儿？唐赛儿是谁？静云师太跟她又有何干系？"中年女人满面疑色。

朱瞻基的唇边渐渐浮起一丝笑容，若微说得对，看来街头巷尾茶馆酒楼中往往会有意外的收获。

小二就像说书先生一般讲开了："山东有个寡妇名唤唐赛儿，是山东蒲台林三之妻，略识文字。其夫被官府逼死之后就削发为尼，自称佛母，传教于山东蒲台、益都、诸城、安丘、莒州、即墨、寿光等州县之间，贫苦民众争先信奉。她就立志为夫报仇，这不就纠集了附近的州郡数万民众，造了反，所以官府现在正在通缉她！"

"啊？竟会有这等事？"中年女人瞪大了眼睛，难以置信。

而东边墙根底下那桌儿的客人也随声附和道："正是，正是，在下也听说了。听说那唐赛儿能知生前死后成败事，又能剪纸人纸马互相争斗，如需衣食财货等物，用法术即可得，厉害得不得了！"

"有这么玄？我不信！"西墙下一位大汉嗤之以鼻。

"听说她是在扫墓归途中偶得一石匣，内藏有宝剑兵书，经日夜学习才通晓诸术，有人说那是诸葛亮遗留下来的兵法！"

"即使如此，那山东的百姓也好糊涂，放着好端端的日子不过，为何要起义造反呢？"

店内的客人开始议论纷纷，只听一人忽然说道："你们是在天子脚下，哪知山东百姓的苦楚？"

"哦？说来听听！"

"朝廷为营建北京紫禁城、修治会通河，再加上连年北征蒙古，耗资巨大。山东是负担最重的地区，又逢连年水旱天灾，百姓都以树皮、草根为食，卖妻鬻子，老幼流移。这时候有人起事，劫官府放库粮，自然是一呼百应……"

原来如此，朱瞻基懂了，为何方宾会踌躇为难，他一定是知道实情，所以才不忍心以刀戈向普通百姓发难，可又有皇命在身，所以才两难自苦。

由此就不难得知，那唐赛儿必然是深得民心，人人皆会掩护她，若她藏匿于百姓家中，官府又如何能轻易找到她呢？

颜青不知皇太孙今日为何兴致突起，会乔装来到这嘈杂水运码头，只是冷眼观之，见皇太孙年轻的面庞上满目凝重，眉头微拧，仿佛藏着无尽的心事。

朱瞻基在桌上放下一锭银子，起身向外走去，颜青不敢怠慢，立即紧紧跟上。他不知道的是，朝中一场政治风波即将来临。

第五十八章　碧月现真身

皇太孙府内，紧临着迎晖殿的西廊角门外便是一处清幽的小院，小院内碧草如茵，藤萝缠绕，十分幽静，这里便是若微昔日弄曲练舞的场所。小院北墙上特意开了一个如同满月一般的小门，从此月亮门出去，便紧临园中一座小湖，湖水清澈，开满夏莲，甚是幽静。

夏日的午后，房中暑气难挨，若微便常常带着湘汀和紫烟来到此处避暑，或是乘舟微荡于池，或是在临波方亭中设一竹榻，半躺半卧，轻风拂面，莲香袭人，真是自在舒适极了。

这日，若微带着紫烟又一次来到池边，紫烟一面为若微打扇，一面说道："主子，今儿就在凉亭里坐坐吧，湘汀姐姐煮了消暑的什锦果子饮，一会儿就端过来。"

若微此时身形虽然依旧纤巧，可是肚子已经显怀，她以手轻抚腹部，看着满池的夏莲与宁静的水面，又来了兴致，"今儿日头不大，可是阴沉沉的怪闷的，让人有些喘不过气来，与其在亭中坐着，还真不如乘上小舟在池中采几朵莲蓬，又解馋又能消暑，还可打发时辰，岂不更好？"

"主子，都什么时候了，切不可任性！"紫烟噘起小嘴，还想再劝，而若微已经举步向池边走去。

"主子!"湘汀端着托盘,上面摆着炖盅,身后还跟着粗使丫头碧月,提着一个食盒,正从东角门走了过来,见此状也是轻呼相阻。

"湘汀姐姐来得正好,主子又想到池中去玩儿,上次就被皇太孙骂过了,怎么还不长记性?挺着个大肚子还这么贪玩,湘汀姐姐快劝劝!"紫烟跑过来,接过湘汀手上的托盘,嘴里絮叨不停。

湘汀走到池边扶住若微,也是开口要劝,可是若微偏偏使了性子,一味想要登舟游湖,拦也拦不住,紫烟小声对碧月说:"快去,去书房找小善子,让他去给殿下送信儿,如今除了殿下,还没人管得了咱们主子了。"

碧月怔怔的,没有抬脚,只低喃了一句:"主子想玩就玩吧,这大热的天,在湖面上荡舟又凉爽又有趣,咱们就遂了主子的心吧!"

"嘿,你说得倒轻巧,主子如今身子重了,若是出点儿岔子,谁来担待?"紫烟抢白了她一句。碧月没吭声,目光盯着若微,又看了看停在池畔的那条小船。

若微突然笑了,冲着碧月招了招手,"还是碧月最听话,来,去解下缆绳,帮我划船。今儿就带你一个,不带她们两个,省得吵我!"

碧月听了面色变了又变,怔在当场,没有抬脚。

"怎么了?"若微冲她笑着,又招了招手。

碧月怔了怔,这才缓缓向池边走去,伸手去解拴在池边柳树上的缆绳时竟有些哆嗦,光解这个绳子就解了半天,此时若微在紫烟和湘汀的搀扶下已然上了船。

"还愣着干什么呢?"紫烟伸手捅了一下碧月,"哪有让主子等你的道理?快上船呀!"

碧月面色忽地变得有些惨白,身子也微微轻颤,思忖半晌,才战栗着登上了船,接过紫烟递过来的船桨,一下一下将小船缓缓划离池边。

岸上紫烟与湘汀的身影渐渐变小,身畔盛开的莲花与硕大的莲蓬随处可见,若微不时伸手摘下一两朵丢在舱内,更是如同孩子般剥开莲蓬,捧着一把莲子吃了起来。

"主子,这莲子性凉,您有孕在身,吃多了不好!"碧月仿佛像是变了一个人一般,她的面色十分沉静,话语虽轻,但透着一股子关切。

若微笑了，只是笑过之后便扭头俯在船舷上，冲着池水呕吐起来。

"主子！"碧月从对面移过来直接坐在若微身边，一边递过帕子为她擦嘴，一边轻轻用手帮她抚背。

而若微笑得更欢，吐得也更厉害了。

岸上的紫烟站在凉亭中翘首以盼，急得直跺脚，不时回转过头对湘汀抱怨一两句，而眼见湘汀稳若泰山，不由怒从心起，指着湘汀说道："真不知你和主子是怎么想的。这样的恶奴直接拉出去一顿乱棍打死也就算了，何必这样以身犯险？难不成还想把她度了，让她改邪归正、立地成佛？"

湘汀端起亭中的茶杯，一口气儿喝了半杯，注视着池中的小船眼神悠悠，话音轻柔道："主子的心思自然比你我高明。很多事情，不管是主子还是殿下，或者是太子妃，乃至皇上，又岂是事事都能尽如人愿？以最简单的方法处之，须知这简从繁中来，化繁求简易。可是如今之事盘根错结，看似只是一件再寻常不过的小事，暗中却关联着江山社稷和帝统大业，哪里又能随心所愿的？"

"可是，我担心……"紫烟嘟着嘴，一颗心七上八下地扑腾起来，有些事情她实在是想不明白，只得目不转睛地盯着池中那只小船和小船上面的人。

此时的若微歪倚在碧月的怀中，手里拿的正是碧月递给她用来擦嘴的帕子。若微将帕子放在唇边微微一拂，她笑了。

"这帕子用麝香熏了多久？两年还是三年？少说也得有三年吧！"若微的声音温和极了，面容也十分安详，可是此话一出立即激起千层浪，紧挨着自己的那个身子突然变得僵硬起来，碧月立即呆了。

"主子在说什么？"碧月的目光霎时滞住了。

"我先前只是奇怪，总觉得屋里隐隐有些味道不对，可总也查不出来，今儿才算见了真神。碧月，你不是太子妃的人，也不是太孙妃的人，自然更不是我的人。你是赵王的人！"若微的声音依旧如故，不见任何变化，可是在碧月听来却如同惊雷。

"主子！"她虽然惊恐，却并没有松开拥着若微肩膀的手去叩头求饶，眼中虽然满是惊色，可是手臂却暗暗使劲，甚至可以说之前她是在扶着若微，而现在则是在钳制着她。

"不必用力，应该还有一会儿，这船就会浸水，就会沉入池中，不是吗？"若微笑了，不是犹如春风拂面的淡淡笑容，而是响彻整个湖面的清脆笑声。

"你，你竟都知道了！"碧月松开了手，颓然地跌坐在船舱中央，她抬起头，对上若微的眼眸，"你，是怎么知道的？"

此时的碧月再也没了往日的小心翼翼、诚惶诚恐，更没有了一贯粗笨木讷的神色，原本一身普通的蓝白织花衣裙、没有一件钗饰在身的她，在碧波夏莲的掩映下竟十分动人，女子的美不在乎五官与肤色，而是在于她的气质和神韵，碧月往常在人前装作卑微胆怯，自然不引人注目，而今天她卸下了所有的伪装，神态冷幽安详，眉宇间显现出毫不掩饰的精明与聪慧，便是如此的夺目与出众。

就是若微也暗暗称奇，原来这个碧月，是取自"闭月羞花"之意。

碧月永远都不会知道，使自己暴露的正是这方被麝香熏了三年之久的帕子，如果只是一两个月，那么若微相信，她是太孙妃的人；可是三年，就是说在朱瞻基刚刚纳妃之时，在太孙府就已经隐藏了这样一个手持利器意图不轨的人。她不仅仅是冲着若微来的，确切地说，她是冲着朱瞻基的子嗣来的，不管是谁，只要她腹中怀有朱瞻基的子嗣就会面临这样的危险。

那么，宫里宫外，普天之下，有谁最不想让皇太孙有后呢？除了汉王，就是赵王，两位王爷都有可能。

然而在若微入府以后接二连三发生的事情中，特别是胭脂案和程嬷嬷之死，让若微几乎可以断定，幕后主使不是汉王。因为在此局中，最有可能被牺牲掉的是若微，不仅是她自己，还有她的家人、族人。汉王不会如此行事。因为若微很清楚，汉王会夺嫡，会为了皇位而害太子、瞻基，甚至是皇上，但是若微相信，他不会害自己。

为什么？因为在汉王的心中，她只是一个孩子，比寻常的孩子要可爱一些，他曾经不止一次对她动了恻隐之心，也不止一次在她坏了他的好事之后而没有对付她，他甚至在她的面前从来没有隐瞒过他的野心、他的不满和他的委屈。

所以，他不会。那么，就只有赵王了。

而当若微听到许彬派穆梓琦前来示警所说的那句话时，她便更可以确定无疑了。

"黄色如此鲜明，如何能隐呢？"指的应该就是黄俨。很早的时候若微就听瞻基说过，早年当永乐皇帝还是燕王的时候，在燕王府，朱棣的三个儿子虽然都是同母所生，但境遇各不相同。世子朱高炽因是长子又体弱之故，被燕王妃小心呵护亲自抚育；而二子朱高煦则被朱棣视为最像自己，所以颇为偏宠；唯有老三朱高燧颇受冷落，是被乳母和太监带大的，这些太监中，他与黄俨特别投缘，可说得上是情同父子。如此一想，这黄俨身为阉人，所活一世，除了名利，再存些为"子"谋利的心思，似乎是再正常不过了，事情的始末详由应该就是这样。

"其实，从我入府第一天，你就有意地将我殿中的事情在府里传递，制造事端。圆房之日没有落红，是你传给袁主子身边的李嬷嬷以及宜和殿里的柳嬷嬷的？"若微谈及往事，丝毫不见尴尬，面对碧月不像她是好不容易抓到的真凶，倒像是相交多年的知己，而所谈之事也仿佛是再寻常不过的小事。

"是！"碧月不再掩饰，事到如今，掩饰和逃避都没有丝毫意义。她只是有些好奇，这个孙若微又是如何不声不响地识破自己的呢？

"原本是让紫烟给曹主子去送胭脂的，可是你抢着去了？还对她说了那番什么'用不了可以送人'的鬼话。"若微凝眸而视，在她的眼前仿佛浮现起一幅生动的画面，又是一个原本聪明绝顶却不知为何误入歧途的美丽朱颜。

"断肠草是我在南京栖霞山时好不容易采摘的，它虽是毒药，却也可以作为治病的良药，对于肺痨、毒疮等症有奇效，所以我不舍得丢弃，一直藏于书房琴桌暗格之内。除了我谁也不知道，就连紫烟、湘汀都不知，更何况是司音、司棋等人了。只有你，在打扫房间、擦拭尘土时可能会接触到。我猜，这断肠粉是你透露给慧珠，也是你偷偷拿去给她的。同样，那天她带人来搜，也是在你指引之下，她们才搜出来的。"若微深深叹了口气，这样的女子，竟一直甘于在府中为粗使丫头，如此守拙，又如此狠心，究竟是什么力量能驱使她如此行事？

"不错！"碧月点了点头，"就像你亲眼看见的一般，你是怎么知道的？"

"很简单，我迎晖殿里所有的人都被拷问过了，湘汀、紫烟身上的伤经过半个多月才结痂转好。而你，伤得最重，且伤在背上，却从不让司棋她们帮你上药，不过十天，竟也好了。"若微笑了，"其实，你已经很小心了，小心到我几乎没有注意到你的存在，更从来没有怀疑过你，即使是殿下恼恨你在太子妃和太孙妃面前作了伪证，我起初也以为你不过是耐不住重刑或是被诱骗所为。这才对你没有任何惩戒，也没有赶你出府或发往别处。"

"那后来你又是怎么发现的？"碧月仿佛有些不耐烦了，她冷冷地盯着若微，索性直接问出心中所疑。

"一切的一切，都与太孙妃和慧珠有关，只有一个环节，一个人，与她们无碍，也着实讲不通，那就是程嬷嬷。"若微盯着碧月的眼睛，果然，只在一瞬间，她明亮的眼神儿有些黯然失色，终究她还不是老练到失了本心，再狠毒终也会有忐忑与不安。

"谁能在被侍卫严密看管的迎晖殿里以断肠粉毒死人？先前的断肠粉也都被慧珠当成证物收走。谁手里还有？只能是当初报信之人，因为她可以偷偷留一些出来。而且正因为大家一同被关押在迎晖殿中，才完全可以在别人不注意的时候在茶水饭菜中下毒。况且这人原本已经被毒死，为何又要移到井中装作溺死？简直是掩耳盗铃之举，不过是为了保护真正的凶手，为了转移视线掩盖杀人现场而施的拙劣手法。"若微面上镇定极了，她将手中的莲花一瓣一瓣摘下揉碎，随即手中一扬，那些红白相间的美丽碎片便洋洋洒洒地飘落在池水中。

"我猜看守迎晖殿的侍卫中，有一个一定与你极为熟识，对吗？"若微叹了口气，"这是你的一个机会，说出来，便可以折抵你先前所犯的重罪。"

"哈!"碧月笑了,"你以为我会说吗?"

"我不知道!"若微摇了摇头。

"不会。府中我的同谋,再或者是我后面主使之人,我都不会说。"碧月面上浮起一丝幽怨之色,紧盯着若微说道,"我曾经为了今日的所作所为吃了很多苦,针刑、骑木驴、烙刑等等,你知道为什么吗?因为我们那一批人,从小要经过数不清的训练才能出徒,而出徒之前最后一关,便是受刑,要受得住所有惨无人道的刑罚,没有退缩,也没有疼死,这样才能真正被派出来。所以,对于一起走过生死关的人,我不可能为了保全自己而出卖别人。"

仿佛只是一瞬间,耳边音犹在,可是人已经"扑通"一声没入水中了。

没有惊呼,甚至没有意外,因为该知道的已经知道了。

若微伸手拾起碧月掉在船板上的那块帕子,轻轻一扬,帕子便随风而去,转了几个圈后掉落在水面上,渐渐沉入水中,只留下一个小小的涟漪。

若微拿起船桨,一点儿一点儿颇有节奏地向岸边划去。

此船非彼船,原本碧月做了手脚,船到湖心便会漏水,可是却不知早已被若微察觉出来并掉了包。若微唇边浮起一丝涩意,别怪我,碧月,这样的结局对你而言也许是最好的。

第五十九章　郎情妾相依

夜色如墨，新月如钩。

迎晖殿里，若微与朱瞻基对坐品茗，朱瞻基面色微愠，直视着若微目不转睛，仿佛有话要说，又似乎是在暗自气恼，所以刻意赌气，不想率先开口。

"看什么？还在为刚刚那盘棋不快？若微自然知道殿下是刻意相让，怪就怪我实在不该赢得那般彻底，要是化为和局，或者只是小胜一两子即可。唉，也太得意忘形了，都是若微的不好，殿下别生气了，下次若微一定改。"若微仰着笑脸，说着软话，其实她心里明白，朱瞻基气恼的不是这个。

"你，太……肆意妄为了！"朱瞻基仿佛想了又想，才在脑子里找出这么一个合适的词来，"枉费我对你一片真心，不管是什么事情，包括国家大事，庙堂上的争端，我都没有隐瞒，什么事情都与你商量。可是你呢？发生这么大的事情居然事先都不告诉我，让我像个傻子一样白白为你担心！"

"殿下，殿下哪里像个傻子了？快让我好好看看！"若微笑着扳过朱瞻基的头，又把手抚在自己的肚子上，"唉！惨了，殿下这个当爹爹的原是个傻子，那我腹中的小宝宝会不会也……"

"休要胡说！"朱瞻基双眼一瞪，伸手便在若微的脸上狠狠拍了一下。

"殿下也知道是胡说，那刚刚自己还说，真是州官！"若微装作生气，鼓着腮把脸扭向一旁。

朱瞻基反被她逗笑了，"什么州官？这官哪能越做越小，真是越发胡说了！"

"就是嘛，我还盼着我的夫君能步步高升，我也好跟着他沾光呢！"若微满面笑容撒着娇，样子憨态可掬，如同稚龄少女一般。

朱瞻基却没有笑，隔着炕几拽过若微的手，握在手中轻轻揉捏着，仿佛要把她捏碎一般，面上神情颇有些幽怨。

若微顺势缩在他的怀里，在他胸前拱了又拱，用自己的云鬓在他下颌处蹭了又蹭，她知道每当如此便能唤起朱瞻基心底最温柔的情绪，果然朱瞻基的面色渐渐和缓，只是眼中含着嗔怒，低声喃语还在怪她，"你呀，怎么说都改不了自作主张的毛病。这样，会不会打草惊蛇？既然已经知道是她了，派人小心盯着也就是了，为何偏要逼她现形？"

若微靠在他的怀里，唇边含笑戏谑道："殿下是心疼若微，还是担心若微处理不当，影响了大局？"

"你说呢！"朱瞻基又要恼了，在她耳边轻轻一咬，"没心没肝，都说了这些事情交我处理就好。现在是什么时候了，你还这样劳心费神的，也不怕伤了腹中胎儿？再说了，偏要以身犯险，在哪里不能谈，非要到湖心中央去谈，还一个人与人对决？若是那碧月被逼急了眼，做出什么危及你的事情来，你叫我怎么办？"

最后一句，朱瞻基的声音微微有些轻颤，竟带着几许哭音，仿佛有些悲从心起，又似内心深处真正惶恐极了。

若微听了鼻子微酸，只是又不想与他做凄凄泣泣之状，于是撇了撇嘴，依旧撒娇道："自打进了你的太孙府，我就变成了木头人，整日里除了睡就是吃，再就是陪笑、陪聊、陪睡，一点儿脑子都不用动，如今再不做些事情，这原本冰雪聪明的脑子怕是要成榆木疙瘩了。"

朱瞻基本是满腹心事，听她如此说，也不由愁肠尽解，心情渐明，他拥紧了怀中的佳人，俯下头在她脸上轻轻一啄，"我宁愿你只做个木头人，乖乖待在房里，每日等我从朝中回来，一进府门就能看到你，不会突然失踪，也不会出任何的意外，总是乖乖地在那里等我。"

"我知道有一种药，吃了就可以这样。殿下如果真的想让若微变成那样……"若微话还没说完，嘴已被朱瞻基用炽热的吻堵住，积蓄日久的柔情瞬间汹涌泛滥，谁又阻止得了呢？

东华门外十王府中一座并不起眼的宅子，正是赵王朱高燧的府第。虽然夜已经很深了，然而书房内依旧火烛通明，朱高燧坐在书案前，面色铁青，一旁侍立的宠妾红袖端着茶盏大气儿也不敢出，这屋里能摔的东西已经摔得差不多了，如今就只剩下自己和手中托盘上捧着的茶杯了，谁也不知道它会不会也在瞬间成为碎片。

七想八想之际，只听到门口有人回禀，"王爷，小柱子来了。"

"快，快叫进来！"赵王腾地从椅上弹了起来，几步走到门口，正赶上太监小柱子从外面入内，小柱子刚要下跪请安，腿还没挨着地面，人已被一股力道提了起来。

"还行什么礼？快跟我说说详情！"赵王急不可待，拉着小柱子就往里走。

"王爷！"小柱子看了看赵王，又看了看立于室内一角的红袖，知道她是赵王的宠妾，可是事关重大，有她在场怕是也不好开口。

"滚，没眼力见儿的东西，还杵在这儿做什么？"赵王大吼一声，吓得宠妾红袖立即捧着茶杯跑了出去，行色匆匆，手上不稳，滚烫的茶水溅在了手上。痛，那样真切，却又不能叫出声来，只能紧紧绷着一张玉面，眼中噙着泪水，慌慌张张地逃走。

"好了，现在可以说了！"赵王毫不在意尊卑贵贱，拉着小柱子坐在西墙下的罗汉床上。

"二叔请王爷稍安。虽然碧月意外身亡，可是我们的计划应该还没有暴露。隐在太孙府上的人回话说，太孙府一切如常，不仅如此，皇太孙还厚葬了碧月，说她是为了救主而失足跌落水中身亡，是难得一见的义仆，特意封了五百两银子，安排人送到她老家去了。而且还为此罚了微主子半年的例钱，又在众人面前重重责罚过了，从此不许微主子踏出迎晖殿半步！"

小柱子一番话说完，赵王心里顿时觉得安稳了不少，可是转念又想，不禁忍不住起疑，"好端端的，明明是在船底做了手脚，让孙若微游湖时沉船，怎么碧月也跑到船上去了，而且还掉入湖中送了命？"

"那船，也许还没来得及动手。听说那天碧月之所以在船上，是因为微主子身边的人都阻止她登船游湖，她恼了。所以贴身的丫头谁也没带，反而只带了碧月。而碧月是为了帮微主子捡一方随风飘落的帕子才不小心失足跌落水中的。"小柱子仔细想着慢慢说着，生怕自己传错了话，跟在二叔身边这些年，替二叔所做的事情每一件都必须谨慎万分，否则就是掉脑袋的大罪，而且要掉的也绝不是他和二叔两个人的脑袋，这些他都知道，所以他一向很是小心。

赵王看着灯罩内微微跳动的烛火，细细思忖着小柱子的话，心虽然安了，可是总还是觉得哪里有些不对劲，对上小柱子的目光，又问道："如今情势，黄公公有何看法？接下来我们又该如何行事？"

小柱子听到赵王所问，立即站起身环视四周，又特意走到窗前推开窗子向外看了看。

"放心，我这儿尽可放心！"赵王明白他在担心什么，特意拉着他走进了书房里间用来小憩的内室，坐在檀木屏风后的圈椅上，"说吧！"

"二叔说，不管碧月的死是不是意外，他们是否已经察觉，我们必须要加紧行动了。"小柱子压低声音，几乎是凑在赵王的耳边。

赵王面色微变，原本黑红的面色微微发白，像是有些意外又像是早已准备就绪，按捺不住内心的激荡，大手重重拍在小柱子的肩上，"仲父终于肯帮我奋起一击了！"

"嘘！"小柱子示意赵王小心，他凑在赵王耳边低语，"先除去他的心肝，让太孙府乱成一团，老头子自然急火攻心，大事必可成矣！"

赵王点了点头，目光中闪过一丝狠绝，终于到了这一天，终于等到了！

与此同时，太孙府内宜和殿里，慧珠与胡善祥两姐妹也在聊着同一个话题。

怨恨之色同样出现在慧珠眼中，胡善祥的腿酸疼肿胀，让她叫苦不迭，夜夜不能安眠，慧珠就帮她用手轻轻揉捏，如此才能暂解不适之感。此时胡善祥躺在榻上，握着慧珠的手，眼中泪光闪闪，面露凄然，喃喃低语："好姐姐，若没有你，这样的日子我一天也不想过了。"

"娘娘，暂且忍过一时吧。"慧珠一手握着善祥，而另外一只手还在她的腿上轻轻揉捏。

"谁承想这怀个孩子这么难受，吃不下睡不着，浑身上下都不得劲儿，这身子就不像是自己的一般。真不知道这个孩子是不是上天派来罚我的。"胡善祥泪如雨下，此时殿中无人，只有她们姐妹俩，也无须再装贤良，这才肆意放纵自己的情绪。

"娘娘这是怎么了？好端端的说这样的话！"慧珠腾出手来，拿帕子帮她擦着脸，"怎么这些天成了病西施了？一会儿捧心说难受，一会儿又哭哭啼啼的，娘娘以前可不是这样！"

"是啊，我怎么会变成这样？"胡善祥瞪大眼睛盯着床头悬着的幔帐，满腔幽怨无从发泄，只是恨恨说道，"我替他怀着孩子，这般辛苦，可是他正眼看都不看一眼，他真是这样铁石心肠吗？我真怕，我拼了命生下这孩子，只不过是多一个人来陪我在这世间受苦！"

说着，泪水又倾泻下来。

慧珠看着她，原本想劝，想了想什么都没说，只是挽起帐子下床向外走去。

"姐姐，你也不管我了？"胡善祥更是委屈万分。

慧珠头也不回地走了。

半盏茶的工夫，慧珠回来，手里端着一碗汤，双手捧到胡善祥跟前儿，"好娘娘，喝吧，安神理气的，喝了心里就舒坦了，也就不闹了！"

"这是什么？"胡善祥半推半就，就着慧珠的手喝了大半碗。

慧珠把碗放在一边的桌案上，又端了茶水让胡善祥净了口，这才又挨着她坐在床边。

"怎么样？好些了吗？"慧珠面上的神情安静极了。

"好些了！"胡善祥有些不好意思，把头靠在慧珠的肩膀上，"姐姐，不会嫌我烦吧！"

"怎么会？"慧珠笑了，伸手理着胡善祥的一头秀发，把缠绕在一起的一缕耐心地分开梳顺，又以一条锦带束住，扶着她躺好，拉开薄被轻轻盖在她的身上，"睡吧！"

慧珠这才熄灭了殿里的灯烛，只在墙角边留下小小的一盏，然后自己也挨着胡善祥躺下。

妹妹的情形是典型的孕期躁郁症，当初太子妃怀第三胎时，正赶上郭嫔得宠，太子夜夜留宿在她的房里，太子妃的寝殿成了冷宫。那时自己还很年轻，好多事情都不懂，但是她知道，那样高贵娴静的太子妃曾经在夜深人静时蒙着被子哭，那段时间她特别憔悴，心情也不好，当着外人看似正常，可是没人的时候常常自哀自叹。

后来，彭城伯夫人进宫来了，她给太子妃带来了这种安神的汤药，喝过之后，太子妃果然好了，夜里不再闹了，可以安安稳稳地入睡。

所以慧珠知道，可是慧珠更清楚，得宠的郭贵嫔接二连三地怀胎产子，整个孕期，她不用这些东西，因为有太子陪着，她不会烦躁郁闷，更不会顾影自怜、悲秋伤感，觉得孤单无助。就像现在，孙若微也不用，因为她有皇太孙陪着。

可怜的妹妹！

她还不是太子妃，她还没有嫡子傍身，除了自己这个姐姐和太孙妃的虚名，她什么都没有。

所以，自己这个做姐姐的，能不为她打算为她计划吗？

"姐姐！"胡善祥用手臂推了推慧珠，"你睡着了吗？"

"没有！"慧珠用手撑着头，对上胡善祥的目光，"怎么了？"

"碧月的事情，很是蹊跷，像是冲着咱们来的。"胡善祥的声音柔柔的，此时就像是一个无助的小妹妹。

"不会。"慧珠笃定地说，"若是因为之前胭脂一事，早就动手了，何必等到现在故弄玄虚，孙若微不是那样的人，皇太孙更不是。"

"那又是为何？"胡善祥声音更加怯懦，眼中透着惊恐之色。

"好了，别担心，不会是冲着咱们来的。我想，应该是冲着皇太孙来的。"慧珠突如其来的一句话让胡善祥立即大惊失色，她立时坐了起来，"什么？殿下有危险？"

"别这么一惊一乍的！"慧珠将她重新扶好，"你呀，刚刚还做怨妇状，转眼间就为他急成这样？他若是能体会到你对他的心思，也不至于如此狠心。"

"姐姐，府内争风原是小事，可殿下，殿下是我的天呀！天热，我会暖；天寒，我会冷。我有时会抱怨，可是我不能没有这天呀！"善祥说得情真意切，更是淌下两行急泪。

"好了，好了！"慧珠伸手为她拭去泪水，"你别急，我慢慢跟你讲。这事儿也是没影的，原本我也在猜测，只是觉得蹊跷，程嬷嬷的事儿不是我做的，可是我也明白应该不是孙若微所为，那会是谁呢？是谁能在咱们府里杀人？而且这个人对咱们府中的人和事了解甚深……这么做，为的是什么？这世上的争端，若不是女人间的争宠，就是男人间的谋利。想要在太孙府谋利，那谋害对象就只有皇太孙了！"

"姐姐！"胡善祥立时惊慌失措，一颗心七上八下的没有着落，"你，快去跟皇太孙说，让他小心，让他防备！"

"怎么说？你让我怎么跟皇太孙说？咱们说的话他能信吗？"慧珠的语气突然冷了许多，怒其不争，一向果敢执着的妹妹怎么进了宫就变得这么懦弱无能了呢？一个"情"字，就让她变痴了？原来的精明都跑到哪里去了？

"姐姐，你，我知道你有办法，帮帮殿下吧！"胡善祥的声音里充满哀求，却不知她越是如此，就越是激起慧珠心底的不平与愤恨。

"哼!"慧珠轻哼一声,"他哪里用得着咱们!"

"姐姐!"胡善祥瞪大眼睛,显然不明白慧珠话里的意思。

"是福不是祸,是祸躲不过。如今咱们已是自身难保,这一动不如一静,还是先看看再说吧!"慧珠仿佛是困了,说着说着,闭上眼睛把头扭向外侧,不再出声儿。

胡善祥愣了半晌,也只得躺下,可是如此一来,又是一夜无眠。

第六十章　蛹化蝶舞苦

山东乐安汉王府西福殿内，侧妃李秋棠躺在美人榻上，一个侍女打扮的年轻女子手拿一对美人槌正轻轻地为其捶腿，此人正是月奴。

身后一位五旬左右的嬷嬷端着汤药立于一旁，面上尽是踌躇犯难之色，"这可怎么好呀？已经是第二胎了，又没保住，王爷面前，我们可怎么交代呀！"

"有什么可交代的？我不是还在吗？"李秋棠丝毫不见难过，反而带着一丝轻松和喜悦，月奴暗暗有些心惊，她疑心自己是看错了，可是应该不会，从小自己就很敏感，恶劣的生存环境让她养成了察言观色的本事，看似低着头认真做事，可偏偏大事小情一切都尽收眼底。

只是她还是不够老练，所以她面上的变化被李秋棠捕捉到了，她忽然用力一蹬腿，正端在月奴的心窝上，月奴猝不及防跌坐在地上，她惊愕地对上李秋棠的眸子，眼中满是疑问，只是转瞬即逝，很快就匍匐在李秋棠的脚下，双手自打面颊，不发一语，只是充满节奏的掌嘴声。

"云妈，你下去吧。"李秋棠探起身子挥了挥手，老嬷嬷应声退下，临了又用不忍的眼神儿看了一眼月奴。

于是月奴又多挨了几巴掌，那便是李秋棠打的。

"知道为什么打你吗？"李秋棠问。

月奴回道："因为多事！"

"如何多事？"李秋棠追问。

"主子在说话，不该听，不该想！"月奴照实回答，自从入了汉王府跟了李秋棠在这西福殿内，这些日子以来，她不知挨了多少打，有李秋棠赏给她的，而更多的时候是自己打自己，李秋棠说这就是磨砺，要有长进，都是这么过来的。

月奴不知道，这个"都是"里面，是不是也包括李秋棠自己。只是她没敢问，因为她隐隐已经知道，其实李秋棠也应该包括在内。

"错！"又是一记清脆的耳光重重打在月奴的脸上。

李秋棠最大的好处是，从不乱用刑，不会用什么让人闻风丧胆的针刑、夹刑、烙刑，更不会打板子使棍子，她只是打耳光，而且只让你的脸红肿，绝不让你留下印迹，这也是一门技术。

"你记住，主子们的事情，就是让你听、让你看、让你记的，否则我要你何用？只是刚刚你错就错在听了、看了、记了以后，你脸上表现出来了，还让我看出来了，这就是死穴。若是这点不能改，你以后怎么成事？还未成事，怕是已经身首异处了。"李秋棠话音柔媚，音调极为动听，但是这字字句句却如同针扎一般，让人疼痛难抑。

月奴重重点了点头，"谢主子提点。"

"你，刚刚在我脸上看到了什么？"李秋棠目光如炬，直盯着月奴，"照实说，不许有半个字隐瞒！"

"是！"月奴知道，这是又一次的拷问，李秋棠对自己的严苛令人发指，虽然她教自己的都是些在豪门宫苑中生存的阴谋与构陷手段，但是月奴知道，她是认真地教。

"我在您的脸上看到了不屑。"月奴照实回答。

"哦？说说看！"李秋棠忽然间神色变得和缓起来，甚至唇边还含着淡淡的笑意，她看着月奴，就像是在看自己的一件作品，竟有些扬扬自得。

"您不屑给王爷生孩子。"月奴说。

"哈！"李秋棠笑了，眼中露出赞许之色，"接着说！"

"所以我猜，这一胎，是您自己弄掉的，本不关吴侧妃的事情。"月奴说完，定定地对上李秋棠的眼睛，目光中没有惊恐，只有安静。

"哈哈！"李秋棠笑得更加厉害，"好丫头，有长进，不错不错。"

"只是，月奴不明白为什么如此，所以才会疑惑，所以才会走神，也才会让主子看穿。"月奴继续说道，她知道自己在李秋棠面前唯有悉数坦白，不做半点儿隐瞒，才能慢慢得到她的信任。

果然，李秋棠脸上的笑意渐渐退去，取而代之的是一种说不出的悲凉，月奴不知道这悲凉是来自她内心深处的无奈，还是一种作态。因为李秋棠实在太会演戏了。

"你记住，当你准备给一个男人生孩子时，这个孩子和这个男人就是可以让你为之放弃生命的。否则，宁愿不要生。"李秋棠还待再说，只是她的目光瞥到大门口那一抹紫色，立时改了主意，"去吧，退下吧！"

"是！"月奴站起身向外走去，在殿门口被一双大手狠狠钳住，他不容置疑地托起她的脸，仔细凝视了一番，随后对着她的嘴狠狠咬了一口，直到唇上有了血腥之气才松嘴，"滚！"

"不是人！他们都不是人！"月奴强忍着眼泪夺路而逃，可是她知道，自己如今又能逃往何处呢？

"怎么，被狐狸绊住了，还不舍得进来？"李秋棠提高声调冲着门口喊了一句。

汉王这才大步入内，一屁股坐在那张原本不是很宽阔的美人榻上，差点儿压着李秋棠的娇躯，又似乎是要把美人榻坐塌才甘心。

李秋棠嗔道："哪里来的这么大火气？"

"正是有火，才找你来泄火！"汉王一把扯开李秋棠的衣襟，露出雪白的膀子和高耸的胸脯，如同一头猛兽一般低下头，更是一阵袭击。

"你闹够了没有？青天白日的，就没有一点儿正经事要做？"李秋棠虽不阻拦，但是一语脱口立即起效，汉王像是被抽干了气的纸人一般，立即软塌塌地歪在一边，他喘着粗气恨恨说道："都是你出的好主意，什么鼓动流民作乱，然后以府中亲兵乔装暗助，等声势做大之后，再帮助朝廷来剿。如今可倒好，剿是剿了，功也立了，父皇也赐了赏，可是于局势丝毫无益，东宫还是稳若磐石。我倒是搬起石头砸了自己的脚，那方宾也不知从哪里得了消息，现在循着蛛丝马迹正在暗查本王。"

"没什么好奇怪的！"李秋棠从榻上坐起，看了一眼汉王，她独自站起身走到里间，坐在妆台前，拿起桌上的玉梳打理着自己微微有些蓬乱的秀发，对镜凝眸，愁丝微染，"方宾那个人做事一向谨小慎微，若无实证，他绝不敢对旁人吐露半个字。而且，就算有了实证，兹事体大，他也不敢说。到时候，正可以施加压力将他拉为己用。"

"哦？原来你还藏着这手棋？"汉王也是绝顶聪明，听了李秋棠的一席话，顿时觉得心安多了。

"王爷现在应该关心的正是红袖，她有多少日子没传消息过来了？咱们这边暗自准备，老三应该也没闲着。咱们身处乐安，他可是在京里，与紫禁城就隔着一条街，近水楼台先得月，别到时候让他抢了先，咱们空忙了一场。"李秋棠用玉簪松松地绾了一个坠马髻，更添娇媚，对着镜子顾影自怜，汉王又凑了过去。

"老三为人谨慎，戒心很重，红袖虽然是他的枕边人，也算得宠，可很多事情就是红袖也打听不出来，只是听说他们应该在瞻基那儿安排了人。"汉王伸手去摸李秋棠露在外面的玉颈，被李秋棠用手打开。

"让红袖一定想办法搞清楚，太孙府可不是那么好安排人的。想当初从南京到北京，咱们也试了好几次，都未能成功，他怎么就成了？若真是在太孙府有人，这先机他们是占定了。"李秋棠目光中透着让人参不透的玄机，话语也深奥了起来。

汉王闻听此语，并不十分以为然，他随意从妆台上拿起一支金钗为李秋棠别在发端，"老三想事情与我向来不一样。瞻基那小子虽然机灵，在朝堂上也能帮衬着皇兄，可终究是个青涩小子，嫩得很。我没精力去盯着他，咱们只图东宫，若是太子不是太子了，他这个太孙还有个屁用！一个藤上的瓜，一并除之。"

"笨，我看你就是没有老三机警。如果我猜得没错，老三这着棋才叫狠，他是想釜底抽薪。"李秋棠伸手拔掉汉王为她插好的那支钗，重重丢在妆台上。

"你的意思是老三要对瞻基下手？"汉王仿佛有些不信。

"皇太孙是老头子的心肝，没了心肝老头子还能活多久？朝中一乱，你在乐安，没有帝诏不得入京，他老三可是人在京城。傻不傻呀你！"李秋棠面上一副恨铁不成钢的样子，用手在汉王头上狠狠一戳，转身向外走去。

"你做什么去？"汉王追问。

"帮你联络一个人，关键时刻，他可以助你调动济南的兵马。"丢下这句话，李秋棠摇曳着婀娜的身姿，姗姗向外走去。

只留下汉王一人对着她的背影，痴痴地想着心事。

第七卷

月若无恨月长圆

第六十一章　明月照宜和

永乐十九年的八月十五。每逢佳节便是阖府上下欢聚一堂共聚团圆的好日子，而对于皇太孙府来说，此次中秋佳节更是非比寻常。

朱瞻基照例要在宜和殿里用晚膳，也照例要留宿在此。然而因为前一阶段的风波，众人对这个中秋从心底有些畏怯。

这是皇太孙纳妃分府以来人头最齐全的一个中秋，更因为胡善祥与孙若微皆有孕在身，平添了许多喜气。由于前一阶段的风波，大家平日里都闭门不出，就是在花园里偶然遇到了也尽量远远避开，唯恐见面无语相对尴尬。可是这中秋毕竟是除了正月以外最重要的一个佳节，若是这样冷冷清清各过各的，怕是也实在不像话。

若是像往年一样，参加宫里的宴会或是在太子东宫饮宴，倒也好办。可偏偏头几日，宫里就传下话来，说是今年因为皇上旧疾犯了，宫中不举办庆典和宴会，各府自行安排。太子妃也派人送来月饼和封赏，只是传话说因为太孙妃和孙令仪皆有孕在身，故也免了入宫谢恩请安的常例。

那么这个中秋家宴又该怎么安排呢？胡善祥和慧珠一时间也没了主意。

二人正为此事在宜和殿西次间里闲聊，胡善祥的意思是既然宫里和

422

太子妃都对这个佳节如此低调，太孙府也不好铺张，只聚在一起吃一顿饭也就是了。而慧珠却有自己的想法，她认为这是一个绝好的机会，可以借此来消除朱瞻基与胡善祥之间的隔阂，还可化解其余嫔妾对胡善祥的敌意，重新挽回颜面。

慧珠的意思是，不管到了什么时候，皇太孙妃仍是这皇太孙府的当家主母，宜和殿即使再形同冷宫，也是正殿；孙若微再得宠也只是嫔妾。所以遇事万万不能失了当家女主的气势，坐其位，就要拿出统管全府女眷的气度，又要让皇太孙感觉到胡善祥作为妻子的体贴与上下周全的能力。

只是该用什么样的方式来化解呢？两人一时间也没有特别好的主意，只得先从这顿晚宴上大费精神，每一道菜，每一种点心花样，都是慧珠精心准备的，从三天前就开始采办准备，只为了晚宴时能让各方满意，借此表现诚意，缓和关系。

十五一大早，朱瞻基就差近侍太监小善子来到宜和殿给胡善祥传话，说是各房主子今晚都要齐聚宜和殿共用晚膳、共度中秋。这可是破天荒头一遭，夫妻两人想到一块去了。胡善祥感慨之余，更是打起精神与慧珠一道精心准备。

晚宴最终没有在宜和殿内，而是选在临湖的方亭之中。置身室外，微风轻袭，看着湖水中倒映的月光及满池的莲花，纵使是各怀心事，此时也会觉得平和淡然了许多。

朱瞻基居中，若微与胡善祥坐在他的两侧，一直称病许久未露面的曹雪柔也现身了，与袁媚儿坐在下首。而从未与朱瞻基有过肌肤之亲的其他几名侍妾也得以在亭中另摆一席，围坐赏月。

面对着环肥燕瘦、妻妾成群，朱瞻基苦乐自知，今日的晚宴与预料中一般无二，寂静如同广寒宫一样，静得只听到池中的蛙鸣，却不曾听到这些姝丽的佳人吐露一言半语。

"来，众位姐妹，今儿是咱们府中第一次共度中秋。以往种种，皆如过眼云烟，今儿我们一起举杯，以府中自酿的桂花酒敬殿下，恭祝殿下福寿绵长，也祝咱们阖府平安，一团和睦。"胡善祥举杯而立，众嫔自若微以下，袁媚儿、曹雪柔也一同随之。

朱瞻基举杯饮尽，示意大家落座，"今儿咱们一家人在园中围坐赏月，不必客套拘束。刚才太孙妃所言甚好，前尘事皆如浮云，过好今日，放眼明朝，才是要紧。"

"是啊！"朱瞻基话音刚落，即有人小声应和，正是袁媚儿，她笑颜如花，再次举杯，"殿下和娘娘说的都是金玉良言，前些日子咱们府里太过安静，娘娘和孙令仪都有孕需要静养，曹姐姐又在病中，媚儿连个说话的人都没有，真是闷死了！"

"这个媚儿，大好的日子，说话也不知忌讳。"胡善祥笑着嗔道。

"是是是，媚儿自罚一杯，其实媚儿想说的是，咱们府中姐妹应该像今日的月儿一般，团团圆圆的，分什么彼此？闹什么嫌隙？都不过是围着殿下应景的四季花草，花开花败，各有时日，各有造化，不必强求。"袁媚儿此语看似憨直，其实恰恰一语中的，说得明白，最是中肯不过了，故立即得到众人的响应。

朱瞻基的目光扫过众人，最终停在曹雪柔的脸上，曹雪柔今日穿了一身水蓝色的短袄长裙，外披如雾的纱帛，满头乌发只简简单单绾了一个坠马髻，全身上下除了玉腕上一只碧玉镯外，便再无半件钗饰。一张芙蓉面，黛石轻扫柳眉，口脂淡点绛唇，面上是如同莲花般的清白浅淡、晶莹剔透，眉宇间淡定飘逸，透着一股清心寡欲的疏离与幽静。

只在一瞬间，便令人的目光牢牢锁定在她的身上。这样的女子，心中定是藏着不少乾坤，若是她在胡善祥的位子上，她今日又会如何自处呢？她应该会和若微相处得很好吧？

神色游离间，仿佛已经偏离主题。朱瞻基心中暗暗若涩，为何会做这样的假设？难道自己的心里竟是如此在意她？此念一起，立即满怀歉疚地望了一眼若微。

袁媚儿扑哧一声笑，偏她一双媚眼将朱瞻基的心思尽收眼底，口里却刻意说道："曹姐姐这一病之后，反而越发灵秀出尘了，看着就像广寒宫里的嫦娥仙子，如此轻盈柔美，仿佛随时都可飞入月宫一般。"

此话一出，曹雪柔面上微红，她伸手拿起白玉双耳酒壶将自己的杯子斟满，又走到胡善祥和若微面前，帮她二人将酒重新斟上，执杯凝眸，轻启朱唇："今日佳节，雪柔心中有千言万语，奈何却无从说起。仰望苍穹，茫茫夜空中只有一轮满月，正应了我们姐妹，有阴便有晴，新月如钩或是月满中秋，分分合合也是热闹。就在月下，我们共饮此杯，一切尽在酒中。"

曹雪柔的一番话与先前胡善祥和袁媚儿所说的其实意思大致相同，可是自她的口中说出来，却有别样的情怀，让人无从拒绝也没有异议，胡善祥与孙若微几乎是同时举杯，一饮而尽。

"好了好了，今儿一同赏月，不要总是你敬我，我敬你的。不如找些乐子来凑趣，可好？"袁媚儿又来提议。

"媚儿说的，正合我心。"朱瞻基把温煦的目光投向袁媚儿，"就从你开始吧，是诵诗敬月，还是行令猜谜？"

袁媚儿对上朱瞻基的目光，一双妩媚的美目顾盼生辉，"诵诗太闷，行令又怕输得难堪。不如大家都说说，昔日在家里的时候又是怎么过这中秋佳节的。咱们也听听这不同地方的风俗，若是有趣，正可以看看有什么能拿来照搬的。"

"这个媚儿，说得真真有趣，也好。"胡善祥的目光转向若微，"若微长在邹平，又随父在永平小住过，不知这两地的风俗如何？"

若微自宴席开始，一直静而不语，此时胡善祥将话题抛给她，终是不能不接，她稍一沉吟，则说道："儿时随父在永平小住，记得不那么真切了。而邹平每到中秋之时，家家都会做一张如银盆大小的月饼用来祭月，这月饼直径尺余，重两斤，放着各式精致果品制成的馅料，既好吃又好看。"

说到这儿，若微稍稍一滞，面上神色突然顽皮起来，仿佛想起什么趣事，明明想笑可是双唇紧抿，似乎是在竭力克制。而若微身后的紫烟却忍不住笑出了声。

"怎么？"袁媚儿追问道，"这月饼里可是有何典故吗？"

众人皆把目光投向紫烟，紫烟立即双膝一屈，深福一礼："奴婢越礼了！"

"无妨，莫非是想起了什么趣事？也说来听听！"朱瞻基似乎很感兴趣。

紫烟拿眼瞅着若微，被若微狠狠瞪了一眼。

众人更感有趣，催着紫烟快讲。

若微摆弄着手上的珠串，面色却已然红了起来。

紫烟在众人的催促下终于开口："咱们微主子儿时可说得上是远近闻名的淘气姑娘。这邹平中秋除了以大圆月饼祭祀月神，还有就是未出阁的少女要在中秋夜偷别人家菜圃中的蔬菜和葱！"

"啊？还有这个讲究？"

"听着倒是有趣得很！"

"为何要偷葱呢？"

紫烟又说："这是邹平的风俗，这未出阁的少女如果在中秋夜偷得别家菜圃中的蔬菜或葱，就表示她将来会遇到一个如意郎君。还有个顺口溜呢，'偷着葱，嫁好郎；偷着菜，嫁好婿'，指的就是这项习俗。"

"哦！"袁媚儿立即瞪大眼睛望着若微，"孙姐姐，那你偷得没有？"

众人皆笑，就是朱瞻基也不禁自桌子下面拉起若微的手问道："偷得没有？"

若微强忍着笑，瞥了一眼紫烟，紫烟像是得到什么鼓励一般，继续说道："咱们微主子呀，当时还不到七岁，也学着邻家姐姐的样子去偷，可是人家姑娘只是到别人家的园子里摘一棵葱，或是拔一棵菜就好了。咱们主子却带了把刀，人小心大，溜到附近十几户人家的菜园子里，一口气儿把那些菜呀葱呀全割下来了，一直忙到后半夜，还找了不少小伙伴去帮忙，直把人家的园子祸害得不成样子了。这还不算，第二天竟和我们继宗少爷一起将这些偷来的菜全都卖给了城里的饭店。"

"啊！给卖了？"众人皆啼笑皆非。

朱瞻基握着若微的手暗暗使劲，心想人家求婿只偷一棵，偏你要多占多得，可是得了又不珍惜，转手就卖给旁人。倒真像今日之势，惹得众人为你倾心，可是你呢？

袁媚儿也咯咯地笑了起来，"孙姐姐真是好泼辣的性子！多亏当日把那些菜呀葱呀的卖了出去，不然现在岂不麻烦，咱们殿下得跟多少人拼杀才能抱得美人归呀！"

"紫烟真是多嘴！"若微面上微微发窘，不由得想转移话题，"雪柔，你从小长在江南，不知江南的风俗又是如何，说来与我们听听吧！"

曹雪柔微微点头，目光盯着不远处微波荡漾的湖面，神情也明媚起来，"江南每逢中秋之夜，女儿家都会在水边放一种羊皮做成的小水灯，名为'一点红'。满月当空，水面上布满了数十万盏灯，有如天上繁星，十分引人注目。举头相望或是俯首观水，景致一般无二，更像是将繁星与月亮请到了人间，那景致极为壮观。"

曹雪柔的话将大家带到了那种风光旖旎柔情万种的境界里，一时间席中又是寂静无语。

胡善祥一边吩咐随侍的丫头给大家布菜斟酒，一边说道："媚儿，该你了，你家就在京城大兴，又是怎么度中秋的？"

袁媚儿眨着美目笑道："我们大兴可不像曹姐姐的江南水乡，过个节也能如此旖旎多姿，也没有孙姐姐邹平那样有趣的风俗。每逢中秋，家家只是在园中赏月，除了吃月饼，也会品莲瓜。"

"莲瓜？"众人不解。

"就是以刀将西瓜切成莲花型，中间不能断，只下一次刀，一气呵成，也是图个好彩头。这主刀者都是当家主母，为此不知要在背地里偷偷练多少次、切坏多少个西瓜。"袁媚儿面上的笑容好像淡了，此时她也沉浸在对家乡和儿时的追忆中。

席间瞬时又变得有些安静，桌上的菜品几乎未动，寂静中大家都在追思儿时的快乐与过早离去的亲情。就在此时，轻柔的乐音乍起，水面上霎时亮起点点光亮，正是上千盏小灯在水面上漂荡。

"一点红！"曹雪柔第一个站起身走到亭边，凭栏远望，珠泪翻涌。

而落雪与梅影此时各端着一物走上前来，大家仔细一看，一个是如同银盆一般大小的月饼，一个是圆润可爱的大西瓜。

梅影端着西瓜走到袁媚儿身边，而落雪则手捧月饼来到若微身旁。

胡善祥起身离坐，先是将一柄小刀递给袁媚儿，"媚儿，姐姐只给你准备了这一个瓜，你定要不负众望给我们切出一个莲花宝相来。"

"娘娘！"袁媚儿一直带笑的脸，不知是不是感动，在她的眸中竟也有泪花闪过，手指轻颤地接过刀子，在众人的注视下起手落刀。不多时，她把刀放在桌上，此时这瓜看起来还是完整的，只是在中央留下一些刀口，众人也看不出端倪。

袁媚儿捧起西瓜走到朱瞻基身旁，"请殿下帮个忙！"朱瞻基微微一笑，双手在瓜上用力一掰，立即分成两半儿，两朵碧衣红瓤的莲花造型，令人拍案称奇。

袁媚儿又将莲花形的西瓜捧到众人面前，每人分得一角，细品之后才发现这产自大兴的瓜不仅汁多籽少，而且瓤沙肉厚，甜美可口。

胡善祥再次起身，这一次是走到若微面前，"我家在济宁，离邹平不远，我们也算同乡，风俗相近。这月饼是我和慧珠亲手所做，好妹妹，我们一起将它切开，从此同心，可好？"

若微也站起身，两个人此时都是身怀六甲，大腹凸显，对视之下，似乎是一笑泯恩仇。

"还是娘娘来切吧，以我们家乡的风俗，当家主母来切，方可家宅平静、五谷丰登！"若微并非有意相推，而是此时不管心中究竟如何不情愿，胡善祥已在众人面前作低了姿态，自己也不得不守礼相让。

"还是一起来吧！"胡善祥握起若微的手，两人一起执刀，将大月饼分成十多份，在场众人每人皆分食一份，不多不少，这才是吉祥。

一边听着雅乐，众人看着湖中的灯火月影，品着香甜的月饼与瓜果。

此情此景，倒真应了"宜和"二字。

第六十二章 山月随人归

月满中天，众人围坐而聚。

在这场中秋家宴上，胡善祥带给孙若微、袁媚儿和曹雪柔三人来自家乡的惊喜，仿佛将此前积蓄在众人心底的芥蒂都化为无形。此情此景下，思乡的人是最脆弱的，来自家乡风俗的慰藉最能够拨动她们心底的柔情。如此费尽心思为她们做的安排，既慰了乡情，又化了干戈，更彰显了当家主母的气度与以和为贵的良苦用心。

若微细品着月饼，只觉得如同嚼蜡。因为她知道，胡善祥此时的偃旗息鼓并不是真正的放弃，而是为了日后的卷土重来做准备。月有阴晴圆缺，正应了太孙府的局面，分分合合，不过是权宜之计，卧榻边岂容他人安枕？

妻妾间的争斗，绝不是一方想息就能息的，弱肉强食、相生相克、此消彼长才是王侯深宅内的生存之道，这样的日子究竟何时才能了？你方唱罢我登场，这出戏似乎永远不会落幕。

若微正在暗自思忖，突然听到朱瞻基似乎"哎哟"了一声，仿佛吃到了什么硌牙的东西，难不成有什么不洁之物？这还了得！立即有人递上瓷碟，朱瞻基把口里的东西吐了出来。

朱瞻基仔细一看，在月饼渣子中正是一个小蜡丸。

正在纳闷，慧珠笑着走上前贺道："恭喜殿下，这蜡丸竟被殿下吃到了！"

众人这才明白，又是为了讨祥瑞而玩的小把戏。以往都是除夕或正月十五时往饺子或元宵里放个铜钱或花生、红枣之类的物件，图的是个口彩和吉祥。想不到太孙妃如此煞费苦心，竟在月饼里放了，可是为什么会是一个小蜡丸呢？

众人不解，朱瞻基却心知肚明，不管他心中对胡善祥是怜是恨，此时也只有感动。原来只道是为了化解若微与雪柔对她的不满，为了拉拢袁媚儿而做的取巧之举，为她们准备了家乡过中秋的吃食，竟没想到，对自己的关切也应在其中了。

这样一个巨型月饼如今真是把他和若微、善祥三人紧紧连在一起了，看着众人疑惑的眼神儿，朱瞻基才缓缓说道："善祥真是有心了！"

胡善祥心中一热，有多少日子来，人前人后，他都没有再叫自己的名字了，今日重又提起，怎么不让人感怀呢？感动中透着委屈，只是又要强忍下。

"媚儿一向乖巧，可知这蜡丸所为何故？"朱瞻基为了调节气氛，特意让袁媚儿来开口。

袁媚儿瞪大眼睛，把嘴一噘道："殿下真是的，明知道媚儿最是蠢笨，偏拿难题来考我，我哪里知道？"

"呵呵！"朱瞻基笑了，"元朝末年，元帝残暴无道，民不聊生，各地屡有反抗。元军高压强治，每十家只许共用一把菜刀。在这样的形势下，起事非常困难。我大明开国之君，太祖爷便乘八月十五中秋节互赠月饼之机，在月饼里放一个蜡丸，蜡丸中裹着纸，纸上写着誓言与起事的时间，以此在义军中传递，互通反元复国大计！今日太孙妃重现当年之景，是在提醒本王要居安思危，莫望祖宗当年开国创业之艰难，要励精图治、枕戈待旦。故本王刚刚说，善祥真是有心了！"

原来如此。不管是袁媚儿，还是曹雪柔，即使是若微，此时都不得不佩服起胡善祥来，这样一来，正室嫡妻的大义与明达便体现得淋漓尽致了。

"殿下，这蜡丸里会写着什么？难不成是娘娘的誓言？"袁媚儿倚小卖小，刻意撒起娇来。喝了两杯桂花酒的她面色红润，娇态可人，十分养眼。

朱瞻基笑而不语，对上胡善祥的眼眸，胡善祥的眼中一片澄净，干净得如同八月的天空，让人的心情豁然宁静起来。朱瞻基用力一拧，蜡丸成为两半，里面果真有一张小字条，展开一看，不由眉头微拧。

"以此作为头句，我们姐妹和殿下一起联句如何？"胡善祥看出朱瞻基面上的情绪变化，立即开口说道。

只此一句，便让朱瞻基的神情豁然开朗起来。

若微拿眼一看，这才明白朱瞻基的神色为何忽明忽暗。"天若有情天亦老"，此句出自李贺的诗《金铜仙人辞汉歌》，古往今来许多人拿它做上联，却少有好对，直到宋时石曼在饮宴时一句下联，一语惊动四座，他对的正是"月如无恨月长圆"。

难怪瞻基神色变了又变。这样的诗，这样的心思，这样的人，究竟该如何面对，又该如何相处呢？

"好，既是善祥提议，我们就试一试，只是这联句是按共韵、对答还是按字尾相联呢？还是要说个规矩才有意思。"朱瞻基一边说，一边拿目光扫了一眼若微，见她面色平和，这才放下心来。

"联句中以对答最难，且只适合两人为乐，古往今来只有晋时贾充和李夫人的对句堪称上乘，此后再没有人能超越。我们也就不要勉强为之了吧！"曹雪柔半晌无语，一开口就是不俗，看似守拙，实际上已然尽展其才，话虽不多，真是字字如珠。

果然袁媚儿得了极好的机会，她拍手附和道："还是曹姐姐最体贴人，什么共韵、对句的，也太难了，我看咱们还是以首尾相联最好，事简才有趣。"

朱瞻基点了点头，"也好，那就从善祥开始吧！"

胡善祥笑了，指着瞻基面前的字条，"还是这句吧，'天若有情天亦老'！"

依位次接下来便是朱瞻基，朱瞻基稍一思忖，接道："老当益壮，宁移白首之心；穷且益坚，不坠青云之志。"

此语一出，大家都笑了。

胡善祥道："此句出自唐朝王勃的《滕王阁序》，意为不要因年华易逝和处境困顿而自暴自弃。王勃此时正怀才不遇，仍有这般情怀，确实难能可贵。殿下今日之境与之实不能相提并论，倒是有些不应景儿。"

"就是就是，须罚酒一杯！"

朱瞻基还在犹豫，若微已然手执酒杯帮他斟满。朱瞻基叹了口气，一饮而尽，随后把目光投向若微："该你了！"

若微柳眉微拧，稍稍迟疑之后，开口只是一句："志当存高远。"

此语一出，朱瞻基眉头微皱，含着嗔意瞪了若微一眼。

"啊，这样也行呀？这又不是什么名篇佳句！"袁媚儿嘟着嘴，嚷着要罚酒。

若微也不回应，举起面前的酒杯刚要饮，却被曹雪柔拦下，"这是武侯诸葛孔明训子的一句名言，孙令仪接得极好，不该罚酒。"

"啊？教训儿子说的呀！"袁媚儿撇了撇嘴，有些不服气，一双美目只盯着朱瞻基，似笑非笑。

身旁站立的侍女都粗通文墨，此时都暗暗想笑，太孙刚刚赞过太孙妃有相夫之德，转过来若微就接了一句训子名言，两人还真是不相上下呢，只是苦了皇太孙，左右逢源着实不是一件轻松的事。

"媚儿，该你了！"朱瞻基催促着袁媚儿，以便迅速转移众人视线。

媚儿以手托腮想了又想，脱口而出："远上寒山石径斜。"

"好句！"朱瞻基点了点头，此句出自杜牧的《山行》，后面是："白云生处有人家，停车坐爱枫林晚，霜叶红于二月花。"描绘的是萧瑟秋风中的绚丽景致，以霜叶与春光争胜，令人赏心悦目更寓意深远。

"那是，杜牧虽比不得李白、杜甫名气大，可是在晚唐追求浮丽柔靡的文坛上，他主张'本求高绝，不务奇丽'，以豪迈俊爽、拗峭清丽独树一帜，更得我心。"袁媚儿言之切切，情深意真，一副小女儿的率真之态。

接下来便轮到曹雪柔了，她稍加思索，便接了句"斜风细雨不须归"。

毫无疑问，只此一句，又成功撩拨了朱瞻基心底那根最柔软的弦。此句出自张志和的《渔歌子》，朱瞻基的眼前便是一幅春江水涨、烟雨迷蒙的江南美景。雨中青山，江上渔舟，天空白鹭，而这幅画面中一定还有一位慧心玲珑、悠然脱俗的佳人。

她，想家了吗？那样如水般洁净的江南女儿，置身宫门朱楼中，暗暗失了多少真性情？与此相应，真正的快乐也一同流逝了。

这样的人，也该有人去好好疼惜才是。于是，朱瞻基心底的歉意越发汹涌起来。

胡善祥将一切尽收眼底，姐姐慧珠所说果然没错，虽然曹雪柔今晚十分安静，一直不怎么说话，但是她每一次开口，必将朱瞻基的视线成功地锁定在她的身上。

一切又做得那么恰到好处，就像随风入夜的细雨，丝毫不显突兀，这便是深厚的内功吧。只是围坐在一起的，又哪有等闲之辈？

胡善祥心底暗笑，立即接了一句："归山深浅去。"

此语一出，袁媚儿和朱瞻基倒不觉得怎样，而若微和曹雪柔四目相对便立即参悟明白了。

这是五代时裴迪送友人的一首诗："归山深浅去，须尽丘壑美。莫学武陵人，暂游桃源里。"这是裴迪奉劝友人崔九，若要隐居，就要下定决心，如此才有可能尽情地领略丘壑林泉之美，才能获得真正的平静与自在，千万不要成为走终南捷径的假隐士。看似无意，其实她恰是提点了曹雪柔莫要故作清高之态。

朱瞻基不知是不是能够察觉到在这联句游戏背后，几个女人的暗暗较劲。轮到他，便又接了一句"去年今日此门中"。

此语毫不应景，该是仅仅为了联句。

若微则接了一句"中原北望气如山"，这是陆游的《书愤》，豪气有余，却别无深意，更没有含沙射影地招惹任何人。

再次轮到袁媚儿，这"山"字似乎把她难住了，踌躇了片刻，不知如何接，于是忽闪着大眼睛看着众人，一语未发，自斟了一杯酒全当自罚，喝过之后撇了撇嘴，无比委屈地说道："孙姐姐好坏，不留一个简单点的给媚儿，下次联句可不敢再挨着你坐了！"

众人自是又一番嬉笑。接下来该是曹雪柔了，依旧要接若微的最后一个字：山。

曹雪柔的声音轻柔淡渺，以至于说出之后，朱瞻基与胡善祥都没有听到，可是若微听清楚了，那是一句"山月随人归"！

来自李白的《下终南山过斛斯山人宿置酒》：

> 暮从碧山下，山月随人归，
> 却顾所来径，苍苍横翠微。
> 相携及田家，童稚开荆扉。
> 绿竹入幽径，青萝拂行衣。
> 欢言得所憩，美酒聊共挥。
> 长歌吟松风，曲尽河星稀。
> 我醉君复乐，陶然共忘机。

这首诗将大家再次带入静谧的氛围中。回首前路，风雨中伴着风景，风尘拂面辛苦几许，恍若翻过重重山水，到头来皆成浮云。回首一笑，万事如秋。西风过处，往事流香。透着一股子淡泊与真正的豁然。

在她的脸上有着如同夏荷般的美丽与清宁，这样一个女子，终究还是委屈了她。朱瞻基想。

而胡善祥想的是，姐姐说得对，这是一个劲敌。

而若微也好，袁媚儿也罢，此时此刻，她们知道，这联句的游戏，应该适时而终了。

月饼吃了，桂花酒饮了，河灯放了，莲花瓜分了，联句做了，众人的心思在这席上也交会融通了。最重要的是，大家又重新围坐在一起，谈笑自如。

如果不是最后盛上的那钵汤，这个中秋该是最圆满的佳节。

　　当宜和殿里的柳嬷嬷端着以浅蓝色珐琅釉为底，外饰珐琅彩莲花的高脚汤钵放在桌上的时候，胡善祥站起身亲自拿起羹勺，为每个人分了一碗。

　　"这是燕窝莲子百合三鲜鸭茸羹，是咱们娘娘亲自下厨熬制的，选材上乘，最是温补，是娘娘的一点儿心意。"慧珠从旁解释。

　　众人接过，又是一番相谢。

　　若微瞥了一眼朱瞻基，朱瞻基浑然不觉，端起碗来就喝，就在此时，意想不到的事情发生了。

第六十三章　横祸飞来矣

就在朱瞻基端起碗要喝这"燕窝莲子百合三鲜鸭茸羹"的时候，柳嬷嬷突然闷哼了一声，随即一头栽倒在地上，手脚不停地乱动，口吐白沫，紧接着便全身痉挛，面部表情十分狰狞，还未来得及开口便不省人事了。

众女眷与侍女们立即慌作一团，纷纷闪身。

"快，还愣着做什么？快去请府中的医官过来看看！"还是慧珠机警，虽然面色发白已是吓得不轻，可依旧镇定地指挥小太监去请医官。

若微与朱瞻基对视之后，刚待起身离座去看个究竟，却被朱瞻基牢牢抓住手腕，朱瞻基目光中透出少有的刚毅与威慑，如同利箭一般，让人莫敢不从。

于是，若微与众人一样，安安静静地等着医官赶来，今夜值守的正是穆梓琦。

见此情景，他没有显露十分惊惶的神色，只是很老到地为倒在地上的柳嬷嬷把脉，随即又以手放在她的鼻子下面轻试，然后便转过身对朱瞻基说道："已经死了，系中毒身亡。"

"啊，怎么会中毒？"

"中了什么毒？"

人群中开始小声地议论，朱瞻基的目光在众人面上一扫，立即鸦雀无声，最后对上穆梓琦的眼睛，问道："可知是什么毒？"

"砒霜！"穆梓琦惜字如金，回答得十分简单干脆，并不多言。

"可知道是何时中的毒吗？"朱瞻基又问。

"不知道药量，所以不好说，但应该是一个时辰以内。"穆梓琦回道。

朱瞻基眉头微拧，转身对着慧珠问道："她最近可有什么异样？与谁有过节？还是有什么想不开的事情？另外，她晚饭吃了吗？吃的什么？在哪里吃的？和谁在一起？"

慧珠呢喃着，像是自言自语，又像是在回答朱瞻基的问话："怎么会呢？柳嬷嬷整个下午都在准备晚膳，还没顾得上吃饭呢，刚刚还一直在灶上盯着鸭茸羹……"

她话音未落，梅影立即神情大变，"扑通"一声跪在地上，失魂落魄地喊道："是鸭茸羹，刚刚在厨房，我看见嬷嬷试尝了一下味道……"

此语如同平地惊雷，一下子把所有人都震到了。

正拿着汤勺搅动鸭茸羹的袁媚儿吓得哇的一声哭了起来，从座上往曹雪柔怀里一钻，便抽泣着瑟瑟发抖起来。

朱瞻基面色冷峻，冷冷盯了一眼胡善祥，胡善祥立即眼前发黑，"殿下！这汤是我亲自熬的，不过还差半个时辰，所以放在灶上，让柳嬷嬷看着，不可能！绝不可能……"

"是死人吗？还不拿银针上前试验？"朱瞻基低吼了一声，在旁边站立的负责司膳的太监立即上前，将银针浸入汤碗之中，再拿出来时，竟是黑的！

"殿下，我冤枉！"胡善祥一声惊呼，瞬时便倒在地上，慧珠连忙架住她的身子，也要开口求饶。

"你先闭嘴！"朱瞻基吼道，"谁，谁还喝了这汤！"

"我……殿下……"一直缩在曹雪柔怀里的袁媚儿大哭了起来，"殿下，我喝了一口……不是，是两口！我要死了，我要死了！"

朱瞻基的目光紧盯着若微与雪柔，见她二人双双摇头，这才安心。

朱瞻基一把抱起袁媚儿，"穆医官，这汤袁主子喝得并不多，而且是刚刚喝下，依你看是否有救？"

穆梓琦上前一步，"情急之时，恕下官越礼了。"说着便抓过袁媚儿的手腕为其诊脉，片刻之后说道："尽人事，听天命！"

此时若微也靠了过来："可是要催吐？"

"不仅如此，还要以银针封住几处穴位。"穆梓琦对朱瞻基微微颔首，"殿下，来不及回房诊治了，请大家避一避，下官就在此处为袁主子料理。"

"好！"朱瞻基扫了一眼亭中摆设，几步走到桌前，一把扯下桌上铺着的织锦桌布，一时间桌上是盆盆碗碗杯钵器皿全都滚落到地上，朱瞻基亲自将袁媚儿抱起平放在桌上。

穆梓琦为其施以银针，若微在一旁问道："是用放了盐的温水催吐，还是用鸡蛋清液？"

穆梓琦微微有些诧异，只是转瞬即逝，"鸡蛋清液再加明矾粉三钱！"他一面回答，而手上却不敢有丝毫滞缓。

"快去，去厨房拿二十只新鲜鸡蛋，取出蛋清，再放入三钱明矾粉，要快！"若微吩咐身后的湘汀，湘汀立即下去照办，一直跪在地上的慧珠刚站起身，便被朱瞻基呵斥住："你且留在此处！"

"殿下！"慧珠眼中露出不忿之色，"您真的相信这毒是娘娘下的？"

"我只信事实！"朱瞻基的脸上是前所未见的冰冷与狠绝，慧珠与胡善祥此时才明白，什么是百口莫辩。

很快，混合了明矾粉的蛋清液被呈上，穆梓琦将碗刚端到袁媚儿面前，袁媚儿一把就夺了过来，如同救命灵药一般，一口气儿猛灌了下去。

喝下不久，袁媚儿果然吐了起来。

"再灌！"穆梓琦又递来一碗。

如此吐了又灌，灌了又吐，复往几次，袁媚儿已然花容惨淡，形神憔悴。

而慧珠和胡善祥此时早已被突如其来的变故吓傻了，一向精于算计的慧珠此时也无计可施，此时她只盼着袁媚儿能够脱险，这样，才有回旋的余地。

紫禁城天子的寝宫内，原本躺在龙床上听贤妃喻氏吹着笛子，正在半睡半醒之间的朱棣，听到马云在外面深夜叩拜，知道有大事发生，于是整了整衣衫，一面派人将贤妃送回长春宫，一面移驾至西暖阁，听马云奏报。

马云将事情来龙去脉回禀清楚之后，便垂手而立，大气儿也不敢喘。

原本倚着大红靠枕歪坐在龙椅中的朱棣，此时面露怒色，腾的一下站起身，在殿内来回踱步，天子的龙步孔武有力，咚咚直响，在午夜之中更让人觉得阴森冷酷。

"上次的事情还没查清，怎么又出了这么一档子事？当真是等得不耐烦了吗？"朱棣突然停下步子，盯着吐着阵阵清香的炉鼎，恨恨说道，"这是冲着朕来的，这是冲着朕来的！"

"万岁爷，会不会是府中女眷暗斗……"马云知道，这也是一种可能，他宁愿希望事实就是如此，如果仅仅是这样，大家的日子都还会太平些。

"糊涂！小孩子看不清，你也看不清吗？"马云的脑袋上立即挨了一记暴栗。

"中秋家宴，太孙妃亲自熬的炖品，如果不是一个馋嘴的嬷嬷，怕是整个太孙府都得死绝了。好狠的招数，一点儿余地都不留，这是想要朕的命！为什么不来乾清宫里下毒？为什么不直接把朕毒死！"朱棣叫嚣着。

殿外的奴才们跪了一地，虽然他们伏在地上大气儿也不敢喘，可是他们毕竟是活生生的人，天子盛怒之下的这一吼，他们自然全听到了。听到此话，不是他们能主宰的；可是听到了不该听到的，这命也就不保了。所以明天天亮之前，他们都得消失。马云心里有些凄凉，永乐十九年，真是有些多灾多难，从三大殿被焚开始，这后宫里就隐隐有些不对劲，前些日子是皇上的旧疾犯了，于是火气极大，动不动就有人人头落地。如今又有人在暗处兴风作浪，意图暗谋皇太孙，这不是犯了皇上的大忌吗？看来宫中又少不了一场大变故了。

"他们这是逼着朕学汉武帝呀！"朱棣长叹一声，指着马云说道，"去，再多派些暗卫在皇太孙府内外严密监控。再派人盯着老二、老三。"

"万岁爷！"马云有些迟疑，没有立即应声。

"怎么？"朱棣皱着眉。

"关心则乱……"马云只说了这四个字。

此语立即让朱棣清醒过来，"是，你说得是。"他重新坐在龙椅上，思绪了良久，"你再把今天太孙府晚宴的事情，跟朕细细说说。"

马云又将晚宴上朱瞻基及几位妃妾的表现一一讲述了一遍，包括有家乡传统的庆中秋节目，还有精妙有趣的联句。

朱棣点了点头，"瞻基真是长大了。昔日赵太祖能做到'杯酒释兵权'，想不到朕的基儿治家如同治国。你别小看今儿的晚宴，能让这几个女人坐在一处，说出这些话，办出这些事，这便是'杯酒化戾气'。只是可惜，原本一场好局，生生让那些混蛋给搅了！"

马云细细端详着朱棣的神色，知道他已然平息了，这才说道："似乎也是好事。正可以给皇太孙历练的机会，看看他如何处之。这提前来临的决战总比迟到的好。"

"哦？"朱棣眼中精光一闪，逼视着马云，"说下去！"

"重要的是还有时间，就算皇太孙应对不妥，皇上不是还能搭把手吗？权当让皇太孙提前操练操练，如此一来，皇上也可以真正安心。"马云与朱棣，此时此刻不仅仅是主仆，更是相交多年相知甚深的老友。也只有他，才敢对朱棣说这番话。

虽然更多的时候，马云在朱棣面前就是一个奴才，不多言不多语，外人眼中是愚忠憨厚的老仆，可是偶尔他也会一露峥嵘，他的话在朱棣面前还是很有分量的。

朱棣半晌无语，天子的心中此时唯有默默地叹息。

第六十四章　酒醒是愁肠

太孙府的中秋注定是一个不眠之夜。

经过穆梓琦的及时救治，袁媚儿终于转危为安，经此变故，她花颜憔悴，瑟瑟可怜。曹雪柔感同身受，不声不响地将袁媚儿扶回自己的香远斋，二人今夜便在一处安置。

朱瞻基冷着脸，对胡善祥与慧珠二人虽然没有恶语相向，却命人将她们送入先前囚禁若微的太孙府地牢。胡善祥此时已经全然吓蒙了，慧珠面上却十分平静，初时还有些悲愤的神情，现在早已平息下来，离开时竟冲着朱瞻基深深一拜，说不出的决然与傲骨。

当花园中再次寂静下来以后，朱瞻基只低声说了一句"回吧"，便小心翼翼地牵起若微的手踱回迎晖殿。

回到寝殿，稍加洗漱之后，命丫头们悉数退下，朱瞻基扶着若微坐在榻上，又亲手放下幔帐，两人和衣而卧，却迟迟没有睡意。

"媚儿总算无恙了，刚刚真是凶险。"若微倚在朱瞻基怀里，轻声说道。

"你，没事吧？"朱瞻基伸手轻抚着若微凸起的腹部，动作极为轻缓。

若微对上朱瞻基的眼眸，指尖在他脸上轻轻滑过，透过自己的指腹感受他的温度，而他则有些不耐烦，抓起她的手指放在口中狠狠一咬，"闹了大半夜，还不早早合眼睡觉，又来招人！"

"呵呵！"若微笑了，朱瞻基的烦躁让他的心事暴露无遗，"若是没有那碗汤，现在你该在宜和殿里。我猜，你会在她的床上想一个人。"

朱瞻基瞥了若微一眼，不做回答。

"是曹雪柔。"若微刚刚说出这个名字，便觉得含在朱瞻基口里的手指瞬间疼了起来，原来他真的狠心去咬。

啪地一下，一个小嘴巴便扇了过去，于是他张了嘴，若微抽回自己的手指。紧接着两人便比起武来，若微挥舞着自己毫无招数的拳头冲朱瞻基砸去，朱瞻基只是用双臂狠狠将她钳住。

"精力怎么如此旺盛？你到底想不想睡了？"朱瞻基的腔调中透着一股子烦躁与气恼。

"好了，好了，不开玩笑了。"若微说完，便扭过头，身子朝里，安静地闭上了眼睛。她嘴上如此说，可心中却有些黯然，为自己，为胡善祥，也为曹雪柔和袁媚儿。

今天的宴席上，久未露面的曹雪柔一出场便牵动着朱瞻基心底的那份柔情，可以说，她成功了，三言两语，几句带着归隐之意的词便让朱瞻基心神微漾，为卿惆怅了。

动心。是的，若微知道，今夜，朱瞻基为曹雪柔而动心了。

然而，当袁媚儿倚在朱瞻基怀里急救时，朱瞻基表现出来的那份发自内心的焦急，也让若微有些意外。他是真的紧张，为袁媚儿紧张。

若微有些困惑了，她发现她真的不了解男人。男人的心很大，也许真的可以装下不止一个女人。对于与自己有过肌肤之亲、曾经共赴云雨、共享欢爱的女人，又怎能做到真的无情呢？

瞻基不是别人，不是那些视女人为只图一时快乐的玩物。所以，对于这些属于他的女人，亲近了，宠幸了，便不可能真正视她们为无形。

今晚的一切带给若微不小的震撼，她只觉得这个秋天来得太早了，她此时身上阵阵发寒，手脚如冰。

不知何时，他的一双手又环绕在自己的身上，他的下颌在自己的香肩上来回轻蹭，若微知道，这是他的暗示，往日求欢或者求饶的一种暗示。

可是，此时她又怎能给他回应？

"还好，我的微儿没事。"他说。

若微原本不想理他，可是偏偏让他感觉到了。

那是什么？带着温度的，湿湿的，滴落在自己肩头，一滴、两滴，是他的眼泪吗？若微的心忽地又软了。

"我不会有事，宫里人不是早就说过了吗？我命硬！"若微明明已经心软，可是嘴上还在逞强。

"哎哟！"若微一阵轻呼。

他的吻密密地落在她的肩头，用力地吮吸着，甚至是像小兽一般，用牙齿硌出一个又一个痕迹。

"不是胡善祥，你知道的！"若微突然转过身，推开朱瞻基的怀抱。

"你慢点！一惊一乍！"朱瞻基欠起身子，靠在床头，盯着若微的眼睛，"真的不想睡了？好，你究竟想说什么，不说出来你也难消停。"

"我说，那毒不是胡善祥下的。你明明知道，为何还要罚她？还要将她和慧珠关起来！"若微瞪着朱瞻基，像在看一个陌生人。

"是，毒自然不是她下的。可是隐于幕后的黑手究竟是谁呢？你我心知肚明，却总也抓不到把柄。现在暂且把她关起来，一方面是混淆视听，让对方放松戒备，而我们则可有时间细细查勘。另一方面，也好让胡善祥体会一下你当日受冤被囚的心境，日后也好收敛收敛。"朱瞻基面上的神色凝重起来，仿佛不经意地将若微的手焐在自己的手掌心中，轻轻摩挲。他面上的情绪很是复杂，凝重冷漠中夹杂着温柔体贴，愤然压抑中透着淡定与踌躇。

"还有一层意思，是保护，也是想就此把她保护起来！"若微呢喃着，像是自言自语，不管背后的主使是谁，下毒之人很明显是想将太孙府的人一并毒死，最后还要造成是妻妾相争的误杀。若不是柳嬷嬷这个意外，太孙府众人都会死得不明不白。

现在目的没有达到，又过早地暴露了，他们要做的，很有可能就是找个替罪羊，那么胡善祥就是最合适的人选，暗害之后造成畏罪自尽的假象。

若微立即觉得冷汗淋漓，这一层，她也是刚刚才想到的，可是朱瞻基竟然在那样混乱的局面下，一早就洞悉分明，而且还镇定自若地早早安排好了一切。

"瞻基，你在地牢外面安排了人，打算瓮中捉鳖？"若微瞪大眼睛看着朱瞻基。

朱瞻基面上神情微微有些僵硬，随即淡然一笑，在若微额上轻轻一戳，"想这些做什么？费神费力的。这些，与你不相干，你好好地睡觉，好好地安胎，比什么都要紧。"

"瞻基！"若微伸手想去搂他，可是无奈自己的肚子太过碍事，瞻基轻笑了一声，把她拥入怀里。

"如果我猜得不错，今夜他们一定会动手。"若微道。

"我只是奇怪，他们怎么在那盆汤里下的毒？所有菜品上桌前都会经过试毒，而这盆汤……"朱瞻基的眉头深锁，百思不解。

"昨晚偏这盆汤没有试毒就给大家分食了，那是因为这汤是胡善祥在宜和殿的小厨房里亲自熬的，只是在宴席开始的时候她才离开，交给柳嬷嬷看着的。柳嬷嬷自永乐十五年你们大婚时起就跟在胡善祥身边，又是太子妃宫里出来的，自然是忠心的。况且，柳嬷嬷自然知道这汤你也会喝，所以她是绝不会下毒的。"若微拧眉苦想，极力想理出个头绪。

正想着，只听到外面有急匆匆的脚步声，随即听到小善子与湘汀低声耳语。朱瞻基立即起身披衣向外走去，一边走一边叮嘱道："好生在房里躺着！"

朱瞻基来到外间厅里，小善子入内回话："殿下，三更时分，果然有人在地牢天窗外向里面吹烟雾，随即又往里丢了一些药粉。"

"那个人呢？"朱瞻基问。

"按殿下的吩咐，没有惊动他，颜青和李诚在暗中跟着他，他做完之后就从后角门溜出府去了。"

"很好，走，去地牢看看。"朱瞻基整好衣衫，又接过湘汀递过来的束发冠，正要踱步向外走，突然听到身后有衣衫摩挲的声响，一回头，果然不出所料，捧着肚子的若微已然穿戴整齐，正踮着脚跟在他的身后，见他突然回身，只悻悻一笑："我也去。"

朱瞻基眉头刚拧，她便走过来伸手去揉，朱瞻基叹了口气，只好拉着她的手一同出了房门。

地牢内。

两个身穿锦衣的人正倒在席子上，看样子要么是睡得太熟，要么就是身遭不测，已于睡梦中故去。

若微很是有些疑惑，朱瞻基用目一扫，小善子便会意，立即上前将两人的身子轻轻掀起。

"咦！"若微吃了一惊，原来是两个裹着锦袍的假人。

"哪里来的假人？"若微凑近一看，这两个人不是医者用来练习针灸用的铜人，也不是男人们用来练箭的那种寻常的草人。这假人做得很是精细，外面似乎还包着一层皮，用手轻按，极有弹性。

"这是？"朱瞻基上去用力一扯，假人身上披着的锦衣瞬时滑落。若微用目一瞅，更是惊讶不已，这两个皮假人身上满是箭孔。

"这是我练箭所用的皮偶。自三岁时起，皇爷爷就命人在燕王府内后苑教我练箭，那时只用普通的箭靶。后来稍大一些可以骑马了，皇爷爷就不再让我以死物为靶了，而是带我到猎场，以活的动物练习。可是，射靶或是射难度更高的柳叶，我都可以命中目标，然而每每遇到活的生灵，我便总是失手。皇爷爷说我是心软之故，特意命人做了这两个仿真的皮偶，让我练习。从燕王府到南京，再至北迁回到京里，两次搬迁，很多旧物都留下了，唯有这两个皮偶我还一直带着，原本是想以后给我的儿子用。"朱瞻基的话语中透着些许无奈。

第六十五章　思守比翼飞

瞻基的话让若微的心忽然变得沉重起来。

若微暗想，自八岁入宫，两人几乎可以说是一同长大的，可是自己却从来不曾知道，在她出现以前的日子里，朱瞻基是怎么过来的。

他的个性是那样的矛盾，甚至有些两面性，有时温柔如水，有时刚强似铁；有时悲天悯人，也有时嫉恶如仇；会三思而后行，也会有不顾一切的冲动。

也许，他的个性原本不是这样，却被朱棣用帝王储君的模子刻意雕琢，所以才会如此吧。若是没有皇太孙这个皇家储君的光环，若是没有肩负着那江山社稷的重任，他，大约会是如同许彬一样的个性吧。

糟糕，又想起他来了！若微心中暗暗苦涩起来，对于他，心头竟是又恨又怨，他大约早已猜到，自己总会这样在不经意间想起他吧。

若微眼前似乎又浮现起他那因为有些自得而扬起的唇角和舒展的俊眉，思绪渐远，可是眼前的事更为要紧，于是立即收了性子来看地牢。上方小小的天窗上，月光依旧皎洁，顺着月光照进来的光束向下看，正好是若微脚前三尺的地方，就在皮偶的面前，有一些白色的粉末。

"那是什么？"若微问道。

"应该是砒霜！"朱瞻基说，"他们以吸管吹入毒烟，就是想让她们在睡梦中不知不觉地身亡，然后又在她们身边留下这些砒霜的粉末，就可以掩人耳目，让大家以为她们是畏罪自尽。"

"是砒霜？"若微蹲下身子，用手捏起一小撮粉末。

"做什么？"朱瞻基大惊，立即抓过若微的手，掸掉她手中的粉末。

若微却痴痴地笑了起来。

"若微！"朱瞻基心惊不已，以为她是被什么魇到了。

"我大约知道，他们是如何在汤中下毒的了！"若微的笑容越发灿烂起来。她拉起朱瞻基的手，"走，去宜和殿小厨房，希望还来得及。"

"什么？"朱瞻基感到有些莫名，"你慢些，脚下留神。"一边叮嘱，一边紧走几步牢牢牵住她的手。

两人一路无言，小善子手执灯笼在前头引路，不多时便来到宜和殿后面西跨院门楼西侧的一间耳房里，这里便是宜和殿的小厨房。

此时门前还有两名侍卫在此守候，见朱瞻基与若微前来立即屈身行礼。

朱瞻基道："免了，刚刚可有人接近此处？"

"回殿下，没有。我等一直在此守护，并无他人接近。"

"这里面的器皿用具可曾有人移动过？"若微问。

"回主子，没有，只是刚刚派人将灶火熄了，其他的一律保持原样。"

"走，进去看看。"若微走进厨房，朱瞻基立即命人点亮灯烛。

两人在室内看了一圈，并无异样，架子上是皇太孙妃专用的杯碗盘碟，台面上还有当归、桂圆、参茸等剩下的各种食材，若微不时拿起其中的一两样放在鼻子下面闻一闻，仔细地检视着室内的一切，她甚至用手抹了一下用来炖汤的锅子和汤碗。

"怎么？"朱瞻基问。

"如果柳嬷嬷一直在此处看着，一时半刻都没有离开，那么这毒又是如何下的？这厨房中的锅碗都是洗净后晒干待用的。所以便有一种可能，就是在清洗干净的汤盆内侧涂上一层薄薄的砒霜，这样在锅里煮的时候，汤是无毒的，可是盛在汤碗里的时候，便有毒了。再或者就是直接涂在锅壁上，也是一样的道理。"若微缓缓说道，眸中有些迟疑，仿佛并不坚定。

"有道理。"朱瞻基点了点头。

"可是，柳嬷嬷是从锅里舀出来喝的，还是从碗中喝的？还有，中间是否有人进出过这厨房？"若微似是自言自语。

"去，叫梅影来问话。"朱瞻基立即吩咐道。

不多时，梅影被唤来了。

"殿下，微主子！"梅影形容憔悴，扑通跪在两人面前。

"梅影！"若微伸手将梅影扶了起来，"今儿，我们在湖边饮宴时，这小厨房内除了柳嬷嬷，还有谁？"

梅影先是摇了摇头，随即面上立即惊恐起来，"我，我曾经过来催促过两次，因为娘娘吩咐过，这汤要小火慢慢炖，火候时辰都要掌握好。席间看着时辰差不多了，所以我……"

"你不必惊惶，令仪问话，你只管将实情说出来就好。"朱瞻基道。

"那么，你是何时看到柳嬷嬷偷尝这汤羹的？"若微盯着梅影问道。

"就是，主子们开始联句的时候，当时月饼和瓜果都吃过了，之前娘娘交代过，月饼吃完，这汤就该上了，所以我才过来催。刚一进门，就看到柳嬷嬷端着小碗在喝什么东西，然后又在汤中加了一勺清水。我当时就知道她是在偷吃，此前也看到过她偷喝娘娘的炖品。想来她是怕不够量，汤显得少，才会加水的。"

"是小碗，而不是直接从锅中舀出来就喝的？"若微与朱瞻基对视之后，便走到架子上，从每层都随意抽取了一只碗，用手一抹，很是洁净，并无半点微尘粉末。

"是了，柳嬷嬷偷喝，定是随意取过一只碗来用，而下毒之人不可能将所有的碗都用砒霜涂抹一遍，也就是说，毒在锅里。而她喝时，这锅里已经有毒了，就是说她后加的那勺水并无问题。"

若微仔细看了看灶上早已冷却下来的那只炖锅，忽地问道："柳嬷嬷一直没有离开这厨房吗？"

"是。"梅影点了点头，又随即连连摇头，"我第一次来的时候，嬷嬷站在门口，冲着西墙根东张西望，样子挺奇怪的。后来我问了才知道，说是刚刚她在房里听到动静儿，出来一看，是一只刺猬，都说刺猬会拜月，正想看个究竟。我当时还提醒她，当心灶上的汤烧干了，她说不会不会，就是一转眼儿的工夫！"

"好了，你下去吧！"若微面上露出淡淡的笑容，朱瞻基疑心自己看错了，当着人又不好细问，于是便挥手让梅影退下。

"瞻基，让他们把所有的灯都熄了。"若微的话音里透着难抑的兴奋，朱瞻基眉头渐展，难道这个鬼灵精发现什么了？

当所有的灯烛熄灭时，室内重新化为一片黑暗。

"若微！"朱瞻基牢牢将若微揽在怀里。"看！"若微伸手一指，小厨房灶上正对着的屋顶上竟然透出一缕细微的光束。

"若微！"朱瞻基恍然明白了。

"小善子，差人爬上去看看！"朱瞻基抑制不住地兴奋。

很快，一切都得到了证实。房上的瓦是松的，掀起两片瓦之后，便发现房顶上被人钻了一个小洞，正对着灶台。

"可是，若微，我还是不明白，这砒霜为粉末状，若是从屋顶投下来，扬扬撒撒的，且不说能不能恰好落入锅中，就是在灶台附近，也该有白色的粉末才是。可是刚刚咱们细查了一遍，什么都没有发现。"重新掌灯之后，朱瞻基命人搬来一把椅子，让若微坐下，这才问出心底的疑惑。

"不错。"若微点了点头，"刚刚在地牢里，我就想到，这毒也许就是从屋顶上投下的，与地牢中下毒的手法一般无二。可是来了以后，细细查验却发现灶台附近什么痕迹也没留下，我便有些踌躇，怕自己想错了。现在，我大约知道真正的情况了。"

"哦？"朱瞻基依旧不明。

"稍等片刻，我来试一试，也许殿下可以明白。"若微起身在五谷中抓了一把江米，又让人搬来一台小磨，将江米磨成粉状，放入碗中加水调成糯糊，上屉蒸熟又在案上摊成纸状，这才在纸中包了一撮胡椒粉，蘸了点水，将米纸封口，交给小善子。"爬到屋顶，从小洞丢下来。"若微又在灶上放了一口烧着水的锅子，并敞着盖。

小善子立即从命，不一会儿，便将米纸包着的调料球从房顶的小洞处径直丢了下来，直接落入锅中，只在瞬间，米纸包便溶在水中，而调料也自然晕开了，与水混为一体，难分彼此。

　　至此，若微与朱瞻基四目相对，神情中都是难抑的沉重与痛苦。

　　这便是外人眼中锦衣玉食的王侯生活，其实每时每刻都要面对数不清的危机与凶险，很多时候，危险就这样悄无声息地降临了。躲不躲得过去，更多的时候，都是命，不是所谓的智慧便能化解的。

　　泪水无声无息地飘落下来，除了紧紧地拥抱彼此，他们不知道此刻该如何安慰那颗倍受打击的心。此时，两人心中竟生出些少年夫妻患难与共、执手相携的感伤。

　　此时，若微的心静了，也不再犹疑和漂泊了。她甚至暗想，从此以后，脑海深处的那抹身影再也不要浮现了。现在，朱瞻基就在身边，一早就在了。那就认定是他，终此一生，都要相伴左右。也许，这便是上天给她的慰藉吧。

第六十六章　执手共翻云

当二人回到迎晖殿时，天已经亮了。

两人静坐在房里，默而无语。

丫头们手捧净脸洗漱的用具站在一旁，大气儿也不敢出。

"主子。"湘汀从旁低唤，若微和朱瞻基才醒过闷来，两人一同洗漱之后，坐在厅里用早膳，早膳甚是清简，只有一盆白粥和两样小菜。

紫烟代为解释："这是湘汀姐姐自厨房取的材料，在咱们煮茶的灶上亲手做的，简单了些，殿下和主子就将就着吃吧。"

想不到只此一句话，竟掀起了朱瞻基胸中的怒火，啪的一声，面前的碗碟便被横扫一空，瞬时掉落在地上，化为碎片。

"殿下！"屋里的丫头，湘汀以下，紫烟、司棋、司音等人都跪在了地上，伏着身子不敢言语。

若微盯着朱瞻基看了一眼，起身走到他身后，像孩子一般趴在他的背上。

吐气如兰，轻声细语，"这一餐不吃，还是永远都不要吃了？"

朱瞻基不发一语，只是攥紧拳头在桌上狠狠地砸了一下，是的，在自己的府中竟然连吃饭都要提心吊胆，这日子过得还有何意思？

"殿下不吃,若微也不吃,可是偏偏他不乐意。"若微握起朱瞻基的手轻放在自己的肚子上,朱瞻基的拳头立时松开了,是的,孩子。

朱瞻基深深吸了口气,鼻子竟有些发酸,"收拾收拾,伺候你们主子先用。"他丢下这句话,便要起身离去。

"瞻基!"若微示意众人退下,她缓缓走向朱瞻基,"我知道你心里在想些什么,在构陷中生存原本就不是你我这样性情的人所愿的。可是命运让你成为大明的皇太孙,承皇祖之继,为父王分忧扛艰,也是责无旁贷的。大义与大任,舍你其谁?这条路充满荆棘,可是已然走了一半,又如何能轻易回头?"

朱瞻基身形微颤,作为身份尊贵的皇太孙,全天下人都知道自己是当今皇上永乐大帝视若心肝的皇嗣。可是,这样的身份却如同在炉火中炙炼,不仅要遭受汉王与赵王两位王叔的嫉恨,有的时候,就是面对父亲,帝国的皇太子,也会觉得尴尬。

这样还不够吗?偏要杀伐相向,血淋淋地拼个你死我活吗?

若微从身后拥住他宽阔的肩膀,让自己的肚子轻轻抵着他的身子,女人的温柔如水一般环绕着他,劝慰着他。

"颜青和李诚回来了,他们跟着那个人,一直看着他进了赵王府!"朱瞻基的声音里透着一丝沮丧,原本以为跟着那个人就可以拿到证据将此案大白于天下,可是谁承想,那个人进了赵王府就没有再出来。现在,他几乎可以断定,那个人应该已经死了。

"这样,也好!"若微接了一句。

"你说什么?"朱瞻基转过身对上若微的眼眸,更是伸手摸了摸她的额头,"可是夜里着了凉,怎么说起胡话来了?是我失算了,应该直接拿下此人审讯,问出口供才是证据。什么放长线钓大鱼,反而是放虎归山,他一入赵王府,怕是就被灭口了。如此又成了无头案,让我怎能不恼?怎能不觉得抱恨?你却说'也好'?"

"是呀,殿下,坐下来说吧,若微觉得腰有些酸呢!"若微此语一出,朱瞻基面色微微发窘,立即扶着她重新坐在临窗的榻上,又在她身后放了两个靠枕,"我不该乱发脾气,昨儿跟着我忙了一宿,好好的一顿早饭，也让我给搅了。"

"湘汀，去，给微主子蒸碗蛋羹，蒸得嫩嫩的，少放香油。"朱瞻基冲着房外吩咐着。

"是！"湘汀远远地应了一句。

"哪里用如此小心？湘汀，去膳房传饭，今日各房膳食照旧！"若微含嗔带怨地瞪了朱瞻基一眼。

此时，湘汀没敢应，而是姗姗步入室内，站在下首，看了看若微，又把目光投向了朱瞻基。

朱瞻基面上略有尴尬，摆了摆手，"听你们微主子的！"

"是！"湘汀这才退下。

若微竟拍着手笑了。

"殿下，今日还上朝吗？"若微歪着头，如同小女孩一般娇憨，闪着明眸，珠辉动人。

朱瞻基不置可否。

"如此，若微就替殿下做一回主，请殿下照常上朝。只是朝会散了以后，要去一个地方拜会一个人。"若微故意卖着关子。

朱瞻基瞪大眼睛看着她，"你不会让我去赵王府吧？"

"正是！"若微伸出大拇指赞道，"殿下圣明。"

"你？"朱瞻基愣住了。

"我会帮殿下备一份礼，由殿下亲自送给三王叔。以此既可以平息这场闹剧，又可以解了殿下心中的郁气，还可威慑赵王。同时就是对皇上，也是一种告慰！"若微言之切切，虽然面上依旧含笑，但是眉宇中竟闪过不可置疑的坚定与执意。

朱瞻基有些困惑了。

瞻基带着这样的困惑与若微一道用完早膳，更换好朝服。临行前，若微递给他一个锦盒，还故弄玄虚地让他不要看。

然而他还是忍不住打开看了，就是一眼，他便释然了，淡定与笑容重新浮现在他的脸上，盯着若微，用唇语说出了一个"谢"字。

迎着晨晖，骑上骏马，昂首飞驰，他依旧是万人瞩目的人中之龙。

朝堂之上，因为朱棣的北征计划，国库空虚、湖广等地的赈灾和是否还要穷尽国力继续下西洋的壮举，大臣们各抒己见，又是一番唇枪舌剑。

朱棣冷眼观望，并不急于表态。

今天的议政对他来说，结果毫不重要，他的目光一直追逐着朱瞻基。

这孩子越发稳重成熟了，昨夜得到太孙府的消息，朱棣是一夜未眠，辗转反侧，各种担心纷至沓来，他甚至还想连夜将宝贝孙子召进宫里来，可是思前想后，他还是忍下了。孙子再宝贝，自己也不可能护佑他一辈子。正如马云所说的，让他经此一役磨炼磨炼，也是好的。

今日早朝升座前，朱棣在乾清宫西暖阁里还在一直担心，直到马云告诉他，皇太孙早早出现在列班的大臣队伍里，这才放下心来。

上殿一看，孙儿年轻俊朗的姿容上是有一丝难掩的倦色，眉宇中暗暗含愁，再不像往日那般明快，朱棣就心疼得不行。可是开始议政以后，他便发现孙儿的神色变了，愁容与倦色皆迅速隐去，依旧是专注投入的神情。

朱棣刻意点他参与议事，而他也不负重望，分析起诸事来皆鞭辟入里、环环紧扣，丝毫不见懈怠，最难得是公正客观，对于朝堂上的派系看作无形，并不依附或刻意反驳其中的任意一派，但是又因为其谦和恭敬的态度，即使是提出与朝中大员相左的意见，也丝毫不会让人感觉到不快。

瞻基越发成熟了，朱棣心情大好。

下了朝，朱棣留下瞻基，正想着就昨夜之后如何开口，想不到朱瞻基竟拱手奏道："皇爷爷，孙儿知道皇爷爷想说些什么，只是此时，孙儿想做一件事，还请皇爷爷恩准。"

"哦？"朱棣分明有些意外。

"孙儿想先去探望一下三王叔。"只此一句，就是执掌乾坤的天子也面色突变，朱棣在那一瞬真的惊了，便也无从应答。

于是，亲眼看着朱瞻基恭敬地下跪，恭敬地退出，他却迟迟没有开口讲出半个字。

一个时辰以后，当马云来报，告诉他朱瞻基亲自登门给赵王送了一份厚礼，朱棣长久地默然，一个人坐在乾清宫的大殿内，不许任何人来打扰。

只是所有的太监都听到了，天子畅快淋漓的大笑。

是的，这样的了结方式超出所有人的预料。如果朱瞻基将此事报给三法司或是宗人府，再或者直接禀明皇上，那不仅仅是让赵王走投无路，更会把朱棣逼上万分难堪的境遇，是挥刀斩情，像唐玄宗斩杀三皇子、汉武帝诛杀卫太子一样，将自己的亲生儿子处死吗？朱棣此时才知道，作为帝王，与唐玄宗和汉武帝相比，他真的没有这样的狠绝和勇气。

可是，又不可能不办。

办的结果是两败俱伤。

朱棣伤了脸面，自斩了曾经亲切得如同左右手的儿子，而对于皇太孙朱瞻基来说，也未必能留下什么好名声。

可是如果不办，姑息养奸，还是忍辱负重。

大明的皇太孙，国之储君，面对欺压，能这样屈服而毫无作为吗？

这，自然也不是他想看到的。

谁能想到，朱瞻基竟然会以这样的方式来化解这场劫难。

亲自登门，奉上厚礼，这礼不是金玉，而是罪证。是化解干戈，还是警示，都不重要的。重要的是，不仅将罪行大白于天下，让明眼人一望便知，又让你无从抵赖，更无机会狡辩，失了面子，更失了天理，这便是一种惩戒。

同时，将皇太孙的睿智与大度，孝心与亲情彰显得淋漓尽致。

真是绝处逢生，一着妙棋。

朱棣终于可以仰天长笑，孙儿，不仅仅是他所偏宠的，更为上天所眷顾，必将成为一代明君。他终可以放心了，心中也不会再对汉王和赵王这两个自认有能力接掌皇位的儿子觉得有所亏欠，因为输赢高下已见分晓。

乾清宫外当值的黄俨听到天子的笑声，心中却暗暗发狠："躲得了一时，躲得了一世吗？这次让你避过，而下次，你能依旧这般好命吗？"

就在朱棣龙心大悦、黄俨心怀鬼胎再图暗谋之计的同时，在赵王府的书房内，已是一片狼藉。

多少古玩玉器被摔成了万千碎片，赵王如同疯了一般，站在墙角的红袖在瑟瑟发抖之余偷偷一瞥，看到了那个精致的首饰盒此时已被摔成两截，而里面竟会是一个女人的玉坠子，还有一个小纸球，以及一些白色的粉末。

很快，红袖看到的一切，通过飞鸽传书到了汉王与侧妃李秋棠的手上。

"看来老三釜底抽薪的法子没奏效，反而搬起石头砸了自己的脚！"汉王好一顿奚落。

李秋棠却面色沉重，"这一下打草惊蛇，老三自己失了手不要紧，怕是连咱们都殃及了，原本借唐赛儿一事是大有可图的，如今却要暂时搁置，重新筹划了。"

"哦？"汉王仿佛有些不明白。

"这事儿虽然处理得不露痕迹，可越是如此，越是尽人皆知，老头子此时心里不定有多恨。老三虽然暂时不能动，可是谁要想再图他的宝贝孙子，到时候定是新仇旧恨一起算，怕是就没这么便宜了。"李秋棠暗暗发狠，不知这一等，又将再等多少时日。

太孙府宜和殿内，朱瞻基与胡善祥对坐了足有半盏茶的时光，大殿空无一人，静悄悄的，朱瞻基轻声慢语，才缓缓开口："善祥，前些日子的事，不用本王多说，个中的利害你尽可知。得皇上庇佑，才有东宫和太孙府的安定。可是这安定的背后又隐藏着多少风险？如今，前事尽去，已成过眼云烟。我说了，便不会再追究。我从没希望你和若微、雪柔、媚儿能同心同德，情同姐妹。我也并不希望你们要刻意委屈自己而在我面前做一团和气状，只是各人过各人的日子，不喜欢便不去走动，不相见不相亲也就是了。你，既然坐了这皇太孙妃的位子，自然要比别人多一些辛苦。这辛苦不仅是母妃知道，皇上知道，我，也是心中有数。我能给你的，正室嫡妻的尊重、夫妻的亲情，我会做到。只是，对若微，从儿时起攒下的情义，生死契阔的知己之恩，却不能分出来给你。就算是对雪柔和媚儿的怜惜，也不适合用在你身上。你，明白吗？"

胡善祥眼中噙着泪水，怔怔地对上朱瞻基，不知如何回答，只得点了点头，眼泪也随即淌下。

第六十七章　尘埃初定时

皇太孙府宜和殿内，胡善祥懒懒地歪在榻上，用手指轻轻从案上的碟子里拈起一颗梅子放在口中含着，面上的表情十分怡然。

"娘娘！"慧珠自殿外进来，手里捧着一个妆匣，而身后跟着的两个小太监各抱着几匹纱绢。慧珠恭敬说道，"宫里赏的云霞纱绢，说是让娘娘添些夏裳，还有贤妃娘娘赐的这一季的胭脂水粉。"

胡善祥摆了摆手，随口说道："这些东西，或是人库，或是分给各院，你做主便是了！"

"是！"慧珠转身吩咐着，"都先下去吧！"

众人退下，慧珠这才挨着胡善祥坐下，一脸关切道："殿下多少日子不来了？妹妹可曾想过这里面的缘故？"

胡善祥将口中的梅核吐出，轻叹着："殿下的心思我是越来越看不透了。面上和颜悦色，可是心呢，冷得像块冰。原本自那次风波之后，以为殿下再也不会踏入这宜和殿半步。可是没承想，初一、十五，他还是按例来的。虽然是和衣而卧，但在寝间也会说些知冷暖的体贴话。可是最近，又如故了。罢了，反正宫里也有胎训，现在有了身子，不便侍寝，原本他来与不来，都没有区别……"

"妹妹好糊涂！"慧珠拿眼扫了一眼殿门口，见四下无人，这才轻声说道："那边呢？这肚子都高高地挺起来了，可殿下不还是一天两次地往那边跑？这厚此薄彼也太明显了！不管怎么样，您还是这太孙府的嫡妃，正经的主子，就算是做给奴才们看的，也不能如此呀！"

"姐姐！"胡善祥仿佛有些不悦，她用手轻轻抚着已经显怀的肚子，冷冷地说道，"罢了，我现在是有子万事足，殿下来与不来又不是你我二人能左右的，只要腹中的孩儿好好的，我便知足了！"

慧珠的唇边浮起一丝苦涩的笑容，幽幽地叹了口气，"妹妹可曾想过，如今你与孙若微皆怀有身孕，若是你先产下男胎，既为长子，又是嫡出，这身份自然是正之又正，管她再生男生女，都不能撼动你的位子。可若是妹妹这一胎生的是女儿，而那边生下的偏是长子，那妹妹说，这情势又当如何？"

一语惊醒梦中人，沉浸在初为人母的喜悦中，胡善祥甚至已经忘记了自己这个太孙妃一直就摇摇欲坠，并不安稳，也忘记了那个孙若微时时带来的威胁，此时她的脸上笼着一片愁云，喃喃地低声自语："先不管男女，姐姐应该知道妹妹此胎比那边晚了一个多月，怎么可能抢先生下长子呢？况且……"

胡善祥看着慧珠，生生咽下去后半截话，如今在这皇太孙府中，孙若微更是不能出半点岔子的，要是想法子让她落了胎、流了产，世人都会怀疑到自己头上，以往积攒下来的贤名也将付诸东流，皇太孙更是会将前两次的新仇旧恨一并与自己清算干净，如今情势才真叫人为难，实在是进退维谷。

慧珠凑到胡善祥耳边低语片刻，胡善祥眼中竟是惊异之色，她手指轻颤，难以置信地盯着慧珠，也不知过了多久，才微乎其微地从嗓子眼中挤出几个字："让我想想，好好想想！"说着便闭上眼睛，身子歪在枕上，仿佛睡着了一般，在她看似平静的外表下是波澜四起的心绪，久久难平。

太子宫内，两座比邻而居的殿阁，是太子妃专为胡善祥与孙若微而设的产房。八月十五风波停息之后，太子妃即差人将两人接到太子宫，每日里聆听胎训，由太医问诊，衣食住行处处妥帖。

初冬时节，随着太子宫内嘹亮的哭声，两个女婴一前一后来到人间。

这哭声慰藉了狂躁不安、圣躬不愈的朱棣，虽然是两个女娃，但却是嫡孙朱瞻基的血脉，所以朱棣依旧十分宽慰，孩子刚刚满月，朱棣便下旨册封这对玄孙女为顺德、常德郡主。

当胡善祥再次回到宜和殿内，怀里抱着小小的顺德郡主——她和朱瞻基的长女时，眼泪便止不住地落了下来。

慧珠在旁看了，也心酸不已。

是的，为了争一个长子嫡出的事实，她命人配了催产丹，让胡善祥偷偷服下，这样胡善祥怀胎未及足月便抢在若微之前生产。

只是生下来的却偏偏是一个小得可怜的女婴。

这个事实在意料之外，又在意料之中，如此，她们即被逼到了悬崖之边。

"姐姐！"产房内的胡善祥从慧珠的神情中猜到了，她摇了摇头，"现在不要，现在还不是时候！"

慧珠愣住了，当时不是商量好的吗？如果胡善祥头胎生的是女儿，那就想尽办法让若微的孩子夭折，管不得她生的是男是女，为了保险起见，都不能让她顺利生产，怎么事到如今，妹妹反而改了主意。

胡善祥盯着怀中的婴孩儿，只喃喃地重复着："现在还不是时候！"

慧珠心中默念，半晌之后仿佛渐渐明白了，就算孙若微此番生下儿子那又如何？就算是母凭子贵又如何呢？想改立嫡庶的关系也要看时机吧。

至少现在还不会，因为现在这嫡也还只是太孙妃，离皇后之位还隔着太子妃，差得远呢！在未来的日子里，有的是时间可以改变这一切。如果此时贸然在太子宫内涉险行事，万一行差一步露了马脚，恐怕连这太孙妃也要白白拱手相送。

是的，还不是时候，慧珠点了点头。

而当几日后，孙若微也产下一女的消息传来之后，她们才真正安心，天佑吉人，看来她们才是真正的天命所归。

乾清宫东暖阁内，铺着金色云纹的大红地毯，满室皆是耀眼的红黄二色，在午后骄阳的映衬下，显得格外华美。南窗根底下是一排暖炕，上面摆着炕桌和热气腾腾的茶盏，而此时炕上却空无一人。

在西墙下是金漆紫檀带靠背的雕花大龙椅，上面铺着明黄色的褥子，左右各是两个黄色的方墩扶手，顶上是绣着金龙、垂着金色流苏的华盖。

朱棣坐在当中，仿佛是在假寐，只是当殿外的小太监悄悄入内，与立于圣驾身侧的马云使了个眼色时，朱棣便猛地睁开眼问道：“都来了？”

“是，户部尚书夏原吉、兵部尚书方宾、刑部尚书吴中、吏部尚书蹇义、大学士杨荣皆在殿外候驾！”马云回道。

“宣！”朱棣端然稳坐，静静地注视着门口。

当大臣们跟在小太监身后一一入内，行了君臣之礼分列两旁时，朱棣才开口说道：“阿鲁台果然是不想让朕过几天安稳日子，才消停了没几天又来闹事，战报你们都已经看过了，朕欲再次亲征漠北，今儿召你们过来就是议一议，早些定下行程！”

说到此处，朱棣把目光投向了户部尚书夏原吉。

夏原吉心中暗暗叫苦不迭，天子亲征，动辄就是数十万大军，这兵马一动，粮草先行，而库中的存粮与国库的户银，因为修建北京城和连年的征战早就不复从前那般殷实了。在太平时期因为他的精打细算才可勉强应付，若是应战……夏原吉再清楚不过了，银两、马匹、粮草皆是空乏，一时半刻上哪里去给皇上变银子？

朱棣见他不语，索性问道：“原吉，昔日你跟在朕身边，朕随口一问，这天下的纳税户口、各州府库、人丁田亩、赋税纳贡，你皆对答如流，今儿是怎么了？哑了？”

夏原吉立即起身回话：“回圣上，如今户部存粮与银两皆够维护日常开销，若是应战……这军马储蓄实为不足，一时之间难以筹措，臣乞圣上……"

"什么？军马储蓄不足？"朱棣沉了脸，"你是户部尚书，管着天子的钱袋子，如今朕要用钱，你却说储蓄不足？"

"陛下息怒！夏大人也是出于对朝廷的维护，臣虽主管刑部，也知道江浙与山东等地连年天灾，这两年的税收少了好几成，夏大人也确是为难。"刑部尚书吴中出言相劝。

吏部尚书蹇义与兵部尚书方宾也从旁劝慰，众臣的意思皆是劝阻朱棣暂缓北征。

朱棣初时静静地听着，随即便冷冷说道："今儿召你们来不是议该不该出兵，而是让你们出谋献策，如何战之即胜。兵部、户部应是竭力备好物资，随时准备大军出征！"

天子一言九鼎，此语说得甚是明白，就是召大家来商量怎么把仗打好，而不是该不该去打这场仗。

朱棣此语一出，众人不再开口，东暖阁内一时静悄悄的，呼吸声皆可相闻。

然而，谁也没想到一向少言寡语的户部尚书夏原吉再次开口启奏："圣上，历年征战，师出无功，军马储蓄十丧八九。如今灾眚迭作，内外俱疲。况圣躬少安，尚须调护，臣乞陛下遣将往征，勿劳车驾……"

"啪"的一声，天子御座前的龙案被猛地掀翻，朱棣勃然大怒，指着夏原吉骂道："好你个夏原吉，朕的功过是由你来评说的吗？没钱，没钱，朕让你执掌户部就是为了让你天天在朕耳边哭穷吗？"

如狮吼一般，他的眼神儿残酷无情如地狱鬼火，众人皆不敢言语，朱棣怒不可遏："好好好，既然你这个户部尚书做得如此为难，就不要做了！"

当下朱棣即传旨，将夏原吉罢职下狱，改由吴中兼任，吴中谦辞并为夏原吉开脱，也一并连坐，被革职拿下。

只一个下午，朝廷中举足轻重的六部尚书中就两个获罪被革职，兵部尚书方宾则战战兢兢、诚惶诚恐地接过筹措兵马的艰巨重任，朱棣又留下杨荣与蹇义细细商讨了北征的方略，这才罢休。

而此事远没有就此停息。

户部尚书夏原吉被逮下狱后，朱棣突发奇想，认为主管户部的尚书家中必有不少私藏，于是下旨查抄夏家。可是结果却令他大为惊讶，夏原吉家中除了皇帝的赐钞以外，只有几件布衣瓦器，他虽手握朝中财政大权，却廉洁奉公，清贫如水，生活非常俭朴。

此时，朱棣才知道他所言不虚，然而北征的消息已然放出去，是万万不能收回的。

紧接着，兵部尚书方宾猝死于家中书房，有人说他是因筹措兵马不力，恐朱棣怪罪而自缢身亡；也有人说他是被白莲教圣母的冤魂相索而离世，不管如何，他的死并没有阻拦朱棣北征的决心。

永乐二十年，朱棣第三次亲征漠北（鞑靼），徒劳往返，劳瘁愤恼，病体日益不支，惭悔不听夏原吉的忠言，对左右感叹道："夏原吉爱我。"

回到宫中的朱棣仿佛在一夜间变得苍老了，他居于深宫，连续辍朝数日，除了宠妃喻氏以外，文武百官、太子太孙一概不见。

原本只是天子暂时的蛰伏与调息，不想却因此引出一场大祸来。

紫禁城内太监居所，黄俨的住处内。

小太监柱子端着晚膳推门而入，冲着榻上半躺着的黄俨轻声喊着："二叔，用晚膳了！"

黄俨"嗯"了一声，直起身子。柱子将饭菜摆在炕桌上，又将筷子递给黄俨。

"见过她了？"黄俨夹了一口烩炒鳝鱼丝，就着双色米饭，细细地咂着嘴。

"是！"柱子点了点头，压低声音回道："说是陛下最近身子骨大不如从前了，可是又硬撑着不请太医，晚上多咳，睡不踏实，也不怎么……"

黄俨白了他一眼："什么话？至于如此吞吞吐吐？"

柱子面上渐渐红了起来，低下头答着："说是如今都不让她'吹箫'了，她伴在圣驾身旁，也就是为圣上端个茶，递个水，捶捶背。圣上万事都懒懒的，精神是大不济了！"

"哦？"黄俨把筷子轻放在桌上，眉头紧皱，"那香饼她用了没有？"

柱子怔了一下，立即明白过来，"说是没敢用，这些天陛下烦躁不安，睡不安稳，只点了宁神的松香，不敢用别的香，怕陛下察觉……"

"今儿护军中可是孟贤当值？"黄俨突然问道。

"这个……"柱子摇了摇头。

"去，去通知孟贤与王射成，明日午后在城东沁芳楼相见！"室内烛火晕黄，映得他神情阴柔，看起来冷俏俏的，十分诡异，谁也参不透此时他心中在想些什么，一个颠倒乾坤的计划在他胸中渐渐明朗起来。

多少年的筹谋与等待，终于要付诸行动了。

这一刻，没有欣喜，倒有几分"风萧萧兮易水寒，壮士一去兮不复还"的悲凉。

第六十八章　英雄暮年凄

　　东华门外十王府，赵王朱高燧的府第内，被夜色掩映着，一个瘦小干枯的身影如入无人之境，从侧门穿过西苑，一直步入朱高燧的书房。

　　"仲父！"赵王朱高燧立即将他迎入内室。

　　那人落座之后，赵王迫不及待地问道："何事须仲父亲自出马？叫小柱子走一趟不就好了？"

　　夜访赵王府的正是司礼太监黄俨，他摸了摸光秃秃的下巴，笑而不语。

　　赵王见他神色古怪，不由得紧张起来，打量着他的神色，脸上那意味不明的笑在夜色中是如此的神秘莫测，眼中的光华又那般奇异，"听说仲父最近身子不爽，着人送去的补药可服了？"

　　黄俨环顾室内，这才开口说道："老奴好得很，宫里是有人生了病，不过不是老奴！"

　　赵王听他此言，满腹疑虑，正要开口相问，突然见门口闪过一人，立即大喝道："是谁在外面？"

　　"回王爷，小人王瑜送来王爷明日狩猎用的箭弩。"门外响起一个闷如钟的声音。

　　赵王与黄俨对视之后，走入外堂。

"进来吧！"

"是！"应声入内的是一位身着王府护军总兵服饰的中年男子，长得其貌不扬，而那双小小的眼眸里却精光四射，透着干练与英武之气，他双手捧着箭弩，轻放在案上。

"你试过了？可还锋利？"赵王打量着他。

"是，这是兵器营新制的，说是极好使。"他如实回话。

"好了，下去吧！"赵王挥了挥手，看着他消失在夜色之中。

黄俨从内堂踱步而出，"此人可靠吗？"

"入府快十年了，一直跟在本王身边，仲父不必担心！"赵王将黄俨让到椅子上，"仲父今日为何突然造访，刚刚所说的又是何意？"

黄俨却并不直接回答赵王的问话，只是盯着案上的箭弩，若有所思，"殿下明日要去狩猎？"

"是！"赵王笑了笑，"本王如今闲散极了，除了自己找些乐子，还能做什么？此次父皇回来，本王几次前去请安，都被挡了驾，恐怕父皇都不记得还有本王这个皇子！"

"殿下，明日多打些野味，可直接入宫孝敬圣上！"黄俨目露精光，话中自有深意。

"什么？"赵王愣了。

"此次圣上北征，无功而返，心里郁闷，这身体和精神都大不如前了，这正是天赐的良机。"黄俨的目光久久地凝视着赵王，唇边浮起一丝笑容，"明日将有人为圣上献上灵丹一枚，那时，禁军统领孟贤将控制皇宫内的禁军、仪仗，钦天监王射成会将兵符与印玺搜入囊中，而老奴就在圣驾左右，老奴自会为殿下求到一份诏书，那时殿下正好狩猎归来，入宫献礼。后日，这赵王府便是天子的行宫！"

赵王的脑子随着黄俨的话语飞快地旋转着，他是说要里应外合，毒杀父皇，然后兵谏夺宫，以伪诏将自己推上帝位？

是的，这是自己盼了多年的结果，可是为何事到临头，赵王反而觉得那么难以决断？

"仲父，此举太过凶险，就算一切如我们所愿，大哥那边不足为惧，满朝文武忌惮我们手中的遗诏也不足为虑，可是二哥那边呢？他会第一个站出来反对，怕是……"赵王面露难色，坦然说出心中的顾忌。

"汉王吗？"黄俨微微一笑，"赵王殿下放心，老奴手中有一本账，谅汉王不敢妄行。"

"哦？"赵王仿佛不信。

"那年圣驾北征，南归途中，权妃因何而死？前年和去年，山东的灾民又为何起事叛乱？这些事情如果抖出来，不管谁当皇上，他这个王爷都当不了！"黄俨言之切切，不容人有丝毫质疑。

看他一脸笃定，赵王也渐渐放下心来，此生只搏一次，一次之后不管是何种境遇，他都认了。

乾清宫西暖阁内，朱棣静静地躺在龙榻之上，仿佛已经睡着了，只是眼皮微微颤动，想来并未真正睡熟。

一阵窸窸窣窣的声响由远及近，仿佛衣裳裙带摩挲发出的细微声音，随即龙榻前垂着的黄色幔帐被轻轻掀起一条缝，一个丽影翩然而至。

此时她的外衣已褪去，只着了一件藕色的纱衫，俏生生地立于龙榻之前。一头乌黑的长发随意披在身后，发间没有半点珠钗饰物，仅用一根丝带轻轻绾住，只见她嫣然一笑，随即背对着朱棣，在榻前的香炉中轻轻放上一枚菱形的香饼。

望着她的背影，朱棣有些恍惚，只觉这小小的喻氏全身笼在一层旖旎的烟霞中，看似清雅娇美，实则妖娆放荡，最能惑人。每每与她在一起，朱棣就觉得自己真的老了。

喻氏转过身，俏皮地冲朱棣眨了眨眼睛，"陛下，臣妾新制的香饼，用新鲜的海棠花瓣和夜合欢加了蜂蜜调成的，最是宁神，陛下今儿晚上一定能睡个好觉！"

朱棣听着她如珠似玉的清脆话音，又觉得她吐气如兰，一阵暗香阵阵袭来……这馨香确实让他感觉舒适了许多。朱棣随即冲她招了招手，眼中含着不易被察觉的浅浅笑意，低声喝道："偏你鬼点子多，在你的长春宫里折腾还不够，还想着在朕的乾清宫里瞎鼓捣！"

他还在自言自语，而喻氏那双温软柔滑的纤纤玉手已然轻轻地放在他的胸口上轻抚着，动作轻柔，脉脉温情。那一瞬间，朱棣眼底露出了难得的柔情，英雄暮年的孤寂时光中，幸亏还有这个机灵体贴的丫头伴在身边。

汗水如珠，自他宽阔的胸膛上淌下，他身下那个娇巧的身子原本轻盈娇美、柔弱无骨，又加上此时的刻意承欢、低吟娇喘，更让他将全部的力气尽情挥洒。

然而，朱棣在她的眼中发现一丝迷茫，还有点点湿润。

朱棣用厚实的大手在她脸上轻轻一抹，眼中精光四射，似嗔非嗔道："怎么，白白担了这些日子媚君邀宠的骂名，今儿朕得出空来好好疼惜疼惜你，怎么反倒哭了？"

裸露的胸膛，宽阔而健壮，那上面两道狰狞的伤痕在摇曳的烛火下显得那般耀眼，让她不敢直视。

喻氏如玉的手臂紧紧揽着朱棣的脖颈，轻声说道："这眼泪源于欢喜！"

"哈哈！"朱棣爽朗的大笑响彻室内，在寂静的夜色中显得那般空灵。是啊，这两年自己虽然夜夜拥着美人入睡，却往往力不从心，众人只知道他独宠贤妃喻氏，似乎只对朝鲜女子情有独钟，却不知道他是只有面对这个小小的喻氏时，才可以得到真正的放松。

她居然知道那么多的方法，可以不用自己劳力，即可痛快淋漓地享受鱼水之欢，时间久了，他便乐于接受这样的侍候。而今天，他却意外地恢复如常，给了她真真正正的宠幸。

面对这样的一幕，她竟然哭了，她说是欢喜的泪水。

朱棣伏下身子，在她脸上印上一个厚重的吻。

多少年宠幸宫妃才女，可以与她们交欢，却不会给她们亲吻。而今晚，朱棣破例了，他突然觉得身边这个女子很可爱，当他正准备好好疼惜她一番的时候，却听到帘帐外有人启奏："万岁爷，礼部侍郎胡濙深夜叩阁，有急事面见皇上！"

"哦？"朱棣眉头微皱，稍怔之后，瞥了一眼歪在床榻之上发丝微乱、玉颊潮红的喻氏，她一双凤眼水淋淋的，说不出的妩媚动人，噘着小嘴嘟囔着："什么侍郎，这么晚了，明知道陛下都安置了，居然还来叩阁，真真讨厌！"

朱棣在她脸上轻轻拍了一下，立即翻身下床，披衣而立，对着殿中值守的太监说道："宣胡濙东暖阁候驾，着人把贤妃娘娘送回去！"

"是！"太监低着头立即应声回话。

而喻氏面上的表情竟有些异样，朱棣只道她是不舍，又随口安抚了几句，眼看着太监们用黑色大氅将她裹好后抬出，这才穿戴整齐，步入东暖阁。

朱棣靠在东暖阁的暖炕上，看着胡濙匆匆入内，一丝不苟地行礼请安，挥手让室内值守的太监宫女退下，这才开口问道："深夜叩阁，可是有了他的消息？"

胡濙点了点头。

朱棣大喜过望，这个他，指的正是建文帝朱允炆。二十一年前，朱棣攻破南京城之后，朱允炆不知所踪，此事就成了朱棣的一块心病。郑和下西洋、讨伐安南等举措，虽有从大局出发的理由，但真正的目的都是为了寻找朱允炆。

而如今，胡濙带给他的消息足以让他放下心来，自此之后，劳民伤财的下西洋及征讨安南都可以停手了。

朱棣与胡濙秉烛夜谈，只到天色渐明，这才止住。

朱棣端详着胡濙，这个从年轻时就跟随在自己身旁，一直忠心不二的亲随，心中颇有感慨，原本是一名猛将，如今脸色蜡黄中透着青灰，鬓角也微微发白，身子更是瘦削单薄，朱棣轻叹一声："这些年你为朕察访此事，从南到北，自西而东，终年奔波劳累，有家难归，有子未养，这身体也亏得厉害，看上去苍老了许多。"

胡濙脸色微微发白，坦然回道："历时二十一年，原本以为终胡濙一生，将有负圣上所托，皇命难成。想不到因缘巧合，终于完成使命，真是上天护佑，胡濙此刻方觉得心安了！"

朱棣连连点头，对着胡濙说道："这样吧，擢你为礼部尚书，这是个闲差，你先做做，领双俸，朕另外有赏。你先好好在家休养休养，把身体调息好了，朕再委以重任。"

"谢陛下隆恩！"胡濙立即起身叩谢皇恩。

胡濙退下之后，朱棣只觉得神清气爽，心情极为畅快，此时他睡意全无，看看窗外天色渐明，这才回到西暖阁，吩咐众人为他更衣净面，准备上朝。然而就在他准备走出西暖阁的时候，突然觉得有些不对劲。他停住脚，目光掠过室内，仿佛一切如常，没有半分的异样，但是为何心中一阵慌乱，有些莫名的不安？

"陛下！"小太监路安发出颤抖的声音。

顺着他惊恐的目光，朱棣瞥到了南窗下那个青花瓷鱼缸，那是前几日咸宁从集市上买回来的几尾小鱼，鱼种不算名贵，只是普通的小红鲤，只是因为那鱼尾和鱼鳍处有几片金鳞，所以才当成稀罕物巴巴地送过来，就摆在西暖阁的窗下，说是增添些生动。

然而这些鱼怎么突然都死了呢？

朱棣心中好生疑惑，然而又看到灯漏显示的时辰，只吩咐道："去，叫马云去查查看。"说罢就急匆匆先上朝了。

长春宫内，贤妃喻氏的寝殿里，喻氏也是彻夜未眠，坐在妆台之前，让侍女为她换上大红的皇妃礼服，郑重其事地梳起鸾凤凌云髻，戴上攒珠镶翠的雀羽金凤钗，涂上脂粉，轻描秀眉，晕点胭脂之后，立于镜前，轻轻舞动纱袖，初启笑颜。

那镜中的女子乌发如漆，肌肤如玉，美目流盼，一颦一笑之间流露出一种说不出的风韵。她宛如一朵含苞待放的牡丹花，美而不妖，艳而不俗，千娇百媚，让人难以移目。

仿佛是顾影自怜，可是谁又能看到她内心的凄楚？

"娘娘，小柱子求见！"贴身宫女近前通传。

"叫他进来！"喻氏唇边浮起淡淡的笑容，那一瞬才让人真正领悟到什么是淡极始知花更艳。

当小柱子看到喻氏的时候，眼中分明有些恍惚，喻氏自入宫以来，一直是一副清水芙蓉的样子，如今怎么突然转了性子？

"都下去吧，这儿不用你们侍候了！"喻氏头也未回，仿佛是对着镜子自言自语，而殿里站立的宫女却立即退下。

"娘娘，昨儿夜里？"小柱子看了看门口，依旧有些不放心。

"功亏一篑！"喻氏对着镜子轻拂一下口脂，仿佛嫌那颜色太艳，脸上仍是风轻云淡的样子。

小柱子上前几步，压低声音道："怎么回事？"

"听说是一个胡大人深夜叩阁，万岁急着去东暖阁召见他，自然就把我遣送回来了！"

小柱子点了点头，只是目光中透着探究与不安，又追问道："那香饼是放了，还是没放？"

第六十九章　帝星更迭速

"放了！"喻氏转过身，盯着小柱子，"回去转告黄公公，那香饼三个时辰后自然燃尽，谁也不会想到香饼有问题，所以不会出事的。若是我当时刻意将尚未燃尽的香饼取回，那才是此地无银三百两，无端引人注意！"

"好，我这就回去回话，你万事小心！"小柱子悄悄退下，然而临出门又退了回来，背对着喻氏，他的声音细弱如蚊子一般，"春姬，还记得初见那年你才十岁，是一个脸蛋微圆、相貌甜美的小姑娘。那时你汉话说得不好，只是脸上那张小嘴却能显露出各种心思。高兴时你就撇撇嘴，扮个鬼脸；生气时你那噘起的小嘴能挂住一把小油壶。从这张嘴巴说出的话，上言不接下语，往往用错了词语让人又气又笑……你还记得吗？今天……今天你穿这身衣裳真好看！"

喻氏唇边若隐若现的笑容突然定住了，怔怔地望着小柱子的背影，许久之后才说了一句："你让黄公公放心，那丸药我一直留在身边，到了最后关头我不会出卖你们的！"

小柱子身子一僵，仿佛定在地上一般，此时他也恍惚了，叔叔这样的安排真是为大家好吗？仿佛灾难即将降临，前所未有的恐惧包裹着他，只是他无力挣脱，但愿一切如同料想的那样，千万别出什么岔子。

"什么？"天子眉头紧皱，一掌重重击在案上。

跪在殿中的马云如实回奏，"得到王瑜密报之后，奴才立即在宫中各处布防。昨夜二更以后，禁卫军调动确实异常。据守城参将回报，昨日一早赵王殿下带领府内亲军去南苑打猎，四更时分从东华门进城后并没有直接回府，而是在城门口停歇了好一会儿，似乎在等旨令，待天色渐明之后才回到王府的！"

"为什么？为什么？"朱棣眼中如同含着一团火，他不愿意相信弑父杀兄的谋反篡位之事会发生在自己的身上。前几年权妃之死便透着蹊跷，纪纲与汉王分别私藏兵器与禁物，他虽然重罚了二人，却并没有往心里去，而短短几年之后，他的老三，赵王朱高燧居然也要谋反吗？

"除了王瑜的告密，还有其他证据吗？"朱棣强忍着心中怒火，从口中艰难地挤出了这句话。

"没有，王瑜只是偷听到黄俨与赵王的对话，并无其他实证。昨夜当值的禁军指挥使孟贤，还有掌印监王射成也只是与黄俨相交和睦，只是……"马云看着朱棣的脸色，就像阴沉的天际，冷森森的，让人透不过气来。

"只是什么？"朱棣吼道，"都算计到朕的头上来了，你还吞吞吐吐的？有什么话照实讲来！"

"是！"马云把心一横，索性将心中疑虑尽数摊开。

朱棣半眯着眼睛，靠在枕上细细思量，他摇了摇头，脸上尽是不信之色，"不会的，昨儿的香里贤妃是加了东西，可是那不过是些帮朕宁神的香饼，朕以前常用，都安然无恙，不会的！"朱棣意味深长地看了马云一眼，自从纳喻氏为妃之后，喻氏多次献过香丸、香饼，有熏香用的，也有服食的，那些不过是发情助性、让他体健愉悦的闺房中的小物件，怎么可能是谋他性命的毒药呢？朱棣不信。

"陛下，今早那缸红鲤奴才已经差人验了，是窒息而亡。"马云低垂着头，态度恭敬而言之切切。

"窒息？"朱棣猛地瞪大了眼睛。

"那种鱼儿是咸宁公主自集市上得的，不同于御池中的玩意儿，原本很是耐活，在水中游得好好的，怎会窒息呢？奴才擅自做主将香炉中的香灰拿去验了，太医院的院判大人说这里面有一味七星草，放在熏香之内两三个时辰以后，就会令人亢奋异常，精尽力疲，最后在睡梦中不知不觉地……窒息而亡……"

朱棣哑然了，愣在当场。

如此便不难想明白了。

"去，召贤妃来此处问话！"朱棣眼中杀意刚起，随之便消失得无影无踪了，他甚至笑了。马云偷偷抬眼看着天子，他疑心自己看错了，天子为何在此时还笑得出来？昨天夜里要不是胡濙突然叩阁，因此移驾东暖阁，那么这屋里死的就不是那几条红鲤，而是他自己了。

这笑容透着凄凉与无奈，没有暴怒和阴狠，此时的他就像一个风烛残年、失意潦倒的老人。

"去吧！"

马云听命，立即退下吩咐乾清宫太监去长春宫召贤妃前来问话。

长春宫外，传旨太监等了半晌有些不耐烦。

他再次进殿嘟囔着："娘娘快点起身吧，奴才等会子不打紧，可不能让陛下久候呀！"

"公公请稍候，娘娘说要打扮一下！"长春宫的大宫女笑盈盈地往他手中塞了一锭银子，心中暗想，如今皇上真是一时半刻都离不开娘娘，昨夜里刚去乾清宫侍寝，今儿才下了朝就巴巴地派来人传。

"打扮什么？娘娘天姿国色不用打扮，再说今儿是为了西暖阁那缸死鱼，说是什么熏香，陛下找娘娘过去查问查问，快点吧，奴才出来的时候看陛下神色可是不太好！"传旨太监将银子揣入怀中，凑在大宫女耳边低语着。

"就为这个？鱼死了碍我们娘娘什么事了？"大宫女感到莫名其妙地应着。

"去去去，再去催催！"

"好吧，公公请稍候！"

大宫女闪身入内，然而片刻后便响起了骇人的惊呼之声，如丧考妣，随后便跌跌撞撞地跑了出来，面色惨白，眼中满是惊恐之色，"娘娘，娘娘她！"

"怎么了？咋咋呼呼的！"传旨太监一抖袍袖，匆匆入内，然而映入眼帘的一幕让他彻底惊呆了！

一身大红的皇妃吉服，满头珠翠凤钗，端坐在榻上的贤妃，面色却苍白如纸，更骇人的是那美丽的容颜上唇边的那抹殷红，略微发黑的血迹自口中流出，直滴到她胸前的霞帔上，映入那象征着吉祥富贵的大红礼服中，再也分辨不清哪滴是血，哪滴是泪，哪一滴又是高贵艳丽的颜色。

又一位来自朝鲜的异国美女，又一位备受皇宠的宫妃，依旧是蹊跷地悄无声息地告别人世，喻氏之死所带来的风波远远超过了早年的权妃。

朱棣先是怒杀宫人三千，随后将权倾后宫的司礼监太监黄俨下狱，连同禁军指挥使孟贤、钦天监官王射成等人都抓入大牢，由锦衣卫秘密审讯，严刑拷打，最终株连九族一并处死。

人们都说朱棣得了失心疯，只是他心中的苦被自己随意而施的暴行掩盖了。

东暖阁内，朱棣坐在龙椅之上。

太子朱高炽跪在地上。

朱棣轻轻揉着太阳穴，仿佛气力不足，目光扫过太子那肥硕的身躯，他气不打一处来："不知好歹的东西！你以为这天子之位是这样好坐的？朕不惧恶名、不畏人言，为了你将来承一个太平之世，这才不惜亲手为你披荆斩棘、除去种种障碍，哪怕是自己的亲生儿子……"

"父皇，父皇的苦心儿臣都知道，只是记得唐高宗时太子李贤所做的那首《黄台瓜辞》：'种瓜黄台下，瓜熟子离离，一摘使瓜好，再摘令瓜稀，三摘尚自可，摘绝抱蔓归。'儿臣不忍父子手足相残。"太子凄然泪下，情真意切。

朱棣大骂道："蠢才，迂腐之极！想那武后只是一介女流，为了朝廷纲纪，还能斩杀两个亲生之子。不仅是她，就是太宗、玄宗，每遇皇子诸王谋反也是绝不姑息。之前你为高煦求情，朕也念他有些战功在身，才赦免了他。如今高燧犯事，朕决不轻饶。偏你又来劝阻，你只图一个好名声，却不知这江山之柄该如何执掌！"

朱高炽低垂着头，他不敢去看朱棣的眼神，否则他一辈子也不敢说出自己的心里话。"父皇！"只此一声，泪水便潸然而下，"儿臣不是为了沽名钓誉，而是真的从心里觉得亏待两个弟弟。高煦说得对，因为儿臣是长子，所以不管儿臣是不是贤明、有没有战功，都能得以承继父皇的大统。对于战功赫赫的高煦，对于一直孝顺勤勉的高燧来说，他们所做的一切都被儿臣这个太子之位的光辉所掩盖。父皇体恤儿臣，所以常常不能大肆封赏他们，他们有些委屈，儿臣全然理解。是儿臣无能，下，不能友爱兄弟，上，不能为父皇分忧，这都是儿臣的错。儿臣有时甚至在想，父皇这般雄伟英明，却偏偏有儿臣这样一个皇子，儿臣真是……真是不如早早去了，也免得兄弟不睦，令父皇操心！"

这一番话字字泣泪，太子在朱棣面前一向谨慎小心，不敢多言半语，如今却说了这一大车的话。朱棣大感意外，他起身将太子扶起，挥起厚重的大手在太子圆滚滚的脸上就是一掌。

这一掌打蒙了太子，却打醒了自己。

"你这个傻孩子，现在不除了他，你就不怕日后有朝一日，朕真的龙驭归天，到时候你们兄弟祸起萧墙，再惹事端？到那时，谁还护得了你？"朱棣恨恨地说道。

"父皇，你信儿臣这一回。自家兄弟，儿臣知道经此风波之后，三弟也就明白了。这天子之位令人时时刻刻如同在炙火上烧烤一般，实在没有当个闲散王爷来得舒坦自在！"朱高炽仰着脸，一派和煦之色，硕大的身躯笼在阳光之中，倒真有些威武之气。

"好吧！"朱棣颓然地跌坐在龙座之上，他累了，摆了摆手，"朕再想想，你先下去吧！"

"父皇，儿臣告退！"朱高炽恭顺地行礼退出。

三日后，朱棣传旨，将赵王朱高燧的封地改到彰德，即日起程前往彰德，永不入朝见驾。

在朱高燧离京前，朱棣命马云来到早已门可罗雀的赵王府。

马云见到赵王，并没有说一句圣旨，只是双手呈上一个木匣。

那里面装着一件血衣。

赵王见状，身形战栗，目光中闪烁着惊恐之色，"扑通"一声跪在地上。

"皇上从靖难起兵到数次北征大漠，身上所受的战伤不计其数。如今每到秋冬之季，便浑身酸痛，苦不堪言。皇上命奴才将此物交给赵王殿下，是为了让赵王殿下好好保管，日后可代代相传，提醒朱姓子孙毋忘这江山社稷来之不易。皇上说，皇位上所坐的只能是一个人，天下百姓仰望天子视若真龙，可是坐在皇位上的人却冷暖自知。不舒坦、不自在，还要时时刻刻提防这个、小心那个，就连天伦之乐都是一种奢望。"马云言语稍滞，因为他看到赵王已泪如雨下，面上一派真心懊悔之色。

"皇上命奴才转告赵王，当个闲散的王爷，不问世事，不涉风波，一生安泰，这其实正是他对幼子的独宠和期盼。"

"父皇！"赵王的头重重地磕在地上，一下一下，磕得令人心惊肉跳。

"儿臣错了，父皇，是儿臣错了！"赵王泣泪如血，真的追悔莫及，一直以为自己是被父皇母后所忽视的可怜虫，除了老太监黄俨偏宠着自己以外，在这世上并无真正知自己冷暖的人。可是此次事败，特别是见到这件血衣，才真正体会到了朱棣铁血外表下隐藏的那份父爱，可是，真的晚了。

诏告天下的圣旨说得再明白不过，自此之后，自己永世不能进京，更不得面圣。

悲痛从心底涌上，如同凌迟。

同样，经此风波之后，朱棣也明显老了，独自一人静处的时候心里总是慌慌的，也许是为了给自己找些事情做，也许是为了向世人证明永乐大帝还没有老。朱棣在永乐二十二年初春，祭告天地之后，领兵出发北征阿鲁台，开始了他人生中的第五次北征。

四月初，大军出居庸关、过赤城，五月过李陵城，六月到了纳木儿河，却因粮草不济而传旨班师。七月十七日到达榆木川后，朱棣病情加重，自知不济，于是拟遗诏传位太子，第二日便驾崩于军中，时年六十五岁。

随同朱棣北征的大学士杨荣与总管太监马云等人商定，仿效秦始皇病逝沙丘的典故，密不发丧，并把军中将士使用的锡器收集起来，化成锡水做成锡棺，将朱棣装殓入内，放在龙车上。为了事不外泄，又将制作锡棺的匠人全部杀死。在返回京城的途中宣布皇帝"朝夕起居进食如常仪"。

八月十日，朱棣的锡棺被运回北京并停放在宫中仁智殿，十二月十九日葬于长陵。

由此，永乐大帝的时代真正结束，而长期战战兢兢、如履薄冰在太子之位上苦熬了二十年的朱高炽终于登上帝位，开启了明朝历史上的仁宣之治。

第七十章　二朝乾坤定

明永乐二十二年八月十五日，在朱棣锡棺入京后的第五天，太子朱高炽即帝位，改翌年为洪熙元年，是为洪熙帝，史称明仁宗。

朱高炽是紫禁城中第一位在天安门城楼上举行登基大典的明朝皇帝。

对于大明朝迁都以来的第一场盛仪，六部及内廷二十四衙门均不敢有丝毫怠慢，司设监陈御座于奉天门，钦天监设定时鼓，尚宝司设宝案，教坊司设中和韶乐……

万事俱备，只待吉日。

八月十五一早，朱高炽先是身着孝服告几筵，在设有祭品，上列先帝、神灵的牌位前叩首跪拜，随后命礼部官员分别到天坛、先农坛、太庙告知祖先。

至吉时，钟鼓齐鸣，朱高炽换下孝服，穿上明黄色的皇帝衮服御驾至奉天门，登上天安门城楼后，举行告天的祈祷仪式，这是天子与各路神仙沟通，祈求诸仙认同并护佑的一种程序。随后天子从奉天门下来，进入奉天殿就座，登基仪式正式开始。

一大早就等候在天安门前的各部官员，都身着朝服，在鸿胪寺官员的引导下经过外金水桥进入紫禁城。大臣们在午门外的广场上，以"文东武西"的方式跪在御道的两侧，等新皇在奉天殿升座之后，大臣们才可以依官阶高低鱼贯进入，对新皇上表道贺。然后由司礼太监正式宣读诏书，确认新皇帝的身份。

至此，朱高炽终于成为紫禁城以及整个大明帝国的主人，然而还来不及欣喜，接踵而来的繁杂的朝政与宫廷事务就将他牵绊住了，正如他所言的那般，作为一个大国的君主，远没有当一个闲散王爷来得逍遥自在。

从朝堂上回到后宫，是准皇后，前太子妃张氏，统领着众妃嫔选侍在永和宫为他举行的家宴。

太子升格为皇上，那太子妃自然就是钦定的皇后，只是张妍为人一向严谨，未及册封并不敢搬入坤宁宫，只是带领了太子宫中的妃嫔迁入永和宫暂居。

殿内铺着大红的地毯，门神、对联均焕然一新，宫门及殿门口红灯高挂；而众妃云集更是如花团锦簇，分外妖娆。

朱高炽自然心情大好，走到殿中宝座之上乐呵呵地接受张妍及其他妃嫔的恭贺。

家宴中少了许多规矩，朱高炽与众妃推杯换盏，唱念对答，只觉得以往二十年的阴郁之气一扫而光，舒坦极了。

当晚留宿在永和宫中，朱高炽醉眼蒙眬，斜躺在床上，直愣愣地看着张妍更衣换妆。张妍的美不是郭氏那等娇艳姿媚，而是带着书卷之气的温雅秀美，只是她的美中，更带着三分淡然，三分雍容，三分华贵，端严之极，不管是在人前还是独处深闺，都让人肃然起敬。朱高炽见她此时换上一件白色雪绸的睡衣，发髻上卸去金钗珠翠，只以一支玉簪相配，素面朝天，莹白如玉的脸上圣洁明丽不可方物。朱高炽心中不由一颤，轻唤了一句"妍儿"，就上前拉扯。

张妍仿佛有些惊讶，她稍稍用力便毫不费劲地挣脱了他的臂膀，眼眸微闪，带着几许清冷说道："如今还在孝中，陛下万不可造次！"

只此一句，朱高炽便如兜头被淋了一桶凉水，觉得索然无味。

他怔怔地笑了笑："皇后说得极是！"

张妍身形微颤，虽然自己成为皇后是板上钉钉的事情，但是此时此刻由新任天子口中说出，还是免不了有些惊喜。

张妍放下幔帐，坐在朱高炽身旁，脸上浮起淡然的微笑，轻启朱唇道："陛下可想好了？"

"想什么？"朱高炽听她如此一问，反而感到莫名其妙。

"陛下真愿册封臣妾为后？"张妍对上他的双眸，目不转睛地凝望着。

"这是自然！"朱高炽这才恍然明白，原来对于名分，天下没有哪个女人是不计较的，只是有些女人表露在外，而有些女人隐藏得深些。他笑着拉过张妍的手，放在自己的手里轻焐着："你我少年夫妻，这些年又经风沐雨，早就成为一体，民间百姓还讲究夫贵妻荣，朕怎么可能刚一登基，就忘了前情呢？"

这一瞬，张妍多多少少有些感动，轻唤一声"陛下"，把头埋在他的怀中，闭上眼睛脑海中浮现的就是这二十多年来的风风雨雨。一切都过去了，如今总算是守得云开见月明，不管是床笫之间他最宠的郭氏还是谭、李、王、黄等人，自己终究是他的嫡妻，他心里还是有她的。

"只是有件事情还要跟皇后商量。"朱高炽轻抚着张妍的云鬓，缓缓开口。

"陛下请讲！"张妍抬起头，坐直身子，面上依旧是往日一贯的恭敬与肃然。

"钦天监选了吉日，十月初八将举行册后大礼，届时昔日太子宫中的嫔妾也当一并册封，旁人倒也罢了，或是封妃，或是赐嫔，只是这郭氏……"说到此处，朱高炽圆润的脸上浮现起少许的尴尬之态，话语也暂时顿住。

朱高炽的意思张妍顿时明白过来，不由心中暗暗发冷，可面上却依旧大度豁然，她接语道："只是郭氏最得陛下恩宠，且为陛下诞育了三位皇子、一位公主，又是立国之初勋臣之后，名位自然要高于他人。如此，陛下将贵妃之位相赐，以为如何？"

贵妃之位是众妃之首，比皇后只矮半肩。

这个名位是郭氏期待的，也是朱高炽早早许给她的，只是此时从皇后张妍的口中说出来，才是最恰当的。

朱高炽立即连连点头，面上有些如释重负，"妍儿真乃贤后，以后有你主掌后宫，朕即可安心了！"

朱高炽心情舒适，很快便沉入梦乡。

而即将成为大明皇后的张妍心中却久久难以平静，从燕王世子妃到太子妃，直至今日母仪天下的皇后，真的万事大吉、永享太平了吗？

郭氏，从南京的东宫到紫禁城的端本宫，两人长达二十年隐于暗处的较量真的就此停歇了吗？

终究是尘埃初定。

贵妃再尊贵，还是妃。

终于成为大明朝母仪天下、一人之下万人之上的国母了，此时此刻，张妍心中想的，却是那个消瘦俊朗的身形。

敬之，你后悔吗？

唇边隐着的是许久未现的甜美的笑容，只是这笑容中有颇多酸楚和苦涩。敬之，你终究是我一生挥之不去的梦魇。

这一夜同样覆枕难眠的还有皇太孙府内宜和殿中的皇太孙妃胡善祥。

在新帝登基之后，便是册后大典，新帝册封皇后、皇妃之后，便是要册立太子及太子妃嫔的大典。朱瞻基由皇太孙而晋升为皇太子是众望所归毫无悬念的，只是这太子妃之位就疑而难决了，会是她胡善祥吗？还是那位备受宠爱的孙令仪？

胡善祥没了主意，此时她只有将希望寄托于自己的婆婆，皇后张妍的身上。她打定主意，明日一早进宫请安，索性以退为进，以无德无才请辞正位来试探试探她。

然而她没有想到的是，有人比她来得还要早。

第二日天还未亮，张妍即督促皇帝朱高炽起床梳洗，用过早膳后上朝理政。

刚刚落座端起一杯热茶的工夫，贴身宫女云汀来报，"彭城伯夫人觐见！"

"快请！"张妍随手理了理妆，这一次她没有起身相迎，看着母亲一身红艳艳的一品夫人礼服乐呵呵地走入殿内，口称："给皇后娘娘请安，皇后娘娘千岁千岁千千岁！"并要下跪叩拜时，她这才起身将母亲扶起，嗔道："母亲何须多礼，别说还未册封，就是日后相见，母亲也不必行此大礼！"

彭城伯夫人眼中含着笑意，环顾大殿由衷叹道："这永和宫就如此辉煌精美，那皇后娘娘的坤宁宫还不定得华丽成什么样子！托皇后娘娘的福，老身真是开了眼了！"

张妍嘴角含笑，吩咐左右侍女上茶看座，屏退众人后，方与彭城伯夫人闲谈起来："母亲今日进宫，可有事情？"

彭城伯夫人连连点头，"娘娘，听说十月初八册后大典之后就该册立太子了，那太子妃……"

看彭城伯面上神色，猜度着她话里的意思，张妍眼中闪过一丝疑色，"母亲可是为了若微而来？"

"正是，娘娘。当初咱们都看好若微，是先帝爷突然变卦又另外选了一个胡善祥，冲了咱们的好事。如今新皇登基，正所谓一朝天子一朝臣，在册立太子妃时，咱们正可以拨乱反正，立若微为太子妃，这样才是皆大欢喜！"

"皆大欢喜？"张妍脸色微变，"母亲是替瞻基来做说客的？"

"娘娘！"彭城伯夫人愣了，此番来意正是受瞻基所请不假，可也是她自己的意思，若微是她从家乡亲自选来推荐给天子的，也是她看着长大的，最重要的是这孩子是瞻基的情劫，两个孩子这般投缘，怎么能忍心不遂了他们的愿望呢？

"不可以！"张妍仿佛恼了，盯着面前案上的青莲百合杯，张妍强压心头怒气低声说道，"一切都要遵从祖制而行，善祥是先皇为瞻基钦定的太孙妃，又没有失德之举，怎么能突然废弃？妃就是妃，嫔就是嫔，没有嫡庶颠倒的规矩。"

"娘娘忘了之前发生在太孙府里的蹊跷事了吗？瞻基这孩子仁厚，不予追究。皇上是置身高阁冷眼观望，又碍着赵王和汉王，自然也不便出面管。可是咱们不能忘呀。若是外表贤良，内藏祸心，这样的人怕是当不了瞻基的贤内助。"彭城伯夫人小心翼翼打量着张妍的神情缓缓说道。

张妍凝眸远视，并不作答。

"为娘知道，娘娘是担心若微太过得宠。这女人嘛，得起宠来，难免娇纵，对瞻基来说怕是未必能起到襄助体恤的作用。可是，那个胡善祥，咱们终究是不摸底，更何况瞻基连正眼都不爱看她，不过是碍着原配的面子勉强应付罢了。瞻基不喜欢，都不往她屋里去，她就算再贤惠，于国于私又有什么用？"

彭城伯夫人还待再说，只是拿眼一瞅，张妍已然面色微愠，这才突然意识到自己说溜了嘴，似乎含沙射影地戳到了她的痛处，于是立即后悔。

"娘娘！"她迟疑着不知这话如何绕回来，以安慰女儿那多疑而敏感的心。

"母亲，让云汀带您去后面看看，有上好的云裳瑞锦和西洋进贡的珠宝首饰，您选些带回去，给两位嫂嫂添妆吧。"张妍面上似乎很是和煦，可是彭城伯夫人最了解自己女儿的性情，看起来柔弱谦和，实际性情如火、刚硬固执，她认定了事情，就再难更改。此时她的和煦正说明她内心不悦。

彭城伯夫人知道自己该躲闪了，撞了一鼻子灰，自讨没趣，于是匆匆告退。

张妍定了定神，坐在殿中仔细看着司礼监上呈的庆典所备诸事的流程和用材，细细筹划之余，心情也明朗了很多。

不多时，云汀又报，太孙妃胡善祥求见。

张妍虽知道她的来意，但又不好不见，只好宣她入内。

胡善祥款款步入殿内，淡妆素服，面上含忧，恭恭敬敬地叩头请安。张妍心中感慨，"免礼，坐吧！"

胡善祥却并未起身，依旧端端正正跪在殿中，稍稍抬头，冲着张妍展颜一笑："母后，善祥自入宫以来一直得母后眷顾，体贴庇护，如同亲生一般，善祥五内感铭，都记在心上。如今不愿因一己之事，让母后增添烦忧。善祥无德无才，不能得殿下青睐，不能替母后分劳，实在是无用得很，如今自愿请离，求母后赐一处僻静之所，让善祥带着顺德平淡度日，如此才算两全之策！”

张妍紧紧盯着跪在殿中的胡善祥，她脸上的神情淡极了，眼中一片澄净，没有想象中的凄苦与委屈，更没有矫情做作之态，看来这席话正是发自肺腑之言。

张妍心中感慨万千，她暗暗想道，这孩子真是冰清玉洁、贤惠淡泊，这番说辞更让人感动不已。此时此刻，自己的夫君，当今天子和儿子瞻基都在想方设法为宠妃筹划计较，只有她，居然还能想到替自己分忧。

这样的性情，才是正妻嫡后该有的。

张妍站起身走到胡善祥身边，亲手将她扶起来，四目相对，张妍紧盯着她的眼睛，“好孩子，有本宫在，这太子妃之位你坐定了！”

“母后！”胡善祥眼中闪过一片晶莹。

尾 声

永乐二十二年九月，皇太孙府内，退朝后的朱瞻基信步而往，穿过回廊，在青翠的树木空隙之间，瞥到湖畔山坡之上，那抹倩影在绿草丛中悠闲地荡着秋千。

正值夏秋相交，依然暑气难当，她只穿了一件碧色的纱衣小袄和白色的百福裙，袖子被高高挽起，露出皓如白雪的玉臂，漆黑的长发以一条绿色绢带随意束起，一边随着秋千往来摇摆，一边缓缓吟诵着《诗经》里的句子。

不远处是怀抱婴孩的湘汀，还有在旁轻轻摇扇的紫烟。

两岁大的女婴，长得白白胖胖的，此时正挥舞着如藕的手臂冲着若微哼唧着，她口中含糊不清，也不知在叫些什么。小腿用力地蹬着，害得湘汀十分费力地抱着她，生怕不小心就把她摔了。

朱瞻基走过去，站在身后轻轻一咳，在湘汀怀中原本就不老实的小家伙立即咧着三颗牙的小嘴笑了起来，冲他兴奋地挥舞着手臂。

"参见殿下！"湘汀与紫烟连忙见礼。

朱瞻基伸手将女儿抱在怀里，粉嫩的小脸上那双像天上星星一般明亮的眼眸惹得他欢心雀跃，忍不住在她胖嘟嘟的小脸上狠狠亲了一下。

惹得女儿咯咯地笑了起来。

于是，那双明亮灵动的眼睛也凝望过来。

她优雅自在地坐在秋千上，明艳动人，绿衣白裙倒映水中，不知何时飘落在水中的落英似乎正嵌在她的发间和衣裳上，恰恰极好地装点了那抹水中的丽影。

"在做什么？"朱瞻基凝视着她，眼前这个女子仿如明珠般熠熠生辉，从小到大两人已经相知多年，但依旧能常常带给他太多的惊喜与震撼，仿佛她身上蕴含着永远也发掘不完的宝藏一般。她周身散发着谜一样的魅力，无时无刻不在牵引着他，又像陈年美酒，让他沉醉不醒。

"在念诗给你的笨丫头听，可是她不喜欢，我念了一下午，她就闹了一下午，我猜她一句也没有听进去！"若微苦着脸叹息道。

朱瞻基哑然失笑："馨儿聪明绝顶，你不用刻意去教，该会的时候她自然就会了！"

"羞也不羞？"若微从秋千架上跳下来，几步走到朱瞻基面前，用玉指在他脸上轻轻一划，"你这才叫老朱卖瓜，自卖自夸。一个不到两岁的孩子，你怎么就看出她聪明来了？"

湘汀与紫烟低着头窃窃地笑了起来。

朱瞻基不以为然，"我自然知道！"

若微歪着头看着朱瞻基，虽然面对女儿时，他一脸的甜蜜与幸福，只是那笑容分明有些不自然，若微眉头微蹙，暗自思忖片刻，伸手将女儿从朱瞻基怀里夺走交到湘汀手里："带馨儿下去吧！"

"是！"湘汀与紫烟何其聪慧，立即抱着小郡主离开。

只是小郡主原本待在父亲怀里备受爱抚，正舒服得很，突然被抱开心情十分不爽，撇着嘴哭了起来。

朱瞻基目中流露出不忍之色，刚待追上去，又被若微凌厉的眼神喝住，这才止步坐在春凳之上，看着一池静谧的湖水，心中却波澜叠起。

一双纤纤玉手轻轻按在他的肩头，在他的穴位上力度适中地揉捏着，她吐气如兰，如珠似玉的声音缓缓自耳边传来："可是为了册立之事？我都不放在心上，殿下也不要再介意了！"

朱瞻基反手轻按在若微的手上，唇边浮起淡淡的苦涩，此时无声却又似千言。

忽然间若微手上的力道突然加重，"已经一个多月了，朝中应该有人上书奏请父皇册立殿下为皇太子了？"

朱瞻基点了点头："想不到居然是三皇叔。"

"赵王？"若微略感惊讶，随即便明白了，她语调轻快地说，"也不难解释。赵王在先帝在时并不得宠，前年的风波若不是殿下力劝父皇在先帝面前为他讲情，恐怕他早就命丧黄泉了。所以他首先上表请立皇太子，于奏疏中对父皇和殿下称颂一番，既表了忠心，又抢了头功。"

朱瞻基轻轻拍了拍若微的手，又拉她与自己一同坐下，把头倚在她的香肩上，轻轻叹了口气。

"怎么？难道是朝中无人附议？"若微挑了挑眉，一向有仁德之名又略显憨厚的皇太子朱高炽登上帝位之后，这行事却偏偏诡异起来，果然是君心难测。

原本上至新皇，下至黎民，在国孝中均不能亲近女色，新皇更不可宠幸嫔妃。原本仁孝守礼的他居然大反常态，自从迁入乾清宫后就开始夜夜召妃子侍寝。朝中御史刚刚谏言却遭训斥鞭笞责罚，似乎毫无仁君之风范。

新帝登基之后两件大事，其一为册立中宫，他倒是极为果断，及时传下旨意说是十月初八行册后大典。而第二件事，即为天下瞩目、臣民期盼并关乎国本的册立太子一事，却迟迟没有旨意传出，一时间文武百官不免疑虑重重，各种猜测也风生水起。

"恰恰相反！"朱瞻基苦笑道，"这几日群臣纷纷上表奏请父皇册我为太子，不管是当朝首辅六部尚书，还是城中百姓献的万民书，父皇只称他们有'忠爱之诚'，然而对于请表，均一概不复。"

"什么？为什么会这样？"原本以为最是顺理成章的事情反而会被搁置下来，若微心中隐隐不安起来，"殿下，你说父皇是好色之人吗？"

若微突如其来的问题让朱瞻基有些丈二和尚摸不着头脑，只是若微面上表情极其认真，似乎不像是戏谑之言，朱瞻基在她鼻子尖上轻轻一刮，不由嗔道："这脑子里又在想些什么？自然不是了！"

"可是，"若微凑在朱瞻基耳边压低声音说道，"父皇一向以仁孝厚德称颂于世，最是在乎自己的名声。你说，他为何要在替先皇守丧期间近女色呢？"

朱瞻初时还很认真地听着，没想到从她口里却跑出这样一句话来，又气又笑道："你我现在这般亲昵，又算不算得近女色呢？"

若微瞪了他一眼："殿下以为若微在开玩笑？若微可没有半点玩笑之意。我是在想，父皇当太子二十多年，在先皇的压制下一直战战兢兢、如履薄冰，过得十分压抑，想必内心深处对于先皇的高压之策也多有怨言。而天下人都知道，父皇之所以得来这个太子之位，就是因为当初那句'好圣孙'，所以父皇……"

"你是说父皇守丧期间声色之事是为了宣泄对皇祖的不满，而迟迟不立我为太子，也是缘于此故？"朱瞻基如梦初醒，怔怔的呆住了。

"会吗？"朱瞻基轻声问道。

"会吗？"若微同样问着自己，她摇了摇头，"殿下此时唯有静观其变，若微只是以小人之心度之，也许一切不过是庸人自扰。若微只是想提醒殿下，不要因为先皇的崩世而掉以轻心。如今朝中的风波恐怕未必比前些年少，居安思危、谨慎行事才是最要紧。"

"若微！"朱瞻基轻唤着。

"嗯？"她笑靥如花般应着。

"你好像变了！"他盯着她的眼眸，那双灵动晶亮的眸子依旧明净清澈、灿若繁星，只是为何他越来越看不透她在想什么了？

"我哪有？"她娇憨一笑，把头缩在他的怀里不再开口。

午后的阳光将树木草丛和湖水晕染上一层耀眼的金色，说不出的旖旎灿烂，他低下头，下颌轻轻抵在她的玉额之上，温情脉脉，柔情满溢。

永乐二十二年十月初八，太子妃张氏被册封为皇后，太子侧妃郭氏为贵妃，太子宫中的嫔妾选侍皆被册封，其中封李氏为贤妃、赵氏为惠妃、张氏为敬妃、黄氏为充妃、谭氏为顺妃、王氏为淑妃。

　　而在文武百官的一片劝进之声中，朱高炽终于传旨，在同年十月十一日册封朱瞻基为皇太子，朱瞻基元妃胡善祥被立为太子妃，孙若微与曹雪柔、袁媚儿则被封为太子嫔。

　　同时受封为王的还有朱瞻基的几位兄弟以及汉、赵等亲王的儿子。朝廷为此举行了隆重的册封典礼，朱瞻基在礼部官员的引导下完成了典礼的各项仪式，终于成为大明帝国洪熙朝名正言顺的储君。

附记 龙凤翔九霄

自永乐二十二年十月行完皇太子册封之礼时起，皇太子朱瞻基就渐渐淡出人们的视野。一直到第二年，也就是洪熙元年三月初一，在将近半年的日子里，除了参加皇祖朱棣的葬礼以外，他几乎没有任何的公开活动，甚至连其麾下的亲军也被编入锦衣卫和皇家禁军，不再专属于他。

而被洪熙帝朱高炽带在身边耳提面命、常常出席各种庆典活动并一同临朝听政的，竟是他与张皇后所生的最小的嫡子，襄王朱瞻墡。

对此，朝堂内外免不了议论纷纷。

这一年，朱瞻基二十六岁，本应是踌躇满志大有作为的年纪，然而正是在这一年，他仿佛被世人遗忘了，在太子宫中度日如年地挨过这人生中的一段蛰伏期，他并没有料到，这一年他将遭遇人生中的大喜大悲、沉浮变故。

马蹄声声，正是阳春三月好时节。朱瞻基奉旨南下，居守南京，心头百般滋味难以言表。回眸相望，正看到她从车窗内探出头来，四目相对，梨窝初绽，即在瞬间安慰了他。还好有她相随，仿佛再苦的日子也不再难挨了。

皇太子一行于四月间到达南京，秦淮河畔，昔日的帝都原本繁华如锦，而今朝却人际罕至，冷冷清清。

故宫内，他和她不约而同地放弃中宫正殿和昔日的东宫旧居不住，而是在东宫内的偏苑静雅轩内安置。

湘汀与紫烟哄着常德郡主馨儿在屋内玩耍。司棋、司音则令宫女太监收拾箱笼、整理内务。若微拉着朱瞻基在庭院里缓缓而行，"殿下，还记得小时候的事情吗？"

她巧笑倩兮，眼中满是期待。

朱瞻基指着院中的景致回忆着，幼时她曾经在树下练舞，也曾在池边磨豆子，两人在青萝架下一起背过诗、拌过嘴，还有那常常飘出浓香的小厨房，一幕幕如同重演了一回，只觉得馨香舒适，回味无穷。

突然间朱瞻基只觉得脚下一晃，树木花草也随之轻颤起来，"不好，若微，你待在此处别动！"朱瞻基将若微轻按在地上，随即转身冲进室内。

紧接着又是一阵猛烈的摇晃，就像坐船航行时遇到了风浪，脚下没有根基，瞬间便地动山摇起来。

一时间四处乱成一团，哭声、喊声、往来奔走的声音交织在一起。

"馨儿！太子殿下！湘汀、紫烟！"若微此时方才明白，原来这就是奏折中所说的南京一带近期连连发生的天灾——地震。

她突然明白过来，便发疯似的站起身向室内跑去，而就在此时，她看到朱瞻基已然抱着馨儿跑了出来。她立即扑了上去，朱瞻基伸手将她们紧紧拥在怀中。

宫中的殿阁牢固坚挺，虽然有不少瓦片被震碎掉落下来，幸无大碍。

脚下的大地依旧坚实牢固，仿佛从来不曾摇晃过一般，只是宫女太监们脸上惊惶的表情和怀中馨儿的哭声提示着刚刚发生的一切。

"殿下！"若微抱着女儿身子微微轻颤，她脸色苍白如纸，看样子是真的被吓住了。

朱瞻基面色严峻，立即吩咐贴身的内侍小善子，"这房内暂时不能住人了，快把咱们带来的行军用的营帐在宫中空旷之地搭建起来，多备些毡毯、被褥，侍候娘娘与郡主移驾在帐内休息！"

"是！"小善子应声之后立即招呼众人依令行事。

朱瞻基扶起倒在地上的藤椅，按着若微的肩头让她坐在其中，目光冷峻严肃，似在埋怨："不让你跟来，偏巴巴地跟了来，如今可知道怕了？二三月间，南京连连发生地震，所以父皇才命我前来拜谒太祖的孝陵以除灾异。如今累得你一起置身险境，我却无暇顾你，刚刚一场震荡过后，也不知城中民居如何，我要马上出宫查访灾情，你与馨儿好好待在此处，知道吗？"

若微愣愣地对上他的眼眸，那神色中是前所未有的坚定与肃穆，千言万语于此时多说无益，她只是点了点头。

朱瞻基便带着护卫匆匆离去了。

此时，若微心中隐隐地对一个人产生了莫名的恨意，那就是当今皇上，为什么要置瞻基于险境呢？

按照明朝的制度和惯例，皇太子一般情况下不能远离皇帝而居守他方。皇太子作为国之储君，就是要在皇帝的左右，一面辅佐皇帝治理国家、处理政务，一面用心学习治国与驭臣之术。

明太祖朱元璋时期，虽然曾派太子朱标出巡西安，却也从未调他外出居守；永乐帝朱棣曾派太子高炽监国南京，自己则出巡北征，可是每当他回到京城以后仍与太子同理朝政，也未曾调太子外出居守；而如今洪熙皇帝朱高炽竟然调太子居守南京，况且南京如今连遭天灾，就连朝中大臣都不敢前来驻守，这显然既有违祖制又不符人情。

若微不明白，瞻基心里也十分不解。

听朱瞻基讲，在廷议时，洪熙帝对臣子们说："南京是国家根本重地，灾异如此之多，可见天戒可畏。朕本来应该尽快赶去，但是皇父刚刚去世，实在不忍离去。"

大学士杨荣献言，建议可派一位亲王或朝廷中的重臣前去镇守南京。

而洪熙帝却说："镇守南京非同小可，朕已心有所属，此事非皇太子不可。"

此语一出，满朝文武都不免疑虑。

虽然说太子的仁德和威望足以让众人心服，但是突然被皇帝调往南京，都顿感意外。

在场众臣中，有一位是朱瞻基幼时的侍读李时勉，他性情最是刚直，立即出班起奏，反对太子居守南京。

谁料一向温和的皇帝竟然突然发怒，当场将他逮捕下狱。

在群臣的愕然中，朱瞻基恭顺回奏："儿臣虽不愿远离父皇，但国家大事绝不敢有半分推辞。"

于是几日后便起程南下，若微苦苦哀求皇后，张妍也认为瞻基身旁应该有人照应，这才允了。

真正亲历其间，看到南京城的萧条，若微才知道自己的任性是对的，因为在这个时候，她和他，他们一家人守在一起，这比什么都重要。

想到此，她又恢复了以往的镇定与坚强，笑意盈盈地领着宫女太监们忙碌起来，在东宫殿外广场上搭起行军用的营帐，又布置妥帖，安排了膳食。

眼看着夕阳西下，还不见皇太子回宫，若微心中不免焦急，只好吩咐湘汀差小顺子前去打探。怀中的女儿又饿又困，哼哼唧唧跳着小脚表示着她的不满，若微只好轻声哄着："馨儿乖，父王一会儿就回来，等父王回来咱们就开饭了，好不好？"

馨儿似懂非懂，用手使劲拽着若微耳边的珍珠坠子。

"娘娘！大事不好了！"小顺子跌跌撞撞从外面跑了进来，神情慌乱，眼中满是惊恐之色。

"何事惊慌？"若微腾的一下站起身。

"殿下，太子殿下遇险了！"小顺子艰难地喊了出来，"扑通"一声跪倒在地。

"啊！"若微耳垂边是一阵钻心的疼痛，馨儿竟硬生生地把她的耳坠子从耳垂上拉了下来，可是她用力过猛反而没拿住，小手一闪，那只熠熠生辉的珍珠耳坠就掉到了地上。

若微心头闪过一丝不祥的预感，这耳坠子是他当时从自己身上抢走的，一直留在身边，直到经过离乱最终在一起的时候，才重新配成一双为她亲自戴在耳上的，这一戴就是好几年，不管是换妆、梳发髻、搭配钗环饰物，在任何场合下她都没取下来过，而此时竟然被女儿的小手给拽脱了环，掉了。

"小顺子，你刚才说，殿下怎么了？"她强抑着内心的波澜，定了定神。

"娘娘，殿下在夫子庙附近查访民居，见一老伯重返屋中取物件，立即出言示警，谁知老伯耳背，殿下就进屋去拉，不料他家的墙不知怎的突然就倒了，殿下、殿下与那老伯都被埋在其中！"小顺子已然泣不成声。

若微把怀中的女儿往湘汀手里一送，拎起小顺子的衣襟说道："快，快带我去看看！"

"娘娘！"湘汀与紫烟、司音司棋等人皆是方寸大乱。

"你们留在此地照看好馨儿！"若微的声音里透着一种前所未有的凌厉，让人莫敢不从。

小顺子一面抹着眼泪，一面头前带路，又领了几名侍卫簇拥着若微出了宫门，飞身上马，径直奔往事发地点。

这片房子都是简陋的民居，如今已经倒了大半，就算勉强立着的部分也都是残垣断壁，二层变成一层，摇摇晃晃，随时都有倒塌的危险。

在一处废墟边上围了很多官兵和百姓，小顺子高喊着："快闪开，太子侧妃孙娘娘来了！"

百姓们自动闪开一条小路，若微急步上前，一位身着官服的中年男子立即上前参拜："下臣南京守备李隆见过孙娘娘！"

若微点了点头，顾不得与他多谈，几步走到废墟之前，"为何不立即派人掘土？"

"不知殿下现在身处何方，这断壁废墟并不牢固，随时有可能继续坍塌，故下臣等不敢妄动！"

"殿下！殿下！"她声声疾呼，却无人相应。

"殿下！"若微眼中噙着泪水，紧紧咬着嘴唇，她扑到在废墟之上，继续呼喊，"瞻基，瞻基，我知道你没事的，你应一声！"

她声声疾呼，带着悲音。

在场众人莫不动容。

很快，她停止了呼喊，身子趴在废墟上侧耳倾听，不时调转方向，伏在另外一侧。很快，她便满面浮尘，衣裳染污。突然间她痴痴地笑了，脸上随即洋溢起灿烂的笑容，她转过头对着小顺子喊道："你听到了吗？"

小顺子满脸茫然，凑了过去："娘娘说什么？"

"听，仔细听！"她声音微微有些发颤，眼中有泪光闪过。

小顺子学着若微，也趴在地上仔细听着，起初什么都没有，然而过了一会儿就听到一下、一下轻微的敲击声。

"殿下，是殿下！殿下在这儿，殿下还活着！"小顺子高喊起来。

于是众人皆沸腾起来。

守备大人立即命人拿着铁铲、锄头等器具上前挖掘，只是挖了片刻，就发现废墟上方摇摇欲坠，仿佛会发生再一次塌陷。

"停，停下来！"若微惊愕地大喊。

"快住手！"守备大人立即命兵士停手。

"这样不行！"若微眼中满是血丝，盯着那片一点点儿将要吞噬掉朱瞻基性命的废墟，突然间觉得自己是这般无用。瞻基就埋在地下，也许仅是咫尺相隔，但是她却无能为力。

泪水肆意流淌而下，她扑在上面，疯狂地用双手去刨土，以柔弱的手去挖应该不会带来新的震荡和危险，可是很快她就知道自己错了，虽然双手很快就鲜血淋淋了，可是那废墟却并没有因此而被挖掘多深。

时间越长，瞻基越危险，若微只是用手不停地去挖，她甚至顾不得多想，当她徒手挖出时，瞻基是否还活着。

突然间一只手按在她的肩头，一个清冷的声音自身后响起："停手，你不是在救他，而是在害他！"

"什么？"若微转过身，痴痴呆呆地对上他的脸。

"许彬！许彬！救他，快救他！是瞻基，是瞻基在下面，你一定能救他的，对不对？"

　　当她发现身后之人是许彬的时候，只觉得像是溺在大海中奄奄一息的时候遇到一根浮木，一下子便燃起了希望。许彬一向是她的守护神，每当她遇到危险时，他总能从天而降为她化解一切灾难，这一次他也一定可以拯救瞻基。

　　“要救太子殿下，就请娘娘先闪开！”他冷峻得如同千年寒冰，仿佛与她从不相识，也没有所谓的相知之故。

　　“好好，我闪开，我闪开！”若微立即闪到一旁。

　　瞥到她那双惨不忍睹的手，许彬像看到了什么恶心的物件一般，他嫌恶地扭过头去，对守备大人低语片刻。

　　很快，以铁戈、长矛在那处废墟上撑起支架，又以数根竹竿穿过残垣的缝隙被轻轻探到废墟下面，然后才命人从四个方向缓缓挖掘。

　　大约半个时辰以后，朱瞻基与那位老伯都得救了。

　　“瞻基！”若微喜极而泣，兴冲冲地刚要扑到他的怀里，却冷不防地被人自身后拎着手臂拽了回来。

　　“他身上受了重伤！”许彬冷冷的声音响起。

　　“殿下！”所有的人立即围了上来。

　　那位老人家吓得伏在地上叩头如捣蒜：“小人该死，小人该死，为了家中一方端砚，却差点累太子殿下陪上性命，小人万死……”

　　朱瞻基额上满是汗水，衣裳也被划破了，他强忍着剧痛安抚道：“若非如此，怎么遇到先生这等爱文的雅士？看来是天意，借此让孤王为朝廷寻访到一位良臣！”

　　“殿下谬赞，小人羞愧之极！”那位老人家羞愧难当，伏在地上拜了又拜。

　　“不妨事！”朱瞻基还待再说，然而眼前一黑，终于晕了过去。

后　记

　　皇太子朱瞻基在南京城中，亲抚灾民，深入灾情最重的平民区，得到百姓的拥戴与称颂，名望盛极一时。此时他才渐渐明白，父皇登基之后为何突然冷淡他，又将他派往南京。那是因为他从小被皇祖永乐帝朱棣视若心肝，宠爱有加，不曾经历过真正的挫折与打击，所以父皇朱高炽才会制造种种窘境，以冷遇及困苦为试金石，让他在磨炼中成长。

　　时隔一个月，即洪熙元年五月十三日，仁宗皇帝朱高炽突然病卒于北京皇宫钦安殿内，在位时间不足九个月，朱高炽的暴疾又隐藏着大明后宫中一桩悬而未决的疑案，十妃生殉献陵。

　　远在南京的皇太子得到内臣报来的讣告后立即返京，然而这通往帝位的途中又将面临怎样的险阻与坎坷？

　　蛰伏良久的赵王与蠢蠢欲动的汉王真的甘心在侄儿面前称臣吗？一场仿效建文初年的"靖难之变"又将拉开序幕，战火即将重燃，年轻的皇帝又将如何应对？

　　因为太后张氏的一句话——"你已然得到了瞻基的宠爱，那名分就该留给善祥，这很公平，不是吗？"独得帝爱的孙若微，被封为贵妃。朱瞻基再一次用自己的方式捍卫了他们的爱情。于是，她成为紫禁城中唯一得到金册、金宝，首开先河的贵妃。

由贵妃成为皇后再至太后，身经六朝的她还将经历怎样的沉浮？在后宫中一次一次的构陷与阴谋中，她能永远无恙吗？

他，似乎与她渐行渐远。

权势与尊贵，名位与宠爱，她都斩获在手，而他呢？

是谁一直守候在她的身边？

夺子之谋、洛神新赋、两后并驾、土木之变、少皇被俘、帝位更迭、夺宫惊变……这一切的谜底，更多精彩尽在《大明皇妃——母仪天下》。

孙若微传

大明皇妃

莲静竹衣 著

下

母仪天下

百花洲文艺出版社
BAIHUAZHOU LITERATURE AND ART PRESS

引子

　　大明洪熙元年五月十二日，登基不到十个月的明仁宗朱高炽病逝于北京紫禁城钦安殿内，享年四十八岁。

　　此前因南京一带地震频发而被派往凤阳拜谒宗祠，并亲赴灾区赈灾安民的皇太子朱瞻基，在得到宫中密报之后，立即起程回京奔丧。

　　然而早在永乐年间就与时为太子的朱高炽展开皇位之争的汉王朱高煦，此时正踌躇满志，布下天罗地网，欲在朱瞻基回京途中设伏劫杀。

目录

第五卷

万叶千声皆是恨

番外

第一卷

悠悠我思情未老

第一章　濒临绝境险

南京旧宫内高大辉煌的殿阁已不再流光溢彩，漂亮的琉璃瓦也缺失了不少，虽然说不上是残垣断壁，但是也萧瑟凄凉了许多。

如今在殿阁之间的空场上搭起了一个又一个行军用的营帐，其中一个较为宽敞的营帐内，若微静静地坐在雕花黄梨矮凳上，怔怔地有些愣神。

刚刚发生的一切犹如一场惊天巨变，震得她现在还有些没缓过来。

"娘娘，许大人在外面，说是想看看您手上的伤。"湘汀一推帐门，入内回话。

"快，快让他进来。"若微立时站了起来。

依旧丰神俊秀，依旧淡定如风，他步入帐中，走到若微面前竟然施了一个揖礼。

是君臣之礼吗？若微心底不由微微黯然。而他则毫不在乎，默默地将她全身从上到下扫视一遍，才开口道："手上的伤，让我看看，若是处理不好，以后便废了。"

"我没有怎样，刚刚太医已经给包好了。太子殿下伤势如何？"若微心急如焚，朱瞻基被抬回来以后，一直是自己和众太医贴身守着，可是没承想，当朱瞻基醒过来以后，竟然让她先回到常德郡主朱锦馨的帐中休息。

她原本不从，可是却被两个男人不同的眼神所震撼，病榻上的朱瞻基目光柔和却透着一股不能更改的坚持；站立一旁的许彬面色冷峻目光犀利，更是隐含着暗暗的警告。

于是她退了出来，可是她的心却七上八下的，再也难以安定下来。为什么朱瞻基要让她出来？这个时候，他应该知道自己有多着急，恨不得以身相代，又怎能置身一旁不闻不问呢？这样瞒着，莫不是……她的脸苍白得有些吓人，是的，她被心底盘踞的那个声音吓住了。

不能，也不会！于是，她把许彬当成了那棵救命稻草，"他，究竟怎么样了？"

"还好！"许彬说着，便毫不顾及君臣之礼和男女之别，伸手将她轻按在榻上，解开缚在她手上的包布，一层一层，动作轻缓，小心翼翼。

当那双血迹斑驳、惨不忍睹的手出现在他面前的时候，他明显变色，额上的青筋突突直跳，仿佛想要说些什么，终究是忍住了。

"去，取清水来。"许彬开口，并没有向谁吩咐，但是在他带着稍许压力的气场之下，湘汀还未开口，司音已经立即下去照办。

"你自己也懂医，该知道这伤口若不处理干净，会……"许彬低沉的话语中明显透着一丝责备和不满。

"我没事。"若微的心思丝毫不在自己的手上，刚刚太医过来也只是简单处理了一下，一来太医不敢拿着她的手为她仔细料理；二来，她也没这个心思。

"你的手，不仅属于你自己。"许彬冷冷地说，他的面色比刚刚更为阴沉。

许彬强按着若微的手，以清水拭去隐藏在破损处的泥垢，自然风干之后，又抹上随身带来的膏药，再以干净的布帛包好，这才算大功告成。

几乎是在这双手被包好的同时，若微站起身便向门口走去。

"他不好，很不好，你现在过去，只能是添乱！"许彬眉头微拧，坐在榻间，毫不避讳地拿起案上的一杯冷茶喝了一口，那茶是她喝过的。

湘汀见状，立即招呼司音、司棋退下，又换上两杯热茶。

"什么？"若微转过身，对上他的眼眸，"说清楚点。"

"他醒来以后没多久也让我出来了。现在太医们在会诊，虽然不得详情，但是我应该可以知道个大概。"许彬神情冷幽，此时他心中的痛苦毫不亚于病榻之上的朱瞻基，心爱的女人近在咫尺，而她此时全部的心思都在那个人的身上。今日在废墟上看到她原本弹琴拨弦、拈花调脂的一双玉手如同铁铲一般在泥土与污垢中刨掘时，他便心痛得无以复加，他从来是那样的骄傲，以至于他从不认为，当她在自己与朱瞻基之间做选择时，自己输了。但是今天，他才真正意识到自己是真的输了。正是那双手，像一个魔咒，深深印在他的脑海中，让他坚硬如铁的心痛得抽搐在一起。

"为什么？"若微此时无暇顾及他眼中闪过的痛惜之色，她只是惊讶万分，"你的医术，他是知道的，为什么不让你参与太医会诊？那些留守旧宫的老夫子，他们懂什么……"

许彬淡淡说道："肋骨的上、下缘均有肋间肌附着。一根肋骨单处骨折后，因有肋间肌支持，心肺尚可支撑。若是两处以上折断受损，累及胸壁较大面积，因前后端均失去支持，伤及心肺，造成呼吸困难，严重者可致气胸或血胸。"

许彬很清楚朱瞻基为何不让自己留在身边，是不想承自己这个情吧！自己对于若微的心，从来没有刻意隐藏过，尤其是在朱瞻基面前，自己的骄傲不允许他小心翼翼地做出一副偷窥别人家珍宝的样子。是的，大大方方地将对她的欣赏与爱意毫无掩饰地表露在朱瞻基的面前，这其实也是一种尊重。

所以，朱瞻基一向都知道。于是，朱瞻基的骄傲也不允许他坦然地将自己交给情敌来医治。完全理解，若是易位而处，许彬也会如此。

若微面上沉静极了，此时的她已经全无刚刚的急迫与无措，听了许彬的一番说明，她反而镇定下来了，"如此，可以用'营和止痛汤'来镇痛，内服'顺气活血散'加'接骨丹'，再命圣手接骨续筋即可！"

许彬淡然一笑，对上若微的眼眸，"学医，你始终颇具灵气，奈何根基却着实不实。"

"哦？"若微的美目立即瞪了起来，"湘汀！"

湘汀应声入内，"主子！"

"快去殿下帐里看看，太医们是怎么说，又是如何诊治的？细细地记下速来回我。"若微急切地吩咐着，瞻基把她赶出来时就明令身边的太监和侍卫不许她再次入帐打扰，她自然知道朱瞻基如此做的苦心，可是这样一来她却如同热锅上的蚂蚁一样，等得更是心焦。

"是。"湘汀匆匆退下。

"刚刚在花园，看到了你的女儿。"许彬的目光变得柔和起来，话语也轻柔了些。

"馨儿？"若微愣了一下。

"她，似乎比你可爱。"许彬没有说，当小郡主朱锦馨在花园里跑得满头大汗，一头扎进他怀里的那一瞬，他着实惊呆了，那是一个缩小了的若微，可爱极了，美丽极了，像从花海中飘出的花仙子。

她是她的女儿，有着和她一样晶莹如星辰般的美目，弯弯的柳眉，如蓓蕾一般的娇唇，长长的睫毛呼扇起来，说不出有多动人，还有那若隐若现的梨窝，活脱脱幼时的若微。

虽然他没有见过若微小时候的样子，他见到她的时候，她已经亭亭玉立了，可是他相信，她小时候就是这个样子。

只是她的女儿比她直爽，她竟然会窝在第一次见面的许彬怀里，任两旁的侍女嬷嬷怎么哄都不下来。她的一双明眸在他面上瞅来瞅去，竟在众目睽睽之下伸出小手在他脸上摸了又摸，然后小嘴一撇，指着身边的侍女说道："紫烟，我找到了，我要嫁给他。"那一瞬，许彬双手微抖，差点失手将她摔出去。

"我父王常常说，馨儿长得这么好，以后什么样的玉面郎君才能娶到馨儿呢？"她歪着头盯着许彬一脸的坏笑，"你长得也挺俊的，比我父王还俊，我就嫁给你好了。"说完，竟伏在许彬肩头，在他脸上吧唧亲了一口。

"郡主！殿下！"紫烟和一旁侍候的宫女都傻了眼，小郡主太容易出状况了，总是令人匪夷所思。

沉浸在游思中，许彬的唇边微微浮起一丝笑容。若微也低着头，不知在想些什么。

"娘娘!"匆匆入内的湘汀打破了两人之间的宁静与思绪,"太医会诊,开了'营和止痛汤',又加了仙鹤草、血余炭、藕节,还开了'九珍保全汤'。王太医给殿下接了骨。"

若微听了,面上忽明忽暗,她默默思忖着,"为什么要加仙鹤草、血余炭、藕节?'九珍汤'是针对气血两亏的……难道?"

她腾的一下站起,顾不得许彬在场,立即奔出寝帐。

匆匆来到朱瞻基的金顶大帐外,门口的侍卫刚要上前相阻,若微已然先声夺人,"我要见殿下,谁也莫要相阻!"

"可是娘娘,殿下刚服了药,正在静养。"侍卫还待再说,从帐中出来一人,正是总管太监小善子。

"娘娘,殿下刚服了药,太医叮嘱不要多说话,要静养。"小善子一边嘱咐,一边将若微迎进帐中。

虽然是行军用的营帐,依旧是厅卧分开,一明一暗,并不见局促,摆设周全,也算得上宽敞。

若微进入内里,看到朱瞻基平躺在床上,面色苍白,仿佛憔悴了许多,心中更是黯然。步子刚刚临近床头,朱瞻基便睁开眼,话语微弱,带着几分责怪:"不是让你好好歇息一下,怎么又过来了?"

若微静静地坐在他床边,伸手摸了摸他的额头,微微有些低热,又仔细看着他的唇色。

"没事,太医们都诊治过了,休养几天就好。"朱瞻基话语平和,显然是在宽慰她。

若微伸手轻轻托起他的下颌,像是平日在闺房里嬉戏一样轻轻地掰开他的嘴,果然,牙上沾着血色。

若微的眼泪瞬时溢满了眼眶,强忍着才没有滴落下来。

最可怕的内伤,竟然导致咯血!所以太医才会在活血祛瘀的方子里又多加了那几味药。胸骨折损伤及心肺,更会导致咯血。若微的心纠结在一起,疼痛得无法形容。

第二章　遗芳揽月明

山东乐安汉王府。

西福殿内，身穿藕色纱衫的侧妃李秋棠坐在雕花镶金的妆台前，身后静立的两名侍女为她共撑着一块雪白的绸缎，李秋棠一头如雾的秀发就倾覆在上面，黑白相间分外妖娆。

一身翠色衣裙的月奴静立在后，不发一语，只是手拿上好的象牙梳子为李秋棠小心翼翼地梳理着乌发。

一头乌发从发根通至发梢，要梳理得如瀑一般，最后将梳子插在头顶，轻轻用力向下一推，这梳子便要滑顺地落至发梢，这才算第一个工序的完成；之后便是为她涂抹上特制的亮发和润滑的发油，随即室内便会散发着淡淡的梨花清香，好闻极了；然后，再根据她当下的心情和着装为她盘头梳髻，月奴现在已经可以熟练地盘出上百种发髻来了，一般的朝月髻、流云髻、飞月髻、百花髻李秋棠都看不上，她要的都是时兴又稀罕的，像什么涵烟芙蓉髻、鸾凤凌云髻、朝云近香髻，以前月奴听都没听说过，可是现在，她不仅能十分娴熟地在很短的时间里盘好，更重要的是，她还能配合李秋棠的心情变换出新鲜的花样来。

"从头开始！"这句话便是月奴现在生活的写照，平日里不管她做什么，李秋棠都能变着法子寻出不是来，并借机把她教训修理一番，唯独在这个时候，她从不挑剔。这也是两个人每日相处最为安静的时候。

今日，却透着些意外。

李秋棠乌黑如泉的长发在月奴雪白的指间滑动，一绺绺被盘成发髻。月奴从妆匣中选了一支玉钗将秀发松松簪起，正想着再选支步摇或珠花装点一下，不料李秋棠却有些不耐烦了。

她腾的一下站起身，"去，去把王爷请过来。"

"娘娘！"月奴迟疑了，她知道新的一天，新的折磨又开始了。王爷昨天住在东边隆福殿后面的西跨房里了。隆福殿是王妃的寝殿，王妃韦氏为人敦厚，不会与她为难。可是隆福殿后面那座小院，住的是另外一位侧妃邓氏。这邓氏为人善妒又极为跋扈，原本就与李秋棠十分不和，平日里就是在一张桌子上吃饭也会夹枪带棒地说些不中听的话来挤兑人。李秋棠高兴了就与她对上几句，不高兴了扭头就走，二人早已势同水火。如今时辰尚早，王爷怕是在邓妃那里还没起身，自己这时去传话请王爷过来，无异于引火烧身。

"去，就说我这儿有南京的桂花鸭，请王爷过来陪我一同用早膳。"李秋棠的眼中闪着醉人的笑意，面上无端浮起的粉嫩流霞更衬得她原本就肤白如雪的容颜分外惑人，纱衣内若隐若现的酥胸如凝脂白玉，藕色的纱衣包裹着绝美的胴体凹凸有致，如同春日里枝头上那抹粉白色的桃花，娇艳而夺目。

月奴应了一声，便低垂着头向外走去，几乎是数着步子穿过花园，经过竹林，来到前边的隆福殿，经过头殿的时候，她稍稍有些犹豫，要不要去给王妃请个安呢？

实在是两难，李秋棠还真会给人出难题。邓妃所住遗芳苑就在王妃隆福殿后面，确切地说是附属于隆福殿的小跨院。自己要是从正门走，必会惊动王妃殿里的人，也断然没有过门不入的道理。可是自己一个传话的奴才，凭什么去见王妃呢？是背主取宠还是刻意巴结，都是一番罪责；可若是不经过隆福殿，直接悄悄地从后角门内穿过回廊，走西山墙边上的小门进入，怕是王妃知道了也会不悦。

伸头是一刀，缩头也是一刀。月奴想了想，还是决定走头殿，走正门。

刚一入内，就看到王妃殿里值守的太监。"公公好，奴婢是西福殿的，领了李主子的命去后院有要紧的事奏报给王爷，原本该进来先给王妃叩头请安的，只是不知王妃这会子方便不方便？奴婢就在这儿叩头了。"

月奴还未等太监询问，立即先声夺人，一番话说完，冲着王妃寝殿恭恭敬敬地磕了三个响头，在太监的诧异中冲他甜甜一笑，随即姗姗向后面走去。

刚刚踏入邓妃所住的遗芳苑，果然印证了自己先前的判断。邓妃身边的大丫头瑞雪和素雪正端着铜盆从西厢房出来，看到月奴，脸上立即流露出不屑的表情，两人对视了一眼，两盆水冲着月奴就浇了过来。

"两位姐姐这是做什么？"月奴闪身极快，但还是被淋到了衣角，她一面拿出帕子轻拭，一面故意问道。

"我们做什么不与你相干，犯不着跟你说，倒是你奇怪得很，怎么突然上我们这儿来了？"瑞雪瞪着眼珠子一副凶神恶煞的样子，指着月奴的鼻子尖问道。

月奴瞥了一眼西厢房，虽然房门紧闭，但是里面显然已经有了动静，刚刚又看到丫头们捧着洗漱用具鱼贯入内，便知道汉王和邓妃已经起身，这才斟酌地回道："麻烦两位姐姐入内通传，李主子有急事要请王爷过去。"

"呸！"月奴还未说完，素雪却急了，指着月奴骂道，"什么样的主子就调教出什么样的奴才来，烟花巷里的姐儿能教出什么好东西！凭你也配差遣我们姐妹？王爷刚在我们娘娘房里住了一宿，你们就巴巴地赶来寻人，真是不要脸！"

素雪的话够狠，月奴即使再镇定，也无从招架了。

"滚，再不滚就撵你了！"素雪看了看院中，朝着扫院子的粗使太监使了个眼色，那人立即将大扫帚冲着月奴兜头一挥。

早已料定的局面，月奴把心一横，只是抱着自己的头，护住脸，蹲在地上，也不嚷也不闹，任由扫帚一下一下拍打在自己身上。

"好了，好了，一大清早的，这是干什么？打狗也得看主子不是。"清丽的嗓音赫然响起，拍打在月奴身上的重击也应声而停，她抬眼望去，倚门而立的正是身穿玫瑰红小袄、嫩粉色九福如意裙，外罩织锦纱帛的邓妃。

邓妃比汉王小了近三十岁，正是二八年华，如同新鲜的刚刚剥了壳的荔枝，此时正抿着嘴，笑吟吟地斜眼瞅着自己，柳眉一扬，左眉角上方那颗细细的黑痣更增俏媚。

月奴知道，正是这颗痣，才让这个毫无根基出自平民人家的女儿一跃而成为亲王侧妃，这便是传说中的"旺夫痣"。也正因为此，她虽得汉王专宠却并没有被王妃嫉妒排斥，还特意将她的寝处安在了自己寝殿后面的跨院内，饮食起居多加关照。同样也正因为如此，她才成为唯一可以与李秋棠比肩的侧妃，任李秋棠如何愤恨，暗中使了多少绊子，邓妃依旧长宠不衰。

如今，她就如同稚龄少女一般歪倚在门边，静静地注视着月奴，神情中满是鄙夷和不屑。

"月奴参见邓妃娘娘！"月奴郑重其事地请安问好。

"哟，这涵养倒是修炼得越发到家了。"邓妃面上笑意更浓，只是眼中的寒光微闪，直视着月奴，毫不掩饰自己的厌恶。

"娘娘，月奴奉了李主子的话，有要事禀告王爷！请娘娘给个方便。"月奴冲着邓妃又是一拜。

"哟！这真是蹬鼻子就上脸。"邓妃发了狠，眼中目光凌厉如箭，"往日你们在西福殿怎么折腾，我管不着。可是今儿却万万不该跑到我的院子里来搅局！我邓巧云可不是软柿子，你来之前，就该打听清楚。"

撂下这句话，素雪和瑞雪便纷纷上前，一个钳制着月奴的手臂让她动弹不得，一个抡圆了手左右开弓，一时间十几个响亮的耳光便结结实实地打在了月奴的脸上，原本也算秀丽的一张美人脸瞬时红肿起来。

"好了，我说过，打狗也要看主人，你回吧。若真有要紧的事，让李秋棠自己来！"邓妃低喝道，冷冷地看着月奴。

月奴用袖口擦拭掉唇边的血迹，"容奴婢越礼了。"话音未落，便迎着邓妃直接夺门而入。

"站住，你给我站住。"邓妃愕然大怒。

月奴径直往里闯，索性已经得罪了一个，若是不把话给汉王传到，回到西福殿里等待自己的结果也比这强不了多少。月奴心里想着，步子加快，刚进入正殿，便被邓妃狠狠拉住，这一次邓妃丝毫不再顾及身份和形象，先是一记耳光，随即便拔下头上的金钗狠狠刺向月奴。

"小蹄子，真是找死！欺负到我头上来了！今天看你还有没有命活！"

"王爷，王爷，李主子有要事相禀！"事已至此，再无两全可能，月奴索性大喊起来。

"好了！吵吵什么？"如钟的声音从殿中传来，朱高煦穿着一袭长袍便服从内间缓缓走了出来，一面走，一面从身后的太监手上接过玉冠戴在束发之上。

"你，来这儿做什么？"朱高煦的目光阴沉不定地投在月奴身上。

"王爷，李主子有话禀告。"月奴双膝一屈，跪倒在地。

朱高煦先是看了看邓妃，随即走近几步，以手托起月奴的下颌，看到她红肿的双颊，心中就已然明白了，"什么话，说吧！"

"回王爷，李主子说，得了南京的桂花鸭，请王爷过去……"月奴话音未落，邓妃已然扑进汉王朱高煦的怀里抽泣了起来，"王爷，这李秋棠也欺人太甚了，您才刚在我这儿歇了一夜，一大清早就差人来搅局，还以为是什么事，就为了一只鸭子，这……这……"

而朱高煦的目光中则闪过一丝不易察觉的忧虑和疑惑，他推开了邓妃，直愣愣地盯着月奴，片刻之后，便大步向外走去。

"王爷！"邓妃高呼，声音因为愤怒和委屈微微有些发颤，她把满腔的怨愤转移到月奴的身上，抄起手边的香炉冲着月奴便狠狠地砸了过去。

只是这一次，月奴轻盈得如同一只蝴蝶，稍稍闪了个身，便追随着汉王飘了出去，只是临出门的时候，她说了一句话："娘娘说的是金玉良言，打狗也要看主人。只是这府中除了汉王是主人，其余的，哪还有什么主人？不过都是狗！"

"你……"邓妃气得花容大变，跌坐在地上，那个满脸红肿满是抓痕的小丫头说的什么？她怎么有些听不懂了？

出了遗芳苑，汉王似乎是刻意将月奴带入风波之中，他竟然伸手将她半搂在怀里，连拖带拉地揽着她的腰，一路并行。

"秋棠都教了你些什么？除了隔三岔五添些新伤回来，也看不到半点进展。"朱高煦边走边说，像是询问，又像是在自言自语。

"李主子待月奴极好，她教会月奴如何为奴。"她说。

"哦？"朱高煦笑了，"不是该教你如何做女人吗？这样才能把你送到他身边去。"

月奴身形微颤，竭力克制着自己的情绪。

"你，现在还在做梦吗？"朱高煦钳制着月奴的纤腰，凑在她耳边问道。

月奴自然知道他是何意，那个如同天神一般的皇太孙，现在的皇太子，便是她追逐的梦。她低着头，只默默盯着脚下以双色鹅卵石铺就的小路，"从来没有。"

"哈哈！"朱高煦大笑起来，"他现在南京，本来我打算这就差人把你送到他身边去，既然你从来不想，那就算了！"他的笑是那样狂妄，只是笑过之后，眼中分明有茫然和无奈。

月奴不知怎的，突然扶着他的腿，跪了下去，把头低垂在他的脚面上，那样子让园里的太监侍女看到还以为她在为王爷擦鞋呢。

她呢喃着，声音很低，但是他可以听到，"月奴不再做梦了，月奴只愿留在王府，侍候李娘娘，侍候王爷。"说完，她仰起脸，莹白娇美的容颜上还有依稀可见的掌印，红肿得有些变形，那带着血迹的抓痕自然是那些女人留下的。原本有几分丑陋，但是此时映在花海中，竟是那样的动人。晶莹的眸中闪烁着真挚与点点的泪光，唇边是淡极了的笑容，她的神情如此安静，如此甜美。

一瞬间，汉王被感到了。他似乎被这个备受踩蹭和折辱的女仆降服了，心底涌起一丝温柔，嗓子有些发痒，好像什么东西堵着，想要说些什么，却终于缄口。

第三章　命格多磨难

汉王府西福殿内。

意料之中，没有芳香四溢的美酒佳肴，更没有所谓的南京桂花鸭；有的，只是一个小小的信筒，那是拴在飞鸟腿上，往来南京、北京和乐安三地，为朱高煦传递消息用的。

展开那个小小的纸卷之后，朱高煦面上忽明忽暗。

站在他身后的李秋棠轻哼一声，"怎么，事到临头，又怕了？"

"不，南京现在震灾不断，他是在替朝廷安抚灾民，料理善后，本王绝不能在这个时候……"朱高煦踌躇着，南京旧宫和留守的官员中有他的人。朱瞻基受了重伤，若是在这个时候让太医稍稍假以动作，不用下毒，只是疏查，便可令他卧床不起。

可是朱高煦不愿意这样做。他比任何人都清楚，对不起他、夺去他天子之位的是他的兄长，当今的洪熙帝朱高炽，而不是那个文武双全让人不能不喜欢的侄儿。

他有什么错？替父筹谋，原本就是天经地义。所以，朱高煦从来不愿意实施对朱瞻基的阴谋。

"妙锦就在郭贵妃宫中，有的是机会，咱们不必赶尽杀绝。瞻基，他终究还是个孩子。"朱高煦坐在临窗的雕花床上，眼睛直视着不远处的木雕格子架，上面放着白玉碟子、琉璃八角宝瓶、西洋自鸣钟等摆设。而朱高煦的目光最终牢牢地锁定在了一艘黄金打造的十分精巧的宝船上面，这只船让他想起了他和朱瞻基之间从未履行过的约定。

那一年，朱瞻基还很小，朱棣为郑和的宝船队起航送行到刘家港码头，他和朱瞻基也随同前往。宝船的宏伟气势令世人瞠目，更深深震撼了小小少年的雄心壮志。

典礼结束后，宝船礼炮齐响准备出航，可是这个时候，皇长孙朱瞻基却找不到了。他躲在了郑和的指挥室里，说什么也不下来，他要和宝船队一同出航西洋。

朱棣自然不允，而朱瞻基不哭不闹，就是牢牢地抓着郑和的衣袍，死也不肯下船。还是自己这个二叔，拿了一个宝船模型将他哄下船。那时，他们就许下一个约定，等瞻基长大了，他们一同出航，一同去经历海上不可预见的风浪与凶险，一同去探索西方古老的文明和繁华。只是，时间流逝，瞻基长大了，叔侄却再也不能同行。

"糊涂！他若好端端的，就算妙锦成了事，你的胖哥哥归了西，天子之位上坐的是他，依旧不是你。"李秋棠打断朱高煦的回忆，声音虽低却力如千钧，一双美目凌厉地注视着朱高煦，"你应该知道，如今，在咱们手上握着多少条性命？一路走来早已不能回头，绝不允许妇人之仁！"

"妇人之仁？"朱高煦哑然，审视的目光从头到脚打量着面前这个女人。十年间，她的容颜仿佛丝毫没有衰老，反而越发明媚娇艳起来，汉王突然对这个最亲近的枕边人有些拿捏不准了，"秋棠，其实在本王心中，一直觉得你的身世像一个谜。有时候，对于那个位子，你似乎比本王更想要得到。对于皇兄和瞻基，你也更为痛恨，这到底是为什么？"

"为什么？"李秋棠笑了，原本如同一汪秋水般的美目此时如同不可见底的幽潭一般，那里面贮藏着的爱与恨如此汹涌，深不可量。

"因为我不想做虞姬。"她收敛了面上的笑容，眼睛冷得有些怕人，"武功与谋略，项羽从来不输刘邦，可最终惨败，是因为站在他身后的是虞姬，而不是吕雉！"

"你想做吕雉？"朱高煦觉得从头冷到了脚。

"哈！"她又笑了，原本蕴着寒光的眸子忽地柔和起来，原本坚定的神色瞬间变得迷茫无助，"肚子不争气，如何做得了吕后？只要不与爱人饮刀而别，就是幸事了！"

"你！"朱高煦已经习惯了这个女人在自己面前指手画脚干涉诸事，对于她的毒、她的狠，她的超然与智慧，他早已司空见惯。如今，她柔弱得如同雨打梨花一般惹人怜惜，却着实有些招架不住。于是，他站起身，将她拉到怀里，"是你自己不想。若是想，十个八个，也早生下来了。"

她笑了，唇边是一抹惨烈的笑容，"若是那样，你还会像今日这般待我吗？"

"这……"朱高煦无言了。帝王之后，最忌女人有武后的心思、吕雉的谋略。若是秋棠有子，那么自己和王妃，以及王妃身后的那帮人，都是不能容她的。

无子，而为夫筹谋，才是真正的无私，才是无害的。这也是自己这么多年对她言听计从，对王妃都保密的事情而偏偏与她密谋筹划，王妃也一直睁只眼闭只眼的缘故。

只是这个女子对自己而言始终是个谜。

而依偎在他怀里看起来黯然神伤的李秋棠却在心底暗暗发狠，你看出来我比你更恨坐在皇位上的人、更觊觎那无上的皇权，可看出来又能怎样呢？你永远也不会知道这其中的内因。其实，你不过和月奴一样，只是我手上的一枚棋子。

南京旧宫中，朱瞻基依旧平躺在榻上，小善子正端着一碗药在旁边侍候。

"殿下，这个沙袋，您怎么取下来了？娘娘交代过，万万不能拿下来。在骨折处施加压力，这样肺脏的损害会少些。"小善子眼睛一瞥，看到榻里被子下面露出的沙袋一角，立即低呼了起来。

"喊什么？"朱瞻基斥责道，只是微微一用力，胸部便如锥刺般疼痛起来，由此又是一阵气喘和咳嗽。

"殿下。"小善子放下药碗,伸手帮朱瞻基轻抚胸口,却突然看到他唇边的血色,"殿下!"

朱瞻基强忍着,胸口的疼痛和猛烈的咳嗽带来又一阵的气血上涌,一口腥腥的液体涌了出来,他便知道自己又咯血了,可是若微应该就在外面厅里,所以他才强忍着咽了下去,不想依旧被小善子发现了。

小善子的惊呼将若微引入室内。坐在朱瞻基身旁,若微抓起他的手腕,不由分说便号起脉来。

"好了,没事了,不要大惊小怪的。"朱瞻基开口安慰,不料又是一口鲜血吐了出来。

若微眼中噙满泪水,强忍着才没有喊出来。

沙袋是他送来的。许彬听了太医院诊治的结果之后,始终面露忧色,他虽然没有明说,但是若微知道,一定是哪里出了问题。许彬毕竟是外臣,不在太医院供职,不能对皇室成员的病情提出任何诊治的意见,否则便是大罪。而且,他若提出相左的意见,太医院那班遗老一定对他口诛笔伐,又是一场纷争。

所以,他虽然面露忧色,却不能表态,最终悄然出宫,只是很快便托人送进来两个沙袋。

此时若微才想起她曾在一本《外伤难症集》中看过,人若是从高处跌下或是受到重击,身体胸腔处虽表面未受损,而内中却会折骨断筋,造成内瘀之症,就要以重物压在患处,一来加固断骨,二来是为身体内外压力平衡,使肺部正常呼吸,否则极容易造成气血倒流,或是胸、肺不张,如此一来,日子久了,怕是再难痊愈。

当若微最初把沙袋放在朱瞻基伤口上时,他面露苦涩,"非要压着这劳什子吗?怕要喘不过气来了。"

"要,一定要!"若微绷着脸,她心里着实有些生气,暗地里埋怨朱瞻基以身犯险,被救之后又不让许彬医治,实在有些小家子气。

"若非要压着才能好,不如你叫馨儿来,让她趴在我胸口上,总比这两个沙袋好。"朱瞻基还在调侃,声音透着轻松,可是面色惨白,只说了两句话,又气喘起来,额上汗水更是密密地渗出了一层。

想来是疼极了！因为强忍着，原本英俊的面容也有些变形。若微不忍再看，定了定神，才强忍着克制住自己的情绪，拉着他的手哼着儿时一起唱过的童谣。看着他睡熟了，若微才起身离去。

若微在自己的营帐中换上了宫女的衣衫，正准备悄悄出宫，便被入内的紫烟和湘汀拦住。

"娘娘！"湘汀眼中满是忧虑之色，"奴婢知道您在想什么、要去哪儿，可是，这个节骨眼儿上，殿下身边不能没有您，您也不能擅自出宫。咱们身处南京旧宫，虽然不比京城，可也有这一双双眼睛在盯着，保不准没有消息递到京里。若传到皇后那里，怕是又要起风波。再说，这宫里的太医们总是有些本事的。一定要出去找他吗？"

"是！宫里的太医也许可以治好殿下的伤，但是也会有万一。而我，不能让这个'万一'成为现实。所以，我一定要去找他！我信他！"若微言之切切，十分坚定。

"那您也不能出宫，我，或是小善子可以去找许大人，我知道许大人的府第。"紫烟插言道。

"我，必须自己去！"若微有些迟疑。是的，她不能无所顾忌。但是她不在乎，她不能殃及他！

"娘娘！"湘汀郑重其事地跪在若微面前，没有再劝一个字，只是冲着她摇了摇头，目光中尽是担忧与制止。

若微微微一滞，紫烟已然跑了出去，"我去！娘娘放心，娘娘要说什么，要问什么，紫烟都知道。"

"紫烟！"若微根本无从阻止，她缓缓地坐在一旁，有些失神儿地盯着湘汀，湘汀和紫烟如临大敌的神情让她不由暗暗深省，自己和许彬，在旁人眼中，竟是如此危险吗？难道他是烈焰，走近他，便会被点燃吗？

病榻上的朱瞻基宁愿饱受伤痛折磨，也不愿借他的妙手来医。而紫烟和湘汀无端的担忧和紧张，又是为了什么？

难道，自己和瞻基，还有许彬，早已确定的格局还会有变吗？

第四章　踏歌旧时曲

月上柳梢，愁满天涯。

"明月照高楼，流光正徘徊。上有愁思乡，悲叹有余哀……"

南京皇宫空地上的营帐内，若微静静地坐在榻上，怀中搂着渐渐睡熟的女儿，眼睛透过微敞的门帘，望着那抹清冷的月光，若隐若现的愁思笼在眉宇间，久久难以退去，口中不知不觉就诵出了曹植的这首《怨歌行》。

紫烟从许彬那儿回来以后，若微的心便如同放在烈焰上炙烤一样疼痛难挨。

"许大人说，要用新鲜的龙唇草配七叶独活、川地仙鹤草和蓝胡麻粉，合煎成汁，以结红籽的仙露叶为引，以此才能治愈太子殿下的咯血之症。"

好奇怪的方子！若微听了，眉头就再难以展开。

且不说这个方子如此稀僻，并没有在寻常的医书药典中出现过，这该如何过得了太医院的那道关？再者，若要让朱瞻基能及时服用，这几味药材都极为罕见，龙唇草和七叶独活都是夏末秋初在高寒的山地上才能觅到的，药典局或许有存药，但若是要新鲜的，这季节也不对，要上哪里去寻找呢？还有那结红籽的仙露叶，又该去哪儿找？

若微静静地坐了半个时辰，才恍惚记得在一本残缺不全的古籍中曾经看到过，这结红籽的仙露叶曾经出现在长江岸边千丈之高的黑枫山上，在其高崖上有一株高三四十丈的茶王树，那上面就曾经结出过这样的仙露叶。

南京，春日里的南京，这些稀罕的药能找寻得到吗？而朱瞻基此时的情形，要不要及时通报给北京呢？一切，皆如此费思量，可她连半点儿头绪也没有。

"娘娘！"紫烟轻手轻脚地走进来，"郡主睡熟了？"

若微应了一声，紫烟便将小郡主从她手里接过来，放在不远处的檀木雕花架子床上，拉好锦被，又放下纱帐，这才小心翼翼地打量着若微的神色，轻声问道："娘娘，许大人既然给了方子，咱们让太医院按方抓药也就是了，为何反而愁眉不展呢？"

若微对上紫烟的目光，微微叹了口气："这药，怕是不那么好找。"

若微相信，如果她没猜错，这药材若是好找，那么紫烟今日也就不会空手而归了，许彬一定会将药材配好让她带回来的。

可是，现在……

若微的心猛然抽搐起来，"紫烟，你离开许府的时候，许大人在做什么？有无异常？"

紫烟仿佛一下子被问住了，她凝眉而视，想了又想，"也没什么，许大人神情平淡，一切如常，只是……"

"只是什么？"若微更感觉到不安。

"只是他身边的丫头都怪怪的，绿腰，还有那个叫什么白纻的，脸拉得老长，如丧考妣。只有羽娘还算镇定，不过，她看着我的眼神也怪怪的。"紫烟说着，还莫名其妙地摇了摇头，显得十分疑惑。

果然不出所料，许彬定是亲自为自己去找这些药材了！这几味药不是长在高山密林深处，便是长在湿地之畔。许彬，这是以身犯险！难怪他身边那些红颜要担心，自然也不会有什么好脸色给紫烟了。

"紫烟，你，下去吧。"若微面色虽变，但仍强作镇定之态命紫烟退下。当屋内只剩下她一人的时候，她迅速做出了一个决定。

没有与任何人打招呼，若微卸下钗环，换了便捷的男装，拿上朱瞻基的玉牌就悄悄出了宫。因为这几日震灾连连，皇宫中的殿宇也毁损了不少，城墙中也有了不少缺口，人心惶惶的，防卫自然也疏忽了。

若微轻松地出了宫门，凭着玉牌又得以在御马监牵出一匹脚力极好的骏马。骑上它，只一盏茶的光景便到了许彬府上。

不出意料，许彬不在府上，就连羽娘也不在，原名踏歌后改名为白纻的侍女将她请到妙音斋里。

许彬府上的丽人都是绝色，白纻更是其中的翘楚，经年已过，其容颜依旧美艳动人，改变的似乎只有心境。

"白纻姑娘，你家公子去了哪里？"若微开门见山，面色急切。

白纻唇边含笑，指了指一旁的座椅，又亲手奉上一杯热茶，面上是一副风轻云淡的模样，不急不躁，也不答话。

若微上前拉住白纻的手，目光中尽是忧虑之色："好姐姐，快告诉我，他去了哪里？是不是黑枫山？"

白纻笑了，声音如同夜莺鸣唱一般动听："你着急了？是真的为他着急？还是为了你夫君的药引子着急？"

"白纻姐姐！"若微面色微烫，是的，自己的立场究竟该为谁而急？白纻的话里分明有着责怪之意，可是，怪自己什么呢？

"我家公子为了你的夫君，这两日已经把这南京城附近的山山水水都寻遍了。鸡鸣山、牛首山、栖霞山，整整两日没合眼了。你猜得不错，如今就是去了黑枫山。"白纻的面上始终带着和煦的笑容，只是眼睛冷得有些怕人。

"黑枫山？"若微的心忽地沉了下来，黑枫山在长江边上，峰峦起伏，怪石嶙峋，地势险峻，最重要的是，那是一座荒山，不像栖霞山和牛首山那样游人如织，还有庙宇香火。黑枫山人迹罕至，常有野兽出现。

若微的脸色变了又变，"多谢姐姐相告。"说完，她便转身要走。

"你做什么？要去黑枫山？"白纻拉住了她，眸子中闪烁着质疑，还有一种说不清的情绪。

若微点了点头。

"你？"白绖摇了摇头，淡然一笑，"你，终于也会替他担心了？"

若微没有应答。

"是啊，这么久了，他为你做了这么多事情，你是该有些回应了。就是一块石头也该被焐热了，更何况是人心？他这样呵护着、宠爱着、体贴着你，而你呢？原是一个从来都不曾将心思放在他身上的人，而且，还是一个另属他人的女人。他心里有多苦，你根本无从知晓。"白绖从书案边上的一个青花瓷瓶中拿出一个画轴，在案上轻轻展开。

若微目光一扫，微微有些惊诧，画上正是及笄那年如同出水新荷般娇媚的她，手持陶罐捧于胸前，松膝、拧腰、倾胯，以婀娜之态定格，含笑而望、身韵优美。

那是……

"那晚，你踏歌而来，你的眼中只有朱瞻基，却不知自己已然成了另一个人的情劫。这幅画是他画的，从此在妙音斋里，在这摇曳的灯烛下，便有一个俊秀修长又孤寂萧瑟的身影对着这幅画夜夜无眠、黯然神伤。即使经年不见一面，他也会始终追随着你的步子，皇宫、道观、南京、北京，经年不倦。究竟还要让他做什么，你才能对他好一点儿？"白绖终于不再淡定从容了，她目中微闪的晶莹暴露了她的动情，是的，原本她的名字叫踏歌，但是那晚之后，她便再也不能用那两个字了。白绖？多可笑的名字？

"情劫……"谁是谁的情劫？许彬对自己是情根错种，那白绖呢？甚至是秦淮河画舫上的羽娘，其实都是一样。

"白绖姐姐，你可以怪我、恨我……"若微转过身向门外走去，"我现在去找他。"

"等等！"白绖无端提高了音调，"找他做什么？感谢他为你所做的一切？他不需要。那样高傲的他，从来不需要任何人对他说谢谢。尤其是你，说了反而会伤了他。如果不能给他全部的爱，就像他对你那样，那么你最好什么都不要做，马上回到你的皇宫做你的妃子，永远不要再找他，就算你家人死绝了，那也是你的事，不要来烦他！"

若微深深吸了一口气，"我不是想对他说感谢的话，我是不能让他为我涉险。"

"不能？"白纻发出一阵咯咯的笑声，在寂静的夜色中是那样地冷煞，"你从来都不曾真正地静下心来了解过他。你对他提要求，提各种难办的要求，对他而言都不是危险、不是难题，而是一种幸福。虽然不能相守在一处，可是能为你做事，越难便越有价值，他心底的苦涩便会被一种叫作'甜蜜'的感觉所替代，他才会有难得的快乐。你究竟懂不懂？"

若微心中满是怅然与酸楚，对于白纻的指责，她无言以对，只说了句"告辞"，便夺门而出。

看着她的背影，白纻唇边含笑，眼中的泪水却在不经意间悄然滑落。绿腰从屋外入内，瞥了一眼放在桌几上的热茶，面色微惊，"白纻，这茶没让她喝？"

是的，许彬走的时候有交代，他猜中若微会来找他，他怕她也会步他的后尘追去寻药，他怎么会允许若微涉险呢？许彬于是便嘱咐白纻她们，若是若微来了，一定要将她留下，这茶中放了安眠的药粉，只喝上一口，便会睡上几个时辰。

可是，白纻并没有刻意让若微喝。

"公子为她做了那么多事，为了她甚至连大业都弃之不顾了。这一次，既然是她自己决定的，一切的后果也应该由她自己承担。这些年，公子就是把她保护得太好了。"

白纻的话有些缥缈，绿腰拧眉细品，微微思忖了一会儿，也点了点头，"还是你考虑得周详。"

黑枫山，山如其名。这座位于江边上的荒山，势如刀背，十分陡峭，在夜色中如同长着獠牙的怪兽，阴风阵阵，令人胆寒。山脚下还有三两户民居，再往上，就人迹罕至了。

若微将马暂时托给一户人家，那家的大嫂极是和善，劝她莫要上山，"有什么急事，非要大半夜地摸到山上去？这黑灯瞎火的，我们这儿还时常有野兽出没，你一个人，也没有箭弩傍身，实在是太危险了！"

若微问道："大嫂，这山上可有一株茶王树吗？"

"咦？"大嫂愣了，"怎么这两天都是问这个的？什么茶王树我不知道，可是这山顶上确实有一棵四五个人都抱不过来的大树，你问的是这个吗？"

若微点了点头，"大嫂，有人向您打听过此树？"

"是呀，日落之前有个后生，跟你一样俊俏，问完以后就上山了。"大嫂细细端详着若微，仿佛想从她面上参透些什么。

"大嫂，我家人得了重病，深夜上山是为了寻一味草药的。药典上说，这味药实在是难得一见，就在咱们山上那棵药王树附近。"若微坦然相告。

"那，要不等我家男人回来，陪你上去看看？偏他去江边捕鱼了，要明天早上才回来。"大嫂实在是个热心肠，若微却等不了，她谢了又谢，便孤身上山。临了，大嫂还是送了她一把自家男人平日里行猎用的砍刀。

初行路，盘山道虽然坑洼不平毫无规则，但走起来还不算太费力气；然而行了没多久，似乎还未到半山腰，便再无大路，只有一条被猎人踩出来的小径，需要手脚并用，攀爬起来颇为费力。两边都是黑漆漆的树影，不远处似乎还能听到一两声动物的嘶鸣。途中水流沟壑纵横，间或会有丈高的大青石横亘其中，这石头滑得像冰，上行下行都令人惧怕，另外一边则是看不到底的深渊。

原本应该心惊胆战，可是若微此时心中毫无惧意，山路虽险，却是通往希望的捷径。

这条路，可以看到许彬。

这条路，可以为朱瞻基寻到续命的药草。

有这样两个男人相伴，还有什么可畏惧的呢？

但她却不知道，此时的许彬并不在黑枫山。

第五章　寂落续前缘

夜色笼罩着山峦，好在有月光和繁星相映，辨识起山中小径来毫不费神。那繁茂的大树像擎天的巨伞一般矗立在山顶，远远的，虽然看不真切，但是若微相信，那应该就是茶王树。

身上的衣衫早已被汗水打湿，束起的乌发也散落下来许多，碎发粘在颈背上，双手早已沾满了尘土，此时的自己一定是狼狈极了。

山，从那年和哥哥继宗一起登云门山遇到彭城伯夫人，自己的命运似乎便与山紧紧地联系在一起了。

因为云门山的一面之缘，一旨皇命，她便茫然入宫。幸而与朱瞻基相识、相知，结下青梅之恋。

然后便是十三岁时，与咸宁公主、瞻基和瞻墉一同出游栖霞山，为了追逐娘亲的那方素帕不小心跌下山去，便遇到了许彬。

白衣飘飘，丰神俊秀，出神入化，来去无踪，美好得像天空一般明朗，却也十分遥远。后来，所有跟栖霞山有关的记忆里，便都会出现他的那抹白色身影。

随后，迁至北京，西山遇险，自己和朱瞻基的情爱受到了空前的考验；府中的风波也接踵而来，又是他暗中化解。一切一切，仿佛就在眼前。

而今，又重回南京，故人依旧在，事事已皆非。依旧是在山上，这一次，见到许彬，要对他说些什么呢？

若微思量着，步子却并不敢有丝毫怠慢。

这两日以来，朱瞻基都不肯让她留宿在他的寝帐之中，就是她去看他也要通传，要在外面等上好一会儿，然后才能进去。

若微起初不明，甚至有些埋怨，但是很快她便明白了。因为香炉里新加的香料和满屋子摆着的新鲜花草的芬芳并不能完全遮盖住室内的血腥之气，朱瞻基刻意理好的仪容也难掩他的一脸病态和憔悴。

他，不仅是大明的太子、国家未来的君王，更是一个顶天立地的男人，是她的夫，是她女儿的爹爹。所以，不管他病体如何，独自忍受着怎样的痛苦，他对她依旧笑颜以对，也依旧轻声细语，极尽温柔。

这样的他，彻底打消了此前皇太孙府诸美争宠风波中盘踞在若微心头久久难去的阴影。

他对于自己的心，从来没有变过。

泪水就在不经意间悄然滑落，危险也在不经意间悄悄降临。

嚎叫！令人心惊肉跳的野猪的嚎叫声并没有让若微真正害怕，直到她眼睁睁地看到林子里闪出的那个黑影时，才意识到，幸运并不是永远伴随着自己。

以前在草原上遇到狼的经历让她立时镇定下来，不动，不轻易地动，也许它就不会袭击自己。可是她想错了，野猪不是狼，这儿也不是草原。最重要的，她的身边没有颜青，更没有许彬，只有她自己，一个人面对危险。

野猪终于失去耐心，向她扑了过来。

人的潜能也许真是无穷的，若微几乎是想也未想就举起了那把砍刀，刀锋正砍中野猪的头骨。虽然若微用尽了全力，可惜，对野猪并没能一刀致命。

野猪嚎叫的声音响彻四方，它的一只前蹄狠狠抵在若微的肩头，龇出的獠牙恐怖极了，若微在仓皇中又冲着它挥舞了第二刀，这一刀却被它跳着闪过了。而且由于用力过猛，若微手上一松，那把刀也脱了手。于是若微只有拼尽全力地向另一侧跑去，被激怒的野猪则在后面紧紧追赶。

若微心中还抱着一丝希望，那袭白衣也许该出现了吧？

百花巷内，许彬的府上，妙音斋内，许彬匆匆入内。

绿腰与白纨立即迎上，又是打水洁面，又是奉茶更衣，一番收拾之后，许彬从容地坐在书案前，将今日药囊中采集回来的草药细细查看，随即交给绿腰，"先存好。"

"是！"绿腰点了点头。

"公子，这药凑齐了？"白纨将室内的灯烛拨亮，有些好奇地问道。

"还差一味，这一味，只能看天了。"许彬靠在椅背上，幽幽说道。那是作为药引子的仙露叶，原本就极为罕见，这几日他寻遍了南京城附近的山山水水，也没有发现半点儿痕迹。即使是曾经见于药经中记载的黑枫山上的茶王树，他也去查看了，虽能看到几株仙露叶的根茎，但都太老了，出现了木化的迹象，难以入药。如今若想得到新鲜的，还须等一场大雨，雨后上山去采，若有长出的新苗才行。

可是，这雨能不能来，便不是他能决定的。所以他才会说，要看天。而朱瞻基的命能不能等到药材凑全，如今是人事已尽，也只能看天意了。

思绪渐远，许彬将目光投向书案边上装画的瓷缸，面色突然变了。

"她，可曾来过？"他脱口问道。

"没有。"白纨斩钉截铁地答道。绿腰站在一旁，目光微闪，只把头低了下去。

"她贵为太子侧妃，怎么会贸然出宫？况且紫烟已将您拟的方子传进去，她自然知道一切您都会为她安排好，她也就放心了。"白纨原本是少言寡语的，但是今儿的话却显得有些多。

许彬的目光从画轴转到她的脸上，紧盯着她的美目，细细凝视，然而她的目光依旧清澈淡定，他也就放心了。

是的。也许自己的担心本就是多余的，在若微眼中，自己永远是无所不能的，永远是她遇险时的救星，她怎么会担心自己深山寻药会不会遇险呢？

想想刚刚，也真是凶险，许彬的目光又停在自己的腕部。白纨离他很近，循着他的目光一望，立时变色道："公子，被什么毒物咬的？"

那腕上已然红肿起来，赫然有三两个深深的齿印，渗着血色，而且，紧挨着齿印的地方竟然还有一道极深的伤口，虽然已经涂了一些药粉，但还是能看到血肉。

绿腰也惊住了，立即转身去许彬的药匣内翻找。

"没事，已经处理过了。放心，我命长着呢！"许彬面上又恢复了平静，话语中透着调侃之意，却让绿腰和白纻珠泪暗淌。

只是在床上微躺了片刻，便听到外面雷声大作，一阵疾风吹过，暴雨瞬间倾覆，许彬心中暗笑，看来这朱瞻基的命也长着呢！

只是自己这一宿就不能睡实了，只待雨一停，便要重新回到黑枫山去寻那仙露叶，正在辗转反侧之际，只听得外面一阵嘈杂。

在绿腰和白纻的声音中夹杂着一个有些陌生的女音，许彬眉头微皱，立即从床上起身，披衣来到外面厅里，正看到立于门外浑身已然被淋湿了的紫烟。

"紫烟，你怎么来了？"许彬一双俊目静静地盯着紫烟，面上虽然肃穆，却也将忧虑与担心悄悄泄了出来。

紫烟"扑通"一声跪在许彬面前，"许大人，我家娘娘，我们微主子不见了。"

时间如同静止了一般，许彬宛如坚玉的眸子突然寒光微闪，他弯下腰刚要伸手，绿腰与白纻已将紫烟扶了起来。

"何时不见的？"许彬面色微微发白，眼睛中有精光闪过，耀目得慑人心魄，恨不得将世间万事都洞察于心。

紫烟抽泣着："原本就有些奇怪，娘娘今儿就寝前也没让我们在帐内服侍，是自己带小郡主睡的。可过了一更天，我听到小郡主在哭，就跑进娘娘的寝帐，这才发现她不见了。而且，之前藏着一件男装也不见了。我不敢吱声，四处寻了寻，殿下的寝帐那边也去探了探口风，都不见人，这才慌了，告诉了湘汀。我们悄悄问了各处的宫门守卫，可都说没见娘娘出宫。后来寻到聚宝门，说是有个小公公拿着殿下的玉牌要了马，早就出宫去了。"

许彬的面色变了又变，一双俊目如月夜寒江，"守卫可说，她朝哪个方向去了？"

"没说。可是奴婢寻思，皇宫十三门中只有聚宝门离这里最近，而且这两日娘娘心思不定，有好几次要过府来找许大人，所以……"紫烟咽下后面的话，她知道她的意思许彬应该已然明白了。

许彬侧了一下头，目光转向了绿腰和白纻，他的目光中带着一丝问询，唇边竟浮起一丝奇异的笑容。

这笑容有些邪魅，附在他俊美的面庞上，显得他更加卓尔不群，甚至会让人产生错觉，那丝丝笑意里透着杀气和勾魂摄魄的霸气。

白纻的面色苍白得有些吓人，绿腰始终低垂的头过早地暴露了她的心事，于是，许彬便全然明白了。

"她来过？"许彬目光如箭，直逼白纻。

白纻索性点头，是的，在他那绝世无匹的俊美容颜面前，在他睥睨天下的轩昂器宇下，她不能对他撒谎，"她来过，又走了。我们没有留她，此时，她应该在山上。"

白纻的坦然让他稍稍有些意外，转瞬之间他洞悉了一切，一只手轻放在白纻的肩头，附在她耳边，亲昵的举动让人有些意外。带着几分轻狂，又像在调笑，他在她耳畔低语着："原本这次为她找到续命的草药之后，我便真的抽身，再也不管了。可是你，你的擅作主张，让我改了主意。从此，海角天涯、庙堂江湖，我对她不离不弃，永不放手！"

"公子！"白纻惊呆了，泪水肆意流淌下来，他，竟什么都知道。他知道自己的心思？他在说什么？对自己诉说他对孙若微的赤裸裸的情意吗？

终于，她跌坐在地上，呢喃着："公子，白纻宁愿此时死在您面前，也不愿听到这样的话。"

紫烟被眼前的一切惊住了，她不知道这里面错综的关系和其间发生的种种事故，她只是焦急地催促着许彬："许大人，天亮之前一定要找到娘娘！不然，不然殿下面前，可怎么交代呀？若是流言四起，娘娘就再无出路了！"

"好紫烟，放心，我会找到她的。"言犹在耳，人影已然渐远。

第六章　荒野相濡沫

纵马飞驰，如箭如梭，许彬的心中五味杂陈，苦涩中却有一丝难得的甜蜜。

她，竟然连夜出宫来到他的府上，又匆匆赶往黑枫山。这说明在她的心里，自己并不是一个无足轻重、只有在危急时刻才会出现的守护者。她终于为了自己，也做出了这样有悖世俗的举动。于是，一切都无须再说了。

她，正是值得自己倾心一生的女子。

然而到达山脚下，许彬的心便瞬间灼烧了起来，自己之前冒雨骑马只一味着急赶路，在官道上还不觉得怎样，然而进了山，行至山脚下才发现，原本就十分难走的山路此时已然泥泞一片，再也没有路的影子。

许彬于是弃马而行，凭借上好的轻功，也费了不少力气，才到达山顶。

山顶上，那棵传说中的茶王树傲然矗立，而四下里漆黑一片，不用开口喊人，也不用点亮火把，凭借过人的目力和耳力，他便知道，她不在山顶。

那么，她在哪里？

许彬靠在茶王树两丈来宽的树干上，告诫自己一定要冷静，他需要理一理思绪。她深夜上山，最有可能遇到的危险是什么？会不会失足跌落山洞呢？她一向是冒失的，而这座山山势如此险峻，稍有不慎，跌下去也是一种可能……但他很快摇了摇头，不会的！

这山是无人看管的荒山，树木繁密，就是故意往下滚，滚不多远也会被树枝挂住，不会直接跌下去。况且此山一面是悬崖深涧，一面是长江流水，越是凶险，她也该越是当心才是。

那么，还有什么可能？许彬立即紧张了起来，是自己第一次上来时遇到的毒蟒？还有隐隐的野兽的叫声？

"若微！"他终于不再淡定了，他奔跑着，展开上好的轻功在山顶沿小路仔细巡视着，"若微，你在哪儿？"

声声呼唤，如同哀鸣，在凄冷的夜色里，夹杂在依然如注的雨水中，是分外的凄厉。

在距离山顶不远处的一片林子里，他发现了痕迹，是一只受了伤的野猪在地上喘着粗气，看样子已然快不行了。它的头上被人重重地砍了一刀，虽不至于当场毙命，但是流出的血淌了好远，看起来已过了一两个时辰。草丛中的血迹已经被雨水冲刷得不那么真切了，但是空气中弥漫的血腥还是那样清晰可闻。

就在离野猪数丈之遥的树下，许彬发现了一只鞋，是一只宫靴。上好的料子，细致的做工，最重要的是，这虽是男人的宫靴，而样子却做得如此小巧。

"若微！"许彬的声音中充满哭腔，似乎自己从降生到现在，这还是他第一次有意识地哭，因为害怕，无边的恐惧紧紧包裹着他，让这个从来镇定自若、泰山崩于前而面不改色的男子心惊肉跳，惊惶失措。前所未有的害怕，他不敢想，若是那个笑靥如花、眸如星辰的若微不在了，那么这个世上，还有什么值得他留恋的？

许彬脑中一片空白，在即将绝望的边缘，一阵细微的声响，把他从绝望中拯救过来。顺着那细小的声音，他发现了距此处不远的一个洞穴。确切地说，那不是洞，只是猎户用来诱捕野猪和豹子等大型兽类的陷阱，上面掩盖的树枝和草叶已被扯去了一大块，借着月光，许彬看到了那个蜷缩在下面的身影。

纵身一跳，许彬便将她牢牢圈在怀里。紧紧拥着她瑟瑟发抖的娇躯，许彬的泪水混合着雨水一起滴落在她的秀发之中。这个女人，自己对她究竟是爱还是恨？许彬自己也说不清了，此时，他真的很想把她结结实实地打上一顿，或者干脆点住她的穴道，一生一世也不解开，让她失去行走说话的能力，一动不动如同木偶一般，就像那幅伴了他两千多个日日夜夜的画一样。

只要她能够老老实实地存在于他的视线之中，只要如此就好，他的要求从来不高。可是现在，竟然差点就失去了她。许彬的情绪失控了，他痛恨若微，更加痛恨自己，他不能允许这样的疏忽、这样的意外！

因为这样的危险、这样的分离、这样一切都不在掌控之中的局面，许彬感到惊恐极了。

可是她偏偏要在这个时候来挑战他早已濒临崩溃的精神底线，满面尘土，却难掩珠辉，美人落难，总是分外让人痛惜，闪着一双美目，略带顽皮之色，她轻轻推开了他，"我就知道，你总是舍不得我死。"

"是。"他微微低着头，一动不动地注视着她，片刻之后，他便疯狂了起来！

疯狂地，不带半点温存的吻霸道地将她的娇唇封锁起来。双臂紧紧箍着她，不允许她有丝毫的抗拒与游离。他轻轻叩开她的珠唇，轻启她如贝的牙齿，吸吮着那动人的柔软的嫩舌，唇齿相依，紧紧缠绕，几乎窒息。

她，未曾抗拒。

矛盾中，她只是紧紧闭着双眼，微微拧起一双好看的柳眉，忧虑与愁思笼在面上，微微的轻颤暴露着她的情绪。

是渴望？还是畏惧？她不知道。

可是，许彬知道。

于是，一个天长地久的吻之后，他的热情便如潮水般退去了。依旧是将她紧紧地拥在怀里，但是她和他都知道，一切似乎已经结束。爱人间最美好的缠绵与令人心醉的激情交合,在今晚,或者终此一生,永远都不会发生在她和他之间。

狼狈的美人依偎在他的怀里,像讲故事一样告诉他刚刚发生的惊心动魄的一切,在逃避受伤的野猪发狂似的追逐下,她慌不择路,一头跌入到这圈兽用的陷阱里来,想不到反而因祸得福,躲过一劫。

可是陷阱里又阴又冷,光滑得如刀削一般的洞壁,她根本爬不出去,正以为自己此生无望的时候,天又下起了如注的大雨,凄厉的雨声夹杂着鬼哭狼嚎的兽吼,让她几乎魂飞魄散。

"许彬,你是专为我而生的吗?我常常在想,也许前世你欠了我什么?所以今世才会这样守护着我。这是还债吗?一定是这样吧?"她喃喃低语着,神情中有些迷茫,像一个迷路的孩子,惊惶无措的神情让人看了有些不忍。

"你就当是还债好了!"许彬知道,这样她才会安心一些。他微微一声轻叹,两人的纠葛,又怎么是他能说清的?这时,许彬突然看到了她的肩头,虽然夜色很沉,她的衣服又是深蓝色的,但是他还是发现了。

"怎么?"许彬的手刚刚伸过去,若微便躲开了,"没事,就是被猪蹄子抓了一下,看我回去不把它拿来炖汤!"

许彬面色阴沉得如同外面的天色,手上稍稍用力,布帛撕裂的声音突然而至,若微还没明白过来,自己的肩背已然裸露在他的面前。

"你……"若微又羞又窘,不是因为男女有别,而是那原本美好的香肩,如今竟丑陋得像案板上的一块烂肉,血肉模糊,爪痕狰狞。

所以,她哭了,委屈的,羞涩的,还有不知名的泪水,绵绵不绝地流淌下来,她不想让自己的不美好和不完整就这样暴露在他面前,因为在他眼中,她是美好的,是完美的,是无人可以相比的,也正因为如此,才会觉得不真实。

许彬紧绷着脸,用随身带着的伤药帮她厚厚地敷上了一层,又从内袍中扯下一块还没有被淋湿的布条包住她的左肩,随即像瞪着仇人一样看着她。

"我先送你下山,山下有人家,你要先把湿衣服晒干,喝口热茶暖暖身子。我还得在山上找寻仙露叶。"许彬最终无可奈何地说道。

"我同你一起找。"若微打量着他的神色，虽然他面上看起来极不高兴，但是还不至于让人害怕，于是她开口说道。

结果，许彬忍无可忍，终于绷起脸低吼起来："不行！你还想以身喂猪吗？"

"那个……"若微自知理亏，"那，找仙露叶危险不危险？现在外面下着雨，天又黑，能找到吗？"

许彬看她神情十分可怜，又透着一丝小心翼翼的忐忑，心便软了起来："这仙露叶和千年茶王树是结伴而生的，有茶王树的地方，百步之内必有仙露叶，只是仙露叶成长期较短，必须是雨后的新叶方可入药，如今正值一场大雨，天明之前，应该有新叶长出。你放心吧，只是，这伤口疼得要不要紧？怎么被这畜生抓得如此狠？"

许彬的目光瞥到若微的肩头，一双眸子便染上了雾气，俊眉也紧紧拧在一起，说不出的痛惜之色。

若微只觉得鼻子酸酸的，她突然下意识地扑到许彬的怀里，突如其来的举动让许彬万分惊讶，他轻抚着怀中的佳人，"疼得要紧吗？可惜没带着止痛丹。"

"我哪儿也不去，就和你一起找仙露叶，好吗？"她似乎在乞求，只是乞求的究竟是什么？想要抓住的又是什么？恐怕连她自己也弄不清楚了。

"傻丫头！你这是何苦？"许彬的声音微微带着轻颤。

第七章　守阙遗恨迁

　　许彬在洞内燃起一堆篝火，让若微在火边取暖，又在附近撒了些药粉以避毒蛇毒虫，这才腾空一跃，以脚在洞壁点了两次算是借力，便一跃而出。

　　"外面雨虽小了些，但还是在下，你在里面好生待着，我找到仙露叶就回来。"许彬的声音渐渐远了。

　　若微守着温暖的火，衣衫渐渐干了，自己的心与肩头的伤便一起痛了起来。

　　为什么只有在自己走投无路的时候，才能聚守？

　　欠债？还债？

　　就算是前世你欠了我的，可是今世你早就还清了。反而是今生我欠你如此之多，来世我又拿什么还给你？

　　此时，雨已经停歇，而酸楚的泪水仍然难止。也不知过了多久，火堆渐熄，天色渐明。

　　许彬回来了，他不发一语，只是拿了几株草叶，给她看了一眼，便小心翼翼地放入怀中。随即将若微抱起，一同跃出。

此时天色已然渐亮，站在山顶向山下遥望，可以看到长江一线。水天山色，浮华迤逦，百里景色，尽收眼底，南京城郭，历历在目，辽阔江天，令人神驰。

两人心中，却有千般不舍。

"下了山，又将成为路人。"他说。

她对上他的眼眸，"你知道的，形似路人，心如知己。"

他笑了。

她却凝眉而忧，"其实，从我第一次见到你，我便有些怕你。"

"怕？"他糊涂了，为何要用这个字眼。

"因为你太过优秀，在你身上有一切我所向往的东西，所以怕。"她的调子柔柔的，似乎像是梦语，"直到昨天我才发现，我怕你，是因为我知道自己的心迟早都会靠近你。我关心瞻基，不能看着他受病痛折磨。可是，我也牵挂你，更不能让你孤身犯险。"

他仿佛明白了，面上渐渐浮起那令世间所有女人都为之倾倒的笑容。是的，她的心声说出来原本多余，他对她的心思早已洞悉得再清楚不过了。没看清自己心的，其实一直是她自己。

"我不可能牺牲你去成全他，永远不会！"她说。

他面上的笑容一点儿一点儿扩大，骄傲又重新回到他的脸上。

"同样，也不会伤害他来成全你。"她应该是一个坚强的女人，所以说这段话的时候，她的目光始终坚定不移地注视着他，"我于你而言，再喜欢也是不完整、不完美的。那么，就守缺吧。也许这样，你我之间的这份情，才分外隽永。"

他明显愣住了，目光也从她的脸上转移到山脚下的长江水上，半晌无语，心如煎沸。每次两个人似乎要更进一步的时候，偏偏就会被一只无形的巨手拖着向后退去。进一步，退十步，永远在这样的怪圈中兜兜转转，精疲力竭，柔肠寸断，偏又不肯放手。

终是相对无言，两人在令人窒息的沉默中向山下走去。只是走到半途，若微稍稍有些意外，因为许彬用匕首割掉了那只袭击她的野猪的两个前爪。

"做什么？"看着血淋淋的猪手，若微觉得恐怖极了。

"回去做个黄豆猪脚汤，最是养颜的。"和煦的笑容重新回到他脸上，只是他的眼中依旧有些难掩的苦涩。

在山脚下，他们来到寄存马匹的那位大嫂家。看到两人满面尘垢，颇有些狼狈，若微身上又受了伤，大嫂执意把他们让到家中。

洗漱之后，若微又换上大嫂的干净衣服，坐在炕上喝了杯热茶，还被大嫂硬留下用早饭，盛情难却，这里的民风实在淳朴良善。若微很想给他们留一些银两，无奈两人都没有带银两在身上。许彬看到这户人家虽说不上是家徒四壁，却也十分清简，便觉得有些过意不去。若微眨了眨眼睛，突然有了主意，她告诉这家的男人，说山上还有一只被打死的野猪，于是便让许彬领着他又招呼上邻家的男人，几个人拿了扁担和绳子上山去扛猪了。

大嫂笑得合不拢嘴，"这头猪我们三家分一分，除了炖肉吃，做成腊肉还能吃上一整年呢，真是托你们的福！"

"哪里的话，大嫂是好心人。"若微喝着大嫂递过来的鱼汤，不由有些纳闷，"大嫂，这鱼汤味道如此鲜美，肉白无刺，嫩滑味美，这鱼肉又极为厚重，是昨夜大哥从江中捕来的吗？"

"可不是，这是难得一见的江鳗。"大嫂又给若微添了些，"你身上受了伤，得多吃些好东西补补。你可不知道，这江鳗最是养人，还能治肺痨咳血呢！"

"哦？"若微仿佛不信，"鱼汤还能治咯血之症？"

"是呀！之前我们住在牛头山附近的村子里，后来我们村里有个人从外面经商回来，不知怎么就染上了病疾，结果这病一传十，十传百，死了不少人。官府就把我们村子给封了，让我们自生自灭。我们能有什么办法？能逃的就逃，逃不了的染上病，就被扔到江里去自生自灭。结果你猜怎么着？"大嫂叹了口气，"村子里没剩下几个人，最后我也染上了。"

"大嫂？"若微瞪大眼睛，"是痨瘵吗？咳嗽、胸痛、咯血、发热？"

"是呀，眼瞅着活不了了，村里人也把我扔到了江里。"大嫂面上悲意渐起，"原本就是死路一条，谁承想呀，就被我们当家的，你大哥，给救了。他家世世代代生在船上、长在船上，捕鱼运货，守着长江吃饭，从蜀地到南京，每年就这么往来漂着。说来也是天赐的缘分，他救了我，也不知道我得了什么重病，只是看我一个年轻姑娘，人长得也算周正，便每日里给我喝些鳗鱼汤，谁承想，这十天半月之后，我竟好了。病没有了不说，人也白净了，面色也红润了。就这样，我就嫁给了他。"

"大嫂，这江鳗真的有这等神奇？"若微面上一派喜色，许彬早就告诉过他，朱瞻基此番受到重创，内伤引起肺脏受损，就算用药缓解治愈，可能也会留下病根，须要好好调养。食补则更是重要，可许多食材又与他现在所用药材相克。若微正在发愁，想不到竟然得了这么一个奇方，立时顿感欣喜。

"是啊，我们后来就不依江而活了。这江上虽好，可风浪无情，总是没有这陆上稳定。所以后来我们就搬到这黑枫山下，靠山可以捕猎吃肉，还可以将猎物拿到城里去卖。而且这里也算是临着水，隔三岔五地他也去捕些鱼，寻常的鱼拿去卖，可以贴补家用。这江鳗长得丑，南京城里的人不会收拾，也不认，他就都让我吃了。所以我这身体呀棒着呢，从来不生病。这不，我们俩一口气生了三个娃儿，都好着呢！"大嫂兴致勃勃，说得若微也如拨云见日，心情豁然明朗起来。

半月后。

朱瞻基一大早在南京守备的陪同下，在各处勘察了救灾钱粮的发放情况，又去惠民署慰问了灾民，直到日落西山才回到宫中。

经过半个月的调理，朱瞻基已然重获健康，宫中也重新收拾了殿阁，虽然空场内的营帐还在，那也只是为了不时之需，人们又重新回到房屋中起居休息，一切都回归了原位。

在静雅轩的小厨房内，若微正在张罗着晚膳，当她端着一盆香气四溢的鱼汤进入厅里的时候，朱瞻基和馨儿立即苦了脸。

"娘，又喝丑鱼汤呀？"馨儿丢下筷子，爬到朱瞻基怀里蹭来蹭去，

"父王好可怜，馨儿好心疼父王。"

"郡主，这鱼汤多香呀！咱们娘娘亲自做的，新鲜的江鳗加上绍兴老酒、嫩葱段、鲜姜片隔水清蒸，是又清淡又滋补！"紫烟一面指挥着宫女们端上饭菜，一面代为解释，哄着小郡主高兴。

"再好喝也是丑鱼，长得好吓人，馨儿怕，馨儿才不敢吃呢！"馨儿将头埋在朱瞻基怀里，若微见状立即将她拉了下来，塞到湘汀怀里。

"原本也不是做给你吃的。"若微用黄釉高脚钵盛了满满一碗放在朱瞻基面前，"快喝吧。"

朱瞻基看着若微，目光中有些责备之意，"原本就是你的错，馨儿想喝就让她喝一碗，偏为了吓她，带她去看活的鳗鱼，自然是给她吓着了，我看如今都落下病了。"

"还不是你宠着她？人家辛辛苦苦给你做的汤，倒有一多半都进了她的肚子里，亏她还有的怕，要不然真是头疼。你当这江鳗好弄呢？王家大哥为了供你喝这汤，夜夜都要去江上捕鱼，还不是总能遇见的。这一条鱼一丈来长，我要切上十段，早中晚各蒸一段，也只够三日。原本只以为是民间的方子，谁承想后来太医院细细查了，说是宋时的《稽神录》里真有记载，必得喝上两三个月，你的身子才算是真正复原。"

"若微，辛苦你了。"朱瞻基拉起若微的手，眸中的情意真挚万分，其实他知道所有事情的来龙去脉。所以，药也好，鱼也罢，他照单全收。

因为他知道，若微还在，他必须要好好活着，这样，才能给若微幸福。让若微幸福，才对得起所有的人。

就像许彬一直以来做的那样，他为若微，甚至是为朱瞻基默默付出的一切，为的也只是让若微幸福。

这，才是爱的真谛！

在爱的境界上，朱瞻基坦承，他不如许彬。这个念头形成之后，他便释然了，也真正不再介意了。

那样一个在气度、气势、文治、武功乃至道德、经略等各方面均超越自己的男人，他倾慕若微，自己又有什么好介意的？更何况，若微一直在自己身边，这便足够了！

第八章 残夜挽银河

夜色如墨，星光伴月。

南京城金川门外，一位宫妆美人怀抱幼女悄然而立。美人如花，宛如一块无瑕的璞玉，脸上是似蜜一般醉人的笑容，双眸如同春水，含情脉脉，不需一语，即可让人沉溺其中。这便是太子嫔孙若微。

在咫尺之外与她相对而视的，正是她的夫君，大明朝皇太子朱瞻基。此刻，没有锦衣玉冠，也不是金盔银铠的戎装，只是一件淡青色的半新长袍，头发也只用同色的发巾随意一束，再普通不过的寻常百姓的打扮，然而却丝毫挡不住他的风神俊秀和逼人英气。

温润如玉却又不失阳刚果敢的轩昂气宇，一种睥睨天下、运筹帷幄的尊贵气度，在寂静的月夜中，是那样旖旎迷惑人。偏偏他的眼中又裹着一丝忧郁和柔情，让人看了竟有些心酸。

"好了，不能再耽搁了！"孙若微轻启朱唇，柳眉微蹙。这半年对于她来说，经历了太多的事情。先是随朱瞻基来到南京赈灾遇险，朱瞻基濒临生死绝境，身体刚刚复原，如同惊雷一般；又突然得到京中密报，半生谨慎、在太子之位上苦熬了二十多年的洪熙皇帝朱高炽登基不足十个月，竟因恶疾而终了。

这突然的病逝，是天道命数，还是人祸？

这背后是否又隐藏着一场惊天之变？

朱瞻基得到皇后张妍密信之后，片刻未歇，立即悄悄起程，可这一路之上能否太平？

若微心思忧甚，但面上却要刻意装作轻松，"你，一路小心！"此时，除了"小心"二字，临别之际，竟不知该说些什么。

他面上闪过些许的不忍之色，伸手将她和所抱的女娃一同拥入怀里，垂首附在她耳边低语，"若是此番北上奔丧途中真出了什么岔子，你就随许彬隐于山林，万不可强出头再做无用之争。"

"殿下？"她眼中似有泪光闪过，朱瞻基的话若在平时说来，一定会惹得她嗔怒大发，可是此时此刻，除了感慨，便是心惊，这算什么？临危托孤？若微心中酸楚难奈，而唇边却努力绽开了最美的笑容，明眸微闪，语气轻柔透着戏谑之意道："没有什么万一，若微在此恭祝殿下马到功成。"

四目相对，仿佛多少往事历历在目。少年时期同居太子宫的青梅之恋，佳人长成之后的赐婚风波，北京皇城里皇太孙府中的暗流涌动……他和她，有着太多的回忆与不舍。

朱瞻基眼眸之中精光烁烁，此时的满腔鸿志、归心似箭居然瞬间就被她唇边的一抹温柔牢牢地绊住了。此时他才能够理解周幽王"烽火戏诸侯以博美人一笑"的无奈与苦心。

终于，他点了点头，在她肩上轻拍两下。

此时仆役打扮的两名青壮男子立即牵马上前，朱瞻基稍稍一顿，低声说了句："千万保重！"随即便翻身上马昂首扬鞭，胯下骏马一声长嘶，疾如闪电，顷刻间便冲了出去。

"请娘娘多保重！"另外两名男子冲着她行礼之后也随即翻身上马，绝尘而去。

习习的微风轻拂起她的裙摆，脸上的笑容渐渐淡去，目光中的柔情也消失得无影无踪，甚至竟悄然闪过一道戾气，她轻唤一声，城门口立即有一辆马车缓缓驶来，赶车的小太监伶俐地放下脚凳，扶着她上了车。

"在城里转上两圈，然后走西角门入宫。"她低声吩咐着。

"是！"

太子嫔孙若微靠在车厢里，心里突然觉得有些焦躁不安。她眉头微拧，暗暗思忖着，自幼时入宫至今，她与朱瞻基经历的每一次分离竟都是如此令人肝肠寸断。

那这一次？

她实在有些不敢往下想。

"娘！"怀里的小东西不知何时醒了，她立即不安分地闹了起来，"娘，父王呢？馨儿要父王抱！"

若微将她抱在膝头，看着她可人的小脸和那双如同黑宝石一般的明眸，唇边带笑，柔声细气地哄着："馨儿乖，父王去救助灾民了。城里前些日子闹地震，好多人家的房子都倒了，好多小弟弟小妹妹现在都无家可归了，你父王要去帮他们建房子，这可是如今最要紧的事情，所以馨儿要乖乖的。"

小郡主用胖胖如藕的小手支撑着自己的小下巴，转了转眼睛，噘起小嘴嘟囔着："宫里有那么多房子，可以让小弟弟小妹妹搬进来住，为什么偏让父王去帮他们建房子呀？父王的病还没好利落呢！要是再累坏了，可怎么办呢？"

当真是童言无忌。若微只觉得鼻子酸酸的，一行珠泪忍不住就流淌下来。一只小胖手伸到她脸上轻轻为她抹着眼泪，又探着小脑袋在她脸上"吧唧"亲了一口，"娘不哭，父王怕是急糊涂了所以才没有想到这个好主意。等明天父王回来了，馨儿去跟父王说，就说馨儿和娘都心疼他，宁可腾出宫里的房子给百姓们住，也不愿意让父王受累。"

若微破涕为笑，紧紧贴着女儿的小脸，一时之间也不知该说些什么。

破晓时分，若微着一身皇太子侧妃的礼服，乘四马高车来到了水陆码头，下了车便与一位锦袍玉带的俊秀男子携手而行。身后两名侍女紧紧相随，还有一小队侍卫在旁护送。

码头边上是一艘官船，仆役们正往上面抬着行李。锦袍男子负手而立，目光始终停留在若微的脸上。

"你觉得这样有用吗？"他的唇边勾起一丝倾城的笑容，而眼中依旧冷如寒潭，同样是英俊又风度卓绝的男子，可是他比朱瞻基多了些凌厉与锋芒，他就是被若微引为知己的江南才子翰林院修撰许彬。

"也许毫无用处，但是唯有如此，才能心安。"她也笑了，淡然至极的笑容中透着无可奈何。

他点了点头，"不必担心。"

"怎能不担心？"眉间尽是愁思，仿佛自言自语一般，"身边只带了颜青和李诚两人，他二人在锦衣卫中武功也属出类拔萃的，可是我真担心在这归途之中会有个什么闪失……"

盯着她的神色，他竟笑了。

"你的笑容有时候真让人讨厌。"她眼眸闪烁，深深吸了口气，把头扭向一边。

"我说过，不必担心。"他竟然伸手将她拉入怀中。

"你？"她大惊失色，这可是在众目睽睽之下，他怎么能够做出如此越礼之事？

"既然让我假扮太子走水路掩人耳目，总要演得像一些，对吗？难道夫妻离别，抱一下都不行吗？"他在她耳边低语着，仿佛情深绵绵的相公与爱妻离别，竟有些难舍难分之态。

若微半推半拒，无可奈何。

"放心，我已让赵辉在沿途地势险要之处加派了人手，就算汉王真敢妄动，也绝不能危及太子殿下。"他在她背上轻拍两下，又伸手抚了一下她的耳坠子，态度亲昵又有些轻浮。

若微还在怔怔之间，他已然一抖袍袖，转身上船。

"爱妃早点儿回去吧！"他丢下一句戏言，便进了船舱。

若微稍一迟疑，一个伶俐的小太监自身后汇报："娘娘，都准备好了。那些地方官员得到消息以后怕是会很快赶过来给殿下送行，所以得马上开船了。"

若微点了点头，转身对他又是一番叮嘱："一定要万分小心，虽然是请许大人假扮的太子殿下，但是这一路上你们也要处处谨慎，力保许大人无恙。"

小太监躬身称是，"难为娘娘想得如此周到，小善子一定竭尽全力。"

"好，你们去吧。"若微此语一出，众侍卫在太监小善子的引领下都上了船。

眼看着官船一点一点离去，码头上突然热闹起来。十几顶轿子都停在路边，轿中走出的均是南京城中的地方官员，为首的正是南京城守备李隆，他立即紧走几步上前，冲着若微深深一拜，口称惶恐，"娘娘，太子殿下怎么走得如此突然？臣等得到消息之后立即赶来送行，想不到还是晚了一步！"

若微浅浅一笑，正色回道："各位大人，太子殿下前些日子于震中抢险时受了伤，所以要早些回京城医治。太子殿下临行前有交代，如今南京城中百废待兴，诸事繁重，更有万千百姓急待安置。太子殿下在这个时候离开，心中实在是甚为愧疚，所以怎敢劳烦诸位大人相送？故特命本妃在此代为致意，多谢诸位大人的好意。"

众人听若微如此一番说辞，立即唏嘘不已，都开始小声叨念起太子殿下的种种仁德之举。而南京城守备李隆则拱手说道："太子殿下仁德悲悯，臣等万分崇敬。只是既然殿下身体不适，那娘娘与郡主理当相伴同返京师才是，怎么此番没有一同前往呢？"

此语正中要害，众人的目光立即齐刷刷地投向若微。

孙若微目光一凛，肃然说道："太子殿下回京只是疗伤，伤愈之后还是会奉诏居守南京的，所以才命本妃与郡主在此留守。况且城中如今一片废墟，疫病又有抬头之势，本妃也不忍就此离去。"

众人频频点头，称颂之词一时之间不绝于耳。若微与他们稍作寒暄，即乘车回宫。

回到静雅轩内，贴身侍女湘汀、紫烟立即迎上前来侍候若微净手、洁面。换了一身常服，若微便歪倚在矮榻上，以手托腮，静思不语。

大宫女司音从外面入内，神情中有些忐忑，"主子，常德郡主醒了，正吵着要见太子殿下呢。"

若微叹了口气，拿眼看着紫烟，似乎是在求助，紫烟随即笑了，"主子放心，奴婢这就过去看看。"

若微点了点头，"快去吧，馨儿这丫头除了太子殿下就最听你的话了。你过去好好哄哄，可千万别说走了嘴，这宫里人多口杂，要格外小心。"

"奴婢知道轻重。"紫烟应了一句便跟着司音向殿外走去。

湘汀上前奉上香茶，"娘娘，快喝口水吧。从昨儿个夜里到现在一整日滴水未进，一会儿让膳房做点可口的膳食，您多少得吃一点。"

若微接过茶盏，一口气喝了个干净，又把头顺势靠在湘汀怀里，闭上了眼睛。

湘汀伸手帮她理着略显零乱的鬓发，轻声说道："娘娘如此不放心，倒不如刚刚随许大人的官船北上回京算了。"

"这怎么成？"若微睁开眼睛，"姐姐一向聪慧，怎么会不明白这里面的利害？太子殿下此次，一路之上无异于深入虎穴，我虽不畏死，但是如果与许大人同往，万一有个闪失被生擒了，只会连累他。"

若微曾经说过，这两个男人对于她而言，都是生命中最重要的部分，离了谁都是永远的残缺，她更不会以任何一方去换取对方的安全。可是这一次，她食言了。

是的，这样一个欲盖弥彰的障眼法，也不知能不能发挥作用。如果能，那么许彬的危险则保证了朱瞻基的安全。那不是她所愿意看到的，可反之她也不能安心。可是为什么要这样做呢？

只是因为自己的愁锁双眉，一切心事便被他窥到了。于是，这样一个计划便应运而生，她再次陷入两难的煎熬之境，有苦难言。想想他的笑容，难道这是他所期望的？若微摇了摇头，心底一声轻叹，许彬在她面前无所不能，然而有时却会流露出难得的孩子气。非要如此，将两个人放在同一危险的天平上，让她牵肠挂肚寝食难安才行吗？

"娘娘，可是……"湘汀看到若微面上忽明忽暗，便欲言又止。

"可是什么？"若微偏又追问。

"奴婢是在想，这密报既然能够送达咱们这里，恐怕乐安汉王府自然也已经得到信了。如果他们真有谋国之心，就算是被我们李代桃僵的障眼法所蒙蔽，扑了空，没有拦住太子殿下，那么他们会不会反过来潜入南京……"湘汀硬生生把后面的话咽了回去。

若微猛地直起身，瞪大眼睛望着她，"你是说，难道他会派人潜入南京擒住我和馨儿，以逼瞻基就范？"

湘汀没有回话，然而她目光中的忧虑已经再清楚不过了。

若微摇了摇头，"让我想想，好好想想。若真是到了那一天，纵使玉石俱焚，我也不苟且偷生，连累他们。"

他们？湘汀心中一颤。

原来在娘娘的心中，那位许彬许大人，与太子殿下是一般无二的。

第九章　归途迷雾迭

山东乐安，汉王府内。

侧妃李秋棠所居的西福殿书房内，李秋棠怀抱琵琶，手指轻抹，曲音缥缈。朱高煦靠在圈椅之中半眯着眼睛，一只手在腿上轻轻拍打着节拍与曲调相和。

忽然，李秋棠手指渐止，曲音骤停。

"怎么不弹了？"朱高煦抬起眼皮扫了她一眼。

李秋棠唇边浮笑，直起身子将琵琶放于书案之后，伸手便推开窗子。于是，一阵微乎其微的"咕咕"声便传了进来，她双手合拢放平，一只白鸽竟悄然落在她的手上。

她笑意吟吟，手捧白鸽轻轻抚着它的羽毛，又凑在它耳边低语了几句，好像是在与久别重逢的老友闲话家常。而坐在一旁的朱高煦显然有些不耐烦了，伸手在桌子上重重叩了两下。

"知道了，急什么？"李秋棠不以为然地瞥了他一眼，随即解下缚在鸽子腿上的布条，恭敬地递给了朱高煦。

朱高煦打开一看，不由眉头深锁。

"王爷，情况如何了？"秋棠上前问道。

朱高煦将手中的布条丢给她，秋棠美目一扫，"他已经起程了？"

"想不到他居然走水路？应该是归心似箭策马狂奔才是，怎么会突然改走水路呢？"朱高煦背着手在房内慢慢踱步。

"信使不是说了吗？前些日子他在南京抢险时被砸伤了，说是受了内伤，好像还咳了血。自然是受不了车马的颠簸，所以才改走水路的。"李秋棠手执一柄团扇，为朱高煦轻轻扇着。

"走水路？还是有些想不通，难道是对本王有了戒心，怕经过咱们山东的时候路上不太平，所以才走水路的？"朱高煦眼中寒光四射，从李秋棠手里夺过扇子用力扇着。

"王爷！"李秋棠神色肃然，"事到如今，不管他走水路还是陆路，我们唯有双管齐下奋力一搏，再不可犹豫摇摆了。"

朱高煦目光如鹰，直勾勾地盯着她，像是要射入她的心房。

"这是您最后的机会了！"她秀眉高挑，凤目中寒光逼人。

朱高煦犹豫再三，"好，咱们就兵分两路。让夜鹰通知隐居在庙岛的那些倭人，就是海上飞过的一只鸟儿也不能给我放过。"

"是！"李秋棠又问，"那陆路呢？"

"陆路？"朱高煦笑了，"那个宝贝呢？养了这么些日子，该她登台了。"

"月奴？"李秋棠似乎一怔，"真的用她吗？王爷不怕她又会是一个权妃吗？"

"她？"朱高煦收敛了脸上的笑容，目光中是隐隐的杀气，"她是一只狼，不会因为喜欢上一只羊而改去吃草的。"

"哦？"李秋棠仿佛有些不信。

浩瀚的水面上，波澜微起。

夜色中，一艘官船高挂风帆疾速前行，船舱内丝竹雅韵，一袭白衣的俊秀男子独自小酌。门外，一阵脚步声由远及近。

"爷，添点热茶吧！"是朱瞻基身旁的近侍太监小善子。

"进来"！他语气淡漠，听不出任何情绪。

小善子推门而入，将手中的茶壶、茶盏轻放在桌上，忍不住拿眼睛偷偷瞄着他，心中暗暗称奇，想不到这位许彬许大人一身皇太子正装在身，举止气度还真与朱瞻基有几分相似。孙娘娘这个李代桃僵的法子也不知管用不管用，真盼着殿下陆路能走得顺畅些，否则就是竹篮打水一场空，两边都白忙活了。

"到哪了？"他眼皮微抬，随意一问。

"刚出了南直隶的水域。"小善子照实回答。

他点了点头，心中暗暗算了一下，"两天之后此时，应该路经蓬莱。"

"正是，许大人说得对极了！"小善子连连点头。

他目光一扫，眼中说不清是什么情绪，"你，一直跟在太子殿下身边？"

"正是，奴才六岁入宫，一直服侍太子殿下！"小善子转了转眼珠，心中暗想，这位许大人虽然被太子殿下引为至交好友，与太子最为宠爱的太子嫔孙若微也是相交多年，可平日伴驾，与太子殿下在书房中里下棋或是闲聊朝政时，常常是少言寡语、难开尊口，今儿不知怎的，他竟会突然关心起自己来了，小善子正在疑惑，只听他又问道："你，可会泅水？"

"泅水？"小善子摇了摇头，满心疑惑，所以开口问道，"许大人为何有此一问？"

他眉头微拧似在筹谋，片刻之后便对小善子低声吩咐了数语。小善子立即面色大变，似信非信地连连点头，随即便面带惶恐之色匆匆退了出去。

与此同时，走陆路的朱瞻基与锦衣卫金事颜青、李诚二人策马狂奔，一路之上人马不歇，很快便进入了临西境内。

"殿下！"李诚与朱瞻基并驾而行，开口说道，"已经跑了整整三日，前面就是临西境内，此处距京城不过五六百里，算算脚程，再有两日就到了，咱们就在前边歇歇脚吧。"

朱瞻基稍一沉吟，随即点头应允。

临西是山东与河北接壤之处，东濒卫运河，南临馆陶，西接内丘县，北衔威县、清河。此处已属北直隶的辖区，从此处往北，该是一马平川了，可是往往越是如此，越不能大意。

大道边上有一家十分简陋的小客栈，朱瞻基三人就在此处歇脚，颜青将三匹马在院内拴好，李诚则跟在朱瞻基身后进了东边的一间客房。

"殿下，娘娘再三叮嘱过，咱们三人要同宿一室，轮流休息，而且只能吃自带的干粮，不能在外面用膳！"李诚关好房门，将身上背的包裹放在桌上，压低声音对朱瞻基说。

朱瞻基点了点头，心中感慨万分，若微真是心细如发，人虽然没有跟在他身边，可是事事都替他考虑周全了。

"客官，给您送洗脸水来了！"门外响起一个清亮的声音。

李诚下意识地看了一眼放在桌上的佩刀，朱瞻基朝他使了个眼色，他才把门打开。

推门而入的是一个双十年华的村野女子，虽是布衣荆钗、鬓发微乱，却长得姿容清丽，身材纤细。她提着一桶热水刚要入内，李诚就立即伸手接了过来，"多谢姑娘，我等自己来就是了。"

那女子微微一愣，随即笑了，"那敢情好，只是怕被掌柜的看到定会骂奴家偷懒，又要挨罚了。"

李诚眼中闪过一道厉光，盯着她的眼眸细细打量，随即说道："我兄弟身子不适，已经安置了，怕吵得很，所以就不劳烦姑娘了。"

"哦？"她探头往里面一看，只见朱瞻基头冲里歪在炕上，仿佛睡着了一般，"那客官是否要用些夜宵？我们这里虽然简陋，可是平常的酒菜饭食也说得过去。客官如果需要，奴家马上让厨子去做。"

"不用了，我们只是住上一晚，明日一早还要赶路，就不劳姑娘费心了。"李诚似乎有些不耐烦，他挡在门口，一只手已经要去关门。

那女子笑了笑，"那好吧，小女名唤月奴，客官如果有什么需要就再吩咐，奴家先下去了。"

"有劳了！"李诚看她走远了，立即掩好房门。

月奴缓缓走出院子，来到前面一间小屋推门而入。

小屋内烛火幽暗，有四人正围坐桌边用餐，其中一位四旬左右的中年男子见她进来，抬起眼，把目光停留在她的脸上，"去看过了？"

"嗯！"月奴轻声应着。

"是他吗？"他端起酒杯一饮而进，目光如鹰一般逼视着她。

"不是。"月奴摇了摇头。

"又不是？"他似乎有些不信，两道浓眉紧拧在一起，面色微微有些吓人。

"大哥何须担心，早说了他们不可能这么快。咱们兄弟还是先乐呵乐呵吧。"另外一个稍显年轻的黑脸壮汉伸手拉过月奴，将她紧紧箍在怀里，一双大手在她身上摸来揉去，满是酒气的嘴凑在她耳边调戏着，又想去亲她的嘴。

"哎哟！"随即响起一声惊呼，那黑脸壮汉立即松开手，伸手在自己脸上一抹，是一道长长的血印子。"你这个死丫头，不想活了，居然还带着家伙？"

月奴站直身子，静静地站在一旁瞪着他，"你若是守规矩，我就是带着夺命追魂刀也不会砍在你身上！"

"你想找死？"那黑脸壮汉恼羞成怒，挥起大手照着月奴的脸就抡了过去。

"住手！"中年男子出言喝道，"大事当前，你犯什么混？"

此语甚是管用，黑脸壮汉虽然心有不甘，也只好悻悻罢手。

"月奴，刚刚那个人，真的不是？"中年男子站起身向前走了两步，与月奴相隔咫尺，目光如箭，紧盯着她。

"我说了不是，你们如果不信，我也没办法。"月奴玉面紧绷，脸色苍白如纸全无半点血色。

"好了，你先下去吧。"中年男子挥了挥手，月奴转身出了房门。

中年男子负手而立，细细思忖片刻之后，指着其中一人说道："你，去看看。"

"是！"

不多时来人回报："他们已经睡下了。"

"睡下了？"中年男子端起酒杯深饮了一口，"没要吃的东西？也没有沐浴更衣？"

"没有。大哥，这三人行为举止甚是奇怪。看样子风尘满面该是赶了很远的路，可是到了客栈既不要酒菜也不打水洗澡，只是吃了点儿干粮就熄了灯睡觉了。而且更有意思的是，他们似乎对马比对人好。当中的一个壮汉亲自给马喂料，喂的是上等的好料，而且放着屋里舒服的床不躺，却独自在外面守着马睡。"

"哦？"中年男子细细品着这话里的意思，面上微微浮起一丝不易被察觉的笑容。他从怀里掏出一个白瓷瓶，"把这个交给月奴。"

"这个？大哥！难道说他们几个就是咱们要等的人？可是……他们如此谨慎，连店里的饭菜都不吃，又该怎么下手？"

"哼！不吃饭，难道也不喝水吗？明日一早他们肯定要从店里取水，你只要把此物交给月奴，让她去办就好了。"中年男子脸上含着阴冷的笑，仿佛一切尽在掌握，势在必得。

"是！"

"等等，你在边上盯着她。如果她再不老实，就干脆杀了她。"中年男子眼中闪出一道凶悍之光，神色更加暴戾，让人莫敢不从。

"是！"

五更时分，天刚刚见亮，朱瞻基与李诚等人就起身了。几人收拾妥当后正准备出门，迎面就看到月奴端着热腾腾的粥饭上前。

"几位客官起得真早，还没用过早饭吧？"她一边说着，一边将一盆热粥、两碟小菜、一壶热茶放在桌上。

"这位姑娘，我们自己带有干粮，所以没有要早饭！"李诚颇有些意外。

"月奴知道，几位客官想是身上不方便，所以才如此精打细算。只是出门在外原本就很辛苦，若是三餐不周，铁打的身子也受不了。看你们吃自带的干粮定是渴得很，所以特意盛了些粥来，放心好了，不会跟你们多要一钱银子的。"她面上含笑，声音清脆，一席话说出来好似冬去春至，雪融冰释。

李诚就是再戒备，此时也不好推托。

第十章　离人心上秋

朱瞻基抬眼望去，只见她衣着朴实无华，单薄纤细的身材，一张瓜子脸素面朝天，只是那双大眼睛十分引人注目，灵气中带着三分侠义，着实让人有些想亲近。于是他微微一笑，双手一揖："多谢姑娘，如此，倒让我们有些过意不去。"

四目相对，她的唇边勾起一丝淡淡的略带迷离的笑容，说不清为什么，竟然有些苦涩和幽怨。

朱瞻基的心暗自抽搐了一下，只觉得她看上去有些眼熟。正巧颜青从外面走进来，"爷，马已喂好，可以启程了。"

朱瞻基这才缓过神来，"好，咱们也略用些粥饭，随后就走。"

月奴的双目始终没有离开朱瞻基的眼睛，她目光微闪，看了看朱瞻基，又看了看那盆粥，随即走上前去，手托热茶壶，拿起桌上的茶碗，缓缓倒上了一杯热茶，双手递给朱瞻基。

朱瞻基刚要来接，然而她失手一抖，几滴茶水便溅在了朱瞻基的身上。

"哎哟，客官莫怪！"她立即从袖中掏出帕子帮朱瞻基擦拭着袍袖。朱瞻基面上颇为尴尬，伸手去挡，偏巧两人的手就碰到了一起。

朱瞻基想要抽手，她抓着不放，朱瞻基面色微变，而她却笑意吟吟。

李诚立即轻咳一声，上前说道："多谢姑娘，这等事情我们自己来就是了。"

"是，月奴越礼了。"月奴面上微红，转身走出房间，又把门轻轻带上。

看着她的背影，朱瞻基面色沉静，眼神却阴晴不定，目光掠过李诚，又看了看颜青。

当天边第一缕阳光升起的时候，整个客栈仍寂静一片。

四个身影推开朱瞻基与李诚等人留宿的房间，只见他们三人都倒在地上，仿佛睡着了一般。

"去，过去看看！"那个领头的中年男子吩咐着。手下的随从于是悄悄上前，以手轻试鼻息。

就在此时，原本在地上睡得死死的三人却突然腾空跃起，一时间刀光剑影，厮杀在一起。这边是刀剑交击银光闪闪将人逼入墙角，那边是掌风如浪翻翻滚滚密不透风扼人咽喉。

朱瞻基静立一旁，脸上毫无表情，只静静地盯着室内几人纠缠在一起拼死打斗的场面，"扑哧"一声，又一个人倒在李诚剑下，鲜血溅在墙上，漾开了一朵惑人的花朵。而颜青的铁臂钳着一个黑脸汉子的头狠狠撞在桌角，随即一声惨叫，一股血腥扑面而来。不多时，另外两人也被拿下，如同困兽一般做着垂死挣扎。

"留个活口。"朱瞻基刚一开口，两名被擒之人已然自绝于他面前。李诚伸手捏开一个人的嘴，面色微微有异，"殿下，是见血封喉的毒药，平时包在金牙之内，关键时用力咬碎，立即身亡。"

朱瞻基的眼神清冷得怕人，仿佛还带着血色，他紧盯着室内四具尸体，眉头紧锁，低声问道："是天策卫？"

"是。"李诚点了点头。

"走，马上离开此地。"朱瞻基抬腿向外走去，李诚与颜青紧随其后，出了院门，就看到马前俏生生地立着一个姑娘。

"你？"李诚上前以剑相指，"你们是一伙的？"

月奴仿佛充耳不闻，只是一双灵动的美目紧紧盯着朱瞻基，双膝一软跪在他的面前，"殿下是让月奴活，还是让月奴死？"

朱瞻基稍一迟疑，便伸手将月奴扶上马背，随即也翻身跃上。

"殿下！"李诚与颜青即使是久经沙场，见此情形也不免大感意外，刚要开口劝阻，只见朱瞻基已然策马扬鞭飞驰而去，他俩也只好立即上马紧紧追赶。

李诚与颜青的心立时七上八下的，殿下一向不为女色所动，今日为何却偏偏大反常态，对客栈中这个身份不明的女子怎会如此亲近？二人左思右想，不得究竟。

朱瞻基心中其实也半明半暗，此女早上送粥饭之际，假借为他擦拭身上的茶水，在他手心里用手指写了一个"毒"字，以此示警，既蹊跷又隐密。朱瞻基将信将疑，却宁可信其有，于是与李诚、颜青二人佯装中毒倒地，果然引来杀手现形。这些人竟是天策卫。天策卫是皇家护卫，早年因为汉王救驾有功，朱棣曾赏给他一支。那么，这杀手背后的主使之人应是汉王没错。

可是这小小的月奴，为何要临阵倒戈呢？他原本没想明白，后来他突然记起，那明媚的笑容让他记起，她，竟是那一年遭人欺凌却如红梅般傲然绽放在冰天雪地的倔强女子。

她，如何出现在客栈里？她是不是汉王的人？为何会知道汉王的阴谋？这一切，朱瞻基均不知晓，但是有一点，他可以肯定，她对他应该是无害的。否则根本不用费事，小客栈的局完全可以将他们悉数拿下，不必再生枝节。

所以，他愿意赌这一局。正如月奴问他的那句："你想让月奴生，还是让月奴死？"

不管她是不是汉王的人，当时的局面若留下她，她唯有死路一条。可是，带上她？她会不会是汉王所施阴谋中的又一个环节呢？

她会是西施之流吗？"不会。"像是知道朱瞻基心中所想一般，与他共乘一骑的月奴开口了，"所有的人都把月奴当饵、当箭、当害人的妖精，只有殿下将月奴当人，一生中救过两次，所以，我的命便是殿下的。"

朱瞻基没有应答。这样的女子，带给他太多的震撼，说不上喜欢，也没有别样的情怀，他只是不想她死，就这样简单。

一路之上，马蹄声声，飞尘四起。行至一处岔路，几人勒马驻足。

"殿下，前边大路就进入北直隶境内了。"李诚开口说道。

"小道向西绕行，虽然近些，只是前面深入密林，又有溪水相绕，路不好走。而且此处最易有伏兵。"颜青接语。

朱瞻基低头看着怀中的女子，"月奴，你说咱们该走哪条路？"

月奴先是一笑，随即说道："他早有安排，如果临西客栈有意外，就会在前面大道上的十里亭秋渡坡处设伏。小路该是没有安排，他说小路难走，殿下自然不会以身涉险的。"

朱瞻基稍一犹豫，手挥马鞭朝着大路方向飞奔而去。

颜青与李诚不禁对视一望，两人心中都满是疑惑。殿下如今行事越发难揣，既然在客栈中这个月奴已为他们冒险示警，帮他们避过一劫。殿下也信了她又将她带在身边，却又为何在此时不听她所劝而仍然要走大路呢？

很快，他们便不得不对朱瞻基敬佩万分了。走大路不过百里，就看到前方远远地候着一队人马，还有黄龙华盖仪仗相迎，为首的正是三皇子朱瞻墡。

"皇兄！"朱瞻墡一身孝服迎上前来，与朱瞻基紧紧相拥，"父皇，父皇龙驭归天了……母后命臣弟在此恭候皇兄！"

朱瞻基拍了拍朱瞻墡的背，目光向他身后一扫，所有人立即伏身跪拜，"参见太子殿下！"

朱瞻基回首向南望去，阳光下他俊美的面容中透着凌云之势，器宇轩昂，耀目慑人，只是此时他的目光中满是期待，更闪过一丝柔情。

南京城皇宫，静雅轩内，若微坐在琴桌前轻轻擦拭着七弦古琴，眸中若水，思绪悠悠，不远处书案前是噘着小嘴独自临帖的女儿，常德郡主馨儿。

侍女湘汀从外面步入室内，将一碟樱桃放在书案上，轻拂了一下小郡主的发梢，满面和煦地说道："郡主习字累了吧？吃点儿樱桃，出去玩一会儿吧！"

小郡主拿眼瞄了瞄孙若微，撇了撇嘴，手里依旧紧攥着毛笔，只是身子开始不安分地在椅子上转来转去，还小声哼唧着。

若微见了不由笑道："去吧，别跟这儿晃我了。"

"谢谢娘！"小郡主立即喜笑颜开，端着樱桃跑了出去。

若微抬眼扫着湘汀，"说吧，可是北边有消息了？"

湘汀脸上的笑容立时隐去，"娘娘真是神机妙算。刚刚得来的消息，说是官船行至蓬莱，突然失了火，烧得干干净净，无一人生还。"

"什么？"若微面色突变，手上一抖，偏偏被琴弦划伤了，玉指立即涌出点点血色。

"娘娘！"湘汀赶忙上前用帕子包住她的手指，"要不要传太医？"

而若微却恍然不闻，她轻轻推开湘汀，站起身向外走去，声音缥缈清冷："别跟着我，让我一个人静一静。"

"娘娘！"湘汀的声音中带着些许的哭音，她竭力克制着自己，依旧还是没能忍住。

若微一个人走在午后寂静的御花园里，心情说不清是喜是忧。

官船烧了，证明隐于暗处意图对瞻基不利的那伙人真的被她放出的烟雾所扰，这样就会给瞻基赢得些时间，为他能够平安返回京城添几分胜算。可是……在那官船上面假扮太子的不是别人，而是许彬呀！

那样风度卓绝不染凡尘的青年才俊，他，竟这样葬身火海了吗？

还有小善子，还有那些侍卫，都死了吗？

智慧，谋略，不仅仅可以御敌，原来还要以牺牲为前提。

若微眼圈微红，对着微波荡漾的九龙池，终于泪落无痕。

"何处合成愁，离人心上秋。"她知道，自此之后，她的生命中便不再有欢颜。

第二卷

归途日夜忆春华

第十一章　暗香盈袖舞

洪熙元年六月初三，奉命居守南京的朱瞻基得到父皇驾崩的消息后秘密起程回京，与前来迎接的皇弟朱瞻墡一行人行至京郊良乡。中官及礼部官员捧遗诏赶赴卢沟桥驿馆觐见皇太子，至此大局初定。朝廷正式讣告中外，为大行皇帝朱高炽发丧。而事实上，此时距大明朝仁宗皇帝病卒已经过去二十一天了。

洪熙元年六月十二日，皇太子朱瞻基于北京紫禁城太和殿即皇帝位。

六月的京城正值初夏时节，皇宫内花木葳蕤，玉池微荡，一派盎然之态。新帝即位，对于大行皇帝的嫔妃而言自然是大悲的日子，而对于新帝及其妃嫔来说又是大喜的节日。从诸王公主、公侯勋戚、品级官员至僧道生员，均有不同级别的赏赐。

大典过后，当整座后宫沉浸在繁华喜庆的氛围中，每个人都欣喜雀跃之时，新帝朱瞻基的心头却像压了一块巨石，坐立难安。思忖再三之后，他还是再一次走进了仁寿宫。

仁寿宫西梢间内铺着大红毯子，正中的黄梨缠枝雕花圆桌上摆着果品香茶，周围陈设着玉兰报春的绣屏，不远处的香几上面是一尊三重镀金博山炉，弥漫着芬芳的味道，熏炉旁边是精巧的水晶灯漏。南窗根下面的炕上铺着簇新的猩红毡子，居皇后位不足一年就成为皇太后的张妍一身素服，倚着大红彩绣云龙捧寿的靠背引枕，手里拿着一串珊瑚珠子串成的佛珠，默而不语。

"母后，也许儿臣不是一个孝顺之人，但是儿臣更不愿成为一个薄情的男人。家国天下，先有家，后有国。庶民尚且如此，天子更应如此。没有若微，儿臣即使坐拥江山，又有何意？"身穿龙袍的朱瞻基义正词严，不容有半分质疑。

静坐一旁的皇太后张妍面色淡然，不急不躁，"眼下先帝陵寝未安，后宫名位待定，朝中诸事都等着你这个新君裁夺，而你却只想着要亲赴南京迎回若微。皇上，从您降生之日起就被皇祖当成储君悉心教导，难道您就预备这样当一个皇上吗？"

"母后，此次皇儿能平安归来，全凭若微巧妙周旋……"朱瞻基还待再说。

皇太后张妍已然脸色微变，她凤目微睁，直盯着朱瞻基说道："现在南京城瘟疫横行，皇上乃是万金之躯，绝不能轻易涉险！你父皇登基不足十月而猝然崩逝，难道你也要置母后和江山社稷于不顾吗？"

"母后，现在南京城的情况如此危急，朕怎能弃她们母女于不顾？"朱瞻基声声急切，额上竟然汗珠微渗。

"好了，不必再说了。皇上如果想弃天下于不顾，自然是可以想做什么就做什么！可是母后希望皇上能好好想想，如今这天下真的就是你一人的天下了吗？四海之内皆太平了吗？皇上难道忘了这一路上的凶险了吗？别说您只是刚刚登基，那建文帝在南京城倒是坐了四年的天子，最后又当如何？"

"母后？"朱瞻基一下子愣住了，没想到一向恪守礼法与祖宗传统的母后竟然会说出这样惊世骇俗的一番话来。

"过些日子待南京城的瘟疫驱除之后，母后自然会下懿旨派礼部官员前往南京将她们母女接回来。现在，请皇上还是好好想想如何去做一位上对得起祖宗、下对得起百姓群臣的天子吧！"皇太后张妍说完，便站起身手拿佛珠朝东里间的小佛堂走去。她的步子端庄稳健，身材虽然婀娜，却透着一种神圣的气势，无边的威慑漫过这小小的殿阁，仿佛在偌大的紫禁城里罩了一层无形的大网，密密麻麻的，叫人喘不过气来。

朱瞻基知道多说无益，他似乎比任何人都了解母亲。在外人眼中，她贤良淑惠孝义礼让，是天下女子的典范；然而他知道，其实她与世间所有的女子一般无二，妒忌、权欲……不是没有，只是隐藏得比旁人更深些罢了。

朱瞻基的目光微微有些黯然，他缓缓地走出仁寿宫，夜色笼罩在他明黄色的龙袍上形成了一个朦胧的光晕。温文尔雅的举止，俊秀卓绝的风姿，此时眼中毫不掩饰的忧郁与飘忽不定的一丝彷徨让他魅力无限。

跪在甬道两侧的宫女们偷窥到了年轻天子的龙颜与风姿，于是心里便咚咚地跳个不停，飞霞染面，芳心暗动。

跟在朱瞻基后面的小善子偷偷抬眼打量着朱瞻基的神色，不知道该如何开口相劝，只是收了人家的好处，总要把事情办了才妥当，于是大着胆子紧走几步，在朱瞻基的后面低声说道："万岁爷，天晚了，今儿是您登基的大喜日子，皇后娘娘在坤宁宫里备了家宴，您是不是……"

朱瞻基听了此话立即驻足，他转过身紧盯着小善子的眼眸，冷冷问道："皇后娘娘？朕还未及册封，哪里来的皇后娘娘？"

小善子自小跟在他身边，伴着他从皇长孙成为皇太孙又成为皇太子，直至今日成为荣登九五之尊的真龙天子，记忆中他从来没有如此冷言厉色过，于是双膝一软，立即跪倒在地，"奴才该死，奴才说错了，不是皇后娘娘，是胡娘娘……胡娘娘……"

朱瞻基轻哼一声，眼中闪过寒光，"她居然已经搬到坤宁宫去了？就这么迫不及待？"

小善子依旧伏在地上不敢抬头，只悄悄说道："听说是奉了皇太后的懿旨，今儿前晌才搬过去的。"

朱瞻基唇边勾起一丝意味不明的苦笑，眼中的神色耐人寻味，过了半晌才问道："许彬回去了？"

小善子一时没反应过来，"啊？"于是身上便被朱瞻基重重地踢了一脚，这才反应过来，连连称是。

朱瞻基点了点头，心中暗想这一次事关皇权的暗中对弈，王叔自是满盘皆输。他先是在自己返京途中设伏，让倭人于水中抢劫官船，随后放火烧船毁尸灭迹，烧了一个干干净净。却不料许彬早有安排，船上的人都安然无恙地逃过此劫。一计不成，汉王在陆上又令天策卫的精英与月奴设计暗杀，想不到这月奴在紧要关头反水。这一劫，有多少事是他料到的，又有多少是意料之外的呢？

王叔是输了，可是自己赢了吗？得到皇上安然回京的消息之后，许彬连京城都没进就直接掉头返回南京了。他走得这么急，甚至连新皇的封赏都来不及领，连万众瞩目的登基大典都不参加……他这样急，为的是什么？

朱瞻基沉默了。

许彬。

他的才华与能力就像他的身世一样是个谜。他此次真的是应若微之请，只单纯地为自己另辟一条平坦归途吗？不会。朱瞻基摇了摇头。

此次，正是他走水路才引出了藏在庙岛上的那班秘密操练已久的倭人。朱瞻基回京之后做的第一件事，便是密令锦衣卫暗中搜寻。倭人从永乐初年便在泉州等地勾结不法商人，试图从大明境内偷运铜铁器回国，偷这些做什么？不过是为了打造兵器，而打造兵器背后的意图又是什么？只是扰边和劫掠海上渔船那么简单吗？

记得小时候，皇祖父带着他登上那艘巨大无比的"宝船"，送郑和的船队出航时曾说过："财富来自海上，故，威胁也来自海上。"

很长一段时间以来，满朝文武都被皇祖五次远征大漠的举动所震慑，似乎忘记了他关于海上威胁的训言。随着永乐帝的崩逝，一朝天子一朝臣，洪熙帝朱高炽更是停了船队出航，他认为只要北元残部安定了，大明即太平了。

可是所有的人都忽略了一个事实，永乐大帝北征是五次，而郑和下西洋，在永乐朝却是六次，比起天子北征所花费的银两、人力，下西洋只多不少。这又意味着什么呢？

倭人？

是许彬让这些隐藏在大明境内的倭人浮出水面，他在提醒年轻的天子，国家的隐忧与外患。可是，他是怎么知道的？比朝廷的中枢机构和专属皇帝的锦衣卫还要灵敏的信息，他是如何掌握的？他究竟是谁？兖州宁阳小吏之子？

朱瞻基在心底轻叹一声，登上澄瑞亭向南远眺。在成为皇帝之后的第一个夜晚，朱瞻基独自品味着挥之不去的孤独与无奈。

御花园里广植苍松翠柏，奇花异石，楼阁亭榭，情意盎然。从这里穿过一道坤宁门，就是紫禁城后苑中最尊贵的居所，阔九间深五间的重檐宫殿——坤宁宫。坤宁宫是皇后的正宫，形制与乾清宫相同，只是规模略小一些。

明朝开国至今，从太祖朱元璋的马皇后到洪熙皇帝的张皇后，共有四朝皇后，然而只有张皇后在此住了不到九个月，如今这坤宁宫又换了新的主人。

全木制结构的寝殿内奢华无比，殿内的摆设精妙绝伦，让人目不暇接。

朱红镶金的窗棂，外罩一层黄油绢幕，殿内遍铺红黄色相间的地毯，顶上天花尽是彩绘双凤，寝处帷幄几重，床上锦褥重叠，熏香四溢。

朱瞻基的结发妻子，还未正式行皇后册封大礼的胡善祥端坐在妆台前，任由一众侍女为其细细妆扮，她唇边含笑，眼眸如水，满脸难掩的笑容与幸福。

只听到一阵窸窸窣窣的脚步声从外间走了进来，不用回头也知道，是自己的亲姐姐兼掌宫大宫女慧珠。

慧珠走到跟前，只一个眼神，胡善祥即明白了。

"去吧，都下去吧！"

随着一声吩咐，宫女太监们立即纷纷退下，室内只留下胡善祥与慧珠二人。

"皇上……他……不来了？"胡善祥心中还存着半分期待。

"是！"慧珠点了点头，伸手帮胡善祥卸下发饰与钗环。

"他去哪儿了？是曹雪柔还是袁媚儿那儿？"胡善祥扭过脸，目光中尽是疑惑，她想不明白，今天是皇上登基的好日子，也是自己迁入坤宁宫的第一夜，于情于理他都应该来看看自己。况且平日里最得宠的孙若微又不在宫里，谁还能将他绊住？

"娘娘！"慧珠面上是极为温和的笑容，"皇上哪儿也没去，从南京城回宫已经八天了，这八天里他都是宿在乾清宫的书房里，哪儿也没去，谁也没召。今儿晚上也是一样，皇上从皇太后的仁寿宫里出来后就直接去了御花园，在亭子里一站就是一两个时辰。皇上的心思，娘娘还看不透吗？"

胡善祥一双秀眉紧紧拧在一起，攥着慧珠的手越发紧了，"你是说，皇上……"

"娘娘，如今之势咱们不得不防啊！"慧珠朝寝宫外面扫了一眼，压低声音说道。

胡善祥腾的一下站起身，她难以抑制心中的激愤，恨恨说道："他还想怎样？本宫是皇祖钦定的皇太孙妃，是父皇钦定的皇太子妃，也是皇太后钦定的皇后，难道他还想跨过本宫去立那个孙若微？"

"娘娘！"慧珠扶着胡善祥坐在榻上，又放下纱幔，低语道，"有何不可？"

"什么？"胡善祥怔愣住了，"姐姐，你说什么？"

慧珠叹了口气，面色黯然："今时不同往日。当年他是皇太孙、是皇太子，在他之上还有皇祖、先皇压着。他就是再爱孙若微，也要遵从上意。可是如今他是天子，普天之下以他为尊，谁还能强压着他去做他不乐意的事情？况且如今，皇上总是说此番能顺利回京全赖她的费心筹划，想把这天大的功劳安在她的身上，恐怕就是在为立后做铺垫。"

慧珠的话正中要害，胡善祥颓然地靠在她怀里，失神地喃喃低语："熬了这么些年，盼了这么些年，难道一直担心的事情真的要发生了？他真能狠心地置我于不顾，立孙若微为后？"

慧珠蹙眉不语，只用手轻轻抚着胡善祥的背以示安慰。

"也是，他和她毕竟是从小一起长大的，青梅之恋，两小无猜……也罢，以后我就守着顺德在冷宫里挨日子吧！"胡善祥痴痴地笑了起来，眼中竟是泪花点点。

慧珠柳眉微挑，唇边浮起一丝笑容，眼中精光闪闪，她轻轻摇晃着胡善祥的肩头，"娘娘，天无绝人之路。刚刚听仁寿宫的秋华说了，皇太后的口风很紧，似乎眼下还没有意思要派人去南京接她回来。这南京城如今瘟疫横行，她有没有造化活着回来还不一定呢！"

"真的？"胡善祥瞪大眼睛望着慧珠，看着她一脸的踌躇，突然明白过来，"姐姐，不行，万万不可轻举妄动，皇上……"

慧珠笑了，在胡善祥额上轻轻一戳："瞧妹妹这胆量，这么前怕狼后怕虎的，这皇后的位子怎么做？"

胡善祥细品着她话里的意思，"可是，她若真是有个闪失，皇上定是要疑心咱们，到时候就是太后也不会帮咱们……"

"哼！"慧珠收敛了笑容，"太后？众人皆说太后是女菩萨，心性纯善。可是此次先帝的妃嫔，不管是否有皇子、皇女的生育之功，全部都下令殉葬，只此一条，她的心机就可见一二。"

"这……"胡善祥迟疑了，此番仁宗皇帝猝然离世，宫中内外的流言早就传得沸沸扬扬的。有人说这起因是四月初七仁宗皇后张妍的"千秋节"上，最受仁宗宠爱的贵妃郭氏前往祝贺并献美酒，而张皇后不饮。仁宗见了自然不悦，反责怪皇后多心，他当场接过贵妃所敬的酒一饮而尽，随后便大病不起以至崩世。还有一种说法就更难以启齿了，说是仁宗皇帝死在贵妃的床上，是"惊风"之症，暗指贵妃献春药才使仁宗精尽人亡。

然而不管是哪种说法，似乎都与宠妃郭氏脱不了干系，于是为仁宗皇帝诞育了三位皇子两位皇女享尽皇宠的郭贵妃，也在殉葬名单。

据说得到消息之后，郭贵妃便在自己的寝宫中自缢了，临死时手里还紧紧攥着仁宗所赐的一块玉牌。

看似是张皇后夺去了郭贵妃生的希望，而郭贵妃离世的方式和时间最终却是她自己选择的。

后宫中两个地位尊贵的女人的较量，说不清是谁输谁赢。只是现在已然尘埃落定，这较量与对决又传给了下一代。

　　胡善祥深深吸了口气，她的神色像是被冰冻住了一般，冷漠得不带半点儿生气，眼中波澜不惊，傲视着坤宁宫里的一切，固执而带着决杀之势，冷浸浸的，有些吓人。

　　"去吧，照姐姐的意思办。这一次，办得利落些。不要让我在宫里再见到她！"说完之后，她倒头便睡。

　　慧珠稍稍一愣，随即帮她拉过锦被小心盖好。慧珠细细端详，发现她脸上竟神采奕奕，面相肃然有如威严华贵的女主。慧珠看在心里也安稳了许多。

第十二章　断雁叫西风

南京城在两个月前刚刚经历过地震袭击，还未及喘息就又陷入了更大的灾难之中，一场瘟疫毫无前兆却又来势汹汹，很快在城里蔓延开来。

南京旧宫静雅轩内，若微退下宫妆换上了一身青布长袍，又解开发髻，将满头云雾以发巾一束，改成男子装扮。

收拾妥当后，若微刚要出门，正巧紫烟领着常德郡主朱锦馨入内。

小郡主眨着眼睛望着若微瞄来瞅去，立即拍手笑道："娘穿成这样一定是要上街去玩，带馨儿一起去好不好？"

若微听了，不由伸手在她粉嫩嫩的小脸上轻轻一拧，笑道："馨儿只想着玩，这城里疫病横行，娘是出去体察详情，看看有没有法子医治。你乖乖待在宫里，哪儿也不能去。"

"不嘛，馨儿要去！"馨儿嘟起小嘴，满脸的不高兴。

紫烟从旁劝道："娘娘，如今外面闹哄哄的，都说是疫病猛如虎，躲还躲不及呢！娘娘玉体金身，怎么能去涉险呢？"

若微知道她是担心自己的安危，于是安慰道："紫烟，你是知道的，我自小喜欢这岐黄之术，碰到什么疑难杂症都忍不住要去探究一番。如今守备大人虽然已经下令封城，可是也一直没有什么有效的法子来应对，我看在眼里实在是心焦。"

　　紫烟还待再劝，若微已经迈步向外走去。

　　迎面走来的正是湘汀，湘汀身后还跟着司音、司棋等人。湘汀见若微这身打扮立即明白了，于是上前低语道："娘娘请留步。如今咱们殿下已然登基做了皇上，娘娘就是皇妃了。虽然南京旧宫不比北京皇宫，可是也不能说往外走就往外走呀！这要是传到宫里，皇太后听了肯定不高兴。况且说不定皇上派来接咱们的人一时半刻就进宫来了，要是赶上您不在，让奴婢们该如何应付？"

　　湘汀自小长在宫中，深谙宫中生存之道，这些年跟在若微身边为她打点一切，斟酌参详诸事，事事妥当称心。虽是主仆，但在若微眼中湘汀就犹如亲姐姐一般，若是别的事情自然会听她劝，然而这一次若微的固执又占了上风，她想了想便伸手揽住湘汀的肩头轻声说道："姐姐想想，如今南京城瘟疫蔓延，官府无计可施已然封城多日，就是皇上派来的信使和钦差也进不了城。如果不能根治城中的疫情，我们怕是一辈子都出不了这南京城了！"

　　"娘娘！"话语虽轻，但在场的几个人全听明白了，不仅是湘汀，就是紫烟、司音、司棋等人也都面色愕然。

　　"好了，你们不必担心我。还记得那年我们在栖霞山上吗？附近好几个村子流行伤寒，最后不也被我们医好了吗？"若微只是想让她们放宽心。

　　紫烟听了立即脱口道："可是那年有许大人在啊！"

　　只此一句，若微的心便不可遏制地疼了起来。是的，那一年有许彬在。不仅仅是那一年，好像每一次涉险都有许彬在身旁解围。只是如今他人在何处呢？

　　若微面似寒潭，留下一句"照看好馨儿"，便匆匆出宫去了。

　　湘汀在紫烟头上敲了一下，紫烟面上悻悻的，自知说错了话惹娘娘伤心了。

　　往日热热闹闹的南京城，香风阵阵、丝竹声声的秦淮河畔早已人去楼空，整座城市寂静得让人有些窒息。偶尔迎面遇到三两行人，都是轻纱掩面，行色匆匆避身而过。

若微叹了口气，走不多远，听到隐隐传来一阵哭喊吵闹之声，立即赶过去一看，才发现在昔日热闹非凡的酒楼——晚晴楼门口聚集了一群人。

他们衣衫褴褛，蓬头垢面，围在酒楼门口，手里拿着破旧的杯碗，声声哀号："行行好吧，给点儿粥吧，好几日没发粮了，叫我们怎么挨呢？"

而酒楼的大门始终紧闭着，一个声音从楼上飘来："各位乡亲，我们家掌柜的是出了名的大善人。前些日子闹地震，府里已经收留了很多无家可归的人，每日又在门口设粥棚施粥。可是如今闹了疫病，实在不敢再聚众施粥了，你们都请回吧！"

此语一出，立即引来一片哗然。门口的人都一拥而上，用力拍打着房门，门口顿时乱作一团。

"娘，娘……"

"哎哟，别挤，别挤着我的孩子……"

眼前的景象混乱不堪，若微站在一旁也无济于事，然而此时却是想退也退不出来了，后面的人越来越多，拥着她也不由自主地往里面冲。

拥挤的人群中，有体力不支的孩子和妇人被挤倒在地，而后面的人群如潮水般拥上来，一拨挤过一拨。若微用身子护住一个倒在地上的老人，又想伸手去拉一个小女孩，而后面的力道太大，于是她一个踉跄也跌倒在地。

她蹲在地上用手护住头，才发现地上原来尽是被挤掉的鞋子和钗饰。

哭声、喊声不绝于耳，很快酒楼大门被撞开，后面的人群一拥而入，巨大的冲击力让前面的妇孺顿时如同飘零的落叶般被践踏在脚下。

若微感觉身上仿佛被石磨碾过一般，疼痛得已然失去了哭喊的力量，残存的意识支配着她紧紧拉过身边的小女孩护在身下，随即便没了知觉。

饥民们在酒楼里抢劫一空，还来不及把到手的饭菜塞入口中，随后赶来的官兵则一拥而上，二话不说就是一阵棍棒相加。

若微被声声哭喊与哀号惊醒，然而眼前的一切让她完全呆住了！

血，从一个个饥饿潦倒的躯体中源源不断地涌出来。官兵们挥舞着手中的棍棒，冲着人群狠狠砸下去。不远处的墙角边，一个妇人正面朝着墙抓着半个生茄子大口大口地嚼着，而她的身边就横着一具尸体。

若微还来不及惊叫，就眼睁睁地看着一个兵士拿着大棒冲那个妇人的头砸了下去！那个妇人似乎都来不及惨叫一声就倒在了地上，她的眼睛睁得大大的，紧盯着滚到一边的那小半个茄子，茄子上竟然还染着鲜红的血迹。

若微只觉得一阵头晕目眩，恶心难忍，她蹲在地上干呕了起来，喘息间突然看到投在地上的影子里，一个颀长的身影正向她奔来。

这是怎样的一个世道？

若微糊涂了，从永乐皇帝朱棣，到仁宗帝朱高炽，再到她自己的丈夫朱瞻基，三代帝王都是爱民亲民的，那为什么这个曾经繁华的帝都会突然变成现在这个样子？

百姓们都说，天灾就是天谴。那么南京城的地震与瘟疫，是上天在怪谁？

若微一动不动，她不知道那个黑影高高举起的利器若是砸在自己头上会是何种滋味，她只是暗暗祈祷，如果是皇家德行有亏，触怒了上苍，那么就让她一个人来承担吧，请还百姓一个太平盛世吧！

只是想象中的利器迟迟没有砸下，而是有一股力道紧紧钳住她的肩头，将她从地上拽了起来，随即她便跌入一个硬得像铜墙般不带半分温度的男人的怀里。

"是你？你没死？"说不清是惊是喜，劫后余生的感觉，这一次她没有落泪，唇边渐渐漾开淡极的笑容。

他笑了，魅惑的笑容，"你还在，我怎么舍得去死？"

若微恨极了他的油嘴滑舌与轻浮，恨极了他的轻描淡写与满不在乎。每一次发自肺腑的感动都被他这样的玩笑之言驱散得无影无踪了，于是她用力一挣，离开他的怀抱，瞪着他一言不发。

"走吧，此处不宜停留。"他话音未落，而她已然扭头走近人群，她大喝一声："何处的兵士？怎能殴打无辜百姓？"

此语一出，并没有发生任何作用，现场太过混乱，哭声、喊声压倒一切，就是她喊破喉咙也无人相应。

许彬上前伸手紧紧攥着她的手腕，半拉半拖地带她离开了人群。

第十三章　秦淮诉心曲

　　玄武湖上，一艘画舫在岸边停泊着，舱内空间虽小却布置得十分精致。碧纱窗下是一张檀木罗汉床，上面摆着一个小小的方几，若微端坐其中，一手倚着几案，一面细细打量着舱内的布置。

　　罗汉床的对面是一张书桌，边上是一把风格朴素的圈椅，书案上放着一个竹制笔筒，还有绢筒、镇纸、笔山等文具。书案对面是一组书架，寻常人家的书架大都是空透的，而他的这组书架却在外面用丝帘垂着，以免书上积灰落尘，果然是讲究。

　　若微拿眼细瞅，赫然发现书案底下居然放着一个带滚轴的脚踏。

　　许彬从外面提来一壶热水，缓缓注入黄花梨立足矮面盆架上的紫铜掐丝小面盆里，然后又将一块簇新的帕子在热水中浸湿拧干，递给若微。若微面上微窘，对着他随即递过来的一面菱花小镜仔细地擦拭着脸上的污垢。

　　收拾妥当之后，两人对坐品茗。

　　若微指着书案下的脚踏问他："那是什么？"

　　许彬笑而不答："自己去想。"

　　若微瞥了他一眼，细细打量着那个脚踏，稍稍思忖便恍然明白过来，"你，真会享受。"

许彬笑道："何意？"

"花柳繁华地，温柔富贵乡。在这玄武湖上荡舟观景，醉卧品茗，博览群书，原本就是人生的一大乐事。你居然还弄了这样一个脚踏，想想也真是有心了。这人若是坐得久了腿部定会血液流通不畅，轻则感觉发胀，重则浮肿。你弄了这么一个带滚轴的脚踏，一面看书一面活动腿脚，自然能起到舒筋活血、减缓疲劳的作用。"若微说完，不由深深叹了口气。

"为何叹气？"许彬盯着她，眼中含笑。

"不知是该敬你？还是该怕你？"此语正是若微的心里话，与许彬相识已近十年。十年之中，每当自己遇险，他总能奇迹般地出手相救，仿佛这个人生来就是在暗中守护自己的。可是十年了，她连他的底细都没有摸清。相处越久，若微越觉得他是一个永远也解不开的谜。

许彬哑然了，"敬与怕"，这也许是以夫为纲的时代里女子对于男子的最高评价。可是他不喜欢，他想要的也绝不是这样的感受。

她又叹了口气。

许彬笑了，"与国母只差一步之遥，为何还频频叹气？"

若微苦了脸瞪着他："亏你还笑得出来！"若微心中恨意迭起，"你明知道，官船遇袭的事情传来，我心里会是什么样的滋味，你不早些派人送个信，或是直接过来找我……这些，也就罢了。如今见你好好的，我便如重见天日一般，可是偏你又……"

许彬盯着若微，面上依旧是淡淡的带着几分戏说的笑容，"又怎么了？是你说过，相亲不必相见。我又何必去找你？反倒显得无趣。这么说，是我的错，累娘娘担心了？"

若微恨恨不语。

两人静静地坐着，这秦淮河上如今再也不是香风徐徐、丝竹绕耳了，反而清冷了许多。

"人人都说商女不知亡国恨，今日倒让我看到了许大人的冷酷与淡漠。如今南京城乱成这样，你却还有如此闲情逸致弄了这样一条画舫荡舟游湖。真与那汉灵帝有一比！"若微越想越生气，恨他故弄玄虚，所以把话说得狠狠的。

"什么?"许彬哑然,唇边的笑意更浓,"又在我面前吊书袋?你是说汉灵帝好淫乐在西苑筑裸游馆白日宣淫的故事?那情景倒真有趣,时值盛夏,这汉灵帝选皮肤白皙、身轻如燕的宫女为他划桨驾舟在水中游荡,然后故意将小舟捣翻使宫女纷纷跌落水中。而他则在一旁嬉笑着观赏宫女们浸入水中的玉色肌肤。不错,不错,当真是有趣得很,想那汉灵帝也该是个性情中人。"

他一面说,一面刻意打量着若微的神色,满是情愫的目光自上而下对着若微看了又看。

果然,若微变脸怒道:"越说越不正经了!听到你在蓬莱遇险,害我白白担心了这么多日子。如今回来不到宫里给报个平安,居然只想着在这妓船上鬼混!"

"呵呵!"许彬笑容拂面,如同春晓之花,"娘娘这句话说得可是大大的不妥!"

"不妥?"若微一愣。

许彬不再开口,只自顾端起茶杯慢慢品起来。

若微细想着自己刚刚脱口而出的话,面色渐渐晕红,是的,这话说出来怎么都像是吃醋的娘子在数落相公的不是,确实不像是君臣,更不似朋友。

"其实,我知道。你,不是寻常人。"若微把脸扭向一边深深吸了口气,又将话题转移。

"哦?难不成我在你眼中青面獠牙,如同猛兽?"许彬今日的心情仿佛很好,笑容始终在他面上浮现。

"其实你做任何事情,都不会只有一种目的。"若微以手撑着尖尖的下巴,静静地注视着窗外的水面,微波暗漾,正如她此时的心绪。

"哦?"他面上笑容更浓。

"这一次走水路,不仅为瞻基李代桃僵另辟坦途,同时还引出了在庙岛盘踞的那伙倭人,让朝廷警醒,一并除之。"若微眼中的神色有些迷离,怔怔地望着许彬,神情有些幽怨,"是为国?为民?还是为君?我也糊涂了。有时候,不见面反而会觉得离你很近;见了面,却又觉得远隔天涯。我似乎从来没有问过,你,究竟是谁呢?"

许彬面上的笑容一点一点褪下，"你可以问，若是你问，我定当坦然相告。"

若微摇了摇头，"只认得现在的你，就足够了。"

许彬深深吸了口气，紧盯着若微，心中是万分的感慨。面前的女子若说聪慧，可集天下女子之灵性，只是在他面前，偏偏痴到了极致。

面对许彬，若微今日的情绪大起大落，重新见到他，便是上天赐给她最珍贵的礼物。可是看到他风轻云淡不留半点痕迹的神情，以及又再次游荡于秦淮河上，她的心瞬间又低落起来。她知道，自己从来没有资格去过问他的事，可是她偏偏就是难过极了，是的，在自己和瞻基双宿双飞的时候，他在哪里？哪儿又是他的温柔乡？

嫉妒。终于，是他让她体会到了什么是嫉妒。

眼中不争气地变得有些雾蒙蒙的，若微扭过脸去，忙岔开话题："晚晴楼是怎么回事？"

果然，许彬面色一凛，像是换了一个人，正色说道："晚晴楼前些日子设粥棚施粥，原是店家的一番好意，然而因为聚众太多，有不少都相继染上疫病。官兵是来封楼的，正赶上灾民闹事，索性一并收押。"

"收押？哪里是什么收押？"若微面色发紧，声音微微有些发颤，"分明就是一并铲除，都打死了才省事！"

许彬紧盯着她的神色，看她粉面微愠，只得宽慰道："新皇登基，这南京又是旧都，如果灾情控制不好蔓延开来，不仅仅是南京一地官员的生死荣辱，就是朝廷也是面上无光不好收拾。现在民间已经开始传言，说是建宁帝的冤魂前来作祟。官府找不到解决疫病的办法，除了封城与镇压，他们现在已是无计可施了。"

"那么依你看，这疫病的根由到底是什么？"若微急切地问道。

许彬摇了摇头。他这微乎其微的摇头让若微的心霎时如遇寒冰，以许彬的医术和见识，若是连他都不知究竟，恐怕这疫病真的无从根治了！

若微腾的一下站起身："我要去见南京城守备李隆李大人。"

许彬看着她，她的样子仿佛十年未变，只是眼中的神色究竟还是与旧时不同了。他不发一语，没有表示赞同，也没有反对，只是站起身走到船舱门口，为她高高挑起碧纱珠帘。

第十四章　抱枝宁自枯

第二日，南京城内四处皆贴出告示，皇城九门每日午时有粥饭相赠，众人排队领取，除了粥饭以外，还有祛暑除湿清热解毒的药材相赠。此外，还有免费的防范疫病的帖子在街头发放，诸如吃饭之前要仔细净手，不喝生水，衣物与碗碟都要用开水煮烫过后才能使用等防疫方法。

只是这一切措施并没有阻挡疫情的蔓延，城中的病人越来越多，惠民署与善心仁士所捐助的专门医治病患的居所早已人满为患，街头巷口四处可见趴在地上奄奄一息的病人。

南京城中的官员们已经乱作一团，城内的治安开始无从控制，打砸抢劫的事件时有发生，更为可怕的是，守军及官员中也有不少人染病。

局势似乎已经无法控制。

一片混乱之中，南京城守备李隆与众官员们在再三商议之后，决定一起进宫求见孙若微。虽然还没有得到正式的册封，但是留守南京的官员都很清楚这位娘娘在当今天子心目中的分量。

静雅轩内，湘汀匆匆入内禀告："娘娘！"

"嘘！"玲珑剔透的黄花梨六柱架子床前，若微小心翼翼为常德郡主放下纱幔，又示意司棋、司音仔细照料之后，这才跟着湘汀走到外间厅里坐下，她眼眉微闪："发生什么事了？"

"娘娘，李隆李大人带着南京留守的六部官员在宫门口等着娘娘召见！"湘汀据实回报。

"哦？"若微愣了。

"看样子像是有什么要紧事要和娘娘商量！"湘汀又接语道。

若微点了点头："如今事态紧急，也顾不得那些规矩了，叫他们去文华殿候着，我马上就来。"

"娘娘！"紫烟从内室走出来，面色急切地劝道，"娘娘使不得啊！别说您还未正式册封，名分未定。就是日后得到了皇上的册封，这后宫也是不得见外官，更不得干政的。您这一去，就怕非但不能解燃眉之急，还会落下话柄，为日后惹来祸端。"

"娘娘，紫烟说得极是！"湘汀连声附和，她一向老成持重，原本就犹豫着这话该不该传进来，可是事态紧急又怕耽搁了，这才踌躇了半晌方入内回禀。

若微想了想，"这里面的利害轻重我怎能不知？只是如今若不妥善解决，又哪里来的什么日后？"

"娘娘？"湘汀与紫烟双双愕然。

距皇上登基已经过去十来天了，宫里既没有来人接，也没有传来册封皇后与妃嫔的消息。若微心如明镜，怕是为了自己的名分，瞻基与皇太后又杠上了。皇太后不让他来接，他就迟迟不颁旨册立后宫。

只是这一次，瞻基错了。南京城中情势紧急，越拖下去，皇太后的胜算就越大。想到此，若微正色说道："去吧，湘汀去前边传话。紫烟帮我换妆！"

"是！"湘汀与紫烟不再相劝，立即应声行事。

没有想象中的盛装打扮，只是一件寻常的三成新的绛红色云烟衫，下身是一条碎花的宫缎素雪绢裙，薄施粉黛，若微步入文华殿内的书房中。

若微考虑再三，还是决定在昔日瞻基读书的书房内面见这些外臣。虽然南京旧宫之中的殿宇均在，如今南京旧宫又以她为尊，但是她绝不能行差一步，被人寻了短处。既然是官员请见，在书房内相见，不是大殿也不是正宫，应该算不得越礼。

若微一进门，室内站立的官员先是抬头相视，随即都微微低头揖手行礼，口称："娘娘千岁。"

这"称呼"和这"礼"行得都有些不伦不类，可是此时若不如此，又当如何？

"诸位大人不必多礼，如今南京城中情势危急，所以得知大人们有请，若微便斗胆逾礼相见，还望诸位大人包涵。"若微先声夺人。

"娘娘英明！"又是众口一词。

"诸位大人必是有话要讲，如此，就请直言吧！"若微也不落座，只是侧身站在书案的右首边。

众臣面面相视之后，李隆率先开口，他双手一揖："娘娘，如今城中情势极为严峻。这封城之后粮价飞涨，城中存粮已所剩无几，外面的供给又送不进来。恐怕难以支撑，故臣等商议，想护送娘娘与郡主北上。"

李隆这番话说完，若微倒吸了一口冷气，只觉得冷汗从手心里渐渐渗了出来，"李大人可是急糊涂了，没有圣上的旨意，我等怎可擅离？"

"娘娘！"李隆面色恳切，"南京城的情况下官已经派人八百里加急送了三拨奏折，可是朝廷迟迟没有旨意下来。这时间长了怕是支撑不住，如果发生民变，我等为官者食君之禄自然要与南京城共存，只是娘娘与郡主……"

若微点了点头，是的，没有朝廷的旨意谁敢在此紧要关头擅离职守？而如果是打着护送皇妃与皇女回京的名义，自然可将罪责降至最低。然而如此一来，南京城就会成为一座孤城，他们是不可能放任南京的瘟疫与民变蔓延开来的……难道？

若微顿时明白过来，她脸色微变，目光从每位大人脸上一一扫过，稍稍停顿之后，她清声说道："如果从了诸位大人所请，我等离开南京，那这南京城里的百姓与疫情，诸位大人将如何处置？"

此语一出，室内立即陷入一片寂静，没有人应答。

"太医院的医正们已经查明了疫症的原因，那就是三四月间的地震致使埋在地下的人畜尸体来不及清理，如今入了暑天气湿热自然就引发了疫病。为今之计只有将尸体挖出焚化，将染病之人隔离，待入秋天气转凉之后，疫病自然可驱。"一位叫不出名的官员答道。

"就是说，咱们走后，这南京城将是一座孤城，任由城中的百姓自生自灭，死后焚化，不留半点儿痕迹？"若微的声音中透着悲怆，她竭力克制着自己的情绪。

依旧是无人应答。

若微环顾室内，索性坐在书案之后，一只玉手轻轻抚着面前的这张书案。就是在这间书房里的这张书案和这把紫檀圈椅，曾经被仁宗皇帝朱高炽用过，也被当今天子朱瞻基用过，而如今她竟然也端坐其中，她的手突然在书案上重重拍了一下，面露厉色，开口只说了两个字："不可！"

"娘娘！"诸臣还待再劝。

若微挥了挥手，脸上是前所未有的镇定与绝然，"如此一来，不仅仅是南京一地，恐怕九州全域、国本社稷都会因此被动摇。先皇以仁德治天下，当今圣上登基不足月余，如果我们封城、弃城，任由百姓自生自灭并焚烧病患，不仅是令天下人齿寒，怕是这国都将不国了！"

"娘娘！"诸臣均感意外，他们很早就听说过关于这位孙娘娘的经历，年幼时就以美貌聪慧名闻天下，因而被永乐皇帝钦点密养东宫，称得上是才女，且贤良淑惠。却不知何故，在皇太孙成年后，永乐帝又以神来之笔另外选了一位胡姓女子册封为皇太孙正妃，而她只被封为嫔侍。然而，这些丝毫不影响皇太孙朱瞻基对她的宠爱与专情，以至于当朱瞻基成为皇太子后，奉旨留守南京也只把她带在身边，体察民情和外出巡视时也常常与她携手同往。所以，这班大臣对于她并不陌生，然而如今在危急关头，她一介女流居然能够如此镇定，将时事分析得如此鞭辟入里，令人瞠目。

然而不及他们多想，若微又开口道："本妃和郡主定会与诸位大人及南京城中的百姓共存亡的！"

此语言罢，她站起身，冲着室内诸臣深深一拜，便亭亭而立，不再开口。

一双明眸灿若星辰，唇边淡淡的笑容宛如和田美玉，脸上闪烁的灵韵之光如同月华点亮空寂的夜空，高贵的气质似傲立雪中的红梅，令人肃然起敬，不敢直视。

众臣颔首行礼，纷纷告退。

当众人散去以后，若微则颓然地跌坐在椅子里，独自黯然神伤。

"娘娘！"紫烟悄悄走到她身边，"真的没有办法了吗？"

若微摇了摇头，她心中稍稍有些奇怪，刚刚有位大臣说这场疫病是由埋在地下的尸体所致的，既然太医院的太医能够查明原由，为何许彬却说不知呢？

此念一起，若微心中顿时疑惑重重，"紫烟，我要出宫一趟。"

"娘娘！"紫烟想要阻止，却根本无法阻止。

玄武湖上的画舫，百花巷里的大夫第……能想到的地方，若微全都找遍了，还是不见许彬的身影，不仅如此，就连许彬家里的那些绝色美姝，绿腰、白纻和羽娘也都跟着不见了。

若微无计可施，眼看天色渐晚，原本应该掉头回宫的，可是她突然想起了一个地方，于是便雇了辆马车向栖霞山方向驶去。

在栖霞山半山腰处，她果然看到了他，不仅是他，还有绿腰、白纻等人。

在这片草甸子上新搭了很多竹屋，竹屋四面透风，里面躺的都是染上疫病的病患。

他一身白衣依旧风度翩然，只是眼中满是疲惫，然而当他看到她的时候，眼中依旧散发出灼灼的光华。

"我知道，你会来的。"他说。

她抿着唇，心酸得想要哭。她不发一语，走进竹屋就要去帮忙照顾病患，却被他挡在了门口。

"这些事情不需要你动手，你有更重要的事情要做。"他话语坚定，不容相驳。

她微微一愣，抬起头仰视着他，原来他是如此高大，男人果然是要用来崇拜的。

"前些日子没告诉你，是因为没有把握。经过这些天的验证，如今已经查明此次疫病的原因了。"他看着西边渐渐下沉的落日，脸上神色无喜无悲。

"是什么？"她问。

他笑了，指着山峰上高高的峭壁，"我只告诉你，医好这疫病的良药就在那上面！"

"那上面？"若微顺着他手指的方向看去，是山顶上的悬崖峭壁。

"可那上面什么都没有啊！"她越发糊涂了。

"真的什么都没有吗？若是真的什么都没有，你怎么会来到这里？"他盯着她，眼中满是笑意。

若微看着他的眼眸，那里面是熟悉的情愫，是曾经的记忆。

当年自己被迫与瞻基分开被送到这栖霞山上的道观中幽居，无意间在后山峭壁上发现了一眼泉水，取水时不小心跌落山涧，被他所救，就在这山谷里的竹屋内疗伤。

"是水？"若微恍然大悟。

许彬点了点头，眼中满是赞许："原本以为你做了皇妃，产女之后就变痴了，没想到只是反应比过去慢了些，但还有救！"

他说这话只为调侃，而她听了，心中却如同打翻了五味瓶。若微面上神色痴痴的，喃喃低语道："你早就知道了？"

"非也！"许彬叹了口气，"我起初也以为这疫情是尸体腐化所带来的。可是官府派人挖掘出腐尸，悉数焚化又以石灰浇注之后的地方照样还是会有新的病患出现，而很多埋有尸体的地方附近民居却并非全都染病。后来我发现，病发者多发生在家中有水井的地方，而在秦淮河两岸和玄武湖附近的百姓却没事。于是我把病患带到此处，每日煮药与饮食均用山上的泉水，症状很快便消散了。"

"原来如此！"若微此时才完全明白，流动的水新鲜干净，自然没有病源，而家中的水井经过地震则受了污染，于是变得不洁净了，这才致使城中的人接连染病。

"你？"若微虽然想明白了，可是她又立即瞪着许彬问道，"你为什么总要让人误会你呢？明明是忧心百姓安危，自己刚刚脱险返城就乘舟勘查水质，却让我误会你只图享乐。"

许彬收敛了笑容，看着被暮色笼罩的山色，冷冷地说了一句："我早就说过，我知道自己的心就够了。你怎样想我、怎样误会我，都不重要。"

一句话说得若微半晌无言以对。就在这里，他对自己说过这样的话。

他说，他喜欢她。

而那时她已经有了瞻基。她刚要开口相劝，他却笑了，他说人的一生能够清楚地知道自己心中真正所爱就够了。

是的，旁的也许并不重要。

并肩看落日，虽然没有牵手，但是心意相通，眼前所见的美景仿佛是他们人生中目之所及的第一次奇景，也是唯一的一次。

南京城中的这场疫病来势汹汹，无从抵挡；而去时则如同晨雾，说散就散。

官府一纸告示，不让百姓饮用自家井水。煮饭、洗衣均用流动的河水和山上的泉水，又发放了药材煮沸后喷洒亭院、浸煮用具。对于重病者都集中隔离看护，同时派太医问诊配药，细心调理。

经此一番举措实施，不出十日，疫病便渐渐散去。

第十五章　人归落雁后

南京城旧宫静雅轩内。

"娘！我们要回京城了吗？那馨儿什么时候才能见到父王呢？"常德郡主朱锦馨跟在若微后面转来转去。

若微正把书架上的书一本一本捡到箱子里，她看得很仔细，还不忘用帕子轻拭着封皮上的浮尘，不时翻开看上两页内文。对待每一本书她都视如珍宝，擦拭干净之后小心翼翼地码在箱子里，因为太过专注于书稿的整理，以至于她竟然没有顾得上女儿的问题。

这样的漠视自然让从小被朱瞻基宠坏了的小郡主很不满，于是她立即发了脾气，用胖胖的小手从箱子里抱起一叠书狠狠扔到了地上。这下可惹怒了若微，她抬手要打，手还没有触到馨儿的衣裙，便被湘汀伸手拦下了。

湘汀不由嗔道："娘娘也真是的，对谁都好，偏就对咱们郡主管教得太严。"

"哪里是管教太严？"若微又气又笑，"这孩子被殿下和你们惯得也太没样了，再不管，她敢去金銮殿揭瓦！"

"好啊，好啊！"馨儿立即拍手笑道，"那一定很好玩，到时候叫父王跟馨儿一起去，看谁揭得多！"

若微扬起手佯装要打，馨儿扭头就跑，正好与从外面抱着一叠衣物入内的紫烟撞到了一起，她笑着揽过馨儿接语道："瞧咱们娘娘和郡主，都这会儿了还一口一个'父王''殿下'地叫着，如今可都要改改口了。这次咱们回到京里，娘娘要称殿下为'圣上'，郡主就要改叫'父皇'了！"

馨儿眨着一双有着长长的睫毛的美丽眼睛歪着头问道："娘，紫烟说的是真的吗？"

若微紧盯着她满是稚气的小脸，点了点头。

紫烟与湘汀对视一下，看到若微虽笑靥如花却美目含愁，于是便唤来宫女带走馨儿。湘汀一面帮若微整理细软，一面问道："娘娘，这次是皇太后下的懿旨，派来礼部官员迎接咱们回京，娘娘为何面露愁思呢？"

若微摇了摇头，"还记得永乐十八年迁都吗？那次我们也是满心欢喜从南京乘船北上，只是这朱门玉宇中，真的有我想要的生活吗？"

"娘娘！"紫烟愣愣的，不知如何是好。她是若微自山东邹平老家带入宫中的家生丫头，从小就跟若微长在一起，她知道小姐原本的性子是多么开朗活泼，就是在家法严苛的孙家也不曾被真正拘束过。她不像一般的闺阁女儿大门不出、二门不迈，她从小学习六艺，精通琴棋书画，又深得家传医术，常常跑到街上救助病患，小小年纪就走遍了胶东的山山水水。她的志向绝不是只限于宅院之中绣楼内的一方小小的天地。然而，偏偏一旨入宫待年的诏命，小姐的性子仿佛变了，再也不能随心所欲地过她想要的那种生活了。

有的时候，紫烟甚至想，如果永乐十八年小姐没有北上、没有入皇太孙府，也没有去做朱瞻基的嫔妾，如果在那个时候她跟了许彬，也许对小姐来说才是真正的幸福。

"娘娘！"湘汀与紫烟不同，自若微入宫时被分到她身边，从此也就担负起了守护她的职责，所以湘汀的信念很单纯，就是要帮若微在宫内好好地生存下去。

"湘汀，你想说什么？"若微放下手里的书稿，对上湘汀的目光。

"娘娘，皇上登基已经快一个月了，可是还没有诏告天下册立皇后。皇上的意思再清楚不过了，皇上这次是铁了心要替娘娘争这个名分。可是依皇太后的性子，一切要遵从礼制和祖训。咱们回去只怕免不了又是一场风波。是进是退？这分寸如何拿捏？娘娘可要早做打算才是！"湘汀轻声慢语，然而说出的话却如同千钧，压得每个人都有些喘不过气来。

若微坐在床上，一手轻抚着膝上的书稿，一边摩挲着床边馨儿丢下的蝴蝶头饰，她眸如秋水，怔怔的，一语不发。

紫烟从她手上接过书稿码放在箱子里，快人快语道："娘娘何须忧思？皇上是天下之主，普天之下均以皇命为尊，皇上属意咱们娘娘，娘娘就只管安心去做这个皇后，何必想太多？"

"你这丫头！"湘汀笑骂了一句，"这话现在说说也就罢了，等回到京城入了宫，你可要管好自己这张嘴！"

"我说的都是实话！"紫烟嘟囔着。

若微怅然若失，看着湘汀似是问询，又像是在自言自语："恐怕如今正是进退两难，退又能退到哪儿去？可是进，则更是无路。"

湘汀刚要搭言，只听殿外司音的声音悄然响起："娘娘，锦衣卫指挥使孙大人求见！"

"孙大人？"若微与湘汀、紫烟对视之后都有些意外。

"哪个孙大人？"紫烟快步走到殿外。

"是孙少爷！"随着紫烟的惊呼，一个孔武有力的身影由远及近。

一身锦衣卫指挥使的锦袍在身，衬得他越发剽悍英俊，原本是面目俊秀略显瘦弱的书生模样，多年未见如今却硬朗了许多，远远望去犹如孤峰俊松雄姿英发。

"继宗？"若微几步走到他身前，眼中是难以抑制的泪花，"怎么是你？怎么会是你？"

映在阳光里的英俊身影带着灼灼光华，他笑了，低声叹道："还是叫我的名字，这辈子都听不到你唤我一声'兄长'。"

一句话惹笑了若微，他却恭恭敬敬地下拜行礼："下官锦衣卫指挥使孙继宗参见娘娘，娘娘金安万福！"

这样的郑重其事反而让若微手足无措，眼泪夺眶而出，只唤了一句

"继宗"便再难开口了。

"娘娘!"湘汀低声提醒。

若微这才反应过来:"快,里面坐!紫烟,叫她们上茶!上好茶!"

"是!"紫烟美滋滋地立即应声下去。

若微与继宗在厅中落座,四目相对,一时竟不知如何开口。直到茶点上齐,侍女们纷纷退下,若微的情绪才渐渐平息,"真想不到,简直太意外了,我们有多少年没见了?"

孙继宗面露笑容,坦然答道:"十五年了,娘娘离家已经十五年了。"

若微眼圈又红,她以手掩面,悲泣道:"还是唤我若微吧,当年在家里的时候,这个名字每天都要被你唤上几十次,如今反而生分了,叫什么娘娘,让我听着难过。"

孙继宗眼神一滞,冲着若微张了张口形,却并未出声,从那唇形中分明无声地唤出了"若微"两个字。

他狡黠一笑,做了个鬼脸:"还以为你见到我,一定是缠着我问东问西,问爷爷,爹、娘,还有显宗。"

"原是想问的,只是看到你太过突然,脑子里一片空白便什么也想不到了!"若微笑了,依旧像是娇养在家的大小姐,"咦,你刚刚说显宗?显宗是谁?"

孙继宗瞪大了眼睛:"你不知道?显宗就是幼弟继明,显宗这个名字还是当今皇上亲赐的呢!"

"哦?"若微愣了,瞻基何时给自己家中的小弟弟改的名字?还改得这么直白,原本家中男子都是"继"字辈的,他竟改"继明"为"显宗",这又是何意?

"娘娘,家中一切安好。如今咱们全家已然奉旨迁入京城。父亲因督造天寿山陵墓有功,前些日子被升迁至'鸿胪寺序班',显宗更得圣上恩旨入太学……"孙继宗所说种种,若微听来却暗暗心惊。这显然是皇上为了册立自己为皇后所做的一些铺垫,然而新皇刚刚登基即这样公开提升外戚,恐怕在皇太后和谏臣眼中又是给自己添了罪责。

而此时此刻,若微的这份担心又不好与继宗明讲,只好又岔开话题道："继宗，那你此番来南京也是奉了皇命？"

"这是自然。虽然有礼部官员迎接，但皇上还是不放心，特命为兄带了锦衣卫精骑前来护卫，皇上还说娘娘在南京受苦了，若是见到我，可宽慰娘娘的思乡之情。"孙继宗仔细打量着若微的神色，见她眸中含着忧虑之色，于是更加刻意宽慰，"皇上对娘娘的体恤与挂牵着实令人感动。"

若微与孙继宗又闲叙了片刻，孙继宗起身告退。

若微目光一扫，看到侧立在旁的紫烟星眼流波、桃腮满晕，不由笑道："紫烟，你去送送。"

紫烟立即应了，她轻移莲步，悄悄跟在孙继宗身后，于是两人一前一后出了静雅轩。走在宫中小径上，孙继宗像是在漫步，只是身后竟没有半点声响，他有好几次都停下来回眸凝视，直到确信紫烟还跟在他的身后，这才继续迈步向前。

两人也不说话，就这样默默无言地走了一段路之后，孙继宗突然停步，只是这一次他没有回头。于是仿佛在意料之中，紫烟一头撞到他的背上。

紫烟吃痛地"哎哟"了一声，孙继宗却嘿嘿一笑。他转过身，双手轻按在紫烟的肩头，低着头笑意吟吟地看着她，虽然不发一语，却目光灼人，紫烟的脸更红了，正如天边美极了的流霞。

孙继宗的笑容和注视如同狂风，将面前女子的羞怯与屏障横扫干净，让她无所遁形，想逃也逃不掉。

于是紫烟终于狠了狠心，她仰起脸对上了他的目光，他的目光里没有意料之中的戏弄与轻视，有的只是清澈和真挚。

她再一次垂下眼帘，低喃了一句："你欺负人！"

"呵呵！"孙继宗笑了，"我怎么欺负你了？"

紫烟有些疑惑，跟在若微身边，她见过不少美男子。俊秀儒雅、玉树临风的驸马宋瑛；丰神俊朗、英气逼人的许彬；还有举手投足间带着睥睨天下、运筹帷幄的尊贵气度的当今天子朱瞻基……他们都是世上少有的美男子。然而此刻，在紫烟的心中，他们的美，他们的好，都变淡了，如烟似风，飘散而去不留一点痕迹，仿佛从来都不曾存在于她的脑海之中。

面前这个人的笑容，有一种说不出的旖旎温柔，拈花一笑万山横，从此便深深刻在了她的心中。

紫烟觉得自己的脸快要燃烧起来了，她不知道此时自己该说些什么。

而他却开口了，"我……还没娶妻……"丢下这句话，他便转过身扬长而去。

只此一句，紫烟的三魂七魄瞬时都被他勾走了。

第十六章　夜逢娇客至

北直隶境内的官道上，车轮阵阵马蹄嗒嗒。

被官兵们簇拥着的一辆四马高车正不紧不慢地向前行驶着，若微怀中搂的娇儿正是郡主锦馨，坐在一旁小心侍候的是湘汀和紫烟。

"娘娘，这天气太热，皇上让咱们走水路原是一番好意。"紫烟手拿团扇为若微扇着风，湘汀则用锦帕轻拭去馨儿额上的汗珠。

若微倚在靠枕上不发一语，神色深沉而清冷。湘汀与紫烟面面相觑，想要劝慰又实在不知该如何开口。

若微有些乏了，原想闭上眼睛休息一会儿，谁承想眼前立即浮现起那惊悚的一夜。

六月二十三日，若微一行人在礼部官员的安排下，启程从南京出发，乘船北上返京。这是常德郡主朱锦馨第一次坐船，所以她十分兴奋，在船上各处跑来跑去，看什么都觉得有趣。

女儿的欢愉驱散了若微对南京的留恋以及对即将迎来的后宫生活的恐惧与排斥。月华初上，用过晚饭之后她便坐在船头抚琴抒怀。

在悠扬的曲音中，对着月夜浸染的江河抬头远眺，两岸是星星点点的渔火，若微的心情立时舒畅了许多。这是一幅流动的春江花月夜，虽然正值夏日，但对于即将与瞻基重逢的她来说，却不是春日更胜春日。

"娘娘，时辰不早了，早些安置吧！"司音、司棋从船舱内走了出来。

"馨儿睡了？"若微手指轻抬，曲音暂歇。

"是，郡主今天玩得太累了，澡还未洗完就睡在浴桶里了，湘汀姐姐和紫烟都陪着呢！"司棋上前扶起若微向船舱走去，司音则在后面抱琴跟着。

官船内虽然设施完备，但总还是免不了要随着水波轻微晃动，若微净面更衣之后躺在床上，闭上眼睛翻来覆去却难以成眠。也不知过了多久，仿佛只是刚刚打了个盹，若微就在一阵剧烈的摇晃中被惊醒，耳边是众人的奔走与疾呼声："沉船了！沉船了！"

在床榻边守夜的司音立即点亮灯烛，司棋披衣起身，刚想推开舱门看个究竟，却不由大声惊叫："天呢！这房门怎么打不开了？"

若微腾的一下翻身下床，几步奔至门口，用力推了推舱门，果然是从外面被锁住了，怎么用力推都打不开。

"娘娘！"司音面色煞白，惊恐地看着若微。

"沉船了，快跑啊！沉船了！快跑啊！"外面叫喊声、哭声混成一团，在火烛掩映下，慌乱的人影投在窗子上更是吓人。

"窗子，跳窗户！"若微高喊。

司音与司棋双双奔至窗下，只是刚刚燃起的希望又立即落了空："娘娘，窗子也打不开！"

"什么？"若微脸色大变，她隐约听到隔壁房里女儿的哭声，立即心乱如麻，环顾室内，却发现无计可施。

外面火光冲天！

"失火了！失火了！"

"快救火！"

"救什么火？船都要沉了！还是快跑吧！"

情势更加紧急！就在此时，门口传来一阵重重的拍打声："娘娘……若微，快起来，船要沉了！"

是孙继宗的声音，若微立即奔至门口："继宗，门打不开了，你快去看看馨儿！"

"门怎么锁上了？"孙继宗声音大变，一阵利刃相抵的声响过后，咣当一声，仿佛什么东西掉在了地上，随即门被一脚踹开。

孙继宗与身后几名锦衣卫冲入室内，把若微与司音、司棋拉了出来。

"娘娘！"孙继宗刚要开口，若微已然奔至隔壁房间，火竟然是从这里面烧起来的。

孙继宗手中银光一闪，劈开了房门，然而烟雾缭绕，里面的情况已然看不真切。若微只觉得心如刀绞，想也未想就要冲进火海，然而身子却被孙继宗狠狠拉住推到了一旁，而他自己则带着手下冲入火海。

船下沉的速度很快，甲板上的水已经浸到了小腿，而船上的建筑又因为火势过猛已燃去了大半。所有的人都在奔跑，会水的跳入水中，不会水的抱着船栏惊呼哀号。

司音与司棋跪在地上狠狠拉着若微，让她不能移步。若微瞪大眼睛，紧紧盯着那被大火渐渐吞噬的船舱，那里面是她的女儿，是她如珍似宝的馨儿。

"锦馨"，记得当初朱瞻基为她起这个名字的时候踌躇了许久，总是不满意，最后女儿百天的时候才定了这两个字，说是取"万芳之馨"的意思。

"万芳之馨"？难道未到花期，就要这样早早夭折吗？

若微眼中无泪，她此时才明白这人若是真到了伤心欲绝、万念俱灰的时候原来是哭不出来的，因为心在滴血，流淌的也该是血而不是泪。

"娘娘！"司音、司棋双双哭了起来。

当积水已经过膝，人站都站不稳的时候，孙继宗抱着馨儿跌跌撞撞地跑了出来，紫烟与湘汀也被锦衣卫们拖了出来。仿佛只差一步，船舱便被大火燃尽，不留半点儿痕迹。

若微立即扑到了馨儿的身上，她似乎睡得正香，不哭也不闹，小脸被熏得黑黑的，衣裙也残破不堪了。而湘汀和紫烟的情形更惨，紫烟的腿被烧到了……

"紫烟!"

"娘娘,船要沉了!"继宗把馨儿用衣袍一裹系在背上,又吩咐手下道:"快去拆些船板来!"

"若微,我会水,我带着郡主你自可放心!你们抱着木板,只要坚持住,遇到过往的商船我们就有救了!"孙继宗仔细叮嘱着。

"娘娘,你看!"顺着司音手指的方向,不远处一艘商船正疾速向她们驶来。

"我们有救了!"

当积水深及腰部的时候,商船靠近了她们。

正当大家踌躇着该如何攀至对方船上的时候,从空中抛出一条带着铁钩的绳索,不偏不倚正好钩在沉船的船帮上。

就这样,她们得以逃生。

她们惊魂未定地上了对方的船,然而还未及喘息片刻,看到商船的主人,若微不由又是一惊。

这是一位三旬左右的女子,身上只穿了件淡绿色的绸衣,头上也没有珠环钗饰,仅以一支玉簪将满头秀发松松地绾了一个流云髻,素面朝天,不施半点儿脂粉,即使如此,却也难掩她秀美绝俗的容颜。

若微一眼就认出了她,正欲开口相询,但她却轻盈一笑,抢先说道:"同为路人,出手相救不必相谢。"

于是,纵然若微有千般疑惑也须悉数咽下。随后,那女子手下的侍女仆人便将她们一一安置。

事发如此突然,如同惊天浩劫一般,官船上的仆役与船员折损大半,得以生存的部分官员与护卫们都精疲力竭,很快便下去各自休息。

可是若微根本无法入眠,午夜惊魂的这场大火来得蹊跷极了,手法又是那般的熟悉,稍加思忖便不难得知,有谁想置自己和锦馨于死地,又是谁不想让自己平安地回到京城。

只是,瞻基难道不会预见到今日的情形吗?

瞻基是派了锦衣卫来接，更指派了自己的兄长继宗随行护卫；每餐也皆有银针测验，可说得上是小心翼翼了。可是为何还会发生这样的事情？明目张胆地让官船失火，而自己的房门又被反锁，那么这船上的人，船工、侍卫、奴婢以及礼部的官员，这些人当中竟有她的人？难道她的势力已经渗入朝中了吗？

一想到此，若微便不寒而栗，后宫的战争果然不是孤立的，那么朝中暗助她的势力又来自哪里？

若微心绪难宁，耳畔忽地响起一阵缥缈的笛音，于是披衣起身推开房门，寻着若有若无的笛音，若微悄悄走到船主的舱外。

"进来吧！"这门竟然自里面打开。

进了舱门，若微才发现这间居室与许彬画舫上的格局摆设一般无二。

"坐吧！"那女子将若微让到罗汉床上，又亲自斟了热茶递到她手里。

直到此时，若微一直悬着的心才真正放下，喝了半杯茶略微定了定神，若微终于开口问道："羽娘姐姐怎知妹妹有难？又怎会来得如此及时？"

羽娘笑了，她虽然长年在秦淮河处的风尘之地斡旋，却并无半点妖媚风尘之态，明眸里闪烁的光华总这样清澈，她端起桌上的茶盏浅浅品了一口，又拈起果盒里的一片梨干放在嘴里细细嚼着，隔了好一会儿才说道："妹妹如此聪慧，何必还要问我？"

"聪慧？"若微唯有苦笑，无言以对。

"好了，不逗你了！"羽娘收敛了笑容正色说道，"公子料到妹妹此番回京路上定不会太平，所以特命我沿路相随，只是你们这官船架子大得很，寻常的船只都不得靠近，无奈只好远远跟着。"

"许彬？"若微面上微窘，"他又怎么会料到这突来的祸事？"

羽娘秀眉高挑，面上神色颇有些不以为意："这世上哪有我家公子料不到的事情？妹妹想不到只因为身在此山中。妹妹只要想想，谁最不希望妹妹回京，就不难明白了。"

若微怔怔地盯着面前的茶水，那浅浅的淡绿色影子，幽静中透着诡异，她以手托腮，喃喃低语："人还未回宫就无端被卷入风波之中，这回了宫又会怎样？她也太过了，难道非要置我们于死地不成？"

"妹妹有何打算?"羽娘目露寒光,看着若微,不由有些气恼。为了她,这些年公子是费尽了心机,处处替她周全,又为她暗中化解了多少麻烦?可是她总是这样一副风轻云淡毫无作为的样子,羽娘心里真是有些怒其不争。

"打算?"若微摇了摇头,"不是没有想过,只是如今事态进退两难,由不得我。"

"谁说的?"羽娘轻哼一声,从桌几下面拿出一册书递给若微。

"这是什么?"若微目光一扫,更是不明就理。

"这是公子让我转送给妹妹的,是唐朝则天武后的《女训》。"羽娘看到若微的眼神恍惚,仿佛依旧不得要领,于是索性直言道,"当初则天皇后从感业寺被皇上接入宫中,在册妃之前遭皇后嫉恨,皇后多次陷害欲将其除之后快。这处境与今日妹妹的境遇何其相似?妹妹可知则天皇后是如何转危为安扭转乾坤的?"

若微淡然一笑:"武后并无作为,而王皇后却咎由自取,竟然联合淑妃在宫内施巫术,犯了朝廷大忌……"

"非也!"羽娘冷笑道,"真正令皇上痛下决心废后的正是小公主之死。"

此语一出,若微神色大变。野史传闻,王皇后去武则天的寝宫探望过小公主之后,小公主便蹊跷而亡,高宗皇帝李治听闻之后龙颜大怒,认定是王皇后因妒生恨谋杀了小公主,因而下旨废后,后来民间渐有传言说小公主原本是武则天为了陷害皇后而亲手杀死的。

羽娘手执茶壶在她的杯中徐徐注入茶水,"妹妹也该好好想一想了,每次都是这样被动,怕是到头来,不仅自己受苦,还要连累许多无辜之人。"

若微的目光重新投在那本《女训》上,许彬的意思她此时才真正明白,与其总是被动挨打,倒不如奋起一击,也许还能争出一条出路。

第十七章　无雨晴空照

骄阳似火，整个皇宫里所有的主子都在睡午觉，乾清宫的东暖阁里也静悄悄的。大明天子朱瞻基坐在桌案前批阅堆积如山的奏折，汗水顺着他的面颊悄然滴落，眼前的冰镇酸梅汤早已被暑气熏得温温的，而他却忘了喝。直到最后一本奏折批完，才稍稍松了口气，他微闭龙目，以手撑头，一脸倦色，眉头深锁，仿佛心中积了许多难以决断的大事，要费尽思量。

侧立在旁的倩影悄悄走上前，伸出一双玉手在他脖颈之处轻轻揉捏，绵绵小手柔弱无骨，而力道却恰到好处。朱瞻基立时感觉轻松了不少，他睁开眼睛微微一笑："何时来的，怎么朕都没有发现？"

"皇上日理万机，全神聚集于奏折之上，哪里会看到月奴？"她嘟着小嘴，一副娇憨可人的俏模样。

朱瞻基盯着她仔细打量，今日她穿了一身翠绿色的宫装，如同碧荷映水，清新至极；细观她的容颜，总觉得有一种说不出的亲切与熟悉，正因为如此，他才能够心无旁骛地相信她，并把她带回宫。只是细揣之后，朱瞻基仍不免暗存疑虑，于是说道："返京路上太过匆忙，一直没来得及细问你的身世，如今得了空，你就跟朕说说吧。"

"皇上,永乐十八年腊月,在北郊冰场,演武军士中的一个兵卒欺凌弱小,您与越郡王仗义相救,此事,您还记得吗?"月奴的手从朱瞻基的脖颈之处轻轻滑下,她的身子也如一片轻盈的飞絮飘落在地上。她跪在了他面前,把头轻放在他的膝上。

这个动作让朱瞻基陷入惊诧之中,是啊,皇家子孙,天之骄子,从小他身边就不乏投怀送抱主动示好的女子,只是不管她们或是娇媚,或是柔美,再或是火辣,他都严词拒绝,他讨厌那些女人带着种种目的的亲近或者盲目的崇拜与逢迎。因为他知道,她们献媚的是他的地位和身份。

所以他对她们置之不理、漠视或是干脆一把推开。然而对于面前这个如同草芥一般又身世不明的平民女子月奴,他突然觉得难以拒绝。

"您不记得了,是吗?"她笑了,仰起头,眼中闪烁着亮晶晶的莹光,是泪吗?朱瞻基疑惑了,如果是泪,为何她的唇是在笑,还有淡淡的酒窝。

"对于您,不过是小事一桩。而对于我,这个被您救过的孤女,那就是生命的全部。"她含着笑将自己的身世娓娓道来。原本是带泪滴血的凄惨经历,然而她含笑讲来却像一个感人至深的传说。

朱瞻基难以置信,可是他又不能不信,抽搐着嘴角道:"你,太傻了!"

那一年,还是皇太孙的朱瞻基携若微与越郡王朱瞻墉一起去北郊冰场阅军,正巧遇到一名兵士仗势欺人威逼民女,朱瞻基出手相救,在他而言只是一桩随风而逝的小事,不足挂牵。而她却因为这样的一面之缘而疯狂地爱上了他,孤身直入内城,想尽办法只为再见他一面,却不料被别有用心的汉王遇见。

"皇上,您知道月奴这个名字是怎么来的吗?"月奴笑了,她仰着头,亮晶晶的眸子一动不动地望着朱瞻基,"他把我带回汉王府,他说要教我规矩,教好之后再带我去见您。规矩?他的规矩就是强迫我做了他的女人。我知道,他是想让我再也没脸去见您。那天晚上新月如钩,孤星满天,她们便给我改了名字叫月奴。"

朱瞻基怔住了,他终于想明白了,自己对她那份莫名的怜惜正是因为她这双眼睛,因为与若微的很像很像,都是明亮而清澈的。只有细看才会发现她们的不同,若微是恰似明珠美玉般纯净无瑕的灵动之眸,而月奴的眼睛里则满是孤寂和幽怨，冷俏俏的，有一种说不清道不明的酸楚和沧桑。

从小客栈里看到她的第一眼，朱瞻基就知道她是一个藏着秘密和故事的人，绝不是寻常的小家碧玉，更不是沦落风尘的大家闺秀。她就像长在山涧边一株不知名的野草，弱小却并不堪怜，她迎风而舞，自有一番倔强和气度，鲜活生动，比宫中所见的女子都真实而直白。

她想要的就那样直接表露在脸上，坚定中又带着飞蛾扑火的勇气，让人难以拒绝。

"失了身我应该去死，可是我没有。我顺从他、奉迎他，一点一点取得他的信任。我知道他想让我干什么，我也知道如果我不做他还会找别人来做同样的事情，所以我做。"月奴再次把头枕在朱瞻基的膝上，声音低缓如同自言自语一般，"七年的时间，我等到了。他让我守在小客栈去认人，认出你之后就在你的饭菜里下药。他说那不是毒药，你服下了，他可以得到江山，而我就会得到你。"

这是供词吗？朱瞻基心中暗暗发狠，这是供词！只是，这样的供词能用来法办王叔吗？

"我不信，他说的话我一个字也不信。所以我给你暗递消息，我知道你会信我的。"月奴一直在笑，但是透过那层龙袍，朱瞻基分明感觉到膝头微微有些湿润，凉丝丝的珠泪浸入他的肌肤。他恍惚了，记忆中曾看过很多女人流泪，最怕的是若微的泪水，一滴一滴，晶莹剔透，像是颗颗明珠，瞬间在他面前摔个粉碎，令他心痛不已。

而这一次，她没有在他面前哭，她一直在笑，但是她的泪却无声无息地浸入他的内心。

朱瞻基抬起手，他很想轻抚她的发髻，只是隔了片刻，这手还是收了回来。朱瞻基深深吸了口气，轻轻拍了拍她的肩："你姓什么？"

她索性撒起娇来，用手指在他的膝头写了一个字。

"吴？"朱瞻基微一思忖，"朕为你改个名字，以后你就叫'雨晴'吧！"

"雨晴？"月奴扬起脸痴痴地看着朱瞻基，"无雨则晴，有皇上护佑自然是艳阳高照，那以后皇上就唤奴家'晴儿'吧！"

"晴儿!"朱瞻基微微点头。

"万岁爷!"门口传来近侍太监小善子的高唤。

"叫什么,进来回话!"朱瞻基低喝道。

小善子探头探脑进入室内,晴儿立即起身站在朱瞻基身后,然而刚刚暧昧的一幕还是被他看到了。

小善子"扑通"一声跪倒在地。

朱瞻基面色微沉:"叫你去收拾坤宁宫,怎么又回来了?"

小善子身子向前一伏,脑门儿紧贴着大红地毯,细声细气地回话:"回万岁爷,奴才前去坤宁宫传旨,可是,可是……"

"可是什么?"朱瞻基面色更沉,"她不搬?"

"回万岁爷,胡娘娘倒是没说什么,可是慧珠……"小善子吞吞吐吐,欲言又止。

朱瞻基又急又气,从桌上拿起一个紫金镇纸狠狠地砸在小善子身上:"年纪越大越不会办事了,如今连句完整话都说不出来了,朕养你们有何用?"

"万岁爷息怒!"小善子叩头如捣蒜,"慧珠说,当初胡娘娘迁入坤宁宫是奉了皇太后的懿旨,这如今要迁出恐怕还得请皇太后下旨。"

"什么?她真是这么说的?"朱瞻基腾地从龙椅上坐了起来,他面色微红,在室内来回踱步,突然疾色道:"她一个小小的六品宫正就敢驳了你这个四品总管?宫规何在?来人,叫李诚带人去把慧珠拿下……"

"皇太后驾到!"外面高声唱念。

朱瞻基一愣,刚要向外迎接,只见皇太后张妍已经从外面走了进来。

"母后金安!"朱瞻基揖首行礼。

"皇太后吉祥!"屋里屋外请安的人跪了一地。

"皇儿不必多礼!"张太后面色和煦,不见丝毫不悦,这倒让朱瞻基微微有些意外,他连忙将张太后让到临窗的大炕上,又命人上茶。

一身皇太后的隆重华服和凤冠妆点,张妍显得格外华美端庄。

"午后骄阳如火,母后怎么反倒凤仪如此隆重,不如换了轻便的常服舒适些!"朱瞻基笑语道。

　　张太后眼中含笑，环顾四周，像是在看这乾清宫东暖阁里的摆设，又像是细细检视每一个下人，目光掠过龙案上堆积的奏折，看似随意地说道："天气虽热，但礼不能废，就像在这乾清宫龙案之上批阅奏折的只能是皇上，再热的天，再苦再累，执御笔朱批的也只能是皇上。"

　　"瞧母后说的，不是朕还能是谁？"朱瞻基似乎并未觉察到张太后话里的意思。

　　"哦？"张太后细细打量着朱瞻基，从头到脚看了个仔仔细细，眼中神色意味深远，"皇上还知道祖宗规矩、礼法典章？真是难得！看来是宫里的下人太闲了，传话走了样，如此倒是错怪了皇上？"

　　"母后此话怎讲？"朱瞻基脸上的笑容渐渐退去，只等着太后捅开这层窗户纸。

第十八章　潮平两岸阔

只是张太后似乎并不急着表态，她把目光突然投向晴儿，凤目圆睁，清声问道："好俊的丫头，只是看着眼生得很，是哪个宫里的？"

晴儿立即跪下，刚待回话就被朱瞻基抢了去，"母后，她是晴儿，就是此次回京路上为朕示警又舍身相救的那名女子。"

"哦？"张太后扫了一眼朱瞻基，只见他面色沉静并无半点儿不妥，则又冲晴儿招了招手，"过来，让哀家好好看看！"

"是！"晴儿跪着向前移了两步，稍稍把头抬起。

张太后仔细端详着晴儿，见她的眉眼居然与若微有三分相似，心中虽暗暗有些不悦，然而面上却越发和颜悦色起来："好姑娘，此番你能知大义懂进退，在紧要关头救助皇上脱险，于皇上是有大功的。你姓什么，叫什么，家在哪里？且——禀明，哀家一定重重封赏！"

"回太后，民女姓吴，刚刚得皇上赐名唤作'雨晴'，家中父母均已过世，如今正如飘零之燕，孤身一人。"晴儿虽是据实回答，但字字句句却是斟酌再三，唯恐出了差错。

只是这番话说完，张太后端坐炕上却迟迟没了下文。过了半晌之后，她才开口："好孩子，怪可怜的。这样吧，哀家就颁个恩旨给你，在京里赐你良田庄园，再为你择一门好亲事，以后你也算有个依托，好好度日。"

张太后此语一出，晴儿面色通红，紧抿双唇，她正暗自思忖着该如何回话，朱瞻基已然开口替她挡了回去："母后，晴儿聪慧机敏，朕很喜欢，所以想留她在身边。"

"留在身边？"张太后脸色微变，看了看跪在地上的晴儿，又看了看坐在对面的年轻天子，"皇上想怎么个留法？是做宫女，当女官，还是要纳入后宫？"

"这？"朱瞻基稍稍一顿。

"回皇太后，晴儿只愿做个粗使宫女就知足了。"晴儿抢先答道。

"皇上的意思呢？"张太后直视着朱瞻基。

朱瞻基看着晴儿，心中稍有不忍，"就让她先在这乾清宫里当差吧。"

张太后心中暗暗发紧，若当个宫女倒简单了，怕的就是封为嫔妃，而比这更可怕的就是封为女官留在皇上身边，张太后想了想又说道："既如此就按规矩来吧，云汀！"

太后一声低唤，从外面应声入内的正是张太后身边的管事姑姑云汀，她深施一礼："皇太后！"

"带晴儿下去，先着医女验身，然后至教习所由柳嬷嬷带着教规矩，两三个月后你看着行了再来回我。"张太后面沉如墨，淡然说道。

"是！"云汀垂首相应，又看了一眼跪在地上的晴儿，"晴姑娘跟我来吧。"

晴儿冲着张太后行了礼，又冲着朱瞻基恭敬异常地跪拜之后，才随着云汀向外走去。她紧攥着手里的帕子，眉头深锁，只是面上冷峻异常，微微垂首，跟着云汀不紧不慢地走着，直到出了乾清宫门，恍然听到身后有人唤她，回头一看竟是小善子。

"金公公有何吩咐？"晴儿知道小善子本家姓金名英，现在这个名字也是皇上给起的，只有皇上和皇太后叫得，别人对他还是得尊称一声金公公的。

"皇上请姑娘放心，万事有皇上为姑娘做主！"小善子低语一句立即转头退了回去。

云汀在边上听得不十分真切，而晴儿却明白了，面上立时羞红得如火烧了一般。

"皇上，那个丫头留不得！"当侍立在侧的太监与宫女全部退下之后，东暖阁里只剩下母子二人的时候，皇太后张妍说话也少了许多顾忌。

"为何？"皇上的态度依旧恭敬，可是显然并不顺从。

"为何？就凭她是汉王府出来的这一条就不行。"皇太后张妍对于汉王是谈虎色变，自己的丈夫做了二十多年的太子，这二十多年就是在汉王的虎视眈眈与阴谋构陷中如履薄冰一点一点熬过来的，有多少次险些被他从太子的宝座上拉下来。这世上还有谁比自己更清楚汉王对于皇位的觊觎和威胁，他的野心与胆量让两代先皇深感忌惮，如今事情如此蹊跷，安知此女不是以诈降和苦肉计来取得瞻基的信任，进而再图大位？一想到此，张太后便如坐针毡，不寒而栗。

"她是汉王府出来的不错，可是她并没有与王叔同道，否则她用不着冒死相救。"朱瞻基不紧不慢、不急不躁地应付着。

他的态度显然激怒了张太后，"皇上怎么知道她没有与汉王同道？不是有句话说得好吗，'十年磨一剑'，她此次相救也许正是为了取信于你另图不轨，在这背后也许正隐藏着一个更大的阴谋。"

"朕蒙她所救，于路上又朝夕相处，她若想毒害于朕也并非难事，所以朕信她。"朱瞻基依旧淡然以对。

"好好好，她的事先放一放，刚刚母后也说了，先让她去学规矩，学好了以后先放在仁寿宫，母后好好调教调教她，确信无害之后再还给皇上也就是了。"张太后暗想，先把此人从皇上身边支开缓缓再说，今日她来找皇上要谈的正题远比这个要严重多了。

"母后就不必费心了。刚刚母后说着人带她去验身，朕正想跟母后说，她已非璞玉，这验身就免了吧！"朱瞻基端起桌上的玉霜冰凌露送到张太后手边。

"什么？"张太后大感意外。

"朕已经收了她，原想着找个合适的机会再面呈母后，没想到……"朱瞻基终究还是微微有些发窘。

张太后紧盯着朱瞻基，没有去接他递来的冰碗，看着身穿龙袍的儿子突然觉得很陌生。

朱瞻基微微一笑："让母后失望了？"

张太后沉默片刻之后又换了一副神态，仿佛什么事情都未曾发生一般，依旧和颜悦色说道："她的事情先放一放，既是皇上喜欢又受了宠幸就该纳入后宫，只是如今皇后之位未定，自然也顾不上她了。你们小夫妻的事情，母后本不愿意管，原本就该是皇后来操持的事务，母后也是瞎操心。母后今儿过来还是想问问，皇上打算何时立后？"

朱瞻基眼帘低垂，轻声答道："这要看她何时迁出坤宁宫。"

"什么意思？"张太后凤目圆睁，"皇上为何执意要善祥迁宫？"

"朕也是为了她好。否则立后诏书一下，她自己也没脸住下去，到那个时候再搬恐怕对谁都不好。"朱瞻基的目光掠到不远处九龙屏风前面的龙案上，看到那最后一本奏折，立即心硬似铁。

张太后没有放过儿子脸上一丝一毫的变化，她强抑心中不快，好言相劝道："听皇上这话里的意思，莫非这皇后之位还要另立他人不成？"

朱瞻基从唇边浮起一丝笑容："儿子的心意母后一向都知道，就请母后成全儿子吧！"

"糊涂！"张太后在桌几上重重一拍，"善祥是你皇爷爷和父皇钦定的元妃嫡妻，如果她不能当这个皇后，还有谁能当？"

朱瞻基没有回答。

"母后知道，你念着跟若微的青梅之情，闺房之中你宠她爱她，平日里偏袒她，这些母后都是睁只眼闭只眼，可是善祥又没有半点儿失德之举，你若弃她而立若微，会让天下人说你无德无义的！"张太后疾言厉色，显然是动了真气。

"没有失德之举？"朱瞻基轻哼一声，站起身紧走几步，于龙案上拿起那本奏折放在炕桌之上，"请母后裁夺！"

张太后打开奏折一目十行，脸色已然是变了又变。

"这？"她不敢相信。

"心如蛇蝎，嫉贤妒能，陷害皇妃与皇女……她还没有失德之举吗？"朱瞻基眼中冷如寒箭，像是在问太后又像是在问自己。

张太后摇了摇头，"皇上，此事还要细查。若微回京的船在途中遇险，这并不能代表什么。就像皇上回銮途中于水上和陆路双双遇袭，我们却不能严办汉王一样。没有真凭实据不能定罪，更不能诏告天下以惹悠悠众口，况且……"

张太后咽下即将脱口而出的后半句话，她实在不相信那样贤良大度的儿媳胡善祥会做出买凶杀人、暗中设伏谋杀若微和郡主的事情，她宁愿相信这只是一个巧合。

"况且什么？"朱瞻基笑了，"母后常怪儿子偏袒若微，其实母后又何尝不是偏袒善祥呢？"

"母后只偏袒理和义。若是你查出实证，此事真为善祥所为，到时候你要废、要杀，母后绝无二话。但是现在还请皇上早日下旨册封善祥为后。"张太后站起身抖了抖凤袍，"坤宁宫是母后让善祥去住的，如果要搬也得母后点头，否则皇上就是让母后难堪，那仁寿宫母后也不敢再住下去了，就请皇上在皇祖的长陵边上为母后修一间小屋，以后的日子母后就在祖宗的陵寝前日夜忏悔请罪吧。"

"母后！"朱瞻基看着张太后挺直的背、高昂的头和那流光溢彩、点翠镶金的凤冠，突然觉得母子之间再没有什么要说的了。

"恭送母后！"他揖首行礼。

夕阳西下，晚霞映天，紫禁城内的景致华美而旖旎。

"小善子，依你看，哪个宫的景致最好？"朱瞻基坐在四人抬的小轿上从东六宫走到西六宫，只想为若微找一处好居所，只是看过之后总觉得这十二座宫苑是各有各的好，一时之间难以抉择。

"回皇上的话，若说宽敞气派，当属承乾宫；若以景致来论，自然是储秀宫最佳；不过，要说是雅致安静，就要数长乐宫、绛雪轩了……可是这灿美堂、晚晴轩也是各有特色，风景独好，还真是难以品评！"小善子擦了擦额上的汗水，笑嘻嘻地说道，"万岁爷，这可不像是七年前在皇太孙府里给微主子选居所那么容易了。这宫里好地方太多，可是微主子却只有一个，要住也只能住一处，咱又不能让微主子一个月换一处轮着住，所以万岁爷您金口玉言随便选哪一处都好，咱们娘娘肯定喜欢！"

朱瞻基手拿折扇在小善子头上狠狠敲了一下："就你话多！说了一大车，一句正经的都没有，看来这学堂真是白去了。"

"皇上这次可是说错了，学堂的先生都说了，小善子我悟性最好、学东西最快。先生还说了，用不了多久小善子就可以开馆授徒给那些新入宫的小太监们讲学了。"小善子眉飞色舞越说越美，有些喜不自胜，是呀，成为太监是他这一生中最大的不幸，而不幸中的万幸就是从小跟在朱瞻基的身旁，朱瞻基十分体恤下人，除了对他们这几个近身服侍的小内侍有时会要要性子以外，对于其他太监和宫女，他甚至连句重话都不会说，如今还特意在紫禁城里专门辟出几间偏殿，又请了师傅来给他们这些幼年入宫的小太监们开班讲学，真是天大的恩典。想到这儿，小善子就觉得自己的命还是很不错的。

"真的？"朱瞻基扫了他一眼，"你是朕身边的人，得用功好好学，也好给朕长长脸。"

"那是自然！"小善子乐呵呵地应着。

第十九章　醉忆江南乐

午门是紫禁城的正门，正门城楼上设有宝座，左右有钟鼓，而钟鼓只有在皇帝大典和大战凯旋之际才会奏响。午门城楼是紫禁城四门中气势最为巍峨华丽的。午门共有五座门洞，中门是皇帝出入之门，皇后大婚时可由此门进入皇宫，除此以外，就只有新科状元于金殿面圣谢恩后方可从此门出。

而现在，午门城楼上钟鼓齐鸣、乐声大作，中门大开，礼官、内监及宫娥分列两侧，正中铺就的大红地毯一直延伸至内廷。

今天不是皇上听政的日子，也没有举国欢庆的盛况大典。然而一身龙袍、头戴金冠，着大礼华服的天子却早早出现在午门，他在这里翘首以盼，只为了心里想着、念着、盼着却总是姗姗来迟的她。

"来了……来了！"远远地看到由锦衣卫护送的一辆四马高车缓缓向禁宫驶来，小善子立即雀跃地喊了出来，此时竟忘了所谓的规矩。

坐在车中的若微掀起车窗上悬着的帘子向外一望，远远地看到立于午门城下那抹惹人注目的明黄色身影，又看到前来迎接的仪仗与排场，不由轻喝一声道："继宗，停车。"

"娘娘！"孙继宗立即走到马车前，压低声音说道，"是皇上亲自在午门外迎接娘娘回銮。"

车厢里的常德郡主立即拍手喊道："娘，我们马上就要看到父皇了！"

湘汀伸手将小郡主揽在怀里："郡主坐稳了，当心跌了出去吓到皇上。"

紫烟面上也是喜气洋洋，见若微有些心不在焉，立即伸手帮若微理了理发髻，"娘娘放心，这妆好好的，衣裳也得体。皇上见了定会喜欢。"

若微深吸了一口气，面上神色忧心忡忡，"叫他们停车。"

"什么？"孙继宗显然没听明白若微的意思。

"娘娘，还未到城门口，为何要停下来？"紫烟也不明究竟，侧着头问道。

"继宗，你去跟皇上说，我们走侧门。请皇上先行回宫吧！"若微隔着车窗对孙继宗吩咐着。

孙继宗微微有些发怔，想要开口询问，可是眼见若微神色淡定从容，又是一派决然之色，也只好从之。

"娘娘，皇上亲自在午门迎接，又打开中门铺上红毯，这是对娘娘天大的礼遇和恩典，娘娘这样驳了皇上的好意，怕是有些不妥吧！"湘汀一面搂紧怀中的小郡主一面低声劝着。

若微唇边浮起一丝苦涩，"他的好意我怎能不知，只是这意太重了，咱们承担不起。"

"娘娘！"很快，孙继宗又跑回来复命，"皇上说请娘娘放宽心，今日大开中门鼓乐齐鸣全是为了迎接娘娘。皇上说娘娘担得起，请娘娘速速移驾。"

"娘娘，既然皇上都这么说了，咱们还是下车入宫吧！"紫烟与湘汀从旁相劝，小郡主更是吵闹着要见父皇。

"馨儿听话，不许胡闹！"若微粉面微怒，唬住女儿之后又对孙继宗说道："继宗，你再去对皇上讲，皇上今日亲临午门又打开中门相迎，若微五内感铭，只是若微无德、无才，于皇上更无寸功，实在不能承此隆恩，请皇上先行回宫、撤去鼓乐，我们随后走侧门入宫。"

"娘娘这又是何苦呢？此番回来，皇上定是龙心大悦。可娘娘这样三番两次地相拒，怕是会惹皇上不悦吧？"孙继宗见若微如此执着相拒，不免有些忧心。

“娘，馨儿又累又饿，咱们早些入宫去见父皇吧！”馨儿借机又闹了起来。

若微眉头微蹙，“继宗去吧，依我所言回了圣上！”

“这……”孙继宗十分犹豫，然而看到若微一脸坚定，只得再次到御前传话。

“娘，馨儿要见父皇，馨儿要见父皇！”小郡主朱锦馨挥动着胖胖的手臂用力蹬着小腿，想要从母亲怀里挣脱开来，然而她越是用力身子越被若微狠狠钳着，小郡主觉得十分不爽，于是放开喉咙大哭了起来。

“不许哭！”若微冲着锦馨扬手要打。

就在此时，车门“哗”的一下从外面打开了，“是谁欺负朕的小公主了？”

“父皇！”锦馨仿佛受了天大的委屈，立即扭过脸去，她看到车门外站着的正是自己的父亲，立时用力挣脱若微的怀抱扑了过去。

朱瞻基一把将女儿抱了起来，在她的小脸上狠狠亲着：“好馨儿，让父皇好好看看！”

虽然离开还不到一个月，可是对于朱瞻基来说此次分别仿佛已隔了很久很久。此时他全部的注意力都被怀中的娇女所吸引，他仔细地看着她的眉毛、鼻子、眼睛……朝阳映衬着她那白皙稚嫩的娇颜更显俏丽可爱，粉琢玉砌的小脸上如水晶葡萄一样晶莹动人的眼睛里还闪着点点泪珠，红润如蓓的樱唇微微噘起，衬着那精巧的小鼻子惹人无限爱怜……梨窝婉婉、盈盈含露。

朱瞻基只觉得怎么看都看不够，而小丫头更是趴在父亲怀里撒起娇来，她指着坐在车厢里的若微向父亲告状：“父皇，母妃打馨儿，还不让馨儿见父皇……”

仿佛此时朱瞻基才把目光投向若微，只见她穿了一条粉霞锦绶藕丝缎裙，上身是一件浅蓝色的云雾纱衣，满头乌发只松松地绾了一个弯月髻。发间、耳际及颈处竟没有任何饰物相衬。嫩粉和水蓝这两种淡雅清新的颜色相映在一起，将她的优雅与妩媚发挥到了极致。就像一朵夜来香，原本无意争芳，只想在暗处悄悄地吐露着阵阵冷香，偏偏这样的美任谁看到了都唯有折服。特别是那烟云轻缭的眉眼，还带着几分慵懒和飘逸如云的气质，更让人有些难以琢磨。

"看样子是乏得很，那怎么还赖在城门口犯傻，还不赶紧入宫休息？"对于若微，朱瞻基远没有对待女儿一样的好脾气，一句话脱口而出，不像是在关怀体贴，也没有特别温存的味道，倒像是在怪她。

可是若微听了却淡淡地笑了，这笑容似江南二月的杨柳，轻盈而柔美。

"臣妾参见皇上，万岁、万岁、万万岁。"一笑之后，便由湘汀和紫烟搀扶着走下马车，随后她恭敬异常地大礼参拜，做足了规矩，认认真真地行了三拜九叩的君臣大礼。

朱瞻基原想伸手去扶，可是他忍住了，十多年相守在一起，她此时在想什么他心里很清楚。虽然他立在对面受了她的礼，可心里着实不太好受，于是狠狠瞪了她一眼，那高傲的神情仿佛世间万物都令他藐视。他不发一语，只抱着女儿大步向中门走去。

"娘娘！"紫烟小声问道，"皇上生气了？"

若微笑而不语，轻移莲步跟在皇上后面，只是到了宫门口她并没有跟着皇上走进中门，而从西边的侧门径直入内。

所有的太监侍女及礼部官员都惊诧了。他们的惊诧最初是因为皇上居然为了一名尚未得到正式册封的妃子而大开中门礼乐相迎，这是大明建国建都以来第一件稀罕事，然而现在令他们更为惊诧的是，眼前这位娇俏的妃子居然会公然拂逆皇上的恩宠与好意，一意孤行执意去走侧门。

皇上为了宠妃而不顾祖宗规矩逾礼相待，可妃子本人非但不领情，还与皇上背道而驰，成了捍卫宫规的卫士，这着实让所有的人都大吃一惊。

入了午门，若微和馨儿换上内监所抬的软轿直接进入内廷，下了轿还来不及细想就被簇拥着进入乾清宫。

"父皇！这是哪儿？我们怎么不回家呢？"馨儿倚在朱瞻基的怀里，奶声奶气地问着。

"这是乾清宫，这就是我们的家。"朱瞻基含笑回答。

若微紧走几步，伸手要去接馨儿，"馨儿快下来，父皇都累了，如今你也大了，不要老让父皇抱！"

"谁说朕累了？"朱瞻基刚要相驳，若微已然从他怀里把馨儿抱了过来，她回首吩咐紫烟与湘汀，"先带她下去。"

"不嘛！不嘛！"馨儿又闹。

若微扬起纤纤素手冲着馨儿做了个鬼脸，吓得她立即缩在紫烟怀里，乖乖地随她们下去了。

站在乾清宫的正中，目之所及尽是奢华。大殿正中最为抢眼的摆设就是那尊华贵的宝座，宝座的靠背、扶手、底座、四腿雕饰的图案全都是龙。宝座后面的五扇屏风更是群龙飞腾，端庄凝重。而宝座上方的金匾、殿中地毯、香炉台座也全都雕刻有龙。

满眼都是金黄的颜色和蟠龙的图案真是器宇非凡、神圣庄严，若微立于殿中看得有些痴了。不知不觉，所有的人都悄悄退下，一双有力的臂膀自身后将她紧紧抱住，他的下颌在她头上轻蹭着，声音低缓而充满磁性："在看什么？"

她说："看龙。这乾清宫里从宝座、龙案到屏风、护栏、地毯、窗棂，处处都是龙，万条蟠龙看得人有些眼花，数也数不清。"

"呵……"他笑了，一股温暖的气流从她的脖颈之处缓缓吹来，"其实这殿里四处皆空，唯有一物是真。与其看这些，不如回过身来，好好看看朕这条真龙。"

她也笑了，缓缓转过身，仰起脸对上他的眸子，轻抚着他的脸，"皇上是越发清瘦了！"

"因为你不在朕的身边。"他脸上的神情似笑非笑，所说的话也亦真亦幻，深邃的眼神中透着一种等待和追求的熟悉情绪。

温润如玉，却又不失阳刚果敢，幽雅从容的气质中，那种道不尽的旖旎温柔瞬间便将她在见到他之前好不容易积累起来的坚定与清冷驱散得无影无踪。在"正大光明"的金匾下面，在九龙盘旋的御案龙椅前，他将她拥入怀中，在她的唇上缓缓地印上自己温润的唇。

午后的阳光照耀在乾清宫西暖阁楠木包金的龙床上，低垂的明黄色帐子内，朱瞻基侧卧在旁，低头看着睡得正香的若微，雪白的烟云纹素纱胸衣包裹着玲珑曼妙的娇躯，一双如雪素臂与圆润的香肩露在明黄色的薄被外面，粉面上是微微渗出的汗珠，一双弯眉微微拧起，仿佛在梦中还有什么难解的烦心事。

朱瞻基伸手轻轻抚在她的眉间，自言自语道："都过去了，微儿，以后朕绝不会让你这双秀眉再次皱起，绝不……"

"哼。"她像在梦语，只是不耐烦地推开他的手，翻了个身，依旧向里侧睡去。

他笑了，还是幼时的毛病，总也睡不安稳。

他不禁想起了小时候她刚入宫时的样子，那时的她比现在的馨儿大不了几岁，小小年纪就离开家人只身进宫，那样地乖巧伶俐，这六宫上下谁不夸她？

"哥，还不快去看看你的小妃子！"记得当时瞻墡总是拉着自己去静雅轩看她。每次独处时自己都有些发窘，不知道该跟她说些什么，好像记忆中总是她主动来和自己找话说。

朱瞻基摇了摇头，小时候的日子有多单纯、多快乐，为什么那时候自己总是那么害羞，想要见她又不敢去找她，总是要等瞻墡来拉他才去呢？

"瞻哥哥！"

她总是在人前恭敬地称呼他"殿下"，而在背后悄悄叫他"瞻哥哥"。

朱瞻基笑了，拿起若微的一只纤纤玉手轻放在自己的唇边，先是吻了一下，随即又放在口中轻轻咬了一口。

"讨厌！"她依旧没头没恼地喊了一句，随即下意识地挥手打了一下，正打在他的面额上。

朱瞻基又笑了，若微真的回来了，一切感觉也都回来了，真好！

"功崇惟志，业广惟勤！"梦里她还在低声呢喃着，"知人则哲，安民则惠！"

"什么？"朱瞻基惊了，他瞪大眼睛，仔细盯着她看了又看，这才确信她还在梦中。

她喃喃重复的梦语正是在乾清宫龙案后面那五扇屏风正中雕刻着的治世格言。他伸手轻轻抚着她如瀑般倾泻在枕上的秀发，不知是欣慰还是难过，"好微儿，在梦中还不忘提醒朕要做个明君。这样的心思，这样的气度，朕的皇后舍你其谁？"

仁寿宫花园里，张太后坐在池边，看着隐约可见的红鲤，时不时地撒上一把鱼食，引来一片红鲤争相腾跃游来舞去，阳光与红鲤再加上波光，一时之间耀人眼眸。

仁寿宫管事姑姑云汀侍立一旁，远远地看到一个小太监朝这边走过来，她立即在太后身前躬身肃了肃："太后，小德子回来了！"张太后微微点了点头，云汀便招手叫小太监近前回话。

小德子刚要下跪行礼，张太后便开口说道："行了，起来回话吧！"

"谢太后！"小德子悄悄抬头看了一眼张太后神色。

云汀立即训道："不知眉眼高低的东西，瞎看什么，还不照实回话！"

小德子呵呵一笑道："奴才想看看太后现在高兴不高兴？"

"什么话？"云汀斥道。

张太后倒觉得有趣："小德子，传你来回个话，你怎么还要看哀家高兴不高兴？"

小德子满脸堆笑："奴才要回的话恐怕会令太后不高兴，所以奴才想先看看太后现在的心情如何？如果心情好，那奴才一会儿能少挨几板子；如果太后现在心情不好，那完了，奴才怕是一会儿要脑袋搬家！"

张太后先是一愣，随即忍不住笑了，她指着小德子对云汀说道："看看，我就说不能让这些小太监们去听什么讲学吧，这学完了都变得油嘴滑舌了。"

云汀听了，也不知太后是褒是贬，只是打量着她的神色像是还好，于是轻轻踢了一脚小德子："太后面前休要轻狂，赶紧照实回话！"

"是！"小德子收敛了笑容，将今日朱瞻基在午门外迎接若微入宫之事一五一十地说了来。

"哦？"张太后又往池子里丢下一把鱼食，眼睛紧盯着小德子，"你说的可是真的？皇上在午门外等了半个时辰，又打开中门亲自迎接微主子入宫？"

"是。只是微主子似乎并不想走中门，还与万岁爷僵持了好一会儿。微主子说要走侧门，可万岁爷不乐意了，亲自走到马车边上把微主子和常德郡主请下了车，又亲自抱着郡主走中门入的宫。"

"什么？皇上一直抱着小郡主？"张太后似乎不信，在满朝文武面前，哪有穿着龙袍抱小孩的皇上？

"是，奴才所说的每一个字都是真的！"小德子言之凿凿，"微主子跟在后面，在门口稍加犹豫，最后还是走的侧门。"

"好了，哀家知道了，你下去吧！"张太后似乎是有些累了，她站起身，扶着云汀的手顺着园中小径缓缓而行。

只是走过没多久，她又回转过身问道："皇上把微主子安置在哪个宫里了？"

"回皇太后，皇上把微主子接到乾清宫里去了。"小德子立即紧走几步回道。

张太后身子一僵，面上表情变了又变。

"太后，皇上定是带郡主去看看金銮殿吧？小孩子玩心重，想是吵着要看看，皇上爱女心切，这才从了她。"云汀在旁劝道。

"不是，郡主被安置在乾清宫的西配殿里了。而微主子……看样子皇上像是想把微主子安排在乾清宫西暖阁里。"小德子唇角微微抽搐了下，低着头说道，"自打微主子进去到现在就没出来，皇上还命人添了很多新鲜摆设，说是微主子就住乾清宫……"

"胡闹！"张太后突然喝道，紧盯着小德子的目光中悄然闪过一道凌厉之色。

乾清宫是紫禁城里最尊贵的地方，那是皇上勤政和安寝的宫殿。乾清宫正间正中设御案、宝座、屏风，是皇上召见臣子商议朝政的大殿。而乾清宫东暖阁就是皇上的书房，是批阅奏折、传达政令与近支大臣议政之所。西暖阁有"温室"之称，是皇上的寝宫。乾清宫另有东西两座配殿，东为昭仁殿、西为弘德殿，是预备将来皇子们学习的"南书房"。与此二殿南墙相连的东、南、西三面庑房都是为皇帝服务的机构，庑房从北往南排列依次是：为皇帝管理茗饮、果品以及节令宴席的御茶房，专门收贮皇帝冠袍履带衣物的端凝殿、鸣钟处、御药房、敬事房，以及收藏御用图书、文房四宝的懋勤殿。

若说紫禁城是大明江山的穴位，是万众仰目的圣地，那乾清宫就是紫禁城的穴位，江山社稷的核心之处，这样的地方怎么能够让一个庶妃和皇女住进去呢？

张太后的面色越来越难看，抽搐着嘴角停了半晌之后才吐出一句话："当真是疯了吗？"

小德子连连点头，"是，皇太后说得是！先皇还未下葬，皇上就把微主子召到乾清宫伴驾，这确实有累圣德。不仅如此，居然还让微主子住在乾清宫，这还了得？这乾清宫是皇上理政休息的寝宫，别说是宫妃了，就是皇后也不能住呀！咱们皇上也不知怎么的，突然就糊涂起来了！"

"好了！"张太后面色已然十分难看，"你先下去吧，哀家自会重重打赏。"

"谢太后！"小德子千恩万谢地走了。

张太后转向云汀："云丫头，此事你去查查，看看是不是正如小德子所说的。"

"是！"云汀低垂着头应着。

"还有，这个小德子，不必留了！"张太后面色阴沉。

云汀稍稍一愣，她不知道太后话里的意思，不必留是不必留在乾清宫里，还是其他的意思？这可是太后前几天刚刚从仁寿宫派过去的亲信呀！

"皇上是真龙天子，就算行有差池，也轮不到奴才们来议论。此事交给马云，就说是哀家的意思——杖毙。皇上就是对他们太过宽待了。唉，云丫头，你说若是没了规矩，这么大的紫禁城会乱成什么样子？罢了，如今宫里的整治就从他开始吧！"

"是！"虽然是盛夏的午后，骄阳似火，但是云汀此时却是手脚冰凉，心里更是如同卧冰尝雪。都说天子无情，说变脸就变脸，谁承想太后也是一样，曾经那样端庄贤淑的她在当了太后之后，怎么突然像变了一个人似的？她的心思也越来越难以琢磨了，更加没有人能够预见她的打算。

第二十章　西风难解情

　　仁寿宫的庭院里宽敞幽静，两棵苍劲的古柏耸立其中，殿台基下东西两侧各安置一对铜凤和一对铜鹤，寓意为凤体安康，延年益寿。

　　朱瞻基静静地站在殿外的基台之上，他心中稍稍有些忐忑，不知这一次的见面会是怎样的情形。而大殿内端坐在金花玲珑屏台床上的张太后此时内心也不平静。

　　晌午她派去乾清宫传话的人回来后将皇上的话转述给她，那原话是怎么说来着？

　　"因为坤宁宫被人占着，微主子没地方住，就得暂住乾清宫。那边什么时候腾出了地方，自然也就各归各位了。"

　　"这是皇上说的？"张太后唇边是隐隐的略带苦涩的笑，她始终不敢相信一向对她十分恭敬的皇上这一次是如此地强硬，难道真的是翅膀硬了？如今登基做了皇上，所有的人都臣服在他的脚下，就是亲生母亲的话竟也不听了。立谁为后暂且放在一边，如今刚做了皇上就如此不顾礼法任意而为，这倒让张太后担心不已。

　　"好好好，真是儿大不由娘了！"张太后一连说了几个好字，谁也不知道她此时在想些什么。

"太后，皇上在外面等了好一会儿了！"云汀揣摩着太后的心思低声提醒。

张太后点了点头，"让他进来吧！"

"是！"

朱瞻基缓缓步入室内，这仁寿宫已按他的吩咐装饰一新，如今正是华丽无比。朱瞻基垂目看到的是方砖墁地，光可鉴人；门窗、隔断、桌椅均为朱红色，用的是上好的红木，窗楹上还镂刻着云龙图案，如今斜阳尽洒，好似铺了一层金子；仰首则见彩绘金凤，栩栩如生。这还是朱瞻基第一次认认真真地打量着仁寿宫里的陈设，脑子里闪现的是母后在成为太后之前住过的地方和用过的封号。

当祖父还是燕王时，他们一家人住在北平的燕王府内，那时母亲的名号是燕王世子妃。那个时候，他很小，以至于连曾经住过的居室和母妃年轻时的模样都记不得了。后来祖父"靖难起兵"，夺下江山，他们举家南迁搬入奉天门内的皇宫大内，那时，母妃成了太子妃，住在东宫最宽敞的殿宇里，这一住就是二十年。直到皇祖父永乐皇帝驾崩，父皇即位，母妃则由太子妃成为了皇后，从而住进了坤宁宫，短短九个月之后又因为父皇龙驭宾天，母后从坤宁宫迁入仁寿宫，成了太后。

母后的样子似乎没有变，依旧端庄美丽，只是神态和气质分明与过去大不相同了。以前的母妃是贤良敦厚、内敛谦逊的，而现在的母后是凌厉睿智、果敢坚毅的。过去的母妃与现在的母后，究竟哪个才是真正的她呢？

正中屏台床上的张太后端然稳坐，而下首东西两侧则列有金红连椅，上面放着靠垫、引枕，铺着大红锦绣坐垫。

朱瞻基的目光与张太后对了个正着，他立即下跪行礼："儿臣给母后请安，恭祝母后吉祥安康、万事顺意！"

张太后淡然一笑："今儿这吉祥话说得可真好，只是不年不节的，皇上怎么突然行起大礼来了？快起来坐吧！"

朱瞻基悻悻地笑了笑，刚刚一时心烦，对母后派来传话的小太监重责了几句，若微劝了又劝，连连催促他赶紧过来给母后请罪，这才硬着头皮来到仁寿宫的。只是非心所愿,所以落座之后,朱瞻基与张太后竟是相对无语。

他佯装环顾室内,"母后宫里布置得实在舒适,看这屋角与门窗之间的圆桌、香几,案头上摆放的时令花卉和山石盆景,真是雅致。"话音未落,又瞥见太后屏台床边上的花架子上摆着一个盆景,样子十分稀罕,好像是一段木头做成的盆景,看上去乏善可陈,只是一段久经曝晒的朽木。朱瞻基不禁暗暗称奇,这仁寿宫里雕龙画凤、绘彩描金,各种摆设更是精致绝伦,怎么却在最显眼的地方摆了这么一个既不好看又不贵重的枯木头呢?

张太后仿佛知他心中所想,"皇上,你一定奇怪,母后为何要在寝宫里摆上这么一个劳什子?"

朱瞻基面上微红:"什么都瞒不过母后,儿臣瞧着确实觉得奇怪,莫不是这木头里面藏着什么玄机?"

张太后也不答话,只是从发髻上面拔下一支碧玉簪,在枯木上轻敲了两下,玉簪应声而断。

原来如此!朱瞻基心中立即明了,只是面上却装着万分惊讶:"这样子看来无奇,可是敲之却铿锵有声,木形石质,尤显珍贵。儿臣就说嘛,母后宫里必定不会有俗物的。"

"正是如此!"张太后点了点头,看着朱瞻基的眼光微微闪烁,似有深意,而一语过后却不再开口。

时间一点一点流逝,朱瞻基对于太后的意思虽然十分清楚,可他并不想就此作罢,于是他正色说道:"母后,儿臣今日过来给母后请安是有一事相请,若微母女已经回宫,朕登基至今已近月余,儿臣想向母后请旨,册立若微为后!"

仿佛在意料之中,张太后并不惊讶也不震怒,她只是挥了挥手,让侍立在旁的宫女和太监悉数退下,她端起案上的茶杯浅浅地抿上一口,这才说道:"皇上所请,母后不敢也不能相从!"

"母后!"朱瞻基刚想开口,张太后目光一凛便制止了他,"皇上稍安,皇上一定奇怪母后为何会力保那胡善祥。若论亲厚,若微幼时进宫就由母后代为抚育，可以说是母后看着长大的，就如同自家女儿一般。而胡善祥为何能后来居上令母后总是力保于她？"张太后反问道。

"母后？"朱瞻基俊眉微拧，眸色暗沉。

张太后道："善祥就像这'木石'一般，外表朴实无华，实则纯善至真，更有国母之范。皇上细想想，这么多年从皇太孙府到太子东宫，她为你主持内务一向是有法有度、沉静柔朴，虽然得不到你的宠爱与青睐，但是她还是一如既往地奉上驭下，母后找不到她的一点错处。"

朱瞻基思而不语。

"若微虽好，可是为了她你屡屡逾礼，这就是她的不贤不孝不忠不义。"张太后目光之中闪过一阵忧虑，她微微叹息之后方说道："皇上，你对若微就像是当初你父皇对郭妃一般。众人都说母后心狠，令她为你父皇随葬。可是你知道吗？这并不是母后的意思。"

"母后？"朱瞻基对上张太后的目光，"难道是？"

张太后点了点头："你父皇临终前拉着她的手说'生死契阔，与子执手'。"她笑了，无奈的笑容中满是挫败感，"你知道你父皇如何对母后说的吗？"

朱瞻基摇了摇头。

"他对我说，让我莫要怪他狠心。他对郭妃是宠爱，而对我则是敬重。宠爱是一个男人对于一个女人的情爱，而敬重则是皇上对皇后的恩义。作为男人，他此生离不开郭妃，就是死了也希望她能够相随相伴。可是他又说，作为帝王他很清楚社稷和子孙离不开我。所以他让我好好活着，替他看着你们这些子孙，替他守着我大明千秋万代的基业。"张太后珠泪轻落，面露悲凄之色。

"母后？"朱瞻基怔怔地不知该如何接语。

"如果你父皇也像你一般，只为了个人的儿女私情，那他就会立郭妃为后，那么你就不再是嫡子，也就不能继承皇位。那样一来，乾坤与社稷就会颠倒混乱，你明白吗？"张太后脸上的悲凄之色转瞬即逝，此时她脸上一派肃然，没有任何情绪，有的只是威仪。

"母后，若微不是郭贵妃，胡善祥更比不得母后！"朱瞻基面色微变，几乎就要将他对胡善祥的指责和盘托出。

"怎么比不得?"张太后瞥了他一眼,"别跟哀家说那些有影没影的事情,要说善祥为了夺宠暗害若微,除非有真凭实据,否则哀家绝不相信,谁若再提,母后就要治她一个'谤上之罪'。"

张太后看到朱瞻基面上似有不服之色,轻哼一声道:"母后绝不是是非不分之人,若是日后皇上有了实据,到那时,莫说是要废了她,就算是杀是剐也全由着皇上。只是现在,母后不得不劝皇上,如今皇上刚刚登基,根基不稳,还是一切遵从皇祖遗命为好,也省得别有用心之人以此事为由兴风作浪,陷皇上于不义。"

"母后!"朱瞻基还要再争,"身为天子,连立后的事情都不能自主,这君临天下还有什么意思?"

"糊涂!"张太后忍了又忍,还是没能忍住,她将案上的茶杯重重一摔,语气颇为严肃,"皇上以为寻常百姓家就可以想娶谁就娶谁吗?山野村夫都知道,婚姻大事,父母之命媒妁之言,也不是自己能做主的。皇上前日亲临午门迎接庶妃,已经引得朝野上下、百官黎民议论纷纷了,如果再背弃祖命与父命,废弃元妃改立他人,必将引起百姓与官员们的非议,这样有损圣德、动摇国本的事情,哀家绝不能眼睁睁地看着皇上执意妄行!"

"母后!"朱瞻基站起身,冲着张太后深深揖礼,"儿臣自然知道父母之命媒妁之言,可儿臣更知道'后宫不得干政'!"

此语一出,大殿里立即陷入死一般的沉寂。

张太后紧紧盯着朱瞻基,眼中没有伤心,只有失望,是的,除了失望再无其他。

生命中有两个至关重要的男人,一个是先皇洪熙皇帝朱高炽,为了他,她大半生都处于惶恐之中,殚精竭虑、如履薄冰,小心翼翼地熬了二十多年,刚刚松了口气,他就撒手西归。另一个就是站在她面前的年轻天子朱瞻基,在寂寞的朱门宫阙之内,他是她唯一的安慰。从降生之日起他就带着"怀抱玉圭乃真命天子"的祥瑞之兆;作为长孙,他从小是由婆婆仁孝皇后亲自抚育,又因为聪慧机敏被公公永乐皇帝视为"好圣孙"而宠爱备至；在无数次诸王夺嫡的明争与暗斗中，是他让自己和夫君转危为安，也是他让自己夫君的那个岌岌可危的太子之位最终得以保全。虽然朱瞻基自小没有长在她的身边，所以跟她不很亲近，可是一直以来他都是她的骄傲与依靠。张太后实在没想到居然有朝一日，这个好圣孙，这个贤明的年轻天子居然会对自己说"后宫不能干政"！

张太后点了点头，她也站了起来，挺直身子昂首说道："请皇上记住今天说过的每一句话！"

其实话一出口，朱瞻基就有些后悔，他原以为母后会严词厉色地批驳他，没想到母后却如此平静。

"母后！"他自知不妥想要开口解释，而张太后则一抖凤袍转身走入内室。

大殿里空空如也，朱瞻基怔了怔，这才独自退下。

正值盛夏时节，御花园内佳木葱茏，情趣盎然。临水的万春亭内，两位佳人围桌而坐，正在下棋。亭畔便是一池碧水，池中芙蓉出水，游鱼穿梭，给寂静的午后增添了许多生机。

"曹姐姐，你说咱们是不是该去乾清宫请个安，看看咱们这位微主子？"说话的女子穿了一身嫣红色的薄蚕丝锦细纹罗纱衣，腰间束着一根雪白的织锦攒珠缎带，鬓发如雾，斜插了一支羊脂玉簪子。她衣容俏丽，人比花娇，正是朱瞻基的另外一位庶妃袁媚儿。

被她唤作曹姐姐的则是与她同时入宫的宫妃曹雪柔，曹雪柔手执白子轻扣落盘，随后得意地笑了："妹妹输了！"

袁媚儿唇角微动，伸手在棋盘上胡乱抹了一把，于是黑白两子瞬间混成乱势，曹雪柔稍稍有些怔愣："妹妹可是恼了？"

"我是恼了！"袁媚儿瞪着她道，"这里又没有旁人，咱们姐妹说几句体己话有什么要紧？姐姐为何要闪烁其词故意岔开话题？咱们姐妹自永乐十五年入宫至今已近十年，十年的光阴，就是一块石头也该被焐热了吧？殿下心硬如铁，十年里除了那屈指可数的几次宠幸以外，数年不得亲近！从皇太孙府到东宫如今再到这里，看似繁华如锦实则如同冷宫，若不是咱们姐妹相伴，这日子又该如何挨下去？"

她说得动情，眼中更有泪光闪过，惹得曹雪柔心里也很不好受，她一面从袖中掏出帕子伸手为袁媚儿轻轻擦拭脸上的泪水，一面低声劝道："妹妹多心了。姐姐哪里是想岔开话题，只是刚刚全神聚在棋盘上，连妹妹说些什么都未听清。妹妹知道，姐姐素来是个没主意的，你说该如此行事，姐姐跟着就是了。"

袁媚儿听了，这才平复了情绪，她拉住曹雪柔的手说道："姐姐，如今宫中形势倒让咱们左右为难。胡妃那里虽然说是奉太后之命住进坤宁宫占了先机，可是孙若微则更胜一筹，居然搬入了乾清宫。太后与皇上两相僵持，倒把咱们给难住了。就说这日常请安吧，咱们若是去了坤宁宫，若是日后孙若微当了皇后，自然会把咱们视为眼中钉；可若是咱们去乾清宫看孙若微，那万一最后还是立了胡妃，咱们又得罪了她，真是为难！"

曹雪柔点了点头，她站起身走到亭子边上，凭栏而望，看着宁静的湖水若有所思，"水欲静，奈何总有微澜。"

"哦？"袁媚儿仔细思忖着她的话，突然从桌上拿起装着棋子的黑玉瓷罐狠狠掷入水中，"扑通"一声，立即溅起水花阵阵。

"妹妹这是做什么？吓了我一跳！"曹雪柔手抚胸口，芳颜微变。

袁媚儿笑了："姐姐刚刚不是说'水欲静，奈何总有微澜'吗？这下好了，妹妹掷下重物激起波浪翻跃，如此一来把水搅浑，这么大的动静之中，姐姐还看得到刚刚的微澜吗？"

曹雪柔盯着袁媚儿那双顾盼横波的美目，只在转瞬之间便恍然明白了。

第三卷

凤凰浴火隐于朝

第二十一章　相争难相决

仁寿宫西厢吉云楼里的佛堂内，张太后跪在佛像前，手捻念珠，默诵佛经，门口侍立的管事宫女云汀欲语还休，几次想入内回禀又怕扰了太后诵经，正在踌躇犯难之际，张太后双手合十盈盈三拜，口称"阿弥陀佛"。

云汀知道太后的早课已然礼毕，立即上前将她扶起。

"何事？"张太后面色淡漠，出语问道。

"彭城侯夫人来过了，按太后的吩咐，已经挡了驾。"张太后点了点头。云汀小心翼翼地扶着张太后出了佛堂，向日常起居休息的慈荫楼走去。

"太后，彭城侯夫人入宫来见您，为何要拦呢？其实夫人可以帮着太后去劝劝皇上，也许还能令皇上回心转意。"云汀打量着太后的神色，试探着她的口风。

张太后摇了摇头，"母亲最疼皇上了，想那若微当初也是母亲引荐入宫的，她不来烦我为他们请命也就是了，若是让她帮着劝皇上，那才是行不通的。"

走到慈荫楼门口，张太后忽地停下步子，"还有谁来过？"

"什么都瞒不了太后，西苑的袁主子与曹主子来过。"云汀扶着张太后步入内室，坐在临窗的矮榻上，又吩咐人准备传膳。

"可有什么事？这阵子前边乱哄哄的，也没顾得上她们姐儿俩。"张太后靠在大红彩绣云龙捧寿的靠背引枕上，接过云汀呈上的茶水，浅饮了一口。

"也没说什么，只说是给太后请安。"云汀看了看太后的神态，又说道，"太后，有件事奴婢不知当讲不当讲。"

"什么事，说吧。"太后一早就料到云汀心里藏着事，所以并不意外。

"听袁主子说，她们那边前些天出了点事，袁主子与曹主子的金钗和例银无缘无故地不见了……"云汀稍稍一顿，见太后脸上果然有些不好看。

"往下说！"

"是。袁主子与曹主子起初也未在意，可是后来这样的事接着又有了几次，丢的东西也越来越贵重，这才慌了神，把屋里侍候的奴才叫来问，自然是没有人应。袁主子气极了，对奴才们说了些重话，想不到有个气量狭窄的丫头竟然绝食以明心志，如今已是奄奄一息了。袁主子又惊又怕又是内疚，想请太医来看看，于是便找到胡娘娘，可是胡娘娘如今身份未定也不敢自作主张，这才托奴婢来请皇太后示下。"云汀说完便悄然立在下首，静候吩咐。

"竟会有这等事情？"太后眼中闪过一丝疑惑，心中更是疑云满布，"一向都好好的，怎么突然闹起贼来了？"

"奴婢也是这么说，袁主子快人快语，说底下这些奴才最是会浑水摸鱼，如今后宫之主名位迟迟未定，胆子自然大起来了，不仅是她和曹主子遭了窃，就是坤宁宫里也时常是少个金碗短个银碟的。"云汀细声细气地把袁媚儿的话转述过来。

张太后面上阴晴不定，心中暗暗恼恨，是啊，别说一个国，就是普通百姓之家若是没有当家主母，这日子自然也是不得安宁。可是如今皇上那边话已经说得死死的，两边如此僵持着总也不是个办法，总要想法子逼皇上尽早颁下立后诏书才是。

"云汀，那个丫头真的绝食了？这人现在如何？"张太后突然问道。

云汀点了点头："袁主子为人憨直，曹主子性情如水，她们二人一向宽待下人，自然是不会严刑相逼的。只是袁主子的话说得重些，让她们互相指正，三日内交出真凶。那个丫头平日里少言寡语特立独行，所以跟大家的关系不甚融洽，于是大家都怀疑她，她自觉委屈，便以绝食明志。如今已是奄奄一息，就是强灌也不能进食了，所以袁主子才来请太后的恩旨派太医给瞧瞧。"

"好，既如此，就叫太医院的御医去给看看吧！"张太后以手撑头冥思细想，渐渐有了主意。

乾清宫昭仁殿内，朱瞻基与若微正在用晚膳。只听尚膳监太监回报，仁寿宫传旨说从即刻起太后的膳食不必准备了。闻讯之后，朱瞻基与若微不由大惊。

"母后这是跟朕杠上了？"朱瞻基立即明白过来。

若微心中如同倒了五味瓶，"皇上，何苦为了此事跟太后起嫌隙呢？皇上就下旨立她为后吧，一来为了宽慰太后，二来也让若微免于流言蜚语，也算各得其所。"

"若微！"朱瞻基拉过若微的手，"你别灰心，此事还有转机。"

"我不是灰心。"若微唇边浮起一丝淡淡的笑容，"也许这就是天命所归吧！"

"天命所归？"朱瞻基怔住了，"若微，你真的不想当这个皇后？"

"我为何不想？以前我从未想过要去争这个皇后，可是当我和馨儿在回京途中遇险，眼睁睁地看着我们的馨儿差点葬身火海……那个时候我想明白了，我要当这个皇后！否则，除非我死，不然她是不会罢手的。与其这样提心吊胆、处处提防，倒不如拼命一搏，大家都得解脱！"若微站起身走到窗外，看着窗外的月夜，眼中尽是冷漠与空寂。

朱瞻基自身后将她牢牢抱紧，吻着她白皙的玉颈，龙袍上特有的龙涎香徐徐传来，他的声音柔柔的，"朕知道，朕都知道，所以此次一定会为你而争，为馨儿而争！"

"不，皇上！"若微的声音冷冷的，她转过身，对上天子深情的龙目，用手轻抚着他更显清瘦的面庞，手指轻轻划过他的唇边，如同拨动他的心弦，她的声音悠然而起，空灵而清丽，还透着一丝无奈与失落，"争也争了，只是事到如今该弃了。如果为了这个皇后之位，害皇上与太后不睦，令天下人耻笑皇上不仁不孝，更伤及太后的玉体，那若微就算当上这个皇后又有何用？与其在坤宁宫里背负着千古骂名面对千夫所指，倒不如在这东西十二宫里找一个僻静的居所逍遥度日的好。"

若微的心平静极了。太后绝食，这才是滑天下之大稽，跟谁学的？一向以名门淑女自居，举手投足都是世家风范的她，竟会出此下策？自己半生积累下的贤名不要了，皇上的脸也不要了。

不管她是不是真的绝食，此举一出，便是将皇上将入死局。皇上能为了宠妃让母后绝食以伤凤体吗？最后，只能是皇上妥协。

这样一来，对朱瞻基来说不仅是失了面子、违了心，还落下了不孝不贤的口舌。

果然，成大事者须"心狠"。她果然厉害，当着天下人的面，将了皇上一军。

若微面上沉静如水，她的心思朱瞻基自然感同身受，他再一次将她搂在怀中，声音格外温柔，用下颌轻轻蹭着她的额头，温存中透着无限的溺爱与怜惜，"微儿，别灰心，还没到该放弃的时候。"

"哦？"若微柳眉微蹙，"皇上？"

一丝苦笑悄悄浮现在朱瞻基的唇边，于是几乎是与仁寿宫传出太后停膳消息的同时，乾清宫里也传出旨意，江浙一带从六月起大雨成害，皇上为了向上天祈福向先皇请罪，也停膳了。

京城东华门外鸿宾楼的雅间银杏轩内，四位三旬左右身穿青衣头戴四方巾的男子围桌饮酒。

居主位的正是朱瞻基身边最为得宠的太监小善子，坐在他左手边的王谨、右手边的范弘、下首的阮浪，四人是莫逆之交，此四人除了小善子是从小跟朱瞻基一起长大的，另外三人都是明军远征安南时俘虏的官家公子，皆是十余岁就被阉入宫为监，同乡同族又兼同命相连，所以常常私下相聚。

如今四人中的三人都是心事重重感慨万千，阮浪手执酒壶，起身走到小善子身边为他徐徐斟满一杯酒，"金兄，想我们几人当初一起从安南入京，一路上经历了多少次鬼门关？要说还是数你的命最好，一入宫就分给了皇太孙。我与王谨、范弘在宫中几经沉浮，好不容易熬出头伺候了先帝，刚有个盼头没想到先帝就驾崩了。听说等到大行皇帝梓宫下葬时，我们这些人都得随了去，不管是生殉还是赐死，都再没有出头之日。如今我们这些人是过了今天没有明天，今儿请你出来，就是想请你在皇上面前吹吹风，能不能……"

小善子接过酒杯一饮而尽："几位哥哥不说，金英心里也明镜儿似的。原本想着找机会跟皇上说说，可是现在为了立后之事，皇上与太后失和，两边都停了膳罢了食，宫里的气氛阴森森的。现在这个当口，我怎么敢去跟皇上提这个事？"

王谨接过话题说道："英弟，立后的事情我们多少也听了些，只是不明白为何会闹得如此严重，这皇上若是真仁孝就该依了太后的意思，而太后若能体恤皇上就遂了皇上所愿，各退一步不是皆大欢喜吗？"

小善子还未答话，范弘则接语道："你有所不知，这里面的渊源涉及三朝天子，立后一事虽是皇上的家事，可是牵一发而动全身，朝野上下都在观望呢。若是太后依了皇上，就是对祖宗和先帝的藐视；若是皇上从了太后，那又将影响皇上日后独掌朝纲、乾坤独断的威信。"

阮浪叹道："身为皇上原来也有诸多无奈呀！"

小善子自斟自饮道："想咱们兄弟几个原都是世家子弟，虽然如今成了不男不女的阉人，可也想着有朝一日能够出人头地，不为了光宗耀祖，只为了人活一世总要成就点什么事，如此才不枉在这世上走上一遭。"

王谨在小善子肩上重重一拍，"英弟所言极是，我们虽为宦官，却不能自轻自贱。当今皇上年轻有为、至仁至善，登基之初有多少大事等着他筹划，可是他还不忘给咱们这些人在宫里设立学堂，让咱们长见识学本事，就冲这一条，如果我王谨能够有幸跟在皇上身边，就一定为皇上当牛做马，忠心不二。”

“说得好！”范弘连连点头，“我们虽然没有福分侍候在皇上身边，但也该为皇上分忧。英弟，你得皇上宠信也许可以向皇上进言，如今之势即使太后退步依了皇上，勉强立微主子为后，怕是也于圣德有损。倒不如以退为进，常言道‘留得青山在，不怕没柴烧’。”

小善子听了立即来了精神，眼珠里精光闪烁：“好哥哥，你说得仔细点，什么叫‘以退为进’？”

范弘凑到小善子耳边低语片刻，小善子似信非信：“这成吗？”

“有何不成？”范弘脸上挂着淡淡的笑容，而眼中神色却是笃定异常。

第二十二章　尘埃初落定

仁寿宫慈荫楼内，张太后躺在榻上，面色苍白，云汀站在下首焦急道："太后，皇上在门外跪了一个时辰了，您还是不见吗？"

张太后如同老僧入定，不发一语。

云汀急得一跺脚转身出去，过了半盏茶的光景，又急匆匆地跑了进来："太后，太后，大事不好了！皇上从咱们这儿出去，往乾清宫去的路上晕过去了。"

云汀的声音里带着哭腔，目不转睛地盯着张太后，神色中尽是乞求。

"晕过去了？"张太后猛地坐起，只觉得眼前一阵金星闪过，体力也有些不支，"哀家就不信，乾清宫里那么多人侍候着，就能让皇上真的绝食？定是跟我使'苦肉计'呢，云汀，你差人去看看再来回我！"

"太后，不用去看了！"云汀眼中噙着泪水，压抑着悲色说道，"奴婢早就派人细细地查问过了，乾清宫里的锦汀也把消息递出来了，皇上的确是三天都没吃东西了。这几天皇上跪在外面请安的时候，奴婢偷偷看了，皇上的脸色大不如从前，灰白灰白的，龙目深陷，这身子也消瘦多了，奴婢怕这样下去，皇上……"

看到云汀一副无比伤心的样子，张太后才觉得事态越发严重起来，她重新靠在枕上细细思忖着，半晌之后才颓然地叹了口气："去吧，去御膳房传膳！"

云汀乍听了还没反应过来，她支吾着："可是，奴婢就是传了膳送到乾清宫，皇上也不肯吃呀！"

"好个笨丫头！"张太后强撑着精神，仔细凝视着云汀的神色，不肯放过她脸上一丝一毫的表情，"真是关心则乱呀！原来的伶俐劲儿都跑到哪儿去了？哀家的意思是咱们仁寿宫里传膳，消息自会不胫而走。若哀家进了食，皇上自然也会进食的。"

张太后此语一出，云汀听来，顿感这宫里连日压抑阴沉的气氛一扫而去，如同雪融冰释，处处明媚了起来，于是立即应声回道："是，奴婢这就去传膳！"

与张太后所料无异，御膳房刚把午膳送到仁寿宫，乾清宫那边就传来消息，说皇上开始进食了。

张太后独自走进佛堂，许久没有出来，手捻佛珠，心事无限。

原本从曹袁二人处理宫里偷窃之事中得到一丝灵感，张太后虽然万分不愿意去学民女村妇寻死觅活的那一套，可是被皇上逼得实在没有办法，这才勉为其难地试上一试。说实话，她不相信瞻基当了皇上以后会性情大变，真的不顾自己这个母后的死活，也不管天下人的非议，仍坚持己见。

所以，她在仁寿宫绝食了。可是她万万没有想到的是，几乎与此同时，皇上也绝食了。消息传来，虽然面上不动声色，但她内心犹如风暴来临，又惊又恨。恨的是原本的死局，竟被皇上轻而易举地破了。陪母后一起绝食，他在坚持己见的同时，仍旧顾全了孝道。可是，若是自己这个母仪天下的太后依旧如故，不仅在常人眼中成了不体谅儿子的老糊涂，更伤了龙体，影响了朝局的稳定。

这样的绝招，是瞻基想出来的吗？她摇了摇头，目光中闪过一丝狠厉，她的瞻基，她心中完美的年轻天子，不会有这样带着绝杀之气的狠招。

难道是她？若真是她，自己能眼睁睁看着这样的人伴在皇儿左右，并登上后位，成为大明朝的国母吗？

张太后摇了摇头，绝不！

第二日清早，一辆马车悄悄出宫，守门的太监只看到赶车人拿的是仁寿宫的腰牌。

就这样，大明立国以来的第一位皇太后——张太后布衣荆钗悄悄出了皇宫，马车一路向北，往天寿山长陵方向驶去。

是的，就这样卸下千钧重负，就此离开皇宫，去天寿山陪伴长眠在此的先皇，这样，皇上还有退路吗？难道这一次他还能丢弃皇位，陪母后一同去皇陵幽居吗？

张太后苦笑着，想不到自己终有一天，要对自己的儿子用谋略，何止是无奈。这一切都要怪那个女人，张太后恨恨地想着，敬之，你自己带给我一生艰涩的记忆还不够吗？还要让你的女儿这样折磨我吗？

无言的痛苦紧紧包裹着她，路上寂静极了，除了马蹄嗒嗒的声响，就是她自己的心跳。

坤宁宫后面偏殿的东次间是顺德郡主朱锦卿的卧室，胡善祥坐在那张小小的填漆床上，用手轻轻挽起床头悬着的大红销金撒花帐子，看到女儿熟睡的小脸，她心中突然涌起一阵酸楚，这就是当今天子的皇长女，是她拼了性命为他诞育的。

可是从出生到现在，他抱过她吗？

没有。

胡善祥摇了摇头，别说抱了，就连正眼瞧都没瞧过。可怜的孩子！胡善祥伸手轻轻抚过女儿姣好的面容，更是暗暗心寒，她孙若微所生的常德郡主朱锦馨是你的女儿，而我的顺德就不是你的女儿了吗？如此厚此薄彼，岂是仁君所为？

胡善祥想着想着，眼泪不经意间淌了下来，听说皇上与太后的较量已经停止，太后开始进食，这就意味着太后放弃了，连她也放弃自己了吗？

胡善祥扭过脸去，看着室内的陈设，这坤宁宫自己住了还不到一个月，是不是该搬出去了呢？正在伤心之际，一阵窸窸窣窣的步子从外面悄悄传来。

"娘娘！"来人正是慧珠。

胡善祥忙站起身，一面拭去眼角边的泪水，一面低声说道："到外面说，别吵着顺德。"

慧珠点了点头。

坐在坤宁宫西次间临窗炕上的胡善祥神情懒懒的，透着一股心灰意冷的落寞，慧珠站在炕边安静地看着她。

四目相对，胡善祥冷冷地笑了："我们输了，是吧？接下来该是迁宫了吧？"

"还没有到最后时刻，娘娘务必要打起精神来！"慧珠脸上含着阴冷的笑容。

"此话怎讲？"胡善祥挺直身子，心中自是又惊又喜。

"娘娘，早上刚刚得到的消息，太后出宫了！"慧珠挑了挑眉，眼中闪过一丝难以捉摸的神色。

"出宫了？太后为何要出宫？出了宫又要去哪里？太后这是不管咱们了？"胡善祥眉头紧拧，连连追问。

"娘娘怎么糊涂了！太后这是在帮衬娘娘！太后出了宫门一直往北，听说是直奔长陵。定是到祖宗陵前请罪去了，这下可把皇上逼上绝境了！"慧珠一副势在必得的样子，见胡善祥还是莫名其妙，索性把话摊开来讲明，"娘娘莫急，我已将此事的消息给前边放了过去，依她的性子定是要去阻止，要贤名还是要后位，她自己斟酌着办，咱们只要静候佳音就是了！"

慧珠一面说，一面指了指前边不远处那座高大的殿宇，她和胡善祥都很清楚，那是乾清宫，是让她们又爱又恨的地方。

"太后，后面好像有人在追咱们。"赶车的太监放慢速度，冲着车里说道。

"不必理会，继续前行。"车里传来一声闷闷的吩咐。于是马蹄阵阵，速度不减。

一匹马从后面飞驰而过，拦在了车驾之前，赶车的太监看服色像是乾清宫里的小太监，刚要开口问话，只见此人已然跳下马跪在车前。

"母后！"

"是她？"张太后有些惊讶，而车外的轻唤又再次响起，只得让侍女打开车门，她探着身子向外一看，地上跪着的果然是乔装成小太监的孙若微。

"是你，你怎么来了？"张太后脸色清冷得不带半点温度，即使是盛夏时分让人望去也觉得有些莫名的寒意。

"皇上还不知道太后离宫的消息，这个时候皇上还在早朝上。若微也不敢贸然将此事告知皇上，所以得了消息就立即赶来了。"若微坦白答道。

"你来做什么？"张太后紧盯着她，注视着她的目光如同两柄利剑，只想刺入她的内心深处。

是的，到此时张太后才真正知道自己为什么不喜欢她，虽然她有太多的优点可以让自己喜欢，可是对于她，自己还是有着隐隐的恨意。恨什么呢？她的母亲还是她自己？

张太后扭过脸去："你回去吧！"

"若微是来劝母后回宫的！"若微依旧跪在地上。她的样子十分恭敬，虽然是在跪着回话，可是她并没有深深垂首，而是高昂着头直接对上张太后的目光，就那样一动不动地盯着太后，仿佛是一种挑衅，然而目光中却是如山泉一般的清澈。

"回宫？回宫做什么？眼睁睁地看着你将皇上引入歧途？"张太后将压抑心中多时的不满宣泄出来。

若微不怒不惧，反而扬着笑脸好似玩童一般笑嘻嘻地问道："母后，你为何会认定若微做不了一个好皇后？"

　　她问得如此直白，以至于张太后猝不及防，看着她真挚纯美的笑脸，张太后不由想起了十多年前，当她还是一个小女孩时初入宫闱的样子，那样伶俐娇俏的小丫头曾经在那段艰难的日子里带给皇宫多少欢笑和希望？自己也许真的不该这样苛责她。

　　张太后把目光投向远方的山水，盯着天际冉冉升起的朝阳，缓缓说道："恰恰相反，如果皇上能少爱你一点，我相信你会是一个好皇后。这世间有很多女子都有可能是一位好皇后，但并不是人人都有这样的机会。若微，母后想告诉你，当皇后是要舍弃很多东西的，比如你现在拥有的专宠。皇后是天下女子的典范，不能行差半步，这滋味不好过。"

　　面对若微，自己原本该狠下心痛斥一番的，可是这话一出口，却又像是真心的规劝。这到底是怎么了？张太后心中暗暗纳闷。

　　若微听来不禁有些感动，是的，她相信此时此刻，张太后所言均是发自肺腑，于是她笑了："母后的话，若微记下来了。不管能不能做皇后，若微都是一样尊敬母后。"

　　"是吗？"张太后心头一震。

　　"母后，您这样一走会令皇上陷入万难之境的。您有没有想过，对于此事，天下人会怎么说？百官们又会如何议论？而您一向最为看重的皇上的圣德也会因此而大大受损。"若微言之切切。就在得到太后离宫的消息，若微追出宫门的那一瞬间，她就真的放下了。是的，那个曾经在心中期冀过的皇后之位就在这一刻被她放下了，她突然觉得像是卸下了一块大石，周身轻松，舒畅淋漓。

　　"这些我都管不了了，我现在只想到祖宗的陵寝前请罪，从此不入皇宫、不问世事，遁入空门！"张太后面上淡泊如水，仿佛真的是心灰意冷了。

　　"空门不能避世，更不能避心。若是心静无物，身处红尘闹市也如佛门净地。反之，就是身入庙宇也似江湖。"若微始终跪在车前，态度不卑不亢，一番话娓娓道来，倒让张太后无言相驳。

　　见张太后不再开口，若微又道："太后心里一定在怪皇上。可是请太后想想，皇上不仅仅是高高在上的万民之主，他也是您的儿子。如果只把他当成儿子，太后就会体谅他，也就不会生这么大的气了。"

张太后细品着若微话里的意思："你是说我错了？"

若微笑了，"太后没有错！是皇上还有若微错了！"

"什么？"张太后越听越有些糊涂，"你说什么？"

"若微错了，是因为若微把皇上当成了青梅竹马、生死相许的夫君，所以夫君宠我、爱我、为我争名谋利，我便坦然受之。这是若微的错。皇上错在，他只把自己当成了男人，作为男人，宠爱、保护自己的女人无可厚非。而太后没有错，在太后眼中，皇上就是皇上，男人或者夫君该做的事，也许并不适合皇上。而作为皇上的女人，我们只有体谅。"若微脸上忽然明媚起来，如同太液池里绽放的睡莲，清澈美丽，又像娇艳的红梅傲立雪中，凝芳独幽。

被伤了无数次的她依旧保持着孩童般的纯真，心质冰清玉洁，不染半分尘埃。在这一瞬间，张太后仿佛才真正明白为何自己的儿子会对她如此痴迷。曾经自己何尝不是这样纯真如稚子呢？在后宫之中，纯真便是致命的软肋，当你一步一步走上权力的巅峰，纯真便会离你越来越远，最终当你独自立于不胜寒的高处时才发现，什么是纯真，自己也许早已忘却了。

"若微！"张太后走下马车，她伸手将若微扶了起来，郑而重之地将若微拥在怀中，此时的她心情如潮，激动不已，因为她好像找回了自己曾经失去的那个世界。

她好久都没有笑了，而现在，她的唇边正悄悄浮起淡定坚毅的笑容，眼中是波澜不惊的淡漠与从容。

这样，最好，远比她想象中的还要好。

朱瞻基得到消息时，已经是两个时辰以后了。

朱瞻基站在乾清宫门前静静地观望，谁也不知道皇上此时在想些什么。只是当小善子告诉他若微同皇太后一道去了长陵又返回后宫之时，他才如梦初醒。

晚膳过后，乾清宫的东暖阁内，朱瞻基对着龙案上一张空白的圣旨看了很久，他迟迟没有动笔。

若微仿如微风一般，飘然而至。她捧茶立于案前，"皇上今日为何不去追母后？"

"朕不知道追上以后要跟母后说些什么？"朱瞻基靠在椅背上，神情有些倦怠。

"皇上不是不知道该说些什么，而是明明知道却不想说。"若微将茶杯递给他，动作温柔轻缓，而话语却一针见血凌厉如锋。

"若微，别逼我！"他紧盯着她的眼眸，"我不想让自己后悔。而且我曾经对你许诺，我一定要将原本属于你的全都还给你！"

"皇上说过这样的话吗？臣妾怎么不记得了？"她弯下腰一双玉臂揽过朱瞻基的脖子，把自己的脸贴近天子的龙颜，"好了，臣妾没有逼皇上，也请皇上不要再逼自己了。太后是对的，胡善祥是两代先皇钦定的元妃，皇上废她是失德失义。不管怎么说，如今太后为此事负气离宫，皇上就是不孝。若是传了出去，定会损害皇上在百姓心目中的威望。皇上其实很清楚，只要一旨诏书，皇上与太后的嫌隙就会消失，宫内也会重现祥和。"

"若微，朕不想委屈你。"朱瞻基稍稍用力便把若微拉入怀中，他把头埋在她的胸前，仿佛只有那片柔软才能安慰此时的他。

"我不觉得委屈！"若微笑了，"当皇后有什么好的，要母仪天下，诸言诸行都要有法有度守着各种规矩，烦都烦死了，我才不要当呢。我只要你心里有我，对我好就行了。"

"若微。"朱瞻基低喃着。

"你以后一个月至少要有十天陪我，我想见你的时候就能见到。答应我这两个条件，我心甘情愿把皇后之位让给她。"若微轻轻抚着朱瞻基的发际，凑在他耳边低语着，"皇上忘了吗？当初成祖爷逐我出宫，如果那时皇上贸然抗旨，恐怕若微早已性命不保。只是两年的时间而已，皇上的变通之策不是又让成祖爷改了主意最终成全了我们？"

"若微。"朱瞻基猛地抬起头，眼中闪过惊喜连连，"你是说暂且退让，再图来日？"

若微噘起小嘴扭过脸去："那是皇上说的，臣妾可是什么都没说！"

"淘气！"朱瞻基凝眸远视，盯着不远处的自鸣钟喃喃自语，"容朕再想想。"

洪熙元年七月初八，宣德帝朱瞻基在登基即位一个月之后终于下旨，册封元妃胡善祥为皇后，一直悬而未决的皇后之位终于尘埃初定。

同期，朱瞻基册封孙若微为贵妃，袁媚儿为丽妃，曹雪柔为敬妃，又奉太后懿旨慎选两名淑媛入宫，其中刘氏封为淑妃，何氏为惠妃。

册封诏书公告天下之后，皇上又颁旨说因在孝中，故册封之礼"一切从俭"。

至此大明天子朱瞻基的后宫，诸妃位份初定。

注：

永乐帝朱棣庙号初为太宗，后于嘉靖年间改为成祖，为易于阅读，本文统一使用成祖称谓。

第二十三章　风正一帆悬

已近子时，乾清宫东暖阁内依旧灯火通明，朱瞻基坐在龙案之后批阅奏折，案上的热茶换了两次他都浑然不觉，当最后一本奏折批完之后，他才将身子靠在龙椅上闭起眼睛养神。

"万岁爷，该歇了吧。贵妃娘娘过来催了好几次了！"小善子又端来一碗银耳百合粥放在案上，"这是贵妃娘娘亲手做的，娘娘说天太热，万岁爷又连着熬了好几宿通宵，怕是肝火旺，喝这个最是能消火祛暑的。"

"哦？贵妃来过了？"朱瞻基朝楠木落地屏风看了看。

"来过，不过又走了，说是不敢打扰万岁爷批奏折，只是叮嘱奴才把冰镇的酸梅汤换成了新沏的菊花饮。微主子说了，越是天热劳碌就越不能喝那些冰冷的东西，喝些热茶热汤把汗出透了才是最好！"小善子一边说，一边歪着脑袋想着新晋的贵妃娘娘好像还说了些什么。

"好了好了，朕知道了。"朱瞻基端起那碗银耳百合粥，用银勺舀着送入口中，不冷不热，温润适中，一时之间又感慨颇多，心细如发体贴入微，这就是若微。她总是惦记着自己是不是累了热了，可是她不也是跟着他熬到现在吗？

他很想立即起身回到内室就寝，可是目光落到龙案上面一本打开的奏折，不由又眉头紧锁。父皇走得太过突然，以至于陵寝未定，如今仓促之际，如何能在朝夕间修出一座帝陵来呢？想到此自然就会想到长陵，朱瞻基对皇爷爷永乐大帝也更加由衷地佩服。

长陵位于京城西北，是永乐皇帝生前预建的。长陵始建于永乐七年，几乎与紫禁城同时动工。当时永乐皇帝命礼部尚书赵羾与善视风水的江西术士廖均卿等人察勘了北京四周的山山水水，最终才选定了这处有黄花城、居庸关等军事要塞为屏障的黄土山为"吉壤"。随后永乐帝亲自驾临视察，并改封黄土山为"天寿山"。营建过程中征用了山东、山西、南北直隶、河北、浙江等地的大批工匠与民夫，甚至动用了驻扎在北京附近的官军。

历经四年，直至永乐十一年，长陵的地下玄宫才正式建好，而地面建筑一直在修建过程中。直至现在，这最大的建筑祾恩殿才初具规模。

现如今，摆在朱瞻基面前的第一件要事就是要在最短的时间内为父皇兴建陵寝，让父皇的梓宫早日得到安置，桌上的奏折就是关于此事。

正在费心思量拿不定主意的时候，不远处的西暖阁内响起一阵悠扬的琵琶曲，朱瞻基不由笑了，他手拿奏折，站起身向外走去。

"万岁爷，要安置了吗？"小善子跟在后面问着。

朱瞻基轻哼一声，出了正殿步入西暖阁。西暖阁是皇帝的寝宫，九间居室、楼上楼下共设二十七张寝床，原是为了方便帝王随处居寝的，如今倒成就了他与若微寻芳觅踪的趣事。朱瞻基循着声音步入楼上内堂，只见若微怀抱琵琶，手指轻撩正在弄曲，他笑着凑了过去："都过了子时怎么还不安置，偏要弄出些声响来，反倒让人更精神了。"

若微眼眸微转也不答话，室内自有宫女负责铺床熏香垂帐，又把明烛换成了细长的暗烛，扣上灯罩，室内顿时暗了下来，也更显旖旎。又有小太监服侍着朱瞻基洁面更衣，一切收拾妥当，这才纷纷退下。

朱瞻基躺在床上，斜靠着引枕，手里依旧拿着那本奏折，若微放下琵琶坐在他床边道："都看了一晚上了，眼看着就要天亮了，怎么还拿着奏折，难不成皇上梦里也要批阅吗？"

朱瞻基伸手揽住若微的柳腰，叹了口气道："倒希望在梦里能得父皇明示，给朕出个主意。"

若微猛地抬起头望着他，眼中不由惊诧连连。

"没事没事！"朱瞻基轻抚着她随意而垂的如瀑青丝，缓缓说道，"不关你的事，是父皇吉地选址的事情。"

"谁说不关我的事？"若微把头轻靠在朱瞻基胸前，"父皇的事情自然是天大的事，关乎着万民，自然也关乎着若微。皇上是为了吉地选在哪里发愁吗？此事交由礼部和钦天监派懂风水之人去选就是了，皇上如此忧心，难道是有什么隐情？"

朱瞻基点了点头："什么事情都瞒不过朕的微儿。如今朝中诸臣对于父皇吉地择选一事分为两派，一派认为可以在天寿山附近择选，而另外一方则认为父皇的吉地必在南京祖陵附近。两派相争各不相让，朕一时之间也难以抉择。"

若微抬起头看着朱瞻基："怎么会想到将父皇的陵寝定在南京？这也太荒唐了！难道……"若微稍加思索便恍然大悟，"难不成他们又想提迁都的事情？"

朱瞻基点了点头。

大明开国之后，太祖朱元璋将都城定在应天，也就是南京。帝位传承至成祖永乐帝朱棣时，他坚持京师北迁，把都城改为北京。朱棣在世时，文武百官慑于他的文治武功、丰伟帝业，不敢相驳。等到朱棣驾崩，永乐二十二年十月，洪熙帝即位仅两个月，礼部左侍郎胡濙就上疏启奏："南京龙蟠虎踞、气旺地灵，乃是水陆交通辐辏之地……"并以此为由奏请迁都。

同年十二月，监察御史胡启先又上奏谈及迁都之说："南京借长江天堑之险，是全国供给之富庶之地，若迁都则可保祖宗帝业永全，更令南北人心皆悦。"当时洪熙帝即大为赞同，传旨在北京诸司衙门称谓之前一律加"行在"二字，也多次在金殿议政时表示要将京师重新迁回南京。同时还命时为太子的朱瞻基回南京留守，祭祀祖陵。如果不是洪熙皇帝突然驾崩，恐怕将都城重新迁回南京的事情就成了定局。

"众人迂腐，都以为当初皇爷爷把都城从南京迁来北京是怕建文帝的冤魂来扰，他们着实是太小看皇爷爷了。"朱瞻基轻揽着若微的柔肩，缓缓说道，"都说帝王是孤独的，没有人能真正理解他的所想所为，如今看来果然不错。皇爷爷迁都之举何其圣明。一方面，北京乃元时大都，人杰地灵；另外，此处更是扼住北方游牧部落南下入侵的咽喉要害，于军事和经济上都是首脑之境。他们这些人不知道在想些什么，总是想着迁都、迁都。朕若是表示不迁都，他们又指责朕违背父皇生前的意愿，说朕不孝，可是朕也不能为了一个虚名做下贻害社稷的糊涂事来。"

若微伸手轻轻捋着朱瞻基的胡须笑道："皇上也不必想太多，事繁则从简处入手。他们为了迁都所以才对父皇吉地择选之事多加干阻，皇上只须说如今在国丧之中，一切以先帝建陵之事为重，就算要迁也要等孝期满了再说，当下最紧要的是选址建陵。"

"只是这陵寝吉地，他们执意要建在南京，又该如何应对？"朱瞻基又问。

"且不说年初南京的地震和疫病，皇上就顺着他们的话往下说。"若微笑了笑，"皇上要孝顺，所以要听父皇的话，可父皇又要对谁尽孝呢？将都城迁回南京，这原本就是违背了皇爷爷的意思，难道父皇对皇爷爷就不须孝顺了吗？皇上只须说，不能为自己博一个孝顺的美名就陷父皇于不孝。"

"你是说拿皇爷爷的意思来压他们？"朱瞻基腾的一下坐了起来。

"只是这话皇上不能说，须得找一位侍奉过三朝皇帝，又得皇爷爷信任的人，在百官中吹吹风也就是了！"若微美目微闪，面上似已露出倦意，她伸手将朱瞻基按在枕上，"皇上还是睡一会儿吧，只要派人去知会一下杨学士，隔日早朝再提此事，百官群议的结果自然会令皇上如愿的。"

朱瞻基拥着若微躺在床上，他龙目紧闭，然而却并未睡着，细想着若微的话，心中渐渐明朗起来。

洪熙元年七月十一日，宣德皇帝朱瞻基派遣官员祭告天寿山及后土之神，随即在长陵右侧的黄山岭下开始破土兴建洪熙帝的陵寝——献陵。

坤宁宫内，红毡铺地，金碧辉煌，刚被册立为后的胡善祥以后宫之主的身份宴请诸妃与皇太后。

众人围坐在正厅的楠木大宴桌前，宫女们将一道又一道珍馐美味依次端上。

众妃在太后和皇上面前自然不敢造次，她们只是低声地称赞，这坤宁宫中的摆设是何等的精致，而桌上盛着美味的碗碟都是一水的缠丝白玛瑙碟子，盛酒的容器则是金光闪闪镶珠嵌玉的夜光杯。

若微把目光投向新入宫的刘淑妃与何惠妃，只见她二人均是二八年华，一个是颜若朝华似瑶池仙姝，一个是如芙蓉临水笑靥生春，两个人都是绝色的美人，比起袁媚儿与曹雪柔，正是各领芳华不相上下，只是她二人都生得珠圆玉润、肤白盛雪。若微看得有些痴了，唇边的笑容也自然地展开，惹得朱瞻基不由侧目。

"贵妃娘娘在看什么，笑得这样灿烂？"袁媚儿娇滴滴的声音突然响起，众人都把目光投向若微。

若微只好说道："是看淑妃和惠妃，如此绝色容颜，叫人看了好不羡慕。"其实若微笑是因为太后曾意味深长地对皇上说过，此二女最宜男相，选来是为了皇上早得皇儿开枝散叶的。她原本不明白这"最宜男相"指的是何意，如今看了才豁然明白，于是便忍不住笑了起来。

"是了是了，新人美如玉！倒把我们给比下去了！"袁媚儿附和道。

而刘淑妃含羞带怯，低头不语，何惠妃则举杯说道："嫔妾与淑妃入宫最晚，如今初入宫闱，礼数及诸多事仪都生疏得很，心中时时惶恐，日后还望皇后娘娘和贵妃娘娘多加庇护，袁姐姐与曹姐姐也要从旁多多提点才是！嫔妾先干了这杯酒，以此为敬！"

此番话说得有理有节，十分得体，态度不温不火恰到好处，若微听来心中暗想，又是一个有心之人。

果然她此语一出，朱瞻基的目光便投在了她的身上。迎着天子的目光，她不躲不闪，只是淡淡一笑举杯而饮。

"好好好！"坐在上首的张太后连着说了好几个好字，目光掠过每一个人，像是安抚又像是在警示，"望你们几人日后好好辅佐皇后，把这宫中事务整治得井井有条，也好让哀家放心。你们用心去做，皇上自然会恩泽分明多加眷顾的！"

"母后教训得是！"身着凤袍头戴凤冠的胡善祥频频点头，她也斟了一杯酒，出人意料的是，这杯酒没有敬给皇上更没有敬给太后，而是站起身走过太后与皇上，径直走到若微的身旁。

"好妹妹，不管以前姐姐哪里做得不妥让妹妹受了委屈，昨日种种皆如过眼云烟。从今以后，你我同心同德，共同执掌六宫辅佐皇上，好吗？"今日的胡善祥在若微眼中是如此地陌生。是的，当上皇后的她更显端庄优雅，举手投足之间流露出母仪天下的大家风范，此时更是目光如炬，笑容如水，真挚的表情让人看了莫不动容。

只是稍稍一怔之间，若微也举杯相敬："皇后好意，若微惶恐，皇后是天下女子的楷模，若微只盼着能跟皇后多多亲近，好好学些贤良淑惠的好德行。"言罢，两只由纤纤素手相执的酒杯轻撞在一起，微微溅起酒波荡漾，随后两人皆是一饮而尽。

朱瞻基面色沉静，默默注视着她们不发一语。场面似乎略显尴尬，太后则把目光投在皇上的脸上："皇上，你父皇的陵寝何时可以建成？"

"快了！"朱瞻基答道。

"快了是什么时候？如今正值盛夏，你父皇的龙体不宜久置，皇上要多多催促才是。"太后语气中透着一种难掩的焦虑，似乎还有隐隐的不满。

朱瞻基何其敏慧，立即就听明白了，只是他实在不想在这样的场合下说这个话题。

"太后教训得极是，皇上已派成山侯王通、工部尚书黄福为总督负责营建工程，又特命平江伯陈瑄从运粮军中抽出官兵五万名，还抽调了一万名原本在南京修缮城池的工匠，诸省另有五万人助工，想来会很快竣工的。"若微替朱瞻基回话，不料反而让张太后有些不悦，"想不到贵妃身居后宫，对于前朝之事知道得如此清楚？"

"这……是嫔妾造次了，还请母后恕罪。"若微唯有一笑而过。

朱瞻基见状，立即起身说道："母后，儿臣前朝还有事，就先行告退了。"说罢就向外走去。走至门口，朱瞻基停下脚步回头看了一眼若微，

"贵妃不是昨夜里受了风，嚷着头晕吗？既然如此，就早些回宫歇着，也省得把病气过给旁人。"

这话明里是责备，暗中却是助若微脱身，在座诸人谁不明白？于是一时之间众人心思各异，表情也各有不同。

若微只好起身向太后与皇后告退，与朱瞻基一前一后出了坤宁宫向前面的乾清宫走去。若微心事重重，朱瞻基则停下脚步与她并行，拉起她的手，他怅然说道："在这后宫之中，所有的人都很陌生，都让朕望而生厌，只有你能给朕稍许的温暖。"

"皇上，你的性子好像变了。"若微仰着头看着他。

"是，以前当皇太孙和皇太子时，虽然很多时候、很多事情也是那样身不由己、无可奈何，但心中总还是存有一丝期盼，总想着以后当了皇帝执掌江山，自然就能随心所愿。然而现在登上山顶，才知道山顶之上除了美景，还有悬崖与深涧，稍有不慎即会万劫不复。"朱瞻基握着若微的手稍稍有些用力，他顺势将她拉入怀中，"若微，有时候晚上睡不着觉，朕常在想，若是当初你没有入宫，朕没有遇见你，现在的日子该是多么难熬？"

"皇上今天是怎么了？"若微把头轻倚在他的胸口，听着他有力的心跳，只觉得一阵心惊。

"看到胡善祥端坐在坤宁宫的凤座之上，看到你向她请安行礼，就觉得自己这个皇帝着实无用。"朱瞻基笑了，眼中却满是苦涩，"当了皇帝之后，才发现掣肘更多。就说眼下修建陵寝之事吧，刚刚派了十万工匠，工部尚书吴中又上奏说人手不够，朕到哪里再去给他调来那么多人？况且朕实在不愿意向民间征夫。从永乐初年到永乐二十二年，为了修建紫禁城和天寿山，有多少民夫客死异乡？湖南、山东多处民变，如今'与民休息之策'刚刚颁布，再大量征调民夫，朕这个天子在百姓心中何信之有？"

"皇上原来是为了此事烦心，若微有法子帮皇上解忧！"若微轻轻摇晃着他的手，脸上笑容满溢，"不用征调民夫，我们还有助工！"

"还有助工？"朱瞻基不信，在她额上轻敲了一下，"朕知道你是为了让朕宽心。"

"去年父皇下旨停了宝船出航。这南京海舡厂和江北府卫应该还可再征调旗军十一二万，如此，加上先前的助工，总计二十二万。若是再不够，我看这工部尚书就换人算了！"若微言之切切，很是笃定。

"南京海舡厂？"一语点醒梦中人，朱瞻基大喜过望。

她和他并肩立于太液池畔的千秋亭上，对着无限辉煌的落日携手相依，那情景美得如同一幅写意山水画，往来经过的宫女太监看了都不免惊讶，眼中满是艳羡与倾慕，只是又不得不低下自己的头装着没看见。

"若微，有你相伴，真好！"他说。

"真的吗？"她笑了。

"真的！"他言之切切，"朕是天子，一言九鼎！"

"那就请咱们这位一言九鼎的天子赏臣妾一处容身之所吧！"若微笑意吟吟，仿佛她跟朱瞻基索要的不过是一件在手上把玩的小玩意儿。

"西暖阁住得好好的，怎么突然又想起要别的住处？"朱瞻基低头看着她的眼眸，而她则透过他看着不远处的风景，神情专注而向往。

"可是又有谁说你了？"朱瞻基目中透着探究之色，"朕跟她说过，坤宁宫由她住着，皇后之宝由她执掌。只是你的事，不用她来过问。"

"皇上口中的'她'可是指皇后？"若微轻倚在他的怀里，用手在他胸口处轻轻叩了两下，"皇上的心思臣妾明白，可是乾清宫毕竟是皇上的寝宫，别说若微只是贵妃，就是皇后也不能留宿在乾清宫里的，如今已经住了月余，若再不搬出，不仅后宫之中颇有怨言，怕是前朝的阁老们也要谏言了。再者说，远香近臭，若是日日和皇上这样相守在一起，总有一天皇上会厌倦臣妾的。"

"朕不会！"朱瞻基像个赌气的孩子，眼中神色郑重而深沉，他手臂微微用力搂着若微。若微只觉得有些憋气，于是她一阵轻咳，朱瞻基立即为她抚背，神情关切焦急："这是怎么了？"

"皇上抱得太紧了，臣妾会觉得喘不过气来！"她笑着撒娇，又依偎在他的怀里。

"那朕就轻一点！"朱瞻基轻抚着她的身子，动作十分小心翼翼，其实他怎会没有听出来若微的一语双关。

"皇上说，是长乐宫好，还是长安宫好？"若微指着不远处的两座宫殿喃喃自语，"长宁宫和长阳宫好像也不错！"

朱瞻基沉默片刻道："其实你若真的不愿住在西暖阁，乾清宫东侧稍后还有几间朵殿，虽是附属于正宫，却也一样坐北朝南，是小正房，又自成一个小院，虽然狭小但也精致舒适，十分清静，不如……"

"就长乐宫吧，那离仁寿宫最近，一来便于给皇太后请安，二来靠着仁寿宫花园，风景独好，馨儿也一定喜欢。"若微脸上尽是心满意足的笑容，那笑容灿烂如天边的晚霞，朱瞻基凝视着她久久没有开口。

贵妃终于迁至长乐宫，在紫禁城东西十二宫内，长乐宫是西宫中的第一座殿宇。这样的安置，不管是太后还是皇后，即使是在其她嫔妃、宫人看来，都是最恰当不过的。

然而朱瞻基心中还是觉得委屈了若微，于是，他暗暗筹谋，终在次年即宣德元年五月，在为贵妃孙若微大张旗鼓地举办的生辰宴会之上，多情的天子特意送给她一份意味深长的贺礼——贵妃金宝。

明朝自开国以来，只有皇后既有册又有宝，寓示其后宫之主母仪天下的地位和不可侵犯的尊贵。后宫中自贵妃以下，其余的嫔妃都是只有册封诏书并无金宝玉佩等信物。朱瞻基不仅首开先河破了祖宗的规矩，更是亲自描绘图样，选用内库中上好的三等赤金，交由司礼监派巧匠制成了大明朝第一例贵妃金宝。从此，若微的称号之前也多了一个"皇"字。六宫之中，"皇贵妃"与"皇后"似乎已经并肩而立了。

第二十四章　沙场秋点兵

宣德元年八月初三申时，乾清宫四下里静静的，太监与随侍的宫女都远远地退在殿外，整座宫殿一片沉寂，只有设在各处的炉鼎、仙鹤、铜龟悄悄吐着袅袅轻烟，缭绕在宫殿内外，更显大殿气象森严，肃穆庄宁。

院子里搭着的芦席凉棚既遮阳又通风，站在棚子下面等候召见的大学士杨荣，吏部尚书蹇义，户部尚书夏原吉，殿阁大学士杨士奇、杨溥，英国公张辅，阳武侯薛禄等人面面相觑，心中都不免默默感叹天子的体恤。官员们于盛夏时节官服纱帽正装候立在殿外等待召见，原本不多时便会大汗淋漓，然而在这乾清宫正殿外特意为他们搭建的凉棚却让他们免于烈日曝晒之苦。众人心中感慨，天子虽然年轻却十分懂得恤下之道。

东暖阁内沿西墙而设的是皇上的宝座床，床上铺着锦缎制成的坐褥、迎手和靠背垫，上面端然稳坐的正是大明天子宣德皇帝朱瞻基。

龙案上摊开的是两份奏折和一封书信。书信是汉王朱高煦写给皇上的亲笔信，他在信中指责洪熙帝不该违反洪武和永乐时期的旧制，颁给文臣诰敕和封赠，此罪为背祖；又指责朱瞻基不该修缮南巡帝殿，不该为洪熙帝修建献陵而动用二十万民夫，劳民伤财，致百姓役苦不堪，此罪为无道。朱高煦信中言辞激烈，历数了朱瞻基及其父皇仁宗朱高炽的数大罪状，并指出当今天下非一人之天下，须有道之人才能担当，矛头直逼皇权；同时还痛斥朝中几位大臣为奸臣，为首人物便是户部尚书夏原吉，并要求朝廷将这些人诛杀抄家。同时又将内容相同的信件分发朝中公侯大臣，痛诋时政，并扬言已分兵把守交通要道，意图防止奸臣逃跑。

汉王谋反之心已昭然天下。

另外两份奏折一份是英国公张辅所奏，一份是乐安御史李浚所呈。

张辅不仅是明成祖朱棣"靖难"起兵的旧人，更是多次远征交趾的功臣，现又执掌北京中军都督府，手握重兵。这员猛将自然令汉王朱高煦十分忌惮，于是他派亲信枚青潜至张辅家中，企图说服张辅帮他夺位，不料张辅根本不听枚青的行劝，当场将枚青拿下，并立即将此事上奏。

乐安御史李浚得知汉王谋反之后，立即弃家乔装溜出乐安，直奔京师，为朝廷示警。

朱瞻基手抚着宝座的雕龙扶手，唇边浮起一丝意味不明的笑容，"王叔，你真的反了吗？"

去年"劫杀"失败之后，汉王着实小心了一阵子，现在终于熬不住要冒头了。朱瞻基即位之初，对于汉王与赵王这两位皇祖的嫡子——自己的亲叔叔是尽释前嫌，多次颁下恩典，赏赐与优待已令天下侧目，就是为了让他们找不到半点起兵作乱的借口。

不是朱瞻基怕打仗，此举只是为了安民，他不想因为皇族之中的争斗而让百姓再尝战乱之苦。

只是如今，他却不能再忍了。

"是你自己跳出来的，就怪不得侄儿心狠了。"朱瞻基正在暗自筹谋之时，只听近侍太监金英上前奏道："万岁爷，杨学士、英国公和其他几位大人都已经到了，正在外面候着。"

"宣！"朱瞻基脸上无喜无悲，仿佛今日的内阁议事是再寻常不过了，只是眉宇间隐着一股说不清的毅然让人有些难以琢磨。

杨荣等人进入内堂，行了君臣之礼后便各自归位，坐在下首两面相对的十二张雕漆木椅上。

朱瞻基手执两本奏折道："英国公张辅与乐安御史李浚的折子，诸位爱卿都看过了，朕召诸位前来就是要议一议，如今之计，该如何应对？"

他此语一出，为人恭谨的户部尚书夏原吉首先起身脱帽，跪在当场道："皇上，下臣不才，激变宗藩亲王，实属有罪，确实该死！请皇上赐臣一死，如此一来可令汉王罢兵！"

"夏大人哪里话？"朱瞻基立即起身将他扶起，"朕幼时跟在皇祖身边，皇祖常说原吉乃'古之遗爱'，大人主理户部尽职尽责，为熟悉财政业务，将户口、府库、田赋等数字都写成小条带在怀中，随时翻阅。记得有一次皇祖向您问起天下钱谷数字，您的回答既迅速又准确具体，当时皇祖就指着您大笑道：'有卿为朕管家，朕何虑之有？'"

夏原吉面露愧色，连声称道："成祖错爱，下臣愧不敢当！"

朱瞻基将他按在椅上，目光扫视着群臣，又缓缓说道："皇祖晚年受病痛和旧疾折磨易暴怒，随侍在侧的亲眷及诸臣均战战兢兢如履薄冰，唯有夏大人敢于直言劝谏，以至于触怒龙威被捕下狱。刑部在查抄夏大人家产时发现，夏大人家中除了皇祖早年封赏的赐钞之外就只有几件布衣瓦器，夏大人执掌天子府库，手握朝中财政大权却廉洁奉公、清贫如水，这样的官哪里是什么奸臣？夏大人早年治理河道、赈灾疏浚、根治了太湖附近的水患，更是造福社稷与万千百姓……朕永远记得，皇祖第五次北征时徒劳往返，劳瘁愤恼，病体日益不支，皇祖懊悔昔日没听夏大人的忠言，对左右感叹道'夏原吉爱我'。若有人说夏大人是奸臣，那朕则希望这样的'奸臣'越多越好！"

夏原吉面上早已热泪纵横，他身形微颤，再次伏在地上叩首道："能得皇上如此厚赞，臣就是即时死去也绝无半点遗憾！汉王以臣为由、以清君侧为名与朝廷兵伐相向，若能以臣一人的性命令他罢兵，臣……"

朱瞻基摇了摇头，他再次将夏原吉扶起，双手紧攥着夏原吉的手，郑重说道："朕离不开夏大人，百姓也离不开夏大人，朕也绝不是那等遇到危难就让臣下揽错的庸君，夏大人且放心就是了，是福是祸，朕与你一起分担！"

"皇上！"不仅是夏原吉，室内的诸臣皆唏嘘感慨，齐声唱奏，"皇上圣明，臣等万死不足以报！愿以绵绵薄力为皇上分忧，与社稷共存！"

"好了好了，今儿召你们过来就是议一议接下来的对策，是抚是剿，众卿尽可直言！"朱瞻基与众臣各自归座。

尚书吴中起身回奏："皇上，汉王此举不过是对成祖爷'靖难'起兵的拙劣模仿，理由牵强，令人发笑。只是汉王错了，汉王不是盖世神武的成祖，而汉王要对付的当今皇上更不是只知尊文尚儒、懦弱无为的建文帝。当今皇上文治武功、仁德孝义，贤名早已天下远播，如今只要朝廷派干将讨伐，汉王之乱即日可平！"

"吴大人的意思是要派兵去剿吗？"朱瞻基的目光投向杨溥，他为人一向谨慎，每每进宫上朝都是低头循墙而行，此时见他面露忧色，朱瞻基不由开口相问："溥卿可是有异？"

杨溥见皇上亲点他，则立即起身拱手回道："回皇上，汉王虽然已举兵谋反，但目前只是在乐安原地踏步，并未进攻周边城池，也未发表反叛朝廷的公开宣言。如果此时朝廷贸然派兵，怕是不知真相的百姓会有所误会，从而有累皇上的圣德。"

杨溥所言正是朱瞻基的痛处，一年前在回京奔丧途中遭遇朱高煦的劫杀，原本可以在即位之初彻查此事从而法办汉王，就是因为怕天下百姓不明真相反误以为朱瞻基是效仿建文帝罗列罪名欲行撤藩之策借此铲除异己，所以朱瞻基才将此事忍下。即位之后，朱瞻基又对汉王施了诸多安抚之策，就是不想给他半点起兵作乱的借口。如今汉王是激情澎湃剑指江山，而朱瞻基则冷静得多，也从容得多。

"杨溥大人的意思是，目前还没到出兵平叛的最佳时机，朝廷应该静观其变，待汉王有了进一步明显的谋反举动之后再出兵平叛也不为迟。"阳武侯薛禄深感赞同，立即表态相和。

"臣不敢苟同！"说此语的正是英国公张辅，"皇上，虽然臣将汉王派来策反的奸人拿下，但是不敢保证其他大臣那里是不是也收到了汉王的联络书信。朝中许多旧臣在靖难中与汉王并肩作战，结下了深厚情义，若是朝廷政策不明，怕是他们人心浮动，两头观望，贻误大局。"

英国公张辅此语一出，殿内立即鸦雀无声。

大家不约而同地想到了当年的靖难之乱，居北平的燕王朱棣打着

"清君侧"之名与侄儿建文帝争夺江山，这仗打了四年，可以说是此消彼长各有胜负，最后燕王朱棣饮马长江直逼应天城的时候，就是因为派出亲信策反了城中诸多要员，应天城才会不堪一击。

虽然说汉王的谋略远远比不上朱棣，但是战场上瞬息万变，胜负皆有可能，谁能打包票情势不会发生逆转？

见众人不语，朱瞻基又把目光投向了大学士杨荣，他是皇祖朱棣最为倚重的贤臣，遇事筹谋也最是明达果敢，果然还未等朱瞻基开口相询，杨荣便已会意："是否召乐安御史李浚前来问话，看看如今这乐安城中的部署，再做定夺？"

朱瞻基点了点头："宣乐安御史李浚！"

"是！"太监金英立即下去传话。

在等着李浚上殿的间隙，刚被提升为御用监太监的王谨入内回奏："皇上，皇贵妃派人送来亲手做的冰镇雪梨绿豆银耳羹，说是给皇上和诸位大臣们祛祛暑！"

"哦？皇贵妃有心了。"朱瞻基淡然一笑，点了点头，"既如此，就端上来吧！"

"是！"王谨立即走到殿外，很快就有小太监们端着精致的青花瓷碗入内，并依位次顺序放在诸位大臣座椅旁的茶几上，王谨则端着一杯造型精巧的黄底彩绘描金高脚瓷盅呈到御前，他轻轻地将瓷盅放在龙案上，又悄悄看了一眼朱瞻基。

朱瞻基见他神色间似乎有些古怪，于是掀开盖碗，刚要拿汤匙搅动饮品，无意间一瞥竟发现盖碗内侧写着两行小字："后发制人不如速战速决"！

如此漂亮的瘦金体在这六宫之中自然不作第二人想，自然是她，朱瞻基唇边的笑意渐渐浓了起来，心情也轻松起来。

什么都逃不过她的眼睛，"后发制人"？是的，朱瞻基一直就是想后发制人，汉王也好，朝堂上暗存的异己也罢，他都是从容面对极尽恩宠，一味地宽容甚至可以称得上是纵容，就是为了让他们自己按捺不住跳出来，这样再一举歼之，名正言顺。

只是，如今汉王的谋反只是来自臣子的密报，他毕竟没有大张旗鼓地举兵压境，这倒让朱瞻基有些犹豫不决了。

而此时此刻，若微的提醒来得实在是太及时了。正该如此，年轻天子初登大宝，朝堂之上虽有一干老臣忠心拥护，却也有不少静观其势并在暗中异动的骑墙之辈。如今正可借此事立威，令朝堂上下一心。

朱瞻基心思初定，面上越发和颜悦色起来，众臣不知天子的情绪为何突然转变，虽然心中犯疑，却又都不明究竟。

"乐安御史李浚殿外候见！"殿外响起金英清亮的唱奏之声。

"宣！"朱瞻基正色说道。

李浚步入殿内，所有人一望之后全都讶然了。只见李浚没有穿朝服也没有戴官帽，只穿了一袭白色的长袍，头发略微有些零乱，竟然只以木簪相绾，这样的他在乾清宫东暖阁满室的红黄两种浓重而华丽色彩的衬托下是那样地突兀。

李浚年过三旬，容貌说不上有多出色，只能用清秀二字概之。如今他面色发白眼窝深陷，两目如千年寒冰冷得瘆人。

他进入殿内跪在当场，"下臣乐安御史李浚叩见皇上！"

朱瞻基微微有些愣住了，他从来不曾真正在意过臣子们对他的叩拜与赞颂，然而当李浚第一次面见天子时竟然没有按照礼仪三呼万岁，这倒是奇了。他刚想叫李浚平身，殿内侍立的太监王谨立即走到李浚身边提醒："李大人，这礼似乎行得不规矩！"

李浚未做答复，只是未等天子开口，他便抬起头对上朱瞻基的目光。

"大胆李浚！"吏部尚书蹇义立即出言相斥，"你虽是地方小吏，少有机会仰见天颜，但这礼仪却不能荒疏，若是忘了，老臣愿亲自示范！"说着蹇义便起身跪在殿中叩首道："臣蹇义叩见皇上，吾皇万岁、万岁、万万岁！"

朱瞻基不动声色，倒要看看李浚如何应对。

只见李浚面不改色，冷静异常地道："吾皇若是圣明，自然知道这'万岁'不是喊来的。"

"你说什么？"

"也太狂妄了！"

"此人怎能如此猖狂？难不成是汉王派来羞辱皇上的吗？"

李浚的言语激起了众臣强烈谴责。朱瞻基只是淡淡一笑，挥了挥手，示意众人稍安，又命王谨将蹇义扶起重新让到座上。

"赐坐！"朱瞻基命人抬了一把楠木圈椅放在殿中，李浚竟然毫不客气地坐了上去。

"李卿话中意思，是认为朕有不明之举？"朱瞻基面上不怒不嗔，众臣看了更是暗暗纳闷。

"小臣在奏折中已然把乐安城中的局势向圣上讲明，汉王在乐安城中不仅私制兵器，还强拉辖郡内的民夫壮丁入伍，又大开州县监狱放出里面关押的囚犯，和附近州县的无赖地痞集结在一处日夜习武练兵；不仅如此，他又下令将乐安周围诸县的官民畜马全部抢来，并把百姓们刚刚收获的夏粮全部抢劫一空。汉王谋反之心已大白于天下，乐安百姓生不如死。小臣弃家人于不顾乔装出逃，日夜奔袭入京就是为了请皇上早下决断，出兵平乱。可皇上为何还要犹豫？为何还要召臣来当面询问？如此贻误战机，又会连累多少无辜百姓？"李浚看似木讷寡言，然而此番话却是滔滔不绝气势如虹。

"李御史稍安，皇上仁德，出兵乃国之大事，皇上自然要权衡利弊，全盘考量之后才能定夺。"内阁大学士杨士奇出言安抚。

李浚苦笑道："皇上仁德，是对汉王之仁德还是对乐安百姓之仁德？"

此语暗含大不敬之意，众臣皆面上变色，朱瞻基倒不以为然："朕虽然相信卿所言不虚，然而借你刚刚所言，朕也必先扪心自问，战，是对乐安百姓之仁德还是对天下百姓之仁德？"

"皇上！"李浚面色大变，再次跪在正中，他双手于胸前用力一掀衣襟，立即露出里面裸露的胸膛，这样的举动在皇上面前是大不敬之罪，应该斩首。可是此时众人看了却只能缄口。

李浚身上自脖颈以下，胸口、腰腹、臂膀之处全都是伤，虽然由白布包裹，但还是能看到里面渗出的血色。

"皇上没有问小臣进宫面圣为何不着官服而穿白衣？"李浚眼中布满

血丝，言语悲泣清冷，"小臣的一家，上至七十岁的祖母，下至尚在妻子腹中不足五个月的孩儿全都因为小臣的出逃而被汉王磔杀了……汉王谋反，绝无转寰！在乐安，其暴行令人发指……"

"砰！"的一声，朱瞻基的拳头重重砸在龙案之上，那精美至极的彩绘描金御用高脚瓷盅被震得在桌上滚了两滚，虽然万般不情愿，最终还是无可避免地掉到了地上，价值不菲的贡品就这样被摔得粉碎。

朱瞻基面色是前所未有的凝重与清冷，是的，若微说得没错，后发制人的代价有的时候便是不能承受之痛。

"李浚，朕知你忠心为国，一片丹心只为了护佑一方百姓。忠君忠君，必得先忠于民，而后才是忠于君！你的父母家人为国而亡，朕一定会隆重追封，待平乱之后为他们建祠立庙，永受香火。"朱瞻基亲自将李浚扶了起来，"你且将乐安城内的部署细细讲来，让朕和诸位大臣听了也好心中有底。"

李浚这才将汉王在乐安城中的部署详尽讲来，朱高煦将部队分为五队，立五军都督府，命王府护卫指挥使王斌领前军，知州朱恒领后军，亲信韦达领左军，千户盛坚领右军，朱高煦自领中军，同时让他的五个儿子各监一军，其中世子朱瞻垣居守乐安。

李浚的一番讲述，让在场的大臣立即众志成城不再摇摆，他们明白，汉王是已经铁了心要与朝廷相抗，如今只有出兵相剿，抚是抚不了的。

"好，那众位爱卿就议一议，这平乱的统帅，朕该派谁人为好？"朱瞻基心中似乎早有定夺，然而他还是刻意让大臣们广开言路，献计献策，因为这是他登基以来的第一桩军务大事。

"皇上，老臣愿领兵平乱！"开口的正是英国公张辅。

朱瞻基点了点头："英国公忠勇可嘉，只是爱卿常年驻守在外，如今刚刚回朝，朕怎么能忍心让英国公白发出征，再次披挂上阵？"

朱瞻基言辞恳切，令张辅感动不已。他仍想请旨，朱瞻基却把目光投向了阳武侯薛禄。

阳武侯薛禄竟神色大变，他没有起身请旨，却低下头去不敢与朱瞻基相对。

薛禄也算得一员干将，此时居然会临阵退缩。朱瞻基心中暗暗发寒，他立即想到的是，持此态度的在朝中怕是并非只有薛禄一人。与能征善战又曾经立下赫赫战功的汉王相战，怕是不少人都会有所畏惧。

也好，正中下怀，朱瞻基腾的一下站起身，环顾群臣之后缓缓开口："朕欲亲征。"

"皇上，皇上，万万不可！"

殿内立即响起一片劝谏之声。

年轻天子英气勃发，坚定如铁，挥剑直指乐安，虽然豪气冲天，但于国于民却未必是件幸运事。

这并不是大明朝开国以来的第一次御驾亲征，但却是最让朝臣震惊的。虽然不是在金殿之上大朝时颁发的圣旨，只是在近臣中的小议，却足以让这些三朝元老忧心忡忡，寝食难安了。

他毕竟不是开国之主朱元璋，更不是于金戈铁马、血肉横飞的征战中夺得皇权的成祖朱棣，在太多人的眼中，他只是一个养于深宫自幼备受呵护的骄子。

他行吗？他可以吗？

所有人都在怀疑。

而他却好像很高兴等到了这个机会。

第二十五章　征曲秋风飒

　　壮丽华美的长乐宫经过若微一番调整，模样大变。

　　殿内没有金碧辉煌的屏风，更没有雕龙画凤的宝座，正殿被精巧地隔出五间居室，正中是待客的厅堂，东侧两间为书房和琴室，用黄花梨木雕竹纹板和玻璃隔扇相隔；西侧两间是卧房，以透雕缠枝葡萄纹落地罩相隔，这样东西两个次间与明间隔开。而东西次间与梢间则以木雕万福万寿纹为边框、内镶大玻璃的隔扇相隔。

　　室内多是硬木家具，虽然气派却略显呆板，若微又命人以丝绸锦缎相衬，如黄花梨架子床配的是淡绿色的纱帘、淡烟色的帷幕；紫檀的座椅配了杏黄的褥垫和靠枕，红木的桌子和妆台上铺了水蓝色绣花织锦的桌布。

　　室内角落、桌几、书架各处又恰到好处地点缀着许多盆栽和小饰品，盛夏时节又添了许多竹子编的箱笼、绣橱和春凳，于是这里便成了紫禁城中最舒适清凉的居所。

　　朱瞻基走到长乐宫门口，远远地看到倚门相望的若微，虽然是顶着皇贵妃的名号，可是她的衣着与装扮却一如从前，身穿绿色绣着白色芙蓉的抹胸，腰系绿烟碧霞如意裙，手挽薄雾云翠软纱，流云髻中嵌一支玉钗，耳际悬着的珍珠坠子为点睛之笔，美丽轻灵，如同飞天仙女。

朱瞻基心中暗叹，若微究竟对他施了什么魔法？相处这么多年，她从未在衣饰打扮上下过功夫，也不会刻意取宠，可是为什么不管她穿什么他都会觉得很好看。她的一颦一笑甚至是嗔怒发火，他都认为那是一种美，是一种能让六宫粉黛黯然失色，让他取次花丛懒回顾的带着魔力的美。

"万岁爷驾临长乐宫，皇贵妃孙娘娘接驾！"金英口里虽然一丝不苟地唱念着，可面上则眉飞色舞地冲若微眨着眼睛。

长乐宫里十二名侍女与六名太监立即跪在院中。

"叫什么叫，哪都显着你了！"朱瞻基狠狠瞪了金英一眼，他几步走至殿内，若微刚要下拜便被朱瞻基拦下："行了行了，自己宫里又没外人，做给谁看？"

"看皇上说的！好像若微平日里对皇上都不够恭敬似的！"若微嗔怪了一句，随即扶着朱瞻基走入殿内，一面吩咐身边的侍女："湘汀，司音，快侍候皇上沐浴更衣！"又对朱瞻基轻语道："前边甬巷上不是都着人搭了凉棚吗？怎么走过来还是弄得一身是汗？"

"哎！"朱瞻基接过湘汀递过来的帕子擦了擦手，"议事结束以后又去前海沿子跑了会儿马。"

"跑马？"若微眉头微蹙，接过司音捧着的黑漆盘，端起青花缠枝的茶碗递给朱瞻基，"刚刚煮的凉茶，快喝一口！"

朱瞻基接过来一口气饮了半碗，"里面放了什么？味道又酸又甜，爽口得很！"

若微笑而不语，司音接语道："是贵妃娘娘用新送来的西域贡梨，又加了菊花、桂花、银耳、冰糖，用去冬浸了梅花的雪水熬成的！"

"哦？是伊犁香梨？"朱瞻基笑了，指着若微说道，"你这个才女怎么也有舍本求末的时候？这香梨爽脆多汁，生吃最好，怎么反而拿来煮汤！"

"因为馨儿爱吃呀！"穿着一袭淡绿衫子，梳着双鬟弯月髻的小女孩一阵风似的从外面跑了进来，直接钻到朱瞻基的怀里，正是已被册封为常德公主的朱锦馨。她眼眸如玉，纯净无邪，仰着动人的笑脸凝望着朱瞻基，

"母妃说馨儿吃香梨如同牛嚼牡丹，又说这是贡梨，原本分到咱们长乐宫的就没多少，都快让馨儿吃光了，所以才想了这个法子煮成汤来喝。"

"牛嚼牡丹？"朱瞻基微微侧目，似怨非怨地盯了若微一眼，手抚着女儿垂在胸前的秀发说道，"居然把咱们大明朝最尊贵的公主，朕的掌上明珠说成是牛？你这个当娘的也太苛刻了，不就是几个香梨吗？乾清宫里还有一些，一会儿让金英都拿过来。"

"好哦，好哦！"馨儿立即拍手叫好。

若微则沉了脸，一把将馨儿从朱瞻基怀里拉了出来："好什么好？这是宫中的贡品，各处该领多少都是有份例的，你想吃就跟父皇撒个娇多要些，那别人如果想吃又该如何？凡事都要遵守规矩，不能任性而为。"

"父皇！"馨儿见若微沉了脸，心里不免有些害怕，连忙把脸转向朱瞻基，一双美丽的大眼睛可怜兮兮地望着朱瞻基，又黑又长的睫毛微微扑扇，又娇又俏，惹得朱瞻基立即心疼不已，唯有好言劝道："好了，好了，馨儿还小，不要拿什么规矩拘着她。朕就喜欢她心性纯真，天真烂漫。"

"还小？我像她这么大的时候都已经入宫了！"若微倚在圈椅之中，看着这对情义深厚的父女，突然想起自己的父亲来了，当初在邹平的家中，也是严母慈父，母亲董素素总是盯着她学这个弄那个，非要把她调教成十全才女不成。为此母女俩没少怄气，每当此时都是父亲孙忠为她解围，如今一别经年，也不知父亲老成什么样了？

若微想着想着，面色就渐渐黯然下来。朱瞻基还当她是为孩子生气，于是又出言宽慰："好了，还记得你小时候爱吃樱桃，我和小皇姑还不是省下自己份例的都送去给你，一样的情形，到了馨儿这里怎么就行不通了呢？"

"父皇，你知道母妃小时候的事情？"朱锦馨眨着美目紧盯着朱瞻基，面上满是期待之色，"父亲难道从小就认识母妃？那母妃小时候是什么样子的？母妃小时候好不好看？还有，母妃学琴的时候手疼不疼，做不出文章时会不会挨打，挨打的时候会不会哭呢？"

朱锦馨问了一大堆问题，朱瞻基初时认真地听着，然而越到后来不由眉头微拧，他瞥着若微叹息道："朕这才知道，要想成为一个十全才女，这背后要下多少功夫？馨儿之所以会问这些问题，一定是你平时对她管教太严，如果你不体罚于她，她又怎么会问你小时候学琴学舞有没有受罚？"

朱瞻基摊开锦馨的小手，看到她十指上的茧子与水泡，立即心疼不已，当下就命金英召太医来看，惹得若微玉颜大变，她再次将锦馨从朱瞻基怀中拉了出来，然后交给侍女湘汀将她带了下去。

若微总怪瞻基太宠女儿，她却不知道，在朱瞻基的心中，总是把对若微的遗憾与怜爱全部都加注在了女儿身上。太多的时候，连他自己都分不清，那舞动的小精灵是锦馨还是幼时的若微。最爱的两个女人，都是从小就在宫中备受拘束，处处有规矩和礼法管着，被无形的网裹着，就像看到美丽的黄鹂囚于金丝笼中。

而他自己正是那持笼之人，所以每每面对她们母女，朱瞻基都会生出更多的愧疚与怜爱。

用过晚膳之后，天色还早，若微在琴室抚琴，朱瞻基一边听着悠扬的琴声，一边在南窗下面的书案上作画。几曲之后，若微起身望去，看到案上的画，若微不由心中暗暗发紧，"难道皇上想御驾亲征？"

朱瞻基转过身，他伸出双手紧紧按在若微的肩上，一动不动地盯着她，就像要盯入她的内心，顷刻之后他笑了："何其幸也，普天之下竟有一个你，是如此了解朕心！"

若微唇边浮起一丝苦笑，"皇上画的是当年随皇祖远征漠北大败鞑靼部的场景。自然说明皇上亲征之意已定，不难猜度。"

朱瞻基以手轻轻托起若微的下颌，"怎么？担心朕？"

"后妃不得干政，却不能不担心。"若微眼眸低垂，神色中透着难掩的忧虑。

"来！"朱瞻基拉着若微坐在书案边上的春凳上，"不是你在盖碗中留言提示，让朕当断则断吗？"

若微猛地抬起头，对上朱瞻基的眼睛大惊失色道："可是，可是臣妾也没让皇上亲征呀？如今军中部分精锐之师都牵制在安南，每个月消耗的军费粮草数以万计；西南少数民族的叛乱也时有发生；江南的赋役重而不均，苏、松等地的重赋压得百姓喘不过气来，百姓生计苦不堪言；北方边境自永乐二十二年起就采取了防守的态势，北元残部一直蠢蠢欲动，边备更须加强；朝中内阁新派与六部元老之间的暗流……如今局势严峻复杂，皇上该在朝中主持大局才是！若是前往乐安，且不说战场上的凶险，那这朝政和京城又该派何人主理呢？"

"呵呵！"朱瞻基听了以后赫然爆发出一阵爽朗的大笑，他拥紧怀中的娇躯，又用手在她秀鼻之上轻轻一刮，"还说后宫不得干政？朝中的事情你不仅知道得一清二楚，还分析得如此直击要害。你呀，真是朕后宫的谋士、枕边的诸葛！"

"皇上！"若微面色又变，"不管怎样，这亲征是万万不能去，这也太……太过凶险了！"

"呵呵！"朱瞻基在她肩上轻轻拍了两下，拉起她的手，正色说道，"贵妃也太小看朕这个皇上了。"

"皇上！"若微欲言又止。

"嘘！"朱瞻基把手指轻轻点在她的朱唇之上，"你听好了，朕还没有跟贵妃生下我们的皇子，所以，朕绝对是死不了的！"

"瞻基！"若微恼了，她面色微红，紧咬着嘴唇，眼中似有泪光闪过。

"好了好了！"朱瞻基收敛了笑容，将她搂在怀里，像是哄孩子一般说道，"难道忘了李景隆了吗？"

今日在乾清宫内堂，当朱瞻基刚刚表示要御驾亲征的时候，众臣也是齐声反对，只有杨荣一人支持，侍奉三朝又得永乐皇帝朱棣十分宠幸的权臣杨荣此时惜字如金，只是轻描淡写地说道："诸位同僚莫要忘了李景隆！"

只此一句，胜过千言。

三十年前，朱瞻基的祖父燕王朱棣起兵夺位，当时，从大明开国皇帝太祖朱元璋手中承继帝业的建文皇帝朱允炆踌躇再三之后，派功臣之子李景隆率领大军出击，结果惨败，建文帝也最终在这场战争中失掉了皇位。就是因为李景隆的威望难以与功勋卓著的燕王相比，所以寡助，招至败局。

"皇上圣意已决了吗？"若微倚着朱瞻基的胸口，轻声问道。

"是！古往今来，这皇位得来不外乎两种：一是身逢乱世，自己披荆斩棘、推翻前朝帝统争来的；二则是从祖宗那里承继来的。开国之君必令天下臣服、四夷仰视；而承继祖位的天子初登大宝没有寸功与德望，百姓们都以为这样的天子不过是承先祖之荫德，是守成之君。朕应当感谢王叔，是他为朕送来这样一个建功立业、威慑群臣、总揽民心的好机会。"虽然是在后宫宠妃的寝室内，但是这番话，他说得慷慨激昂，如同将士们出征前的铮铮誓言。

若微思忖之后神色已经渐渐明朗起来，方才开口道："皇上此举不是为了自己，皇上是为了父皇？"

"若微！"朱瞻基唇边含笑，目光中尽是柔情，"好啊，朝中有杨荣、夏原吉肝胆相照，后宫有你知己相伴，朕这一生真是无憾了！"

若微又一次猜中了他的心思。汉王曾经带给朱瞻基的父亲朱高炽多少屈辱与难堪，那么多年的委曲求全与不争不怒，朱瞻基一直看在眼里痛在心上，父亲的仁善与病体，是他们打压的借口与孜孜不倦的根由。这一切总要有个了断，为了父亲，他也要披挂上阵争这口气。

"只是如今万事俱备，只欠东风！"朱瞻基像是自言自语。

"东风不来，可以借风！"若微笑了，"皇上要赢得此战，靠两样法宝。"

"哦？"朱瞻基笑了，定定地注视着面前的伊人。微微停顿之后，他伸手轻轻捻着若微耳边的珍珠坠子，举止有些轻浮又煞有介事地说道："就请孔明先生说来听听！"

"其一是'师出有名'，皇上总担心百姓们会曲解皇上的圣德，汉王没有公开侵犯乐安以外的其他州郡，我们贸然出兵似乎有些说不过去。所以皇上可以派人先给汉王送去一份安抚诏书。此诏书名为安，实为逼。随后，可以把他在朝中诱降英国公的书信以及呈给皇上的战书张贴在城门上以公告天下。"

"好主意！"朱瞻基连连点头，"依你看，这诏书该让何人去送呢？"

"皇上在宫中开设学堂，让那些自幼失教的小太监们识字学礼，他们对皇上自然是忠心的。况且，让他们去必然会激怒汉王。皇上又不必担心所派之人为朝中重臣，万一有去无回，不管是杀是降，于朝廷都是损失！"

"确实可行！"朱瞻基紧盯着若微，神色中透着一丝戏谑，"这是其一，还有其二呢？"

"其二，就是兵贵神速！"若微站起身重新走到琴桌之前，再起手时曲子已经换为《将军令》。

"是要朕率精锐出征，一鼓作气平定叛乱，好个先声夺人！此番必令他猝不及防！"朱瞻基连连点头。

第二十六章　千骑卷平冈

山东乐安城，汉王府书房内灯火通明，汉王朱高煦坐于正中，分列两旁的是王府护卫指挥使韦氏三兄弟及千户王玉、盛坚、李智、乐安知州朱恒等人。

王玉道："如今形势是箭在弦上不能不发，汉王殿下怎么反倒犹豫起来了？咱们兄弟筹备了这么些年，等的不就是这么一天吗？"

盛坚扫了他一眼道："王兄你有所不知，殿下刚刚见了朝廷派来的特使，皇上开出了丰厚的条件……"

"什么特使？不就是一个小太监吗？让一个太监来传旨不过就是羞辱殿下！"李智插言道，"还说什么丰厚的条件？与殿下当年跟成祖爷出生入死血战沙场的功勋比，那几万石禄米几百匹战马又算得了什么？依殿下的功劳，就是不能被立为太子承继皇位，那也得封一个藩属辽阔的富庶之地呀，这么些年因于这小小的乐安城，困手困脚，受着窝囊气。如今好不容易万事俱备，殿下千万不能手软，错过这天赐的机会！"

汉王朱高煦的目光紧盯着乐安知州朱恒，朱恒手抚胡须道："殿下，依下官看皇上派来宦官安抚殿下，那是做给天下人看的，恐怕如今京里早已乱成一团，殿下不要中了皇上的缓兵之计才好！"

朱高煦听了频频点头："朱大人此言正是本王心中所想，刚刚王玉说得不错，如今之势只可向前，不能退后半步，只是还差了些火候。"

"火候？"护军指挥使韦达瞪着一双浓眉大眼，愣愣地问道，"什么火候？咱们兵马已备，又存了那么多的粮草，这不是已经万事俱备了吗？"

"大哥别吵，殿下的话自然另有深意！"韦兴开口道，"殿下是说我们派出去联络京城大臣和各地藩王的那批'暗影'？"

"正是！"朱高煦眉头深锁，不无忧虑地道，"各地藩王还好说，京中的大臣中有许多人都是三朝元老，若是不知道他们的实底，咱们还真不能妄动。"

"这有何难？"王玉又道，"如果这些人脑子清楚、心里明白，归顺汉王最好。若是他们想不明白，冥顽不灵，咱们就像当年铲除兵部那个老顽固方宾一样，派'暗影'将他们杀了省事。"

"住口！"汉王听了面色铁青，额上更是青筋直暴，王玉的无心之言反而扯出一桩无头公案。

那是永乐十八年的事情，兵部尚书方宾奉命平叛山东境内的唐赛儿起义，围剿了数月仍不能将元凶缉拿，惹得永乐帝朱棣盛怒之下亲派锦衣卫京营五千精锐平乱，一举成功。作为兵部尚书的方宾因为此事而面上无光，于是从未放弃过派人彻查此次起义叛乱之事。到了永乐二十二年，永乐帝朱棣为了亲征漠北辒辒召集群臣集议，方宾与户部尚书夏原吉以国库、粮草、马匹空乏为由力谏相阻，惹得朱棣龙颜震怒，当下将方宾与夏原吉撤职下狱。

方宾在狱中无疾而终，最后被认定为畏罪自尽。事实上，方宾之死是被人灭口，因为他已查到由唐赛儿引导的山东境内十多个州郡的叛乱正是汉王暗中筹划的，只是还未来得及上奏就被汉王潜入京城的"暗影"发现并提前将他灭口了。

"去，再派一批'雪雁'，三日之内一定要将城中大臣和各地藩王的准确消息传回来！"朱高煦吩咐之后，摆了摆手，"你们都下去吧！"

"是！"众人纷纷退下。

汉王靠在宝座中闭上了眼睛，已经连着两天两夜没合眼了，不是他不想休息，而是一闭上眼睛就会看到自己的父亲永乐帝朱棣在狠狠瞪着他，仿佛听到朱棣的厉声斥责："青雀，你真的要反了吗？当年人人都说你有反骨，朕不忍心，也不愿意将你斩草除根，可是如今你真的反了吗？你反的是朕辛辛苦苦经营了二十多年的江山，反的是大明朱家的千古帝业啊！逆子！你这个逆子！"

"不是，高煦不是！"汉王像得了失心疯一样喃喃地喊了起来，"父皇，这不是高煦的错，这不是高煦的错！"

"这当然不是汉王的错！"一个清丽娇媚的声音悄然响起，汉王猛地睁开眼，映入眼帘的是穿着黄色团蝶百花烟雾凤尾裙、明黄色真丝宫装，宫髻上插着金步摇的侧妃李秋棠。

"你？"汉王朱高煦眉头紧拧没好气地吼道，"怎么把这身衣裳拿出来穿了？"

"这身衣服怎么了？不好看吗？"李秋棠特意在朱高煦面前扭转腰肢，轻盈地转了两圈，随后亭亭而立，就在与他咫尺相距的地方站住了，"这身衣服现在穿正好。如果殿下速速拿定主意，一举成功，那秋棠就是新天子的皇贵妃，穿黄戴凤是再正当不过了。可若是殿下犹豫再三失了先机，那么我们必然是一败涂地，再无转机。那么，这身衣服也就成了祭服，往后也再没机会穿了。"

"你，说的这是什么话？"朱高煦指了指桌上的信函，"瞻基叫人送来的，字里行间情真意切，他说只要本王取消了起兵的念头，他一定为我改封藩地，封一处江南富庶之地给本王，而且子孙世袭永不撤藩，还要给本王增加禄银和人马。"

"怎么？这点小恩小惠，殿下就动心了？这么多年的苦心经营全都付诸流水了？"李秋棠秀眉高挑，她走到朱高煦身边，伸出纤纤玉手拿起案上的那封信，两手轻轻一揉，随即手指翻飞，只在转瞬间，那封信函便化作碎片洋洋洒洒地飘落到地上。

"你……你怎么给撕了？"朱高煦大感意外，手指着李秋棠，几乎戳在她的鼻子尖上。

李秋常惊不怕，迎着朱高煦的手指把脸一迎，笑容不减道："不仅如此，小皇帝派来传信的那个太监也被臣妾下令杀了，如今他也化为千万碎片碾落于尘土之中，做了护花之泥！"

"啪"的一声，朱高煦如同铁扇一般的大手结结实实地打在李秋棠的脸上，这力道太大，以至于她重心不稳，身子摇摇晃晃撞到桌角，只是她强忍着脸上和腰腹之处的疼痛，始终都没有哼出声来，一抹鲜血从她的唇边缓缓漾开，衬着她绝色的容颜和倾城的笑容，朱高煦看了惊诧得说不出话来。

"你这个女人，心也忒狠了，怎么也不跟本王商量一下就这么决定了？"朱高煦伸手去抹她唇边的血迹，而她却躲开了。

李秋棠转过身缓缓向室外走去，一边走一边留下缥缈如烟的声音："殿下有过两次谋得皇位的绝好机会，一次是永乐二十二年，你父皇成祖爷死在北征路上，那次殿下犹豫了，所以眼睁睁地看着你那位最不济事的胖哥哥登基做了皇上。第二次天公作美，病弱的仁宗——你的兄长服了我们送进去的春药暴疾而亡，我们做好了诸般准备，只是因为慢了一步，殿下又错过了，依旧是眼睁睁看着自己的侄儿坐上龙椅。现在，机会又来了。这一次殿下还犹豫吗？前两次殿下输了，失去的只是龙椅。而如今如果您再犹豫，再慢上一步，那么殿下陪上的就是自己的性命，还有汉王府的子子孙孙！"

"秋棠！"朱高煦紧走几步追了出来，他紧紧地将李秋棠搂在怀里，"别走，本王心里乱得很。"

"三日，殿下还要等三日吗？"李秋棠叹了口气，轻轻抚着朱高煦的胸口问道。

"是，要看三弟和那几位靖难重臣的意思，若是他们能与本王联手，则大事必成；若是反之……"朱高煦看着西墙上挂着的盔甲与宝剑，不再开口。

"若是反之，就一并除之，不能为我所用，也不能留给敌人！"李秋棠面上是媚如阳春的神情，只是眼神空洞得有些吓人，就是久经沙场的汉王看了也不免心惊。

与此同时，朱瞻基在紫禁城早朝时颁下诏书，于皇城门口张榜公告汉王写给自己的战书，又下旨在全城缉拿汉王朱高煦的旧部和亲信；同时听从杨荣的建议，召回镇守大同的武安侯郭亨和镇守永平的遂安伯陈英，留在京中以备调遣。

面对京中兵勇和战马不足的现状，朱瞻基赦免了一大批轻罪军徒，让他们从征戴罪立功；又下旨让百姓和官员进献马匹，特命户部派专人检选并分别造册登记，待日后加倍封赏。

朱瞻基一面下旨命阳武侯薛禄为主帅，率兵两万为先头部队直抵乐安；一面亲往天坛、地坛、宗庙祭祀诸神，然后又令同母胞弟越王朱瞻墉、襄王朱瞻墡留守北京领监国之命，同时令广平侯袁容、武安侯郭亨、尚书黄淮等人协助居守皇城；随后立即带领蹇义、杨士奇、夏原吉、杨荣、吴中、胡濙等人以迅雷之势亲征乐安。

兵贵神速，除了步兵与骑兵之外，朱瞻基舍弃了皇帝的銮仪驰马而行。即使这样，各种火器铳炮及兵器粮草的运输队伍经过，也让沿途道路变得拥挤不堪，道路两边是百姓的良田和夏收之后晾晒的粮食。为了抢时间，朱瞻基断然下令让队伍越道而行，如此一来大军所过之处良田损失颇多。

夜晚宿在野外，在简陋的营帐内，朱瞻基召集随行大臣共议国事。

出乎所有人的意料，朱瞻基开口第一句说的竟会是减赋。

"山东境内明年的赋税减免三成，东征大军一路上所过州郡踩踏的百姓耕田，请户部官员记录在册，除了减免税款以外，等班师回京之后还要重重优抚！"

"皇上圣明！"户部尚书夏原吉眼角微微润湿，他身形微颤，跪在帐中道，"臣替山东的百姓叩谢皇恩！"

"夏大人言重了，快快请起！"朱瞻基环顾诸臣说道，"明日日落之前大军即可到达乐安，只是朕心中尚有一事难决，所以想听听卿辅们的高见！"

众人纷纷揖首道："请皇上示下！"

"依诸位大人看，阳武侯薛禄这个前锋能否旗开得胜拿下乐安？"朱瞻基龙目炯炯，直击要害。

此语问得十分直接，省去了太多的铺垫和序言，反而让诸臣不好回奏。英国公张辅抚须答道："皇上真乃圣君，皇上有此一问，这答案必然是心中有数了。"

朱瞻基笑着摇了摇头："朕恐会错了意，曲解了忠臣。"

"皇上！"名将柳升说道，"那天在乾清宫东暖阁里提到出征之事，皇上把目光投向阳武侯薛禄时，臣就坐在阳武侯身边，记得当时他面色大变，还未上阵对决就已心生畏惧，这气势自然已经输了大半！"

"皇上，薛禄曾在'靖难'之役中与汉王并肩作战长达两年，二人自然会有同生共死的患难交情；况且汉王勇猛凶悍、战功显赫，曾多次在阵前救下成祖爷，虽然过去了二十多年，但是在军中的威名还是有的。薛禄流露出为难和怯懦的情绪也并不奇怪！"杨荣一番话说出来，朱瞻基连连点头。

"如此，我等就更要加快速度及早到达乐安才好！"朱瞻基拿定了主意，"传令下去，今夜寅时一刻拔营，让将士们备好干粮，从现在起大军不再停下生火做饭，一律边行边吃。"

"皇上，百里趋利是兵家大忌……"柳升刚待开口相劝，只是他看到朱瞻基面上淡定从容的笑意，反而一时语结，不知该如何是好了。

"众卿的担心朕都知道。只是如今咱们是在跟叛军抢时间，现在他们还不知道朕御驾亲征，面对薛禄带领的两万兵马定是会生侥幸之心。这样，咱们可以将他堵在乐安，想那乐安弹丸之地，东征大军就是围而不打，这一仗咱们也是必胜无疑。若是等他得到了消息，狗急跳墙，北上兵犯济南或是南下攻打南京，倒时候借长江天堑与我们隔江对峙，这仗就不好打了！"朱瞻基沉静内敛，虽然每每与臣下议事时少有慷慨之词，然而穿着盔甲的他比穿着龙袍更像天子，也更有魄力和威仪，就像一把收在鞘内的宝刀，虽未出鞘但锋芒与寒光却无形地四散开来，这就是所谓的龙威与剑气吧。

一番话说得在场大臣频频点头，无人相驳，半晌之后，杨荣则开口说道："皇上所虑正是臣下最为担心的，当初汉王常借故在南京逗留，迟迟不肯返回藩地。这南京又是大明龙兴之境，绝不能给叛军夺了去，臣请皇上派干将协助陈王朱宣镇守淮安，严防叛军南逃！"

"好，杨学士所言甚合朕心，如此一来就断了他南下的出路！"朱瞻基立即命秉笔太监范弘拟旨照办。

"只是济南城池坚固，若是被汉王夺了去，怕是终成大患！"夏元吉主管天下田赋，深知济南乃是山东富庶之地，于是忧心忡忡地说道。

"夏大人真是急糊涂了，嘴上说这济南城池坚固，那一时半会儿汉王怎么攻得下来？"英国公张辅接语道。

夏原吉摇了摇头，苦笑道："英国公此言不假，可如果汉王不是强攻而是智取呢？"

"智取？怎么个智取？"营内所有人的目光都投向了夏原吉。

夏原吉先是看了看朱瞻基，然后目光停顿在吏部尚书蹇义的脸上。

蹇义初时不明，随即恍然大悟："夏大人是说山东都指挥使靳荣？"

众人皆是不得要领，营帐之内似乎只有他二人明白，朱瞻基盯着蹇义问道："靳荣是何许人？"

蹇义立即回奏道："靳荣是一员悍将，为人忠勇，也立过不少功勋，只是脾气暴躁，常常有些越礼之举。曾经有一次在醉酒后行凶惹事，成祖爷大怒，原本要判他极刑，后来还是汉王从旁劝说，这才将他贬到山东在济南府做了指挥使。每逢年终官员们的升降考核中，他都是功过相抵，于是这么多年也没有得到升迁。"

朱瞻基点了点头，蹇义的话他听明白了，靳荣这个人虽然忠勇却性情暴躁，又手握一方兵马，原本对先帝和朝廷就有些怨言，如今汉王起兵，若是汉王派人游说于他，他念及汉王对他的再造之恩，说不定会一同反了。这样一来，济南落入汉王的手中，以济南为根据地，北上可以逼近京城、南下可以进攻江南，不行，这太险了！

朱瞻基面色微微有异，他立即想出了破解此局的关键之道："蹇义，你对济南布政使和按察使可了解？"

蹇义一愣："回皇上，臣主理吏部，对于各地官员虽不能说是知之甚深，但对其才干、秉性、身家，臣还是有所了解的。"

"那济南布政使与按察使为人如何？平时与靳荣的关系是否和睦？"朱瞻基紧紧追问。

"这……"蹇义立即把二人的背景细细讲来。

"好！"朱瞻基一个好字出口，面上神情立即轻松了许多，"好了，众卿都累了，早些下去安置吧，还有不到两个时辰我们就要起程赶路了。诸位大臣除了英国公、柳升以外都是文官，也都上了年纪，这样跟着朕劳碌奔袭，朕实在是于心不忍，不如咱们兵分两路，朕带一部分人马先行，诸位大臣随后跟上？"

朱瞻基一时急一时缓，倒让众臣着实摸不着头脑，诸大臣中以杨荣和蹇义年长，他二人立即说道："臣等虽老迈，但还不至于连累大军赶路，臣等愿意追随皇上，生死同往！"

"好，既然如此，就都回去好好安置吧！"朱瞻基连连点头，并起身亲自将诸臣送至营帐外面。

仰望着满天繁星的夜空，朱瞻基站了好久。他又想起了十多年前他第一次跟随皇祖永乐帝朱棣北征漠北时的情形，就在饮马河，看着裸露在地上的白骨与破旧的旌旗，他手捧一抔黄土对皇爷爷言之凿凿地许诺。是的，先祖们浴血打下来的江山，孙儿不敢也不能看着它有任何的闪失！

"皇上，夜深了，早些安置吧！"身后略带沙哑之音的人正是经近侍太监金英引荐新调到自己身边的御用监王谨。

朱瞻基回首，盯着他的眼睛问道："你与金英同时从安南被俘，又同时入宫做了太监，如今金英身为大内总管是朕身边的红人，你可嫉妒？"

"皇上！"王谨没有惶恐地低下头或是立即跪在地上，他只是迎着天子的目光点了点头，"是的，奴才是嫉妒，但奴才不是嫉妒金英今时今日的地位和权力，奴才是嫉妒他的运气和机会。奴才与金英、陈弘、阮氏兄弟同为交人，我们一同入宫为奴，只有金英有机会得以侍候您。不管是在太孙府还是后来的太子东宫，每当看到金英脸上的笑，我们就知道，他过的日子与我们是不同的。虽然都是不男不女的阉人，但是您让他过上了人的日子，您还给他起名叫'小善子'。善？这宫里的'善'太少了，虽然现在您下旨让他重新用自己在家时的名字金英，但是我们还是喜欢您给他起的那个'小善子'！"

王谨眼中晶莹闪过，他强忍着将眼泪硬生生地逼了回去。

朱瞻基点了点头，在他肩膀上轻轻拍了拍："在这宫里，皇上也好，宫女、太监也罢，都是在做自己的本分，不要想得太多。高处不胜寒，即使是皇上，也有皇上的无奈。其实别说是太监了，就是大臣与藩王都不能结党营私，按理说朕原本不该容你们，可是你知道朕为何从了金英所请，把你们几个都调到朕的身边来？"

王谨摇了摇头。

"因为你们几个的生死之交结于幼年忧困之时，这么多年在宫中经历沉浮荣辱，还能相扶相助、不离不弃，金英显贵之后也能不忘本、不避嫌地向朕引荐你们。朕是珍惜你们之间的这份情谊，所以才成全你们的！"朱瞻基的声音带着特有的磁性，在寂静的夜里让人听了竟觉得暖暖的，就像散着光亮的火烛，照亮了别人也照亮了自己。

"扑通"一声，王谨跪在了朱瞻基脚下："奴才不想说感谢天恩的话，因为奴才现在还没有资格说。奴才只想请皇上赐奴才一个机会，让奴才以后在皇上身边能够挺直腰板！"

朱瞻基注视着王谨："你倒是挺机敏的，刚刚在帐中朕与诸位大臣的一番话你全都听见了，竟然连朕的心思都猜到了。只是你该知道，这个机会虽然也许会令你立下奇功，然而更可能会让你身首异处！"

"皇上！"王谨脸上尽是决然之色，"请皇上成全！"

朱瞻基重重在他肩膀上拍了两下，"随朕入帐！"

"是！"王谨面上未见喜色，有的只是"风萧萧兮易水寒，壮士一去兮不复还"的执着与毅然。

夜色之中，身着普通百姓服饰的王谨牵着马悄悄走出大营。在营门口，身着锦衣的范弘早早候立在侧。

"谨弟，愚兄虽然不知道皇上吩咐你去做什么，但是你一定要记住，咱们兄弟都等着你回来！"范弘递给王谨一包干粮，王谨打开一看，不由笑了："这是从皇上的口粮里偷出来的吧？"

范弘摇了摇头："是想偷来着，不过还没得手就给皇上发现了，这是皇上让我交给你的。皇上说，无论差事办得如何都要全须全尾地回来，以后有的是建功立业的机会！"

"皇上！"王谨眼中一热，"范弘，如果我回不来了，一定要替我好好报效皇上，咱们何其有幸，遇到真正的有道明君了！"

范弘先是点了点头，随即又连连摇头："不行，这给皇上尽忠的事情哪里能替的？你自己回来自己尽忠！"

王谨郑重地点了点头，立即飞身上马，急驰而去。

第二十七章　日落几时归

北京紫禁城皇宫仁寿宫内，张太后手执一张素笺，面色清冷，侍立在侧的云汀拿眼偷偷一扫，只看到那上面是四句诗："琼瑶花尽玉台轻，西风难解情。欲留寒晓落云亭，孤灯半灭明。"她心中稍稍有些不以为意，看那隽秀的字迹应该是出自女人之手，而这诗句不过是在感慨自己身处后宫未得皇宠而备感孤独寂寞的自怜自艾之语，并无不妥。只是云汀看皇太后的神色如此凝重，心中不由暗暗起疑。

"去，到长乐宫传哀家的话，让贵妃马上过来一趟！"张太后靠在雕着云锦牡丹的楠木金丝大圈椅内缓缓说道。

"是！"云汀稍稍有些意外，太后待贵妃并不算亲睦，因而除了每日例定的清早请安以外，太后从来没有主动召见过贵妃，今儿怎么突然要去传贵妃过来呢？云汀心中虽然不解，嘴上却不敢有丝毫怠慢，立即下去吩咐小太监传话。

不多时，身穿桃花云雾烟罗衫、粉红拖地烟纱裙的皇贵妃孙若微步入仁寿宫，宫女们没有将她引入太后平日里用来待客的慈荫楼，而是请她上了临溪亭。这临溪亭是仁寿宫花园内的中心建筑，位于揽胜门内山石之后，在万紫千红的花海之上，跨池临波而建。

亭内雕栏画柱，天花彩绘皆是四时美景，地上铺着散发阵阵清香的蒲草编织的席子，正中是一张红木螭纹镶瘿木面圆桌，下设两个红木圆凳。亭内除了这一桌两凳以外再无其他，可仅仅就是这桌椅，一瞥之下就不难看出其用材一流，造型更是繁复华丽，做工考究。

朱瞻基虽然称得上是勤勉的仁德之君，然而他的孝心更是无人能比，这仁寿宫中一草一木、一桌一几都是他亲自督办的，用料与做工均是到了极致，只是这样外冷内热的苦心，太后到底是知道还是不知道呢？

若微进入亭中之后，所有的宫女太监们都远远地退到亭外。若微突然涌起一个不祥的预感，太后召自己前来叙话，不在堆沙铺锦的重重宫殿内，而是在这样一个四面通透的亭子里，那所谈之事定然是重要的大事，因为在这样开阔的地方，更可将往来人等看得一清二楚，绝不用担心会被人偷听。

"臣妾参见太后！"若微盈盈下拜。

张太后立于八宝玲珑苏绣窗下凭栏远望，从这儿举目远眺视野空阔，北面是花海绿堤紧紧环绕的太液池，东西两旁是金碧流辉的九重宫殿。此时此刻，她正在努力体会着这座宫殿的第一位主人永乐皇帝朱棣在此情此景下的心境，江山社稷尽在掌握之中的时候反而会夜夜惶恐不能安枕，那是因为得到的过程太过艰辛，如果失去一定会是不能承受之痛。所以，即使是血雨腥风大开杀戒也在所不惜，为了护卫这来之不易的一切，有些事情终究是要去做的。

想到此，她缓缓转过身，自上而下仔细凝望着面前的这位佳人。孙若微，大明朝第一位得到金册金宝与皇后比肩的皇贵妃，她风姿绰约，袅袅娜娜如临波仙子，又似和田美玉，俏然立于亭内一角，谦和内敛的神态掩盖不了她灼灼的风华，脸上若隐若现淡极了的一抹笑容如同春之梨花，秀色胜过万紫千红。

"坐吧！"张太后的声音有些悠远，人就在咫尺之内，可怎么感觉却是那样的遥不可及。

"谢太后！"若微恭身坐下，张太后直视着她缓缓说道："皇上亲征的事情，你是什么时候知道的？"

若微心里略噔了一下，面上微微变色："太后，臣妾……"

"是在初十之前还是之后？"张太后面上依旧端静祥和，而言语之中却是步步紧逼。

"之前！"若微坦白答道。

"好，很好！"张太后直视着她道，"哀家这个做母后的，也是在初十那天皇上亲往天坛、地坛、宗庙祭祀完诸神，大军出了皇城之后才知道！"

"太后，皇上未事先向太后禀告是怕太后担心。同时又提防宫中有王叔安插的眼线，这才……"若微立即开口解释。

"哦？怕哀家担心？"张太后唇边浮起一丝意味深远的笑容，她目光如炬，紧紧盯着孙若微道，"皇上做事自有主见，他告不告诉哀家并不重要。重要的是，哀家听说，此次皇上亲征是贵妃撺掇的？可有此事？"

"太后？"若微秀眉微拧，"绝无此事！若微从小受太后教诲，自然知道后宫不能干政的道理，况且如此军国大事，若微怎敢在皇上面前妄言？"

"妄言？"张太后脸上原本淡极的那抹笑容立即隐去，她突然攥起若微的手举了起来，"你敢不敢对天发誓，在皇上踌躇之际你没有为皇上出谋，也没有说什么东风之策？更没有在长乐宫中夜奏《将军令》蛊惑皇上亲征？"

若微脸色变了又变，她万万没有料到太后会对自己在寝宫中与朱瞻基的对话和举动掌握得如此清楚，只是此时也来不及多想，她立即从凳子上滑落到地上，屈膝跪道："太后，请太后明察。如今局势是外松内紧，看起来王叔只是占据乐安一隅，战火也并未波及四方，然而乐安之地至关重要，叛军若北取济南则会直逼京城，若南下饮马长江占据南京即可依天堑与朝廷划江而治。况且王叔乃是成祖爷靖难起兵时的悍将与爱将，在朝中颇有威慑力，前些日子朝中得到消息之后，大臣们均议论纷纷、人心涣散，如果此时皇上不能亲征以威慑四方，恐怕小祸瞬间便可酿成大祸……"

"你以为，这六部九卿、内阁诸臣，满朝的文武当中就只有你一个人明白此道理吗？"张太后将桌上的白玉镶金盖碗茶杯重重一摔，那轻脆的声音带着无穷的压力，让人不由胆战心惊。

"太后。"若微低着头轻声说道，"若微从不敢在皇上面前多言朝政，只是皇上回到后宫时常常疲惫忧乏，若微一时不忍，才贸言为皇上解忧。

"好一朵解语花，好一个枕边女诸葛呀！"张太后长叹一声，从袖中取出一物，玉手微扬，它便飘然如落英般坠在地上，"看看吧，这可是你写的？"

若微拾起来一看，立即惊住了："不是。"

"哀家是问，这字迹是不是你的？"张太后的声音里透着寒俏俏的凉意。

"不是！"若微摇了摇头。

"不是？"张太后脸色终于阴沉下来，"好啊好啊，哀家身边长大的女孩如今竟变得如此轻狂忤逆！你的字迹就算是哀家老眼昏花看错了，可是这上好的宫绢雪婵素花笺，六宫之中只有你的长乐宫有，这也是当初皇上赏给你的殊荣。如今你竟用它来写反诗？好个'孤灯半灭明'。若微啊，若微，你太令哀家失望了！就因为没有得到正宫嫡配的身份，你就开始咒皇上、咒大明了？"

如同万里晴空中突然响彻的惊雷阵阵，若微的头只觉得"轰"的一下，她突然感觉如坠云中，她根本不知道张太后在说些什么，又为什么而大发雷霆。于是她只怔怔地跪在当场，甚至忘了为自己辩驳。

可是她的反应却更激怒了太后，"啪"一声响，一本小册子重重地摔在若微的脸上，若微更是蒙了，那朱红色的封皮和那封皮上的字，让她仿佛明白过来，她立即叩首说道："太后是误会了，这本《女训》是若微用来修身养性，对照着以修妇德用的！"

"妇德？谁的妇德？武则天的妇德？"张太后大怒，她声音微微有些颤抖，显然是动了真气，脸上再也不见了数十年如一日的端庄娴静之态，冷俏俏的寒光四溢，逼得人有些喘不过气来，"别以为你背后做了些什么哀家都不知道。只不过是为了保全皇上的体面，所以哀家才一直隐忍不发。可是你也太变本加厉了，如今再不治你，恐怕不仅是皇上，就是大明也要让你给毁了！"

"太后！"若微越听越糊涂，她索性抬起一直低垂的头径直对上张太后的眼眸，"太后，臣妾何错？"

"何错？"张太后不可抑制地一阵冷笑过后，一字一句地说道，"女人的大忌，七出之条，你都快占尽了，竟然还要问哀家你何错之有？女人的名节何其重要，可是你呢？永乐十五年至十七年在栖霞山玉清观清修时，你做了什么？与朝臣勾结，屡屡进出未婚男子私邸，又与秦淮河妓女称姐道妹纠缠不清。哀家问你，许彬和你是什么关系？羽娘又是何人？你跟这样声名狼藉的妓女混在一起，为的是什么？"

若微面色立即变得通红，心头狂跳不已，只觉得心马上就要从嗓子眼里跳了出来。她现在才知道自己对于面前这位大明朝第一位皇太后，自己的婆婆是一点也不了解，甚至觉得极其陌生。一直以为她是外冷内热的，虽然态度中总是透着一种疏离，但那也是为了平衡后妃与嫡庶之间的关系。她是那样高洁出尘，不食人间烟火，在她的身上似乎永远找寻不出半点错处来。可是如今，就像一片无痕的雪地上突然倾倒了一整车乌黑的煤炭，黑与白这样强烈的对比，让若微一下子乱了方寸，"太后，您，在监视我？"

张太后未置一词。

若微却着实有些恼了，她挺直颈背，坦然答道："许大人是学富五车六艺皆精的江南才俊，深得皇上信赖与倚重，与越王殿下也相交甚厚。若微与许大人是君子之交，清明如水。不错，若微的确曾有三次夜访许大人府第，其中两次有咸宁公主相伴，另外一次是路遇弱女子被劫受辱，因许大人医术精湛，所以才送至许大人府第救治的。至于羽娘，她虽然出身秦淮河畔，是一名青楼女子，却可称得上是位侠妓。若微与人相交，不问出身，只问良心！"

"好个巧舌如簧，怪不得把皇上引得是非不明、偏听偏信。真凭实据在此，你还如此为自己巧言相辩？"张太后脸上蕴含着阴冷的笑，目不转睛地盯着若微，像是一柄利刃要硬生生刺入她的心头。

张太后突然站起身向亭外走去，一边走一边说道："走吧，引哀家到你的长乐宫去坐坐！"

仿佛满天阴云悉数散去，刚刚还是咄咄逼人似乎要置人于死地，而转眼间又风轻云淡不留半点痕迹，仿佛什么事情都没有发生一般，若微心中惊讶连连，只觉得哪里有些不对劲，可是一时片刻之间，她竟然也无从应对。

沿池畔缓缓而行，经过一片林苑，穿过东花墙，从西角门入内就进了长乐宫后院，远远地看到常德公主朱锦馨在花架子下面弹琴。

朱锦馨看到张太后与若微一前一后在侍女的簇拥下经过自己的居所，立即乖巧地跑过来向她们行礼问安。

张太后见到孙女，脸上又换了副神情，立即笑容可掬起来，似乎也不着急离开，她站在亭院里细细地问了随侍在朱锦馨身边的女官和宫女小公主的饮食起居，随后又嘱咐了好一会儿，才又起身向前边长乐宫的正殿走去。

长乐宫正殿门外，湘汀与紫烟、司音、司棋等人看到张太后走在前面凤仪肃然，若微跟在后边，沉静的神色中带着几分不常见的忐忑，不由十分惊讶。

她们刚待迎上前来行礼请安，只见张太后锦袖一挥免了她们的礼，只说让她们在殿外候着。

进入殿阁之内，环顾着室内的陈设与装潢，张太后不由叹道："倒把个严谨肃穆的宫殿弄成了江南女儿的绣楼。好一处'梨花似雪草如烟，粉影照蝉娟'的温柔之乡！别说是皇上流连忘返，就是哀家到了你这怕是要也忘了归处。"

"太后！太后请入座，喝口茶润润喉吧！"若微也不知她此语是褒是贬，只得更加小心翼翼亲手奉了香茶呈上。

太后坐在碧纱窗下铺着冰蚕凉席的填漆床上，细细地看着这用来盛茶水的碧白两色相间荷叶形茶盏。她用手轻轻触及杯壁，心中更是不悦，这茶盏竟然是用上等的羊脂白玉琢成的，于是也无心饮茶，将这茶盏放在梅花式的几案之上，开口竟然只有一个字："搜！"

"是！"

就在若微的诧异之中，太后身边的宫女和嬷嬷们立即四散在各处，有去书房的，有入琴室的，还有直奔寝殿的。

不仅若微诧异，殿外候立的长乐宫内十二名宫女及太监们都面面相觑不明就理。好端端的太后居然会驾临长乐宫，而且进门之后一语不发竟然突然令人搜宫，她想搜些什么呢？

就在众人如坠云端之际，只见太后身边的一位管事嬷嬷手里抱着一个锦盒跑到太后身边耳语了片刻，众人的目光都齐刷刷地盯在那个盒子上，仿佛那里面藏着天大的秘密。

只是若微心中再清楚不过了，那里面装着的不过是一副珍珠耳坠，这耳坠说不上贵重，只是对她和朱瞻基来说却意义深厚，因为小小的耳坠记录着他们两小无猜的青梅之意和情比金坚永不相负的誓言。

"贵妃可识得此物？"张太后问。

若微点了点头。

"是你的吗？"张太后又问。

若微依旧微微颔首。

"打开！"张太后把盒子丢给她。

若微心无旁骛，自然无所顾忌，她双手稍稍用力，盒子便被打开，只是目之所及里面放的不是那对珍珠耳坠，居然是……

若微的脸立即涨得通红，"太后，这……"

"你想说这不是你的，对吗？"张太后凤目怒睁，指着若微说道，"你可知当年成祖爷为何会冲冠一怒血洗宫女三千？就是因为那个朝鲜贤妃喻氏以此物惑君；你可知你父皇为何登基不足十月竟突然撒手而去？就是因为此物……"

张太后眼中悲愤相加，她身形微颤，指着若微恨恨说道："哀家实在没有想到你竟然能做出如此无耻之事！瞻基对你如何，你心知肚明，这样的厚爱与隆宠你还不知足吗？皇上已然为你将整座后宫变为冷宫，独独青睐于你，可是你竟然还要以此等春药春具侵害龙体媚惑君主？"

若微亭亭而立，她没有跪地求饶，更不想开口解释，此时她才恍然明白，原来不知不觉之际，她已落入一张早已为她编织好的大网中，对方自然是处心积虑，如今抓住时机奋力一击，自己真的无从招架。

"来人！"张太后低喝一声刚要发落，忽然从殿外闪入一个身影，直接跪在她座前苦苦哀求道："太后息怒，太后请明察，此物不是贵妃娘娘所有！"

　　"紫烟，太后面前哪有你说话的份儿，快快退下！"若微见贴身侍女紫烟入内请命，立即出言阻止。

　　"娘娘，你不能替紫烟白白担了这罪名呀！"紫烟声声哀泣。

　　"紫烟，你胡说些什么？"若微恍然明白过来，紫烟此举不仅仅是要替她求情，更是想替她顶罪，于是面色变了又变，目光中尽是暗示与阻意。

　　"好一对主仆情深！"张太后开口说道，"是啊，你主子做下这等的丑事，你们几个自然是知情的！"

　　"不是，太后错怪贵妃娘娘了，这春药是奴婢的，不关贵妃娘娘的事情！"紫烟上前几步，紧拉住太后锦袍下摆，苦苦哀求道。

　　"是你的？"张太后笑了，"先不说你是从哪里弄来的，就说你留着此物有何用处？难不成是与外面几个小太监对食之用？"

　　"太后！"紫烟面色通红，眼中含泪道，"奴婢自小跟着贵妃入宫，因为皇上眷顾贵妃，连带着对我们这些近身侍候的宫人也十分亲善，时间久了，奴婢对皇上也……也生出些倾慕之情……"

　　"紫烟，你别胡说！"若微高声喝道。

　　"别拦着她，让她往下说，哀家倒想好好听听，她嘴里能说出些什么浑话来！"张太后面色异常冷峻，俯身以手托起紫烟的下颌，恨恨说道，"你的意思是说，你见你主子得宠，所以也生了邀宠之心，备下此药，只为了有朝一日惑君犯上？"

　　紫烟迎着太后的目光不躲不藏，只是郑重其事地点了点头。

　　"啪"的一声，一个耳光重重地甩在紫烟脸上，"不知羞耻的贱奴！来人，拉下去乱棍打死！"

　　"是！"宫女嬷嬷们一拥而上，将紫烟紧紧钳住。

　　"慢！"若微此时方才跪在地上，她直视着太后的眸子缓缓开口道，"太后今日想要取的不过是若微的性命，既然如此，若微愿意伏首领命，只请太后放了紫烟，不要伤及无辜！"

　　"娘娘！"正殿内外响起一阵唏嘘之声。

　　此时湘汀也从外面步入室内，她紧挨着若微跪下，对着张太后说道："太后娘娘跟前，原是没有奴婢说话的份儿，只是……"

"既然知道，就闭上你的嘴！"张太后并不买她的账，湘汀与云汀是同时被分到张太后身边为奴的，同样的幼龄入宫，同样受过太后的教诲与培养，所不同的是湘汀在若微入宫时被太后当作亲信分给了若微，可是湘汀似乎从来没有履行过她应尽的职责，没有偷偷向太后传递过任何关于若微的坏话，只字片语也没有，这自然令她早早地就失去了太后的信任，如今再站出来替若微求情，更是半点益处也没有。

"传哀家懿旨，从即日起长乐宫闭宫，宫内所有人等一律不许迈出宫门半步。收了贵妃金册金宝，将其暂囚于北苑贞顺阁内……"太后的目光里渐渐有了一股杀伐之势，即使是在三伏天里，也让人不由得有些毛骨悚然。

"太后，紫烟一人做事一人当，不敢连累贵妃娘娘及众位姐妹，太后要罚就罚奴婢一人好了！"紫烟的身子虽然被牢牢钳制着，但是她依旧努力地喊出这番为若微辩白的话。

"你？你承担得起吗？"张太后冰冷如刀的眼神里尽是暗暗的警告与锋利。

"奴婢承担得起，一人做事一人当，决不连累无辜！"话音未落，紫烟嗓子里似乎像是含着什么东西，发出"咕咕"的闷响，随即"啊"的一声惨叫。

"紫烟！"若微看到鲜红的热血源源不断地从紫烟的口中倾泻出来。

"扑"的一声，一个血肉模糊的小物件从她口中飞了出来，正落在太后华美的袍子边上。

紫烟的唇边、衣衫与裙摆上全是一团一团鲜红的血色，而她的眼睛里却始终含着笑，她努力地笑，笑给若微看，笑给所有的人看。

她想用自己的血去洗净隐在暗中那双黑手试图泼在若微身上的耻辱和罪恶。

可是她不知道，这对若微来说是生不如死。

两个人几乎是同时缓缓地倒在了地上，都是痛疼至极的昏厥。紫烟是咬舌自尽带来的真真切切的痛，而若微则是刀绞一般的心痛，她用手轻抚着自己的心口，眉头紧紧蹙在一起，躺在大殿的地上紧闭着眼睛，面色惨白，而唇角还带着一丝瘆人的苦笑。

第二十八章　惊破浮尘梦

夜色如墨，繁星点缀着寂静的月空，山东乐安城城墙之上，汉王朱高煦立于城头一角，手搭凉棚，借着身后兵士手举的火把向下观望，只见城下遍布着整齐的步兵与骑兵，此时正严阵以待，看样子应该不少于两万人，迎风飞舞的旌旗，正中正是一个"薛"字。

"是阳武侯薛禄！"朱高煦笑了，"来人！把本王的'铁鹰喙'拿来！"

"是！"身后两名亲兵抬着一张巨弓上前，朱高煦气蕴丹田，不费吹灰之力便伸手将铁弓提了起来，随即又从怀里掏出一个油纸包系在箭上，然后张弓搭箭，对着城下舞动的大旗"嗖"的一下就射了出去。

铁箭不偏不倚正射入旗杆，立即引起城下兵士们的一阵骚动，亲兵们看到箭尾上系着东西不敢怠慢，立即送到统帅阳武侯薛禄手中。薛禄打开一看，不禁神色微变，他稍加思索之后便吩咐大军后撤，在距乐安北城城门三里左右的地方安营。

汉王大笑，随即下城回府。

汉王府书房内，汉王朱高煦与五军都督王斌、韦达、盛坚、朱恒及汉王长子朱瞻垣等人围座议事。

"父王，刚刚两军对垒之时，为何当父王在城上看到领军之人是薛禄之后便下令将出击改为严守？"汉王长子朱瞻垣抢先问道。

"垣儿有所不知呀，为父与那阳武侯薛禄曾经在靖难之战中同生共死，一同打过大小几十场战役，他的底细为父最是清楚。这个人倒是不畏死，打仗用兵也算得上是有些谋略，只是为人重情重义，有些优柔寡断。刚刚为父给他传书，说是天黑雾重，我等若是借着地势之便利大举出城进攻，他的队伍肯定三下两下就被咱们冲散杀光。于是为父约他明日天亮之后再战！"汉王朱高煦面上是自得的神色。

"父王这又是为何呢？既然局势为我们有利，咱们更应该趁势出兵，若是一举将他们全歼，不仅可以鼓舞气势，更可令朝廷闻风丧胆、自乱阵脚。难道父王也顾念着与那薛禄的情义，不忍下手？"朱瞻垣继续问道。

"这个垣儿，真是个打破砂锅问到底的实诚性子！"汉王从案上端起茶杯深深饮了一口道，"薛禄这个人最重情义，为父晓之以情坦然相告，他自然大为感动，他是那种人敬一尺我还一丈的性子。这不已经撤退了吗？"

"哦，是啊，我说他们原本严阵以待怎么会突然后撤，还安营开伙做起饭来了。只是今日如不能趁着夜色将他们一举拿下，还是有些可惜！"朱瞻垣嘟囔着。

"世子殿下有所不知！"被朱高煦封为兵部尚书的朱恒说道，"如今之势打他们容易，养他们难呀。咱们城中的粮草与补给，若是只供给咱们的军队，至少也能挨个一年两年的，若是收编了他们，就紧张了！"

朱瞻垣听了，这才恍然大悟。

"王爷，看来这个薛禄不足为惧，那么咱们下一步该怎么走呢？击退薛禄之后咱们不如趁势拿下济南，济南城坚，又是山东的首府，存粮众多，以济南为根据地，北上则可直取京城！"前军都督王斌献言道。

"是啊，王都督所言极是！打下了济南，向北就是长趋直入直抵京城，如此一鼓作气，大事指日可成！"右军都督盛坚立即附和。

朱高煦迟迟不语，他把目光投向了朱恒："你的意思呢？"

朱恒眼神深邃态度肃然，他站起身冲着室内的诸位将军先是双手一揖行了个礼，然后才讲出自己的打算："下臣拙见，济南虽然城坚粮多，但未必是我们的上上之选。如果我军能在三两日内拿下济南固然最好，但是如果拿不下来，白白耗费了兵力，还给朝廷赢得了筹措兵勇粮草的时间。即使是我们拿下了济南，孤城一座，北上将与朝廷大军相交于平原地带，这仗不好打。就算险中取胜，兵临北京城下，这北京城固若金汤，朝廷若是死守待援，等南方的勤王之师一到，我们将腹背受敌。"

"老夫子，你啰唆唆地说了一大车，到底想说些什么？那济南到底是打还是不打？若是不打，我们下一步该怎么办？说句痛快话行不行？"左军都督韦达听得好不耐烦，索性直截了当地问道。

朱恒遭他如此抢白也不恼怒，只是端着案上的茶自顾饮着。

朱高煦见状，冲儿子朱瞻垣使了个眼神，朱瞻垣立即起身，从案上拿起茶壶，亲自给朱恒的杯中蓄满茶水。

朱恒立即做出惶恐之态："不敢当，不敢当，怎能劳烦世子殿下为下臣倒水？"

朱瞻垣笑道："大人当得起，父王常说等以后打下了江山天下太平了，就请先生做瞻垣的太傅，好好教导瞻垣做学问。"

此语一出，室内一片安静，在座众人脑海中闪过的画面均是在金殿之上，朱高煦高坐龙椅分封这些跟着他夺下江山的开国重臣，于是众人心情大好，如同在三伏天吃了老山参，皆精力旺盛、气血奔涌起来。

朱恒也不推辞，只是双手揖礼："世子殿下言重了，下臣受汉王的知遇之恩，自当是尽心辅佐，鞠躬尽瘁、死而后已。"

"什么死呀活呀的？本王不需要你鞠躬尽瘁，只要知无不言、言无不尽就是尽忠了！"汉王笑道。

"是，是，是！"朱恒连连点头。

"那你就说说，如果不打济南，我们下一步该如何出棋？"朱高煦问得十分直接，他早已参透了朱恒的心思，只是满室坐着的武将有一大半都是乐安本地的，再有就是山东济南的，也许正是心存忌惮，这个朱恒才如此闪烁其词，顾左右而言他。只是这番话如今非要从他嘴里说出来不可。

"是！"朱恒心知肚明，心中虽然暗暗叫苦，面上却不动声色，"如今之势，上上策是请汉王率领精兵直趋南京，攻下南京，大功即可告成！"

"什么？"他此语话音未落，立即有将士出来反对。

"南京？你让殿下强攻南京？我们的家都在此地啊！若是咱们前脚追随殿下杀到南京，后脚朝廷大军踏平乐安，那咱们留在此地的亲属家眷怎么办？还不都成了朝廷砧板上的肉？"

"是啊，此举万万不可！"

"现在是盛夏时节，江水汹涌无常，若是再遇到暴雨，咱们就只有葬身鱼腹了！"

……

"好了好了，都别瞎吵了！"朱高煦大喝一声，众人立即缄口。目光扫视在每一个人身上，朱高煦不禁十分气恼，他闷声如钟道："瞧瞧你们，议事就是议事，大家都可以说自己的道理。不要动不动就争个脸红脖子粗的！北取济南也好，南攻南京也罢，都是为了大事，这前脚还没迈出去呢，就立即想着老婆孩子热炕头？要是当年本王和诸将也像你们一般，靖难大事能成吗？成祖爷能扳倒建文帝坐上龙椅吗？"

众人面上红一阵白一阵不再开口。

"去去去，都下去吧！"朱高煦不耐烦地挥了挥手。

"是，末将告退！"

"下官告退！"

众人退下之后，偌大的书房里只剩下朱高煦与朱瞻垣父子二人。朱高煦冲着朱瞻垣招了招手："来，坐得近些，咱们父子俩说说话！"

"是！"朱瞻垣紧挨着朱高煦坐在他身侧。

"垣儿，你说有朝一日，为父能坐到金銮殿上吗？"朱高煦脸上是难掩的疲惫，还有一丝徘徊，这让朱瞻垣十分纳闷。朱瞻垣的记忆中，父王从来都是英武镇定、气势如虹的，他说话办事从来都是如雷似电，何曾有过这样犹豫不决的时候呢？

"能！父王一定能！"朱瞻垣言之凿凿，满脸毅然。

"好，好，垣儿决心如此坚定，为父甚感宽慰！"朱高煦点了点头。

"父王，我们真的要南下饮马长江攻打南京吗？"朱瞻垣凝望着朱高煦的眼睛，问出了心中所惑。

朱高煦不由轻叹了一声，目光盯着窗外竹林边上那小小的鸽舍，如今里面空空如也，再也听不到吵人的"咕咕"的声音。

"靳荣那边，难道一直还没有消息传回来？"朱瞻垣似乎明白了。父王在起事之前，已经与济南城中掌握兵马的都指挥使靳荣约定好，乐安起事三日内，靳荣与先期隐藏在城中的汉王府护军共同起事，斩杀当地掌管行政和司法大权的布政使和按察使，这样济南与乐安两城联动，朝廷必然猝不及防。到那时，集两地之兵马共同北上，逼近京城就水到渠成了。

可是如今三日之期已过，不仅济南城中没有传出半点消息，连那些被派出去的信鸽鱼雁都有去无返，也难怪父王会心情低落萎靡犹豫。

"父王！"朱瞻垣想开口相劝，可是又不知该说些什么。

朱高煦点了点头："去吧，下去休息吧，明日也许就是一场恶战。垣儿的孝顺为父都明白，去吧！"

"是！"朱瞻垣点了点头，这才退了下去。

夏日的晨晖早早地透过窗子射入室内，映在金色晨晖中的是一位身穿金边云锦宫装的中年妇人，她身形微胖，肤白如玉，五官端庄艳丽，双眉修长而浓密，虽然凤眼四周细细的皱纹没有完全被脂粉盖住，但也算得上是相貌丰美、气度绰约了，此人便是汉王正妃韦氏。

此时她手中端着一个黑漆托盘，上面是冒着热气的炖盅和几碟小菜，身后随侍的小太监手中也都托着晨起梳洗漱口的清洁用具。

自她而下，所有的人都屏息而立，大气也不敢喘。

清泪在韦妃的眼中转了好久，最终还是没能忍住，滴落下来，就滴在那华美的宫装锦袍之上，漾成一朵别样的花卉。

书案上大红雕花的花烛，蜡烛已燃到根上，正中的棉芯已然倒下了，把最后的一小块蜡全部引燃了。韦妃不知怎的就想起了自己和汉王大婚时的情景，新房内满眼都是红通通的龙凤烛，每一对花烛都由侍女们小心翼翼地看着，老人们都说，新婚之夜的龙凤烛不能灭，灭了不吉利，那一夜满室的红烛也是燃了整整一夜。

韦妃吹灭火烛，将手中的托盘轻轻放在案上，静静地注视着自己的夫君。

汉王朱高煦四仰八叉地摊在书案后的圈椅上呼呼大睡，这样的他让元配嫡王妃韦氏看在眼中自然是唏嘘不已，外人都以为汉王是英雄盖世、虎胆天成，有谁知道他其实只是外表凶悍，这么多年以来，他好像从来没有真正开心过。

是啊，曾经追随成祖爷南征北战立下赫赫战功，就因为不是长子，再多的功劳也不能越过长子成为储君承继天下；再多的功劳，都只成了东宫一党那些谏臣眼中的荆棘。众人都说汉王跋扈，可是谁又设身处地为他着想过呢？

功劳多是他的错吗？不是长子是他的错吗？想当皇上是他的错吗？

皇上的皇子，面对那高高在上的皇权，又有谁能真正做到心如止水，无欲无求？

韦妃站在朱高煦身旁，看着他日渐消瘦的容颜，黑黑的眼圈，不由神伤不已。她仿佛又想起了汉王之母，成祖的仁孝皇后，也就是自己的婆母徐皇后曾经对她说过的那番话来，她说："儿媳呀，你去劝劝高煦，他与太子都是母后亲生的，手心手背都是肉，母后都一样疼，可是这立长是祖宗家法，委屈也只能忍着。"

当自己把这番话转述给朱高煦时，朱高煦笑了，他看了看自己的手，突然攥紧拳头狠狠地砸在了墙上，他说："手心手背看似相同，其实差了多少？手心是暖的，抓金抓银抓玉玺，焐手、焐脸、暖心、暖肺。可是手背呢？攥起拳头可以用手背御敌，也可以用它挡风挡雨，可是手背打了别人挡了风雨之后也知道疼、知道冷啊！然而又有谁来焐？谁来暖？"

想到此，韦妃弯下腰，轻轻捧起朱高煦的那只大手，厚实、粗糙、满是茧子，她把他的手紧紧焐在自己怀里温存着，体贴着，呵护着。

这样的温存好像也只能在他睡着之后，韦妃心中暗暗难过，自从那个侧妃李秋棠入府，汉王就变了，汉王府也变了，结发情、结发义都荡然无存，再也找不到一点亲情和温暖了。

就在韦妃左思右想黯然神伤之际，世子朱瞻垣急匆匆地跑入室内："母妃！"

"嘘，轻点儿，你父王还没醒！"韦妃压低声音说道。

"母妃，大事不好了，快请父王醒来吧！"朱瞻垣满头是汗，气喘吁吁。

"何事惊慌？"朱高煦腾地从圈椅内坐了起来，直视着室内的韦妃和朱瞻垣，显然有些不在状态。

"父王，今儿天一亮，守城官军来报，说城下黑压压的一片，忽然多了十几万大军……而且……而且旌旗也换了，现在是皇上的黄龙旗，皇上……皇上，御驾亲征了！"朱瞻垣断断续续，终于把事情说明白了。

"什么？"朱高煦心头一震，眼皮竟然突突地跳了起来，他的拳头再一次紧紧握起，紧盯着朱瞻垣咬牙切齿地问道，"你说的，是真的？"

"是！"朱瞻垣从袖中掏出两页纸，战战兢兢地递给朱高煦，"这是今天他们射入城中的皇钞！"

"皇钞？什么皇钞？"朱高煦展目一看，立即气极败坏地把两页纸撕得粉碎，"去取先帝御赐的金盔宝甲来，为父这就上去一会这个儿皇帝！"

"王爷！"韦妃吓得双腿打战、牙齿"得得"打架，仍强撑着劝道，"皇钞上的话说得明白，皇上说如果现在王爷开城请降，皇上定当既往不咎……"

"闭嘴！妇人之见，你懂什么？"汉王在小太监们的服侍下换好盔甲，恶狠狠地指着韦妃说道，"若是这次本王输了，就领着你们自焚而亡！请降？向谁请降？告诉你们，趁早死了这条心，老子死也不降！"

说完，他便急冲冲地奔出书房。

留下怔立当场的韦妃不知所措跌坐在地上，世子朱瞻垣立即伸手去扶，"母妃，母妃！"

韦妃如梦初醒，她紧紧拉着朱瞻垣的手说道："儿子，跟着你父王，千万别让他做傻事,他是宁为玉碎不为瓦全的性子,你一定要看着他,想办法护他周全。"

朱瞻垍似懂非懂地点了点头。

乐安城头之上,金盔宝甲在身的朱高煦登城远眺,才知道瞻垍所言不虚,城下是黑压压的一片,少说也有十几万大军。

这十几万大军从何而来?他一下子就蒙住了,更让他诧异万分的是那满眼的黄龙旗,九龙华盖下,雪白骏马上飒然而坐的正是银盔银甲的年轻天子,他的侄儿朱瞻基。

朱高煦用手使劲揉了揉眼睛,他难以相信这是真的。

北京、天津、济南、山西等地四处都有他的眼线,还有他派出的忠心护军"暗影"。朱瞻基是怎么躲过这重重的包围,一点前兆都没有就突然出现在乐安城下的呢?

渐渐地,朱高煦眼中怨愤的神色不见了,取而代之的是一种难以言明的沮丧与心灰意冷。

输了?就这样输了?

"王叔!"朱瞻基力透苍穹的声音响彻四周,"听闻王叔谋反,朕本不信,怕是奸佞小人挑拨离间才令王叔倒戈。如今朕亲往乐安,就是为了让王叔安心。王叔如能罢兵,朕一定既往不咎,对王叔敬重厚待如从前!"

"屁话!"朱高煦刚要答言,只见兵部尚书朱恒悄悄捅了捅他的手臂,"不要搭言,如果汉王在城头上证实他就是当今皇上,恐怕军心立即涣散!"

朱高煦点了点头,"没错!"

朱恒立即使了个手势:"火炮手准备!"

"是!"城门之上数十发小炮立即严阵以待,炮口直接对准城下的将士。

而朱高煦也拿起了铁弓,箭头直指朱瞻基。

城上之势一触即发,仿佛弹指之间城下大军便会陷于炮火之中,成为万千碎片。

"皇上!请皇上退后,皇上对于汉王已经仁至义尽,剩下的事情就交给臣等吧！"英国公张辅试图劝说朱瞻基退后。

朱瞻基眸如星辰，一动不动地凝望着朱高煦。

"朕在这里，等着王叔开炮，等着王叔放箭！"

"皇上！"众臣苦劝均无功而返。

张辅面色铁青，突然扬起手中的利剑。于是仿佛幻景一般，黄龙旗下，黑色的幕布被将士们一一掀开，一水儿崭新锃亮的神机铳炮便赫然亮相。

不知是在谁的授意下，城下明军的神机铳炮突然朝空鸣射，声如炸雷，轰天震地。

"好好好，好小子，死到临头竟然还在向本王炫耀你在火炮上的优势，有本事你就炸死我！"汉王大喝一声，将铁弓拉个满怀，那箭似乎随时就要插入朱瞻基的胸口。

朱瞻基不躲不藏，也不许任何人来帮。

"嗖"的一下，朱高煦手松箭射，那支铁箭以电闪之速冲着朱瞻基径直飞了过来。

"皇上！"众人纷纷惊呼，炮火瞬间停息。众人皆目不转睛地盯着那支箭，胆小之人则闭上了眼睛伏在地上连连叩首。

而那支箭却径直刺入朱瞻基坐下的马首。

马儿立即吃痛地跃了起来，朱瞻基顺势跳下马。

"皇上！"众臣纷纷上前。

"没事！"朱瞻基大笑，他仰望着城头对高高在上的朱高煦朗声说道，"这一箭，朕不躲不藏，是替皇爷爷还了王叔舍身相替的恩！"众人这才明白，他所说的是当年朱高煦追随朱棣起兵北上，曾经数次救朱棣于危困，更为朱棣舍身挡过一箭。

说完之后，朱瞻基冲着朱高煦竟然深深揖首而拜。

在一片诧异声中，朱瞻基再次开口："这一拜，是全了我们叔侄的骨肉之情！"

"朕给王叔两个时辰考虑，午时三刻之前，只要王叔开城请降，朕一言九鼎，既往不咎。午时三刻一过将万炮齐发。那时，这乐安城中的一草一木，一兵一卒，都将不复存在，所有人都会成为王叔的陪葬。"朱瞻基安静地站在城下，他的话语也不似刚刚那般力透苍穹，声音平和而淡定，他脸上也没有帝王常见的杀伐之气，有的只是如同暖阳般淡淡的笑容。

可是这份笑容却让立于城头之上那些追随汉王谋反的将士们感觉到了飒飒的冷风与侵入筋骨的寒意，众人只觉得天地间骤然变色，阴云突然压顶，直逼得人有些喘不过气来。

第二十九章　心似水难量

乐安城下，金龙大帐之内，朱瞻基坐在龙案之后，对着一封书信喜出望外，他冲着侍立在侧的诸臣说道："王谨真是好样的！只身潜入济南，在汉王亲信的眼皮子底下把朕的密旨送到了布政使的手上。如今布政使先发制人，控制了手握重兵又意图与汉王里应外合、首尾呼应的靳荣，经过连夜突击审讯，现已查出其党羽天津卫镇守都督佥事孙胜，山西都指挥张杰、杨云等人，真是为朕拨云见日，立下奇功一件！"

英国公张辅听了不禁有些纳闷，他问道："皇上何时派王谨去的济南？臣等都不知情，那王谨又是何人？怎么日常议事也没见过？有如此忠勇之士，臣倒想收他做个亲将，好好提拔一下。"

朱瞻基笑了又笑，不置可否。

吏部尚书蹇义也十分不解，他想了又想，只好揖手说道："恕老臣愚钝，老臣刚刚仔细想了想，此次追随皇上亲征的七品以上将领里，好像没有这个名字。许是老臣疏忽了，身为吏部尚书却让这样的贤才蒙尘而未能尽早为陛下引荐，真是老臣的失职！"

营中众臣皆议论纷纷，越是不得其究竟就越是好奇。只有大学士杨荣和杨溥面色一如常态，岿然不动。

"好了好了，众卿莫急！"朱瞻基收敛了笑容，指着立于身后的近侍太监范弘说道，"你来给诸位大人揭示谜底吧！"

"是！"范弘躬身说道，"王谨与奴才一道，都是侍候在万岁爷身边的中人。"

"哦，竟然是个宦官！"众人皆大感意外。

范弘不禁大窘。

朱瞻基则说道："宦官怎么了？宦官也是人，也有忠勇仁义之心，也懂善恶、知进退。想当初驾着宝船出使西洋为我大明立下旷世之功的郑和不也是宦官吗？朕的朝廷，是天下人的朝廷，任何人都可为朝廷出力。只要心存良善，有真知明见，或是有勇有谋，朕都一视同仁，奖罚分明。"

"吾皇圣明！"诸臣听了自然是众口一词地称颂皇帝。

"好了，连着两昼夜急行，众卿都累了，快下去休息吧！"朱瞻基吩咐着。

"是！"众臣退下，唯独杨荣没有移步。

"杨学士还有话要说？"朱瞻基侧首看着杨荣，仿佛又想起了当年跟随皇爷爷明成祖朱棣北征鞑靼时，杨荣就随侍在朱棣的身旁。当时朱棣命他为自己这个皇太孙的师傅，不论军政经济均得他提点，朱瞻基受益颇丰。那个时候杨荣还很年轻，人长得好，也很会说话，对于晚年易急易怒的朱棣，朝中大臣人人自危不敢谏言，唯有他，不管是顺从帝意还是拂逆帝意，总会在三言两语间令朱棣龙颜大悦，朱棣对他也说得上是恩宠有加，言听计从。

然而当皇爷爷过世以后，杨荣的位置与封赐没有动摇分毫，可是他却突然沉寂起来，越来越少言寡语。在朝堂上议事，每当朱瞻基唤道"杨学士"的时候，他也要先看杨溥与杨士奇，原本是一"杨"独秀，如今却变成了三"杨"鼎立。

杨溥与杨荣同为建文二年进士，同授编修，但是两人的仕途经历却大不相同。杨溥原本就是少年老成、为人严谨，又因为在永乐年间卷入汉王与太子朱高炽的夺嫡之争，为了帮衬太子而被永乐帝关入牢中，这一关就是好几年，所以他遇事三思而后行，朱瞻基十分理解。

杨士奇在才干上不输杨荣与杨溥，只是入仕之后一直四平八稳的，既没有杨荣的青云直上也没有杨溥的坎坷挫折，所以他为人也很是低调。

对于杨溥与杨士奇，朱瞻基自信已将他们完全收为近臣，可以放心任用。而杨荣的变化却令他着实有些没底，如今众臣皆退了下去，他却一个人毫不避讳地留下来。如此一反常态，倒让朱瞻基有些好奇。

"臣是有话要说！"杨荣揖首而立。

朱瞻基仔细地凝望着他，他已经五十六岁了，除了黑色须发中微微掺杂着些许花白，面容依旧神清气秀，好似伴月的孤星，又像是崖边的不老松，特别是那双黑瞳，里面的内容太过丰富，让人参不透。令人诧异的是，他的官服竟然洁净如新，甚至连下摆之处也无半点褶皱。朱瞻基笑了，心中暗暗有数，在如此急行军的恶劣环境中他还如此注重仪表，那对于官职与名利，他又怎能真正做到心如止水？于是，朱瞻基缓缓说道："既然是有话要说，就请杨学士坐下慢慢说，朕一定仔细聆听教诲！"

"臣不敢！"杨荣英眉轻挑，眸中的深邃更加幽远。

"范弘，上茶！"朱瞻基轻声吩咐着。

杨荣眉头微皱，想要开口又独自忍下，终于依从朱瞻基所言，谢了恩坐在下首的椅子上。

"这是上好的'大红袍'！"朱瞻基用盖碗轻轻拨去漂在上面的茶叶，凑在茶盏前深深吸了口气，立即笑道，"真是好茶，记得'大红袍'这个名字和背后的故事，还是杨学士当年讲给朕听的，朕一直都记得。"

"皇上！"杨荣再次起身，他揖手道，"皇上，臣留下来只想对皇上说一句话。这句话，当年成祖爷靖难起兵攻入应天城，在金川门破城之前曾经说过；在灾荒时节全国赋税只收上来三成的情况下，仍旧力排众议下旨让郑和领船队出航时说过；在满朝文武众口一词的反对声中仍执意迁都北京时说过；在远征漠北时说过，在南讨交趾时仍说过……"

朱瞻基点了点头，没有丝毫不耐烦，他也站起身颔首道："朕愿闻其详！"

"成祖爷说：'朕做事，素来不为虚名，只求上不愧天，下不负民。'"杨荣说此话时，目光中有些恍惚，似乎是在看着朱瞻基，又像是透过他在看另一个人，他定定地一字一句说完之后，便重重地跪下。

半晌，朱瞻基未发一语，唇边渐渐漾起一丝苦涩，是的，果然一切都没有逃脱他的眼睛。

朱瞻基弯下腰，伸手将杨荣扶起："先生教训得是，瞻基一定谨记于心，永世不忘！"这样的称呼和自称与当年他为皇太孙聆听杨荣教诲时一模一样。

"皇上！"杨荣怔愣住了，"皇上不怪臣逾越？"

朱瞻基摇了摇头，将杨荣请于座上，冲着杨荣深深施了一个揖礼。

"皇上，皇上万万不可，这是折煞下臣了！"杨荣的声音中微微带着几许颤音，他强忍着自己的情绪，努力不让自己在圣上面前失仪，可是泪珠却不听使唤地在眼眶中打晃。

朱瞻基索性背转过身，好像在看悬于壁上的地图，实际上是让杨荣掏出手帕拂去夺眶而出的泪水。

"皇上今日在阵前的言行必将传颂于九州，令天下敬仰称颂，只是此举太过凶险。杨荣越礼犯言是恳请皇上以天下为念、以百姓为念，再与汉王相遇时，万万不可因为一时仁善而铸成大错。"杨荣冲着朱瞻基的背影郑重说道。

"好，朕记下了！"朱瞻基转过身盯着杨荣看了又看。

只把杨荣看得坐立不安，"皇上？"

朱瞻基朗声大笑，"今日最大的收获，不是以险招求得天下称颂的贤名，也不是安了王叔之怨恨。今日此举，竟然能逼先生放下芥蒂，再次敞开心扉为朕谋事，朕实在是太高兴了！"

"皇上！"杨荣面露惭愧之色，"非是臣不肯效力，而是因为臣确有难言之隐！"

朱瞻基点了点头："朕知道，皇爷爷过世以后，父皇登基。常言道，一朝天子一朝臣，作为永乐朝的权臣，父皇未能重用先生，先生自然是受了委屈。如今朕执掌江山，主少国疑，先生观望观望，朕也是可以理解的！"

杨荣面上十分尴尬，他坦白说道："不，皇上言重了。先皇不重用微臣，自然有先皇的道理。臣得遇成祖爷赏识获宠二十多年，难免恃才自傲，又难容他人之过，与同僚相处也常有过节，而且还曾经私下接受过边将的馈赠，因此遭人议论。先皇明察秋毫、圣明睿智，自然是不能包庇的！"

朱瞻基听他如此一说，不由大为感动，"难得先生如此体谅父皇。朕想父皇也是权宜之计，父皇若非突然崩世，过不了多久还是会重用先生的！"

杨荣连称："惭愧，惭愧！"

朱瞻基与杨荣君臣二人借此机会解开心中芥蒂，终于又恢复了以往的亲密无间，一个是虚心请教，一个是倾囊相授，又谈了好一会儿，杨荣才告退离去。

"皇上，奴才侍候皇上宽衣吧，这么热的天一身戎装在身，怕是要捂出痱子来了！"范弘殷殷说道。

"慢着！"朱瞻基眼眸微闪，目光如炬，"拿来！"

"什么？"范弘仿佛没听明白。

"拿来！"朱瞻基摊开手，手心向上，似乎在向范弘讨什么东西。

范弘立即神色大变，天子果然能洞察一切吗？难道任何事都瞒不过他的眼睛？范弘心中还在疑惑，腿已经"扑通"一声重重跪在地上，双手轻颤着从怀里掏出一枚铜钱放在朱瞻基手上。

朱瞻基细细抚摸着这枚铜钱，突然在范弘肩上重重一拍："好小子，今儿若不是你以这枚铜钱相晃，恐怕王叔的箭真会射在朕的身上！"

"皇上，奴才死罪！"范弘的头深深埋在地上，若是没隔着那层红毡，恐怕就要深入泥土之中了。

"你非但无罪，还有大功！"朱瞻基缓缓说道，"今日之举，众人也许会认为朕是为了博得天下百姓称颂而做的沽名之举。其实不然，朕是真的想给他一个机会，如果他够狠，如果朕天命如此，这个皇位就由他取去。"

"皇上？"范弘抬起头瞪大眼睛盯着朱瞻基，此时竟忘记了所谓的规矩。

"别怕，朕早就料定他不敢了。若是他真有这个胆子，如今也不会被困于这小小的乐安之中。他有太多的机会可以改天换地。可是他一直都没想明白，不是皇祖不帮他，也不是先皇碍着他，更不是朕之故，这一切都是他性格使然。所以这一次，朕一定要让他自己失去这个机会，输得彻头彻尾，日后他才能安分，否则……"朱瞻基仿佛有些累了，他用手轻轻捶着自己的头，身子靠在椅背上。

"难道皇上不杀他？"范弘立即站在朱瞻基身后，为他轻轻按摩着头部和腰背。

"不杀！朕和他毕竟是骨肉至亲，朕不会杀他，朕会让他活得长长久久的，让他看着朕把这江山治理好。这样，他才知道自己真的错了！"朱瞻基缓缓说道。

"皇上，难道这就是圣贤说过的'以武力趋人不如教化于心'？"范弘喃喃低语，又像是在自问自答。

乐安城内，汉王府中西福殿侧妃李秋棠的寝殿内，朱高煦四仰八叉地摊成大字躺在雕花大床上，他眼神空怔怔地盯着绘有牡丹花开、彩雀报喜的天花顶子，"输了！还没开战，本王就这样输了吗？"

"哼！"一声轻哼让他猛然坐起，紧盯着缓缓步入殿内穿着绢纱金丝绣花曳地长裙，高绾如意天鸾髻，斜插金凤朝阳珍珠钗的那抹丽影。她依旧粉面含羞、美目流盼，一颦一笑之间流露出说不尽的风韵。

她绝色的容颜与安静的神态让他狂躁沮丧的心立时安定了，他一把拽过她的玉腕："秋棠，瞻基已然打到城下了，现在，十几万大军把咱们乐安团团围住，而济南、天津、山西等地先前约好起兵后立即响应的各处亲信直到现在仍迟迟没有动静。你说……你说，咱们该如何是好？"

"急什么？"李秋棠不满地瞥了他一眼，"还没到最后决战之时，我有法子让你转败为胜，只是怕你不听！"

"不听？"汉王朱高煦闷哼了好几声，"除非你叫本王出城请降，除此以外，本王全都答应你。"

"好！你拿好汉王的册宝，点上亲信将勇，随我出城。咱们一路往南，到了南京，朱瞻基就奈何不了你了！"李秋棠唇边满是如春的笑意，仿佛她口中所说的不是逃亡与战争，只是去郊外散心一般随意。

　　汉王伸出自己如同蒲扇一般的大手摸了摸李秋棠的额头："不热呀，这也没发烧，怎么好端端地说起胡话来了？乐安城已被朱瞻基十几万大军团团围住，咱们怎么取道南京？飞出去吗？"

　　"这有什么难的？"李秋棠附在他耳边低语着，"想当初你爹攻入南京皇宫时，怎么让建文帝跑了？"

　　"地道？你是说咱们乐安城里有地道？"朱高煦大惊。

　　"好了，没有时间了！你速召朱恒、盛坚和瞻垣来，我带你们从地道逃走，再过半个时辰，朱瞻基就要攻城了！"李秋棠厉色说道。

　　"这……"朱高煦还在犹豫，李秋棠双手轻拍，从殿外立即涌入一队兵勇，为首的正是朱恒、盛坚。

　　"你？你们？"朱高煦如坠云端。

　　半个时辰之后，乐安城外，朱瞻基登台凝望，城墙上不见朱高煦的身影，连他身边最亲近的几大都督也一并不见了。

　　"皇上，要不要开炮？"掌管火炮营的督军柳升问道。

　　"开炮！记住，只对着四面城门轰，不要冲着城上的官兵轰！"朱瞻基面色微微发黯，他果然没有仁者的胸怀，更没有勇者的果敢。这一瞬间，朱瞻基稍稍有些遗憾，出征以来他无数次地想象，在乐安城下，叔侄两人在两军阵前利器相向殊死相搏地对上一回，那样不管谁输谁赢，才真正是没有遗憾；可是如今，怕是没有这个机会了。

　　"是！"一声令下，万炮齐轰，乐安城门瞬间被烟雾笼罩，一轮猛烈的炮轰之后，乐安城已被朱瞻基轻松拿下。

　　硝烟弥漫中，领军经过残垣断壁的城门进入内城，看到惊恐万分伏在地上不停叩首告罪的乐安军民，朱瞻基并没有体会到胜利的喜悦，他只是十分淡然地扶起街边的老者，目光悠远，话语平静："都过去了。从此以后，乐安将永享安乐！"同时告知随行官吏，乐安一地免三年赋税，叛军非首脑人物，一概不予追究。一时间，百姓们山呼万岁，群情激昂。

　　"皇上！"汉王府门口，英国公张辅回奏道，"汉王府九百三十二口，除了汉王与世子朱瞻垣以及侧妃李秋棠以外，其余全部缉拿。城中官兵悉数投降，只有盛坚、朱恒等五人不见踪影。"

"哦！"朱瞻基眉头微拧，"跑了？这倒真不像是王叔的性子！"

突然，"嗖"的两声异响。

"皇上小心！"紧接着，金英与范弘纷纷挡在朱瞻基身前。

"啊！"金英左肩中箭倒地，另一支箭则被范弘用手挡开，两人都挂了彩。

侍从与护军一拥而上，不多时便将隐在暗处的两名刺客带了上来。

朱瞻基拿目一扫，竟笑了："没想到这刺客竟会是中年妇人，你们布衣荆钗隐在老百姓当中，果然令官军防不胜防。你们是汉王派来的？"

其中一人冷笑着，一语不发就倒地身亡，口中留出的是黑色的血迹，显然是服毒而亡。

另一人则恨恨说道："狗皇帝，什么汉王赵王的？我们杀你不为了别人，只为了自己。朱元璋、朱棣都是暴君，斩杀了多少无辜！我们这些侥幸活着的人，只要活一日，就要让你们朱家人自相残杀，永无宁日！"

"你说什么呢你？"柳升上去就是一脚。

"慢，留个活口！"朱瞻基吩咐着。他打量着那个女人的年纪，细想着先祖和祖父曾经斩杀过的大臣，从方孝孺到解缙，一时浮想连连，也没个思绪。

"想得美！"那女子用肘部一撞，一名钳着她的兵士立即吃痛地松开了手，她则趁势拔下兵士的佩刀横刀自尽了。

"皇上，皇上！"这两个刺客来得太过意外，又似乎不是汉王指使的，众臣不免议论纷纷。

"去，传令你们的手下，除了与汉王关系密切的叛臣以外，其他人等均不得为难，更不得骚扰百姓！"朱瞻基面色清冷吩咐着。

"皇上，金公公所中的箭上有毒！"范弘扶着倒在地上已然昏过去的金英惊慌失色地喊着。

"小善子，你怎么样了？"朱瞻基立即凑上前去，又马上吩咐身边的亲兵，"快，快把随队的军医、太医都给朕传过来，一定要救活他！"

"是!"乐安城内硝烟甫尽,随即又乱作一团。

"皇上,请借一步说话!"杨荣躬身说道。

朱瞻基全神系于金英的伤势,可是听杨荣如此一说,立即如同兜头被淋了一桶凉水,瞬间便清醒过来,他跟着杨荣走到一旁。

杨荣低声说道:"刚刚柳将军来报,王府内西福殿寝室内有一条密道通往城外南门,汉王定是带着亲信从那里逃脱了。"

"逃?他想逃到哪里?"朱瞻基细细一想,立即明白过来,"南京?"

杨荣点了点头。

"好。"朱瞻基立即唤来张辅、柳升等人,命他们在南下路上设伏。

乐安城外几个百姓打扮的人乘着车马向南急行。

车里放着一具棺木,里面躺的正是朱高煦,只是此时他被缚着手脚,嘴里塞着布帛,不能动弹也不能说话。他急得额头上满是汗水,身上也已全部湿透,却无计可施。

"王爷,你就忍一忍吧!"扶棺而坐的是穿着青布衣衫,用碎花布包头做农妇打扮的李秋棠,"到了南京就好了。你放心,秋棠不会害王爷的!"李秋棠笑了,又道:"至少现在不会,因为秋棠还要倚仗王爷的名义去做很多事情,直到你们朱家的人自相残杀,一个一个离开人世,直到断子绝孙……"

"唔唔……"朱高煦听了,又怒又惊,气极败坏又无可奈何。

"秋棠跟了王爷这么久,秋棠会不知道王爷在想什么吗?王爷是想知道秋棠的身份,对吧?放心,有朝一日,秋棠一定会告诉王爷的。不过王爷最好不要盼着这一天,因为这一天就是王爷去见朱家祖宗的时候!"李秋棠在棺木上重重一敲,随即拿出一个小竹管,对着棺木两侧用来透气的小孔吹了吹。

朱高煦立即觉得头昏昏的,渐渐地没了知觉。

第三十章　此恨无重数

皇宫北苑小山坡上有一处僻静的两层楼阁，楼阁四周有专人把守，如今这里成了一座冷宫。其实被囚于此的人，并不需要有人看守，因为她的心已如死灰，再也不会激起半分的涟漪，是囚是放，对她而言都不再有任何意义。

坤宁宫外的小径上，丽妃袁媚儿与敬妃曹雪柔并肩而行，步子沉重而缓慢。随侍的宫女远远跟在后面，气氛凝重而低沉。

这一次倒是曹雪柔沉不住气先开口道："妹妹，宫里可是出了什么大事？今儿去太后宫请安被挡了驾，刚刚到这坤宁宫，皇后也宣免见。这情形可真是不多见呀！"

"哼！"丽妃袁媚儿秀眉高挑，"大事？皇上不在，能有什么大事？看着吧，等皇上回来，才真正有好戏看呢！"

"哦？"曹雪柔怔住了，一双美目中尽是疑惑之色。

袁媚儿刚待开口，远远地见到一行人向她们缓缓走过来，香风拂面，丽影翩然，原来是刘淑妃与何惠妃。

四妃相见，又是一番寒暄。

"两位姐姐真早，给皇后问安都回来了？"何惠妃面上含笑，调子柔柔的。

"原是咱们来迟了。"刘淑妃接语。

"哪里？日日都是你二人到得早，今儿偶然迟一次，又算得了什么！"袁媚儿笑道，脸上依旧是一副娇憨爽直的神情，"快去吧，刚刚皇后娘娘还问起你们来呢！"

"是，谢姐姐体谅！"刘淑妃与何惠妃微微颔首，相携而去，直赴坤宁宫。

看着她二人婀娜的背影，曹雪柔微微蹙眉，凝视着袁媚儿的双瞳，"妹妹这是何意？"

"何意？"袁媚儿笑了，像海棠迎风，花枝微颤，好看极了，"我不痛快，找点儿乐子还不成吗？"

"哦？"曹雪柔完全怔住了。

坤宁宫东暖阁内，皇后胡善祥正焦急地在室内踱着步子，她心神不宁魂不守舍，一双眼睛紧紧盯着门口。

"娘娘！"胡善祥的姐姐坤宁宫女官慧珠匆匆入内。

"打听清楚了？"胡善祥面上十分焦急，不由脱口问出。

慧珠点了点头，又冲屋外吩咐着："皇后娘娘要小憩片刻，都远远地退下，不得入内打扰！"

"是！"殿内各室的宫女们都应声退到殿外。

"快说！"胡善祥拉着慧珠坐到临窗的炕上，面色急切地追问着。

慧珠握着她的手轻轻拍了两下，面色沉静地安慰着："娘娘放心，事情都是按咱们计划进行的，太后娘娘先是召孙若微到仁寿宫问话，一言不合之后立即派人去长乐宫搜宫，东西自然搜出来了，太后大怒。"

"大怒？是把她打入冷宫，还是交给内务府了？"胡善祥立即来了精神。

"原本太后盛怒说要严惩，只是没想到中间杀出来一个紫烟，居然说那东西是她的，是准备用来邀宠的。"慧珠叹了口气，同为奴婢，对于紫烟也生出了些许的怜惜。

"什么？难道这件事就让一个小丫头给搅了？咱们又是白忙活了？"胡善祥面色微变，眼神也凝重起来，仿佛心有不甘，又似无可奈何。

慧珠摇了摇头，从桌几上拿起茶壶将茶水徐徐倒入杯中递给胡善祥，"娘娘先定定神，那紫烟为表忠心当场咬舌要自尽！"

"什么？"胡善祥以手掩面，眼中竟是惊恐之色，"那后来呢？"

"听说被小太监抬出宫，自生自灭了。那孙若微如今被囚于北苑的贞顺阁内，太后现在恐怕也没了准主意！"慧珠压低声音，凑在胡善祥耳畔说道。

"打蛇不死反被其累，如果这次不能一举扳倒孙若微，等皇上回来了一定会顺藤摸瓜查到咱们，就算没有实据，皇上也一定会疑心是咱们撺掇太后做的此事。那时候……"胡善祥面上露出踌躇之色，髻上的金凤微微轻颤，仿佛她的心也一样躁动不安。

"好了，娘娘别急。那孙若微如今是有气儿出，没气儿进，怕是挨不了多久。"慧珠安慰道，"只是刚刚听说，早上淑妃她们来请安，娘娘挡了驾？可有此事？"

"是，我心里烦，你又不在身边，我实在懒得与她们闲聊应答，一概挡了驾！"胡善祥叹了口气。

"娘娘差矣，越是这个时候越得镇定如常。非但不该挡驾不见，还该召她们来，一起品茶聊天才对。这才是皇后的气度，才不会无端惹人生疑。"慧珠摇了摇头，"刚在宫门口，看到刘淑妃与何惠妃被挡了驾，这面上可不太好看。她二人虽说新进宫，也没被皇上宠幸过，可是毕竟是有品级的皇妃，家里又都是有根基的，被您这样无故挡了驾、拂了面子，怕她们心生怨恨。如今，咱们正是需要多助之时，娘娘处事还是要圆融才好。"

一番话娓娓道来，胡善祥面上越发凝重起来，她看着那雕龙画凤的梁顶，心中突然涌起一种莫名的惶恐。

仁寿宫慈荫楼内，张太后躺在金丝楠木大床上正在歇午觉，可是闭着眼睛翻来覆去却怎么也睡不着，总是看见紫烟满面血污地向她走来。

"云汀，云汀！"张太后急唤道。

"太后！"云汀原本就坐在床边的圆凳上为她掌扇，听她在睡梦中突然大声叫喊自己的名字，不由吓了一跳。

"云汀！"张太后面色惨白，微睁着眼睛低声问道，"长乐宫那个奴婢怎么样了？"

云汀眸中闪过一丝不忍："怕是不行了……要不，宣太医过去看看？"

"不行，你好糊涂！"张太后白了她一眼，"让太医看看这宫里怎么会出了一个咬舌自尽的苦主？还是要表彰她替主子遮羞的德行？"

"这……"云汀立即没了话。

"那个惹事精呢？"张太后重新靠在枕上，她扭过脸去，头冲里盯着帐子随口问道。

"您是问贵妃娘娘？"云汀心中是难抑的酸楚，"还留着半口气儿，可是……"

"可是什么？"张太后心想若微那个丫头一向古灵精怪，又懂医术，自然是没什么大碍，不过是一时被吓着了，还能怎么样？

"小产了……"云汀低语着。

"什么？"张太后猛地坐起身，一把拉过云汀，"你再说一遍！"

"贵妃娘娘有孕了！可惜那日受了刺激，已经流掉了！"云汀咬着牙说了出来，心里难过得不行，不只是为了若微，更是为了当今的皇上朱瞻基。文武双全的天子成婚已近十年了，可膝下除了两位公主，连一位皇子都没有，如今贵妃好不容易怀上了，又莫名其妙地掉了。

不仅是她难过，张太后也如同遭到当头一棒，她难以置信地拉着云汀的手又追问道："是男是女？"

"太后？"云汀心中暗暗发冷，如今再问是男是女还有什么要紧？可是她又不能不答，只好含糊地说道："月份太小，还看不出来！"

"看不出来？"张太后连连点头，"看不出来……"

她有些失魂落魄地再次躺下，依旧头冲里侧，只是这次她没有闭上眼睛，而是怔怔地望着那绣有百子千孙五福捧寿的帐子，两行滚烫的热泪从她眼角处缓缓流下。

"禀太后娘娘,越王、襄王两位殿下求见!"太后身边另一位大宫女素月入内回禀。

"哦?他们来了?"张太后立即起身,"去,快去把两位殿下请到东阁。云汀,快帮哀家整妆!"

"是!"云汀与素月立即照办。

不多时,出现在东阁厅里的张太后依旧是端庄华美、仪态万千。越王朱瞻墉、襄王朱瞻墡见母后驾临,自然是一番行礼问安。

张太后坐在红木雕刻的罗汉床上,挥手让室内的宫女太监们纷纷退下,开口相询:"你皇兄走了这些日子,朝堂上下可还安稳?城里有没有人闻风而动?朝臣们办事可还尽心?"

越王朱瞻墉性子最是憨直,嘿嘿一笑道:"母后尽管放心,能有什么事呀?一切有儿臣和瞻墡看着,您尽管放心!"

张太后白了他一眼,目光转而投向朱瞻墡。朱瞻墡是张太后在诸子中最为钟爱的,他长得如同琼枝美玉,俊秀儒雅、风姿卓绝,如今一身亲王的礼服在身更显得他器宇轩昂、出尘超凡;每每淡然一笑立即如同春风拂过,让人看了只觉得心清气爽,甚是怡然。更难得的是,他的性情如松柏一般沉稳内敛,又如泉水一般清彻透亮,慧如流星、智比孔明,又不喜张扬、进退有度,言谈举止更是挑不出半分不是来,面对这样的孩子,张太后只觉得怎么偏袒也不为怪。

朱瞻墡见张太后一直盯着自己看,笑笑说道:"三哥说得极是,母后请放宽心。皇兄临走之前特意将镇守大同的武安侯郑亨和镇守永平的遂安伯陈英留在京中以备调遣,朝中还有广平侯袁容、武安侯郭政、尚书黄淮等人协助居守,这北京城的防务不足为虑。而一般的朝政,儿臣与三哥协力监理,也算周全。"

"好好好!"张太后听了连连点头,目光中尽是嘉许之色。

"母后真是偏心!这同样的话怎么瞻墡说出来就令母后慈颜大悦,而瞻塘说了就得挨母后白眼！"朱瞻塘撇了撇嘴，仿佛有些不满。

"你这孩子，都多大了还没个正形？"张太后心情大好，冲着殿外说道，"素月，差人把冰镇的绿豆沙茸百合蜜拿来，给两位殿下解解暑。"

"是！"

"母后，儿臣刚刚路过长乐宫后苑，仿佛听到馨儿在哭。这门口还有不少人守着，是发生了什么事情吗？"朱瞻墙眼眸中流露出淡淡的忧虑，再三考虑措辞之后方才问道。

"哪有什么事情？常德一向被你皇兄娇宠惯了，如今好几日见不到你皇兄自然要闹，她性子急又贪玩，怕她出来乱跑再惹事端，这才叫人去守着的！"张太后轻描淡写的几句话就把此事带过。

素月领着两名侍女端着精致的高脚金边瓷碗上前，里面盛着的是如粥泥之状的绿色饮品。

"尝尝吧！母后这里的小厨房上午敬献的，母后吃着觉得味道甚好，又特意让她们多备了一些，让你们也尝尝！"张太后搅动着银勺，面上带着几分怡然的笑容，而眼中却渐渐暗了下来。

朱瞻墙与朱瞻塘对视之后，顺从地接过来细细品味着碗中的饮品，品尝之时伴着赞言，母子三人又说了一会儿闲话，朱瞻塘看了看云汀，又看了看素月，终于忍不住问道："母后，是不是这宫里出什么事了？"

"瞎说！"张太后不以为然地瞪了他一眼，又拿起团扇为坐在自己身旁的朱瞻墙轻轻摇着。

"母后，儿子的脾气母后最清楚，儿子从来是有话直说。刚刚我跟瞻墙去长乐宫看馨儿，顺便想看看若微，可是……"朱瞻塘是个急脾气，藏不住话。朱瞻基临行前特意嘱咐他要常常去看望若微和馨儿，说在宫里若微没什么能谈得来的朋友，让他多多照看。可是今日在长乐宫门口，看到里面凄风苦雨的，仿佛出了什么大事。守门的人也不让他们入内，隐隐地听到常德公主朱锦馨的哭声震天，瞻塘心里更是慌慌的，不一会儿朱锦馨从里面放出了一个纸风筝，上面写的是"皇祖母来长乐宫大闹了一场，母妃和紫烟都不见了！三叔快想办法救救我们！"

朱瞻塘与朱瞻墙面面相觑，瞻塘与瞻基是自小和若微一起长大的，情谊深厚，加上他又是一个直性子，立即就想来仁寿宫问个究竟。瞻墡则与他不同，他对若微有一种若即若离的说不清道不明的情愫，仿佛如曹植的《洛神赋》一般，所以越是关于若微的事，他越不敢贸然出头。好不容易等到太后召见，这才提起此事，可见太后并不想说，心里虽然始终放不下，却也不好再问。

"什么？"张太后听朱瞻墡说完原委，不由微愠道，"你皇兄不在，你们两个皇叔怎么能往嫂嫂宫里跑呢？多大了也不知道避嫌！再者，这后宫的事用不着你们管！"

"母后！"朱瞻墡还想再争，却被朱瞻墡拦下。

朱瞻墡说道："母后以太后之尊执掌后宫，处事自有分寸，原是用不着儿臣们多言。想来定是贵妃有做得不当的地方，被母后以宫规教训也是应该的。只是皇兄征战在外，若是听到什么流言，扰了君心误了大事，怕是得不偿失了！"

朱瞻墡此语如蜻蜓点水，明是帮太后分析，实则暗帮若微，却说得不露痕迹，太后听了也不由微微点头称是。

"正是正是，瞻墡说得是！若微可是皇兄的心头肉，若是母后罚得太重了，等皇兄回来又得闹个鸡飞狗跳！"朱瞻墡也帮着搭腔，可他却是越帮越忙，眼见张太后的面色越来越阴沉，朱瞻墡立即拉着朱瞻墡起身告退，"儿臣前朝还有事情要办，就先告退了！"

"去吧，办正事要紧。后宫这些婆婆妈妈的琐事就不劳你们费心了！"张太后点了点头，挥手让他们下去了。

仁寿宫花园小山之上，可以清晰地看到长乐宫的殿阁，朱瞻墡与朱瞻墡兄弟二人在此处停步，他们默默地注视着那个地方，面上的表情多少有些沉重。

"瞻墡，说实话，我越来越看不懂母后了。"朱瞻墡快人快语，他厚实的大手紧紧按在朱瞻墡的肩上，"若微是跟我们一起长大的，她是好是坏，是善是奸，母后真的辨不清吗？"

　　朱瞻墡不置一词。他与瞻墉不一样，瞻墉可以无所顾忌地在人前人后直呼她的芳名，不管皇兄在与不在，都可以去她宫里坐上一会儿，还能喝上她亲手泡的花茶，吃上她精心烹制的美食，跟她聊一聊儿时的趣事，调侃嬉戏一番。而这一切，自己虽然无数次在夜深人静独处之时憧憬过，却永远不能实现。就像今天，瞻墉可以在母后面前口无遮拦地为她讲情，而自己却还要斟酌再三。

　　朱瞻墡内心的煎熬与痛苦，在这一刻是那样真切。她在受苦，而把苦难加之在她身上的，是自己最为尊敬的母后。自己知道她无辜，她应该是无辜的。虽然他知道，后宫是一个能把纯善的女孩变得阴狠复杂的地方，很多时候做出一些违背本性的错事也在所难免。但是他坚信，她是无辜的。可是正如瞻墉所说，母后为什么总跟她过不去呢？自己出门时，总感觉被母后一双凌厉的眼睛紧盯着，难道母后参透了自己的心事？

　　此时，朱瞻墡的心情复杂而痛苦，却又无人可以倾诉，甚至不能在面上流露出点滴。他只有向上天祈祷，让她平安渡过此劫，如果她平安了，他就即刻远赴封地，终身不再进宫，只要她平安！

　　与兄弟二人的唏嘘痛惜迥然不同，仁寿宫内，张太后歪在靠垫之上，神情有些疲倦，又满是幽怨，她叹息着，像是自言自语："锦馨这丫头倒真是像极了若微，也是个磨人精、惹事鬼，半点不让人清净！"

　　"太后娘娘，襄亲王殿下说得极是，太后确实应该想想等皇上回来以后该如何交代？"一个清丽的声音突然在殿内响起，不是云汀也不是素月。

　　"晴儿，太后面前哪里轮得到咱们当奴才的多嘴？"素月低声斥责。

　　张太后却来了精神，她拿目一瞅，发现立于下首穿着宫女服饰的吴雨晴虽然素颜示人，看上去却更显容颜秀丽，目光明亮得如同蕴着一汪秋水，灼灼其华，好似会开口讲话一般。

　　"晴儿？你是晴儿？"张太后只是觉得这个宫女很面熟，然而一时之间又想不起来有什么瓜葛。

　　"太后，晴儿是去年皇上从南边带入宫的那个孤女，皇上为她赐名

'吴雨晴'，是太后把她调来仁寿宫学规矩的。"云汀看出太后所惑，因而从旁代为解释。

"哦！"张太后记起来了，她凤目中闪过探究之色，"今儿的饮品是你做的？你一直在仁寿宫小厨房的灶上帮忙？"

"回太后的话，奴婢先是在浣衣局当差，后来又去了司苑局、宝钞司、惜薪司，两个月前刚刚分到灶上。"晴儿对答如流，态度不卑不亢。

张太后点了点头，"这绿豆沙茸百合蜜是你想出来的？也是你做的？"

"是！"晴儿立即回应。

"有点意思，像是煮出来的，可是又没有半滴水，软软滑滑的，尝着清香可口，还有股子豆香。是怎么做的？"太后的全部精神仿佛都聚在面前的这钵绿豆饮品上来了。

"回太后，先将上好的绿豆、豌豆泡上一天一夜，用开水烫了，一粒一粒捡出来去掉皮，再把百合球茎洗净。将去了皮泡好了的绿豆、豌豆与百合放在碗中上屉隔水蒸六个时辰，再拿玉杵捣碎即可！"晴儿细细地讲着。

张太后看着她："这得用多少绿豆？每一粒都要去壳，这得费多少工夫？"

晴儿笑了："奴婢没有数，奴婢只是想着这样做出来的东西入口细腻润滑如丝，不会因为有皮而感觉不适，所以做的时候也不觉得费力。"晴儿心中暗想，这绿豆沙茸百合蜜用了整整三万五千四百二十一粒绿豆，六百三十二片百合花瓣，只是她知道什么时候该装傻、什么时候该隐慧，表忠心可以，但是如果锋芒太露，恐怕太后这一关，自己此生是过不了了。

"很好，你有心了！"张太后收敛了面上的笑容，"你如此费心做这个绿豆沙茸百合蜜，想来就是要见哀家，有话要对哀家说？是想让哀家放你回到皇上身边？"

晴儿摇了摇头。

"不是？"张太后仿佛不信。

"晴儿是有话要面禀皇太后，但不是为了自己！"晴儿神色恭敬，万分沉着。

"哦？你倒说说看！"太后身子向后一倚靠在了椅背上，神情微微有些慵懒。

"奴婢的意思与襄王殿下的意思是一样的。皇太后惩罚宫妃不算什么，可是这宫妃不是别人，是皇上的至爱。即使她所犯之错该死，可偏偏皇上不在……恐怕日后皇上也会迁怒太后的。"

"笑话，哀家既然处了她，就不怕皇上责问。"张太后面色渐渐阴了下来，"况且哀家只是令她幽闭自省，又没有打她骂她。是她小产之后身子虚，加上伤心过度，若是真的去了，只能说是她自己福薄命短，皇上回来也怪不得哀家！"

"太后所言极是，只是奴婢还是替太后担心。贵妃娘娘如今在北苑冷阁内不吃不喝不问诊，若是等不到皇上回来就撒手西去。外面不知深浅的人自然不能体谅皇太后的良苦用心，也许会说皇贵妃是被逼无奈以死相争，怕是到时候会有累皇太后的清誉！"晴儿面上含笑，话音不高不低，语速不紧不慢，柔柔地将这番道理讲出，恰恰正中张太后要害。

张太后心中想的是，不管孙若微是自绝于世，还是被自己下令处死，只要是她死了，一切都干净了。皇上自然会难过一阵子，可是难过之后也就渐渐平复了。

为了大明朝的江山社稷，为了年轻天子不被宠妃媚惑，自己担这个恶名又如何呢？即使皇上不谅解，天下人不谅解，只要对得起祖宗，她认了。

晴儿偷偷打量着张太后的神情，对于她的心思自己能猜度出几分，于是又开口说道："再有，奴婢虽然没有眼见当日的情形，但是后宫之中早已传开了。都说皇贵妃此次被罚是因为在居所内被搜出春药和力劝皇上亲征一事，可若只是为了此事，该是罪不至死的。况且，若是皇上回来以后质问太后，这两件事均是长乐宫内皇上与皇贵妃闺房之中的私事，太后又是如何得知的？那时太后该如何回答？"

"这？"张太后猛地想到了胡皇后，正是她向自己哭诉若微干政撺掇皇上出征，又以春药伤害皇上龙体，自己派人暗暗查明这才去办她。可如今细细想来，这恶人自己是做了，若微也办了，反倒没胡善祥什么事了，似乎也有些不对劲。

张太后盯着面前的晴儿，"你费了这么多心思来跟哀家说这番话，是为了替贵妃求情，然后令贵妃和皇上感激你，以期日后在宫里能有出头之日？"

晴儿跪在地上，深深叩首道："晴儿早年被皇上所救，又于皇上回銮期间救过皇上，晴儿与皇上自有情义，是不用再费心谋划了。"

张太后哑然失笑："那又是为何？"

晴儿依旧伏在地上，"若说是为了天下苍生，皇太后也许不信。可是晴儿身为孤女如同草芥一般，在民间受尽折磨与疾苦，也算得上是九死一生。晴儿深知，一个好皇上对天下百姓的意义。所以晴儿此举只是为了皇上的后宫能够太平，后妃和睦，母子和顺，这样皇上圣心愉悦，才有精力好好治理天下、造福万民。"

这番话依旧是从她瘦弱的身躯里传出来的，依旧是带着几许柔柔的颤音，可是在张太后听来却像是天籁之音一般动听，也许它算不得慷慨激昂，也没有千秋大义，却让张太后感觉到一丝温暖。

"谁能想到在这后宫之中，与哀家知心的不是皇上，更不是皇后和贵妃，竟然是你。"张太后唇边漾起一丝淡淡的笑容，心中苦乐参半，说不清是什么滋味，只是她稍稍有些安心，晴儿，果然是个好名字。

第四卷

物换星移几度秋

第三十一章　听彻梅花弄

当若微被抬回长乐宫的时候，已然是奄奄一息，行之将尽。

湘汀与司音、司棋等人围在一旁，除了哭泣与祈求，一点办法也没有。

若微这一次是铁了心，她恨死了这个阴冷而残忍的后宫。不是她不知抗争，有多少次她都忍不住要出手去结果那对一直想置自己于死地的胡氏姐妹，只是每每事到临头，她又放弃了。因为不屑，她终究是不屑用那些见不得光的方法去对付她们。她常在想，瞻基对她的爱在这宫里是多么地弥足珍贵！他为什么会只爱她？他爱的是什么？是那个从小陪伴他身边纯善如水的若微妹妹。可若是自己跟胡善祥一样，为了达到目的而不择手段，他会怎么想？而自己又怎么对得起瞻基那份珍贵的爱？

然而这一次，就是因为她的这份骄傲、这份清高和不屑，最终断送了紫烟。这个从小就陪在自己身边的紫烟又是何其的无辜！

如今，自己能为紫烟做些什么呢？若微想到了死，终结自己的生命，离开这个令人厌倦的地方。是的，她就是想以死明志，以死相逼，以死抗争。于是她不吃不喝不言不语，想静静地走向生命的终点。

帐幔之外，有人走近，又有人离开，除了叹息之声再无其他。也不知过了多久，话语才重新响起。

"若微，你还记得我吗？我没有姓氏，只有个小名叫赘儿，因为我活着就是别人的累赘！"挽起帐子，一身嫩粉色宫装悄悄坐在若微床榻边上的人正是晴儿。晴儿一边拂去若微挡在脸上零乱的发丝，一边小声跟她说话。

榻上的若微双眼紧闭，面如白纸，依旧一动不动。

晴儿悄悄掀起锦被，握起她冰冷的手，紧紧贴在自己的脸上暖着，"还记得吗？在邹平的时候，有个小乞丐向你乞讨，你丝毫不嫌弃她肮脏，带着她进了城里最好的饭馆。可是她在酒足饭饱之后还悄悄偷去你和你兄长的钱袋。你完全可以禀告父亲派人来抓她，可是你没有，因为你是善良的。你明知道她在骗你、在偷你，可是你还是可怜她，帮着她圆了谎演完了戏，让她心安理得地拿了钱。因为你知道，她虽然低贱如乞丐，但是她宁可去骗去偷，也不愿白白受别人的恩惠。"

若微的眼皮微微动了一下，晴儿依旧抚着她的手用自己的脸焐着，"后来那个小乞丐被一伙不明身份的人带走了，从此流落四海，做了很多违心的事情。有一年冬天，她在北京城郊外的河面上破冰取鱼，只为了卖鱼活命，却受到护军的侮辱，那天，映在冬日暖阳中一个如天神般的男子拯救了她。她惊异地发现，与那个男子牵手而立的正是当年在邹平有过一面之缘的你。"

若微的手渐渐有了一丝温暖。

晴儿继续说道："小乞丐兴奋异常，这世上真正对她好、没有轻视过她的两个人竟然是一对佳偶，于是她想方设法逃出来想去找你们，可是却再一次被人骗了。骗她的人是汉王，他把她带回了乐安。那个下午，她被汉王硬逼着服下春药，然后被他折磨了好久。那会儿她也很想死，她的心情就跟你现在的心境一模一样。因为委屈，对吗？"

"可是后来她想明白了，她的委屈与苦难不是她爱的人和爱她的人加在她身上的，那么其他人待她不好，打她、骂她、逼她、折磨她都并不是真正的苦难。因为他们不是她真正在意的人。"

若微依旧没有睁开眼睛，只是一滴泪水悄悄地从她的眼角滑出，泪落无痕。

"生活中经历了那么多苦难，可是她还活着。"晴儿始终在笑，只是声音里微微发颤。

若微缓缓地睁开眼睛，"你在意的人，是皇上？"

"是皇上，但不只是皇上！"晴儿脸上的笑容越加灿烂。

"什么意思？"若微的眉心紧紧蹙在一起，此时的她已经没有气力去揣测和分析了。

晴儿伸出纤纤玉指轻轻展开若微拧在一起的眉，"我生命中第一个在意的人，是你。"

"你！"若微仿佛有些明白了。

"我现在叫晴儿，雨过天晴的意思。是皇上给我取的，我喜欢这个名字！"她笑了，如夏花般娇艳灿烂，"你会好起来的，孩子没了还会再有，因为爱你的人还爱着你。紫烟的伤也会渐渐好起来的。还有很多心愿等着你去实现，现在这样死了不是太可惜了吗？如果我是你，我就要想想安插在我宫里的眼线是谁？还有那春药，是谁放在我宫里陷害我的？死，是无能之人懦弱的逃避，永远不能解决任何问题。常德公主都知道放声大哭引人注意，往宫外放风筝传递消息来找人救你。而你呢？真的要弃她于不顾吗？难道你想让她的嫡母，那个胡皇后来替你管教照顾她吗？"

若微无言了。

"我只记得一句话，再难也要活着，因为只要活着，一切好事都有可能碰到。活的时间越长，遇到好事的机会就越多。正如我一般，曾经的苦难才换回我今日的安乐，若是我当初想不开死了，那才是真惨！"

若微依旧没有答话，她的眼睛睁得大大的，静静注视着面前这个对自己说教的"晴儿"，眼神越来越明亮起来。

紫禁城正门形如雁翅，气势巍峨，如今五门大开，钟鼓齐鸣，文武百官、王侯将相皆在此处候驾，恭迎大明天子朱瞻基得胜回朝。

朱瞻基登上城楼，向百官及民众宣告东征大捷。一时之间鼓乐大作，如潮的"万岁、万岁、万万岁"响彻云霄。

朱瞻基出人意料地没有等到第二天的早朝，而是在进城之后第一时间站在城楼之上直接颁布了对东征将士的嘉奖诏书。跟随圣驾东征的大臣们一一论功行赏，都得到了重重的赏赐。其中最令人瞩目的莫过于太监王瑾，他竟然得到了皇上亲赐的金鞍、玉带，而范弘和金英也各有赏赐。

于是，这一天，紫禁城上上下下均沉浸在一派喜气洋洋之中。

赏赐过后，朱瞻基特命百官各自回府休整，自己则带着锦衣卫和禁军由午门入内，经过开阔的奉天门广场，由金水桥步入前朝的正门——奉天门，发现张太后与皇后及诸妃正在奉天门内列队相迎。朱瞻基立即下了御辇，与皇太后见了礼，扶着太后与后妃一起入了仁寿宫。

仁寿宫正殿，皇太后端坐在上首，朱瞻基一掀龙袍跪在当场，"儿臣出征之前未向母后禀告，也未当面辞行，特请母后恕罪！"

张太后微微一笑："皇上怎可行此大礼？快快起来！皇上一心为国、为民，为了江山社稷，军国大事皇上自然是一言九鼎，用不着跟母后禀告，母后只是担心皇上的龙体和安危。如今好了，皇上亲征立即旗开得胜平安归朝，真乃天佑大明、祖宗保佑呀！"

朱瞻基站起身，坐在张太后身边铺着金心大红缎坐褥的御椅上，目光在殿内候立的后妃当中扫了一圈，竟然没有发现若微的身影，不禁有些纳闷。

张太后凤目微闪，早已心如明镜，遂开口对后妃们说道："皇上东征归来定是乏了，你们都各自回宫吧，晚上母后在这仁寿宫里摆宴为皇上接风，都早些过来！"

"是！"皇后及诸妃皆各自退下。

张太后见众人皆已退下，才开口问道："母后原来不该问，只是事关皇家体面，还是想问一问，皇上打算如何处置汉王？"

朱瞻基答道："城破之时，王叔从密道逃走想南下渡江，然而在渡口被追兵赶上，所以生擒。朕想在西华门外建一处宅子，让王叔在此终老。"

张太后连连点头，手捻佛珠道："阿弥陀佛，皇儿真是仁德之君，如此最好。"

"只是那些鼓惑王叔谋反的军士和藏匿于北京、天津、山西、山东等地的奸臣，朕绝不轻饶。朕已命刑部和锦衣卫彻查，一定要将这些贼人一网打尽!"朱瞻基言辞坚定,然而目光中却透着一丝游离。

张太后看在眼里,心中自然明白,索性把话说开了:"皇上稍安,贵妃微恙。原本想等皇上休息休息解了乏以后再跟你说。可是看皇上紧张的神色,母后就直接说了!"

"母后?"朱瞻基隐隐地觉得有些不安,神情立即焦急起来,"贵妃……"

张太后从几案上的抽屉里拿出一个小锦盒递给朱瞻基,"皇上看看,这个可是你们在闺房之中的常用之物?"

朱瞻基听了越发糊涂,打开一看,只见是粒红丸,不由愣了:"这是何物?"

"皇上真不知道?"张太后紧盯着天子的龙目。

"朕真的不知!"朱瞻基把盒子盖上又放在几案上,"请母后为儿臣解惑!"

"那这个呢!"张太后又递给朱瞻基一本小册子。

朱瞻基目光一扫,《女训》。

"武则天的《女训》!"张太后面色微黯,"长乐宫里,你的宠妃身边藏着这个,难道她是要做武则天?"

"母后!"朱瞻基愣了愣,随即笑了,"她看书就是杂,什么诗词典集、奇闻演义都拿来看,没有什么好大惊小怪的!"

张太后叹了口气:"皇上如此偏袒她,母后也没什么好说的。可是那红丸又做何解释?青楼里下三烂的玩意儿也敢堂而皇之地拿到宫中给天子来用?皇上就是要用,也要用太医院精心配治的上好之物。这民间青楼里的'回春丹'凶猛似虎,搞不好就是精尽人亡,想当初郭妃就是把这个呈给你父皇……"

张太后说到此处便眼中含泪,她随即以帕掩面,语滞而歇了。

朱瞻基面上红一阵白一阵,"母后,此物从何处来?儿臣与若微在闺房之中从来都是自然随性,从不用这些助情的东西。况且若微自己就懂医,若是真的对儿臣身体有害,她是断断不会用的。"

"是从她宫里搜出来的!她不承认,只是找了个丫头顶罪,如今那丫头咬舌自尽了,再也无从对质!"张太后叹了口气,"母后刚知道的时候气极了，罚她幽居自省，没想到……"

"母后！"朱瞻基龙颜大变，额上立即渗出了一层汗珠，"若微，她怎么了？"

"还好。"张太后顿了顿，"只是孩子没能保住！"

"孩子？"朱瞻基立即从椅上弹了起来，面色惨白如纸，更是心焦如焚，"请母后恕儿臣失仪之罪，儿臣要过去看看她！"话音未落，朱瞻基就匆匆地向外走去。

"皇儿！"张太后在他身后轻唤道，朱瞻基再回首时，只见张太后面上热泪纵横，她颤颤巍巍地说道，"只怪她自己刻意弄玄，有了龙种为何不报？若是母后早知道，也绝不会是今日的结果。皇上要怪，母后也无话可说，只好搬回南京旧宫，永不北归，再也不管你们小夫妻的是是非非了！"

张太后一向严谨肃穆，何尝有过如此失声痛哭的时候，朱瞻基怔愣住了，虽然牵挂若微心急如焚，却也不能在此时断然拂袖而去。

"母后！"朱瞻基无奈之下，只得重新回到座前再次跪拜，"母后，是儿臣莽撞了，一听到若微出了事便心急如焚。儿臣没有责怪母后的意思，儿臣也知道母后处事一向谨肃，只是觉得这件事听来有些蹊跷，想先去看看她。母后千万不要多心，经过此次与汉王乐安一战，儿臣才更感觉到亲情的珍贵，家国和睦的不易。请母后宽心！"

"瞻基，难为你如此通达！"张太后将朱瞻基扶了起来，忍不住又是珠泪涟涟。

朱瞻基迈着沉重的步子走入长乐宫，只见宫内陈设依旧，只是如今整座宫苑静静的，没有半点声响，在宫门口和廊子里遇到长乐宫的宫女和太监，他们都如同惊弓之鸟，立即丢下手里的活儿"扑通"一声伏在地上，连个大气儿也不敢喘。

看到他们诚惶诚恐的神情，朱瞻基心情越发沉重，步入正殿，却发现空无一人。

"来人！"他轻唤着。

"皇上!"老成持重的湘汀悄悄上前。

"贵妃呢?"他问。

"贵妃搬到后院西所的移清阁去了。"湘汀低垂着头回道。经历了那场风波之后,不仅是贵妃,就是这屋里所有服侍的人,都觉得这殿里透着阴冷与血腥,夜晚来临,更显凄楚。放弃华美的正殿不用,反而搬到后面的配所,这算得上是逃避吗?

"哦?"朱瞻基若有所思,出了正殿,走在长乐宫宽敞的庭院里,顺着长廊行至后殿,穿过花园,从西山墙上的随墙小门进入西跨院。这里是一处面阔五间黄琉璃瓦庑殿顶的小型建筑,左右各有东西两排配殿,此院是长乐宫里最为僻静之所,殿阁小巧紧凑,庭院幽深寂静,夏日里古柏绿藤遮天蔽日,设在廊下的秋千架与随意而摆的藤椅香儿,让人置身其间恍如有身处江南之感。

司音、司棋站立在门口,见朱瞻基来了立即下拜,朱瞻基挥了挥手示意她们不要作声,自己悄悄步入室内。

正堂没人,东次间也没人,刚进入西次间的门口就看到一个背影,海天霞色的白衫轻薄如冰绡,白色中还略带些粉紫,朦胧如梦的一身白衣素袍中裹着俏如一枝梨花的玉体,这情景撩人至极。

此时的她背对着自己,正端坐在室内,朱瞻基缓缓向里走去,只见她面前放着一座绣屏,而她正凝神静气地走针引线。

若微是十全才女,琴棋书画歌舞俱通,可是唯独最怕女红刺绣,何时见她拿过针线?然而此时,她却全神贯注于面前的绣屏,仿佛她的世界里只有面前这一幅绣品。再看那图案,居然是颇有些俗套的"百子图"。

朱瞻基不禁更是纳闷,他弯下身子,从身后将若微搂在怀里,口中轻吟:"宝髻松松挽就,铅华淡淡妆成,青烟翠雾罩轻盈。飞絮游丝无定。今儿倒是奇了,朕的若微这舞琴弄曲的纤纤玉手怎么拿起绣花针来了?"

若微手上微微一滞,随即把头轻倚在他胸口处,幽幽说道:"相见争如不见,有情何似无情。笙歌散后酒初醒,深院月斜人静。司马光的这首《西江月》倒真是应景!"

朱瞻基心中一阵悸动,他搂紧了怀中的佳人:"你的事,朕都知道了。让你受委屈了，朕知道，定是有人在母后面前搬弄是非刻意陷害，朕一定为你主持公道，还你清白！"

"不必了！"若微态度如常，从她的脸上看不出半点不悦与哀伤，她只是有些气力不支，呢喃低语道，"皇上刚刚回朝，有多少大事等着皇上明断，这等小事就不必操心了。"

朱瞻基似乎觉得哪里有些不对，"怎么朕才走了这些日子，你的身子就瘦成这样，这衣裳像是挂在身上一般，这腰肢更是瘦得不堪一握，若微……"他低头贴近她的脸，忽然发现她玉面滚烫，立即大惊失色，"你？你身子还没好利索，怎么还坐在这里绣这个？"

"皇上，这是臣妾送给紫烟新婚的贺礼，请皇上成全。"若微说完便直起腰身，低下头继续伏在绣屏上引线，满头云雾覆着那如玉的白颈，几缕青丝随意飘散在耳边，那样子煞是动人，只是竟有一种说不出的悲壮。

"皇上，娘娘已经在此绣了三天三夜了！"司音带着哭腔冲入内室，伏在地上哽咽道，"求皇上劝劝娘娘，娘娘不能再这样糟蹋自己了……"

"什么？"朱瞻基面色微变，抓起若微的手翻开一看，十指尖尖，上面布满针孔和血色，而她面色惨白，朱唇干裂，形容憔悴如同枯荷。

"若微！你这是何苦？"朱瞻基夺下她手中的绣花针，将她打横抱起，几步走到寝室将她放在八宝玲珑屏台床上，又拉来锦被给她盖好，"来人！"

"皇上！"司棋、湘汀等人立即入内，与司音一道跪在房中。

"娘娘的身体到底如何？宣太医了吗？太医怎么说？"朱瞻基满面忧虑道。

"娘娘！"司音与司棋相视之下都不知该如何回答是好，只得把目光投向了湘汀，湘汀立即伏在地上回道："皇上，是奴婢们大意了，没有侍候好贵妃娘娘。娘娘原本有了身孕，只是因为当时皇上要亲征，娘娘心思重，怕皇上放心不下所以才瞒着，原想等皇上凯旋之后再报喜讯。可是没想到突然就出了那样的祸事……"湘汀紧紧抿着嘴唇，斟酌着话语。司音与司棋已然低声轻泣起来。

朱瞻基的目光紧紧盯着床上的若微，过了半晌，声音才悠远地传出来："太医怎么说？"

湘汀仿佛明白了，立即点了点头："皇上放心，太医说娘娘只是伤心过甚，好好调养应无大碍，只是日后若是再得了龙胎，一定要好好保养，否则……"

"朕知道，朕也绝不会让这样的事再发生了！"朱瞻基紧握着若微的手，只觉得这手仿佛并没有随着她长大，似乎就像她八岁入宫时一样，依旧是小小的、冰冰的。

"紫烟，现在如何了？"朱瞻基扫到不远处的绣屏突然问道。

"紫烟姑娘也活过来了，只是身子弱得很，而且……以后也不能开口讲话了，所以贵妃娘娘将紫烟送到宫外的娘家，让董夫人好好照料。娘娘说紫烟如今遭此变故，这宫里不能留也不好嫁人了，所以想把她许给继宗少爷，孙家书香世家，定然会善待她的……"湘汀说着说着，眼泪怎么也止不住，终于哽咽难言了。

朱瞻基点了点头，"去把范弘和阮浪给朕叫来！"

"是！"

不多时，御用监太监范弘与阮浪双双入内。

"范弘，代朕拟旨！"朱瞻基紧握着若微的手，眉头微拧，缓缓说道："鸿胪寺序班孙忠为官多年，一向勤勉尽心、恪己奉公，今升为中军都督金事。孙忠之妻董夫人为人慎肃恭谨，贤名远播，册封为嘉义夫人，并赐玉牌，以后可随时从西宫门入宫探视贵妃。"

"是！奴才记下了！"经过东征伴驾，朱瞻基对举止文雅、应对得体的范弘很是喜欢，又知道他喜欢读书，熟悉经史典籍，又长于文墨，所以特意升他为司礼监，让他负责草拟奏章，传宣谕旨。

"另外，去传旨的时候再带上一句话，就说长乐宫宫女紫烟忠心护主，又与皇贵妃自幼情同姐妹，自今日起领县主俸禄。朕特命太医院每日前去问诊，待她伤好之后，将她赐给孙府长孙孙继宗为妾，到时候朕与贵妃自当另有重赏！"朱瞻基斟酌再三，只能如此决定。孙家此时接收了紫烟，不仅是为若微去了一块心病，也让朱瞻基心存感激。只是如此一来，孙家自会招惹母后不快，所以他才特意颁了恩旨，不仅是为了提高若微娘家的地位，更是为了让宫内外都知道，皇上虽然不会为了贵妃与母后相争，但皇上也绝不会让贵妃白白受了委屈。

"是！"范弘频频点头，"奴才都记下了！"

朱瞻基又对阮浪说道："如今，金英与范弘、王谨都跟在朕的身边，也算出头了。你们四人一同入宫，既是同乡又是同族，自然是想着有福同享。金英也多次在朕面前为你说过话，今日朕就命你为这长乐宫管事，同时也把这长乐宫的安危荣宠都交到你手上，你可敢当？"

阮浪郑重答道："奴才也不知能不能当得起，只是奴才明白，从今日起，这长乐宫里的一草一木都与奴才的命共存！"

朱瞻基点了点头，"去吧，下去吧。"

"是！"

当所有的人都退下的时候，朱瞻基半倚在床头，将若微的身子揽在怀中，用自己的下颌轻轻蹭着她的脸低语着："你想要的，朕都会给你。只是你要答应朕，一定要好好的，活得长长久久的。"

"有多长？"她的声音柔柔的，仿佛从遥远的天际边传来的缥缈之音，听不真切。

"比朕长就好！"他说。

"瞻基！"她探起头，眉心紧蹙，一双眼睛紧紧凝视着他。

他笑了，"是心里话，你一定要活得比朕长才好，否则这心被凌迟的滋味，朕是熬不住的！"

晶莹的泪水从她的美目中流淌下来，她想忍，可是怎么也忍不住，他伸手为她轻轻拭去泪水，伏在她耳边低语着："从来就不想看你哭，可是却总让你哭，朕真是没用！"

"瞻基！"她止了泪，在一片晶莹的泪水中漾着清如莲花的笑容，"我想要个儿子。"

"好！"他把她紧紧搂在怀中，用手轻抚着她的秀发，"朕说过，朕的嫡长子一定是若微帮朕生的！如今朕再加上一句，朕的皇太子一定是若微生的，否则朕宁肯绝嗣！"

"瞻基！"她又哭了，不知是委屈还是欣慰，有的时候有情比无情更让人害怕，因为人会惶恐，总有一天将难以承情。

第三十二章　素练风霜起

　　得胜而归的宣德皇帝朱瞻基命人在西华门外修筑了一座囚室，将朱高煦父子关押在里面，还特意为这座囚室起了个具有讽刺意义的名字：逍遥城。从此，被废为庶人的原汉王朱高煦，带着木制的镣铐，在这座"逍遥城"中度过囚徒生活。

　　伙同朱高煦谋反夺位的王斌、朱恒、盛坚等人，经审讯后被朝廷处死；那些与朱高煦相约起兵接应，或是献城相助的卫所军官们，如济南都指挥使靳荣，天津卫镇守都督佥事孙胜，山西都指挥张杰、杨云等人也先后被一一查出，相继被杀者达六百余人。因放走或是隐藏罪犯而被判刑或是戍边者，计一千五百余人，被送往边地编为当地土民的达七八百人。

　　这些人当中唯独少了朱高煦的侧妃李秋棠，念她一介女流，朱瞻基也未放在心上，不想却给自己和大明留下了隐患。

　　转眼到了宣德二年春天，紫禁城中的红墙黄瓦映在春日的暖阳下更显得流光溢彩华美高贵，微波轻漾的太液池畔，繁花碧草间，一个个正值花期的女子穿着锦衣绣裙，缓缓走在宫中小径上，风度翩然，绚丽照人，这些就是刚刚从民间选入皇宫的淑女。

乾清宫内，朱瞻基正在与内阁学士杨荣等人议事，只见太监金英在门口一晃，似乎是有事情要入内回禀。

"进来吧，在外面探头探脑的做什么？"朱瞻基嗔道。

"回皇上，是仁寿宫的云姑姑来报，说是皇太后为皇上甄选的十名淑女如今都在仁寿宫候着，请皇上这边的事情议完了就过去看看，若有中意的才好册封。"金英满面笑容地说道。

朱瞻基听了却是面色一沉，不禁喝道："好个没眼力见儿的奴才，朕和阁老们正在议军国大事，这等后宫私事由皇太后、皇后操持即可，以后这样的话不要传进来！"

"可，可是……"金英有口难言，满脸苦笑，"皇太后说，总要皇上中意了才好，要不然把人家姑娘选了来，都放在那儿摆着，六宫成了冷宫，何时才能诞下皇嗣？"

"滚出去！"朱瞻基听了不禁大怒，从桌上抄起一个砚台就往金英身上砸了去。

金英也不敢躲，结果弄了一身滴滴答答的墨汁，灰溜溜地退了下去。

"让几位大人见笑了！"朱瞻基接过王谨递上的帕子净了净手，看了看杨荣无可奈何地笑了。

杨荣等人早已见怪不怪，只装着什么也没看见什么也没听见，继续议事。

长乐宫后苑内，六岁的常德公主朱锦馨坐在琴桌边上，一面吃着甘甜清脆的大枣，一面有一下没一下地拨弄着琴弦。

室内临窗炕上懒懒地倚在靠枕上的正是皇贵妃孙若微，坐在她对面端着碧玉碗一面往她嘴里送海棠干，一面细细叮嘱的正是贵妃之母董夫人。

"快三个月了吧？这次反应这么大，怕是一位皇子！"董夫人细细打量着女儿的神色，低声说道。

"娘，我好久没看到紫烟了，下次你进宫把她带来吧！"孙若微又捏起一枚海棠干放在嘴里含着。

"好，不过呀，她现在也是有了身子的人了，万事也得小心！"董夫人伸手拂了拂女儿的发梢，"如今女儿是越发懒散了，这头也不梳，衣裳也不换，你成天就这样见驾？"

"那又怎样，实在是懒得动！"若微换了一个姿势，在身后又垫了个靠垫，她突然明白过来，"娘，你刚才说紫烟有喜了？继宗快当爹了？"

董夫人笑了，伸手在若微头上轻轻一戳："你呀，怎么还这么孩子气？"

"太好了！"若微立即拍手叫好，惹得屋外的常德公主朱锦馨立即风风火火地跑了进来："母妃，什么事情太好了？"

她睁着一双如星辰般熠熠闪亮的眸子，趴在若微身边问。董夫人伸手将她抱上了炕，搂在怀里笑道："真是跟你小时候一模一样！"

"哪有，我比她聪明孝顺多了。那时候娘教我弹琴，我从来都是只听过两遍之后就能把曲子记下来，还有……"若微指着朱锦馨说道，一副恨铁不成钢的模样。

"还有跳舞、习字、背棋谱！这丫头笨死了，根本不像我孙若微的女儿，也不知是随了谁，难道是像皇上？"朱锦馨拿腔拿调地学着若微说道。

"你这孩子！"

董夫人与若微不禁都笑了。

朱瞻基在乾清宫议事之后原本想去长乐宫看若微，可是转念一想，还是先去了仁寿宫。

仁寿宫正殿内可谓是花团锦簇，端坐在正中的是张太后，张太后左首是皇后，右首的位子空着，显然是给皇贵妃若微留的，东面下首依次坐着刘淑妃、何惠妃、袁丽妃、曹敬妃，而西侧十张楠木椅上坐的都是新人宫的备选淑女。

一见朱瞻基入内，自皇后并四妃以及十名淑女立即起身跪拜，一时间身形婀娜如蝶舞，娇语连连似莺啼，朱瞻基只是微微颔首点了点头："都起来吧！"

"母后吉祥，朕在前边跟几位阁老商议安南撤军一事，所以来晚了！"朱瞻基行了礼便坐在张太后身边。

"皇上前朝的事情忙，母后和皇后等等自是无妨！"张太后仔细看着朱瞻基的神色，只见他态度如常，并无半点儿不妥，于是说道，"这些都是母后精心为皇上挑选出来的淑女，皇上看看有没有中意的？"

朱瞻基目光扫过众人，淡淡说道："此事就请母后做主吧！"

张太后点了点头，对着殿内众人说道："你们先下去吧。"

"是！"众人刚待退下，张太后又说："皇后留下！"

"是！"胡善祥刚刚起身又坐了回去。

张太后拉着朱瞻基的手，语重心长道："皇上不要怪母后多事，如今皇上春秋鼎盛，可是膝下无子，所以才要充实后宫广纳嫔妃，这也是皇后的意思。皇后贤德，皇上也要多加体恤才是呀！"

朱瞻基听后，唇边浮起一丝笑容，点了点头道："母后教训得是！今儿朕特意过来就是有件事情要禀告母后，同时也要关照皇后。"

"哦？"不仅是张太后，就是胡善祥也愣了。

"皇贵妃有喜了。"朱瞻基唇边的笑容一点一点地扩大，"朕特意来给母后道喜！"

朱瞻基说完，半晌之后胡善祥才缓过神来，立即说道："臣妾恭喜太后，恭喜皇上！"

张太后也是怔了片刻之后才说道："母后倒是真希望贵妃此次能为皇上诞下龙儿，如此皇上也算称心如意了。以后……"

朱瞻基笑了笑，"母后的意思朕明白，以后要恩泽广施，雨露均沾。"说完他特意把目光投向了胡善祥，"贵妃这次受娠与前两次不同，害喜得十分厉害。朕特意告知皇后，还请皇后交代御膳房和相关的太监宫女，一定要小心伺候。若是出了什么岔子，朕只找皇后理论。"

他含着笑，话语轻缓温柔，拉着胡善祥的手，就像多年的夫妻在闲话家常，可是胡善祥却觉得如刺在心，疼痛难忍，只是面上又要强作欢颜，于是有些艰难地说道："皇上放心！臣妾自当尽心。"

朱瞻基点了点头，在胡善祥手上拍了拍，他的龙目紧紧盯着皇后的眼眸："其实后宫之中，不管是皇贵妃，还是贵人、淑女，无论谁为朕生下皇子，以后总归是要管皇后叫母后，认皇后为嫡母的。"

胡善祥被朱瞻基前所未有亲昵的举动吓住了，她来不及细品他话里的意思，只是点了点头："臣妾知道！"

"好好好，这样最好！"张太后看着仿佛像换了一个人似的朱瞻基，又看了看胡皇后，心事突然无端地沉重起来，若微有孕对于她来说不知是喜还是悲？她只是暗暗松了口气，不管怎么说，对于皇家来说，这样的消息终究是好的。

坤宁宫内宫门紧闭，一个消瘦的身影静静地跪在当中，慧珠指着她的鼻子尖训道："你是死人吗？让你在长乐宫是做什么的？出了这么大的事为什么不来回禀？"

她悄悄抬起头，面上神情十分无助，"慧珠姐姐，我实在是不忍心，上次因为我把消息给你们偷偷递过来，就害得贵妃娘娘落了胎，紫烟也……"

"啪！"一个耳光重重地打在她的脸上："凭你也配讲良心？别忘了，如果不是皇后娘娘开恩，你一家人早就没命了！别忘了你是谁的奴才！"

她低垂的头几乎要抵在地上，双肩微微有些颤抖，仿佛在哭，却没敢发出声来。

"好了，好了，别哭了，一会儿哭红了眼睛，回去被她们发现了！"慧珠伸手将她扶了起来，顺势塞给她一个锦盒。

"不，不，我不能再做这样伤天害理的事情了！"她的手仿佛被烫到了一般，推托当中，那个锦盒"啪"的一声掉到了地上，从里面滚落出两粒丸药。

"你真的不想活了？那你弟弟呢？你想让他入宫当太监吗？还有你爹娘和祖母呢？你都不管了？"慧珠的声音冷峭峭的，"这只是普通的香丸，是放在箱子里熏衣裳的。"

"可是，可是贵妃娘娘不喜欢熏香，长乐宫里也从来不用这些的！"她低声答道。

"她不用？旁人不用吗？常德公主不是最喜欢把衣服熏得香香的吗？"慧珠耐着性子提醒着。

"可是公主还小，公主是皇上的骨血！"她更加惊恐。

"放心，只是对孕妇不好，不会伤到旁人的！"慧珠叹了口气，"如果你不愿意做，我也可以找别人，只是那时，这宫里的太液池中就会多一具无名的女尸！"

"啊！"她神色大变，终于狠了狠心，战栗着接过了那个锦盒。

坤宁宫东暖阁内，胡善祥靠在榻上问慧珠："她，可靠吗？不会告发咱们吧？"

"不会，有她一家老小的性命在咱们手上，她怎么可能不听话？"慧珠面上是势在必得的笑容，"娘娘放心就是了，其实这次的香丸不过是最普通不过的香料，根本不会对孕妇有害！"

"什么？那姐姐为何还要如此大费周折逼她行事？"胡善祥直起身子凑近慧珠，压低声音追问道。

"经过上次的事情，怕她生有异心，先以此物试试，若是风平浪静，说明此人还可以用，那么接下来咱们要做的事情才能放心地交给她；若是她图谋不轨去告发咱们，那只能是落一个诬陷的罪名，正好借此除去。"慧珠眼中寒光微起，盯着窗子上摇曳的树影幽幽说道，那神情透着几分诡异，又有些深藏不露。

"难道姐姐还有别的计策？"胡善祥听了更是糊涂了。

"是，前儿我经过北三所景祺阁，发现了一桩怪事。如今想来，正是天赐良机，我们正好借力打力，以连环巧计智取，出了事任何人都不会怪到咱们头上！"慧珠凑在胡善祥耳边低声说着。

"天哪，这成吗？"胡善祥脸色大变。

"成！只有这个法子才说得上是天衣无缝。"

　　盛夏的午后，长乐宫后苑移清阁的院子里安静极了，静得似乎可以听到花开草长莺啼蝶舞的声音。

　　她半躺在紫藤花架下的躺椅上，她的衫裙和发间有几片落英，而她一面吃着酸梅，一面随手翻着一本宫中胎训的书。

　　长乐宫管事阮浪从回廊里走过来，远远地看到这样一幕，竟然有些呆住了，仿佛忘了来意，只是静静地站在廊下看着她。

　　院子里绿萝青柏的间隙种着各色花草，如今正是争奇斗艳、万芳相映，这绝美的景致似乎只是为了衬托她如同新蕾般娇俏的容颜。懒懒地倚在藤椅上的她柳眉浅浅，杏目婉转，莹白如玉的皮肤上被投在树影花间的暖阳晕染了一层淡淡的红，湖水般深邃的眼眸半睁半闭，美得不可方物。

　　渐渐地，她从眼底肆意流泻出一缕淡漠的笑意，玉手微抬，一粒酸梅便不偏不倚地丢到阮浪的身上，阮浪面色通红，立即紧走几步，伏身凑在她耳边低声奏报。

　　"娘娘，要不要奴才派人把她拿下？如今人赃并获，可以直接回了皇上！"阮浪一五一十地回禀之后，见她面上仍波澜不惊又迟迟不作表态，只好开口相询。

　　"算了。"若微淡然一笑，摇了摇头。

　　"算了？"阮浪瞪大眼睛，"娘娘的意思是？"

　　"她们处心积虑要对付我腹中的胎儿，若是现在告诉皇上，她来一个丢卒保帅，我们占不到半分便宜，反而会打草惊蛇。如今倒不如静观其变，看看她们后面还有什么阴谋。"若微脸上始终带着淡然至极的笑容，但是在阮浪看来，这笑容里面却大有乾坤。

第三十三章　苍鹰画作殊

宣德二年八月十五，用过午膳之后，后宫嫔妃全都乘着小轿来到皇宫最北侧的泌芳斋看戏。泌芳斋位于乾西五所之头所，斋为工字形殿，有前后两座厅堂，中间为穿堂相连。前殿与南房、东西配殿围成独立的小院，各有游廊相连。院落南房北面接戏台一座，与泌芳斋前殿相对。戏台为亭式建筑，面阔、进深各三间，为黄琉璃瓦重檐四角攒尖顶型，风格高雅华贵。

众妃依位次坐在戏台对面的游廊里，看着戏台上的演出，品着生果房精心准备的各色果品，神情十分怡然。

居于正中的张太后目光从台上移到坐在自己右手边的孙贵妃身上，盯着她的肚子看了又看，看得若微有些不好意思，"母后！"

张太后笑了："无妨，昨儿听刘太医说，算算日子还有三个月就要生了。依宫里的规矩，从明天开始，你就要搬到专门的月子房静养了。哀家跟皇上提了几次，皇上似乎都舍不得，哀家想听听你的意思。"

若微面上吟吟含笑，"全凭母后做主！"

张太后点了点头："这也是宫里的头一遭，务必要慎之又慎，母后思来想去，月子房就为你选了这泌芳斋，北院的静憩轩正殿五间，东西配殿各三间，最是清静凝神、天和颐养的佳所，东出即是御花园，闷了可以出来散散心。"

"母后看着好，那自然就是好的！"若微话语轻柔低声应着。

张太后点了点头，"去吧，知道你身子重了乏力得很，既然是困倦了就别强撑着，快回去歇着去。明儿用过午膳之后，母后派柳嬷嬷和云汀过去接你！"

"是！"若微点头相应，身后的司音与湘汀立即上前相扶，出了东门刚刚走进御花园，只听身后有人轻唤。

若微停下步子，回眸一看，竟是晴儿，只见她樱唇含笑，神色从容，手提八角玲珑食盒追了上来，她轻启珠唇说道："这是太后娘娘仁寿宫小厨房做的冰皮莲蓉月饼，原本是晚上大宴的时候赏赐用的，太后命奴才特意留出来一些，请娘娘带回去给常德公主尝尝！"

"请晴儿姐姐替本宫谢过母后！"若微命湘汀接过食盒，与晴儿对视之间，只见晴儿的目光有意无意地扫了一眼那个食盒，随即嫣然一笑，便转身走开了。

若微心中便立即明了。回到长乐宫之后进了后院移清阁卧房内，关上房门只留湘汀一人，打开食盒，果然在一个冰皮月饼里看到一张字条。

"娘娘，晴儿姑娘以字条示警，说太后把月子房定在泌芳斋是听了皇后的主意，看来这泌芳斋里必定是危机四伏，咱们去不得！"湘汀神色紧张，额上竟有汗珠渗出。

若微凝眉不语，只是摇了摇头。

"那怎么成？难道明知有险，还要硬往上凑吗？"湘汀从榻上拾起一柄团扇，坐在若微身边为她轻轻扇着，"如今就是在这长乐宫里，我也是提心吊胆，处处小心。若是到了那边，不仅是咱们的人，还有太后派来的嬷嬷和女官，人多手杂，怕是防不胜防呀！"

"是福不是祸，是祸躲不过。如今咱们与中宫之争就全靠这个孩子了！"若微轻抚着肚子，面上闪过一丝忧虑之色，她叹了口气道，"也不知这孩子的命是硬还是不硬。"

宣德二年十一月九日。

御花园内，紫烟与若微缓缓走在前面，司棋、司音和一众的嬷嬷、女官都不紧不慢地跟在后面。

若微身穿金丝白纹县花锦绣棉裙，上身是如意五彩祥云鸾衣，外披大红羽纱白狐狸鹤氅，虽然腹部高起，可是依旧显得十分俏丽飘逸，清新脱俗。

紫烟今日也隆重盛妆了一番，粉霞锦绶长衣罩体，露出拖地的烟笼梅花棉裙，外面披了件桃红色的羽毛棉斗篷，移步之间隐隐地露出圆滚滚的肚子，显得既娇俏又雍容，正如冬日里绽放的梅花，娇艳动人。

两人牵手而行，边走边叙，面上有些依依不舍之意。

若微停下步子，仰头看着暮色初现的天空，神情中有些伤感。紫烟轻轻拍了拍她的手，面上笑容更浓。

若微鼻子一酸，带着悲意说道："你想问我在看什么，对不对？"

紫烟点了点头。她现在只能用表情和动作来表达自己心中想要说的、想要问的，再也不能像过去那样缠着若微叽叽喳喳地问个不停了。

若微深深吸了口气，"好姐姐，我在看黄昏。"

紫烟眼眸微眨，努了努嘴。

若微点了点头："你问我黄昏有何好看的？"

紫烟点了点头。

紫烟的表情如同稚子，仿佛丝毫不觉得有口难言有多么不方便，面上依旧含笑，温柔可人，可是她越是如此，对若微而言就越是残忍。若微不忍相顾，只得把头扭向别处："每近黄昏，这紫禁城里就冷得吓人，没有了阳光又没到掌灯时分，所以四处阴森森的。厚厚的云雾盘踞在天空之中，夕阳一点一点地下沉，原本炫目的彩霞被凡尘云雾与暮色晕染，一切都变得灰突突的。屋里就更憋闷得让人喘不过气来，所以每到此时，我都不敢待在房里，就出来在这御花园里走走。"

紫烟似懂非懂，脸上依旧是甜甜的笑容，只是拉着若微那只手握得更紧了。

"好了，紫烟，不说这些了。如今你月份也大了，这可是咱们孙府的长孙，万万不能大意，以后你不要再入宫来看我了。"若微伸手想把紫烟拥入怀中，可是手刚刚伸出去，两人的肚子竟撞在了一起。

她们不约而同地眉头微皱，随即都笑了。

"司音、司棋！"若微转过身对随侍的宫女说道，"你们送紫烟到前边乾清宫东配殿梢间稍候，今儿是孙大人值守，正好可以让他们夫妻俩一同出宫回府。"

"是！"司音、司棋双双应着。

看着她们渐行渐远，若微仍立于原处，没有移步。

身后的教养嬷嬷开口了："贵妃娘娘，园子里风大，还是早些回去吧！"

若微点了点头，"走吧！"只是刚刚移步，就听到身后的假山龙洞中发出一阵莫名的声响，正要差人过去看看，只见一个身影突然从里面蹿了出来，疯了似的向她们扑了过来。

居然是个人！他身材高大衣衫不整，头发乱如杂草覆在面上，里面还夹杂着许多草叶，裸露在外面的身体皮包着骨头，瘦骨嶙峋甚是吓人。

"啊！"女官们吓得四散开来。

"快去叫人！"

"快护着娘娘！"

老嬷嬷们架着若微步步后退。

只是还没走出几步，她就被那个黑影子扑到在地。

"啊！"若微重心不稳，重重地摔倒在地上，正好是肚子着地。她只觉得眼前一黑，浑身上下立即不可遏制地疼了起来。

暮色中那个黑影举着的明晃晃物件却迟迟没有落下，他甚至蹲在若微身边仔细看了看，好像在找些什么。

"娘娘！"好像听到司音与司棋的声音。

仿佛只在一瞬之间，那个黑影突然从若微身边跳开了，他疯了似的冲着司音、司棋跑了过去，吓得两人立即抱着头跑开，只剩下不知为了何事又悄悄折返回来的紫烟怔怔地立在那儿。

"啊"的一声惨叫，所有的人都闭上了眼睛。

泌芳斋北院静憩轩内灯火通明，宫女们手捧铜盆鱼贯入内，不多时即端着满是血污的手巾与污水退了出来。

泌芳斋正殿内，端然稳坐的是手拿佛珠闭目诵经的张太后，坐在下首的皇后胡善祥珠泪涟涟，面色苍白。

在殿中来回踱步焦急不安的正是大明天子朱瞻基。朱瞻基藏在袍袖之内的双拳紧紧握着，俊朗的五官如今因为焦虑与怨愤竟然有些变形。他面色阴沉，目光如炬，虽然不发一语，却透着绝杀之气，吓得整个泌芳斋里服侍的人连大气儿也不敢出。

也不知过了多久，天色仿佛渐渐亮了起来，可后边殿里还是没有等到期盼中的婴儿啼哭声，朱瞻基终于忍无可忍，他急匆匆地穿过游廊向北院走去。

"快拦住皇上！"胡皇后起身挡在朱瞻基面前，她双膝一软跪在地上说道："皇上，祖宗规矩，皇上不得进入月子房！如今已经破了规矩，皇上可一、不可二，绝不能进入产房呀！这可是大大的不吉利！"

"不吉利？"朱瞻基面色十分吓人，紧盯着胡皇后，仿如两柄尖刀要硬生生地刺入她的心房，"贵妃此番若是有事，所有的人都别想活了！"

"皇上！"一直静而不语的张太后发话了，她轻抬眼皮，拿着佛珠走到朱瞻基面前，"依皇上的意思，这所有的人包括母后吗？"

"母后！"朱瞻基强忍着心头之火，脸色变了又变，"情急之下，母后就不要计较儿臣的用词了。"

"不计较，母后自然可以不计较，可是皇上的一言一行都有史官记录，母后可以不计较，史官也不计较吗？"张太后的声调突然高了起来，面上也是一派凛然之势。

朱瞻基愣了一下，随即"扑通"一声跪在张太后面前，只是一跪之后，他便一语不发，站起身向北院走去，面上的神情令所有人胆寒，太医也好，教养嬷嬷和宫中女官也罢，谁都不敢上前相阻。

就这样，他直接走进了产房。

大红的帐子映着面无半分血色气若游丝的她。

朱瞻基走到床前，双膝一软跪在床边，紧紧地拉着她的手，不发一语，却胜过千言。

"皇上，贵妃娘娘怕是不行了，已经过了一天一夜，可是这胎就是不往下走，娘娘已经没有气力了！"四名太医伏在地上众口一词。

"若微，紫烟没事，她的孩子也没事。紫烟说让你安心生产，她说等她养好了身子，她还要入宫给咱们的孩子当奶娘！"朱瞻基凑在若微耳边低语着，一遍又一遍重复着。朱瞻基太清楚若微心中所想所念，虽然句句皆是违心相骗，可是此时，他不知道他还能说些什么来激发起她的信念和求生的欲望。

宣德二年十一月十一日寅时，一声洪亮的婴儿啼哭响彻云霄，久久回荡在紫禁城中。寅时又称日旦，原本就是日与夜的交替之时，象征着光明与祥瑞，而这个孩子的降生对于大明天子朱瞻基与贵妃孙若微而言，更是如此。

坤宁宫东暖阁里，胡皇后与慧珠相对而坐，竟是一筹莫展，无言以对。

"是天意吗？"胡皇后痴痴地笑了，"苦心筹划多时的连环巧计，竟被她接二连三地破解了，皇长子真的从她肚子里出来了？"

她笑了，笑容中带着无尽的绝望与沮丧，眼神空洞而麻木，仿佛此生已经万念俱灰，再也没有什么可留恋和追寻的了。

"娘娘，还没到最后时刻，咱们还有机会！"慧珠苦劝道，"娘娘千万不要灰心。皇长子虽然生下来了，可是以后的日子还长着呢，保不齐能不能安然长大。再者说，就算皇长子福大命大，那没了娘的皇长子又有什么可怕的？"

"什么？"胡皇后眼睛睁得大大的，紧盯着慧珠，"你是说？"

慧珠点了点头："我们还有一个月的时间，只要她没搬回长乐宫，一切都还有机会，娘娘可听过产妇血崩之症吗？"

"什么？"胡皇后面色大变。

仁寿宫内，慈荫楼正殿东次间暖炕上，张太后怀里抱着包在明黄色襁褓里的小婴儿，乐得合不拢嘴。

"太后，都抱了快半个时辰了，该歇一歇了！"云汀站在一旁打趣道。

"不累不累，抱着这么一个小可人儿，就是手断了也不嫌累！"张太后仔细看着婴儿的眉眼，喜滋滋地说道，"真是怪可怜见的，皇上年近三十才得了这么个宝贝，以后你们可都得给哀家打起精神来，咱们大明的希望都在他身上呢！"

"是！"室内的宫女嬷嬷们纷纷应声。

张太后又像是想起了什么事，突然问道："去乾清宫传个话，等皇上下了朝，让他过来看看皇长子。还有，得快想个好名字。"

"回太后，皇上今天免了早朝，一大早就去奉先殿祭告了祖先，刚刚回到宫里就直接去了泌芳斋！"素月回道。

"哦。"张太后面上笑容未减，然而目中却露出一丝忧虑。

泌芳斋北院静憩轩内，重重幔帐低垂，虽然室内各处的香炉里一直香烟不断，可依旧能闻到一股子浓郁的血腥之气。

朱瞻基步入室内，先在外间脱下龙袍换上了常服，又净了手在香炉边上熏了又熏，这才悄悄走入内室。

宫女们悄悄打起帐子，朱瞻基坐在床边，看着若微轻唤了几声，见她依旧一动不动，不由面色沉重，忧心如焚，只盯着屋里的人问道："娘娘一直都没醒过来吗？"

"是！"随侍在侧的刘嬷嬷回道，"娘娘的样子怕是不好，昏昏沉沉地睡了两日，这底下还是泄红不止。"

"什么？"朱瞻基眉头紧锁，大惊失色，声音竟有些发颤，"怎么会这样？"

只是满室的宫女和嬷嬷都低埋着头，无人敢应，也无人能应。

"去，快去宣太医！"朱瞻基心乱如麻，立即压低声音喊道。

"是！"

"许，许……"帐子里突然传出一阵若隐若现的呓语，像是梦话一般。

"许？"朱瞻基立即弯下腰，紧贴在若微面上，"若微，你想说什么？"

"许！"若微在沉睡中无意识地低喃着，始终说不清，仿佛只是一个"许"字。

双眼红肿的湘汀突然跪在朱瞻基面前，"皇上，娘娘说的是不是许大人？"

"哪个许大人？"朱瞻基更加莫名。

"许彬，许大人。"湘汀满面倦色，双眼红肿，突然伏在地下悲泣道，"娘娘的病恐怕宫里的太医是治不好了，如今只有寄希望于许大人了！"

朱瞻基恍然大悟："好丫头，难为你与贵妃如此知心。快去，叫王谨拿朕的玉牌去四夷馆宣许彬即刻进宫！"

"是！"湘汀含着泪给朱瞻基磕了个头，就匆匆退下了。

半个时辰之后，许彬奉诏入宫，破例进入宫妃生产的月子房内在贵妃床前为若微诊脉。他纤长的手指轻搭在她的玉腕之上，仿佛只是转瞬之间，许彬便点了点头，一句"可以了"，湘汀立即上前，将若微柔弱无骨的玉腕放回到锦被之中。

许彬面色如常，依旧是泰山崩于前而面不改色的镇定，他只是肆无忌惮地用那双能够摄人心魄的俊目从室内每一个宫女、嬷嬷的脸上扫了一遍。宫内的女人很少见到皇上以外的男人，更何况是这样一位仪容俊美、气度不俗的美男子，他的笑透着优雅从容，只是唇角眉梢间有一抹说不清道不明的轻佻狂傲，所有的人都面色微红，在他的注视下不由自主地低下了头。

"许爱卿！"朱瞻基忍不住轻咳一声以示提醒。

"皇上，容臣直言，娘娘的病需要换个地方医治！"许彬一开口就让朱瞻基大感意外。

"许爱卿能否说得明白些？"朱瞻基稍做示意，便领着许彬走出产房。

坐在泌芳斋正殿内，朱瞻基立即开口问道："许爱卿可有法子助贵妃脱险？"

许彬点了点头。

"王谨，速备笔墨请许大人拟方！"朱瞻基大喜过望。

太监王谨将笔墨纸砚备好，许彬执笔如游龙走水，很快便将方子呈给朱瞻基。

朱瞻基用目一瞅，只见上面只写了两句话："郁金害人，移宫自愈！"朱瞻基手上稍稍用力便将那方子揉作一团，他紧盯着许彬，压低声音说道："此为治标之方，如何治本，许卿可有高见？"

许彬口称："容微臣斗胆！"随即拉过朱瞻基的手，在他的手心里写了三个字，然后便一抖袍袖说了句："微臣告退！"随即便翩然离去。

望着他摇如琼树的风姿，朱瞻基呆立片刻之后立即下旨："来人，准备暖轿，轿底多升铜炉，多置暖围，侍候贵妃凤驾迁居乾清宫后苑暖阁！"

"皇上！"有人想开口相劝，然而一抬头看到朱瞻基的面色，又立即把后面的话咽了回去。

宣德二年十一月十九日，在孙贵妃诞下皇长子的第八天，还未及满月的皇长子朱祁镇即被册封为皇太子，并定于第二年正月十五日举行册封大典。

而迁居到乾清宫后院调养的贵妃孙若微也奇迹般地恢复了健康。

第三十四章　戚戚何所迫

乾清宫后院，刚刚出了月子的若微不似寻常产妇那般珠圆玉润，反而越发的清瘦，新浴之后的她静静地坐在妆台前，任由司音、司棋为她理妆。

湘汀手捧着一件大红色描金绣凤的礼服悄悄上前："娘娘，这是皇上命尚衣局为娘娘赶制的礼服，说是正月十五皇太子册封大典时娘娘的吉服。皇上让娘娘试试，如果不合适，就让她们拿去再改。"

"先放着吧！"若微面上的神色依旧是淡淡的，乌黑的长发被巧手的司音绾成一个优美的流云髻，司棋从妆匣内拿起一支衔着明珠的金凤钗，若微摇了摇头，司棋在妆匣内捡来选去，刚刚拿起碧玉簪，就听身后的湘汀说道："这个太过素净了，还是选那支梅花琉璃钗吧。"

红色宝石穿的红梅金丝镂空珠花在乌黑的发髻中盛开，玲珑剔透的梅花琉璃钗上浑然天成的红色正好雕成了梅花瓣，坠着三股红玉珠，就像娇艳欲滴的红梅，美得令人炫目。

可就是这红艳艳的美，让若微想起了那一日在御花园里发生的骇人一幕，她立即花容大变，"拆了！快拆了！"说着她便疯了似的扯着头上的珠花簪饰。

"娘娘！"司音、司棋、湘汀都蒙了，她们立即出手相拦，而若微却越发地失态，竟然伏在妆台上痛哭了起来。

"红色，这红色艳得像血，是紫烟的血，是紫烟孩子的血！这血晃得我睁不开眼，这辈子我拿什么去还她的情、她的义？"若微号啕大哭起来，一时间哭声如泣如诉，满室的人都怔怔地呆立当场。

"不要，我不要这样的红！"她仿佛疯了，将妆台的珠花、玉镯和所有的首饰统统捧在地上，随即又扯着室内的红帐纱幔，甚至是红色绣花的桌布座垫，甚至是那件崭新的大红礼服。

她手里拿着明晃晃的剪刀，所有人都不敢上前相阻。

湘汀立即奔到室外喊来阮浪，阮浪只是探了个头就悄悄退下去，到前殿禀告朱瞻基。

当朱瞻基进入室内的时候，屋里一片狼藉，一身白衣的她满头青丝如瀑般倾洒在身后，伏在地上失声痛哭，满地都是红色的碎片。

"若微，过去了，都过去了！"朱瞻基比任何人都了解若微心中的苦，眼睁睁地看到紫烟被人横刀切腹惨死当场，她受到的刺激自是常人无法承担的，所以夜夜都会听到她在梦中抽泣，每夜都不知要惊醒多少回，拥着她入睡后用不了两个时辰就能感到她衣裳尽湿，全都是午夜惊梦吓出来的冷汗。

"湘汀，以后这屋里不要用红，吩咐下去，长乐宫里的摆设也都换了吧！"朱瞻基此时真不知道该如何安慰惊如病兔的若微。

"是！"湘汀一面应着，一面默默垂泪。

"皇上，你说紫烟会不会怪我？"若微止了哭，面上还带着晶莹的泪水，可唇边却痴痴地笑了起来。

"不会！"朱瞻基搂紧了她。

"她不会，继宗也不会，爹、娘和爷爷，他们也都不会怪我吗？"若微眼中迷离如雾，再也没有了往日的明眸珠辉。

"他们也不会。朕已经遣阮浪和金英去探视过了，孙府正在为紫烟准备后事，你爷爷说要把她送回邹平老家葬入祖坟。"朱瞻基语气低沉，转身看了一眼阮浪。

阮浪立即上前说道："娘娘请放宽心，奴才去孙府的时候，看到了孙大人和继宗少爷，他们都好，都惦记着娘娘！"

"都惦记着我？"若微眼中刚止的泪水又瞬间倾泻了下来，"惦记我做什么？我只会连累他们，倒不如死了干净！"

"若微！"朱瞻基紧紧搂着她，"你别胡说，前些日子你在月子里，所以才没跟你提，如今刚刚大好千万不能过虑，朕已命人彻查紫烟遇袭一事，你放心，朕一定还你们公道！"

"彻查？如何彻查？"若微颤抖着双肩，突然满面怒色，指着北墙说道："还不是坤宁宫里的那个人，她总是恨不得我死！"

"若微，别胡说！"朱瞻基恼也恼不得，哄也哄不好，只得将她抱起拖到床上，细声细气地安慰，"此事还未查清，你先别急！"

"还用查吗？"若微冷笑着，"皇上不觉得此事与那年我在西山遇袭如出一辙吗？铁钉，铁钉呢？去铁匠铺查不是已经查到胡安了吗？"

"若微！"朱瞻基伸手捂在若微的嘴上，又吩咐着，"你们都下去，今日的事儿不许向外透露半个字！"

"是！"湘汀、司音、司棋，连同阮浪纷纷退下。

朱瞻基将若微搂在怀里，用手轻轻拍着她的背帮她顺气，叹息之间低语道："你呀你，非要如此吗？朕说过，只要以春秋大义'母凭子贵'就可废了她，何苦还要施计逼她现形，自己劳心费神不说，这身子怕是更吃不消！"

若微一语不发，仿佛朱瞻基说什么都与她无关，只是倚在朱瞻基怀里，气息渐渐如常，仿佛睡着了一般。

三日后，仁寿宫慈荫楼东暖阁内，朱瞻基坐在西墙下的花梨藤心扶手椅上，探着身子，看着黄龙绣帐内睡在明黄色锦褥铺就的小床里的皇子，他刚要伸手去摸那白白胖胖的小脸，却被从侧面伸出来的裹在织锦凤袖里的手挡下了。

"别摸，刚从外面进来，当心冰着他！"出手相拦的正是张太后，两旁侍女立即在小床边上抬了一把花梨四出头官帽椅，又特意放了厚厚的棉垫子，张太后坐在上面，侧着身子低头看着孙子，脸上是一副有孙万事足的安心与满足。

"如今有祁镇在这仁寿宫里，皇上也跑得勤了。早上请安的时候不是刚刚看过吗？怎么刚过未时皇上又来了？"张太后话里有话透着三分嗔怪。

朱瞻基听了唯有一笑而过，"瞧母后说的，就是祁镇不在仁寿宫里，儿臣还不该过来看看母后？"

"哼！"张太后轻哼一声，"行了，有什么话，皇上就明说吧！"

"母后，儿臣来是想问问母后，贵妃的身子也大好了，这孩子从落地到现在她还没看过一眼，儿臣想抱过去让她看看，也好让她安心！"朱瞻基打量着张太后的神色，缓缓说道。

"安心？"张太后笑了，"放在母后宫里，她还有什么不安心的？祁镇不仅是她的亲儿子，也是母后的亲孙子。母后不会让祁镇有一丁点儿闪失的，你让她放心好了。若是身子真的大好了就早点儿搬回长乐宫，老待在你的乾清宫里算怎么回事？"

朱瞻基面上的笑容有些僵硬了，若微猜得一点儿也不错，母后果然是打定主意要自己带祁镇了，于是便正色说道："母后，儿臣还有件要事跟母后说。"

"好，咱们出去说，别吵了我的好孙子睡午觉！"张太后看着孙子时笑容满面，然而站起身时又将笑容收尽。

两人走到外间正堂分别落座，朱瞻基说道："母后，之前御花园遇袭一事，因为贵妃难产，身子行将不愈太过凶险，所以才一直放着未办，如今朕已命人彻查……"

"彻查？"张太后凤目微凛，"如何彻查？母后早就告诉过你，那个疯子是建文帝的二子，朱玉圭。当年成祖爷攻破南京城时，他还在襁褓之中，这些年从南京旧宫到北京城的皇宫，一直被囚于密室之中，如今长到三十多岁还五谷不分、人事不懂，是个疯子，是个废人，谁想到他怎么就跑了出来，冲撞了若微。好在没有大碍，此事关系着成祖爷的圣德，不能声张。"

"母后，这层意思儿臣明白，可是他被关了三十多年与世隔绝，又怎么会突然跑出来？又偏偏遇上贵妃，况且他为何不追别人怎么单独只追贵妃？"朱瞻基眸色阴沉，耐着性子缓缓说道。

"好了，好了。一个疯子，难不成你还想说他是被人指使来专门对付若微，对付她腹中的皇子？"张太后面上露出淡淡的笑容，"母后知道你心疼若微，如今孩子还未到满月就立为皇太子，也算是天大的恩宠了，这已经到了头了。你们呀，以后还是安分些吧！"

"母后，此事可暂时放下，儿臣还有一事要讲！"朱瞻基从袍袖内拿出一个锦盒，打开盒盖放在案上，"母后请看！"

张太后拿眼一扫，只见里面是一枚铁钉，"皇上这是何意？"

"母后还记得当年在皇太孙府时，贵妃有一次去西山赏雪，路遇恶犬相袭的事情吗？"朱瞻基问。

"是有这么档子事，她呀，就是个惹事精！"张太后面上渐渐浮起一丝不悦。

"当时她被人救下躲开了恶犬，可是又碰到林中射来的暗器，救她之人身上中了两处，就是此钉！"朱瞻基细细讲来。

张太后面色越发沉重起来。

月华初上，仁寿宫里一片寂静，气氛压抑得让人有些喘不过气来。

张太后与皇上端坐上首，胡皇后带着侍女从外面步入，见此情形不由微微愣住了，她先是给太后与皇上分别行了礼，然后才开口说道："这么晚了，母后召儿臣来可是有什么要紧事？"

张太后指了指左手的椅子："先坐下吧，一会儿人到齐了，皇上要当着母后的面，断一桩陈年旧案！"

"哦？"胡皇后的目光投向皇上，却从他的脸上看不出半点儿端倪，只得落座。

这时只见云汀带着一名壮汉步入亭中，那人面色黝黑，身形魁梧，身上散发着一股子难闻的酸臭之气，进得室内立即扑通跪倒在地："草民赵六叩见皇上，皇上万岁万岁万万岁！草民赵六叩见太后娘娘，太后娘娘千岁千岁千千岁！"

"免礼！"张太后又恢复了往日的宁静端庄，她再次从桌上拿起那个锦盒，打开之后从里面取出一枚铁钉，指着它说道："赵六，你仔细看看，这枚铁钉可是出自你手？"

胡皇后面色微变，忍不住回头看了看慧珠，慧珠冲她递了个眼色，示意她稍安。

赵六跪着上前移了几步，云汀则从太后手中接过铁钉递给他，他细细看了片刻，立即点头称是。

"是谁让你做的？"太后又问。

"这个……"赵六迟疑着抬起头看了看太后，又看了看皇上。

"你只管照实说！"太后和颜道，"不管是谁，哀家都能保你平安！"

"是一位女客。"赵六答道。

"女客？怎么会是女客？不是胡安吗？"皇上脸色变了又变，出言斥责道。

赵六立即伏在地上，不敢言语了。

张太后扫了一眼皇上，"皇上既然是要哀家问案，就不要插手。"

皇上憋着气，龙目含怒，紧紧瞪着赵六。

太后又问："既然是位女客……时隔了五六年，若是再次见着这位女客，你可还能将她认出来？"

张太后目光紧紧逼视着赵六，只恐错过他脸上一丝一毫的表情。

"能，那位女客生得极俊，相貌世间少有，所以草民若是再遇到一定能认出来！"赵六倒是不紧不慢极为从容。

"很好！"张太后点了点头，指了指皇后说道，"皇后，去把你宫里自皇太孙府里带出来的旧人都叫来，站在这儿，让他认！"

"母后！"胡皇后眼中尽是委屈之色，万般无奈，只得依从。

自胡皇后以下，胡皇后身边的大宫女慧珠、落雪、梅影等人纷纷立于室内，赵六看了又看，连着摇了摇头。

"去，把皇贵妃请来！"张太后说道。

"母后！"皇上眉头紧拧，不知道事态如何演变得完全超出自己的想象。可张太后却执意而行。

当若微刚刚踏入殿中，赵六立即指着她道："是她，就是她！"

"什么是我？"若微镇定自若地解下身上披着的白色雪裘大氅，给皇上、皇太后以及胡皇后分别见礼，然后坐在右首椅子上。

待她刚刚落座，皇太后又开口了："赵六，你可看清了，当日让你做这铁钉之人真的是她？"

"是！"赵六连连点头。

"那为何先前皇上派人去查，你却说是府军胡安让你做的？"皇太后扫了一眼皇上，又瞅着赵六问道。

"因为，因为……"赵六看了看若微，仿佛下了很大决心一般，"当日这位女客让小人做此物的时候就交代过，如果日后有人来查就说是一名叫胡安的中年男子托小人做的。"

他此语一出，胡皇后立即泪眼婆娑，泣不成声，"母后，母后，儿臣真是冤枉呀！"

张太后把目光投向皇上："皇上，如今局面恐怕皇上也是始料未及吧？如今真相大白，谁真谁假？谁忠谁奸？皇上自然明白！"

朱瞻基阴沉着脸紧盯着赵六，恨不得一刀将他斩了，"赵六，你说是皇贵妃让你做的铁钉然后诬陷胡安，你有何凭证？"

赵六显然早有准备，他不慌不忙从怀里掏出一个物件，"有有有，当初这位女客赏了小人好多银两，还有这串珊瑚珠子，银两小人都用来买房置地了，可是这串珠子，小人一直存着，想给小人的女儿作嫁妆。"

"拿上来！"张太后从侍女手中接过珠串细细观看，面色越发阴沉，"不错，这还是永乐九年郑和从西洋返航时带回来的，成祖爷赏了两串给哀家，一串留给嘉兴公主了，还有一串就给了若微。想不到你竟然拿先皇所赐的圣洁之物去做这等买凶陷害他人的事情。若微，你实在是太让母后失望了！"

"母后，让母后失望的不是若微。"若微平心静气，低眉敛目，态度和缓，清雅得如同夏日荷花，只是眼尾轻轻一扫，便似有两道寒光向胡皇后射来。

"人证物证皆在，你还要抵赖吗？"张太后逼视着她，心中不由暗暗踌躇，依她的性子真不想再容这样的奸妃留在自己儿子身旁，可是一想到那粉嫩可爱的孙子，又有些心软。

若微却不管这些，她索性站起身走到赵六面前："你真的见过我？"

赵六微微有些迟疑。

若微轻轻拍了拍手，阮浪与金英押着一位白发老妪步入室内，"娘！"赵六立即奔到老妪身旁，"娘，您没事吧？"

"没事，孩子，娘没事！是贵妃派人把娘救出来的。"老妪指着赵六说道："痴儿呀，你千万不要为了保住你老娘的性命就去陷害无辜、助纣为虐！"

赵六这才明白过来，他立即跪在若微脚下重重地磕了几个响头，随即对着张太后说道："太后，刚刚赵六所说的都是假话，是有人教我说的。早年我是做过铁钉，因为是害人之物，所以小人十分害怕，就带着家人迁到了南直隶境内。可是后来有位金公公找到了小人，问清了实情，又帮小人在城内安了家。三日前小人从铺子里回到家中，才发现高堂老母和家人全都不见了，是她，慧珠，是她逼我在今日的殿审中诬陷贵妃的。"

"你血口喷人！"慧珠立即大呼冤枉。

"都别吵了，容哀家细想想！"张太后越发糊涂起来，她思忖片刻之后，目光掠过在场众人，最终盯向了若微："贵妃的意思是说，刚刚赵六指证，他是被慧珠胁迫而做的伪证？"

若微重新落座，点了点头："母后明察！"

"那皇上是今日午后才与哀家谈及此事，哀家也是一时兴起才召你们来对质的。皇后毫不知情，又怎能提前命人拿了他的家人行要挟之举呢？"张太后目光如炬，紧紧盯着若微。

"母后真是圣德！"胡皇后以袖掩面，轻泣起来。

若微却笑了，她对上张太后的目光不偏不躲，"母后别急，先往下听，恐怕一会儿疑惑的事儿更多！"

"哦？"张太后越发莫名其妙。

若微冲着朱瞻基和张太后盈盈一拜："请皇上和皇太后移驾！"说完，她站起身来自顾向外走去。

张太后与朱瞻基及殿内众人都大感意外，朱瞻基默不作声，只悄悄跟在若微后面出了殿门。张太后见状，虽然心中极不情愿，但也只得耐着性子裹了氅衣跟了出来。

一行人来到仁寿宫花园内突然愣住了，只见小山坡下立着好几个草人，草人穿着宫中女眷的锦衣，远远地看上去就像是真人一般，只是其中一个草人肚子高耸，显然比别人要胖了许多。

"啪啪！"若微双手击掌，突然从仁寿宫花园东角门冲出来一个怪人，手挥着半个瓷盘残片，直奔那几个草人就冲了过去，不偏不倚单单选中了那个肚子鼓鼓的草人，随即挥动着手里的破瓷片在草人的腹部乱切一通，一边切还一边高喊："吃，吃，好吃的！"

切开草人的肚子以后，他伸手刨来刨去，从里面竟然刨出许多肉糜，全都塞在嘴里大口大口地嚼着，一边吃一边快活地大叫。

夜色中，他的叫声、笑声是那样的骇人，然而一个女子隐隐的哭泣声更让人毛骨悚然。

"哭，你是该哭，否则紫烟死得也太冤枉了！"若微的声音带着远离人间悲苦的超脱与冷静，却让人更感寒意。

众人回眸，只见若微身后，一个身穿宫女服饰的女子突然哭着跪倒在若微脚下，"娘娘，是司棋的错，都是司棋的错。一失足成千古恨，正是因为司棋家中有难，偷拿了娘娘的首饰出去卖，才会被慧珠和皇后娘娘发现寻了把柄，又以我爹娘和弟弟的性命相胁迫。所以……所以，所以司棋才做了那么多卖主求荣的事情。当年长乐宫里被太后搜出来的反诗和春药，都是慧珠给我的。还有……还有放在常德公主箱笼里让人闻了滑胎的香丸，还有在月子房里香炉中放的让产妇血流不止的郁金，都是慧珠让司棋做的！"

"你这个贱人，红口白牙如此冤枉人，你就不怕遭报应吗？"慧珠冲上前狠狠给了司棋一记耳光。

阮浪立即上前将她钳制住。

司棋跪在若微面前叩头如捣蒜，她痛哭流涕道："奴才现在明白了，一步错步步错，奴才不是没有想过回头，可是这天大的罪，奴才不敢呀！就是前天，奴才偷听到贵妃娘娘和皇上的谈话，说是要重新查证西山遇袭铁钉害人一案，明知道不该，可奴才还是告诉了慧珠。那珠串……珠串也是慧珠让奴才偷来当证物的。"

所有的人都惊住了。

若微弯下腰，她伸手托起司棋梨花带雨满是泪痕的脸，"你家里有事，为何不告诉我？告诉我，我会不管吗？"

司棋泪流不止，凄然说道："娘娘一定会管，可是，可是奴婢不愿意让娘娘和宫里的姐妹都知道奴婢有一个嗜赌成性卖妻卖儿卖女的父亲，当年他卖了我和我娘还不算，如今竟然还要将我小弟弟送去当阉人！"

"可恨之人原来竟有可怜之处！"若微鼻子一酸，把手一松，"只是如今你想回头是岸，恐怕别人也未必信你了。"

"是！"司棋点头说是，她从怀里掏出一个布包跪着爬到张太后面前，"太后娘娘，这是慧珠交给奴婢郁金的罪证，这样害人的东西，宫里的典药局是不能流出一钱一厘的。这是她亲自到城中药铺买的，只是百密一疏，这包药的裹布和蜡壳内侧均有药铺的记号，只要找到药铺，即可查出是何人所买。"

张太后不发一语，也没有去接那所谓的罪证，她只是冷冷地看着孙若微与胡善祥，因为事情发展到这一步，谁都称不上良善，谁也算不得无辜。

输得这样难堪，赢得又这样惊险，让她无从理解，也无法表态。

就在众人怔愣的当场，跪在地上的司棋突然站起身疯了似的跑了过去，她拾起那个疯人扔在地上的破瓷片狠狠地切入自己的喉管，气绝前只喊了一句："紫烟，你是忠仆，可司棋也并不想当个小人啊！"

凄烈的哭声与骇人的笑声让人无从分辨，或者这原本就是一个喜乐颠倒的世界。红墙绿瓦的宫门朱阙内，这样的红颜悲歌仿佛永远不会停歇。

张太后转过身去，依旧不发一语，她步子走得十分稳健，只是太过匆匆，以至于衣带轻飘，那件披在身上的华贵氅衣也掉落在地上，随侍在她身后的侍女云汀与素月立即拾起氅衣紧紧追了过去。

晨阳初现，金光布满室内。

仁寿宫吉云楼内，跪在莲花拜垫上敬心礼佛的张太后对着佛像自言自语："我佛慈悲，请佛祖开示，是我错了吗？如果当初不是我坚持这样的嫡庶格局，是不是今日的恶果就不会发生了？"

"皇太后，皇上来了好几次，您都避而不见。皇上刚刚可放下话了，说不管您见还是不见，胡皇后，他是废定了！"云汀从外面入内，紧挨着张太后也悄悄跪下。

"你去告诉他，母后只有一句忠告告给他！"张太后缓缓说道，"古往今来，哪一个皇上废后没有理由？又有哪一个皇上废后之后在暮年回首时没有后悔过？唐玄宗为武惠妃所惑，诛杀元配皇后，事后常常后悔，并终此一生不再立后。唐高宗为武则天所蒙蔽，废除皇后及淑妃，事后也常常悲泣哀悼。如果皇上真的想明白了，真的不后悔，也不怕有累圣德，就请自便吧。只是不管立谁为后，皇太子的抚育重任，母后绝不假他人之手！"

"是！"云汀低声应着。

"还有什么事？"张太后听出她言辞闪烁似乎还有事要回，于是索性问道。

"慧珠……投井了！"云汀低着头，连日来宫中的血雨腥风早已让她不寒而栗，"她留下血书一封，承认了所有的罪责，还说所有种种皆是她一人所为，皇后本不知情。"

"不知情？"张太后长长叹息一声，"也许真的是我错了，当初若不把她们姐妹放在一处，没有慧珠的筹谋算计，善祥也不至于如此糊涂，罢罢罢，各人造业各人偿，由她们去吧。"

坤宁宫内宫门紧闭，胡善祥失魂落魄地坐在地上的席子上，面前放着一个铜盆，如今坤宁宫已然成了一座冷宫，整座大殿空空的，只有她一个人，用一个小小的铜盆为慧珠祭奠。

每一张纸元宝都是她亲自剪的，看着它们一张张在铜盆中被小小的火苗吞噬掉，她的心仿佛也跟着烧了起来。

"好妹妹，这是姐姐在宫里第一次叫你妹妹，以后的路你就自己走吧，姐姐最后再为你筹划一回。姐姐一人将所有的罪名都承担了，一死以谢天下，只要妹妹你咬住不承认，谁也不能定你的罪。况且建宁庶人的事，事关先祖和先帝两朝天子的荣辱德行，他们绝不敢对外公布。而郁金伤人和铁钉之事，谁也没有亲眼所见，根本无可奈何。妹妹，你记住，你是成祖为皇上钦定的元妃，谁也不能轻易废了你。你别怕，跟她们慢慢熬……"

慧珠的殷殷叮咛仿佛还在耳边，只是从此以后，在这寂寞深宫中，接下来的路就要自己一个人走了，从此之后，在这朱楼玉宇中再也没有一个知冷知热可以促膝说说心里话的人了。

胡善祥眼中已经没有了泪，满腔的怨恨全都化成了轻烟消失得无影无踪了。

"吱咛"一声，大门仿佛被人推开，一个身影由远及近。

"皇上，您终于来了？"虽然没有回头，但是她还是听出了他的脚步声，"好像自从臣妾搬入这坤宁宫，皇上您就没来过吧？今儿皇上来，是为了与臣妾一起祭奠慧珠？还是想让臣妾移宫，好给贵妃娘娘腾地方？"

朱瞻基站在离她十步以外的地方停了下来，此时的他心中没有半分的恨，只有一丝说不清道不明的怜惜，他仿佛想起了十多年前在南京皇宫中他们的洞房花烛之夜，洞房里满是耀眼的红，大红的帐子，大红的龙凤对烛，大红的灯笼，大红的礼服……红得让人厌烦，所以他逃了，以至于没有看清新娘的容颜他就逃了，一直逃到若微的身边。是不是从那个时候开始，就注定了今日的结局？

"你知罪吗？"他高高在上，却发出如同蚊蚋般的低鸣。

"知罪!"她扭过脸仰望着他。她笑了,穿着一身孝服的她居然也称得上是笑靥如花,娇艳绝色,"臣妾的罪,就在于太爱皇上了。爱得不能自已,不能与人分享,不能看着别人分宠争辉!"

"其实,你是可以跟若微共存的!"他说。

"是吗?如果当初是她当了皇后,怕是也会如此待我的!"她又扭过脸去,继续往火盆里添着纸钱,这是她有生以来第一次主动对他——这个让她爱入骨血的男人转过脸去。

"你错了。原本朕该将你的罪行公布天下,废了你,甚至杀了你!"他声音微微有些打颤,"是若微劝朕宽恕了你……如今,为了你好,你主动请辞吧!"

朱瞻基从袖中掏出一本奏折,轻轻放在离她几步之外的地上。

"为了我好?"胡善祥笑了起来,头上的钗饰摇摇颤颤,甚是好看,"皇上才错了呢!她哪是为了我?她是为了皇上好,她是为了皇上的圣德,为了成祖和父皇的名声。省得别人说成祖和父皇都看走了眼,千挑万选却选错了人,居然找了这么一个内心奸诈的女人来做皇后。"

"哈哈!"她的笑声十分骇人,"我从来都不喜欢她,但是有一点我很清楚,她对皇上,跟我对皇上的心,是一样的。所以,输就输了,皇上不是一直都想把臣妾头上的凤冠拿走去送给她当礼物吗?只要皇上高兴,拿走就是了!"

说着,她从怀中掏出皇后金印,看都没看地上那本奏折的内容就直接翻到后页,在上面狠狠一盖,盖上了皇后的金印。

朱瞻基愣了,胡善祥在他的诧异当中手捧奏折和金印端端正正地跪在他面前。

朱瞻基迟疑了良久,才将奏折和金印接了过来,"你身子不好,从今以后退居长安宫,赐号'静慈仙师',专心事佛吧!"

"臣妾谢皇上隆恩!"胡善祥伏在地上,大礼相拜。

她的头始终没有抬起,似乎隐约之间听到了朱瞻基一声轻叹,然后看着朱瞻基迈着沉甸甸的步子渐渐走远。当她再次抬起头的时候,面上没有泪,没有悲,只有一片祥和与端庄。

大明宣德三年正月十五日，奉天殿内举行了隆重的皇太子册立盛典。朱瞻基下令免全国赋税三成，普天同庆。

宣德三年三月初一，贵妃孙氏在装饰一新、金碧辉煌的奉天殿内被册封为皇后。

大礼当天，奉天殿内高奏中和韶乐和丹陛大乐，露台上摆设着全副仪仗，大红地毯南出午门，一直铺至承天门外。殿外炉鼎、仙鹤、铜龟都吐出袅袅香烟，缭绕宫殿，气象森严，汉白玉栏杆上红绸缠绕的大红花锦争相吐芳，处处都显示着龙凤呈祥的吉瑞与庄严。

在百官与命妇的注视下，身穿九龙六凤礼服、头戴凤冠的孙皇后踏着红毯缓缓步入殿内。

孙皇后所戴的凤冠成了万众瞩目的焦点，所有的人都为之瞠目叫绝。由珍珠宝石组成的花树和用翠鸟羽毛嵌成的翠云装饰的凤冠精美华贵至极，上有珍珠三千五百六十颗，各色宝石一百五十块。按明朝定制，皇后凤冠为九龙四凤，但是戴在孙皇后头上的这顶凤冠竟是十二龙九凤，这显然是朱瞻基为了提高皇后身份而不惜破坏祖制的又一例证。

册封大典之后，皇上与皇后携手走上承天门，在这里接受百官和皇城百姓们的朝贺。

至此，从永乐十五年至宣德二年，在暗流汹涌的后宫中挣扎了整整十二年之后，孙若微在这场旷日持久的嫡庶之战中笑到了最后，因为有年轻天子坚定不移的挚爱，她终于如愿以偿地成为大明皇朝入主坤宁宫的第三位女主。

第三十五章　红烛昏罗帐

东六宫的永宁宫，清燕堂内，刚刚得以晋升主位被封为贤贵人的晴儿浸在洒满鲜花玉露的浴桶内，任由宫女为她细细揉捏着身子，宫女碧荷说道："娘娘肤如玉脂、绝色天成，今儿晚上乾清宫新承恩泽，一定会讨皇上的欢心的！"

贤贵人仿佛睡着了一般，不声不响，不做应答。

另一名宫女蕊香笑道："贵人是要好好养养神，今儿可是皇上登基以来除了皇后以外第一次召后宫妃嫔在乾清宫里侍寝，这样的恩宠，贵人一定要养足了精神好好侍奉！"

此语一出，惹得室内的宫人们都面上飞红，窃笑不已。

贤贵人却像是突然醒了过来，她腾的一下从浴桶内站了起来，不发一语，面色如冰。

宫女们面面相觑大感意外，不知哪句话惹怒了她，还是碧荷机警，立即拿来木凳，轻呼道："主子出浴，小心服侍！"

"是！"蕊香等人上前扶着她走出浴桶，又有人拿来崭新的浴巾为她将身子擦拭干净。换上雪白的里衣，晴儿坐在妆台之前。

"主子想梳个什么发髻？"碧荷打量着她的神色怯怯地问道。

"飞月髻！"贤贵人惜字如金，三字过后便默而不语了，她对着镜子，看着自己乌黑的秀发在蕊香雪白的指间滑动，一绺绺地被盘成发髻，这是一个再简单不过的飞月髻，宫中的妃嫔们大都嫌它太过单调素净，所以少有人盘。

如今贤贵人在侍寝之夜竟然会选这个式样，蕊香想不明白，只得尽量以钗饰相补，于是又从妆匣里选了一支海棠珠花簪嵌在发髻正中，在发尾上还插上一支珍珠流苏步摇，这样看起来恰到好处，显得贤贵人娇丽动人，明艳生辉。

梳好头又换好了衣服，万事俱备，就等着时辰一到，乾清宫派来的软轿将她抬去。贤贵人坐在内室榻上默默想着心事，忽听蕊香来报，说是万安宫的曹敬妃和袁丽妃来了，于是她只得打起精神在正厅相见。

敬妃曹雪柔永远是一副清雅淡泊娴静如水的神情，而丽妃袁氏则娇艳动人如园中牡丹，说起话来也是快人快语，落座之后立即笑着说："贤贵人喜迁新宫，本妃和敬妃姐姐特来给贤贵人道喜！"

贤贵人唇边含笑，从碧荷手中接过茶杯亲自捧给敬妃和丽妃，"两位姐姐太客气了，原是晴儿该去万安宫拜见两位姐姐的。怎么反而让姐姐屈尊降贵来探晴儿了，真是晴儿的罪过！"

敬妃笑着接下，丽妃则止了笑正色说道："明日妹妹承恩之后自然要去坤宁宫拜见皇后，照例我们姐妹和其他妃嫔也会在，也自当要受你的礼。明日是礼数，今日却大为不同，我们今儿过来是为了咱们姐妹的情谊。"

"哦？"贤贵人仿佛不明白她话里的意思，面上笑容不减，一双明眸凝望着丽妃，"请丽妃姐姐明示。"

"咳！"丽妃面上似嗔非嗔，道，"妹妹，其实姐姐们是羡慕妹妹的好福气，要知道除了皇后娘娘，妹妹可是这乾清宫里侍寝的第一人，所以今日一来为了道贺，二来也是稍加提醒。"

丽妃见贤贵人面上越发糊涂起来，索性摊开来直说："其实也没什么，只是不知妹妹是否觉得奇怪，皇上春秋鼎盛，后宫嫔妃虽然不多，但是也不算少，为何除了两位公主和皇太子以外，就再也没有好消息传出来了？"

"这？"贤贵人面上娇羞一片，只是摇了摇头。

"咳，咱们的皇上是位痴情天子，听说是与皇后早有约定，皇长子、皇太子，只能由她肚子里诞出。"丽妃伸出玉指向南边坤宁宫的方向指了指，"所以每当后宫嫔妃侍寝之后，值守太监问皇上留还是不留的时候，皇上都会说不留。随即就会有人在我们脐上穴位一点，如此龙液尽出，再为我们送上汤药一副，眼瞅着我们喝完，这样，谁还能有孕？"

"真的？"贤贵人面色微变，原本如玉的容颜更加苍白，直愣愣地盯着丽妃，一时之间仿佛方寸大乱。其实这些事情她早已知道，这也是太后突然间将她送到朱瞻基身边的原因，众人都以为她是皇上的新宠，又有谁知道她身上背负的重担呢？然而在宫中做事要处处小心，时时刻刻都得将真心真意深埋心底，对谁也不能透露半分。

敬妃曹雪柔见她面色已变，心中微有不忍，轻轻拉了拉丽妃袁媚儿的袖子示意她不要再说。

袁媚儿会意，拉着贤贵人的手笑道："其实我们也是瞎操心，妹妹如新荷照水娇美动人，皇上自然多加怜惜，境遇与我等也定当大不相同。罢了，罢了，今日我们只是枉做小人瞎操心，还盼着妹妹多讨皇上欢心、步步高升！"

"谢敬妃娘娘、丽妃娘娘提点，晴儿感激万分！"贤贵人再次福礼下拜。

敬妃与丽妃起身相扶，随即告辞出了永宁宫，二人沿着宫中小径缓缓前行，敬妃开口说道："妹妹这又是何苦呢？其实早年间刚刚侍奉皇上的时候，姐姐也存了夺宠之心，然而这么多年过去了，这心思早就淡了，争也争不来，索性懒得去费那些心思。"

"姐姐此话差矣！"丽妃依旧气盛，她面上隐隐地含着一丝冷笑说道，"我就是要让贤贵人知道，别以为能入乾清宫侍寝是什么好事，管你是朝朝暮暮，还是鱼水交欢，只要天一亮，这美梦就碎了，皇上宠皇后没错，可是咱们就该膝下无儿无女寂寞到老吗？"

"可是这也由不得咱们，你跟她说了又能有什么用？"敬妃轻挽着丽妃的手臂叹息连连。

"哼，那要看她聪明不聪明了。我这是一举三得。若是她跟皇上闹，不肯吃那药，说不定还未获宠就触怒了天威，以后再无翻身之机；可若是她闹成了，皇上准了她，皇后就会视她为眼中钉，她以后的日子也不好过。这对于我们来说都是有利而无害的，这宫里要是太平静了，我们的日子更难熬！再之，若是皇上破了多年自己立下的规矩，给她留了龙种，那皇太后不是一直讲究平衡之道？到时候估计皇上就会雨露均沾，也好让我们有怀上龙种的机会，那该有多好！"丽妃侃侃而谈，面上一派向往之色。

敬妃忽地停下步子，静静地盯着丽妃，虽然容颜未变，可是眉宇间终究是青春不复了，她眼中含着七分忐忑之色，低声问道："妹妹，你还存着奢望吗？"

"难道姐姐真是心灰意冷、没有半点念想了？"丽妃不明白，反问道。

"没有了！"敬妃摇了摇头，唇边是寂寞无边的苦笑。她指着御花园里的花花草草，没有怨也没有悲，却有一种说不尽的心灰意冷，她缓缓说道："也许我们注定就是这满园的碧草，生来就是为了给大地扮绿、为牡丹相衬的。"

"姐姐，花易老而草长青，年年岁岁一枯荣，可是转过年来春风起，又是遍地的新绿。"丽妃有心安慰，可是说着说着，她自己的心竟然也觉得凉凉的，看着满园的春色，反而没了生趣。

月华初上，乾清宫东暖阁里静静的，朱瞻基还在批阅奏折，太监金英探头探脑地张望了好几次，都未敢上前打扰。

直到亥时已过，入了子时，金英才进殿来催："皇上，夜深了，明日还有大朝，还是早些安置吧！"

朱瞻基扫了他一眼道："朕都不急，你急什么？要是困了就自己下去睡！"

"皇，皇上！"金英看了看门口，用手指了指西暖阁，"皇上怕是忘了吧？今儿召了贤贵人来侍寝，如今这时辰早就过了，这人还在西边围屋里候着，奴才不知道是让她就这么候着还是差人先给送回去？"

"哦？是她？"朱瞻基看了看桌上的奏折，又望着窗外的夜色，"好，朕这就过去。"

"是！"金英一溜烟地退下了。

朱瞻基合下奏折，心中暗暗苦笑，母后啊母后，实在是难为你了。想不到立后大典结束三朝之后，您就急着为儿臣往这乾清宫里送人，更想不到的是，这送来的第一个人竟然会是晴儿。

西暖阁妃嫔侍寝的风雅轩内，早已燃起了飘散着淡淡馥郁芬芳的熏香，低垂的纱幔随着轻风微微浮动，在寂静的夜色中为华美的殿阁增添了一抹旖旎的媚惑。

一个身穿绯红色轻纱长裙的俏影缓缓上前，她没有像寻常宫妃那样刻意低垂首做出一副娇羞怯怯的样子，而是明眸闪烁，一动不动地凝望着他："皇上累了？"

她那样子倒与若微初入宫闱时的直爽与明媚有几分相似，瞻基点了点头。

"晴儿侍候皇上宽衣？"她梨窝浅笑，轻移莲步，未等朱瞻基表态就凑上前来，玉指轻抬，为朱瞻基除下玉带、解开龙袍，动作娴熟而轻盈，不是殷切，而是体贴入微，让人觉得十分舒适。

除去外衣，摘去金冠，只穿一身中衣坐在榻上的朱瞻基接过晴儿递上的茶饮了一口，不禁眉头微拧，"白水？"

晴儿笑了，"晴儿也想给皇上沏杯新茶，可是天太晚了，再喝了茶怕是睡不安稳，不如喝杯白水润润喉。"

"也好！"朱瞻基伸手将晴儿揽入怀中，盯着她的眼眸细细看着。

"皇上是有话要对晴儿讲？"晴儿倚在朱瞻基的怀里，用手轻抚着他的胸口缓缓问道。

"哈！"朱瞻基笑了，"晴儿果然聪慧过人，既然知道朕有话要对你说，那么朕想说什么你应该也猜到了。"

晴儿从朱瞻基的怀里直起身子，对上天子的龙目，两人几乎唇齿相对，呼吸声也清晰可闻。朱瞻基稍稍一怔，随即侧过脸去，而晴儿则伸出纤纤素手轻抚着他的左颊，重新让他与自己对视，"皇上是天底下最有情有义的男人。为了皇后，这么多年您视后宫佳丽如草芥，一直克己寡欲，除了皇后以外，没有哪一个女人能得到皇上的青睐。晴儿也不敢心存痴心，奢望皇上能将半分的怜惜赐给我。可是晴儿想，今时不同往日，如今皇后已经稳居坤宁宫，皇太子更是国之储君。如果皇上依旧如故，恐怕适得其反，不仅会连累了皇后的贤名，还会使皇后与太后的积怨更深。"

朱瞻基笑而不语，伸手轻轻在晴儿脸上一抚，"那么晴儿就是来拯救朕，来为皇后积累贤名的圣女？"

晴儿努了努嘴嗔道："皇上说是就是，皇上说不是就不是！"

"哈哈！"朱瞻基身子向后一仰，顺势躺在榻上，"好，那朕就有劳晴儿了。"

此语过后，殿里静悄悄地，仿佛空无一人。

朱瞻基正暗自纳闷，片刻之后，只听得一阵窸窸窣窣的声响，他欠起身子，一看竟呆住了，面前的晴儿已然衣裳尽去，玲珑身姿和如玉肤色尽现眼前。她不躲不藏，弓着身子缓缓爬上龙床，乌黑的秀发如瀑布一般覆在她如玉的身子上，黑与白的对比让人如此惊心。

朱瞻基是一个深情的人，同时也是一个万分正常的男人，除了若微以外，每次与嫔妃交欢时都是于暗夜之中速战速决，脑子里想的是国事家事天下事，唯独没有身下这个女人的事。然而今天却大为不同，她没有吹灭灯烛，甚至没有放下重重帐帘，在跳动的烛火与袅袅的轻烟中，就那样赤身裸体一步一步走近了他，脸上始终带着如同百合般清新的笑容，说不上风情万种，却让人怦然心动，难以自持。

"是救赎！"她笑了，这一次她的笑容中竟有了几分怯怯的祈求之色，"请皇上救赎一个如同草芥般苦苦挣扎在尘世中的卑贱女子吧！让她从此名副其实，沐阳而晴。"

白皙如玉的身体与天子强健的身躯渐渐缠绕在一起，守在门口的敬事房太监面红耳赤地将这一幕如实记载在册，老太监暗想，皇上终究也只是个再寻常不过的男人。

欢爱过后，朱瞻基仿佛沉沉睡去，而晴儿却用自己的一双绵绵小手在他全身上下各处经络以槌、擂、扳、担等手法悄悄游走，朱瞻基体会着前所未有的舒适与快感，连日来积压在全身各处的疲倦都消失得无影无踪，正想开口相询，只觉得身上突然滴落点点湿润，朱瞻基睁眼一看，满面粉红的晴儿眼中竟然蓄满泪水，晶莹的泪珠如同挂在晨间花蕊上的露珠，让人打心底里怜惜不已，他伸手将晴儿拉在怀中，轻抚着她光洁圆润的香肩问道："晴儿为何伤心？"

晴儿痴痴地说道："皇上一定会问，晴儿这侍候人的手艺是从何处学来的？"

朱瞻基没有应，只是轻轻拍了拍她的背以示安慰。

而她却拥紧了皇上的腰肢，如泣如诉道："是在汉王府里学的，当时，晴儿生不如死！"

"晴儿！"朱瞻基拂去她额前的一缕青丝，满目怜惜地劝慰着，"好了，都过去了。"

"都过去了。"晴儿把头紧紧贴在朱瞻基的胸口上，听着他稳健有力的心跳声，突然直起身子下了龙床，赤身裸体地跪在地上给朱瞻基叩起头来。

这突如其来的举动让朱瞻基有些意外，他探着身子伸手去扶，她却躲开了，芙蓉面上细长的柳叶眉微微蹙着，好似含着一股哀愁的风情，眼中满是迷茫之色，她痴痴地问道："皇上，晴儿想知道，一会儿太监来问留是不留，皇上答的是一个字，还是两个字？"

"这？"朱瞻基语迟了，面前这个小小的孤女带给他的意外太多了，若是换作旁人，他也许可以冷下脸来说不留，或者是置之不理转过身倒头就睡，然而看着她那双原本清澈如水的眼眸中此时迷蒙起的水雾，朱瞻基的心中竟然有些隐隐的不忍。

好像是谁说过，一个男人对一个女人的怜惜就是从这小小的不忍开始，接下来慢慢的，是怜惜多于爱，还是怜惜渐渐演变成了爱，就再也无从分辨了。

"皇上，今夜是晴儿与皇上的初夜，晴儿向皇上求一个恩典，一生只要这一次机会，得之我幸，失之我命！"晴儿在地上不停地叩着头，面上的神色透着无比的坚毅。

第三十六章　梦里落花红

泉眼无声惜细流，树荫照水爱晴柔。

小荷才露尖尖角，早有蜻蜓立上头。

夏日的午后，整座宫苑如同睡去了一般，四下里静悄悄的，没有半点声响。

坤宁宫后苑，积翠轩东次间碧纱窗下，玉台美人榻上，皇后孙若微正在小憩，宽大的雪绸芙蓉锦绣睡裙掩不住她玲珑的身姿，肤光胜雪，带着淡淡的红晕，秀雅的鼻子微微上翘，梨涡浅笑，不知梦里身在何处。

悄悄步入室内的朱瞻基做了个手势，示意榻边为她轻轻摇扇的宫女莫要出声，他接过宫女手中的扇子，又命众人退下。

朱瞻基就坐在宫女刚刚坐过的雕花圆凳上，一下、一下地为她轻轻拂扇。梦中的她嘴角仿佛微微一动，似乎是要笑，却又暗自忍住，从窗子透进来的初夏暖阳斜射在她脸上，更显得她娇美清新，气韵出尘。只是不知怎的，梦中的她面色突然渐渐染红，如同烟霞轻笼，那鲜润的红唇更如初绽的花蓓般媚惑至极。

朱瞻基执扇的节奏渐渐快了起来，直扇得她鬓前的碎发盈盈轻舞，可是她却仿佛浑然不觉，只是面色更加娇润，于是他索性扔下扇子，低下头将自己的唇缓缓印在她的唇上，如吸如吮，仿佛他品味的正是人间极品美味，又似瑶台琼汁玉露、仙家佳肴圣品一般。

她始终没有睁开眼睛，只是口中低声呓语，暗自责怪，这样半推半就欲语还休的样子反惹得他兴致大起，在这暖阳正盛的午后上演了一出游龙戏凤的合欢图。

随侍的宫女与太监们都悄悄地退到了院外，天子的多情不足为怪，但是在佳丽无数的后宫中，他从始至终只念着皇后一人，也只对她一人钟情。如此，就不得不让人称颂赞誉了。

万里碧空中飘浮着朵朵白云，这些白云，有的几片连在一起，像海洋里翻滚着的银色浪花；有的几层重叠着，像层峦叠嶂的远山；而有的则孤零零地独自飘在一处，仿佛不合群又像走失了一般，显得有些孤寂。

靠在朱瞻基怀里听着他叨念前朝的军国大事，若微的一双眼睛却紧盯着空中的浮云，眼眸闪烁，心不在焉。

"朕的皇后脑子里在想些什么？"朱瞻基手上微微用力，箍紧了怀中的娇躯，口气中似乎有些隐隐的不悦。

"在想南京的灾情，安南的战事，北方兀良哈人的蠢蠢欲动。"若微自他怀中挣脱开来，独自坐在对面的春凳上，娴静怡然的神态中带着些许的不安与踌躇。

对着面前的芙蓉秀脸，明眸朱颜让人又爱又气，朱瞻基忽地笑了，"你想说什么？"

若微摇了摇头，把手轻放在自己的胸口上，悠然说道："皇上日夜督促神机营加紧操练，又以内宫空虚的名义停了宝船出航，暗中命户部屯积粮草，又诏兵部改良箭弩，皇上莫不是想效仿成祖爷御驾亲征？"

"哈哈哈！"朱瞻基听了不禁爆发出一阵爽朗的大笑，"我只当若微做了皇后之后便转了性子，这两个月来除了帮朕选妃、调教宫女、整治后宫事务以外，对朕却是冷淡极了，总是到了坤宁宫门口还往外撵朕，想不到其实若微的心中还是处处牵挂着朕，朕的心事若微猜得一点不错。"

若微眼眸微转，面上更是一派忧虑之色，"那么皇上首选，是安南还是东北？”

朱瞻基收敛了笑容，端起桌上的金银花茶细品了一口，“这一南一北还真是掣肘，北方游牧部落从太祖高皇帝开始就是恩泽深厚、多加优抚，可是不管怎么抚，到了夏秋之季还是经常南下越境劫掠滋事。成祖爷五次北征，五获大胜，可是也没能彻底将他们制伏。如今又来闹事，所以朕想，先北上征讨，解了这块心病，之后再办安南。”

若微怔住了，在朱瞻基英俊儒雅的脸上竟然看到了曾经成祖爷永乐皇帝朱棣的英雄豪气，往日秋水含情的龙目中此时却不经意地闪过阵阵杀气与寒意。

“能不去吗？非要亲征吗？”她痴痴地问。

“你今儿是怎么了？”朱瞻基凑到她身旁，目光紧紧凝视着她的眼眸，伸手轻抚了一下她耳边的流苏耳饰，“当初皇爷爷把大明的都城从南京迁至北京，就是向天下昭示了‘天子守关’的决心与豪气。漠北及东北等地的部落始终惦记着南下入侵我大明疆域，北京是大明的中心，是天下瞩目的东方圣地。朕作为大明天子，承祖业、守疆土、护万民自是责无旁贷。不亲征，不足以威慑小人，不足以向天下昭示我大明泱泱大国不容侵犯的国威！”

若微不再言语了，她只是把身子轻轻倚在朱瞻基的怀里，伸手紧紧揽过他的腰，似水的柔情瞬间便将天子的龙威与英雄气概全都包裹在她的满怀温玉中。

轻拂的落花悄悄落在她的发间，朱瞻基为她伸手拈下，却不忍弃之，只悄悄地塞进了随身带着的荷包当中。

金风细细，叶叶梧桐坠。绿酒初尝人易醉，一枕小窗浓睡。

紫薇朱槿花残，斜阳却照阑干。双燕欲归时节，银屏昨夜微寒。

暮色初渐，若微放下手中的书稿，对着窗外的天色怔怔地看了半晌。

“娘娘！”湘汀在她身上披了一件流彩飞花蹙金云丝披风，轻唤道，“娘娘，入秋了天气渐渐转凉，当心身子。”见她不语，湘汀心下黯然，自然知道她是在担心北征的天子，只是身处禁宫，担心又有什么用呢？于是湘汀轻叹之后也没敢打扰，刚要转身离去，手却被若微轻轻地抓住。

"湘汀，贤贵人的身子怎么样了？差人去看了没有？有没有见好？"她开口便是一句毫不相干的话。

"娘娘！"湘汀愣住了，随即点了点头回道，"早上已经传娘娘的旨意请太医过去看了，太医说是梅子吃得太多倒了胃，吐过就好。又开了些温补的药，晌午已能正常进食，没有大碍了！"

"那就好！"若微面上是淡极了的笑容，"咱们过去看看她。"

"娘娘！"湘汀眉头微拧，想要劝却没有开口。而端着热茶步入内室的司音却开口相阻，她话音清脆，掷地有声地道："娘娘还是不要去的好。"

"为什么？"若微不解。

"自打娘娘八岁入宫至今，咱们皇上待娘娘是二十年如一日。之前的胡氏也好，丽妃、淑妃也罢，都没有人能真正入了皇上的眼。如今这位不知从哪跑出来的贤贵人，经皇太后调教之后，便分去了娘娘一多半的宠，如今竟然还怀上了龙嗣。宫里人议论纷纷，说什么的都有。娘娘这个时候还是躲得远远的，别过去找不自在了。"司音话音虽缓却字字珠玑，透着一股子说不出来的力道，旁人听了都深深垂下了头装作没听见，大气都不敢喘一下。

若微面上笑容不减，接过茶浅浅地抿了一口，不以为然地淡淡说道："她，与别人终究是不同的。"

"是，因为她救过皇上，所以就比别人来得尊贵，不仅皇上和皇太后高看，就是现在宫里大大小小的奴才都把她当成了正主，就连她宫里的宫人都比别人高出一头，说话办事张狂得不行。可是她自己也不想想，终究是汉王府里出来的，宫里的人嘴上不说，心里都如明镜一般，连累得皇上都成了好色之君，拾人旧鞋……"

"司音！"湘汀眼见若微面色渐渐清冷起来，立即出言低喝阻止司音继续往下说。

若微面色清冷却不见恼怒，只是静静地注视着炕桌上那支闪着金光的凤钗，那耀眼的光芒仿佛正在暗暗嘲笑，是在嘲笑她今时今日的境遇吗？半晌之后，她才幽幽说道："司音，是我平日待你们太好了吗？如今竟然敢如此毁谤主子，在背后议论起皇上的名望来了？"

"司音不敢，司音只是气不过！"司音此时才觉得自己有些失言。

"气不过？这宫里有多少风波就是起于这三个字？今日你我主仆三人虽然是在内室中闲聊，你说此话也是口无遮拦、无心之过。可是本宫却不得不罚，你跟了本宫这么多年，本宫就免了在你身上施刑，你收拾一下出宫去吧！"若微淡淡地说道。

"娘娘！"司音仿佛没有听清，又好像根本不明白她话里的意思。

"娘娘！"湘汀看了看司音，又瞅了瞅若微，如同坠入云端一般，也没了主意。

"下去吧。"若微的目光始终盯在那支凤钗上，似乎都没有看她们一眼。

"娘娘！"司音这时才真的慌了，声音里带着哭腔说道，"娘娘说的是真的？娘娘真的要赶司音走？"

清丽的、带着悲怆的声音在空寂的室内响过，余音回荡，久久绕梁。只是除此之外，再无半点声响。

"娘娘！"司音伏在地上，先是低声地抽泣，随即便肆意地哭了起来。

"湘汀，叫阮浪送她出宫！"若微的声音里淡漠极了，让人听了不禁有些心寒。

湘汀不声不响从地上扶起司音，走出门外。

永宁宫清燕堂内，怀有两个月身孕的贤贵人吴雨晴与皇后孙若微坐在榻上面面相对，炕桌上摆着一局棋，仿佛下完了，又似乎还没有终局，底下侍候的宫女看不明白，但是湘汀知道，那是和棋。

"好了，原本就是过来看看你，不想却扰了你休息。下棋最是伤神，一盘足矣，你好好歇息，本宫先回去了！"若微说完刚想起身，吴雨晴却身子向前一倾，拉着她的手不放，随即就在榻上冲着她盈盈一拜，虽然不发一语，但是四目相对，彼此的心思均在瞬间被对方洞悉了。于是，二人面上皆微微笑着蛾额首示意，是"相逢一笑泯恩仇"，还是"他乡遇故知，从此两相亲"，外人自是无从知晓了。

若微缓缓地走在御花园内用彩色鹅卵石铺就的小径上，静静地用心聆听飞花落叶的瑟瑟声响，心中的滋味又有谁人能知晓呢？立于池边小榭中，看着玉栏杆下来去无尽的流水蜿蜒曲折，流水静谧藏幽，引人入胜，美人只是关注眼前的景致，却不想自己反而成了他人眼中最美的风景。

眉间总也化不去的愁丝，终究是为谁而凝呢？

"娘娘！"湘汀挥手让侍立在后的宫女悄悄退下，凑近若微低声劝道："娘娘何苦这样处处做小谨慎行事呢？"

若微叹息一声，"内中关系，司音不懂尚情有可原，怎么连你也糊涂起来了？"

"娘娘！"湘汀怔了怔，"奴婢知道娘娘让司音出宫，原是为了她好。如今咱们坤宁宫里的大事小情太后那边都了如指掌，今儿的事情就是娘娘不处置，怕是她也过不了太后那一关。所以不如借此将她放出宫去，也算给她留了一条出路。奴婢送司音出去的时候就把这层意思跟她说了，把娘娘赐的金银首饰也一并交给她了。司音只说，她愧对娘娘。"

若微摇了摇头，"她和司棋情同姐妹，司棋一死，她的心也跟着去了，再留在宫里没有半点生趣，还不如放她出宫去寻个出路。如此，也好让底下的人都警醒些，祸从口出，舌头底下压死人，多少祸端起于此。倒不是我沽名钓誉，而是如今我执掌后宫，稍有不慎就会连累皇上，人们又会说是皇上看花了眼，以奸妃替了贤后。所以如今要步步小心，不能有半点差池。"

"是！"湘汀点了点头，"只是那贤贵人，娘娘还是提防着些好！"

若微笑了，是由衷的笑容，她指着眼前的景致说道："从这太液池向南望去，整个园子就像是浮在水面上，加之花木映衬，仿佛天上仙阁梦中之景一般。而这景一年四季又各有不同，春天是繁花丽日，生机盎然；夏日里蕉廊桑翠，如诗如画；秋日呢，红蓼芦塘，萧瑟渐起；冬日梅影雪月，各领风骚。四时之景相差甚远，含蓄曲折才能余味无尽。若是眼前之景永远不变，你会不会觉得乏味？"

"娘娘！"若微的话，湘汀仿佛听懂了，又仿佛根本没有参透，她怔怔地不知如何接语。

只听身后似乎响起一声若有若无的叹息，"绿萍池沼垂杨里，初见芙蕖第一花。"

若微猛地回转过头，不是他，而是他。

湘汀也转身望去，面上大惊："娘娘，是襄亲王。我们的话被他听了去！"

他的背影如玉树临风一般，蓝白相间的锦袍翩然而过，带起脚下的落叶飞花轻舞摇曳，如同秋蕙披霜，沐浴在落日余晖的金光里，仪态万千光华尽显，让人不忍移开眼睛，望着他渐行渐远的背影，若微的眉宇间又笼上了一层淡淡的愁丝。

"无妨！"她像是在安慰湘汀，又像是在安慰自己。

湘汀想了想，豁然明白过来，"是了，襄亲王既然留诗示警，就是不想隐藏身迹，表明了是要让娘娘放心，他自然是不会把听到的传给别人的。"

"湘汀，自此以后，我们更要谨言慎行！"她轻移莲步，缓缓沿着池边向坤宁门走去。如今这座华美的坤宁宫对她而言仿如心灵的枷锁，压得她有些透不过气来。现在她反而有些同情起胡善祥来，这样的后位，值得你一次一次出卖良心以绝杀之招相搏吗？

不在其位，不得其味。如今坐在这后位之上，若微才知道比之以前为妃之时，更可谓是如临深渊，因为稍有不慎，便是万劫不复。

想想刚刚在清燕堂内与吴雨晴的那番暗中较量，若微就有些心悸胆寒。

吴雨晴竟然暗自备有滑胎的凉药，就放在炕桌之上，当着若微的面。虽然不发一语，然而她的目光中却透着问询之意，那意思令人明白了然，直接明确："你想如何？这孩子是让我留还是不留？我悉听尊便，绝无二话。"

好厉害的角色！

若微顿感意外，原本她以为在这宫里，她可以收获一份纯洁的友谊，即使是爱着同一个男人的两个女人。若微以为她与其他妃嫔是不一样的，经历了那么多的磨砺与苦难，吴雨晴应该如破茧之蝶、浴火之凤一般。

然而，在这红尘之中，朱楼之内，谁又能真正免俗呢？

于是，若微美目微挑，命人拿来棋具，同样不发一语，只说一句："执黑先行！"

黑子一百八十一枚，白子一百八十枚，就是这三百六十一枚棋子，却承载着两个女人的较量。棋以"气"存活，连在一起的棋子越多，"气"就越多，生命力也就越强。而棋子一旦被围，它的"气"就减少，当完全没"气"的时候，棋子便成死棋。

"宝鼎茶闲烟尚绿，幽窗棋罢指犹凉。"

看似无异的棋子，从两个女人白皙纤细的指尖转置棋盘之上，原本冰冷单调的棋子突然鲜活起来，原本静谧的氛围中竟传递着惊涛骇浪与千军万马的厮杀之势。

这才是"烂柯岁月刀兵见，方圆世界泪皆凝"。

若微选择这样的方式，省去了太多麻烦，棋局中自有乾坤，胜负只在一局之间；更重要的是，下棋讲求"落棋无悔"，一子落盘，便不可再动。况且刀枪攻防皆在四目之下，再没了那许多的阴谋与阳谋，两人都不须相让，均是穷尽了心思，然而最后的和棋却是蕴含着两个女人的智慧与妥协。

是的，她们终究选择了共存。

于是，吴雨晴恭敬地冲着若微施了一礼，若微也坦然受之。

对于吴雨晴来说，这一局是"雁行布阵众未晓，虎穴得子人皆惊"。

对于孙若微而言，这一局是"莫将戏事扰真情，且可随缘道我赢"。她想，瞻基的心思与她应是一般无二的。

第三十七章　秋云暗几重

夜色降临，月明星稀。

原本空旷的草地上四处燃烧着篝火，整装待发的士卒们高举着火把，手持明晃晃的刀剑守护在营地内外和四周，戒备森严，如临大敌。

正中一座看似普通的营帐内灯火通明，当今天子朱瞻基与越王朱瞻墉、大理寺少卿许彬正在对饮小酌。朱瞻墉端起面前的酒杯一饮而尽，随即顾不得圣前失仪地把头一扭，"扑哧"一下把刚刚饮下的酒全都吐在了地上。他咂了咂嘴，瞪大眼睛看着朱瞻基问道："皇上哥哥，这怎么当了皇上反而小气起来了？叫我过来喝酒难道是做做样子吗？这酒杯里装的是什么？酸酸苦苦的，细品着不像是梅子酒，也不是当年郑和下西洋弄回来的西洋葡萄酒，这里面半点酒味也没有，您就请弟弟喝这个？"

朱瞻基笑了，伸手拿起酒壶刚要给朱瞻墉满上，侍立在旁边的太监金英就立即上前想要为他们斟酒，朱瞻基挥了挥手吩咐道："外面候着吧。"

"是！"金英一个眼神，帐里的亲兵与太监都立即退下。

朱瞻基亲自给许彬和朱瞻墉将酒杯重新满上，"这是若微做的药饮，以莲心、酸枣、艾草、百合等物合煎而成，说是大军急行北上定然火气过甚，让咱们清心宁神用的。"朱瞻基一面说着，一面仿佛是不经意间地把目光投向了许彬，戎装在身的许彬像是一柄藏于鞘内的利剑，虽然尚未出鞘，但是那冷峭逼人的剑气却无从阻挡，举手投足间流露出来的贵气即使是对面坐着的高高在上的天子也似乎无法与之相衡。

见朱瞻基把目光投向自己，许彬缓缓举起酒杯，冲着朱瞻基微微颔首，面上是如四月春风一般和煦的笑容。那一刻，朱瞻基有些恍惚，原来男人也会有如此动人的一面。

"越王有所不知，军中不能饮酒，即使是滴酒沾唇也是死罪。皇上是在为全军将士做表率。"许彬为人处事，永远有一种置身事外的超然，可偏偏又能随时随地参透人的心思。

"咳，那不喝就不喝，索性把这酒杯撤下，咱们喝茶就挺好。这酒杯、酒壶让人看着就闹心，倒把本王的酒虫勾了出来！"越王憨态直言的豪爽性子不减当年。

"许彬，皇后当日难产，万分凶险之际蒙你所救，朕一直想谢你却没有机会，如今命你随朕出征，就是因为此处远离宫门、远离尘嚣俗礼，如此才好当面谢你！"朱瞻基放下手中酒杯，冲着许彬竟然双手一捧行了个揖礼。

许彬没有诚惶诚恐地立即起身伏地相拜，只是微微垂首道："臣不敢！"

"啊？"朱瞻墉瞪大眼睛看着眼前的一幕，越发糊涂起来，"臣弟随队出征前还听人说皇上最近不仅纳了新妃，还从朝鲜那边选了贡女，如今有了新宠与皇后也渐渐疏远了。臣弟正想问问皇上，这是真的，还是谣言？"

朱瞻基轻咳一声，道："是，也不是。你还记得太子太师姚广孝圆寂前给皇爷爷留下的那句禅语吗？"

"哪句？"朱瞻墉绞尽脑汁想了又想，终是摇了摇头。

"大是小，小是大，大大小小；真是假，假是真，真真假假！"朱瞻基拿起案上的刀将盘中的烤羊腿割下一大半夹入瞻墉的盘中。

"什么意思？"朱瞻墉只觉得从小到大皇兄的心事他都能猜个八九离十，可是这一次，他一点门道也没摸着。

"这次朕执意而行，虽然得以立若微为后，了却了朕多年的一桩心愿。可是母后心中总还是存有忌惮，不仅对若微十分冷淡，每每宫中家宴或典礼之上，还总是将胡氏之位列在若微之上，若微这个皇后当得实在委屈。"朱瞻基举杯自饮，眉头也渐渐拧了起来。

"听说了，只是越如此，皇上越应该更宠幸皇后才是，怎么反而疏远了呢？"朱瞻墡端起酒杯，皱着眉头将杯中说酸不酸、说苦不苦的东西缓缓喝了进去。

"树欲静而风不止，母后担心什么朕很清楚，她就是担心若微成为我大明的武则天。只是朕怎么可能会是那懦弱的李治？"朱瞻基苦笑道，"真不知母后这念头是从何而来的？"

"懂了！"听到这儿，朱瞻墡一拍大腿，恍然大悟道，"我说皇上怎么突然转了性，开始广纳嫔妃了，原来是为了给皇后积攒些贤名。不过这话又说回来了，皇上应该早些如此才是。若微是好，可是咱们男人这一辈子总不能只守着一个女人过日子！再说了，皇上如今年过三旬，膝下却只有一位皇太子，难怪母后心焦。听说宫里最近又有人怀上龙种了？"

朱瞻基并未立即答话，他的目光再次凝视着坐在自己左侧的许彬，许彬浅斟慢酌，仿佛充耳不闻。朱瞻基刚要开口，只听帐外有人奏报："皇上，派出去打前哨的人回来了。"

"哦？"朱瞻基神情凛然微变，立即说道，"速速进帐回禀！"

"是！"应声进入帐内的人正是王谨，"回皇上，前哨行至喜峰口以北五十里，探到兀良哈人的痕迹，他们已越过大宁，估计是要经会州到达宽河一带。"

"哦？"朱瞻基立即起身走到书案前面，太监金英连忙掌灯上前。朱瞻基摊开地图，许彬与朱瞻墡也围了过来。

朱瞻墡仔细地看着地图，暗自筹谋，说道："这帮北夷竟然跟咱们玩起捉迷藏来了，这下撞到了一处。皇兄，咱们就在此地以逸待劳，等他们来钻我们张开的口袋。"

朱瞻基扫了他一眼，用手在一个地名上画一个圈，又转身看着许彬，道："你向来才高傲物，一身上乘武功却以文科进士涉足仕途，如今朕就给你一个机会正名，说说你的高见吧！"

许彬并不答话，只是伸手在地图上刚刚被朱瞻基圈过的地方用手指重重一戳，随即便立于下首静立不语了。

朱瞻基大笑道："好好好，与朕想到一块儿去了。"

朱瞻墉趴在地图上自顾嘀咕着："这不是喜峰口吗？你们打的是什么哑谜呀？"

"来人，传旨下去，点三千精锐随朕夜行奔袭，直取喜峰口！"朱瞻基脸上的笑容瞬间隐去，此时的他不像是手握国玺的天子，倒像是一位踌躇满志的年轻将军。

喜峰口一带地势险要，不利于大军通过，因此朱瞻基决定亲率三千精兵昼夜北驰。在靠近宽河接近敌营的地方，朱瞻基令将士们口衔小棍，整束衣装，避免在急行军中发出声响惊动敌人。

天亮之后，兀良哈的哨兵发现了明军踪迹，他们以为这不过是大明照例巡边的普通队伍，便立刻一拥而上。

朱瞻基听从许彬的建议，命令三千精兵分成两翼，待敌人冲入包围圈之后，朱瞻基率先引弓搭箭，接连射倒了敌人的三个前锋。两翼明军随即趁势而上，利用火器将敌人打得溃不成军。

这是一场几乎可以称得上是完胜的战役，刚刚还是杀声震天，转眼四下里又重新归于宁静。地上是随处可见异族兵士们的尸体、明晃晃的弯刀、箭弩以及残破的军旗。骑在形貌神骏、毛色油亮的宝马上，俯看着狼藉的战场，朱瞻基试图去体会当年明成祖朱棣纵横草原、饮马南京、问鼎天下时的激情澎湃与英雄气概，只是他今时今日的心境中总有一种挥之不去的阴霾。

"为什么呢？"天子忧虑渐起。

"是不安。"身穿戎装徒步而来的许彬站在朱瞻基的马下，他的手里牵着一个断了手臂满身血污，个子还没到他胸口处的异族少年。

"我恨你，明朝皇帝！"手指着朱瞻基，那个早已被痛苦折磨得五官皱得几乎变了形的异族少年恨恨说道。

"大胆，小杂种想找死吗？"一个锦衣卫督统恶狠狠地斥责道，他提刀就要向少年砍去。

"退下！"朱瞻基的目光紧紧盯着马下的少年，道，"你恨朕手下的兵士杀了你的父兄亲人？可是每年夏秋之际，你们马踏中原，又杀了多少无辜的大明百姓？"

"我不知道，我也不想知道！我只知道我们是被你们这些人从富足的中原赶到北方寒地去的。堂堂成吉思汗的子孙现在衣食不全，生活难以为继。所以，我们再回来抢你们的，天经地义。现在，我父兄和族人被你杀了，我要报仇！"少年脸上是与他年纪毫不相衬的执拗与毅然，眼中有怨、有恨、有悲，却没有半滴泪水。

朱瞻基的目光从男孩的脸上移到许彬的脸上，"你故意带他来，让他说出你想要对朕说的话，对吗？"

许彬扭过脸去，看着天边渐渐升腾起来的红日，声音中带着一丝诡异与清冷："世间万物，除了这太阳是东升西落，日日不辍、亘古不变以外，没有什么是不变的。我们脚下的土地，现在属于大明，以前属于元、宋、唐，在此之前还曾经属于过很多朝代，也曾经属于很多的君主。"

"住口！"策马而来的朱瞻墭飞身下马，用手狠狠地击了许彬一拳，"书呆子，说什么胡话？再说下去，你脑袋先得搬家！"

许彬笑了，他牵着那个受伤的少年下去疗伤了。

回程路上，朱瞻基忍不住问许彬："你是怎么收服那个孩子的？"

许彬笑了，他的笑容中尽是苦涩与无奈，"很简单，我告诉他，想要复仇，就要先活下来！哪怕救你的正是你的仇人。"

"许彬，你乃翩翩青年才俊，文韬武略不输于杨荣、杨溥等人，但是在永乐和洪熙两朝都没有得到重用，你知道这是何故？"朱瞻基刻意放松了缰绳，让马儿放缓步子与许彬并行。

许彬不置可否。朱瞻基继续说道："因为你活得太超脱，也太明白了。任何事情你都能洞察于千里之外，这份澄明与清醒足以让帝王胆寒。"

许彬对上朱瞻基的目光毫不回避，"谢皇上褒扬！"

"你?"朱瞻基举起手中的马鞭,好像随时都有可能挥打在许彬那张俊秀如玉的脸上,这个人确实是太过狂妄了,他强忍着心中的不快,缓缓说道:"朕已经决定从安南撤军,只是碍于太祖高皇帝时留下的成例,必须找一个合适的机会。否则'与祖制相悖、背祖妄为'的这顶大帽子就会被谏臣们扣到朕的头上。"

"皇上圣明!"许彬眼中闪烁着毫不掩饰的笑容,是欣慰,也是欣赏,还有一份了然。

朱瞻基用马鞭指着他,无奈地说道:"你呀!真是叫朕爱也不是,恨也不行。好好改改你的性子,在朕身边做个像杨荣那样的良师益友、良臣贤士不行吗?非要这样故弄玄虚、与众不同吗?"

许彬眼底的笑容还在,只是多了一丝不易被人察觉的黯然与落寞,眉宇间流露出的忧郁令人心疼,只是转瞬即逝,他又恢复了往日那副千年不变的神情,淡然如风。他对上天子的龙目,似是而非地说了句:"皇上有皇上的无奈和顾忌,臣子也是一样。"

这话似乎是一句推托回避之言,只是目光交会时,朱瞻基从他的眼神中仿佛洞悉到了什么隐情,他似乎可以谅解。于是,像是自言自语,又像是在安慰彼此,朱瞻基说道:"许彬,其实从见到你的那天起,朕就有些羡慕你。羡慕你如闲云野鹤般的生活,羡慕你纵横秦淮、醉卧花丛的潇洒与自在,羡慕你的恃才傲物、挥金如土,羡慕你的快人快语、写意人生。可是羡慕归羡慕,朕却不能由着性子像你一样。其实说你澄明,你也并非万事都能参透,就像这皇位,你没有坐过,并不知道做天子就如同是在炙火上炼烤,百炼成钢,百忍成事,这军国大事、后宫内务,其实半点也不能随心所欲。"

朱瞻基缓缓道来,这一番肺腑之言伴着马蹄阵阵发出的声响,竟然像是一首出塞曲,有些慷慨,有些激昂,还带着一丝悲怆。

许彬凝视着眼前的天子,这是大明朝的第五位天子。他,远没有太祖朱元璋的开天之勇,也没有成祖朱棣的英雄豪迈,不似建文帝朱允炆那样崇儒尚礼,更不像洪熙帝朱高炽那般厚德载物,很难用一句话来评说他。只是此时此刻,他的目光不像天子,而是如同稚子一般清澈、明亮，这样的清无尘垢、质朴纯净，古往今来的帝王难有与之匹敌者，从他眼中流露出的正是一种称为"真挚"的柔情，这种真挚足以让手持利刃的敌人弃械相投。

久久地凝望之后，许彬低下自己高昂的头，双手抱拳正色说道："许彬，谢皇上今日的明示！"

"啪"的一声，朱瞻基手中的马鞭重重地抽打下来，没有抽在许彬的脸上，却狠狠地抽在了自己的坐骑之上。一骑绝尘，朱瞻基策马如离弦之箭一般冲了出去。

许彬稍稍一愣，随即策马扬鞭紧紧追上。

第三十八章　千秋万岁名

宣德五年清明，朱瞻基为表孝心奉慈娱，特意命礼部官员早早准备，与张太后同往京城北部的天寿山赴长陵、献陵祭拜成祖朱棣与仁宗皇帝朱高炽。

在成祖朱棣的陵前，张太后郑重下跪，她在心中默默祈祷，请求成祖原谅她没有将大明后宫整肃清平，使得后妃不和，致使成祖钦定的胡善祥退居长安宫。这皇后之位易人，终是有累当今皇上和成祖、仁宗的圣德。

张太后神色沉重，心事满满，行至献陵仁宗庙前再行礼下拜时却是百般滋味在心头，心思乱成麻。

"母后，过去种种，皆如春风化雨润物无声，不必再记在心上了！"朱瞻基亲手将张太后扶起，一面向外走去，一面缓缓低诵道："春有百花秋有月，夏有凉风冬有雪，若无闲事挂心头，便是人间好时节。"

张太后看着面庞越发清瘦的皇上，目光中满是忧虑之色："皇上不必宽慰母后，道理母后都懂，只是今日来到你父皇和皇祖的陵前心中有些难过罢了。母后听说最近朝堂之上为了宝船出航和从安南撤军两件事纷争不断，皇上想是为此操劳忧虑，看上去越发清减了！"

朱瞻基点了点头。

"皇上早早地把你两个弟弟瞻墉和瞻墡赶至封地去了，要不然自家兄弟在朝堂上自然会是同声共气、力挺到底的，哪里会像现在这样掣肘！"张太后一想起远赴襄阳就藩的小儿子瞻墡，心中就隐隐地有些不快。

朱瞻基不好接语，只得顾左右而言他："朝堂上的事情，让百官们议一议、争一争也是好的。总不能一言堂，朕说什么底下的人就都去照办，长此以往官员们都成了应声虫，没有人敢直言献策也是不成的。"

张太后不再言语，由太监们扶着上了凤辇。

回程途中，道路两边都是得到消息而来，竞相争着要一睹皇上龙威和太后凤颜的百姓，张太后命人打起车帘，不时地向窗外的百姓挥手致意。

百姓们纷纷下拜叩首，高呼万岁。

张太后隔着窗子看到百姓们夹道欢呼，不论男女老少皆下跪行礼，感到十分欣慰，她对朱瞻基说道："今日同往北陵祭祀，想不到别有一番收获。如今看到百姓们如此敬仰爱戴皇上，母后也就放心了。想来是皇上这几年施行的仁政和惠民之举让百姓们得以休养生息，百姓们能吃得饱、穿得暖，才能如此真心地称颂圣德。今日出来走一走，母后才知道皇上这些年的辛苦与劳碌。"

朱瞻基听张太后如此赞誉，不由心头一热，母子二人好像很长时间都没有这样融洽地交谈过了，他原本骑马而行，此时索性下了马走到太后凤辇旁，手扶辕架缓缓而行。

张太后看到朱瞻基此举，不禁眼圈微红，心中感慨万千，长期以来盘踞在她心底的担心终于可以放下了。皇上的后宫家事虽然让她不甚满意，但是两次亲征都凯旋而归，朝堂上下吏治清平，国家经济物阜民丰，民间百姓安居乐业，朱瞻基既承继了成祖的武略与大谋，又贯彻了仁宗的仁政与惠民之举，大明的兴盛正一步一步地到来，作为皇上他终究是称职的。

张太后不禁又想起了自己从十五岁成为燕王世子妃，一步一步地由太子妃至皇后，再到太后，度过了几十年的风雨，不免悲喜相织，默默垂下泪来。

朱瞻基不经意地看到张太后神情有变，知道她是又想起了曾经的种种，正想着该说些什么劝她开怀，只见道路两旁有农夫正在犁田耕地，立即对随侍的太监金英、王谨等人吩咐着要准备亲耕。

当张太后拭去眼角边的泪水，把目光再投向窗外时，竟然发现身穿龙袍头戴金丝乌冠的皇上竟然赤着脚在田间扶犁。

"太后，皇上要在此处扶犁，请太后娘娘至前边农庄休息。皇上说今儿咱们就在百姓家里用膳，尝些山野菜、玉米饼，与民同乐！"太监金英适时禀报。

"好……皇上真是有心了！"张太后心中自然又是一番感慨。

礼部官员与随侍的锦衣卫、太监、宫女立即前去安排，皇上特意交代不要安置在殷实之家，就选一户家中祖孙三代俱全的普通农家用膳，这自然又引来围观农户与百姓的欢呼雀跃。

在田间扶犁的朱瞻基三推之后已然微汗涔涔，随侍在侧的锦衣卫指挥使孙继宗立即上前劝道："皇上，三推之后，恩泽天下，已经够了，该歇一歇了吧！"

朱瞻基停了下来，盯着眼前一望无际的田垄，不由叹道："继宗，朕自幼习武身体强健，可是三推之后也觉得不胜劳累，这些以种田为生的百姓们常年以此为生，又当如何呢？"

孙继宗看着朱瞻基，钦佩的目光中夹杂着闪烁的笑意，只是仍暗自强忍着。

朱瞻基看他欲言又止的样子，不由笑道："你别站在边上躲清闲，来，接下来你推！"

"是！"孙继宗接过农具推了起来，他步子稳健，垄地匀直，惹得田边围观的百姓们纷纷称赞，"这位官爷莫不是自小在家种地的？干农活真是一把好手！"

朱瞻基大笑道："这是皇后之兄，原出身书香世家，朕也大感意外，他竟然精于此道！"

孙继宗满面春风地回道："回皇上，微臣与皇后娘娘儿时在家乡也常去田间玩耍，不仅是微臣，就是皇后娘娘也曾经扶过犁、牵过牛、放过羊，还曾经帮果农摘过果子，帮渔夫捕过鱼！"

朱瞻基连连点头，"朕想起来了，当年皇后进宫的时候还带着一盘小石磨，用它磨过豆子，给父皇和皇爷爷做过豆皮包的饺子呢！"

围观的百姓听了，自然又是一番称颂之词。

朱瞻基兴致大起，又召来随侍在侧的吏部尚书蹇义、大学士杨荣、儒臣李时勉、大理寺少卿许彬和武将颜青、李诚等人依次扶犁。

朱瞻基与孙继宗在田边小径上缓缓而行，朱瞻基面上颇有些向往之色："继宗，皇后小时候是不是很顽劣任性？"

"皇上怎会有此一问？"孙继宗颇有些意外。

朱瞻基唇边浮起淡淡的笑容，目光里有些悠远而凝重，"其实这么些年，朕虽然刻意宠着她，也想尽办法让她如愿，可是朕却总觉得，现在坤宁宫中的若微不是真正的若微。她原本应该是盛开在田野上的雏菊，灿烂而明媚，是天真的、开朗的、无所顾忌的，可是现在，身处深宫大内，她的笑容越来越少，也越来越淡，淡得似乎让人无从察觉。朕常在想，若是当年她没有进宫，也许她会活得比现在快乐！"

"皇上！"孙继宗惊讶之极，他不知该如何接语，想到儿时的若微，自然也会想到那个与她形影不离的紫烟，然而紫烟的命运……孙继宗哑然了。皇上在紫烟去世三年之后，又为他赐了名门淑媛，新进门的娇妻虽好，但她毕竟不是紫烟，也自然没有那么多儿时共存的记忆……伤感的情绪包裹着继宗，让他微微有些窒息，可怜的紫烟，离幸福只有一步之遥，却忽地永远失去了。如果时光能够倒流，继宗不知道紫烟会不会依旧选择这样的归途。想到若微，继宗心里又觉得稍许安慰，所幸，若微还好……

不经意间，一只手握在了他的手上，是皇上。朱瞻基的目光中满是愧疚与安慰，不需一语，但是内中的情义却足以让孙继宗感慨万千，他怔了半晌之后，便将儿时与若微相处的点点滴滴详尽生动地讲给朱瞻基听。

在他的描述中，一个娇憨可爱的灵秀女孩仿佛就出现在朱瞻基的视线里，渐渐地，天子脸上的笑容又多了起来。那样可爱的若微终究还是被自己遇到了，若是她没有进宫，自己又怎会知道天地之间还有一个这样可爱的精灵呢？

天色接近午时，百姓们纷纷献上鲜蔬果品和自家酿制的米酒，朱瞻基与大臣们就站在田间地头用百姓家的粗瓷瓦器品尝，随侍的司膳太监刚刚掏出银针就被朱瞻基喝令退下，"有这样淳朴的百姓争相为朕献食是朕之福，又何须银针验毒？"

于是田间围观的百姓立即欢声雷动，山呼万岁。

许彬静静地立于文臣武将当中，看到如此君民和睦、其乐融融的一幕，心中突然感觉萧瑟孤立。他转身走出人群，想去溪边净手，然而一个似曾相识的影子从他眼前一晃，随即就无端地消失了。

那是一个用蓝色花布包头，佝偻着身子颤颤巍巍的老妇人，她的手里提着一个瓦罐，正步履蹒跚地向一排低矮的土屋走去。

许彬眉头微皱，刚想跟在后面追上去看看究竟，只听到金英在身后唤他："许大人，皇上刚作了一首御制诗，想请许大人过去点评一二。"

"好！"许彬放下心中疑惑，又重新走进人群当中。

午后暖阳当空，坤宁宫外，穿着一件碧色绣凤凰的云烟衫，下身着拖地翠羽云纹双蝶千水裙的皇后孙若微正在凭栏远望。如碧玉般清雅端庄的容颜，高贵华美的风姿中是缥缈如仙般的清逸出尘，四名宫女紧随其后，分作两边，手擎八宝华盖为若微撑起一片阴凉，恭敬异常，不敢有丝毫怠慢。

"母后，父皇怎么还不回来？"不远处坐在汉白玉台阶上的常德公主不耐烦地站起身跑到若微身边，拉着她的手问道，"要不是母后拦着，馨儿今天一定会跟父皇一起去，现在也不用在这儿等得如此心焦了！"

若微凝视着远处的宫门，细声细气地安慰着："馨儿如果饿了就去找湘汀姑姑，先用点茶点。"

"母后，馨儿不是饿了，是闷了！"常德公主嘟着嘴说道。

"闷了？"若微笑了，"那就去找顺德到园子里看看花，或是回屋练练曲子！"

"不嘛，馨儿不喜欢！"常德公主甩开若微的手，走到一旁坐下，立于身后的宫女兰香立即捧着厚厚的垫子央求着："公主殿下，先移一下芳驾，容奴婢垫好坐垫您再坐，这石阶上太凉！"

"不用你管！"馨儿托着腮，一脸的不高兴。

若微看了不由纳闷，索性走到她身边，弯下腰问道："怎么了，馨儿一向是你父皇的开心果，如今怎么噘着小嘴不高兴了？"

"哎！"馨儿苦着脸说道，"宫里待着好没意思，人人脸上都含笑如春，可做的事情不是为了争名就是为了夺利。各宫的宫妃长得都像御花园里的花一样娇艳，可是心里想的呢？都是怎么去迷惑父皇求得龙宠，不过是些媚上欺下、捧高踩低的势利小人，整日里做的就是泡茶听曲、调胭脂比珠钗，没意思透了！"

一番话说完，若微哑然失笑，面前这个还未长成的小小身量里蕴藏着怎样的心思啊？那如玫瑰一般的小小面庞上神色庄重而娇美，略带一丝稚气，长长的睫毛笼罩下的那双秋水一般的大眼睛，像清澈见底的山泉似的，还有那高高噘起的像是点了朱砂一般的娇唇，这个小丫头如今越来越难缠了。

"既然宫里的人这么让你讨厌，那馨儿就搬到宫外去住好了！"远远地传来一阵铿锵有力的步子，人还未到，话音已至。

朱瞻基在太监和锦衣卫的簇拥下回宫了。

"父皇！"常德公主面上的阴云一扫而光，漾起晶莹剔透的笑容，几步跑到朱瞻基身前，"给父皇请安！"

若微也下拜行礼，朱瞻基一手揽着女儿一手牵着若微，"不是派王谨回来传话，不让你们等了吗？怎么还在日头底下站着！"

"父皇，您不知道，你出宫两个时辰以后，估计还没到天寿山呢，母后就坐立不安，站在宫门口等，一直等到皇祖母回宫也没看到父皇，所以脸色大变，这午膳也没吃就站在坤宁门这儿等。唉，馨儿今天才知道什么叫牵肠挂肚、望穿秋水！"常德公主百合花一般的面庞仿佛能够征服一切，朱瞻基停下步子看着她怔怔地出了神。

"父皇是在看馨儿，还是在看当年的母后？"常德公主歪着头笑道。

"馨儿，如今越大越放肆，你再这样母后就罚你抄一百遍《女则》！"若微板起面孔来扮作严母，偏偏被慈父所挡，所以半点威慑力也没有。

进了坤宁宫，更衣净手洁面之后坐在软榻上品着若微亲手烹制的羹汤，朱瞻基仔细凝视着坐在玉屏边上轻弹琵琶的常德公主，仿佛在想着什么心事。

"皇上，今日与母后同往北陵祭祀，怎么母后先回来了，而皇上到了这个时辰才回宫？"若微端详着朱瞻基的神色追问道。

"今日路过清河，当地民风淳朴，百姓盛情，争相献食，朕与母后就在此处稍作停留。后来为了与诸臣商讨改良农具、宝船出航之事耽搁了，就让护军先送母后回宫。"朱瞻基歪倚在靠枕上，看着若微不由笑道，"今儿继宗随侍左右，给朕讲了很多你们儿时的事情，想不到若微小时候如此顽劣，上山攀岩，下湖抓鱼，还真没有你不敢做的事情。"

"皇上！"若微面上微窘，常德公主立即丢下手中的琵琶挤到若微怀里："母后，父皇说的是真的吗？母后小时候有那么多乐事可以做，为何却对馨儿如此苛责？"

"看吧看吧！"若微无奈地看着朱瞻基，"这个女儿臣妾可是教不了了，以后就由皇上管教吧。"

"哈哈！"朱瞻基伸手将常德公主揽在怀里，"馨儿，你真想过那样的生活？"

"嗯，虽不能天天如此，就是尝试一下也是好的！"常德公主仰着小脸，满是向往之色。

"好，朕从你所愿！"朱瞻基抚须而笑。

"皇上！"若微神色稍变。

"皇后稍安。今日朕随母后前往北陵祭祀，突然想起前些日子岳父大人上奏，说是要回乡祭祖。朕想命锦衣卫和礼部同往，原本朕与皇后也该一同相伴尽尽孝心，只是又怕后宫非议，谏臣们说三道四。所以正好让馨儿随行，也算朕的一番心意！"朱瞻基深邃的眼神中含情脉脉，那情义如此深重，倒让人无从承担了。

若微心中虽然十分感动，可是她却摇了摇头，"皇上对孙家的体恤与恩宠已然太过了，如今继宗、显宗都有官位在身，父亲更被封为会昌伯，已然是天恩浩荡。再说，去年父亲寿诞，皇上特颁恩旨与臣妾一道回府省亲，这样的恩宠已经令人侧目了。如今若是再派皇家卫队和礼部官员随家父回乡祭扫，只怕会……"

"若微！"朱瞻基面上露出淡淡的笑容，轻轻地低唤着她的闺名，那里面隐含着浓浓的情意和细致入微的体贴，还有经年不变的温存。四目相对，终是不再需要任何的言语。

常德公主坐在他们中间，小脸突然红了起来，如同蚊蚋般低喃了句："儿臣告退。"随即就逃出了坤宁宫，仓皇中与湘汀撞了个满怀。

"哎哟，公主殿下，这是怎么了？"湘汀向殿内观望。

"去去去，现在谁都不能进去！"常德公主拉着湘汀的手拽着她一同向外走去，湘汀一边走一边回头，仿佛突然间明白了什么似的，面上也渐渐明朗起来。

室内的情景并不是如她想象中的那般香艳，瞻基靠在若微的怀里横躺在床上，若微轻轻在他头上揉捻着，"有心事？"

"嗯！"朱瞻基叹了口气，"今年秋天郑和的船队就要第七次出航了。可是户部说银子吃紧，南京造船厂工匠们的工钱一拖再拖，这工期怕是会延误。若是误了工期，季风过了，就要再等来年。哎，皇爷爷的航海伟业想不到竟然会断送在朕的手上。"

"记得当年在南京旧宫时，郑和在永乐朝二十年间六次下西洋，只记得当时他带回来好些新鲜玩意，还有许多奇奇怪怪的番人。当时皇上不是说，下西洋纯粹是劳民伤财之举吗？"若微轻抚着朱瞻基的束发，突然觉得他原本黑亮如缎的浓密发丝不知从何时起竟然稀疏了不少，心中暗暗有些难过，于是便拥紧了他。

"那时朕太过年轻，看不透皇爷爷的远见卓识。皇爷爷曾说过，财富来自海上，威胁也来自海上。当时朕不明白，可是现在朕懂了。就说那些倭人吧，想要造船，想要买火炮，买铜铁制造兵器，可是我朝自太祖高皇帝时起就留有祖训，'寸铁不能授之外夷'，所以倭人在我大明虽然经营多年却最终无果。谁承想只是短短几年间，他们派出的船队不仅在西洋买回了大量的兵器，还学会了先进的造船技术。如今倭人与西洋人的海上贸易做得风生水起，大有后来居上之势。前年西洋各国入贡的船到了广南，朕派阮浪前往核查验收，阮浪回来将所见所闻跟朕这么一讲，朕才豁然明白。大明在海外被称为'中国'，是中心之国的意思，却绝不是我们自以为是的天朝上邦，而咱们将海外诸国称为'外夷'。如今这'外夷'早已不是蛮荒之地了，他们的文明与经营之道也许早已超过了咱们。"一声叹息之后，朱瞻基仿佛睡着了。

若微细细体会着朱瞻基话里的意思，看着他日渐消瘦的容颜，心中竟然无端地伤感起来。她伸手轻轻抚着他的面庞，吐气如兰，仿佛自言自语一般地说道："皇上想做什么就放手去做吧。海外的贸易与西洋文明的学习不仅仅成于一朝一夕，总要长期坚持下去才能看到成效，如今国运虽然说不上昌隆繁盛，但也说得上是清平兴旺。"

朱瞻基没有作声，只是身子又往若微的怀里倚了倚，如同一个撒娇的孩子般紧紧依偎着她，那份眷恋让若微心中有些发酸，"好了好了，皇上别急，咱们不是还有钱吗？"

"有钱？"朱瞻基一个鲤鱼打挺地坐了起来，头顶正好戳到了若微的下巴，她吃痛地叫了起来。朱瞻基怔怔地有些不知所措，伸手想要去帮她揉，却被她伸出来的手紧紧握住了，"先把修三大殿的银子和献陵地上明楼、宝城、宰牲所的银子挪出来，算算应该够了！"

"若微！"朱瞻基惊呼一声，"那笔银子如何能动？"

若微点了点头，风轻云淡地说道："皇上说能，就能！"

"不行！"朱瞻基摇了摇头，"修三大殿的银子用了也就用了，朕不摆那个排场，万事从俭，旁人也说不得什么。可是修献陵明楼的银子若是动用了，天下人会怎么看朕？"

　　见若微不语，朱瞻基又暗自说道："他们会说朕不孝。母后又会怎么看？父皇去世太过仓促，生前没有来得及选吉地修皇陵，如今这献陵修得已然比皇爷爷的长陵简单了不少，若是连地上的明楼宝城再停下，朕心何安？"

　　这一次，是若微轻靠在朱瞻基的肩头，伏在他的耳边，她窃窃低语道："当虚名与实利不能两全时，皇上该如何选？"

　　"虚名？"一语惊醒梦中人，朱瞻基又想起了大学士杨荣对他说过的那番话，他说成祖为帝一生，面临过无数次的危机，也创下了旷世惊天之伟业，而支撑他力排众议、勇往直前的只是一个朴素的信条。他说他这一生不为虚名，只问良心，上对得起天，下对得起民，就足矣了。至于千秋功过任世人评说，在他眼中一钱不值。所以他才会甘冒天下之大不韪，起兵靖难，从怯懦的侄子手中夺下江山；他才能在灾荒之年倾尽国库所有支持当下并不能见利的航海大业；也正因为此，他才会白发出征五次，带兵荡平大漠；也会耗费巨资养着三千文人编撰旷世奇书《永乐大典》；更是顶着不绝于耳的反对之声迁都北京……如此种种，只是一句"不为浮名只谋实利"，这"利"不是皇家的私利，而是百姓和国家的大利。

　　"若微，你为何总会有这般置身事外的冷静和从容，这份出人意料的智慧又是从何而来？"揽着怀中的佳人，朱瞻基喃喃低语道，他的下颌轻轻抵着她的发端，往事如烟，历历在目，两人步履蹒跚相伴至今终究是人生之大幸。

　　宣德六年闰十二月初六，由郑和带领的承载着两万七千五百五十人的大明宝船队从南京龙江关出水启航。船队历经忽鲁谟斯、锡兰山、古里、满剌加、柯枝、卜剌哇、木骨都束、喃勃利、苏门答腊、剌撒、溜山等二十余国。每到一国，使臣就把大明朝的礼物赠送给当地国王，并以大明的瓷器、丝绸、茶叶、金银、铁器、农具等物产与当地的特产如象牙、香料、宝石等相交换，重现永乐朝时大明六下西洋传播四方的国威与声望。船队于宣德七年十二月二十六日至忽鲁谟斯，于宣德八年二月二十八日开船回航。在归途中，郑和因劳累过度在印度西海岸古里去世，船队由副使太监王景弘率领返航。

宣德八年七月初六，宝船队返回南京。这是大明历史上的第七次下西洋，也是最后一次。

宣德皇帝朱瞻基继承了永乐大帝的雄才大略，使在仁宗朝中断了的航海大业得以承继，看到"千骑来迎""万象朝贺"的盛况，听到使臣们讲述的域外文明和西方贸易，朱瞻基才真正领悟到作为一个文明大国的君主，强大却不称霸，播仁爱于友邦，宣昭颁赏，厚往薄来的重要意义。华夏民族的仁爱与文明已超越了国度和地域，在遥远的大洋彼岸得到传播与发扬。

第三十九章　曲中闻折柳

宣德九年腊月初八，朱瞻基御门听政后匆匆赶往乾清宫。此时，乾清宫里彩灯高挂、红毯铺地，金色的殿堂内，四处皆是雕龙画凤流金的彩绘和流苏，一字排开的金龙大宴桌前，各宫宫妃主位早已在此候驾。

随着一声"皇上驾到！"花红柳绿的众妃在皇后的带领下请安行礼，高呼万岁。朱瞻基心情甚好，"都平身吧，今儿是家宴，诸位爱妃不必拘礼。"

"谢皇上隆恩！"

朱瞻基坐在金台上单设的金龙大宴桌上抬眼向殿内望去，离自己最近的左手处是皇后的大宴桌，只是这一桌上除了皇后，竟然还坐着贤妃。

他微微有些讶异，但是看到若微面上的怡然与贤妃眼中的淡定，随即放下心来。若微终究是若微，虽然前几日两人因为蟋蟀之事闹得有些不痛快，可是丝毫没有影响她在处理后宫事务中应有的大度与包容。她终究衬得上"母仪天下"这四个字。但是朱瞻基又觉得稍稍有些遗憾，若微对吴雨晴的包容与豁达，总让他觉得少了些什么。

歌舞乐起，十二名身穿彩衣的舞伎展示着曼妙的舞姿，乐人们轮番弹奏着琵琶、古琴、筝、箫、笙等乐器，撩拨起满室的春意。

乐音稍歇，一位身穿淡碧丝衫的少女怀抱琵琶立于大殿正中，姿态娴雅，如同天山上的一株雪莲，在身着华美宫装的六宫后妃当中丝毫不显逊色，反衬得她清丽出尘，隐隐透露出丝丝的书卷气息。

在众人的屏息注目之下，她手指轻撩，拂过琴弦，没有想象中的悦耳动听，略显枯涩的音色在琵琶重重跌跌的华丽旋律下竟是那样地突兀。

朱瞻基微微拧眉，扫了眼皇后，又把目光投向殿中的女子，心中暗想，她虽然勇气可嘉，但这个技艺比起当年的若微却是差得太远了。朱瞻基正暗自思忖着，只听见琴弦"砰"地发出了断裂的声音，轻微而黯淡，瞬间，那殷红的颜色在她纤细的手指上虚弱地盛开来，宛如一朵幽静的红梅。

她面色苍白怔怔立于殿中央，忘记了请罪，也忘记了跪拜。

"大胆奴才，失了手还不赶紧退下！"负责礼宴的管事太监立即出言喝斥，朱瞻基远远地看着她，倒觉得十分有趣，"罢了，是新入宫的乐人吧，恐是没有经过此等大场面，一时心慌失了分寸，让她下去疗伤吧！"

"谢皇上恩典！"管事太监立即跪谢皇恩，而那名女子依旧不为所动，在众人纷纷侧目和低声议论中，她怀里的琵琶悄然滑落，忽地从袖中抽出两柄彩扇，没有乐声相伴，就这样清吟着一首凤阳小调，时而抬腕低眉，时而轻舒云手……玉袖生风，典雅矫健。手中扇子时而合拢握起，时而轻展抖开，好似笔走游龙巧绘丹青，又似流水行云龙飞凤舞。一时之间令人目不暇接，彩扇展开飘逸之极，若仙若灵，妙龄身姿回身举步时恰似柳摇花笑润初妍，一个舞动的精灵仿佛从梦境中走来。

"长相思，在长安。络纬秋啼金井阑，微霜凄凄簟色寒。孤灯不明思欲绝，卷帷望月空长叹，美人如花隔云端。上有青冥之长天，下有渌水之波澜。天长路远魂飞苦，梦魂不到关山难。长相思，摧心肝。日色欲尽花含烟，月明欲素愁不眠。赵瑟初停凤凰柱，蜀琴欲奏鸳鸯弦。此曲有意无……"

不知是谁为她以琴音相和，而她借势又低吟起李白的《长相思》来，舞蹈如此出人意料，歌词又令人与之共鸣，一时之间无人叫好，也无人妄议，仿佛乾清宫的家宴成了她一个人的独场舞。

此情此景，倒让朱瞻基有些恍惚起来，他怔怔地低声吟诵道："罗袖动香香不已，红蕖裊裊秋烟里。轻云岭上乍摇风，嫩柳池边初拂水。"

他仿佛又想起了很多年前在秦淮河畔大夫第巷子深处，许彬府上，那只漂于池水之上的小船内，有一位佳人也如今天这般，只是她当时是以摇摆不定的小船为舞台，同样一袭碧色衣裙，只是她跳的是汉唐名曲《踏歌》。花间月下，碧波之上，裙袂当风，簪花如雨，丁香笑吐娇无限，那日的情景即便是唐代的霓裳羽衣舞也难有她的惊世风采。

醉眼神魂自迷乱，眼前这个女子如同晓风乍起吹皱一池春水，一向自认为坐怀不乱，在美色面前极有定力的宣德皇帝朱瞻基也不禁心神微荡起来。

从腊月初八夜里开始，洋洋洒洒的大雪就把京城笼罩在一片冰清玉洁的琉璃世界中。初九一大早，皇后孙若微没有惊动任何人，悄悄换上一件乳白色锦缎大红绸里的滚毛边斗篷，内穿银白色滚蓝边竹叶绣纹袄和白色绣花棉长裙，松松地绾了一个坠马髻，手提缠丝绕翠的小竹篓，悄悄来到御花园里。

因为起得太早，整座宫殿似乎还在沉睡当中，穿着掐金挖云红香羊皮小靴走在整洁得如同白缎子一般的雪地上，若微留下了一排小巧的脚印。

这脚印一直通向那散发着淡淡幽香的红梅深处，不假他人之手，她踮起脚尖，伸出纤纤玉手轻拈花瓣，一边采摘一边自言自语道："对不起了梅兄，因为要赶着做这一季的胭脂，所以就只好得罪了。不过是你们现在不被我采了去，不管是被他人折去了插瓶，还是随风落在雪地里被人践踏，命运都何其堪怜。而我把你们采了去，一片片挑出来，和着夏季存下的竹尖上的露水，调进上好的蜜糖磨成了泥，再放进香檀盒里慢慢蒸，几个时辰过后再取出来，就是一盒上好的胭脂。那个时候，即使这御花园里的花都开败了，你的娇艳还是永存于世间，这样岂不更好？"

清冷的琉璃世界中，红梅树下，独她一人悄然而立，人面梅花相映成景。偏她脸上笑靥如花，原本绝色的容颜，一笑之下更是耀如春华，尘世间的万芳诸艳在她的一笑之下皆成了俗物！

当她两颊笑涡内浅漾，手提满载红梅的竹篓回到坤宁宫的时候，才发现自己此举引起了轩然大波。自湘汀以下，十二名大宫女、六名管事太监连带着常德公主均惊惶失措地站在院中愣愣地看着她。

"这是怎么了？"她解下斗篷丢给湘汀，随即步入西殿。

"母后！"常德公主如惊弓之鸟，一下子扑进了她的怀里，"一大早，您去了哪里？害我们把这坤宁宫上上下下、里里外外找了个遍，还以为您跟父皇闹别扭，有什么想不开的。"

"痴儿，说什么傻话？"若微将竹篓放在书案之上，"瞧，母后一早去采梅了，母后不是答应过你，要教你做胭脂吗？"

"真的？"常德公主长长松了口气，依在母亲怀里，又乖巧地从侍女手中接过手炉塞进若微手里。

"母后不冷！"若微用手轻轻抚过女儿的容颜，"用过早膳了吗？"

"还没有！"常德公主面上微红，"其实，馨儿早上起来连脸还没洗呢！"

"啊？这还了得，大明的公主怎能如此不顾及仪态？"若微立即唤来随侍的宫女，"快去侍候公主洁面梳头，一会儿收拾妥当了就在西殿传膳。"

"是！"

若微坐在书案前，用玉杵细细捣着刚刚采来的花瓣，不时地用长柄银勺从青花缠枝的密封罐子里舀一勺夏秋之季从竹叶上收集起来的露水。也不知过了多久，湘汀催了好几次说早膳已经摆好了，可是她依旧纹丝不动，仿佛手中的事情是一件片刻也不能耽搁的大事，直到花瓣与蜜糖全都被调成了稠稠的膏体，若微这才将膏体分在十几个格子的香檀盒里，又交代湘汀在西殿内烧水的小炉子上换上蒸笼，把香檀盒放在上面熏蒸。

顷刻间，整座坤宁宫里便香气远飘，馥郁芬芳。

湘汀端着红漆盘，上面是纯黄釉瓷制成的造型精巧并饰以牡丹花彩绘的炖盅，"娘娘昨儿夜里睡得迟，今儿一大早又跑去御花园的雪地里吹冷风，忙了一上午，饭也不吃，水也不喝，只顾着这盒子胭脂。娘娘这是怎么了？不担心自己的身子，也不替我们这些做奴才的想想啊。"

若微不急不恼，静静地听着湘汀唠叨，等她掀开盖碗看了一眼，"怎么是这个？"

"娘娘！"湘汀叹了口气，挥手让其他宫女退下，这才压低声音说道："昨儿夜里皇上是纳了新宠，可是这也算不得什么。今儿一早皇上就巴巴地差金英送来了这碗虫草炖海参，说是昨儿在前头殿里用膳的时候，仿佛听娘娘咳嗽了几声，特意让御膳房给娘娘做的。皇上还说冬虫夏草性温味甘，有止咳化痰之功效。这汤里除了鲜活海参，还有赤肉、龙骨、水鸭和朝鲜进贡的人参，汤味最是清香爽口，嘱咐娘娘一定要趁热喝了。"

若微接过金灿灿的勺子在汤碗里搅动来搅动去，却偏偏没有要喝的意思。

"娘娘！"湘汀又端上一碗燕窝冬笋鸡丝粥。

若微笑颜微绽，拉着湘汀说道："还是湘汀姐姐对我最好！"

湘汀叹了口气，立于下首看着若微将一大碗燕窝粥喝完，偷偷抬眼扫着案上那碗渐渐没了热气的虫草炖海参，心里说不出是什么滋味来，想要劝又不知该如何开口。

"湘汀，昨晚那个女子叫什么名字？去查查她的底细！"若微将碗向前一推，身子有些绵软地靠在椅上，神情凝重，唇边勾起一丝迷离的浅笑，让人有些难以琢磨。

"娘娘，湘汀跟在娘娘身边二十年了，可是这次，湘汀不想帮着娘娘。"湘汀顺势坐在若微的对面，目光中透着些许的忧虑，"何必呢？皇上也是凡人，是凡人就有七情六欲，新人美如玉，皇上召去宠幸一宿两宿算不得什么。娘娘万万不可太过计较，徒增烦恼。"

经珠不动凝两眉，铅华销尽见天真。若微紧紧咬着自己的下唇，半晌无言。

"娘娘，是奴婢说得重了，奴婢该死！"湘汀从来没有看到她脸上有过如此的落寞之态，所以她慌了，立即起身跪在地上。

若微伸手将她扶起，"好姐姐，你这一生每时每刻都在为我想、为我活，我怎么还会怪你怨你呢？"

"那娘娘又为何伤心？"湘汀真的是糊涂了。

"我若是善妒之辈，会容那长宁宫的晴儿吗？会眼睁睁地看着她分去皇上一半的宠爱，看着她为皇上诞下皇子，看着她由一个小小的侍女成为皇妃吗？"若微只觉得脊背暗暗发冷，连湘汀都不能明白她的心思，她可真成了孤掌难鸣。

"娘娘！"湘汀面色微变，"难道这里面有什么隐情？"

"想想昨天的事情，毫无先兆地跑出来一个出众的人才。先是露怯在前，然后展才在后，顷刻间令全场惊艳，令皇上垂青。想想她昨日的装束，她唱的曲子，诵念的诗词。这绝不是一个普通伶人和宫女能做得到的。这个人一定对我和皇上年轻时候的事情知之甚深，对皇上的好恶与禀性更是了若指掌，这样的人难道只是为了夺宠吗？"若微黛眉如画，烟云轻笼，虽然面上愁丝满布，然而浑身上下却焕发着一种摄人心神的绝世神韵。

"去，等这笼胭脂做好了，你亲自给各宫的妃嫔送去，还有她，一定要细细查访，弄个水落石出。"

"是！"湘汀面上一派肃然，立即下去照办。

白昼如梭，夜色又至。

乾清宫内，朱瞻基品着杯中的热茶，敬事房的小太监又呈上了装满后宫妃嫔绿头牌的托盘请他择选。

朱瞻基在盘中细细查找了一番，轻哼一声，把茶杯重重地放在案上，目光炯炯地盯着捧托盘的太监，"少了一个人！"

"皇上！"小太监神色大变，"扑通"一声跪到了地上。

"好大的胆子！"朱瞻基的声音里不怒不嗔，却渗透出一种阵阵惊寒的凌厉。

"皇上，那郭爱……原本就不在侍寝名册当中，昨日皇上就是临时宠幸了她，如今……"小太监断断续续地解释着，只是声音越来越低，渐渐地竟然听不真切了。

"好,那朕现在就封她为国嫔,如此就合了规矩,可以入选了吧!"皇上脸上的肃然之态忽地退去,消失得无影无踪,面上竟悄悄浮起少有的略显张扬的笑容。

悄悄抬起头的小太监以为自己眼花了,使劲揉了揉眼睛怔怔地说道:"可是,皇后娘娘……"

他不提还好,一提,皇上脸上的笑意更浓了,"传旨,册封郭爱为国嫔,赐居长乐宫后苑揽胜斋!"

"皇……皇……"小太监惊讶地结巴起来了。

"去吧,顺便去坤宁宫跟皇后回禀一声!"朱瞻基站起身向西暖阁走去,一边走一边喊着,"金英,准备香汤,朕要沐浴!"

乾清宫里的太监宫女面面相觑,全都被吓到了。

泡在汤池之中,被腾腾的热气缭绕着,朱瞻基仿佛睡着了。

金英一面帮他揉着肩,一面小心翼翼地说道:"万岁爷,您还在跟皇后娘娘怄气呀?上次因为给皇太子找蟋蟀的事情,皇后情急之下是说了些不当的话。可是奴才觉得,皇后也是为了皇上您的清誉着想。皇后是怕您太过宠爱皇太子,这为了给皇太子找蟋蟀,竟然动用地方官吏……"

"对了,上次皇后骂朕什么来着?"朱瞻基猛地睁开眼睛,"促织天子,是不是?"

金英咂着嘴苦着脸点了点头,"那也不是皇后给您起的,是从宫外面传来的,皇后不是说了吗?为了找这些蟋蟀,地方官吏闹得也太不像话了……"

"皇后哪里都好,就是对公主和太子太过严苛了。朕不过是想让太子多了解众生百态、人间万物,省得养在深宫五谷不分。太后是太过溺爱,皇后又太过严苛,朕冷眼看着,祁镇也真是可怜。"朱瞻基叹了口气。

金英眨了眨眼睛,不知如何接语。

"不知道这次皇后又会给朕罗织些什么罪名。你说皇后会不会骂朕是花心天子?"朱瞻基说到此竟笑了,"随她去吧,先冷她几天,否则总是朕先去给她赔礼,连馨儿都笑话朕没有男子气概!"

"皇上……"金英还待再劝，朱瞻基却转移话题，"小善子，还记得那年吗？皇后才十五，在许彬的府上她跳的那支舞，朕真想再看一次。可是不管朕怎么求，她都不肯再跳了。真想不到昨儿晚上会横空跑出这么一个郭爱来。真像呀！"

"啊？"金英撇了撇嘴，"哪里像呀？奴才瞅着一点都不像。皇上总给自己找借口，一会儿说贤妃的眼睛像皇后，一会儿又说国嫔的舞姿像皇后，依奴才看，她哪儿都不像。"

"哈哈！"朱瞻基一阵大笑，伸腿一踢，将池中之水撩了金英一身，"平时没见皇后怎么打赏你，今儿倒处处替皇后说起话来了。"

金英用袖子擦了擦溅在脸上的水，小声嘟囔着："皇后是为了皇上好，奴才不为打赏，全心全意都只为了皇上！"

"好好好，别在这表功了！"朱瞻基腾的一下从汤池中站了起来。

"皇上出浴！"金英立即扯着嗓子喊道。

立即有太监上前为朱瞻基擦拭身子，侍候着他换上了宽松轻软的里衣和便袍。随即，天子穿过重重暖围，回到西暖阁的龙榻上钻入锦被之中。

"皇上！"随侍太监王谨近前回话。

"怎么了？"朱瞻基靠在枕上，眼皮轻抬。

王谨从怀中掏出一个锦盒，"这是皇后娘娘差人送来的！"

"哦？"朱瞻基接过打开一看，里面是一把半新的素面团扇，扇子上还题着一首小诗，看那墨色仿佛是新写不久。

金英立即端着八角玲珑宫灯上前。

借着宫灯，朱瞻基低声吟诵。

新裂齐纨素，鲜洁如霜雪。
裁为合欢扇，团团似明月。
出入君怀袖，动摇微风发。
常恐秋节至，凉飙夺炎热。
弃捐箧笥中，恩情中道绝。

朱瞻基拿着扇子在手中把玩了好久，眼底渐渐流露出淡淡的笑意和脉脉温情。

"皇上，国嫔已经在围屋内候着了！"敬事房小太监入内回禀，金英狠狠瞪了他一眼，恨不得一脚将他踹出去。

朱瞻基将这一切尽收眼底，忽开口道："让她进来吧。"遂又吩咐金英、王谨，"去给皇后娘娘回个话，说这礼物朕收下了，一定妥为保管，等到冬去春来盛夏至的时候，一定用此物为娘娘扇风驱暑。"

金英与王谨听得是一头雾水莫名其妙，可是眼见着只穿着一件薄如蝉翼的绣花睡裙的国嫔缓缓走进殿内，也只好退了下去。

第四十章　冬雷阵阵恨

　　夜色已深，坤宁宫内依然灯火通明，若微依然坐在正殿，焦急地等待着王谨前来回话，可是等来等去，当他真的来了，从他口中亲耳听到了朱瞻基的旨意后，她竟然一语不发，粉面微愠拂袖而去。留下王谨怔怔地立于殿中，进退两难，湘汀悄悄上前，在他耳边低语片刻，他才如梦初醒，退了下去。

　　和衣躺在大红雕花檀木的龙凤床上，若微翻来覆去，怎么也睡不安稳。睡在外间填漆床上值守的湘汀听到里面总是有隐隐的叹息声，知道她还没睡着，索性披衣入内，轻轻挽起大红销金撒花帐子，坐在若微床边轻声劝着："许是咱们过虑了，奴婢已经查明了，这郭爱家世清白，幼有美名，又通诗词、懂乐理，是凤阳地方官吏选送入宫的，已经入宫好些日子了，一直没有机会面圣，这才给主管礼乐的刘公公使了银子在昨天的宴席上露了脸，最多也就是个有些小计谋一心想往上爬的主儿。这样攀龙附凤的人，皇上怎么可能会真心眷顾？不过是因为冬至那天娘娘和皇上使了性子，皇上小惩大戒，故意做给娘娘看的，皇上这是存心让娘娘吃醋呢，哄着娘娘逗闷子罢了。娘娘千万别往心里去！"

　　"哼，谁稀罕？有本事他一辈子也别进我的坤宁宫！"若微把头埋在锦被中恨恨地说道。

湘汀忍不住笑了，隔着锦被，她轻拍着若微的肩戏谑道："娘娘跟皇上还真是天造地设的一对！皇上故意宠新人让娘娘着急，娘娘心里急却装着清高淡泊，底下的人看得真真的，就你们俩还在藏猫猫较暗劲儿。这怎么年纪越大反而越回去了，以前年轻时如糖似蜜拆也拆不开的小夫妻，如今怎么倒成了怨偶了？"

"湘汀，你再说，我可撵你出去了！"若微掀开捂在脸上的被子，嘟着嘴，可是眼底却是难掩的笑意。

湘汀打了个哈欠，捂着嘴朝外走去，"我可不用皇后撵，我这就出去找个暖暖和和的地方睡觉去。"

"湘汀，别走！"若微伸手拽着她的袖口，"陪我再说会儿话，困了就在这床上睡，我一个人怪冷清的！"

湘汀转过身，盯着若微憋着笑，若微的脸腾的一下红了，丢给她一个龙凤枕，"死丫头，拿什么醒醒眼神看人？"

湘汀抱着枕头上了床，又扯过被子盖好，幽幽地叹了口气道："哎，娘娘就是不知足。每逢冬天到了，皇上知道您畏寒，从来都不去别处就寝，就是偶尔在乾清宫召幸完嫔妃，也要来坤宁宫陪着您。可是您又哪里知道，在这后宫里，妃嫔贵人们冬天都是抱着汤婆子守着暖炉挨过这一个又一个寂寞的寒夜。娘娘，您得惜福呀！这么些年都是皇上宠着您、护着您，可如今皇上日理万机，他累了，倦了，也需要您来宠着、护着，你可别处处使小性子，跟皇上硬顶！"

湘汀絮絮叨叨地还说了好些话，可是若微已经渐渐沉入了梦乡。听着她匀称的呼吸声，湘汀悄悄帮她掖好被角，然后蹑手蹑脚地下了床，溜到外间自己的守夜的小床上，钻进冰冷的被窝里蜷缩着身子闭上了眼睛。她知道，在这宫里每个人都有自己的位置，想要活得久、活得安稳，就要守着自己位置，不能越礼，更不能越位。

腊月十五，乾清宫东暖阁里，朱瞻基与杨荣、杨溥、杨士奇、李贤、于谦、许彬等人参议机要政务，商讨明年开恩科选拔贤才的事情。时至正午，朱瞻基传膳与诸臣共进，膳食还未用完，朱瞻基突然面色霎变，喘息急促，又感腹痛难忍，直至昏厥。

在场诸臣，除了李贤、于谦两人是宣德朝新近崛起的年轻才俊，其余都是身侍三朝的元老重臣，虽然惊慌，却也不至于手足无措。众人立即传太医入内请脉，又命金英、王谨等人至后宫禀告皇后。

若微步入乾清宫时，朱瞻基已被移至西暖阁龙榻之上，室内有四位太医随侍在侧。

"郑太医，皇上怎么了？"若微对着其中官阶最高者问道。

郑太医目光微闪，眉心紧拧，一时间竟不作回答。

若微面色大变，环视其他几位太医，见他们目光之中也多有闪烁，索性不再相问，只是几步走到朱瞻基榻边，见他面色白中带灰，双目紧闭，气息滞缓，心中更是惊慌不已。她微抖凤袍，坐在榻边伸出玉手搭在朱瞻基腕上。

众臣与太医看了皆大为惊讶，实在想不到皇后还精于此道。只有一人面色清冷，镇定自若地站在她的身后的角落中定定地注视着她，眉宇间是不易被人察觉的忧虑与不忍。

果然，不到片刻，她双肩微颤，几乎难以自持。

"皇后娘娘！"大臣们不明就里，颤颤巍巍地想出言相询。

"诸位大臣先退下吧。"若微的声音微微有些缥缈，她背对着众人，谁也看不到她面上的表情。

"是！"

"今日之事，还请各位大人缄口！"她的声音微微有些异样，似乎是在强压着一种难言的情绪。

"是！"

众臣走到殿外，不由面面相觑。于谦性情纯朴，为人耿直，又是经朱瞻基一手提拔连升数级的年轻官员，他面色焦急，最先开口道："几位大人，皇上身体一向康健，今儿这是怎么了，一上午都好好的，怎么突然就昏厥不起了？"

此时，杨荣等人除了扼腕叹息，自然是别无言语。

杨溥则肃然说道："刚刚娘娘不是说了吗？出了乾清宫，我等要三缄其口。"

正说着话，太监金英急匆匆地追了出来，对着几位大人拱手行礼道："皇上有旨，请许大人在西暖阁见驾！"

"哦？皇上醒了？"众人面上皆有喜色。

许彬依旧面如寒冰，冲着杨荣等人一揖手："下官奉旨先行一步了！"

"许大人请！"

许彬在金英的引领下再次回到西暖阁，明黄色的帐幔中，背对着他的那个身影悄悄回眸，太医们依旧恭肃异常地伏身在地，她强抑着心中的悲怆，缓缓说道："是中毒，对吗？"

许彬点了点头，刚刚将朱瞻基从东暖阁扶至西暖阁龙榻时他已然悄悄地为皇上把过脉了。只是这毒太过蹊跷，一时之间他也没有应对之策，而皇上中毒的消息若是传了出去，不仅会给后宫带来惊天之变，怕就怕稍有不慎，江山便会易色。

得到证实之后的若微颓然地坐在榻上，对着伏在地上的太医们缓缓说道："你们几个都是太医院的圣手，刚刚外臣在此，问你们详情，你们不便说，本宫不怪你们。现在这里没有外人，许大人又是几度救皇上于危困的近臣，也精通医理。你们就在此议一议，皇上的龙体该如何调理？"

太医们抬起头，面面相视了一番，太医院的院判郑太医开口说道："回皇后娘娘，皇上的症状是中毒没错，可是这毒太过蹊跷了。以前给皇上请平安脉的时候，就觉得皇上似有旧疾，心肺劳损，精气不足，常有气滞不顺之时，臣等一直在用凝神养气汤为皇上调理。今日皇上突然心悸气窒，分明是一种极为阴寒的毒药，可是刚刚下官等细细查验了皇上的膳食，并无大碍……"

"并无大碍？"若微细细回味着太医的话，"膳食诸位大臣也用了，况且又有试菜的，自然不是膳食的问题。如今也来不及细查毒源了，你们先给皇上拟方开药吧！"

"皇后娘娘！"郑太医再次深深叩首，"查不清毒源，臣等怎敢拟方呀？"

"那也不能让皇上就这样忍着啊！等你们查清了，怕是……"若微悲从心起，话未说完，清泪已然暗自垂下。

"可用甘草、绿豆、防风、铭藤、青黛、生姜煎服，先服四剂看看！"一个清冷的声音悄然响起，如平地惊雷一般。

若微猛地抬起头对上了他的眼眸，曾经风度翩然的少年郎如今也已霜染玉颜步入了中年，只是那对充满英气的眉毛、犀利的眼神依旧未改，仿佛一坛佳酿经过多年积淀后渐入佳境，魅力无限，特别是隐于唇边的那一抹亦正亦邪的笑，足以迷惑众生。

他曾经也是狂傲不羁，又时而温文尔雅，千年寒冰般冷峻的脸上也曾经闪过稍纵即逝的似水柔情，这样的他，真的是上天派来拯救自己的救星吗？

可是为什么他眼中的神色是那样淡漠，仿佛他和她之间从来就不曾相识。又为何他总像风一样飘忽不定，来去无踪呢？

"娘娘，许大人的方子或许可以一试！"刘太医连连叩首。

"去吧，你们下去按方配药。"若微的声音里透着一种难言的悲怆，她竭力控制着自己的情绪。

当太医们都退下的时候，她终于没有忍住，或者她并不想在他面前强忍，她绝望地问道："那个方子，是死马当活马医，对吗？"

"是！"他言语清冷，面无表情，一步一步走到她身边，"请娘娘移步，下臣要替皇上细细看诊！"许彬再一次为朱瞻基细细诊脉之后，又掀开锦被，以手轻按龙体，过了片刻才示意守在床边的太监金英为朱瞻基放下床边的帐帘，随后便开始了更为细致的查看。

若微失魂落魄地向外走，她步履千钧，脑子里乱成一团，湘汀与王谨扶着她走到外间的木炕上坐下，身子仿佛刚刚挨到炕边，她又立即站了起来，眼睛死死盯着内室那扇紧闭的门，心里慌乱如麻。

"你们说，要不要差人回禀太后？"若微的声音微微有些发颤。

"皇后娘娘，事发突然，怕会惊吓到太后。奴才等只是回了您，还没顾得上去回太后！"王谨接语道。

"娘娘，是不是等有了准信后再去仁寿宫回话？现在这情形，太后知道了也是于事无补，徒增忧虑！"阮浪凑上前低声劝慰。

若微点了点头，"也好！"

"娘娘，您现在千万不能慌！"湘汀自己已然身子发虚，浑身轻颤，可是依旧咬着牙劝慰着。

若微回过身，紧紧攥着她的手，什么也没说。

"吱呀"一声，那扇紧闭的门忽地开了，许彬从里面走了出来，若微立即上前问道："如何？"

许彬阴晴不定的目光中除了忧虑，竟然还有一丝毅然，他看了看立于室内的太监宫女，未等若微发话，湘汀已然招呼众人退了出去。

"到底如何？"若微的声音里带着哭腔，一双美目满是惊恐。

顾不得君臣之礼、男女之别，许彬伸出手重重地按在若微的肩上，仿佛要透过他的手传递给她一股力量，只是这力量背后的意义让人实在难以承受。

"是什么？你说吧！"她面色苍白如纸，一双大大的眼睛空灵而忧伤，绝望中带着一丝期盼，就像在海上漂浮了许久的沉溺之人看到了远方的一叶小舟，不知道自己是不是还有力气滑向它，可是总还是有着一线生机。

"郑和第一次下西洋的时候，经过一个叫'黄金之国'的地方，当地盛产金刚石。金刚石具有疏水亲油的特性，当人服食下金刚石粉末后，金刚石粉末会粘在胃壁和肠内，在长期的摩擦后，会让人体内的脏器染上溃疡。"他的目光紧紧盯着若微的眼睛，调子缓缓地，不像是在汇报皇上的病情，倒像是在给一位求知欲极强的学生解惑。

"溃疡？"若微的神情仿佛稍稍有些放松，她手抚胸口，面上露出淡淡的喜色，"那就用'半夏泻心汤'散结消痞，稍假时日即可痊愈！"

许彬手上的力道稍稍加重，若微几乎有些难以相抵，"怎么？"

"晚了！"许彬的目光从若微的脸上移至不远处那堆满奏折的龙案，吐出的话语字字如千钧，"此其一，而今日令皇上发病的诱因还有一味猛药，即是'见血封喉'！"

"什么？"若微瞪大眼睛，紧拉着他的手臂，"你在说什么？"

"'见血封喉'又名'毒箭木'，产在南海一带，是世上最毒之物。树汁呈乳白色，为剧毒。一旦汁液经伤口进入血液，就是华佗、扁鹊在世，也回天无力了。"许彬的声音缓缓的，越来越低，以至于他后来还说了些什么，若微已经全然听不明白了。

"怎么会这样？"若微猛然惊醒，她用力地摇晃着他的手臂追问道，"不是叫'见血封喉'吗？皇上，皇上也无外伤呀！"

"是无外伤，可有内伤。这下药之人是我平生所见中心机最为缜密的。那金刚石粉在皇上体内少说也有三四年了，这种慢性毒药不易被人发觉，平时除了心口疼、心悸、呼吸稍滞以外不会有别的症状。可时间长了，肠胃就会破损出血。这个时候如果误服了'毒箭木'的汁液，汁液侵入五脏六腑……刚刚我替皇上查验过了，下体有褐色液体排出……"许彬深深吸了口气，又把目光重新投在若微的脸上，"你现在要做的，不是哀伤，也不是查明真相去揪出那个人，而是好好陪陪他。"

若微茫然地摇着头，满眼写的都是难以置信，大大的眼中全是惊恐之色，她曾经经历过无数的风浪与波折，也曾经数次与死亡相邻，可是这一次，她真的无从招架，也不想招架。

就在她摇摇欲坠即将瘫软在地上的那一瞬间，一双有力的臂膀阻止了她的下落，他把她强按在炕上，虽然没有一句劝慰之词，但是目光中传递的坚定与暗示像一剂猛药灌入她的体内，让她渐渐清醒了过来。

"许彬，帮我，帮我去查那幕后的真凶！我不能，我决不能让谋害瞻基的人逍遥度日！"她紧紧拉着许彬的袖子，是的，他是她的救星，从来都是！

第五卷

万叶千声皆是恨

第四十一章　风花拂舞衣

隆冬的夜晚，紫禁城皇宫太液池上，一叶小舟缓缓划向琼州小岛。

寂静的月空下，空灵静谧的大地皆在沉睡之中。

一阵轻柔的乐曲悄然奏响，在繁星萦绕的淡淡光影中，一个身着绿色纱衣的纤细女子跃然于小舟之上。

她明眸流眄、皓质纤纤，和着音律的节拍翩然出场，她轻扬水袖、慢舞纤腰，时而绰约闲靡，时而纷飙若绝，时而翼尔悠往，时而回翔竦峙，逸态横出，瑰姿谲起，云转飘忽。

绿色如雾的纱衣内是绣着牡丹的白色裹胸，轻薄如冰绡，绿中衬白，白中轻掩着玲珑的玉体，朦胧如梦，雅中藏艳。

举止风流，罗衣从风，长袖交横。舞姿曼妙流动，如同仙女舞于云端，可谓轻盈之极、娟秀之极、典雅之极，风姿流转之间透着一种难以言喻的美感。

此时此刻，她的美，她的舞，只为那坐在琼华小岛暖围深处的大明天子，她的夫君朱瞻基。

他苍白如纸的面色渐渐红润起来，在内侍的搀扶下强撑着病体走至水边，湘汀含泪递过一只笔筒，他踌躇片刻，从中选了一支常用来作画的大狼毫。他拿起笔，脸上笑意渐起，对着几步之外小船上的她用力地掷了过去。

她双手捧壶在胸前，松膝、拧腰、倾胯，以婀娜之态定格，含笑而望，身韵优美。

一切都如十八年前一般无二，只是这一次，那支笔没有众望所归地被掷入她胸前的罐中，而是失了手，跌落在船板之上。

他面色一滞，忍不住一阵急咳，险些喘不过气来。两旁随侍的太监和宫女都深深伏下身子，不敢劝也不敢上前。

而她笑容不改，只是伏身折腰，以头触地，竟然以口为手，用那如同花蕾般的樱唇将孤零零躺在船板上的那支笔叼了起来，随即投入壶中。依旧是笑魇如花，秋水含情。

"君若天上云，侬似云中鸟，相随相依，映日浴风。君若湖中水，侬似水心花，相亲相怜，与月弄影。人间缘何聚散，人间何有悲欢，但愿与君长相守，莫作昙花一现……"幽幽的歌声缥缈如烟，似天际边传来的醉人心曲，舞姿随着歌声又起，裙带飘飘如漫天飞花，水袖迎风舞出万种风情。

新月如钩，繁星若明若暗，投在她脸上淡淡的光晕将她渲染成一个带着媚惑的精灵，唇边始终含着醉人的笑意，可是舞动的水袖又怎能掩住那不经意间倾洒飞落的晶莹泪滴？

乾清宫内，躺在九龙御榻上的朱瞻基吃过药后仿佛已经沉沉地睡去，若微帮他轻掩好被角。她刚要起身，冷不丁地被他那双瘦可见骨的手紧紧抓住，"微儿，别走！"

"皇上！"若微深深叹了口气，重新坐在榻边，轻抚着他的面颊说道："皇上如今怎么这样缠人？臣妾不走，臣妾刚刚跳了半个时辰的舞，这舞衣都湿透了，要下去沐浴更衣。"

朱瞻基紧拉着若微的手，仿佛一个撒娇的孩子。他的眼神微微有些迷离，用手轻轻抚过她薄如蝉翼的绿色纱衣，执拗地说道："这件舞衣以后再也不要穿了。"

"是啊，旧时的衣裳，以后怕是都不能穿了！"若微把他的手重新放回锦被之中，而他反而抓得更紧了。

"这衣裳换下来，不要拿去洗。你代朕收好，等到那一天，就把它放在朕的棺椁里，让它永永远远陪着朕，这上面有若微的气息，就像我们从来不曾分开一样……。"

"皇上！"若微眼中刚刚止住的泪水瞬间又溢了出来，最不想听到、最怕听到的，他居然就这样赤裸裸地脱口而出，这让她如何承受？真当她的心是那样坚硬吗？不，她根本没那么坚强。神情微滞之间，若微忙扭过头去以袖掩面，偷偷拭去夺眶而出的珠泪。

"若微，许彬已经告诉朕了，多则十天，少则三天，就在这几日了。朕已经安排好了，你放心。"朱瞻基拉着她的手缓缓说道。

"放心，你叫我如何放心？我好恨，瞻基，我真的好恨，你为什么会……"她该去问谁？谁来给她答案，她摇了摇头，只将朱瞻基的手紧紧贴在自己的脸上，晶莹的泪水一滴一滴地滴落到他的手心里。

他竟然笑了，"好，恨吧，你恨得越深，就记得越深，来世我们还做夫妻，只是千万不要在这宫门内，就做一对平凡的民间夫妻，可好？"

"我不答应，我不要等来世！"若微腾的一下站起身，面若桃李的娇颜竟然冷若寒冰，她眼中闪烁着是前所未见的杀伐之势，"我必手刃害你之人，否则决不苟活于世！"

"若微！"朱瞻基一声低呼，这几日从若微的神情中他便参透了一切，她柔美的容颜间始终凝着一抹狠厉与筹谋，她定是在苦苦追索那只隐于幕后的黑手。其实朱瞻基自己也很想知道，究竟是谁想害他？作为皇上，他问心无愧，然而作为后宫诸多妃嫔的夫君，他是有所亏欠，难道这就是他遭此横祸的根由吗？他虽然想知道幕后主谋，但也担心若微因此惹祸上身，又明知无法阻止，只得叹息一声，殷殷说道："你想做什么、要做什么，就在这屋里，千万不要离开。"

此话听来不似君令，倒像是乞求。若微垂首，似怨非怨地看着他道："刚吃了药，早些睡吧。这些事臣妾去办就好了。"

"若微！"朱瞻基目光中尽是不忍、不舍和悲凉的无奈，"何须瞒我？我知道你在做什么，也知道你在想什么。你不用避着我，就在这儿，我还可安心！"

"皇上！"若微目光凄凄，不忍再看他，终是转过身去，低声吩咐金英，"去吧，照皇上的意思办，把她们带过来。"

"是！"金英看了看皇后，又看了看卧在龙榻上的皇上，终是应声下去。

"好了，那我们就在外间厅里，你先养养神！"若微刚刚为朱瞻基放下明黄色的龙凤帐幔，只听外面小太监唱奏："皇太后驾到！"

"母后？"朱瞻基与若微均是一愣。

若微起身匆匆往外迎接，而张太后带着云汀和素月已经进了殿门。

若微立即行礼请安："母后金安，这么晚了，母后怎么突然驾临乾清宫？"

"你也知道晚？"张太后面色清冷，透着满腹的不悦，目光扫视着室内，只见内室黄龙帐幔低垂，不由问道："皇上睡下了？"

"母后！"朱瞻基撩开帐帘，立即有负责司寝的宫女上前相搀，"不知母后驾临，儿臣未能远迎！"

张太后原本听到宫女们议论，说是皇后命人在太液池破冰暖湖，让冰天雪地原本冰冻的湖水又活了起来，然后在冷寂深夜引皇上夜游，皇后还扮作歌女于船上舞姿弄曲。原本对这些传闻她是将信将疑，可又听说皇后一连数日皆下榻在乾清宫，还频频传召太医，这才愤怒交加前来问罪。可是如今一见皇上居然虚弱得连床榻都下不了了，张太后立时分寸全无。

"皇上这是怎么了？难不成是刚刚在园子里饮宴受了风？"她问。

若微不知如何回答，朱瞻基也是无语。

"好了，皇上既然已经睡下，就先歇着吧！"太后话锋一转，目光直抵若微，"皇后，跟哀家来，哀家有话问你！"

"是！"若微应着。

乾清宫西殿次间，临窗大炕上铺着猩红色的洋毡，正面设着大红金钱蟒靠背和秋香色金钱蟒大条褥，两边是石青色的金钱蟒引枕，一旁还有大白狐皮坐褥。

张太后坐在上首，若微坐在对面，两人隔着一张黑漆嵌龙戏珠纹的几案，上面摆着匙箸香盒、茗碗痰盒等物，插着一枝红梅的美人觚边上赫然放着若微遗下的一对玉镯。

若微面上一怔，连忙将玉镯拾起戴在腕上。

两旁宫女奉上热茶，张太后接过来喝了一口定了定神，随后说道："托皇后的洪福，哀家也得以在这乾清宫里坐上片刻！"

"母后何苦拿话刺人？不是儿臣不知规矩，而是事发突然乱了方寸！"若微不知怎的，突然间不想再作贤媳之态，索性硬生生地顶了回去。

她的态度让张太后心中暗惊，不由眉头微皱，盯着她刚要训诫，只听殿外有人来报："国嫔郭氏带到！"

"母后稍安，待儿臣断了这桩惊天大案之后，要罚要打，悉听尊便！"若微眸如深海，让人看也看不透，她低声说道："带进来！"

一身嫩粉色宫装的郭爱步入殿内，见到端坐高台的不是皇上而是太后与皇后，不由愣了，她怔怔地回首，看着传她前来的金英，满心的疑惑却不敢开口相问。

"今儿不是皇上召你来侍寝，而是本后召你来问话的！"若微冷冷地看着她，面上一派肃然。

"臣妾参见皇太后，参见皇后！"如梦初醒的郭爱这才扑通跪地行礼。

张太后坐在上首不动声色，若微也迟迟不叫她起来。

郭爱心中一阵扑腾，直吓得面色微红，她战战兢兢地低垂着头，不敢动弹半分。

"郭爱，你知罪吗？"半晌之后，若微开口问道。

郭爱抬起头，眸中闪烁着满目的疑惑，茫然地摇了摇头。

若微把目光投向金英，金英躬身上前，双手递给她一个锦盒。若微接过来轻轻放在几案之上，双手一拨，打开盒盖，里面是一支玉笛。

她将那支玉笛把玩在手中，唇边露出不明的冷笑，一双美目如炬，直勾勾地盯着郭爱："郭爱，字善理，凤阳人。世人称你'颖悟警敏，贤而能文'，幼有美名，远播乡里。宣德四年重阳登高郊游时，遇化外高人称你有异相，可为国母。所以，你父便为你请了一位昔日南京旧宫中的宫人教导你学习宫中礼仪，并于宣德九年由凤阳官吏举荐入宫。"

"皇后娘娘！"郭爱的目光顺着若微的玉颜落到了她手上的那支玉笛上，立即神色大变。

"国母？总要皇上康健，才能圆了你国母之梦，你为何要毒害皇上？"若微把玉笛往桌上重重一放，两道厉目如同寒箭，直入郭爱内心。

"娘娘，臣妾，臣妾没有毒害皇上！"郭爱吓呆了。

"没有，那你告诉本后，这玉笛是不是你的？"若微将玉笛递到她面前。

"是！"她紧咬着嘴唇点了点头。

"这玉笛上涂了些什么？玉笛之中又藏着些什么？你告诉本后！"若微压低声音，强忍着满腔的愤恨。

"是……"郭爱面上红一阵白一阵，踌躇了半晌之后才喃喃道："是合欢散和助情液……"

"什么？"发出惊讶之声的不是若微，而是张太后，她瞪大眼睛紧盯着郭爱，又看了看若微。

"合欢散？"若微悲从心生，两行热泪抑制不住地悄然落下，滴入她碧色的衣衫内便成了暗色的印迹，点点斑驳玷污了原本怡人的颜色。她痴痴地笑了，"啪"的一声，她把手中的玉笛狠狠地掷在地上，玉笛应声而断，碎成三截，里面竟然渗出许多暗金色的粉末。

"吃，你现在给我吃了！一点也不许留！"她的声音变得十分骇人，就是时常侍候在身边跟她很多年的侍女太监也吓得变了脸色。

"皇后，皇后恕罪！臣妾只是为了承欢，所以才在玉笛上涂了合欢散。在皇上召幸的时候，求皇上为臣妾吹一曲。只是这样，只是为了承欢，并无其他！"郭爱浑身战栗着。

"就是这样？"张太后忍不住插嘴道，"就是这样，就该死！宫里早有戒律，不许后宫使用春药、春具，你这样阴谋取宠，会害了皇上的龙体！"

"臣妾知罪，求太后饶命！"郭爱连连叩头。

张太后又把目光投向若微，有些息事宁人地说道："原来如此，既然是国嫔以春药谋害皇上，是打是杀，皇后就按宫规办吧。"

"母后，儿臣真希望这只是春药！"若微眼中盘旋的泪水瞬间又淌了下来。

"怎么，难道不是？"此时张太后终于神色大变。

若微指着郭爱道："本后还真是小看你了，'见血封喉''金刚石粉'，这样绝世的阴毒之物，你是从何处弄来的？"

"皇后娘娘，你在说什么？"郭爱仿佛全然不明白，她怔怔地盯着眼前碎成三段的玉笛，又抬头看着若微，如同痴人一般，往日流光闪媚的那双美目早已黯然无光。

"如果你不知道，你就把它吃了！"若微冷冷地说着。

"她真的不知道！"殿外忽地响起了一个凄厉的女声。

张太后与若微都愣住了，齐刷刷地把目光转向门口，只见王谨和一名锦衣卫押着一个鬓发凌乱衣衫不整的妇人进入殿内，"娘娘，此人是国嫔的教养嬷嬷！"

她被强压着跪在地上，但是头却始终高昂着，面上是桀骜不驯的神情。从她的眉眼间似乎可以看到往昔的美艳与丽质，虽然微有皱纹，鬓染霜色，但是任谁一眼即可看出这原是一位美人。

"你刚刚说，她不知道，那么你知道？"开口相问的，是张太后。

"是，这药是我在广南遇到外番的商船入港时从西洋人手里买的，也是我藏在玉笛中，骗郭爱说是春药，哄她拿给皇上用。还不止于此，宣德五年清明，你们在清河田边品尝农家饭时，我曾经献过野菜粥，那里面就掺有金刚石粉。只是当时我手软，所以才让他又多活了五年！"她面上含笑，一番话说得娓娓动听，仿佛她口中说的不是弑君谋逆的阴谋，而是一桩利国利民的壮举，她脸上的神色竟然会有些自豪。

所有的人都愣住了。

"为什么？你为什么要阴谋毒害皇上？"开口相问的依然是张太后，她不能也不愿相信这是真的。

"为什么？"她仰天大笑，凄厉的笑声划过寂静的夜空，在大殿中久久回荡。

"因为我姓方。"笑过之后，她眼眸微闪，露出动人的凄美与优雅。接着，一个骇人听闻的故事，如秦淮河畔花魁口中的吴侬小曲般娓娓道来，而这其中却是一段血雨腥风的政治风波。

"还记得方孝孺吗？建文帝最亲近的大臣。他视建文帝为知遇之君，忠心不二。朱棣起兵谋反逼入南京，带来一场惊天浩劫。几天几夜的大火过后，南京皇宫一片狼藉，建文帝不知所终。方孝孺闭门不出，日日为建文帝致哀啼哭。朱棣顾忌方孝孺当代大儒的名望，要他归顺，逼他为自己写即位诏书。方孝孺执笔疾书'燕贼篡位'四字。朱棣怒道'汝不顾九族乎？'方孝孺愤然作答'便十族奈我何？'"

"可怜一代名臣，竟被朱棣将嘴角割开撕至耳根。方孝孺血涕纵横，朱棣将他关至狱中，又搜捕其家属，当着他的面一一杀戮。就算是罪大恶极，也不过是株连九族，可是朱棣在九族之外又加一族，连方孝孺的门人和朋友也不放过，这就是亘古未有的'灭十族'，总计八百七十三人全部被处死！入狱及充军流放者达数千。"

"方孝孺一介书生，手无缚鸡之力，何该遭此杀戮？"她眼中早已没了泪水，尘封多年的往事如今终于可以从她口中慷慨激昂地讲了出来，何其快哉，她甚至笑了。

若微仿佛懂了，她站起身一步一步走向那个满怀仇恨的妇人，"你是方孝孺的什么人？"

"呵呵！"她笑了，"孙若微，你果然聪明。我是方孝孺的幼女，那年还不到八岁，我和两个姐姐被卖入秦淮河，当了营妓，你知道什么是营妓吗？"

若微蒙了，她原本满腹的恨与怨，可此时面对这个命运多劫的妇人，她竟不知该说些什么了。

"所以，你要谋害皇上，可是害你父亲的并不是当今皇上啊！"可恨之人竟也有可怜可悲之隐情，若微糊涂了，她该如何是好？

"父债子还！我没能杀了朱棣替父报仇，不过，能杀了他视为心肝的好圣孙，也值了！"她依旧在笑。

"啪!"一记耳光重重地扇在她的脸上。

"我不是在替自己打你,我是在替方孝孺打你!"若微深深叹了口气,"你醒醒吧!被仇恨迷失了真心,方家的祖荫又怎能庇佑你?你父一心寻死,不是因为成祖起兵有错,他是为了一句'士为知己者死',所以,他必须要对建文帝尽忠。可是对大明呢?对万千黎民百姓呢?该谁去尽忠,谁去照拂?"

"你说什么?"她愣了。

"你父亲为保文人风骨一心求死,千秋功过我不敢妄评。可是这当今天下是谁人之天下?当今百姓的福祉又赖何人德泽?何为明君?何为昏君?让百姓吃饱穿暖就是明君,这样的明君,你为报家仇,狠心将他害死。他死了,天下百姓的太平与生计该当如何?北部边境的威胁,南方水患的治理,国家大事,朝局政治,又将何以为托?"若微气势如虹,连连追问,直逼得她面色惊变,无从对答。

"皇后娘娘!"

随着一声轻唤,一个小太监从内室走了过来,递给若微一张字条,若微展开一看,不禁珠泪涟涟。

若微手指轻颤,跌坐在地上,与方孝孺的幼女咫尺相对,她把手中的字条塞到她手上,"看看吧,这就是被你谋害的,现卧于龙榻上行之将尽的皇上,给你的恩旨。"

她接过字条,举目一扫,上面是两行字:"其罪当诛,其情可悯,特赦!"

这是大明天子赐给谋害自己性命的刺客的一道恩旨,这也是前无古人后无来者的惊世之举。

"赦?他要赦了我?"她痴痴地笑了起来,站起身跌跌撞撞地向外走去,"嬷嬷!"郭爱已经完全吓傻了,她想要去追,又不敢迈步。

若微挥了挥手,"带下去,都带下去!"

"是!"

事情大大出乎若微的意料,这样的结果对于她来说究竟意味着什么呢?

第四十二章 无期从此别

宣德十年正月初一，原本是举国上下欢度佳节的日子，而自十几天前即身染重疾的朱瞻基却未能在期盼中龙体康复，因而不能参加朝贺盛典，两坛祭祀等重大活动都是传免或遣官代行。皇上行将不起的传闻在皇宫内外不胫而走，上至文武百官下至黎民百姓皆人心惶惶。

乾清宫西暖阁楼下，正厅剔红夔龙捧寿纹宝座上，朱瞻基身着便服倚着厚厚的靠枕勉强而坐，龙案对面大红地毯上齐刷刷跪着的皆是朝中举足轻重的大臣，两旁十二张雕漆座椅上放着红锦闪缎坐垫，可是却无人敢坐。

"去，请皇后和太子过来！"朱瞻基强打着精神与群臣交代之后，即命内侍将皇后与太子请至殿中。

不满八岁的皇太子朱祁镇穿着明黄色的盘领窄袖的金龙团秀锦袍，腰以金玉琥珀透犀束带，束发于顶，带着小小的二龙戏珠金冠。他缓缓步入殿中，看着跪在地上面露悲色的众大臣，怔怔地止了步子，冲着朱瞻基怯懦地喊了一声："父皇！"

"祁镇，过来，到父皇身边来！"朱瞻基冲他招了招手，目光中满是父亲的慈爱与宠溺。

朱祁镇快步走到朱瞻基身旁，朱瞻基拉着他坐在自己身边，又指了指身侧的紫檀藤心圈椅，"皇后也坐。"

若微没有穿皇后的正式礼服，只是换了件云凤织锦镶金边的宫缎长褂，下身着湘罗黄裙，长裙曳地，风姿绰约，高绾的流云髻上除了一支金凤钗就再无其他，长长的珠饰随着她轻移莲步而在鬟间颤颤摇曳，就像她此时的心境一般飘忽不定。

坐在朱瞻基身旁的圈椅中，却不忍去看那对依依相守的父子，眼角边是想掩又无从掩饰的落寞与凄凉，只得垂首看着地上的大红地毯，怔怔地愣着神。

"朕今日于乾清宫，命太子和皇后与诸臣相见，当面托孤。"朱瞻基一语过后，忍不住轻咳起来。

"皇上！"众臣皆惊。

杨荣伏身说道："皇上春秋鼎盛，偶染微恙，只要妥为调理，自会康健，万万不可出此危言！"

"是啊，杨大人所言极是！"

众卿附和。

朱瞻基摇了摇头，"范弘，代朕宣旨！"

"是！"秉笔太监范弘从龙案上拿起一道圣旨展开诵读，"朕荷上天眷佑，得皇祖厚爱，受仁宗昭皇帝付托，自洪熙元年六月十二日登基，君临天下已近十年。自御极以来，夙夜孜孜，勤求治理，虽不敢比成祖文皇帝之开疆神功、仁宗昭皇帝之贤明圣德，然爱养百姓之心，无一时不切于寤寐，无一事不竭其周详。现身染重疾、自知不愈，特立此诏。皇太子祁镇，人品贵重，深肖朕躬，必能克承大统，着继皇帝位。皇帝尚在幼冲之年，故特命大学士杨荣、杨士奇、杨溥，吏部尚书蹇义，礼部尚书胡濙，大理寺卿许彬为顾命大臣，众卿务尽心相佐。国家重务白于皇太后。"

圣旨读完，大臣们叩谢皇恩，而杨荣等人却在踌躇间不敢领旨。

杨溥为人最是严谨，他端正身姿，郑重叩首之后肃然问道："还请皇上明示，'国家重务白于皇太后'一句，指的是仁寿宫的太后，还是当今皇后？”

朱瞻基点了点头，指着若微说道：“溥卿问得好，是朕疏忽了。皇后自幼龄入宫，跟在朕身边已有二十五年，皇后机敏善断，博古通达，是朕后宫的贤臣谋士，以后军国政务遇有难决之事，须入内回禀奏请皇后旨意后方可施行！现在称皇后，太子即位后，即是太后。”

从始至终，若微不发一语，她只是静静地盯着眼前的一方红毯，觉得这红是那般的耀眼眩目，让人不能宁神，无端地心乱如麻。

“去吧，随皇太子于文华殿接受百官朝拜！”朱瞻基仿佛很累了，他身子向后微微一仰，靠在椅中，闭上了眼睛。

“吾皇万岁万岁万万岁！”

曾经每天不知要听到多少次的三呼万岁之声，但是在今天，若微听起来却觉得是那样刺耳，那样痛心。

看着顾命大臣簇拥着朱祁镇出了乾清宫，向文华殿走去，她突然抑制不住地抽泣了起来。

“哭什么？都快是太后了，怎么还像个孩子！”朱瞻基气力不足，带着颤音说道，像是在调侃，又像是在安慰。

“我不要做太后！”若微从椅子上滑落下来，跪在朱瞻基身边，把头伏在他的腿上。此时她再也不用强装镇定保持所谓的仪态了，任由眼泪肆意地流淌在他的龙袍当中。

“好了，好了，不哭！”他伸手轻抚着她的背，就像是在安慰自己的小妹妹，“朕都安排妥了，外有托孤大臣，内有金英、王谨、范弘、阮浪，他们几个都是靠得住的。朕把三支锦衣卫分别交由颜青、李诚、继宗统领，都是你的亲信，自可放心。”

若微面上一片晶莹，双肩微微抖动，哽咽道：“这样的重担，若微哪里承受得起？”

“顾命六臣中，蹇义稳重善谋，杨荣明达有为，杨士奇博古守正，胡濙果敢善断。以后朝中之事涉及人才，则多从蹇义；事涉军旅，则多从杨荣；事涉礼仪制度，则多从士奇。胡濙与许彬则用以钳制三杨。如此，也算妥当。"朱瞻基伸手轻轻托起若微的脸，用手轻轻拭去她脸上的泪水，"朕这一生，最怕的就是若微的眼泪，这是最后一次。以后，朕再也不会把你弄哭了！"

"瞻基！"若微紧紧地依在他的怀里，"是我不好，是我害了你，若不是我跟你怄气，你又怎么会去招惹那个郭爱？不去看她跳舞，就不会为她品笛，也就不会中毒……"

"嘘！"朱瞻基把手指轻轻抵在她的唇上，脸上浮起淡极了的笑容，那神情要多温和就有多温和，仿佛这一生一世的宠爱与柔情都汇集在这一刻，全都在此时呈献给她。

"瞻基，我好恨！"若微噙着泪水，满眼的怨恨却不知该去恨谁。

"不要怨恨！"朱瞻基轻抚着她耳边的珍珠坠子，唇边努力挤出一抹笑容，"朕曾经恨过、怨过。朕自登基以来无时无刻不是殚精竭虑，处处想着百姓富足、吏治清明、国运昌隆，哪里会想到自己竟会死于暗谋和构陷。朕曾扪心自问，是朕哪里做得不好，才致使天怒人怨，遭此横祸？好在朕的微儿帮朕查出了元凶，知道是方孝孺的后人，所以现在朕不怨了，也不恨了。朕就算是为皇爷爷抵了方家的血债，从此这朗朗乾坤，天上人间，不再有遗憾也不再有负疚！"

"皇上没有遗憾，可是若微有，皇上不必对任何人负疚，可是若微会。皇上走得坦坦荡荡，可是自此以后，若微的世界里将会是漆黑一片！"若微把头伏在他的腿上，泪落无痕，无声无息地哭了。

"其实朕现在心里很是宽慰，老天终究对朕不薄，终于还是让朕走到了你的前边，有你相依相守，泪眼相送，朕走得很安心。若是反过来，那对朕而言倒像是凌迟之刑！"他脸上的笑意越来越浓，搂着若微的手臂也越来越有力，几乎让她有些难以承受。

除了紧紧地依在他的怀里，她不知道自己究竟还能做些什么。

"你好好的，朕这一走，会把那些莺莺燕燕都带走，不给你留一点烦恼。"他的下颌直抵在她的头上，缓缓地摩挲着，说不尽的不舍与柔情，任谁看了都会忍不住流泪。

"皇上！"若微猛地抬起头，她仿佛有些不解。太祖去世时有四十多位妃嫔生殉，成祖、仁宗皆有不少后妃殉葬。他说过，宫里的女子本就活得很艰难，再这样以春秋之躯殉葬，实在是太残忍了，他曾经说过，要从他这一朝起停止后宫女子殉葬的制度。

"不是说过，要废止后宫殉葬？即使生死相随，也不该是她们，应该是我，是我陪着你！"若微目中闪烁的不止是情，还有生生世世的诺言与期盼。

"傻话！祁镇太小，你怎能放心？再者，母后与你一向不睦，若是把她们留下，日后恐怕会给你带来无穷无尽的麻烦。废止殉葬的贤举就留给祁镇去做吧！朕把她们都带走，只把贤妃给你留下做个伴，也让祁钰给祁镇做个伴。要不然在这宫里，你们太冷清了。"朱瞻基眼中没有悲喜，他仿佛已经超脱了生死的执念，脱离了凡尘俗事的牵绊与纠缠。无欲无求，无人无己，放下，他真的全都放下了吗？

若微痴痴地望着他，在这一刻，她比任何时候都崇拜他，不是因为他是大明天子，而是因为他是她的夫，一个真正的男人。

"朕知道，对于她，你介意，一直都介意。可是没办法，她是一个苦命人，更对咱们有恩。所以，朕为了她破了对你的承诺。不过，朕发誓，用朕的来生来世发誓，自此之后，生生世世，朕都只属于你一个人。"他始终在笑，但是在笑容背后，他深邃多情的眸子中分明有晶莹的泪光闪过，不，那不是泪，那遍布的都是血丝。

她不能与他的目光相对，只是紧紧依偎着他，"我答应你，下辈子，或许我做男人，你来做我的女人，我会宠你、爱你、好好疼惜你。"

"哈哈！"朱瞻基笑了，他的笑引起一阵剧烈的咳嗽。她大惊失色，忙站起身把他紧紧搂在怀里，像搂一个孩子一般，一边抚着他的头，一边拍着他的背帮他顺气。

这爽朗的笑容中夹杂的是天子的眼泪，他哭笑不得，"好个微儿，到了这个时候，还能哄朕开心，你倒没说让朕下辈子当个太监，整天侍候你。"

"不管是什么，就算是两只鸟儿，我们都要相遇、相守。也不管下一世的轮回需要等上多少年，你记住答应我的，上穷碧落下黄泉，你都是我的，跑也跑不掉！"她低下头，在他的胸口上隔着锦袍狠狠地咬了一口，直到嘴里有了血腥的味道，她依旧没有放开。

他感觉不到疼，只是觉得这是此生最大的幸福。

两日后，大明宣德十年正月初三，宣德帝朱瞻基病逝于北京紫禁城乾清宫，享年三十八岁。

宣宗遗诏，令淑妃刘氏、惠妃何氏、敬妃曹氏、丽妃袁氏等十位妃嫔殉葬，其中，国嫔郭氏在宫中自缢前留辞"自哀"，"修短有数兮不足较也，生而如梦兮死则觉，吾先亲而归兮独惭乎予之不孝也，心凄凄而不能已兮是则可悼也。"她字里行间流露出戏梦人生死而方觉的悲凄之情，究竟是红颜祸水，还是红颜薄命，已无从辨了。

坤宁宫内，满室的黄与红皆换为了白色。汉白玉栏杆上是白色纱绢扎成的花朵，廊下、窗棂、门楣上方都以白色锦缎相缠，或金或红的灯罩全都换成了纯白的纱罩，还有那永远不熄的龙凤烛也被取下，换成了白蜡。大红的地毯撤下去了，红木的桌椅上铺了绣着莲花的白色织锦，暖炕上的褥垫，暖手炉的罩子，所有目之所及的地方，全都换成了白色。

就连侍立在侧的宫女、太监、侍卫的衣裳，大臣们的官服，后妃们的礼服，头上的钗饰，也全都换成了白色。

天公仿佛也在和他们一起哀悼，飘飘洒洒的大雪持续不断地连下了好几日，整座紫禁城，整个大明朝都变成了白茫茫的一片，仿如一个晶莹的琉璃世界。

若微的世界从此再无颜色……

第四十三章　琴音传幽恨

　　痴痴地靠在东暖阁的木炕上，拥着仿佛还有他气息的被子，若微静静地坐在他曾经坐过的地方，拿着一本他曾经看过的书，一坐就是几个时辰。

　　宫里的一切似乎都与她无关了，虽然她答应他要好好的，好好地活着，好好地照顾祁镇，抚助幼主料理朝政，可是当他真的撒手而去了，任她喊破了嗓子他都不再睁眼看她时，做那些还有什么意义？

　　所以她什么都不管了，什么都放下了，就躲在坤宁宫的暖炕上，静静地发着呆，想着从他十二岁初见他时到他三十八岁离开自己，两个人在一起度过的每一天。

　　真的好漫长，有那么多的事情可以让她慢慢地回忆。很多事情、很多场景似乎已经记得不那么真切了，可是没关系，因为自此以后的每一天，她都可以慢慢地想，慢慢地追忆。她不知道自己还能活多少年、多少天，但是她知道，不管还有多少时日，自己就这样静静地回味着和他在一起的岁月，那么每一天都是充实的，都是快乐的，都是可以从日出熬到日落的。

　　湘汀一次一次地端上热茶，换下早已冷却的凉茶，一次一次为她端上热腾腾的饭菜，换下纹丝未动的上一餐膳食。除了默默垂泪，她不知道自己还能做些什么？只有尽量放轻步子，放缓动作，尽量让自己不发出一点儿声响，以免打扰了她和他在思念中的神游相会。

当湘汀悄悄退到室外在角落里抹眼泪的时候，一声叹息将她惊扰，她猛地抬起头，坤宁宫总管太监阮浪引着大理寺卿许彬与锦衣卫指挥使孙继宗走了过来。

许彬依旧风度翩翩卓然不群，见到湘汀也是彬彬有礼。

孙继宗则快人快语，开口问道："湘汀姑娘，皇后娘娘精神如何？"

湘汀摇了摇头，"不吃不喝也不理人，前晌儿三位杨大人来过了，都被挡了驾。午后，会昌伯孙大人和董夫人来了，也被拦在了殿外。娘娘现在谁也不见。"

孙继宗望着许彬忧心忡忡地道："这可怎么好？多少大事等着娘娘的示下呢，现在可不是闭门哀伤的时候。"

许彬看着东暖阁那紧闭的房门，眉头微蹙，面色沉重，始终不发一语。

阮浪压低声音说道："奴才们也是没了主意，这才去请两位大人过来开导开导，皇后娘娘若总是这样，怕是不好。"

湘汀见此情景，心中虽然不太明白他们话里的意思，但是也知道事关紧急，于是说道："那就请两位大人进去劝劝吧！"

孙继宗叹了口气："没有娘娘传诏，外臣如何能见？只因我与皇后是至亲，所以才勉为其难地走到这宫门口，若是再往里走，也是坏了规矩。"

"这可怎么好？"湘汀急了，"要不，我再进去求求娘娘？"

"湘汀姑娘！"许彬终于开了口，"能帮下官传句话给皇后娘娘吗？"

"许大人请讲！"湘汀此时也顾不得男女有别，紧走几步凑到许彬身旁。

许彬低声耳语片刻，湘汀怔了又怔，转身跑入殿内。

半个时辰后，文华殿内，许彬与孙继宗站在下首，若微一身重孝坐在当中。

"你说襄王进京，是什么意思？"若微开口一句直接问向许彬。

许彬态度如常，语气和缓，只是眼中隐隐的寒意渐渐迷漫开来，"大行皇帝仙逝已经三天，可是太后始终没有降下懿旨让皇太子即位，三位杨大人和朝中重臣联名上奏请皇太子即位的奏折也被太后压下，留中不发。锦衣卫已得到消息，十天前，襄王已离开封地赶赴京城，算算日子，明后天也就到了。"

若微紧盯着许彬，不敢放过他脸上一丝一毫的表情，他话里的意思说得很隐讳，仿佛只是在陈述一个正在发生的普通事件，但是隐藏在事件底层的暗流与凶险，若微听懂了。

她坐在椅子上，袖中的手指微微轻颤，"她想怎样？"

孙继宗看了看许彬，眼中是毫不掩饰的怨愤，他压低声音说道："怕是要学北宋杜太后。"

"兄终弟及？"若微神色一黯，怔了半晌，居然在唇边浮起一丝淡淡的笑容，像秋日的残荷，明知一场秋雨过后自己就要凋零惜败，可是依旧绽放着最美的容颜给世人最后的风景。

"也好。"谁也想不到，她竟然会说出这两个字。

"娘娘！"孙继宗以为自己听错了，他上前几步，紧紧盯着若微，突然跪在地上，"娘娘不为自己，也要想想皇太子！"

若微从高台上缓缓走了下来，伸手将继宗扶了起来，"她若能如此，于国倒是一桩幸事。太子年幼，将来是否贤明，是否可以承继帝业、泽被苍生、中兴大明？我这个做母后的心里没底，天下人心里也没底。既然如此，如果能在先帝的兄弟们当中，择一位贤王继位，于江山社稷确实有益。而太子从此也可以卸去千钧重负，得到他父皇不曾享受过的快乐与自由，这样不好吗？"

孙继宗的嘴张得大大的，他觉得皇后一定是被什么东西魇镇住了，又或者是太过悲伤，以至于乱了心智，迷失了本性。他扭过脸去看许彬，期望他开口相劝。

可是许彬更让他诧异，许彬千年寒冰的脸上竟然浮起了温如暖春般和煦的笑容，他甚至双手击掌高声赞道："许彬何其有幸听到皇后这样一番高论，怪不得皇上遗诏说朝中大事自于皇后！"赞过之后，他又说，

"只是皇上错了，皇后虽然才智过人，可是怯懦柔弱与一般妇人无异，皇上留下的千钧重担，她担得起，可是她却不想担！"

若微原本苍白憔悴的面上忽然闪过一抹狠厉，她指着许彬厉声说道："你激我？"

"哈哈！"许彬爽声大笑，"站在皇后对面的，如果是宋太祖之母杜太后，皇后退让是明智之举；可如果不是杜太后，而是吕雉或是窦太后呢？皇后是想做人彘还是想做钩弋夫人？"

"许彬！"若微一声惊呼，玉颜大变。仿佛刚刚还是万里晴空转眼即阴云密布、雷声大作，一场暴风骤雨即将来临，她想要躲却根本无从躲藏。

许彬说的是发生在大汉后宫真实载于史册的典故。汉高祖刘邦去世后，吕后把持朝政，铲除异己，将高祖最宠爱的戚夫人和幼子诛杀。汉景帝去世后，窦太后权倾朝野，欲立自己的小儿子为帝，为此处处为难太子刘彻，并设下重重障碍阻止其亲政。后来，成为一代明君的汉武帝刘彻为了防止太后干政的悲剧重演，在临死前，将太子之母钩弋夫人诛杀。

皇权的交接，向来都不是一帆风顺的，血淋淋的教训就在眼前。安稳的日子没过几年，怎么就忘记了从朱棣到朱高炽再到朱瞻基，这帝位的更迭，隐于背后的风波和杀戮还少吗？她已经站到了风口浪尖上，若不勇往直前，真的还能退回去吗？恐怕退意刚萌，一个大浪打来，被深埋海底的，就是自己。

若微重新回到宝座之上，坐在这里俯视大殿，风景确实不同。她的面色仿佛已经和缓多了，但是眼眸中的神色冷得骇人，微微挑起的秀眉带着一丝轻佻狂傲，高耸的秀鼻就像她刚刚坚定起来的信念，想要不受伤，就要在脆弱易碎的七巧玲珑心外面包上一层铁衣，筑起一座城堡，这就是所谓的铁石心肠吧！

微微翘起的嘴唇仿佛在笑，但是看上去却无端地让人心底发寒，这笑中怎么会藏着阴狠与冷酷呢？那是她心底的铠甲！

战鼓已然擂响，既然是退无可退，就昂首相搏吧！

仁寿宫慈荫楼内灯火通明，一对母子正在秉烛夜谈。

一身孝服，满面尘色，难掩他如珠似玉的俊美容颜，他是紫禁城里最耀眼的那颗星，只要他一笑起来，刚强就会变作温和，冷酷也变作柔情，就像温暖的春风吹过大地……现在，在仁寿宫里，对着他曾经万分敬仰的母后，他的面上却没有半分笑容。

"儿臣一入宫就已经听三哥说了，皇兄过世之前曾召百官于文华殿拜见太子，也曾留有遗诏让皇太子即位。母后怎么能让儿臣继位？这不是违逆皇兄的遗愿吗？这等不忠不义之事，儿臣做不来！"

坐在屏台床上的张太后手拿佛珠仪态端庄，面对儿子的质问，她不急不躁，缓缓解释道："瞻墡，母后毫不讳言。母后刚刚对你说的话是违逆了你皇兄的意思，可是母后没有私心。你是母后亲生的儿子，祁镇也是母后的亲孙子，自打他一出娘胎就养在母后的身边，母后对他比对你们都尽心。可是，母后不能因情忘理，因私废公。"

"母后？"他凝望着她，眉头渐渐舒展开来，虽然盘踞在心底的疑惑还是没有完全解开，可他的心情却已然平静下来。

"若是你皇兄能多活十年，母后绝不会多此一举，大老远地把你从封地召来。可是今时今日的情形，我们都不能因情忘本，大明的江山是姓朱没错，可大明的江山更是千千万万黎民百姓的。这九州十三司的泱泱大国，能交给他们孤儿寡母吗？八岁的孩子再聪慧，他能坐在金銮殿上统驭群臣处理繁杂的朝政吗？他靠谁？那些大臣？别说他尚在幼年，就是当年的建文帝朱允炆二十岁登基，他又坐了几天龙椅？你皇爷爷靖难起兵虽说是势如破竹，可若是建文帝身旁那些顾命大臣尽心辅佐少主忠心体国，建文朝又怎会如此不堪一击？"张太后叹息连连，仿佛一夜间老了许多。

襄王朱瞻墡有些不忍心，他将案上的茶盏朝母后身边移了移。

张太后微微点了点头，端起茶杯喝了一口，缓缓说道："墡儿呀，你也是仁宗皇帝的嫡子，你皇兄的亲弟弟，就效仿宋太宗挑起这重担吧！"

"母后！"他一声低唤，眼前仿佛又浮现出那抹深藏在心底的丽影。那一年夏天，在宫中莲池边上的初遇，不知道彼此的身份，她不经意间冲着他回眸一笑。雪白的瓜子脸，柳眉弯弯，凤目含愁。是了，正是笼在眉眼间那淡如烟、轻似雾的愁绪，便在瞬间将他的心神牢牢缚住了，即使他常年不在宫里，即使不能天天见面，即使远在千里之外的封地，他对她，还是心心念念不能忘怀。

今天，若是自己应下了，那么母后又会将她置于何地？

就像是偷了别人的东西一样，他的脸霎时变得通红，"不，祁镇还有皇嫂相辅，皇嫂一向才华过人，机警善断……"

"住口！"张太后冷了脸，把茶杯往案上重重一放，"若是没有她，你皇兄也不会走得这么早。她有才，她就是太有才了，我才怕她把祁镇引到歪路上去。祁镇若是没她这个娘，我倒还少操些心！"

"母后！"朱瞻墡不知该如何接语，他想出言相驳，因为在他眼里，她是完美的，是洛水边不食人间烟火的洛神。可是他也怕，尴尬的身份，他又如何能为她去讲情呢？

"好了，就让她自生自灭吧，她若真是随你皇兄去了，倒算她有情。"张太后仿佛有些倦了，靠在棉垫子上愣了片刻，才挥了挥手说道，"去吧，你一路劳顿，刚刚才到，先下去休息吧，有什么话咱们娘俩明儿再细细地说！"

"好！"朱瞻墡点了点头起身行礼告退，出了仁寿宫，他静静地走在宫中小径上，心中波澜迭起，感到前所未有的不安。皇兄的猝然离世，母后千钧之力的话语带给他太多的震撼与意外，他能承受得起吗？

从小到大，在众人的眼中，皇兄就像高悬在空中的红日，他英俊爽朗、睿智通达，深得所有人的宠爱与敬重。自己呢？好像是夜空中的一轮新月。是的，虽然他们都是皇家子嗣，是一母同胞的兄弟，同样受万众瞩目高高在上，可是月亮和太阳是不会同时出现在天空上的。当太阳在空中把光芒和热量散发出来，用光明和温暖泽被苍生的时候，自己这个害羞的月亮就会躲藏起来，只有等到太阳倦了撤了，他才会悄悄地露出头。

月亮的光和热都远远不及太阳，可是他所独有的那份纯美如玉、冰清胜雪的皎洁，在寂寞无边的暗夜中抚慰了多少人，又带给多少人希望与温暖？想到这儿，他突然停下了步子，就站在高大宫墙下的夹道中，仰起头看着天上的月亮。今儿是怎么了，星光是如此惨淡，衬得淡淡的月光投在地上显得寒霜深重，凄凉得有些无助。他缩了缩肩，身后随侍的太监立即上前为他添了一件皮衣大氅，瑟瑟的感觉无边无尽地袭入他的身体，寒气一点一点扩散开来，他不禁有些纳闷，今夜怎么会这样冷呢？

入了正月，春天就该来了，不是吗？

他怔怔地立在那，举目向东边那排高大的殿宇望去，他知道，那是坤宁宫。

惨淡的月光使那高大的殿宇如同披了一层寒霜，往日华美的宫殿如今白灯掩映、素纱环绕，看上去很像是嫦娥的广寒宫。那宫里美若冰晶、霜肃九华的仙子如今可还安好？一想到她，他的心里仿佛渐渐涌起了丝丝暖意。忽然间，他觉得自己的双腿仿佛失去了行走的力量，心中有些慌乱，他忙收回自己的目光，唯恐他的心事被旁人猜透半分。

仿佛不经意地回头一瞥，只见随侍的太监都深深低垂着头，他的心才稍稍镇定了些。是的，没有人知道，如月一般纯美的她已在自己的心中存了多少年。他会小心翼翼地将她重重包裹，悄悄深藏在自己的心底，不让任何人窥了去。

瞻墙刚要迈步前行，忽然间，一阵清冷的乐曲由远及近悄然奏响。在这寂寞的寒夜，在这宫禁森严的内廷，谁敢如此？

他迎风而立，静听夜曲。曲调抑扬起伏，音走圆珠，声碎金玉，悠扬中透着一种悲慨的微妙。琴声悠然，不歇而迭，他脸色微变，这份纯熟的技艺，在宫中绝不作第二人想。是她！可是她为何要选这首曲子来弹？

琴声颤颤细将幽恨传，白露至飞雁斜，断肠时黛眉独深蹙，望青云而拊心，仰高天而叹息。

心底渐明，可是他又有些不甘，自己就这样放弃了吗？

坤宁宫大殿内，一身素服的若微端然坐于琴桌前，纤纤玉指抚弄着七弦，凝神静气如处无人之境。殿中门窗大开，瑟瑟的寒风直趋入室，静立于殿中值守的宫女都忍不住浑身战栗。

"下去吧！"淡淡的不带半点情绪的一声吩咐，所有的人稍稍怔了怔，便闪身下去。她全神贯注于面前的琴上，仿佛世间的一切纷扰都与她无关。

"娘娘！"半个时辰以后，阮浪从外面走了进来，"襄王殿下已经出宫了。"

曲音戛然而止，一抹惨淡的笑容从她的唇边渐渐浮起。她站起身，只是身子仿佛突然间没了力气，双腿一软竟然滑落在地上。

"娘娘！"湘汀与阮浪立即将她扶了起来。

"天呢！娘娘的身子怎么这么冰？"湘汀惊呼着，"快去传太医！"

"湘汀，莫张扬！"喃喃的一句低语之后，她便靠在湘汀怀里，仿佛睡着了一般。

第四十四章　暗闻冬雷轰

靠在卧榻之上，盖着厚厚的锦被，若微怀里抱着暖炉，可从头到脚还是被无边的寒意包裹着，这个冬天真的好冷！

若微闭着眼睛，仿佛真的睡着了一般。她面上的神情静极了，就像是被冰浸过的玉兰花瓣，又像是雨后初绽的白莲，素装淡裹，晶莹皎洁，美得高雅出尘，美得超凡脱俗，更像是不食人间烟火的世外仙姝。

此时的她不声不响，不发一语，在寒入心底的冷幽中却透着一种说不清道不明的凌厉与杀气。这样的她是陌生的，跟在她身边二十多年的湘汀远远望去也觉得她是那样地陌生。

湘汀不知道自己该说些什么，也不知该如何劝慰，她只是坐在她身边不时地为她披披被角，换个热乎乎的暖炉，吩咐人将暖围里的炉火弄得旺旺的，只是湘汀心里很清楚，再多的火也焐不热她的心。

悄悄入内的阮浪又一次窥到睡梦中的她，仿佛那年在花架子下小憩一样，迥然不同的境遇与神态，却同样美得让人难以移目。

"阮公公，外面怎么样了？"出语相问的是湘汀。

阮浪看了看湘汀，又把目光重新投向榻上的若微，只见她长长的睫毛微微扑扇了两下，轻启朱唇，如同梦呓一般说道："说吧！"

"是!"阮浪低下了头,原来她是醒着的,"已经打听清楚了,昨夜襄王出宫后没有回东华门外的十王府,也没有去越王那儿,而是……连夜出城了。"

"哦?"她忽地睁开眼,直愣愣地盯着阮浪,"出城?"

阮浪点了点头,"是,襄王返回封地了!"

"真的?"湘汀听了喜不自禁,忍不住插话道,"襄王真是明大义之人,他连夜出城返回封地,这样好了,没给皇太后留半点转圜的余地。没了襄王,皇太后只能奉皇上遗旨行事了。"

若微的眼睛又重新合上,她甚至翻了个身,将身子转向榻里,可是湘汀和阮浪都看到了她眼角边缓缓滴落的晶莹泪珠,还有唇边那抹淡然而悲凄的苦笑。

湘汀与阮浪对视了一眼,阮浪面色沉静不发一语,只是眉头紧拧悄悄退了出去。湘汀依旧紧挨着若微坐在她身边,除了叹息还是叹息。

仁寿宫中一片狼藉,宫女们跪在地上战战兢兢地捡着被摔得支离破碎的杯碗盘碟,这些由官窑烧制出的精致绝伦的黄釉餐具,象征着皇太后至高无上的尊荣与权威,而如今全在女主人的震怒下被摔得粉碎。

"退下,都给哀家退下!"张太后掩在凤袍中的手指不可抑制地颤抖着,面色涨得通红,她真的失态了,在宫中三十多年,经风沐雨,面对多少困难与惊涛骇浪,她何曾有过今时今日这样的失态?

把自己关在慈荫楼的卧房内,紧闭着门窗,张太后在房中来回踱步,"孙若微,你好,你好!"她连着说了好几个好字,可是面色却冷得吓人。

云汀与素月守在门口,怔怔地不知如何是好,外面侍立的太监入内回禀:"云姑姑,静慈仙师求见太后。"

云汀眉头微蹙,"太后刚刚发了雷霆之怒,这个时候怕是不方便相见吧?"

谈话间,身穿白色道袍,满头青丝以玉簪相绾,一副道姑打扮的废后胡善祥轻移莲步缓缓入内,她脸上的神情淡定极了,"无妨,这个时候，太后正想见我！"

云汀与素月相视一下，刚想入内回禀，只见内室的门已经打开了，张太后走了出来，看到胡善祥来了，她略点了点头，凤袖一拂示意所有人退下。胡善祥上前几步，伸手扶着张太后坐在窗边放着锦褥的暖炕上，又亲自从不远处冒着热气的小茶炉上取下六角玲珑长嘴茶壶，从炕桌上的茶具中选了一个平日里张太后最喜欢的描金云龙纹茶杯，将热茶徐徐注入其中，然后端到张太后面前。

张太后接过茶杯并没有喝，只是握在手中，这微微有些熏烫的热气拂面而来，让人原本冰冻起来的心仿佛感受到了一丝暖气。她的凤目幽幽地盯在胡善祥的脸上，只见她面上依旧是多年不变的宽和与柔顺，眼中无喜无悲，没有刻意的奉迎，也没有半分的畏惧，有的只是淡定从容，还有一份世事皆了然于胸的澄明。

张太后叹了口气，她轻轻摇了摇头，"皇上英年早逝，后宫中一片凄风苦雨。坤宁宫那边一点也指不上，其他人除了哀号痛哭就是长吁短叹。母后在宫里越来越孤单，也越来越无助了。还是你好，超脱红尘之外，这凡尘俗事再也扰不到你了。"

"母后莫要取笑善祥，若是真能够超脱世外，善祥就该隐于山野，又怎会还置身在这红墙宫门之内？"胡善祥从榻里拿起一条雪貂皮褥，万分恭敬地盖在张太后的腿上，回座之后仿佛不经意地随口一问："母后，刚刚又是为何而大发雷霆？"

"为何？"张太后面上有些凄然，"皇上猝然离世，朝中事务纷杂，越王瞻墉最是没心没肺，指望不上。这不，我刚把襄王召来，谁知这孩子……他，怎么就突然急匆匆地走了。做事这样不成体统，真让哀家伤心！"

胡善祥心中暗笑，面上却装着惊讶，"母后，莫要怪错了襄王。襄王之所以走，也是因为有不得已的苦衷呀！"

"苦衷？他有什么苦衷！多少大事等着他帮母后参襄料理，他可倒好，来去匆匆，半点忙也没帮上！"张太后强忍着心中的不快，端起茶杯缓缓饮了一口，便不再作声。虽然事情做得十分机密，但是她知道，自己密召襄王进京又连夜在仁寿宫面授机宜，在这个紧要关头，朝中重臣不可能不知道。她原本也没想瞒，正想借此看看朝中老臣们的意思。可是还没来得及走下一步棋，两派对弈最关键的一方朱瞻墭竟走了，留下的残局叫她一个人如何收拾？

可是这份怨、这份气，她对着胡善祥又不能悉数尽吐，只好欲言又止。

胡善祥却笑了，这笑容中蕴含着苦涩与无奈，甚至还带着隐隐的嘲讽，"母后，襄王的苦衷母后不知，善祥却清楚得很。昨夜坤宁宫里传出的琴声，这东西十二宫所有的人可都听见了。母后知道吗？这反反复复弹了半个多时辰的曲子竟是《墨子悲丝》，母后想想，襄王那样如玉的人才，如雪般清白的性情，他受得了这个吗？"

"杨朱泣歧路，墨子悲染丝？"张太后靠在五彩金线织就的五福锦绣靠背引枕上，半眯起眼睛细细思忖着胡善祥的话，才发现这里面大有玄机。《墨子悲丝》说的是春秋时期墨家学派的创始人墨子出行时，见到染房内工匠们将洁白的丝帛染成黄色或黑色而失去本色，不由大悲，感伤世人随俗世沉浮而不能自拔，犹如洁丝染色，失去了本来面目。

"母后一定听说过'杨朱泣歧路'的典故。杨朱外出时遇上一条岔路，一时不能决定走哪条路好，又联想起人生在世总要面临数不清的歧路，竟忍不住哭了起来。'歧路'之所以让杨朱哭泣，正是因为它纵横交错，使行者无从选择，选择不当便会差之毫厘，谬以千里。'不会选择'的痛苦有时更甚于'不让选择'的痛苦；逃避往往比迎难而上、面对不可预知的前路要来得容易得多。先以'素丝遭染'来污蔑襄王的高洁，再以'歧路难行'来摧毁襄王的决心和勇气。这样的心机、这样的巧谋，真真让善祥输得心服口服，只是可惜了……"胡善祥的目光透过张太后，看着不远处被斜洒入内的阳光晕染得如同涂上了一层金粉的窗棂，有些飘忽起来。

她眼神里蕴藏的内容太过丰富，张太后一时之间难以全部读懂；可是她的话，张太后听得很明白。

"可惜？可惜什么？"张太后重新审视着面前一身道袍的胡善祥，只觉得今日的她话语中处处透着玄妙，可是偏偏往日里堪称洞察世事的太后今日却没了兴致，也没有精神去参悟任何事。

"善祥是说，可惜了我大明朝的江山社稷与万世基业，更可惜了一位旷世贤君。"胡善祥把目光重新投向张太后。她说得如此直白，以至于完全超乎张太后的想象，她怔怔地没有接语。

胡善祥笑了，"母后，'兄终弟及'虽然没有'父死子继'来得正宗，可也不是没有先例呀！那宋太祖崩世之后，太宗不是按照'金匮之盟'和杜太后遗命承继了兄长的帝位吗？襄王仁孝贤明，更是满腹经纶，身负惊世之才，若是襄王可以登基，于国于民于朱姓宗室都是百利无害！"

"善祥！"张太后稍感意外，她伸手紧紧握住了胡善祥，"难为你这样通达明理。众人都只会责怪母后宠溺幼子，后宫干政乱了纲纪，想不到母后的心思还有你能懂得，母后甚感欣慰。只是墇儿性情至纯至善，一曲琴音就乱了他的心智将他逼回襄阳。如今局面已然无从挽回了，母后也无可奈何，只好由他去了。"

"母后莫要灰心，其实咱们还有转机！"胡善祥言之切切，张太后神情微变，眼中露出期盼之色。胡善祥续言道："襄王虽然暂时走了，您还有太子啊！太子自小是由母后代为抚育的，与母后感情深厚，登基之后，内有母后继续训导，外有贤王辅政，朝政应不会有偏！"

张太后点了点头，只是目光中又闪过一丝忧虑，"这一层母后也想过了，可是照理说新帝登基，母后就该退下来在寿康堂颐养天年。天子年幼，守在他身边的该是他的母后。"

"万万不可！"胡善祥脸色突变，"襄王辅政，就免不了要时常入内面见皇上商讨国事。而皇后身负抚育幼主的责任，肯定是要与皇上同居乾清宫的，这年轻叔嫂时常见面，虽然襄王性情纯如璞玉，定然会洁身自好。可是这时间久了，万一有些尴尬之言传出，于皇家的体面和皇上的龙颜都将有损。况且……就像昨夜以曲相谏一般，怕是襄王会屡遭蒙蔽，遇事未必会明断。"

"正是，正是，这正是哀家担心的！"张太后频频点头。

"母后，善祥有一言相谏！"胡善祥凑到张太后耳边低语片刻。张太后神情微变，她紧盯着胡善祥道："善祥，你可知道，这番话讲出来，足已让你身首异处、满门抄斩？"

胡善祥笑了，笑得很是明媚，"是的，善祥知道。善祥也不想说是为了江山社稷，就是因为心中有恨，恨不得她立时死去！因为皇上宠她爱她，所以多少次善祥把这样的恨隐藏下来了，总在最后关头放她一马，就是因为皇上。如果她活着可以让皇上高兴，那我认了，也忍了。可是现在，皇上不在了，她早就该死！"

她仿佛变了一个人，疾言厉色，脸上的神情狰狞得有些吓人。阳光照在她的脸上，张太后突然发现她眼角边深深的细纹，她老了，她只比若微大三岁，可是她笑起来，这眼角、唇边、额上的纹路是那样地清晰。张太后只觉得心里有些压抑得喘不过气来，她应该讨厌这样精于算计又凶狠毒辣的女人，可是此时此刻，她却觉得是胡善祥的狠与恨帮她长长地出了一口恶气，更帮她移走了压在心头的那块大石。

第四十五章　人情薄如纸

冬日的午后，透过厚厚的云层，太阳的光和热被折损了不少，立于坤宁宫门口的若微翘首以望，也不知站了多久。远远地看到阮浪和金英匆匆走了过来，若微向他们身后望了望，空无一人，面上不由微微有变。

"参见娘娘！"阮浪与金英双双跪在她面前。

"太子呢？"她面色苍白如纸，原本清秀的面容更显憔悴消瘦。尖尖的下巴上，那双如蓓般的娇唇上微微有些干涩，再也没有了往日的莹润欲滴。而那双灿若星辰的明眸也仿佛蒙上了一层水气，而那层水气的后面是清晰可见的血丝。当真是人比落花娇，形似飞絮轻，仿佛一阵风吹过，她就会身形缥缈随风而去，那样地不可琢磨。

阮浪心有不忍，金英稍稍迟疑之后则低下头缓缓回道："今日在文华殿讲学还未结束，太子殿下就被仁寿宫的人带走了。"

"什么？"若微愣了，她有些暗暗地恨自己，她应该想得到的，赢了一局并不意味着真正赢了，也许这还只是刚刚开始。念头刚起，心中的担心与怨恨便交织在一起，让她乱了分寸。她举步向外走去，阮浪和金英怔愣了一下，立即在后面紧紧跟着。

白衣罩体，满头的黑发只以一根金色的绸带缚住，没有任何钗环饰物，却显得她莹光如月晶亮动人。若微如风一般，像奔像跑地匆匆赶往仁寿宫，刚到宫门口就被守门的太监与护卫拦了下来。

冰冷的兵刃挡在她面前，她眉头微拧，迎着明晃晃的刀尖走了过去。

"娘娘，皇后娘娘！"金英上前相拦，而阮浪则挡在前面用手推开了横亘在她面前的兵刃，道："大胆奴才，皇后娘娘要入仁寿宫面见太后，你们也敢拦？"

守门的护卫双手抱拳，态度十分恭敬，却并没有半点想要让步的意思，"太后有旨，此时正在佛堂为大行皇上诵经，不许任何人打扰。"

"啪"的一声，一记清亮的耳光狠狠地打在了答话侍卫的脸上。这是若微入宫二十多年以来第一次动手打人，她对于下人一向十分宽待，即使是出卖她的人，可是现在她不想再忍了。

侍卫仿佛被打蒙了，就是这怔愣之间，若微已然迎着兵刃走了进去。

"皇后娘娘请留步！"从里面急匆匆跑出来的正是云汀，她一把将若微拽住，"皇后娘娘，太后正在佛堂诵经，任何人不得打扰。皇后有什么事情可以留下话，奴婢一定转告太后！"

若微把目光投在云汀的脸上，"既然如此，那我就不进去了。就劳烦云汀姑娘将太子请出来，本后要带太子回去。"

云汀面上颇有为难之色，"皇后娘娘，太后说这些天娘娘身子不好，太子就留在仁寿宫，太后会悉心照料的。"

"谢母后体谅，可是本后今晚要带太子去乾清宫为皇上守灵，太子再金贵也要守人伦、尽孝道。所以本后今日一定要将太子带走。"若微面如寒冰，眼神中却隐藏着一股不服输的坚定，还有如同男人一般的深沉，让人莫敢不从。

"可是，娘娘……"云汀回身下意识地看了看那座隐于林苑之中的佛阁，面上是踌躇与难决的神情。

若微旁若无人地跪在地上，"请云汀姑娘成全，不要让太子小小年纪就担上无父无君的不义之名。"

"娘娘，这是要让奴婢死吗？"云汀吓得大惊失色，立即重重跪在若微面前。

金英想要上前搀扶若微起来，只是这手刚刚伸出去就被阮浪那双孔武有力的大手狠狠地攥住，金英回身一看，从阮浪别有深意的眼神中仿佛参透出了什么，终于什么也没做，只是静静地垂手立于一侧。

云汀苦苦哀求，若微就是不起来，云汀无奈之下只得匆匆入内。

阮浪低声对金英说道："护好娘娘！"丢下这句话就头也不回地走了。

金英如坠云端，他跟在皇上和皇后身边已经二十多年了，可是对于皇后，自己如今却越来越看不透、猜不明了。

时间一点儿一点儿过去，金英也不知道过了多久，他只是感觉自己浑身上下已经要冻成冰坨子了，他不停地搓着手放在嘴边哈着热气，还时不时地搓搓耳朵跺跺脚，可是依旧觉得冷风侵体，难以抵挡。

然而只一袭单薄素服在身的若微却一动不动地跪在冰冷的大理石地砖上，仿佛她根本不觉得冷也不知道痛一样。

远远地听到一阵急匆匆的步子，阮浪来了，他手里拿着一件锦雀厚翎貂皮大氅，他轻轻地将它披在若微的肩上，若微稍稍一怔，阮浪像是知道她心事一般低语了几句，于是她便安定了，任由他用轻软温暖的大氅将她包裹好。

又过了一会儿，大学士杨荣与礼部尚书胡濙便行色匆匆地赶来了。他们先是冲着若微拜见行礼，然后也在仁寿宫外等候召见。

半晌之后，身穿明黄色双龙锦袍，头戴玉冠的太子朱祁镇被云汀领着走了出来，"母后！"看到跪在地上的若微，他分明有些意外，小小的脸上透着惊讶的神情，"母后怎么会跪在这里？可是皇祖母罚您的？待儿臣这就进去求皇祖母放您起来！"

"祁镇！"若微伸手将朱祁镇揽入怀中，悲悲戚戚地哭了起来，成串的泪珠落在小小的黄袍之中，是一个一个深色的印子。

杨荣与胡濙相视之下也是无语。

"娘娘，先回宫吧！"阮浪上前相劝。

若微这才止了泪，刚想起身，可是跪得太久，终是体力不支，她单薄的身子绵软地瘫在地上。

"快，快传暖轿！"阮浪立即吩咐着。

当阮浪与金英和陆续赶来的太监宫女将若微与太子迎回坤宁宫的时候，杨荣与胡濙则被太后召进了仁寿宫正殿。

太后高坐于正中的宝座上，杨荣与胡濙一左一右坐在下首的金漆楠木靠背椅上。

殿中四角的铜鼎里袅袅升腾起来的香烟给室内增添了一抹凝重的氛围，案上的茶水早已冷却，边上一叠奏折，不用看也知道那里面写了些什么，不外乎是朝臣们请太子早日即位的上奏。

"国不可一日无君，还请太后早下懿旨！"杨荣再次揖手请命。

"两位都是身经三朝的元老重臣，历来为成祖爷所倚重，又得仁宗和大行皇帝两代帝王敬重。如今皇帝大行，皇太子年幼，皇后性格乖张，你们刚刚也看到了，实在是不成体统。哀家不放心将这几代帝王辛苦经营得来的大明中兴之势就这样不负责任地交到他们孤儿寡母手上。所以哀家今儿请两位过来，就是想听听你们的意思。"张太后手捻佛珠，缓缓而言，目光掠过杨荣又停在了胡濙的脸上。

胡濙稍稍点了点头，"太后担心的也正是臣等寝食难安、殚精竭虑的，如今皇上龙驭宾天已过去了好几日，朝中大臣们议论纷纷，都期盼着皇太后早些传出懿旨。大位早定，天下方能心安啊。皇太子即位，是大行皇帝的遗诏，更为群臣和万民所仰，至于皇后……臣等不敢妄议。"

张太后点了点头，"昨儿襄王进京的事，想必你们也知道了。哀家正想问问你们的意思，若是太子登基，必然是主少国疑。大明能有今日的富足实属不易，大行皇上的中兴之举也只是刚刚开了一个头，若是把这么大的担子交到太子的手上，哀家实在是怕他承担不了。若是襄王能够得以为继，定当会将永乐新政、仁宣之治继往开来，发扬光大。"

"太后！"杨荣起身跪在殿中，他实在没想到张太后召他们来会说得如此直白。储君之位原本就不是臣子该妄议的，更何况皇上留有遗诏，说得清清楚楚明明白白。太后横空出世，又弄出一个兄终弟及，实在不合传统，也违逆了皇上的意思。作为朝中重臣，他有责任出言相阻，"太后，皇上生前曾召百官于文华殿拜见太子，也曾在乾清宫六大臣面前宣读圣谕，当面托孤。臣等无才无德，对于辅助太子的重任心存惶恐，不敢承担；但是臣等更不敢辜负皇命，有违遗诏！"

杨荣措辞谨慎，态度也十分恭敬，可是这番话说出来依旧是直接顶撞了太后，所以他说完之后便伏在地上，以头触地，以示惶恐和请罪。

张太后面上依旧淡泊，丝毫看不出不悦，她命人将杨荣扶了起来重新落座。杨荣是托孤大臣之首，他如此说，想来其他几位大臣的意思也与他差不多。看来兄终弟及现在似乎还不是时候，可是一想到太子和那位从来就不让她省心的皇后，她心里又着实郁闷。

"太后，太子虽然年幼，但是臣等愿尽心辅佐！襄王有才，敏而多思，先皇在朝堂议政之时也常提及，以后襄王可以多多辅助太子，为贤王、作周公，更为天下人所敬仰！"胡滢小心翼翼地给杨荣补着台。

张太后若有所思，并没有立即回话。

"太后，皇上晏驾已经七天了，照理新君即位的诏书早该下了！"杨荣再次提醒。

"好了，哀家知道了。"张太后仿佛累了，身子向后一靠倚在宝座背上，挥了挥手，"你们先下去吧！"

"谢太后！"胡滢起身行礼，杨荣则说道，"请问太后将在何时颁下懿旨？"

"三日之后，乾清宫。"说完张太后把头扭向一旁，盯着远处静静地吐着轻烟的香炉愣起神来，"你们下去吧！"

"是！"胡滢与杨荣双双退下。

走在宫道之上，胡滢问道："杨兄，你说三日之后，被太后推上乾清宫宝座的是襄王，还是太子？"

杨荣对上他的眼眸，眼中精光一闪，"自然是太子。"

"哦？"胡滢仿佛有点不信，"那为什么还这样大费周章？"

杨荣叹了口气："太子依旧是太子，只是皇太后却不再是皇太后了！"

"哦？杨兄这是何意呀？"胡濙没听懂。

可是杨荣自此之后，除了叹息，再也不发一语了。

　　坤宁宫中，若微静静地立于窗前，对着窗外皎洁的月色怔怔地出着神。

"娘娘。"身后响起了阮浪的声音，"两位大人在太后宫里坐了半盏茶的光景就出来了。"

"听到他们说什么了吗？"若微的声音缥缈极了，仿佛不是从嗓子眼儿里跑出来的，倒像是从遥远的夜空中飘出来的。

"没有，仁寿宫如铜墙铁壁一般，插不进去人。只是两位大人出来以后沿宫径行走，奴才们听来一句半句的。"阮浪压低声音说道。

"哦？拣要紧的说来听听！"若微转过身对上阮浪的眼睛，那眸子清亮极了，藏不住半点秘密。

"胡大人问杨大人，三日之后被太后推上乾清宫宝座的是太子还是襄王。"阮浪稍稍一顿。

若微没有着急催问，依旧是静静地注视着他。

"杨大人的回答颇令人费心思量，他说了一句，'自然是太子，只是皇太后不再是皇太后了。'"阮浪一字一顿，缓缓地说道。

"哦？"若微的秀眉再次被无边的愁云笼了起来，她转身走进里面，坐到雕花木屏床上，拉过一条被子紧紧拥在怀中，像一个受了惊吓的孩子一般缩在床角，那样子楚楚可怜。

"娘娘！"阮浪低声唤着。

"去，去查查这几日咱们宫里的人谁与仁寿宫的人来往过，哪怕就是在宫径上走了个对面、递了个眼神、说了半个字，都去给我细细地查清了！"她缩在被子中，声音很轻，但是阮浪全都听见了。

第四十六章　相争尘埃定

日上三竿，若微依旧躺在床上没起来，湘汀坐在床边握着她的青丝为她将缠绕在一起的零乱的秀发拆开，又一缕一缕地梳好盘成发髻。

负责司膳的大宫女流云领着六个宫女走了进来，每个人手上都端着一个黑色的木漆盘，上面是一水儿的金黄色汤碗杯碟。流云指挥着她们将托盘中的各式菜品、粥汤放在宴桌之上，她小心翼翼地走到床边说道："娘娘，昨儿晚膳您就没有用，奴婢特意吩咐御膳房多做了几道精致的小菜，娘娘看看合不合胃口？"

若微眼皮未抬，从朱唇中挤出两个字："撤了！"

"什么？"流云显然没听清，"娘娘，有您最爱吃的海棠浸秋梨、五香鸡丝、什锦豆腐酪、如意回卤干和鸡蛋蜂蜜糕，奴婢还特意煮了江南风味的云吞虾子面。"

若微抬眼对上流云的美目，唇边是淡极了的笑容，"是好东西，不吃也怪可惜的。难为你这样有心，就赏给你了。你吃！"

"娘娘！"流云忍不住一声低呼，眼中闪过一丝惊慌，只是转瞬即逝。她的目光微微有些闪烁，唇边的笑容稍稍有些僵硬，"奴婢怎敢？"

"怎敢？"若微闭上眼睛仰起脸无声地笑了，"吃！今儿本后就把这天大的恩赐赏给你！"

"娘娘！"流云眼中是难掩的惊恐。

湘汀转过脸看着她说道："这是怎么了？旁人求也求不来的恩典，你怎么这样推三阻四的？娘娘这两天身子不适，胃口不好吃不下，难为你这么有心准备了这些好东西。娘娘赏赐你侍候得周到，你可别不领娘娘的情！"

流云瞥到那满桌的菜品，不由得打了个寒战，其他宫女不明就理，都怔怔地望着她。

"吃呀！难不成还要让人喂吗？"阴冷而肃穆的声音从外面飘了进来，是阮浪。他从桌上端起那碗云吞面送到流云面前，"吃吧，吃完了娘娘还有事情吩咐你去干呢。"

流云人如其名，也是一个可人的姑娘，有着如花的娇颜，如水的性子，神情有些含羞带怯，她缓缓接过阮浪递过来的碗。流云好像稍稍怔了一下，扭过脸去又瞅了一眼若微，只见她依旧闭着眼睛靠在榻里养神。仿佛感受到了流云的注视，若微缓缓睁开眼睛，唇角勾起一丝倾城的笑容，眼底泻出了温和的暖意，透着无微不至的关切，"吃吧！"

"吃吧？"流云双膝一曲，冲她盈盈下拜，"流云谢过娘娘的恩典。"

仿佛是人间极品美味一般，也似乎是舍不得吃，她一小口一小口地吃了好久，才在众人的注视下将那碗云吞面吃得干干净净，甚至连一滴汤都没有剩下。

"娘娘，还有什么吩咐，流云都愿意为您去做！"她静静地跪在地上。

若微注视着她，"去帮我到仁寿宫的花园里折一枝红梅来！"

流云仿佛被雷击中了一般，身子不可抑制地战栗起来。她垂着头，露出如玉的白颈，美得让人惊心。

这一幕分明让若微想起了另一个命运多舛的红颜，感慨只在一念之中，她柔韧的心又忽然坚硬了起来，"去吧！"

"是！"流云的声音中带着一丝委屈的哭腔，为何委屈？她有口难言，只是冲着若微深深地磕了三个响头，随即便站起身，挺直腰板向外走去。

看着她的背影，若微突然伏到湘汀的怀里，把头深埋在她的胸前。

没有人知道若微心中的滋味，但是湘汀知道，她哭了，泪落无痕，恐怕是最难以排解的凄苦与烦忧吧。

　　夜色又降，若微静静地躺在床上，仿佛已经睡着了。湘汀坐在她旁边，看着她消瘦的面容忍不住劝道："不吃不喝这样下去怕是不行吧，要不我去膳房，我亲自下厨，我眼睛不眨地盯着，我就不信她们还能……"

　　"别！"她气若游丝，伸手拉住了湘汀，"我知道，她是心里不舒服。她也未必真有置我于死地的狠心。这样权当罚我，让她出出气吧！"

　　"可是娘娘！"湘汀攥着她瘦弱的玉腕，那腕子如今细得连镯子都承受不了了，不由又叹息连连，"真想不明白，太后是怎么打算的。皇上崩世都十天了，还不传旨让太子即位，她真想弄得天怒人怨吗？"

　　"明天，明天就见分晓了。"若微脸上涌起一丝无奈的苦笑，"她答应杨荣三日内会有懿旨传出，她对我也许恩断义绝谈不上信义了，可是对外臣，她不会食言的。"

　　"如果明天她不立太子为帝怎么办？"湘汀忍不住问道。

　　"她只是不喜欢我，祁镇毕竟是她带大的。"若微仿佛也迟疑起来，她不由暗想，如果自己死了，瞻墡又坚持不受皇位，太后自然会立祁镇为帝的。

　　都是因为朱瞻基遗诏里最后那句话："朝中重事需白于皇太后。"只此一句，原本因为儿子当上皇帝即荣升为皇太后的若微又被赋予了更大的权力和殊荣，也被公开赋予了她掌控朝政的权力。可是朱瞻基没想到，正是这句话，现在却阻碍了他视若心肝宝贝的儿子坐上龙椅，也坚定了张太后要将若微除之而后快的决心。

　　若微明白太后会怎样想、怎样做，所以她防范了。她防范成功了，自己没死，那么，因为自己没死，祁镇还有希望吗……

　　一阵急匆匆的脚步传来，阮浪入内，"娘娘，太后差人宣您去乾清宫见驾！"

　　"什么？"若微与湘汀均是一愣。

"娘娘，不能去！"湘汀神色大变。

若微立即翻身下床，套上金蹙重台履，匆匆坐在妆台之前，"湘汀，帮我梳头换装，要快！"

"这？"湘汀把目光投向了阮浪，阮浪看了看她，又看了看若微，"娘娘，奴才这就去通知颜青和孙大人！"

"不必！"若微拿起妆台上的玉梳理着满头云雾，面上是前所未有的镇定，那份从容的气度让人不得不仰视。

身穿皇后礼服、头戴凤冠的她下了暖轿，缓缓步入乾清宫。

大殿之上，五扇金屏前那高高的御座旁站着同样一身华服的女人，正是张太后。听到脚步声，她缓缓转过头，看着身穿皇后礼服、头戴凤冠的若微一步步走向自己，她开口了："流云死了，在仁寿宫花园里，临死的时候手里还拿着一枝红梅。"

"儿臣知道！"若微亭亭立于殿内，这一次，她没有请安行礼，也没有半分的惶恐。

"很好，你知道了，就该明白哀家的意思！"张太后毫不讳言。

"儿臣明白母后的意思，但儿臣不明白母后为什么要这样做？若微八岁入宫，是您的母亲将我举荐来的，又是在您的宫里长大成人的。可是为何这么多年来，您就是容不下我？"若微不想与她绕圈子，她知道一切均会在今晚和太后的这场对话之后而真相大白，所以她要直抒胸臆，不留半点遗憾。

张太后与她的心思一模一样，她也不再掩饰自己对若微的不满与怨恨，她直视着若微，冷冷地说道："因为两个男人。"

"两个男人？"若微还是糊涂了。

"一个是孙忠。每当我看到你，就会想到你是他和别的女人生下的孩子，就会想到他现在所拥有的宁静温馨的生活是我永远都不会拥有的，所以，我不喜欢你。"她紧盯着若微的眼睛，这双眼睛有三分像年轻时的他，那是一双能够让冬日回春、雪融冰释的眼睛，就像是星星在夜空里微笑，清新单纯，明朗干净。对上这样的目光，你会被这里面传递出来的温柔牵绊得牢牢的，不管经过多少年都不会忘记。

"我知道，我曾经在我爹的书房里，看到过一幅画，那上面的女子不是我娘。入宫以后见到你的那一刻，我才知道被我爹一直珍藏的那幅画上的人是你。"若微紧盯着张太后说道，"只是我后来常常疑惑，你与那画上的女子虽然长得极像，可是又总有一种说不出来的不同。"

"你说，他藏着我的画像？"张太后跌坐在宝座上，心事如潮，往事历历在目，想不到他竟然画了自己的小像珍藏在身边，那就是说，他没有忘记自己。不一样？若微口中所说的不一样指的又是什么？她猛然惊醒，"是的，我老了，我们初识的时候，我还不到十四，他画的该是未到及笄之年的我，你自然觉得不像。"

"不。"若微摇了摇头，在这一刻她突然明白了，其实高高在上的皇太后，也是一个可怜的女人，"画上的人立于梨树之下，绿叶白花衬着那女子娇俏可人，然而最动人之处是她脸上的笑容，笑得那般清纯，纤细的身姿、小小的脸庞略带稚气，就像一树梨花在喧嚣的尘世如同世外仙姝一般圣洁宁谧……"

"他画的是我们在进香山路上初逢时的情景！"张太后陷入了回忆，脸上又浮现起和他初遇时的自己娇羞慌乱的情景，因为迎风而舞的一方素帕，让她和他在梨花深处不期而遇，纵然是欲休还顾，到头来却还是人花相映，彼此折服，情根深种。

"就是这份神情，就是这样的笑容，只在画上，只在我爹的记忆中。"若微呓语着。

"那他为何不去我家提亲，我等了他整整两年。"张太后脸上的神思追忆不见了，瞬间换作幽怨与冷俏的寒意。

"内中详情若微不知。可是若微知道，我爹才富五车却甘于平淡，终生寄情山野不问世事，不入仕不求财，这样的淡泊性情，太后其实未必会真的喜欢。"她说得如此直接，如此任性，还带着稍许的孩子气。

果然，太后的脸色变了又变，"你什么都不知道！"

"刚刚太后说了，您之所以恨我是因为两个男人。若微现在知道了，其中一个是我爹，那另外一个呢？"若微也冷了脸，直接顶了回去。

太后没有说话，伸手指着若微头上的凤冠，"你竟然戴了它来炫耀，炫耀你有一个多么宠你爱你，为了你不惜屡屡破坏祖制的夫君吗？"

若微仿佛懂了，她的凤冠是十二龙九凤，远远超出了大明开国皇帝明太祖朱元璋钦定规制的九龙四凤。

这是朱瞻基为了向世人展示作为帝王、作为男人他一直坚守的誓言，也是他们爱情的明证。她戴着它，不是为了炫耀，只是为了坚定。这份坚定，她知道太后不会懂，她也不屑去辩驳。

"因为瞻基？"她问，"您居然在嫉妒？嫉妒您自己亲生的儿子把爱全都给了我？"

"糊涂！"张太后铁青着脸，"若是瞻基对你的爱能发乎情止于礼，万事符合规矩，母后只会替你们高兴。可惜不是，从瞻基爱上你的那天起，他就在逾规越矩。一次又一次，如果没有你，不管是当太子还是做皇上，他都会更出色，也会更有成就。因为你，他让我失望，让全天下失望，更让永乐大帝成祖爷失望！我们如此精心栽培的皇上，文治武功俱全，可惜只励精图治了短短十年，还没有亲眼看到大明的中兴，就撒手而去。这一切，都是因为你！"

这样的指责，若微想辩，因为她担不起，可是张太后面上的神色如此郑重肃穆，仿佛从她口中说出的都是金科玉律，若微又无从相辩。

"你已经毁了一个皇帝，我不能眼睁睁地看着你再把我的孙儿引上歧途。摆在你面前，有两条路。其一，你自殉先帝，我会彰表你的德行，让你走得风风光光。太子明日就是新君。"张太后冷冷的，话如寒冰。

"我不会死，瞻基也不让我死！"若微稍稍有些犹豫，比起那些有名无实的后宫妃嫔，若说殉葬，她真的应该当仁不让，可是一想到祁镇，她实在不放心，所以她容不得多想就立即顶了回去，"襄王不是宋太宗，做不出那样凶狠残忍的事情来，所以母后就不要想着兄终弟及了，祁镇也是您的亲孙子，您就真的忍心违背瞻基的意思？您是知道的，瞻基从懂事起就肩负着捍卫东宫荣誉的责任，小小年纪就要卷入赵王和汉王与父皇的夺嫡之战，这么多年的殚精竭虑，如今您忍心让他的遗愿落空吗？"

"瞻基？皇上的名讳是这样被你呼来唤去的吗？"张太后深深叹了口气，颓然地靠在龙椅之上。今夜，她也破了规矩，为了与若微对峙，居然选在这乾清宫大殿上与她做最后的对决。曾经为了先声夺人，她想过要抢下太子，不让她们母子见面，可是她竟单衣跪在仁寿宫门口，这样的惊人之举让她无从应对。她也曾从了胡善祥的建议，命人在她的膳食中下毒，想不到被她发觉了，还不声不响地让肇事者死在了自己的仁寿宫花园里。

每一步都是处心积虑，可是每一步都输于意料之外。因为若微做事太不合常理了，让她防不胜防。越是如此越让她不能心软，于是她板起面孔冷冷说道："第二条路，也是唯一一条两全的出路。明日在这里，祁镇仍是新君。而你，幽居于南京旧宫，在皇上成年前不得与皇上见面，后宫事务由贤妃代理，不管是前朝政事还是后宫事务，你均不得染指。"

"您在说什么？"若微愣了，她显然没有想到太后会出此下策。这是要将自己赶出皇宫吗？出了皇宫，她真能让自己活下去吗？这显然是一步缓兵之棋，若微的心猛地抽搐起来，姜还是老的辣呀！

"若是我两个都不选呢？"她问。

"不选？"张太后盯着若微的眼眸，面上阴晴不定，"你还是好好想一想吧。我累了，先回去休息。明日辰时三刻前派人来回我，再晚了就来不及了。"

张太后说完，凤袍一抖就翩然离去了，只留下若微一个人站在寂寂的大殿中，她细细地凝视着殿中的陈设，耳边似乎还回响着朱瞻基昔日的浓情蜜语，眼前仿佛又浮现出两人相依相偎在一起的情景。

这一刻，她才真正明白，人生在世，最痛苦的不是失去，而是曾经拥有的回忆。过往的点点滴滴，曾经的甜蜜与温情，如今都成了凌迟自己的利刃，随着沙漏一点儿一点儿地吞噬着她的年华和生命。

要这样活下去吗？瞻基，你告诉我，我真的要这样痛苦地活下去吗？

泪水不知何时悄然滑落，冷风拂过，泪痕很快被风干了，不留半点印迹，可是那泪水曾经淌过的地方却紧紧的，就像自己心底的伤，别人看不到，可它真正裂开过，如今正淌着血、深切地痛着。

宣德十年正月初十辰时，张太后牵着太子朱祁镇的手走上乾清宫玉台之上，她将虚岁九岁实则不满八岁的朱祁镇轻轻按在龙椅之上，俯视群臣，她庄严浩然的嗓音响彻大殿，"这就是新天子！"

"吾皇万岁！万岁！万万岁！"

殿内响起了山呼万岁之声，满朝文武叩拜新皇。

朱祁镇的目光在殿中找寻了一圈，又将目光投向立于身侧的张太后，他轻声问道："皇祖母，母后呢？"

张太后好像没有听见，凌厉的目光直射在朱祁镇的脸上，朱祁镇不禁打了个寒战，立即端正坐姿大声说道："众卿平身！"

"谢吾皇！"又是此起彼伏的谢恩之声。

人群中没有母后的身影，朱祁镇有些好奇，也有些失落，但是很快，他的注意力便被朝中大臣们的奏报吸引住了。看着那些或是高大，或是俊朗，或是已近垂暮之年的臣子们起身出列跪在他的面前，说着各种各样的吉祥话，奏报各地的要闻事件，他觉得新鲜极了，这比在上书房里听师傅们讲文章典故要有趣多了。

朱祁镇和他的母亲一样，都注定要成为明朝历史上最为人瞩目的人物。

他的母亲，一个山东邹平地方小吏的女儿，八岁入宫，几经沉浮成为与皇后同样有册有宝打破后妃规制的皇贵妃，更因为他的出生，让宣宗废弃原配而成为皇后。

他，出生不足百日即被册立为太子，是明朝历史上最小的太子。

他，七岁登基，是明朝第一个冲龄即位的幼年皇帝。

他，正蹒跚着开始为君为帝的一生。现在的他还不知道自己将迎来怎样坎坷的命运。中国历史上两次称帝、两次改元的，仅此一人。

就在这一天的晚上，若微带着湘汀和阮浪乘着一艘官船从北京南下。行在运河之上，若微身倚舱门凭栏远望，看着岸上渐渐消失的光亮和水中的波光潋潋，不禁喃喃低吟："昨夜风兼雨，帘帏飒飒秋声。烛残漏断频倚枕，起坐不能平。"

一声轻叹后，若微回身从几案上拿起一壶酒，三杯两盏入口，已然薄醉微醺。

"娘娘，夜深了，当心受凉！"湘汀的声音自身后传来，才让她从恍惚中醒了过来。

"湘汀，你跟在我身边多久了？"她轻声问到。

"娘娘，已然二十六年了！"湘汀为她在身上披了一件孔雀绿翎裘，"娘娘，可是又想起以前的伤心事了？"

她摇了摇头，一支玉钗松松绾成的流云髻，如烟似雾，眼神流转间顾盼生辉，气质雍容又娇媚飘逸，"去，把我的琵琶抱来！"

湘汀面上一怔，娘娘已经好多年未弹琵琶了，但是她不敢多问，也无从揣测，只是从里间将琵琶悄悄取来给她。

玉指轻撩，曲音悠然而起。

世事漫随流水，
算来一梦浮生。
醉乡路稳宜频到，
此外不堪行。

曲音止，清泪流。

若微回眸相问："湘汀，你说，我是正，还是邪？是忠，还是奸？"

"娘娘！"湘汀眼中悲泣，跪在红毯之上，泪落无声。

第四十七章　谁染霜林醉

　　这船不知走了多少日子，若微每日都是醉生梦死地昏昏而过，当船停泊在南京码头时，她仿佛还在梦中。

　　"娘娘，到了，该下船了！"湘汀轻声低唤。

　　"到了吗？"若微睡眼惺忪地从卧榻上坐起，湘汀忙为她披上了一件水蓝色的素绒绣花袄，又将脚榻上的云头踏殿鞋摆好。

　　若微起身换装后，推开舱门走到甲板之上，看到码头上依旧繁华，货船往来，商贾云集……还好，虽然自己的世界已全然变了模样，但是民间百姓的日子依旧安乐自在、富足太平，城中各种营生也热闹如故，若微心中稍感安慰。

　　下了船，换上早已等候在此的马车，不多时就来到了南京旧宫，依旧是在东宫那间小小的静雅轩内，若微换上旧时最爱的碧色宫装，一个人走到寂寞空旷的宫巷之中，寻访儿时的记忆。柔仪殿里曾经莺歌燕舞好不热闹，贤淑端庄的王贵妃，娇艳绝伦的权贤妃，皆如过眼烟云一般，如今早已是人去殿空，清冷无趣。

　　湘汀不放心，遂吩咐留守在此地听候差遣的宫女收拾殿宇、整理箱笼，自己则悄悄追了过来。眼见若微如同一个迷失方向的精灵一般失魂落魄地在宫殿间游走，湘汀心中酸楚难耐，她不知该如何劝慰，只是静静地跟在她的身后。湘汀知道，她每走一步，都是在重温过去的年年岁岁。娘娘说过，回忆是美好的，但永远沉浸在回忆中又是最痛苦的。可是现在，除了回忆，她还能做些什么呢？

南京的冬日比北京要暖和多了，从北京出发的时候漫天还飞舞着小雪花，而南京却已经有了一派初春的景象，可是偏偏此时，天空中又飘起了淅淅沥沥的小雨。

"红楼隔雨相望冷，珠箔飘灯独自归。远路应悲春晼晚，残宵犹得梦依稀。"细雨轻飞，阴沉沉的天色仿佛她重叠在心底的无边无尽的悲伤。

"瞻基。"她又在痴痴地轻唤，"思君如夜烛，煎心泪千行，只影在人间，如何不同死？"

"娘娘，在廊下避避吧，奴婢回去取伞！"湘汀一溜烟儿地跑了回去，因为她知道自己再听下去一定会忍不住哭泣出来，所以借着取伞，她逃了，她避了。

看着她的背影，若微心中酸楚难忍，二十六年过去了，自己三十三岁了，而湘汀已经四十二了。她的心始终没变，勤谨如故，体贴如故，可是身形变了，动作也迟缓了。

看着旧宫内依旧华美的宫殿，若微心中感慨不已。她没有等湘汀取伞回来，而是独自一人迎着细如银丝的小雨，穿过高大的殿宇来到西南角的三处小院前，这里便是当年咸宁公主的书房"城曲堂"，依旧清秀幽雅，依旧静谧有趣，可是再也没了那抹俏丽出尘的倩影，也听不到如燕雀娇啼般的欢声笑语了。

若微沿着龙池缓缓步入太子东宫，穿过正殿往南，在参天古松的掩映下，远远地望着朱瞻基儿时读书的四知堂书屋，日常起居的静宜斋……松涛阵阵，寂静安谧，实在是一个诵读诗书的佳境，也只有这样的氛围才会孕育出那样一位沉静谦和、内敛纯善的仁君。

恍然间，雨似乎停了。只是她知道，雨只停歇在她头顶上方那方寸的空间里，不用回头，也知道油布伞下立着的那个人是谁。因为他的气息，她从来都不曾忘记，有时她甚至有些痛恨自己，为什么要对曾经的人和物、是是非非、恩义情仇记得那般清楚呢?

一身白袍的他静静地站在她的身后,迎着细细的雨丝为她撑着一把伞。微风中他洁净的长袍轻拂微摆,漆黑的长发上没有官帽和玉冠,只以一根深蓝色的带子缚住,于是那满头的青丝笔直地垂落着。他就那么静静地凝视着眼前佳人的背影,仿佛有些漫不经心,姿势却似精雕细琢的玉雕一般,那种闲云野鹤般俊秀飘逸的神情与温润雅致的气质足以让天下女子为之怦然心动。

他只关注于眼前的背影,却不知自己的背影也成了别人眼中的风景。

手持宫绢贡伞匆匆赶来的湘汀止步于百步之外,她被眼前的景致惊呆了。这样的一幕,让她的心狂跳不已。跟在若微身边二十六年,对于她和朱瞻基的情意绵绵她看得已经太多,然而都没有眼前的一幕让她震撼。

他们之间相距咫尺,可是又似乎远隔千山,虽经年不见,却又好似朝朝暮暮从来没有分开过。于无声之中徜徉在彼此心中的那份牵挂,与这冬末春初的细雨一样,润泽无形。

"小阑干外寂无声,几回肠断处,风动护花铃。"湘汀从来不懂诗,然而不知怎的,她就想起了这样一句。她转过身,悄悄地消失在宫巷的尽头。这个时候,天地之间,不需要任何人去打扰他们。

也不知过了多久,若微转过身,凝望着他清俊的容颜,那双曾经写尽文韬武略占尽世间风流的乌瞳不再凌厉深邃,而是多了份柔和,有些幽深,又有些恍惚,依旧眉宇如画、浅笑如风。

"你老了!"她开口却是一句最违心也最伤人的话。

"你也是!"他笑了,如同划过寂寞夜空的耀眼流星,璀璨之极,俊美之极,只是可惜一闪而过。

"是啊,都老了!"她有些泄气,又有些负气,嘟着嘴转过身去,盯着不远处那池静谧的湖水,怔怔地愣神。

他毫无征兆地上前一步,把手环绕到她的身前,将她圈入怀中。

突如其来的亲昵举动让若微有些猝不及防,抑或她根本无从抵抗。

因为他的亲昵不涉及私情，也无关欲望，只是一种亲昵，就像吸一口山顶新鲜的空气、采摘路边醉人的野花、掬一捧清冽的泉水一样自然。

"许彬，这一生你似乎总是在我最无助的时候出现，就像是为我而生的护法神一样。"她的声音幽幽的，带着些许的微颤。

他俯下头亲吻着她的秀发，仿佛那是人间的甘露，蕴含着百花的芬芳，他的神情凝重而又温情脉脉，呢喃着低语道："那么现在，你需要我吗？"

她没有答话，只是身子有些微微轻颤，他感觉到了，她的一举一动、一言一行从来都不曾真正离开过他的视线。他在等，等了多少年，他仿佛已经记不清了。

可是在这一刻，他才知道，他终究还是没能等到。

"瞻基在看。"她说。

"我知道！"他没有放开手，反而箍得更紧了，"他会欣慰的。"

她猛地转过头，紧盯着他的眼眸，"我从来没有问过你，可是今天，我想知道。"

他从她的眸中看到了一身白衣的自己，他笑了，"我一直在等你问。"

"可是我不敢！"她老老实实地回答。在他的面前，她从来都像是一个无助的小妹妹，他的笑，让她手足无措，他的锐利更让她无所遁形。

他又笑了，"对我每多一分了解，就会增加一份情，所以你才会怕。"

她怔怔地望着他，不否认也不承认，像个做错了事的孩子。

"好了！"他牵着她的手，举着伞，任由雨丝斜泻在他洁白无尘的袍子上，护着她步入池边的八角琉璃亭中，坐在亭中，看着无数的雨丝落入湖中，溅起大小不一的涟漪，正如她的心思一般，全都乱了。

他站在她的身后，为她挡住倾斜入内的细雨，一个很长很长的故事娓娓道来。

她毫不掩饰自己的惊讶，转过身去与他面面相视，"你是南宋皇室后裔，你原本姓赵？"

"不，我姓许，我娘姓赵，是赵氏最后一位公主！我祖父是许汉青，乃宋末抗元大将。"这是她第一次从他的脸上看到骄傲的神情，那是从骨子里溢出来的骄傲，比起宋朝皇室后裔的身份，他似乎更得意于此。

"那么，你祖母就是许夫人？"若微仿佛懂了，那是个近乎于神话传说中的巾帼女杰……

许夫人姓陈，名淑桢，是南宋闽广招抚使陈文龙之女，因嫁给许汉青为妻，故人称"许夫人"。许夫人自幼着男装，平时喜击剑弄铁丸，有穿柳贯风之术，且学得少林轻功。有一次许夫人在山中打猎，偶得一对雌雄宝剑，晶莹皎洁，锋利无比。许夫人秘藏之，每逢月明之夜，便于庭院中把玩，左右盘旋，上下飞舞。观者以豆撒之，以水泼之，皆不能近身，可见功夫之纯熟。

宋末国运衰微，元兵入侵，许汉青与夫人倾尽家资举义旗招募义军勤王抗元，历经六年，转战闽北、建宁、政和等地抗击元军，令元军胆寒，最后捐躯于漳州城，是留名史册的一代女杰。

若微从来就知道他不简单，身怀绝世武功，家世如谜，文韬武略有旷世之才，可又淡泊随性桀骜出尘，世事皆不入心偏又了如指掌，可是当谜底揭晓的时刻，她还是大感意外。

她像是突然想起了什么，惊恐地问道："你？在家中蓄养美姝又浪迹花间柳巷，交友泛杂，上至名士豪杰达官显贵，下至贩夫走卒流氓地痞，难道你是想寻机复国？"

紧盯着她的美目，他稍稍有些失望，唇角边浮起淡淡的笑容，"你太小看我了！"

"我？"她语迟了，"不是小看，是从来都不曾看透。"

"我从生下来那一刻，就不是在为自己而活，在我身后有一群人，他们心心念念的就是要复国。"他忽地把手轻放在她的肩上，看着她惊惶的样子，他觉得很是有些好笑，"可是我不这么想。我要的，是随时可以复国的能力，但做与不做，就要看当今的天子。如果他可以令百姓富足安康，令国运昌隆井然，那我自然什么都不会做，我只是许彬。反之，江山易主，对我而言是责任，更是义务。"

她仿佛没有听懂，"你？"

"是我！"他注视着她的眼眸，不忍放过这样一个跟她近距离对视的机会，他要让她永远记得自己的目光，这目光径直射入她的心房。他知道自己的笑足以令天下的女子为之折服，所以他一直在笑，即使他原本并不想笑，即使他心中也有凄苦无奈，"当年朱棣造反逼宫，将战火带给万千黎民的时候，那是一个机会，可是我忍下了。我想看看，他能不能做得比建文帝出色，结果证明我对了。再后来，当朱瞻基与朱高煦对峙时，我又有了一个机会，我依旧忍下了。"

"是因为我？"她问。

"嘘！"他把手指轻点在她的朱唇上，这动作惑人极了，将成熟男人与调皮少年两种迥然不同的魅力混入一起，令人无从抵挡。

"不，若真是为了你，永乐十八年，你就不可能重返宫闱。"他笑了，"因为朱瞻基，我信他，将会是一个好皇帝。"

在他的笑容里分明有一种难掩的苦涩，若微不知道为什么，她的心不可抑制地疼了起来，她强忍着，她不想在他面前做出一副西子捧心的模样来。

"可是现在，我犹豫了。你的儿子，朱祁镇，我不知道他会将大明引向何处，我也不知道居于仁寿宫的张太后会如何左右朝政。"他脸上的笑容消失得干干净净，前一刻还是柔情似水，而此时竟是寒光逼人，"你记住，你身上肩负的责任，不仅是朱明的祖业，还有赵宋。这国不仅是朱瞻基留给你的，还有我……"

他说得似乎有些耸人听闻，但是若微相信他说的每一句话，因为不仅在宫内还是宫外，没有他做不到的事情。朱瞻基中毒，短短二十四个时辰内，他就帮自己捉到了元凶。他的能力与势力范围，她从来没有低估过。

"这份担子，我承担不起。"她颓然地坐在亭中，眼中是无边的哀伤与幽怨，"我想逃。"

"好，我们一起逃！"他再一次将她搂在怀中，喃喃的低语不会让第三个人听到，"我一直在等这样一天，你不是太后，我也没有复国的重任，我们走得远远的，我们可以驾船到南洋去寻觅一个小岛，也可以远赴西域找一片世外乐土。"

"能吗？"她摇了摇头，"我很想答应你，可是，我不能。"

"我这一生、我的来生，都许给了瞻基。"她闭上了眼睛，因为她不能与他对视，他的眼神会将她凌迟，会将她好不容易积起来的铠甲与堡垒击得粉碎，太多的时候，她在他面前是透明的，是无从招架的。

雨不知何时已经停了，也不知他是何时松开的手，只听到耳边传来缥缈的话语："养好精神，明年春暖花开的时候，你就会回到宫里。既然无从选择，就做好你该做的。"

他是什么时候走的，她不知道。

正像他根本听不到，在那潺潺的流水声和细细的风声里夹杂着她心底的哭泣。

第四十八章　稚子何所托

正统元年三月。

南京至临安驿道边上的乌山脚下有一个小小的镇子，这里依山傍水，犹如世外桃源。

朝阳下碧树掩映的花架底下，大长公主咸宁与若微正在井边洗着春笋，看着一个个像尖锥似的披着淡绿色嫩衣的春笋，若微的心情好极了。

"真羡慕公主和驸马，居然寻了一处如此雅致的居所。怪不得公主青春永驻，容颜不老！"若微面露戏谑之态与她调侃着。

咸宁公主将洗净的春笋晒在一块青石板上，"偏你爱吃这东西，弄起来麻烦死了，我看你不如搬过来与我们一起住好了。"

若微尚未还口，坐在井边竹椅上擦拭弓箭的驸马宋瑛立即喜笑颜开，"公主殿下还惦记着让若微给我做妾的事情呢？"

"呸！"咸宁公主抄起一支莹润可爱的嫩笋就冲宋瑛丢了过去，"若微也是你叫的？如今得称太后，不然把你全家都拖出去斩了！"

宋瑛一面跳着脚跑开，一面说道："杀我全家？杀我九族我都不怕！不过，大长公主殿下，别忘记了下官的妻族可是皇族！难道您还想连当今皇上、皇太后、太皇太后都一并诛杀了？"

"泼皮！越说越没个正形！"咸宁公主说不过他，又跳起来追上去与他笑闹在一起。

若微在旁看了，唇边是淡淡的笑容，此情此景仿佛又回到二十多年前。

嬉戏间宋瑛与从门外匆匆入内的两个人撞在了一起，"赵辉，你怎么来了？"

赵辉是大长公主朱元璋最小的女儿宝庆公主的驸马，也是南京都督兼宗人府执事。他面色焦急，冲着若微揖手行礼道："太后，请速速回宫。"

"怎么了？这刚来就要走？"咸宁公主立即拉下脸来，十分不悦。

与赵辉同来的阮浪立即上前解释："大长公主有所不知，京城宫里来人传话，说是皇上微恙，请太后收拾行装，立即返京！"

"什么？"若微腾的一下站了起来，手中的春笋掉了一地，如同五雷轰顶，顿时乱了方寸。

阮浪立即上前扶住她，"太后别急，先回宫再说吧！"

如同踩在浮云上一般，若微不知道自己是怎样离开农庄，又是怎样回到宫中的。她记得自己对着惊惶失措的湘汀，怔怔地只说了一句话："即刻回京。"

若微一行人没有乘船，而是选择了更为便捷的陆路，坐在马车上连夜出了金川城门。

在城门口，若微遇到了许彬，他与赵辉并肩而立，没有一句劝慰的话，只是递给若微一张字条，"也许你会用得上。"

若微打开一看，面色大变。

"痘诊初发可见高热、咳嗽、气喘、鼻煽、紫绀等症，此为邪毒闭肺之变症，治当清热解毒、开肺化痰，可予麻杏石甘汤加减。若见壮热不退，神志模糊，口渴烦躁，甚则昏迷、抽搐等症，此为邪毒内陷心肝之变症，治当凉血泻火，熄风开窍，予清瘟败毒饮加减并吞服紫雪丹。"

她恍然懂了，春天，如今正是正统元年的春天，他说过，今年春天自己该回京的。

难道这也是他安排的?

若微怔怔地望着他,口中没有说出半个字,但是自眸中透出的意思,她相信他能够读懂。

"许彬,事到如今,我不知该怕你还是该敬你?该恨你还是该爱你?是你手下的人害我儿身陷危局吗?须知大明江山也会因此而摇摇欲倾,难道这一切只是为了让我回京吗?此举实在是棋行险着,太险太恶了!也许,我该恨你,可是又恨不起来!"

"恨亦是爱,爱亦是恨。这一生我们能够遇见就是一桩幸事,再多的都是奢求!我说过,你想要的,我都能让你如愿。"他笑了,她的意思他读懂了。同样,他也相信透过眼神传递的意思她自然也是能够参透的。

若微昼夜不歇地奔赴京城,一入乾清宫,看到太医的神色,心中已经明白大半。来到龙榻之前,看到那烧得通红的小脸,若微忍不住珠泪涟涟。

若微亲自为祁镇诊脉,亲自拟方配药,更是在乾清宫西暖阁的小茶炉上眼睛一眨不眨地为他煎药,又亲自将温热适中的汤药喂入他的口中。

她整日整夜地守在祁镇的榻边,用自己的手握着他的手,生怕他耐不住痒抓伤了痘疹。

日升月起,若微连着守了数日,祁镇终于大好。

太皇太后张氏两次探视,两次均在门外止步。

云汀不解,扶着太皇太后张氏回到仁寿宫的暖炕上,不由开口相询,张氏叹息连连道:"祁镇从降生之日起就是由哀家抚养,对于他这个孙儿,哀家真比对几个儿子还要上心。可是没承想在他昏迷之际,口里唤的却是他母后。这就是所谓的母子连心……这份情,割是割不断的。罢罢罢,以后哀家也省省心,不再管了。"

张氏靠在枕上转身扭向里侧,眼角边渐渐有泪水溢出,她没有伸手去擦,而是任由泪水滑落在锦被当中。

她一次一次地问自己,是我错了吗?

可是没有答案。

正统二年春，十一岁的朱祁镇正在乾清宫东暖阁里习字，朱祁钰跑了进来："皇兄，咱们跟二皇叔去南苑赛马可好？"

"不好！"朱祁镇头也不抬。

"唉，皇兄整天待在房间里看书习字，闷不闷呀？"朱祁钰凑到龙案前探着头问道。

"当然闷了！"朱祁镇沉着小脸。

"那就出去玩会儿，怕什么？"朱祁钰眨着眼睛问道，"是不是母后回来后，你怕母后责罚你？"

"不是！"朱祁镇将手中的笔放在笔架上，以手撑着下巴，面上是一副踌躇的神情，"母后这次回来以后，仿佛变了一个人似的。记得以前父皇在的时候，每当母后看到我贪玩，总会板起面孔来狠狠地训我，还用竹骨折扇打过我的手掌心。可是现在，她再也不训我了，就是那天看到我趴在草地上玩蟋蟀，她都没说我半句。"

"那你还怕什么？"朱祁钰挤到朱祁镇身边，朱祁镇往边上挪了挪，让朱祁钰坐在他旁边。

随侍的太监金英立即"哎哟"了一声，"万岁爷，这龙椅二殿下坐不得！"

朱祁镇眼一瞪，抄起桌上笔架上的大狼毫冲着他丢了过去，"滚！"

"是，是！"金英揉着脑袋退了出去。

朱祁钰看了看屋里侍立在侧的太监和宫女，趴在朱祁镇耳边怯怯地问道："皇兄，这椅子祁钰坐得吗？"

朱祁镇伸手揽过朱祁钰的肩轻轻拍了拍，随后说道："别人坐就是杀头灭门的死罪，可是你坐就可以！"

"啊！"朱祁钰小脸吓得煞白，屁股一滑就要溜走，却被朱祁镇牢牢按住："别怕，因为你是我弟弟，我让你坐，你就能坐。我是皇上，我说的话就是圣旨！"

"哦，吓死我了！"朱祁钰胖胖的小手抚了抚胸口，"对了，皇兄还没说完呢！母后现在不罚你了，你为何反倒不敢出去玩了，还成天憋在屋里看书写字？"

朱祁镇的眼神又黯淡了许多，他紧绷着小脸盯着桌上那个玉虎镇纸，"看，那个镇纸，是父皇小时候仁孝皇太后送给父皇的，伴了父皇好多年，后来父皇送给了母后，如今母后又把它给了我。母后虽然不再管我了，可是我知道，她对我的要求从来就没有放松过。如今这书房里书案上摆着的笔、墨、端砚、镇纸，还有书架上的书都是父皇用过、看过的，就像一双双眼睛在盯着我，让我喘不过气来。还有，有一天，我看到母后哭了。湘汀姑姑给我讲了很多父皇母后小时候的事情，我才知道，父皇原来是那样的了不起，所以如果我做得不好，母后就会想起父皇，就会伤心。"

朱祁镇紧绷着小脸，眼眸中渐渐蕴出了一层水雾。

朱祁钰伸出手去拂，"皇兄，你别伤心。我母妃也时常跟我讲父皇的事情，可是她从来不哭，每次她都特别开心，她说有这些回忆可以时常想想，就很知足了。"

朱祁镇摇了摇头，"我母后和贤妃娘娘可不一样。听舅舅说，母后以前很爱笑，她的笑容如新荷照水，只要有她在的地方，万芳都会失色。可是现在，我好久都没看到母后笑了。"

"想让母后笑还不容易，我有一个好法子！"朱祁钰仿佛献宝一般，小脸上尽是向往的神色。

"什么法子？"朱祁镇眼前一亮。

"我告诉你可以，不过，你得陪我去后苑射箭，而且要是你输了，就得把你那匹赤兔云驹送给我！"朱祁钰仰着小脸，一副志在必得的样子。

"好！"朱祁镇点了点头。

朱祁钰趴在朱祁镇的耳边低声说着，朱祁镇的脸上渐渐浮起了欢快的神情，兄弟两人很快手拉手地跑出乾清宫，奔向了后花园的演武场。

半个时辰以后，后花园就吵翻了天。

朱祁镇用马鞭狠狠地抽着一株桃树，只抽得桃树满枝颤抖，花落四方。

朱祁钰双手叉腰站在他旁边，气哼哼地数落着："你输了，就该把赤兔云驹送给我！"

"不行，那是父皇赐给我的，不能给你！"朱祁镇面色阴沉，同样气呼呼的，"刚刚是风迷了眼我才射失了一箭，要不然怎么会输给你？"

"我不管，你是皇上，金口玉言，一言九鼎，你不能说话不算话！"朱祁钰毫不示弱，跳到朱祁镇面前喊道。

"你还知道朕是皇上呀？还敢对朕这么大呼小叫的！"朱祁镇抢起鞭子继续抽打着面前的桃树，正巧朱祁钰上前与他理论，结果正打在他的脸上，顿时现出一道血印子。朱祁钰也火了，"你打我，你敢打我！"朱祁钰急了，跳着脚嚷了起来。

"我打你怎么了？我是皇上，也是你大哥，我打你怎么了？"朱祁镇毫不示弱，又扬起了手中的鞭子。

当若微得到消息匆匆赶来的时候，朱祁镇与朱祁钰正在地上滚成一团，没有任何成路数的招式，不过是踢腿蹬脚打耳光抓头发，就像寻常人家的小孩子斗狠打架一样。

身旁侍候的太监宫女全都跪了一地，若微原本是急匆匆地赶了来，然而看到这样一幕反而一下子就安静了。她静静地立在一旁，不发一语地看着地上扭打在一起的兄弟俩，直到贤妃吴雨晴赶来。贤妃先是一声惊呼，然后立即下跪给若微请安告罪，紧接着就上前将朱祁钰拎了出来，不问青红皂白，上去就是狠狠一记耳光。

这一记耳光，打在朱祁钰的脸上，却像打在若微的心上。她上前将朱祁钰揽在怀里，伸手轻抚他的小脸，又盯着贤妃问道："太妃这一巴掌打错了，原该打在皇上身上才是！"

"臣妾不敢！"贤妃立即跪在地上。

"你这是做什么？"若微低喝一声，指着朱祁镇说道，"皇上，快把太妃扶起来！”

朱祁镇脸上还在别扭着，看到若微沉了脸，这才走过来伸手将贤妃扶起。

“求太后恕罪！求皇上恕罪！是臣妾管教无方，才让祁钰冲撞了皇上！臣妾罪该万死！”贤妃脸上一派沉痛之色，上前拉过朱祁钰，逼着他跪在地上给朱祁镇赔礼。

“母妃！今儿的事不赖我，是皇上哥哥赖皮，输了也不认账！”朱祁钰嘟囔着，一脸的极不情愿。

贤妃听了立即大惊失色，扬手又要打，这一掌却硬生生地打在了若微的手上。

“太后！”贤妃更是惶恐。

“你也太莽撞了，小孩子打打闹闹是常事，况且刚刚我来得早，看得真真的，是皇上不对，祁钰没有错！”若微和言细语地安慰着。

朱祁镇愣愣地看着母后，脸上渐渐有了怨气，他不明白母后为什么不维护自己，她平日里不是总对自己说教，念叨着什么帝王威仪、仁君风范吗？今儿弟弟都骑到自己头上来了，她竟然不责罚，还这样偏袒。

朱祁镇想不明白，可是若微偏偏不放过他，“去，把你的赤兔云驹牵来，亲自交到祁钰手上。”

“我不！”朱祁镇大声顶了回去，他扭过脸，“那是父皇赐给儿臣的生日礼物，不能送给别人！”

“不管它有多贵重、你有多么珍爱，既然你应了祁钰，如今就要履行诺言！”若微上前拉起他的手，“母后陪你去，我们一起去把赤兔云驹牵来。”

“不！”朱祁镇猛地甩开她的手，飞快地跑了起来。

“皇上！”身后的太监纷纷惊呼追了上去。

若微叹了口气，摇了摇头，回身弯下腰，轻抚着祁钰的脸说道：“好孩子，别生气，一会儿母后叫人把赤兔云驹给你牵过去。这脸上的伤回去让你母妃帮你好好料理。”说罢又转身对湘汀吩咐着，“请太医过去给祁钰好好看看，除了脸上，还要留心看看这身上有没有伤，要用最好的药。祁钰长得好，千万别留下疤痕！”

"是！"湘汀应声退下。

"太后，你这样宽待祁钰，臣妾真是万分惶恐！"贤妃面露悲泣之色，"臣妾虽然不是奴颜婢膝之人，也算有些性情，存着几分傲骨，可是臣妾懂得君臣纲常，祁钰原是死罪，太后这样通达明理，臣妾心里……"

"好了！"若微又是一声长叹，一手搂着祁钰一手牵着贤妃，"如今就剩下我们两个人，只有相依相扶常常走动才能度过这寂寂余生。况且，我们都是先皇宠过、爱过的，更该彼此关照体谅，否则先皇如何能安心呢？"

"太后！"贤妃哽咽了，她不再开口，因为此时她心乱如麻，想要说些什么也不知该不该说，年轻时的坎坷经历将她原本伶俐的性情磨砺得圆融内敛，很多时候，她知道什么都不说、什么都不做，往往是最正确的选择。

第四十九章　独自倚阑干

　　乾清宫西暖阁内，朱祁镇负气蒙着头窝在榻里，若微坐在东墙碧纱橱下的圈椅上静静地看着书，她一语不发，室内悄无声息，两个人的呼吸声都几乎可闻。

　　不知过了多久，朱祁镇闷得不行，终于忍不住掀开被子一角，拿眼偷偷瞄着若微，只见她如如不动地坐在椅中看着书，根本没有要搭理他的意思，朱祁镇觉得十分无趣。

　　"母后！"从外面姗姗入内的正是长公主朱锦馨，十五岁的她如花般娇嫩，人还未进门这如珠似玉的娇憨嗓音已然响起。

　　朱锦馨走至屋内，见到若微与朱祁镇的情形自然明白了几分，她笑嘻嘻地冲着床榻上的朱祁镇福了福礼，"见过皇上！"

　　朱祁镇臊红了脸，喃喃地低唤了一句："皇姐！"

　　"嗯！"朱锦馨美滋滋地凑到他身边说道，"听说今儿皇上在御花园里发了龙威，快让皇姐看看，有没有伤到哪里？"

　　"没有！"朱祁镇立即裹紧了被子，将身子向榻里挪了又挪。

　　"没有就好，真是可惜了那几个奴才！"朱锦馨轻抚着垂在胸前的青丝，看似随口地说道。

"皇姐说什么？"朱祁镇探出头。

"就是祁钰身边的伴读和随侍的小太监，全都被皇祖母下令诛杀了！"朱锦馨看了看朱祁镇，又把目光投向了若微。

若微依旧一副风轻云淡充耳不闻的样子，一心只顾眼前的书稿。

"什么？"朱祁镇则腾的一下坐了起来，面色急切地紧紧拉着朱锦馨的手问道："皇姐说的是真的吗？皇祖母为什么要杀他们？"

"因为他们没有侍候好皇上，也没有规劝祁钰，不仅让祁钰冲撞了皇上，还让你们兄弟失和，害祁钰受了伤。听说不仅是他们，就是这乾清宫里的奴才，除了金英、王谨、范弘这几个曾经跟在父皇身边得了免死金牌的人以外，都要被处死呢！"朱锦馨一板一眼地说着。

"可是，不关他们的事呀！"朱祁镇从床上跳到地上，连靴子也没顾上穿就往外跑，"我去求皇祖母，让皇祖母开恩放了他们。"

"回来！"若微喝道。

"母后！"朱祁镇转过身，"母后帮儿臣去求求皇祖母。"

若微放下书稿，走到朱祁镇面前，"皇上让母后求什么？怎么求？"

朱祁镇愣了。

朱锦馨在旁边低语着，"求也没用，已经行刑了！"

"什么？这不公平，不关他们的事！"朱祁镇大喊着，眼中霎时有泪花闪过。看着这泪花，若微仿佛有了一丝的心酸与欣慰，虽然祁镇生下来就是太子，从小锦衣玉食地养在深宫，可他终究还是承继了自己的善良与单纯，只是作为宫廷中的男人，作为执掌大国的天子来说，拥有这份单纯未必是好事。

于是，她不得不狠下心绷起脸说道："帝王之家从来就没有公平。皇上一言一行都牵动着许多人的命运。在你看来只是一句戏言、一场游戏，可是对他们而言，就是灭顶之灾。"

"母后，这是为什么？祁镇不懂，祁镇真的不懂。祁镇只知道自己不会输，所以才会答应祁钰的条件，可是没想到竟会真输了，我不甘心，也不舍得将父皇送给我的云驹送给他，所以……"朱祁镇此时就是一个惊惶失措的男孩，像成千上万做错了事情的孩子一样，眼神中有不安，有惶恐，还有一丝悔意。

若微拉过他的手，牵着他走出西暖阁，步入东暖阁书房，直到龙椅前，"两个时辰前，你还让祁钰与你一同坐在这龙椅上，你知道吗？就这一个动作，你书房里的所有人都会死。"

"母后？"不出意料，朱祁镇的目光里全是惊慌。

"你看看这龙椅上的龙雕，与那些椅子有什么不同？"若微伸手指着屋内南北两侧相对而设的十二张黑漆木椅。

"大一些，有龙，还铺着明黄色的褥垫和引枕！"朱祁镇喃喃地回答。

"是，这是龙椅，是天子才能坐的，象征着无上的权力，还有大明的江山与社稷，这一切，你能与他人分享吗？"若微不知道他能不能听明白，她只是记得朱瞻基第一次随朱棣北征的时候，好像只比现在的祁镇大两岁。所以，祁镇应该能懂。

朱祁镇的目光从黑漆木椅上移到了龙案之后的龙椅上，怔怔地看了好久，他仿佛明白了，他点了点头，"儿臣明白了，是儿臣错了。帝王之家没有玩笑，也没有随意的允诺。"

若微心中稍稍松了口气，"你以为自己不会输，所以把心爱的云驹许给别人当赌注，可是赌就是有风险的。在允诺前就要想清楚，自己是不是能够承担输的结果。今天人家拿云驹跟你赌，你输了，你知道心疼想反悔。可是祁钰说得对，君无戏言，不管你有多心痛，这云驹从今天开始就是祁钰的了。你有没有想过，如果有一天，人家拿江山跟你来赌，你固然胜券在握，可是，你能赌吗？"

"不能，因为赌就有风险！"朱祁镇仿佛明白了，可是转念一想又糊涂了，"可是以前父皇教祁镇下棋的时候说过，不要想着输赢，只要用心去下，就会找到克敌制胜的法子，想多了反而会顾虑重重，影响思路。"

若微不知该如何对他说，这个孩子似乎太聪明了，你跟他讲任何的道理他都能举出反例来驳，如果他愚钝一些，反倒是件好事。

想了又想，她只得说道："你跟父皇下棋、跟弟弟比射箭，都是闲趣，无伤大局。可你是皇上，皇上举手投足、言谈之间无一不牵动着国体。以后批阅奏折，在朝堂上议政裁夺事务，一言一行都牵动着万千百姓的福祉，不能有一丝一毫的懈怠与侥幸，定要三思而后动。就像今天，你的玩笑之举，有数十条性命为你连累，你不杀伯仁，伯仁因你而死，你懂了吗？"

朱祁镇望着若微的眼神忽明忽暗，他轻轻点了点头，"一会儿我就把马给祁钰牵去。"

若微点了点头，"这一次你虽然心中不舍，却依旧要践约而行，这才是明君所为。若要不后悔，以后做事前就要多想想。"

"嗯！"朱祁镇点了点头，重新回到龙案之前，提起笔认认真真地写起字来。

若微面色如常，姗姗走出乾清宫，朱锦馨紧紧跟上，"母后是去永宁宫吧！"

若微稍稍有些诧异，她认认真真地凝视着女儿姣好的面容，尤其是那双灵动可人的大眼睛，里面闪烁的智慧与笑意让她忍俊不已，"你个鬼灵精！"

"呵呵，不仅如此，馨儿还知道母后已经命人偷偷将那些太监和宫女遣出宫去了，如今被砍头的都是天牢里的死囚！"朱锦馨歪着头说道。

"你这丫头！"若微脸色微变，抬眼看了看四周。

"没事，我猜皇祖母也知道，她整日在佛堂诵经，自然不会轻易杀生。你们俩是殊途同归，都是为了教导皇上早些成材，也算是心照不宣了！"朱锦馨脸上一副澄明之态。若微心中忽然一动，再过一年，女儿也要及笄，也要嫁人了，她伸手将女儿拉入怀中，轻叹道："好在有你。"

"母后放心，馨儿一定会永远守在母后身边！"朱锦馨依偎在若微怀里低语道。

"傻话，你总要嫁出宫去，怎么可能永远在母后身边呢？"若微心里酸酸的，她觉得自己的心越来越软，越来越不经事了。

"女儿不嫁，女儿永远陪在母后身边！父皇走的时候曾经拉着女儿的手说过，母后的性情看似通达坚韧，其实母后的心太软，父皇让女儿陪在母后的身边，为母后解忧！"朱锦馨仰起脸紧盯着若微的眼眸说道，"母后又想父皇了吧？"

若微的目光盯着不远处亭院里那两株参天的古柏，雄伟苍劲，巍峨挺拔，是它们使这高大空旷的宫殿中有了灵气与活力，阳光透过树叶投在地上是斑驳的影子，就像她的心一样，总有阳光照射不到的阴影。

因为瞻基不在了。

她不由搂紧了锦馨，朱锦馨咯咯地笑了起来。

若微看着她，问道："笑什么？"

朱锦馨笑道："作为父皇和母后的孩子，女儿和祁镇还真是压力很大呢，也不知这辈子我们能不能遇到一个人，也能有一份'山无陵天地合乃敢与君绝'的感情？从小看到的就是父皇母后的深情蜜意，倒把我们给难住了。"

"你这丫头！"若微伸手在她额上轻轻一戳，"走吧，随母后去看看太妃，这会儿她心里肯定不好受。"

"嗯！"朱锦馨牵着若微的手一同出了乾清宫。

御花园里绽放的簇簇梨花酷似江上的朵朵雪浪，粉红色的桃花一朵紧挨一朵，挤满了整个枝丫，还有大朵大朵白玉杯似的玉兰花像雪、像玉更像云。空气中弥漫的各种花香让人愉悦欢欣，茸茸的绿草衬着各色不知名的小花，像是给整个园子铺上了一层花毯。

清风拂过，池边杨柳垂下的纤细柔软得如同绿丝绦一般的枝条轻轻摇曳，在这幽静雅致的氛围中却突然无端地传出一阵若隐若无的哭声。

先是低声的抽泣，夹杂着含糊不清的喝斥与责骂，接着便是凄厉的大哭与哀号。

朱锦馨停下步子，冲着那座紧闭的宫门张望着，随即露出几分无奈的神情，她看着自己的母后，仿佛没了主意。

"是长安宫？"若微也驻足观望。

"是！"随侍在侧的侍女低声回道。

长安宫，在宫女太监们心中是一座冷宫。他们知道，在这里住着的是大明朝曾经的皇后胡善祥，因为孙太后的原因才成为"静慈仙师"，从此幽居闭门不与任何人相顾，除了每逢初一、十五去仁寿宫拜见太皇太后以外，那扇宫门从不开启。

"走吧！"若微重启莲步向前走去。

走出几步之后，若微觉得有些异样，于是停下来回身一看，常德公主朱锦馨还站在原地没动。

"馨儿！"她轻唤道。

"母后！"朱锦馨目光中尽是不忍之色，"母后不管吗？再打下去怕是要出人命！"

若微深深吸了口气，空气中混着花香、草香，仿佛还有淡淡的甜味，好闻极了，可是当她的目光投向那两扇紧闭的宫门时，心情却无端地变得十分压抑沉重。

"走吧！"只说了这两个字。她早已听出来里面的吵闹声是朱瞻基与胡善祥的长女顺德公主朱锦卿在打骂宫女。可是她不想管，也不能管。因为她很清楚，即使她是皇太后，一人之下万人之上，可以主掌后宫、襄理朝政，可是普天之下总有一处是她不能涉足的，那就是长安宫，也总有一个人是她不能管的，那就是顺德公主。胡善祥被废被弃都是她咎由自取，可是顺德不一样，同样是有着高贵血统的天子娇女，可是她却承受了太多本不该由她来承受的压力与打击。

从嫡皇长女一下子变成了无人问津的庶女，与母妃一道幽居别宫，终年见不到朱瞻基，也得不到父皇的宠爱与眷顾，她的内心自然积蓄了不少委屈。

所以对于她，若微始终存着一份愧疚。除了给她与常德一样甚至是更好的待遇以外，她不知该如何补偿。可越是如此，她的性格就越是孤僻乖张，打骂宫女、失德斗狠的事情时有发生，若微除了厚赏长安宫的宫女太监以外，也不好多问。

若微想要走，可是恰在此时，那紧闭的宫门竟然开了。

大殿前是细高身材，一身长公主大红礼服的顺德公主，饱满的鹅蛋脸上两只大大的眼睛如同荷叶上的水珠一般晶莹夺目，只是此时她眼眸中闪烁的除了怒意，还有毫不掩饰的恨与怨。

在她身边跪着一个瘦弱的小宫女，看她身形不过七八岁的样子，零乱的秀发随风轻舞，头一直紧紧伏在地上，以至于根本看不到她的脸，弱弱的声音颤颤响起："公主，贞儿知错了，求公主恕罪，公主恕罪！"

"恕罪？为什么要恕，凭什么要恕？快，快把恭桶边上的污秽舔干净了！"顺德公主唇边忽地漾开一抹邪肆的笑弧，凌厉的眼神中闪过一抹阴狠。冷，那种冷酷即使是在阳春三月也让人如同坠入寒潭一般。

若微心中微颤，这孩子心中的积怨怎么会这样强烈？

"公主？"小宫女终于抬起头，小小的瓜子脸上挂满泪水，仿佛有些不知所措，又好像没听懂。

只是转瞬间，她的头发就被顺德一把抓住，狠狠地按到恭桶边上，"舔，舔干净了！"

那莹白的小脸撞在暗红色的木桶上砰砰作响，唇边瞬时流下鲜红色的液体，那样触目惊心，可是就在这一刻，她仿佛沉睡中惊醒一般，大喊着使劲用力一推，顺德公主显然没有料到她会反抗，一个不稳跟跄着后退了好几步。

顺德公主仿佛不敢置信一般，"你，小贱人！你敢打公主？"

"贞儿没有，贞儿不敢！早上恭桶没提稳失了手是贞儿的错。可是公主打也打了罚也罚了，却不该让贞儿去舔食恭桶中的污秽。贞儿是奴婢，可贞儿也是人，公主不该如此暴虐！"

一双蕴着晶莹泪珠的眼睛，像经过春雨洗刷的一对新叶，清新、翠绿，闪着新生的光彩，萌发着勃勃的生机。

这样的眼神，若微只觉得被针刺到了一般，她终于不能再视而不见了。

当顺德公主扬起手中的鞭子狠狠落下的时候，若微低喝一声："住手！"

她仿佛没听见，鞭子继续下落。

可是她唇边微漾的笑，说明她听到了。

"啪"的一声，鞭子落下，只是没有落到小宫女的头上，而是落在常德公主朱锦馨的手臂上，是她为小宫女挡了这一鞭。

"呦？这是怎么了？皇太后和咱们大明朝最尊贵的常德长公主怎么涉足这小小的长安宫了？"顺德冷冷地盯着若微问道。

"锦卿，这个小宫女若是使着不好，母后帮你换一个也就是了，不必动怒！"若微恍若不察她话里的意思，只一味和颜细语地劝着。

"呵呵，皇太后哪里话？这个小宫女，我喜欢得很，一时半刻也离不开。听说皇太后入宫的时候就是八岁，倒巧了，这贱婢也是八岁，所以每天看着她，就觉得是皇太后在身边哄着我玩呢！"

"皇姐，你说话放尊重些！"常德眉头微蹙，面色不悦，她看了看母后依旧淡定的神色，只好强压着心中怒气低声劝道。

"怎么没尊重了？我就是想瞪大眼睛看看，这丫头怎么能飞上枝头变凤凰？长大了以后怎么惑乱宫闱？我娘就是太老实了，所以没早早学会，到头来才吃了亏。"顺德脸上像是一副打了胜仗的模样。

"锦卿，你对母后有恨，母后可以理解。只是母后与你娘之间的恩恩怨怨，随着你父皇龙驭归天那一瞬早已烟消云散了。如今你也渐渐大了，说不定哪天就要出阁下嫁，趁着现在还能好好在宫里陪你娘，就尽量尽尽孝心，让她高兴高兴。不要三天两头总拿宫人们出气。这宫里没有天生的主子，每个人都是一步一步过来的。今儿这个小宫人，母后带走了。"若微的目光透过朱锦卿，投向了那两扇虚掩的殿门，她相信她所说的每一句话，里面的人一定听得清清楚楚。

"你要带走？"朱锦卿忽地笑了，她挥起鞭子狠狠抡向那小宫人的头，"就带走尸体吧！"

"你敢！"常德公主朱锦馨终于气恼不过，上前与她扭打在一起。

嘈杂中突然响起一个怯生生的抽泣，小宫人满面泪痕哽咽道："两位公主别吵了，别为奴婢失了和气！"说着她竟真的去舔那恭桶。

只此一瞬，这个小宫人便牢牢地抓住了若微的心。她一语不发转身就走，仿佛是不忍去看，又似乎是气恼至极，只留下一句话："顺德，你母妃注定要在这长安宫里终老一生了，可是你还年轻，想想今后的路，万事别太绝了！"

"你威胁我？你敢威胁我？你的贤名不要了？"顺德在她身后喊着、

笑着，最终缓缓抽泣了起来。

　　常德公主拉开小宫女，弯下腰掏出帕子为她擦拭着那满是污垢的唇，动作小心翼翼，没有半分的嫌弃，更没有刻意的做作。

　　"以后，你就跟着我吧"！常德公主眼中不禁闪过点点泪光，她心中暗想，好小的一张脸，好憔悴的一个小人，她只有八岁，却又如此倔强，如此懂事，她真的好可爱。

第五十章　儿女忽成侣

仁寿宫内，若微与锦馨陪着张太后用膳。若微恭敬乖顺得如同才刚入门的新妇，饶是如此，张妍还是面露愠色，将手上的象牙银筷重重一放，目光冷幽幽地看向若微。

张妍心中有说不出的滋味，她知道，不管是身为太后还是儿媳，孙若微言行无差，几乎无可挑剔，但即便如此，每每看到她，自己仍如芒刺在身隐隐不快。于是，她越发沉下脸来："今儿的事，哀家都知道了。"

若微赶紧起身行礼："今儿的事，是儿臣专擅了，母后若觉得儿臣处置不妥……"

"皇太后处置并无不妥。"张妍话锋一转，"身居上位，知道宽和驭人自是好的，但凡事有度，对贤妃母子不可太过放纵，定要严加约束，不能让皇上再受这样的闲气。"

若微点了点头："母后教训得是，儿臣记下了。"

朱锦馨赶紧盛了一碗汤端给张妍："皇祖母，这汤可好喝了，您快尝尝！"

张妍接了过来，眼波一扫，正看到锦馨手上的伤痕，不由眉头微皱："你这手是怎么了？"

锦馨笑了笑，赶紧掩饰："才刚在园子里不小心，让树枝划了一下。"

张妍面色微变，她自然知道长安宫才刚发生的风波，也知道锦馨手上的伤是顺德公主所为，但是此时却不想挑破，于是她拉着锦馨的手，微微轻叹："怎会这样不小心！原本羊脂玉一样的手怎么跟让猫抓了似的，可上了药没有？"

锦馨笑了笑："不要紧，过两日就好了。"

"云汀，去，快去把哀家留的那匣子东珠分出一半给常德公主，带回去让丫头们磨成粉和了鸡蛋液涂上，可比太医院调的什么药膏子都好。"张妍对锦馨说不上喜欢，也说不上偏宠，但却也见不得她受半分委屈，因为她知道，这个丫头是儿子朱瞻基的心头肉，若是瞻基还活着，看到宝贝女儿手上狰狞的伤痕，必定心疼得受不了。一想到这儿，张妍的眼圈便不由得红了。

云汀应声而去，不多时便捧出一个镶珠描金的匣子。

若微看到张妍的神色，立即明了她的心意，婆媳二人在这一刻都分外默契地想到了朱瞻基，想到朱瞻基，若微的心也抽搐了起来，虽是再三克制，可眼泪还是不争气地淌了下来，只得赶紧别过脸去。

祖母与娘亲的心思，朱锦馨自无从体会，从云汀手里接过半匣子明晃晃的东珠，便一脸幸福地跟张妍撒娇："皇祖母对馨儿真好！"

看着亲孙女灿烂的笑脸，张妍愁肠暂解："你这个讨巧的性子，倒比你父皇母后都好，哀家不疼你疼谁？只可惜啊，再疼你，这一两年以后也要嫁人了。"

锦馨听了大征，立即看向若微，一脸求助，"母后，快跟皇祖母说说，馨儿才不要嫁人呢！馨儿就在宫里陪伴母后和皇祖母。"

若微笑了笑，看向张妍："母后，馨儿还小……"

"你甭说这个，还小？不小了！外朝的事情有顾命大臣盯着，用不着你日日去看折子。这孩子们的事情，你才该多上些心。"张妍沉了脸，"前儿胡氏来找哀家哭了好一阵子，说是如今顺德的事情也没人张罗。弄得哀家心里着实难受，好歹顺德也是先帝的公主，又是皇姐，你这个当母后的，也该替她张罗张罗，不为别的，早早发出去，也少生些事端。"

否则，纵使你想得个美名，怕是也难如愿。"

若微神色尴尬："母后教训得是。"

锦馨见不得若微受委屈，立即解围："皇祖母可是错怪母后了，母后不是不管皇姐的事，只是皇姐那个性情，满朝的文武大臣，谁家敢把她娶回去？母后跟杨学士和英国公商议了好几次，都没人应。"

张妍看了一眼锦馨，知道她所言不虚，又把目光盯向若微："哀家知道，你先前找的那些人，都是文人出身，自然忌讳颇多。你大可从武将里选一选。当年随太祖、太宗开国的那些勋臣武将家的孩子里，哀家记得阳武侯、安远侯、西宁侯，还有武略将军家里，都有适龄的。"

若微心下百味杂陈，却也只得无奈地应声。

岂料张妍似乎并不满意她的态度，又狠狠补了一句："你不要只应承没行动，最迟半年之内，必得把常德、顺德姐妹俩的婚事定下来。"

若微还未应承，锦馨已然瞪大眼睛张着嘴表情夸张："不要吧！"

张妍亲自夹了一口菜给锦馨，"好了，来，多吃点，养好身子，好当新嫁娘！"

锦馨一脸苦态地看向若微，若微勉强挤出一丝笑颜，心头说不上是什么滋味，只是觉得堵得厉害。

转日一早，文华殿上，朱祁镇便召了近臣商议为两位皇姐选驸马之事。若微坐在朱祁镇的御座旁边，才刚把太皇太后的意思说完，坐在正中宝座椅上的朱祁镇便一脸兴奋地看向众臣："皇太后的意思，诸位卿辅可都听明白了？"

杨荣等人点头。

朱祁镇一脸的跃跃欲试："那你们就快说说，看看谁能当朕的姐夫。呃，那位顺德公主，朕不管，你们随便议议就行。常德公主可是朕的亲姐姐，必须得找个好人家，得长得好看，有才学，脾气还得温和，最好是像西宁侯这样的。"

众人抚须而笑，目光投向咸宁公主驸马西宁侯宋瑛。宋瑛虽一向自诩风流，也架不住皇上如此赞誉，当下便是一脸窘色，"惭愧，惭愧！"

若微看了一眼朱祁镇，用目光提醒他要言行得体，不要越礼。朱祁镇自知出矩，赶紧理了理龙袍朝冠端正坐好。若微又看向众人，目光中颇有期许之色，"诸位大人，奉太皇太后懿旨，为顺德公主与常德公主择选驸马。此事虽非国事，却也有关孝道和宗室开枝，故须谨慎，就此拜托各位了。两位公主的婚事亦并非皇上所言，常德公主还在其次，顺德公主，必得择个良人。"

众人听后神色各异，杨溥为人最是直率："回皇太后，顺德公主虽也是我朝长公主，可终究因着废后之故，加之性格略微刚硬，坊间口碑不是甚好，名臣勋戚家中适龄公子怕是很难相应。"

"诸位的担心，哀家也是知道的。太皇太后的意思是，文臣儒士比较在意性情出身，咱们也不便勉强，可否就在武将中择选？只要驸马能对顺德公主真心相待，门第并不重要。"若微自知有些为难众人，言语间越发诚恳。

众臣面面相视，有人点头，有人摇头，张辅开口："太皇太后的意思老臣明白了，顺德公主性格是火暴了些，故须得武将相配，老臣倒有一人推荐。我朝开国名将武略将军石名初的长孙石璟，年方十九岁，现任府军前卫金事，身材雄武，甚是威仪，武功也极好，为人憨爽直率，若是将他配给顺德公主，应当合适。"

"既然是英国公推荐，想来人品性情定是不错。这样，请皇上下旨，改日将石璟召进宫来，与咱们见上一见。"

若微话音刚落，朱祁镇便赶紧应承："行！朕这就下旨，这件事就了了。咱们还是好好议议——朕的亲皇姐！你们定要推荐最好的人选给朕！"

众人齐刷刷将目光看向宋瑛，宋瑛也不推辞："常德公主常出入我府，我府上几位兄长家的男孩子都很是倾慕公主。若能得此公主，倒是我府的幸事。"

若微听了，面色悦然，心想若能这样也是最好，有咸宁大长公主和西宁侯照应，锦馨定不会受半分委屈。只是她还未开口，便看到殿边一角帐幔微动，正是朱锦馨探出头来连连摆手，面色痛苦。若微还在疑惑，却被朱祁镇看到，赶紧开口回绝："不成不成！我皇姐曾跟朕说过，这西宁侯府中最好的男子就是西宁侯，早已经许了皇姑祖母了，别人都赶不上西宁侯一半，不成！"

众人忍俊不禁，宋瑛一脸尴尬。杨荣出列解围："臣有推荐，阳武侯薛家乃铁券世袭，族谱煌煌，虽是勋臣武将出身，其幼子薛桓却是难得的翩翩佳公子，自幼与名师学习六艺，琴棋书画儒学医术皆精，还精通外邦夷国语言和风物民俗，极为博学出众。"

话音刚落，朱祁镇便咦了一声，"这听起来怎么那么像大理寺卿许彬？"

杨荣笑而不语。宋瑛开口："杨大人所说的这薛桓，自幼与名师学习六艺，他的名师就是许彬。"

若微心中一动，"如此，倒可放心了！"

朱祁镇一脸灿烂，像解决了一件心头大事："既然你们都说他好，母后也觉得好，那，就是他了！朕就下旨让这个薛桓给朕当亲姐夫。"

此语一出，殿内一片恭贺之声，殿外一角却传来一声叹息，朱锦馨一脸难以置信地瞪着丫头梅香："不会吧，本公主的终身事这样就定了？"

梅香一脸兴奋："恭喜公主，这薛公子可是最好的了！"

朱锦馨却一脸恼恨，转身而去，一边走一边想，我得去会会这个人，否则，任你们谁说好都没用。

街头薛府门口，朱锦馨穿得破破烂烂，披麻戴孝，跪坐在薛府门口的街边痛哭，身前还放着卖身葬父的牌子，旁边放着一辆车，上面拉着个死人，引得一群人围着观看。

路人甲丢下一个铜钱："真可怜！"

路人乙上前，捏起朱锦馨的脸："这丫头长得还不错，不如跟了我！"

扮成百姓模样的太监阮浪走上去，暗中用刀将路人乙顶走。

朱锦馨看了，不禁低头偷笑。薛桓在仆人的引导下从府门出来，仆人指着朱锦馨向薛桓诉苦："公子，就是这位姑娘，从辰时到现在，一直在咱们府前哭号，轰都轰不走，若是一会儿侯爷回来，看见了肯定要生气。求公子赶紧想想法子，把她请走吧！"

薛桓上前行礼："这位姑娘，你有什么难处尽管直言，若是在下能做到，一定出手相帮。"

朱锦馨看向薛桓，只见他眉清目秀，生得倒也标致，只是不知道性情如何，便刻意装着可怜，一边抽泣，一边诉说："小女跟爹爹从南京到海州去投亲，谁料想走在路上爹爹得了急病，突然过世，小女没钱安葬，只得在此卖身葬父。"

薛桓心思单纯，为人善良，听后一脸动容道："生老病死福祸难料，还请姑娘节哀，在下愿出资安葬令尊。"

朱锦馨心中暗想，看来此人人品还不错，还未答话，薛桓已取出银两交到朱锦馨手中，随即又行一礼，便转身要走。

朱锦馨愣了，脱口而出："公子别走。"

薛桓回头："姑娘，可还有事？"

朱锦馨一撇嘴又哭了："小女，小女在此处人生地不熟，虽有了银子，也不知道哪里能买到棺材，哪里可以入土，更不知该怎样办好爹爹的后事。"

薛桓想了想，当下便吩咐仆人帮助锦馨料理后事，到哪里选棺木、哪里买墓地，他极为细致地将一切料理妥当后才又离去。朱锦馨直勾勾地看着薛桓的背影，神情复杂，一来觉得此人品性纯善可以依托，又觉得性情柔顺太过好骗，便打定了主意再行试探。

月色笼罩的宫苑，四下里寂静无息，若微独自伫立在太液池畔的千秋亭上，从她的视线里望去，并无半分景致可言，眼前像罩着一片黑色的巨大帷幕，黑漆漆的，让人喘不过气来。可是，她却在这黑幕中分明看到，她和他并肩依傍、共看落日、共赏秋波、共沐春霖的情景，那一幅幅画面，仍然让人心醉。

"瞻基。"她很想努力挤出一丝笑颜，但是却再一次没用地淌下眼泪，"这宫里到处是你的记忆，你让我如何在没有你的日子里展颜呢？"

湘汀拿着披风远远走了过来，看到若微的背影，便知道她又在追忆先皇了。这一刻，湘汀突然感到一丝庆幸，没错，正是庆幸，庆幸自己一生无爱，年轻时或许觉得遗憾，但到此时，倒成了幸运，因为无爱便不会因为失去所爱而痛彻余生。

湘汀将披风小心翼翼地披到若微身上，随即缓缓将奏报来的消息讲给若微，原以为若微会发怒，会立即差人将偷溜出宫的常德公主抓回来，却不料，她并未有一丝一毫的不悦。

"小心叫人盯着便是，万不要惊扰了他们！"当若微听到锦馨溜出宫，当街卖身葬父，又夜入薛府时，并无半分的意外和不悦，因为她比任何人都希望女儿得遇良人。

与此同时，薛府书房，一袭新衣梳妆过后的朱锦馨俏生生地站在薛桓面前。原本正在看书的薛桓立时惊愣，腾地站起身走到朱锦馨面前："你，你是怎么进来的？"

朱锦馨微微福礼："公子，多谢公子仗义相助，如今小女已将亲人安葬。既是卖身葬父，公子出了银子，小女就是公子的人了！"

薛桓大惊，连连后退："姑娘，姑娘不必如此！在下出手相助，并非贪图姑娘美貌！"

朱锦馨笑了笑："公子如此说，就是觉得小女长得美？"

"是，极美。"薛桓先是愣愣地接语，随即突然醒悟过来，赶紧改口："姑娘无论美丑，都与在下无关，在下饱读圣贤诗书，懂得礼义廉耻，为善助人本不得图人回报，更不能乘人之危，姑娘请回吧。"

朱锦馨听了，心中暗赞。薛桓才刚以为自己说服了锦馨，正要唤仆人送她出府，不料锦馨反客为主，径直坐到窗边琴桌前，自顾弹了起来。

一时间，悠扬的琴音萦绕于室，音色华丽流畅，滚拂疏落有序。薛桓虽是意外，却也并未制止，而是静立一旁，认真聆听。

朱锦馨玉指拨弦，且奏且言道："公子可知此曲由来？"

薛桓："清泉入海，高山流水。伯牙、子期因此曲相识，知音一词千古流传。"

朱锦馨玉指轻抬，曲音暂歇，她展开笑颜看向薛桓，原本正在自得，不料薛桓又说："姑娘的心意在下明白，姑娘琴技了得，可惜却太过求好，原曲中几个短小的泛音虽显突兀，却是水石相撞、旋涡急转的景象。可姑娘用技艺将曲子不和谐之处调和，技艺虽显精湛，却失了原曲的味道。"

朱锦馨怔怔的，不想薛桓如此懂琴，立时脸红起来。薛桓却朝她深施一礼："看姑娘的琴技和气度皆不像寻常女子，今日卖身葬父之举可另有深意？薛桓为人愚钝，还请姑娘明示。"

朱锦馨听了心中暗笑，看来此人还不算太傻，如今已试了才艺和品性，接下来就要验验他的胆识了，于是面色一敛："公子慧眼，先前之事，小女的确有所隐瞒，家严并非因病过世，而是有人贪图小女貌美，想要强占，家严与之理论却惨被打死。如今我若出了贵府大门，必定要被他们擒去。"

薛桓愣了："竟会有这样的事情！朗朗乾坤，天子脚下，谁人如此横行！你且告诉我，我一定为你做主！"

"是英国公的孙子，还有太皇太后张氏家里的侄孙子。"朱锦馨径直对上薛桓的眼眸，"莫不是因为他们家世显贵，公子就怕了他们？"

薛桓怔愣，摇了摇头："在下并非是惧怕他们势强，只因这英国公与太皇太后家里的人，一向并无恶名啊？"

朱锦馨抽泣着，一脸悲愤："我就知道，你们总归是官官相护的。"

薛桓心中不忍，一脸正色："你先别哭，你的事，我管定了！"

朱锦馨收了泪，静静地看着薛桓，不知怎的，从薛桓年轻俊秀的面庞中，她看到了昔日父皇宠溺母后的神色，也就在这一瞬，朱锦馨认定了这个男人。

第二日一早，薛桓便拿着先皇赐给阳武侯的铁券来乾清宫告御状，所告的正是太皇太后和英国公。众臣一片哗然。

若微静静地注视着薛桓，盯了半晌之后才缓缓开口："薛桓，你状告太皇太后，不管告得下来告不下来，这犯上的罪名是免不了的。即使你家有免死铁券不至于丧命，但此生却是再无前程，你可要想清楚！"

"微臣想得明白。若不得为民申冤，就算做到当朝首辅，又有何益？"薛桓一脸坦然。

若微看着薛桓，恍惚间似看到了许彬的影子，当下便笑了笑，朝着帷幔后唤了一声："你还不出来？"

朱锦馨一身长公主礼服走了出来，对着薛桓含情脉脉："那曲《流水》本宫已练好了，公子可愿再为本宫品鉴一番？"

薛桓抬头看着朱锦馨，愣了又愣。

第六卷

大结局之我主浮沉

第五十一章　日落故人情

正统二年，顺德公主下嫁武将石璟。

正统五年，常德公主下嫁阳武侯幼子薛桓。

正统七年春，紫禁城处处都沉浸在一派喜气之中。司礼监、鸿胪寺、宗人府上上下下都在忙着筹备皇上大婚之事。年初由太皇太后张氏下旨，册封海州都指挥佥事钱贵长女钱孝慈为明英宗朱祁镇的皇后，并定于五月初三由英国公张辅为正使，少师兵部尚书兼华盖殿大学士杨士奇为副使，持节至钱府行纳采问名之礼；五月初七，以成国公朱勇为正使，少保礼部尚书兼武英殿大学生杨溥、吏部尚书郭刺为副使，持节再至钱府行纳吉纳徵告期礼。

由太皇太后下旨，礼部正式诏告中外，定于五月十九行皇帝大婚之礼。这是大明朝开国以来，第一次在紫禁城中为帝后举行大婚典礼。十五岁的明英宗成为了明朝第一位在登基之后迎娶皇后的皇帝，十六岁的钱氏也成为第一位头戴九龙四凤冠、身着正红大袖袆衣，以一身红罗长裙、红褶子、红霞帔的华贵礼服，在百官与命妇叩首如仪、鼓乐震天的大典中走入坤宁宫的女主人。

　　西苑长乐宫温室中，太后孙若微坐在矮榻上，怀里抱着一个用大红地云凤织金妆花缎包裹着的婴儿，手里拿着一个拨浪鼓轻轻摇着，眼中倾泻而出的是满目的柔情，面上是和蔼的笑容。

　　坐在她下首歪倚在厚厚的靠枕上吃着樱桃的常德公主忍不住撒娇道："母后，这个小奶娃有什么好？眼睛随她爹爹那般，小得像一条缝，皮肤也不白，丑丑皱皱的，哪里有馨儿长得好，馨儿小时候也没见您怎么抱过。现在却对她这样爱不释手，真没见过太后抱小孩儿的。"

　　"你这孩子，都做娘了，还跟自己的女儿吃什么飞醋？"若微瞥了她一眼。

　　湘汀领着侍女端着各式的茶点步入室内，一面叫人把精致的杯碗盘碟放在炕桌上，一面笑道："长公主自然不记得小时候的事情，记得当时在咱们皇太孙府，长公主刚降生那会儿，太后和先皇为了争着想多抱您一会儿，还吵着闹着赌气好几日没说话呢！"

　　"真的？"常德公主瞪大眼睛看着湘汀，仿佛难以置信一般，"我怎么一点都不记得了？"

　　"你记得？你就记得母后怎么苛责你、怎么拿戒尺打你、逼着你弹琴练字了吧？"若微似嗔非嗔地瞅了一眼常德，便低头亲了亲外孙女的小脸蛋，"小丫头，你说叫个什么名字好呢？真得容我好好想想！"

　　常德公主从桌上拿起一块千层翡翠云片糕，一面嚼着一面说道："母后还真是神机妙算！当初给顺德姐姐找了石璟那样一个耿直孔武的驸马，还记得她出嫁前哭天喊地，说母后害她，可是如今夫妻恩爱，接二连三地传来喜讯。前儿在东华门外遇到了，她竟然停车给我让行，这可真是破天荒头一遭。想不到她这千年难遇的暴躁性子竟让武将出身的石驸马给降住了，连带着她的性情也好多了！"

　　若微笑而不语。湘汀接语道："咱们娘娘说过，顺德公主那样的性子要是找一个温柔似水沉静内敛的驸马怕是反而会让她看不上，一味地忍让只会助长她骄横的气焰。而石驸马是武将出身，为人直爽，不会踩低捧高，更非势利之人，他只认一个'理'字，若是公主蛮横无理，他才不管什么公主郡主的，自然也不会相让。他们硬碰硬地打上几回，公主自然服了。"

常德公主点了点头，"哦，那母后为什么又给馨儿选了薛桓，他又有什么好的？"

若微怀里的小家伙哼哼唧唧地哭了起来，她伸手摸了摸，不像是尿了。湘汀立即上前接了过去，"是饿了吧？咱们的小郡主可能吃了。"

"可惜馨儿自己不喂养！"若微扫了一眼常德公主，目光紧盯着湘汀，一直见她走到东阁唤来乳母，侍女们放下锦帘，乳母开始给孩子喂奶，这才回过神来。

"薛桓不好吗？"若微从炕桌上的描金高脚钵里盛了一碗加了山楂丝、玫瑰酱、杏花蜂蜜精心调制而成的杏仁豆腐递给常德。

常德面上微红，"他有什么好？总是温吞吞的。亏他还是阳武侯的子嗣，一点也没得祖上真传，整天就知道吟诗作画，再有就是黏着人，烦都烦死了。现在他连演武场都很少去了。"

若微听了浅笑连连，隔着桌子伸手轻轻戳了一下常德公主的额头，"傻孩子，你的性子是外柔内刚，嫉恶如仇，爱憎分明。若非一个文治武功兼修、琴棋书画刀箭俱全又儒雅出尘的人，能入得了你的眼吗？再说，母后为何选他？你还不明白吗？"

常德面上越来越红，嘟着嘴说道："不说这个了，反正嫁也嫁了。如今最紧要的是祁镇的婚事。母后，此次皇祖母下懿旨为祁镇选后，从地方官员上报的名单到礼部择人筛选，直至宫监复选到最终的殿前御选，从始至终，您怎么一点儿也不上心呢？"

若微端起案上的茶慢慢品着，眼底闪过一丝难掩的忧虑，如今在自己女儿面前，她再也无从掩饰，轻叹一声才缓缓开口道："上心又有何用呢？这几年太皇太后深居简出，看似把皇上和朝政交给了我，可是这宫里宫外，有哪一件事能瞒得过她呢？又有哪一件事能拂逆她的意思呢？"

"皇祖母对母后总是心存芥蒂，这次选后居然越过母后，最终定下的人选母后竟连见都没见过。可是母后，这毕竟是祁镇一生的幸福，这也是大明朝开国以来第一位在紫禁城大婚的皇后，您就这么放心？这么不闻不问？万一若是那钱氏女不贤不孝不明，日后怎么统驭六宫、襄佐皇上？”常德说到此，面上的娇憨尽数褪去，她探着身子凑在若微耳边低语着，“皇祖母此举明摆着是在皇上身边放上一个自己称心的人，为日后辖制母后干政埋下伏笔。”

若微面露苦涩，“于国她是太皇太后，于家她是皇上的嫡亲祖母。这个主她当得，也确该她来定夺。母后如今只盼着这钱氏慧敏通达，这才是祁镇的福气。”

“太后！”宫女绮云近前来报，“选女汪氏在殿外候见！”

“汪氏？”常德公主立即坐了起来，眼睛里放出熠熠的神采，“听出这次选女当中就属她文采出众，人长得好，又精通音律，母后召她来做什么？”

常德公主看自己的母后先是怔了怔神儿，随即恍然明白了这里面的玄妙，便悄无声息地笑了，“母后难道是想后发制人？想以那汪氏为伏兵？”

“死丫头，没个正形！”若微嗔怪道，“去，到东阁里避避。”

“是！”常德公主冲若微扬起笑脸，别有深意地对视了一眼，之后便悄悄退下了。

姗姗步入殿内的汪氏，中等身材，略微偏瘦，一袭淡粉色的纱衣素裙朴实无华，低垂着头令人看不到她的容颜，只是周身散发着一种说不清道不明的典雅气度与风华。

才十五，比馨儿还小上好几岁呢，若微心中暗暗喜欢。

“选女汪氏拜见太后娘娘！”她恭敬地行了跪拜之礼。

若微不动声色，迟迟没有叫她免礼起身。

殿中寂静极了，若是寻常的女子第一次进入深宫面见太后，遇到这样的阵势即使不会惊惶失措，也会下意识地抬起头用满是疑惑的目光怯怯地看上一眼。可是她没有，依旧端端正正地跪在殿中，头是低垂的，然而腰背直挺，透着一种风骨。

“抬起头来！”若微终于开口。

晶莹如玉的瓜子脸上，那双眸子明亮深沉，像是一池柔静清澈的湖水；容貌姣好又秀美出尘，正是清雅至极，与想象中的一模一样，果然是位难得的绝色美人。只是看她镇定自若不卑不亢的神态，与她十五岁的年纪竟毫不相仿。

"汪氏梦涵，你知罪吗？"透窗而入的朝阳斜射在若微的身后，她仿佛周身笼罩在流光幻彩中，有种与生俱来的华贵气度，脸上神色忽明忽暗，任谁也猜不透她心中在想些什么。

依旧跪在殿中的汪梦涵秀眉微蹙，又长又密的睫毛下一对美眸微微闪烁，她稍稍颔首，殿内便响起清丽的嗓音，"梦涵知罪！"

若微紧盯着她的眸子，生怕错过她脸上一丝一毫的神情。这样的女子，这般的伶俐爽快，她着实喜欢，可是她又不能表露出来，于是刻意板起面孔问道："那你自然也知道本宫召你来所为何事？"

她摇了摇头，这一次仿佛才露出及笄少女的稚气与洒脱，她老老实实，开口便是"不知"二字。

"扑哧"一声娇笑，从东次间八扇琉璃屏内传来，若微冲着那屏风似笑非笑地叹了口气，目光重新投在面前跪在她脚下的女子身上，"起来回话吧！"

"太后尚未降罪，民女不敢！"她眼中终于闪过一丝惊惶，又一次低下了头。

"如何又自称'民女'了呢？"若微身子向后微微一靠，仿佛有些倦了，"你是太皇太后命人从十三省选送的秀女中，经过层层遴选脱颖而出的名门淑女，更是远近闻名的才女，若不是偶然突发的一场大病，又怎么会与后位失之交臂？如今你已大好，这皇妃之位自是推不掉的！"

"请太后开恩！"汪梦涵面色微变，终于弯下身子以头触地，像在乞求，又透着骨子里的倔强，"民女不愿入宫！"

她说得直截了当，若微反而一时不知该如何接语。是的，她不愿入宫，所以才在大选前夕自服大黄，连着泻了好几日，恹恹地拖着病体如弱柳扶风，自然在大选中出局。

若微的目光再次投在她的身上，她从袖中甩出一个小物件，几乎没有发出任何声响便掉在汪梦涵的面前。

"这是你母亲送给你的？"若微透过她，似乎又看到了多年前那个在御花园里以玉笛迎风而舞的方子衿，恐怕只有这样的娘，才会孕育出如此灵秀倔强的女儿。

汪梦涵悄悄抬起头，目光瞥到地上的物件，立即神色大变，眼中尽是惊恐之色，颤颤巍巍地将它拾起，再开口时已然目中含泪，"太后，此事乃梦涵一人而为，所有罪责也应由梦涵一人承担，万万不要牵连梦涵的家人！"说罢，她再次以头触地，不停地叩首。

若微心中感慨极了，这丫头进宫时竟然以空心珍珠耳环夹带致人腹泻的大黄粉末，这心思真是巧妙，她的避宫之意又如此坚决，真不知该如何相劝。

"你入宫前，你娘可是对你说过什么？"若微问。

"我娘只是让我想清楚，是想做园中的时令花卉只开一季？还是做草做树，岁岁长青？"汪梦涵提到自己的娘亲，紧张的神情竟然渐渐平复了，她抬起头对上若微的眼睛，"我娘说，不管我如何选择，都不要后悔。"

若微点了点头，二十年前在嘉兴公主的及笄礼宴上，当年还是太子妃的张氏就在御花园中宴请京城名媛，并令她们各自展才，以便观景亭中的诸皇子选妃。那时汪梦涵的母亲，兵部尚书方宾之女方子衿就是这样的一副傲骨，不媚不娇，不舞不歌，挨到最后，还是在若微和嘉兴公主的助阵下才勉强为之，就是为了逃离被选入宫的命运。

只是她做得太过明显、太过张扬，以至于得罪了皇室。

于是她从此在皇室宗亲的视线中消失了，只是这次汪梦涵太过优秀，若微看好她想让她成为祁镇的贤内助，所以才仔细去查了她的身世，这才发现她竟是故人之后。

二十年过去了，拒绝的方式变了，变得更隐晦、更内敛了，可是拒绝的心境却没有变。

"你不想入宫？不想成为皇妃？"若微心底是深深的遗憾和惋惜。

"是！"她再不讳言，坦然相告。

新裂齐纨素，鲜洁如霜雪。

裁为合欢扇，团团似明月。

出入君怀袖，动摇微风发。

常恐秋节至，凉飙夺炎热。

弃捐箧笥中，恩情中道绝。

她低吟的竟会是这首《怨歌行》，若微不禁黯然神伤，她以手托腮靠在引枕上，秀眉微拧，落寞的眼神中不禁有些游离。看来是自己多事了，原想着让这个灵秀慧敏的汪梦涵入宫为妃伴在祁镇左右，一来在太皇太后与钱皇后两代女主联手的内宫中为自己添一个助力，二来是真的看好她的人才，这样的人伴在祁镇身旁，她这个做母后的才能放心。

可是现在她打消了这个念头，己所不欲，勿施于人。

罢了，若微挥了挥手，"你下去吧！"

仿佛难以置信，她抬起头认认真真地凝望着太后的面容。太后比母亲口中描绘的还要美，她看起来不过三十五六岁的样子，美人如玉，容颜不老，端庄华贵间丝毫不见刻板严肃，明艳圣洁中透着绝代风华与灵秀绰约。这就是太后吗？

"回去见到你娘，就说宫中的故人问她安好！"若微仿佛真的倦了，她倚在靠枕上闭上了眼睛。

"是！"汪梦涵再次郑重地叩首之后，悄悄退下了。

在热热闹闹地办完了皇帝大婚典礼之后，仁宗皇后，宣宗之母，英宗之祖母，被尊为太皇太后的张氏终于如愿以偿，带着对四世同堂美梦的期冀与稍许的遗憾，于正统七年十月崩逝。

十一月，帝上尊谥曰"诚孝恭肃明德弘仁顺天启圣昭皇后"。

十二月，张氏与仁宗皇帝朱高炽合葬献陵。

正统八年十一月，一场漫天飞舞的大雪飘然而至，将整座紫禁城装点得异常圣洁。

迁入仁寿宫的孙太后站在临溪亭上，远眺着被白雪覆盖的高大宫殿和如同琼枝一般的树木，呼吸着带着丝丝梅花淡香的新鲜气息，满眼凝华积素，如同置身在一个琉璃世界中，心情是难得的宁静与舒适。

站在她身后不远处的湘汀颔首而立，悄悄上前掏出袖中的锦帕，为她拂去落在风帽上的飘雪，低声劝道："娘娘，这外面天寒地冻的，站一会儿就好，可不敢久留。前晌皇上特意差人吩咐御膳房为娘娘备下了汤锅，还有新鲜的鹿肉、狍子肉……这会子，常德公主和小郡主怕是也进宫了，说是要和娘娘一起吃顿团圆饭呢！"

"团圆饭？"孙太后低喃着，仿佛梦语一般，"长安宫那边的膳食可吩咐准备了？今儿顺德也该归省了，如今太皇太后不在了，咱们对她们母女要更为厚待才是。"

"奴婢知道，全都准备妥了，只是听说静慈仙师自太皇太后过世以后，这精神是越发不济了。除了顺德公主入宫探视的时候能好些，平日里总是颠三倒四的，胃口也不好，睡得也不安稳。入冬之后更是隔三岔五地传御医，这汤药吃了多少副可总也不见好。"湘汀说到此处稍稍一顿，欲言又止。

"她这是心病。"孙太后心知肚明。

胡善祥被废之后能在长安宫怡然安居十多年，全赖太皇太后庇佑，如今太皇太后张氏崩世，与她斗了一辈子的孙太后成了后宫真正意义上的女主人，她自然担心孙太后会借机报复。

"咱们过去看看她！"孙太后顺着石阶缓缓向下走去，掐金云红鹿皮靴子走在厚厚的积雪上，一个一个小巧的脚印突兀地留在洁白的园中，竟像是一种新鲜的花样。

湘汀皱了皱眉，挥了挥手示意身后的太监宫女紧紧跟上。

长安宫依如过去数十年的冷清与肃穆，整座宫殿静悄悄的，没有半点声响，侍女们靠在门后的棉帘下打着瞌睡，连孙太后一行人进入她们都未曾发觉。

没有通报，也没有任何嘈杂的声响，可是长安宫的主人，曾经的胡皇后，如今的静慈仙师却是如此地警醒，立即辨出了来人。

"你来了？你终于来了？十六年了，你终于肯踏入我这比冷宫还冷的长安宫了？"重重幔帐中，斜躺在卧榻上的废后胡善祥睁大眼睛紧紧盯着孙太后。

目光中闪过的怨与恨依旧是那样强烈，她丝毫没有下床请安行礼的意思。孙太后不以为意，她只是静静地看着榻上的她，她老了，额头、下巴和眼角边上的皱纹是那样清晰，散落在身后的长发稀疏而花白。她比孙太后只大三四岁，然而现在看上去却像是两代人。

"咦？你今儿怎么没戴那顶十二龙九凤的金冠？还有皇后的礼服呢？"她痴痴的，眼神中有些迷离，突然闪过一道精光，竟拍手笑道："是了，皇上死了，你早就不是皇后了。现在的皇后姓钱，你是太后，那金冠凤袍你也没穿戴几年吧？"

"静慈仙师！"如此大逆不道的话语听来是如此地刺耳，湘汀忍不住上前低喝相阻。

"你喊什么？这里有你说话的份儿吗？"胡善祥眼中闪过一道凌厉的光，她呵斥道："不知死的奴才！用不着你来提醒。这普天之下，皇宫内外，没有一个人不知道，我是静慈仙师，我是废后。"

"你，还耿耿于怀吗？"孙太后亲自挽起床边的幔帐坐在她旁边，看着她苍老的容颜，孙太后突然觉得一切都过去了，相逢一笑泯恩仇，曾经的一切如同过眼云烟，真的都过去了。

"当然！"胡善祥唇边浮起一丝苦笑，凄苦无边，她对上孙太后的眼睛，冷冷笑道，"你如今高高在上主宰一切，自然可以不必挂怀。可是我的呢？为什么，为什么我要承受这一切？"

"你的一切是你自己造成的，没有人害你。相反，因为你，有人死得很惨、很无辜。"孙太后望着不远处静静喷吐着香烟的炉鼎，怔怔地有些出神。她又想起了紫烟和她未出世的孩子，想起了司音、司棋。想到这儿，若微的心又渐渐硬了起来，对于床上那个人，她收起了最后一点怜悯之心。

"成王败寇。你赢了，说什么都行！"胡善祥笑了，她索性转过身头冲里侧蒙上了被子，"你放心，我活不了多久了。先皇走了，太皇太后走了，我也该走了。可是孙若微，我恨你！我恨你！永远永远……"

孙太后望着她的背影，她想劝却无从劝起，什么叫执迷不悟，如今才算真正领教。

胡善祥一生都活在假想的危机与陷害中，为了想象中的自保，她做了多少错事。只是可惜，直到最后，她也没有得到真正的解脱。

两个因爱成仇，在大明后宫斗争了数十年的女人，在最后一役尘埃落定输赢分晓之后，在长达十六年的时间里各自回避着，原本这该是她们解开心结的最后一场对话，只是可惜，依旧没有人能够真正释怀。

正统八年十一月二十日，废后胡善祥带着满腹的幽怨在睡梦中悄然离世。

十二月初八，仁寿宫传出孙太后懿旨，以国嫔之礼葬胡氏于京西金山。

自此，孙太后在入宫三十五年之后，终于成为大明后宫的真正女主。只是此时世事变迁，对于朝政和后宫事务，她早已心如止水，无意再管，于是便将后宫事务交给英宗皇后钱氏主理，又正式归政于帝。从此，幼龄登基的朱祁镇终于开始了独掌朝纲的帝王生涯。

孙太后归政于帝后迁出了紫禁城，于昌平凤凰山下一处农庄中安享晚年，常德长公主与驸马时常在农庄小住以奉慈娱，英宗也常遣人探视。

除了正统十年孙太后传懿旨册封汪氏为郕王妃并回宫为其主婚以外，在整个正统年间，她几乎是深居简出，与世相隔。

第五十二章　惊涛骇浪至

正统十四年夏，紫禁城太液池畔，当今天子，年仅二十二岁的朱祁镇扶着孙太后步至岸边。

迎着初夏的朝阳，孙太后驻足观望，远远看到碧波荡漾的池水中缓缓驶来一条巨型龙舟，龙舟巨大无比，上有穿廊、暖阁、殿楼，全部五彩描金。舟身落在龙背上，龙舟在太液池中行进时，龙的头、眼、口、爪、尾皆动。远远望去，就如同一条金光闪耀的巨龙在水上行进，霎时间在场的妃嫔、宫女、太监皆叹为观止。

"母后，这是儿臣送给母后圣寿节的礼物！"头戴金冠身穿龙袍的朱祁镇面上是一派骄傲之色。

孙太后凝视着儿子的双眸，那明净纯洁的眼神，看着他如同向日葵般灿烂的笑容，尽管心事满腹，此时也终于从唇角边缓缓漾出淡淡的微笑，"让皇上费心了。"

"母后，快上龙舟去看看，一会儿还有新鲜有趣的景致请母后观赏呢！"朱祁镇冲身后的太监总管，自己的心腹近臣王振使了个眼色，王振立即下去照办。

孙太后装作不察，在朱祁镇的引领下走上龙舟，步入龙腹正中的殿楼内，坐在金龙宴桌前，对着满桌的美酒佳肴和手捧锦盒身穿彩衣的众宫女，孙太后刚想开口问询，忽听得从水中传来一阵曲子，听着像是《彩云追月》。

孙太后正在纳闷，只见池中水花翻涌，从对面驶来两艘由彩帛装饰的采莲小舟，小舟往来如飞，矫如鱼雁，更妙的是舟上的人一面唱着家乡的采莲曲，一面将大朵大朵粉色、白色的莲花采下抛向龙舟，此时曲音一转，又换成了《朝圣母》。

朱祁镇手捧一只莹润玲珑的玉如意送到孙太后面前，"母后，儿臣祝愿母后年年岁岁芳华依旧，身康体健事事如意！"

孙太后很是意外，多少年前，同样是在水上，她和朱瞻基也曾经拥有过一个难忘的生辰，只是那天没有礼物也没有祝福，有的只是彼此眼中浓浓的情意和化不开的柔情，以及一生相守的誓言。

而今天，他们的儿子依旧选择在水上为她庆生，她原本应该高兴，可是她心中却十分不安。

池里的荷花有的已经盛开了，露出了金黄的花蕊和嫩黄的小莲蓬；有的还是含苞待放的花骨朵；有的才展开两三片花瓣，看上去好像是娇羞的少女。

碧绿的荷叶映衬着百态的荷花，或是粉嫩可爱，或是莹白如玉，或是舒展怒放，或是花苞初绽，此情此景勾起往昔多少爱恨离愁，孙太后眼中渐渐湿润起来。

礼花炮突然响起，脚下的龙舟也跟着剧烈地晃动了一下，朱祁镇身子不稳，手中的玉如意脱手而出，向一旁的地上飞去。

"母后！"朱祁镇面色发白，闭上了眼睛。

母后的生辰，象征母后安康长寿的玉如意如果摔碎了，那实在不是什么好彩头！难道会是凶兆？

朱祁镇慌了神。

"扑通"一声，一个身影斜着飞了过去，淡碧色的素衣纱裙如同一片莲叶，将那莹润的玉如意包裹在怀中稳妥极了，而她则平躺在船板上身子微微欠起，粉面微红，额上渗出细细的汗珠，摆了一个极好看的造型，眼睛只盯着怀里的玉如意，"还好还好，完好无损！"仿佛自言自语一般，如入无人之境。

这样的出场惊险至极，同样也媚惑至极，朱祁镇仔细一看，竟是位二八年华的俏佳人，看衣着像是孙太后身边得宠的近侍宫女，模样俏极了，可人却眼生得很。

"好了贞儿，还不快起来！"孙太后轻声责道。

朱祁镇心中暗想，原来她叫贞儿。

她立即跃身而起，就像水中摇曳的一尾小鱼，灵动极了。她怀抱玉如意走到朱祁镇面前，深深福礼，神色间欲语还羞，娇美如三春之桃，娇如莺啼的声音悄然响起："贞儿见过皇上，皇上的玉如意完璧归赵。"

朱祁镇的手伸了出去，却没有去接那柄如意，因为他的注意力已经完全被面前这个被母后唤作"贞儿"的宫女吸引住了。

他绞尽脑汁想了又想，贞儿，贞儿，你是从哪里冒出来的呢？难道是当年跟在皇姐身边跑前跑后的那个娇小瘦弱的小可怜？听说她是被皇姐和母后从长安宫里救出来的小宫女。只记得她头发枯黄，面色灰白，长得虽然清秀，但是在姿容娇美的后宫三千佳丽中，她原本就是个柴禾妞，真的是她吗？

光阴荏苒，她居然长成了如此国色天香的俏模样，朱祁镇看得有些痴了。

"这哪里是皇上的玉如意，这是母后的吉祥！"一个柔柔的声音自船尾传来，此一语立即惊醒了朱祁镇。

步入殿阁之中的正是朱祁镇的钱皇后，一身大红凤袍衬托着她高挑丰美的身姿，高高盘起的流云髻上金钗耀眼珠翠环绕，说不出的雍荣与华贵，这派头似乎已然超越了坐在上首的孙太后。

"臣媳来迟，还望母后恕罪！"她从万贞儿手中接过玉如意捧给孙太后，"这柄玉如意实在难得，是皇上请来的一位世外高人说是西域昆仑山上近日将有祥瑞降临，皇上派人去寻，在万丈雪山的冰峰之巅果然寻得了此物，母后可一定要妥为珍藏。"

孙太后目光一扫，唇边露出些许的笑容，"让皇后费心了！"

"母后哪里话，孝顺母后原就是臣媳的本分！"钱皇后坐在上首，侍女们分别给太后及帝后奉上香茶果品，池中也开始了各式的表演。

朱祁镇的目光飘忽在池中的彩舟之上，船上有乐人抚琴，也有扮成采莲女的宫人应声而舞，衬着池中或白或粉的大片莲花，仿佛人间仙境，天上瑶池，让人乐而忘忧。

仿佛不经意的一瞥，他的目光追逐着那抹碧色的身影，她悄悄站在孙太后身后，就像不食人间烟火的仙子，圣洁极了。在金光闪闪的殿阁内，在彩衣飘飘香风阵阵的后宫佳丽当中，她是那样地出众，朱祁镇似乎闻到了她身上那隐隐传来的沁人心脾的暗香，不由心旌荡漾，浮想联翩。

借着举杯品茶之际，钱皇后凤目微扫，将朱祁镇与万贞儿的眉目传情尽收眼底，她突然笑了，她对孙太后耳语道："母后莫不是有什么仙法？怎么什么样的女孩到了母后宫里都能脱胎换骨？原本只是平淡无奇的宫女，可不出几日就会变得美如天仙、光华耀眼，真让人自叹不如。母后也教教儿臣，省得日后越来越蠢笨，让皇上嫌弃。"

此语一出，朱祁镇微微有些不自在，他似嗔非嗔地看了钱皇后一眼，又拿余光偷瞄着万贞儿。

孙太后原本心事满满，此时强压着不悦淡淡说道："皇后不必笑侃，你对皇上的诸般好，皇上心里都知道。这宫女也好，六宫妃嫔也罢，都由你统驭，如何调教，自然由你做主。"

钱皇后不知是没听出孙太后的弦外之音，还是真的太过执着，竟然开口说道："可是臣媳就是调教不出像贞儿这样伶俐的丫头，不如请母后把贞儿赐给臣媳，以便让臣媳好好学学，否则说不定哪天这皇后就做不得了。"

此言一出，孙太后脸色微变。朱祁镇看了暗呼不好，这钱皇后也太没心眼了，这样的话也是能说出来玩笑的吗？

钱皇后一心想的是西宫的贵人周氏已然为朱祁镇生下了皇长子，而自己入宫也已经七八年了，皇上虽然圣宠不断，但迟迟没有生下一儿半女，眼瞅着周氏越来越得宠，心中正暗暗着急，如今看到太后身边的万贞儿，突然心生一计："借力打力"，一方面可以在皇上和太后面前表现出自己的大度与贤良，另一方面能以万贞儿分去周氏的隆宠，为自己怀上龙嗣赢得时间。这才是万全之策。

看她面上似笑非笑，眼神闪烁不定，孙太后便明白了七八分，她淡淡说道："贞儿是个实心眼的傻丫头，跟在皇后面前少不了要应对一些大场面，怕是难免会有越礼之处。况且哀家早就对仁寿宫的宫女说过，都老实本分地做好自己分内的事，这样才能太太平平地挨到岁数放出宫去，仁寿宫里是不会出什么娇客和主子的。再有，这皇后之位能不能做得稳，不靠脸蛋，靠的是德行。"

这话说得再明白不过了，孙太后是不放人，同时也敲打了皇上和皇后，不要打仁寿宫宫女的主意。

殿内气氛一时有些尴尬，朱祁镇不由瞪了钱皇后一眼，母后难得回宫，好不容易哄她老人家开心开心，你跑过来凑什么热闹？还说些招三不招四的话惹母后不高兴。

"好了，皇上和皇后的孝心，哀家领了，今儿有些倦了，就先回宫歇息了。"孙太后撂下这句话，便领着万贞儿、湘汀等人姗姗而去。

钱皇后脸涨得通红，被皇太后当着满船的妃嫔不软不硬地暗训了一通，真是有些不服气。朱祁镇瞥了她一眼，低声说道："知道你是八抬大轿从乾清门抬进来的正牌皇后，也不用老拿话来刺人吧？我母后是父皇的继后没错，可是宫门内外，皇族亲眷、文臣武将都尊她、敬她，如同元后，就是因为她的才学德行，你却偏偏拿这个来说！"

钱皇后这才猛然惊醒，她眼中满是惊色，不由伸手紧拉着朱祁镇的龙袍，"皇上，您最了解臣妾了，臣妾不是那样有心计的人，就算是，也不会用在母后身上呀！臣妾刚刚说了什么，自己都不记得了。"

"唉！"朱祁镇望着碧波荡漾的太液池叹息道，"你呀，亏得皇祖母还说你敦厚贤良，你也忒直爽了！"

钱皇后面色紧张，不知该如何是好，只得紧紧地依偎在朱祁镇身边。她早就从旧宫人的口中知道了那些发生在宣德年间孙太后与废后胡善祥之间的是是非非，她也十分清楚自己之所以能坐上后位，是那位一直对孙太后心存不满的太皇太后张氏钦定的。在整个立后的过程中，太皇太后张氏根本没有给孙太后说话表态的机会，也正因为如此，她这个皇后自然不会入孙太后的眼，讨得她的欢心。可是如今，太皇太后早已作古人，在这偌大的禁宫中，没有了皇太后的支持与庇佑，她该如何是好呢？

就在她费心筹谋之时，仁寿宫清心斋庭院内的廊子下面，孙太后歪躺在春凳上以一把素面团扇蒙着脸，这令任何人看不到她的神情，只有这样，她才能静静地独自想着心事。一阵微风吹过，不远处的那片小竹林发出有节奏的沙沙鸣响，就像美妙的乐音盈盈飘来。

就在这自然之灵赐予的天籁之音中，一阵脚步声让她突然警醒过来，"怎么样？"

来人正是阮浪，他上前几步压低声音说道："无妨，想是太后过虑了！"

"哦？"孙太后指了指一旁的竹椅，"坐下回话！"

阮浪怔了怔，终于坐了下来，"是从南京造船厂请的匠人，皇上亲自描画的图样，交由王振监工，历时两月赶制出来的。皇上此前并没有乘此舟游玩过，确实是为了给太后祝寿。"

听到此，孙太后不由叹了口气，她靠在椅背上有些失神，"这手眼口爪皆会动的龙舟，始于元朝最后一位皇帝元顺帝。每逢夏秋，他就会乘这样的龙舟与妃子们在太液池上纵横淫乐。所以今日一见，不由令人心惊肉跳，真怕皇上会误入歧途。"

"皇太后多虑了！"阮浪盯着廊子下面的紫藤花，不禁有些纳闷，这花前半晌还是好好的，怎么没过两三个时辰，娇艳的花朵全都像是被初夏的日头晒晕了，低垂着头毫无生气；而院子里葱郁的树叶和藤萝、碧竹也都染上了一层灰黄之色，倒有几分夕秋之景。

若微循着他的目光望去，也发现了院内景致的变化，正在纳闷，忽地看到那碧绿的树丛中闪着一双像养在水银碗里的黑水晶一般晶莹透亮的眼睛，随即露出一个挥舞着胖乎乎小手的顽童，光着屁股带着满身的水珠，正咧着没牙的小嘴似懂非懂地冲着她欢笑。

"见濬！"孙太后惊呼一声。

万贞儿与湘汀立即从屋里跑了出来。"我的活祖宗！"湘汀一声惊叫，"我说找件里衣这么一眨眼的工夫，您跑到哪儿去了！"

万贞儿手疾眼快，几步跑过去，把胖胖的小家伙搂入怀中，她伸手在他肥嘟嘟的屁股上轻轻拍了一下。她原本是想狠狠地掐两下，因为一想起刚刚在龙舟上他父皇那色眼迷离的神态就觉得有些生厌，可是怀里的胖娃娃一面挥着胖胖的小手去摸她的脸，一面冲她笑嘻嘻地吐着口水，那样子可爱极了，真让人狠不下心去打他。

"贞儿，快把皇长子抱进来，当心受凉！"湘汀出言提醒道，她现在上了年纪，腿脚有些不灵便了，原本所有的活计孙太后都不让她去碰，可是唯独照看皇长子这件事上，她死死不放。是的，跟在孙太后身边，她也亲历了四代皇帝，算上如今这个小人儿，也算是第五代了，她觉得自己真的很有成就感。

所有人的目光都聚集在这个光溜溜的胖娃娃身上，以至于忽视了很多原本该她们去关心的人和事。

正统十四年夏，漠北瓦剌部毫无先兆地兵分四路大举攻掠内地。

此时，朝廷在一轮又一轮的殿议之后才开始强化河南、山西一带的防御部署，并派大长公主驸马西宁侯宋瑛总督大同兵马，由平乡伯陈怀，驸马都尉井源，都督王贵、吴克勤，太监林寿，分练京军于大同、宣府。

七月十一日，瓦剌部太师也先率军进犯大同，大同右参将吴浩战死。

消息传来，朝野震惊，而更让他们猝不及防的是，年轻天子朱祁镇竟然当朝宣布要御驾亲征。

此消息如同惊雷，把所有的人都震到了。

第五十三章　急雨边关冷

大雨倾盆，天空黑漆漆的如同罩了黑色的巨幕，头顶没有半点星光，月亮也不知躲到哪里去了。

四周也没有火烛，因为火把灯烛在如注的大雨中早已不能点燃，朝廷北征的五十万大军掩于夜色和大雨中，如同一字长蛇阵般弯弯曲曲地缓缓推进。

前，看不到头；后，见不到尾。

电闪雷鸣中夹杂着马鸣、人吼和各种混乱不清的声响，豆大的雨点从天而降，五十万大军的铁骑在泥泞的道路上蹒跚前行。处处可见前方兵士们丢下的盔甲与旌旗，每隔几步便会看到有辎重马车陷在泥浆里，兵士们冒着大雨用力地抽打着马匹，马儿痛苦地长嘶，但是任它如何努力都不能腾空跃起，马车越陷越深，怎么拉也拉不出来。于是，后面长长的队伍就只好静静地站在雨中停息，这一停就是一两个时辰，全身早就淋透了。

坐在龙辇当中的年轻天子朱祁镇透过车窗看到外面混乱嘈杂的场面，心中甚是烦躁，他面色阴沉如同外面黑漆漆的夜空，吓得近身侍候的小太监喜宁立即把窗帘放下，"皇上，夏日的雨来得快去得也快，一会儿这雨就该停了！"

"是吗？"朱祁镇脸上蕴含着阴冷的笑，目光如炬，逼视着小太监道，"若是一个时辰之内雨不停，你就是欺君之罪！自己领死去吧！"

"啊？"喜宁眼中立即流露出惊恐之色，他马上跪在朱祁镇脚下叩头如捣蒜，不停地求饶："皇上饶命，皇上饶命，奴才只是为了让皇上宽心，绝不是存心要欺瞒皇上！"

"行了行了，去问问王振，何时才能到大同？"朱祁镇面无表情地吩咐着。

"是！奴才这就去！"喜宁像是得到特赦一般立即推开车门跳了下去，只是浑身上下瞬间即被倾泻而来的雨水打得透湿，他也顾不得去接旁人递来的雨伞和蓑衣，立即向前头的车队奔了过去。

不多时，喜宁像只水鸭子一样跑了回来，因为全身都湿透了，所以他不敢再进入车内回禀，只是靠在龙辇的门口说道："回皇上，王公公说再有两个时辰就到了，他已经派人先行为皇上安排行苑去了！"

听到此语，朱祁镇才长长松了口气，这样的天气真让人扫兴！

两个时辰以后，大同驿馆正房内，朱祁镇泡在热水桶中任由身后的小太监为其揉捏着肩背，头靠在浴桶边上昏昏沉沉的，全身如同散了架一般，一动也不想动。

累！

朱祁镇自打出娘胎就没有过这样的感受，虽然他大多时候只是坐在龙辇里，偶尔天气放晴的时候才出来骑着马小跑一两里路，然后又在一片劝谏声中回到铺着厚厚软垫和毡毯的龙辇里。可他此行下来依旧觉得很累。

"皇上！"身后突然换了一双手，这双手力度适中，更是每一下都捏在穴位之上，朱祁镇顿感周身上下的筋骨舒适了不少。

"这等事情何劳先生亲为呢？"朱祁镇知道，是王振。

"奴才生来就是为皇上效犬马之劳的，事无巨细高下，奴才皆甘之如饴！"王振手上稍稍加了力度，朱祁镇更感舒适畅快。

"先生，刚刚听到前方奏报，说是瓦剌军队得到朕亲征的消息后已然北撤，那咱们……"朱祁镇想说大军是否就此打道回府呢？如此一来，此行虽然没有正面与敌军交锋，却也令敌军望风而逃，算是小捷，这样不仅自己颜面尚存，又可以早点结束这疲惫不堪的行军之程。

"皇上可听过'行百里者半九十'这句话？"王振从身后小太监托着的漆盘中端过一杯参茶递给朱祁镇。

"先生的意思是说此时我们该趁势追击？"朱祁镇接过参茶狠狠喝了一口，才觉得气力渐渐恢复了些。

王振亲自将朱祁镇从浴桶中扶出，两旁自有小太监立即上前帮天子擦拭干净龙体又换上了轻软舒适的中衣。躺在宽大的紫檀雕花大床上，朱祁镇细细考量着王振话里的意思。

"皇上，现在传膳吗？"负责司膳的太监上前问道。

朱祁镇挥了挥手，"也不知外面的将士如何了？连日在大雨中行军，很多将士的身躯都被铠甲磨破了，如今大同城中一下子也腾不出这么多的房舍让他们休整，这湿衣服要尽早换下才是。你去，让他们多煮些姜汤让将士们服下。"

"是！"

王振站在床边摸了摸光溜溜的下巴，忽地笑了。

"先生笑什么？"朱祁镇莫名。

"老奴是在感慨，皇上如此仁德恤下，可外面那帮臣子却总仗着自己是永乐、仁宣三朝的元老，总是说皇上年幼，每逢在朝堂之上议事，总是对皇上的圣裁横加干涉、多方阻扰。唉，皇上的仁德竟换不来他们的尽心辅佐和发自肺腑的尊重，实在是可惜！"王振目中流露出无奈与踌躇之色。

朱祁镇点了点头，"先生说得正是，自从'三杨'过世以后，朝中除了先生，朕竟无可依、可信之臣，总感觉孤掌难鸣，唉！"

"所以，皇上才该借此机会乘胜追击，若能一举歼灭瓦剌、生擒也先，定然令龙威大振，满朝文武必会对皇上顶礼膜拜、莫敢不从！"王振面上是一夫当关万夫莫敌的忠勇之态，大大鼓舞了朱祁镇。

朱祁镇点了点头，刚要开口，只听室外奏报："英国公张辅求见！"

"英国公一定是来劝阻皇上北进的！"王振望着床边那盏巧夺天工的

琉璃灯，定定地说道。

"哦？先生莫非神机妙算？"朱祁镇似信非信。

"宣！"

英国公张辅入内，郑重其事地行了叩拜之礼。朱祁镇立即口称"免礼"，又命人赐座。

"此番出征，国公白发出山，跟着朕一起经风沐雨，看着老国公在雨中受苦，朕心里实在是愧疚难当！"朱祁镇亲自倒了一杯热茶，双手捧给张辅。

张辅大感意外，此次皇上在王振的怂恿下贸然出征，粮草、军械、车马均是捉襟见肘，又遇连日暴雨，大军行进实在是苦不堪言，这样的情形下再贸然出击与能征擅战的瓦剌兵相遇，后果实在不堪设想。此时军中人心涣散，百官议论纷纷，再加上许多兵士受了风寒，病痛在身又衣食不周，不由怨声阵阵。他原是受朝中重臣和皇家勋戚之托前来劝说皇上立即班师回朝的，想不到皇上竟然如此体恤，倒让他有些难以启齿。

"国公深夜见朕，可是有话要说？"朱祁镇面色越发和煦起来。

张辅看着他年轻俊朗的龙颜，只觉得十几天下来，天子面上也似乎清瘦了不少，不禁又想起昔日他父皇宣德皇帝朱瞻基也是少年天子，初登大宝便遇到汉王谋反，也是领兵亲征，那次是不费一兵一卒，一举成功，这一次会不会也如上次一般呢？

此念一起，张辅立即如坐针毡。他一生戎马，自然知道每一次战事都不可相提并论，不管对手是强是弱，都不能存有半分侥幸之心，于是肃然说道："皇上，我军七月十六从京城出发，十九日出居庸关过怀来至宣府。一路之上屡遇暴雨，以致行程一延再延，如今半月有余方至大同，早已失了先机。既然也先已经率军北退，我军可就此班师。此行已扬了天威，又震慑了瓦剌，已算功成！"

朱祁镇笑而不语，果然被王振猜中了，他侧身看了看王振。

王振开口说道："英国公此言差矣，何为功成？那也先狡诈至极，自知难以与我五十万大军相抗，这才匆匆北撤。可是他狼子野心不死，定会卷土重来。到那时我朝万千边境百姓又将惨遭瓦剌铁骑的践踏，皇上为天下之主，怎能坐视？我军正该趁此机会直捣其巢穴，让他无所遁形，俯首称臣，让北方从此再无隐患。这才是我们为臣之道。"

张辅乃武将出身，王振的口若悬河他是比不了的，可是听来总觉得哪里不妥，想来想去也不得其要，索性直言道："王公公所言有理。只是打仗讲究的是天时、地利、人和，如今我军三者皆损，实在不宜恋战。臣久经沙场，深知两军对垒常是虚虚实实。这也先撤退，安知不是想诱我军深入，从而再寻机歼之？"

"英国公的话很是有些意思，难道也先想以区区三万人的兵力来设个口袋，要吞下我们五十万大军？"王振笑了，他负手而立，缓缓说道，"那他的脑子真是被连日来的暴雨浸坏了。"

这话明摆着是指桑骂槐，英国公面上有些不悦，还要开口再驳，朱祁镇笑着点了点头，"国公的意思朕明白了，容朕再细想想，如今天色已晚，国公也早些安置吧！"

"皇上！"英国公张辅站起身，他还想再劝，可是王振却说道："皇上如此体恤英国公，英国公也该将心比心体恤皇上才是，皇上的龙体何其尊贵，连日急行已十分劳碌，原本早该就寝了！"

此语一出，英国公立即下跪行礼，"臣疏忽了，臣这就退下，请皇上早早安息！"

眼看着英国公退了出去，朱祁镇这才松了口气，他又重新靠在床上，只是这一次他觉得这床榻仿佛不那么舒适了，还分明有些硌人。

"皇上，如今朝中之势就如同刚刚的一幕，皇上体恤他们，可他们丝毫不感念圣恩，事事想着自己的得失安逸，却不见一个人真心为皇上筹谋！"王振忧心忡忡。

"谁说的？"朱祁镇驳道，"先生对朕难道不是真心？"

这句话倒真把王振问住了，他怔怔地立在床边，不知如何接语。

朱祁镇却笑了："先生这是怎么了？朕只是玩笑之言，还好有先生在朕身边尽心相佐，处处提点，朕才能明断，先生就替朕拟旨吧。"

"好！"王振面上大喜。

"命西宁侯宋瑛、武进伯朱冕领三万精兵为前锋，北上追击也先！"朱祁镇掷地有声地说完了这道圣旨，便两眼一闭沉入梦乡。

所以，对于王振如何传旨，传旨之后又将引起怎样的骚动，他都不得而知。

尚书王佐、邝埜整夜跪伏在屋外的草丛中请求皇上收回成命，立即班师回朝；军中一片混乱，怨声阵阵，只是这一切都被王振轻而易举地挡在了门外。

朱祁镇似乎真的累了，他睡得很香，也很沉。

北京紫禁城仁寿宫清心斋内，临着南窗的炕上铺着橘红色的棕垫，正中放着一张黑漆小炕桌，上面摆着一盏白玉金盖碗泡的金银花茶，盖碗被轻轻掀起放在旁边黄地白里万寿无疆的瓷碟子上，孙太后对着那杯黄白相间的金银花茶汤怔怔地发着呆。

万贞儿站在旁边拿眼偷偷望去，这茶碗是以上等的羊脂白玉精琢而成的，盖碗为黄金四层塔状，内中泡的是金银花。淡淡的茶汤与白玉、黄金相互映衬，显得清爽宜人。平日里孙太后最爱用的就是这套茶具，而在夏日里最常饮的也是这种茶汤，可是今儿这是什么了？孙太后竟然只看不饮。

慢慢地，茶碗上方不再升腾起徐徐的热气，那舒展开来的双色花朵也不那么鲜亮莹润了。孙太后望着茶汤愣了半天的神，到底也没有喝的意思。

万贞儿终于没能忍住，她轻移莲步上前，开口说道："太后，这茶冷了，贞儿为您换一杯吧！"

"什么？"孙太后仿佛猛然警醒，她摇了摇头。

万贞儿心中暗暗奇怪，太后面上依旧沉静温和，细细端详，只见她面上黛眉如画，朱唇如樱，容颜也依旧明艳绝伦，只是目光中竟带着几分孤傲冷清的神情，让人不由得望而生畏。贞儿正在纳闷，只听到外面有人高声奏报："皇后娘娘到。"

"宣！"孙太后终于把目光从那汪黄白相间的茶汤中收了回来。她现在心里着实很是有些懊恼，想不到自己这一次离宫去西山农庄避暑，小住了还不到半个月，他们竟闯下如此惊天大祸。

第五十四章　凄风愁煞人

钱皇后姗姗步入室内，她面上含笑，冲着孙太后盈盈一拜，口称："儿臣给母后请安，母后万福金安！"

原本该是一个万福之礼，一来孙太后从未计较过，二来更多的时候还未等她弯下腰孙太后已经让她免礼了，所以钱皇后只是含笑颔首，微微欠了欠身子。

可是这一次，孙太后却没有说"免礼"。她目光炯炯地紧盯着钱皇后，只见她今日穿得甚是轻便，没有穿那些描金画凤的大红礼服，只是内着一件大红蹙金抹胸，下配白色曳地长裙，加了件绿色宽幅裙绶，外罩嫩黄色的软纱披风，这身打扮看起来要多俏就有多俏，与往日端庄华贵的装扮比起来更多了几分娇媚，然而在孙太后眼中却是如此地刺眼。

孙太后迟迟没有叫起，也没有让钱皇后免礼的意思。

钱皇后稍稍一怔，面色微红，立即重新郑重行礼。

孙太后受了她的礼，这才让她在炕下的紫檀藤心椅上坐下了，钱皇后凝望着孙太后，再三斟酌了措辞方才问道："不知母后今日召儿臣来是所为何事？"

"所为何事？"孙太后目光一凛，柳眉深锁，"皇上出征这样天大的事情，为何要瞒着哀家？"

此语一出，钱皇后仿佛长长松了口气，心想原来是为了此事，她笑了笑，轻声慢语道："是皇上说先不告诉母后，等得胜归朝再将喜讯呈报给母后！"

"得胜归朝？"孙太后听了神色更是阴沉，"如何能得胜归朝？"

"母后？"钱皇后怔了怔，"皇上亲率五十万大军围剿瓦剌区区两三万兵马，怎么能不胜？再说了，这次朝廷自公侯以下勋戚众臣均随驾前往，更有永顺伯薛绶、英国公张辅、成国公朱勇、兵部尚书邝埜等久经沙场的老将助阵，自然是能马到功成、旗开得胜呀！皇上说了，少则半月，多则一月，定然会班师回朝的！"

"你知道什么？"孙太后一向温和淡泊的神色突然变了，"简直是胡闹！"

"母后！"这该是钱皇后自入宫以来第一次看到孙太后如此疾言厉色地对自己讲话，她立即慌了神，更加口不择言道："母后为何动怒？永乐朝时，成祖爷五次北征；宣德朝，父皇更是两次北狩、一次东征，皆是横刀立马所向无敌，皇上自然也会……"

"糊涂！"孙太后摇了摇头，目光中尽是懊恼与不满，"成祖爷是马上得天下，你父皇从小跟在成祖爷身边，十二岁起就随成祖爷远征漠北，他以幼冲之年即上阵杀敌，又得杨荣等贤人尽心教导用兵之术，深谋远虑，可说是得了成祖爷的真传。即使如此，你父皇在东征与北狩前还是殚精竭虑，每每都要与内阁元老、诸大学士和文臣武将细细筹划好些日子才能起兵。而祁镇，他懂什么？"

孙太后长叹一声，看着窗外淅淅沥沥的雨，更是忧心忡忡，"再说了，这北征也要看看节气，不论是成祖还是你父皇，都是选在春秋两季，气候干燥又不冷不热的，哪有人在盛夏时节出征的？如今又偏偏赶上雨季，这五十万大军非但不会占据优势，反而成了累赘，若是瓦剌派轻骑偷袭，这情况可说是凶险之极！"

孙太后的话在钱皇后听来是似懂非懂如坠云端，她真的有些糊涂了。因为皇上在临行前曾对她说过，这次亲征一定会得胜的，可是为什么在孙太后口中却是如此地凶险呢？

钱皇后心头一震，一时间心思百转，太后此时召自己前来问话难道是要怪罪？想到此，她立时慌了神，从椅子上滑落下来，跪在孙太后面前脱口说道："母后！皇上出征之事儿臣知情，可……可这不是儿臣怂恿的，儿臣谨记后宫不得干政的祖训，多一句话都没有说过！"

"哦？"孙太后眼中闪过一丝难以琢磨的神态，她紧紧逼视着钱皇后的眼睛，"听你话里的意思，是有人撺掇皇上？"

"是王振！"钱皇后听出孙太后话语中的分量，她的心抑制不住突突地狂跳起来。早就听说孙太后为人机敏擅断，她也明白自己能当这个皇后是太皇太后做主选定的，孙太后本不喜欢，所以她更怕被孙太后寻了短处，于是立即坦白道："这都是王振撺掇的皇上，他说这次是建功立业最好的机会。皇上少年登基，若不做出一两件惊天之盛举，怕天下百姓和臣子们未必会心悦诚服。此番出征若能一举平定瓦剌战事，皇上定会龙威大振，也定然会令万民称颂的！"

万民称颂？孙太后唇边涌起一丝苦涩，说不清是在笑还是在哀，她仿佛倦了，将手搭在雪青色的扶手上，冲着地上跪着的钱皇后挥了挥手，"你先下去吧！"

钱皇后从太后的语气中听出了冷淡与疏远，她心中不免有些怨恨，却又无可奈何，只得行了礼退了出来。

"太后！"几乎是与钱皇后前后脚，阮浪从外面风尘仆仆匆匆入内回禀。

"怎么样，见到国舅了？"孙太后立即问道。

"是。"阮浪将打听来的消息仔仔细细地叙说一番。

孙太后面色愈发阴沉，突然一只手狠狠地拍在桌上，那白玉镶金的茶碗"砰"地在桌上震动起来，淡黄色的茶水瞬时溢了出来，而孙太后腕上的翡翠镯子也因为撞在桌面上"啪"的一声裂成了几段。

"太后！"殿内殿外侍立在侧的宫女太监全都吓得变了神色，立即跪在地上大气也不敢出。

而孙太后却仿佛浑然不觉，谁也参不透她此时在想些什么。仿佛过了半盏茶的光景，她才再次开口道："你说那王振，是自阉入宫的？"孙太后突然问了一个与眼下之事毫无干系的话题。

阮浪怔了怔，立即点了点头，"王振原是山西蔚州人，早年也是进士出身，做过官，后因故被贬，仕途无望后遂自阉入东官侍奉太子讲读。"

孙太后面上阴晴不定，"怎么会是他？为什么会是他？"

阮浪不知道孙太后话里的意思，只得开口宽慰："王振在东宫时谦恭自守，常以圣贤之道教导、约束太子，颇得先皇与杨荣、杨溥等大人的赏识，他一心护主，应该是可靠的。"

孙太后仿佛想起了什么，"记得祁镇小时候有一次从御书房里逃出来与小宦官们偷偷玩蹴鞠，被王振碰到，他似乎当下劝阻制止，当时还被祁镇踢伤了腿，可有此事？"

"太后好记性！"阮浪连忙点头，"翌日一早，王振还当着大臣们的面提及此事，并入内禀告了太皇太后，因此得到了太皇太后的褒奖，也让文武百官赞叹他一心为公，不畏龙威。"

"一心为公？"孙太后腾的一下站了起来，正如一个男人一般负手而立，面上是前所未有的凝重。在屋中来回踱步之后，她突然停了下来，紧盯着阮浪问道："阮浪，皇上身边还有你信得过的人吗？"

"有！"阮浪一怔，随即郑而重之地点了点头。

"贞儿，研墨！"孙太后径直走到东次间书案前，万贞儿立即上前展开上等的贡纸，又研好墨汁。

选了一支常用的细杆小狼毫，孙太后匆匆挥笔而就，稍后便将写好的书信放入信筒之中，又命湘汀拿出一块玉佩一并递给阮浪。

"太后，这是当年先皇送给您的凤佩，为何？"阮浪心中十分清楚，这凤佩大有来历。那还是宣德三年立后大典时，宣宗朱瞻基命人特意打造的一对龙凤佩，如今龙佩已随朱瞻基长眠于地下，唯有这凤佩一真被孙太后珍藏着从不示人，今儿怎么会突然交到自己手上了？他满目疑惑，屈膝跪地。

孙太后知他所想，这才细细说道："你派得力之人将此封信函送到皇上手里，执此玉佩如见本宫，你的人就以本宫懿旨将王振就地正法。"

"太后!"阮浪跟在孙太后身边也有二十多年了,昔日一同入宫的生死兄弟王谨、范弘、金英都先后离开,分调各处,只有他一直记得宣宗的嘱托,所以他没有走,他会一直守护在孙太后身边。他一直以为他是了解她的,可是今天,他觉得她很陌生。

"皇上看到书信后会立即班师回朝。还有,你马上派锦衣卫将王振在宫内宫外的党羽悉数拿下。办妥之后,速宣于谦、孙继宗入宫晋见!"孙太后面上的神色让人莫敢不从,阮浪虽然心中存着诸多疑问,却二话不说立即下去照办。

孙太后却如同被抽干了气力,一下子跌坐在椅中,身子软绵绵的,只觉得眼前一片漆黑。

闭上眼睛,她再一次细想着,生怕错过了任何一个细节。为什么要杀王振?这还是她自执掌权柄以来要杀死的第一个人,会不会有错?一个不得志的文人,不过是为了做几件惊天动地的大事,也许他只是无心之过?

不会!她很快否定了自己,不能以妇人之仁去看待军国大事。她强迫自己镇定下来,强迫自己冷静地分析王振,分析祁镇此次贸然出征前前后后的过程和细节……

如果说一切只像外界所说的那样,王振怂恿皇上亲征不过是为了贪享弥天之功,那他只是愚蠢,罪不至死。会是这么简单吗?瓦剌为何要突然入侵中原?

永乐十八年,成祖朱棣迁都北京,实际上就是摆出了天子守关的决心和魄力,以期进一步震慑和压制漠北蠢蠢欲动的残元三部势力。永乐朝二十年间,成祖朱棣先后五次亲征,使得漠北残元势力遭受到了严重削弱。此后,他们一直没有大规模的入侵和战事。

到了仁宣两朝,宣德皇帝朱瞻基认为北方游牧之所以经常犯境入侵,是因为他们自身经济落后,手工业不发达,日用品缺乏。所以,他一改成祖朱棣时代对蒙古以攻代守、主动出击的策略,转变为镇守九边、互市往来的"以守为攻"的方针。这样,北方部落可以通过与中原进行贸易来获得他们所需的生活用品。自此,战事几乎绝迹。

此次祸事又是因何而起呢？孙太后从案上拿起阮浪刚刚报上来的一摞奏折细细查看起来，当最后一本奏折被她紧紧合上的时候，一切皆澄明于胸了。

北方部落与中原的贸易，除了马市，就是一年一次的朝贡了。马市贸易虽然简便，在边境上可以用驼马、毛皮换取明朝的瓷器、布帛等日用品；但朝廷明令，严格禁止铜、铁和兵器的交易。也就是说，并不是所有的东西都可以在马市上被换到。

而易货的最高形式便是"朝贡"，就是漠北鞑靼、瓦剌、兀良哈三部每年都向大明朝廷入贡驼马兽皮，朝廷进行估价给值，另外再给以大量赏赐。

近年来，瓦剌派入京城进贡的使团虚报人数、冒领赏赐，此事几乎已成为定例。作为司礼监掌印太监的王振主管此事，以往从不严查，直接照使团呈上来的虚报人数赏赐。可是今年瓦剌派贡使三千人入京，王振却突然心血来潮，一反常态地较起真来，不仅严格清点实际来人，核定赏赐，而且还大大压低了贡马的价格。正是如此，才激怒了瓦剌的丞相也先，瓦剌遂以明朝失信为借口挑衅，公开与大明朝廷反目，大举攻掠内地。

王振前期对瓦剌朝贡虚报之事不闻不问，而此次却突然严加盘查并公然羞辱贡使激怒也先，又在也先出兵后立即怂恿天子出征，更令人不解的是，他居然奏请皇上命公侯以下勋戚众臣均随驾前往。如今只有寥寥数位年轻官员留守京城，可以说大明此次是倾巢而出了。

这里面暗含的玄机，越想就越令人感觉毛骨悚然，孙太后此时才明白什么叫"一着不慎，满盘皆输"！

"自阉入宫？"孙太后苦笑道，"饱读圣贤书，进士门第儒士出身，官场九年上下钻营，这样的人，会是什么样的诱惑才能让你有如此大的决心自阉入宫为奴？难道就是为了要毁了大明吗？"

第五十五章　乾坤一朝变

王振坐在帐中喝着小酒，不时地用匕首在盘子里割下一块烤得焦黄流油的嫩羊肉，他心满意足地笑了，"真香呀，终于又能吃到家乡的风味了！"

立于王振身后，手执酒壶的小太监听了暗暗奇怪，王公公的老家在山西蔚州，这烤羊肉怎么会是他家乡的风味呢？

可是顾不得他多想，另外一名小太监则一脸谄媚地说着奉承话："王公公如今已是司礼监的掌印太监了。司礼监可是咱们内廷二十四衙门之首，统领着几千号人。皇上在人前人后又称公公为'先生'，这是何等的尊崇与荣耀呀！如今满朝文武，不论是一品大员还是皇亲国戚，均以公公马首是瞻。若是此次得胜而归，王公公自然是头功，您说皇上该如何封赏公公呢？"

手执酒壶的小太监也立马附和道："就是就是！永乐朝的郑和跟着成祖爷靖难起兵，后来又奉皇命出使西洋，以盖世之功被封为国公爷；宣德朝的范弘、金英、王谨跟着先帝爷东征立了功，得了免死金牌。这都是咱们阉人中的翘楚。可若论风光，谁能比得上咱们王公公呢？"

"行了行了，两个小猴崽子知道什么？别跟这儿碍眼了，都出去寻自在吧！"王振端起酒杯自斟自饮，神情十分怡然。

"是，谢公公体谅！"两个小太监刚刚走到门口，一掀帐帘，正与来人撞了个满怀。两人揉着眼睛一看，原来是兵部尚书邝埜、王佐，英国公张辅，吏部尚书王直，钦天监彭德清等人。

两人立即扯着公鸭嗓子喊道："兵部尚书……"

"喊什么你喊？这里又不是乾清宫！见他还需要奏报听传吗？"邝埜怒了，伸手扯下帐帘大步入内。

"哟，这是什么话说的？几位大人不请自来，莫不是闻到咱家这里的酒味？"王振坐在椅子上连眼皮都没抬，依旧是大口吃肉大口喝酒。

"王公公，文武百官五日前呈上的奏折皇上批复了吗？"王佐揖手问道。

"哟！好像没有吧！"王振微微抬了抬眼皮，目光从众人脸上一一扫过，依旧是漫不经心的神色。

"是没批？还是你根本就没呈上去？"邝埜扫到不远处书案上如同小山一般的奏折，不由怒火中烧，立即吼了起来。

"哟！邝大人别喊呀，再吓着老奴！"王振依旧不温不火，"皇上这两天急着赶路，身子倦得很，一早就传下话来，说是没什么大事，不让人打扰，所呈奏折也让老奴代为批阅！"

"什么？你胡说，皇上绝不会如此不知轻重！"英国公张辅也怒了。

"英国公说什么呢？"王振目露凶光，"啪"的一下扔掉手中油晃晃的割肉刀子，他站起身走到张辅跟前直视着他，"皇上知不知轻重，也不能由英国公来判定吧？"

"你？"英国公张辅伸出铁拳，几乎要砸到王振的脸上。

"打？打狗还要看主人呢！英国公刚刚辱骂了皇上，现在又要打皇上的宠臣，看来英国公真是吃了虎胆了？"王振居然迎着张辅的铁拳又向前走了几步。

钦天监彭德清见势不好，立即笑着上前将张辅推到边上，他双手一揖，对王振说道："王公公见谅，臣等有紧急军情要面见皇上，求了好几次都被公公挡下，所报的奏折也迟迟没有批复。臣等是担心，最近连降大雨，道路泥泞，堤坝溃败，这大军还未见到敌人就已经疲惫不堪，若是再往前走，怕是前途莫测。皇上身系天下，万不可以再向前了！所以臣等是希望能当面劝说皇上……"

"行了，别白费力气了！"王振一拂袖又重新坐回到椅上，目光扫视着几位大员，冷冷地说道，"圣意如铁，是绝不会更改的。"

"可是，这天气如此不济，如今兵疲将衰，若是与敌军相遇，怕是……"

"况且此番仓促出征，粮草辎重不周，又赶上连降大雨，这粮草全都被雨水打湿发生霉变，军中缺粮，士兵饥寒交迫，一路上皆有饿死者，这还未抵达前线就已怨声载道，毫无战意了！"

"好了，你们别再啰唆了！就算真遇到不测，那也是天命，与你们又有什么干系？"王振端起桌上的酒杯咂了一口酒，忽地笑了，"几位都是饱读诗书有大学问的干臣，没听说过'天将降大任于斯人也，必先苦其心智，劳其筋骨，饿其体肤，空乏其身，行拂乱其所为，所以动心忍性，曾益其所不能'吗？"

"你？简直是一派胡言！"

"如此执迷不悟，置皇上安危于不顾，你究竟安的什么心？"

"妄战必危！妄战必危呀！你这是要将我大明引向险境呀！"

……

在一片争吵声中，一个悲怆的声音响彻室内。

一个校官满身血污，跌跌撞撞地冲了进来，"我军前锋在阳河口遇到瓦剌铁骑，我军全军覆没，西宁侯宋瑛、武进伯朱冕、驸马都尉井源皆战死……"

"什么？"

所有的人都惊了。

因为天下承平日久，以至于这失败的滋味，所有的人都太久没有体会了，自然也就无从承受。

帐内立即陷入一片混乱。

"乱什么，诸位不是久经沙场的老将吗？自然知道'胜败乃兵家常事'的道理。我军三万先头部队虽然被歼，但是这与咱们五十万大军相比又算得了什么？不过九牛一毛。依咱家看，这倒是一桩好事。如此一来，众将士必定是知耻而后勇，战力大增，我们大可一鼓作气迎头而上，将也先打个落花流水！"王振举起酒杯，冲着诸臣笑了又笑。

在烛火的映衬下，他的神色竟有些说不清的邪佞。

这算是临危不惧吗？诸将开始反省自己，是自己这些年太过安逸了吗？怎么遇事反而没有一个太监冷静呢？

刚刚停歇了半日的雨此时又下了起来，豆大的冰雹转瞬而至，城中各处刚刚拿出来晒晾的粮草与将士们的衣服又被淋了个透湿。

居于驿馆正房内手拿孙太后玉佩的朱祁镇终于有些慌了。母后当真料事如神吗？远隔千里，她竟然料定自己会败？真是心有不甘，若非这鬼天气，大军怎么会陷入如此进退两难之境？

他年轻气盛，一心想着策马苍穹，打一个大胜仗令天下臣服，就这样撤军真是不甘心，可转念又一想到前方的战报，不由深锁愁眉，当真是"屋漏偏逢连夜雨"，西宁侯宋瑛、武进伯朱冕战死，三万精锐一夕之间全军覆没。

真是惨败呀！

年轻天子的面色异常苍白，这些日子他已然清减了许多，那双原本熠熠生辉的龙目如今似凝了千年寒冰，又加上龙颜阴沉，面无表情，让人看了越发觉得寒彻心扉。

"传旨，大军即刻整装，兵马南还！"朱祁镇挣扎了良久，然而终于违心从命。

"是！"自有太监下去传旨。

为朱祁镇送来孙太后密旨的禁军统领樊忠"扑通"一声跪在地上，正色说道："皇上，那王振……"

"王振何罪？太后久居深宫不知内情，想是受了小人挑拨才会让你秘密处死王振。朕已尊太后之命下令回朝，王振之事就暂缓执行，待回宫后朕自会与太后说个清楚。"朱祁镇面色越发苍白，神情却依旧清冷高傲。

"可是……太后旨意说得明白！"樊忠还待再讲。

朱祁镇忽地变了脸，原本失去光泽的乌瞳中射出了阵阵冷光，犀利刺人，像利刃一般要径直射入樊忠的胸口。

"你是太后的人？"他的语气依旧平缓低沉，但隐隐的杀气却丝丝缕缕地弥漫开来，让人寒了心。

樊忠听出皇上话里的意思，立即以头触地磕得砰砰作响，"臣是太后的人，自然也是皇上的人！"

"哈哈！"朱祁镇笑了，袖中握紧的拳头渐渐松了开来，神色中有些黯然，他挥了挥手，"下去吧！"

不知怎的，朱祁镇对于母后突然生出了些许的怨愤之意。

"皇上，请三思！"樊忠再次叩请。

"先帝遗诏：'国家大事务白于皇太后'，故朕听从太后之命从容撤军。可是杀不杀王振非国家大事，况且他只是一个奴才，这个主朕还做得！"朱祁镇眼中闪过一丝苦涩，正是这苦涩让樊忠犹豫了，他觉得皇上说得似乎有理，皇上毕竟是皇上，于是他没有再开口相劝，而是郑重行礼后悄悄退了出去。

第二日，五十万大军奉旨班师回京，留下广宁伯刘安镇守大同。

五十万大军浩浩荡荡地出发了，与来时的意气风发满腔激情不同，待到回程时，从王侯将相至普通士卒均心情沉重地闷着头跟着队伍向前走。

大军走了四十多里，队伍中突然发生哗变。

英国公张辅、大学士曹鼐、成国公朱勇、兵部尚书邝埜等人将王振的车驾团团围住，与王振形成对峙之势。

第五十六章　遗恨土木堡

"几位大人不去护驾，为何要拦住本座的车马？"王振依旧一副不温不火的沉静之态。

邝埜按捺不住心中的怒火，脱口道："皇上已下旨班师回朝，为何不直接走最便捷的返京路线，而是引着圣驾往蔚州方向走？如此不是越走越远，与京城背道而驰了吗？"

王振扫了他一眼，面上竟浮起了淡淡的笑容，"我道是什么，原来为了此事。绕道蔚州也可以返京，不过耽搁些时日罢了！"

见他如此不知轻重，张辅等老臣面上皆有愤然之色，曹鼐为人最是斯文，他立即开口斡旋："王公公有所不知，圣驾从大同出发时，大同总兵郭登曾告诉下官，返京南归，圣驾走紫荆关最为妥当。如今我们绕道而行，怕是会令瓦剌骑兵实施追击包抄之策，若是那样……"

"那样又如何？"王振目光炯炯，盯着曹鼐道，"曹学士也懂用兵？"

"这个？"曹鼐还未答话，张辅接语道："这里站的每个人，都是征战沙场几经生死立下过赫赫功勋的老将，难道我们这些人在你眼里居然不懂用兵吗？"

"老国公何必动怒！"见张辅急了，王振反而刻意温和起来，"你们久经沙场就应该知道，行军交战最重要的是出其不意。此番出征咱们小败一局，那也先等人必定生骄，定想一鼓作气追击我们。所以回程时咱们若是走最显而易见的捷径，怕是更会与他们相遇。我等死不足惜，可不能累皇上陷入危局呀！所以本座才奏请皇上绕路而行，远虽远些，可是也先他们定然想不到，这样我们即可甩掉他们的追击，从容返京。"

这话说得似乎有理，众臣面面相视，半信半疑。

成国公朱勇不以为然，他轻哼一声道："说得如此冠冕堂皇，谁不知你打的如意算盘！蔚州是你老家，你不过是想将皇上和五十万大军带回老家，好向左邻右舍炫耀一下你的威风！"

王振反倒笑了，他冲着几位大臣拱了拱手，又指了指路边的田亩说道："你们看看，这万顷良田眼看就到了秋收之际，五十万大军一过，这万顷良田都会毁于一旦，我这是何苦呢？"

"王振，就算你巧舌如簧，说得天花乱坠，我等也不会再任由你左右皇上，将大军引入危境！今日大军必须改道！"邝埜朗声说道，面上是不容质疑的坚定。

"哟！难不成你们想学陈玄礼，来个马嵬之变？"王振的面色突然阴沉下来，尖锐的嗓音中散出一种无形的杀气。

"如果你自比杨国忠，乱政祸国，我等学学陈玄礼又如何？"

一语不合，又成箭弩相峙之势。

不知是忌惮于老将军们的虎虎之威，还是自己想清楚改了主意，半个时辰之后，王振派人面见朱祁镇，大军调头改道，重新走上南下返京的捷径。只是在这一折一返的过程中，损失了数日。

然而正是这区区数日，便改写了大明王朝的历史。

大军行至狼山附近，不出所料，瓦剌军果然追了上来，面对近在咫尺的危险，朱祁镇听从王振的建议，命恭顺侯吴克忠领三万精兵殿后，又派成国公朱勇领五万兵马阻击，如此设下两道防线之后，便带着大军仓皇南逃。

八月十日，大军到达宣府，追兵暂时受阻，天也彻底放晴了，上下皆得到喘息，有重见天日之感。

此时对于是停是走，军中又有两派意见相左。

以张辅为首的老臣认为在宣府不必停留，补充粮草饮水之后立即急行回京；而王振和一班儒臣则认为危险已除，加之连日赶路兵困马乏，应该休整几日。

朱祁镇又一次听从了王振的建议，直到恭顺侯吴克忠、成国公朱勇被瓦剌军全歼的消息传来，才在一片慌乱中仓皇出逃。

此时的朱祁镇已然方寸大乱，除了下令快马加鞭急行奔袭，他不知自己还能做些什么？

八月十三日下午，大军行至一处名叫"土木堡"的小山丘暂做休整。

此处距京城三百里，距怀来仅二十里，眼看着就要重归京师，朱祁镇一直提着的心终于放下了。他此时只是觉得这次出征太过窝囊，他真不知自己该如何面对在京城留守的曾经冒死相谏劝他不要亲征的吏部尚书王直等官员；同样，他也不知该如何去天坛、地坛和皇陵、宗祠祭祀；更不知该如何面对后宫那些对他顶礼膜拜将他视为真龙天子的后宫妃嫔、如花美眷；最重要的是，该如何去面对母后呢？

这应该是自己登基以来，第一次独掌乾坤，而独断专行的结果竟然会是如此不堪！

唉，窝囊！他想。

所以军队停在土木堡，当百官们劝谏让他速速启程的时候，他犹豫了。似乎天地之间只有一个人能理解他，那就是王振。

他在百官一片劝进之声中力排众议，说运送粮草辎重的千余辆车队还未赶来，大军应该略做休整，待点齐车马后再启程。

就这样，在土木堡的林间，朱祁镇度过了一个不眠之夜。

八月十四辛酉时，朱祁镇下旨要车驾起行。然而此时，敌军已经逼近。

几十万大军被瓦剌军围在高坡之上，一时难以全歼，可是此处地势较高，附近没有水源，人马两日饮不到水自然饥渴难挨，全无抵抗之力。

英国公张辅等人力劝朱祁镇派亲信杀出重围，调宣府和怀来驻军相助，这样就会在也先的兵马外围再形成一个巨大的包围圈，如此内外夹击，里应外合，有望转危为安，反败为胜。

朱祁镇当即应允，立即派人去办。

正当所有人寄希望于援军，并在堡上深掘地井取水时，王振悄悄来到朱祁镇的大帐内。

"皇上。"王振脸上是前所未有的肃然与凝重，他冲着朱祁镇认认真真地行了三拜九叩的大礼。

如此郑重，倒让朱祁镇有些纳闷，"先生这是何意？"

王振以头触地，声响惊心，再抬起头时额头已然滴血瘀青，他坦然说道："今日累圣上陷入危困，奴才本当一死谢罪。可是奴才却不忍看皇上被小人蒙骗，误入歧途！"

"哦？"朱祁镇十分纳闷，"请先生说得明白些！"

"皇上想想，我军虽然三役小败，折损了十万兵马，可并未伤及元气。如今以四十万兵马在此，那也先就算是倾巢而出，不过三万人马。三万人马能围得住四十万大军吗？"王振眼中神色冷得有些怕人。

朱祁镇点了点头。

"这三万兵马将我们围起来，那么侧翼薄弱之处应该不过就是几百上千号人，只要咱们奋力出击相搏，这防线必定不堪一冲。反之，若我们在此死守待援，且不说怀来与宣府的兵马何时能到，时间久了，我们怕是要先渴死、饿死了！"

"先生高见！"朱祁镇如同醍醐灌顶，立即一派澄明，"还是先生一心为朕呢！"

于是，朱祁镇下旨，大军全由王振统领。

王振传令移动行营，越过壕堑向前行进，只是还未来得及与敌军厮杀，明军在绕行回旋之间，军伍已不成行列，号令全失，乱作一团，践踏死伤者不计其数。

如此混乱的场面，任是久经沙场的张辅等人也无从调度，唯有捶胸顿足、望天兴叹了。

突然，明军大营中一束礼花腾空而起，随后也先率领的骑兵如同从天而降，万马奔腾，杀声震天。

在一片昏天黑地的血肉厮杀中，明朝随军的文武重臣几乎死亡殆尽，恭顺侯吴克忠，都督吴克勤，成国公朱勇，永顺伯薛绶，英国公张辅，奉宁侯陈瀛，平乡伯陈怀，襄城伯李珍，遂安伯陈埙，修武伯沈荣，都督梁成、王贵，尚书王佐、邝埜，学士曹鼐、张益，侍郎丁铉、王永和，副都御史邓棨……，更有数十万士卒在混战中丧命。

谁能相信，军备完整的大明数十万军队竟被数量不过两万的瓦剌骑兵全歼了。

正统十四年八月十五日，注定是一个华夏民族历史上最难忘的日子。

"皇上！"禁军统领樊忠提着沾血的铁锤走到朱祁镇的龙辇前，"是王振！给也先报信的信烛是他点燃的！"

朱祁镇面色苍白，嘴唇青紫，他双肩微颤，一时间竟说不出话来。

"臣把他宰了！"樊忠双眼通红，"臣没能按太后的旨意一早杀了这个奸臣，如今误国误君，臣，万死！"

朱祁镇不明白他话里的意思，然而转瞬间，"砰"的一声闷响，樊忠手中的大铁锤照着自己的脑袋就砸了下去。

鲜红的带着温度的热血洒了一地，染红了土木堡，也染红了朱祁镇的世界。

他反而不怕了，震天的杀声中，他走下龙辇，一步一步走上不远处的小土丘。大明天子朱祁镇面对一拥而上的瓦剌兵，端然稳坐在地上，仰头望着苍穹，他笑了。

小太监喜宁以为自己眼花了，他使劲揉了揉眼睛，没错，那个穿着明黄色龙袍头戴金冠的是皇上，此时此刻，他比平时在乾清宫、奉天殿上朝时还要有威仪，这才是天子的气度、天子的风范。

眼看着挥起弯刀的瓦剌兵，小太监喜宁大喊道："也先何在？大明天子在此，谁敢造次！"

历史的成败与走势有的时候不是由智士能人所能左右的，往往会因为一个毫不起眼的小人物而瞬间发生逆转。

第五十七章　寒夜愁煞人

八月十七日晨，北征大军惨败，皇帝被俘的消息传至京城，宫内宫外立即陷入一片凄风苦雨之中。

乾清宫东暖阁内，孙太后坐在临窗的炕上，望着西墙下九龙屏前那张空空如也的龙椅，心中百感交集。

炕下十二张黑漆木椅上坐着朝中留守的大臣，为首的正是朱祁镇的弟弟，郕王朱祁钰。他现在面色苍白，惊魂未定，刚刚在早朝上发生的一幕想起来就有些后怕，看了看自己被撕坏的袍袖，他无助地瞅着孙太后，看着她依旧淡定的神色，才觉得稍稍有些安心。

刚刚早朝时，战报传来，所有的人都惊了，他们立即联想到的便是当年北宋王朝的"靖康"之变，群臣在朝堂上不约而同地做出的第一个举动就是号啕大哭，金殿上立即乱作一团。

更有义愤难平的武将上前揪出王振一党的太监马顺、锦衣卫指挥使王山等人，众人纷纷上前破口大骂，武将们更是对其一阵痛打，直至几人当场被活活打死。朝堂之上一片吵吵嚷嚷，大臣们再也没有了往日的风范，也忘记了身为臣子应守的礼仪和秩序。金殿成了斗殴场，年轻的郕王吓得脸色大变，虽有监国之名却毫无威信，他出言相劝，却无人听从。

他想宣布退朝却欲罢不能，无奈之下也不顾礼仪地夺门而逃，却被蜂拥相阻的大臣们拦截，以至于袍袖都被扯坏了。

消息传到后宫，引来更大的混乱，后宫的女人们除了哀号痛哭，就是收拾细软准备外逃。

孙太后来不及细想，一面命锦衣卫和禁军控制好内廷，又下令北京提督严守城门，全城戒严。

原本大家还不知道孙太后为何如此，很快他们就明白了，官员眷属们果然闻风而动，收拾好金银细软就想出城南逃，他们认为此时只有逃到南方，逃到南京才是真正的安全。

以雷厉之势封锁了宫门、城门之后，孙太后才命郕王召大臣来乾清宫议事。只是出人意料，众臣除了众口一词地要求严惩王振一党以外，竟然没有良策可献。

孙太后览视群臣之后，缓缓开口，"本后已下旨，诛灭王振族属。然而今日在朝堂上，马顺等人该死，群臣之激愤，本后也感同身受。只是越逢危局，越要执法有度，不能自乱其阵。百官在金殿上围殴他人致死，也属逾越。"

"太后教训得极是！"众臣纷纷附和。

孙太后微微点头，"今日殿上群臣过失不予追论，但自此之后诸臣各回衙署，做事要恪尽职守，不得偏废。值此非常时期，若是你们乱了，朝纲也会跟着乱，如此一来则民心大乱，局势也就无从收拾了！"

"臣等谨记在心！"

"对于当下的局势，本后想听听诸位的高见！"见诸臣对眼下局势的对策绝口不提，孙太后索性挑明直言。

又是一片寂静。

过了半晌，太子侍讲徐珵起身说道："圣上被俘，乾坤危急。也先骑兵距京城不过区区二三百里，若是挟天子犯进，我等无从抵挡。如今之计只有将京师南迁，到时借以长江天堑，或许可以反击……"

徐珵此语一出，众臣立即附和。

所有人的目光都投向了孙太后，仿佛只待她一声令下，众臣便立即收拾行装出发。可是偏偏她迟迟不做表态，从她波澜不惊的面上更看不出一点端倪，众臣不由疑惑，这真的是皇上的亲生母亲吗？于国于私，她真能如此镇定吗？

孙太后的目光掠过群臣，定定地盯在了兵部侍郎于谦的脸上，如今朝中可以倚靠的武将就只有他了，何去何从，只看他一句话。

于谦踌躇片刻起身跪地道："大明非前宋，皇上也非徽、钦二宗，我朝还未到迁都之绝境。京师为天下根本，一动则大势去矣，独不见前宋南渡事乎？"

只此一句，就够了。孙太后感觉到稍许的安慰。

虽然群臣中除了吏部尚书王直，锦衣卫都指挥使，自己的哥哥孙继宗以外，似乎所有的人都一边倒地倾向迁都，但是孙太后心中有底了。

她微微点了点头，把目光投向侧立在下首的阮浪。

阮浪大声宣读："奉皇太后懿旨，册立皇长子朱见濬为皇太子，命郕王朱祁钰监国，升兵部侍郎于谦为兵部尚书，统领督守京城防务，死守京师、寸步不让，绝不向瓦剌示弱。群臣若再言朝廷南迁者，死。传令大同、宣府、怀化等州郡，严守防务，若也先挟皇上于城下，不得开城相迎。"

这样的一道太后懿旨超出了所有人的想象。在突如其来的噩耗与前所未有的打击中，面对风雨飘摇的局势，孙太后来不及认真斟酌周详，却在第一时间做出了最正确的决断。

立皇子朱见濬为皇太子，是为了稳固大明国本。抄没王振的家，是以消弭民怨。升于谦并命郕王为监国，随后又及时晓谕各守镇边将，在瓦剌挟持皇帝朱祁镇到达时，不得轻易出迎或交战，是为了扭转危局、稳定乾坤。

这样的气度、这样的睿智，让所有人惊讶。此时此刻，他们才真正理解当年宣宗遗诏中那句"国家大事白于皇太后"的真正用意。于是，大臣们的心暂时定了下来，各自退下。

当乾清宫的东暖阁只剩下孙太后一个人的时候，又有谁看到她眼中闪过的点点晶莹呢？

"祁镇!"眼中噙泪,心中滴血,天底下所有的母亲都是一样的,只是可惜,她不仅仅是朱祁镇一人的母后,更是天下万民的太后。

所以,她要先保大局。

夜已经很深了,守夜的小宫女靠着殿门打着瞌睡,孙太后望着窗外的月光面色沉静,湘汀为她披了一件轻软的紫纱云纹缎裳,她知道太后在等一个人,等那人为她拿一个主意,如果等不来,今夜她是绝不会睡的。

"湘汀,去看看,阮浪该回来了!"孙太后轻语着。

"是!"湘汀有些疑惑,她竖着耳朵听了又听,没有半点声响,然而她还是顺从地走了出去。

"传令各宫门,阮浪可以骑马入内!"孙太后又补了一句。

"是!"

又过了半盏茶的光景,一阵马蹄声响在寂静的宫苑中,是那样的惊心。满面风尘的阮浪奔了进来,他从怀里掏出一个信筒递给孙太后。

那小小的竹筒外面湿湿的,自然是阮浪的汗,顾不得说上一句体恤的话,孙太后急急地取出书信,湘汀立即将烛火拨旺,孙太后展开一看,柳眉不由深深蹙了起来。

想不到这一次,许彬会和自己想得一模一样。

"釜底抽薪?"孙太后深深吸了口气,鼻子酸酸的,眼泪止不住地流淌了下来。难道真的没有别的办法了吗?

"娘娘!"湘汀与阮浪不明就理,想要安慰,却也不知该如何开口。

孙太后在案前又写了一封信交给阮浪,"八百里加急,差稳妥之人立即送给襄王!"

一向对孙太后言听计从的阮浪却迟疑了,他没有伸手去接,"太后,非要如此吗?咱们还有太子殿下,为何是襄王?"

湘汀这才猛然醒过闷儿来,她"扑通"一声跪在地上:"太后,不能呀,千万不能呀!还没有到绝境,咱们多准备些金银财宝,派官使去,一定能迎回皇上的!再说了,就是真有个万一,那也是要立太子呀!否则您是什么？皇嫂？百年之后，庙堂之上，哪有子侄拜祭婶娘的？"

孙太后凝视着他们，眼中神色说不清是欣慰还是幽怨。

她轻叹一声道："你们的心思我都明白，可如今若是太子即位，祁镇恐怕就永远都回不来了。再说现在的情势也不比先皇走的时候，咱们不能再立儿皇帝了。"

"这是为何？"湘汀越发糊涂了。

阮浪盯着桌上那苍劲的四个大字"釜底抽薪"，他豁然明白过来了，"是了，若太子登基，皇上就是太上皇，是大明的君父。也先一定以为奇货可居，更会以此要挟朝廷，自然也不会将人送回。可若是立了襄王，那就不一样了。皇上就成了旁系，普通的皇族，没有什么利用价值了……"

孙太后点了点头，她颓然地靠在椅中，"去吧！"

阮浪点头，立即下去照办。

湘汀脸上依旧一片忧色，如同蚊蚋般地低语着："可是，若真的没了利用价值，那也先会不会……会不会杀了皇上？"

孙太后闭上了眼睛，如今局势才真是两难。

第五十八章　幽居南宫忍

"太后娘娘！"宫女绮云跑了进来。

"何事？"孙太后只觉得心力交瘁，仍强打着精神直起身子。

"坤宁宫，皇后娘娘那里出事了！"绮云面色慌张。

"说吧，天塌不下来。"孙太后大致已经猜到了。

"皇后娘娘自从得到皇上遇难的消息之后便悲哭不停。今儿一整日水米未进，刚刚哭累了在床上歪了一会儿。不知怎的，想是在噩梦中惊醒，竟从床上跌了下来！"绮云叙述着。

"拣要紧的说，伤在哪儿了？有没有宣太医诊治？"湘汀在旁提醒。

"当时就疼得昏死过去了，刚请太医看了，说是伤了股骨！"

"什么？"孙太后自幼懂医，一听此心就凉了大半截，"那以后便不能行走了？"

"太医说虽然伤到了股骨，但不算太重，若是好好调养，以后走路无碍，只是会略有蹒跚。"绮云凭着记忆，认真学着太医的话。

"天呐！"湘汀捂住了嘴，"皇上出事了，皇后跌伤落下残疾，大明朝这是怎么了？"

"皇后自己可知道了？"孙太后面上神情静得出奇，依旧是淡淡地问道。

"是，皇后醒来以后听说了，又痛哭不止，晕过去好几回，如今是一醒过来就哭，直至昏厥！"绮云面上是无限的同情与悲悯之色。

孙太后轻叹一声："为妻，她算是有情；为后，却是不义。罢了，你去传我的话，让皇后安心静养。后宫诸事暂由周妃代理，如今我也顾不上她们了。"

"是！"

"还有！"孙太后神色微变，如水的美目中满是寒意与凛然，"传话给各宫，不许她们哀号痛哭。如今皇上蒙难，大局虽危，但还没到山穷水尽之时。作为皇家的女人，哭不是她们权利，更不是她们此时应该做的。"

"是！"

绮云对太后的话不太明白，为什么不让人家哭呢？唉，难怪人家说在宫里待的时间越长，这人心就越硬，虽然不明白，她还是立即下去依次到各宫传话。

第二日一早，载满贵重宝物及绣花绸锦的八辆马车悄悄出了北京城，是孙太后命人去拜觐也先，请求他放皇帝车驾南还。

孙太后此举无疑是缓兵之计，她一方面奉上珠宝派使臣和谈，另一方面又命人加紧京城及边关的防务，并从南方征调将士固防。

与此同时，瓦剌丞相也先正是春风得意。他在土木堡歼灭数十万明朝精锐军队并俘获明朝皇帝朱祁镇之后，便雄心大振，欲挟持朱祁镇进一步攻掠明朝北方各战略重镇，以图一鼓作气将明王朝吞没，光复大元。

北京城内，阴云笼罩。

朱祁镇虽然被俘，但他仍然是明朝皇帝，如果被也先挟持到各城防要隘，明朝守将很难处置，极有可能给瓦剌造成可乘之机，加重明朝的危机。

所以，当务之急，便是要另立新帝。所有的人都明白，但是他们不敢从自己的口中说出来。

对此，孙太后心如明镜，她也无须别人来指点。在她的面前，有两个新帝人选，一是襄王朱瞻墡，二是郕王朱祁钰。

她内心更倾向于襄王，因为她知道他的才学与抱负，更知道他的性情与治国经略，她甚至有些自责，当初在她的夫君宣宗朱瞻基去世时，也许真的应该从了太皇太后张氏的心愿，让襄王主政。

因为私心，因为爱，也因为承诺，所以她巧施计策，让自己的儿子成为了皇帝。也许这就是命，兜了一大圈，帝位还是他的。

孙太后看着太液池中的残荷败叶，面对满园的夕秋之景，幽幽地想着心事。

而面对第二次唾手可得的帝位之机，襄王朱瞻墡依旧选择了回避。他托人从封地给她带来了一个玉壶。好精美的一把壶，莹润可爱，光可照人，她拿在手里细细把玩，只听里面好像有些声响，打开壶盖一看，竟然愣了，里面是一粒莲子。

"一片冰心在玉壶？"她将那枚莲子放入口中，觉得尽是苦涩的味道。

原来他是想让她自尝苦果吗？她摇了摇头，细细体味着这莲心之苦，竟发现这苦中还带着丝丝甜意，以至于完全吞咽下去过了好久，唇齿依旧留香。

"淡泊如水，皎如月华，这样的你，坐在龙位之上倒是束缚了！"她懂了。

天地之间，茫茫人海，人与人的相知与相交，若没有爱，还能在淡泊中带着一丝体谅与牵挂，这是多么可贵而不可求的，偏偏让她遇到了。而她除了感恩，还能如何？

正统十四年八月二十九日，孙太后自仁寿宫清心斋传出懿旨，命郕王即皇帝位。

正统十四年九月初六，郕王朱祁钰正式登上帝位，并遥尊明英宗朱祁镇为太上皇，改明年为景泰元年，颁诏大赦天下。

消息传至也先耳中，他勃然大怒。原本对孙太后派出的几拨使臣，他都将礼物照单全收，但绝口不提放人与和谈。因为他知道，自己手中的朱祁镇奇货可居，握住他就等于是掌握了大明朝的命脉。

也先一直精心筹谋，想以此为饵一点一点蚕蚀掉大明，从而光复大元成就万世伟业。想不到从生擒朱祁镇到如今才不过二十几天，大明朝廷就另立新君了，如此一来，大局已定，他的计划还未来得及实行就胎死腹中了，实在是有些不甘。

于是，也先与幕僚细细商议了一番，便打着"护送太上皇回京"的旗号，绕过大同，陷白羊口，下紫荆关，一路破关斩将，刀锋直指京城。

在京城西北，也先安营扎寨，他并不急于攻城，而是遣使议和，要求朝廷派大臣迎接英宗入城。

为试探也先的诚意，新皇朱祁钰先是派礼部侍郎王复、大理寺卿赵荣入也先营中拜见太上皇。

然而此举却让也先勃然大怒，他厉声训责赵荣等人，要求换吏部尚书王直、兵部尚书于谦及石亨等重臣再行以帝王之礼，方能将朱祁镇迎回。

很显然，这是也先的诡计。朝中若遣重臣，怕他也一并扣留，后果更加不堪设想。

此情势下是打是和？摆在新皇和群臣面前的是一道难以抉择的题目。正在踌躇之间，从仁寿宫中传出孙太后懿旨："国家神器、万民福祉重于人君上皇。非常之期，切以大局为重。"

这样一道懿旨，孙太后无疑是将自己的儿子和孙子推到了危险之巅。从此，他们将远离皇位，甚至会性命不保，可是也正是这样一道旨意，得了民心也安了朝臣。

九月十三日，瓦剌军与明军在德胜门外正面交锋，展开了激战。依旧是阴雨飘洒、雷电交加，这一次，明军神机营以火器猛攻，骁勇善战的蒙古骑兵再也无从抵挡，纷纷落马。蒙古精骑大败而回，也先之弟孛罗也被火炮击中身亡。

初战，明军告捷。

九月十四日，瓦剌军进攻彰仪门，由内宫太监组成的死士在阮浪的带领下拼死出击，佯装溃散，将瓦剌军引至土城，明军与百姓们自发组织的民兵队伍纷纷攀上城头屋顶，向敌军飞投砖瓦，一时间呐喊声惊天动地，在巨大的声势中，瓦剌军回师撤退。

九月十八日，各路勤王之师相继赶到，也先担心腹背受敌，携朱祁镇火速撤退。

这便是著名的京都保卫战，此后，兵部尚书于谦立即整肃军马，重拾武备，收复了土木堡之变失陷的边关八座城池，使北方边防得以恢复。

北京保卫战不仅使中原百姓免遭外族的蹂躏与破坏，更因为在身处困境的危急关头，君臣庶民上下一心，同仇敌忾，令正统年间明朝在政治、军事上的积弊均得以清肃。

正如孙太后为新皇朱祁钰选定的年号"景泰"，正内含"好景常在，国泰民安"的蕴意。

而跟随瓦剌军队返回草原的朱祁镇则开始了他一生中最为忧郁的一段岁月。在也先营中，他乘牛车，住帐篷，喝马奶，吃羊肉，衣食尚足。离开了金香软玉的华美宫殿，没有了金殿之上的一呼百应、山呼万岁，不见了环肥燕瘦的后宫佳俪，有的只是无边无尽的惶恐与孤寂。

李后主、宋徽宗？难道自己就这样在风沙霜雪寒气逼人的大漠里自生自灭吗？心底的悲，伴着散发阵阵难闻恶臭的牛粪缓缓溢散开来。

母后……他想起了他的母后，那样机警睿智的母后会真正放弃自己吗？

不会！

朱祁镇对她的了解超过了对父皇、对祖母、对任何人。于是，对着帐内的孤灯，他笑了，母后还在，一切都还有转圜的希望。就像那散着刺鼻臭气的牛粪，任你再不喜欢，它还是在这草原上寂寂的长夜中为你带来难得的光和热。

景泰元年八月十五日晨，一轿二骑悄然进入安定门，没有人知道轿中之人就是曾经坐在龙椅上十四年的皇上——朱祁镇。

在土木堡被也先擒掠后，在茫茫草原上度过了整整一年的朱祁镇终于回来了。

没有想象中激动人心的重逢与喜悦，城门口没有百官相迎，宫门口也没有妃嫔跪拜，轿子悄无声息地被抬入紫禁城最南端的一处宫殿内。从此，朱祁镇这位太上皇被幽居于此，除了孙太后，任何人不得入见。

第五十九章　景泰弃前盟

景泰元年八月十五子夜时分，孙太后乔装步入南宫，看到离别一年幽居在此的儿子，她很想哭。

此时的他还不足二十四岁，但头发中竟夹杂了不少灰白色的银丝，而神情更是颓废得不行。

"母后！"像一个孩子一样，他匍匐在母亲的脚下，抱住她描金绣凤的锦袍失声痛哭。

窗外，原本正浓的月色仿佛害羞一般躲入了云层，天空越发暗淡无光，而室内昏暗的白烛轻轻摇曳，更是一派凄凉之景。

孙太后幽然说道："哭，是因为委屈！你怨母后把皇位给了祁钰？"

"没有，儿子没有！"朱祁镇猛地摇头，"儿子只是觉得无颜再见母亲。"

孙太后只觉得心口发闷，她强忍着心头涌起的酸楚说道："你怨母后，也是应该的。"

朱祁镇不知道，所有的人都不知道，他是如何回来的。有谁能想到三十年前在西山上遇到的那个脱脱不花，竟会是朱祁镇的贵人。

在稳定了朝局，打赢了北京保卫战之后，新皇朱祁钰临危受命、扭转乾坤，不仅令万民称颂，在朝堂上更得百官拥戴，此时的他如日中天已再难撼动，又有于谦等主战派力保，想要议和换回朱祁镇实在是难如登天。

皇位之侧哪容他人觊觎？新皇帝自然是不愿意迎回朱祁镇。即使是自己这个太后，也说不上话了。

孙太后无奈之下只得再次求助于许彬，由他带着珠宝和信物北上，偷偷联络瓦剌大汗脱脱不花，利用瓦剌内部的矛盾和争斗，由脱脱不花给也先施加压力，又命自己的哥哥孙继宗等人秘密联系朝中儒臣和英宗朝的旧人，以"君臣大义""天伦之礼"这样的道德之词相劝，可谓是大费周章。如此，才将朱祁镇迎回。

这中间的曲折与无奈，他能理解多少？

孙太后凝望着朱祁镇，"这场仗，是母后让你打的吗？"

"不是，是儿子自己不争气！"朱祁镇双眼通红，哽咽说道。

孙太后点了点头，"所以，不要有怨，更不要有恨。"

朱祁镇点了点头。

"如今你迁到南宫，母后没有什么可送的，只有这幅画，是当初你父皇亲笔所绘！"孙太后目光一扫，阮浪立即将手中的画卷在案上展开。

"是群狼捕羊图！"朱祁镇起身上前定睛一看，不由有些纳闷，父皇擅长丹青，可是多绘花鸟，很少画这样凶悍的野外之景，这是何意呢？

"母后的意思是，你要参透这幅画的精神，才有可能打赢以后的仗。"孙太后声音很轻，以至于在朱祁镇听了都有些不真切。

"不是让你去学狼子野心，而是要体会狼的性格、狼的智慧。在草原上，即使是狼，想要生存也不仅仅靠凶狠就够了，还要具有非凡的智慧。你知道吗？在捕杀猎物的时候，它们的每一次进攻都是有目的、有准备的，它们充满智慧，而且最令人钦佩的是它们极强的忍耐力。当狼要抓捕草原上奔跑速度最快的黄羊时，它们会在雪地里先等上一天，到了夜色降临，黄羊吃饱喝足跑不动的时候，狼再进行围猎。狼会把黄羊赶进大雪窝，再往下一压，让黄羊全部掉进漆黑的深雪窟窿里，自然可以将黄羊一网打尽。皇儿呀，你好好看看这幅雪狼图，什么时候看明白了，就开悟了！"

说完这句话，留下阮浪在此值守，孙太后姗姗而去，将朱祁镇的声声呼唤弃于脑后。这是她现在唯一能为儿子做的，越是冷淡他，越是对他不闻不问不理不睬，他才越是安全。

景泰三年，仁寿宫清心斋内暖炕上，孙太后坐在上首，湘汀沉着脸坐在下首，闷不作声。

"怎么了，是谁惹咱们湘汀嬷嬷不高兴了！"孙太后打趣道。

"我的上圣皇太后！"湘汀瞪大眼睛盯着孙太后，"都什么时候了，您怎么还有心思开玩笑？"

"什么时候？什么时候还不是一样吃饭睡觉？"孙太后从案上拿起茶浅浅抿了一口，不以为然地扫了湘汀一眼。

"他，乾清宫里那个！"湘汀用手指了指东南方向，"先是给他生母贤太妃上尊号，与您并称皇太后，紧接着还让咱们移宫。多亏贤太妃是个识大体的人，依旧住在自己的寿昌宫。可他呢？如今居然出尔反尔，敢冒天下之大不韪，废了咱们见濬的皇太子之位，另立他自己和杭妃所生的见济为太子。我看这下一步，您和上皇的安危……"

"湘汀，你入宫也快五十年了，如今也是一把年纪的老嬷嬷了，怎么说话这么没分寸？"孙太后目光扫着殿内，除了平日里比较信得过的绮云和万贞儿，如今这屋里又添了许多新人，看来这朱祁钰的帝位坐得真不踏实，总要将宫里宫外处处布上自己的眼线才能放心。

也好，既然你想听，我就说给你听。孙太后突然笑了，"要说还是皇上体谅哀家，知道哀家最疼见濬，舍不得他小小年纪就背着太子的名号处处受拘束。如今这样多好，想玩就玩，想吃就吃，乐得自在。这太子之位也好，金銮殿上的龙椅也罢，没坐过的人不知道，其实坐上去就如同在炙火上烤，片刻也不得清闲，谁有那个能耐坐就让谁去坐，咱们正好省省心。"

"太后！"湘汀还想再劝，孙太后冲她笑了笑。

那笑容湘汀很明白，就是了解。难道是自己要说的话，她都明白？

她真的都明白？湘汀有些狐疑了，景泰皇帝朱祁钰把朱祁镇幽居在南宫似乎还不放心，不仅在饮食规格上大大削减，还禁卫森严，不许任何人接近南宫，连每餐的膳食都是从门洞上的小穴中递送，可谓是用尽心机。

以庶子的身份登上帝位的景泰帝朱祁钰始终处于烦躁不安与极度的戒备中，他担心朱祁镇有朝一日会复辟，所以把在朝中同情朱祁镇的大臣纷纷寻机整治了，这次更是一意孤行废弃了孙太后所立的皇太子，改立自己的独子为新太子，只是此举不得臣心。

朝廷中包括于谦在内的众臣皆上奏劝谏，后宫中他的结发妻子汪皇后和生母吴太后都极力反对。得到朱祁钰准备改立太子的消息之后，吴太后立即命人将景泰皇帝朱祁钰召至寿昌宫。

吴太后面色清冷地盯着朱祁钰，像是在看一个陌生人。

朱祁钰有些不自在，"母后为何这样看着儿臣？"

"儿臣？你是谁的儿臣？"吴太后冷冷地说道，"我是在看，我想看得清楚些，你怎么会是我的儿子，想不到你竟会这样忘恩负义！"

"母后！"朱祁钰面色微红，"您也真是的，见济可是您的亲孙子，儿臣立他为皇太子，就是想把这至高无上的权力传承给自己的亲儿子，这哪里说得上是忘恩负义？"

吴太后怒极，"你别叫我母后！我只是一个弃奴，担不起这样尊贵的称呼！"

"母后！"朱祁钰慌了神儿，在他记忆深处，自己的母妃是最开朗的，从来不曾见她发过脾气或者是伤神悲泣过，今儿这是怎么了。

"你可知你父皇有十几位妃子，却为何膝下只有你和太上皇两个子嗣？"吴太后眼中渐渐湿润起来。

"儿臣知道，是父皇太过宠信上圣皇太后，所以才冷落了后宫诸妃！"朱祁钰缓缓说道，以前他不能理解，但是现在他懂了，就像是自己独宠杭妃一样，什么汪皇后，后宫其余的女人都被他弃于脑后了。

"不错，可是你父皇为何会独独留下你？"吴太后步步追问。

"因为父皇也是真心怜惜母后的！"朱祁钰不知怎的面色微红，是的，他有些不好意思。他知道在很多人眼中，自己的母亲来历不明，上不了大台面，他们都说她是父皇的宿敌，汉王府里的侍姬，因为靠美色迷惑了父皇才得以生下自己，还有人说，母亲不是汉人……

"你父皇当初留下你，只是为了给祁镇做个伴儿。"吴太后眼中噙着的泪水终于夺眶而出，"你父皇和上圣皇太后都是娘的恩人，娘虽然出身低贱，但是做事从不昧心。你能坐在龙椅之上原本就是天大的恩赐，莫要贪念过甚迷了心智，一错再错……"

"母后今日召儿臣来，就是为了劝儿臣把皇位还给他吗？"朱祁钰腾的一下站起身，"还记得当初我与他在御花园里比箭吗？他输了却不认账，我们厮打起来，母后不问对错，上来就给了我一记耳光。可是上圣皇太后呢？她会安慰我，会逼着他把云驹牵到我手上。她说得对，输了就要认。就像如今的局面，这皇位不是我抢来的，是他输了，他输了……"说完，朱祁钰一甩龙袍大步而去。

"痴儿，逆子，总有你后悔的一天！"吴太后心中是说不出的悲与怨，她恨这突如其来的战事搅了她平静的晚年，否则朱祁钰只是一个不问世事的亲王，而她则会守着自己的儿子在亲王府含饴弄孙，又怎么会陷入这是是非非中不能自拔呢？

吴太后的反对，诸臣百官的反对，甚至是枕边发妻汪皇后的反对都不能动摇他将至高无上的皇权传给自己亲生儿子的执念。走出寿昌宫的那一刻，景泰皇帝朱祁钰便暗下决心，自此以后再也不听任何反对意见，该是他独掌乾坤、一言九鼎的时候了。

第六十章　夺门之惊变

景泰三年五月初二，朱祁钰以迅雷之势连下数道圣旨：

废皇太子朱见濬为沂王，立皇子朱见济为皇太子。

废反对自己改立太子的皇后汪氏，立新太子的生母杭氏为皇后。

不过，似乎是为了在世人面前表示他对上圣皇太后孙氏依旧尊重如初，他还特意颁旨大封孙氏族人，同时追封以八十五岁高龄寿终的孙太后之父孙忠为会昌侯，并由孙继宗继承其爵位。

又封太上皇另两位皇子朱见清为荣王，朱见淳为许王，并下诏大赦天下。

由此，朱祁钰多少给自己加了些"仁义"的光环。

可尽管如此，就在他册立亲生独子为太子后，预示不祥的天灾与祸事就纷至沓来了。

进入六月以来，刚刚竣工的黄河沙湾大堤就被冲决了七十余丈，两岸水灾泛滥，殃及者无数。

紧接着，宫廷中门又遭受雷击，连伤数人。

在整个景泰三年间，淮徐等地洪灾、济南蝗灾、江南水旱相继，民饥忧困，哀鸿遍野。

从景泰四年冬至景泰五年正月，山东、河南、浙江、直隶、淮、徐等地大雪数尺，淮东之海冰四十余里，人畜冻死万计。

这一切似乎都在向世人预示着，新太子的册立于国是不吉之兆。

景泰四年十一月，被景泰帝寄于无限厚望的小太子朱见济夭折，葬于西山，谥曰"怀献"。

痛失爱子的景泰帝大受打击，朝臣们开始联名上奏，请求复立太上皇朱祁镇长子、前太子朱见濬为皇太子。这对于景泰帝来说，无疑更是雪上加霜。

他除了断然否决以外，就是加紧在后宫频繁召幸妃嫔，以求早得子嗣。但天意弄人，后宫被幸妃嫔众多，却无一人再次妊娠。

景泰五年五月，礼部郎中章纶、御史钟同奏请复立沂王朱见濬为皇太子。景泰帝大怒，他不信自己年纪轻轻就没了子息，立即下旨将两人关进了锦衣卫大狱。

景泰六年八月，南京大理寺少卿廖庄，再次上奏请复立沂王朱见濬为皇太子。景泰帝闻听，怒无可遏，当即令人将其拖到殿门外施以杖刑，同时将关押在狱中一年多的钟同、章纶乱棍打死。

景泰七年二月二十一日，集万千宠爱于一身的杭皇后病逝，景泰帝大受打击，颓然之际开始提前为自己营造陵墓，并为之取名为"寿陵"。

这一年，明朝的南北两畿（今江苏、河北以及京津一带）、江西、河南、浙江、山东、山西、湖广共三十个府，因大雨不断以致农田受淹。而湖广、浙江及南畿（今江苏一带）、江西、山西又有十七个府遭受大旱。北畿（今河北以及京津一带）、山东、江西、云南、河南连遭饥荒。

朝内朝外一系列不祥之事，昭示着景泰帝已日薄西山。

景泰七年腊月二十八日，新正佳节将临，朱祁钰却突然染病，半个多月不能上朝，并下诏让群臣免了大年初一的朝贺礼仪，宫内新正庆典也一概全免。

景泰八年正月十二，景泰帝强打起精神，来到南郊准备行祭拜天地的大礼，却不料病体难支，停宿于南郊斋宫。一时之间，皇帝行将不起的传闻不胫而走，满朝文武皆人心惶惶。

正月十四日，群臣集体奏请景泰帝早立太子，景泰帝不置可否。

正月十五日，武清侯石亨，副都御史徐有贞，都督张軏、张軏，左都御史杨善，太监曹吉祥密议筹备迎太上皇复辟，并在孙太后的默许下，联合隐于锦衣卫和禁军中的孙氏族人，于十六日夜控制了北京城的关键城防。

正月十七日凌晨，徐有贞等人冲入南宫，将朱祁镇拥入轿中，连闯数道宫门，终于在黎明前来到奉天殿。

这是新的一年中第一个早朝的日子，天刚蒙蒙亮，聚集在午门外等候早朝的百官听得宫中钟鼓齐鸣，以为景泰帝龙体康复，个个面带喜色，待众臣依次进入奉天殿内，才惊恐地发现龙椅上已经换了皇上。

来不及细想，随着礼官高唱"太上皇复位，百官朝见"，众臣立即诚惶诚恐地列班跪拜朝贺，山呼"万岁"。

至此，明英宗朱祁镇复位，废景泰年号，改元天顺，史称"夺门之变"或"南宫复辟"。时隔八年之后，朱祁镇重新坐在奉天殿的龙椅上，这一年，他三十一岁。

正月二十二日，明英宗杀景泰帝宠臣兵部尚书于谦、吏部尚书王文。

二月初一，废景泰帝为郕王，迁往西内。同时废除景泰帝生母吴氏的皇太后名号，仍称"贤妃"。

二月十九日，郕王薨于西宫，时年不满三十岁，以亲王礼葬于西山。郕王的妃嫔被迫殉葬，其中郕王元配汪氏因在景泰三年阻止其改立太子有恩于明英宗，故得以幸免。

三月初六，朱祁镇宣布将其长子朱见濬改名朱见深，重新立为皇太子。

五月，命孙太后之兄会昌侯孙继宗督五军营戎务兼掌后军都督府事，执掌统兵卫戍京师之大权。此前孙继宗已经以夺门之功进封侯爵，加号奉天翊卫推诚宣力武臣，特进光禄大夫、柱国，身免二死，子免一死，世袭侯爵。已故去的孙父孙忠，也被加赠太傅、安国公，改谥恭宪。孙太后之弟孙显宗晋都指挥同知，孙氏一门十七人被授官职。

尘埃落定时，不管曾经的恩怨积了几重，回首凝眸间难免会生出几分悲悯和感伤，朱祁镇扶着孙太后走出乾清宫，来到宫门口露台前的金亭中。

望着沐浴在朝阳中的金亭，孙太后半晌无语。

"母后，祁钰是病死的！"经过了八年的幽禁生活，朱祁镇变得更加少言寡语了。但是他内敛沉稳的功夫显然还是没有修炼到家，在与孙太后无言的较量中，他输了，所以他先开了口。

"皇上！"孙太后哑然，"你在怪他，也在怪母后！"

朱祁镇并没有马上否定，他只是木然地摇了摇头。

"别怪母后，也别怪祁钰。祁钰在乱局危困中承继大业，于国有功，于民有义。虽然对于你，他做得有些过了，可他终究是没有痛下狠手。你想想，在他膝下无子的情况下，你却在南宫接二连三地诞下皇子，若他真是想赶尽杀绝，让你绝子或是暴毙，他做得到。"孙太后缓缓说道，她轻移凤履，一步一步缓缓走下石阶。

置身在金亭之中，看不到它的特别之处，可是走得远些回眸而望，才发现它是那样地神圣。这两座镏金铜亭坐落在乾清宫露台两侧的石台之上，金殿深广各一间，圆形攒尖式的上层檐上安有铸造古雅的宝顶，象征江山社稷掌握在皇帝手中，所以才被称为江山社稷金殿，也称金亭子。

"母后，今日带儿臣来这金亭中问话，是否想要当面训诫、提点儿臣？"朱祁镇仿佛悟到了。

"祁钰是个聪明的孩子！"孙太后望着朱祁镇缓缓说道，"有的时候，他比你聪明。所以母后想让他得以寿终正寝！"

"母后，儿臣在南宫的时候确实无数次想过要亲手杀死他，可是当儿臣出了南宫，重新坐在金殿上俯视群臣的时候，儿臣改了主意。能再次主掌权柄，实属上天厚眷，儿臣若不能励精图治、造福社稷与苍生，倒不如永远被囚于南宫的好。所以，儿臣不会为了泄私恨而害了二弟。"朱祁镇目光炯炯，在明媚的太阳下闪出异样的光泽，让人不能置疑、不能不从，这便是天子的龙威吧。

听到他再次称朱祁钰为二弟，孙太后笑了，如朝霞般绚丽的笑容，"如此，甚好。"

"还有于谦！"朱祁镇面色沉静泰然说道。

经历了太多的事事非非、起起伏伏，他已经能将孙太后心中的担忧与疑虑猜度的差不多了，所以他才能如此坦然以对："也许臣子和百姓们会认为朕处死于谦只是为了使'夺门之变'师出有名，是为了打击二弟，为了报复。可是他们想错了，于谦对大明的功勋是任何人都不能抹灭的，即使是朕，也不能。只是，自父皇时起他就倍受倚重，北京保卫战后更是功高盖天，于乱世中力挽狂澜他当仁不让，可他为人太过刚毅，处处以卫道士自居。所有人都不入他的眼，处事固执己见又不能顺机应变。这些年他太过专权，干预六部，凌厉无情，颐指气使，在朝中与百官积怨甚深。他，与太平年间以德治世的为官之道格格不入，所以……"

"这是你的说辞，却不是百姓心中所想，更非日后史书所载"。孙太后脸上的笑意立时褪去，她冷冷地注视着朱祁镇，"你听到的凌厉无情、格格不入其实只是一介忠臣的风骨与操守，你忘了——没有于谦就没有今日的大明江山。于谦之死，天下至冤！"

朱祁镇神色一滞，极为复杂地对上母亲的目光："是，这是儿臣的说辞，其实儿臣也有过挣扎，也曾想只将他罢官，可是——"

孙太后长长地叹息过后，无限惋惜："心若无魔引不来外鬼，旁人是左右不了你的。你是经过战乱、当作囚徒、受过种种磨难而重生之人，你的心胸应该更宽广、心智更坚定，若你能容下于谦，甚至比祁钰更加重用他，你便会得到世人更多的尊重，可惜，你终究没有敌过自己的小心思。"

朱祁镇面露惭色，点了点头："是，于谦不死，儿臣复位之名不正"。

孙太后点了点头："这就是了，错就是错，不必找寻借口。于谦之死、国失栋梁，天下寒心。你记着，他是你重获皇位后冤死的第一人，也必是最后一人。否则，你便是辜负了母后、辜负了天下、也辜负了你自己"。

朱祁镇神色凝重地应承："母后放心，儿臣再不会了。"

孙太后长长地松了口气，转而久久地凝望着金亭子，看着那象征着江山社稷的金亭子，她仿佛像是看到了另外一个人。

昨天收到他的传书，他新得了一个孙子。他给他起名为"帝元"，只是奇怪这孩子不姓许，也不姓赵，而是姓"尹！"

"尹帝元 – 隐元帝！"她现在懂了。

他是用这种方法在告诉她，他们代代传承下来的不是曾经尊贵无比的宋朝国姓 – 赵姓，也不是所谓的皇室血脉，而是一种信念，一种责任，更是一种能力。

强国之心，复国之力。

他们隐帝于朝，让大明的朱姓子孙永远如芒刺在身，永远不能懈怠，这样才能励精图治，令天下安，百姓安，国运昌。

番外

历史迷雾之阴夺宫人子

天顺二年春。

仁寿宫清心斋内，周贵妃带着皇太子朱见深来给孙太后请安。见礼之后，朱见深一双酷似祖父朱瞻基的漆黑眸子怯怯地凝望着孙太后，面上神色忽明忽暗，仿佛欲言又止。

孙太后看了，脸上露出和煦的笑容，索性开口问道："见深，有何事须得如此闪烁其词，想说什么就说吧！"

"是！"朱见深拱手行礼，眼睛仍紧紧盯着孙太后，"皇祖母，孙儿在父皇宫中，听见母后与父皇说，父皇不是皇祖母亲生的，乃是阴夺宫人之子。"

周贵妃吓得脸都白了，从旁拉扯着朱见深："皇儿疯了吗？这样的话，岂敢在太后面前瞎说！"又连连叩首道，"母后恕罪，都是臣媳管教无方，才让皇儿冲撞了母后！"

"无妨！"孙太后面上神色是一如既往的慈祥和蔼，"心中有惑，直言相问，求得真相，何错之有？见深此举，比你父皇强多了。如果今日是他来问哀家，哀家才会觉得欣慰。"

"母后！"周贵妃心中万分惊恐，直愣愣地盯着皇太后，此时竟忘记了所谓的规矩。

朱见深也目不转睛地看着孙太后："皇祖母，其实您是否是父皇的亲生母后，孙儿并不在意，皇祖母对孙儿教诲与悉心抚育，孙儿永远感铭在心。只是……"

孙太后微微笑道："只是如芒刺在身，不问个清楚，恐怕连觉都睡不安稳了？"

朱见深低头笑了："还是皇祖母最了解孙儿！"

孙太后点了点头："孙儿还未成家立室，也没有生儿育女，自然不知，可是你母妃是清楚的。在宫中怀胎、生子，宫中的女官、医正、教养嬷嬷，每三天一问诊，每五天一请脉，而且时常轮换，皇祖母怎么可能在那么多人面前瞒天过海？况且生产又不在自己宫中，都在专门的月子房中，侍候的人也不是自己宫里的近侍，都是太后派来的老人。就算哀家当时有心做假，过得了底下人这关，但能瞒得了皇上吗？就算皇上宠我，爱我，与我一道隐瞒，那张太后也未必肯帮我这个忙。"

朱见深扭头看着周贵妃，周贵妃点了点头："正是呢，别听外面人瞎说，什么十月怀胎，在腹中藏个枕头，这绝无可能！莫说是医正们要把脉，就是嬷嬷们也要听胎心、看胎动，绝对是瞒不了的！"

孙太后又说："说是阴夺宫人之子？须知就是宫人被临幸，也是要记录在案的，事后留与不留全凭皇上的圣言。再者，这时辰、地点、值守的太监宫女，都要由敬事房和负责司寝的女官分别一一记录在案，两下相对，核实无误才行。在宫里，这一人有孕产子，牵连着上上下下几百口子人，哀家怎么可能堵得了这悠悠众口？"

朱见深想了又想，仍有些疑惑："都说无风不起浪，为何宫内会有这样的传闻？"

孙太后笑而不语，只把目光投向了周贵妃。

周贵妃思忖片刻便恍然明白了，她立即跪在孙太后面前："是儿臣连累了母后！"

朱见深见自己的母妃如此说，更是似懂非懂。

周贵妃面冲儿子问道："皇儿，你说此话是从何处听来的？"

"是钱母后与父皇说的！"朱见深老实答着。

周贵妃叹息道："痴儿，你仔细想想，若是以后你媳妇跟你说，你不是母妃亲生的，你会如何想？"

朱见深愣住了："怎么可能？我的媳妇？现在在哪儿？母妃生我育我之时，她还不知在哪个娘的肚子里呢？她怎么会知道？"

朱见深快人快语，倒把孙太后逗笑了。

周贵妃也笑了："母后，果然是臣媳连累您了！"

朱见深恍然大悟，这才明白这传闻的真正内因。如今自己的母妃因为母凭子贵而被封为贵妃，又深得皇祖母垂爱，在后宫之中的声望与威信显然超过了父皇的原配钱皇后。钱皇后担心她自己会得到与胡善祥相同的命运，这才想办法离间构陷皇太后。如此一举数得，一方面构陷了太后，再者令母妃在宫中失去这柄保护伞，三来还可让父皇明白，母以子贵废后而立宠妃的种种害处，这样才能最终保全她自己。

这样阴狠的心机，朱见深实在不齿，遂说道："皇祖母，既然钱母后如此诽谤您，又离间父皇与您的感情，为何不召父皇言明事实，重重处置于她？"

孙太后目光悠远，淡然说道："孙儿啊，这世上的事，并不是对的就要奖、错的就要罚，很多时候不得不混沌处之。那钱氏，心胸不大、心计不少。只是这些年来，她伴在你父皇身边，也算尽心。如此种种，只为自保，也掀起不了多大的风浪来，如果此时哀家召你父皇前来言明真相，一则恐有越描越黑之嫌，二则也令你父皇为难。若是废了她，毕竟是患难夫妻，有累圣德。罢了，罢了，随她去吧！"

朱见深点了点头，面上微微踌躇了片刻，仿佛释然了。他走上前去，紧挨着孙太后坐下，像儿时那样倚在她的怀里，仿佛在撒娇，可是偏偏神情却十分凝重，他低声呢喃着："皇祖母，您会永远守在我身边的，对吗？"

孙太后搂紧怀中的英俊少年，目光有些悠远，唇边浮起淡淡的笑容，最终，什么也没有说。

天顺六年九月四日，孙太后在仁寿宫清心斋寿终正寝，享年六十三岁。

同年十一月初三，孙太后祔葬景陵，与宣宗皇帝朱瞻基实现了生则同眠、死后同穴的誓言，也成就了这段真实记载于大明史册中感人至深的帝后情缘。

历史上关于大明宣宗皇后孙氏的记载：

孙氏，山东邹平人，幼有美名。父孙忠，永城主簿，母董夫人，兄孙继宗。

永乐八年（1410）经仁宗后张氏之母彭城伯夫人推荐，孙氏初入东宫专侍皇长孙朱瞻基，青梅之恋自此而始。

永乐十五年（1417）永乐皇帝朱棣下旨册封山东济宁胡善祥为皇太孙妃，孙氏则只被册封为嫔入皇太孙府以妾侍朱瞻基。

永乐二十二年（1424）永乐皇帝驾崩，洪熙帝朱高炽即位，朱瞻基被册封为皇太子，胡善祥为太子妃，孙氏为太子嫔。

洪熙元年（1425）洪熙帝崩，朱瞻基即皇帝位，改元宣德，册孙氏为贵妃，并破格颁金宝。孙贵妃则成为大明朝第一位既有金册又有金宝与皇后比肩的贵妃。

宣德二年（1427）十一月十一日，孙贵妃生宣宗皇长子朱祁镇。时隔八天，文武百官纷纷上表称贺，奏请立为皇太子。

宣德三年（1428）正月十五，未及百天的朱祁镇被宣宗皇帝朱瞻基册立为皇太子。

宣德三年（1428）二月，宣宗皇帝下旨废胡皇后，命其退居长安宫。三月初一，册封皇太子生母孙贵妃为皇后。

宣德十年（1435）正月初三，宣宗皇帝病逝于乾清宫，享年三十八岁。正月初十，孙皇后嫡子朱祁镇即位为明英宗，改元正统，尊其母为皇太后。

正统十四年（1449）八月十五日，发生了震惊中外的"土木堡之变"，御驾亲征的明英宗被瓦剌军俘。孙太后审时度势，命英宗的异母弟——宣宗次子郕王朱祁钰由监国而即位，此为代宗皇帝，改元景泰，上孙氏尊号为"上圣皇太后"。

景泰八年（1457）正月，被代宗朱祁钰一直幽居于南宫的"太上皇"英宗朱祁镇，在孙太后的暗助下复辟成功。英宗复位，改元天顺，史称"夺门之变"。英宗为孙太后上尊号"圣烈慈寿皇太后"，首开明朝后宫徽号之例。

天顺六年（1462）九月，孙太后寿终，上尊谥为"孝恭懿宪慈仁庄烈齐天配圣章皇后"，同年十一月与宣德帝合葬景陵。

从八岁入宫至六十三岁寿终正寝，这位来自山东邹平的寒门女子在大明后宫中沉浮近六十年。她历经永乐、洪熙、宣德、正统、景泰、天顺五帝六朝，目睹永乐盛世，亲历仁宣之治，驾驭正统年间的"土木堡之变"及景泰年间的"夺门之变"，开创了大明皇后不干政却功在社稷的旷世传奇，也缔造了一段隐于史册又令人津津乐道的帝后之恋。

番外之明英宗

天顺八年正月十六，朱祁镇一早睁开眼睛，突然觉得四下里模模糊糊的，看什么都不那么真切，他想喊人来侍候他起床，可是他的嗓子像被糊住了一般，说不出来话了。

难道是自己的大限到了？

仿佛一瞬间，朱祁镇笑了。他重新闭上了眼睛。

三十八岁，和父皇走的时候一般大。

这样也好。

就这样走了吗？

他细细想了想，还有什么未完的事情？

皇太子朱见深已经十八岁了，十八岁，是能担起这副担子的时候了。

钱皇后，那个身有残疾目不能视，一直病恹恹卧床静养的钱皇后，她若知道自己行将不起的消息一定又会痛哭不已。想起钱皇后，朱祁镇心中暗暗难过。母后说得对，她心胸不大、心智不明，只算个小女人，原本是做不得皇后的。可她毕竟是自己结发的妻子，也算共患难过，虽然一生未曾生育，平时又总受皇太子生母周贵妃的挤对，如今若是自己真的走了，她还能独自存活下去吗？

朱祁镇伸出手，旁边的近侍太监牛玉立即上前。

朱祁镇指了指自己的龙枕，牛玉会意，龙枕后面放着一个锦盒。那是朱祁镇早早备下的遗诏，他的一生经历了太多的起伏与变故，所以他比常人更有忧患意识，这份遗诏也是他早早拟好的。

"朕上荷天恩，承祖宗庇佑得掌大宝，即位至今二十二年，于江山社稷未有寸功，实愧对祖宗，今行将不起，特传位于皇太子……皇后钱氏，名位素定，嗣皇当尽孝养以尽天年……他日寿终宜合葬！"

朱祁镇无声无息地在心底默默感慨。

是的，明朝诸帝中，出生不足百日即被册立为皇太子，他是第一人。

九岁即位，两次改元、两次称帝，在历代帝王史上他也是绝无仅有的。

一生引以为耻的是曾被外族生擒，后又得以重返故土，然而幽居冷宫七年，韬光养晦一举夺门成功再登帝位，也是空前绝后的。

在自己岁的一生中，有七年为太子、二十二年做皇帝和七年幽禁、一年为囚的经历，这其中有着太多的故事和悲喜。

他是幸运的，在朱门宫阙内，他的父皇和母后给了他如同寻常百姓人家的亲情、慈爱、疼惜和祝福，没有过多的苛责与管教，他有一个快乐的童年。专情的父皇把全部的爱都给了他和他的母后，所以在他的世界中没有兄弟争宠、阴谋构陷和醋海生波。

他又是不幸的，带着少年壮志与雄心伟略第一次御驾出征，没有期许中的策马驰飞、所向披靡，有的只是土木堡血肉横飞的厮杀场面，从高高在上的天子一夕之间成为异族蛮夷的阶下囚，在凛冽的大漠寒风中满眼尽是一望无际的凄清苦楚，像一场噩梦。

他是幸运的，因为母后的运筹帷幄，他终于得以回朝。

可是不幸却接踵而来，满心欢喜重归故里，然而却忽闻原本属于他的龙椅上已经换了别人。走的时候是金龙华盖金光焕彩的御辇龙车，而回来的时候只以一顶小轿悄悄抬入南宫。从此，他在形同冷宫的破旧殿阁中度过了一个又一个漫漫长夜。

南宫的日子冷清而寂寞。

苦，不仅仅是衣食寝居，还有时时的惶恐与不安，唯恐睡梦之中就会被一条白绫结果了性命，每天晚上闭眼之前总要细细地看一看枕边之人，因为他不知道自己还能不能醒来。

想过要逃，可怎么能逃？

夏日里，他喜欢独坐树荫之下，因为小时候，父皇和母后常常抱着他坐在太液池畔的树荫下乘凉，母后会亲手做一碗冰镇杏仁豆腐喂给他吃。想一想，就觉得畅快极了，仿佛暑气全无，人也精神起来了。

可是，只能是一想而已。因为第二天，南宫里所有的树木都被砍光了。骄阳如火，让他无处躲藏。新皇帝怕有人借着繁密的树枝偷攀进来为他传递消息，更怕他借此逃脱。

真是太高看自己了，朱祁镇无声地笑了，笑容里有苦涩、有无奈，更有释然。

想想自己走过的三十八年的光阴，既有少时不知愁滋味的放纵，身为年轻天子的意气风发、随心所欲，也有壮年时失去自由被幽禁一隅的孤寂落寞和凄苦无助，还有痛定思痛、韬光养晦暗中筹谋再夺皇位后的勤政与劳碌。

曾经，他是一个不折不扣的失败者，他曾经以为他会带着这样的遗憾离开人世，可是上天待他究竟不薄，又给了他重新来过的机会。

他笑了，笑得很是灿烂。

也许，他算得上是个强者，至少现在，他能够领悟母后送给他的那幅《雪狼图》的真正意境了。

大明天顺八年正月十七日，明英宗朱祁镇去世，结束了自己跌宕起伏、两度称帝、充满是是非非的一生。而这一天正是他重新执政七周年的日子，在他留下的遗诏中有一条令世人震惊，即由他开始，大明后宫从此废除宫妃殉葬制度。

也许这是明英宗在经历过磨难之后对生命的全新领悟与尊重，也许这是他父皇留给他的仁德之举，他也正因为此，而被后世冠以"仁义"二字。

英宗也许早就知道，后世永远不会将他忘记，因为他的一生牵涉了太多的故事。历史上毁誉参半的孙皇后是他的母亲，开创明朝中兴之治的宣德大帝是他的父亲，既无子嗣又无贤名且身有残疾的钱氏是他的皇后，与比自己年长十八岁的宫女共同谱写下不伦之恋的成化皇帝是他的儿子。

尾 声

天顺八年正月二十二日，皇太子朱见深正式即皇帝位，改明年为成化元年，史称宪宗。

此时，尽管宫中尚有关于先皇朱祁镇不是孙太后亲生的传言，但这种传言并没有影响新皇帝对孙氏族人的恩宠。

朱见深即位后，已故孙太后之兄孙继宗得到了进一步提拔重用，被委以"提督十二团营兼督五军营，知经筵事，监修《英宗实录》"的大任，"朝有大议，必继宗为首"。

以孙继宗为首的孙氏族人秉承了孙太后"谦谦之心，清者自清，不事张扬"的品格，在监修《英宗实录》时没有刻意地夸大孙氏一族在宣德、正统、天顺三朝的功绩，相反对孙氏一门的记载十分简单，并力求客观。孙继宗深知物极必反的道理，在恪己奉公的同时一再请辞引退，结果新皇帝"优诏不许"。

孙继宗八十五岁高龄谢世，死后被追赠"郏国公"，谥"荣襄"。

纵观中国历朝历代，外戚得宠荣耀宗族却无乱政之谋并最终修得善果的，似乎也仅孙氏一门。

由此也从另一个侧面印证了孙太后高洁谦和的品格，她的所言所行真正诠释了"母仪天下"的内蕴，做到了以宽厚博爱的胸怀来关爱天下臣民，以睿智明达的气度于禁宫深处运筹帷幄、力挽狂澜，维护江山社稷的和谐稳定；更以豁达淡泊的心境将是是非非宠辱功过悉数放下，留待后人评说……

宠辱不惊，看庭前花开花落；去留无意，望天空云卷云舒。

据传，孙太后辞世后的第十日夜晚，天无云，明月朗，宫中守灵之人闻听西北方有声如雷。

也许，在天际的另一端，有一位飘逸素雅的女子着一袭碧衣白裙，坐在绿荷漫香的湖畔弹拨琴弦。

如同潺潺淙淙流水之音的琴曲宛如远处飘来的天籁……

一缕恬淡与闲适浸染在每一个音符中，藏岁月底色、沁悠然禅意，神怡远播……

结束语

明朝十六帝共同谱写了中国历史上一个重要的阶段，从朱元璋率军推翻元朝统治在南京称帝起，到崇祯皇帝被李自成的义军推翻自缢于煤山止，朱明王朝存续了 276 年（1368—1644）。

自命为"奉天承运"的大明皇帝认为汉唐才是最正统最美好的时代，所以他们把"四书""五经"奉为立国之宝，把《通鉴》中所阐述的历朝历代兴亡盛衰的故事和典章制度奉为治国安邦的百科全书。

在大明王朝，曾经出现过郑和七下西洋，编纂《永乐大典》，仁宣之治等许多前代未曾有过的盛况与太平，也曾出现过震惊中外的"土木堡之变""夺门之变""红丸案""梃击案"。千秋功过，自有后人评说，时代毕竟是前行不辍的。

《大明皇妃》以孙若微的一生为线索，描绘了从永乐初年至成化年间的那段历史。

最初的原动力只是因为喜欢。

喜欢以现代人的视角去解读曾经的历史，喜欢以现代人的智慧与积淀来思考他们曾经的处境、经历和种种选择，理解他们的无奈、体味他们的悲喜，这真是一件十分有意思的事情，不过静思细想时也常会忐忑，生怕有所偏颇。

转念又想，其实这正是历史的魅力，因为除了史书上留下的只字片语，我们永远也不能真正得知那些记载于史册上的人和事。

所以我们可以在自由的天空里冥想神游，至于这是戏说还是故事，都不那么重要了。

只是源于喜欢。

《大明皇妃》中的主人公，如今就安息在北京西北昌平境内。

在苍松翠柏掩衬下，有十三座肃穆庄重的古代宫殿式建筑群，这就是闻名于世的明十三陵。

长陵——为明成祖永乐帝朱棣与仁孝文皇后徐氏合葬墓，另有十六位妃子从葬。

献陵——为明仁宗朱高炽与诚孝昭皇后张氏合葬墓，另有十妃从葬。

景陵——为明宣宗朱瞻基与继后孝恭章皇后孙氏合葬墓，另有十妃从葬。

裕陵——为明英宗朱祁镇与钱、周两后的合葬墓，自英宗起废止宫妃殉葬。

茂陵——为明宪宗朱见深与继后王氏、追赠后邵氏、进称后纪氏的一帝三后合葬墓。

全文终

大明皇妃

孙若微传

莲静竹衣 著

上 初入深宫

百花洲文艺出版社
BAIHUAZHOU LITERATURE AND ART PRESS

图书在版编目（CIP）数据

大明皇妃·孙若微传 / 莲静竹衣著 . — 南昌：百花洲文艺出版社，2018.6

ISBN 978-7-5500-2776-3

Ⅰ . ①大… Ⅱ . ①莲… Ⅲ . ①长篇小说 – 中国 – 当代
Ⅳ . ① I247.5

中国版本图书馆 CIP 数据核字（2018）第 063383 号

大明皇妃·孙若微传

DAMING HUANGFEI SUN RUO WEI ZHUAN

莲静竹衣　著

出 版 人	姚雪雪
出 品 人	柯利明　吴　铭
总 策 划	张应娜
责任编辑	杨　旭　叶　姗
特约编辑	大　茶
版式设计	张志浩
封面绘画	龙轩静
封面设计	VIOLET
出版发行	百花洲文艺出版社
社　　址	南昌市红谷滩区世贸路 898 号博能中心 Ⅰ 期 A 座 20 楼
邮　　编	330038
经　　销	全国新华书店
印　　刷	三河龙林印刷有限公司
开　　本	635mm×900mm　1/16
印　　张	86.5
字　　数	1300 千字
版　　次	2018 年 6 月第 1 版第 1 次印刷
书　　号	ISBN 978-7-5500-2776-3
定　　价	128.00 元（全三册）

赣版权登字 05-2018-167
版权所有，侵权必究
发行电话 0791-86895108

网址 http://www.bhzwy.com
图书若有印装错误，影响阅读，可向承印厂联系调换。

史海钩沉，山东邹平孙氏家族，在明朝时曾出了一位历经六朝、大有作为的皇后，家族屡承皇恩，位极人臣。

这位皇后与皇上青梅竹马、相伴一生，为金碧辉煌的紫禁城添上了一抹瑰丽的色彩。

她影响幼帝定都，废殉葬制，以柔肩力挽狂澜，驾驭两次震惊中外的皇宫政变，这样一位奇女子却留得"阴夺宫人之子""惑君干政"的骂名。

是正，是邪？

是贤，是奸？

这个八岁就以美名誉满天下、密养大内、以备后位的女子有着怎样传奇的一生？

她，八岁时就以美貌闻名天下。

他，手捧玉圭，是皇祖钦定的国之储君。

她，梨涡浅笑如新荷照水。

他，俊秀卓绝似云中蛟龙。

她与他，在朱门宫阙内相遇，

从此情根深种，两小无猜。

七年后，一旨皇命，鸳梦破碎。

她被迫离宫隐身在外，

而他则违心另娶他人。

命中注定的龙凤情缘偏遭多劫。

前路渺渺，仰望苍穹，策马朱门。

大明后宫内，

她和他，

如何成就这段真实地记载于史册中的帝后绝恋？

目录

烽火青梅凌云志

第一卷

小荷才露尖尖角

第一章　梦　起

大明永乐六年。

山东滨州府的邹平，一座小小的县城，这里有一座黄山，与安徽境内著名的云海黄山不同，这里的山以黄土得名，在邹平城南近郊，山城相映，别具特色，其山势状如伏虎，又称虎头崖。

黄山自古多庙宇，西岭有碧葭元君庙，东岭有玉皇庙，又有捕蝗之神刘猛将军庙、石大夫庙，皆金彩绚丽。寺庙之中有僧道主持，终日香烟缭绕、钟响磬鸣，进香还愿者络绎不绝。

每年四月初八，黄山盂兰会，不仅文人墨客会集于此吟诗作赋，南北商贾也来此商洽物资，尤以药商为众，形成了海内闻名的黄山药会，是邹平一年一度的大盛事。

在永城担任主簿的孙敬之告了假，一早出门，带着供果和香烛来到玉皇庙还愿。孙敬之诚惶诚恐，既怀着对神灵的七分感激，又有对自身多劫命运的三分恐惧，进了山门，就看到有善男信女一步一拜，极为恭敬虔诚。

孙敬之稍稍犹豫了一下，环视四周，这里人来人往哪儿的人都有，万一碰到熟悉的人该如何解释呢。但是一想到自己的女儿，心中一紧，也像其他人一样，诚心跪拜，一步一叩，直至大雄宝殿。

诚心跪拜，无比虔诚地上香，敬献灯油钱，然后默默地许愿，当他走出大殿，看到众人在围着一位小师父抽签，他也驻了足，徘徊在人群后，神色焦虑惶恐。

"小老弟！"此声轻唤，音量不大，但是极具穿透力，转身定睛一看，竟然呆立当场。

那人一身黑色的袈裟，站在殿宇投下的阴影里默默注视着周围繁杂的一切，仿佛他是超脱众生与尘世的。一双阴郁的三角眼，正直直地盯着自己，一动不动，似笑非笑。

"形如病虎，性必嗜杀。"孙敬之心中一紧，原来是他——父亲的好友，僧人姚广孝。孙敬之少年时曾随父亲在嵩山少林寺小住，与父亲的几位知己好友一起谈经论道，一次碰到最负名望的相面大师袁珙。

袁珙看到姚广孝，大为惊讶道："如今天下已太平了，怎么还会有相貌如此奇异的僧人？这一双三角眼诡异非凡，面似一只生病的老虎，骨子里却透出一股杀气，必是一位精于权谋的高人，将来定能建立千秋伟业。"

若是一般的化外之人、僧人道士，听闻此言定会有几分的不悦，而姚广孝不怒反喜，对着袁珙深深一揖："谢你吉言。"

那一幕深深地印在孙敬之心中，不是说僧人应该不恋红尘、不念功名的吗？那么这个姚广孝听到袁珙此言之后，又为何作如此反应？自此之后，一向淡泊的父亲明显疏远了这位好友，再后来，听说他投奔了燕王，成为燕王靖难逼宫、荣登九五的谋臣。一切都如袁珙意料的那般，他一介布衣僧侣，居然真的在太平盛世中颠倒乾坤，建立了丰功伟业。

可是既然如此功高卓著，此时他为何不在京城，却出现在此地呢？

孙敬之还在思前想后，姚广孝则不露声色地对他招了招手，孙敬之不由自主地跟在姚广孝身后，走向林间深处。

清幽的禅房，两人盘腿对坐，中间放着一盘残局。

孙敬之内心无比惶恐，那一年，自己年少气盛，与姚广孝对弈，被突然造访的袁珙打断，那盘棋也就没有下完；而如今，时隔二十几年，他居然拉着自己要下完当日的棋局，那赌注竟然是自己的女儿。

孙敬之输得一塌糊涂。

"孙愚。"姚广孝盯着孙敬之，突然郑重地唤起他的名字，"你可认输？"

孙敬之心神不宁，只得说道："伯父与家父一向交好，应知晓家父的秉性，孙家世代居于孔孟之乡，历来淡泊处世，实在不喜官场沉浮。就连小侄这永城主簿之职，也是同窗盛情相邀，才勉强为之，如今正是丁忧之期，才得以告假返乡。而小女……"说到此处，孙敬之面上一黯，连连淌下几滴急泪："吾膝下只此一女，难免娇宠，礼仪德行并不出众，怎可配及龙孙？更何况，小女顽劣之极，前几日游湖失足落水，被救上来后一直昏迷不醒，如今命将不保，何顾其他？"

姚广孝危然端坐，闭目不语，仿佛老僧入定一般，在袍袖下面掐指一算，眉头一展，微微抬眼说道："也罢，此次我不带她走便是。"

孙敬之刚刚面露喜色，只听姚广孝又道："不过，此女虽然初降孙家，但终究是要凤栖宫苑的。你且回去，不出半日，她自会醒来，只是对于此女，你也不必苛责管教，尽可任其自然处之。他日待到该走的时候，你也不要相阻，这一切皆是命数！"

一番话说完，姚广孝便不再开口。

孙敬之起身之后，对着姚广孝敬拜一番，才告辞离去。

城内，一座静肃的青砖小院里，微雨落花，藤萝架下，一个青衣少年对着那空空的秋千，面露伤色，低头自责。

"孙少爷，少奶奶请您进去呢。"一个梳着双螺髻，身穿紫花粗布衣裙的小丫鬟站在不远处轻声低唤。那青衣少年抬眼望去，"紫烟，妹妹醒过来没有？"

名唤紫烟的小丫头那眼圈中积蓄的泪水已然说明一切。青衣少年叹息一声，走进屋内。

孙家书香世家，虽然官职低微，人口简单，但乐善好施，家世清白，在小小的邹平也算得声望之家。

　　轻纱幔帐内，可以隐约看见静静躺在床榻上的那个小小的她，虽然紧紧闭着一双眼睛，看不到平日的美目流盼、桃腮带笑，但见娇嫩的肌肤，说不清的轻灵之气，道不尽的娇俏可人。

　　而守在床榻一角默默垂泪的正是她的母亲，孙家的少奶奶、孙敬之的夫人，董素素。

　　"母亲，妹妹还没有醒来？"小小少年面露忧色，焦急不已。

　　素素摇了摇头，面色忧虑。

　　董素素多才多艺，棋、诗、书、画、弓、歌、舞、琴、箫、绣，无不工绝，更师从其父，习得一身医术，有"十能"才女之称。其灵慧之气，独负盛名，更在靖难之役中与燕王朱棣结缘，原本是得伴天子的贵人，却不喜朱楼玉宇的宫禁生活，于是隐遁乡野，以诗为媒，自选郎君。

　　董素素与孙敬之婚后琴瑟和谐，育有一子一女，长子继宗，次女若微。若微慧心姝颜，最得宠爱。女儿名唤若微，是以浮若微尘之意，取自"一兴微尘念，横有朝露身，行到水穷处，坐看云起时"，只因夫妻二人素来喜欢王维的诗，也喜欢其淡泊，故以"若微"为名，希望女儿一生恬静淡然。孰料，世事常与心愿相违，就在这一年，若微的人生，以及整个孙家的平静，都逢逆转。

　　注：

　　孙敬之，初名孙愚，字主敬，后得宣宗赐名孙忠，系宣宗孝恭章皇后孙氏之父，明朝外戚。

　　袁珙，明朝著名相术奇人。

　　姚广孝，明朝著名的政治家、佛学家，靖难之役的主要策划者，明成祖朱棣的谋臣，著名的黑衣宰相，曾参与编撰《永乐大典》，主持重修《明太祖实录》。

　　孙继宗，明宣宗孝恭章皇后之兄，天顺元年参与夺门之变助英宗复位，功进侯爵。

第二章 前　尘

子夜时分，孙敬之与董素素方得独处。

素素梨花带雨满脸悲色："若微醒了，却伤了脑子，以往许多人和事，竟然都不记得了！"

孙敬之听闻一怔，将妻子揽入怀中："记忆这东西，也未必全是好事，忘就忘了吧。以若微的聪慧，假以时日，那些才艺学识终究还会捡起来的。"

素素："夫君所言极是。许是以往我待她太过严苛，所以她才会想要忘记，以后凡事由她，我也不再逼她学这个背那个了。"

孙敬之淡然一笑："以往，她总是天不怕地不怕，不知世事险恶无常，这次湖边嬉闹，险些失足丧命，希望由此长长记性，收心敛性，以免日后惹祸上身。"

素素听出孙敬之话里有话，抬眼注视着孙敬之："惹祸上身？难道——"

孙敬之意识到自己说走了嘴，此时他还不想让妻子知道姚广孝对女儿的心思，所以赶紧掩饰："夫人多虑了，什么事都没有，我们避世在此，外界种种都与我们无关。我只是觉得女孩子家家的，还是乖顺些好，若微从前胆子太大，经此一劫，若能柔和谨慎些，咱们也好省心。"

素素听了，眉头暂宽，放下心来。

与此同时，在相邻的院子中，小小的若微手托香腮，怔怔地愣着神："我头好晕啊，怎么只记得在湖边跟人摔跤，余下的什么都不记得了……"

孙继宗关切更加一脸自责："都是哥哥不好，不该带你去湖边玩，也不该让你跟他们角力斗狠，这样你就不会落水，也不会变成现在这个样子了！"

若微注视着继宗，一双灵动的眼眸微微转动，古灵精怪，心中暗乐：我的傻哥哥，还真以为我失忆了。

若微心里高兴得很，不过她很是小心地掩藏了这种暗自窃喜的情绪。落水受伤，伤了脑子，头很痛，全身都很痛，被亲娘又是扎针，又是灌药地折腾了好几日才缓过来，除了最初的头晕恶心以外，记忆已然渐渐地恢复了起来，却偏偏告诉众人，自己失忆了，什么都记不起来了。

若微这么做，只是为了"逃学"。没错，就是"逃学"。孙家是书香世家，若微娘亲更是远近皆知的十全才女，所以若微自小就受到了严格的训练，琴棋书画诗词典章，无所不能，但这份才情背后却是日复一日的辛苦和无趣，于是玩心正盛的小丫头跟所有人开了个玩笑，"我落水伤了脑子，我傻了，以后不要再让我学这个练那个了……"

若微想着，心里一美，身子便向后一仰，重重地躺在床上，闭上了眼睛。

继宗吓了一跳，连忙关切地问着："妹妹，你怎么了？可是哪里又不舒服了？"

若微只是闷声闷气地说了一句："别吵，让我安静一会儿。"

继宗听话地闭上了嘴，静静坐在床边，看着若微，他心里又喜又怕，喜的是从小一起长大、万般呵护与疼爱的妹妹终于醒过来了，怕的是妹妹如今像变了一个人似的，以前她娇俏顽皮，对自己十分依赖；而现在的她，说不清是什么地方不一样了，好像一夜之间长大了，有一种说不清的威仪，让自己莫敢不从。

而躺在床上的若微则回想着自己一个人坠入湖底的那种恐惧与寒冷，

那一刻，她深深体会到了前所未有的孤独和无助；也是那一瞬间，她成长了，明白了人生在世，有些事情终究要自己独自面对。在经历过生死之劫的意外考验之后，小小的若微多了一份与众不同的镇定和从容，也才能在后来的荆棘之旅中，得以始终淡定坚韧。

与此同时，大明都城应天府东宫西所的小佛堂内，太子妃张妍正对着佛龛虔诚叩拜。从殿外入内的彭城伯夫人暗示宫女噤声，自己小心翼翼地站在女儿身后，悄然跪下。

太子妃张妍心中默念佛号，礼毕起身看到母亲，展颜一笑："母亲来了？"

彭城伯夫人点了点头，满目慈爱，然而究竟是礼不能废，伏身相拜，被太子妃扶了起来："佛堂内，母亲就免礼吧！"

"娘娘！"彭城伯夫人笑颜不改，握住女儿的手："园子里的花开得正好，不如出去走走？"

太子妃点了点头，母女二人相携走出殿外。园里奇石佳木遍布、榆柳古槐森森，微风袭来，十分舒适。

"母亲今日进宫，可是有事？"太子妃张妍轻启朱唇，慢移绣履，面上是几分怡然与些许的慵懒之色。

彭城伯夫人笑了，不经意地环视了一下四周，看到宫女们都不紧不慢地在身后跟着，但是仿佛又隔了一段距离，这才说道："过几日，我就要随你兄长回乡祭祀。这一去一回，也要不少日子才能见到娘娘，心里实在有些不安，所以临行前，特来与娘娘告别！"

"我这里一切都好！"太子妃脸上淡淡的。

彭城伯夫人略显尴尬，"娘娘还在怪当初……"

"娘！"太子妃停下步子，定定地注视着母亲："当初怎样都不重要了，太子殿下仁厚温良，对我很好，如今又有基儿、墠儿相伴，我已再无所求！"

彭城伯夫人脸上神色变了又变，一丝不易被人察觉的怜悯之色在她面上呈现。她最终点了点头："如此，甚好！"

彭城伯夫人从宫中出来，在宫门口乘上马车，回到府中。

在府外遇到下马回府的长子，锦衣卫指挥使张昶。

张昶上前扶住彭城伯夫人："母亲，进宫去了？"

"昶儿。"彭城伯夫人眼帘一垂，点了点头。

"娘娘还好？"张昶心中已然明白。

"还好！"彭城伯夫人向府内走去，张昶紧随其后。

入得室内，次子张升也在，彭城伯夫人坐在正中，接过丫头奉上的热茶，喝了一口，抬眼看着两个儿子："你们如今都在朝中任职，虽说我们张家，你父子三人在朝为官，凭的是各自的功勋，拿生死换来的，可多多少少也是受惠于妍儿。当初若非她嫁入宫中，我们张府也不会有今日的荣耀与安定。昔日跟随圣上自燕京起事的功臣如今也没剩下几个，你们两个可要处处小心，不仅是为了咱们张家，须知分毫都会牵连妍儿和太子，大意不得。"

"是。"张昶点头称是。

张升听此言，则面露怒气，不由愤愤道："当初妹妹心中早已有了良人，可是父亲和母亲偏要将她送入宫中，以太子那般容貌，怎么配得上妹妹？"

"升儿！"彭城伯张麒自屋外进来，听到此语，立即怒道："这样的浑话也能乱讲？"

"是呀，二弟。"张昶也出言相劝："太子殿下虽然长相不秀，但是为人仁厚，素有贤名，这样的太子实则大明之幸，此话，以后你莫要再提了！"

张升摇了摇头："太子身材肥胖，走路亦需要左右相搀，这样的人在闺房之中，妍儿，该有多少委屈！"

此话正中要害，不仅张昶，彭城伯夫妇二人也微微叹息。

大明永乐八年。

绿草依依，若微在树下怀抱琵琶，轻挥玉指，弦音骤起，一时间清澈明亮的曲子传至院内各个角落，屋内正在逗弄幼子继明的素素与孙敬之相视一笑。敬之说道："看，女儿终究是青出于蓝，当初你急得什么似的，就怕她失忆之后忘却一切，如今看来，比过去不知强了多少？"

素素以帕掩唇而笑："是呀，若微经此一劫，如同变了一个人，你说她忘记了幼时的事情，一切从头来过。可是诗词典章、琴棋歌赋，不足两年，全部拾起，比之过去强了许多，只是美中不足……"素素微微一顿，终是有些遗憾。

"你是说女工针织？"孙敬之一扬柳眉，微微笑道："那是若微无心在此，否则以她的聪慧，怎么会被小小的银针难到？针灸与药理都学得那么入迷，不畏其苦，亲尝百草，这些不比绣花更难？"

素素似嗔非嗔，有意怪道："都是你惯的，偏说女儿大难不死，一切由她，若是你狠下心，黑着脸让她学，我看她不敢不从！"

"呵呵，又是我的不是？"孙敬之从素素手中接过继明，老天果真厚待自己，玉皇庙更是灵验，自上次敬香许愿回来，不仅女儿得以转危为安，又给自己送来一位公子，看来过些日子应该带着家人前去还愿才是。

刚想开口，只听素素对身边的丫头吩咐着："去把这碗冰糖莲子羹给小姐端过去。"说罢冲着孙敬之无可奈何地笑道："瞧，刚弹了一会儿，又停手了，她呀，要是能专心点，这造诣早就超过我了！"

孙敬之笑而不语，不多时只见丫头端着羹汤又返回屋内："回少奶奶，小姐不在院里，也不在房中。"

"什么？"夫妻二人均是一惊，素素不由变色："这丫头，可是又偷跑出去了？"

"去，去前院书房里看看继宗在不在？"孙敬之心中有数，女儿的性情，让她在这样的大好春日靠弹奏琵琶或是临帖打发时光，那简直是一种折磨，此时定是拉着继宗出去玩了。

孙府后门，继宗与若微，悄悄溜出门来。若微手抚胸口："谢天谢地，没被发现，继宗，我们今儿去哪儿玩去？"

继宗憨憨一笑，以手挠头："能去哪儿呢？这小小的邹平你都走遍了。"

若微伸出手在继宗头上敲了一下："哥哥可真是的，也不早早想好，好不容易溜出来，却又不知去哪儿，真真恼人！"

　　继宗一脸尴尬。若微一张粉面似怒非怒，灵动的眼睛转眸闪烁，忽然有了主意："算了，今天时辰早，咱们先去云门山看云窟，然后回来时去徐家铺子吃油炸螺丝糕。"她一边说着，一边双手拍掌，为自己的建议雀跃不已，继宗见她如此开心，也甚是高兴，连连附和道："好，走吧！"

　　注：

　　太子妃张妍，父张麒，永城人，为兵马副指挥。其兄张昶于永乐年间封为锦衣卫指挥使，有战功，为成祖喜。

　　张升，成祖起兵起，以舍人守北京有功，授千户，历官府军卫指挥佥事。

第三章　结　缘

云门山，山虽不高却有千仞之势。夏秋时节，云雾缭绕，如滚滚波涛，山顶庙宇若隐若现，虚无缥缈，宛若仙境。而在主峰云门洞南西侧有一天然石罅，深不可测，名曰"云窟"。

若微与继宗二人相伴而行，一路上说说笑笑，也不觉得累，不多时就攀至半山腰，遥看山顶，若微仰天长叹："这才叫作'望山跑死马'！"

"你说什么？"继宗显然没有听清，愣愣地望着她，有些失神儿。

若微大喊一声："就是说——我累了，走不动了！"

继宗随即从怀中掏出一方绣帕，在一块平整的大石头上铺好："那我们就坐下歇会儿。"

若微大大咧咧坐在上面，然后皱着眉头说道："这帕子是谁给你绣的？这么好看的花，可惜我绣不出来。"她出神儿地直钩钩盯着长兄："要是我会绣就好了，给你绣三十块，你一日一换，一个月都不重样，才不要她们的呢。"

继宗笑了，若微的性情自己最清楚不过了，她若能安静地坐上半个时辰都属不易，怎会安心绣花呢，不过是绣口锦心，拿好话来哄自己开心罢了。随即说道："哪里有什么她们？这帕子是娘绣的，她知道你素来不拘小节，所以嘱咐我带在身上，随时供你取用方便。"

"原来如此。"若微眼帘低垂，心想娘可真细心，刚待开口只听得车轮阵阵，尘土四起，一众护卫与一辆马车从他们面前经过。若微不禁皱眉，哪家的女眷这般娇气，爬山还坐车，且带这么多仆众，真是无趣得很。若微才刚摇了摇头，继宗便立即挡在她的身前，为她遮挡车轮过去带起的尘土。

突然，"嚓"的一声，马车颠簸了一下，停住不动了，原来是马车的轮子陷在了坑里。

前几日下过一场大雨，雨水把原来的低洼处浸软，如今看似平整，但是车子经过，一不小心自然还是会陷落其中。

马儿不安地长嘶，一个管事模样的家丁对着车子说道："夫人，马车陷入坑中，请勿惊慌。"

马车帘子忽地被掀开，一位中年妇人露出头来："可须要我们下来？"

"不必！"管事的说完，立即指挥家丁仆众，拉马的拉马，推车的推车，只是可惜，众人大汗淋漓，费了好大的劲，马车也没有从坑中出来。

若微好奇心一起，走到路边找了一根木棍，径直走了过去。

"哪里来的小丫头，还不闪远点！"那管事的立即大声喝斥。

若微也不气恼，笑嘻嘻地说道："别这么凶，我有办法让马车出来，你一会儿还得谢我呢！"

"休得胡言！"那管事似乎要恼，而车帘又被掀起，里面端坐的中年美妇看着若微，面上一惊，随即和颜悦色地问道："小姑娘，你真有法子让马车出来？"

若微点了点头，此时继宗也跑了过来，他有些担心地拉了拉若微的袖子，若微也不理睬，又捡了很多石头垫在轮下，众人皆面有惊色，闪在一旁作壁上观，而继宗则学着若微的样子，也帮着捡来石头去垫，直到若微点了点头，说"好了"，她走到赶车人面前说："一会儿我喊开始，你就用力拉马，知道吗？"

若微虽然小小年纪，又是一个女娃，神色间却有一种不容置疑的坚定，车夫点了点头。

这时若微才拿着木棍去撬车轮，一边撬，一边喊："开始！"

一鞭抽在马儿身上，马儿吃痛地一声长嘶，顺势一跃而起，在众人的诧异中，真的从坑里出来了。

若微扔掉手里的棍子，掸了掸手上的土，对着车中的中年美妇说道："前些天刚下过雨，山上路不好走，这马车恐怕走不了多远，你若真想上山，最好步行；若不急于一时，则可过些日子再来，等地干透了，即可乘马车上山。"

说罢，拉着继宗抬腿就往山上走去。

"夫人！"管事之人揸手而立，面上颇窘，今日之围竟然让一个幼龄女娃解了，真真郁闷。

"打道回府！"中年美妇的声音里听不到丝毫不悦，反而有一丝欣喜，管事的很是纳闷，而口中也只有连连称是。

夕阳西下，高新大街徐家铺子前。

一个满面污垢的小乞儿耷拉着脑袋，缩在角落里，贼溜溜地盯着过往的行人，当她看到若微与继宗手捧着油布包着的糕点，刚刚走出来，就立即凑了上来，伸出一只小手，口中苦苦哀求："少爷、小姐，行行好吧，好几天没吃东西了！赏小的一口吃的吧！"

继宗看了一眼身旁有些愣神儿的若微，刚要打开油纸包，便被若微拦下。

若微直愣愣地看着小乞儿："你为何不去饭馆酒肆门口乞讨，却来这糕点铺子？"

若微此语一出，继宗也是微微一怔，心想，若微说得是，饭馆酒馆门口人来人往，进出都是些阔绰的人，出手定是大方，而且真要是饿得久了，那热菜热饭岂不比这糕点实惠。想到此，也不答话，立于一旁，也把目光投向了那个小乞儿。

只见她满面污垢，头发乱蓬蓬地挡在额前，脏得都辨不清模样，可是一双眼睛乌黑闪亮，十分有神，她用脏得有些硬邦邦的袖口抹了把脸，悄悄凑近若微，低声说道："实不相瞒，饭馆、酒肆，我都去过，可是要不到吃的东西不说，还会遭人欺负，在酒馆进出的人都是些为富不仁的，而在这儿就有所不同！"

"这儿有何不同？"若微瞪大眼睛，感觉十分有趣。

"这个……"小乞儿咽了咽口水，并没有说出下文。

若微更是好奇心起，不由说道："你若说得明白，我便请你去下馆子吃顿好的！"

"真的？"小乞儿一脸欣喜。

"当然！"若微侧脸看看继宗："你带银子了吗？"

继宗点了点头，又拉了拉若微的袖子，压低声音说道："给她几块糕点就是，莫要再耽搁了，回去晚了，爷爷面前无法交代！"

"急什么？"若微满不在乎地扫了他一眼，又对上那个小乞儿的脸。

"来此买糕点的，要么是儿女买给爹娘、长辈，要么就是爹娘买给孩子的，所以不管真性情如何，进出此门，心中都存着一份关切，心情也是极好的，看到我现在这副样子，必然心生可怜，也会赏我几块点心。而酒馆那些人，原本就是花钱找乐子去消遣的，我不敢去那边！"她仰起脸，凑到若微面前，微微侧首，以手拂发，露出了耳垂儿。

"原来你是女孩儿？"看到她耳垂儿上的耳孔，若微不免惊呼。

"小姐轻声点儿，怕坏人听了去，把我绑了，卖到什么不干不净的地方去！"小乞儿立即满脸惊色，神情慌张。

"好好，我不喊！"若微与继宗均大感意外。

"如此，我们带你去吃饭！"若微与继宗领着小乞儿走到东街高家菜馆，选了一张临窗的桌子坐下。

小二热情地上前招呼："孙家小少爷、小小姐，今儿又溜出来玩了？"只是转瞬间又看到了那个脏兮兮的小乞丐，不由面露难色："这个，您二位怎么把她领进来了？"

"小二哥，我们又不是吃饭不付银子，你快去捡实惠的菜上几个来！旁的不用你管！"

若微稚声稚气，如珠玉滴水，十分动听，惹得刚进门的二位身穿青袍的男子不由驻了脚，细细地端详。

"二位爷，里面请！您是雅间还是堂吃？"小二立即又调转过头来招呼他们。

"堂吃！"其中一人说道，又指了指临窗靠墙里的一张桌子："就那里吧！"

"好嘞，里面请！"小二将他们引了过去。

而若微这桌，不多时，饭菜便已上齐。

面对大碗的肉丝汤面、红烧排骨和溜丸子，小乞儿狠狠地咽了咽吐沫，却迟迟不敢动筷子。看她面上表情古怪，继宗好心劝道："莫怕，这些菜都是给你点的，极实惠，全是肉的，你慢慢吃！"

"嗯嗯！"小乞儿频频点头，拿起筷子，并没有像一般的街头乞丐那样，看到肉就两眼放光，而是安安静静地吃着面前的那碗面。

若微突然俏生生地笑了，笑得十分莫名其妙。

小乞儿立即放下筷子："小姐笑什么，可是我吃相太难看了？"

若微摇了摇头，收了笑容，直视着她的眼眸："你姓什么，叫什么，家在哪里，为何流落在此，在街头乞讨？"

小乞儿立即神色哀泣，眼圈微红，哽咽着："我没有姓氏，因为我没有爹爹，从小只跟着娘亲一起，走东家、串西家，靠给人家洗衣服、帮佣过活，娘叫我'赘儿'，是累赘的意思！"

"赘儿？"继宗面露不忍之色："你娘定不是此意，你别伤心！"

小乞儿伏在桌上，双肩抖动，哽咽不止。继宗起身站在她身后，轻轻拍了拍她的肩膀，以示安慰。

若微冷眼旁观，脸上渐渐浮起一丝若有若无的笑容。

"好了，别哭了，你不是好几天没吃饭了吗，先吃饭吧！"若微突然开口相劝。

"是呀，快吃吧！"继宗将盘中一块排骨夹到小乞儿的碗里。

她面上带泪，泥与泪混在一起，说不出的可怜与悲惨，只是默默地吃着碗里的面。

若微又问："你和你娘现在住在哪里？"

"我娘？我们住在东街的破庙里。对了，我娘今天一天都没吃东西了，小姐、少爷，我能不能把这些饭菜带回去，给我娘吃？"她仰着脸，露出殷殷期盼之色，实在让人难以拒绝。

"好！"若微唤来小二，拿了两个木制食盒，将桌上几乎未动的饭菜全部装盒。

小乞儿满脸欣喜："这些够我们吃上两三天的呢！"

她谢了又谢，才走出店门。

看着她远去的背影，若微又笑了。

继宗看看窗外，随说道："天色渐晚，咱们早些回去吧！"

"小二，结账！"继宗喊着。

"慢！"若微冲他眨了眨眼睛："我的好哥哥，你看看你还有银子结账吗？"

"有啊！"继宗不明就理，将手伸入衣襟里侧，突然面上表情惊讶道："咦，钱袋呢？我的钱袋呢？"

这时小二也凑上前来："怎么？忘记带钱就出门了？还是买点心都花光了？莫急莫急，一并记在孙大人账上就是了！"

"可是，我的钱袋，刚刚明明还在，我还想给那小'赘儿'一点儿银子呢，怎么一转眼就没了！"继宗满头是汗，站起身来，在身上摸来摸去。

若微笑了，歪着头对上店小二的脸："小二哥，最近店里，结账时付不出银子的客人多吗？"

店小二皱着眉头想了想："不多，咱们这儿都是街里街坊的，原本付现钱的就少，大多是记账。"

他微微停顿，细细一想，又说道："不过，这个月，是有几次，绸缎庄的王掌柜、柳记酱园的二少爷，还有赵秀才，好像也说丢了钱袋！"

"还好！"若微以手托腮，若有所思："小小年纪，也知道杀富济贫，偷的都是富人，罢了，今儿我就饶她一回！"

"若微，你说什么？难不成你知道是谁偷了我的钱袋？"继宗面上忽明忽暗，拉着若微连连追问。

若微轻哼一声："傻哥哥，你读那么多孙子兵法、三十六计，怎么都不知道活学活用？"

坐在他们旁边不远处的那两个男人，对视一笑，其中一名男子更是一脸玩味地看着若微，静听下文。

"她说她没姓，我猜她本姓'吴'，她说她叫'赘儿'，我看她应该叫'敏儿'，假扮乞儿，骗取同情，什么腹中饥饿、乞讨饭食，分明是趁人不备，窃取钱财。"若微深深叹了口气："哥哥，你真没看出来？"

继宗眉头紧皱："不会吧，她穿得那么破旧不堪，浑身上下又弄得如此肮脏，若不是真的走投无路，一个女孩子家怎会如此作贱自己？"

"哎！"若微苦着脸，伸手在继宗额上戳了一下："真笨，若非如此，怎么能骗人可怜？你只看其一，她满身肮脏，你却没看到她低头时，那一抹如玉的白颈，若非天天洗澡换衣裳，乞丐群中的人，可会如此？咱们每次遇到那些人，还未近身，就被酸臭之气熏得绕路而过了。再说，刚刚我点了那么多的肉菜，她若真是饿了好几天，不吃鱼肉、馒头，单单吃那碗肉丝面条？你没看她只是吃面，而肉丝一根未动。这说明什么？她根本不是久饿成饥！"

"对呀！"继宗不由想起，刚刚自己给她夹的那块排骨，一直堆在碗里，她并没有立即吃下，刚刚还以为她不好意思，现在听若微如此一讲，分明就是一个圈套。

"小姐，你可真厉害！"店小二在一旁听得有些呆住了，"原来这是一个女贼，只是小姐既然已经察觉了，为何不报官？或者当面戳穿她，怎么还要眼睁睁地看她偷了小少爷的钱袋，等到现在才说出实情？"

继宗对上若微的眼眸，此时似乎有所明白："妹妹，终究还是心中不忍，在可怜她？"

若微耸了耸肩，撇了撇嘴，顽皮一笑："对呀。每个人做每件事，都有他的理由。也许她母亲真的病了，或者还有什么其他难言之隐？比如受人挟持、受人逼迫，也未可知，总之是过得不好，必须以此法谋生。再说，今天她偷不了我们的，也会去偷别人的。原本我是想，你的钱袋里有我配的草药，如果我们真想擒她，回去把阿黄带出来，在这小小的城中一搜，自然让她难以藏身。只是刚刚听小二哥说，她偷的都是富人，杀富济贫嘛，咱们就放她一马好了！"

"啪！啪！啪！"几声洪亮的击掌声，从身后传来。

若微回身一看，击掌之人，是一名三旬左右的男子，浓眉大眼，阔面重颐，颔下是浓密的黑须，黝黑的肤色与棱角分明的五官，显露出他铮铮的铁骨。这样的人，高傲而冷峻，若微一时看得有些呆了。他面色清冷，眼光如鹰，却是极为俊朗，此时他轻声咳嗽，以示提醒。

若微这才恍然，冲他们微微一笑，随又转过身，对店小二说："小二哥，该你多少钱，明日我让紫烟送过来就是。今日的事情，千万别告诉我爹爹和我祖父，也莫要记在他们的账上！"

店小二频频点头："小账，不妨事，上次小姐送的膏药，我老娘才贴了两贴，这膀子就能动了，不疼了，原本还说要去府上谢谢小姐呢！"

"不用不用，对了，你身上搭的那个手巾，勤洗着点儿，都快馊了！"若微笑嘻嘻地站起身，冲着店小二招了招手，拉着继宗走出门外。

看着他们的身影，店小二拿起肩上搭着的手巾，闻了又闻："没味了，这丫头又戏弄人！"

"小二！"临桌的大汉唤着。

"来了，两位爷吃好了？"店小二点头哈腰，看面相与穿着，这两人定是不凡，一个阴柔，一个英武，还是小心应对，千万别得罪了。

"那个小丫头，是什么来历？这邹平不是历来民风淳朴，很是保守吗？怎么男女同席，毫不避讳？"那个面容白净，看起来阴森森的，又很是眉清目秀的男子问道。

店小二心思微转，不知这二位的来历，也不好随口胡说，只说道："这位孙小姐，不同旁家的姑娘，别看她人小，在我们这儿名气可大着呢！她娘亲和外祖父均是杏林圣手，我们这儿地少人稠，却没有医馆，一般的病痛都是去他们家求医问药的。刚才边上那位小公子是她兄长，他们二人经常结伴上山采药、同进同出的，也没什么，大家都习惯了！"

"有点儿意思！"那位一直沉默不语的黑脸大汉，从怀中掏出一锭银子，放在桌上："她的账，我付了！"

"啊？这两桌，也用不了这么多！"小二立即喜出望外，碰上大财主了。

"少废话！"阴柔男子说道，"今儿我们爷高兴，平时你求还求不到呢！"

"咳!"黑脸大汉站起身,似微微不悦,迈步向外走去,阴柔男子立即起身跟上,态度诚惶诚恐。

这店小二一边收拾桌子,一边挠头,心中暗想,今儿这是怎么了,稀奇事儿全凑一块了。

当若微和继宗满面尘土,悄悄溜回孙府的时候,才发现后门之内,孙府众人皆候于此。

孙敬之与娘子董素素,以及孙家老太爷孙云璞,还有服侍孙继宗和孙若微的丫头、小厮们都在。

看到这个阵势,二人对视一眼,自知不好,而继宗果然有长孙风范,立即拱手依次行礼,并抢先说道:"孙儿错了。"见他诚心认错,并不多做解释,老爷子孙云璞点了点头,抚须说道:"既然知道错了,就到祖宗面前认错悔过去。"

"是!"继宗看了一眼若微,暗示她不要强出头,不要说错话,这才跟着家丁去家祠罚跪。

而若微看了看脸上神态是又气又怨的娘,居然呵呵一笑,从怀里拿出一包东西,往爷爷手上一塞,立即拔腿就跑,嘴里还喊着:"我也去跪祖宗!"

孙敬之此时都不敢看父亲的脸色,只是低声喝道:"你给我回来,像什么样子,爷爷还没罚你,你怎么敢自作主张?"

而孙云璞用拐棍轻轻敲地,孙敬之立即封口,垂手立于一旁,孙云璞打开油纸包一看,不由笑了,素素抬眼一看,竟然是油炸螺丝糕。这是江南一道传统的精美小吃,皮脆内嫩,葱香浓郁,因为一位江南来的商人在此处开了一家糕点铺,才渐渐在邹平传开,上次孙敬之自外面带回来,老爷子曾经赞过一句。想不到这丫头这么有心,居然拿了这个来堵老爷子的嘴。

素素与孙敬之相视之下,心情极为复杂,女儿的聪慧与顽皮着实令他们有些招架不住。

"都下去吧,敬之留下,随我去书房。"孙云璞说完,手捧糕点向前院走去，而孙敬之则紧紧跟上。

祖先宗祠内，拜垫上端端正正跪着的是孙家的长孙，继宗；而在他身旁，双手托腮，盘坐垫上昏昏欲睡的正是孙府的小姐，若微。

继宗扫了一眼身侧的若微，眼中尽是不忍与怜爱，在若有若无的一声叹息中，自己的肚子咕噜了起来。继宗面上一窘，扭过头去，而若微偏偏发出一阵银铃般的笑声，响彻寂静的屋子。

"嘘，祖宗面前，万不可喧哗！"继宗出言相阻。

若微止了笑，看着继宗："哎，祖宗们看到我们孙家的长孙如此可怜，忍饥挨饿在此受罚，肯定也是不忍，怎么会怪我们呢？"说着又从身上系着的荷包里拿出一个小小的油纸包，递给继宗。

"这是什么？"继宗打开一看，"肉脯？"

"哈哈！"若微又是一阵爽声大笑："嗯，我的存货。娘亲总是说，不练好这首曲子、不抄完这篇典籍，不许吃饭之类的话，所以我总是会备一点存货，总不能真的饿肚子，对吧？经常饿肚子，人会变傻的。可惜这个道理娘亲不知道，不然她才不会这么罚我呢！"

继宗心中一暖，又把肉脯推给若微："那你吃吧，要是你饿傻了，这日子就真真没趣了，我宁可自己变傻。"

"你呀？你本来就已经很傻了！"若微用手指戳了一下继宗的头："真笨！我说什么你都信。你吃吧，我刚刚在铺子里吃了好多点心，你都没吃，所以这些都给你。"说着，拿起一大块肉脯狠狠地塞进继宗口中。

继宗哭笑不得，只得大口嚼着，又看到若微目不转睛地看着自己，面上一红，伸出手以袖掩面，尽量吃得优雅些。

而偏偏又惹来若微一阵窃笑。

月上柳稍头，四下里静静的，没有半点儿声响。

一个黑影矫健地翻入城西乌衣巷内一所小小的院落里，小院里正房内烛火摇曳，似是主人还未安寝。他悄悄来到窗根底下，凝神闭气、侧耳倾听。

不多时，里面便响起一丝若有若无的轻叹之声。

"小姐，我看这样下去实在不是个法子，咱们还是往南边去投奔你娘舅家吧！"这是一个略微苍老，又带着几许沙哑的中年妇人的声音。

"奶娘，我跟你说过多少次了，我就是不想去。我家里遭此变故，爹爹死得不明不白，娘又生生被那个贱人逼死，就连我也被她卖入娼家，若不是你拼了命将我救出……"稚龄少女的声音里充满愤怒："我家遭此大难，舅舅一家早该得了信的，本应赶来替我们出头才是。可是如今，半点儿消息都没有。这就叫大难临头，自保各人。所以，我谁也不求，凭了自己，总有一天，也必能报了此仇！"

"咳咳！"那中年妇人一阵急切的咳嗽，仿佛有些顺不过气来。

"奶娘，你别急！"少女声音中带着一丝焦急："先喝口水！"

就在此时，那窗根下的黑衣人走到门口，轻轻拍了拍房门。

"谁？！"立即响起一阵步子，声音中带着警惕与几分惊惶。

然而，黑衣人仿佛等得不耐烦了，手上稍稍用力，房门里面别着的横杠立即应声折断，门"哗"的一下被推开，仿佛黑影中的一个精灵，他闪身入内，如同主人一般，审视着屋里的人。

屋内陈设简单，但很是干净，靠东墙的炕上半歪着一个中年女人，头发蓬松，面带病容，此时正一脸惊恐地看着他，嘴巴微张，怔怔地乱了分寸。

而站在房间正中与他对视的，便是一身青布碎花衣裙的少女。

她，便是今日在街上行乞的那个小乞儿。

此时的她，如同一个小家碧玉，洗去污垢、换上女儿服饰的她，清秀柔美中带着一丝阴冷，面如寒冰，一双眼睛紧紧地盯着他，下一刻便袖口一抖，一把匕首随即握在手上。

他笑了："以此便能防身吗？"

她面无表情，只是转瞬之间，便将那匕首直抵自己的咽喉："是那贱妇派你来的？非要取我性命，她才能安枕？"

"哼！"他轻哼一声，虽然不置可否，黑布掩面，也看不到他的神态，然而他眼中的轻蔑之情却流露无遗："每天上街行乞、趁机窃人钱财，可是长久之计？你就不怕终有一天，被失主逮个正着，拉你见官下狱？"

"见官？"她眼眸微微一闪，不由冷笑连连："谋杀亲夫、逼死主母的淫妇，做恶行凶，怎么不见官来管？拐卖幼女、逼良为娼的恶人，官府怎么不去收拾？偏偏来管我，我只不过是被逼得走投无路、讨口饭吃罢了，凭什么就要来抓我？"

她越说越气，不由恨泪轻垂，小脸憋得通红。往事历历，不堪回首，可是偏偏又如影随形，如芒刺在身，时时发作，不能摆脱。

"好了，爷没时间管你家的闲事。你的造化来了，给你指个出路，你可愿意？"他拿眼角扫了一眼床上的病妇。

"大爷，您当真不是宋丽娘派来的？"床上的病妇颤颤巍巍，一派诚惶诚恐。

"啪"的一声，他往床上丢下一个黑布包裹，那病妇一下子便怔住了。

青衣少女几步走到床边，看了看奶娘，又看了看那黑衣人，把心一横，拉开了布袋上绑着的绳子，里面露出的居然是白花花耀眼的银子。

"银子？天呢！这么多银子！"病妇大惊，一时气喘连连，咳嗽又起。

看着那银子，青衣少女秀眉微皱，心中暗暗吃惊，这人是什么来历？以他的身手，如果真是仇家派来索命的杀手，何须如此？只要在瞬间便可将自己和奶娘结果了，可是他却分明没有这个意思，如今又亮出银两，是何居心？

"这是我家主人赏给你的！"他眼神如鹰，声音低沉而尖细："今日在街上看你一番表演，我家主人怜你有些伶俐劲儿，想给你谋个好前程！人往高处走，你若是想明白了，明日一早城东望乡亭，随我们一同上路。"

"上路？"青衣少女喃喃低语，低头暗暗思索。

而床上那妇人则一脸惊恐："大爷，你们是哪里人士？要带我们姑娘去做什么？她虽然在街上有些小偷小摸，那原也是为了我，是我拖累了她。她也是出自大户人家的清清白白的姑娘，我们再穷也不能卖身……"

黑衣人双眼一瞪："不知好歹的东西，被我家主人看上，是你们几辈子修来的福气。你以为叫你们去干什么？为娼为姜？呸！"

那妇人挨他一顿抢白，立即目瞪口呆，不知如何应答。而青衣少女把心一横，咬了咬牙说道："只要不是为娼为妾，我就去！"

"自然不是！"他眼中仿佛有了几分怒气，语气微微和缓，但依旧尖酸："少来啰嗦，我家主人在京城可是有头有脸的大人物，不过看你家丫头有几分伶俐劲儿，又念她小小年纪流落街头，出于怜惜，让她入府为婢罢了。为娼为妾？想得美！多少名门淑媛想给我家主子当妾都没门呢！"

话音才落，他便闪身而去，只见衣带飘飘，转瞬间便没了踪影。

如果不是床上那堆白花花的银元宝，这分明是梦一场。

"小姐，那人不知底细，透着古怪，咱们还是别去了吧！"妇人忐忑不安，拉过青衣少女细细商量主意。

"我想想，奶娘，让我好好想想！"她双手托腮，对着炕桌上那跳动的烛火，径自出神儿。

第四章 七 夕

迢迢牵牛星，皎皎河汉女。

纤纤擢素手，札札弄机杼。

终日不成章，泣涕零如雨。

河汉清且浅，相去复几许？

盈盈一水间，脉脉不得语。

七夕拜七姐神是邹平留传下来的古老风俗。

七月初七一大早，若微就被娘亲喊了起来，在娘和紫烟的帮助下，换上了漂亮的新装，粉红色的百褶裙，外罩同色轻纱紧身小袄，飘动的流苏与五彩丝线编成的缀子，煞是好看。

对着镜子，若微左顾右盼，转了好几个圈。

"娉娉袅袅十三余，豆蔻梢头二月初！"从外面跑来的继宗看得呆了，直愣愣地盯着若微，直诵出这句诗，惹得素素掩面而笑，而心中的自豪与喜悦更是漾在脸上。

对镜梳妆，素素帮女儿把头发编成惊鸟双翼欲展的样子，口中说道："这就是'警鹄髻'。"然后又在反绾的髻下留一发尾，使之垂在肩后。

"娘，为何留了一缕？全盘上去岂不好看？"若微扬着脸问，素素不由嗔道："这丫头，又痴语了，这叫'燕尾'，你想全盘上去，也要等再长大些，出了阁才行呢！"

说罢，素素暗暗笑了起来，紫烟在边上也不住地笑。若微看了一眼立于门口的继宗，把眼一瞪，"你脸红什么？你又没有说错话。"

"好了，别闹了！"素素又帮女儿戴上白兰、素馨等花饰；轻画眉、抹脂粉、淡点绛唇，并在她额上印上一朵小小的梅花；最后又用凤仙花汁染上指甲，这样一打扮，更似天人下凡。

而整个过程中，若微也没有闲着，好奇地问着这个、摆弄着那个。站在一旁的继宗看得有些痴了，听她吐语如珠，声音柔和又清脆，动听之极，见她神态天真、娇憨顽皮，年纪虽幼，却又容色清丽、气度高雅，当真比画里走下来的还要好看。

"母亲，妹妹怎会有如此明珠美玉般的容貌？这样的人总有一天要嫁入别家，真真是一大憾事！"继宗不由大呼遗憾，一句话惹得素素忍俊不禁，而若微却是不笑反怒，直追着继宗要打。

"若微！"孙敬之抱着幼子喊住女儿："今儿你就乖巧些，远近亲邻都会来访，你好歹有些名门淑媛的样子！"

"是！"若微立即恭顺温良，认真地给父亲道了一个万福金安。

而此时院中一切已然准备妥当，大门敞开，乞巧桌上摆着用面粉制成的带着牡丹、莲、梅、兰、菊等花的巧果，以此来祭祀织女。一家人围坐一起，吟诗作对，行令猜谜，女孩们穿针祭拜乞巧、弹奏琴箫。

通常这个时候，人们可往各处人家参观陈设，到的人虽多，主人也仍高兴招待。欢庆至半夜，子时为织女下凡之吉时，此时所有的灯彩、香烛都要点燃，五光十色，一片辉煌；姑娘们兴高采烈，穿针引线，喜迎七姐，到处欢声鼎沸。最后欢宴一番，这才散去。

在晴朗的夏秋之夜，天上繁星闪耀，一道白灿灿的银河横亘星空，两边各有一颗闪亮的星星，隔河相望，遥遥相对，那就是传说中的牵牛星和织女星。

这样一个浪漫的晚上，对着天空中的朗朗明月，摆上时令瓜果，朝天祭拜，乞求什么呢？若微在想，好像所有的人都在祈求天上的织女能赋予自己聪慧的心灵和灵巧的双手，实则是每个人都在祈求姻缘良配。

"若微，你在想什么？"继宗站在若微身后，看着她出神儿地望着星空，不免有些心慌。

若微转头一笑，面上是与她年纪极不相符的清冷与澄明："我在想，我今生的缘分也不知是在眼前，还是在天边？"

此语一出，继宗不由一愣，而若微自顾转过头，仍然定定地注视着夜空，不再言语。

大明都城应天府皇宫之中。

东六宫之首，柔仪殿中，王贵妃对镜理妆。乌黑如泉的长发在雪白的指间滑动，一绺绺地盘成发髻，玉钗松松簪起，再插上一枝金步摇，长长的珠饰颤颤垂下，在鬓间摇曳，朱唇微微一抿，原本绝代的容颜，笑颜一展，如珠辉闪耀，晃得人睁不开眼睛。

"呵呵！"身后贴身侍女碧落咯咯一笑："咱们娘娘呀，真是风华绝代，这眉不描而黛，面无需敷粉便白腻如脂，唇绛一抿，嫣如丹果！看得人心里乱乱的！"

王贵妃眼眸一闪，轻移莲步，拿起妆台上的一条珊瑚链与一只红玉镯在腕间比划着："死丫头，越来越没规矩了！"

碧落收了笑容，拿眼睛四下里观望着。

"说吧，这殿里不是没人吗？"王贵妃最后还是选定了那串绯红的珊瑚珠链，戴在皓腕之上，轻抬玉臂，只见肌肤如雪，珠串似火，举手间便有慑目的鲜艳。而今天特意选的绛红罗裙又配以翠色的丝带，袅娜的身段，在镜前徘徊，万种风情尽生。

碧落凑近王贵妃，看似为其轻摇团扇，实则低语道："娘娘，听说黄公公快回来了！"

"哦？"王贵妃神情一滞，碧落口中的黄公公便是司礼太监、备受当今天子宠信的黄俨，几个月前奉天子之命，领了去番国朝鲜征贡白纸的差事。

其实，不过是为了掩人耳目，听说此行去朝鲜是为了给皇上选贡女。

如今要回来了？王贵妃转过身，从碧落手中接过那把团扇轻轻摇动："差事办得如何？"

碧落看了看左右，压低声音说道："听说万中选一，最后选定五名贡女，均为朝鲜名门淑媛，又连同十二名侍女、厨娘，已经登船启程了！"

"哦！"王贵妃脸上似乎云淡风清，只是碧落知道，从娘娘微不可闻的气息声中就可知道，她介意了。

是啊，出自苏州名门的王贵妃，德容言工，宫中无人能及。当今皇上朱棣的皇后徐氏，为开国重臣中山王徐达之女，贤良淑德，且有将门虎女之风，曾在燕京保卫战中，亲自上阵督战，更为朱棣生下三位皇子、两位公主，只是可惜早早故去。

而眼前这位王贵妃，入宫时正值徐皇后病重，她事事小心，恭谨体贴，不仅得到了六宫上下的贤名称颂，也讨得了皇上的欢心。

皇上易急怒，宫闱之中，常常翻脸无情，宫女内侍，稍有不慎，便被鞭笞处置，而只有王贵妃能在皇上面前巧言调护，不仅仅是宫女太监，就连太子、诸王、公主皆倚赖她。

后来，皇后辞世，皇上令王贵妃代管后宫，于后位只一步之遥。

原本，王贵妃升格为王皇后，是板上定钉的事情。

可是过了一年又一年，陛下却迟迟不作册封，如今又突然有新人入宫，原本就不是平静的宫中，不免要风波迭起，换作任何人，即便再贤良，又怎么可能不在意呢？

想到这儿，碧落心中一急，不由脱口而出："娘娘，如今之计，要早早打算，最好能让陛下早做决断，立了娘娘中宫之位，咱们才能安心呀！"

"碧落！"王贵妃轻喝一声："这样的话，以后莫要再说了！"

到底是年轻不经事儿，王贵妃心中暗想，如今，反而不能急了，皇上最爱自己的是什么？

是貌吗？

一只玉手轻轻抚上自己的脸颊，惠妃和丽妃，不是比自己更娇艳妩媚吗？

是才情吗？

自己精通六艺，可是他何时提过一句？

还是床笫之间的交欢？

不是。王贵妃心中微微发紧，不过是贤惠二字罢了。

都说他是真命天子，可是在自己眼中，他分明就像是一头猛虎，然而老虎面对一个又一个新的猎物，他是嗜杀的、血性的、兽欲的，可是这样的他，在一次次的围猎逐鹿累了、倦了的时候，他需要的是什么呢？

王贵妃的眼眸微微闪亮，她笑了，在宫中生存，最重要的是心智，要有足够的智慧，才能揣测上意，不露痕迹地投其所好，让他在不知不觉中，陷入自己营造的温柔乡中，渐渐成瘾，任你在花海中纵情取舍，最终还是会回到我的身边！

暗暗思忖之时，只听外面一声，"万岁驾到！"

永乐帝朱棣大步走入柔仪殿，王贵妃立即大礼相迎。

"免了！"朱棣今日显得有些疲惫，宽衣升冠之后，斜躺在榻上，似睡非睡，看似随意地问道："今儿宫中的巧女是哪个丫头？"

王贵妃手执团扇，为朱棣轻轻扇着："自然还是咸宁！"

"哦，这丫头，每次都是她的喜蛛为冠！"朱棣有一搭无一搭地应着。

王贵妃轻声浅笑道："陛下又忘了，喜蛛应巧乃是燕京的风俗，如今在这应天城中，七日初七乞巧的节目早就换了新花样了！"

"哦？"朱棣微微一顿。所谓喜蛛应巧就是以小盒盛着蜘蛛，次早观其结网疏密以为得巧多寡。"那如今你们又是什么花样？"

"如今应天城百姓家的女儿都在今日，以碗水立于暴日下，各自投小针浮于水面，徐视水底日影，或散如花、动如云、细如线、粗如锥，因以之卜女之巧。"王贵妃细细讲来："而宫中则是登高台，以五彩丝穿九尾针，先完者谓得巧，迟完者谓之输巧，且呈上各自绣品由年长者品鉴，出众者也为巧！"

"哦！"朱棣微微点头："咸宁一向要强，虽改了比法，她还是夺冠，这丫头不服输的性子到真真随了朕！"

"陛下怎如此夸赞自己的女儿？"见朱棣今儿看起来随和，王贵妃也不免开心，随说着："今儿彭城伯夫人给我们讲了件奇事，胜赞胶东邹平的一位贤女，咱们的咸宁公主听了，很是不服气呢！"

"哦？"朱棣仿佛来了精神："彭城伯夫人回来了？"

"正是！"王贵妃接言道："她呀，这次回去，发现一宝儿，今儿就赶着到太子东宫来献宝。可惜，咱们的太子妃是位冰美人，硬生生地给挡了回去，这才来到我这儿，坐了好一会儿。"

"何宝值得她如此费心？"朱棣对于徐皇后亲点的这位太子妃很是满意，贤良淑惠，不温不火，不争不妒，永远保持着置身事外的那份淡泊。当初就是想给那忠厚有余、筹谋不足的太子找一个良配，才选了这样一位才学出众、明理通达的才女为太子妃。现在看来，似乎仍是有些不足，就是这二人都太仁厚、也太清高了，有些不食人间烟火的感觉。

这样的性子好虽好，但是执掌后宫与朝庭，总是那么让人揪心。想到此，朱棣心中暗叹，还是老二好呀，最像己类，勇猛凶狠如同虎狼，只有这样才能让自己放心，可是一想到老二每每盯着太子的那种觊觎的神情，他就有些惴惴不安。

王贵妃小心翼翼地打量着天子的神色，虽然一边是受人所托，而且是太子妃之母，她不能得罪，可是朱棣的脾气也是瞬息突变的，所以她仔细着措词，思索再三才将彭城伯夫人的话转诉过来。

一番话说完，不见朱棣有什么反应，待她刚起身悄悄退下，而朱棣却从嗓子眼轻哼一声，有些不屑地说道："一个小女娃，再聪慧能聪慧到哪里去？这彭城伯夫人也太心急了，基儿才多大？"

王贵妃应也不是，否也不是，只得尴尬地笑笑，而手中的团扇更加快了频率。朱棣一把夺过扇子，微微皱眉："你说那女娃叫什么？"

王贵妃微一思忖："姓孙，好似名唤若微。"

"姓孙，若微？"朱棣的眉头渐渐舒展："原来是她，又让广孝言中了，也好，你去交代彭城伯夫人，安排孙若微入宫待年。"

王贵妃显然没有明白天子的意思，有些愣神。

而朱棣则又跟了一句："就说是朕的意思，先给咸宁伴读，若其贤名当真如外界传闻的那般，再作计较。"

"是！"王贵妃颔首称是。

一只大手，突然抓住她的玉臂，他微微一笑："这珊瑚串子也就是戴在你的腕上，才这么好看！"

"皇上！"王贵妃面上绯红，将脸扭向一边。

碧落立即会意，寝殿中两道纱幔随即缓缓放下，内监宫女纷纷退下。殿内寂静一片，除了衣裳摩挲的声音，便是朱棣的低吼和王贵妃的阵阵娇喘，守夜的宫女们低垂着头跪在殿外，而值守的敬事房的太监们，则是不时地抬起头，飞快地对视一下，眼中的神情十分苦涩。

日日跟在皇上身边，夜夜在寝殿外面值守，听着这所谓的男欢女爱，却不知里面传来的声音究竟是痛苦还是快乐，那充满诱惑力的声音让暗影中的他们时时浑身一阵燥热，只是这燥热又可以维持多久呢？

王贵妃处，应该是一盏茶的时光。

轮到徐惠妃呢，有的时候会是半个时辰。

想到这儿，老太监无声地笑了。若问这宫里哪个妃子最得帝王眷顾，不用看封号、赏赐，直接来问他们这些敬事房的太监，是最明白不过的了。

第五章　离　别

"若微！"继宗站在屋子外面喊着。

而若微恍如不闻，在炕桌前认认真真地绣着花，一针一线。是的，她在绣花。素素和孙敬之看到这一幕，不免心酸，素素倚在丈夫的怀里，泪眼婆娑，"相公，我们的若微，真的要离开家，真的要进宫吗？"

孙敬之满心苦楚无处排解，他无法安抚妻子，这个女儿从降生时起，就有人戏言，如此粉妆玉砌的小美人，将来要凤栖宫城的，只是他没有想到，这一天会来得这么快。

他没有告诉娘子，其实很久之前，女儿就差一点被姚广孝带走，那一次自己拒绝了，但是这一次，是她的母亲，永城曾经轰动一时的才女张妍，那个与自己差一步结为连理的太子妃，她的母亲彭城伯夫人带着万岁的旨意，宣若微进宫为公主伴读，对此孙家没有半点理由可以推辞。

这两日，孙家门口络绎不绝，往来的都是贺喜之人，可是这件事对于孙家人来说，哪里能称之为喜事。

孙敬之深深叹息，他拥着夫人，万般无奈地说道："只是为公主伴读，并不是选为宫女、采女，待三两年后公主下嫁，兴许就可以回来了。"

素素泪眼蒙眬，强作欢颜："真的吗？"

孙敬之点了点头，而此时若微拿起绣花撑子，兴冲冲跑了过来："娘，你看我绣的这个还像样吗？"素素没有理会绣品，只是抓起女儿的手，轻轻一翻，果然，十指尖尖，上面都有点点针孔，素素忍不住，转过身去，泪如雨下。

若微知道娘亲是心疼自己，可是她就是想在临走前，给家里的每个人都亲手绣上一块帕子，留个纪念。她想要安慰娘，又无从开口，一抬眼看到站在门口的继宗，随即笑道："继宗快来，看看我绣的帕子。"

继宗走过来，接过绣品，用手轻拂，绣工优劣他不懂，不过自小看娘亲和紫烟的绣品，自知若微的与之相比，相差甚远。但是此时，他什么也没说，只是把它揣在怀里，"这个送我吧！"

若微点了点头，她拉起继宗的手："哥哥，我从来没有仔细喊过你一声哥哥。如今我要走了，求你以后多多照应爹娘，还有继明，他太小了，恐怕以后都不知道还有我这样一个姐姐，你要像以前对我那样，保护他、跟他玩，教他上进，督促他学业，好吗？"

继宗点了点头，随即又突然甩开若微的手："我不答应，爷爷说只需三两年，等公主出阁，你就能回来了。那时候，继明也就懂事了，你自己教他，我们等着你，你一定要回来！"说完，继宗头也不回地跑开了，看到这一幕，原本低声抽泣的素素忍不住失声痛哭了起来。

孙敬之一把将夫人与女儿都揽在怀里，什么也没有说。

若微没有哭，从知道消息到离别的那一天，她没有掉半滴眼泪，而是变了一个人似的，周全地安排着自己的一切，从衣服、饰品、各种小玩意儿，到诗词书籍、乐器、舞衣，一件一件，有条不紊地打包、装箱。

一切看似与过去一样，只是她原本稚嫩的脸上看到的是与年龄极不相符的沉稳与筹谋之色。对此，孙敬之已然无从分辨是喜还是忧，但是那深深的担心与不安长时间地盘旋在他的心中，久久难平。

车轮碾碾，若微被阵阵颠簸弄得疲惫不堪，本来困倦得很，想昏昏睡去，但是起心动念之间总是被什么牵挂着，于是她伸手打开帘子，看到父亲在马上的背影，不由心中一酸。

前天夜里，若微悄悄来到父亲的书房，看着父亲对着一幅画独自愣神。她拿眼望去，画中是一个绝色美人，浓纤得中、修短合度，瑰姿艳逸、仪静体娴，若微看得真切，那人不是娘亲。她稍一惊讶，不由口中已然轻轻"咦"了出来。

孙敬之听到动静，立即将画卷了起来，冲若微招了招手："微儿，来，到爹爹这儿来。"

若微展颜一笑："爹，那女子可是你的红颜知己？"

孙敬之抚须不语，凝视着若微，心中微微挣扎，要不要将这个秘密告诉她呢？看着她那张充满稚气的天真笑颜，孙敬之断然决定，什么都不说。也许仿如稚子般混然天成，方可在那样的宫中独善其身。随即说道："东西可都备好了？"

若微点了点头："只是可惜了紫烟这丫头，也要随我进宫，不如把她留下，我一人去就好！"

"胡说！"孙敬之笑骂一声："紫烟自小就服侍在你身旁，性子沉稳而伶俐，有她在你身旁，我和你娘才可稍稍安心，否则以你的性子在宫中，我们才真是寝食不得安宁！"

"爹爹！"若微靠在孙敬之怀中，有些撒娇地说："明儿一早咱们就悄悄动身如何？不要娘和爷爷还有继宗他们相送，女儿受不了离别的心酸与凄凉之感！"

孙敬之轻轻拂着女儿的青丝，略微点了点头。

候馆梅残，溪桥柳细，草薰风暖摇征辔。

离愁渐远渐无穷，迢迢不断如春水。

寸寸柔肠，盈盈粉泪，楼高莫近危阑倚。

平芜尽处是春山，行人更在春山外。

"娘，回去吧！"若微手执绣帕，高高挥手，努力想给他们留下一张可爱的笑脸，而身旁的紫烟早已泪眼蒙眬。不想有离别的感伤，但是此时此景，谁又能真正免俗？

渐行渐远，家已然从视线中淡去，成了心中一个永远不可抹灭的影子。

"爹，咱们还要走多远？"整日窝在车里颠簸，若微终于有些不耐烦了。

"快了，再有两日，到达登州，届时与朝鲜的秀女一道，改由水路进京，就不用这样辛苦了！"孙敬之看着女儿，眼中尽是怜惜之色。

"朝鲜的秀女？"若微闪烁着一双灵动的眼眸："爹爹，朝鲜的秀女是选给谁的？"

孙敬之面上有些踌躇之色，犹豫半晌之后才说道："是为当今圣上，由礼部派使臣去朝鲜选取的名门淑媛，以备后宫！"

"啊？"若微不由惊诧："当今圣上，不是已经快五十岁了吗？怎么还在为自己选妃？"

"微儿！"孙敬之面上一紧，环视四周，不由低声喝斥："你这性子，以后进了宫，可不能想到哪儿就说出来，遇事莫急，缓而再决，方才妥贴，可记下了？"

若微点了点头："爹爹，我此去真的是给公主伴读吗？不会，也像那些朝鲜秀女一样，给老皇帝……"，若微吐了吐舌头，"应该不会吧？"

孙敬之又气又急，也不知怎样对她说才好，说她自小聪慧，可毕竟还是个孩子。这时紫烟插话道："听说那日来咱们府传旨的是彭城伯夫人的家臣。老爷，这彭城伯夫人又是何人？她与咱们小姐有何干系？为什么临行前老太爷交代抵京之日要带小姐去拜会彭城伯夫人？"

"对呀？"若微也是一头雾水，殷切地注视着孙敬之，希望他能为自己解开谜团。

孙敬之无奈之下，只好说道："也罢，不与你说清，恐怕你不知深浅，徒惹事端。那彭城伯夫人原是邹平人，与我们孙家原为交好世家，其夫彭城伯为永城人，为父在永城担任主簿之职时也常往来，当今太子妃即出自她家，太子妃……"提到太子妃，孙敬之表情一顿，有些许的不自然。

若微心中起疑，仔细看着父亲面上表情，只是觉得有些怪异。而紫烟则仿如大彻大悟："我知道了，那太子妃定是想为自己的皇子从家乡选一位……"

"紫烟！"孙敬之将她喝住，紫烟立即把后面的话生生咽了回去，可是若微早已明白，她仰着脸望着父亲："爹爹，可是要将我配给皇孙？"

孙敬之看着若微，不置可否，只说道："一切都未成定局。"

若微顿感失望，她浅浅一笑："爹爹不必如此，那皇宫是天下最繁华富足的地方，那皇孙也是人中之龙，女儿不觉得委屈，反而高兴得很！"

看她如此，也不知是真是假，孙敬之更为惴惴不安。

第六章　朝　圣

隔两日到达登州，在这儿若微看到了"舟船飞梭，商使交属"的升平繁荣景象，在大海边的这个港口让她受到了极大的震撼，曾经以为唐朝的开元年间才是最最繁华的，若微从来没有想到，自己身处的大明永乐年间，也会是如此的繁华与富足。

"孙大人。"登州公馆前早有候在此处的内使上前迎接，孙敬之上前见礼并悄悄递过一锭元宝，一切尽在不言中。

内使王充态度更见亲和："上边早有吩咐，这一路之上甚为妥贴，孙大人自可放心。抵达京城，小姐入宫，以后定会显赫门楣，届时还要请孙大人多多提携！"

"如此，一路之上就有劳王公公了！"孙敬之赔着笑脸，小心应对，从来就是不喜官场逢迎，虽然才高八斗，但是从不应试，居于小小的邹平，就是为了享一生平静，没想到平地起波澜，竟然还是会卷入其中，况且那宫中远比官场险恶，他心中暗叹，面上只能仍强作欢喜，指派着仆人将箱笼物品搬进馆内。

而内使王充也指派宫监，在箱上贴好封条，他笑着解释："孙大人勿怪，如今同行的还有五位朝鲜美人，十余位侍女与厨娘，箱裹众多，这一路之上怕混了，况且吃穿用度宫中自有调度，小姐只要携带贴身物品即可。"

孙敬之点头相允。

第二天一早，一艘大船，和两艘护航小船驶离了港口。

若微站在船头，冲着岸上父亲越来越小的身影，高高挥手，这一次她依然没有落泪。

父亲的身影完全模糊的时候，那蓬莱阁还依然清晰可见。

"蓬莱阁虎踞丹崖山巅，云拥浪托，果然美不胜收。"一个清冷的声音自身后响起，若微回转过头，"朝鲜美人？"

一个朝鲜美人，年约十七八，身穿上黄下红七彩锦缎织就的民族服装，华美、艳丽又不失淡雅、轻盈，头发也不似汉人那般，只是简单地梳成一条乌黑的辫，以红色彩条布系在脑后，更显青春与朝气。她静静地站在若微身后，正望着蓬莱阁出神地说着。她看到小小的若微，不由怜惜道："你这样小，也被明朝皇帝选了来？"

若微面上一黯："说是入宫给公主伴读，可是谁又能说得准呢？一入宫门，就身不由己了。"

那朝鲜美人眼露悲泣，不由伸手将若微揽在怀中："我妹子也如你一般大，以前总和我睡在一起，如今也不知她怎样了？"

"姐姐。"若微见她生得美丽，人又亲切和气，不像其他几位朝鲜女子那般孤傲，也不由自主地亲近起来，她仰起脸问道："你知道这蓬莱的传说吗？"

那女子点了点头："蓬莱素有人间仙境之称，传说蓬莱、瀛州、方丈是海中的三座仙山，为神仙居住的地方。相传吕洞宾、铁拐李、张果老、汉钟离、曹国舅、何仙姑、蓝采和、韩湘子八位神仙，在蓬莱阁醉酒后，凭借各自的宝器，凌波踏浪、飘洋渡海而去，留下'八仙过海、各显其能'的美丽传说。"

"姐姐身处异乡，却对我们中原的事物如此熟悉，想来定是一位才女了！"若微听得有趣，不由拍手称道。

"才女？"那女子面露悲色："若非这才女之名所累，也许还可以逃过此劫。"

"劫？"若微眼波流转，一派天真之色："姐姐怎知一定是劫而不是福？刚刚姐姐说得好，八仙过海，各显其能。今日我们也是从此地驶航，既如此，就奋起一搏，争个局面出来也不一定呢？"

那女子更加悲凄，搂着若微，不由叹息："你倒天真，竟当咱们去的是什么仙境不成？"

若微不由一顿，随即说道："海上沙门岛，停帆数日留。唳月鸣孤鹤，扬波见戏鸥。"

那女子面上终于缓和，露出喜色："这是我朝高丽恭愍王副使李崇仁所作的《沙门岛偶题》？"

若微点了点头："听说他是在路上突因大风被困阻登州，虽然遭遇凶险有家难归，但还是被海上岛民老妪织网、孩童驾舟于大海扬波戏鸥的美景所打动，所以才会有此诗句流传下来。姐姐你看，你的国人都已做出表率，既来之则安之，不要辜负命运的安排，暗自悲古怀秋的，好没意思。"

那女子初听之下，不觉怎样，细细品味，不由哑然："本来看你与父相别，担心你哭泣伤心，才出来相慰，不想反而让你来劝我，真真让人羞愧。"

"姐姐，我叫若微，你呢？"若微很喜欢她的清丽与温和，不由心生亲近。

"我，姓权，名福姬。"拥着若微，她的脸上是淡极的一抹笑容。

"福姬。"若微默念，有些痴痴地说："极好的名字。"

此后顺风顺水，一路无恙。

到达都城应天的时候，恰恰是若微的生日。但是这样一个生日除了远隔千里的父母家人，还有谁会记得呢。若微抚着手上的玛瑙手串，这是爹爹在临行前替自己带上的，说是送给自己生辰的礼物。若微笑了，爹爹真好，心细如发，娘也真幸运，在盲婚哑嫁的年代，还能遇到这样的夫君，体贴入微，关爱备至，真是一件幸事。

下了船，有人来迎。

行至宫门口，被指引着纷纷下车。

一位头戴乌纱幞头、穿织金蟒袍的太监总管在一群小太监的簇拥下，端详着众位朝鲜美人，一一审视如同典选。

蟒袍是一种皇帝的赐服，本不在官服之列，而是特别封赏给内使监宦官的赐服，获得这类赐服是极大的荣宠，此人是谁呢？

"他便是司礼监黄公公。"福姬仿佛知道若微心中所惑一般，悄悄低声告诉她。

偏偏此时，黄俨的目光正落到若微身上的时候，若微立即上前两步，笑嘻嘻地深福了一个礼，口中说道："给黄公公见礼！"

黄俨微微一愣，随即伸手摸了摸光秃秃的下巴，朗声笑道："这位想必就是彭城伯夫人力荐的邹平小才女了。"

若微面上一红："黄公公说笑了。"然而一双灵动的眸子丝毫不见退却与窘迫，黄俨点了点头，目光又扫向一众朝鲜美人："各位美人请随咱家进宫吧。"

由皇城南端的洪武门进，经过承天门与端门，又过了午门，恍然看到五座石桥。"姐姐，这就是'内五龙桥'，桥下就是内御河。"若微轻声说道，权氏福姬点了点头。

过了桥就是奉天门，由南向北依次建有奉天、华盖和谨身三大殿。三大殿的东侧有文华殿和文楼，西边有武英殿和武楼，统称为"前朝"五殿。

三大殿之后，是皇帝与后妃生活起居的地方，名叫"后廷"。处在中轴线位置上的是乾清、交泰、坤宁三宫，左有柔仪殿（东宫），右有春和殿（西宫），两殿相对。东北角为东六宫，西北角为西六宫，在春和殿西侧还有御花园。

一众朝鲜美人，都低着头，露出洁白如玉的颈子，只是偶尔不经意间交换的眼神，才暴露出她们的心事。本以为远离亲人，来到千里之外的外邦，自己的命运犹如落花般可怜，然而一行之上的繁华、都城的雄伟与禁宫的巍峨，让她们彻底明白，比起永远居于那个贫瘠岛上的国人，她们的命运不知要好上多少。

众人被安排在西宫的一排偏殿内，稍事休息后即沐浴更衣，以待夜晚殿前见驾。

西窗之下，权氏福姬一人凭窗远望，显得那样孤寂无依。

而其他几位同来的朝鲜美人聚在一起，用略显生硬的汉语，描绘着她们在禁宫之中看到的精致绝伦的宫殿和满眼所及的繁华之景，还有那许许多多叫不出名的物件、摆设。其中更有一个看起来不过十三四岁的少女，还拉着前来服侍的宫女，好奇地看着她的头饰与珠环，甚至用手摸着她身上那件宫服的料子，神情中透着惊讶与赞美。

宫女不由掩面而笑，只说道："我们身上穿的、头上戴的能算得了什么？比起主子们的，都不过是些不堪入目的衣料、玩意儿。等日后几位贵人见了陛下，仰了天颜，得了圣宠，那赏赐连绵不绝，只会耀花人的眼。到时候，贵人们才看不上我们的这些粗布衣裳！"

众朝鲜美人听了，无不惊呼赞叹道："原来这就是天朝上邦，果然是物华丰美，人杰地灵，原来黄大人说的都是真的！"

在她们的一派称颂与艳羡之词当中，悄悄响起了一阵箫音，那般哀婉缠绵，又声声扣人心弦。

众人立即鸦雀无声，不再言语。

这柔和悠扬的曲音让人瞬间便清醒过来，这里再好，毕竟不是自己的家乡，远离故国、亲人，这样的朱门宫阙中，等待她们的，也不仅仅只是锦衣玉食，还有数不清的争斗与沉浮。也许一同前来的姐妹在转瞬之间，就会成为血淋淋的决斗对手，大家的心都沉了下去，有人对镜整妆，有人低声抽泣，更有人轻挪舞姿，低诵诗词，以精心准备晚上的面圣。

月儿初上，时辰到了，她们由太监和宫女们引领着，徐徐进入柔仪殿。

若微也在其中，她低着头，只看到自己脚上的绣鞋，静悄悄地，大气儿也不敢喘，大殿里寂静极了，说不出的压抑与恐惧。

好半晌，没有人说话，若微大着胆子抬起头，正对上一双柔和的美目，她是那样华贵雍容，微微有些富态，却丝毫不减她的美艳，此刻看着若微闪烁的眸子，竟然笑了。她微一侧身，转而看着龙椅上的那位高高在上的天子，而天子的目光扫过众人，终于在一个人的脸上停顿下来。

那是福姬，若微明白，虽然福姬不是此行中最为美丽的，但是她的神态与气质俱合，让她看来是那样的与众不同。

果然，天子开口了："权氏福姬，工曹典书权永钧的长女？"

"权氏福姬参见皇帝陛下，万岁，万岁，万万岁。"福姬字字如珠，缓缓跪下。

而其余众人也各报名号，依次跪拜。

第七章 东 宫

听着司礼太监黄俨在大殿之上的奏报，若微的心波澜迭起，原来这几个朝鲜美人是各有来历，均不简单。除权氏以外，还有仁宇府左司尹任添年之女任氏；恭安府判官李文命之女李氏；护军吕贵真之女吕氏；中军副司正崔得霏之女崔氏。

最长的十八岁，年纪最小的崔氏才十四岁。

她们连同十二名侍女、厨娘一起被送到这异国都城。

想到此，若微心中不免难过。

这时又听到殿上仿佛有人唤起自己的名字。

她抬头一看，那是坐在天子下首的中年美妇正向她频频招手："可是若微？走近些，让本宫看看清楚。"

若微起身，轻移莲步，稍近了些，又不敢太逾越了，这才又拜在殿中："若微拜见娘娘千岁、千千岁！"

"免了吧！"王贵妃仍旧一脸和色，笑意不减："刚刚唤你，恍然不闻，可是想家了？"

若微摇了摇头："若微来到宫中，看到殿宇重重，楼阁森森，四下里皆是金碧辉煌，气势恢宏便恍如梦中，进得殿内仰见万岁和娘娘的真颜，更是觉得无比威仪，所以心生惶恐，一时失了神。"

"呵呵！"王贵妃不觉掩面而笑："万岁，彭城伯夫人所言不虚呢，小小年纪，这一连串称颂之辞说得如此工整，果然是既美且慧，不仅姿容秀美，且聪明伶俐、出众得很！"

"贵妃说得是！"天子略略点头。若微这才知晓，这位就是贤名远播的王贵妃，不由抬头又多看了几眼，惹得贵妃又是笑声不断，而天子显然更加关注权氏，只听他突然问道："福姬可有才艺在身？"

福姬尚未答话，年纪最小的崔氏献宝似的抢着回答："回万岁，权姐姐玉箫吹得极好。"

"哦？"天子不由笑道："吹来听听"。

立即有人呈上一支玉箫。

而权福姬并不为动，只听她低声说道："这箫乃是口用之物，福姬还望陛下恩典，允我用旧时常用之器。"

天子点了点头："去取来。"

随侍太监即出殿去取，不多时将箫送上。

权福姬微微侧身，手执玉箫，随即传出优雅动听的箫声。一曲终了，众人恍然不觉，片刻之后，才响起寥寥掌声，福姬抬头一望，这击掌之人正是龙椅上的天子。

当日即传诏，权氏福姬被册立为贤妃，任氏为顺妃，李氏为昭仪，吕氏为婕妤，崔氏为美人。

若微被带到东宫，在这里她见到了太子妃。

见到太子妃的时候，两个人都不由得愣住了。

若微完全愣住了。天呢！她心中一阵惊呼。因为她发现眼前的太子妃居然就是爹爹那天手中画卷上的人。大明的当朝太子妃与爹爹会有怎样的干系？一时间若微心中浮想连连。

而太子妃张妍此时的惊心，是因为虽然她早已然想到，他和她的女儿本该如此出众，不管心中如何苦涩，如何有心理准备，但是初见之下，如新蕾之娇俏的若微还是带给了她太大的震撼。

微微冷场，若微先打破僵局。

"娘娘！"她扬着小脸，面上含笑，小小的酒窝漾出的全是开心和喜悦，没有胆怯与畏惧，也没有少小离家的悲凉与可怜，只是一片澄净的童真。那一刻，太子妃张妍终于放下芥蒂，她张开双臂，将若微揽在怀中。

"母妃！"穿着淡紫色袍子的小小少年倚在殿外轻唤一声。

太子妃冲他招了招手："基儿，快来，这是若微！"

他和她就这样相遇了，在一个阳光温暖的午后，在东宫太子妃的寝殿中，一个如梦中之花，娇美可人，一个似衔玉公子，在四目相对的那一瞬间，都有微微的意外。

那意外是因为熟悉，是的，虽然是这一世的初见，然而那眼神却偏偏如此熟悉。

没有王孙公子与深闺小姐初见之时的羞涩与慌张，有的只是熟悉和亲近。

"母妃，这个妹妹怎么如此熟悉？"皇长孙朱瞻基愣愣地问道。

而若微脸上的笑意更浓了。她走过去，盈盈一拜，口称"长孙殿下"。只是私下里，低唤一声："瞻哥哥！"

是逾越吗？

肯定是的。

可是她偏偏叫了。

从得知自己要进宫的那一刻起，若微就明白，从此自己便要在大明后宫之中历经沉浮，生死存亡与荣宠兴衰，全都要看自己如何去走。

与其被动地接受，让别人左右命运，不如自己去经营、去拼搏。

皇孙与皇帝，仿佛差了十万八千里。

然而取悦之道，都是一般无二的。

所以，不管以后如何，如今在宫中一日，就要让他们喜欢自己。因为只有这样，她才能安然无恙地长大，羽翼丰满的时候，是真的要凤凰在天，还是四海遨游，那时，便多了些博弈的空间，不是吗？

她的这一声低唤，让朱瞻基面上一红，不由拿眼狠狠瞪了这小妮子一眼，随即走到太子妃身边低声耳语。太子妃看在眼里，娇笑连连，随说道："你自己不问，却让母妃来问？"说罢又拿眼瞧着若微，似有深意。

若微走近几步，微一福礼，"殿下有何疑问？若微愿解其详！"

"呵呵！"太子妃笑不可止，轻轻推了一把朱瞻基。

瞻基定了定神，朗声说道："若微，是哪两个字？可是若似蔷薇之意？"

若微显然没有想到他会关心起自己的名字来，稍有一顿，随即说道："回殿下，若微，是浮若微尘之意，取自'一兴微尘念，横有朝露身，行到水穷处，坐看云起时'。因为家父喜欢王维的诗，也喜欢淡泊的生活意境，所以才给我取名若微。"

"行到水穷处，坐看云起时。"太子妃张妍心中一紧，往事历历在目，不觉神情恍惚，于是说道："基儿，你带若微在园子四处转转，明日还要去见咸宁公主，多少提点一二。"

"是！"朱瞻基与若微双双福礼退出。

走出殿外，若微长长舒了口气。

"怎么？"朱瞻基有些不解。他止住步子，再一次忍不住定定地看了她一眼，而若微仿佛早有准备一般，仍旧冲着他甜甜一笑，并深深福礼。

"你为何拜我？"朱瞻基一愣，看着面前这个比自己还小五岁的女孩，只是不知为何突然有一种压迫感袭来。

"我怕以后不小心得罪殿下，所以先行拜过。"若微仰着一张小小的笑脸，朱瞻基又是一愣。巧笑倩兮，美目盼兮，原来书中说的"笑靥醉人，秋波流动"就是这样的。他心中微微一颤，语气变得更加和缓："你又怎会得罪于我？"

她收了笑容，一双如玉的纤纤小手揉着粉色的衣带，终于脸上有了几分与年龄相符的胆怯之色："在宫里，什么都有可能，所以，我怕。"

如果说初见时的笑靥如花让他惊目，那么此时的怯怯娇柔就是让他不由心动了。

"别怕！"他脱口而出。

她又笑了，亮亮的眸子中闪烁着期望，"瞻哥哥。"

他依旧面上一红，悄悄扭过头去，轻不可闻地应了一声："若微。"

"嗯！"她响亮地应着。终于，他的面上也有了几分笑意。他在前，她在后，他向她细细介绍着东宫的殿宇与陈设。

"此处，就是你的居所！"瞻基指着一处极为清幽的院子说道。

"静雅轩。"若微看着顶上的匾额不由念出了声。

这里位于太子宫西南侧，是个独立的小小院落。园内屏山镜水，竹柏青葱，十分幽静。

"我喜欢！"若微笑了，脸上纯净得犹如一池碧水，看得人有些心惊。

第八章 权 妃

画檐初挂弯弯月，孤光未满先忧缺。遥认玉帘钩，天孙梳洗楼。

新被册封为贤妃的福姬静静地坐在镜台前，任由一众侍女为自己换上薄如蝉翼的纱质睡衣，轻薄如冰绡，朦胧如梦，雅中藏艳，穿在身上，隐隐露出里面水红色的抹胸，不知有多诱惑、多风雅！什么是"犹抱琵琶半遮面"，什么叫"一枝红杏出墙来"，什么叫"淡极始知花更艳"，如今她才全然明白。

一头乌黑的秀发随意倾泻在身后，淡点胭脂，轻描蛾眉，一切准备就绪，那一抹明黄的身影出现在殿中的时候，众人悄声退下。

背转过身去，静候他一步一步走近。

肩头被他轻轻扳过去，以手轻托下颌，逼着自己与他对视。他，相貌奇伟，美须髯，坚毅而棱角分明的五官，充满锐气与睿智的眼神，嘴角微微扬起隐晦而优雅的笑意，无一不散发着成熟男人的气质与魅力。

那一刻，她几乎有微许的窒息，不能与他直视。

他轻轻一带，她即重重跌落榻间，他欺身而上，气息急促，福姬微微发窘，终于扭过头去。"听说，离开朝鲜之后，你曾投海自尽？"他问。

她沉默无言。

他轻抚她的面颊，福姬身上一阵战栗。

"就这么不愿意入我的后宫？"他语态中带着戏谑。

她依旧不语。

他的唇印在她的唇上，此时终不能言。

芙蓉帐暖度春宵，始是新承恩泽时。

第二日清晨，当福姬自梦中醒来，只有那尚可闻息的龙涎香和榻上的落殷点点记录着昨夜的一切，而他早已离去。殿内跪拜的太监宫女随之奉上天子的赏赐，荣宠与恩典接踵而来。于是，整个应天城皆传诵一时，新近册封的朝鲜妃子权氏成为铁面皇上新宠。风头之劲，一时无人能敌。

去柔仪宫拜见贵妃，各宫妃嫔首次相聚，礼来复往，一时有些应接不暇，周旋应对中实在无趣。好容易挨到王贵妃乏了，众妃散去，她也领着贴身侍女走出柔仪宫，在花园中缓步而行，看似偶然，又仿佛命中注定，他再次相见。

他揖手而拜："参见母妃！"

福姬如遇雷击，呆立当场。而侍女太监纷纷上前："参见汉王殿下！"

"汉王？"福姬显然愣住了。

"回母妃，正是高煦！"他一身亲王正装穿着，哪里会有错。

她才明了，难怪当日他会出现在登州，会在迎接朝鲜使臣与众淑女的队伍中，原来他就是在当地就藩的汉王，那么他当日的种种照拂与体贴，不过是替他的父皇朱棣所做的份内差事。

她心中一时苦涩难当，不禁回想起当日。远离故国朝鲜，自己恨泪轻垂，夜间在行馆心绪难平，独自吹箫排遣心境，远远地有人以笛音相和，烛火中虽然朦胧，但是自己分明看得十分真切，那俊朗的身影已然深深地印在自己的脑海中。

笛箫相和、凄楚缠绵、如泣如诉、娓娓道来，音色醇厚甜润，旋律扣人心弦，可谓珠联璧合。这就是所谓的知音吗？恍如一阵春风吹皱一池春水，从此心中便有了他的影子，挥之不去，引得时时泛起阵阵涟漪，而如今才知道，不过是梦一场，梦醒了无痕。

也罢，难不成还做痴人之想吗？

挺直身形，轻移朱履，就此错过。

同样是入宫后的隔日清晨，若微早早醒来，自离家之后，夜夜都与紫烟同处一室，如今紫烟被送到王贵妃宫中学习宫规，自己还真有些不适应。

"姑娘！"一个眉清目秀的宫妆侍女走进室内："姑娘不多睡一会儿了？"

若微看着她，年纪虽然比自己大些，但也不过十五六岁的年纪，面容清秀，举止得体，不由心生欢喜。她面上一笑，说道："换了地方，睡不安稳，索性不睡了，姐姐是哪宫的？"

那女孩掩面而笑："姑娘如此称呼，奴婢可不敢当。奴婢湘汀，是太子妃跟前的，如今奉太子妃之命前来服侍姑娘！"

"哦？"若微双手拍掌，一派喜色："真的？那太好了，只是若微自小顽劣，初入宫中恐怕时时失仪，日后可要请湘汀姐姐处处提点、多多照拂了！"

"姑娘说的哪里话，奴婢实不敢当呢！"湘汀看她年纪虽小，但是言辞清晰，字字如珠，又长得娇美可人，也生了亲近之心，方又说道："既然太子妃把奴婢派给姑娘，自然是事事以姑娘为先，替姑娘周全了！"

若微笑着点了点头，然后抬眼环视室内，赫然发现从家里带来的那两只大箱子，如今就在窗根底下。

湘汀好像明白了，指着箱子说道："姑娘，这是黄公公派人送来的，上面的封条还未除去，姑娘请清点清点？"

若微笑而不语，走过去一把撕开封条，打开一口箱子，随又合上，转而打开另外一口。

湘汀虽然略有不明，但是念头一闪，觉得应该回避，于是转身出去，嘴上说着"我给姑娘打水洗脸"。不多时，当她手捧铜盆再次进屋的时候，看到若微举着一对赤金镶珠耳环，笑嘻嘻地走近她："姐姐，这个送给你当见面礼，可莫要嫌弃哟！"

湘汀颇感意外，但是看她仰着一张笑脸，笑容如此真挚，眼神又这般纯真，也放下了芥蒂，诚心劝道："姑娘初入禁宫，恐怕以后少不得要各宫来往、打点应酬。湘汀与姑娘虽为初见，但自是诚心相待，这个就免了吧！"

若微收了笑容，眼睛微微湿润："姐姐真是善心人，我家虽为书香世家、一方大户，但是祖辈父辈都是清俭的读书人，并不是殷实富足之家。即使如此，家人怜我小小年纪独自进宫，所以还是尽力为我准备了所需银两物品，我也知道这些东西只怕有出无入，难以应付。可是，与其费心打点那些不相干的人，倒不如把它当作信物赠予喜欢之人，这对耳环还是我娘成亲时戴的呢，我把它送给姐姐，天天看着，也好安慰我的思亲之情，姐姐就收了吧！"

若微说着，走了过去，垫起脚高高地举着手，要亲手给湘汀戴上。

湘汀还想拒绝，但是看到她如此真挚，不由心中一热，略微屈膝，就着若微的手，任她为自己戴好。

换上宫中备好的衣裙，梳好头发，稍加妆点，又略用了一些粥点，若微就跟在湘汀的身后，来到了太子妃的寝殿。

太子妃今日神情有些倦怠，仿佛夜间休息得不好，眼圈微微有些发黑。若微小心翼翼，将一切尽收眼底，又不露声色，依旧笑嘻嘻地请安、行礼。

看她笑意吟吟，太子妃张妍才稍稍安心："若微用过早饭了吗？"

"回娘娘，用过了！"若微抚了抚肚子："宫中的点心真精致，看得人都舍不得吃，所以喝了两碗粥，撑得都快走不动了！"

"呵！"看她一派天真，张妍也不觉莞尔："这孩子，光喝了粥，不到一会儿就该饿了，今儿还要去城曲堂陪咸宁公主读书，恐怕这午膳也早不了呢！"

"啊？"若微面上一惊："这可怎么办呢，一会儿陪公主读书的时候，若微肚子叫了起来可怎么好呢？公主定我一个失仪之罪，会不会拉下去……"说到此，她惊恐地捂着嘴，一双眼睛求助似的看着太子妃。

太子妃张妍被她逗得忍俊不止，连带殿中的侍女太监也都笑出了声。

太子妃张妍招了招手，若微走到她身边，她把若微拉到怀里，细细端详，面上充满爱怜："你呀，看似伶俐，内则憨实，咸宁公主是万岁最宠爱的公主，不仅文才女工出众，就连骑马射箭都样样皆精。命你去给公主伴读，不过就是解个闷罢了。你越以真性情相待，方能让她越喜欢，若是处处拘着自己、小心畏缩，恐怕用不了两日，公主就会把你退回来！"

"哦！"若微眨了眨眼睛："谢娘娘提点！若微一直以为，公主为金枝玉叶，定是刁蛮得紧呢。想着今天去见公主，我昨儿一夜没睡，现在心里还扑通扑通的呢！"

太子妃拉着她的手，轻轻拍了一下："真是个孩子！"又转而吩咐湘汀："领若微到城曲堂。"

"是！"湘汀恭敬地应承着。

第九章　伴　读

西六宫主体建筑坐北朝南，穿过高大的殿宇，来到西南角，这儿是三处小院，重楼复道，总称"城曲堂"。前有月台，宽敞明亮；后有小院，幽雅清秀；隔山石树后又建有书楼一座，其南亦有一院，为不规则形状；西南角设假山，又置花木，间置湖石，显得幽曲有趣。

"姑娘，这就是城曲堂，是万岁特意赏给咸宁公主读书用的！"湘汀代为介绍。

"那公主不在这儿住吗？"若微愣愣地问道。

"咸宁公主是徐皇后诞育的，自然娇贵，如今皇后故去，陛下特意令王贵妃代为抚育，晚间就住在她的宫中！"湘汀用手抬起低垂的柳条，娓娓道来。

"啊，那太可惜了，我看这处院子比东宫、西宫那些殿宇都要好呢！"若微满是遗憾，嘟囔着。

"不错，我也是这么想！"爽朗的声音远远地传来，若微驻足定睛一看，开口的正是站在书楼上凭栏低头观望的一位宫妆美人。

她身穿红色烟纹碧霞罗、白色散花如意裙，鬓发如雾，燕尾垂于胸前，斜插白玉兰翡翠簪子，脸色娇艳，眉似春水。

好一位美丽绝伦的大明公主，若微在心中暗叹。

"奴婢参见咸宁公主！"湘汀给若微递了个眼神，立即跪拜。

而若微仍仰着头愣愣地望着咸宁，忽地叹了口气，又摇了摇头，也学着湘汀的样子："若微参见咸宁公主！"

咸宁公主看着那小丫头灵动的眼睛转来转去，不知她想些什么，心中好生奇怪，想开口相问，又觉得这样楼上楼下地答话有些不便，随冲她们招了招手，示意她们进内堂回话。

室内厅堂敞丽，装饰精美，四扇雕花木门将书房与客厅"隔离"，方正平直的书桌，展现落落大方的风骨；镂空木屏风亦典雅清秀，几竿翠竹掩映其后，空灵雅致；四周八角形的玻璃宫灯使这原本寂静充满雅韵的殿宇，更添了瑰丽轻灵之感。

"喜欢这里？"咸宁公主对这个小自己很多的女孩充满兴趣，好端端的父皇怎么会突然给自己找来伴读，而且偏偏还是这样一个稚龄女孩儿。

若微点了点头。

满心的疑问在此时都化作好奇和好感，这个女孩灵动的眼神、甜美的笑容，丝毫不见做作羞涩，比之往日见到的宫眷和官家千金，要让人舒服得多，所以不由得有意逗她："这里好虽好，就是太过寂静了。夜晚来临，风鸣鹤唳，窗子上仿佛有鬼影闪过，着实吓人。若是让你独居在此，你可害怕？"

若微闪着一双亮晶晶的眸子，先是摇了摇头，随即露出两个可爱的酒窝："鬼神之说，古往今来众说纷纭。若微觉得，心自清静即无所惧，'月照云雾散，心清除外因'。我是个小孩子，每天不过吃饭、睡觉、看书、玩耍，没有害人之心，也自然不会有谁来招惹我。"

"呵呵！"咸宁公主嫣然一笑："看你小小年纪，倒有几分胆色，你且说说你在家时平日里都做些什么？"

"看书、写字、画画。"若微抬眼看了一下侍立于室内的几位宫女，眼睛四下张望着，嘴中继续说着："被娘押着弹琵琶、被紫烟盯着做女工，还有，有时会拉着继宗偷偷跑出去玩儿。"

"姑娘！"湘汀忍不住出言制止，哪知公主正听得有趣，反而一挥手：

"你们都下去侍候。"

"是！"不仅湘汀，连着那几位宫女都福礼退到楼下侍候。

"被娘押着？被紫烟盯着？紫烟是谁？继宗又是谁？"咸宁公主听她说得有趣，不由问出心中所疑。

"嗯？"若微这才自知言之有差，吐了一下舌头，有几分忐忑地悄声问道："公主殿下，若微是不是逾礼了？"

"无妨，在这书楼之上，不管那些规矩，你只说来，我听得仿佛有趣得很。"公主随即拿过桌上的一碟果子，递给若微。

若微以笑相谢，也不推辞，边吃边说："我娘希望把我培养成十全才女，所以日日紧逼，丝毫不放松。而紫烟是我娘派来的监工，天天盯着我绣花针织。继宗是我兄长，但凡我稍稍得闲，就会央求他带我溜出去玩儿。"

"想不到，宫城之外的女孩儿家也是如此，要学这许多技艺，不管爱与不爱，都要苦苦研习。"咸宁公主不由叹息连连："我还道只是生在帝王之家才有这许多的无奈，没想到你也如此！"

"咦？"若微看着公主："我也没有想到，本想着公主是金枝玉叶，定是想学就学、任性而为，没想到也要学这些技艺吗？"

咸宁公主笑了："当然要学，父皇母妃督促我们很是严格，不然你以为如何？"

"啊，我们民间女子学这些，不过是为了日后嫁个好夫君。可是身为公主，天之骄女，即使什么都不学，天下男儿也会接踵而来的。"若微撑着小脸，呆呆地思量着，不经意间竟然把心中所想全数说了出来。

咸宁公主又是好笑又是好气，见她粉面娇颜，一派天真纯净之态，不由伸手在她脸上轻轻一捏："你呀，你还这么小，竟会有这样的念头，真真好笑。"

两人虽然隔了五六岁，但是相见即相融，谈笑间一晃到了晌午，公主特意留若微一起用膳。

消息传至太子妃宫中，张妍心中喜忧参半，望着案上那本《金刚经》，她自言自语："敬之，你的女儿，终究与你不同。她没有承继你的淡泊与中庸之道，她比你知道进退，也比你积极。"打开经书，再一次从卷首开始悉心诵读。

颐和轩位于太子宫东北部，在金碧辉煌的皇宫中显得有些风格独特，主殿坐南朝北，面阔五间，据岗临湖，经松林绿荫下假山石蹬通向湖边，湖边有一座玲珑小巧的八角亭——晴碧亭。

正殿左右和南部，灵活交错地布置着风入松书屋、静宜斋、四知堂等小型殿阁，由短墙和回廊相连，形成了一个既封闭又敞开的庭院，在参天古松的掩映下，松涛阵阵，寂静安谧，实在是一个诵读诗书的佳境。

这里便是皇长孙朱瞻基的居所。

此时，他正坐在湖边的八角亭上，手拿一本书卷，潜心研读。

站在他身后侍立的太监小善子轻咳一声："长孙殿下，三皇孙来了！"

话音未落，一个十岁左右、身穿紫袍的胖胖少年跑了过来。

"大哥！"他跑得风风火火，进了亭子一时几乎不能停步，朱瞻基伸手轻轻一拉："瞻墉，说过多少回了，还是这样毛躁，当心母妃看到，又要训你！"

"大哥，听说你的小妃子进宫来了，快带我去看看！"朱瞻墉一脸兴奋，眼珠乱转，冲着朱瞻基挤眉弄眼。

小善子"扑哧"一下笑出了声："三皇孙，若微姑娘在静雅轩，奴才带您过去看看？"

"好啊！好啊！"朱瞻墉立即拍手称好。

"瞻墉！"朱瞻基狠狠瞪了一眼小善子："皮又痒了？还是又闲了？这儿没你的事，下去吧！"

小善子吐了吐舌头，立即退下。

"咦？"朱瞻墉转动着眼眸，索性坐到瞻基对面："大哥怎么了，以前得了好东西，不是都拿来给弟弟看吗？"

朱瞻基默而不语，他不由想起了前几日与太子妃的那番对话。

在太子妃的寝殿之中，那日的定省请安之后，太子妃特意将他留下，退下宫女太监，定定地凝视着他，唇边淡淡地浮起一丝笑容，语气十分和缓："基儿，过两天，有个女孩儿要进宫……"

朱瞻基坐在下首，对上母妃的眼睛，似乎不明白她话里的意思。

"你是皇长孙，皇上对你事事挂心。入学、讲读、找师傅，都是早早吩咐下去筹办的。如今，自然也要为你预先留意一些人选，以备日后你出宫建府，身边好有个体贴的人！"太子妃十分小心自己的措词，唯恐说得深了，怕他多想；又怕说得浅了，他不明白这里面的根由，心中不由暗暗怪母亲多事，早早地弄来一个女孩儿，又不能给了名分，不奴不妃，实在是尴尬得很。

朱瞻基却一下子就懂了。

从小，他就比一般的孩子要早熟。他是太子的长子，当今圣上的皇长孙，是由皇祖母——早逝的徐皇后抚育长大的。

一直到徐皇后逝世，他才搬入太子宫，所以对于太子妃，他始终没有二弟瞻墉那样自然而亲近。

宫中的形势，让他和她，不像是一对母子，倒像是两个并肩作战的战友。

"母妃，她，是皇爷爷定下的？"他问。

太子妃心中一惊，没成想他开口要问的却是这样一句。

她深深吸了口气："是你外祖母向皇上推荐的，她居邹平，父为永城主簿。"

刚刚说到此处，朱瞻基恍然懂了，他立即站起身，拱手而揖："母妃放心，儿子明白了！"

"明白了？"太子妃面上一沉："你明白什么了？"

见他默而不语，这份与年龄毫不相衬的少年老成，让人说不出是心痛还是不忍，她摇了摇头，连忙解释着："只是到宫中给咸宁公主为伴读的，一切都不是定数。母妃告诉你，就是因为皇上命她住在太子宫，由母妃代管，日后你们难免见到，所以提点一二，并不是现在就要指给你，或者定下什么名分。一切，都还要看你们有没有缘分！"

"是，儿子明白！"朱瞻基连连点头。

"哥！你想什么呢？"朱瞻墡见瞻基半晌无语，不由伸手推了推他。

"没想什么！"朱瞻基这才回过神来。在那天以前，对于母妃口中提及的那个女孩儿，他心里有些抵触。母妃口中一句"居邹平，父为永城主簿"，他就立即明白了，与母妃同籍，与外祖父同城为官，这里面错综的关系，不点自透。

而她的进宫，又是皇祖下旨，就显然确定了她的身份。备位东宫，入宫待年，她应该就是自己日后的王妃。

心中说不出的沉重，从小长在深宫之中，天子的宠信、妃嫔的邀宠，什么是情？什么是爱？他不知道，那《诗经》中的"青青子衿，悠悠我心"又是何意？

那文人才子口中的"生死契阔，与子成说；执子之手，与子偕老"又是一种怎样的境界？

还有曹植的那篇传世之作，给世人描绘出的是怎样一个女子？

洛水之畔，踏着绣着精美花纹的鞋子，拖着雾一样轻薄的纱裙，隐隐散发出幽幽兰香，在山边缓步徘徊；偶尔纵身跳跃，一边散步一边嬉戏；左面有彩旗靠在身边，右面有桂枝遮蔽阴凉；卷起衣袖将洁白细腻的臂腕探到洛水之中，采摘湍急河水中的黑色灵芝。

宛如神袛，浑身焕发出一种摄人心神的绝世神韵。

这便是美丽的宓妃。

曾经在他的心底，也默默地憧憬过，他的妃子，他的爱，真想亲历一回人世间至纯至真的情爱。

然而，想不到自己的梦，还未及去做，已经被一只无形的大手抓牢了、安排了，剩下的路还有什么乐趣？

可是直到前两天，看到若微。

他惊了。

双蝶绣罗裙，

东池宴，初相见。

朱粉不深匀，

闲花淡淡春。

细看诸处好,

……

稚气? 美貌? 纯真?

是如花的笑靥? 还是怯怯的神情?

是那句 "一兴微尘念, 横有朝露身, 行到水穷处, 坐看云起时" 的淡泊与爽朗?

他乱了, 只知道她, 那个小小的孙若微, 仿佛一瞬之间, 一双小手便牢牢地抓住了他, 触及他心底的那抹温柔。 一句 "瞻哥哥", 一个纯真无邪的笑脸便让他觉得, 这宫里的日子不再是那般的清冷与无奈。

"走, 瞻墡!" 他站起身, 朝回廊走去。

"去哪儿?" 瞻墡呆呆地问了一句, 今天这样阴晴突变的兄长, 在他的记忆里是如此陌生。

"去见若微!" 他笑了, 声音中带着欢愉。

"若微?" 瞻墡挠了挠头, 仿佛恍然明白, 立即兴高采烈地跟了过去。

文华殿内的上书房, 便是为东宫皇孙们授学的地方。

听咸宁公主讲, 当今圣上对皇孙们的学问要求极为严格, 大约是清晨卯辰三刻起读, 下午申时以后才可散学, 虽严寒酷暑而不辍。 一年之中, 除了端午、中秋、万寿节、皇孙本人的生日等五日可免入书房读书, 除夕可以提早散学外, 均没有假日。

若微悄悄跟在咸宁公主身后, 看着皇孙们一个一个都依次入内之后, 两个人才悄悄趴在窗户上, 向内观望。

只见书房内有凳椅四张、高桌四张, 书籍笔砚置于桌上, 正中为师傅特设桌椅一套。

皇孙们入内之后先向师傅行礼, 姚广孝不肯受, 微微侧立于桌前, 于是皇孙们即向座位一揖, 以师傅之礼相敬。

"皇孙们六岁而入学。" 咸宁公主小声说道, 若微点了点头。

听湘汀说过, 皇孙们读书前, 还要由皇上亲自下令先举行郑重的仪式，然后才能开读。这就是"入阁"，朱瞻基入阁就学之初，朱棣便为他选任了一批颇有才学的高级官员，其中便以"靖难"功臣、太子少师姚广孝为首。

而读书的方式、方法也很讲究，最初是讲官讲一句，皇孙们跟着照读一句，或五遍，或十遍，读重于讲。

十岁之后，便注重为辩学。

老师会像给学生留作业一样，挑选一些政治问题让皇孙们处理，或是口头裁决，或是笔答，以此将书本上的知识与实际相联，活学活用。

今日辩学的题目就看似简单，实则内涵深远，即：儒学之要义。

与皇长孙朱瞻基一同在东宫书房读书的是太子另外三位年长的皇孙，还有朱瞻基同母弟弟朱瞻墉、太子侧妃郭氏所出的朱瞻垲、太子侍姬李选侍所出的朱瞻埈。

题目一出，朱瞻墉与朱瞻垲当下便奋笔疾书，朱瞻埈则低头深思。若微抬眼向里望去，只看到朱瞻基稍加思索片刻，即低头执笔，这才略略安心。自入宫那天起，不知不觉，她便将自己与他的一举一动连在了一起。

稍后，诸人将答案呈至太子少傅姚广孝面前。他展卷一一阅览，从他的脸上看不出情绪。片刻之后，他才重新将目光投向殿内的诸皇子。

他的目光最后投向了左侧第二排的瞻墉，"将你的文章念给大家听听！"

"是！"瞻墉起身答道："子之儒学博大精深。瞻墉以为，唯'君子'是为第一要义，因其简洁明确，是以树人以至世事之平和。《论语》有谓，君子有五仁：恭，宽，信，敏，惠。余以为，君子欲成功，亦应有：仁，知，永。仁，即前所言及之五仁。知，乃知识，见识，领悟，经验也。永，为勇敢，为永恒，为坚持。是以，瞻墉私谓，儒学之精髓，即树人作君子，而仁，即为儒学之要义。"

姚广孝不置可否，又问道："你认为儒学之要义与王道的关系呢？"

若微暗暗偷笑，原来这才是朱棣将他派作太子少傅、督学皇孙们的真正目的。

瞻墉想了想，才回答："孔子儒学中的'以和为贵、天人合一'，'以德施政'和'礼下庶人'均是治国思想的最高境界，仁就是王道！"

这样的话似乎有些道理，又似乎过于狭隘地只理解了字面的意思，若微摇了摇头，默默叹息了一声。

想不到，就是这样一声几乎不可闻的轻叹，让她险些现了原形。

"谁在叹息？看来有人对越郡王的话并不赞同！"姚广孝目光如炬，向窗边射来。

若微手心里全是汗，一阵心慌。就在这时，坐在窗下的瞻基站起身，缓缓答道："墉弟所言确实极有道理，若为君子，做到五仁，做到知、永，即为圆满。可若是为君，以此为王道，则有失偏颇！"

"为何？"一个清冷的声音突然响起。

站在窗外的若微不禁吃了一惊，这句话显然不是姚广孝问出的，也不是一脸不服气的瞻墉问出来的，而是从门口进来的一个中年男子，俊朗的五官，带着与生俱来的一种霸气，深幽的眼神暴露了他的睿智和野心，举手投足间英气勃发又似乎有些孤独和冷傲。

此人是谁呢？看起来居然有几分眼熟，来不及细想，只听瞻基不慌不忙地说到："王叔一定听过《论语》中'君子坦荡荡，小人长戚戚；君子怀德，小人怀土；君子怀刑，小人怀惠；君子求诸己，小人求诸人'的话吧？"

"是二皇兄。"咸宁公主凑到若微耳边，压低声音说道。

二皇兄？就是汉王了，若微点了点头。只是……？天呢！若微想起来了，他分明是在登州驿馆中每到夜深人静时，以笛音与福姬姐姐的玉箫相和的那个人。

真是佛要金装，人要衣装。

当时他一身青袍素服，看起来像是随行的护卫，想不到，他竟然会是当今天子的二皇子，手握重兵、在靖难之役中立下赫赫战功的汉王朱高煦？

那么，他与她的知音相和，是出自单纯的欣赏？还是……？

若微完全傻掉了，咸宁公主轻轻捅了捅她，她这才收回思绪，细细聆听室内的辩学。

"本王六岁的时候就知道,其意是说君子胸怀坦荡、宽厚从容,小人心地阴森恐怖;君子注重道义,小人只讲效益;君子遵章守纪,小人只求实惠;君子承担责任,小人推卸责任。对否?"汉王低下头,看着瞻基,一脸的骄傲又有些刻意的戏谑。

姚广孝则站立一旁,笑看着他们对答。

"叔王说得极是,只是叔王可曾想过,那小人是从何处来的?为何会有小人?小人与君子有如此大的差异,那么当君子遇到小人时,该如何是好呢?为王者又该如何调和?如何权衡?"看着渐渐落入圈套中的汉王,若微心中不由暗笑,一生杀伐无数,以武力帮助朱棣夺取皇权的汉王一心一意想取太子之位而代之。太子懦弱多病,不足为惧,可是偏偏出了一个贤名远播的皇长孙,虽然只是长孙,但是近年来朱棣似乎把全部的心血都放在了栽培他上,有意要立其为皇太孙呢。

所以朱瞻基虽然年纪尚小,却也成了汉王面前的一块绊脚石。

这时,一个衣着华丽,看起来比瞻墉还小的皇孙出列了,他便是朱皇孙瞻垲。只见他站在瞻基对面义正辞严地说:"我们可以多设学馆,教化众人,把小人变成君子!"

朱瞻基淡淡一笑:"孔子儒学中的精要是'道千乘之国,敬事而信,节用而爱人,使民以时'。然而为君者,领导一个拥有千辆兵车的大国,不仅要认真律事,恪守信用,勤俭治国,爱护万民,更重要的是要知权衡。万事万物,看似复杂,其实要义都十分简单。所谓王道,不过是'权衡'二字。乱世之奸雄,治世之能臣,不管是君子还是小人,亲民还是役民,仁还是暴,只有权衡得当,方能久安!"

此语一出,瞻墉立即一脸崇拜地看着自己的兄长,又狡黠地瞥了一眼汉王。

汉王着实有些意外,这样的话会从一个十二岁的少年口中说出,难怪父皇会如此看重他。

若微看着入神,突然一旁的咸宁公主悄悄拉了一下她的衣袖,又朝她使着眼色,于是她便跟在公主身后,两人蹑手蹑脚地走出了文华殿。若微一路之上还在想着皇长孙朱瞻基的对答,只觉得他说的话十分有道理，比那些皇孙都要出众。

"瞻基果然出众，怪不得那么多的皇孙之中，父皇独独最爱他！"咸宁公主脸上是一丝别有深意的笑容，目光紧紧盯着若微："怎样？你觉得如何？"

若微的脸刷的一下便红了。

咸宁公主笑意更浓："这下不怪父皇乱点鸳鸯谱了吧？"

若微眨了眨眼睛，对上公主的眸子："公主在说什么？若微都听不懂。若微只知道来宫中是给公主做伴的，伴读也好，为奴也罢，若微只知道以后处处跟着公主，受公主驱使，靠公主庇护，别的一概不知！"

"小妮子！"咸宁公主忍着笑，瞪了她一眼："看你嘴硬到几时？既然如此，就跟本宫走吧！"

"走？去哪里？"若微一脸莫名其妙，怔怔地问道。

咸宁公主拉起她的手，一直往城曲堂走去："不是为奴为伴吗？去替本宫把《女则》抄上个百十来遍。"

"啊？"若微苦笑连连，大呼悲惨。

第十章　竹　马

正午日头高照，整个宫里都静悄悄的，所有的主子都在歇午觉，就连值守的宫女与小太监都靠着殿门打瞌睡。

百无聊赖，皇长孙朱瞻基索性放下手上的《贞观政要》，信步走出颐和轩，沿湖缓缓而行，不多时就来到了静雅轩外。要不要进去呢？瞻基有些犹豫，虽然同处在太子宫，可是除了最初的那次见面，就是前两天陪瞻墉去看她。

瞻基还没有一次，是自己一个人走进这所小小院落的。

为什么常常在院外经过，徘徊良久却不能入门？他自己也说不清。

今日上午在文华殿的书房内，与汉王的一番辩学，虽然以自己的明思和辩才为胜，但是他并不以此为乐，反而有些忧心忡忡。

他的父王，当今太子体弱多病，为人仁厚又有些懦弱，因为皇祖母徐皇后的力挺，众臣的拥护与立嫡立长的古训，才被皇爷爷立为太子。可是瞻基很清楚，皇爷爷喜欢的是彪悍坚毅又果敢英武的二皇叔，汉王。

所以，父王的太子之位岌岌可危，常有如临深渊、如履薄冰之感。

对于汉王在朝堂上下、皇宫内外的处处逼迫与挑衅，父王不动声色，依旧谦和内敛，一个人苦苦维持着这兄弟和睦的虚假局面。

是毫无招架之力，还是以退为进，进而博得更多的赞誉与称颂？瞻基比任何人都清楚，是不得以的一种无为之冶。所谓"无为"，有的时候是审时度势、纵览全局后的策略；有时候是无可奈何、无从应对，自己的父王该是后者吧。

当初是谁在皇爷爷面前说了句："不看皇子，还可看皇孙。"

就是这样一句话，自己从小就被推到权力的巅峰之战中，成了太子党与汉王派两相对弈的筹码。连皇祖母徐皇后，将自己从小带在身边，悉心教导，也是缘于此故。

努力地钻研经典、诗词、兵法，学习治国之道，纵览史籍典章，哪些是出于喜好、出于自己的意志？不过是积极地顺受，为了父王与母妃、太子一脉的安全，甘心充当这个筹码罢了。

当年的太祖，自己的曾祖父——大明的开国皇帝，朱元璋，也是本着立嫡立长的古训，才放着立下大功、文韬武略的燕王不用，而是立了崇尚儒学的长子朱标为太子，只是太子体虚多病，英年早逝，于是又立了朱标的长子，皇长孙朱允炆为储君。

结果呢？

一场靖难之役，战火从燕京燃至应天，足足打了四年。

建文帝身后的皇子皇女，以及保帝的重臣，在这场血雨腥风中，都不得善终。

仿佛就是昨天的事情。

同样的格局，同样的角色，可是命运绝对不能相同。

瞻基握紧了拳头，再一次坚定自己的信念：不能！

谁能想到，生活在九重宫阙中，锦衣玉食的皇长孙，从小便是在这样的压力下成长起来的。十二岁的少年，仿佛就已经有些不堪重负，然而虽然步履蹒跚、跌跌撞撞，却仍然要执意前行，这应该就是长在帝王之家的无奈吧。

理清思绪，努力驱走心中的阴郁，朱瞻基终于走进了静雅轩。

院子里静悄悄的，穿过回廊，走过小径，瞻基不由愣住了。在屋前的花架子下，若微的造型十分奇特——在她的面前摆了一个小桌，上面放着一方小小的石磨，她一只手正在推磨；而她的腿？左腿是一个金鸡独立的造型，稳稳地立在地上，而右腿却高高抬起，先是两只腿劈成一条直线，然后右腿居然经过头部转向左侧紧贴左耳。

她的头发今天并没有梳髻，只是自然地分成两缕，以蓝色绸带系于胸前，一身雪白的衣裙，早已被汗水浸湿。

"你在做什么？"朱瞻基愣愣地问出了口。

若微抬起头，冲他甜甜一笑，没有丝毫意外和慌张之色，只是立即收了腿，理了理衣衫，要恭恭敬敬地行礼。

朱瞻基连忙拦下："此处就咱们俩，何须多礼？"

"长孙殿下，今儿怎么有空来看我？"若微笑得甜甜的，却让朱瞻基面上有些发窘。

他怔怔地没有说话，眼睛盯着她面前的那方小石磨："你刚刚在干什么？"

若微低下头指着小石磨问道："小石磨，小石磨，快说呀，长孙殿下在问你话呢？"

朱瞻基这才把目光重新投向若微，他也笑了："我在问你！"

若微拂了拂胸前的秀发，丝毫不见扭捏："哦？殿下刚才明明是看着石磨在问话，我哪里知道是在问我？"随即又笑道："好了，好了，不说笑了，我刚刚是在压腿呀！"

"压腿？"朱瞻基眼中闪过一丝疑惑。

"对呀，压腿是练舞的基本功，舞要跳得好，这腿就要柔韧自如，所以要每日坚持不辍地压腿，尽可能地利用一切时间，见缝插针地练功！"若微仰着脸，眸如皓月，看他似乎不明白，又解释道："压腿就同男人们练习拉弓射箭一样。压腿就是拉弓阶段，弓拉得越开，弦绷得越满，其势就能越强，射出的箭速度就越快，力量也就越大。明白了吗？"

"你……会跳舞？"朱瞻基仿佛此时才有些明白。

"会一点儿吧！"若微从桌上的盘子里又抓了一把黄豆，放在小石磨中间的洞里，又开始推磨："这个，是在磨豆子！"

她指了指从石磨缝中流出的白色液体："这是豆浆，可以煮来喝的，夏天的时候放在井水里浸凉，又好喝又有营养，一会儿盛一碗给你尝尝！"

瞻基站在一旁仔细地看，这真的是一口小石磨，曾经随皇爷爷微服出巡的时候，在农家看到过，那都是饭桌大小的大磨，而且都是由蒙着眼的驴子来拉的，他从来没有想过，这磨居然也可以用手来推。

这盘小磨做得如此精巧，在出口处，还摆了一个瓷盆，瓷盆上面蒙着一块白布，上面是一些散落的豆渣。

瞻基想问，又有些不好意思。

若微看着他的神色，眼眸一闪，不由笑了："长孙殿下着急走吗？"

瞻基摇了摇头。

"那请等等！"若微兜起白布，端着瓷盆进了西面的一间小屋。

瞻基一个人留在院内，正进退两难。就在此时，从院外走进一人，身穿宫女服饰，此人正是昔日在太子宫母妃身边随侍的宫女湘汀。

"长孙殿下！"湘汀立即行礼请安。

"湘汀，你怎会在此处？"瞻基问道。

"娘娘把我分给若微姑娘了！"湘汀扫了一眼院内："姑娘呢？"

瞻基指了指西面那间小屋，湘汀立即抿着嘴笑了，心想若微肯定是又琢磨什么新鲜的吃食了。这个姑娘当真有趣。刚住进来的时候，太子妃问她可住得习惯，可有什么缺的，她憋了半天，小心翼翼开口央求的居然就是在这静雅轩内置一个小厨房，说是自己最爱烹调，喜欢捣弄一些新鲜吃食。

惹得太子妃掩面而笑，这才允了，命太子宫的太监仆役改装了这个小厨房。

"殿下里面坐吧！"湘汀走至门口，高高打起了帘子。瞻基似犹豫了一下，这才进了屋。女孩家的闺房显然与自己的寝殿不太一样，处处透着灵秀与雅致。

窗台上、书桌上，都摆着一些御花园内采来的花枝，还有一些叫不出名的绿色藤萝植物，看着极有生气。

木制书阁下，摆着一张古筝，而西墙上还挂着一把琵琶。

床上是随意丢着的一件薄如蝉翼的舞衣。

原来，她不仅仅有花朵一般的容颜，还如此多才多艺。

瞻基目光环视整个屋子，最终在书桌上停留。

一个八角形瓷制胭脂盒下压着一方素笺。

那上面是一幅怀素草书。

会是她的字吗？

看起来并不像一般女子的字那样娟秀含蓄，反倒有些苍劲，瘦不露骨，匀稳清熟，妙不可言。

而细看那文字，瞻基的心像是被电到了一般。

　　飞来峰上千寻塔，闻说鸡鸣见日升。

　　不畏浮云遮望眼，自缘身在最高层。

身后有细碎的脚步声，瞻基转过头，只见若微手捧着食盘走了进来。

"今日上午，你跟小姑姑去文华殿上书房了？"瞻基径直对上了她的眼眸。

她歪着头，似是有些胆怯："殿下怪我？"

"当然不是，否则又怎会替你掩饰？"瞻基的眼中有着几分羞涩，又把目光重新投向了那张素笺："你写的？"

若微"嗯"了一声，仿佛弱不可闻地低语着："原本没想写这个！"

"哦？那你原本想写什么？"

"知不足，然后能自反也；知困，然后能自强也。"她微微仰起脸，对上了朱瞻基的眼睛，朱瞻基只觉得心中一暖，原来，小小的她竟然能够体会自己此时的心情。

感慨之余，正不知如何接话的时候，她轻轻将托盘放在桌上，里面摆着一盘一碗，盘子中是一张圆形的薄饼，已经用刀分成了六角，淡黄的颜色，上面还有点点的翠绿。

"请长孙殿下品尝。"她有几分忐忑，也许是于礼不合，但是她还是把筷子递给了他。

瞻基并未迟疑，他接过筷子，夹起一小牙薄饼，放在口中，慢慢品味。

"猜猜是什么做的？"她眨着眼睛问道。

"有蛋香、又清脆爽口，是加了青菜的鸡蛋饼？"瞻基想了想才答道。

"对了一半！"若微有些小小的得意："就是刚刚殿下看到的白布中包着的豆渣。"

"豆渣？"惊呼的声音不是出自朱瞻基之口，而是身后不知从哪儿冒出来，正一脸垂涎的胖胖的朱瞻墡："你给我皇兄吃这个？"

"嗯，这可是好东西！"若微笑意连连："豆渣也是豆子的精华，加点面粉、鸡蛋，用少量的水和成糊状，再加上新鲜的青菜煎成薄饼，出锅前撒上一点儿盐和胡椒粉，怎么样，味道不错吧？"

朱瞻基笑而不语，瞻墡看了看，眼睛一转，随即下手从盘中拿起一角，塞进口里就嚼，一边嚼一边说："也没什么好的呀，不如肉饼过瘾。"

而此时若微又托起青花瓷碗，朱瞻基接过来，小口饮着："这就是你刚刚磨出来的？"

"正是，豆浆！"若微笑靥如花。

瞻墡看得有些痴痴的，连连问道："还有没有，给我也盛一碗！"

"不给喝，一会儿三皇孙喝完了，肯定又要说，不如肉汤好喝，还是免了吧！"若微故意逗着朱瞻墡。

其实这些日子以来，瞻墡来的次数比瞻基要多多了，所以两人早已经混熟，开起玩笑来丝毫不见生疏。

"若微，你干吗给我皇兄喝这个？"瞻墡没有喝到豆浆始终有些遗憾。

若微叹了口气："可惜这儿东西不全，要不然，我就做些豆腐，给你们包豆腐汤饺！"

"豆腐汤饺？"瞻墡大叫："豆腐，难吃死了，还要包成饺子？"

"别人包不得，我却包得，就是用豆腐做皮，包成饺子！"若微脸上的笑意渐渐收了，目光对上朱瞻基："殿下一定知道，豆腐是汉时淮安王刘安首创的，小小的豆腐，却是最贫贱的美餐。人都说豆腐易碎，但是只要有心，豆腐也可以做成皮、包着馅，成为一道佳肴！殿下信吗？"

朱瞻基面色微变，直愣愣地盯着若微，见她两只漂亮的大眼睛忽闪个不停，稚气逼人，聪慧可爱的模样，让人心中微颤。过了半晌，他才郑重地点了点头。

"你们两个看来看去，看什么呢？"瞻墉凑上前，看了看瞻基，又看了看若微，很是糊涂。

"好了，瞻墉，我们也该回去了！"瞻基看了一眼若微："明儿，我再来看你。"

若微仿佛有些意外，怔怔地忘了对答，直到瞻基拉着瞻墉出了房门，走出小院，才缓过神来。

湘汀看在眼里，心中暗喜，外人都道皇长孙知书达礼，小小年纪就文武兼备，深得皇上的宠爱，在大臣中也有很好的声名。只是在太子宫近前侍奉的人都知道，这位皇长孙人小心大，平日里虽然对谁都态度和善，但却最是张弛有度，城府极深。

想不到，若微姑娘刚刚进宫没几天，不仅跟三皇孙混成了可以没大没小胡乱嬉戏的玩伴，更让皇长孙对她青睐有加，这真是个好的开始。想到此，湘汀的心里也豁然开朗起来。

而朱瞻基与瞻墉回到颐和轩，就一头扎进了四知堂里，翻箱倒柜地找东西。

内侍小善子连忙上前侍候，小心翼翼地问道："殿下，要找什么？奴才帮您找？"

"找那个玉虎镇纸！"朱瞻基头也未回，依旧在书阁、箱笼里翻着。

"奴才帮您找！"小善子想了想，走到窗根底下的红木绞丝纹卷头案边上，打开那个靠墙而立的两层对开柜子，从里面拿出一个小锦盒。

打开一看，立即喊道："殿下，在这儿呢！"

朱瞻基立即停了手，走过来拿在手里，细细端详，这款玉虎镇纸，是用西域碧玉籽雕制而成，玉质油嫩光洁，润度极好。

神形逼真的玉虎趴在用黄玉雕成的一块石峰上，上边是碧玉精雕而成的玉虎，下面是巍峨神秀的石峰，相互映衬，更显得威风雄武。

"皇兄，这会子急哈哈地找这个做什么？"瞻墉凑过来刚要伸手去摸，瞻基却抢先放回盒中，吩咐小善子道："去给若微姑娘送过去！"

小善子显然愣了一下，然后立即接了过来，"是！"

接着就训练有素地匆匆退下了。

"我说皇兄这样急哈哈地找这个，原来是要送给她？"瞻墭笑了："只是为什么要送这个呢？还不如送个耳环、钗子实惠。"

瞻基淡淡一笑，坐在书案前，一边研磨，一边说道："刚刚在她房里，看她拿胭脂盒当镇纸，恐是身边没有，所以才想着给她送过去！"

"哦，那也用不着送这个呀，这还是皇祖母给你的呢，哥哥就是属虎的，这不把自己送给人家了吗？"瞻墭晃着脑袋，瓮声瓮气地道。

瞻基瞥了他一眼，没有应答，只是提起笔，蘸了墨汁，展开贡纸，在上面挥笔而就。

瞻墭凑过来一看。

"知不足，然后能自反也；知困，然后能自强也。"

"什么意思？"瞻墭感觉今日的皇兄，分明有些怪怪的。

就在此时，小善子气喘吁吁地跑了起来，怀里还抱着一个大布包。

"回殿下，这是若微姑娘送的回礼！"

"什么好东西，快打开看看！"瞻墭立即嚷道。

小善子把东西放在桌上，扯下外面包着的布。

"啊？石磨？"瞻墭愣了，嘴张得大大的。

而瞻基则笑了。

"这丫头，可是疯了吗？给你送这个？什么意思？"瞻墭道。

"这有何不好？这一方质朴的小石磨，磨出的是原汁原味的豆浆，还可以让自己保持闲适的心情，这礼物，甚好！"瞻基心中十分激荡，原来被人了解，能够引起共鸣，遇上所谓知音，竟是这样妙不可言。

豆腐，是汉时淮安王刘安发明的，身为皇叔的刘安遣人来京城向年少的汉武帝敬献豆腐，并以此试探汉武帝的削藩之心。年少的君主与手握重兵、居一隅厉兵秣马的皇叔，他们之间的较量，仿佛与今日或者明日，自己与汉王对弈的情境一样。聪慧的若微，体贴的若微，用这方小小的石磨，分明就是在提醒自己，鼓励自己。

瞻基心中被一种不可名状的感动充斥着，他第一次感觉，身处宫闱，身为皇家子孙，也有了一些乐趣。

第二卷

芙蓉新落钟山春

第十一章　太　子

　　一晃，若微在宫中已住了月余，每日除了晨起至东宫太子妃处请安问好，就是到城曲堂中陪着咸宁公主说说笑笑，偶尔和皇长孙朱瞻基赋诗闲聊。

　　这一日，阳光正好，若微与瞻基相约在太液池边玩耍，若微早早到了，远远地看到湖边空无一人，心想瞻基别是被什么事情绊住了，来不了了，便一个人在草地上懒懒地走着，看着低垂的杨柳心中一动，一时兴起折下几枝嫩柳，坐在湖边的大石上编起花篮来。

　　不多时，听到有声音远远地传了过来，若微以为是瞻基来了，于是悄悄藏身于花丛之后。

　　"你们下去吧！"一个微弱的声音缓缓说道。

　　"是！"内侍特有的声音，随即是细碎的脚步声由近及远。

　　"耕犁千亩实千箱，力尽筋疲谁复伤？"那个微弱的声音又起，只念了这一句，就暗自叹息连连。

　　若微听了，不由心中难过，探头一望，吃了一惊，"咦"的一声喊了出来，那人一身玄色的袍子裹在身上，正倚在一架硕大的躺椅上，那虚弱的神态与其肥胖的身材形成巨大的落差，那失意的眼神儿更深深触动了若微，此时她的一声轻哼，引来那人的转头侧目，四目相对，皆微微诧异。

若微只得从花丛中闪身走出来，端端正正地行礼，并问了一声："胖公公好！"

"胖公公？"那人不由失笑，面上更是凄苦。

"你不喜欢我如此称呼吗？"若微闪烁着那双美目，看他脸上表情甚是凄苦，此时一腔义气涌起，她只想逗他一笑，为他解忧，于是开口说道："胖是可爱、仁慈的意思，你看寺院里的佛像都是胖胖的，大肚能容天下难容之事，心宽才体胖呢，所以你不要介意！"

看着若微一派天真之态，那人终于点点头，笑了："天下除了当今圣上，就只有你敢在我面前提这个胖字！"

"啊？"若微不由惊呼："难不成你是这宫里的大总管吗？"

那人笑着点了点头。

若微不由拍手称道："太好了，今日有缘，能与大人物相见，我是若微，是给咸宁公主伴读来的，暂居静雅轩，以后可要得你多多照拂了！"

那人收了笑容，仔细凝视着她，"好说。"上下打量，随即看到她手中编好的花篮。还有不远处地上的折柳，不由面上一黯，"玩什么不好，这柳条刚刚抽头，就折下编筐，岂不可惜？"

那若微偏偏不以为然，嘴上应道："《诗经》中云'青青河畔草，郁郁园中柳'，反正它长在园里也是郁郁所终，自发芽伊始就要经历生死、枯败，还不如物尽其用，我拿它来编花篮，摆在室内，既美了居室，又陶冶了性情，还能时时提醒自己，人生一世不过如白驹过隙，一定要努力上进、有所作为，这样，不是更有意义吗？"

那人面上更加阴沉，只是深思不语。

若微也不理他，自己跑到附近，又捡了些落花铺在篮底，折了几枝杏花插在中间，仿佛蓝采和的花篮，美而有趣。

若微拿着花篮走了回来递给他："好了，大总管，别生气了，这个送给你，放在室内可以保存好些日子呢！"

那人接过花篮，又盯着她的眼眸问道："你原本想将它送给谁？"

若微眨着眼睛，嘿嘿一笑：“我不告诉你！”

那人不怒反笑：“那现在，又为何要将它送给我？”

若微不假思索答道：“先前你念的那首诗下句应该是‘但得众生皆得饱，不辞羸病卧残阳’，就为这句，所以我要送给你！”

那人脸上笑意更浓，眼中微微有些湿润，他把脸扭了过去，看着满园的景致，一派生机勃发之态，联想到自己，一时心绪难平，险些昏厥。若微见状不好，立即上前，以小手抓住他的大手，翻手搭在他的脉上，一时间两人都有些惊讶。

“胖公公！”若微松开了手，面上有些怜惜之色：“你这是脾肺气虚引起的全身无力之症，又因过力受风，所以才瘫卧病榻。”

若微说完之后，心中实在有些不忍，她也说不清自己为何对这位初次谋面的胖公公这样亲近，只是觉得他在无人时，所念不是自己的病体，而是忧心天下百姓，觉得十分感佩罢了。

可是那人居然一扫之前的哀怨病态，微微一笑：“想不到你小小年纪，居然会岐黄之术？”

若微点了点头：“我娘是十全才女，日日逼我学琴棋书画，可是我志不在此，因为外公是杏林高手，而我娘是他唯一的孩子，所以也多少继承了一些衣钵。家中所藏医书甚丰，我常常偷偷去看，因为喜欢，所以在所有技艺当中，以医理药学最精。”说着若微噘起了小嘴，有些难过的表情自然流露了出来。

那人不由一愣：“怎么？”

若微又道：“只是本朝不允许女子行医，否则我定要做一个游历四方的医者，以医术扶危济困，或者干脆开个医馆，该有多好！”

那人微微一笑：“你有此志向虽好，只不过男女有别、各有所主，不必过于苛求。能多学一门技艺在身，不能救人亦可自救，也好得很！”

若微看着他，温和仁慈，心中十分喜欢，不由信口说道：“胖公公，你如今服什么药呢？可有见效？”

那人眼帘低垂：“陈年旧疾，药石已然无效。”

若微听此言不由喜出望外，拍手称好：“你可愿意放心让我医治？”

那人哑然失笑，不置可否。

若微把嘴一撇："小气！"

那人更是笑不可遏。

若微眼睛一转，有了主意："你刚刚还说什么'但得众生皆得饱，不辞羸病卧残阳'呢，你不想想，你身为皇宫大总管，有多少人巴结你，给你治病，都治不好。那民间受此病困扰的人呢？他们该如何呢？你有人侍候，可是他们呢？要是靠体力种地、吃饭的人呢，还不活活饿死？如今，我有法子一试，就算不为了自己，为了众生，也该试上一试呀！"

那人听到若微如此一番说辞，仿佛动了心，微微点了点头。

"放心，我的方子，你可以拿到太医院给他们看，药也由他们抓，你要是怕得紧，还可以从民间找些相似的病人，以身试药，确实有效，你再服，这样可好？"若微说得头头是道。

那人终于下了决心："且依你一试！"

"好，那我回去写方子。对了，你住在哪儿？我怎么给你呢？"若微嘟囔了一句："这宫里太大，像个迷宫，很多地方我都不认识，也不能去！"

"我派人去找你！"那人抚须而笑。

若微这才发现，他与一般的公公不同，于是大惊失色："咦，你有胡子！！"

"啊？"若微呆立当场："你不是公公？"

那人不由大笑："你不是呼我为胖公公吗？也对也不对，此公公非彼公公！"

若微重复着他的话："此公公非彼公公，不是太监，还能在宫里，那一定就是王亲大臣，能住这里，那就只有，啊！"

若微"扑通"一声跪在地上："太子殿下，恕……恕罪！"

"哈哈！"他畅快一笑。

此人正是永乐帝朱棣册封的大明太子朱高炽，也是太子妃张妍的夫君，皇长孙朱瞻基的父王。

"丫头！"朱高炽觉得今日实在舒心得很："所以你唤孤为胖公公，孤也应下了，如此，你还会为孤诊治吗？"

若微低头沉吟片刻，随即一仰脸，展颜一笑："如此，就更要倾力以赴，为了天下，为了皇长孙和太子妃，若微愿意冒死一试！"

朱高炽点了点头："好丫头，果然有些胆识，去吧，放手去做！"

静雅轩内，若微把自己关在书房。门外，紫烟挡了皇长孙朱瞻基的驾。

朱瞻基又气又笑，指着她问道："你是何人，看着眼生得很，湘汀到哪里去了？"

紫烟俯身行礼："回殿下，奴婢紫烟，是若微姑娘自家里带来的。前些日子在柔仪殿学习宫规和礼仪，昨儿刚刚被派回来，所以殿下不认识，湘汀姐姐去浣衣局取衣服了。"

朱瞻基点了点头："若微妹妹可是生气了，刚待赴约就被召入文渊阁，被皇爷爷考问学业，一直过了午时，才刚刚散了！"

紫烟浅浅一笑："殿下多虑了，我们姑娘哪里是那样小气之人，不过是一回来就扎在书房，翻书查典。特意嘱咐，不得打扰，连午饭都没吃呢。可能是咸宁公主又给出了什么难题，想着法子破解呢！"

朱瞻基点了点头："这小姑姑定是又无聊得紧了，总是想法子捉弄若微，也罢，那我就先回了，你可一定要代为解释，别让妹妹误会了！"

如烟笑着应着，朱瞻基这才离去。

而室内一心专注的若微充耳不闻窗外事，细细为太子朱高炽写着医治四肢无力、虚胖体弱的方子。

傍晚时分，果然有位小公公前来取方子。若微将方子交出后，心中忐忑难安，一夜未眠。第二天一早，太子妃身边的管事宫女慧珠，就急着来催。

急匆匆被拉着来到了太子妃的寝宫。

这是第一次，看到太子妃与太子双双坐于殿上，旁边还立着一中年文士打扮的男子，看那服饰，若微就知道，是太医院的太医。

分别见礼之后。

太子妃先开口了："若微，你不必惊惶，这位是太医院院使刘纯刘大人。"

若微心中已然明白，立即又深福一礼："若微见过刘大人！"

刘纯看到若微分明一愣，也相应还礼。"若微姑娘，昨儿你献上的方子，微臣已然看过，有些不明之处还想当面请教！"

若微抬眼看了一下太子殿下，太子高高在上，和颜悦色，并冲她眨了眨眼睛，若微心中念头一闪，为何不说是我开的方子？是啦，太子殿下仁厚体恤，定是怕太医院一班太医面上不好看，毕竟自己不过是九岁的稚子，又是女孩子，所以才说是我献上的，于是冲刘太医甜甜一笑："刘大人太客气了，那方子不过是我外祖父留下的。于医理，若微可是不通，岂敢胡言？"

刘太医抚须而道："姑娘既然长在杏林世家，自小耳濡目染，应该得以真传，昨日看这方子，老夫拍案称奇，太医院一直为殿下拟的都是'补中益气汤'，而姑娘这方子，却加入党参、川芎，不知何意？"

若微略一思索，看到太子妃面上殷切，而太子一脸鼓励，遂说道："'补中益气汤'出自元朝名医李杲，是治疗脾肺气虚引起全身无力的名方。黄芪补肺固表，人参、甘草补脾气，调和中焦而清虚热，用白术健脾，用当归补血，用陈皮理气，用柴胡、升麻升发清阳之气。此方确是良方，只是与太子殿下之症微有差异。"

"姑娘此话怎讲？"刘太医紧紧追问。

若微拿眼瞧着太子妃，语气突然低缓："太子殿下之症，恐怕另有诱因？"

太子殿下点头称是。

太子妃一旁说道："当日燕京被围，太子殿下亲临城头督站，一连数日，精力充沛，然而大捷之后，却突然昏厥，此后才出现嗜睡、无力、不思饮食之症。"

"那就是了，太子殿下连日督战辛劳而胃气下降，饮食不周，则内有血瘀、中气不足；又有诱因，过力受风。所以才致无力之症，而'补中益气汤'中没有活血化瘀的作用，而且药力很弱，是温良之方，如今太子殿下之症愈见加重，若要痊愈，虽不能以虎狼之方以猛药相治，也要三分治、七分养。其中，七分养就是加入党参、川芎为药引子，三分治就是以'苏厥散'和针灸相佐，再调理饮食，方可复之。"

若微一口气儿说完，那刘太医面上已然十分难看，因为若微所说，直击其要害。身为杏林圣手，他怎会不知'补中益气汤'作用平缓，并不见显著效果，只是太子殿下万金之躯，又怎能轻易自创方子，添加猛药，原本是保守的中庸之策，如今却被一稚龄女童指出才真是尴尬。

只听若微又道："其实这方子想必太医院早就知道，可是想着太子殿下贵体万金，不敢冒险罢了。若微昨日在园中偶遇殿下，不知殿下真实身份，才莽撞提及，如今更是惶恐之极。还望刘大人原谅若微不知深浅、班门弄斧！"

一席话讲来，有理有情，还给太医院圆了脸面，刘太医面上这才和缓。

太子妃与太子殿下相视一笑，心中已然明白。

"娘娘！"若微突然想起一事，不由再次开口叮嘱："我也不敢冒险，如今万全之策，就是寻与殿下情形相似者，以身试药，确有效果后，再请殿下服用！"

太子妃点了点头，随即拉着若微走进内堂，两人又窃窃私语多时，这才吩咐东宫管事宫女慧珠紧随若微，一切听她召唤。

第十二章　怜　忧

太子妃东宫小厨房内。

若微站在凳子上，指挥着众人。

"这鱼要选用有鳞的河鱼熬汤，比如：鲤鱼、鲢鱼、鲫鱼等。要选一尺左右的大鱼，鱼收拾干净以后，不要除去鱼骨和鱼鳍，放两斤凉水，用小火熬一夜。记住，熬好后，将鱼渣子滤掉。不放佐料，只可加入生山楂十颗、小红枣十枚一起熬。"两个厨子照吩咐做着，旁边自有太监一一记录在案。

若微又转过身，对着另外两人说："牛肉要选带肌腱的瘦牛肉，约一斤左右，剁成馅，放两斤凉水，用小火熬一夜。记住了，小火熬。第二天把肉渣捞去，喝汤。不放佐料，只放点盐就行了。"

说完，若微又对着太子宫的大宫女慧珠说道："姐姐记住了，除此之外，选胡萝卜、芹菜、梨子、橙子、桃子捣碎成汁，滤掉渣子，每日早晚各饮一杯。"

慧珠点了点头："姑娘，这几种可是捣在一起？"

若微怔在当场，一拍额头："千万不要，怪我不好，没说清楚，是单选一种，这几种均可以。"

慧珠看了一眼负责记录的小太监："可都记仔细了？"

小太监点头称是。

慧珠这才放心，扶着若微从凳子上下来："姑娘辛苦了，娘娘让我带姑娘去量量身，如今这天热了，也该做几件新衣给姑娘换上。"

"好，有劳姐姐了！"若微立即甜甜一笑。

说罢，又从边上案上捏起一块酱鸭脯，边走边吃，慧珠不由失笑，随即吩咐着厨子："快给姑娘切些新鲜的，送到静雅轩！"

"是"

"有得吃又有得穿，真好！"若微拉着慧珠的手，兴高采烈，此情此景任谁看上去不过还是个孩子。

静雅轩内小小的池塘边，柳树荫荫。

若微倚在一张藤制的躺椅上，喝着冰镇酸梅汤，手里随意地翻着一卷诗词。

"妹妹好悠闲！"穿过回廊，走到近前的皇长孙朱瞻基看到的就是这样一幅犹如水墨画的景致，若微上身着一件烟葱绿色的薄烟纱衣小袄，下身是碎花翠纱露水百合裙，头发蓬松如雾，随意地分成两尾垂在胸前，还别了一朵小黄花，淡扫蛾眉，薄粉敷面，小脸润泽艳丽。本就绝色，掩映在池水畔、柳枝下的意境里，更显玉成天然。

"殿下！"若微嘴里轻唤了一声。

朱瞻基微微一愣："这儿又没有外人，好端端的怎么又外道了？"

若微轻叹一声，别过脸去。

"怎么？可是有人说你了？"朱瞻基心中一紧，挨着若微坐下，扫了一眼她手中的书卷，不由笑道："怎么又翻回头来看这么粗浅的东西？"

若微伸手端起小几上放的一碟樱桃，不过寥寥几颗，递给朱瞻基。

朱瞻基伸手捏了一颗："'圆转盘倾玉，鲜明笼透银。''如珠未穿孔，似火不烧人。'"随即又放回碟中："我知道你喜欢吃，这樱桃产自西蜀，地方官员千里送至京城，好的本就不多，各处按例分了一些，所以晌午刚得了就让小善子给你送过来！"

若微仰起脸，眼中闪过一片晶莹："殿下对若微真好，细致周到，常常令我更加惶恐，刚刚看到这樱桃，恰巧翻着诗卷，偏偏就看到这句'尘惊九衢客散，赭汗滴沥青骊。宫中美人一破颜，惊尘溅血流千载'，所以心里忽然害怕得紧！"

朱瞻基自幼沐浴在诗词典章中，自然知道此诗的意思，青骊是指宝马，大汗淋漓、冲进长安九衢事，是指唐玄宗为了博贵妃玉环一笑，将西蜀之地的荔枝送到长安的情景。而宫中美人一破颜，自然就是指安史之乱，美人葬身马嵬坡前的悲惨命运。

朱瞻基心中百感交集，想要安慰又不知如何开口，自若微进宫以后，六宫妃嫔都喜欢她的伶俐与开朗，整日笑嘻嘻的，仿佛不知人间何为愁滋味，只有在自己面前时，若微才会以真性情相露，她也会时时惶恐、时时忧心，多愁善感往往一下子就让朱瞻基没了主意。

"身处宫中，何止这樱桃，所有吃穿用度，无一不仰仗天子和各宫主子的好恶与恩宠，若微只是害怕，有时真觉得自己连个宫女都不如，如果只是一个小宫女，做好自己的本分，侍候好自己的主子，就万事大吉了，可是如今满眼望去，仿佛这皇宫之中所有的人都是我的主子，都要小心应对，百般讨巧，若微真的有些担心！"若微的眼中蓄满了泪水，更是楚楚可怜。

朱瞻基眉头微皱，定定地注视着她，唯有笑颜以对，稍作安慰。

"我没事，一时伤感罢了！"若微神色一转，"明儿是端午，我还有礼物要送给你呢！"

"哦？"朱瞻基不由伸手轻轻拂了一下若微的发尾："什么礼物，既然说了，就拿来，省得我还要翘首以盼等待明朝！"

"呵呵！"若微嘻嘻一笑："偏不，偏要明天再给你！"

朱瞻基也笑了："你呀，总是这般顽皮，母妃的礼物和王贵妃那儿的，可备下了？是否要我代为准备？"

"羞羞羞！"从花架子旁边突然闪过一人。若微抬眼望去，只看到那绛红色长裙，缠枝花卉纹金腰带就知道是谁了，立即起身："公主殿下，怎么凤驾光临我这陋僻小院了？"

咸宁公主这才闪身，走了过来。

"小姑姑！"朱瞻基亦起身行礼。

"免了，客套什么？"咸宁扫了一眼几案上的樱桃，面上一笑，只盯着他们二人上下打量，朱瞻基自然明白咸宁的戏谑之意，不由微微发窘。而若微则装作不察，只上前拉着咸宁撒娇道："莫非公主也是可怜若微，给我送樱桃来了？"

"呸！"咸宁公主轻啐了一声，伸手轻轻戳了一下若微的额头："你个馋嘴的小妮子，哪里短得了你的吃食，我是好心，以为这东西稀罕，巴巴地给你送来，没成想，有人已然捷足先登了呢！"说着便把手中的食盒重重放了几案之上。

若微拉起公主的手，居然脆生生地亲了一下："谢谢公主殿下！"

"这死丫头，哪里学来的怪作态！"咸宁公主伸手就要打，若微跑得快，闪身躲在朱瞻基身后。"不是公主殿下前几日讲的，说听那郑国公讲西洋的礼节就是如此，看公主殿下对西洋的风俗如此青睐，不如日后给咱们大明招一位黄头发、绿眼睛的西洋驸马好了！"

"你这小妮子，三天不打，就来耍贫，看我不撕烂你的嘴！"咸宁追着要打，而朱瞻基伸手相拦，咸宁气极："瞻基，你就护着她吧，还真把她当成自己未过门的媳妇了，看着吧，我一定去求父皇，给你指一个厉害的正妃，以后让她好好修理这个小妮子！"

"姑姑息怒，这种玩笑开不得，侄儿怕了！"朱瞻基立即伸手相揖，躬身行礼。

三人嘻嘻笑笑，又闹了一会子，才各自散去。

午后宫内各殿的主位娘娘都在午睡，侍从们也各自下去休息了，宫殿内寂静一片。

若微也有些困倦，刚待躺下小睡片刻，谁知外面一阵脚步声临近，湘汀立即神色紧张地进入内室："姑娘，快快起来，乾清宫的总管来传话，说是陛下召您前去问话！"

若微心中一惊，想想自己进宫也有些日子了，除了最初的那次面圣之后，就再也没有机会一仰圣颜，好端端的怎么会突然召见自己呢？

刚待犹豫，只听门口太监已然轻声咳嗽，说道："若微姑娘快点动身吧，咱家多等一会儿无妨，只是不能让陛下久候呀！"

若微立即站起身，紫烟也上前，与湘汀一道，帮她略微整了整秀发，理了理衣裳，若微举步向外走去，紫烟心中忐忑，跟上去轻声问道："可需要我去找皇长孙？"

若微摇了遥头，看到候立在外的太监，只觉得眼生得很，湘汀忙走上前给太监手里塞了锭银子，悄声打探，"周公公，召我们姑娘前去所为何事呀？"

那周公公瞪了她一眼，将银子在手中掂了掂，塞进怀中，"少打听。"随即打量着若微："姑娘，走吧！"

若微跟在周公公身后，步履沉重，走出院外，走过东宫，一直走到三大殿之后的一所宏大殿宇，拾阶而上，她悄悄拿眼望去，"乾清宫？"

居然是"乾清宫"，后宫之首，万岁的寝宫，召自己来这儿，究竟所为何来？

第十三章　圣　怒

若微在门口驻足，周公公与门外执守太监首领耳语片刻，那人进殿回话，不多时走出来，冲若微示意让她进殿。

若微低着头，小心翼翼，当她终于置身在这高大华美的乾清宫殿内的时候，她对着御座端端正正地行了三叩九拜之礼。

"民女孙氏若微参见陛下，吾皇万岁万岁万万岁。"那如珠似玉的声音怯怯地响起，在空荡荡的大殿中，带来回音绕梁。

"万岁？"御座上的朱棣轻哼一声，一挥袖，什么东西随即飘落在若微面前，若微低着头，跪在殿中，纹丝不动。

"看看，你看看，如此大胆妄为，朕都不能安枕，哪里还能有万岁之寿？"朱棣几乎是在咆哮。

"父皇息怒，料想她一个小孩子，不过受人指使罢了，如今查出幕后主使才是当务之急！"一个清冷的声音自殿内传来，若微抬起头，这才看到原来殿内除了天子还有一人，此人自己识得，若微冲着他又是一阵叩拜，口称："汉王殿下"。

汉王几步走到近前，从地上拾起朱棣丢下的那物，递给若微："这个，可是你写的？"

若微一惊，接过来匆匆扫了一眼，心中已全然明白。

朱棣仔细端详着殿中跪着的这个稚龄女娃，身形小巧，看起来确实不足十岁，只是那面上的神情如此淡然镇定，倒是让自己有些意外，而恰恰正是这份神情又让自己十分的恼怒，于是面上一沉，"这方子是出自你手？"

"是！"若微据实回答，心中已然无所畏惧，在她看来，自己这并不算得是什么大错。然而她错了。

"你好大的胆子！"汉王指着她气极败坏："凭你，也配、也敢给太子殿下拟方问诊，简直是太荒唐了，只此一项就可定你的死罪！"

若微不慌不忙，冲着汉王展颜一笑："汉王殿下说我是死罪，那自然就是死罪了，不过在死之前，还请汉王殿下赐教，若微所犯大明律例哪条哪款？"

"这个？"没有想到她居然敢回嘴，汉王一时顿住，对答不上。

"放肆！"朱棣心中对她小小年纪临危不乱的气度倒是有些欣赏，只是皇家的威仪怎可轻易冒犯，"你为何要为太子开此处方？"

若微不假思索，只把当日在花园的情形细细道来，每一句对话，包括太子殿下脸上的凄苦表情，一一详述，没有半点遗漏。

一席话说完，殿上立时寂静一片，朱棣龙目半眯，眼前浮现了太子生母徐皇后死前的那一幕，她紧握着朱棣的手，看了看已经在病榻前哭晕过去的太子，只说道："当娘的总是偏疼那个身子弱的孩子，太子身形肥胖，不似汉王那般神武，一向不为陛下所喜，但是他心地最是仁厚，还请陛下日后能够多多宽待！"

若微见到朱棣沉思不语，又大着胆子说了一句："太子殿下有恙在身，久卧床榻，仍然忧心百姓，所以若微虽然自知，无论如何这皇宫大内也轮不到小小女子逞强出头，但却愿冒天下之大不韪为太子殿下拟方配药，只是因为听到太子殿下口中所念的诗句，想着太子殿下居然自比病牛，心中定是凄苦得很，殿下病体之身还能一心记挂百姓，正所谓我为人人，那么人人自然也可以为我，所以，小女才会尽心一试。"

朱棣收回思绪，凝神而望，不由失笑："你？你真以为你能救得了太子殿下？太医院的太医调理了这么长时间，难道还不如你一个十岁幼童？"

若微望着天子，展颜一笑，尽露天真之态，"其实此症并非难治，只是那些太医担心太过，而若微心无畏惧，自可以放手一搏，效果也就不同。"

汉王殿下刚待开口，而朱棣此时反而有了兴致："你真有如此把握？你可知道，不管太子殿下之症有无改善，你都要重重被罚！"

若微抬眼看着朱棣，终于眼帘低垂，点了点头，"太子殿下好了，若微甘愿领罚，太子殿下未愈，若微自然罪责难逃，也该罚。"

朱棣点了点头："如此，就罚你……"

此时值守太监又进得殿内起奏："陛下，太子殿下与太子妃求见！"

朱棣面上一沉，眼光扫过若微，本以为在她脸上会看到一丝如释重负的轻松，然而让他诧异和失望了，她那小小的粉面神色依旧。

"宣。"朱棣道。

太子与太子妃双双进殿。那一瞬，不仅是汉王，就连朱棣也颇为意外，都说天子喜怒不形于色，而此时朱棣失态了，他脱口而出："炽儿！"

是的，三年了，朱高炽第一次没有靠内侍搀扶，而是自己走入殿内。

那么，一切都不必说了。

朱棣看了一眼若微，而此时她低着头，盯着自己的裙摆，看不到她面上的表情，但是朱棣憋得很，这小丫头肯定是在得意地偷笑，不过一切都不重要了。他知道，困扰多日的易储之事可以做罢，太子可以站起来了，大明国不会出现被抬着上殿的储君了，朱棣又看了一眼汉王，他脸上难掩的失望之色。朱棣心中暗自叹息，虽然高煦最像自己年轻时，但是，他毕竟差了一些，这样的心计与心胸，终不足以让自己废弃高炽而改立他为太子。

多日纠集在一起的烦恼，居然让一个小小的女孩儿给化解了，朱棣暗暗叹息。

于是，不赏不罚，若微有惊无险地在圣前度过了这场变故。

转眼就到了端午。

这是若微进宫以来，度过的第一个重要节日。

每年的端午节，皇帝都会在三大殿宴请群臣，而后宫之中也会有相应的宴会和庆祝活动。

若微很早就想好了，自己人微位卑，名为公主伴读，实则备位东宫，以待成年后与朱瞻基相配，所以身份极为特殊，一言一行都影响着自己今后的命运与东宫的名望。

虽然对此太子妃并未明说，但是湘汀已然早早提点过了，所以自己绞尽脑汁地想了又想，这才准备好自己第一次公开亮相的全套装备。

一大早，若微没有用湘汀来唤，自己就醒了。

直奔箱子，挑出那件双蝶戏花的淡粉外衫，又选了件绣着细碎梅花的桃花色锦缎百褶裙穿在身上，其实自己最爱的还是常穿的那件烟葱绿色的衣裙，只是如今自己不仅是公主的伴读，更是由东宫太子妃代育的淑女，所以若是太过随意地穿一件旧裙，恐怕太子妃面上不好看。可毕竟自己也终不是什么正牌的公主、郡主，所以自然也不能穿得太鲜亮了，想来想去还是这粉色最合适，小孩子嘛，处处以小讨巧罢了。

湘汀闻得里屋有了动静，在门外轻唤了一声："姑娘醒了？"

若微应了一下，湘汀推门而入，不由一愣："姑娘今儿怎么了？不仅起得早，还早早打扮齐整了！"

若微转了个圈，衣带飘飘，冲着湘汀微微一笑："湘汀姐姐，我这身衣服还说得过去吗？"

湘汀看了，点了点头，不由赞道："姑娘穿什么都好看。"而紫烟早已从外间端来铜盆，又捧着帕子，于是两人默契地侍候若微洗脸，梳头，上妆。

不多时，打扮妥当。

湘汀与紫烟捧着礼物跟在若微的身后，出了小院，来到东宫太子妃寝殿。

太子妃也刚刚打扮好。今日的张妍，选了一件水碧色缂丝绣凤宫锻长褂，下面穿着明黄色真丝百褶裙，高盘了一个芙蓉归云髻，髻上插上金步摇，两侧悬吊的珍珠光彩逼人。

若微进来的时候，太子妃正在对镜整妆，看她进来，不由笑了："若微今儿来得好早，可是来讨礼物的？"

若微面上娇笑连连，郑重地跪拜行礼，太子妃倒有些意外，刚待开口相问。只见若微从湘汀手中接过一物，双手奉上，口中说着："穴枕通灵气，合花祝百合，若微仿古人，祝娘娘与太子殿下永合百宁！"

太子妃接过礼物细细一看，不由惊讶："你小小年纪，竟然知道这个典故，能以穴枕相赠，真是用心良苦！"

第十四章　初　试

"母妃，何为穴枕？"朱瞻基从外殿走进来，看到这礼物也觉得稀奇得很。太子妃眼见越来越潇洒英俊的儿子，心中甚喜，不由玩笑道："你一向在诗词典故上不输于人，唐玄宗的端午宴诗怎的就忘了？"

"五月符天数，五音调夏钧。"朱瞻基低诵道："这诗太过平常，儿子只记得这句！"

"这诗中后面还有两句：'穴枕通灵气，长丝续命人。'"若微笑嘻嘻地接过话，瞻基面上一窘，微微瞥了她一眼。

"这诗未必有多好，只是涉及到一些端午的民俗。"太子妃近日显然心情极好，太子殿下终于去除陈疾，能够公开地出席一些重要场合，一切的担心终于可以暂时放下，怎能不喜笑颜开。

她手执礼物，细细为瞻基解释："此物就是'穴枕'，其实就是一种空心枕，宜用于夏天。唐人杜羔之妻赵氏，聪慧能诗，传说她每于端午时，取夜合花放空心枕中，并以此花置酒中与丈夫同饮，空心枕中置花，是唐时端午习俗。"

"儿子明白了！"瞻基看了一眼垂手立于一旁的若微，不由赞道："母妃，以如此雅致的礼物相赠，若微真是有心之人！"

太子妃频频点头，又取笑道："若微的好自然不用你来说！"

"那母妃给若微准备什么礼物了？"瞻基出言相问。

此语一出，逗得太子妃不由失笑："好个基儿，如今心思已全然偏向若微了！"

瞻基方觉自己问得太过直接，面上有些发窘。

若微浅浅一笑，福礼说道："自从若微进宫以后，一直有赖娘娘照拂呵护，娘娘的善心体贴就是若微最好的礼物！"

太子妃听闻，不免大为感动，随即招了招手，让若微倚在怀中，"好孩子，如果我没有猜错，你给基儿准备的礼物是'续命缕'？"

若微点了点头，遂从怀里掏出一物，递给太子妃。

太子妃张妍定睛一看，是用五色彩丝结成的合欢结，眼中一热："'穴枕通灵气，长丝续命人'，若微，你有心了！"

若微面上一红，低下了头。

而朱瞻基似有不明，立即凑上前来，太子妃亲自将合欢结缠于朱瞻基的臂上，伸手抚着儿子的头，轻声说道：'长丝续命'也是端午习俗，这合欢结又称'续命缕'，人言之可以避灾延寿，难为若微如此费心，你该谢谢她才是！"

瞻基听闻，这才恍然明白，立即冲着若微甜甜一笑，伸手一揖："有劳了！"

若微面上一红，只说了句："不敢当！"

若微忙回头看了一眼湘汀，湘汀走上前来又呈上一物。

"这是什么？"瞻基拆开食盒，随即拍手道："母妃，这个典故儿子知道！"

太子妃一看，也笑了。

置于盘中的棕子，竟是一大九小，如一母九子状。

"娘娘，这个劳您转呈贵妃娘娘！"若微举止恭敬，脸上没有半点幼童之色，倒让太子妃张妍有片刻的愣神儿。

随即点了点头："好孩子，有你在，我亦可以省去好多心思！"

"娘娘，时辰不早了，该起驾去柔仪殿了！"外面管事的宫中女官奏报。

太子妃张妍站起身，冲着朱瞻基说道："去吧，一会儿同你父王上殿赴宴，可要小心应对，别失了礼数！"

"是！"朱瞻基正色回道。

太子妃这才领着若微与一群宫女侍从，浩浩荡荡前去柔仪殿王贵妃处拜谒。

柔仪殿中，各宫女眷已然到了不少。除了之前东西六宫的各主位娘娘，有许多人，若微都不认识。

只觉得莺莺燕燕，钗环清脆作响，一时间香风阵阵，风光迤逦，让人有些目眩，随着太子妃与各宫主位娘娘分别见礼之后，才落座一旁。

一抬眼，忽然看到那些新晋封的朝鲜美人。有任顺妃、李昭仪、吕婕好和崔美人，偏偏少了权贤妃。

"若微！"太子妃轻声唤道："贵妃唤你呢！"

"是！"若微这才收了思绪，展开笑脸，拎起裙子，快步走到王贵妃的座前："若微参见贵妃娘娘！"

"免了吧！"王贵妃脸上一派温和，拉起若微的手："好孩子，你送来的本草清心茶，我喝着甚是觉得爽快，也学着让宫女配了一些，分给各宫娘娘，如今她们都说喝着好，你给大家说说，这茶的特别之处！"

"是！"若微恭敬异常，将本草清心茶的配方、医理一一说来，又配上自己编的诗词典故，惹得众妃都喜笑颜开。

王贵妃赞道："好个伶俐的丫头，这宫里有了你，也多了些乐趣，偏是你有这些点子，哄着我们开心罢了！"

"陛下驾到！"随着首领太监总管的高声唱念，大明天子朱棣走入殿中，一时间众芳均含羞带笑，腰肢轻俯，"参见陛下，陛下万岁、万岁、万万岁！"尽展珠颜奉圣娱，只是当她们娇美的容颜轻轻抬起，看到天子手牵着身穿异族服饰的贤妃权福姬一同进殿的时候，那笑容分明都僵住了。

朱棣一眼扫去，满室除了三个人面色如常以外，均一片愕然。

太子妃张氏一向玉质冰心，宠辱不惊，所以她常态以对，朱棣并不意外。

贵妃王氏一向温和恭谨，为人最是和善，她面色如常，朱棣也心中有数。

只是常如稚子般嬉笑调侃与咸宁闹作一团的幼女孙若微此时也是不露声色，波澜不惊，这份淡定从容与其年龄大不相衬，朱棣不由暗暗吃惊，更是刻意多看了几眼，谁知那女娃反而天真一笑，娇憨可人，得之天然。朱棣反倒是有些不自然，遂摆了摆手，众人平身归座。

接着，乐起，开宴。

有得宠的宫妃开始依次敬献礼物，并向朱棣敬酒。

朱棣不偏不倚，纷纷笑纳。

而到了太子妃张妍这里，看着张妍呈上的礼物，朱棣不由笑道："皇媳年年都是以书画为礼，如今怎的突然转了性情，改送这样别具心思的穴枕和九子粽，倒真真出朕之所料！"

太子妃张妍连忙起身回话："回禀父皇，臣媳一向愚钝，往年将心思寄于书画，恭祝父皇与贵妃身体康健，只想着是臣媳亲手所为，最表孝心。而今年原本亦是依循旧例，谁料若微心思巧妙，今早以穴枕和九子粽相赠，臣媳自叹不如，随借花献佛，献于圣前！"

高高在上的天子朱棣，一听此言不由心情大好，指着若微道："丫头，这点子真是你想出来的？"

而此时的若微不见惶恐，依旧是笑嘻嘻起身回奏："是！"

朱棣又问道："如此巧思，你是如何想到的？"

若微自然知道众目之下，莫要出头的道理，故意守拙，所以笑着回道："也没有什么，因为若微囊中羞涩，所以就想着什么样的礼物，不需花银子还能拿得出手，想来想去也想不到，就到太液池边玩耍。后来突然看到宫女在用池中的蒲草晾干后编花篮、用竹衣包粽子，于是就想到唐时穴枕和九子粽的典故，这才效仿，算不得什么，就是小聪明罢了！"

朱棣听了心中暗暗称奇，说她故意守拙吧，但是脸上一派纯真自然，言之凿凿，不似半点虚言，遂点了点头："如此，受了你这礼，朕也要赏你，你说吧，想要什么？"

若微立即苦了一张脸，仿佛是天大的难事，此表情惹得天子看着实有趣，不禁问道："怎么？"

若微踌躇着，小心翼翼地开口："若微从来没有想到在陛下面前会得到赏赐，日日想的都是要小心谨慎，不要说错了话，不要失了礼仪，免得小命不保。所以如今面对陛下的意外之赏，既是惶恐，又不知道该要些什么，所以为难之极！"

"呵呵！"一句话让在场众妃嫔女眷都笑出了声。

坐在贵妃身边的咸宁公主不由娇声说道："你这小妮子，平日里尽是捉弄我，如今在父皇面前也敢胡扯！"

若微立即吓得扑通跪倒："正所谓得意忘形，如今若微立马出错，陛下恕罪。不如陛下就赏赐若微一个恩典，以后若是若微犯了错，大错小惩，小错免罚，怎样？"

朱棣抚须而笑，自然知道这丫头所指是之前因为太子诊治一事险些被自己重罚，于是说道："你这丫头，果然狡猾，原来费心送礼，都是为了日后犯错免罚，那还了得，朕不允！"

"哦！"若微苦着脸，退了回去。

第十五章　弄　潮

坐在朱棣身边的权妃突然轻启珠唇，缓缓说道："陛下，昨儿您赐给我的香罗，正衬若微的肤色，不如赏她吧！"

众妃一听，皆左右交汇了一下眼神。这香雪纱罗，为稀罕的贡品，宫中织造局每年夏日也就呈上寥寥数匹，如今陛下早早就赏了权妃，一时之间，众人皆是又羡又妒。

只是权妃开了头，众人也不示弱，纷纷以礼相赠，好不热闹。若微只装着不明就理，一一相谢，照单全收，也不客套。

朱棣看在眼里不免觉得饶有兴致，于是有意相考，他开口说道："若微丫头，这衣料和各宫的赏赐可不能白白拿去，你素来以聪慧灵巧闻名，今就令你以此情此景作诗一首，作得好另外有赏；作得不好，连这料子和各宫的封赏都统统交回！"

"啊？"若微亦真亦假，立即拉着一张脸，装作愁思状。

而朱棣手执杯盏，饮下一杯美酒，又说道："古人七步为诗，朕今就命你十步为限，快快作来！"朱棣是存心刁难，偏偏不信这十岁大的女娃能有多大的才华。

太子妃脸上虽然一派和色，可是仍不免暗暗担心，借着夹菜之机，目光不经意间扫在若微的脸上，若微冲她眨了眨眼睛，似乎是在示意，只是那眼眸中传递出来的消息，总是还不能让人完全放心。

若微面上带笑，站起身，拎着裙子一面迈步，口里一面数着"一"，然而迈过一步之后，这脚就不再向前迈了。

众人皆愣住了，而咸宁公主反应最快，"扑哧"一声笑出了声，指着若微说道："父皇你看，这丫头又来耍滑，她这样站立不动，哪用十步、七步，就是三步，也可站到天黑！"

朱棣也笑了："这丫头果然有趣！"

而若微不过是故意相逗，略一思索之后，边举莲步，边轻声低诵，"骄阳似流火，暑热难相抵。宫绢纱如冰，端午赐殊荣。细葛含风软，香罗叠雪轻。情意无长短，终身荷圣恩。"

此诗一出，立即引来一片相和与称赞之声。若微心中不以为然，诗并没有多好，不过是应景之作，又顺便拍了皇上的龙屁，同时还表了忠心，看来李白不愿在宫中奉娱，着实是有道理的，在宫中待得久了，才子也会变作小人。

朱棣低声默念道，"情意无长短，终身荷圣恩"，一时心中竟然有些激荡，随即以笑相掩，"不错，就赏若微郡主俸禄，也省得你总是哭穷，嚷着没钱还要送礼。"

天子开心，一时间玉楼宴罢醉和春，一派奢靡之相。

太子妃在不经意间笑了，那笑容被若微捕捉到，她惊呆了。为太子妃平时很少笑，宫中上下都说她是冷美人，空有绝世容颜，但是脸上时时都保持着一份淡然，这份淡然仿佛是与生俱来的，对所有的事都很淡漠，待人处事都波澜不惊。然而今天，若微却看见了她的笑。若微想，这该世上最美的笑吧，如百合般出尘脱俗，也许因为她平时笑得太少了，所以才会如此动人。而这份笑，分明是那样熟悉，好像在父亲的那幅画卷上，她就是这样笑着的。若微困惑了，太子妃和父亲是旧识吗？还是太子妃与画中之人原本只是相像？

酒过三巡，权妃突然凑在朱棣耳边低声轻语，之后便转身退下。临行前，她悄悄冲着若微招了招手，若微当即会意，跟太子妃报备一声，就尾随权妃出了大殿。

"贤妃娘娘!"若微冲着权妃施礼请安。

权妃面上一黯:"你也如此?"说着目露哀泣之色,转身离去。

若微一愣,然而很快就恍然,紧紧跟在她身后,连声唤道:"姐姐,福姬姐姐!"

权妃驻足,回转过身,将若微拉在怀中:"入宫以后,所有的人都远着我、敬着我、恨着我,我真怕,连你的真心也失了!"

"姐姐!"只此一语,胜过千言。

随着权妃来到西宫之首的春和殿,这里殿宇森森,雕梁画栋,很是大气恢弘。

而权妃的寝殿居然是按照朝鲜风俗而设着地席,没有床榻,厚厚的大红锦缎做成的垫子铺在地上,权妃拉着若微席地而坐。

"天呢,看来外间所传不虚,陛下真的如此宠爱姐姐,把这大明后宫改成了朝鲜居室!"若微目瞪口呆,不由心中暗自为柔仪殿那位贤淑温婉的王贵妃大呼可惜。

侍女奉上香茶,若微浅饮了一口:"好香呀!难道这就是传说中的大麦茶?"

权妃笑了:"你这丫头,真是鬼灵精,难不成连我朝鲜国的风俗都知道?"

若微明眸流转,脸上笑嘻嘻的:"听宫女们说,自姐姐进宫以后,从茶水、饮食到器具,都在这宫中上下掀起了一股朝鲜风潮,连万岁爷都很喜欢。我若不知,岂不是太陋孤寡闻了!"

权妃叹了口气:"'树欲静而风不止',往后我在这宫里,怕是更不好过了!"

"姐姐圣宠正浓,怎么会有如此感慨?"若微皱着眉,面色紧张。

权妃看她神色关切,大感安慰:"没事,是我想得多了!"

宫内嫔妃日日争宠、沉浮斗狠,虽然面上仿佛永远一派旖旎,可是私下里、暗地中的斗争何时断过?若微略为思索,也就想到了,只是难得两个人相聚在一处,实在不想论及这样沉重的话题,于是若微仰起一张笑脸问道："福姬姐姐，记得我们一起从登州出发的时候，你还带了朝鲜的厨娘？"

权妃点了点头："是啊，怎么，你对朝鲜的食物也感兴趣？"

若微听她此言，不由拍手称道："正是呢，前几日听她们谈及你们朝鲜的冷面，说是冰沁入脾、酸甜可口、爽滑劲道、十分特别，只是听人说过，但是从来没有吃过，心中想得紧呢！"

"这有何难？"权妃轻轻击掌，一个身穿朝鲜服装的侍女走了进来："娘娘有何吩咐？"

"吕儿，去让曹尚宫做一些冷面来！"权妃吩咐着："对了，再拌几个小菜"，转而对若微说："你一提，我也想吃得很！"

这位名叫吕儿的侍女应声下去，若微手托香腮，不由问道："曹尚宫？姐姐宫中还用朝鲜的称谓吗？"

权妃面上微微一窘："她是自我朝王宫景福宫里出来的，原是大王上膳厨房的尚宫娘娘，因为我们几个都是朝鲜名门之后，此番远嫁大明，我朝国主特命她一同前来，也算是种体恤。"

"哦，你们这位朝鲜国王可真是有心！"若微连连点头，不由对那个一衣带水的邻邦小国产生了些许兴致。

"是呀，我们的太宗大王李芳远，文治武功堪称全国第一，曾经在高丽王时代中过文进士，又武艺超群，在立国之初辅佐太祖大王立下过赫赫战功。只是他个性极强，一向自命不凡。正是因为这种过于果断刚强的性格，才在获得王位的道路上经历了那么多的坎坷！"权妃目光深邃，将故国王权更迭的故事娓娓道来，若微只听得完全入了迷。

原来同一时代，在大明东部的小国朝鲜，也有一位像朱棣一样的王，同样是在建国之初，立下不世之功，也同样是在立储之役中惜败，又同样以"靖难"政变的形式，从他人手中夺下了王位。

只是在权妃的口中，那朝鲜国王分明比朱棣要生动、要真实、要可爱一些。

若微也才得知，奉朱棣之命，到朝鲜国挑选贡女的大明司礼太监黄俨是如何欺凌逼迫属国的。在朝鲜，又有多少女子为了躲避检选，不惜自毁容颜，最后，为了国家和民族大义，这些朝鲜的官吏才忍痛献出自己养在深闺之中的娇女，而对于她们，朝鲜国王恩礼有加，尽一切可能，为她们提供便利，侍女、厨娘、用具，只要能慰其乡情，他都妥为安排了。

这样的国主与当今大明天子朱棣，差异是何其大呢？

第十六章　旧　梦

　　回过神来，仔细看着殿内的陈设与摆件，处处透着异国风情，皇上对权妃终究还是有心的，只是这份心思能保持多久呢？如果在这深宫之中失了皇宠，她一个异域女子，该如何自处呢？想到此，若微不由开口问道："姐姐，你想家吗？"

　　权妃娇俏的容颜渐渐添上一抹愁思，"怎能不想？只是身不由己，想也无用！"

　　是呀，就像自己一样，每到夜晚，对家人的思念，就像虫蚁一般啄噬着自己的心，痛苦极了，却又不能控制。然而想了又有什么用？天明之后，还是要在人前处处强作欢颜，摆出一副乐不思蜀的样子。若微叹了口气，拉起权妃的手："姐姐且放宽心，如今大明为朝鲜的宗主国，姐姐身得大明天子的宠爱，陛下又给姐姐的父兄都加封了官爵，而朝鲜王既然也如此明理，想来在朝鲜，姐姐的家人应该也是生活无忧。"

　　权妃听了，反而满面愁容，她摇了摇头："你年纪还小，我表面虽然风光，可是内心的苦楚你又如何得知？上个月收到家书，我妹妹已被送入朝鲜王宫之中，被王上封为嫔，虽然这是我王的恩典。只是她比你只大两岁，小小年纪就要面对无数的构陷与风波，实在替她忧心。"

"姐姐!"若微自然知道,不管是大明后宫,还是朝鲜王庭,妃嫔争宠犹如一团浑水,哪里能太平呢?想到自己日后也不免面对这样的局面,心中一阵难过。

就在此时,侍女端上饭桌来,桌上果然摆着十几种小碟子,里面盛着各色凉菜,看着就让人食欲大开,当然正中还有两碗冷面。

若微卷起袖子,下筷就吃。连汤带面,吃得好不痛快。

而权妃则由侍女在胸前围上绣帕,并先由侍女将面条小心地盛在一个空碟中,递给她,她这才吃了一口,又用汤匙轻轻舀起一小勺凉面的汤慢慢品味。

"你呀,吃起面来,与我小妹无二!"权妃拿起帕子隔着桌子为若微轻轻擦去溅在脸上的汤汁,又帮她挽了挽衣袖。

"我也知道姐姐那样吃面才是又斯文又好看,可是那样吃到肚子里,太没意思了,像我这样才叫爽快!"说着,又端起碗,喝了一气儿冷面汤,这才解气。只是四周为何突然寂静一片,若微看到权妃早已放下筷子,悄悄退在一旁,伏身而拜。

"不会吧?难不成皇上在百忙之中驾临……"若微嘴里小声叨唠着,慢慢转过头,立即来了个五体投地:"陛下!"

"哼!"朱棣轻哼一声,席地坐在一旁,指着桌上的饭菜,看着权妃:"你不是说身子不适吗?朕放心不下,早早罢了宴,赶过来看你,没想到你们俩竟躲在这儿寻自在呢!"

"陛下息怒,福姬知错!"权妃深深地低下了头。

"还有你!"朱棣余怒未消,又指着若微训斥道,"平日里像个淑女,今儿我才看清了,就是一个任性荒唐的小丫头!"

若微哼也不哼,深埋着头。

朱棣又道:"去,回你的静雅轩反省去!"

"是!"若微悄然退下,然而走到门口,抬头冲着朱棣狡黠一笑:"陛下,这冷面可好吃了,一会儿陛下也尝尝,此物最是能消火去暑的!"

"哼!"朱棣又气又恼,伸手要打,而她早已一溜烟儿地跑开了。

朱棣转身看着低垂着头伏在地上的权妃,看着她如雾的黑发,与那一抹雪白的颈子，不由心中一荡，一把推开饭桌，将权妃拉入怀中，扯开她的衣裙，狠狠地揉搓她的肌肤，开始了原始的征服与掠夺。

云雨之后，朱棣独自拂袖而去，他不知道今日自己的情绪为何如此失控，刚刚看着一脸委屈的权妃，看着她雪白肌肤上的片片青紫，自己也有些恍然了。这个来自异邦的女子，仿佛是自己喜欢的，只是自己喜欢她什么呢？如果是柔顺，那么宫中自王贵妃以下，哪个女人在他的面前不柔顺呢？

喜欢她的美貌？朱棣又摇了摇头，她美虽美矣，但也并不是艳冠后宫，出尘绝世的。

是才吗？

也许在朝鲜她算得才女，但是在中原，在大明，才女云集的后宫，她的才华并不出奇。

朱棣一个人，在骄阳似火的午后，在宫中小径上缓缓而行，"骄阳似流火，暑热难相抵。宫绢纱如冰，端午赐殊荣。细葛含风软，香罗叠雪轻。情意无长短，终身荷圣恩。"

朱棣心中一动，怎的就念起那个小丫头作的诗来？这丫头比几个月前又长大了些，眉眼之中为何总觉得有些熟悉？

一想到此，朱棣心中更是烦躁。

就在此时，远远地响起一阵琵琶曲。

朱棣大感意外，是她？怎会是她？

于是，金戈铁马入梦来，仿佛又回到了建文元年。

那一年，燕王朱棣四十岁。

一代开国之英主，大明天子朱元璋龙驭归天，朱棣长兄之子皇太孙朱允炆登基为帝。

朱允炆人如其名，儒雅好文，一时间在朝堂之上添了许多利国利民的新政，革新了朱元璋在世时的许多弊政。

对此，朱棣原本也是心悦诚服，如果这个侄儿不是受齐泰、黄子澄等人的鼓动，不盲目削藩，那么自己或许也不会起兵相逼。

建文元年二月，年轻的皇帝下诏："诸王不得节制文武力士。"

三月，建文帝命宋忠屯开平、练兵山海关，徐凯练兵临清，调兵屯彰德、顺德，防的就是自己这个燕王四叔。

四月，齐、代、岷三王被废为庶人，而湘王柏亦被逼得领王妃及众眷在封地府中自杀。

至此，燕王再也按捺不住，杀张昺、谢贵等监军，夺北京九门，以僧道姚广孝为谋士，称"靖难"之师，挥军南下。

建文帝遣耿炳文为征虏大将军，北伐燕军。

此后两年，双方各有胜负，呈僵持状。

建文三年，燕王朱棣四十二岁。

二月，朱棣再次率兵南下，后与帝师统帅盛庸所领官军相遇于夹河（今山东莱芜境内）。第一天交战，双方互有死伤，燕军处于下风。

战事间隙，燕军在夹河城中休整。

朱棣亲自于城中各处检阅督防，回想起事之初热血沸腾、怒发冲冠，一举挥师南下，如今进退维谷，心中就只有苦笑和仰天长叹了。整整三年了，打来打去却仍然在自己的家门口转悠，始终看不到胜利的曙光，任谁都会灰心丧气，难以为继。

大军自正月起就一直在外征讨，兵疲将衰，士气低下，朱棣也不得不重新审视自己当初的决定，是否真的是天命所使，志在必得？

风起云涌，愁思满布，一身铠甲在身的他立于夕阳中，无限惆怅在心底。

"王爷！"属下亲兵来报："刚刚有人送来伤寒药！"

"哦？"朱棣不由一愣，这场战争虽然师出有名，但是对于老百姓来说，挑起争端的燕军却是夺去他们平安生活的始作俑者。所以燕军所到之处，百姓们不是逃之夭夭，就是敬而远之，哪里还会有救济和支援。

"那送药人现在可在？"朱棣心中疑窦顿起。

"就在前面！"亲兵指着不远处的兵营回道。

朱棣跟着亲兵走进兵营，远远看见一名老者带着两名青衣童子，身边是几筐草药，正与军师姚广孝相聊甚欢。

"王爷！"姚广孝打着招呼，而那老者带着童子，只一个揖手行礼就匆匆退下。

朱棣好生纳闷。姚广孝说道："王爷莫怪，此人为胶东杏林圣手，居于此地，知道我军中众多将士感染了伤寒，特来赠药！"

"哦？"朱棣面露疑惑。

"这药均是对症之药！"姚广孝知他心性多疑，故在一旁略作解释："此人身在化外，菩萨心地，不仅为我军，就连对面的帝师中也送去不少药材！"

朱棣轻哼一声："两面讨巧，也不过是骑墙之人！"

"王爷此言差矣！"姚广孝皱眉道："他真乃性情中人，对于朝政、军国之事毫不挂心。只是为人医者，不能眼看着病患身受此痛，所以才出手相救，在他眼中没有燕军、帝师，是非成败之分，皆是众生矣。"

"皆是众生矣？"朱棣轻声重复，回首望着那老者渐渐远去的身形，深思许久。

第十七章　回　眸

次日再次开战，从辰时一直打到未时，各有胜负。正相持不下之际，大风骤起，尘埃蔽天，咫尺之内目不见人。帝师乘风冲杀，燕军大败，朱棣只领着数百兵骑逃回德州。

而混乱中，朱棣身中两箭，然并不在要害之处，原本以他的体质，算不得什么，只是长期压抑在胸中的闷气和失意，与箭伤交汇在一起，以至急火攻心，愈演愈烈，竟然高热不退，伤势恶化。

于是身边兵士抬着他四处寻医。德州百姓都厌恶燕军无端挑起战事，不愿相帮，万般无奈之下，只得来到城中一所寺院，想着出家人定会出手相救。

结果在这里，偏偏遇到来此处上香的她。

她命人将朱棣抬回府中，请来父亲为他医治，而她的父亲正是当日在军中赠药的胶东医林圣手，董孝孺。

在他的妙手之下，朱棣的伤势日渐好转，然而心事仍旧沉重。有天夜里，朱棣辗转不能寐，于是披衣坐起，夜观星宿，不知前路如何。

耳边忽然传来一阵幽幽的琵琶曲。

他循着曲子走至东跨院，只见窗子前一抹丽影，独奏琵琶。

此时曲音一转，由原本悠扬、和缓的曲调转为激昂之音。朱棣感觉仿佛置身于两军决斗的战场，律动天地，瓦若飞坠。有金声、鼓声、剑弩声、人马辟易声，悲凉、慷慨，大气磅礴。

朱棣不由自主地出言赞道："好！"

此时曲音一歇，窗子前丽影一晃："何人？"

"燕军将士！"朱棣直接答道，全是一时的反应，也非隐讳。

"哦？"那声音一沉，立即走出房门，朱棣这才得见真颜，原来恩人就是这位姑娘，立即双手抱拳："多谢姑娘前日仗义搭救！"

她不笑反怒："谁让你来谢，伤刚好些了，不好生休息，就出来走动，要是动了伤口，又该如何？"

那时的她不过十四五岁年纪，脸上没有一般女子的羞涩之态，反而一派天真，全是发自内心的关怀。

朱棣心中一暖，不由坦白说道："众人都对燕军避之不及，姑娘乃是一闺阁女儿，为何能仗义相救？"

那女孩儿眼波微转："什么燕军、官军？与我何干？我只知不能眼睁睁地看着有人在我面前死去！"

朱棣听她此言，一时心事沉重，竟不知如何回答。

那女孩儿又问："为何不好生养伤？夜凉露重，跑出来做什么？"

朱棣此时亦觉唐突，又想到大丈夫做事光明磊落，何必闪烁其辞，故直抒胸臆："当日燕都起事，实属无奈，如今久战不下，心中烦闷，一时间被曲音所引，不知不觉走到此处，打扰了姑娘，实在抱歉！"

那女孩明眸微转，娇颜之上是一派澄明之色，目光对着朱棣，不羞不闪，只轻声说道："将军不必烦闷，岂知眼前迷雾散去，胜捷即在转瞬间！"

她又重新坐在圆凳，怀抱琵琶，手指轻拨，曲音又起。

口中低吟的，正是曹操的《短歌行》。

对酒当歌，人生几何？譬如朝露，去日苦多。

慨当以慷，忧思难忘。何以解忧？唯有杜康。

朱棣不由微微一愣，这是三国时期，曹操平定北方后，率百万雄师，饮马长江，与孙权决战。曹操在大江之上置酒设乐，欢宴诸将。酒酣之际，曹操取槊立于船头慷慨而歌。所咏就是这首《短歌行》，感慨人生苦短，劝人要及时行乐。

这姑娘为何在此时以此歌相慰？

朱棣正在筹谋，只听曲音一歇，那女孩仰起脸看着他，清声说道："这《短歌行》的妙处，就在于每句话，都是一语双关。那'人生几何'的感慨，在懦弱浮华之人看来，他们会为此而消沉丧志，只一味地及时行乐；而大志之士只会因为流光易逝、大业未成，而拼尽全力，及时去干一番轰轰烈烈的大事。又如'山不厌高，海不厌深。'说的虽然是高山不辞土石才见巍峨，大海不弃涓流才见壮阔；亦是在点醒后人，历来创业雄主若要成事，要治国平天下，就要有经天纬地之能人，求贤便是一条捷径。可是这里面又藏着一个道理，这正应了将军此时的心境！"

朱棣大为惊讶，想不到这首诗，在这小女子看来竟然如此不同，不由抚须而叹："原以为这诗未必有多好，如今经姑娘一说，才觉得不仅气魄宏伟，更蕴含着曹操一统天下的雄心和进取之势。同样是在决战前夕，我竟然如此消极，远不如他睥睨一世的雄才大略。"

"将军何必自轻呢？"她歪着头，一脸笑意。

朱棣面上微微发烫，真想不到，英雄半生，竟然还要让这个小丫头来指点迷津。

但是一想到她是有心安慰自己，朱棣还是感觉心中一热，刚待开口再说。

只听前边院子已然有脚步声临近，有仆人提着灯笼匆匆而来，后面紧跟着一位老者低声喝道："何人深夜造访？"

待走到近前，朱棣一看，那老者竟然就是前日赠药之人，于是深施一礼："多谢老人家搭救！"

那老者细细端详，认出他来，于是也不推辞，面如常态，揖手回礼："不敢当，医者本该如此。只是夜深了，还请燕王早些休息吧！"

朱棣面上一窘，点头称是，退了出来。待第二日醒来时，那位老者已带着女儿去外乡投友，家中仆人奉上药材、银两和衣物，似有送客之意。朱棣自然明白，在这种情势下，他们能如此相待，实属不易，伤势好转后，立即启程。

事情果然如那女子所言，机会就在一夕之间，南京皇宫里一个受到贬斥的太监前来投奔，送给朱棣一份大礼。这个太监的到来，打破了朱棣与建文帝之间的平衡僵局。

如果不是这份礼物的到来，朱棣估计还会继续与盛庸、平安等人纠缠下去，纵使不败，获胜的希望也很渺茫。这份礼物是一份关于南京城的情报，这个太监对朱棣讲，南京城守备空虚，燕王如果直奔南京，必能一鼓而下。

姚广孝也劝朱棣勿攻城邑，绕过山东，直趋金陵，必可成功。

果然从此计，朱棣取得了帝都，也得到了帝位。

当一切归于宁静太平，他回头再来寻找当日的那位丽人，却人去楼空，唯有独自追忆，黯自神伤了。

"怎会是她？"当朱棣从前尘往事中收回思绪，那曲音早已停了，如今宫室千间，让他如何去寻，只有急召首领太监马云，仔细叮嘱悄悄查访宫中善弹琵琶之人。

就在此时，静雅轩中，若微怀抱琵琶，怔怔地发着呆。

刚刚自己从权妃宫中出来，就被太子妃宫中的大宫女慧珠唤了过去。

太子妃面上极为和缓，但是说出的话，却依旧硬生生刺痛了自己。

太子妃并没有多做铺垫，而是直接问道："去权妃那儿了？"

若微点了点头。

太子妃一脸肃然道："权妃圣宠正隆，越是如此，我们越要敬而远之。若微，你不是一个普通的女孩子，名为咸宁公主伴读，但是这宫中上下都知道，将来你是要配给基儿的，所以你的言行与好恶都代表着东宫，你明白吗？"

若微没有说话，只是茫然地点了点头，第一次郑重地跪下。这时她才知道，原来一切都是浮华虚梦，在这宫里，只有局势成败，没有什么个人的欢乐与偏好。

太子妃点了点头，虽然心中不忍，但是身负教导未来储君妃子之重任，还是要严肃地提点她，让她懂得独善其身。

若微小心翼翼地行礼、告退，回到自己的静雅轩中，心中的愁苦无法排遣，抬头看到挂在墙上的琵琶，随即取了下来，信手而弹的就是那首磅礴大气的《十面埋伏》，一曲弹罢，更觉得索然无味。

而此时天气突变，刚刚还是晴空万里，顷刻间大雨已至。推开窗子，雨水立即溅了进来。闻到的是雨水落入泥土中带来的清新之气，不知怎么的，若微的心情在这个午后突然变得很低沉，她伸出手，任雨水落在自己的手心上，片刻间汇成一汪，然后又溢了出去。

是啦，若微想起，在权妃宫中，朱棣不经意间的那个眼神，让她忽然有些害怕。那眼神透着一股阴狠与暴虐，还有一些说不清的情绪，而他望着福姬时的那种欲望，让人又生出一丝厌恶。

天子，这就是天子的宠幸。

后宫，这就是没有硝烟的战场。

而权妃，或者是太子妃、王贵妃，以及今天柔仪宫中所有的妃嫔才人，有谁的笑容是真正发自内心的呢？若微暗暗发狠，如果有一天，自己能够主宰这后宫，偏要我行我素，以真性情去生活，绝不要这样的委屈与压抑。

"殿下，这么大的雨怎么还过来了？"外屋响起阵阵脚步，同时是紫烟的一声惊呼。

"姑娘，殿下来了！"湘汀掀起珠帘，若微走到外间，看到身上已然淋湿一半的皇长孙朱瞻基，和他身后手执雨伞而全身已然淋透的小太监善才。

"湘汀姐姐，快带小善子下去把湿衣服换了，当心着凉！"若微一脸关切，催促着湘汀。

"不妨事！"朱瞻基不明就理，反而开口劝道。

而若微却一反常态，面上微怒，当下便冷冷地说了句："是的，奴才的身子自然是不值什么的。"说罢，一扭身回了里屋。

朱瞻基不明不白突然遇到这样一顿抢白，立时愣在了当场。而小善子则机灵地眨着眼睛，接过紫烟递上的手巾，走上前俯下身子为朱瞻基轻轻擦拭半湿的袍子。

朱瞻基推开小善子，转而问紫烟："你家姑娘怎么了？前晌还好好的，听母妃说今日在柔仪宫中饮宴，讨得皇爷爷很是开心，我这才过来瞧瞧，现在又是怎么了？"

紫烟与湘汀对视一眼，未敢开口，最终还是湘汀老到，从旁劝着："也没什么，就是宴会结束以后，姑娘去权妃宫中稍坐了一会儿，后又被太子妃传去说话，回来以后弹了会儿琵琶。奴婢觉得，可能是曲子有些悲怆，姑娘如临其境，伤神罢了！"

"哦？"朱瞻基仿佛有些明白了，自小被皇祖母，朱棣的徐皇后带在身边，从懂事起看到的就是宫中的妃嫔争宠，捧高踩低，所以湘汀饶是说得再隐晦，他此时也参透了七八分，于是点了点头，说道："你们下去吧，去给小善子换身衣服！"

"是！"紫烟与湘汀等人退下。

朱瞻基挑起珠帘，却并不迈步入内，只笑着问道："妹妹，我能进来吗？"

若微头也不回，说了句："这是你家的宫殿，去留随意，何苦问我？"

朱瞻基面上虽然有几分尴尬，但还是走了进来，悄悄坐在若微边上，仔细端详她的神色，看她虽然粉面含愠，似怒非怒，只是眼中分明有些发红，心中不由一紧，连忙问着："怎么了？说来给我听听，也许能为你排解一二！"

若微半晌不语，拿过琵琶，轻起手，随意而弹的就是《汉宫秋月》，大弦嘈嘈如急雨，小弦切切如私语。嘈嘈切切错杂弹，大珠小珠落玉盘。

不仅曲音如珠，若微眼中的泪水也如珠似玉般一同滚落了下来。

第十八章　新　正

　　朱瞻基的心隐隐作痛，这首曲子抒发的是汉时宫女哀怨悲苦的情绪，是对自身无可奈何、寂寥清冷的境遇的一种传达，他不禁将手按在若微的手上，于是曲音戛然而止。

　　若微低垂眼帘，声间细如蚊蚋："我想逃走，又怕连累我的家人！"

　　朱瞻基不知如何安慰，心中一急，脱口而出："不要走！"

　　若微抬起头望着瞻基，他十四了，比自己大五岁，已经是个青涩的少年，他眼中的神色为何那般焦急呢？若微喃喃低语："我留下来做什么呢？也许就是白头宫女寂寞到老，又或者是在宫中争宠沉浮，再或者就是被人驱使身不由己，我不想这样！"

　　朱瞻基微微一愣，只呆呆地诵道："'妾发初覆额，折花门前剧。郎骑竹马来，绕床弄青梅'。如今我才懂这诗中所说的青梅竹马的意思，既然你我如此有缘，你就信我，日后我定然不会让你受半分委屈！"

　　若微看着朱瞻基，原本十分感动，只是忽然见他衣襟里爬出了一个黑呼呼的东西，立即吓得大叫一声，躲得远远的，随即又放声大哭，惹来紫烟、湘汀和小善子齐刷刷闪进屋内。而朱瞻基面上微窘，伸手一捉，又从怀里拿出一个圆形小漆盒："不过是蟋蟀罢了，给瞻墉找来玩的，可能刚才盒子松了，让它跑了出来，瞧给你吓的！"

而此时远远站在榻上的若微，手里指着朱瞻基，气呼呼地说："拿走，快拿走！"

"好！"朱瞻基与小善子立即展开大搜捕，围追堵截，终于把两只蟋蟀又捉回盒中。

这样的一天，对于若微来讲，是永远难忘的。立于大明后宫中，见识了天子朱棣的三宫六院七十二妃，见证了繁华下面隐藏的争斗，也有人给她许下了青梅竹马、永不相负的誓言，是喜是忧，她小小的心灵已然无法承受。

大明永乐九年新正。

柔仪殿宫中热闹异常。

置身在宫妃女眷中，香风袭来，珠环叠翠。若微一袭红衣，面上带笑，透着节日的喜庆与欢快。

今日万岁赐宴，在前面三大殿宴请诸王和百官。而后宫之中就是王贵妃与太子妃为尊，在柔仪殿中摆宴，邀请东西六宫主位和所有有封号的妃嫔以及公主、郡主、国夫人。

若微跟着太子妃坐在一起，帮忙照看太子宫中的三位郡主，即太子妃诞育的长女嘉善、以及太子侧妃郭氏所生的次女嘉和与选侍谭氏所生的三女嘉庆。

三位郡主都比自己小好多，一个个粉妆玉砌，十分可爱。若微看着太子妃细致入微地照顾她们，给她们布菜，不停地张罗着，心中不免有些伤感，这还是自己第一次在宫内度过春节。

"每逢佳节倍思亲"，此话一点不假，若微撑着头，她在想，身处邹平的娘亲、继宗、继明还有爹爹，他们如今在做什么呢？会不会想自己？

想到此，更是难过，只是偶尔对上太子妃关切的眼神，她唯有极力掩饰，强作欢颜。

太子妃心中自然十分体谅，于是开口说道："若微，可吃好了？"

若微点了点头，甜甜一笑。

"那就帮我送几位小郡主先回去吧，看，嘉庆都打上哈欠了？"太子妃面上永远是那么一副云淡风轻的样子，端庄而秀丽，永远不失分寸，就连体贴和关爱都做得那么滴水不漏，合乎情理。

若微感激地点了点头，领着几位小郡主，带着东宫的侍女悄悄退下。

太子妃抬眼望着不远处独自周旋应对、已略显疲倦的王贵妃，不由有片刻的失神，王贵妃虽然还在强撑着后宫之主的面子，虽然还在执掌六宫，在重大的场合也与陛下同行，只是宫内上下皆知，如今最为得宠的，是权妃。

就像此时，王贵妃在此处宴请宫妃女眷，而前边三大殿上，陛下身边带的仍是权妃。

谦和内敛、温柔体贴、大度贤淑，她哪里有失？可是如今依旧是形单影只。太子妃想到此，不由又想到太子宫新进的王氏姐妹、淑女李氏、选侍张氏和才人黄氏，心中就酸楚难耐。这还只是太子，只是个小小的太子宫，就已经有了十几位有名号的妃嫔，日后又会怎样？她不敢想，难道自己也会像王贵妃那样吗？

而若微奉命回到太子宫，将小郡主交给各自的乳母侍女，安置妥当之后，她就独自返回静雅轩。

远远地望见静雅轩的院门，她却停下了步子，要回去吗？她摇了摇头。静雅轩内除了紫烟和湘汀，孤寂一片，了无生趣。

那么，该去哪儿呢？

她一个人在宫内小径中游荡，寻寻觅觅，没有方向。也不知走了多久，恍恍惚惚，终于有些累了，就着湖面的一块大石头，也顾不得凉，一屁股坐了上去。

举头望星空，心事寄谁知？

默默地念了这一句。

"今天，谁会与我一样呢？"她默默盘算着。

"也许福姬姐姐与我是一样的，她也是背井离乡。"随即又摇了摇头，自问自答着："她有保姆尚宫跟着，连厨娘都是从家里带来的，而且还有陛下，今晚一定是陛下在陪着她，她肯定不会孤单的！"

"那么就是贵妃娘娘！"她点了点头，"贵妃娘娘没有孩子，宴会散去，一个人留在那么大的柔仪宫中，肯定也是寂寞得很，而陛下今天应该不会去她那儿。"

她深深叹了口气。

"咸宁，对了，咸宁应该与我一样，她说过，她的母后几年前就过世了，今天她也定会感觉到孤独无依。"

"对啦，咸宁应该去陪贵妃娘娘，如此就两全了！"她居然拍起掌来，而且笑出了声。

就是，这样就对了。

突然想起，这会子宴会也该散了，顾影自怜不是自己的作风，不管以后怎么样，现在的每一天都要让自己快乐。

想到此，她站起身，掸了掸裙子，迈着轻盈的步子走回去。

可是她居然找不到回静雅轩的路。

就在她一筹莫展的时候，她看到远远过来一个人，还有一个小太监手执灯笼在前头相引。

她立即跑了过去。

"什么人？黑灯瞎火的，意欲何为？"前头引路的小太监大喝一声，吓得若微立即跪下，头也未抬，只小声说道："这位公公，小女是东宫太子妃跟前的，刚刚迷了方向，找不到回去的路了，多有得罪，还劳烦公公指引！"

"太子妃宫中？"一人轻声笑着，与之前那名小太监的公鸭嗓自然不同，有些英气逼人，若微不由好奇，抬起头一看，立即又低下了头："汉王殿下！"心里想着，惨了惨了，上次因为给太子殿下处方一事，显然已经得罪他了，今日相遇，更是撞在他的手上。

心里上下扑腾，忐忑得很。

"除夕佳节，宫内各处均在饮宴，你不在太子妃跟前随侍，一个人躲在这里做甚？"他今日倒是平和许多，不似那日那般吓人。

若微不敢不回，又不知如何回答，只得说道："独在异乡为异客，每逢佳节倍思亲，若微想爹娘了，怕在前边宴席上失仪，就跑出来透透气。"

"哦？"汉王眉头微皱，望着这个小女孩儿，有片刻的失神，自己不也是因为看着母后故去，父皇身边又添新人，一时难过，才出来走走的吗？他淡然道，"守岁樽无酒，思亲泪满巾。"

"想不到这禁宫之中，你我倒是同命相怜之人，也罢，本王就做回好事，送你回去"。汉王一脸和色，态度亲切，若微愣了一下，才回道："谢汉王！"

若微于是便跟在汉王身后，在他的影子里，跟着他回到住所。

第十九章　误　会

神色焦急地守在静雅轩门口的紫烟与湘汀二人，看到汉王送若微回来，均有些吃惊，不过仍是连忙上前请安行礼道："参见汉王殿下！"

汉王驻足，低头看着若微，有些说教又有些警告的意思："本王劝你日后还是好好地待在静雅轩中，不要再出去多惹是非！"

他的眼神中令人感觉到有片刻的沉寂，虽然一闪而过，但是若微捕捉到了，那是深藏的一种莫名的忧伤、孤独、破碎和弃绝……

然而只是转瞬之间，他就重新恢复了以往那淡定从容，沉着而专注。

若微点了点头："谢过汉王殿下！"

汉王神色微微一滞，转身而去。

看着他的身影消失在视线中，若微这才收回思绪，转过身，一抬眼，正对上了朱瞻基的眸子，他的嘴紧紧抿着，微微有些生气的神色。为什么要生气？若微不明白，欢欢喜喜地上前去拉他的手："可是给我带礼物了？"

"日后，离二皇叔远些！"瞻基面上一沉，甩开手，转身进了屋。

若微满头雾水，也跟了进来。

"姑娘，殿下等了您一晚上！"紫烟好心小声提醒。

若微点了点头，而瞻基仍在生气，若微不知他气从何来？也并无刻意相劝，两人似是对峙，就这么不说话地熬着，若微靠在床上有些困倦，哈欠连连之后，才忍不住开口相劝："长孙殿下，天晚了，回去歇息吧！"

朱瞻基看着她，一语不发，起身就走。

湘汀与紫烟跟上去要劝，而若微则说了一句："随他去！"

随后的日子里，朱瞻基与若微就像是赌气似的，不论是在太子妃宫中，还是在咸宁公主处，即使见面，也没有了往日的和睦亲切，仿佛有了间隙。若微隐约知道瞻基为何生气，但是又觉得自己没有过错，于是也没有刻意求和，日子一天天过去，两个人还是闹着别扭。

清晨，权妃照常带着保姆尚宫和侍女去贵妃所在的柔仪宫请安问好。

"贤妃娘娘请稍候！"柔仪宫的管事姑姑态度亲和，小心翼翼地解释着，"正月里的宴请聚会多，事务繁杂，贵妃娘娘旧疾犯了，昨夜里睡得不安稳，今儿起得迟了，贤妃娘娘只好委屈了，多等上一会儿！"

"无妨！"权妃依旧穿着大红的韩服，这是朱棣的特许，在这大明宫中来自朝鲜国的妃嫔不止十人，但是唯有她可以着故国的服饰装扮，权妃福姬站在院子中，初春时节，天气丝毫不见暖和，冷风来袭，更有些飘零的感觉。不多时，乌云密布，大雨来临。

"娘娘"，跟在权妃身后的保姆尚宫立即解下外衣为权妃遮挡，"我们还是先回去吧！"

权妃摇了摇头。

"那就去殿内避避雨吧！"她神情更是急切。

"不必，天要下雨，避往何处？"权妃脸上如常，只是心中明白，她这是回应柔仪宫的下马威呢，好，就看看如今在天子的心目中哪个更重，哪个为贵吧。

雨水打湿了她崭新的韩服，弄散了插着金钗珠翠的鬓发，也弄花了侍女为她精心打扮的妆容，但是她的心里却一点一点明朗起来，来吧，该来的总会来，只是这一次是你先挑起的争斗，日后不要后悔才是。

当权妃全身淋透，寒战连连的时候，柔仪宫的大门终于打开，那管事姑姑撑着伞走出来相迎，依旧是满脸的亲切与平和，多了些歉意，口中连忙说道："这天气真是的，怎么一会儿的工夫就下起雨来了，这可怎么好？我们贵妃娘娘听说贤妃娘娘在外面候着，硬是支撑着身子要亲自出来相迎，娘娘快随我进去吧！"

权妃颔首而视，满面堆笑。

进得宫中，果然，素以贤名著称的王贵妃立即捶胸顿足，骂着宫女与太监，又热情地上前拉着她的手，"妹妹，快到里面，把湿衣换下吧，要不受了凉，再有个闪失，岂不是本宫的罪过！"

"贵妃娘娘哪里话？福姬的身体一向很好，被这雨水一淋，反而觉得浑身通透，筋骨尽展，舒服得很！"权妃反握住她的手，目中尽是关切之色："倒是贵妃娘娘身体娇贵，听说旧疾犯了，也不知要紧不要紧，福姬一会儿命人将从故国带来的高丽参送过来一些，这参均是六年根生，最是滋补养人！"

如此一番，你来我往，分明是一对情谊深厚的好姐妹。王贵妃一反常态，拉着权妃说了好一会儿话，急得曹尚宫在一边差点就跳起脚来。终于在权妃忍不住连打了几个喷嚏之后，王贵妃这才说道："只是觉得聊着投机，光顾着说话，都忘记妹妹还是一身湿衣服呢，真是姐姐的错，快，快回去把湿衣换下，别着了凉！"

如此，权妃才行礼退出。

此时外面，大雨转作小雨，曹尚宫拿了伞为权妃撑开，而她居然轻轻一推，拎着裙子跑入雨中。

"娘娘，您这是为何？"曹尚宫与随侍宫女在身后紧紧追着。

权妃反而笑个不停，伸开手，以手接雨，在雨中轻轻舞动。

只是觉得痛快。

回到寝宫，至夜晚时分，权妃发了高热。

朱棣驾临权妃宫中时，正好王贵妃派来太医问诊。

朱棣坐在权妃榻边，"怎么回事？好端端的会受了寒？"

"万岁，娘娘去贵妃宫中请安，在外面足足等了一个时辰，正值天降大雨，这样的时节淋了雨就是铁打的身子也受不住呀！"曹尚宫在一旁垂着泪回话。

朱棣面上一沉，权妃挣扎着说道："这里哪有你说话的份？还不快退下！"

"是！"曹尚宫看朱棣面色阴沉，心中窃喜，心道皇上自然会给我家娘娘出气，于是躬身退下。

权妃拉起朱棣的手，轻轻覆在脸上，轻声说道："不怪贵妃，是贵妃娘娘旧疾犯了，起得晚了，福姬多等了一会儿。从柔仪宫出来以后，下了雨，贵妃还派人送来雨伞，只是福姬一时贪玩，在雨里跑了一会儿，没成想，就病了。"

朱棣听着，不发一语，突然站起身："既是病了，就好生养着，朕过几日再来看你！"

说罢，便起身出殿。

"万岁摆驾！"

众人跪地相送。

曹尚宫匆匆近前，脸上有些惶恐："娘娘，陛下怎么突然走了，可是我们开罪陛下了？"

权妃面上微微一笑，也不答话。

曹尚宫从侍女手中接过药碗，侍候权妃把药服下，又让侍女退下。

"娘娘，我派人跟着，陛下像是回了乾清宫，今日没有召其她嫔妃侍寝！"

权妃笑意更浓，索性闭上了眼睛，曹尚宫帮她掩好锦被，面露忧色，不免轻声叹息。

"嬷嬷放心，陛下心意如何，如此一试便知。"仿佛是梦语，却让曹尚宫着实吃了一惊。

独自在乾清宫就寝的朱棣，正有些心绪不宁。

发妻徐后在世的时候，后宫宁静和顺，妃嫔虽然众多，但并没有争宠的是是非非，徐后故去，自己痛惜不已的同时，也略松了一口气。

自己终于可以无所顾忌地宠幸妃嫔、享受齐人之福了。

王贵妃执掌六宫，继承了徐后的风格，为人贤淑恭顺，从不与人为难。

只是总觉得缺了点什么。

当他看到福姬的时候，突然明白了，她缺的是"生动"，是"真性情"，是女人特有的"妒忌"。

而今天当他得知权妃在柔仪宫遭到冷遇，淋雨染病的时候，他心中没有疼惜和愠怒，反而有了一些开心和畅快。

他的后宫终于也要风波迭起了。女人嘛，就该是这样的，后宫是她们的战场，作为天子，高高在上，静观风雨，看她们争宠才更添乐趣。

"马云。"朱棣突然唤道。

"奴才在！"领内侍太监总管马云立即上前听候吩咐。

"传旨，贵妃旧疾复发，需要静养，暂由贤妃代管六宫，移居翊坤宫。"

"是！"马云悄悄偷眼看了看天子的表情，心中好生奇怪，却又不敢有丝毫的迟疑，立即下去传旨。

第二十章　智　斗

权妃跪领圣旨之后，重重打赏了传旨太监。权妃宫中一时上下喜气洋洋。

权妃脸上也是一种志在必得的神情。

"娘娘，老奴真是服了娘娘，还当娘娘是小孩子心性，才会跑去淋雨；没有招架之力，才会甘心去受贵妃的欺凌，想不到娘娘如此有心思！"曹尚宫满面堆笑，乐不可支。

"嬷嬷，吩咐下去，今日以后，我这翊坤宫上下众人，更要谨言慎行，不得张狂跋扈，惹是生非！"权妃一张玉面严肃沉重，有一种说不出的惶恐。

曹尚宫点头称是，立即下去吩咐。

夜色凝重。

权妃打开窗子，对着月亮，独自品箫。

箫音悠扬孤寂，愁绪万千。

她放下玉箫，用手轻抚，一丝苦笑浮在唇边，自言自语："你说，在这宫中，若要自保、若要不被人欺负，就要扳倒柔仪宫的贵妃，取而代之成为六宫之主。我听了你的话，如今你可如愿了？"

"我心里明白，你不是为了我，而是为了自己。可即使如此，我也会如你所愿！"

泪水不经意滑落，满天的星星闪烁着点点光芒，仿佛也有着无限的心事与愁思。

罢了，事到如今，再也不能回头了。

而柔仪宫中，王贵妃对镜梳妆，脸上的愁容一点儿一点儿退去，只是痴痴地对镜而笑。

"娘娘！"柔仪宫的管事姑姑，王贵妃昔日自苏州老家带来的乳娘柳氏，拿起象牙梳子，帮她理着又厚又粗的一头秀发。

王贵妃索性向后一靠，倚在她的怀里："姆妈，你说，我错了吗？"

"娘娘！"柳氏停下手，轻轻抚着贵妃，劝慰着："娘娘何错之有？"

"皇后在时，我小心翼翼，恭顺如侍家慈，才安安稳稳过了这些年。后来皇后离世，我更是小心谨慎、如履薄冰。如今，我累了，该是退下来歇息的时候了！"

"娘娘！"柳氏语气突然重了起来，有些心痛更是责备地说道："娘娘不该如此，老奴也不该帮着娘娘做下这等糊涂事。如今外面议论纷纷，都在笑话娘娘搬起石头砸了自己的脚，想摆正宫主子的威仪，杀杀那权妃的威风，却不想失了手，反而失势！"

"她们哪里知道？"王贵妃淡淡一笑，丝毫不见介怀。

"她们不知道无妨！"柳氏放低声音："只怕皇上也未必知道，娘娘是智者，甘心抽身而退，只怕皇上未必了解娘娘的苦心，若因此失了皇宠，娘娘又没有皇子皇女伴身，恐怕日后……"

王贵妃叹息一声："我现在倒是庆幸我没有一儿半女，在这宫里，无儿女牵绊也许才是幸事，你看徐后，虽为皇上正宫原配，可曾享过一天的福？自己亲生的三个儿子还掐得死去活来的，到死都没有闭上眼睛。"

"娘娘，那东宫太子妃那边？"柳氏四下张望之后，方才说道："以后该如何相交？"

王贵妃撑起身子，扶着柳氏回到床上，靠在床头，懒懒地说道："顺情而应，不必刻意交结，也不用疏远，如今是我失势，不主动去与她交往，也算不得失礼，只看她如何待我就是！"

"娘娘高明，如此，再也不必夹在东宫和那边两头为难了！"柳氏长长松了一口气。

"好了，又没外人，姆妈就不要给我灌迷汤了，如今可要做好准备过一段冷清的苦日子了！"王贵妃闭上眼睛，柳氏为其将锦被拉好，放下帐幔。

"娘娘放心，关上大门，在这柔仪宫中，娘娘还是娘娘！"

太子宫中。

太子妃在书案前临字，沾满了墨汁的笔，却迟迟没有落下，宫中这两日的变故总不能让人心静如水，任她再怎样淡泊，也不能置身事外。

"娘娘！"贴身的大宫女慧珠来报："彭城伯夫人来了！"

"哦？"太子妃张妍心中一暖，还是自己的娘呀，正在迷茫踌躇，来得太及时了。

太子妃立即将笔丢于一旁，起身相迎。

彭城伯夫人匆匆进殿，刚待行礼，就被太子妃拦了下来，"又没外人，母亲无须多礼！"

彭城伯夫人一愣，女儿自入宫以来，一向清冷，怎地突然转了性子？随即吩咐慧珠："去外面守着！"

"是，夫人放心！"慧珠退下，走到门口，稍一犹豫，终于没有把门掩上。

彭城伯夫人刚待开口，细一思索，就乐了："这孩子就是有心机，开着门，外面有没有人偷听一览无余，自然比关上的好！"

太子妃不动声色。

"妍儿，娘听说这宫里最近不太平？"彭城伯夫人小心打量着女儿的神色，唯恐一句话说得不中听，女儿翻脸。

而出人意料的是，张妍点了点头。

彭城伯夫人连连叹息："这可真是不妙，原来以为王贵妃最为得宠，离后位一步之遥，她一向与咱们东宫走得近，她又无子，当上皇后，对我们有利无害。现在平地又来一个朝鲜宠妃，反而后来居上，这里边的情形咱们又摸不真切，这以后该如何是好？"

"现在唯有静观其变。"太子妃看着母亲，心中终于释然了，如今才知道，一点儿风吹草动，最关心自己的仍是母亲。

"听说汉王最近又在生事，已经出了正月，还迟迟不肯返回封地就藩，老赖在京里算怎么档子事？"彭城伯夫人看女儿今日态度温和，透着一丝亲近，故忍不住唠叨起来。

"他？"太子妃略一皱眉，"母亲回去可让我兄长多多留意就好！"

"这是自然，你大哥和你父亲都盯着呢，只是听说……"彭城伯夫人似乎仍是不放心，走到门口，探着身子四下张望，看到殿外空无一人，这才放下心来，回到屋里，拉着太子妃的手，耳语道："听说当日是汉王送那些朝鲜秀女进宫的，所以权妃当宠，你万不可掉以轻心！"

"母亲！"太子妃听闻此言，不由脸色大变，只觉得手心里全都是汗，原来如此，这宫里果然没有一件事情是孤立的。

彭城伯夫人见状，连忙出言安抚："娘娘别担心，一个朝鲜妃子再得宠也当不了皇后，即使有了子嗣，那也不足为惧！不过咱们得多加些小心，别让旁人寻了短处了！"

太子妃张妍频频点头。

母女二人又说了好一会儿体己话，眼见天色渐晚，彭城伯夫人才起身告退。太子妃送至门口，彭城伯夫人这才想起："对了，过几日便是长孙殿下的寿诞之日，今年这生辰准备怎么庆贺操办？"

太子妃张妍望着殿外的晚霞，有些心不在焉："往年都是母后安排的，母后不在了，前两年是王贵妃操办，今年若是咱们东宫自己办倒也无妨，怕的是那边……"张妍将后面的话吞了回去，不过彭城伯夫人已然明白了，她点了点头，又猛然想起："那孩子你还可心？她来了有大半年了，我还没见过。"

她口中所指的就是若微，太子妃点了点头："母亲看中的哪里还会有错，也亏得她在，为女儿解了不少烦忧！"

"娘娘，听说这东宫最近入了不少新人，娘娘自己可要有个防备！"彭城伯夫人还待再劝，太子妃脸上神色已然有变，她立即住口，以笑相掩。

第三卷

日边红杏倚云栽

第二十一章 荷 包

若微从咸宁公主处返回静雅轩，一进屋就看到紫烟一脸喜气地迎了上来："姑娘，快来，看看这个荷包，好看吗？"

若微拿过来一看，"好精致的荷包！"

看得出来，这件荷包从纹样、绣工到配线、布色，都是经过精心构思的，不是常见的方形圆形，居然是书卷形，而且荷包上配有系带，编出百结，百结上还饰有珍珠、流苏等。

而针法也是极有难度的钩锈、锁绣、缩绣、套绣、挑绣等穿插并用，花上叠花，绣中套绣，荷包虽小却精美绝伦，让人爱不释手。

抚着这荷包，看着那图形，若微有些意外，"王维的《江干雪霁图》？"

在家的时候，那个才女娘亲教自己作画的时候，自己不爱花鸟鱼虫，偏偏对写意的山水画情有独钟，尤其最爱王维的《雪溪图》和这幅《江干雪霁图》，这幅画裁构淳秀，出韵幽淡，泼墨山水，笔迹清爽。

自己临了足足有三年，才方有些样子，所以好生奇怪，拉着紫烟问道："这是？"

"小姐，奴婢照着小姐临的画，先描了样子，然后再一针一线绣上去的！"紫烟满心欢喜，从若微脸上的神情，她就知道她的评价，一个字，"赞"！

若微仔细端详手上的荷包，惟妙惟肖，栩栩如生。荷包用的是素净的藏蓝色，上面用墨绿色和褐色的线绣着雪霁图，从来没有想到针线还可以将这冷僻、孤傲、高洁之雪景展现得如此淋漓尽致。

荷包上系着彩带百结，下连水银豆丝流苏坠，不似一般的红绸绿锦那般媚俗，只觉得不是一件普通的饰品，倒似一件精致的藏品。

"小姐，喜欢吗？"紫烟眼巴巴地追着问，脸上尽是一派期待之色。

若微不觉莞尔，拉着紫烟转了好几个圈，"好姐姐，不年不节的，怎么想起来送我礼物了，这样精巧玲珑，我都不舍得使呢！"

"小姐！"紫烟立即甩开手，噘起嘴来："小姐真是的，想想过几日是什么日子？我真是白白替你操了这份心！"

"什么日子？"若微莫名其妙。

"二月初九是咱们皇长孙的生辰！"紫烟叹了口气："看你的样子定是没有准备礼物，我这才琢磨着，拿你临的画当样子，做了这个荷包，由你亲手送给长孙殿下，如此既缓和了关系，又表了心意，两全其美，好不好？"

"我又没有做错事，为什么要先低头？"若微走到边上，拿起琵琶随意弹了起来。

"小姐，小姐，你听我说！"紫烟急着就上来拉扯。

若微只好说道："你说你的，我弹我的，好几日没弹，手生得很！"

紫烟气得直跺脚，冲外面看了看，这才凑近了，压低声音说："小姐，这里不是在咱们孙府，长孙殿下也不是咱们继宗少爷。您可想清楚了，这样僵持下去，吃亏的终是咱们自己！"

"吃亏的终是自己！"细细思量这话里的意思，若微暗自烦恼。

索性丢下琵琶，来到书案前。

紫烟不知若微何意，只得站在一旁为其研墨。

若微提起笔，边写边念："苍术、川芎、当归、白芷、甘松、羌活……"

写好之后，递给紫烟："去把这个方子交给湘汀，让她按方子把药领回来。"

"小姐，做什么？你不舒服了吗？"紫烟立即紧张起来，伸出手摸了摸若微的额头。

"我没事。"若微想想就觉得憋气，没好气地说："你做好了荷包，总不能空空的呀。为了配你这精美的荷包，咱们不能用宫里寻常的香，咱们用这些药材自己兑制成香料，不仅芳香沁人心脾，还可以祛秽化浊、熏蚊虫、防病保健，如此才合了你的意，如了你的愿！"

"呵呵，好好好，小姐说什么是什么，紫烟都依你！"紫烟兴高采烈，欢天喜地地走出房去。

若微摇了摇头，提起笔一挥而就，一个憨态少女的形象跃然出现在纸上，她故意把她画得胖胖的。想了想，又在画上题了几句歪诗："六岁学针线，八岁进绣房。进了绣房绣鸳鸯，百样故事都绣上。小姐不急丫头急，枉费苦心做嫁衣。"

想想又觉得不妥，于是又拿笔将"嫁衣"两个字勾掉，然后把笔一扔，往床上一躺，倒头就睡。

终于到了二月初九这一天。

其实，即使是皇太子朱高炽，对自己的生辰都一向低调，只在东宫与妃嫔侍妾儿女们小贺一番。而这一次，对于皇长孙朱瞻基的生日，朱棣特意颁旨，刻意要大大操办。而刚刚迁居翊坤宫掌握六宫权柄的权妃，更是踌躇满志，要把这次宴会办得出色风光，所以搞得声势浩大。

一早起来，朱瞻基换上新衣，带着随侍内监小善子、来喜等人，来到东宫给太子妃请安。

太子妃张妍看着长子瞻基一年大似一年，更加英俊潇洒、风度翩翩，心中自然十分开心。

于是请出太子朱高炽领着瞻基一起用早膳。

太子朱高炽看看瞻基又看看太子妃，眼睛向殿内一望，看似随意地问着："若微丫头呢？今儿是你的好日子，她应该一早就过来了，怎么还不见踪影？"

瞻基脸一红，低头不语，只默默吃着面前那碗长寿面。

太子妃心知肚明，却也不言语。

太子朱高炽好生奇怪，对着殿内随侍的太监吩咐："去，把若微那丫头给本王找来！"

"是！"

不多时，殿外响起一阵银铃般的声音："若微求见太子殿下、太子妃娘娘！"

"宣！"

立时，一个俏丽身影闪进殿内，把众人都晃到了。今日的若微显然是精心装扮过的，秀发绾了个简单的飞月髻，双耳边都垂着一缕青丝，脑后的青丝也自然地披散着，斜绾起的那小小的髻像是一轮弯月般，很是特别，发上没有复杂的饰品，只别了一枝绯红的宫纱绢花。

上身穿的是绯红色的短衣，下面配了条同色的百褶裙，外配一件金纱罩衣，使那绯红色看起来有些朦胧，不那么夺目和耀眼，却反而增添了一抹旖旎之色。

小小的珍珠流苏耳坠，耳际生辉，更衬托得一张娇颜流光动人。

薄施粉黛，似笑还羞，美得让人难以移目。

朱高炽不由哈哈大笑，笑得众人莫名其妙。

"我说这丫头今日怎么迟了，原来是费心打扮去了！"朱高炽心情大好，对于若微他是由衷地喜欢："若微，用过早膳了吗？"

若微点了点头。

朱瞻基此时却一反常态，目不斜视，看也不看若微，仍旧认真地吃着面前的那碗面。

太子妃张氏站起身，拉着若微坐在朱瞻基的身边，"一会儿各宫会有人来拜见献礼，若微就在此处陪着，晚些时候，与本宫和殿下同去翊坤宫领宴！"

若微乖巧地点了点头。

用完早膳，太子照常去文渊阁议事。

太子妃与慧珠在寝宫商议回赠贺礼之事，就把朱瞻基和若微晾在太子宫的东暖阁里。

除了不时有宫女太监奉上茶点，递上净手的帕子以外，整个东暖阁寂静极了，二人还是相对无言。

过了好半晌，念及如今是身在东宫，一言一行必有人回禀给太子妃，故还是自己大方些的好，若微这才换上一张笑脸，走到朱瞻基面前，微微一个福礼："恭祝长孙殿下寿诞万福，愿殿下年年如意，岁岁金安！"

朱瞻基本来还在努力绷着，看她一派天真，一脸欢颜，终是无奈，狠狠瞪了她一眼，"我当你以后都不理我了！"

若微扑哧一笑："小女不敢！"

朱瞻基看她作态极近夸张，一片娇憨，终于前嫌尽释，不由也笑了，伸出手，"拿来！"

"什么？"若微止了笑，歪着头，睁着一双大眼睛，仿佛有多疑惑似的。

"礼物！"朱瞻基面上一红，仍是故作严肃："送我的礼物呢？"

"啊？"若微以手掩面，好似极其惊惶："长孙殿下，小女没有准备礼物，小女寄居宫中，身无长物，实在无力备下什么礼物，就算备了，也是粗鄙之极，殿下怎能入目？"

"真的没有？"朱瞻基似乎不信。

若微伸开双手在他面前轻盈地转了两个圈，衣带飘飘，朱瞻基有些微眩。

"看清了，真的没有。"若微忍着笑，一脸歉意。

朱瞻基一把拉过若微，伸手在她耳边一触，若微感觉耳侧有如被火拂过一般，立即跳开，用手捂着自己的耳朵，一摸之下，才发觉异样。

朱瞻基伸开手，她的一只珍珠耳坠子正在他手中。

"还我！"若微上来就抢，朱瞻基伸出一只手相阻，而另外那只手又将耳坠子揣入怀中，正襟而立："小姐，你不会要到本王怀中来取吧？"

"哼！"若微气得直跺脚："干吗抢我耳坠子？你又不能带！"

"我是不能带，先存在我这儿，等你拿礼物来换！"朱瞻基微微一笑，重新坐在椅子上，神闲气定地端起茶来，慢慢品味。

"哼！"若微气极，一把又拽下另外一只耳坠子，扔了过去："都给你！"

"好！"瞻基立即拾起，也揣在怀中："还是妹妹想得周到，如此，刚好凑成一双儿！"

"什么凑成一双儿？"不见其人，先闻其声。

当此人进来的时候，若微抬眼一看，不由惊在当场。

只见瞻基拱手行礼："外祖母！"

原来正是彭城伯夫人。

若微这才明白过来，方欲拜见，一把就被她拦下，"好孩子，你还认得我吗？"

若微点了点头，正是那年与继宗偷偷跑出去，在山上偶遇的那名贵妇。

彭城伯夫人一阵爽快的笑声："好孩子，当日你助我马车脱困，今日我助你平步青云、备主东宫，你可要谢我？"

若微这才明白，忽然间从天而降的一道旨意将自己召入宫中。今日这主不主、奴不奴的尴尬境遇，原来竟是拜她所赐，心中虽怨恨她多事，而此时又不得不掩藏住内心的真实想法，仍旧笑意吟吟，深深福礼："本当重谢，只是如今身边一切都得依着太子妃，所以唯有福礼相谢，只盼日后能有机会报偿夫人大恩！"

"哈哈，不急，不急！"彭城伯夫人看着瞻基与若微，一双金童玉女，碧玉无双，只觉得自己无比英明，做了一件天大的好事，喜不自胜。

第二十二章　舞　意

翊坤宫内一派喜气。

正所谓一朝天子一朝臣，后宫之中换了主人，也是一样。

昔日王贵妃掌权，所办宴会，中规中矩，隆重华贵，却缺少新意。

而如今换作权妃，又是另外一番光景。

众人入席后，看着殿内的摆设与桌上的菜色，均有些吃惊，面面相觑之下心中都不得其究竟，而作为主人的权妃与万岁朱棣终于姗姗来迟。陛下升座，众妃嫔及亲王贵戚又是一番叩首跪拜。

当大殿重新归于安静之时，众人均将目光投向了龙座。

朱棣果然开口相问："爱妃，今日宴会，无歌舞助兴也就罢了，怎么这桌上连酒也没有？"

权妃朱唇微微上扬，露出一丝浅浅的笑容，双手击掌，轻拍两下。

这时一排身穿朝鲜艳丽华贵舞裙的女子们在乐曲声中款款走来，当中一人肩挎长鼓，右手持鼓鞭，边跳边敲鼓，身、鼓、神、形俱为一体，鼓声由慢板起拍，节奏逐渐加快。

鼓声轻灵、时缓时急、彩衣飞旋、香扇鬓影、轻吟浅唱。

在座众人，都觉得十分新奇好看，一时间赞声一片。

而曲至高潮，突然戛然而止。

众人来不及惊讶，转瞬间刚刚退下的舞者又重新来到殿上，只是她们每人头上都多了一样东西。

居然是陶罐。

那些女子舞姿翩翩，虽然头上都顶着大大的罐子，却仍跳得轻松优美、典雅奔放，时而踏浪前行，时而碧波舀水，时而玉指弹珠，看得人眼花缭乱。

而此时权妃也走下高台，置身殿中，接过侍女手中的一个陶罐，在乐声中展着曼妙的舞姿，仿佛一片轻羽飘落至朱棣跟前，自头上拿下陶罐，稍一倾斜，罐中之液缓缓落入杯中，然后双手举杯呈给朱棣。

朱棣略有意外，但也接过来一饮而尽，随即一阵大笑，称赞不已。

而其他舞者都像权妃那般，在乐声之中，以顶上陶罐为在座诸位斟满桌上的杯盏，众人这才恍然大悟，原来这陶罐中盛的便是酒。

这样的开场、这样的巧思，任谁再不服气、再嫉妒，也终是要忍下。

这样的安排，让天子龙颜大展，笑意连连。

朱棣笑过之后，不由赞赏道："福姬真是巧思，想不到今日瞻基的生辰，你竟能如此费心安排，朕定要好好奖赏才是！"

权妃对上朱棣的眼眸，含笑而答："臣妾不要陛下的赏！"

"哦？"朱棣微微一顿之后，恍然明白了："你是要瞻基来谢？"

权妃笑而不语。

若微冲朱瞻基招了招手，瞻基的脸往她身边凑了凑，若微耳语一番，瞻基一脸狐疑，似信非信。

权妃开口说道："臣妾听闻皇长孙一向博学聪颖，敏而好学，臣妾有意相考，不知陛下允是不允？"

"哦？"朱棣心道，你哪里是想考皇长孙，明明是想展示自己的才华，也罢，就如你所愿。随即说道："以何为题？"

权妃指着那些舞伎："臣妾想请问皇长孙，刚才这歌舞名为何？源于何？"

"这倒有意思得很！"朱棣冲着东边上首座之席招了招手："基儿，快来，你知道与否？快快答来！"

朱瞻基起身出列，恭敬行礼，遂说道："回皇爷爷，回贤妃娘娘，第一支舞名为长鼓舞，亦名杖鼓舞，是朝鲜国民间的农乐舞，每逢丰收，百姓们都齐聚在一起，载歌载舞，庆祝上天赐给他们的好年景。"

"原来如此！"

众妃开始小声议论。

"原来是她们国家田间地头的节目，居然还给搬到咱们大明宫中来了。"

"就是！"

权妃脸色微微有变，而朱瞻基仿佛充耳不闻，继续说道："这第二支舞名为'顶水舞'，顶水舞是因舞者头顶水罐起舞而得名。此舞源于……"朱瞻基微微一顿后，方才说道："朝鲜族妇女习惯用头部顶着器物行走，在插秧、锄草季节，妇女们常头顶水罐将饮水或米酒等送至田间地头。后来才广泛流传开来！"

"啊，原来她们朝鲜女人都是顶着罐子走路呀！"

"呵呵！"

权妃脸上已然笑意全收，她眼波一扫，看着殿内芸芸众人，又收回目光只盯着朱瞻基："皇长孙殿下果然出众，连我朝鲜的民俗也如此熟悉，看来福姬真是班门弄斧了！"

朱瞻基立即拱手说道："贤妃娘娘一片苦心，瞻基已然悟出。两支舞曲虽为朝鲜民间之乐，但是舞姿优美、刚柔相兼，充分展现了朝鲜民族柔中带刚、文而不弱、雅而不俗的民族性格。况且其一为庆丰收之舞，其二为张显妇人勤劳美德之舞，贤妃娘娘是教导瞻基不忘天下万民之生计、以民为先。瞻基明白了，感激不尽！"

朱棣看着朱瞻基，心中喜欢得不得了，当初自己在册立太子时犹豫再三，一直觉得身形肥胖迂腐迟钝的长子朱高炽不是太子的最佳人选，怎奈众臣来劝，不看长子，还可以看长孙，是的，瞻基，果然是深得朕心呀。

一番话，不仅回护了贤妃，更提点了在场众人。

妙哉！

权妃脸上果然又有了笑意，"此情此景，臣妾只想起了一句诗，'舞低杨柳楼心月，歌尽桃花扇底风'。陛下，皇长孙果然了得！"

朱棣抚须而笑，频频点头，"来，众卿与朕同饮此杯！"

于是众人手执杯盏，同饮同贺。

曲音绕梁。

若微与朱瞻基相视一笑，朱瞻基小声说着："多谢了！"

若微把头扭向一边，突然发现一道探究的目光直对着自己射来，那便是汉王朱高煦。

她微微一愣，随即一个礼貌的笑容呈献，谁知那汉王理也不理，竟自把头又转向别处。

她好奇怪，心想，那你看我做什么？

今日的宴席也与往日不同，少了些传统的徒有美名却不满口腹之欲的菜品，而是添了好几样具有朝鲜特色的菜肴。

每上一道菜，宫女们就会报出菜名和做法。

木桶飘香鸡、锦绣凤尾虾、红蛤烩、鳎鱼炒和山药鹌子等几道辅菜上齐后，就是令人瞠目的"神仙炉"和"石锅炖"。

"神仙炉？"朱棣听到这个菜名的时候，表现得饶有兴趣，权妃轻启朱唇细细解释："就是用肉、鱼、青菜、蘑菇和各式滋补药材炖煮而成的火锅，常常服用，可强身健体，延年益寿呢！"

而众人都被这道菜的容器所吸引，因为这道菜的容器是朝鲜典型的石锅，上桌之后热气腾腾、肉香扑鼻，可根据个人口味边吃肉，边加盐、胡椒粉和辣酱等佐料。

权妃舀了一小碗石锅中的炖品，递给朱棣："请陛下品尝，这是我们朝鲜的传统参鸡汤，精选松林中的子鸡，在汤中加入人参、黄芪、川芎、大蒜、银杏、生姜、甘草等配料，长时间炖煮至熟。陛下尝尝，看与平日所喝的鸡汤有无不同？"

朱棣笑着从之。

而宴席中的妃嫔女眷们显然对那些各种精致的紫菜包饭、五颜六色的可爱糕饼更感兴趣。

太子这一桌的几位嫔妾对这些糕点赞不绝口，若微拿眼偷偷望去，整个大殿上的人仿佛都沉浸在这美味中，放下昔日的敌对与妒忌。而今日的宴席上分明少了一人，那就是王贵妃。若微不禁心道，多亏她没来，要不然亲眼得见今日情形，再怎么淡泊贤惠恐怕也如坐针毡。

太子妃的次子朱瞻墉和幼子朱瞻峻正紧紧盯着新呈上的花样烤串，那神情极专注，随侍太监立即给他们递到手中，这串是用黄瓜、胡萝卜、桔梗、蘑菇和鸡蛋、肉块等各色食品为材料烤制而成的。

若微只顾看来看去，忽觉得瞻基轻轻碰了一下她，瞻基随即伸手举着一串花样串递给她，轻声问："别人都在用心地吃，唯有你在用心地看，也不知在看些什么？"

若微压低声音说道："我在想，不知道贵妃娘娘这会子有没有用膳？"

朱瞻基听了，心中也有些不是滋味，而不远处的太子妃闻听此言，不由得抬起头冲着若微举目望去，那眼神很是复杂，心中暗想，这若微究竟是有心还是无心呢？一时间有些恍惚，直到太子侧妃郭氏与自己说话，这才收了心思，与她对答。

主菜与配菜上完，最后呈上的是放置在白瓷容器中的粉红色汤水。

朱瞻基初品之下，只觉得味道怪怪的，他微微侧首，看着若微，只见她慢慢品味，那神情好像在饮人间极品美味似的，不免奇怪。

自己又品了一口，还是觉得不好喝。

而朱瞻墉则干脆一口吐在漱口盅里，说道："天哪，这是什么？漱口水吗？怎的如此怪味？"不仅是他，众人都是如此感觉。

第二十三章　献　丑

　　若微小声地对朱瞻基说："这就是他们朝鲜国的'五味子茶'，包含了咸、淡、苦、甜、酸五种滋味，是调和阴阳、解除疲劳的汤水。看来权妃娘娘准备今日宴会还真是煞费苦心呢，既要好吃，又要好看，还要有药理和意义，真是难得！"

　　"若微，你怎么对他们的饮食民俗如此熟悉？"朱瞻墉听到若微的话，扯着大嗓门隔着桌子就问开了。

　　太子妃立即出言制止："瞻墉，食不言，你又忘记了！"

　　朱瞻墉环视整个翊坤宫大殿，咧嘴一笑，"母妃，大家都在言呢！"

　　太子妃还待再训，太子则开口相劝："今日本就是孩子们的好日子，由他们去吧！"

　　位于高台之上的朱棣显然吃得十分尽兴，看看殿内中人，又看看身边爱妃，说道："酒过三巡，总觉得还缺些什么，爱妃可还安排了什么节目？"

　　权妃微微一笑："陛下真是贪心，福姬为了今日宴会足足忙了月余，现在连口汤还没喝上呢，剩下的曲目么，如果陛下相允，福姬倒是有一个有趣的点子！"

139

"哦？"朱棣立即来了兴致："尽管说来听听！"

权妃环视众人："就命刚刚那个舞伎，以红绸蒙面，击鼓传花，鼓音停时，花在何人手中，由何人献艺，岂不有趣？"

"好啊，这听起来倒还新鲜有趣！"朱棣极为赞赏。

于是鼓手上前，以红绸蒙面，又有人取来花枝一柄，鼓音起而花枝传，只是众人心思各异，想露脸逞强的，会在手里多停顿一下；想要沉寂怕出头的，就像拿到一个烫手的山芋那样，急急地扔给下家。

而不偏不倚，第一次鼓点停息的时候，这花枝正好落在汉王朱高煦手中。

浓眉大眼，阔面重颐，身材雄伟的汉王站起身，面对众人，一脸的坚毅，黝黑的肤色与棱角分明的五官，显露出他铮铮的铁骨，从小经风沐雨，被朱棣带在身边，在军中历练的他自然比寻常的皇子更显得气宇轩昂，威风八面。

若微看得有些痴了，不经意间被瞻基轻轻踢了一脚，她才回过神。

"不知汉王为大家表演什么惊人技艺？"权妃还未出声，坐在下首一众妃嫔中的一位朝鲜美人李昭仪先开口了。

朱高煦看也未看，只是对着朱棣回奏："父皇，既然今日是为了庆祝瞻基的生辰，那么高煦就来一段少林拳脚，望瞻基日后勤习武，得以健体强身，文治武功俱全！"

这话在旁人耳中分明是一段好话，然而在太子妃听来，则是公开的叫嚣，太子缺陷大家都心知肚明，不仅太子妃，就是侧妃郭氏、谭选侍等太子滕妾也相互交换了一个别有深意的眼神。

而龙座之上的朱棣恍然不闻，只说道："去吧，今日喜庆，就容你显露一回！"

朱高煦对着殿中那击鼓的舞伎吩咐："请再奏一曲！"

"是！"舞伎恭顺地回应。

随即鼓声响起，朱高煦将一套少林拳施展开来。

只见他步法进低退高，轻灵稳固，虚实兼用，刚柔相济，时而乘势飞击，出手虎虎生威。

正所谓：秀如猫，抖如虎，行如龙，动如闪，声如雷。

拳随鼓声，于高潮处乍歇。

朱棣不由大加赞赏："好！"

权妃歪倚着头，浅浅一笑："好在哪里？臣妾只觉得眼花缭乱，看不出好坏来！"

"哈哈！"朱棣一阵大笑，扯过权妃的手，说道："煦儿这套拳打得极好，心与意、意与气、气与力内外一体，更有迅雷不及掩耳之势，已练得炉火纯青了！"

"哦，原来如此！"权妃仿佛恍然大悟。

太子侧妃郭氏小声嘀咕了一句："好做态，好个两相帮衬！"

太子妃立即杏眼圆睁，向她瞪了一眼，而太子更是一阵猛烈的咳嗽，以期掩饰。

朱高煦却冲着他们走了过来："皇兄，无恙吧？"

太子朱高炽连连摆手："无碍，无碍，这茶饮得急了些！"

朱棣将一切看在眼里。

权妃轻轻击掌，随即鼓点又起。

这一次，是落在太子手上，而太子妃眼疾手快，在鼓音停息的那一瞬便出手将花枝抢了过来。

旁人没有看清，而这一桌上的朱瞻基、朱瞻墡还有若微，自然是看得真切。

"原来是落入太子妃手中，素闻太子妃一向才艺双绝，不知太子妃要展哪项？"权妃笑意更浓，眼睛盯着的不是太子妃，倒是若微。

"福姬，休要胡闹，太子妃一向端庄，朕看，还是命人代了吧！"出乎意料的，居然是朱棣出言解围，权妃与众人都没有料到。

太子妃张妍盯着眼中的花枝，面上极为清冷，起身出列，回奏道："谢父皇回护，只是这游戏也要遵从规则，臣媳虽不才，也甘愿献丑。今日宴会，权妃娘娘煞费苦心，臣媳感谢万分，愿以纸笔相谢！"

"哦，太子妃擅长丹青，也好。内侍，笔墨伺候！"朱棣吩咐着，一眼扫去，又看到若微，她阴沉着一张小脸，眉头紧皱，也不知她在想些什么，于是心中一动，随又说道："若微丫头！"

"若微在！"若微立即起身跪在殿中。

"太子妃绘画，你以乐声相辅吧！"看似随意，却绝无回旋余地。

若微只好应允，口中谢恩，微一思忖，便命乐人抬上一把七弦琴。

十指尖尖，纤细柔弱，轻拨琴弦，随即传出优雅动听的琴声。

太子妃双手执笔，凝神思量，心中宽慰，好个丫头，弹的正是《秋水》，琴音中正醇和，高旷空澈，余韵激响，仿佛道心。

太子妃当下便有了主意，双管齐下，有如神助。

一曲终了，众人恍然不觉，片刻之后，响起寥寥掌声，抬头一望，这击掌之人正是龙椅上的天子。

这边曲终，那边太子妃刚好罢笔，将画卷交由内侍呈天子御览。

朱棣举目一望，自己虽然是行武出身，但是此幅画他却是分明看懂了。

"笔简而意繁，笔下扫尽尘嚣；墨淡而神清，墨中恰存贞洁。静穆安详，臻于化境。不论意思，单就这画功便是佳作。"朱棣笑而称许："此画裱好后就置于这翊坤宫正殿！"

太子妃张妍当即叩首谢恩，而心中分明有些不安。

权妃指着画，一脸的好奇："陛下，福姬不懂得画，可否向太子妃当面讨教？"

朱棣面上微微一变："爱妃不懂画，却是精通音律的，怎地连若微弹的这首曲子也没听出来？"

权妃面上微窘，随转而望着若微："若微，那就由你为本宫解疑好了！"

今日的福姬，在若微看来，是如此的陌生，她心中一沉，看了看太子妃，才近前回话："回禀贤妃娘娘，若微刚刚所弹奏之曲，名为《秋水》。说的是伯牙擅琴，一次他乘船外出，时值中秋之夜，偶遇樵夫钟子期。伯牙每弹一曲，子期都能讲出乐曲的内容、风格和伯牙演奏时的感情。两人通过音乐，互诉衷肠，抒发各自志在高山流水的胸怀，并结拜为兄弟。"

"哦？"权妃一双柳眉微微皱起，仿佛无尽心事被人撩拨。

若微看她如此心情，又想起刚刚汉王出言羞辱，顾不得许多，开口说道："钟子期不过是一位山野村夫，与圣手伯牙尚能一见如故，互诉衷肠。可见芸芸众生，大千世界，人不可貌相，海不可斗量。"

整个大殿一片寂静，朱棣俯瞰着殿内众人，目光从他们脸上一一拂过，如此一宴，众人心态尽露无遗，众生丑态，如此也好。他伸手拉过权妃，在她手上轻抚两下，随即起身退下。

"恭送陛下！"众人皆起身行礼。

而后，太子朱高炽第一个站起身，两旁侍从起身相搀，却被他推开。

太子妃领着东宫妃嫔及诸皇孙紧跟其后。

然而行至殿门口，朱高炽偏就被高高的门坎绊了一下，一个趔趄，险些摔倒。

随后而行的朱高煦手疾眼快，立即将朱高炽扶住，而太子妃张妍与太子侧妃郭氏连忙上前，扶着朱高炽向外走去。

朱高煦轻叹一声，说了句："前人蹉跌，后人知警！"

此话道理不错，但是说在此时，分明是对太子朱高炽的嘲笑与轻视。

朱瞻基在后面听到了，立即紧走几步追上朱高煦，朗声说道："后人之后，更有后人知警！"

朱高煦不由愣住了，这小子分明是话里有话，是在提醒自己"螳螂捕蝉——黄雀在后"，他摇了摇头，"臭小子！"

太子妃回转过头，略显凌厉的目光微微扫来，朱瞻基默而不语，他稍稍昂起头，身子端正，大步向外走去。

那神情中透着的一种不可侵犯的威仪与自信。

若微看着今日宴会上的众生百态，只觉得每个人如此陌生，看似一团和气，实则刀光剑影，实在是无趣得很。不由在心底长长叹了口气，冷不丁发现身旁一道灼人的目光向自己射来，不用看也知道是那个汉王。若微只装作不察，盯着自己的裙摆，紧紧跟在朱瞻基的身后，向宫外走去。

第二十四章　在　劫

四知堂内，朱瞻基坐在书案前，心绪难平。

今日宴席间的风波，看似东宫略胜一筹，汉王并没有得到半分的便宜，可汉王无疑又再一次打击了太子和整个东宫。当朱瞻基看到父王迈过门坎时那微颤的双腿，被绊之后的踉跄，只觉得心中隐隐作痛，小小少年的自尊心被再一次践踏，胸中的怒火无处释放，拿起案上的砚台，想也没想就冲着西墙狠狠地砸了过去。

"啪"的一声，砚台碎成两半，雪白的墙上溅起了大团的墨色。朱瞻基伏在案上，眼泪悄无声息地流淌下来，是的，有谁知道他心中承载的压力与痛苦呢？

恍惚中，好像有人走进了屋。

朱瞻基头也未抬，只挥了挥手，那意思是下去。

房间里又静静的，没有半点声息。

半晌之后，他才抬起头，然而目之所及，竟然是一个俏丽的身影，背对着自己，手拿大号的画笔，蘸着残余的墨汁，就着墙上的墨迹涂扶着，可她画的是什么？

是马，还是牛？

看着那身形似是牛，可是神态倒像是马，难道牛也能昂首嘶鸣、四蹄腾骧、欲挣脱缰索吗？

朱瞻基不由走了过去："画的什么？"

若微头也没抬："牛呀，自然是牛！"

"为何要画牛呢？"朱瞻基想不明白。

若微转过身，看着他，眼睛黑亮灵动，唇边含笑："那你呢，为何将砚台摔到墙上？"

"这……"朱瞻基面上微窘，无言以对。

"若微知道，殿下是心里恼恨汉王刻意嘲讽太子，对吧？"若微笑了笑，不等朱瞻基回答，又转回头继续作画。

须臾，这墙上的画就完成了。

只是十分有趣，马耕犁，牛奔蹄。

朱瞻基仿佛明白了，如果将汉王比作宝马良驹，那他的作用也就是在战场上奔驰纵横，到了国泰民安之时，能让战马去犁地吗？

同样，耕地的黄牛，原本就是为了众生之饱腹，而耕犁千亩实千箱，你若非要将它赶上疆场，那又是何等的结果？

原本不同类，各有所长，何苦要以己之短勉强为之？

好个若微，不仅将墙上的一片狼藉信手涂鸦，成为一幅活灵活现的壁画，还以物相喻，点醒了自己。

而此时从外面跑进来的正是朱瞻墡，他探着脑袋一看："这是什么？让马去犁地，让牛在战场上驰骋？你们画的是什么乱七八糟的！"

朱瞻基从若微手中接过毛笔，蹲在地上将残砚中最后的一点墨汁蘸满，在若微的画旁，题了四个字："任重而顺！"

若微看了立即拍手叫好："殿下好聪明！"

朱瞻基看着她，惭愧不已："你是在夸自己吧？"

"什么呀？你们都把我搞糊涂了！"朱瞻墡揉着脑袋，至此也没明白，他二人在说什么。

"瞻墡，刚见你急匆匆地赶来，可是有什么事情？"朱瞻基问道，又随口吩咐外面侍立的小太监将墙根底下的残砚收走。

"刚在母妃宫里，听到一件大事，知道吗？宫宴刚一结束，皇爷爷就给御膳房下令，要削减父王的饮食！"朱瞻墉的表情煞有介事。

"哦？"朱瞻基眉头微拧，不禁与若微对视，果然，太子受辱面上难堪，不仅朱瞻基心中难过，就连皇上朱棣也不是滋味，立即让人削减了太子的饮食，看来是要强令太子减肥了。只是这人到中年再减，何其难也？

"大哥，快想想办法呀，你是知道的，父王的食量，一向是惊人，又是无肉不欢，要是像皇爷爷说的那样，一天只供两餐，早餐白粥一碗，晚餐只是白米饭加青菜豆腐，父王肯定没法活了！"说起这点，朱瞻墉比谁都有体会，太子的几个儿子当中只有他最像太子，性子憨实，胃口好，身子胖，太子妃曾经怕他长大以后随了太子，几年前就为他控制饭量，挨饿的滋味他比谁都知道。后来还是他哭着哀求太子妃，说自己一不想当太孙，二不想当太子，就是个郡王，大不了也可以不做，只是这饭不能不让吃饱呀，一番话说得太子妃哭笑不得，这才由他去了。

朱瞻基此时也没了主意，唯有声声叹息。

瞻墉拉着若微的袖子，眼巴巴地问道："小才女，你不是懂医术吗？父王的瘫症都被你治好了，你想个法子，让父王不用禁食，也可瘦下来不就得了！"

"这！"若微的秀眉紧皱在一起，苦着脸托着腮说道："殿下，是有些法子可以瘦身，但是这效果都没有禁食来得直接。皇上这样做，肯定是已然问过太医院了。而且，如果太子殿下有恒心，说不定此次真能瘦下来，这倒是好事一桩。"

"好什么呀！"瞻墉甩开她的袖子，气哼哼地坐在罗汉椅上，抄起香几上的点心往嘴里一塞："这就叫瘦汉子不知胖汉子饥！唉，我看这宫里，只有我才知道父王的苦。"

瞻基与若微对视一眼，也无可奈何。

一个月后，他们却无端地卷入一场轩然大波中。

这一日，若微刚刚起身换好衣服，正想着用过早膳之后去找咸宁公主，没成想这筷子刚刚拿起来，湘汀就满面惊惶地从外面奔了进来："姑娘，快去太子妃殿！"

"怎么了，你慌什么？"若微还想问个清楚，而湘汀已然唤上紫烟还有静雅轩里的粗使丫头，拉着若微不容分说，就匆匆赶往太子妃的正殿。

这一路上，湘汀都紧绷着脸，一语不发。

若微十分惊讶，因为湘汀一向进退有度，十分稳重，何事能让她如此惊惶呢？悬一颗心来到了太子妃殿。

才一探头，即发现这殿里殿外已然黑压压地跪满了人。前排下跪的，正是太子和太子妃，还有朱瞻基，而后面就是几位太子侧妃和小皇孙们，正中宝座上坐的那个人？天呢，居然是皇上，哪有皇上驾临儿媳妇寝殿的？若微更是大惊，看这架势，难道要废太子不成？

若微低着头悄悄进了大殿，找了个最不显眼的地方，暗自跪下。

不一会儿，殿内殿外都跪满了人。

只听正中宝座之上的朱棣开口了："都到齐了吗？"

总管太监马云与太子宫的管事太监耳语片刻之后回道："回万岁爷，太子宫九百三十人全都在此候旨！"

朱棣点了点头，他原本威严的脸上更加铁青阴冷，殿中有胆小的人，双腿开始打颤、上下牙齿紧张得"得得"地打起架来。

朱棣眼中射出怨恨的光束，就像原本碧空万里，如今却风起云涌，乌云密布，天地变色。他的神色阴冷肃穆，似数九的寒风飒然吹过身侧，让人不由自主地打着冷战。

只是这恨从何而来？

若微不明，她悄悄看了看其他人，全都低着头，大气也不敢出。

"昨儿夜里，是谁偷偷给太子送去饭菜的！"朱棣的厉目仿佛扫过在场每一个人。

若微听了，这才长长松了口气，竟然是为了这个。

只是她错了，这在朱棣心中，这绝不是一件小事。

"说！"朱棣闷吼一声。

如响雷击在殿上，震得人心惊肉跳。

半晌没有人答，朱棣面上的神色越来越难看，皇长孙朱瞻基刚要起身相奏，朱棣却冲他招了招手，让他站在自己的身侧。朱棣拉过瞻基，低声说道："今儿的事，只许你看，不许你开口说上一句！"

至此，东宫人才感觉到事态的严重。

朱棣一向将朱瞻基视为心肝宝贝，而今天却在朱瞻基开口之前，让他封口，可见就是摆明了此事不许任何人讲情。

时间一点儿一点儿流逝，朱棣的耐心没了，指着马云说道："太子宫有几处小厨房？"

马云看了一眼东宫的太监总管。

那人立即伏地磕头："太子妃、太子侧妃郭娘娘、李选侍处、还有静雅轩孙若微处！"

若微心中暗呼不好。

果然，朱棣说道："这几处的管事与厨子，都统统拉下去，先重责五十大板，若仍旧无人承认，便一直给朕狠狠地打！"

此语一出，立即有人晕了过去。

宫里打板子，是要将下衣脱下，光着身子挨板子的。这几处小厨房都是为得宠的主子烹制美食的地方，因此经手之人都是妙龄的女子，光着身子挨五十板子，即便不被打死也是没脸活了。

立即有负责行刑的太监将这几处的宫人带了出去，东宫管事太监来到若微身边，看了看她身后的紫烟与湘汀："你们哪个是静雅轩负责烹调的？"

若微想都未想，腾的一下站了起来。

"你？"管事太监有些意外，若微在宫中虽然没有名号品级，但是她却绝不等同于一般的宫女，所以自然不敢上前拉扯。

"姑娘！"紫烟与湘汀狠狠拉住她，纷纷抢着说是自己。

她们这儿的喧哗自然没有逃过朱棣的龙目，他面色一沉："若微丫头，你逞什么强！"

若微见天子已经点了自己的名，索性把心一横，起身出列，跪下回话："回万岁，静雅轩的小厨房，原本就是因为若微好吃，喜欢弄些新鲜的吃食才特意请旨设的，平日也都是若微在打理，不关她两人的事。"

"哼！"朱棣重重的一记闷哼："好，既然如此，拉出去一并受刑，若是还没有人招供，都给朕打到死为止！"

若微见朱瞻基已然跳了起来，却被朱棣的大手牢牢按着不能动弹，只好抢先说道："皇上，若微招了，昨夜，是若微给太子殿下送的吃食！"

若微想得很简单，不过是恨给太子偷偷送去一餐饭，能是杀头的罪名吗？朱棣恼的不过是无人承认罢了，自己认下，也省得闹得东宫上下鸡飞狗跳，不得安宁。

可是这一次，她大错特错了。

"哦？是你送的？"朱棣的眼神儿宛如刀刃般像是要刺穿她，目不转睛地审视着她，生怕错过她脸上一丝一毫心虚惶恐的神色。

果然，再聪慧不过是个孩子，在他目光的逼视下，她并非神色自如，朱棣心中立即有数了。

"很好，那你说说，你昨日为太子送的是什么饭食？"朱棣龙目微睁，话是问着若微的，却把目光投向了朱瞻基。

朱瞻基年纪虽小，但一向稳重有度，深得朱棣的喜爱，然而此时，他一双俊目直愣愣地盯着若微，那眼中竟是毫不掩饰的关切与担心，这神情让朱棣十分不悦，因为朱瞻基是他精心调教出来的，目前为止还没有什么令他感觉不满的，然而现在，他分明看出，那个小女娃似乎成了这个好圣孙的软肋。

若微没想到天子会问到这个细节，这才慌了神儿，把目光偷偷投向太子，太子悄悄冲她使着眼色，她皱着眉头看着太子的唇语，任她再聪慧，此时也像丈二的和尚，摸不着头脑了。

朱棣重重拍案："朕看你是活腻了，居然敢欺瞒朕！稍后再跟你算账！"说完，朱棣俯视全殿，目光深邃，仿佛在顷刻间就做下一个决定，他把目光投向了马云："说！"

"是！"马云领着一个小太监走了进来："圣前照实回话，不许有半句虚言！"

小太监立即伏在地上，叩头不止，哆哆嗦嗦道："回万岁，奴才昨儿在太子殿下的麟德殿值守，是太子侧妃郭娘娘身边的锦蓉给殿下送的食盒,送的是鸡烩大丸子一钵、鸭子口蘑馅的包子两笼,还有鹿筋酒炖羊肉一盆……"

"臣妾冤枉!"太子侧妃郭氏立即伏地痛哭:"父皇明鉴,臣妾不知,臣妾真的毫不知情呀!"

朱棣双眉怒横:"朕还没死,你号什么丧?"

吓得郭氏立即封口,成串成串的眼泪止不住地流淌,妆也花了,人也吓呆了。

朱棣又看着马云。

马云再次回话:"奴才刚刚派人查抄了郭娘娘寝殿后面的小厨房,还有些剩下的菜品,与太子殿中搜出的食盒里的食物一般无二。"

朱棣点了点头:"哪个是锦蓉?"

东宫总管太监立即从外面押着一个二十岁左右的宫女进来,她"扑通"一声跪倒在地。

朱棣指着她大骂道:"好个小贱人,既敢做,为何不敢当?刚刚朕在殿上问话,你为何不回?连累众人也缩头不认。朕原本只想小惩大戒,可是像你这等不分曲直、只知媚主的奸滑之辈,留你何用?"

此语一出,杀气已起。

然而朱棣的处决却比他脸上的神情要冷酷多了。稍稍一顿,声音中已经没了刚刚的愤怒,语气如常,却每个字都如同刀斧:"去,将这贱人拉下去,剔骨抽筋,制成肉泥,就在郭氏的小厨房内,制成包子,再呈给太子食用!"

此语一出,众人倒吸了一口凉气。

若微以为自己听错了,怔怔地看着朱棣。朱瞻基眉头紧皱,狠狠盯着若微,示意她莫要开口。

若微完全傻了,她觉得这只是朱棣的气话,不会是真的。

而马云和宫中的侍卫并不像她那样,对他们而言,这就是圣旨,圣旨一下,不管是哭晕过去的郭氏,还是吓傻了的太子,只是公然走过去,双手钳住锦蓉,往外走去。

锦蓉临出门时,一头撞在殿门上,血流如涌,指着朱棣骂道:"你个昏君，虎毒尚且不食子，你却如此逼迫太子殿下……"

两旁的侍卫一掌击在她的脖颈上，她便昏死了过去，侍卫们拉着她走出了大殿，地上是一道道血印子，看得人触目惊心，很多宫女都吓晕了过去。

朱棣将目光又重新投向郭氏："你，原本该死，念你此时怀有皇家子嗣，就褫夺封号，幽居别院，生产之后再行责罚！"

郭氏浑身发抖，面色惨白，只伏在地上，也忘了谢恩。

若微知道，这事儿还没完，还不知道暴君如何罚自己。天哪，他不会让自己去蒸那锅人肉包子吧，这时才觉得牙齿直响，双腿不能抑制地哆嗦起来。

朱棣盯着她，一方面欣赏她的义气，又恨她存心说谎，想了又想，才开口说道："孙若微，欺瞒圣驾，只此一项，就可将你全家抄斩，你可知罪？"

若微先是点了点头，然后又连忙摇头："若微知罪，可是若微不知道这罪这么大。求万岁开恩，要杀要剐，要做成包子馅，罚若微一个就好了，千万不要连累若微的家人！"

说着，便叩头如捣蒜，听她声音都有些发颤，朱棣知道这丫头终于知道怕了。

"好，你刚刚说喜欢做饭，就罚你去御膳房当差，专值太子饮食，一个月内，太子如不能减重八十斤，你就把自己做成包子馅吧！"

若微支着耳朵听着，原本听皇上罚自己去御膳房当差，还挺高兴的，可是听了这后面的话，若微吓晕了过去。

第二十五章　减　负

太子宫内一片狼藉，除了锦蓉以外，侧妃郭氏处的宫女全被株连，就在太子宫大殿之外，被扒去衣裳挨板子。

起初还能听到宫女们的求饶与哀号之声，可是不到半盏茶的工夫，这些人连气息都没了。

太子禁食一事引起的风波远没结束，宫中似乎又暗流涌动，朝堂上那些骑墙之派，又蠢蠢欲动，汉王似乎又看到了希望。

而这一切，都与若微无关。

如今，她只是被发到御膳房内的粗使丫头。除了每日为朱高炽准备两顿饭以外，就是可以被任何人驱使的小丫头。

除了不用劈柴挑水以外，什么活都得干。

每天几大盆摞成小山般的盘子，玉指纤纤，浸泡在冰冷的水里，拿着抹布将原本油腻腻的盘子洗得白净如初，在旁人看来的苦差事，若微却做得很开心。

一天下来，累得腰都直不起来，只能低着头，弯着腰走路。

一面走，还一面想，为什么宫里的人都是低着头的，原来是腰使不上劲呀，低着头胡思乱想的时候，常常会一头撞在宫墙上，所以额头上尽是青紫。

晚上回到静雅轩，鞋子一甩就昏昏睡去。

朱瞻基拿着一个紫玉小瓶，悄悄来到她门口，紫烟见了忙出来相迎："殿下！"

"若微妹妹回来了？"朱瞻基问。

"是，刚进屋！"紫烟叹了口气："姑娘这两天的罪可遭大了！"

朱瞻基点了点头，跟着紫烟走进房中，见若微斜躺在床上，仿佛已经睡了。他悄悄坐在她的床边，仔细看着她的脸，已经给御膳房的人使了银子，应该不会有人欺负她，可是那额头上的伤是从哪来的呢？

朱瞻基伸手轻轻拂过她额前的碎发，看着那额上的青紫，心疼不已，而她在睡梦中被人扰了，仿佛十分恼怒，伸手就狠狠拍去，正巧被朱瞻基抓住，只是一握之下，又是一阵心疼神伤，一双抚琴弄画的玉手，已经肿得不再纤细如玉，上面的冻疮，更让人心惊。

朱瞻基轻咬着下唇，从怀里掏出紫玉小瓶，小心翼翼地在她的手上涂好药膏，却止不住心中的酸楚。

紫烟与湘汀在边上看了，唏嘘不已。

一阵脚步由远而近，不用回头，也知道是谁。

果然，紫烟与湘汀齐声叫道："殿下！"

朱瞻墡如同一阵风似的跑了进来，手里拿着两个黑乎乎的皮套子，像是献宝一样："若微，若微，快看我给你带什么好东西来了？"

瞻墡嚷嚷着进了门，才看到朱瞻基也在，又笑道："大哥，你也在呀？"

若微被吵醒了，正揉着眼睛，却被朱瞻墡一把从床上拉了起来："快看看！"

"啊，皮套子，你给我做的？"若微大喜过望。

"那是，快试试！"朱瞻墡一脸的得意。

朱瞻基用手轻轻摸了摸，轻柔而富有韧性，若微套在手上，套筒很长，几乎到了腋下，而五指也很粗，轻轻一甩，就往下滑。

朱瞻墡挠了挠头："你的手怎么这么小，我是比着我的手做的，你说最近手肿了不少，我想应该差不多的！"

"谁像你呀,小熊掌!"若微甩了甩套在手上的套子,满心欢喜。

朱瞻基这才明白,这套子是用水獭皮做的,防水保暖,若微戴上它再去洗碗,就不怕冻手了,心中也十分高兴,重重拍了拍瞻墉:"好个瞻墉,这心思真是灵巧,亏你想得出来!"

朱瞻墉得意扬扬:"那是,不过是从母妃那儿偷来的料子,母妃原本想拿它做双防雪的靴子,要是日后露了馅,兄长得替我担着!"

"啊,偷来的?"瞻基与若微都笑了。

"笑什么笑?别只光顾着笑,说点儿正经事。若微,我刚从父王那儿回来,我看来看去,都觉得父王一点儿没瘦,而且面色红润,气色很好。你这几天给父王吃的什么?要是到了日子,没瘦下八十斤,你打算怎么办?"瞻墉歪着头问。

若微耸了耸肩,一脸无奈。

朱瞻基看着她的神色,突然闪过一个不好的念头:"难道,你根本没有给父王节食?"

"啊,若微,你真想当包子馅?"朱瞻墉也跳了起来。

"两位殿下请稍安!"若微坐在榻上,托着腮,满面愁容:"我实在想不出什么好办法,除了每日冲些瘦身饮、莲叶茶之类的给太子殿下服用,在饭食上弃用红肉,只供鱼肉青菜豆腐,即使这样,我也只能保证殿下不再长胖。至于瘦身八十斤,我真的没办法了!"若微心想,八十斤,若放在案上,也是好大的一块肉呢。她想来想去,太子那肥硕的身躯,虽然胖,却胖得匀称极了,又不是只长了个大肚子,削去也就是了,这八十斤要从全身各处减下来,真是太难了。索性让他吃个痛快,到时候再说吧。

"什么?难道你不想活了?"瞻墉瞪着眼睛。

"我想活,当然想活了!"若微嘟着嘴:"我又不敢私自用药,也不敢用针灸,更不能让殿下节食挨饿,这一次只能听天由命了!"

"谁说不能用药?"屋外响起太子和蔼的声音。

几个人都十分吃惊,立即从内堂来到厅里,连忙分别行礼。太子端坐上首,目光扫过若微:"丫头,若有办法,只要你想到了,就尽管说出来,孤自会照做，就是你让孤十天不吃饭，孤也从之！"

"殿下！"若微心中涌起难言的感动，太子殿下真是仁厚。

自此之后，太子的早餐不是海带绿豆粥，就是鲜肉蛋羹。而晚餐有时是冬瓜盅就白米饭，有时是豆腐饼与芹菜包子。只是每道菜，若微都放了鱼虾等海鲜熬制的汤，菜品虽然简单，但味道却不错，且每天变化着花样，不仅味道好吃，样子也好看，太子也就不觉得禁食之苦。

茶水也换成了用槐角、首乌、冬瓜皮、山楂、荷叶煎煮而成的浓汁。

这减肥的汤饮却让太子吃尽了苦头，初时，太子一日如厕十几次，泻得双腿直打颤，然而三日之后，就恢复正常。

若微又请太子妃出面，与太医院的太医研讨后，辅以针灸和药饮。

食疗十日之后，太子也渐渐适应了这样的饮食。

这天早晨，在太子宫中，太子妃与若微、瞻基、瞻墉齐聚一堂，盯着太子殿下称体重。

太子上了专为他而设的地秤。

小太监看了一眼："二百九十三斤！"

殿内一片寂静。

一向娴静的太子妃脸上也稍稍变色："可看清楚了？"

小太监心中暗暗叫苦，趴在地上，又仔仔细细地看了一遍，只是这次，他抬起头只可怜兮兮地看着太子，不敢开口。

太子殿下挥了挥手，从秤上走下，坐在宝座之上，一脸无可奈何。

若微不知道太子殿下以前有多重，所以自然不知道此次他到底是减了还是没减，于是偷偷拉了拉朱瞻基的袖子，朱瞻基低声说道："减了十七斤！"

"十七斤！"若微叫了起来。

太子殿下正端着若微特制的瘦身饮，听她大叫一声，口里的水"噗"地吐了一地，两旁宫女立即上前为太子殿下擦拭。

太子挥了挥手："丫头，这么大的反应，倒吓了孤一跳！"

若微笑嘻嘻地走上前从宫女手中接过帕子为太子抹了抹带着水珠的胡子。

众人这才看清，不觉莞尔。

太子妃拉着若微坐到一旁，低声问道："眼看期限过去一半，才减了十七斤，若微，你还有好法子吗？"

若微很想说，没有。可是看到太子与太子妃眼中的期盼，她只得点了点头。

"真的？"太子妃难得地笑了，与太子对视一眼，将若微搂在怀中。

若微心中暗暗叫苦，什么法子呢？除非让这个胖太子去爬山，就爬栖霞山好了，每天爬两趟，不怕他瘦不下来。

只是又想到他的腿，长时间的肌无力刚刚医好，支撑着近三百斤的重量去爬山，无疑会给双腿造成巨大的负荷，搞不好前功尽弃。

不能爬山？那跑步呢？不行不行，念头刚起，又立即否定了，在宏伟庄严的宫城门，让身穿黄袍、头带金冠的太子气喘吁吁地跑来跑去？

就是他肯，用不了一时三刻，老皇上又得气得咆哮起来。

散步？这个还可以，只是效果不会很快。

胡思乱想，一双眼睛转来转去，太子、太子妃和瞻基、瞻墉四双眼睛跟着她一起转。

朱瞻墉忍不住了，在她肩上拍了一下："若微，醒醒，你梦游呢？"

若微这才歉意地笑笑，看着太子妃说道："有三个法子，效果是递进的，若微先说出来，请太子殿下和娘娘斟酌。"

其实她在说此话的时候，还是一头雾水。

太子殿下与太子妃连连点头，催促着她快讲。

若微只好硬着头皮说道："第一个法子，是行走。"

"行走？"太子妃愣了。而太子当下便反应过来了，因为自己体胖，所以不愿行走，就是在太子宫中，各妃的殿阁之间，都是令四个小太监抬着暖轿，出门更是有车辇代步，平日里最多就是从卧床到厅堂这几丈之步。

太子点了点头。

若微又说："每日晨起，太子妃可陪太子殿下在太子宫，沿宫墙而走，不用快，但中途不能停歇，初时一圈，逐渐增加，或至慢跑！"

这太子宫虽不比皇宫内的东西六宫大，但是也不小，若微走过，这一圈下来，怎么也得一个时辰。

"好，这倒不难！"太子妃看了看太子，太子不以为然地扫了她一眼，心中暗想，谁说不难？

"第二个法子，是骑马！"若微想，骑马飞奔，可不是坐在马屁股上就行了，得双腿用力支撑着身子，双手紧紧抓着缰绳，全身上下都得用劲，虽然是借着马力，但是全身动弹，也会消耗掉一些肉脂。

太子殿下这下没那么痛快了，看了看太子妃，又看了看瞻基、瞻墉。

若微还没说完："骑一会儿是没用的，每日在跑马场至少要跑上一两个时辰！"

"这个？"太子脸上有些为难，又不好拒绝，所以又问："那第三个法子呢？"

若微还未开口，先"扑通"一声跪了下去。

"这丫头！"太子妃柳眉微拧，立即拿眼瞅着瞻基："快把她扶起来！"

若微低着头忐忑地说道："还是跪着说吧，要不，这第三个法子，若微真不敢开口！"

众人莫名，不知这第三个法子有何艰难，她居然会如此。当若微说完以后，大殿之上再次寂静起来。太子妃的眼睛只盯着自己的衣袖，不再开口，而瞻基和瞻墉则低着头，垂着手，老老实实地站在边上，因为他们都宁愿自己不在殿中，没有听到若微说的第三个法子。

过了半晌，若微才再次开口："太子殿下，并非是若微有意冒犯，而是殿下的身子并非一日至此，所以也不能以立竿见影的法子瘦身。那样瘦了下来，五脏六腑、筋骨气力都会受损。所以要循序渐进、慎之又慎。前两个法子虽轻松，效果却缓慢。唯有第三个法子，才是全身四肢躯体一并减重的最有效的法子。其实，这并没有什么难堪的，若微平日就以此法练习的，长孙殿下就亲眼见过！"

朱瞻基立即感觉眼前飞过一片乌鸦，狠狠瞪了一眼若微，可是嘴上又不能不帮她，只好也跪了下去："父王，若微说得是，孩儿在静雅轩曾经看到过，她还用磨出的豆渣做过豆饼，瞻墉也吃过！"

瞻墉原本已经听傻了，这时候才猛然惊醒，也"扑通"跪在地上：

"父王，是真的，那豆饼虽没有肉饼好吃，但也很香。"

他这一语，倒把太子朱高炽逗笑了。

朱高炽神色渐渐和缓，又恢复了往日的亲切和煦："起来吧，都起来！"

三人这才站起来，若微抬头看着太子，面上有些不好意思，是呀，谁让自己出了这么一个馊主意。

而朱高炽则似乎并不介意，拉起她的手，缓缓说道："丫头，还记得当日在龙池边，你初见孤王时，孤念的那首诗吗？"

若微点了点头，清声诵出："耕犁千亩实千箱，力尽筋疲谁复伤？但得众生皆得饱，不辞羸病卧残阳。"

"是啊，既然孤都自比耕牛，愿为天下百姓温饱而犁，那区区一盘石磨，又奈我何？"太子朱高炽此时，心中已真正释然。

若微直愣愣地看着朱高炽，眼中满是崇拜。是的，他没有朱棣的帝王霸气，也没有汉王的英武果敢和力敌千夫的好武艺，不英俊、不潇洒，可是此时，在若微眼中，他却雄伟高贵，光芒耀眼。

三十日后，朱棣再次驾临东宫，看到太子果然清减了些。命人当众过秤，正是二百三十斤，整整去了八十斤，面色红润，精神奕奕。

朱棣心中暗喜，又差人叫若微前来问话。

若微跪在殿下，低垂着头，朱棣先沉了脸："丫头，朕让你减八十斤，你就减八十斤？你怎么如此不知进取，既然能让太子瘦下来，为何还要如此斤斤计较？"

天哪！此语一出，若微的头差点磕在地上，这是什么逻辑？别说这事我控制不了，就算我能控制，我也不敢让他多瘦，到时候您老人家又有话了。

可是想归想，她是万万不敢这么说的。

若微只好说道："回皇上，若微不敢，此次太子殿下能瘦下八十斤，一为皇上洪福庇护，二是太子殿下仁孝感动苍天，所以才能如愿。若微什么也没做，而且也决不敢左右太子殿下的福体！"

"哼！"朱棣轻哼一声，心想这丫头总算是学乖了，如今也知道怎么在御前回话了，只是他还是心有不甘："既然太子在一个月内能瘦下八十斤，朕看，这打铁要趁热，就趁着这个热乎劲，再减，减他个百十来斤……"

不仅是太子和太子妃，就是若微听了都差点要昏过去了。

她真想翻个白眼，趴在地上装死给朱棣看，可又怕他一刀下去，自己脑袋不保，偷偷抬头看了看一脸苦相的太子与面上微微发暗的太子妃，心想若是此时不说，怕是从此太子宫便不得安宁了，于是在地上叩了个头："皇上圣明，冰冻三尺非一日之寒，太子殿下的福体也非一日而就，如果强要一减再减，恐怕身体吃不消，反而会引发其他疾患。这一个月来，太子殿下是如何瘦身的，想来皇上也有所耳闻，这其中的苦楚，皇上也定能体谅。长此以往，太子殿下的旧疾怕是要犯。这瘦身和康健，两相如何权衡，还请皇上明鉴！"

这番话说出以后，众人都替若微捏了一把汗。朱棣面色铁青，强忍心头不快。他又想起前几天马云跟他汇报的，太子每天早晨，在太子妃的搀扶下，都要沿着宫墙走上一圈，初时两个时辰，后来一个时辰，一圈下来，衣袍尽湿。

每走一步，豆大的汗水滴在青石板上，竟掷地有声。

之后喝过一碗菜粥，就要上朝堂听政。朱棣都看得出来，他两腿发软，身子发虚。

然后退了朝，喝些瘦身饮，又去西郊演武场，与皇长孙朱瞻基一道骑马，好几次都从马上跌了下来。

回到宫中，用过一饭一菜的简单晚膳之后，就在太子宫后面一排偏殿之中，每天推上一个时辰的石磨，磨豆子、磨谷米，挥汗如雨，如同驴子一般。

不仅仅是心疼，朱棣听完之后，当时就把案上的茶盏等物摔得粉碎，若微，是这个若微给太子出的主意吗？当时朱棣就想把她凌迟处死。

可是一想到，如果此法真的能让太子瘦下来，变得英武些，不再让那些弟兄们嘲笑看轻，他又忍了下来。

此时若微一经提起，朱棣心中怒火翻飞。

"很好！"朱棣口中挤出这两个字，却让大殿里所有的人都不寒而栗。

朱棣狠狠瞪了一眼若微，眼中杀气已起。

"孙氏若微，入宫以来，桀骜不驯，屡屡犯上……"朱棣口中说的什么，已经不重要了，若微知道自己这次是难以侥幸逃脱了，只是心中暗暗祈祷，千万不要连累父母家人才好。

"包子馅，若微知道，包子馅就包子馅，只是恳请皇上饶了我的家人，千万不要株连他们！"若微再次叩首。

朱瞻基与太子齐声请命："皇爷爷！""父皇！"

朱棣最恨的就是当他要杀一个人时，便有一堆人前来为其请命，他们不知道，这样只会让她死得更快、更难堪。

"父皇！"一个俏丽的身影走入殿内，正是咸宁公主。

朱棣面色阴沉，指着若微说道："咸宁要是为她求情，就马上回去！"

"父皇，当日父皇说过，将此女赐给咸宁为伴读，要打要罚，要宠要奖，一切皆由咸宁处置。父皇是天子，一言九鼎，这说过的话就是圣旨，如今咸宁要带她回去，陪咸宁读书，父皇允是不允？"咸宁公主玉面清冷，脸上也没有了往日的笑容，只是那双水灵灵的凤眼，紧紧盯着朱棣。

其实当咸宁步入大殿时，朱棣就知道，若微今日是杀不得的，可是要这么就把她放了，真是龙颜扫地。

所以朱棣语气稍缓："你先回去，父皇日后再为你寻几位贞静贤淑的名门之后为伴读！"

咸宁听了，不退反进，径直走到朱棣座前，轻轻跪下，用手拉着朱棣的龙袍："父皇，若是母后还在，你说咸宁去求她，她会不会应？"

此语一出，朱棣的眼圈不禁微微泛红，如果徐皇后还在……这些烦心事哪里需要他来管。于是沉了脸说道："你这孩子，你母后何等的慧明，如果她还在，定会严肃宫闱，哪里容得此等事情发生，早就把她们都办了！"

咸宁眼中含笑："父皇，儿臣以为恰恰相反，母后在时，最是体恤宫人，也最疼太子哥哥。当年在燕京，李景龙将燕京城团团围住，城中粮食殆尽，母后就是献出自己的口粮，也舍不得太子哥哥挨饿。母后说过，太子哥哥虽然胖，但不是吃胖的，更不是懒惰所致，是胎毒所致的先天体虚，所以就是万难之际，也要照顾好太子哥哥的身体！"

说到这儿，咸宁公主语滞而泣，串串珠泪自眼中淌下。

大殿之内，朱棣以外，众人都默默垂泪。

就是朱棣，也眼圈微湿。

此时，一直沉默的太子妃张妍，深深叩首："父皇，都是臣媳的错。没有照顾好太子殿下的身体，也没有教导好若微，还连累父皇忧心操劳，有负母后所托，更是辜负了父皇的期望，请父皇责罚！"

太子一语不发，也重重跪下，在所有的人当中，最思念徐皇后的就是他。朱高炽很明白，对于一个豪气冲天的大国君主，面对好几个英武的儿子当中那个丑陋的、木讷的、最不像他的儿子，朱棣能忍到如今，全是因为徐皇后的不弃、不舍、悉心维护。

徐皇后一死，太子就失去了一直为他遮风蔽雨的那棵大树，没了这把保护伞，每日战战兢兢，面对各路的明枪与暗箭，防不胜防。

朱瞻基与瞻墉也跪着，此时并不需要他们说什么。

时间一点儿一点儿地流逝。

朱棣眼中的怒气消失得无影无踪，渐渐蒙上了一层雾气。

唉，朱棣叹了口气，平生最恨讲情、最恨要挟，但是这样合情合理又让人莫名神伤的讲情，他还能狠下心来说什么呢？

"罢了！"朱棣摆了摆手。

"若微，还不快谢恩！"咸宁公主面露喜色，朝若微使着眼色。

若微再次叩首，而她心中所谢的，不是天子，不是咸宁公主，更不是太子妃，而是那位未曾谋面的徐皇后。

她真的如此完美吗？虽离世多年，但曾经跟她相处过的每一个人，不仅是丈夫、儿女、孙子，就是与她原本是情敌的王贵妃等妃嫔，每每提起她，都不禁神伤，暗暗追忆她的种种好处。

就是今天，自己能逃脱险境，也是因为她。

她到底是个什么样的女子？

若微心中充满好奇，能驾驭朱棣这样的暴君，她一定是个了不起的女子。

而事情并没有就此了结。

朱棣缓了缓，才开口说道："不过，若微这丫头如果不罚，朕实气愤难平。"

"啊？"若微原本稍稍抬起的头又深深伏在地上。

"包子，就令你在明日晚膳前为朕蒸一锅包子。只是记住，这馅不能用肉，也不能用肉汤浸，却要有肉的味道。这皮不能用米面和各种粮食，却不能破！"朱棣想了又想："也别想用什么菜叶子裹着来充数糊弄朕。如果做不出，朕还是要罚你。记住，不许用御膳房的材料，也不许求助于人……"

"啊？"若微苦着脸："这么难，若微怕是做不出来，皇上还是说说打算如何罚若微吧？"

她想如果是挨板子，倒不如直接领罚来得痛快。

朱棣早知她的打算，故意吓她："包子皮做不好，就拿你的皮来抵，包子馅做不好……"

这一次，若微是真的晕了过去。

醒来时，躺在静雅轩的床上。

一睁眼，就看到瞻基、瞻墉还有咸宁公主，若微喃喃着："我是死了，还是活着？"

咸宁笑了，一把将她拉了起来："看，外面天都快黑了，还有一日的工夫，你好好想想吧，怎么包这个包子？"

她不提还好，一提起包子二字，若微立即歪着头，干呕起来。

瞻基忙扶着她，用手在她背上轻轻拍着，帮她顺气儿。

"小姑姑，你说皇爷爷怎么总跟若微过不去呀，而且还老拿包子说事儿！"瞻墉撑着头，一脸的糊涂。

"不许提，不许提！"若微呕得更加厉害了。

"好好，你别想就是了！"瞻基轻轻拍着她。

一向以为能够将皇爷爷心思揣测一二的瞻基，此时也没了头绪。

从夕阳西下，一直想到了掌灯时分，四个人还是没有一点主意。

连晚饭都没心思吃。

"我猜，皇爷爷是知道了你让父王拉磨的事，肯定觉得你出的主意，有辱皇家的威仪，所以才要罚你！"朱瞻墉一拍大腿，想明白了。

"什么？"若微细细品味着朱瞻墉的话，唇边渐渐浮起一丝笑意。她立即拉起朱瞻墉的手，在他胖胖的手背上轻轻亲了一下："谢谢二殿下！"

瞻基愣了。

瞻墉傻了。

而咸宁公主笑了。

第二日，晚膳时分，若微跟在咸宁公主的身后，手里提着食盒，缓缓走入乾清宫。

朱棣看着面前的食盒，两层笼屉。

一层上面是黄灿灿的小包子。

第二层上面同样是包子，却是乳白色的。

"请皇上品鉴！"若微立在下首，笑意吟吟。

朱棣眼皮微抬，立即有尚膳监上前，手拿银针要示毒，若微叹了口气，心想把我的作品都给破坏了。

咸宁公主自然明白她的意思，上前说道："父皇，这东西是儿臣和御膳房的刘总管一起看着若微做的，咸宁可以帮父皇试吃，就不要让那些奴才们弄了吧！"

朱棣看着她们，一语不发，拿起一个小包子就往口中送着。

"万岁爷！"尚膳监大惊失色。

而朱棣在口中细细品尝着，入口滑软，又嫩又韧，有豆子的清香，还有浓郁的肉味，于是他心中起疑，索性扒开一个仔细查看，这馅儿里看来看去，也没有半点肉星，不由心中纳闷；又吃了另外一屉中的黄灿灿的包子，这个他吃出来了，皮是炸好的鸡蛋，而馅，吃着也有肉味，又扒开一个，居然还是没有肉星。

咸宁公主忍不住笑了，"父皇放心，没有肉也没有肉汤，有刘总管盯着，您还不放心？"

朱棣扫了她一眼，又看着若微："说说吧！"

"是！"若微这才把做法一一说来。原来白色的包子皮是豆腐做的，黄色的包子皮是炸好的鸡蛋做的。而里面的馅，又是两种，白包子里是炒熟的鸡蛋，用各种佐料精心调出来的，这样吃起来就有肉的味道。鸡蛋作皮的包子里，自然不能再放鸡蛋，放的却是豆腐，不管是做馅用的豆腐还是做皮用的豆腐，都在笼屉里隔水蒸了两个时辰，而这锅里放的不是水，却是肉汤，豆腐最易进味，以肉汤隔水蒸，虽然没有直接浸泡，但是时间长了，也就有了肉味，再以调料精心辅之，便是胜过肉糜。

朱棣听了连连点头，原本吃得开心，一连吃了好几个，可是突然间，把筷子一摔，又怒了，指着若微说道："你这丫头，不是研究医理就是摆弄吃喝，召你入宫是来做什么的？不管是如今陪着咸宁，还是日后相衬瞻基，这学问与妇德才是最重要的。你……罚你回去好好反省，三个月内，别让朕看见你！"

这天子翻脸果然比翻书还快，什么伸手不打笑脸人、吃人家的嘴软，在他老人家这儿，都行不通。

若微苦笑着，与咸宁公主悄悄退了出来。

第二十六章　相　知

春雨如油，在淅淅沥沥的小雨中，若微一遍一遍地弹着《阳关三叠》。

长亭柳依依。渭城朝雨浥轻尘，客舍青青柳色新，劝君更尽一杯酒。

长亭柳依依。伤怀，伤怀，古道送我故人。

相别十里亭。情最深，情最深，情意最深。不忍分，不忍分。

西出阳关无故人。堪叹商与参，寄予丝桐。对景那禁伤情，盼征旌，盼征旌。

隔着一堵院墙，朱瞻基的心忽然软了，他轻轻叩门，紫烟悄悄打开门，刚待开口就被他制止，他放慢步子，小心翼翼，不出半点声响，走进院子，由远及近，看着敞着门对着一池春水，满脸烦忧的若微，十指尖尖，抚琴清唱，神情如此专注，曲音如此撩人。

音止曲终，她抬起头，对上朱瞻基的眼，怯怯地一笑，一如初见时分的娇俏。朱瞻基有些不忍，轻声安慰："只是随侍在皇爷爷身旁，为的是让我多多历练，不会有危险。"

若微脸上的笑意更浓了。

"以后，再也不跟你吵了！"瞻基盯着她的粉面，愣愣地就冒出来这样一句。前几日因为一点儿小事，两人又绊嘴了，连着好几日都没说话。

"从来也不曾吵过。"她收了笑容："要保重！"

"嗯！"他郑重应允。

"紫烟！"若微转身唤过紫烟："还不把你的礼物呈上？"

"姑娘！"紫烟面上一红，随即跑回屋内。

如此一来，倒让朱瞻基很是莫名。

不多时，紫烟又跑了出来，手中捧着一物，恭恭敬敬地递给朱瞻基："长孙殿下，这是我们姑娘送给您的生日礼物，因为东宫禁食一事闹得心慌慌的，一直也没顾得上，所以拖到今日才得以奉上！"

朱瞻基接过来一看，原来是个荷包，看图案样式自己都很是喜欢，于是对着紫烟微一领首："多谢紫烟！"

紫烟红着脸说道："该谢的是我们姑娘，谢我做什么？"说着扭头就跑开了。

若微充耳不闻，手起琴音响，朱瞻基一双手放在琴上相阻。

"干吗？"若微仰起脸，忽然发现朱瞻基的神色有些不同往日。

"我自然知道这荷包是紫烟绣的，但是这《雪霁图》分明是你绘的，这里面的香料也不同宫中寻常之物，想也是你特意为我调配的，对不对？"

若微眼睛一转，伸出一只手："拿来！"

朱瞻基一愣："什么？"

"我的珍珠耳坠子！"若微鼓着腮，气哼哼地说："既然收了礼物，就赶紧拿来还我！"

朱瞻基这才恍然想起，他扑哧一笑："你还记得，都多少日子了。我看你也不稀罕，不如也一道送给我吧！"

"啊？为什么？凭什么？"若微气不打一处来，站起身，用手指着他："你赖皮！说好了送你礼物就把耳坠子还给人家的。"

朱瞻基顺势抓住她的手："我没有赖皮，等我回来，再亲手给你戴上，这次与皇爷爷远征漠北，也不知得去多少日子，就让它替你伴着我吧！"

若微闻此言，眼圈一红，转过身去，不再说话。

朱瞻基在一旁又劝了好久，这才和缓。

"瞻哥哥！"若微好久都没有这样称呼他了，所以，初闻之下，瞻基心中为之一颤。

"嗯！"他柔声相应。

"听说这一次权妃也随行在万岁身边？"

"是！"

若微脸上神色有几分踌躇，她揉着手中的帕子，欲语还休。

"怎么？"朱瞻基见她如此神情，不免更要追问缘由。

"我想在临行前，去看看她！"若微终于还是说出了心底的想法，聪明如她，怎么会参不透这里面盘根错节的利害关系呢？王贵妃失势以后，太子一脉作壁上观，不动声色。可是太子妃背地里却多次提醒，不能与权妃等朝鲜嫔妃相亲。

上个月朱瞻基的生辰宴会，明眼人分明可以看到这其中的汹涌暗流，权妃显然已经表明态度，先背离了东宫，转而偏倚汉王。自此之后，更是界限分明，不再越雷池半步。

但是不知为什么，这一次听说权妃也随万岁出征，她总觉得该去为她送行。

朱瞻基沉默不语。

"我知道，她不该帮着汉王羞辱东宫。只是，我猜，她也是身不由己！"若微叹了口气："她若真是那么强悍能干的人，留在故国做她的王妃、王后，岂不更实在，为何还要千里迢迢来到这异国他乡？帮着汉王，与虎谋皮，难道真是她所愿？"

"你！"朱瞻基很是吃惊，他虽然知道若微一向聪明伶俐，比一般同年的女子要早熟、要智慧，只是，这番话从她口中说来，还是让他有些许惊讶。

"对于太子殿下，不只是你，我也由衷地敬佩。所以，诋毁他、故意在他伤口上撒盐的人我也不齿，可是偏偏她对我是真心好，一个小小的寄居宫内、身份不明的女孩，对她有何利用价值呢？自登州上船起，她就一直照顾我，如今她既然随陛下远行，我不该前去相送吗？"

"若微！"朱瞻基点了点头："你去吧，母妃怪罪下来，我自会言明！"

若微摇了摇头："你错了，我不是怕被责罚，我是怕你不舒服！"

朱瞻基微微一笑："我知道！"

翊坤宫外，若微反反复复转了两圈，还是没有决定是否进去。这翊坤宫是她第二次来，这富丽堂皇的宫殿如今等同于皇后的坤宁宫，是万众瞩目的焦点。

终于，若微还是举步上前。

宫门口的宫女都不认得她，她只好递了银子，低声下气地说："劳烦姐姐入内通禀，就说若微求见！"

那宫女还在犹豫，正巧权妃的保姆曹尚宫遇上，遂命人进去通传。

权妃福姬正在床上懒懒地歪着，听得宫女来报，若微求见，心中一动，遂说道："快请进来！"

若微随着宫女进入室内，看见这室内的陈设比之福姬之前的居所更加华丽，不由得心灰意冷。

即使如此，见到权妃，依旧一丝不苟地行礼请安。

然后才灿烂一笑，亲亲热热地唤道："福姬姐姐！"

权妃鼻子一酸，口上说道："你这个若微丫头，真真狠心，叫她们请了你好几次，都不来看我，今儿怎么想起来上我这儿来了？"

若微依旧是笑嘻嘻的："想福姬姐姐宫里的紫菜包饭和漂亮的粉果了呀！"

"小丫头，我当你永远也不来了！"福姬立即命人去端点心，又拉着若微坐在床上，说着体己话。

"姐姐，皇上是去打仗，你为何还要跟了去？你不怕危险吗？"若微瞪着大眼睛忽然问道。

"怕？"福姬神色一沉："留下来我更怕！"

"啊？"若微差点被刚刚塞进嘴里的月牙糕呛到，赶紧嚼了几下，这才腾出工夫又问："为什么？"

"为什么？"福姬又递给她一块红豆酥："你这么鬼灵精怪的，你不知道为什么？"

"在这宫里，除了万岁，恐怕人人都想除我而后快，不仅是她们，就是同来的姐妹，唉！"福姬深深叹息，"我本不想出头，奈何身不由己，所以如今为了自保，只好请陛下将我带在身边了！"

"姐姐，若微知道，身在后宫，很多时候都身不由己，所以这一路上你自己定要多多小心！"

"我知道！"福姬打量着若微突然说道："我还想亲手操办你和皇长孙的大婚之礼呢！"

"姐姐！"这次若微是真的被呛到了，好一阵的咳嗽，方才停息。

"若微，你知道吗？姐姐很羡慕你，能和心上人一起长大，青梅竹马，在这宫里真的是太难得了！"

"姐姐！皇上如此宠爱你，你可要惜福呀！"若微看着福姬的神色，总是觉得奇奇怪怪的。

"惜福，是的，要惜福！"福姬眼中一片茫然，那个夜晚，那个笛声，是他毁了自己，从此身不由己，再也不能淡泊处事、独善其身了。

当若微告别，从翊坤宫中走出来的时候，只是觉得心情更加沉重，总觉得有些怪怪的，好像什么地方不对劲，但是她想不明白，于是一个人一边费心地想，一边呆呆地向前走，撞到一堵人墙上。

她揉着头，抬眼一看，真是冤家路窄，又是汉王。

"汉王殿下！"

"是你！"朱高煦直愣愣地盯着她，"又迷路了？"

"没有！"若微话一出口，又后悔了，没有迷路你往人家身上撞什么呀？"是的。有点晕！"

朱高煦铁青着一张脸，"既如此，那本王就再送你一次！"

"不必了，不敢劳烦汉王殿下！"若微低垂着头，心想我避你还来不及呢。

朱高煦置若罔闻，说了一句，"走！"就抬腿向前走去了。

若微无奈，只得跟上。

"那天，为何选那首曲子来弹？"朱高煦人走在前面，话却是冲着后面的若微说的。

若微心中暗暗叫苦，只说道："'巍巍乎志在高山，洋洋乎志在流水'，昔日伯牙以此曲得遇知己子期，若微羡慕他们的知遇之情，故最爱弹奏此曲！"

"是吗？"汉王突然停步，若微没留神，显些又撞在他的背上，他转过身，如鹰般的眼睛紧紧盯着她："你们的弦外之音、画外之意，本王听得明白，放眼四海，不论贫富美丑，皆可有知音相逢；但若是自尊自大、坐井观天，那么自然难遇知己，对吗？"

若微被他逼得不能与之对视，只能低垂了眉眼。

"事事都有两面性，地位状态如此悬殊的两人都能结为知己，那么兄弟之间为何不能和睦呢？"若微初而声音低如蚊蚋，而一腔义气在胸，最后一句竟然直抒胸臆，说得干脆直白。说完之后，抱着大不了一死的态度昂着头，对上他的眼，居然毫无惧色。

"哼！"汉王不怒反而笑了："你知道什么？"

"我不知道什么！"若微此时全凭一腔义气，顾不上害怕，只图痛快："我只知道殿下是可以做贤弟仁王的！"

"你？"汉王怒目圆睁，一只手已然抬起，终于以掌变拳，又收回袖中。

"既然知道高山流水觅知音，就该知道子期到死亦不能赴约、伯牙摔琴以谢子期的结果！"汉王丢下这句话就扬长而去。

若微不由气极，骂了一句："神经病！"摇了摇头，也独自回去。

翊坤宫中。

乾清宫的太监刚刚过来传旨，今晚，依旧是权妃侍寝，所以在沐浴之后，由负责司寝的宫女们为她擦净身子，不着寸缕地立于内室之中，全身自脖颈以下至一双玉足，都要细细地涂上一层膏脂。

宫女们态度恭敬，诚惶诚恐。

权妃唇边微微含笑，宫内的妃子们在侍寝前都会在身上涂些白粉，为的是让自己的肌肤看起来莹白如玉，而皇上抚着，更是润洁柔滑。

只是那粉的香气太过浓烈，白得又太假了。

而她用的凝春玉露膏，是用上好的梨花、蜂蜜、牛奶等精心调制而成的，抹上之后，极为自然；更重要的是，每每当他摸起来，便会觉得如同初生婴儿的皮肤一样娇柔，这才是真正的吹弹可破。

侍女吕儿手里捧着一件特制的底衣，权妃接过来放在手上轻轻摩挲着，看起来是两朵一模一样粉艳艳的牡丹花，绣工极为精致美丽，只是一大一小，两朵牡丹花中间是以彩带相连，系在腰间，不大不小，正好将私处挡住，于是这便成了全身上下最撩人的一笔。

涂好玉脂之后，为了不被衣裳蹭去，她就那样全裸着站在室内。

侍女们纷纷退下，寂静的殿里人剩下权妃一人，她轻移莲步，走到孔雀罗纹大铜镜前，再一次审视着自己的玉体。

"小怜玉体横陈夜，已报周师入晋阳。"

她笑了，据说那个冯小怜的身体极美，看上去仿佛透明一般，以至于皇帝不忍如此尤物独自一人享用，竟在宫中设花台，让冯小怜玉体横陈，邀百官共赏。

荒唐吗？

原以为这只是杜撰的野史，但是现在，大明宫中的生活短短一年，便让她知道，这样的荒唐在朱门宫阙中每天都在上演着。

要生存，就要得宠。

要得宠，光靠容颜与才艺是远远不够的。

是的，他说的都对。

从妆台上拿起眉笔，轻轻扫了个柳叶眉。

淡点唇脂之后，便不再往脸上涂任何东西。

拿起那个悄悄藏起的白玉瓷瓶，打开盖子，一种冷冷的幽香缓缓散了出来，里面是如火般的红色，以手指轻轻捻起一点儿，然后对着镜子，匀匀地涂抹在自己娇俏的乳晕上。

现在再也不会害羞，手法也越来越熟练，很快便好了。

权妃对着镜子仔细地看着。

如同皑皑白雪中的一点红梅，又似含苞待采的嫩荷，今夜皇帝见了，又该是何等的疯狂呢?

此时,再披上那件薄如蝉翼的睡衣便大功告成,羽衣朦胧如雾,好像一览无余,引得你擦亮眼睛使劲去看,才发现其实什么都看不清,只有两片红梅、一朵牡丹,再就是洁白如玉、玲珑有致的身子,惹得你一眼望去,只想伸手一把将它扯下,看看那薄雾后面藏着的香幽。

"好了!"她看着镜中的自己,美白如玉的俏脸上晕染着一层淡淡的红晕,柳眉浅浅,杏目婉转,清波流滟,好一个倾国倾城的绝色佳人。

吕儿从外面走了进来,手中捧着一个长盒子,上面镶嵌着九颗散发着莹润光泽的珠子,"娘娘,今儿带这支钗吧!"

权妃打开盒子,是一支凤凰展翅的金步摇,凤嘴里叼着两串金叶子,戴上它,稍一触动,金叶摇摆,凤凰展翅,华美无比。

可是对权妃来说,这只金凤凰,便是一切罪恶的开始。

第二十七章 孤 凤

这只华美的金凤，曾那样的耀眼眩目，然此时那金色的光芒犹如利刃一般，硬生生地刺入她的心房，无血无痕，却痛不能抑。

绝色的容颜染上一层冰霜，沉着玉面用手稍稍着力一拧，那金凤凰尾部连着的簪子便被旋开，从中间露出一个小孔，以簪心微挑，便从中拿出一个小纸卷。

只扫了一眼，权妃便将脸黯了下来："什么时候送来的？"

吕儿摇了摇头，只乖巧地从权妃手里拿过纸条，打开灯罩，放在烛火上燃了。

她沉着脸，静静地站在窗前，伸手打开窗子，三月晚间的凉风一下子吹了进来，任自己的身体一点儿一点变得冰凉。

脸上的冷酷让自小跟着她的吕儿有些害怕。

当一个女人独自走到不胜寒的高处，她原本的单纯与善良就会消失得无影无踪，好像寒夜里的冷月，明明带着淡淡的柔和光晕，却并不能给人以半分的温暖。

"万岁爷驾临翊坤宫，贤妃娘娘接驾！"

权妃立即从内室里走了出来，"啪"的一声，将那支金凤步摇丢到案上。

她急匆匆往外走，正赶上朱棣大步入内，似巧非巧，娇美的她径直跌入皇帝的怀里。朱棣刚刚从演武场校阅军队而归，正是雄心勃勃、满腹壮志之际，见玲珑美人一头钻入自己的怀里，不由一阵大笑。

而权妃柔滑的身子则顺势向下一溜，正跪在朱棣的脚上，她低着头，露出一头乌发与如玉的白颈，以最撩人的姿态说道："臣妾迎驾来迟，万岁爷一定要恕臣妾之罪！"

朱棣最喜欢的就是她这副模样，从这个角度上俯视着她，女人身上所有的美好都尽收眼底，正是春光无限，又在半掩之间，他伸手顺着她的脖颈探入衣领之内，一直向下，背部的柔滑让他瞬间便涌起一阵激动。

"一定要恕罪？"朱棣大笑着，一面用手抚着她的身子，一面微微用力按在她身上，就是不让她起来。

权妃倒也机灵，顺势便搂住了朱棣的双腿，把头靠在他的腿上："臣妾迎驾来迟，也是为了好好打扮，让万岁爷看了欢喜，所以不算有罪呀！"

"好好打扮？"朱棣一字一顿，眼中是如火的情欲闪过，他弯下腰，以手托起权妃娇嫩的下巴："那让朕好好看看，打扮得果真让朕欢喜，再饶了你。"

说着，便将权妃抄起扛在肩上向内殿走去。

"万岁，万岁！"权妃吓得连连惊呼。

伴着朱棣的大笑，侍女、太监们都弯着腰低着头，立即退下，翊坤宫的殿门紧紧关闭。

月光洒入大殿，从那扇刚刚被权妃打开又来不及被宫女们关上的窗子里，室内男人粗重的喘息，与女子阵阵的娇吟之声交叠在一起，给这清冷的月夜增加了一抹瑰丽的色彩。

"睁开眼，朕命你睁开眼！"朱棣的声音兴奋得如同在战场上指挥千军万马冲入南京城时那般欢快与激昂。

可是权妃心中却凄苦难挨。因为闭着眼睛或是吹灭了灯烛，她还可以把皇帝当成是他，还可以强迫自己发出兴奋的欢叫声，还可以为了他去做各种让他尽兴的姿式。

但是今天，他要得如此急，以至于寝宫之内，灯火辉煌，他脸上的神情又那般狰狞，所以她一直闭着眼睛。

可是现在，他把手狠狠捏在她的脸上，强迫她睁开眼睛。

她只有微微抬起眼皮，然后又立即扭过头去，装着娇羞难怯的样子说道："万岁爷，羞煞臣妾了！"

这样的娇俏模样更是惹得朱棣哈哈大笑。

仿佛有使不完的劲，任汗水大颗大颗地从额头上渗出，然后又吧嗒吧嗒地滴在她的脸上。

不知过了多久，权妃感觉他的速度越来越快、力道也越来越大，她紧紧箍着他的脖子，声声轻唤，似在哀求，又似是冲锋的号角，只催得他策马扬鞭，越战越勇。

权妃跪在床榻外侧，用手巾轻轻地为朱棣擦拭掉身上的汗水与爱液。

"万岁爷今天出了好多汗！"权妃一边轻轻擦拭，一边说道。

"福姬，你此时能分辨出哪些是朕的，哪些是你的吗？"朱棣半睁着眼睛，脑袋枕在自己的手臂上，似笑非笑地看着权妃。

权妃面色通红："万岁爷说的，福姬听不懂！"

"听不懂？"朱棣又是一阵大笑，伸手在她酥胸上一抹，又放在自己鼻下闻着，"男女之间，每当欢爱之时，体液纵横交融，难分彼此，想来这世上最亲近的关系，除了血脉相连的至亲以外，怕就是如此吧。"

权妃抬眼望去，朱棣面上神色有几分肃然，看起来并非笑说之谈，而他眼中竟是少有的凝重与温柔。权妃心中不由惭愧极了，只把脸贴在他的胸口处细细地温存着。

"刚刚朕进殿时，你扑入朕怀里的时候，身子有些冰凉啊。"朱棣手抚着权妃的长发，缓缓说道："现在这个时节，北方的天气要比南京冷上许多，你随朕北狩，怕是身子吃不消呀！"

"万岁爷，您可是答应过臣妾的！"权妃抬起头，可怜兮兮的模样："冷怕什么，臣妾有万岁爷的龙体裹着冻不着！"

"什么？"朱棣眉头微蹙，随即明白过来，在她光溜溜的背上狠狠掐了一把，"胡说！到了战场之上，哪里能与你偷闲？"

权妃抬起头，直立起身子，把脸扭向一边，仿佛有些不高兴地嘟着嘴："万岁金口玉言，万岁答应过要带福姬去，不能说话不算数！"

朱棣看她洁白如玉的身子，如同玉兰花一样静静地矗立在眼前，晃得他有些意乱情迷，只好嗔道："你这身子，到了北方大漠，要是有个头疼脑热的，谁侍候你？"

听到此言，权妃立即笑逐颜开："所以福姬才要向陛下讨一个人，她呀，定是以一当十，不仅可以照顾我的起居、料理茶水膳食，还会诊脉治病呢！"

"什么？"朱棣龙目微睁："你是想要若微？"

"万岁圣明！"权妃双手合十，对着朱棣郑重一拜："福姬就要她，再带上吕儿，两个人就够了！"

"不行，不行，朕这是去打仗，不是带着你们这些宫中女眷去游山玩水！"朱棣索性放平身子，闭上了眼睛。

若是其他妃子，见朱棣如此，自是要立即熄灯就寝了，可是权妃早已不是初入宫门时那个柔弱单纯的女子了，她将身子又轻轻覆在朱棣的身上，用自己的朱唇，一点儿一点儿在他胸口上亲着。

口里间隙之时还不忘呢喃着："万岁爷，求求您了，您带上福姬吧。福姬绝不会给您惹半点麻烦的。而那若微，一来是给福姬做伴；二来万岁也喜欢吃她做的饭，她又会抚琴弄曲，最是可爱，点子又多性子乖巧，行军之余还可为万岁解忧；最重要的是，皇太孙身边也得有个知冷知热的人伴着呀，带她总比带个小太监好呀！"

朱棣充耳不闻，并不答话。而身上被福姬撩拨得难以自抑，眼睛一睁，一把将她压在身下："你是成心不让朕睡个安稳觉了？"

权妃掩面而笑。

刚欲搂着美人来个梅开二度，却听见外面值守的太监高声唱奏着："龙体圣康，及早安寝！"这是宫里的规矩，为了龙体的康健着想，天子一夜只能幸一妃，且每夜也绝不能多次复往，没有节制地纵欲，所以自马皇后起就定了这样的规矩。

对此，天子都心如明镜。

也自然知道什么情形是采阴补阳、什么时候又是筋疲力尽，亏了龙体。

只是面对六宫粉黛，娇媚可人的宫妃，难免会有不能自抑之时，这时，就需要由值守的太监高声提醒。

听了这唱念之声，权妃忍不住咯咯笑了起来，而朱棣脸上悻悻的，十分恼怒，立即冲着外面大喊着："都给朕滚远点！"

大明永乐九年三月十八，明成祖永乐帝朱棣亲率五十万大军，远征鞑靼部。

大明王朝初建之时，元朝的一部分军事力量撤退到长城以北的大漠中，与明军继续对抗。后来由于内部发生政变，分裂而形成兀良哈、鞑靼、瓦剌三大主要部落。他们各据一方，利用游牧民族善骑射的特点，经常趁水草丰沛、马壮兵强的夏秋季节，以长途奔袭的方式越过草原大漠，绕过明军的要塞防卫区域，深入到长城以内抢夺财物、劫掠人口，对大明的统治不断造成威胁。朱棣即位后恩威并施，一方面对其首领加官进爵，互通贸易；而另一方面，又不得不出兵远征。

这一次的战事就是源于永乐七年和永乐八年的两次征讨失败，更以最近一次的全军覆没为惨，主帅与四名大将战死阵前的惨败，让朱棣恼恨异常，于是一个原本就沉迷于战场搏杀、陶醉于金戈铁马的英雄，再一次披挂上阵。

这一次，他不仅带上了宠妃权氏，更将皇长孙朱瞻基带在身边，为的是让他多多历练，磨砺筋骨。

小小的若微也糊里糊涂地仓皇奉旨随行，就像冲出金笼的小鸟，兴奋异常，只是这一程的艰苦与险峻远远超出了她的想象。

大军一路疾行飞驰，并不多作休息，行军极为辛苦。

朱棣此次将皇长孙朱瞻基带在身边，一面要他熟悉军中事务，一面还要沿途深入民家，体察民情。

"这是为君者，不可不知的事情"，经过皇长孙生辰——朱棣仿佛下定决心，皇太子虽然不够理想，但是他把希望寄托在了瞻基的身上。记得当总管太监马云告诉他，皇太子在翊坤宫门口险些摔倒，汉王和朱瞻基的那番对话时，他就暗暗发狠，高炽是不够好，但是，那也容不得别人诋毁，所以培养瞻基，让他傲立于朝，是维护东宫最好的策略。

天子御驾亲征，自然有车辇相随。朱棣却带着朱瞻基弃辇而骑马，目的就是要让他知道这纵横千里的感觉是何等的壮哉。

在天子的龙辇中，坐着的正是权妃和若微。

龙辇比一般的马车要舒适太多了，高大的龙床、龙椅，上面铺着厚厚的羊毛垫子和锦褥，四周摆着绵软的靠枕，可以将身子嵌入其中，不至于随着车子的颠簸而摇来晃去，车厢内还铺着大红的地毯，厢体四周全用黄色绸缎为面的棉垫子包着，温暖如春，十分舒适。

可即使如此，权妃与若微还是不堪重负。

出发好几日了，虽然一直在圣上的龙辇中，但若微和权妃都没有见到皇上和朱瞻基。

连日的急速行军，权妃有些受不了，夜晚宿营的时候，她揉着酸痛的身体，带着若微来到了朱棣的大帐外。

宿营地内，四处燃烧着篝火，众多兵士高举着火把，腰挎明晃晃的宝刀，守护在营地内外和四周，戒备非常森严，全营灯火通明，亮如白昼。

十几个帐子中，簇拥着一座金色大帐，就像皇宫中的乾清宫，在空寂的原野里显得那样肃穆巍峨，这便是天子的营帐。

通往大帐的一路之上是皇家卫队守卫。

权妃裹在雪狐锦缎棉大氅之内，头戴雪帽，几乎挡住了整张脸，可即使如此，这样的装扮与婀娜的体态，在整个北行大军的队伍中，绝不作第二个人想。所以一路之上，并没有人上前阻拦，只在距大帐十米之外才被拦了，这里齐刷刷站立的都是皇帝的贴身卫队，并不管你是朝庭大员，还是椒房贵戚，都一概拦下。

"这是随圣上北行的权妃娘娘，要见陛下！"若微乖巧地抢在头里解释着。

"权妃娘娘？这是在军营之中，除了万岁召见，任何人不得靠近龙帐半步！"开口之人从服色上看该是一个从五品的将军。

权妃将雪帽放下，露出娇颜，微微一笑："那就请将军代为通传一下，也许万岁此时正打算召见本宫。"

她的头发只松散地绾起一个坠马髻，发间斜斜地插着一根宝蓝吐翠孔雀吊钗，细密的珍珠流苏随着她的步子，轻轻地摇晃着，仿佛画上的仙女般，盈盈含笑。

是英雄难过美人关吗？

那将军仿佛看得有些痴了，怔怔地忘了答话。

若微轻声一咳："还请将军代为通传！"

"请娘娘稍候！"他这才清醒过来，狠狠盯了一眼权妃，立即双手抱拳行了军礼，随后转身入内。

不多时，当他再次出来时，已然面色如常："娘娘，万岁正在议事，请娘娘先回营帐休息！"

权妃眼中是难掩的失望，愣愣地看着那灯火通明的大帐，心有不甘。

"娘娘，不如咱们先回去吧！"若微头上梳着双环髻，一身青布棉衣裙，外面只穿了件织锦镶毛的棉斗篷，此时更觉得手脚冰凉，北风还呼呼地往脖子灌，所以她搀着权妃想马上回去。

而权妃的倔劲在此时却显现出来，她脚下纹丝未动，脸上淡淡的，轻缓的声音悄然响起："不，就在这儿等！"

"天呢！"若微的眼睛瞪得大大的，皇帝的女人都这么怪异吗？

就这样陪着权妃站在龙帐十几丈之外，有多长时间？若微不知道，她只是不停地跺着脚，用手捂着耳朵，心里大声地呼唤："皇上，万岁，老爷子，你开开恩吧，这个军事会议快点结束吧，不然你的宠妃就要冻死了。虽然你的后宫还有三千佳丽，但是我孙若微可是就一个，人间绝版呀！"

不知过了多久，好像卫兵手上的火把都因为即将燃尽而更换了一轮，这才听到一阵谈笑之声，随即龙帐大门打开，从里面走出几位身穿铠甲的武将和文官服饰的大臣。

当他们从权妃和若微面前经过时，先是诧异，随即立即请安行礼。权妃只是微微颔首，淡然面对。

又等了片刻，从大帐内走出的，正是兵部尚书金忠和皇太孙朱瞻基。

"权妃娘娘？"金忠也愣了。

而朱瞻基原本目不斜视，只冲着权妃稽首弯腰行礼，只是权妃似乎与他刻意开了个玩笑，伸手将若微拉过来，挡在身前，于是朱瞻基目光之下就是一双小小的鹿皮靴子，仿佛难以置信一般，悄悄直起身子，立即大惊，指着若微说道："你……你怎么来了？"

若微立即郑重行礼："长孙殿下万福，金大人安康！"

金忠认得权妃，却不认识若微，看朱瞻基反应强烈，也不知面前的小女娃是谁，所以脸上疑惑重重。

"万岁有旨，宣权妃娘娘进帐！"

权妃伸手在若微肩上按了按："你陪长孙殿下说说话，不必跟来了！"

若微点了点头。

权妃步子轻盈，缓缓走入殿内。

帐内灯火通明，全部用柔软的兽皮铺地，人走在上面软绵绵的，很舒服。帐幕四周开了四个窗户，每个窗户周围都用金丝镶嵌。而帐的顶部，居然也是用镀金之梁作为支撑。

帐内前半部是议事厅，有桌椅几案，而屏风后面，则是朱棣的龙床。

朱棣此时正坐在几案之后的金龙楠木大圈椅内，眉头微皱，说不上怒目而视，也差不了许多，狠狠瞪着步步临近的权妃。

权妃面上是浅浅的笑容，入门之后，每一步都刻意走得更慢，慢得不像是在走，朱棣觉得比爬还不如。

于是他招了招手："过来！"

权妃却停住了步子，嘟着嘴道："在外面站得久了，腿都冻僵了，走不动了！"

朱棣沉着脸，目光如炬。

权妃却缓缓倒在兽皮地毯上，解下外衣，轻轻揉着自己的腿，脸上是有些夸张的疼痛，那副样子倒像是西子捧心而蹙，娇柔怯怯，朱棣面上还是难看依旧，只是站起身，三步并作两步走近她，弯腰将她抱起走到屏风后面，放在那张铺着兽皮软软的龙床之上，重重地将她扔在上面。

"呵呵！"权妃非但不喊疼，反而爆发出一阵银铃般的笑声。

那笑容缓解了朱棣的疲惫与焦虑，也让他卸下铠甲，与她一道跌入榻间。

靠在朱棣怀中，权妃低声哀求："陛下，一定要如此急吗？"

朱棣轻哼一声："兵贵神速，速度就是气势，速度就是胜利！"

这便是朱棣的信条。

与此同时，皇长孙的营帐之内。

若微坐在朱瞻基的床上，身上裹着两层被子，只露出一张小脸，还是止不住地发抖。

朱瞻基坐在她对面的椅子上，面色阴沉，没好气地数落着她："你何时跟来的？是皇爷爷叫你来的？还是母妃叫你来的？亏我什么事都跟你讲，把你当成知心人，跟你商量。可是你呢？要不是刚才在外面碰上了，或许等到班师回朝，都不一定能见着你的面？"

若微唇角微微上扬，形成一个好看的弧度，只一味地笑，却不答话。

朱瞻基训了半天，仿佛一拳打在棉花上，毫无力道可言，也终于拿她没办法，态度渐渐缓和："你，一直在外面等着？"

若微点了点头。

"是不是冻着了？"朱瞻基凑上前来，伸手摸了摸她的额头，又摸了摸自己的，好像并没有发热的迹象，这才安下心来，又走到帐门口，吩咐随行的亲兵端来热水。

"烫烫脚吧！"朱瞻基把水亲自端到床前。

若微连连摆手："我怎么能在殿下这里洗，我就在你这儿暖和暖和，一会儿权妃出来，我还要陪她回去呢！"

朱瞻基在她额头上轻轻一戳："妹妹好呆呀，权妃这会儿进去，估计今晚就不会出来了！"

"为什么？"若微话刚一出口，就后悔了。

两个人你看看我，我看看你，都有些不好意思。

若微看着床上那盆冒着热气的水，只觉得如果不用，实在有些浪费，于是索性脱去袜子，泡了进去。

朱瞻基目光微微一瞥，只见她一双小巧的玉足泡在明晃晃的铜盆里，十个纤弱圆润的脚指如同小小的蓓蕾一般，粉白娇嫩，可爱极了。

"殿下，非礼勿视！"若微小脚微扬，将点点水珠儿溅到朱瞻基的袍子上。

朱瞻基的脸刷地红了，悄悄站起身，从怀里掏出一个锦袋，从里面拿出两支闪着珠辉的耳坠子，小心翼翼地帮若微戴上："原本还想着打完胜仗，班师回朝之后再还给你的，想不到你急巴巴地就跟了来，我信守承诺，亲手给你戴上！"

"原来你跟万岁一样！"若微小声嘀咕了一句，为了躲他，她把脚跷了起来，抖得水珠哪儿都是。

"什么？"朱瞻基从脸盆架上拿了条毛巾递给她，似乎没听清她在说什么。

"好色！"若微的声音像小蚊子一样，可是朱瞻基还是听清楚了，他满脸通红狠狠瞪了若微一眼，一本正经地训斥着："再胡说，我就把你的靴子丢出去！让你光着脚走回去！"

"哦，我好怕怕呀！"若微手抚胸口，面上装着忐忑的神色。

朱瞻基看她娇美的容颜，生动的表情在火烛下那般动人，心情大好，于是悄悄走过去，坐在她的边上，轻声说道："我跟皇爷爷不一样！"

"什么？"若微一边往脚上套着袜套，一边问道。

"我只看你……"朱瞻基低着头，脸上红得像个苹果。

"啊？"若微立即跳了起来，将另外一只袜套往朱瞻基头上狠狠一摔，套上靴子就跑了出去。

第二十八章　花　落

在朱棣速度就是胜利的信条下，北征大军三月出塞，抵凌霄峰。四月，抵阔滦海。五月初，进至胪朐河流域。

几个月前，也就是永乐八年，由邱福率领的远征军，全军覆没在胪朐河。由于时间不长，四处仍然可见死难明军的尸骨和盔甲武器，战场上，敌人是只管杀不管埋。

迎风而立，朱棣看到这一场景，便让手下的士兵们去寻找明军尸骨，并将他们就地埋葬，入土为安。

在掩埋忠骨的兵士中，他看到了那个瘦弱的，身量还没有长足的年仅十三岁的皇长孙，朱瞻基。

他穿着普通兵士的服装，身上满是污垢，泥泞的脸上，一双乌黑的眸子闪烁着坚定的神色。

朱棣回首看着那条湍流不息的胪朐河，沉默不语，思索良久，才开口说道："自此之后，此河就改名为饮马河吧。"

就在此时，鞑靼部首领本雅失里闻讯，朱棣亲率五十万大军大举进攻，自知难以与之相敌，于是尽弃辎重牲畜，仅率精骑西逃瓦剌部。

而鞑靼太师阿鲁台则率众东逃。

朱棣先是追击打败了本雅失里，后又挥师攻击阿鲁台，双方决战于飞云壑和静虏镇。朱棣亲率精骑直冲敌阵，斩杀无数。

然而谁能料到，就在朱棣带兵追击本雅失里和阿鲁台的同时，留在饮马河的大本营，受到了草原上另外一个部落的袭击。

朱棣带兵向北追击，而大本营是留在自己的后方，原以为不会有敌人来袭，所以只留了少数人马在此驻守。

夜晚的草原，寂静得有些骇人。

随着一阵号角声，仿佛千军万马奔腾而至。权妃若微刚刚睡着，就被惊醒。

吕儿立即摸出火石子，要去点蜡烛。

火苗刚起，就被若微"扑"地吹灭了。

"这号角不像我们的！"若微压低声音说着。

"难道是敌人偷袭？"权妃的声音略为发颤，任你是再高贵的皇妃，离开了君主，在战场上什么都不是，就连一个小小的旗牌官都比不上。

"吕儿，快侍候娘娘穿衣服！我出去看看！"若微早就麻利地套好衣服，刚刚推开帐门，就看到留守在此的武毅将军颜威和朱棣的亲信御前大总管兼锦衣卫指挥使马云跑了过来。

"两位大人，发生何事了？"若微抬眼向外望去，不远处杀声震天，火光冲天。

"是瓦剌兵来偷袭，快请娘娘起驾！"马云面色焦急。

若微看到他腰间的挎刀已然被提到了手中，仿佛已经做好准备随时就要与敌人厮杀一番。

"要逃吗？"若微顾不得许多，直接问道。

"至少要护着娘娘转移到安全的地方去！"武毅将军仿佛有些不耐烦地跟面前的小丫头解释。

若微点了点头，立即转身入内。

"慢！"马云把一个包裹往若微怀里一塞："这是士卒的服饰，军营中本不该有女子，你们换好后速速随我向北转移！"

"还是马大人想得周到！"若微立即入内，不多时三人再出来时，已经换了装束。

她们在马云与锦衣卫的护送下，悄悄向北转移。可是瓦剌兵来势汹汹，趁着夜色，让明军猝不及防，眼看着明军在一道道寒光之下，一片一片地倒了下去，包围圈渐渐缩小至营地外围不足数十丈的地方。

马云心中万分焦急。

"马大人！"若微一直在想："瓦剌军明知我军主力不在营地，为何还要偷袭我们？"

"这个，也许是为了粮草！"马云想了想，朱棣带兵北袭，只带了数日的口粮，而大部分的粮草都在此处。

"只为了粮草？"若微想了想："那依马大人看，营地的守兵能否抵挡得住瓦剌兵的袭击？"

马云面色阴沉："不好说，来得太突然了，我们在此地留守的原本就是伤病之师。我们此番只是来征鞑靼，与瓦剌并不相干，没想到他们如此狡滑，竟然趁机偷袭，恐怕……"

一个可怕的念头在若微脑海中晃了一下："马大人，如果我们冲不出包围圈，而被瓦剌军队全歼了，他们如果不只是想要我们的粮草，而是乔装成我军兵士，等皇上……"

"你是说，诱皇上回营，然后俘之？"马云听了，不禁脸色大变。

"若微，你在说什么？怎么我一句也听不明白？"权妃气喘吁吁，面露难色，整个身子几乎压在吕儿的身上。

若微现在根本无暇顾她，若微担心这样一个小小的变故，会让朱棣此次北征即将到手的胜局功亏一篑。更可怕的是得胜而归的朱棣必然麻痹，而劳师远袭的大军更是兵困将乏，瓦剌军以大本营为基地，以逸待劳，诱敌深入，出其不意，必然占了先机。

朱棣是君，不能有事，更重要的是，他身边还跟着朱瞻基。

要是在这场战争中，天子与皇太孙都被俘了，那岂非又是一场惊天浩劫？

若微紧紧咬着嘴唇，看了看权妃，又把期盼的目光久久地停留在马云的脸上，她狠了狠心，有生以来，第一次替别人做主，就是赌上性命：

"马大人带着我们三个女子，能冲出重围吗？"

"这个？"马云看了眼权妃："皇上命奴才留守，保不住营地，好歹也要保住娘娘！"

"这话是皇上亲口说的吗？"若微顾不得许多，一口气说道："请马大人与锦衣卫的大人们立即冲出重围，不要管我们，想尽一切办法与皇上的大军会合，将瓦剌偷袭一事告之，让皇上早做打算。皇上与大军的安危才是最重要的！"

马云看着面前这个娇小的女孩子，无比坚定的神情在她脸上像一束动人的光芒，让人难以移目，这真的只是一个不到十岁的孩子吗？

如果把今天的事情讲给外人听，有谁会相信，堂堂锦衣卫指挥使，掌握五千户皇家卫队，曾经跟着朱棣出生入死的亲信马云，会在危难之际，听一个小孩子指点迷津？

厮杀声阵阵，火光冲天，空气里弥漫着血腥的味道。黑漆漆的天色，看不到黎明的光亮，马云只觉得压抑得喘不过气来，何其艰难的抉择？

考虑再三，他想了一个折中的法子。

从锦衣卫中挑选了精壮的五十个人："你们护着娘娘往西边走！"

又选了另外五十个人："你们往南，只管拼命地冲，声势越大越好。"

然后留下五十个人："你们跟着我，一会儿往北！"

最后把目光投向若微，却有些难以启齿。

若微没等他开口："剩下一百人带着我往东，对吗？"

西边是瓦剌的地盘，所以往西冲，是敌军防守较弱的方位，也是最安全的。而往东看似已是明军掌握的地盘，但也是目前把守最牢的，同时往东跑的人，带的兵士最多，容易被敌人认为这才是正主儿。

往南是干扰和毁粮，往北是给朱棣送信。

所以这四个方向，看似是胡乱地四散逃窜，实则既含了声东击西扰敌的计策，又是多管齐下，以策万全。

若微冲着马云深深一个万福之礼："见到长孙殿下，请你把这个给他！"

若微从自己耳垂下取下一只珍珠耳坠子，看来这坠子注定是不能成双了。

马云的眸子中腾起一簇火光，是钦佩，还是不舍，他自己也说不清："危难之际，请姑娘见谅！"

若微摇了摇头，眼中浮起一丝水雾，她再聪明，再可以看透世事，不过还是个孩子，带着悲泣之色说道："大人不必如此，若微都明白。还有一事提醒大人，那些粮草，如果不能保存，不如毁之！"

马云点了点头。

一声令下，队伍向四个方向开始冲击。

若微被一个锦衣卫以腰带系在身前，她紧紧地趴在马背上，听着自己头顶上方传来了兵刃相抵的声响。他挥舞着宝刀与对方的弯刀拼来抵去，一时之间火星四溅、刀光剑影。

她抖得要命，浑身上下不可抑制地颤抖，连马儿都能感觉得到，她很想说，把我放下吧，可是她又觉得牙齿在一起"咯咯"作响，舌头打结，喉咙也像堵住了一般，根本不听使唤。原来什么想法、信念都是假的，在面对危险、随时可能死亡的时候，她是这样的胆小，又是这样的贪生。

一次又一次带着温度的血腥液体溅到她的脸上、发间、脖颈，她真希望此时自己能够吓得昏死过去，可是偏偏天不从人愿，她比任何时候都清醒。

瞻基，你会平安吧？

你一定会平安的！

第二十九章　狼　袭

耳边是呼呼的风声，杀声震天，火光冲天。若微紧紧地伏在马背上，只希望自己可以晕死过去，不省人事，可是事实上，她还是醒着的，清清楚楚地知道面前发生的一切。

人喊马嘶，双方骑兵用马槊、长枪、长刀狠狠地砍杀在一起，敌军骑兵数量众多，黑压压的一群又一群地涌上前来。只是由于骑兵众多，包围圈过长，其间难免留有缝隙。突围的明军人数虽少，却组成了一支锥形的阵式，狠狠地扎入敌阵缝隙当中，显得游刃有余，靠近这个锥形四周的敌军纷纷受创而跌下马来。

然而，毕竟寡不敌众，敌军虽然倒下的不少，可是不出所料，这边吸引了大部分敌军的注意力，冲上来的敌军越来越多。包围圈一层包着一层，看不到尽头。

与她共乘一骑的锦衣卫，一手拉马，一手执刀。与不断涌上来的瓦剌骑兵拼杀在一起，那金属的碰撞声，在这样的夜色里，更是让人心惊胆颤。

一股又一股的浓腥液体溅到她的身上，那是血，是热的，不知是身后明军的，还是对面敌人的。

突然，对面马上的人一声惨叫，紧接着一个什么东西，飞到若微的脖子里，她下意识地伸手一抹，拿到眼前，借着微弱的月光一看，天哪，竟然是半只耳朵！

这一次，她真的晕了过去。

当她醒来时，不知身处哪里，还没睁开眼睛，只下意识地微一翻身，就"扑通"一声掉在了地上，这一跤直摔得她眼冒金星，她一边揉着眼睛，一边看了看四周的情形。

此处挨着一处清泓，四周杂草丛生，原来自己刚刚是趴在马背之上的，所以一翻身，自然是跌落到马下了，而在不远处的水边正仰天躺着一个人。

闪烁的星火下，只见那人乱发披面，脸色苍白如纸，身上的军服早已惨不忍睹，几乎不能蔽体，全身上下都是纵横交错的刀伤，身下的草地也都沾满了血水，这才是血染征袍透甲红。

他面色姜黄，双目紧闭，已经不省人事了。

若微大着胆子走过去，把手悄悄搭在他的腕上，从他的喉咙里发出微弱的轻哼，若微大喜，他还活着。

在这寂静一片，黑漆漆的草原里，她并不是一个人。

"水，水！"全身上下蔓延着锥心般的疼痛，嘴干得如同吞下去一团火，他挣扎着从嗓子里发出不成声音的声音，那感觉，就像是干涸河床上，那裸露着裂开的土地上仅存的一条鱼儿，挣扎着、摆动着，要活下去，一定要活下去！

虽然湖水近在咫尺，可是并没有任何器具，在这草原上也没有随处可见的树叶可以用来汲水，若微只好拿出帕子，在湖水里浸湿，然后跑到他身边，一滴一滴地淋进他的口中。

"想不到，我们还能活着。"若微很想去帮他处理伤口，但是面对他身上的伤，却无从下手。他半睁着眼睛，从胸前摸出一个小瓶子，用颤抖的双手将它打开，里面是白色的药粉，一把撕开自己的外衣，倒了上去。

外衣粘着血肉，他用力地揭开随即发出嘶嘶的响声，若微只觉得浑身上下恶寒连连，忍不住地害怕。

他的五官变得十分狰狞，那应该是上好的止血伤药，从颜色和味道上看，应该有田七的成分在里面，他把白花花的一层倒上去之后，伤口的血渐渐止住了。

他又抬起右手费力地够着自己左肩头的伤。

"我来！"若微立即凑上前去，从他手里拿过药瓶。他肩部的伤口很深，看得出来是蒙古骑兵的弯刀狠狠地斜着砍上去的。此时皮肉外翻，血污一片，若微紧紧咬着嘴唇，才没让自己哭出来，狠着心颤抖着手将药粉倒在伤口上，又撕下自己袍子内的里衣，用柔软的棉布将伤口包上，只是包扎得太过难看，而且血污很快又把包布染红。

若微再也没有抑制住，转身蹲在地上哇哇地吐了起来。

他阴鸷的眼神中带着难抑的杀气，"啪"的一下掏出火石子丢给若微："在附近找些干柴来！"

若微以为他是冷了，立即跑出去，捡了些枯枝干草堆在一起，用火石子点燃，当火苗燃起的时候，看着那散发着温暖的火堆，才觉得自己真的是还活着。

"你是权妃娘娘身边的宫女？"他问。

若微点了点头，也不知自己还能不能活着走出草原，所以她是权妃的宫女还是钦定的皇孙之妃，似乎也没必要讲清楚了，她抬起头，目不转睛地盯着面前的锦衣卫："今日多亏大人舍命相护，请问大人的名号？"

"大人？"他笑了："什么大人，只是一名锦衣卫的千总，我姓颜名青，你叫我颜大哥好了。"

"颜大哥！"若微冲着他恭恭敬敬地拜了又拜："大恩不言谢，可是若微不知道还能不能活着走出这草原，所以先行谢过。"

"你不必如此，救你也不过是职责所在，倒是你小小年纪能临危不惧，居然在乱中能为马大人献言呈策，让人十分钦佩！"仿佛话说得太多了，他气力不足，又是一阵急喘。

若微向四周望去，是一望无际的草原，在夜色的笼罩下，神秘而苍凉。

"这是哪儿？我们接下来该怎么办？"一想到身处荒野之中，既无援兵，又无干粮，幼童伤将，前路渺渺，若微就觉得脑袋嗡嗡作响，方寸大乱。

"咱们是一直往东冲出包围之后，又向南而行，连着跑了一个时辰。

此处应该是……"他脸上的神情突然变得十分紧张，顾不得伤口的剧痛，立即坐起身，捡起身旁的宝刀，拉着若微闪在火光之后。

"怎么了？"若微被他的举动吓到了："有追兵吗？"

"追兵倒不足惧，怕的是……"他话音未落，不远处的那匹战马突然惊慌失措地团团转了起来，紧接着发出阵阵嘶鸣与长嚎。

颜青脸上的神情越来越阴冷，他的目光始终一动不动地盯着火光对面的草原，仿佛那无边的黑幕拉开以后，又将是一场难缠的恶斗。

会是什么呢？

若微躲在他的身后，瑟瑟发抖。

突然，一声嚎叫掠过草原的夜空，越嚎越高，这骇人入骨的嚎叫声让人不寒而栗。

"是什么？"若微听到自己的声音都在颤抖。

"你的命运也太不济了！"他的声音里透着无限的惋惜，微微侧首看着她，唇边露出一丝苦涩的笑容："是狼！"

"狼？"若微只觉得头皮发麻，是的，在这样的情形下遇到狼，恐怕除了给狼做夜宵，就再没有别的出路了。

"咱们得赌一局！"他说。

"赌？"若微脑子里如同一团糨糊，根本无从理解他话中的意思。

这时候，狼的嚎叫声越来越近，若微似乎可以看到不远处那泛着幽幽的绿光的眼睛。

"你会涉水吗？"他问。

"会一点儿！"若微话音刚落，只觉得身子一轻，仿佛被人腾空抬起，随即"呼"的一声掉入水中，四五月间的草原，虽然绿草油油，不似冬日那般寒冷，但是依旧寒气逼人，猛地被丢入水中，若微冷不丁被呛到了，手脚乱动，好容易才把头稍稍露出水面。

天呢！

狼，确切地说是一群狼，在火堆的那边，与颜青对峙着。

那神情胜过杀人如麻的蒙古骑兵，张着血盆大口，仿佛在下一秒就要将他和那匹马生吞下去。只是隔着那堆火，它们不敢近前。

颜青倚刀而立，从不远处的地上拾起自己破碎的战袍，拿着其中一角用火堆中的火点燃，随即飞身上马，一刀刺在马屁股上，随即挥舞着火衣向那群狼冲了过去。

惊疯了的马，没命地冲着狼冲了过去，而他手中挥舞的火袍驱赶着狼群，即使是这样，也有不少只狼群冲上去撕咬，它们不惜被马踢死，也要撕破战马的肚皮、甚至与马同归于尽！颜青一手挥舞着火袍，一手持宝刀不停地砍杀。

那一刻，他就像是一个战神。

泪水模糊了若微的眼睛，她宁愿自己就在这冰凉的湖水中冻死、淹死，也不要颜青以身饲狼，为她涉险。

不知过了多久，颜青似乎冲出了重围，狼群在头狼的带领下，一路狂奔，追赶而去。不知颜青最后的命运如何？

但是若微知道，这一局，似乎他们还是输了。

当若微以为狼群都离开了，刚想从水中浮起身子的时候，突然发现火堆边上，还有一只狼，它瞪着磷火式的眼睛看着若微，仿佛从一开始，就知道水中还藏着一个可以美餐的食物一样。

"原来，不是所有入宫待年的女子，都能平安地等到她的幸福。没有一直恐惧的争风嫉妒、暗害构陷，却最终在战场外，死于狼腹。"若微闭上了眼睛，瞻基，原来我们的缘分就在此处了结了。

一声凄厉的哀鸣，不是出自若微，而是那只独自屹立的狼。

若微睁开眼睛望去，竟然惊异地发现，它倒在了地上，不再是威猛狠决的狼，而是温顺得如同一只家养的狗，为什么？

若微大着胆子游近了些，借着火光这才发现，它身上从脖子到后背有一道长长的伤口，黑亮亮的毛皮向外翻着，血肉模糊。

原来它受伤了？

那又是什么？

若微瞪大了眼睛，天呢，它的肚子鼓鼓的，而前边三个乳房更是十分圆润，那里面似乎还有白色的液体滴出。

天呢？

是只母狼！是只怀着小狼的母狼！

若微稍一犹豫，立即游到岸边，湿漉漉地带着一身的水花走到火堆旁。

那只母狼侧卧在火堆后面，歪着头带着戒备的眼神紧紧盯着她，她稍稍走近一步，它便张开血盆大口，露出寸许长的狼牙威吓她。

若微仿佛被吓到了，怔怔地不敢再向前挪动半步。

母狼伏在地上，样子越来越痛苦，血从它背上的伤口处源源不断地流下来，它显得气力全无，先是伏着身子哀嚎着，紧接着，又狂躁地在地上打着滚。

也不知过了多久，它仿佛没有力气了，终于一动不动地歪在一边。

眼看着它在自己面前闭上了眼睛。

若微拧干了衣服上的水，这才发现怀里不知何时多了一个东西，掏出一看，竟然是颜青随身所带的锦衣卫的急救药包。

她连忙把包放在地上，打开细细查看，有一瓶金创粉，还有一瓶保命丹。

凝望远方，说不清是什么滋味。他舍身引走了狼群，还把续命的药留给自己，其实他根本没必要这样，她是谁？孙若微？孙若微又是谁？

不是主子，不是娇客，只是一名皇宫中的过客，根本不值得他以命相护。

只是手里拿着这两瓶药，看着那渐渐微弱的火堆，天还没有亮，这火堆也不知能不能坚持到天明，就算坚持到天明又如何，自己如今连东西南北都分不清，如何独自一人走出这荒凉的草原？

唉，长长叹息之后，又把目光投向那只母狼。

它长得应该算得上是漂亮吧，黑亮的毛发像匹缎子，圆圆的脑门正中居然有一绺白色的鬃毛，此时紧闭双眼，仿佛没了呼吸。

而它的肚子似乎微微在动？

那圆鼓鼓的乳房下，甚至还有乳汁滴出？

天呢，她不会是要生了吧？

既然不知自己还能不能活过明天，不如做做好事。

若微从火堆中抽出一枝枯枝，大着胆子靠近母狼，她仿佛真的已经没气了，也不知她会不会突然醒过来把自己咬死，若微打开止血粉，将药均匀地撒在它的背上。

它微微动了一下前爪，吓得若微立即跳出好远。

只是一下之后，母狼又如同死了一般，再也一动不动。

过了半晌，它开始使劲刨地，显得有些焦躁不安。若微想，她一定是快生了，只是可惜，它受了重伤，没有力气，生不下来。

天色渐渐亮了起来，这是若微第一次看到野外的太阳，日初带给她的震撼太大了。

在黑夜中，她是怯懦的，是狼的一餐点心。

而在白昼中，她的心一下子就安定了下来，不再恐慌，不再犹豫，生命与阳光是一样重要的。

所以，她想了想终于拿定了主意，凑到奄奄一息的母狼身边，先是解下腰带用力缚住母狼的嘴，然后将它的身子扳了个个儿，使肚子朝上，用手使劲推着她的肚子。

真的好神奇，母狼肚皮的毛很短，也很少，光滑的肚子摸起来软软的。她甚至可以用手摸到里面的那个小家伙，她使劲用手推着它，看着它一点儿一点儿向下，母狼仿佛明白若微在帮它一样，安分地任由她摆弄，可是好景不长，没过多久，肚子里的小东西又不动了。

怎么办？

若微眉头紧皱，任她搜寻着记忆里所有跟生产有关的知识，也想不出什么好法子，不经意间，看到母狼身上的伤口，她仿佛有了主意，拔下头上的发簪，冲着母狼的下体说到："你忍着点。你要是咬我，我可不管你了！"

随即下手刺去。

紧接着一声惨叫。

一声微弱的嗥叫。

若微抱着鲜血淋淋的手滚在一边，而母狼的体下，是一只刚出世的长着柔柔的胎毛的小狼，它的眼睛还未睁开，然而却知道把头拱在母狼的体下，吮吸着奶头。

若微呜呜地哭了起来，真是好人没好报呀。

明明是帮它助产，可是却被它狠狠咬了一口，可是她明明把它的嘴用腰带缚得牢牢的，它怎么就挣开了呢？

若微想不明白，只觉得自己的手都要断了，额头上满是汗水，而刚刚颜青留下的那点止血粉也全给母狼用了，想不到自己这只手，就这样废了。

以后，恐怕再也弹不了琴了。

若微泪如雨下，可是……她又一想，反正也活不了两天了，命都没了，还想着弹琴吗？

正哭着，只听得一阵马蹄声由远而近，若微大喜过望，难道是颜青又回来了？她立即止了哭，可是一睁眼，看到的情形却令她大惊失色。

一群马队将她团团围在当中，看衣着不知是瓦剌还是鞑靼的人，但至少可以肯定的，绝对是蒙古人。而那只母狼却早已叼着小狼远远地跑开了，很快便不见了踪影。

就在这一瞬，若微笑了。

命运何其可笑，刚出狼窝，又入虎穴。

只是她不知道，她的笑容救了她。

"你是谁？怎么会在此地？"问话的是一个面相清秀的瓦剌少年，看样子不过十六七岁，头戴金冠，身着精美的袍子，骑在一匹乌黑油亮的骏马上。

他说的居然是汉话。

若微刚要开口，又立即想到，大元被朱元璋逼入北部大漠以后，有不少元朝贵族在此居住，他们久沐中原文化渲染，能说几句汉话，自然不奇怪。

就在犹豫的当口，一个身着武将服饰年约三旬的大汉抬手就是一鞭子重重打在若微的身上："死人吗？少主问你话，为何不答？"

若微忍着痛，仰起脸，看着他："都从中原被逼到这北方大漠了，还以为自己是人上之人的天之骄子吗？"

"你说什么？"那大汉高高举起马鞭。

若微并不畏惧，若是命该如此，躲也躲不掉，她昂着头，唇边是极淡的笑容。

马上的少年紧紧盯着她，满面尘垢，头发蓬乱，身上穿的是普通士卒的衣服，可是那灵动的眼神中是难掩的珠辉，紧皱的秀眉不让人恼怒，反而有些可爱，小巧的五官那样灵秀，难怪娘说过，中原的女子个个美如娇花。

糟糕，自己怎么就认定她是女子了？

他目光注意到她滴血的手腕，半只袖口已被母狼撕碎，露出雪白的玉腕，上面是鲜红的血迹。

想都没想，他从怀里掏出一个瓷瓶扔到她的脚边。

"金创药，赏你的！"脸上露出骄傲的神情，仿佛他所赐予的，不是一瓶药，而是一条命。

若微并没有去捡，她眨了眨眼睛："反正都是一死，还上什么药，既然落到你们手里，要杀要剐随你们处置！"

她的话把他逗笑了，那些围成一圈的男人也跟着他笑了起来。

"少主，这丫头有点儿意思，不如赏给我当个暖床的丫头吧！"一个满脸浓密胡须的大汉说道。

"塞桑，她才多大？怕是还没成人呢！"刚刚那个拿鞭子抽打若微的汉子不满地瞪了那人一眼。

"洛峰，带她回去。"少年脸上无喜无嗔，丢下这句话，扬鞭就走。

若微还没反应过来，就被人从地上拎起来横放在马背上，只觉得一阵剧烈的颠簸，震得她五脏六腑都要从嗓子里跑出来，她刚要挣扎，后脑便被重重地拍了一下，随即就昏了过去，不醒人事。

济南城大明湖畔的妓院内，香风阵阵，琴声悠扬，汉王朱高煦却一个人喝着闷酒。

"二爷，这一人独自饮酒，岂不是辜负了良辰美景，更是冷落了我们的娇客。"一个低沉又有些沙哑的声音响起。

这百花楼内最隐蔽的一座绣楼内，他竟然如入无人之境，就这样突然出现在汉王的视线中。

朱高煦抬起头，顿时愣住了："是你？"

"正是纪某。"他唇边带笑，而眸子里却透着阵阵寒意，既未行礼，也不问好，如同主人一般坐在朱高煦的对面，伸手将站在边上捧壶而立的美人搂在怀里，用手轻轻捏着她的下巴，又在她脸上狠狠地亲了一口："是秋棠吧，好个美人坏子，把咱们二爷的七魂八魄都给勾走了，如今只把你这儿当了王府了！"

"纪纲，你休要太过放肆了！"朱高煦额上青筋直跳，最近窝火的事情太多，偏他也来凑热闹，明知道他突然出现在此地，必是大有蹊跷，可是朱高煦还是没能控制住心中的怒火。

"急了？"他脸上阴晴不定，是别有意味的笑容："才刚这样就急了，要是二爷看到纪某手中的折子，怕是要把纪某的脑袋拧下来当球踢吧！"

朱高煦浓眉倒竖，立即挥了挥手。秋棠会意地微微转眸，冲着纪纲一笑："既然纪爷是来找二爷谈要事的，秋棠就先告退了！"

"哦？你要走？"姓纪的在她胸口狠狠掐了一把，又附在她耳边低语着，态度轻浮之极。

秋棠虽是风月场出身，也不由得羞红了脸，但她自有应对之策，只伸手在他脸上轻轻一抚，笑意吟吟地说了句："改日定当奉陪！"

惹得纪纲哈哈大笑，她却站起身，带着抚琴的女子袅袅离去。

纪纲直愣愣地看着她玲珑的背影，半晌才回过头来，只是再对上朱高煦的时候，已经换了一副神情，又阴又冷，眼中还带着三分杀气。

"那朝中的拦路虎，纪某也为二爷除去了不少，二爷自己却迟迟到现在还不肯动手，是心软了，还是改主意了？似乎忘记通知纪某了！"他话音冰冷，一只眼睛紧紧盯着朱高煦，仿佛他才是正经主子，而朱高煦不过是为他服务的一粒棋子。

朱高煦轻哼一声："动手？动什么手？本王现在封地，好好地做个闲散的王爷，早就不管朝中的事情，就是这次圣上亲征，都未曾召本王前去护驾随行。依本王看，纪大人，还是另觅他主吧！"

"呵呵呵！"纪纲一阵冷笑："二爷是用不着纪某了，只是这河还未过就开始拆桥，似乎来得太快些了！"

朱高煦早就十分厌烦他这幅嘴脸，最初两人的交情是起于战场之上，还有几分英雄相惜，又在一次醉酒之后，将心底之事吐露一二，不料他竟然信誓旦旦，要以自己为主，为自己的储君之路扫平一切障碍。

本以为这是一句戏言，然而接下来的事情，一桩桩、一件件，只让他侧目胆寒。朱高煦承认，他想要这个储君的位子，因为事实上，朱棣能够夺下南京继位称帝，有一多半的战功都是朱高煦打下来的。

他清清楚楚地记得，在战场上，自己第三次救下朱棣，并为他挡下那只暗处射来的冷箭时，朱棣眼圈微红，郑重其事地拍着他的肩头说道："老二，你大哥身体不好，将来这江山还是要传给你的！"

所以，他一向认为，他只不过是拿回属于自己东西，并不是与当今太子——他的长兄夺权。所以这个纪纲借着朱棣的宠幸及锦衣卫指挥使的身份，以为朱高煦排除异己为名，大肆陷害忠良，更逼死了一代才子解缙，还常常来邀宠请赏，对此朱高煦既不满又厌恶。

"看看这个！"纪纲从怀里掏出一个奏折，"啪"地一下甩到了朱高煦面前。

"这是？"朱高煦在他眼中看到阵阵寒光，遂把奏折打开，一目十行，扫了几眼，立即"叭"地扣在桌上："你要拿这个威胁本王？"

"非也！"纪纲此时倒换作了另一幅表情，面上微微带笑，手执酒壶给朱高煦和自己面前的杯子分别斟满，举起杯，目光如炬地看着朱高煦："纪纲只想以此为献礼，从此愿与汉王殿下缔结信盟，并为殿下当一马前卒！"

朱高煦眸如深潭，对上他的眼睛，如一道剑光射入，只想看到他内心是如何打算的。

他却举起杯子，不由分说与朱高煦的杯子轻轻一碰，撞得杯中的酒微微溅了出来，随即一饮而尽："殿下与其气恼此次圣上北征未带殿下同往，倒不如好好想想，当圣上回銮时，该如何接驾的好！"

"回銮？接驾？"朱高煦目光中精光闪过，只愣愣地盯着他，原来，他打的是这个主意。

第三十章　弦　断

围剿鞑靼余部的战役，以本雅失里战亡、阿鲁台坠马逃遁、其余族部全军覆灭的战绩宣告明军大胜。朱棣命令停止进攻，决定胜利还师。

当朱棣带着主力军队踏上归程、准备返回大本营的途中，遇到了身穿锦衣卫服饰的一小队人马。

个个带伤，飞骑而来。

跑在最前面的是马云，而与他同乘一骑的，正是权妃。

马云飞身下马，"扑通"一声跪倒在圣驾之前。

不用一语，朱棣仿佛全然明白了。

"奴才该死，圣上的车辇，军粮辎重，都没有保住！"马云面上是难掩的沉痛。

朱棣的目光中带着苍凉与忧虑："车辇毁了，还可以再造，军粮留给他们，真让朕切齿难安！"

"万岁，那些粮草，在奴才突围前，已然放火燃成灰烬。奴才知道万岁所忧，顾绝不能给他们留下半粒粮食！"

朱棣点了点头，目光扫过马云，看了看他身后的队伍。

所有的人都带着伤，在见到他的那一瞬都下马跪倒行礼。

只有她，他的权妃，目光痴痴的，一直呆呆地坐在马上，直到看到朱棣望着自己，才眼圈一红，成串的泪水抑制不住地流淌下来。

说不出的娇怯可怜，朱棣走上去，一把将她从马上抱下，拉在怀里，用手轻抚着她的背："好了，没事了！"

只此一句，那态度凝重得让她感动，经历了生死的考验，她才真正意识到，当自己面临死亡时，她心中想的、念的，究竟是谁。

把头深埋在他的怀里，再也不愿起身。

朱瞻基冷冷地看着眼前的一幕，双手微微攥拳，看到了权妃，为何却看不到若微？为什么马云没有把她一起带来？

他不能相信，也不敢相信。

当他的目光像一道冷箭射向马云的时候，马云面上微微黯然，朱瞻基一步一步缓缓走到马云面前，只是冷冷地看着他，那眼神儿让马云有些胆颤，十三岁的皇太孙的目光与天子的目光那样相似，一般的凌厉，一样的吓人。

马云从怀里掏出一个小小的物件，双手捧着，高高举过头顶。

瞻基目光一扫，顿时如同被雷击一般。

那闪烁着淡淡莹光的珍珠耳坠，是她的。

是若微妹妹的。

朱瞻基的眼中蓄满了泪水，心中如锥刺般疼痛。

他甚至不敢伸手去接，微微愣过之后，他撇下众人，疯了似的掉头就跑，不知要跑向哪儿，只是一味地被一口气顶着，飞奔而去。

此情此景，让权妃失声痛哭。

马云也深深低下了头。

"哭什么？这样的经历，对于瞻基来说正是最好的磨砺！"朱棣沉着脸。

马云低声问道："万岁，长孙殿下，是否要紧？"

"随他去吧，跑一阵、哭一场，也就过去了！"朱棣立即宣布在此处扎营。

营帐之内，听马云将当日情形细细讲来，朱棣气愤难平，想不到征战一生，却忘了螳螂捕蝉、黄雀在后的道理，这边刚把鞑靼打得落花流水，那边瓦刺又开始挑衅，野蛮的蒙古人真真可恶！

狼子野心！

朱棣面色阴沉，冷得怕人。

马云立在帐中，大气也不敢喘。

过了半晌之后，才说道："你说当时是那个若微丫头提醒你，要分路出击，冲出重围给朕来报信的？"

"正是！"马云点了点头。

"也是她提醒要毁去粮草的？"朱棣又问，脸上是有些难以置信的表情。

"是，正是若微姑娘提醒，说若留有大批粮草在此，怕瓦刺会以大本营为基地，诱皇上深入而歼之。若是没有了粮草，他们原本就是偷袭，自然没带多少供给，就是想在此设伏，也撑不了几日。她还说……"

"还说什么？"朱棣紧紧追问。

"说娘娘的安危，抵不上突围给万岁报信。提醒在下，关键时不要愚忠，要断然取舍！"马云说到最后，满面憾色，再一次深深垂下了头。

大帐里一片寂静。

朱棣脸上也有些神伤之色，只是他心中好奇，若说瞻基文武兼修、出类拔萃，是少有的少年英雄，那是因为自小将他带在身边，日日教诲、耳提面命的结果。而这个孙若微，不过是一名地方小吏的女子，琴棋书画等六艺精通也就罢了，可是医理药经、为人之道显然早已超越了一个十岁孩子的心智，而在大敌包围的险境中，竟然有男子一般的机智勇敢，敏锐得如同久经疆场的老帅一般，真叫人称奇。

看来，也许她真是上天赐给瞻基的绝佳之人。

可惜了，实在是可惜。

"去，看看瞻基。"朱棣叹了口气，身子重重地倚在榻上。

"是！"马云出了天子的大帐，召来侍立的亲兵，得知朱瞻基已经回营，自己一个人躲在营帐中，才稍稍放心。

朱棣带着大军重新回到大本营，这里尸横遍野，一片狼藉，原本想痛斩偷袭者的朱棣不免抱恨难平。只是没有了粮草，大军必须马上回程。

在开拔之前的一个晚上，朱棣只觉得心中无限感慨，他一人悄然走出大帐之外，深思远眺，似有无限心事，然而，沙丘上的一抹黑影让他略略吃惊。

那个身影正是皇长孙朱瞻基，朱棣用眼神制止了不远处的兵士，让他们不要出声，而他自己则悄悄跟上，只看到朱瞻基从怀中掏出一个荷包，从地上捧起一把此处的沙土，用布包好放进荷包之中，心里不免奇怪，于是开口问道："基儿，你在做什么？为何要带走鞑靼的沙土？"

朱瞻基看到朱棣，虽然有些意外，但是一反常态并没有小心翼翼地请安问好，而是面色沉重，仰视着朱棣，坦白说道："孙儿心中万分感谢，皇爷爷此次出征令孙儿随行，这一行实在是受益匪浅。"

"哦，那就说说，你有何体会？"朱棣拉着朱瞻基席地而坐。

"孙儿在想，当初秦始皇汉武帝，文治武功，天下八方臣服，四夷朝贺，是何等的盛况和风光。即使是铁木真，一代豪杰成吉思汗，也曾经剑指天下、所向无敌。然而，辉煌转眼尽失，就在几天前，伟大的成吉思汗的子孙在这里，被皇爷爷打得落荒而逃。"

朱棣不动声色，仰头望着满天星斗。

朱瞻基仿佛自言自语："一切都过去了，只有那辽阔的草原，这片土地和奔流的河水还在。所以，孙儿要带一捧土回去，让它时时提醒着自己，皇祖今日的威风八面、四方臣服，是如何的不易。而孙儿不能像成吉思汗的子孙那样无用，忘记了自己的先祖，把祖荫输得如此干净！"

这样的话从一个十三岁的孩童口中说出，在朱棣听来，竟然如同万马奔腾、号角冲天一般让人激情澎湃。

朱棣一拳重重地砸在朱瞻基的肩头，他什么也没有说，但是他的动作说明了一切。

"你，收集此处寸土的目的，怕是还有一层吧？"朱棣轻轻握着朱瞻基的手，此时的他面上极为和缓，不像是高高在上的君主与统帅，只是一位慈祥的、宠爱孙子的老人。

"一抔之土未干，若柳之躯何依？"朱瞻基并不推诿，深深点了点头，目光看着远方，"不知她现在在哪儿，孙儿只希望她还活着。若是……"

"若是真的死了，你就将这捧土带回去，给她修个衣冠冢？"朱棣的声音中有着一丝戏谑，但眼中没有丝毫笑意，他心中暗叹，好个痴情的孙儿。

有豪气、有胆略，还有小儿女的情义，这样的朱瞻基才是他朱棣最完美的孙子。盘踞在自己心中长久以来的压力与不安、挥之不去的遗憾与担心在此刻消失得无影无踪。

有孙如此，何患之有？

第二日，天刚刚亮，大军即开拔起程。回程时又与出征时的情形不同，一路之上，朱棣刻意放缓了速度，带着朱瞻基走一处看一处，细说当年马背上出生入死的种种经历与故事。

当队伍路过山东临城的时候，朱棣下诏，在此处做短暂停留。

此处离汉王的封地青州不远，汉王朱高煦特意由青州赶来接驾。

"父皇！"朱高煦在行馆外刚下了马，还未及进院就大声呼唤，进得室内，更是扑通跪倒在地，连磕了三个响头。

朱棣靠在榻上，半眯着眼睛，此时直起身说道："是煦儿来了！"

朱高煦伏在地上："煦儿恭喜父皇旗开得胜，煦儿没能跟在父皇身边鞍前马后地侍候，真是愧为人子！"

朱棣看着跪在地上的朱高煦，叹了口气："起来，成什么样子？"

朱高煦这才站起身，坐在下首。

"朕知道你心里想些什么，你从小好武，勇猛善战，在几个皇子中最似朕，朕也是最看重你。只是你要知道，有些东西，朕给不了你，你也不要觊觎！"说到此，朱棣目光如炬，直射向朱高煦："这一次出征没有带上你，你觉得委屈，可是朕只能如此！"

朱高煦抬起头，他倔强地望着朱棣："父皇，儿臣从来没有想过要得到什么，要去争什么不属于自己的东西，儿臣只是希望能跟在父皇身边，替父皇分忧！"

朱棣盯着他，"很好，记住你今日所说的话！"

"父皇！"朱高煦"腾"地站起身，眼中神色犹如受伤之兽："为什么？为什么？当初母后就是如此，而今，父皇也是如此？煦儿何错之有？只是因为我比大哥健全，只是因为我有战功，就要如此遭忌吗？既如此，煦儿倒不如立时断了胳膊、断了腿，也好让众人放心！"

"你！"朱棣一拳砸在案上："滚出去！"

朱高煦强忍着心头之火，依旧行礼，随后退下。

临城行馆东侧上房内。

权妃福姬泡在浴桶中，神情有些恍惚。

随侍的只有贴身侍女吕儿，吕儿满面忧心："娘娘，如今还没有决定吗？"

权妃默不作声，她想起了临行前的那个晚上，他对自己的嘱托和命令。

为什么要听他的？不能不听吗？权妃将头埋在臂弯中，让自己的脸浸在水中，这样，别人就看不到她的泪水。

"娘娘！"吕儿还待再劝。

而权妃仿佛已经打定主意，她站起身，吕儿立即拿起浴巾为她擦拭，换好衣服，权妃回首一笑，"去，为我冲一碗胡桃茶来！"

"是！"吕儿脸上漾着欣喜，步子轻盈，欢快地闪身出去。

夜色沉沉，一曲箫音如泣如诉，引着朱棣走入东院，侍女们立即叩拜。

朱棣一挥手，侍女随即纷纷退下。

朱棣推门而入，权妃背对着他，一头乌黑的秀发如瀑布般垂下，她只穿了一件雪绸的里衣，尽显玲珑的体态，朱棣进屋，她仿佛浑然不知，依旧专注地吹箫。

朱棣一把将她扯在怀里，捏起她的下颌，逼她与自己直视，这一次她没有躲闪，径直地对上自己的眼。

朱棣在那里面看到了矛盾，看到了挣扎和犹豫。

这些情绪激起了他的兴致，如饿虎扑食一般，将她按在床上，伸手就去扯她的里衣。她紧紧地攥着胸前的衣带，那神情犹如第一个晚上时的紧张与拒绝。

朱棣有些迟疑，他微微皱起眉头，"松手！"

她没有松手。

朱棣仿佛有些恼了，一把扳过她的手，紧紧按在床头，猛地扯开衣带，薄薄的里衣瞬间被撕成飞絮，片片飘落在地上。

就像领军作战、冲锋在前一样，权妃今晚的拒绝与挣扎更激起了他的斗志与血腥，他孤军深入，攻城掠地，肆意而残忍，只杀得敌人苦苦哀求，仍不放手，直到最后她在他的身下昏了过去，他才停息。

站起身，穿好衣服，朱棣向外走去，身后传来低低的抽泣，权妃如同落花般柔软，她低声问道："陛下，你喜欢福姬吗？"

朱棣没有回答。

"陛下，你会记住福姬吗？"权妃已然泣不成声。

朱棣并没有转身，而是推开门，向外走去。

只听身后"咣当"一声，仿佛杯盏掉在地上的声音。

他轻哼一声，唇边露出一丝轻蔑，头也不回，向外走去。

而从厢房跑出来的侍女吕儿匆匆进入房内，看到地上杯碗的碎片，脸上一喜："娘娘，可是喝了？"

福姬点了点头，随即扑在床上，失声痛哭。

"喝了就好，终于可以放心了！"吕儿将碎片收走，悄悄退了出去，并带上了门。

第二天清晨，朱棣带着朱瞻基正准备在城中四处走走，只听东院一片混乱，哭声一片，刚要唤人去查，内侍总管马云已然跑了过来，面色十分难看："陛下，陛下！"

"慌什么？你是那种没经历过事的人吗？"朱棣低声训斥。

马云立即跪在地上叩首如捣蒜："权妃娘娘，权妃娘娘过世了！"

"什么？"就是一向喜怒不形于色的朱棣也暗自吃了一惊，回想到昨夜权妃的种种反常，立即闪过一个念头。

"太医过去了？"

"是，随行太医都过去了，已然，已然没救了！"

"陛下，陛下，说是急症，陛下，保重龙体，请陛下留步！"马云见朱棣已然迈步向东院走去，立即大惊失色："快，拦住陛下，拦住陛下！"

御前侍卫立即一字排开，形成一道人墙挡在朱棣面前。

朱棣停了步子，回过头盯着马云："人，你看见了？"

"是！"马云点了点头。

　　朱棣心中已然有数，一脚踹开挡在前面的侍卫，几步就进了东院，一进室内，就看到厅里跪着两名太医，再往里走，就看见床上的福姬，与跪在床前的吕儿。

　　福姬面色如常，看不出一点儿异样，朱棣将手放在她鼻子下面，确信已然没了呼吸。

　　吕儿突然双手捧着那支玉箫，哭诉道："万岁，这是娘娘留给万岁的！"

　　朱棣接过玉箫，神情有些漠然："她临走的时候说过什么？"

　　"娘娘说，谢陛下厚爱！请陛下保重！"吕儿深深低垂着头，如泣如诉。

　　朱棣紧握双拳，只说道："很好！"

　　三日后，朱棣下旨，将权妃葬在临城峄县郊外的一处山清水秀之地，并命令当地百姓出役看守坟茔。

烽火青梅凌云志

第四卷

第三十一章　重　生

　　若微醒来发现自己躺在一个小小的毡帐里，一位穿着蒙古长袍满脸皱纹的老妈妈，正往她的手上抹着一团臭哄哄、黏乎乎的东西。

　　"这是什么？"若微好奇地问着。

　　可是她仿佛没听见一般，只是和蔼地冲她笑笑，又将她的手包了起来。

　　然后就无声无息地退了下去。

　　她可真老啊，若微长这么大，都没有见过一个女人长到这样的年纪还在做着服侍人的工作。她的背驼得很厉害，垂在身后的辫子稀疏且白，满脸的皱纹，随着她淡淡展开的笑容更加深陷，那每一道纹路仿佛都记录着一段故事。若微觉得，这个老女奴，一定是个有故事的人。

　　她用自己的右手将那受伤的包得像个布包的左手轻轻抬起来，放在自己的鼻子下面仔细闻着，好像有红芍和田七这些止血药材的成分，但是又似乎还有一些别的什么东西，自己辨别不出来，想想应该也是治伤的吧。

　　反正如果他们想让自己死，根本用不着这么费事，一刀结果了就是了，何必这么麻烦。

　　她坐起身，环顾小小的毡帐，这毡帐与朱棣的行军大帐完全没法比，没有门窗，也没有雕栏画栋的柱子，只有一扇糊着兽皮的半人来高的小木门，而里面只有一床一几，灰暗的密不透气的空间，让她有些恐惧，而这里面说不出来的酸臭的味道，更让她难以适应。

她站起身，向门口走去，把耳朵凑在门上，静静地听了一会儿，四下里安静极了，周围也没有人行走或是说话的声音，于是她大着胆子悄悄推开门，外面刺眼的光束让她一下子难以适应，立即闭上了眼睛，过了好一会儿，才又缓缓睁开。

这是哪儿？眼前的景象让她惊讶万分。

放眼望去，远处雪山皑皑、冰川莽莽；近处，那片林海随山的走势而蜿蜒突兀。

在山林包围的这片草地上，村落、牧场依水而散落，一处处毡房、成群的牛羊点缀着山野。

美极了！

是的，原来草原上，没有了战争，没有千军万骑，没有硝烟与刀剑，是这样的宁静祥和。

她张开双臂，闭上眼睛，深深吸吮着这草原上清新的空气，静静体会着生命的美妙。

精致的小脸上是盈盈的笑容，可爱得如同草叶上的露珠儿。

以至于穿着华美袍子的少年走到她面前时，她浑然不觉，他看着她，心里有些奇怪，这个女孩儿到底是从哪里来的？怎么能做出如此奇怪的事情？她居然会给狼接生，被狼咬了以后居然毫无惧色，也不会哭泣，特别是当她见到自己带着一群手下将她团团围住危及性命的时候，还是淡然以对。

现在，只身异处的她居然还能笑出来。

有意思，真有意思！

若微睁开眼睛，突然发现美好的图画中多了一个人，先是吃了一惊，随即便开口问道："这是哪儿？为什么要带我来这儿？你把我抓来，是想让我做奴隶，还是要慢慢地把我折磨死？"

她的问题真多，还真是很烦。

他不耐烦地拧起眉头："不管你以前是谁，你记住，现在你只是我的奴隶。"

她耸了耸肩，脸上是一副听天由命的表情，只是眼波微转，笑嘻嘻地说道："那么，我总应该知道我主子是谁吧？"

他目不转睛地盯着她的脸，生怕遗漏半分，因为在他看来，她的表情太有趣了，是自己从来没有见过，或者说未曾留意过的，很生动也很可爱。只是他刻意黑着脸说道："记住，你的主子是……"

"小弟，你在做什么？"一个穿着华美长袍的蒙古美人骑在马上，缓缓走来。

"大姐！"他很不情愿地叫着，只比自己大两岁，就总在人前人后叫着弟，还处处压制着自己，同样是女人，她可真叫人讨厌。只是父汗宠她，所以他心里再恼也没办法，只好应着。

"那是谁？南蛮子的小奴隶？"她笑了，脸上是轻蔑的神情："小弟，少跟这些南蛮子来往，你看父汗帐下那些南蛮子的奴隶，不是都被毒哑了、扎聋了吗？就是因为她们心眼坏，不好管！"

他脸上的表情怪怪的，说不上是一种怎样的情绪，没有应也没有否。

只是那蒙古美人说出的话，却吓坏了若微，怪不得刚刚自己跟帐里的老婆婆说话，她总是笑眯眯地不应声，难道是被人害得又聋又哑了？

"怎么，我说你，你还不服气？"蒙古美人盯了一眼华服少年，轻哼一声，仿佛恍然大悟一般："是了，我想起来了，小弟的母亲也是个南人，用南蛮子的话来说，就是爱乌及屋吧。好了好了，不说了，我要去和父汗跑马，一起来吧。"

她高傲地抬起头，扬鞭打马，绝尘而去。

少年的脸上异常冷峻，线条刚毅，忍而不发。

原来哪里都免不了争斗，就是在一向奔放的蒙古人当中，嫡庶间的对峙也会如此明显。若微不由叹了口气。

这一声微弱的叹息，倒把他给逗笑了。

眼看着苍老的女奴端着洗脸水走了过来，他指了指她说道："去，收拾一下，弄得干净些，再出来见我！"

　　他的话语柔和了不少。而若微对他的反感与敌对也不再那么强烈，她跟着老女奴重新进入帐内，洗了把脸，又和着水，将自己乱如柴草一般的长发分成两缕，各编了一个麻花辫子垂在胸前，换上老女奴呈上的一件青布长袍，这才又一次出了毡房。

　　他看着她，虽然穿的只是一件最普通不过的蒙古长袍，头发也是最简单的样式，可是却明晃晃地耀花了人的眼，如同草原上的月亮一般，纯洁无瑕。

　　稍稍一怔之后，便带着她穿过这排矮小的毡房，来到一座门口有重兵把守、侍女侧立一旁的高大的车帐之外。

　　看这架势，非富即贵，难道是草原上哪个部落的首领的大帐？

　　"娘，儿子给您请安来了！"他站在门口清声喊道，那态度温和中透着亲切，还有些羞涩。

　　帐门打开，从里面走出一位中年女子，很奇怪，她穿的竟然是中原汉朝女子的衣裙，而且冲着少年行的也是汉人的一个福礼："夫人今天起得晚了，请少主先回去！"

　　"什么？"他脸色立即黯了下来，失望之极，朝那扇帐门里偷望一眼，又心有不甘："纯姨，你再帮我说说，我都好几天没见到我娘了！"

　　那中年女子面上也是不忍之色，稍稍叹了口气，目光瞥到若微身上，愣了片刻："这是？"

　　就在这个当口，少年拉着若微冲了进去，一边走，一边喊着："娘，儿子知道您起身了！"

　　这帐内不同于明军的行军营帐，也比不得权妃的帐子，但也极为精致华丽，地上是红色的绣花毯子，一直通向里面，八根柱子雕花盘龙，前厅里摆的都是上好的红木桌椅，而八面木屏之后，层层纱帐之内，正是一张雕花的大木床。

　　只见红纱内，原本站着一个身形曼妙的美妇，见他们冲了进来，立即扭过头去，坐在床榻之上，声音袅袅而来："先儿，此时为娘不便相见，你先出去吧。"

　　只是她不开口还好，话音刚落，少年一把掀开帐子，走到床边，扳过她的肩头："娘！他……他又打你了？"

若微静静地站在角落里，看着眼前的一切。

纱帐低垂，依然可以看到那个女人，虽然只是瞬间的一瞥，随即她便转过脸去，但是若微还是看见了，一个容颜姝丽、不沾半分尘嚣俗世、气质出尘的女子，而最重要的是，她居然是一名中原女子。

只是这位容颜气质人间少有的绝代佳人，此刻脸上和脖颈上却有着难以掩盖的片片淤青，让人触目惊心，更让人怜惜不已。

"我去找他，我去问他，为什么总是要欺负你！"少年的声音因为激动而发颤，不可抑制的愤怒让他原本英俊的脸变得有些扭曲，他腾的一下抽出靴间别着的匕首，一把挥下面前悬着的纱幔，轻轻挥舞几下，那整幅的纱幔便如落花飞絮一般零零散散地飘落在地上。

"先儿，不要，不要去！"那美妇紧紧拉着他，声音微微带着哭腔："你还小，你不会明白的。"

"我明白，我什么都明白！"少年激动地喊着："因为娘的美貌，所以他强占了娘，可是又因为娘汉人的身份，他眼看着那些妻妾欺负娘，自己也跟着虐待你。他根本就不配拥有娘这样漂亮的女人。总有一天，我要让他后悔！"

"先儿，先儿！"她珠泪滚滚，声声哀凄。

若微在心底轻声叹息，人间的喜怒悲欢，仿佛总也逃不出男女的情爱，是爱是虐？是抗拒还是顺从？是征服还是占有？说不清，道不明。

"她，她是谁？"美妇这才发现帐中还站立着一人。

"我都忘了！娘，这是我在狼泉湖边上发现的小丫头，她是个汉人，送给娘当侍女可好？"他揽着美妇的肩膀，不像是儿子，倒像是护着她的父亲。

那美妇站起身，冲若微招了招手，让她走得近些，细细看着。

"好俊俏的女孩儿家，你好端端地把谁家的孩子劫了来？人家大人丢了孩子，该是怎样的焦急？"那美妇柳眉微皱，伸手在少年额上轻轻戳了一下，眼中含着嗔怪之意。

那神态却让若微看了，分明有些想哭的冲动。是的，就像自己的娘一样，董素素也常常这样，找个事由就要数落一番，仿佛当娘的只有通过教训和唠叨才能证明自己对儿女的绝对拥有。

"不是孩儿劫来的，是捡来的，她被狼咬伤了，是孩子把她救了！"他这时才有了些撒娇的味道。

那美妇细细地打量着若微："你是哪家的孩子？也是我们部落里的吗？怎么会被狼咬伤了？伤在哪里？可上了药？"

一连串的问题，没有怀疑，也不是逼问，只是每句话都透着关切，这让若微心里十分感动。

她这才冲着那美女施了一个万福金安："夫人万福！小女是明朝军队中随侍的小丫头，因为瓦剌军冲进营，两方官兵激战，所以这才走失了，自己都不知道身在何处。"

若微就是如此，别人给她半点儿的和颜悦色，就能让她放下全部的戒备，将自己的底细几乎和盘托出了。

只是她这一番话说完，那名中年美妇的脸立即变得惨白，满是惧意地扭头看着少年："先儿，快找可靠的人将这女孩送走，否则你父汗回来，她的小命就留不下了！"

若微听了，也大惊失色："还请夫人赐告，此处是哪里？"

那中年美妇直愣愣地看着自己的儿子："你没告诉她？"

"这儿，就是瓦剌的王庭，我父就是脱欢大汗！"他一字一句说道，只是面上没有半点表情，没有崇拜，也没有自豪，仿佛这儿不是王庭，而是一座监狱，他的父亲不是高高在上的一部首领，而是他最为痛恨的敌人。

若微这一次，才是真的吓傻了。

从母亲的车帐内走出来，少年带着若微骑上马，一直向东走了好远。

若微心中忐忑，他是这样就把自己放了吗？

只是茫茫草原中，自己连方向都辨别不清，更没有什么野外生存的本领，如何能活着走出草原，即使真的出了草原回到大明境内，她又该何去何从呢？

"你在想什么？"那少年低下头，闪着亮如星辰的眸子问道。

"我在想你会不会就此放了我，而我又能不能活着走出这大草原去和自己的亲人团聚？"若微老老实实地答道。

"不会。"他只说了两个字，便跳下马。

"什么不会？"她瞪大眼睛满是疑惑的表情。

"我不会现在放了你，因为你根本不可能活着走出去。"他轻轻拂了拂马鬃，"除非，你先学会骑马。"

"什么？"若微惊讶极了，然而紧接着他在马屁股上重重一拍，马儿便跑了起来。

若微吓得用手紧紧勒住缰绳，面色煞白，也顾不上手上的伤痛，只狠狠地抓着缰绳。

"记住，骑马很简单，走、坐、跑、站。让它快的时候就夹紧马腹，扬鞭催行；让它住的时候向后勒住缰绳……"

然而他没说完，若微已经一阵惊呼地从马上掉了下来。

躺在柔软的草地上，闻着阵阵的清香，原本是一件怡人的事情，然而此时她眼冒金星，呲牙咧嘴，动也不能动。

他站在不远处看着她，想笑，最终还是忍住了，"什么时候你能骑好它，我就放了你。"

"真的？"她挣扎着从草地上坐了起来，满是欣喜。

"真的。"阳光照射在他的脸上，英俊极了。

夜晚的草原，明月当空，呈现出水银流泻般的景致，缥缈轻柔，温馨祥和清亮晶莹。

微风徐徐，飘来阵阵草香、花香。

若微骑上一头枣红色的小马，跟在他的后面，一路向南，出了部落。

他的马是宝马良驹，在前面一路飞驰，而她刚刚学会骑马，大腿内侧被磨得生疼，左手不能用力，十分辛苦。他往往会停下来，默默地注视着身后，等她一会儿。就这样大约走了一两个时辰，他最后一次勒住缰绳："走吧，一直向南，能走多远就走多远。能不能回去，就看你的命了！"

"你，真的放了我？"若微有些难以置信。

"我带你回来，只想安慰我娘，没有想过让你死。我娘让我放你，我自然要听她的。"他的声音冷幽幽的，在寂静的夜色中，有一种说不出来的魅惑。

月光洒在他的脸上，让他原本坚毅的五官变得柔和了许多，他的相貌更多地传承了他母亲的特点。

若微透过他，看着月夜中宁静的草原，只觉得心情是那样舒畅。

"那我真的可以走了？"此时若微反而生出一种淡淡的不舍，为什么会不舍呢？她不是应该像一只出笼的小鸟一样立即展开翅膀飞回南边去吗？

"你，能告诉我你的名字吗？"他眼中悄悄闪过一丝别样的情绪，居然也是不舍。

"我叫若微。"她突然想起了自己初入太子宫时与朱瞻基相见，他开口相问的第一句也是她的名字。

"若微。"他默默在心里重复着这个名字，"你走吧，走得远远的。如果以后我们都能活下来，我会去找你的。"

"找我？"若微愣了。

而他眸子透出坚定之色，"我现在什么都没有，连自己的娘都保护不了，自然也不能许给你什么，如果我能，我真不想让你离开。"

繁星点点，月色如画，在空旷的草原里，他低沉的声音是那样动听，若微注视着他，竟然叹了口气。

就是这样一声叹息，竟让他笑了，"别难过，我一定会去找你的。"

若微看着他，不知如何对答。

"你会等我吗？"他问，眼中的神色没有期盼，也看不出悲喜，却让人难以拒绝。

若微抬起头，指着天上的星河，"你听过牛郎织女的故事吗？"

他点了点头，"我娘给我讲过。"

"那是牛郎星，那边那颗是织女星。"若微伸手指着天上的星辰，"看似两颗孤孤单单的星辰，可是它们彼此相伴，并不寂寞。"

他静静地仰望着星空，过了好半天才重新对上若微的眼眸，"你是说，在你身边已经有了守护你的星星。"

若微不置可否，她俏丽一笑，"除了牛郎星和织女星，天上还有好多好多星星，它们彼此守护、彼此相伴。我想，你就在它们之中。"

她的眼眸灵动明亮，像天上的星辰。他脸上有些失落，沉着脸仿佛暗自发着脾气，突然他眼睛一闪，"牛郎和织女不是一年才见一次吗？那样的守护有什么用？等以后我找到你，我们就可以天天在一起了。"

若微想了想他的话，想驳却不知该如何对答，最终没有开口，敲了敲自己的脑袋，有些懊恼，什么破比喻，要是瞻基听到她用牛郎和织女来比喻她和他的关系肯定是要恼的。

发呆之际突然一个东西冲着她飞了过来。

"给！"他丢给她一个包裹。

重重的，"这是什么？"

"一些干粮，还有治伤的药！"他面上依旧冷冷的："你，那天为什么要救那只狼？"

"那只母狼？"若微想起那日的情形，有些不寒而栗，甚至忍不住打了一个寒战，想了想才瑟瑟地说："它快生小狼了！"

他眼里有了一丝暖意，对着冷月说道："我们草原上的人虽然怕狼，也常被狼所伤，但是我们从不杀狼。那是因为没有了狼，这绿油油的草地一年之内就会变成荒漠！野兔和其他食草的动物肆意繁殖疯长，会把整个草原啃秃的。所以我们不杀狼。但是，也绝不会去救它们，因为弱肉强食、优胜劣汰，本就是草原上的生存之道。我父亲有十几个儿子，你住的那个破毡房，就是我出生之地，那个老女奴就是我的奶妈。她又聋又哑，也没有奶水，东家一碗西家一碗地为我讨来奶水。我喝过羊奶、狗奶、女奴的奶，也喝过狼奶。我从小被兄姐欺负，有一次被他们带到了狼泉湖，他们用鞭子抽得我遍体鳞伤，然后就把我扔在了那儿。也是这样一个有月亮的夜里，我喝着狼泉湖里的水，听着四下里一阵紧过一阵的狼嚎，凭着一股狼的精神，徒步走回王庭。从此我就暗下决心，这一生要像狼一样活着。所以，我才有了今天，才不致让我父亲小觑我，也才正式承认我和我娘的存在。"

听他讲完自己这段故事，若微的心沉到了谷底，只觉得这个世界似乎不是她所认识的，一切一切，都那样冷酷而真实。她抬起头，仰望着夜空。

月亮，因为有黑夜的映衬，才更加明亮；黑夜，因为有月亮朗照才美丽温暖。

"人攀明月不可得，月行却与人相随。"她幽幽地念了一句，"你告诉我这些，其实就是想鼓励我，让我一个人不论有多难，都要活着走出草原，回到故乡。你，是好人！"

"好人？"他仰天长笑，"我不想当好人，我只想当人上之人！"

他调转马头，边走边说："小心草原上的沼泽，表面上像个普通的水泡子，可是只要一脚陷进去，就会被底下的草根缠死，而且越是挣扎，死得越快……"

马蹄声声，他的叮嘱或者说是恐吓，渐渐地消散在风中。

骑着小红马，看着无边的夜色，前所未有的恐惧将她包裹，缚得她喘不过气来。她将包裹系在身上，轻轻拍了拍马头："小兄弟，全靠你了，要是咱们能活着走出去，我一定请你吃好的，吃什么呢？驴肉火烧好不好？"

她自嘲地笑了笑，心底发了狠，使劲一夹马腹，催马前行。

走着走着，只听身后传来一阵有力的马蹄声，心中大惊，难道是他改了主意，又不放自己了？

轻轻勒住缰绳，刚要转身去看，谁知远远地从天上飞来一个绳索，正套在她的身上，绳子那边稍用力，她的身子便腾空飞了起来，随即狠狠地跌落在地。

春天的草原，这草长得并不浓密，所以这一摔，若微只觉得浑身像散了架一样，眼冒金星，痛得直哭。

"大哥，我说得没错吧，就是这个小蛮子！"一个娇俏的女声，似乎很熟悉，若微挣扎地仰起脸，睁开眼睛望去，原来是她。

就是前两日在毡房门口看到的那个蒙古女子，他的姐姐。

而与她并肩双骑的是一位浓眉大眼的壮汉，服饰华贵，气度中满是霸气，此时正一动不动地盯着自己，肆意地看着，那眼神就像凌厉的北风，让人觉得冷俏俏的。

他们身后还跟着七八个随从。

"你，就是也先带回来的小奸细？"那个领头的大汉终于开口了，只是他的汉话没有也先和他姐姐说得好。

若微没有开口回答，她隐隐地感觉，自己又不经意间卷入了一场风波，眼前的这些人，绝对不像也先和他的母亲一样，所以她不敢贸然回话。

"啪"的一声，一条长鞭子甩了过来，打散了她的头发。

"世子问你话呢，为何不说？"一个侍从模样的人大吼着。

"看吧，我就说了这里面一定有古怪，说不定就是也先他们母子安排的小奸细，想偷偷联合明军图谋不轨。大哥，咱们抓了这个小蛮子，撬开她的嘴，带到父汗面前，看他们还怎么抵赖。"

"你有办法让她开口？"

"当然，这有何难？"她撇了撇嘴，不以为然，从靴子边上拔出一把镶嵌着宝石的匕首，跳下马，冲着若微走了过去："小丫头，别以为装哑巴就没事。我在你脸上用刀划个稀巴烂，看你说不说！"

若微知道，她的样子可绝对不是在吓唬自己。

眼睛一转，立即有了主意："不必费事，你不就是想让我在脱欢大汗面前陷害也先通敌吗？我从了就是。"

若微心想，如果真的见到了大汗，自己拼了性命不要，也要澄清事实，这样就是死了，也死得其所。

"好！"那女子这才收了手，回头冲着她兄长嫣然一笑，"怎么样？"

那大汉盯着若微，唇边浮起不善微笑。他不信，妹妹说的话他不信，虽然父汗因为宠幸那个南朝的苏州女子，而连带着对她所生的幼子也先青睐有加，这些早就引起了他们这些嫡出的蒙古纯正血统的兄姐们的不满，经常会寻事对也先凌辱一番，但是即使如此，也先也绝不会与南朝通敌。而面前小女孩突然投诚变节，他更是不信。都说南人多狡诈，果然不虚。

犹豫间，不远处传来一阵狼嚎。

"不好，世子，快些离开，好像是有狼群！"属下大惊失色。

是的，草丛中飞跃而来的黑影，让众人立即调转马头，策马狂奔。他们似乎忘了，又或者是有意而为，若微还被他们的绳索套着，所以就这样被拖着飞了出去。

用不了多久，她就会皮开肉绽，被活活地拖死。

若微努力让自己翻了个身，身后背的大包裹此时有了用处，她抬起自己的头和腿，尽量蜷缩在起来，这样只是包裹和草地摩擦，身上伤得会轻些。

然而即使这样，又能撑得了多久？若微很快失去了信心。正在此时，一头从草丛里蹿出来的狼扑到了拖着若微的那匹马上，可怜的马被咬断了后腿，长嘶一声，立即倒在了地上。而那张着血盆大口的狼冲着若微就过来了，她吓得连忙闭上眼睛。

她浑身打着哆嗦："狼爷爷，你干脆一口咬死我得了，这样吓也被你吓死了！"

她放声哭了起来，那声音比狼的嚎叫好听不了多少。

好像狼都被她吓住了，张着嘴，伸着舌头，不再舔她。

"快起来！"一个声音响起，是人的声音。

若微立即睁开眼："颜青？你是人是鬼？"

他不容分说，一把将她从地上拽了起来。

这时候，才发现那群人和那群狼都已不见了踪影。

只有拖着自己跑的那匹马受伤倒在血泊之中，而马上的人背上正插着一把明晃晃的刀，颜青走上前去，一脚踹在那人的背上，一手用力将刀拔了出来，血溅了他一身，他也全然不顾。在那人身上摸索了半天，掏出一块长方形的铜牌，看了看立即塞入怀中。

"颜青，你怎么在这儿？"若微满脸惊愕。

更让她吃惊的是那匹原本凶悍的狼，此时正像狗一样乖巧地坐在地上，不时看着她和颜青。

"先别问了，此处不宜久留，快走！"颜青抱起若微，跳上掩在草丛中的一匹骏马，策马飞驰。

第三十二章　慈　亲

　　长城脚下，若微与颜青共乘一骑，回头凝望，那辽阔无边的草原就像一幅图画，远远的，不那么真切，而在他们的心头却永远烙下了印迹。

　　入关之后，他们放慢了速度，找了一家客栈休息。

　　颜青从世子随从身上取下的腰牌，让他们顺利地逃出了瓦剌的势力范围，而也先相送的包裹中的干粮和那群通人性的狼相随护驾，让他们得以活着走出草原。

　　在客栈中，身子泡在大大的浴桶中，洗去尘垢，同时也慢慢梳理着自己的思绪。若微看了看自己的左手，一道深深的伤疤清晰醒目，边上还有好几条细小的伤疤，恐怕这些丑陋的伤疤将永远跟随着自己。唯一庆幸的是，手指灵活如故，并无大碍。

　　这双手，还可以抚琴，还可以弄画，还可以摆弄许许多多的事情。

　　沐浴后，换上从镇子上买来的青花布的衣裙，简简单单绾了一个双环髻，对着小小的铜镜仔细看着，那眉眼，那脸庞，那精巧的鼻子和如蓓的小口，一切如故，可是分明又大有不同，是的，如同浴火重生一般。

　　房门外有人敲门，"谁？"若微走过去，打开房门，那像铁塔一般的身影出现在眼前，藏青色的长袍，腰扎锦带，头发用同色的方巾束起，沐浴更衣之后的颜青帅得惊人。

而他此时也瞪着一双眼睛一动不动地看着若微，想不到自己救下的小宫女，长得如此明丽动人，晶莹得如同一个瓷娃娃。

颜青此时甚至有些怀疑，面前这个女孩是不是与自己杀出敌围，又在狼群中险些丧命，数次历经生死边缘的那个女孩？

"颜大哥！"若微冲他甜甜一笑，扑通跪在他面前。

"这是做什么？"颜青两手如钳，一下便把她拉了起来。

"如果没有你，我肯定要葬身草原了，能重新回到大明境内如同重生，此番种种一切全都是因为有你。若微无以为报，唯以此聊表寸心！"若微眼中含笑，言之切切，十分动情。

"不必如此，原本就是职责所在！"颜青此时倒有些窘意。沉默片刻，他才想起来意，故立即说道："走，先下楼吃点东西，然后收拾好行李，还要赶路，听说圣驾已经过了河北，咱们要快马加鞭才能追得上！"

"追去和圣驾会合？"若微喃喃着，仿佛心事重重，跟着颜青来到楼下，吃到热乎乎的饭菜，有种恍如隔世的感觉。

整餐饭都吃得十分安静，颜青面对一个幼龄女娃，自然是不知说什么好。而若微满腹心事，所以也并不多言。

吃过饭，两人便再次启程，然而当他们进入河北境内的时候，圣驾早就入了山东境内。

颜青自然是希望先去官府报备，然后在驿站换马休整之后再赶往山东，而若微却苦苦相求，希望能在山东暂做停顿，然后取道邹平，返乡去探望家人。

颜青自是不允。而探亲之念一起，就像野草一般疯长，若微面上不争，一日夜里，悄悄牵马溜走，只是走了没有三十里就被颜青拦在路上。

"姑娘的性子还真是与众不同，经草原生死一役后不知惜福感恩，反而越发任性起来。你自己偷偷溜走，让在下该如何是好？"颜青原本十分气恼，然而不忍训斥。

"颜大哥说得不错。正是因为此番草原遇险，经历生死才更加想去见亲人一面。"她低垂着头，眼中噙满泪水，"回到京城，入了皇宫，此生也不知还能不能见到爹娘。"

颜青深深吸了口气，平生最怕看女人的眼泪，更何况还只是个孩子，"罢了，陪你绕路走一遭也就是了。"

"真的？"若微立即喜上眉梢，梨花带雨惹人爱怜。

"只是你到了家，看看就好，最多住上一晚，不可赖着不走又生事端。"颜青紧绷着脸，故作刻板之态。

"好好好，只要颜大哥能允我返乡探亲，以后若微唯你马首是瞻，绝不拂逆颜大哥的意思。"她又表态又是奉承。

弄得颜青只好催马前行，护她踏上返乡之路。

邹平孙府门外，张灯结彩，宾客云集，今儿正是老爷子孙云璞六十六岁的大寿。

董素素原本在后堂招呼女客，却被丫头香草拉到一旁，香草贴在她耳边只说了两句。董素素面上又惊又喜，立即出了后堂，穿过回廊，来到后院的角门处。

"若微！"董素素难以相信，门口俏生生站立着的真的是她日思夜想的女儿孙若微！

"娘！"若微一头扑进母亲的怀里，紧紧地再也不肯撒手。

而站在门口，望着这一幕的颜青也觉得鼻子有些发酸，原本他心中一千个不愿意，对他而言没有什么比早日归队与圣驾会合更重要的事了。但是经不住若微缠着他早也求、晚也求，又是作揖、又是福礼，动不动还来个偷偷溜走的伎俩，搞得他不胜其烦，这才勉强同意绕道邹平让她回家看一眼，然后再去与大部队会合。然而现在看了这样的场面，不禁联想起自己的身世，这才觉得没有什么比骨肉团聚更重要的。

"微儿，你还好吗？怎么会突然回来？"董素素心中虽是激荡万千，可还是不免心存疑虑。她细细端详着女儿，一年多未见，长高了，也更漂亮了，只是……

"天呢！"一阵惊呼。

她的目光自上而下，落到了若微的手上，立即将她的小手捧到眼前，轻抚着那上面的伤口："这是什么？这伤是怎么弄的！"

董素素的声音里已然带了悲怆，珠泪在眼眶里转了又转才没有掉下来。

"没事，狼咬的，都好了！"若微刻意让她释怀，脸上依旧笑意吟吟。

董素素听了更是心惊肉跳："狼咬的？宫里有狼？"

这时她才看到若微身后不远处，站在门口的那个青壮男子。

看那样子是行武出身，绝不是太监。董素素一团迷雾，刚想开口去问。

而若微则抢着说道："娘，这是锦衣卫千总颜大人，是他送我回来的！"

董素素听了，立即上前几步，深深一个福礼："颜大人一路辛苦！"

"夫人不必客气！"颜青抱拳回礼："在下与小姐一路之上，也算生死患难之交，只是来得匆忙，不知老爷子大寿，两手空空，还请见谅！"

"大人太客气了！"董素素还没说完，若微则出言打断："娘，不要啰嗦了，快让下人带颜大哥到客房休息，好酒好菜待候着，我先去看爷爷！"

"是是是，是娘疏忽了！"董素素轻声唤过香草，又对颜青说道："颜大人千万莫怪，突然见到小女回府，高兴得失了分寸，请大人先去客房休息，晚间定当设宴为大人洗尘！"

"打扰了！"颜青跟着香草向院内深处走去，临了又给若微一个警告的眼神。若微知道，自己央求了半天，就是要回家看一眼，给爷爷拜寿，明天一早，还要启程，这样才能在圣驾离开山东境之前，与大队人马会合。

"微儿，你此次回来，是皇上开恩放你回来的吗？这次在家里待多久？"

"娘，我晚上再跟你细说。爹爹呢？继宗呢？"

"你爹爹在永城任上当值，没来得及赶回来，继宗在前厅陪着你爷爷。你这会子过去，怕是不方便吧！"董素素轻轻抚了抚若微的脸庞，拉着她来到昔日住的小院。

推门进入自己的香闺，一般无二。

"娘！"若微跑过去，看着自己房间里的摆设，书案上的小玩意儿、还有书架上的书、衣柜里的衣裳，觉得一切是如此的亲切。

她拿起一件绿色的裙衫，在身上比了比，惊讶地问道："娘，我没长个儿吗？怎么这旧时的衣裳还能穿呢！"

"你呀！"董素素伸出纤纤玉指在若微额上轻轻一点："这是娘给你做

的新衣，不管你在与不在，每一年，这四季的衣裳，娘都要为你亲手缝制两身，就像在娘身边一样。不然你哪天突然回来了，总不能让你穿旧衣裳呀。"

"娘！"若微忍了又忍，还是没能忍住，晶莹的泪珠滴下，整个人扑入母亲的怀里，哭了起来。

"这孩子！"董素素搂着若微，也抑制不住地流泪。她心里还有隐隐的不安，女儿手上的伤疤、那个锦衣卫大人口中的生死患难，到底是什么缘故？女儿又为何突然返家。董素素心中一团乱麻。可是若微的脾气，她比任何人都清楚，她要是不想说，任你磨破了嘴皮子，怎么问，也问不出所以然来。

"娘，你去给我找一件丫头的衣服来！"若微突然止了哭，脸上浮起古怪的笑容。

董素素被她搞糊涂了，可是又禁不住她的央求，这才唤来贴身的丫头碧莲，拿来一件小丫头的衣服，帮她换上，又从她所请，梳了个府里丫头们统一的发式。

孙府前厅，正在大宴宾朋。

山东、河北等地素来有给老人过六十六的习俗。"六十六，要吃六十六块肉"，这是自古以来流传的一句俗语。意思就是作老人的，活到六十六岁那年，要由已经出嫁的女儿送六十六块肉来吃。据说若不如此，父母今后的岁月就难保安康。这一说法，也可以从另一句俗语里得到佐证，此俗语云："六十六，阎罗大王要吃肉。"意即人到了六十六岁那年是一关，阎罗要吃你的肉。

孙云璞只有两个儿子，并无女儿，原本应该由孙女来献，但是孙女又不在身旁，则要由儿媳妇来献。

厨房内，孙家大少奶奶刚刚准备妥当，却四下里找不见董素素，刚要派人再去找，却听见外面鞭炮齐鸣，吉时已到，正在着急，只见董素素领着一个小丫头进来，眼睛红肿肿的，似乎刚刚哭过，未来得及问，只说道："弟妹，吉时已到，快随嫂子我将这豆瓣肉和如意饺呈上吧！"

董素素笑着点了点头。

接过她手里的托盘，出了厨房，向厅里走去。

往日都是女子不见外客，而今天因为在主桌上就坐的都是宗亲，所以才可免了此礼。

大少奶奶手托如意饺，董素素手提装有"豆瓣肉"的红漆食盒，走入正厅主桌。

"恭祝父亲大人寿比南山，福如东海！"两人齐声贺唱，然后大少奶奶手捧托盘，上得前来，孙云璞点了点头，拿起筷子吃了这摆成寿桃模样的桃尖处的一个饺子，随即点了点头。然后这饺子便由在座的各位宗亲长辈分食。

大少奶奶退下时看了看董素素，董素素向前走了两步，打开食盒，却没有亲自呈上，而是由她身旁的小丫头捧着碗走到孙云璞面前。众人都有些惊诧，交头接耳，纷纷议论，这二少奶奶也太不知规矩了，怎么能让一个小丫鬟给老爷子上这碗肉呢！

孙云璞也暗暗惊讶，目光一扫，停在那小丫头的脸上，只见她娇颜上堆满笑容，扑通跪在他面前，娇憨可人，如珠玉般的声音悄悄响起："若微丫头祝老爷子福寿绵长，吉祥如意！"

说着便将小手高高举起。

孙云璞突然爆发出一阵畅快的大笑，连着说了三个好字，接过碗来，双手微颤，吃着这碗"豆瓣肉"，竟泪光微闪。

而依旧跪在地上的若微调皮地眨了眨眼睛："老爷子别光顾了吃啊，还没打赏呢！"

孙云璞放下碗筷，指着若微说道："打赏？怕是一会儿问清楚你是如何偷跑回来的，爷爷便要拿龙头拐杖狠狠把你打上一顿，还不快跑！"

"哦！"若微撇了撇嘴，立即明白爷爷的暗示，站起身躲在董素素的身后，随着她出了前厅。

"若微！"身后响起一阵急唤。

不用转头，也知道是继宗。

"继宗！"若微俏生生地站在回廊下，展着笑颜，如春花般娇媚。

继宗使劲揉了揉眼睛："真的是你！我刚刚在厅里看着，还疑心自己眼花了呢！"

而他身后一个三四岁的小娃娃探出头来："哥哥，那是谁？"

若微惊呼到："继明，你这个臭奶娃，居然把姐姐给忘了！"她跑过去，一把将继明抱在怀里，在他胖嘟嘟的屁屁上狠狠捏了一把，然后又在他粉嫩脸上亲了又亲。

看着继宗很是眼热，站在边上轻声说道："若微，光顾着弟弟，对我这个兄长，你怎么没有半点表示？"

若微眼睛微眨，伸出一只手像钳子一样挥了过去："那你说吧，想让我掐你哪里？"

继宗伸手去挡，突然发现若微手上的伤，他一把拽过她的手，"这伤是怎么弄的？难道你在宫里过得不好？"

董素素见了，又是一阵唏嘘。

前边的宴席散了，孙云璞来到后院，就在若微的闺房里，孙家上下齐聚一室，听若微细述这一年多来离家以后的种种事情。

一直说到月上眉稍时分。

众人听了，皆是连连惊叹，宫中隐隐的风云实在莫测，而战场上的瞬息万变、血肉横飞更让人心惊胆颤。董素素紧紧地拥着女儿，一语不发，秀眉深锁。

"微儿，就是说这次，你是偷跑回来的！"孙云璞目光如炬，直视着若微。

"呃……"若微想了想："不算偷跑，宫里的人肯定以为我死了，晚回去两天就说是路上耽搁了，没什么要紧的。"

孙云璞用拐杖轻轻敲地，叹息着："丫头呀，宫中一年多的历练，还是没能让你转性。"

众人皆不明白老爷子话里的意思，若微也是一头雾水，不知所云。

"罢了，你立即启程，让你娘亲给你多准备些吃食和银两，再不能耽搁了，现在就动身，而且见到圣驾，一定要将偷偷回乡之事如实相告，绝不要有半分的隐瞒！"孙云璞的态度容不得人反驳。

只是却把众人都说愣了。

董素素眼中盈满泪水，还未开口，继宗已然跳了起来："爷爷！若微好不容易回来，怎么也要在家里住上两日，爷爷为何狠心要赶若微走呢？"

童言无忌，他问的却也是众人心中所惑。

孙云璞并不回答，只是凝视着若微，眼中情绪万千。

若微恍然明白，她悄悄走过去，依偎在爷爷的怀里，抚了抚他花白的胡须："若微知道爷爷赶若微走，才是真的疼我、护我，我听爷爷的就是，马上启程！"

孙云璞抚着若微的头，眼中满是爱怜，又看了看孙敬之："你马上去客房，好好招待那位颜大人，多备些厚礼。"

"是！"孙敬之立即下去行事。

而董素素却第一次开口拂逆了孙老爷的意思，她前行几步，深深施礼："爹爹，儿媳有话要讲！"

"说！"孙云璞似乎知道她要说什么。

而董素素只是抬起若微的手，"爹爹请看——"

孙云璞目之所及，这才发现若微手上的伤，他立时愣住了。

而董素素这才开口："爹爹自然知道，宫里待年的女子，如果皮肤有了疤痕，或者身体有残疾，便不能入侍主子，就是当个粗使的宫女，怕是也难以相容！"

孙云璞沉思不语。

立即挥了挥手，让众人退下，只留若微母女在房里。他盯着董素素："说下去！"

董素素狠了狠心，直言道："若微当日进宫，原本就不是我们的意思。如今若是舍得这只手，若微便可不再入宫。否则，必须要先将手上的伤医好，恢复如初，不露半点痕迹才可。"

孙云璞点了点头，又把目光投向若微："丫头，你的意思呢？"

若微这才明白母亲话中的意思，就是如果自己不想再回到宫里，那么只要报请朝庭，这伤残的女子自然就入不了宫门；而若要回宫，这伤会使自己的命运更惨，除非能医好它。

若微矛盾极了。

一想到瞻基，那伏在案上默默垂泪的瞻基，心中又万分不舍，他说过，皇祖的厚望、东宫的荣宠，太大的压力如负千钧，早就压得他喘不过气来，只有和她在一起的时候，才能得到片刻的安慰。

若微难以想象，若是自己永远地离开他，他会怎样？

那如玉的面庞会不会笼上一层愁思？那英俊的眸子里会不会闪过一丝忧伤？

若微抬起头，看着自己的娘："娘，你有法子让若微的手恢复如初，对不对？"

只此一语，孙云璞便长长松了口气，不是他怕得罪皇族，而是他知道，这个孙女注定要凤栖宫闱的，而这样的命运如果她能自己接受，自己乐于承担，那样才是最好。

董素素泪如雨下，心中万分不舍。

董素素止了泪，轻抚若微的面颊："这是女儿自己选的路，前途如何都只能靠自己，没有人能帮得了你！"

若微不知如何回答，只把头深深埋藏在母亲的怀里，她知道，她的选择让母亲伤心了。可是，在她心里涌起一个小小的念头，母亲还有小弟，还有爹爹，而瞻基身边能缓解忧虑、排遣烦恼的就只有她，她甚至能看到他那张笑意微扬的面庞，如此，也值了。

第三十三章 青 梅

这一夜睡得很香，挤走小弟继明，和大美人香喷喷的娘睡在同一张床上，聊着别后的离情，说着说着，就枕着娘的玉臂睡着了。

而董素素一夜无眠，看着女儿娇俏的容颜，又轻抚她那带着狰狞伤疤的小手，她柳眉紧蹙，心绪难平。

这样的手，却伤得这样重，并且因为没有及时处理伤口，虽然不影响活动和功能，但是外貌却很难恢复如初了。

虽然以此为借口将她留下，可是怎么才能祛了这伤疤呢?

索性悄悄起身，来到书房，取出父亲留给自己的那本医治疑难病症的小册子，细细翻阅。

天亮时，她的眉头依然紧蹙，并没有想出什么好法子来。

梳洗之后，亲自下厨，为女儿多做些平日里喜欢的可口饭菜，饭菜上桌，若微穿着她亲手做的杏色衣衫出现在她面前的时候，董素素才重展笑颜。

"娘，你怎么不吃?"若微嘴里塞得满满的，却发现娘几乎没怎么动筷子。

董素素静静地凝视着若微："微儿，娘，心里还是舍不得你!"此语一出，又见悲色。

若微刚要来劝，丫鬟碧莲闪身入内："少奶奶，大小姐，老太爷请你们速速到前厅去！"

"咦，这么早，爷爷找咱们做什么？"若微歪着头看着娘。而董素素也不明就理，只是牵了她的手，往前院走去。

孙家大厅内，孙云璞与孙敬之、长孙继宗都在，而仿佛还多了一个人。

董素素拉着若微进了大厅，刚要行礼，只见那人转过头来，若微正巧抬眼望去，四目相对，顿时都傻了！

"你怎么会在此处？"

"你还活着？"

两人同时开口，又同时语塞。

他一身素服，白衣洁净不染微尘，如琼枝一树掩在绿草碧波之畔，英俊的面容，似珠如玉，灼灼其华，让人难以移目。

而她着了一件杏色的衫子，笑吟吟地站在门口，肤光胜雪，双目犹如一泓清水，在他脸上转了又转；原本容貌秀丽之极，而此时双晕飞霞，娇笑连连，更如春梅绽雪，秋蕙披霜，看得他竟忘了初衷。

众人见状都有些哑然，他今早登门，直接见的便是孙老爷，随从身穿锦衣卫官服，又抬上两箱珠宝，当下便亮明身份，原来他就是皇长孙朱瞻基，向众人讲述了孙若微随圣驾北征途中遇险离散，如今音讯全无，他与圣驾路过山东，特意请了圣旨带人来若微家中看一看，也算报个表。

此语一出，孙家上下感慨万千，一方面感激天子的眷顾与垂爱，一方面又有感皇长孙的情义深重。

只是看他一身素服，言谈中难掩的哀伤之色，一时之间，倒不知该如何相告，孙云璞这才命丫鬟去内堂请出若微母女。

如今他和她当堂相见，他是如坠迷雾之中，以为自己见到了她的魂魄再来；而她呢，除了惭愧还是惭愧。

孙老爷轻咳一声，说了句"少陪"，便示意众人退下，于是大厅之上，只剩下朱瞻基与孙若微两人。

一个目光炯炯，紧紧盯着眼前的妙人。

另一个一双玉手轻搓衣带，低着头，不知从何说起。

半晌无语之后，若微才像是自言自语地低声说着："那日，我们突围之后，又遇到了狼群……"

朱瞻基并不答话，只等着她继续讲。

一般他不说话，就是生气了，若微想了想，这才抬起头，笑嘻嘻地说："遇到狼群，那当时的情景要多凶险有多凶险，好在颜青舍身将狼引走，可是湖边还留了一只母狼，那母狼要生小狼了。你知道吗？我还给小狼接生了呢！"

若微越说越动情，绘声绘色地将那几日的凶险娓娓道来。

朱瞻基刚刚在厅里看到她，一瞅之下，先是以为自己眼花，随后又想到会不会是若微的姐妹。然而看她的眉眼、神情，特别是望着自己的那双灵动的古灵精怪的眼睛，这才明白，若微是死里逃生之后，悄悄回到故里。

可是此念一起，又气愤难平，好个若微，不知道自己是如何担心她，居然弃自己于不顾，一个人跑回家里享受天伦来了。

心里恨得痒痒的，看她一双眼睛转来转去地为自己找着说辞，只紧绷着脸，看她如何编排。

然而却被她那惊心动魄的故事所吸引，仿佛心中的气愤立时消散开来，只追逐着她的眼神儿，倾听着她的叙述，一颗心七上八下，跌宕翻涌。

"就是这样了！"若微说得气喘吁吁，索性坐在椅子上，拿起案上的一杯茶，也不管是谁的，端起来就痛饮了一杯。

"你说被那瓦剌大汗的世子与嫡女挟持，而那些狼怎么会适时把你救下？那颜青又怎么会恰恰在此处把你寻到？"朱瞻基却没听明白。

"哎呀，是这样的！"若微又继续讲道："说来我们似乎与那些狼有缘。颜青不是以自己为饵将头狼和狼群引开了吗？结果那狼一路紧紧追赶，颜青原本就受了伤，体力不支，后来跑到一块湿地前，那马儿是上好的战马，有灵性，知道前方危险，所以停步。可是后面紧紧追赶的那匹头狼丝毫没有防备，所以原本正打算一跃而起，咬住颜青，却不料马儿突然驻足，而颜青低头闪身躲过。可怜那匹头狼跌入沼泽之中，看着它一点儿一点儿沉入泥潭，所有的狼都恐惧四散离开了。颜青生了恻隐之心，解下腰带系在马腿之上，然后将那头狼拉了上来。这狼也是通人性的，所以上来之后没有伤他，反而引着他回到狼泉湖。"

又是一大长串的叙述，若微看着朱瞻基听着正起劲，心中暗想，这一关似乎快过去了，心中暗暗偷笑，喝了口水，继续说道："说来也巧，我先前所救的母狼就是头狼的娘子，我和颜青救下它们一家三口，它们自然感激。所以一直跟着颜青，那母狼将它们引到瓦剌驻地的附近，因为它知道，那天我就是被那群人带到此处的。颜青一直在找机会，终于被他等到了，所以我就这样得救了。一路之上有了瓦剌世子侍从的腰牌，又有狼群护送，我们才得以安然回到关内。"

朱瞻基听完之后，好半天都没有说话。

"怎么，殿下不信？"若微仰着脸问他。

朱瞻基看着她，若是换了旁人，他一个字都不信，太过离奇曲折了，只是出自若微之口，他又不得不信，转念一想，立即沉着脸吼道："那你脱险之后为何不马上来找我？"

若微立即低下头，讲了一大车，把过程讲得那么曲折，还添了很多刻意捏造出来的危险，和在瓦剌营中受到的折磨与屈辱，就是为了让他同情，让他心疼，从而转移视线，不再让他因为自己没去与大部队会合而责怪她。可是说了这么半天，他怎么还是揪着此处不放？若微原本一副低头认罪的态度，只是不经意间看到自己的手，立即有了主意，装着哭状，抽泣着，双肩微颤，悄悄举起自己的手，哽咽着："这手几乎要废了，依宫里的规矩，体有残者，不能入宫，我……除了家里，还有什么出路？只能是偷偷跑回来。"

说着，眼睛还配合着挤出两滴急泪。

梨花带雨，小荷临水，说不出的娇怯柔美，让人怜惜。

朱瞻基原本看到她好好地出现在孙府，大喜过望，这气恼也不是真的打心里生气，见她如此模样，立即心疼不已，一边拉着她的手轻抚着，一边信誓旦旦地说道："别说是手废了，就是瞎了眼睛、断了腿，我也不要你离开我。"朱瞻基眼中含泪，紧紧拉住她的手，"你，还不明白我的心？"

"呸呸呸！"若微"啪"地甩开他的手："长孙殿下，你表白你的，干吗青天白日地咒人家！竟然还嫌我不够惨，竟还咒我眼瞎腿瘸？"

若微气呼呼地扭过头，不再理他。

"妹妹，好妹妹，是我错了，是我错了还不行吗！"朱瞻基手足无措，站在她面前，先是冲着若微一揖再揖，最后居然"扑通"一声跪了下去。

门外的董素素与孙继宗看呆了，继宗小声问道："娘亲，这个人，真是长孙殿下吗？怎么一点儿皇族龙孙的气派都没有，我看比我还不如呢。往日里我只是给妹妹买些好吃的，再说些好听的，大不了被她狠狠捶几下，可是我还没给妹妹跪过呢！"

董素素掩着笑，悄悄拉着孙继宗离开了。

至此，她才放下心来，也就在同时，她想出了一个绝好的为若微恢复素手的法子。

坐在四马高车之上，若微靠在车窗边，不停地冲窗外的亲人们挥着手。朱瞻基特意传书给朱棣下旨让她在家中住了月余，现在又是启程之时，再一次离别，这一次，不知何时才能相见。

这次，不是父亲相送，也没有紫烟相伴，只是身边多了一个皇长孙，此情此景，倒像是他亲自把自己从家里接走。

当车外的人影渐渐不见的时候，朱瞻基伸手放下车帘，看着若微脸上满是晶莹的泪水，离愁别绪最是伤人，他想了想，从怀里掏出一物，在她面前晃了晃。

"我的耳坠子！"若微先是一喜，随即又面露悲意："惨了惨了，你这只还在，可是我那只却不知丢到哪里去了，看来这副耳坠是注定不能成双了！"

"胡说！"朱瞻基嗔道："回去找匠人再配上一只就是了。"

"那也不是原配！"

朱瞻基轻轻拉过若微的手，左手之上是一朵浸入皮肤肌里的红艳艳的梅花，映在雪肤玉臂上，是那样的娇媚，朱瞻基轻抚着那长出来的花朵，不由赞叹："以前每次看到你，都不由地想，你娘是什么样子的，什么样的娘，才能孕育出这样的一朵奇葩。如今见了才知道，正是有这样的娘，才会有如此出众的若微！"

是的，她竟然以银针和匕首，在若微的手臂上刺出一枝梅花，就着原来的伤疤，半点不见突兀，恰到好处，精美自然。

能想到此，也许并不难。

唐时才女上官婉儿一次因偶然触怒武则天就被在额上施了黥刑，刺了个难看的伤疤，后来请名医将那伤疤雕成一朵梅花，成了唐宫中有名的梅花额妆。

可是母子连心，她竟然亲手为女儿刺青，也比得上岳飞之母了。看来若微的性子与她娘一样，都是外柔内刚，看起来娇柔怯怯，实则坚韧可比男子。

若微突然咯咯地笑了起来，笑得十分诡异。

朱瞻基被她笑毛了："笑什么？"

"我在想，不知被我接生的那只小狼现在多大了，它会不会记得，是一位美人姐姐把它迎到这个世上来的。"若微仰着脸，一副深思的神态。

朱瞻基在她手上轻轻拍着，笑着嗔道："好个不知羞的微儿！"

他不说还好，话音刚落，若微又是一阵大笑，指着他说道："你知道羞，干吗还拉着我的手，一副色咪咪的样子！"

"我……我！"朱瞻基被她说得气短无语，转过脸去，不再理她，可是心中只觉得十分快活，从前未曾有过的快活。

第三十四章 暗 谋

青州汉王府内苑靠近后花园的角楼上，朱高煦坐在书案之前，看着那封只写了廖廖几笔的信，眉头不禁紧皱在一起，随即便将书信悬于烛火上方，看着它一点儿一点儿燃尽。

一个俏丽的身影手执食盒悄悄步入，她将食盒打开，从里面拿出几样精致的小菜放在桌案之上，微侧身看了一眼朱高煦，只见他似乎浑然不觉，于是又掏出一个青花瓷瓶，"砰"的一声拔下盖子，一股若隐若现的酒香便幽幽地散了开来。

朱高煦抬眼望去，面色稍缓，站起身走到桌案前坐了下去，"还是秋棠最合本王的心思。"

那女子就是大明湖畔百花楼里的头牌，秋棠。

如今已被朱高煦迎入府中，虽然无名无份，但是阖府上下都知道，这位秋棠姑娘在王爷心目中的分量丝毫不亚于嫡王妃。

秋棠为朱高煦斟上一杯酒，以纤纤素手递至唇边，朱高煦就着她的手一饮而尽，索性将她一拉，让她坐在自己的腿上。

秋棠两手轻轻按在朱高煦的太阳穴上，力道适中，轻轻揉捏，吐气如兰地细语道："王爷为何事烦恼，不如说来听听？"

朱高煦轻哼一声，"还不是为了那个小子。"

"哪个小子？"秋棠柳眉微挑，"是长孙殿下。"

朱高煦点了点头。

"难道王爷还没有决断？"秋棠松开手，拿起桌上的镶金紫檀筷子，夹了一箸小菜送入朱高煦的口中。

朱高煦面色阴沉，"那孩子的性子，本王实在喜欢，不到万不得已实在是不忍心。"

"不忍心？"秋棠笑了起来，花枝轻颤，美得惑人。"依王爷看，何时才是万不得已呢？"

"这个？"朱高煦眉头紧皱，没了下文。

"王爷，刚刚燃尽的那小撮灰，便是长孙殿下的催命符吧？"秋棠话刚出口，腰上已被朱高煦狠狠钳住，几乎要被拧断，她吃痛地叫了起来。

"你知道什么？"朱高煦低吼着。

而秋棠依旧满面桃花，笑意不改，"应对此事，其实王爷是有选择的。其一，既然是纪大人主动请缨，王爷自静观其变。若是纪大人得手，东宫没了长孙殿下这个宝，自然就失去皇上的眷顾。"

"不行。"朱高煦还未等秋棠说完就立即相斥，"如今满朝文武、天下百姓都知道，父皇之所以没有改立太子就是因为这个太孙，如果他出了什么事情，不管下手的是谁，天下人都会疑心本王是幕后主谋。况且就算瞻基死了，东宫的皇孙还有好几个，难道要一一杀光吗？这事万万不可。"

"所以，王爷还有第二个选择。"秋棠收敛了笑容，对着朱高煦的目光镇定自若，"这是一个最好的机会，长孙殿下意外遇险，而王爷出手搭救，此举可以向世人证明王爷非但没有觊觎太子之位，反而是礼义仁孝，友爱兄弟、疼惜子侄。如此必定会赢得一片赞誉，就是皇上也会对王爷刮目相看的。"

"你是说让本王去救他？只是恐怕会因此与纪纲结怨。"

"王爷。就是与他结怨又如何？难道还怕他不成？这厮倚势欺人，这些年在民间早就怨声载道了，恐怕现在他的话皇上也未必全信。况且他所做的那些事，王爷手上不是还有一本账吗？"秋棠手执酒壶，为朱高煦再次斟满。

朱高煦默而不语，"算了，救下可以，只是本王不宜出面。"

秋棠唇边浮起一丝隐隐的笑容，心道朱高煦如今也知道如何为谋了。

"王爷，还有事，若是不办，怕是日后会留有祸端吧？"

"何事？"

"那香消玉露散……"秋棠提及此事，面色不禁微微黯然，筹划了多年，原本绝好的机会，只要权妃将此药混入朱棣的茶水之中，他必死无疑，自己也算达成心愿为家人报了仇。没曾想等来盼去，权妃竟饮毒而亡，难道她真的爱上了那个杀人不眨眼的暴君？

"你说那个朝鲜侍女？"朱高煦眼中射出一道凌厉之色，"事发突然，没来得及处理此事，过几日本王会吩咐人去办的。"

"王爷！"秋棠附在朱高煦耳边低语片刻。

"可行吗？"朱高煦面上尽是疑色。

"有何不可？宫里的主子与奴才原本就没有分别，一夕得宠、奴升主位的事还少吗？"秋棠脸上一派笃定之色。

朱高煦盯着她的眼眸，有些恍然，他拥紧了怀中的娇躯，喃喃低语，"秋棠，有时候我竟有些怕你。"

"王爷怕什么？秋棠如今活着只有一个念头，就是完成王爷的凤愿。如此掏肝掏肺，王爷反倒怕了吗？"她娇笑连连，伏在朱高煦的肩头，朱唇粉面与他耳鬓厮磨。

从邹平出发，一路向南，朱瞻基与若微时而骑马，时而以车代步，走走停停，沿途所经的百姓民居或是古老建筑，甚至路边溪流和田野风光都会引他们驻足观望，考究一番。

随侍在后的锦衣卫小心翼翼、如履薄冰，虽然万分焦急，想早些回京复命，可是又不敢催促。

瞻基和若微倒乐得清闲自在，这日他们行至山东与京师交界处的一个小镇，瞻基招手叫颜青上前，问道："颜青，此处可是沭阳？"

"回长孙殿下！"颜青正色答道，"此处名为万匹乡，距沭阳还有十几里路程。"

"哦，万匹乡？"朱瞻基若有所思。

而若微从车里探出头来，"颜大哥，万匹乡有什么好玩的地方？这个名字好怪呀，难不成是交易骡马的集市？"

颜青与若微初见时，以为她不过是权妃身边的小丫头，然而在邹平孙府上遇到皇太孙，这才知道实情，因此对若微不似之前那般亲近了，反而更为恭敬，"回孙姑娘的话，这万匹乡在元时，曾为南北交易马匹的一处集市，每到开市之时，千骑万匹，宝马良驹尽汇于此处，因此而得名。但此处的景致却乏善可陈，在下只是听说在蔡庄有一座数百年的古刹，是四大佛教名山中五台山上的清凉寺分寺，香火是极旺的。"

若微点了点头。

朱瞻基又问道："那马市现在可还如故？"

颜青摇了摇头，"盛况早已不复了。当时从西域来的胭脂马、大漠来的蒙古马、天方之国来的温血马，都在此处交易，现在马市虽然还在，只是马的种类和品级与过去相比差多了。"

"好，我们就去马市上走一走！"朱瞻基看了一眼若微，"没有好的战马，就帮你挑一匹温驯的小马，也省得你见马色变，整天窝在车里。"

若微撇了撇嘴，有些不以为然。

而颜青则剑眉微皱，抱拳说道："殿下，马市鱼龙混杂，实不是殿下该去的，万一……"

"你怕什么？"朱瞻基在马上腰背挺直，威风凛凛，"这里可比得上战场的凶险？行天莫如龙，行地莫如马。马者，甲兵之本，国之大用。既然来了，怎能不看？"

颜青无言以对。

朱瞻基策马前行，到马车边上将若微拽上马背，吩咐道："颜青一人随侍即可，其余人等留在此处。"

"殿下！"颜青还要再劝，朱瞻基与若微共乘一骑已经走远，颜青面色微暗，吩咐两个随行侍卫："乔装后速速跟来。"

"是！"

颜青也打马急行。

马市人流如潮，也许是没有见过元朝时万匹齐聚的胜况，所以面对马市上的景象，朱瞻基觉得热闹非凡，处处新奇。

他索性下马，与若微牵手而行。

"来呀，快看看呀，上等的西域胭脂马！"黑压压的人群中传来吆喝之声。

瞻基拉着若微走上前去。

虽然他们个头小，但是衣着华美，态度谦和，所以周围的人自动为他们闪开一条缝，让他们得以站在前边。

拴马柱上有两匹马，左边那匹马腿长膘肥，形貌神骏，全身雪白的毛上尽是胭脂斑点，毛色油光亮滑；而右边这匹全身上下如炭火般红，并无半根杂毛，亦是腿长膘肥。对马一点概念都没有的若微一眼望去，都觉得此乃良驹。

"这就是胭脂马？"她拉了拉瞻基的袖子。

瞻基笑而不答。

"若微，你喜欢哪匹？"

"我？"若微看来看去，"那白马着实漂亮。"

"好，那我买来送你！"瞻基立即上前，走到马主跟前一揖礼，"此马出价多少？在下要买这匹马。"

那人上下打量着朱瞻基，看他虽然衣着不俗，但年纪尚在舞勺之年，所以只挥了挥手说道："小小少年，边上玩去，这马不卖。"

"不卖？"朱瞻基愣了。

若微立即上前劝道："我只说这马长得漂亮，并不是真心想要，既然他不卖，我们走就是了。"

可是朱瞻基好奇之心顿起，"你在马市设棚展示，却又不卖，这是为何？"

马主扫了他一眼，"你是外乡来的吧？"

一句话，把朱瞻基与若微都问愣了。

第三十五章　蛛　丝

　　颜青上前把朱瞻基和若微拉到旁边，"主子，马市的规矩，稀有品种的上等宝马在集市上只作展示，待价而沽，买者可将愿出的价码写在纸上投到那边的木匣子里，然后等到最后一日，开匣比价，价高者得。"

　　"哦？这个倒真有意思！"若微笑靥如花，"颜大哥，那马市上还有什么讲究？你统统讲给我们听，省得露怯！"

　　"根据开匣价将评出这一季马市上的头马，就是马中的状元。只是这头马落入谁家，谁还要再加上一千两银子。"

　　"天呢！那么多钱！"若微不由惊呼，"这马比人都要贵了！"

　　朱瞻基指着马问颜青："依你看，此马可能夺冠？"

　　颜青还未回复，只听边上一位大汉不屑地笑道："小孩子家眼皮子真浅，这等货色也能夺冠吗？"

　　他身材高大，五官棱角分明，鼻子高耸，肤色白皙，看样子不是汉人。

　　朱瞻基不怒反笑，他双手一揖，"这位大伯，难道别家还有更为出众的马匹？"

　　他轻哼一声，"你真想买，还是随意看看消遣着玩？"

　　"若有宝马良驹，必不惜重金！"朱瞻基正色说道。

"好，那就随我来，也好让你们开开眼！"他说完，便拨开人群向西市走去。

朱瞻基思忖片刻，也跟了上去。

"少主！"颜青想拦已经拦不住了，他往不远处的街口扫了几眼，当看到同僚后，这才稍稍放心，只好紧随二人之后。

跟着大汉走了两条巷子，来到一处客栈前。

等颜青将瞻基和自己的坐骑缚在店门口的拴马柱上以后，他领着众人走入店内，跑堂的小二立即上前相迎："路大爷，又领贵客来看马了？"

"嗯！"他点了点头，声如闷钟，"门口的两匹马喂点儿好料，好好照应着！"

"小的明白！"小二点头称是。

看这架式，他应该是奇货可居，将宝马隐于客栈，只是找到合适的买家才来看马，这样就不必受马市上的规矩所限，是个精明的生意人。

客栈后院，一棵参天大树遮天蔽日，院中十分清凉。

刚入院内，朱瞻基就愣住了。

院内的马，并没有被拴着，正悠闲地在树下的食槽里啃着嫩草，此马具备上等战马的一切特征，高大宽阔的身躯，腹小而尖，臀大而实，膘凝于脊，天庭饱满的头颅，狮吼一般的嘶鸣，四蹄坚固，无一鬃杂毛，姿态优美大方。

大汉把手指放在唇边打了几个口哨，马儿立即翻蹄跃起，反应敏捷，听从指挥，不惊不乍。

面对这匹膘肥体壮、浑身充满灵光宝气的骏马，就连颜青也看呆了，他怔怔地问道："巴尔虎，难道是巴尔虎？"

此语一出，大汉立即扭过头，直愣愣地对上颜青的面庞，眼中是难以置信的惊喜，随即仰天长笑，他厚实的大掌重重拍在颜青的肩头，"兄弟，你还真是个识货的！"

"什么老虎？"若微看得一头雾水，只得开口相问。

"巴尔虎是蒙古马中最顶级的品种，它生长在北方大漠极地之中，不仅能跑善战，耐力极强，更重要的是它彪悍勇猛，甚至可以与狼相抗；

而且更为难得的是，它体质极佳、抗热耐寒，即使是在半尺深的积雪下面，也能刨雪采食干草；且具有灵性，可鉴别毒草，抗病能力超强。"朱瞻基缚手而立，目光紧紧注视着那马匹，缓缓答道。

此话一出，不仅卖马的大汉，颜青和若微都大感意外。

"你怎么知道得这么清楚？"若微歪着脑袋看着朱瞻基。

朱瞻基淡淡一笑，"不过是书中所述，却从来没有见过真正的巴尔虎，若非颜青，我也不敢确认！"

其实自从五岁时，朱棣将自己抱上马的那天起，朱瞻基就开始留心有关马儿的种种记载与知识。

"宝马贵如命，良驹金不换。"一个普通男人也好，皇家储君也罢，既然少不了要以马儿代步，从跃上马的那一刻起，就是要将自己的性命交给它，所以又怎能不处处留意呢？与颜青的喜出望外不同，他不禁稍稍有些意外，这样的宝马出现在北元的王庭里并不奇怪，然而出现在此处总觉得有些异样。

"瞻哥哥，这马比刚才那匹'白雪'还好吗？"若微见他静而不语，不由得伸手拉了拉他的袖子。

朱瞻基点了点头。

"怎样？此马，小相公可还中意？"大汉突然之间仿佛换了人一般，态度和善了许多，可能是见有人识马，所以才心情大好。

朱瞻基紧紧打量着他的神色，"此马确实是好马！"

"那好。小相公出个价吧！"大汉喜笑颜开。

朱瞻基有些踌躇，他走上前摸了摸马背，回头说道："常言道，宝马如命金不换，见了此马只觉得它原本无价，倒不知如何开口了。"

"无妨，好马还须伯乐识。你且说个价，高了低了我不怪你就是！"大汉态度殷勤，好像很想做成这笔生意。

朱瞻基眉头微拧，回首看了看若微不由笑了，他指着若微对大汉说道："来集市看马，原是为了给我妹妹买一匹温和的小马代步。这巴尔虎如此良驹实在应该得配英武之士，在战场上冲锋陷阵才突显其实力，若是被我们买走，恐怕要委屈了它。"

那大汉显然没有料到朱瞻基会如此说，愣在当场，不再言语。

而若微则十分不解，只当瞻基身上的钱带得不多，于是走上前说道："瞻哥哥，你若喜欢就买下来吧，宝马难得，恐怕也是与你有缘。"

"对对对，这个小妹妹说得极是！"大汉立即接语，"其实不瞒各位，在下也是走投无路才卖此马。"

他指了指西面的厢房，"我与拙荆原在塞外生活，身无长物只以放牧为生，后来拙荆染上重症，这才来到中原医治，病虽然治好了，却留下病根，天一寒就气喘不已，这样的身子再也经不得塞外的风霜了。我们打算就在此地栖身，可是买田置业都需要银两，无奈才将此马出售。只是小相公说得极是，宝马配良人，我必要给它寻一个好人家，卖多卖少不重要，重要的是能善待它。我看小相公为人和善，所以才想转赠于你的。"

朱瞻基点了点头，看了看颜青，"你身上带了多少银子，都给这位大伯留下吧。"

颜青从怀里摸出两张银票递给大汉。

那大汉看了一眼，立即相谢，随即把马缰递给朱瞻基。

朱瞻基则退后两步说道："银子乃是扶危助困，这马儿你且留下吧！"

"这怎么行？"那大汉眉头倒竖，急切地说道："我虽然穷，可是志气还在，怎能白要你的银子？今儿这马你必得牵走。"

朱瞻基再三相拒，那大汉面红耳赤，一派诚恳。最后朱瞻基想了一个折衷之策，他只是骑上宝马慢跑了一圈，随即下马说道："如此我也算骑过这宝马了，大伯自不必介怀，所付银两为试马费，不算白占我的便宜，日后给它找个真正的买家，万不要委屈了它。"

那大汉频频点头，谢了又谢，朱瞻基与若微、颜青三人出了客栈。

"瞻哥哥，刚刚那马你为何不买下来？"若微眨着眼睛，似有不明。

"那马虽好，但我却不能驾驭。"朱瞻基话中似乎蕴含着深意，若微听不明白，刚待再问，只是朱瞻基立即转移了话题。

"接下来，咱们去清凉寺看看？"朱瞻基指着不远处的一处古刹说道。

"你想去就去吧，不必问我。"若微又转身问颜青，"颜大哥，这清凉寺看起来冷冷清清的，你刚刚怎么说香火甚旺，难道有何典故吗？"

"这个……"颜青看了看若微又看了看朱瞻基,似乎欲言又止。

"什么这个那个的?"若微看他神色,不禁笑了起来。

颜青只好老实回话:"这清凉寺始建于汉朝末期。有史可考的是,唐中宗赴泰山朝圣后曾携皇后南下巡幸,于二月十九日至清凉寺,降香后喜得太子,故龙颜大悦,下诏册封清凉寺为'百子庙'。所以清凉寺虽然此时门前冷清,但是每到二月十九日都会有百子庙会,各地的善男信女和商贾游客云集于此,人山人海,热闹非凡。"

"啊?"若微翻了翻眼睛,正对上朱瞻基似笑非笑的神情。

"既如此,就进去看看吧!"朱瞻基看着若微,脸却悄悄红了起来。

若微立即恼了,"要去你去,我才不去呢。"

"真的?"朱瞻基笑了,"那我自己进去了?"

说着便朝里面走去,颜青看了看朱瞻基又看了看若微,不知跟在哪个身后才好。

若微红着脸低着头说道:"我就在门口等着没什么要紧,你去跟着殿下,万万别有什么闪失!"

颜青想了想,这才紧跟着朱瞻基进了山门。

朱瞻基从进入马市开始,就心绪不宁,然而步入清凉寺,在大雄宝殿里敬香后觉得神清气爽,镇定如初。

带着颜青向山门走去,远远地看着若微粉色的衣裳一晃,仿佛被什么人劫持上马,瞬间便不见踪影了。他大惊失色,拔腿便跑出了山门,翻身上马追了出去。

"殿下!"颜青想阻止已经来不及了,他暗暗奇怪,由不得多想也追了过去。

劫持若微的青衫男子策马南行,且他弃大路不走转而入了一处林子,向山里奔去。

瞻基与颜青紧紧追赶。

突然间,马上的瞻基与颜青脸色突变,马惊了。

两匹马如同疯了一般横冲直撞,瞻基与颜青躲闪不及,身上多处被树枝划破。

前面已不见了若微，然而马儿却冲上山崖。

"殿下，跳马，快跳马！"颜青大喊。

千钧之际，朱瞻基与颜青从马上跳了下来，两匹马却像发了狂一样坠入山涧。

惊魂未定之时，林中闪过数条人影，黑衣蒙面，也不答话，冲上前来举刀就砍。颜青将朱瞻基挡在身后，与来人厮杀起来。

颜青工夫不弱，可是却敌不过来人的步步紧逼，他护着瞻基步步后退，终于置身山崖退无可退。

"来者何人？大明锦衣卫游击颜青在此，难道你们要谋害朝庭命官吗？"颜青此举只是为了拖延时间。

"杀的就是你们！"黑衣人中有人应答，然而并不影响他们的身手，转眼间又是数十个回合下去。

朱瞻基向山涧一望，隐隐地看到跌入山谷中的那两匹倒在地上的马，心中已渐渐明朗起来，此时他只是希望若微无恙。

黑衣人从三面冲了上来，颜青渐渐抵挡不住，多处受伤，朱瞻基并没有武器在身，不能与其相搏，他突然一步一步迎着杀手们向前走去。

"殿下！"颜青一面与杀手相搏一面惊呼。

朱瞻心中想的则是，想让我跳崖而死做失足意外之状，这算盘打得也太好了，他索性横下心来迎着刀剑走了过去。

正在此时，林中传来"嗖嗖"的声响，转瞬间，那十几个黑衣人纷纷倒地。

"殿下！"颜青上前一看，"是箭上有毒，入血毙命！"

"先去找若微！"朱瞻基头也不回立即向林中小径走去，"若微！若微！"

第三十六章 盟 誓

沭阳县城一处客栈内，朱瞻基推开上房的房门，看到床上面色如纸正在昏睡的若微，脸上阴云密布，坐在床边，轻轻握着她的小手，默默叹息。

颜青在门外轻咳一声，朱瞻基这才从屋内走出，来到隔壁房间内端坐上首。

"你的伤可请大夫看了？"朱瞻基目中一派关切之色。

"些许小伤不足挂齿，用了弟兄们带的金创药，已然好多了。"颜青低垂着手，面上满是愧色，"殿下，是否要通知本地官府，奏请朝廷护送殿下回京？"

朱瞻基摇了摇头，"那些人和马匹都不见了？"

"是！"颜青点了点头。前日他们在林中搜寻了两个时辰才找到被弃在草丛中的若微，只是她头部被重物击中，一直昏迷不醒，朱瞻基心焦如焚，立即带着赶来的侍卫来到沭阳为若微找大夫看诊，所幸并无大碍，休息几日即可恢复。

朱瞻基派颜青赶回事发地点查看黑衣人身份，并特别提到要到山洞中去看看马匹的情况，但当颜青赶到时，却发现尸体和马匹都不见了。

"那万匹乡客栈中的卖马之人，想必也不在客栈中了吧？"朱瞻基若有所思，盯着颜青问道。

"正是，属下奉命去那间客栈查访，不仅是那个卖马人不见了，就是店小二和店主都离奇失踪。"颜青面色沉静，久经沙场的他这一次才明白了什么是"非战之败"。

朱瞻基静默不语，眼睛盯着内堂低垂的帐子，忧心忡忡。

竟会有人暗杀自己？

难道……朱瞻基联想到前不久权妃的突然离世，不由冷汗淋漓。

"属下无能，不能护卫殿下在前，又不能稽查元凶于后，请殿下发落！"颜青看到朱瞻基面如寒冰，自责不已，跪下请罪。

朱瞻基却摆了摆手，半晌之后，他才说了一句，"也许这样是最好的结果。"

"殿下？"颜青大感意外。

"你吩咐下去，所有侍卫对此事务必三缄其口。就是若微醒来以后，我也只会对她说是被歹人劫了，而后我们追上去将她救下，中间的过节不许透露半句。"朱瞻基脸上是与年龄毫不相衬的冷静。

颜青竟被他的神色与气度镇住了。"可是出了这样的大事，圣上那边如何交代？"

朱瞻基紧盯着颜青，"锦衣卫是皇家近侍，你们又都是跟在皇爷爷身边办差，对皇爷爷的脾气自然清楚，此事若是传到他老人家的耳中，你们还有命活吗？"

"殿下！"颜青这才明白了，依皇上的脾气，出了这等事情，他们这些人不被凌迟也要被杖毙，断没有活路。殿下此举是为了保全众人。颜青不由对这位小主子心生敬意，难怪宫中上下都说太子仁、太孙贤。便立即跪谢救命之恩。

朱瞻基淡淡一笑，"先下去吧。记得若是孙姑娘问起，也万万不要实言相告。"

"是！"颜青抱拳应道。

"为什么不告诉我？"内室里突然响起一个俏生生的声音。

"若微！"朱瞻基立即起身相迎。

若微头晕目眩地揉着眼睛走了进来，朱瞻基立即将她按在椅子上，"你怎么醒了？"

若微看到颜青，"颜大哥，刚刚殿下说什么不让我知道的？"

颜青欲言又止，"这个……"

"你先下去吧，叫小二送些饭菜上来！"朱瞻基吩咐道。

"是！"颜青立即退下，并把门带上。

"瞻哥哥？那个人是谁？"若微瞪大眼睛一动不动地盯着朱瞻基。

"哪个人？"朱瞻基明知故问，闪烁其辞。

"想害你的那个人！"若微脸上的表情十分古怪，有些气愤，又有些踌躇，"一切是从马市开始的，先以宝马引我们上钩。等我们进入客栈看马时，便给我们拴在店外的马儿喂食了丧失心智的药。等你进入寺院后再将我劫走，料准了你会来追，所以故意将你们一路引上山，如果你们没有及时跳马，必然就会随着发狂的马儿一起坠入山涧。此人是谁？出手竟这样狠毒？"

朱瞻基拉过她的手，苦笑着，"我原本还在担心你这脑袋会不会被砸坏，也许日后就会变得痴痴傻傻的了，想不到你还是这样伶俐聪慧！"

"瞻哥哥，我明白了，你之所以没要那匹宝马，其实你已觉察出不妥来了？"

朱瞻基点了点头，"我也说不上什么。其实对那匹马我是由衷地喜欢，却总觉得哪里不对劲，所以便再三推辞没有要。后来我骑上马在院子里转了一圈，又没发现什么异常。出了客栈还怪自己太过小心有些后悔。想不到，他们是双管其下，不管我们买不买那匹马，结果都是一样的。"

"买了马，如果被它所伤，就是烈马难驯，看似再自然不过了。如果不买，那么再上演一出引君入瓮。此计相当缜密。"若微的脸"刷"地变白了。

"别怕，都过去了！"朱瞻基没有告诉若微，如果不是那突如其来隐在暗处的冷箭相助，自己恐怕真的要葬身荒野了，害他的人不难猜度，然而救他的人呢？却着实费思量。

"若微，此事不能声张。否则又要引起一场轩然大波。"朱瞻基拉着若微细细说道，若微小脸紧绷，眉头微蹙，似懂非懂。

"若微，害你遇险了！"朱瞻基眼中满是不忍。

"瞻哥哥！"若微笑了，小小的粉面上一派坚定，"前路渺渺，是坦途还是坎坷，我们在一起，这就够了。"

"若微！"朱瞻基的手与若微的手紧紧握在一起。

经此事之后，朱瞻基与若微一行快马加鞭，不敢有丝毫懈怠，急返京城。

夜色无边，愁满天涯。

原本对于太子宫来说，似乎是两件喜事同时降临。

一是随圣驾出征后平安归来的皇长孙朱瞻基被册立为皇太孙，并诏告中外，典礼格外隆重。另一件就是一直在明里暗里帮着汉王打压东宫的权妃一命归西，六宫重新由王贵妃主掌，后宫之中一切又归于平衡。

只是对若微来说，仿佛平地惊雷。她满心欢喜随朱瞻基一路回京，这一路上，朱瞻基对她视如珍宝，小心呵护。让她觉得幸福无边，快乐满满。然而回到禁宫之中，才得到这样一个惊人的噩耗，权妃在回程途中过世了。

自然是朱瞻基刻意相瞒，但是所有的美好与快乐都只在那道宫门之外，进了宫，一切都又重新恢复旧貌。

该来的风波，挡也挡不住。

朱瞻基不愿让若微像他一样，被这些掩藏在阳光下的污垢所染，于是只是轻描淡写地说，权妃是病逝。

可是，若微却不信。

"瞻哥哥，权妃是怎么死的？"若微无法想象，那样一个温婉可人、玲珑慧心的朝鲜美人就这样香消玉殒，一抹香魂永留异乡了。

权妃的死，朱瞻基也心生惋惜，以前对她的种种误解与敌视，都是因为大家身处宫闱之中，各有各的角度和立场罢了。这一次出征，她身着男服，与大军一道长途奔袭，忍受着无法言表的辛苦与艰难，每当夜深人静的时候，都会响起她那美妙的箫声，动人的曲子安慰了多少刚强、勇猛又孤寂的兵士的心，而如今，突遭变故，就那样离奇地辞世，也实在让人叹息。

只是对着若微，朱瞻基无法将心中的真实想法全盘说出，只得敷衍着："突发疾病，不治而亡！"

"突发疾病？什么病，随行的太医还治不了？竟会让她突然离世？"瞻基的话，若微一点儿都不信，她拉着瞻基的袖子，连连追问，"什么病？什么症状，说与我听听！"

"若微！"朱瞻基压低声音道，"我知道你对于医术颇有研究，可是这件事，皇爷爷都未再追究，你也莫要再问了！"

"什么？"若微一脸疑色："权妃不是皇上的宠妃吗？宠冠六宫，形影不离，仿佛就是昨天的事，如今死得如此不明不白，他都不追究吗？"

朱瞻基不知该如何劝慰，只得说道："皇爷爷对她的父兄格外厚待，已经下旨给他们授予诰命，并特意召她的兄长来国治丧！"

若微不再说话，原来宫中所谓的宠爱与恩惠就是如此，死后荣封，优待家人。

眼中渐渐有了湿意，又想起一年前，她们初逢时的情形。

她走到墙边取下琵琶，瞻基知道，琵琶与琴，若微是随心境而选的，当她拿起琵琶的时候，信手弹出的大多是悲凉的曲子。

只是她抱着琵琶，一语不发，径直向屋外走去。

"若微，若微，天这么晚了，你要去哪里？"瞻基在身后轻唤，紫烟与湘汀也出来相阻，只是若微一个稍显凌厉的眼神即让她们全部噤声。

她稚嫩的小脸上有一种前所未有的悲愤与坚定。

愤从何来？众人皆不得而知。瞻基挥手，示意湘汀与紫烟退下，自己在后面悄悄跟上。

跟着她走出静雅轩，跟着她走过太液池，又跟着她穿过九龙苑，最终，停在翊坤宫。

昔日热闹非常的宫殿如今十分冷清。

若微走过去，也不入内，只是坐在石阶上，怀抱琵琶，手指轻挑，曲音渐起。

那音调悲切缠绵，如泣如哭。

她一遍一遍弹着这首《霸王卸甲》。

天地间忽然只剩下了乐声和其中浓重的杀伐之意。

朱瞻基的眼前仿佛浮现出西楚霸王穷途末路时柔美的虞姬依依不舍，最终泣血而去的悲壮场面。

曲子时而力拔山兮气势如虹，直听得人血脉偾张，而转瞬间又凄凄惨惨悲悲切切，真叫人肝肠寸断，不忍相闻。

朱瞻基忍不住低声吟诵："深夜琵琶心底碎，剑光满目透姣容。突闻号角惊天起，一缕香魂恨重重。"

乾清宫内，未得成眠的永乐帝朱棣听着这穿越宫墙的琵琶曲，不由一阵心情激荡，连忙唤来马云。

马云揣测着上意，开口说道："可是扰了陛下？奴才立即派人去看看，是什么人如此不知分寸？"

"什么人？还会有什么人？"朱棣心事重重，"去，远远地看着，莫要惊着她！"

"是，奴才遵旨！"马云匆匆退下。

马云循着声音领了几个小太监，悄悄向这边走来，远远地看见坐在高高石阶上一个小女孩手弹琵琶，面上泪水四溢，而身边站的正是皇太孙朱瞻基。

马云默默叹息一声，便回去复命。

听到马云的步子近了，朱棣开口问道："是那个丫头？"

马云面上略有惊色，点头回话："正是孙若微！"

没有从天子脸上看出任何不悦，马云又补上一句："在翊坤宫门口，皇太孙殿下也在一侧！"

"哦?"朱棣微微皱紧眉头,挥了挥手:"下去吧!"

"是!"马云一头雾水,应声退下。

朱棣靠在龙床上,闭目思量,这孩子终究是个有心人,只是这份心思在宫中却是不该存的。

此时此刻,谁也参不透天子心中在想些什么。朱棣闭目凝神,神色忽明忽暗。脑海中徐皇后与太子妃张妍的明黄色身影与若微那个娇小的倩影同时出现。他希望让她们的影子重叠在一起,但是却不能如愿。不知为何,若微如花蕾般的纯真笑颜总是与贤良大度的徐皇后和肃穆端庄的太子妃同时出现时,是那般格格不入。

是呀,是不一样,朱棣自言自语。

子夜时分,点点星空悬挂着一轮昏暗的新月,带着悲凉的残光,驾驭着徐徐秋风,映照着世间。

不知弹了多久,"砰"的一声,琴弦断了。

突然断了的琴弦从手指间划过,若微"咦"了一声。

朱瞻基立即上前拉着她的手,中指已然有点点血色涌出,瞻基放在口中含着,若微一把夺了过来,抱着琵琶夺路而行。

"若微姑娘!"

身后有人轻唤,若微与朱瞻基回头一看,竟然是曹尚宫。

"进来包一下手吧!"曹尚宫两眼通红,像是刚刚哭过。

若微摇了摇头:"不妨事!"

曹尚宫忍着泪,冲着若微深深一拜。

若微立即上前相扶。

"偌大的宫中,与咱们娘娘真心相交的只有姑娘一人!"曹尚宫泪如雨下,掩面而泣,终于转身退下。

"曹尚宫!"若微紧紧跟上,"福姬姐姐得了什么病?"

曹尚宫身子一僵,仿佛浑身战栗,她并没有回头,只说了句:"姑娘,娘娘已经去了,一切都不重要了!"

说罢,挺直了身子,径直步入殿内,那扇大门吱吱咛咛合拢,随即

"砰"的一声便关上了。

留下若微怔怔的，还待上去追问，只是该去问谁呢？

朱瞻基一把将她抓住，看了看四周，低声说道："好了，如今你已经以曲悼念，也全了昔日情分，快走吧！"

若微低头不语，虽不情愿，终于还是随他回去。

两人牵手而行，走在被夜色笼罩着的宫城之内，只觉得心里像被什么堵住了一样似的，烦乱而郁闷。

朱瞻基牵着若微的手，发现她的手冰凉冰凉的，目光不由投在她的脸上，那原本如花似玉的容颜上是隐隐的怨恨与挥散不去的愁苦。他心里暗暗一惊，手上便下意识地用力一握。若微眉头微蹙，像是吃痛似的轻声"哎哟"了一下，便停下步子，对上他的眼睛。

"瞻哥哥，我好害怕。"她说。

"别怕！"朱瞻基努力让自己挤出一丝笑容。

"不管是王贵妃还是权妃，她们都好可怜！"若微眼圈微微泛红，声音冷冷的，一种前所未有的凝重之色呈现在她的脸上。

朱瞻基无言相对。

是的，不管是东西六宫的各主位娘娘，还是父王太子宫中，自母妃以下，太子侧妃郭氏等十几位侍妾，又有谁是幸福的呢？

不是巴巴地弄权争宠，就是门庭清冷，寂寞度日。

"若微。"他想要开口相慰，却又不知该说些什么。

"你不要说，什么都不要说。"若微却笑了，"反正现在我们还小，还没有这么多烦恼。以后的事谁能说得准呢？你也不要乱许诺言。只要现在我们开开心心的就好，真希望永远不要长大才好。"

看她一派天真之色，朱瞻基也忍不住笑了，只是他的笑中隐含着一丝苦涩，"傻丫头，说的尽是傻话。"

"怎么是傻话？"若微歪着头问他。

瞻基伸手拂了拂她额前垂着的发梢，眼中溢满温柔，"我只希望现在快些长大。长大了，就可以做想做的事，保护……想保护的人。"

　　"可是……"若微撇撇嘴，不以为然道，"长大以后的事情，谁说得准呢？也许那时候你有能力了，却发现，现在想做的事情那个时候已经做不做两可了，现在想保护的人那时候可能你讨厌得很，根本不想……"

　　瞻基笑了，眸如星辰，灿烂动人。

　　在他的笑容里，若微的脸渐渐红了起来。

第三十七章　灵　犀

回宫以后，除了吃饭、睡觉以外，若微所有的时间都被咸宁公主征用了，不仅伴读，还要伴玩儿，咸宁只要一睁开眼睛，便要召若微过来伴驾。若微随圣驾北征的种种奇遇，咸宁公主艳羡不已，缠着若微讲了一遍又一遍，大呼遗憾自己没有亲身经历。

于是咸宁便狂热地爱上了骑马和习武，她希望有朝一日也能随圣驾北征，亲历那金戈铁马、荡气回肠的战场。

然而和咸宁公主一起骑马，却是让若微最无可奈何的事情，虽然在险境中为了逃生她数次骑马奔驰，也曾在也先的教导下学了一阵。可是若微对于马这种动物依旧十分畏怯，除了坐在马上闲庭信步地溜达，策马狂奔还是令她如临大敌。

"若微，你想什么呢？每次叫你出来骑马总是这副样子！"咸宁手执马鞭，英姿飒飒。

"我在想，我还是回去帮公主抄一百遍《女则》吧！"若微苦着脸回道。

咸宁一阵大笑："瞧你，我带你出来骑马，就是感谢你陪我读书、帮我作诗，这叫取长补短！"说着，用马鞭狠狠一抽，那马儿立即向前冲去，"勒紧缰绳，双腿放松，微微抬臀！"

咸宁一边大喊，一边快马加鞭追了过去。

"小姑姑！"远远地奔来两骑，是皇太孙朱瞻基和弟弟朱瞻墉。

朱瞻基看着在前边颇为吃力地驾马奔驰的若微，顾不上与咸宁寒暄，立即策马追了上去，不多时两马并骑，朱瞻基伸手帮若微勒住缰绳，马儿才慢慢放下速度。

若微手抚胸口："吓死我了！"

朱瞻基面上一沉，微微有些不悦，对追赶上来的咸宁公主毫不客气地说道："小姑姑，若微不擅骑马，刚刚多危险！"

咸宁大笑："正好给你一个英雄救美的机会，你不谢我，还来怪我，真真不识好人心！"

朱瞻基还待回嘴，若微抢先说道："好了，今儿天气正好，如今马也骑了，不如回去放风筝吧。殿下，我的美人风筝，你帮我做好没有？"

朱瞻基点了点头："不过没带在身边。"

"那又何妨？"咸宁一向爽快，"我和瞻墉回去取，你们到湖边等！"

"好！"

马儿在树下悠闲地吃着草，而若微则跑到湖边丢着石子："瞻哥哥，我们来比赛，看谁丢得远？"

瞻基点了点头："你先丢吧！"

若微弯下腰捡着石头，挑来捡去，总也没有可心的，瞻基笑了："捡个石头，也这般费劲！"

"我要挑个好看的！"若微一本正经地答。

"丢个石子而已，这也要挑个好看的？"瞻基摇了摇头。

"那是自然，哎，没听说过徒有虚表吗？"若微振振有词："不管是什么，都要图个外表，长得好看就是吃香！"

"你呀，又来歪解了！"瞻基看着一身素服的若微，映衬在阳光中是那样的夺目，而波光粼粼的湖水中她的一抹丽影又惹得人心中泛起阵阵涟漪。也许若微说得对，是呀，她就长得很美，因为美，才会被彭城伯夫人引进宫中，可是自己对她的喜欢，又不完全是因为她的外表，还有她的聪慧和善良。

瞻基笑了，注视着她，觉得格外的赏心悦目，然而，那是什么？她淡青色的长裙上星星点点的，瞻基的笑容一滞，随即呆住了。

"好了，看好了，我要丢了！"若微用力一扔，拍手雀跃，"看到没？到那株白色的莲花那儿！"若微转过头，看着一脸痴痴地盯着自己的瞻基。

"怎么了？"她伸出手在瞻基面前晃了又晃。

瞻基扭过脸去，轻声说道："快回去，衣裳污了！"

"啊？"若微初时并没有在意，然而当她转过头看到自己的裙子时，立时面红耳赤，扭身就跑。

瞻基看着她的背影，不由得脸也开始红了起来，三年了，她终于长大了。一抹笑容悄悄浮现在他英俊的面庞上，若微，不管还要等多久，我都乐于伴你成长。

静静地想着，慢慢地走着，当他来到静雅轩门口的时候，却驻足了，不知怎么去面对她。

"殿下！"湘汀看到皇太孙朱瞻基在门外徘徊了好久又不进来，这才走上前行礼请安。

朱瞻基问道："妹妹好些了吗？"

"里面躺着呢，殿下进去瞧瞧就知道了！"湘汀抿着嘴偷乐，而手上已经高高地将帘子打起，并向里面喊着："姑娘，殿下来看你了！"

如此一来，朱瞻基只好进屋。

远远地，隔着一层纱帘，瞻基看着床上卧着一人，秀发散落，娇弱无力，面色潮红，静静地趴在床上，不由得心中一紧，走了过去，就坐在床边，"怎么，还是不舒服？"

若微稍一侧头，苦着脸轻哼一声："你自然不知道我现在有多难受？"

朱瞻基脸上一红，"也好，这几日总该老实了，平日里没有片刻停息，如今也好好养养，转转你的性子！"话虽如此说，可是看着她趴在床上，而额上全都是汗水，眼神也不似平时那般神采灵动，还是心疼得紧。

而这时候，偏偏若微又紧紧咬着嘴唇，眼中似有泪水即要溢出，更是忍不住疼得轻哼，瞻基不由伸手握住了她紧紧攥着的玉手，关切道："可是疼得紧了？不如让太医院开几副调理的汤药，也好过这样干挺着！"

而若微也不说话，只是大颗大颗的眼泪淌了下来。

"若微，若微！"瞻基何曾看过她这样，进宫三年来，日日相伴，她总是笑靥如花，开朗爽利，何曾有过这样娇弱无助的模样，立时心乱如麻，真恨不得以身相代。

而若微一边淌泪，一面说道："我没事，就是想到此时如果还在我娘的身边就好了！"

瞻基看到如此，更是心疼，紧紧握着她的手哄着："你别伤心，我去求皇爷爷，把你娘接来就是了！"

"呵！"此话一出，若微破涕为笑："你好呆呀，这皇宫哪里是说进就进的地方？哎，我就是想想，想也没用，不过是身上不舒服，借题发挥，撒个娇罢了，你也当真！"

看她梨花带雨，无比娇柔，更比平时还要美上百倍，瞻基不由忘情，一把将她搂在怀中，若微也不挣扎，只是柔声细气地用只有他们二人才能听到的声音说道："瞻哥哥，我好怕，以前因为年纪小，总是倚小卖小，刻意地取宠，有些错处，众人也不与我计较。可是如今一天大似一天，终究也要像她们一样小心奉迎、周旋度日了。长大了就要去面对那样的生活，而我又是这样无根无依的，我好怕！"

瞻基紧紧抱着她，像是说给她听又像是在自言自语："我知道，你不愿意成为这宫里的女人，像她们那样整日里奉迎这个巴结那个，处处算计又时时提防，没了真性情。若微，你记得，在我面前，你就是你，你想怎样就怎样，不要拘着自己，总有一日，我能让你开开心心地过日子！"

若微仰起脸，她凝视着眼前这个英俊的少年，心中说不清的滋味，百感交集。从进宫那天起，她就知道，自己是要被许给他的，所以她强迫自己去引起他的注意，让他喜欢，让他沉迷。这里边有几分真？几分假？她也分辨不出了，只是她知道，他对自己的好，是发自心底的，是简单纯粹的好，若微眼帘一垂，如蜻蜓点水一般，凑在瞻基的脸上轻轻一啄，随即把头深深埋在他的怀里。

瞻基被若微突如其来的举动吓惊了，被她吻过的地方立即像火一样烧了起来，他的身子变得僵硬起来，抱着若微的手臂竟然有些微微发抖。过了好久，当他明白过来的时候，他伸出手轻轻抬起若微的脸，他发现她的脸一片粉红，一直红到耳后，他的眼中闪过一片惊喜。

"若微！"他举起手："我发誓，我会记住这天，你成人的日子，也是我最开心的日子！"

而若微又羞又恼，直把头转过去，丢出一个软垫砸在瞻基身上，口中嚷着："去去去，我乏得很，你到别处去，别在我这儿碍事！"

瞻基笑了："好，我走了，我去求母妃，让太医院帮你配几副调理的丸药，然后再回来哄你服下，好不好？"

"讨厌！"若微好像真的恼了，她把脸转向里侧，又用被子蒙着脸，瞻基也不再说话，站起身整了整衣衫，向外走去。

"我走了，你也别捂着了，当心又中了暑气，还要吃药！"瞻基心情大好，步履轻松地走出静雅轩。

第三十八章　花　容

出了宫门，若微立即像出了笼的鸟儿，欢快异常，本就绝色的容颜此时更是美得令人绚目。

紧随其后的咸宁公主不由叹息，转而对朱瞻基说："瞻基，你可要看好若微，一会儿到了湖畔，人多眼杂，可别弄丢了！"

朱瞻基微微一笑，点头称是，同母胞弟朱瞻墉咧嘴一笑："小姑姑放心，大哥自然会盯紧的，我看就差拿根绳子拴上了！"

"殿下，你说什么呢？"若微故作微怒，指着朱瞻墉问。这个瞻墉只比她大上一岁，年龄相仿，性情相投，极其玩劣淘气，每每二人遇见，都要对上几句。

"好了，好不容易出来一天，你们俩就别打嘴架了，快快走吧！"咸宁公主劝着。

一身百姓打扮，咸宁扮作公子，若微装成书童，即使如此，如玉的容颜，高贵的举止，仍然是让人侧目，后面远远跟着几名侍卫，小心翼翼。一行几人在城中东游西逛，最终到了玄武湖，而这里人声鼎沸，热闹异常。

六月二十四，是荷花的生日。应天自古为赏荷胜地之首，又乃山水之窟，除玄武湖、莫愁湖、白鹭洲、乌龙潭外，城内外湖塘棋布，河道交织纵横、碧荷莲藕、龙虾鱼蟹比比皆是。

文人雅士均会在此日邀约亲友乘箫鼓画船，饮酒弹唱，游赏于荷花荡中，为荷花祝寿。人们倾城而往。此日还会有赛龙舟。

租了一艘观荷画舫，几个人坐在其中，其乐融融。

"若微，你看，那就是环洲！"咸宁公主指着清澈如镜、碧波荡漾的湖面上的一个小岛。

"环洲！"若微举目一望，环洲位于湖的西南，形曲似环，想是故此得名。远远望去，但见那洲上遍植垂柳，微风拂来，宛如烟云缭绕，甚是好看。泛舟湖上，穿行于绿叶红荷之间，停船于垂柳塔影堤畔，尽情欣赏玄武湖的迷人风光，令人流连忘返。

若微看得有些痴了。

画舫驶入环洲，都停在此处，岛上有专门供应各色食物的小商贩，有莲藕、莲叶、粽子和莲子、莲花等等。"瞻哥哥，我要那个像玉如意一样的莲藕。"若微兴奋地喊着，瞻基立即示意捧篮叫卖的小贩留步，丢下几个铜板，捧了那个莲藕亲自递到若微手上。

看着如雪的湖藕，她呆呆地说着："巨如壮夫之臂，一定甘脆无渣，回去做个糖醋藕，定是好吃得紧"。

"你呀，总是如此贪吃，当心以后胖了，我们瞻基看不上了！"咸宁以扇掩面而笑。

"那又如何？那我就在这玄武湖上做个采莲女，不知有多快活！"若微说着，扫了一眼瞻基。

此时停在他们画舫边上，那挂着一盏红灯笼的画舫上传来女子轻唱的声音，"江南女儿争采莲，莲花落尽红不妍。歌声一串遏云响，菱湖划出采菱船……"

若微不由小孩儿心性一起，也诵道："上林柳腰细，新丰酒径多。小船行钓鲤，新盘待摘荷。"

那画舫上的女人卷起纱幔，露出一个笑脸，若微迎上去，相视一笑。

就在此时，那画舫中一阵喧闹，仿佛吵了起来。

"相公，你我新婚不过两日，你就狎妓不归，如今还要妾身追到这妓船上来？"众人循着声音望去，一个面色暗黄、容颜丑陋的女子紧紧拉着酒桌上的一名年轻男子理论。

那男子微微一哼："你长得如此模样，我没有休妻另娶，对你也算得仁至义尽了，你还要如何？"

那女子眼中湄泪，别过脸去，紧紧咬着嘴唇，一语不发。

若微看了，有些不忍，遂开口就是一句："你要休妻，有何理由？"

那男子转过头来，面若潘安，看到不过是个书童模样的小孩子，也不作理睬，只是微一拂袖，举起杯来自斟自饮，又接着将邻座陪酒的妓女搂在怀里。

此举大大激怒了若微，于是口里连连喊着："船家，停船！停船！"两船相挨，若微一下子跳了过去。

瞻基不及阻拦，也只能跟上。咸宁公主与瞻墉觉得有趣，也跟着上了人家的船。而远远跟在后面的侍从面面相觑，这可是妓船呀，跟还是不跟？

若微走过去，对着那男子道："我问你话呢！"

那男子轻哼一声："何须要问，她自己就清楚得很！"

那妇人低垂着眼帘，此时听相公如此一说，反而不惧了，抬起头，对上他的眼："相公，休妻也要犯七出之条，妾身何错之有？"

那男子"啪"地将筷子放下，怨气冲冲地说："妇人有四种美德，你有几种？"

那妇人面上一黯说："我所缺少的仅仅是容貌罢了。"

"很好！"那男子点头称是："如此，亦还算有自知之明，那就快快下船，赶紧回去，不要在此处丢人！"

若微迎上前去："此言大错！"

众人皆把目光投向她。

"你既知道女子有四种美德，就一定知道大丈夫有百种品行，那么你有多少？"若微仰着脸，冷冷问道。

那人一笑："我全都具备。"

"哈哈……"，酒桌上的人笑作一团。那在他身边陪酒的妓女，在他面上轻轻一亲，轻浮得很。

若微正色说道："百行以德为首，你好色不好德，怎么能说都具备呢？"

那人听闻，初时一愣，随即面带惭愧之色，有些恼羞成怒，刚待开口回击，他身旁一位锦衣公子将手中折扇轻轻点了一下他的手背，眼中尽是制止之色。于是他生生地将话又咽了回去。

若微目光一扫，这才发现原来桌上还有两位公子。

坐在负心人左手边的那位，看起来十七八岁，长得很特别。精致的眉眼，闪烁着调皮的神情，此时正带着七分的好奇含笑看着自己。

那种含笑的温雅，眼光掠过后仿佛还有的探究，含而不露。

而坐在负心人右手边的这位，就是刚刚出手相阻的那人，他略显老成，长得十分英俊。五官棱角分明，眼神中有一股刀锋的凌厉霸道之气，还有一点儿亦正亦邪的感觉。此时正手拿酒杯，慢慢品味，仿佛对周遭一切都充耳不闻。

若微打量着他们，有片刻的走神，然而看到他们身畔都各有一名歌妓相陪，不由厌恶，于是说道："自比文人雅士，却如此轻薄寡义，传了出去，就不怕人轻视？人品如何，一望便知，空有一张玉面亦是枉然！"

负心人转过身，定定地看着若微，有一时的恍惚，拱手而言："受教了"！

"婚姻之事，父母之命，媒妁之言，想你也是有所苦衷，只是你既然已经将人迎娶到家，就该好好相待，也许你妻子文采德行、女工孝义都不输于人呢。"若微续言道，"你放下心里的芥蒂，就会发现她身上的闪光之处。"

那人轻哼一声，仿佛并不认同若微的话，然而看着满座众人，也不知是羞还是恼，终是强忍着点了点头，在桌上放下一锭银子，遂领着妻子下了画舫。

"小姑娘，看不出你小小年纪还有几分侠义之色！"妓舫上刚刚那位吟诗的姑娘打量着这一群人，话是对若微说的，而眼睛瞄着的却是朱瞻基，朱瞻基微微一窘，拉着若微的手就欲往外走去。

"慢着!"那女子脸色一变,"你们几个,不请自来,上得船来,三言两语,支走了我的客人,也不对我有个交代,这就要走了吗?"

那语气中透着一股清冷和威胁,咸宁在宫中一向被娇宠惯了,何曾有人在她面前这样放肆过,立时就恼了,几步走到她面前,凤目怒睁,"你还要怎样?"

"哼!"那女子轻哼一声:"你说呢?"

此时桌上剩下的两位公子,对视之后,笑而不语,均作壁上观。

若微从手上摘下一只玉镯,走过去放在桌上,"这样可以了吗?"

"若微,不必如此!"咸宁出言阻止:"我看她能如何?"

若微轻轻拉了拉咸宁的袖子:"公子,她也不是故意与咱们为难,各行有行的规矩,咱们扰了人家,不如此,恐怕她们对上也不好交代!"

咸宁脸上仍是气鼓鼓的。

若微转过身,又对那女子说道:"姐姐虽然在这画舫上做着与人陪笑的营生,只是须记得,莲之可贵就在于出淤泥而不染,身处湖中不能选择,但是做莲还是做蒲,却是由得自己的。今日是莲花生日,我们相遇,也算有缘,我送姐姐一句话:'花容兼玉质,侠骨共冰心。'"说罢深深一个福礼:"今日之事,全凭一时意气,多有得罪了!"

第三十九章　相　交

　　若微的举动显然出乎那女子的意料，虽然知道这个小书童是女孩子，也知道他们几个衣着华美，举止不俗，却没有想到，她小小年纪会有这样的见地。

　　她拿起桌上若微放的那只玉镯，"这个，我留下。"随即又从自己头上拔下一只金钗，递给若微。

　　四目相对，无声胜千言。

　　若微展颜一笑，伸手接了，并不推托："谢谢姐姐！"

　　"你句句如珠，只有一句错了，这船是我的，当初被别人所卖流落烟花巷，如今确是自己当了主人，我就是这附近媚春坊的老板，即使是下贱如妓，人人唾弃，我也要自己做主。"她目光真挚，眼中含泪，对着若微，不像是对着一个小孩子，却像是多年相交的知己良伴。

　　若微眼中一热，点了点头，再也没有说什么。

　　"除了这画舫，在秦淮河畔，就是媚春楼所在，你可以到那里找我！"她面露和色，眼中有期盼之色。

　　若微点了点头："我一定会去看你的。"她举着手中的金钗，"以它为凭！"

"我叫羽娘！"她眼中的泪水闪烁着，不知为何喜为何悲，只是觉得如同遇到多年未曾谋面的老友，那般亲切难舍。

"我叫若微！"若微仰着小脸，呈给她最真诚的笑容。

倚在船头，看着他们一行人渐渐远去，羽娘面上露出一丝不易被察觉的笑容。

而桌上的两位公子，那位年少的长着一双笑眼的公子立即苦下了脸，以手托腮，一副愁容。

而那位面色清冷年纪稍长的则开口笑道："瑛弟，怎么样？对这未过门的媳妇可还满意？"

被唤作瑛弟的男子立即一副如临深渊的样子，捶胸顿足道："什么金枝玉叶，大明公主，我看也不过是个被宠坏了的刁蛮丫头！"

"哈哈！"那位年长的公子大笑连连："性情如何倒在其次，长得确实是艳若桃李。不过，为兄现在很是替瑛弟担心，日后洞房花烛夜，公主殿下认出你来，想你曾经身在妓船上，看你如何应对？"

"许兄又来取笑，这有何难？她来得，我更来得！"他眼睛一转，忽然闪过一个念头："她身边的那个丫头倒是有趣得很！"

"你少来！"许姓公子立即拿起折扇在他头上轻轻一敲："公主还没嫁到你家，连她身边的人就开始惦记了？我劝你趁早绝了此念！"

"两位公子，人家都走远了，还念念不忘呢？"羽娘轻抬玉手，斟酒相劝，一时间，歌舞乐起，一派旖旎。

而若微一行也坐船驶离了小岛。

"若微，你不该告诉她你的名字！"咸宁公主忧心忡忡。

若微似有不明："为何？"

"你真笨！"瞻墡抢着说道，"她是一个妓女，你告诉她自己的名字，日后若是有什么风言风语，传到宫里，挨板子受罚都是轻的，到时候看你怎么办？"

"啊？"若微这才知道自己冒失了，只是转念间，又回道："只是，她既坦白相告，我又怎能相欺呢？"

"恐怕……"朱瞻基看着若微，心中有些不忍，终于还是说了，"此人城府深得很，摆明了是有意巴结，恐怕日后……"

咸宁点了点头，颇为赞许："这也正是我所担心的。"

"算了，说都说了，管他呢！"若微狠狠摇了摇头："三位殿下，小妮子饿得紧了，咱们去哪儿饱腹一顿？"

"呵呵！"咸宁笑道："你想得美，想在外面吃得过瘾，可惜不行，咱们今儿就是求了恩典出来半日，贵妃娘娘说了，午时前要回去用膳。"

"啊，这么惨呀！"若微夸张地叫着，"早知这样，还不如让紫烟做些膳食带上，也好过现在饿着肚子！"

"其实，我知道有个地方。"瞻基踌躇着，很是犹豫。

"什么地方？"若微与瞻墉立即来了精神。

"听太傅说过，夫子庙附近有家晚晴楼，酒菜小食极为不俗。"瞻基欲言又止，拿眼看着咸宁，又看了看船尾的侍卫。

"大哥，小弟有个主意！"瞻墉拉着咸宁公主说："小姑姑，咱们就去那儿吃点儿东西，然后再赶回宫里，就跟贵妃说咱们出一次宫不容易，若微吵着要去夫子庙看看，所以回来得迟了。"

"讨厌！"咸宁公主还未答话，若微已然抢先白了瞻墉一眼，"殿下，你真够坏的，贵妃面前怎么不说是你想去，偏将我扯在前面！"

"谁叫你得宠呢？天天把咱们贵妃娘娘和母妃哄得团团转，两边讨好，不拿你挡箭，难道拿我吗？"瞻墉也不示弱，立即顶了回去。

咸宁喝道："好了，又吵，别吵了，既然出来了，半路回去，好没意思，不如就去看看，大不了回头再请罚好了！"

"太好了！"若微与瞻墉拍手称快，瞻基脸上也露出浓浓的笑意。

他们到达"晚晴楼"时，正近午时，店内早已高朋满座，雅座包间一概没有，只有一张临近门口的桌子还空着。

看着略显嘈杂的环境，瞻基与咸宁不由微微有些迟疑，是否入内，是否就在此处就餐，他们在门外犹豫不决。

若微与瞻墉倒是兴致勃勃，径直走进去，店内虽然客人很多，但是桌椅摆放有序，局促却不零乱。桌上的青瓷茶碗，幽雅的江南丝竹均让人耳目一新。

这四位虽然年纪很轻，但是一看就是富家子弟，于是店小二殷勤地前来招呼："四位客官，真是对不住了，没有清静的位子了，就门口这桌，您看是将就着，还是稍等片刻？"

瞻墡抢着说道："就这桌吧！让爷等着，看着别人吃，算了吧。要是你们的菜好，让爷站着吃都行！"

"哈哈！"店小二一阵大笑："瞧这位小爷说的。那好，请这边坐！"说着立即递上菜单。

见状，咸宁与瞻基相视之下，也只好坐下。

菜单在几个人手上传着，都不知哪个好吃，该点哪个。

若微问道："小二哥，你们这儿的特色是什么？捡最拿手的上，不过可着一两银子花，超了，我们可不付钱！"

那小二乐不可支，连连应着："哪儿能呢！您几位信得过我，才让我推荐的，我哪儿能坑你们呢！"

不多时，上来十六样特色小点。由于稀奇，每上一道小吃，若微都细细地问着名字和材料。这些风味小吃，分别是五香芸豆、萝卜丝酥饼、什锦素裹包、香葱油饼、牛肉锅贴、晚晴臭干、开心烧卖、栗子窝头、鸡汁干丝、如意回卤干、美味鸭血汤、天麻牛肉汤、养颜豆腐捞、酒酿粟米羹、桂花糖芋苗、清蒸鸡脯，荤素兼备，甜咸宜人。

而每道菜所用的盅、盏、碗、碟，都小巧可爱，仅有寸余，犹如在品茶论道。

四人相对而坐，谈笑风生，尽情地享受着秦淮小吃的可口美味，同时欣赏着店内艺人为客人弹奏的曲子，高雅清幽，赏心悦目……

忽然若微似有醒悟，又各点了几样觉得好的，让小二端到外面，给候立在此的侍卫品尝。

那小二也是机灵，又从室内搬了几把椅子摆在外面，支了个小桌，沏了壶茶，如此又算另开一席。

此时门口来了一位衣着破旧面上蒙尘的后生，进得室内，四下张望。那小二立即出来相迎，并无怠慢之色，"客官，是要吃饭吧，只是如今位子都满了，如果你只是一人，则可以与其他客人拼桌。"

那年轻后生点了点头，"麻烦小哥！"声音低沉，听起来有几分怪异。

若微凑在咸宁耳边说道："想必这晚晴楼的老板定是良善之辈，若是别的店，恐怕早就轰了出去了！"

咸宁点了点头，只是看着那人满身污垢，不由得转过身去，掩鼻而闪。

小二转了一圈，自然没有人愿意与之拼桌。

若微看着瞻基，眼眸一闪，似有期待，而咸宁狠狠瞪了她一眼，"你别让他过来，要不我跟你翻脸！"

瞻基微微一笑，唤来小二，"小二，你门口正好有两棵大树，树下阴凉畅快，何不在那里置上两桌，不介意的客人，可以在那儿用餐，也甚是惬意！"

那小二眼睛转动，立即点头，闪身退下，"我问一下掌柜的！"

不多时，一阵风似的搬来桌子置于门外，终于安顿了那个年轻后生。

吃得差不多，正待结账，忽然听得外面吵了起来。

第四十章　错　缘

"你这个人，没钱你还来我们晚晴楼吃饭！"自然是店小二。

而那个声音极为微弱，"钱被人抢去了，再也不敢在小店吃饭了，怕遇到坏人，一直听说你们晚晴楼仁义厚道，这才大着胆子来这里用餐的！"

"我们是仁义厚道，那也不能吃白食呀，你要是刚才明说，我给你找些剩饭，也不值些什么。可是如今，都正式走了账，传了菜，你还要了那么多，你说我怎么办？"小二又气又恼，跳着脚转着圈。

"我，我饿了好些天呢，如今想要去投亲，没有盘缠和干粮，已然寸步难行。"那人的声音怯怯的，说不出的可怜与无助。

若微轻轻一笑，端起茶来，饮了一口。

咸宁瞪了她一眼，"现在你怎么不好心了，刚刚的义气哪里去了？你怎么不去帮人家解围呀！"

若微只笑不语，拿眼环顾店内，"自然用不到我出手，这天子脚下，夫子庙旁，就没有仗义疏财的性情中人吗？"

"我去！"瞻墺站了起来，随即又坐下，看着瞻基，"哥，给我点银子！"

若微扑哧一笑，指着他，"你呀，无事忙，稍安勿躁，再等等看！"

虽然瞻基也很想出面相调，只是听若微如此讲，不由皱了眉头，若有所思。然而过了半晌，外面的叫骂与哭泣声越来越烈，店内的人充耳不闻，他叹了口气，看了一眼若微，终于起身走了出去。

若微暗笑，轻声说了句："且看大英雄如何救美。"

"什么？"咸宁与瞻墉莫名其妙。"美？在哪儿呢？"瞻墉晃着脑袋跟了出去。

瞻基走出店外，拉住小二，"罢了，多少银子，值得如此，记在我们账上，一并结给你！"

那小二转怒为喜，连连称是："如此，这三桌一共是一两三钱。"

瞻基从怀中掏出二两银子："再给他备些点心，带在路上用吧！"

小二立即变脸，对着那后生说："还不快谢谢这位公子，你遇到圣人了！"

那后生低着头冲着瞻基深深一揖。

瞻基微微一笑："不妨事！"说完又转身进屋，刚刚坐下。

那后生即跟了上来："我系上游遭水灾而外出的逃荒者，所带银两路遇歹人被劫，如今逃荒在外，再走亦无归所，且无故受恩，无以回报，想来想去，不如嫁与公子为妻。"

原本喧闹的室内一下子安静了，众人皆把目光投向那个衣着破旧的后生，只见"他"将额前的碎发拢在耳后，放下帽子，一头秀发披散下来，众人这才发现，原是一个年轻女子。

咸宁公主大愕，面上尽是惊色。瞻墉立即拍手叫好："果然是一美，正好，我大哥还未娶亲呢！"

瞻基面上一红，又羞又窘。

而若微独坐一旁，默默打量，笑而不语。

瞻基无奈，只得起身拱手见礼，"在下家贫，恐怕难以给姑娘安定的生活，还请姑娘另择良人吧！"

众人明知此语为婉言相拒的意思，可那女子亦不恼，只是突然撩开衣袖，臂露三只金镯，说："此乃嫁资，不足忧也。"

"咦？"室内众人纷纷诧异，一时间议论纷纷。

若微狠狠瞪了瞻基一眼，遂说道："姑娘可是效仿先贤东魏丞相高欢之妻，甘冒天下之忌，当街为己择夫？"

那女子对上若微的眼，神情中微微有些诧异，打量着这个年幼的书童打扮的小童，淡淡一笑："正是！"

若微点了点头，"如果刚刚不是我家公子出面解围，而是他——"若微指着店小二，又指着西墙内一个大腹便便的老者："抑或是他，你也如此以身相许吗？"

那女子不由一愣。众人立即拍手叫好："问得好！"

瞻基没有说话，站在一旁看着若微，此时她虽然面上含着三分笑，但是他心里明白得很，她分明是已经恼了。看着她恼，他反而涌起一丝甜蜜，这就是所谓的吃醋吧。

那女子的目光扫过众人，最终咬了咬牙，狠狠说道："不论老幼病残，我认准的便是终此一生，就是他了！"

"很好！"若微赞许地点了点头，回首看着瞻基："公子，这位姑娘如此有情有义，才识胆略俱全，又当街露臂自带嫁妆，诚心实意。我看公子就从了，促成这桩美事，也好从此传下一段佳话！"

瞻基愣住了，他不明白若微为何会如此说，只在一怔之间，若微已然出了店门，大步向外走去。

咸宁也狠狠瞪了一眼瞻基，紧紧跟在若微身后，出了店门。

瞻基抬腿要追，而那姑娘偏偏伸手相拦："公子，如果公子不允，那么祥儿这只手臂唯有砍了去！"

"啊！"，众人大惊失色，瞻基进退两难，而殿外的侍从终于一拥而上，护着瞻基匆匆离去。

乾清宫内，朱棣手执茶盏，听着总管太监马云的汇报，不由有片刻的失神儿。

"陛下，是否需要奴才好好严惩那几个不长脑子的蠢才，让他们跟着皇太孙和公主殿下，还偏偏又上了画舫，又去了饭馆，惹出这许多事情来，真该重重责罚才是！"马云一面说，一面小心地拿眼偷偷观着天子的神色，希望能从中揣测出一二。

朱棣眼皮轻抬，微微扫了一眼马云，"不用，知道回来如实禀告就好，这些孩子也该有些历练，想当年，朕像瞻基那般年纪的时候，早都上阵杀敌了！"

朱棣似要昏昏睡去，临了又说道："去，查查那个女子的来历。"

马云微微一怔："是那个妓女，还是？"

"自然是那个当街选夫的女子！"朱棣微微一笑："有点意思。"

"是！"

朱棣挥了挥手，马云识趣地退下，一出门伸手摸了一把额上的汗，心想，本以为天子会大发雷霆的，怎的如今这般温和，实在有些参不透。

而独坐室内的朱棣，面上微露笑意，眼光深邃，心中道："花容兼玉质，侠骨共冰心。"他暗暗赞赏，这样的她才是你的女儿。当马云前些日子禀告，查访的结果，宫中擅弹琵琶的不是他的宫妃才人，而居然是客居东宫身份尴尬的那个小人精，孙氏若微，自己倒真有些踌躇了。

进宫前已经查明孙氏三代，实属身家清白，又有广孝和彭城伯夫人双双推荐，本想备位东宫，待日后许给瞻基，没曾想，她竟然会是她的女儿。

就在朱棣费神思量的同时，东宫太子妃听着瞻墉的学舌，心中又惊又喜，一时悲伤不已，若微以她的智慧点拨了画舫上那位嫌弃妻丑的相公，让他们得以和睦，不由得又想到自己，张妍想到她的夫君，太子殿下，又想起当初自己得知将被册立为燕王世子妃时候的心情，那时的朱高炽，身体肥胖，体虚气喘，私底下，丫头们都担心在闺房中，他能否行人事都不可知，自己是如何的委屈与不情愿。

后来的日子中，太子的仁厚与博学，一点儿一点儿打动了自己，终于也算和美，相继有了瞻基、瞻墉兄弟姐妹几个孩子，可是初尝人伦的太子殿下，体味到闺房之乐后，竟然沉迷其中，相继纳了七八位选侍、嫔妾，自己也只好收起所有的委屈，把全部的心思放到教育瞻基与瞻墉上，对于男女之情爱再无半点儿眷恋。

她苦笑着，摇了摇头，若微呀，你虽然聪慧，究竟还是个孩子，你怎么知道这心要是不在你的身上，这外因是无论如何也不能令其改变初衷的。

静雅轩中，房门紧闭，瞻基站立在门外，对着那扇门，面上尽是焦急之色："妹妹，妹妹，为何恼我？"

紫烟与湘汀和内侍小善子，也是一头雾水，立于左右帮着劝慰。

只是任他们怎么叫，若微都没有打开那扇门，因为她知道，该来的终于来了。

"公主殿下。"看到咸宁公主丽影进入院内，紫烟等人立即请安行礼，咸宁公主看到房内情形，摇了摇头："你们下去吧。"

她走过去，将站在门口的瞻基拉到西阁，用手轻轻一戳他的额头："小呆子，你还不知道自己怎么错了？"

瞻基茫然地摇了摇头，对着咸宁一拱手："我哪里错了？请姑姑明示！"

"那女子向你求亲之时，你以家贫相拒，看似拒绝实则是欲允还拒，你的穿戴与出手如此阔绰，何曾像是家贫之人，分明是羞涩之时的一句调侃之言，任谁听了，都以为你有意相允！"咸宁公主看着瞻基，似笑非笑，"我还奇怪呢，莫非你真的看上那个女子了？"

"小姑姑，你快饶了侄儿吧！"瞻基深深一揖，"我哪里是欲拒还允，我就是拒绝，不过念她一介女子，总要全了面子，所以才胡乱找了个借口！"

咸宁呵呵一笑，又叹了一口气，用手指着东阁紧闭的房门："你若真想拒绝，何须胡乱找个理由，你当时只需指着若微，说早有心仪之人，恕不能从，岂不干净？"

瞻基闻言，神情一顿，立即恍然大悟，瞻基连忙几步跑到东阁门外，用手打门："妹妹，我错了，我错了还不行吗？下次我一定说，家中早有娇妻，可好？"

门突然开了，若微满面通红，狠狠丢出一个枕头，"你还想要有下次，出宫一次，就有人扑上来认夫，你还想着下次？"

"我……"瞻基一时语迟，怔怔地立在当场，尴尬异常。

咸宁走进屋，拉着若微的手，又拉起瞻基："好了，两个小冤家，天天吵，偏又离不开，我去求父皇，不如早点把你们的事办了，可好？"

"公主殿下又欺负人！"若微甩开手，红着脸，闪身走开。

而瞻基冲着公主又是深深一揖："如此，侄儿先谢过姑姑了。"

第五卷

情丝织就回文锦

第四十一章 演 武

这一年的八月，朱棣命人为皇太孙朱瞻基在各地选录青少年随从，并由兵部尚书金忠负责训练，以"幼军"之名，侍皇太孙左右。

同年十月，朱瞻基奉命领千余名青年侍从于方山演武，一时间，皇太孙少年英武的威名天下远播。

次年五月，又到端午。这一年没有在宫中设宴，朱棣命太子以下，诸王、皇子、皇孙，去往东苑猎场，击剑射柳。

东苑峰峦叠翠、景色秀丽，整个演武场由南向北依次为碑亭、城楼、校场、演武厅及东西配殿、团城，城内东西朝房和城上的南北两座城楼极其巍峨。进入城门之后，经过一对石狮守卫的斜阶，在绿树掩映之下，便是一座汉白玉石桥，之后就是通往后方的场地。

整个演武场坐南朝北，磅礴大气。射箭场、演武厅、赛马坡、八卦坡布局严谨有序，加之微风轻拂，旌旗飘扬，让人不由得热血沸腾，只想立即冲下场去，一试身手。

演武场内东西两侧已经站满了人，今日五品以上的文武官员均可携子在此观礼，突然礼炮大作，于是众人三呼"万岁"。此时浩浩荡荡、让人目不暇接的銮仪，导引着一驾华贵的龙辇，上面擎着一把曲柄绣金黄龙华盖。两班举着豹尾枪、佩着弓箭大刀的御前侍卫分列华盖两侧，那黄龙华盖之下的龙辇上，端然稳座的便是大明天子朱棣。

今日的天子身穿九龙滚珠袍，头戴金龙珠冕，足蹬青龙步云靴。一身装束，华贵威严，将天子的威仪展现得淋漓尽致。

在万众瞩目中，他下了龙辇，一步一步走上高高搭起的观礼台，坐在正中的龙椅之上，举起右手微微一挥，身后的仪仗各自归位。立时鼓声大作，响彻云霄。

这是一个男人的世界，整个场内，连朱棣的随侍都是清一色的太监，往日的尚功、女官、宫女都没有踪影。

朱棣凝眸远视，东面是皇族子弟，上首第一位，华盖之下坐的是太子朱高炽，在他身后站立的正是自己的爱孙朱瞻基，一身戎装，更显得飒飒英姿、卓绝非凡。

朱棣心情大好，转而向左侧望去。

左侧百官之首的便是自己最得意的儿子，曾经在靖难之战中立下赫赫战功的朱高煦和朱高燧。

朱棣眼中寒光一闪，微微颔首示意。

礼官立即高呼："朝！"

于是排山倒海般的声音瞬间响起："吾皇万岁、万岁、万万岁！"

"众卿平身！"朱棣气如长虹，神色一缓："今日演武场中，只论武艺，不必拘于礼数！"

"是，谢吾皇万岁、万岁、万万岁！"如此又是一番叩拜之礼。

朱棣的目光扫了一眼礼官，礼官立即会意："吉时已到，演武开始！"

此语一出，全场立即万籁俱寂，万人的场内，静得连左右呼吸声都仿佛清晰可闻。

只见朱瞻基起身出列，来到龙座之前，冲着朱棣俯身一拜，朱棣立即摆了摆手："去吧！"

"孙儿遵旨！"戎装在身的朱瞻基立即起身，跳上侍从牵来的坐骑，绝尘而去。

此时铜锣大作，号声传至九霄。

横纵各三十匹怒马的九百人红衣青年校骑队，旌旗招展，号带飘扬，在乐声中缓缓进入场内，一时间，鼓声、蹄声、口号声不断，骑手悍勇非凡，马匹队形井然有秩。

在场边旗手的旗语指挥下，他们整齐划一地在瞬间变换着队形与马术，动作虎虎生风，声势夺人，令人目不暇接、感叹不已，他们手中的刀、枪、箭、戟、戈、矛、钺，全是一水儿朱红的杆、纯金的头，无一不彰显着皇家的富贵和威风。

旗幡招展，刀枪耀眼，说不出的威严。

赵王朱高燧用手轻轻捅了一下紧挨着自己的汉王朱高煦："二哥看明白了吗？父皇这是明摆着要给瞻基贴金，一个小孩子，随随便便就弄了一个千人的卫队，还如此大张旗鼓地演练，这心思不是昭然若揭吗？"

汉王朱高煦轻哼一声："一个小孩子，实不足为惧！"

赵王朱高燧刚待搭言，突然目光一凛，话语顿收，原来千人演武结束。

皇族子孙与年轻的武将纷纷上场，开始射柳了。

他们个个戎装，身跨骏马，马鞍上挂着箭囊，插着白羽，一时间，马蹄所过之处，尘烟四起。

"射柳"就是插柳枝于地上，然后策马驰绕，并以箭射柳的习俗。它的渊源，可以追溯到匈奴、鲜卑等北方游牧民族古老的"蹛林"祭祀活动。《史记·匈奴列传》中记载匈奴习俗时说："岁正月，诸长小会单于庭，祠。五月，大会龙城，祭其先、天地、鬼神。秋，马肥，大会蹛林。"驰绕柳枝的同时也向柳枝开弓发矢，这对于以骑射为业的游牧民族来说，虽然是最正常不过的一种竞技比赛，但是对于中原男子，特别是皇族男儿来说，就分明太难了。

柳枝细小而柔软，微风一吹便是一个活动的靶子，能立定步射已非易事，驰骋马中更属难上加难。通过射柳，能反映出射技精良与否，还能反映出射者的马上工夫，故此，射柳在古代军事训练中备受重视。

在御前演武时表演射柳，不仅要有上乘的马上工夫和骑射技术，更重要的就是心理素质，一定要超凡的镇定才可完成。

当侍卫开始在演武场中插柳时，场上众人立即开始交谈，有人兴奋，有人担忧，而当骑士们纷纷出场时，全场立即鸦雀无声，一片寂静。

众目睽睽，静静地等着这极富观赏性和动人心魄的绝技的展示，更重要的是，许多武将翘首以待，如果说刚刚的步阵是好看的花架子，那他们真的十分期待，乳臭未干的皇太孙能给他们带来什么真工夫。

"有点意思！"汉王朱高煦站起身，冲身后的侍卫使了个眼色，立即有人牵马上前。

"怎么？二哥也要跟这些娃娃一较高下！"赵王话里有话，表情有些戏谑。

汉王眼神中寒光微闪："为博父皇一笑而已！"

朱瞻基立于马上，最后一个出发，他轻轻拍了拍坐骑："踏雪，一会儿全靠你了，可要加油呀！"

马儿长啼一声，不安地踢着地，地上的土瞬间便扬了起来。朱瞻基不由笑了，他双手一紧，勒住缰绳："知道，是叫我放心，对吧！"

随即双腿一夹，坐骑立即跃了出去。

瞻基听到身后传来一阵马蹄疾行的声音，随即听到一阵低吼："基儿闪开，待叔王让你开开眼界！"

朱瞻基面色一紧，目光微闪，随即勒住缰绳闪在一旁。

烟尘之中，从身后冲过来的正是自己的王叔汉王朱高煦。

只见他一手握弓，一手从身后箭筒中抽出一支金羽箭，在飞驰之中，张弓搭箭，"嗖"的一声，箭落枝折，一个来回之后，一排柳枝，全部被从中射断。

离得远的看不真切，而离得近的校卫与众臣皆立即大声欢呼。

"汉王十箭全中！"

一时间，演武场内掌声雷动。

汉王策马返回，待到与朱瞻基两马交错时，说了句："基儿看清了吗？射箭正该如此，去吧，去试试！"

汉王不仅武艺过人，机智也非常人能比。

如此一来，瞻基发挥再好，也不过拾人牙慧，没什么新鲜。而汉王既彰显了绝世的武艺，又在人前表现出对皇太孙的提点与呵护，还成功地抢了风头，打压了太子一脉的士气，正是一举多得之策。

朱瞻基立马深省，场上经过刚刚的一阵雷鸣般的掌声之后，如今又是一片寂静，片刻之后，朱瞻基微微仰首，终于打马前行。

仿佛只是一瞬间的事情，策马飞驰绕柳的间隙，他居然数箭连发，只三次搭箭，便将十支白羽箭射了出去。

场边的校卫看得呆了，跑过去拾起那柳枝，怔怔地忘记了唱奏。

就在此时，在观礼台上高高就座的天子朱棣，竟然走下礼台，策马而来，小校立即跪在朱棣马前，双手将断柳奉上。

朱棣一眼望去，便仰天长笑。

"去！把皇太孙所射的折柳，拿给百官观赏！"朱棣龙颜大悦。

百官不明，看在眼里，文官们还不知所以然，而武官则神色皆变。

当这折柳传到汉王手中的时候，他的脸色变得极其难看。是的，射柳之所以难，就难在柳枝的轻盈和在风中的摇摆，自己的箭都射在柳枝的中下部，那里靠近地面，根深稳固，易于瞄准。而瞻基偏偏都只去射那最上端的一点点枝梢，那样的位置，比自己所射无疑是难上加难，更加的不易。

而他居然是几箭连发，且连发皆中。

汉王心中顿时涌起一股说不出的感觉，不是不服气，而是恍惚，难道真像外间传说的那般，瞻基降生时，父皇曾经做了一个梦，梦中太祖朱元璋授予他大圭，上面写着"传之子孙，永世其昌"，难道他真的是有此天助？

汉王默默思忖之时，演武场上已然换了花样。

让人叹为观止的射柳结束之后，突然狼烟四起，号角齐鸣。

校卫们手持战旗，从四面八方冲向演武场正中，配合着鼓点进行布阵，在阵局变化之中，更有身怀绝技者行拳弄棒，舞剑玩刀。还有沿绳索攀上城楼者，大展凌空造型，再现实战中攻城略地的惊险场面。而阵形四角，各有四名旗手迎风舞动四面大旗，各带动四周百人的旗阵，整齐划一的旗语，展现着浓烈的战场氛围。

朱棣拉着朱瞻基回到观礼台上，更是不顾礼法地将他安置在自己的龙座之侧，他抚须而笑，频频点头，看着演武场内外，硝烟弥漫，不禁乐道，这是表演吗？他笑了，他看着坐在下首，不停擦汗的太子朱高炽，又看了看面无表情，清冷淡定的汉王，还有满场之上情绪激昂的观礼群臣，这个结果，他已然相当满意。

透过这小小的一方演武场，他仿佛看到了大明的万里河山。

看到朱瞻基的表现与成长，他更看到了能为他筑守江山，万世永昌的传承者。

第四十二章 及 笄

三月初三，上巳节。

在柔仪宫中，王贵妃为咸宁公主举办了隆重的及笄礼。

从开礼到礼成，包括初加、二加、三加三个环节，在这三个环节中，咸宁公主的服饰也各不相同。

初加时，衣裙色泽纯丽，象征着女童的天真烂漫；

二加时着端庄的深衣，象征着花季少女的明丽；

最后隆重的大袖礼衣则反映了作为成年女子的高贵与典雅。

太子妃作为长嫂，为咸宁公主亲自梳发、理鬓，侍女们为她梳成了如意高鬟髻，又在脑后随意地留下几缕发丝，自然而活泼，与少妇的发髻区分开来。

最后，王贵妃亲手将一只镶嵌着白玉、蓝、绿宝石的垒丝金凤钗戴在她的髻上。

今日的咸宁公主，身着流彩暗花云锦宫装，绢纱金丝绣花长裙，说不出的华贵娇美，举手投足间便可令众生倾倒。

在大明，女子十四至十六岁，为及笄。及笄礼后，则视为成人，可以嫁娶。富贵人家如果舍不得女儿早嫁，往往会在十六岁时再为其举办及笄礼，然而无论怎样不舍，不过是两年的时间，终要嫁入他门。

"好了，如今咸宁已然及笄，本宫也算不负先后所托，了却了心中一桩大事！"王贵妃拉着咸宁公主的手，泪眼婆娑，颇为动情。

是的，代抚皇后嫡女，当今天子朱棣最为宠爱的公主，王贵妃这些年可谓是小心翼翼，不敢有半分的怠慢和疏忽，然而毕竟不是自己的亲生女儿，只能宠爱却不能亲近。

咸宁公主此时，也面露悲色。

还是太子妃机警，出言相劝："母妃何须伤感，咸宁妹妹长成及笄，应该高兴才是！"

王贵妃这才收敛了眼中的伤色，略作欢颜："去吧，如今礼成，也不必在此拘束，下去自己庆祝吧！"

"是，多谢母妃！"咸宁公主领着若微走出了这华美高贵的柔仪宫。

"公主，一会儿不是还要饮宴吗？听说陛下也要亲临，诸王府的王妃、命妇都要来拜见公主呢！"若微一脸的羡慕："估计一会儿公主收礼物都会收到手抖的！"

"有谁稀罕！"咸宁公主伸手轻轻戳了一下若微的头："你喜欢，你都拿去好了！"

"疼呀！"若微大叫："那一会儿宴席上找不到你，可怎么是好？"

"不怕，我昨儿就求了父皇，最讨厌跟那些不相干的人应酬。咱们俩先去城曲堂，我约了瞻基他们，还让御膳房做了好吃的，一会儿都直接送过去，今儿是我自己的好日子，自然要自己舒服才是！"

若微停了步子，上下打量着咸宁，忽然咯咯笑了起来。

"你笑什么？"咸宁很是不解，理了理鬓发，随即问着身边的侍女："锦珠，我的妆花了吗？"

侍女锦珠看了又看，终是一脸茫然，连忙摇了摇头。

"好公主，若微是在想，明明是公主殿下自己害怕见那些命妇，因为那些人当中说不定哪个就是公主未来的婆婆，公主是自己害羞才躲了起来，却还要偏偏找了这样的说辞！"若微忍俊不禁，咯咯乐个不停。

"好你个死丫头！"咸宁脸上一红，立即装作气鼓鼓的："看我不撕烂你的嘴!"

"啊,杀人了!行凶了!"若微拎着裙子拔腿就跑。

而咸宁跟在后面,不依不饶,紧紧追赶。

闪过花园小径,突然撞在一物上,跑得过快,冲力太大,径直压着那物倒在地上。自然被金钗花钿挡了眼,咸宁公主连忙拨开一看,立即气得差点晕死过去。

一个男人,应该说是一个长得还不错的男人,是男人,而不是太监。

为什么知道他是男人而不是太监?想到此,咸宁公主立即羞红了脸,恨不得马上找个地洞钻进去。

"公主殿下,在下,在下想请问,公主殿下凤驾是否可以暂时移开一刻,好让在下先行礼拜见!"那个男人对着咸宁,一张脸似笑非笑,神情诡异,而吐气如兰,弄得咸宁更是一阵晕眩。

直至此时,早就乐得花枝乱颤的若微与吓得伏在地上的侍女终于扭捏着走上前来,将咸宁公主搀扶起来。

仰面倒在地上的那个男人风度卓绝地从地上慢悠悠坐起身,看着咸宁公主目光微闪,随后才站起身,轻轻抖了抖袍袖,那动作飘逸轻盈又连贯得体,煞是好看。

咸宁刚刚站好,还不及发怒,对面站立的两个男人便对着自己郑重行礼起来。

"臣宋瑛,参见咸宁公主!"从地上爬起来的男人双手一揖,躬身说道。

"臣许彬,参见咸宁公主!"另外一人也相继行礼。

如此一来,咸宁有火也不能肆意发作,终是忍了又忍,理了理妆,冷冷说道:"两位大人,此乃后宫禁地,无诏擅闯,其罪当诛!"

年长者许彬笑而不答,站在一旁,垂手而立。

年少者,即被咸宁撞个满怀倒在地上的那个男人宋瑛,此时虽然心中是又气又恼,而面上依旧笑嘻嘻地答道:"公主此言差矣,公主怎知臣是无诏擅闯?我二人在此等候皇太孙殿下,怎知公主殿下突然凤驾奔袭,如猛虎下山,令我等猝不及防,就是想避也避不得呀!"

"你!"咸宁伸出玉手,以指相向:"你说谁如同猛虎?"。

"公主殿下！"若微见势不好，立即出来劝慰："都是若微不好，害公主与两位大人在此遭遇，若微在此给公主赔礼，给两位大人致歉！"

若微上前对着许彬和宋瑛深深福礼，然后浅笑连连，抬头一望，随即呆住了。

"你们？"她刚待开口，只见那许彬对着她也是揖手回礼："若微姑娘言重了，如此偶遇，也非寻常，想来也是有缘！"

若微听出他话中的意思，分明是说今日的偶遇为初遇，暗示自己对上次游湖之事缄口，随即笑着点了点头，退在一旁。

许彬与宋瑛也当即闪在一旁，让开道路。

咸宁公主面上仍旧是一派怒色，一拂袖，举步前行。侍女们随后，若微也紧紧跟上，错身之时，她不由回头看了一眼站在路旁的那两个男人，只是觉得满心疑虑。

夜色降临，若微与咸宁公主还滞留在城曲堂中没有回去各自休息。

"若微，你说，父皇会把我指给什么样的人？"咸宁公主远眺夜空，心事无限，幽幽问道。

"总归应该是个文才武功俱全，品德高尚的青年才俊！"若微说着，"对了，肯定还是一个玉面郎君。"

"文才武功，品德高尚？"咸宁公主冷冷一笑："我大姐永安公主下嫁广平侯袁容。袁容勇猛孔武，追随父皇立下赫赫战功，然而为人鲁直骄纵，府中姬妾成群。二姐永平公主下嫁富阳侯李让，李让善谋，为父皇所倚重，只是为人冷漠，不喜闺中之乐，每每归省，二姐脸上都是一派孤寂之色。三姐安成公主，是我同母的姐姐，嫁的是我大明开国功臣郓国公宋晟之子宋琥，她二人倒是少有的琴瑟和谐，只是可惜我这位亲姐夫，无用得很，除了父亲的荫德，自己丝毫也没有长进，小妹常宁自幼体弱多病，早早故去……"

"公主！"若微听她说得心灰意冷，只觉得平日里高高在上的天之娇女、深宫帝姬，原来在婚姻之事上也有这许多的无奈。

"公主一向是陛下所珍视，所以公主的婚事陛下定是会细细思量，终是会为公主觅一良人的！"

"良人？"咸宁心中微微发颤，想也未想，就说了句："愿得一心人，白首不相离。"

"卓文君的白头吟？"若微心中一动，脱口而出："我最烦的就是司马相如，明明自己一贫如洗，还要拐带人家卓王孙家中的卓文君，害文君当街卖酒，最后还是靠了卓家的钱才能度日。即使如此倾心以待，结果也不能善终，那司马相如还是另结新欢。我虽然佩服卓文君那种为爱痴狂的坚决与执着，只是司马相如那样的男人，根本不值得她如此！"

咸宁听闻，半晌没有言语。若微这才自知失言，连忙说道："好公主，若微说错了！"

"你哪里有错？'闻君有两意，故来相决绝'，只是可惜，富可敌国的卓王孙的女儿，她家资在此，如何能找到不觊觎她财产的真爱。就像我，难道要父皇将我贬为庶民吗？"

这话题似乎太过沉重，若微心思一转，指着南边一片灯火通明处："好公主，不必忧心，你的好姻缘也许正应了那句话！"

"什么？"咸宁顺着她手指望去。

"众里寻他千百度，蓦然回首，那人却在灯火阑珊处。"

第四十三章　春　遇

梨花风起正清明，游子寻春半出城。

清明时节，若微伴着咸宁公主与瞻基、瞻墉兄弟又一次易服外出。

正是微风拂面、花香阵阵的旖旎时节。

咸宁与若微乘车，瞻基兄弟骑马，轻车简从出了宫门，一直向东北方向去，约半个时辰，即来到栖霞山脚下。

栖霞山之所以驰名江南，不仅源于山顶的栖霞寺、南朝时的千佛岩和隋时的舍利塔，还因为它山深林茂，泉清石峻，景色令人陶醉。

此时正值清明踏春的好时节，平常寂静的山林小道上已然有不少路人拾阶而上，于是若微与咸宁公主也终于放弃车驾，缓步而行。

身后的紫烟与咸宁公主的近侍宫女恬儿，提着食盒紧紧跟在后面。

而不远处掩在暗处的锦衣卫不敢有半点怠慢，既不能显露身形，又不能跟丢了，眼睛睁得大大的，唯恐有半点闪失。

走至半山，咸宁公主已然香汗淋淋，气喘吁吁，然而看众人都没有休息的意思，于是大呼："我累了，走不动了！"

"呵呵！"若微"扑哧"一下笑出了声，直对着瞻基他们喊道："前边的大公子、二公子等一等，我家小姐累了，哪位好心背她上山呢？"

瞻基与瞻墉听她如此一唤，都停了步子，瞻基索性向回走了几步，来到近前："小姑姑，既然累了，我们就坐下休息片刻？"

"什么片刻？我走不动了，就在此处休息，用过午膳，再行上山！"咸宁公主早已顾不得淑女形象，找了块平整的大石，坐了上去。

跟在后面的宫女恬儿立即慌了："公主，这石上太凉，又怕不洁，容奴婢垫上块帕子！"

咸宁眼睛一翻，挥了挥手："不用了，如今想让我站起来，恐怕就是用牛来拉，那都是不能的！"稍稍平复了喘息，忽然抬眼看到围立在她周围的几人，于是指着若微说道："若微，怎么你都不累吗？过来一起坐吧！"

而此情此景，分明让若微想到那年在家乡的时候，与兄长继宗一起爬山的情形，眼神一黯，不由说道："我不累！"随即走到一旁，从半山腰向山下远眺，景色无限，而心事幽幽。

瞻基见状，悄悄走到她身后："怎么？累了？"

"没有。"若微转过身，"在家的时候，常和继宗一起跑出去玩，邹平附近的山山水水我们都走遍了，每次都觉得时间好短，都不觉得累，如今，也不知继宗如何？"

"继宗，是我兄长，却从未以长兄的身份待我，我们更像是玩伴。"

若微叹了口气："以往总是直呼其名，虽是不敬，却是亲近。"

瞻基心中一荡，没再搭言。

紫烟上前，悄悄递上一方帕子，让若微擦汗，若微正在恍惚，于是两相交错，手一失，那方素帕子就顺风飘然而去，若微想也没想，抬腿便追。

她的眼里只顾盯着那方飞舞的绣帕，根本没有留意脚下的路，突然被横在路边的枯树桩一绊，身子就斜着飞了出去，不远处的瞻基看在眼里，想要从身后拉住但已然来不及了。

若微这才傻了眼，立即伸手捂着脸，心想千万不要摔坏了脸才好。

就在她跌下山涧、耳边尽是可怕的风声、以为此生再无望的千钧一发之际，一袭白衣仿佛从天而降，如飞燕掠空，将她牢牢搂在怀中，随即旋身下落，并以脚轻点涧边树枝，借力攀升，捷如飞猿。

当若微感觉到已经安稳落地的时候，她睁开了眼睛。

对上的是一双奇异的眼眸，目光深邃，亦正亦邪，在前一刻是柔如一池春水的关切，然而转瞬就是冷如深潭。

若微目不转睛地打量着他，充满好奇和探究。

他的嘴角挂着一丝懒懒的笑容，似笑非笑。

若微忘记了自己的身份，也忘记了自己仍在他的怀中。

然而他突然双手一松，若微立即重重跌坐在地上。

"啊！"她呲着牙，忍着疼，大呼："你干什么？"

他白衣一抖，微微耸了耸肩，有些不屑和轻蔑："怎么？还想让我抱着你？现在的姑娘难道都如此不知害羞？"

若微坐在地上，怒从心起："谁想让你抱了？不过，你既然出手相救就该好事做到底，为何突然放手？"

那人轻哼一声，身形一闪，若微还没明白过来，就被他自地上拉起，又紧紧搂在怀里。

四目相对，若微仍是紧紧盯着他打量。

他微微侧目，轻声说道："果然是不知羞！"于是轻轻放手，并将若微的身子往外一送。

尽管如此，若微还是踉跄着向后连连退了几步，才勉强站稳。

"你！"她伸出手，指着那个人，"许彬，对吧，我记住你了！"

白衣人正是新科榜眼，官任太常少卿，兼翰林待诏，提督四夷馆，与若微有过两面之缘的许彬。

许彬转身要走，若微偏偏不允，紧紧跟上："等一等！"

许彬头也不回："留在此地，他们自然会下来找你！"

而若微充耳不闻，在后面喊着："我还没有谢你！"

许彬轻哼一声："不要跟别人提起是被我所救，便是谢我！"说罢提了气，展开轻功，白衣飘飘，片刻间便没了踪影。

留下若微一个人，呆呆地立在山中小路上，恍然若失。

"若微！若微！"声声呼唤，情真意切，细辨那声音，自然是瞻基、咸宁、瞻墉还有紫烟。

若微这才回过神儿，冲着山上用力喊着："我在这里！"

小小的插曲，令众人惊魂未定，咸宁公主此时也顾不得又乏又饿，一把拽过若微，狠狠训斥："你傻了吗？为了去追一方帕子，如果今天你真有个闪失，我们回去如何交代？到了父皇面前就说你为了一方帕子落入山涧？你，你真是气死我了！"

若微面上淡淡一笑，也不辩驳，就由着她说。

而身畔的紫烟早已泪流满面，"扑通"一声跪在地上："公主殿下错怪我家姑娘了，那帕子是我家夫人亲手绣的，我们姑娘一向不拘小节，所以她的物品都是夫人亲手置办后交给奴婢带在身上，供她随时取用的。所以，我们姑娘才会如此珍视这方帕子！"

闻者动容，咸宁公主也是年少丧母，自然能够体谅若微的心境，于是也不再埋怨，只是拉过若微，上下打量："有没有怎么样？可是伤着哪里了？"

若微摇了摇头。

而朱瞻基则面色一沉，冲着若微说道："以后，千万小心！"

若微刚待答话，那朱瞻墉则摇头晃脑故作深沉道："好奇怪，从半山腰落下，居然毫发无损！难道是因为佛门净地，菩萨显灵了！"

哪里是菩萨，分明就是一尊罗刹，若微心道，然而又不能明讲，只能呆呆地愣在当场。

"怎么？是吓到了，还是摔到哪里了？"朱瞻基心焦不已，急切地连连追问。

"没有，是刚刚从山上跌落，偏巧被在这里练气的一位隐士所救，所以哪里也没有伤到！"若微如此说，也算不得骗人，不知怎的，她居然听了许彬的话，没有将他道出。

"如此！"瞻基点了点头，"我听小善子说过，这栖霞山中确实是人杰地灵，有不少隐士在此练气参禅，今日若微能够化险为夷，真乃我佛慈悲，天佑善人！"

"大哥！"瞻墉嘿嘿一笑，"那咱们是不是还得继续上山，怎么也得到山上栖霞寺去敬香拜佛吧！"

瞻基面色一凛："那是自然！"

"只是！"若微稍稍一顿，"公主殿下刚刚就体力不济，如今又折返了不少脚程，再要上山，恐怕……"

"不怕！"咸宁公主此时一脸豪情，"都是刚刚我喊累，惊扰了各路神灵，怪我们心不诚，所以才有惊无险，小小惩戒一番，如此，我就是爬也要爬到山顶！"

"呵呵！"瞻墉一脸讨好："小姑姑，我扶着你慢慢走，咱们不着急，走到天黑，大不了就住在寺里，正好我还没有吃过斋菜呢！"

"吃吃吃，就知道吃！"咸宁在瞻墉头上轻轻敲了一下。

于是众人又启程，相携相扶，一路上到山顶，在栖霞寺内敬香礼佛。

栖霞寺前是一片开阔的草甸子，有波平如镜的明镜湖和形如弯月的白莲池，四周是葱郁的树木花草，远处是蜿蜒起伏的山峰，空气清新，景色幽静秀丽。寺内主要建筑有山门、弥勒佛殿、毗卢宝殿、法堂、念佛堂、藏经楼、过海大师纪念堂、舍利石塔。寺前有明徽君碑，寺后有千佛岩等众多名胜。依山势层层上升，格局严整美观。

若微站在寺前定定地注视着左侧的那块明徽君碑，这是唐时为纪念明僧绍而立，碑文为唐高宗李治亲自撰写。想到李治，就自然想到那旷古绝世的一代女皇武则天，不知为何，一时心情激荡，竟然感觉悲愤难平。

进入山门，便是弥勒佛殿，殿内供奉袒胸露腹、面带笑容的弥勒佛，背后是韦驮菩萨，昂首挺立。

出殿拾级而上，是寺内的主要殿堂大雄宝殿，殿内供奉着高达数丈的释迦牟尼佛。其后为毗卢宝殿，雄伟庄严，正中供奉金身毗卢遮那佛，弟子梵王、帝释侍立左右，二十诸天分列大殿两侧。佛后是海岛观音塑像，观世音伫立鳌头，善财、龙女侍女三旁，观音三十二应化身遍布全岛。堂内塑像，工艺精湛，入化传神，令人赞叹。

众人面上素然，怀着无比崇敬之心，在大殿中静心叩拜，口念佛号。

出得殿外，只觉得一片悦然，心情无比的平和宁静。

"若微，你刚刚求了什么？"瞻基走到若微身边，低声问着。

若微一笑："求父母平安！"

"哦！"瞻基应了一声。

"你呢，你求的什么？"若微侧着头，仰着脸，明眸珠辉，让人难以移目。

瞻基面上一红，刚待开口，只见寺外匆匆跑入一队人马，正是锦衣卫指挥使，自己的舅舅张昶，不由愣在当场。

第四十四章 惊 闻

张昶几步走到朱瞻基身旁耳语几句，朱瞻基面色不由微微有异。咸宁在边上看得莫名其妙，立即出声相询："有何要事，张大人也说来与本宫听听。"

张昶目光一闪，冲着咸宁郑重施礼，然而礼罢却是静立一旁不发一语。

咸宁看得更加奇了，正要开口再问，若微则在她身后悄悄拉了拉她的衣袖，"公主殿下，既然张大人与殿下有要事要办，我们还是暂且回避吧。"

朱瞻基的目光向若微望去，眼神儿中闪过些许的迷茫，仿佛有些挣扎，随即唇边浮起一丝淡淡的笑容，柔声细语地说道："我有事和舅舅先行回宫，让瞻墡陪着你们四处走走，难得出来一次，千万别扫了兴致。"

若微笑而不语，目光紧盯着朱瞻基，眼神中透着鼓励与意味不明的暗示。朱瞻基稍稍一怔，随即恍然，给她做了一个放心的眼神儿，便从侍卫手中接过缰绳，飞身上马，一路策马狂奔。

入了宫即急匆匆赶至奉天殿，大殿之内一片寂静，空荡荡的，只有一个黄色的背影，那样的萧瑟孤独，朱瞻基三步并作两步地跑了进去，"扑通"一声跪倒地上。

"皇爷爷！"是的，这一次称呼的是皇爷爷。

朱瞻基想起小时候，他是由皇祖母徐皇后亲手带大的，自小便被朱棣捧在手心之上，而永乐五年，皇祖母崩世，整个皇宫内久久迷散着挥之不去的悲伤。那时候，自己蹒跚着步子，找遍了乾清宫、交泰殿，都不见皇爷爷的踪影。最后他悄悄来到这儿，奉天殿，平日里皇爷爷上朝听政，接受百官朝拜的地方，那时候的情景与今日一样，一眼望去，看到的就是这个孤独的背影，那时候，他才发现，英武逼人的皇爷爷竟有了几分老态。

而这次，他心中十分明白，是什么打击了高高在上的天子。

皇叔的桀骜不驯、私下的暗谋、对父王的陷害，甚至是公开质问皇祖，为何要立一个废人为储君，朱瞻基完全能够想象得出，这些语言和行为，对英雄盖世、一生自负的皇祖来说，意味着什么。

朱棣听到这一声急唤，缓缓转过头，冲朱瞻基招了招手："基儿，过来，到皇爷爷身边来！"

朱瞻基站起身，迈步向他走来。

这时候身穿龙袍高高在上的他，不是天子，不是所谓的九五之尊，只是一个伤心的老人。

他拉起朱瞻基的手，将他带到龙座之前，双手在他肩上一按，朱瞻基不由自主地坐下。

这是龙椅呀！朱瞻基当下便怔住了。

这张鎏金雕龙木椅，象征着至高无上的皇权，样子与平常座椅不大一样，"圈椅式"的靠背，四根支撑靠手的圆柱上盘着金光灿灿的龙。

底座不采用椅腿、椅撑，而是一个宽约六尺深三尺多的"须弥座"。鎏上通体黄金，那样的富丽堂皇又气势威严。

仿佛是恍然醒悟，朱瞻基面上大惊，刚要起身，可是压在他肩上的那双大手，传递过来的力道，让他不由自主地坐得更加安稳。

"瞻基，皇爷爷想多活几年，替你看着这张龙椅，有朝一日，让你来坐！"朱棣转身看着大殿："从这里，你可以号令群臣，统驭九州，俯瞰天下，你可愿意？"

朱瞻基眼眸中流露出一种悲情，他没有像一般的皇孙那样说着违心的推托之辞，只是身子向前一扑，伸出手臂抱住了朱棣，没有说一字一句。

而依依之情与至真至纯的孝义瞬间便让朱棣动容。

他伸手轻轻抚过朱瞻基的头，不由深深叹息道："青雀，太让朕失望了！"

朱瞻基知道，皇祖口中的"青雀"便是皇叔汉王朱高煦的小名，因其出生时，左肩头上就有一块青色的胎记，形如雀状，所以便由此得了这个小名。

今日之事，已听舅父讲了个大概。皇叔汉王恃功自傲，对于父王这个太子之位，一直心存觊觎，屡屡犯上，终让圣上失望。封国云南，让他远离京城，而他先是称病迟迟不肯启程，又在府内私造兵器、训练士卒，事败之后，皇祖召他前来问话，他不仅直言不讳，更出语顶撞，口称："我有何罪？非要远远地将我贬到那样一个充满湿瘴之气的蛮荒之地？储君不明，当然可以取而代之！"

叔王如此行事，惹得皇祖大怒，一气之下将他囚禁于西华门外，并欲拟旨将其废为庶人，是父王力求，这才暂缓。

如今听皇祖的语气，朱瞻基心中已然明白，舐犊情深，皇祖定是又想起了叔王昔日的种种好处，只是两难之下，这才会心生悲意。

心中渐明，于是开口说道："皇爷爷，叔王勇猛过人、英武睿智，又曾经在靖难之中屡立奇功，基儿幼时总喜欢缠着叔王舞刀弄棒，那时我们叔侄之间是何等的亲密？今日这事实在非大家之本愿。国家大事，储君之位，立嫡立长，还是立贤立能，皇爷爷自有明见。叔王不能悦服也是常理之中。只是这许多年来，父王虽宅心仁厚，一味相让，也总是难解他心中之怨。"

"是啊！"朱棣坐在龙座之上，牵着朱瞻基的手，看着空荡荡的大殿。

"基儿，少傅一直赞你少年志高，心怀远大。于上书房每每辩学时都以你的见解最为独到精辟。你且说说看，你父王虽仁厚却懦弱多病，江山社稷，朝政民生，这一切均让他不堪重负。而朕放着最似朕一般雄武的老二不用，却仍执意要栽培你，徒惹他们兄弟不睦，这一切究竟是何故？"

朱瞻基忽听此言立即呆住，仿佛不敢置信一般，今天皇爷爷居然与自己讨论起天下大位之事，该如何对答，刚要思忖，只见一道厉光射来，让他无所遁形。

瞻基索性把心一横，直言道："王叔虽然似皇祖，但毕竟不是皇祖。天下大事自然是可一然不可再二，或许在事态上侥幸可以效仿前事，但力挽狂局的帝王霸业，不能光靠形似！"

朱瞻基话虽不多，但贵在精辟。他此语的意思是：虽然天下人和满朝文武都认为，如今皇权之争的形式，像极了洪武末年。开国太祖朱元璋，放着文治武功、韬略胆识过人的燕王朱棣不用，而是立嫡立长，立了皇太子朱标为储，可是朱标多病，英年早逝。那时朝堂上下对于燕王的呼声又渐高涨，然而朱元璋仍旧把希望放在自小便带在身边耳提面命的皇太孙朱允炆身上，面对众多正值壮年又身负功勋的皇子不选，而是将皇位传给了朱允炆。

四年的建文时代，允炆作为帝王，他的政绩可圈可点，并不应该全盘否定。可是燕王挥师南下，一场靖难之变，皇帝的宝座上便换了人。

今日的情形与当初，何其相像？

天下人都不明白，朱棣为何要一意孤行、不怕重蹈覆辙吗？

朱瞻基的话正中要害，一切都只是形似，是局面上的假象，汉王不是当年的燕王，而自己也绝对不是朱允炆。

"说得好！"朱瞻基还在思忖，刚刚的话是不是太过激了，这时朱棣一掌重重地击在龙案之上，连连赞道。

这种赞赏，不像是对自己的孙子，倒像是对并肩作战的战友一样，他赞赏地注视着他，唇边渐渐浮起一丝不易被察觉的微笑。

是的，曾经在立储之事上自己也有过犹豫，立了高炽，会不会像大哥朱标一样，不得善终，而瞻基和高煦是不是又会重演自己与允炆的那场靖难之变？

可是后来，他不再犹豫了，因为高煦只是类己，而不是自己。

而瞻基与一味崇尚儒学的允炆也大不相同，上书房的师傅们都说了，他小小年纪已然开悟，明道之心永存，自己该放心了。

朱棣注视着朱瞻基，有意相考："今日之事，基儿以为该如何处置呢？"

朱瞻基神色淡定，站起身，郑重地跪在朱棣面前："基儿也为叔王求情！"

"哦？"朱棣目光深邃，似笑非笑。

"云南路途遥远，湿热又多瘴气，叔王昔日在战场上出生入死，战伤颇多，常居那样的地方恐旧疾复发，而乐安山明水秀，最适合怡情养性！"朱瞻基面色坦然，缓缓说道。

朱棣连连点头。

当日，连发两道圣旨。

第一道：设立府军前卫亲军指挥使司，这是专为统辖随侍皇太孙朱瞻基的"幼军"而设立的，自此之后，朱瞻基有了直接隶属于自己的军队。

第二道：便是斥责汉王多有不法行为，削减王府护卫，徙封乐安，并立即离京就藩。

这样接二连三对皇太孙的破格宠信，传递给天下人的信息，是对于这位未来的储君，皇帝决心坚定，不容置疑，于是天下人也深信不疑，多年来关于储君之位的议论终于平息。

秦淮河上一条画舫之内，丝竹悠悠，声声悦耳。面对面相坐的两人却面色沉重，心神不宁。其中一人看起来三十多岁，不高大，却也不矮小，长相一般，没什么特别的地方，只是那双浓眉下的大眼，看起来有些吓人，好像沉静如一潭死水，然而举杯与对面之人相敬，一饮而尽之后，那怒睁起来的眼睛，灼亮似火，如醒狮般地怒目圆睁。他瞪着对面的人问道："想不到连二哥都败在他的手里了，老大还真是厉害！自己整天病病歪歪，不显山不露水的，万事不争，博得一个仁孝厚德的美名，却着实养了一个好儿子呀，只轻描淡写的几句话，便把老二和他身后的那伙人都弹压得死死的！"

话语中透着不甘与嘲讽，他笑了，目光一凛，夹了一块紫酥肉递到对面那人的盘子里："看来以后，我也只有寄情于声色犬马，才能周旋应对，让天下人忘了堂堂的大明天子还有我这个留守北京的赵王！"

"呵呵！"坐在他对面，那个身穿一袭墨色长袍的清瘦老者也笑了，他伸手摸了摸下巴，那上面很光滑，并没有胡须："三殿下不必如此气馁，事事须得人谋。依老奴看，东宫与汉王这局还未成死局，日后的事情尚不可知。陛下是疼皇太孙，那是没错，可是当初太祖爷对建文帝，那也是捧在手心里疼惜的。可是后来怎么样了？殿下别忘记了，现在您可是奉命留守北京的，北京是什么地方？龙腾之处。那北京的宫城、陵寝，多大的规模？日后建成，这督建的天大功勋，汉王也好、太子也罢，谁能比得上？再说了，现在先让他们斗去，日后的事，一切都未成定局！"

赵王听了连连点头，他再次举杯相邀："高燧一切都仰仗仲父了！从小，大哥病弱，母后偏疼于他，而父皇又喜欢把二哥带在身边，而本王真真是那个姥姥不疼、舅舅不爱的，只有仲父，是真心地待高燧，小心呵护，处处提点，像本王的亲人一样！"

"唉！"长长的一声叹息："殿下言重了，老奴这一辈子，要是没有殿下这点儿情分和念想，活着还有什么意思？我们这样的阉人，除了贪点财、谋点权，还有什么乐趣，就是那钱财堆得多了，更显得无趣，留给谁呢？百年之后，连个归处都没有！"

"仲父！"朱高燧眼中一热："如果有一天，高燧可以号令天下，一定给仲父建祠修庙，让你香火永继！"

"殿下！"两行老泪自眼中流淌而下，人这一生，到底图的是个什么呀？他摇了摇头，一仰头，饮下杯中之酒。

第四十五章　怒　杀

盛夏的午后，柔仪殿中寂静极了，贵妃王氏躺在榻上，原本困倦得很，可是小睡了一会儿，便觉得胸口发闷，有些气滞抑郁。

皇上好几日都不来柔仪殿了，也不见他差人来召自己前去伴驾，原以为最为得宠的权妃在随君远征途中病逝，自己在宫内便少了一个劲敌，从此就会顺风顺水。可是万万没成想，这舒心的日子还没过几天，又出了一个吕婕妤，这个吕氏不是与权妃同时受封的那个吕氏，居然偏偏是权妃身边的那个近身侍女吕儿，一个小小的宫女，一跃而成为宠妃，就算自己性情再好，也难免心情烦躁。

唉，王贵妃长长叹了口气，不由得伸出手轻抚面颊，是自己老了吗？

虽未美人迟暮，可这心境分明已如秋后芙蓉初露凋零之相了。红颜未老恩先绝，有什么比这个更悲哀的呢？天子的心意倒底如何？王贵妃唇边浮起一丝若有若无的苦笑，她真的参不透吗？

睡也睡不着，她索性起身，理了理衣衫向殿外走去。

远远地就听到殿门口两个小宫女在窃窃私语，刚想斥责，转念又一想，虽然自己代管六宫，可毕竟不是皇后，以前事事太过苛责，驭下过严，背地里不知道有多少人在嚼舌根，说自己的不是呢。罢了，以后也改改性子，多一事不如少一事吧。

"真的吗？"这略带惊讶的声音，像是宫女蕊儿的声音。

"当然了，我不会骗你的！"这是一个憨憨的丫头的声儿，只是一时竟然听不出来是谁。

"天哪，我还说呢，吕婕妤原只是权妃身边的一个小丫头，怎么会一跃成为九嫔之首，原来果真是有些能耐的！"蕊儿的声音里有羡慕也有不屑："居然趁着皇上去翊坤宫悼念权妃的空子，就悄悄爬上龙床了！"

王贵妃本不想听下去，只是牵涉到新得宠的宫妃吕婕妤，好奇心作怪，让她又难以移步。

"是呀，谁能想到呢？这宫里别说是东西六宫的主位娘娘，就是那些女官、有头有脸的大宫女，哪个长得差了？个个都长得那么标志，凭什么就轮到她飞上枝头当凤凰了。听说权妃死的时候，就只有她在跟前，权妃就是喝了她泡的胡桃茶，才突发急病过世的。"

"嘘！"蕊儿有些胆怯地劝着，"这事儿可不能乱说！"

"我哪有乱说，那天我在她寝殿外面，听她跟曹嬷嬷说的，她说'当初万不该将那杯催命的茶拿给娘娘喝，可是吕儿怎么知道娘娘会自己服下呢？'"那个憨憨的女声仿佛在刻意拿腔拿调地学着吕婕妤。

王贵妃听到这儿，不由伸手捂住了自己的嘴，凤目中满是惊恐之色，脑子里飞速一转，不禁冷汗淋淋。天哪，她们说的究竟是真是假？如果是真的，难道说这权妃之死的背后还另有隐情？"没想到权妃会自己服下？"难道这茶她们原想着是呈给万岁爷的？……王贵妃心里扑腾得实在厉害，一颗心仿佛要从嗓子里跳出来了，只是还来不及细想，忽然听得外面一声大喝："哪儿来的小蹄子在这里乱吠！"

似是皇上身边的总管太监马云的声音。"完了，完了！"王贵妃眼前一黑，险些晕了过去。她强撑着身子暗暗告诫自己万万要镇定，小心应对不要惹火上身。

"马总管！"两声惊呼。

"糟了，果然是他！"王贵妃更是一阵心慌，不知他听去了多少。

"娘娘，马总管求见！"殿外响起蕊儿颤抖的声音。

王贵妃定了定神儿，这才说道："快请进来！"

"是。"

众人皆知马云是朱棣的近侍太监，乾清宫的总管，但是他还有一个鲜为人知的身份，锦衣卫都指挥使，同时也是朱棣的知己和保镖，在北征时期伴着朱棣立下过赫赫战功，只身深入大漠腹地百里奔袭，智擒敌首。

所以对于他，王贵妃自然是万万不敢怠慢，小心地迎入殿内，又是赐座，又是奉茶。

定了定神，这才说道："马公公今日来此，所为何事？"

马云身形魁梧，自小练就的一身好工夫，本是英雄胆，壮志于胸，可是在宫内却一向十分谦和。他微微一笑："满剌加国王亲率妻子前来朝贡，进献了许多奇珍异宝，万岁准备要好好款待一番，下旨三日之后在交泰殿设宴，所以命奴才前来回娘娘，让娘娘早早准备，定要彰显我大明的泱泱气度和天朝风范才是！"

王贵妃听了连连点头："恐怕此事礼部和内务府也会有所安排吧！"

马云口称："正是，不过万岁的意思是想让娘娘准备些歌舞、曲目和新鲜的玩意儿，既是国宴又是家宴，因为那满剌加国王此次是携妻子和儿女一同前来的，所以由娘娘出面摆宴，要恰当些！"

"本宫知道了，多谢马公公提点！"王贵妃笑意盈盈，心中立时敞亮起来。不管平日万岁临幸哪宫妃子，一旦有了大事，陛下心中最看重的还是自己，如此一想，心里便豁然开朗。

只是马云突然面色一沉，站起身来双手一揖："娘娘，刚刚在殿外那两个宫女，恕奴才无礼，要带下去细细查问。"

"哦？"王贵妃面色大惊。

"刚刚她们的对话，想必娘娘多少也听到些！"马云眼中精光一闪："既然听到了，便不能不查！"

王贵妃只觉得背上发冷，原来自己在殿内偷听他居然都察觉了，如果此时自己再有所推托，恐怕惹他生疑，于是索性点了点头："不错，本宫刚刚正在午睡，这殿里没有留人服侍。醒来之后，只想到外面去透透气儿，刚刚走到门口，就听到两个丫头在嚼舌头，原想出言制止，正巧公公就来了！"

马云微微叹息一声，目光一凛，对着王贵妃就是一拜："娘娘，这两个丫头，奴才先带回去细细查问，事关重大，还请娘娘在宫内各处，加派人手，多多留意！"

王贵妃又惊又怕："不过是两个人吃多了闲得没事，乱嚼舌头，难不成还真会惹什么大乱子？"

马云唇边浮起一丝意味深长的笑容，他再次拱手行礼："娘娘，奴才先下去了！"

王贵妃知道多说无益，也站起身来："公公慢走！"

看着马云带着两个瑟瑟发抖的小宫女消失在视线中，虽然身处盛夏时分，王贵妃却分明感觉到阵阵凉意，寒战连连。

翊坤宫中，盘腿坐在铺着席子的地台之上，手中拿着一个盛满胡桃茶的碗，大明天子永乐大帝朱棣，闻着那阵阵茶香，仿佛醉在其中。

马云站在下首，面色沉重地打量着天子的神情，这样的真相和结果，他应该勃然大怒才是，只是为何会如此的平静呢？

与此同时，在城东金牛湖畔的一所宅院当中，掩映在翠竹假山之后的小小茅屋——颐和书屋内，也有两人相对踌躇。

一位便是东宫太子洗马杨溥，字弘济，湖广石首人，时人称之为"南杨"。他与大学士、人称"东杨"的杨荣同为建文二年进士，同授编修，原本志同道合，而官运却极为不同，杨荣后被检入内阁，又不断跟随皇上北征而成为永乐朝的近臣，而空有满腹韬略的杨溥只能充做太子身边的幕僚。太子仁厚温和，许多时候，这计谋献了也是白献，他常常一笑而过，不予采纳，不会未雨绸缪，更不屑去算计谁，只是一味地退让回避，使得东宫太子府身边的谋臣都成了闲差。

另外一位就是兵部尚书兼詹事府詹事金忠，他环顾室内，不由赞道："置身在这书屋之内，心情顿感平静许多，想不到从外面看来如此简陋的居室，内里却是金玉其中啊！"

杨溥抚须而笑："金兄过誉了，可惜荣兄不在，今日之事，我们究竟是否该适时出击，一举扳倒汉王呢？"

金忠面色一沉，凝神闭气地思索片刻道："太子殿下如何看待此事？"

杨溥叹了口气："我才刚刚开了个头，太子殿下就将话题引开。我看，他是不想搅这趟浑水，太子殿下一再强调，要顺天命，继大统。若要他主动有所为，绝无可能！"

"顺天命，继大统？"金忠不由冷笑几声："万岁尚在壮年，这身体比太子殿下还要硬朗，况且左右还有汉王与赵王虎视眈眈，咱们想顺天命，可是那两位会老老实实地等吗？这不就平白地闹出事来了？小宫女毒杀宠妃？原本就说不通，又说是这毒原是要下给万岁的，一个朝鲜来的小宫女为何要毒杀万岁？定是受人指使，而天下能做出这等事来的，不超过两个人，而当时事发在青州，正是汉王的封地，如此一来，闭着眼睛也能想到了。"

杨溥点了点头，亲手为金忠把酒杯斟满："如今除了相对小酌，你我二人还能有何作为？"

金忠举起杯子与杨溥相碰之后，便一饮而尽："万岁终究是老了，心软了。要是放在过去，眼睛都不会眨一下，不管是汉王还是赵王，定会严惩不贷。可是现在，这样地举棋不定，迟迟没有动作，难不成他想咽下此事，不做处置？"

杨溥看着跳动的烛火，淡然一笑："为何不可呢？为君者有的时候，就是要忍常人无法忍的事！"

"为臣为子，居然串通宠妃，要杀父夺权，这样的祸根，他能留吗？他就不怕天下人耻笑？"金忠恨恨地说道。

他是燕王府的旧人，追随朱棣靖难起兵，立下颇多战功，对汉王与赵王，与太子一样，都是极尽爱护的，可是如果相比于朱棣，这曾经出生入死、并肩作战的情分却超过一切。他绝不允许有任何人伤害他心中的英雄，因为在他眼中，朱棣不仅是万民敬仰的君王，更是他的知己、大哥和英雄。

"天下人耻笑？"杨溥夹了一筷子香酥脆皮虾，放在嘴里细细嚼着："天下人不知，如何耻笑？"

金忠听他此言，先是一愣，随即眼神儿一凛，一丝诡异的笑容浮现在眼前。

不几日，宫中便迎来一场血雨腥风，事发突然，很多人都莫名其秒地被牵涉入狱，遭受酷刑，受牵连被处死者达千人之众。

在这场变故之中，不知情的人都以为天子疯了。人到晚年居然性情大变，怒杀宫人成百上千，这就是大凶之兆。

有些人对此事一知半解，认为一切均缘起于权妃之死，有人说是吕氏为了争宠，买通银匠，将砒霜混入权妃常饮的胡桃茶中，权氏即中毒而亡，后因吕权两宫宫人争执，将此事真相抖出，帝王大怒，为宠妃报仇，所以怒杀宫人以解心恨。

而还有些人，则心知肚明。权妃不过是个替死鬼，真正想毒杀的对象正是天子，幕后主谋之人是谁自然是显而易见的，只是为了皇家的体面，万岁不能深究。可是偏偏有好事之人将此事渲染于街头巷尾，一时之间，在民间传得沸沸扬扬，于是天子为了掩人耳目，更为了查清宫内泄密之人，才会在宫内彻底来一次血洗除奸。

那一年的夏天，宫内冷得怕人。在偌大的皇宫大内，宫女太监们往来相遇，就算一个眼神儿也不敢对视，唯恐稍有不慎，就会被扣以私下串通外递消息的罪名，而株连更多的无辜。

是无情还是有义，是铁血还是柔情，此事的起因和处置，一切只有朱棣心中最清楚。

第四十六章　行　路

由山东通往北京的官道上，路宽人稀，只见一车二马，不紧不慢地向前走着。

骑在马上的男子，身穿五蝠捧寿绣纹大襟袍，头戴纱帽，虽然人近中年，却风度潇洒、举止儒雅。此人正是新上任的营造司督办孙敬之，被抽调北京督建营造天寿山陵。

与他并肩前行的青年头扎四方平定巾、身穿蓝色盘领衣，他就是孙敬之的儿子，孙家的长孙，孙继宗。

大道上没有多少过往行人，有一种说不出的萧瑟与荒凉。继宗看了看孙敬之，忽问道："父亲，这北京城的宫殿，从永乐四年起，不是就派人去湖广、川陕等地采办木材，开始筹建了吗？怎么到现在还未建成？如今还要从四方征集民工，选派官吏去督建？"

孙敬之叹了口气，有些答非所问道："是不是赶路赶得急了？前边就是茶肆，我们过去歇个脚！"

孙继宗嘿嘿一笑，父亲向来就是这个样子，万事小心，慎之又慎，这四下又没有旁人，说说也无妨，还至于费心岔开话题？罢了，歇一下也好。

于是继宗便跟着孙敬之勒住缰绳，跳下马来。两人将马儿拴在茶肆外面的拴马桩上，随便捡了个位子，坐了下来。说是茶肆，不过是一个四面透风的茅草棚，放着四五张桌子，给往来的客人准备些茶水、面条、粥饭之类，虽然粗陋，也好过没有。

两人要了碗汤面，孙敬之又打发继宗给赶车的脚夫送过去一碗，这才定了定神，喝了口热汤。目光一扫，只见灶台前面，一个十一二岁的小姑娘正在烧火，而身后还背着一个两三岁的婴孩，看到她，敬之就自然想起了自己的女儿若微，不免有些神伤。

三日前一道上谕传到州府，忽地升了他的官，又被派到北京，并责令即刻起程赴任。一头雾水的孙敬之与父亲在府内书房密谈良久。

孙敬之一脸沉痛，语气肃然："为了修建北京城皇宫，永乐四年，万岁就曾下诏，命工部尚书宋礼、吏部右侍郎师逵、户部左侍郎古朴、右副都御史刘观、右金都御史史仲成等文武官员分头到四川、湖广、江西等地严督军民采办皇木。为采皇木，众多民夫工匠出入深山密林，往往数年才得一合格木材，人言道'进山一千出山五百'，多少民夫进去了，就没有生还。永乐七年始，湘南李法良、山东唐赛儿为首的民夫暴动先后爆发。这只是木材一项，还有砖料和汉白玉石、彩绘所用的青料，这哪一项不是掺着民夫血汗而来的？如今，怎么会偏偏选了儿子前去督工？这样的差事，儿子情愿请辞，也不愿前往！"

孙老爷子孙云璞眼睛半闭半睁，仿佛是在假寐，听到孙敬之最后这句话，立即拿起楠木拐杖，在地上狠狠敲了两下，眼光如炬，紧紧瞪着孙敬之："忠儿，你好糊涂呀！"

"父亲大人？"孙敬之愣了："父亲大人不是一向让儿子远离官场吗？难道此次对儿子辞官，父亲大人以为不妥？"

孙云璞点了点头："何止是不妥？简直就是愚蠢透顶！"

他面上带着几分怒气，语气之重，是前所未有的。

孙敬之立即起身，递上茶盏："父亲大人息怒，先喝口茶，润润喉！"

孙云璞轻咳一声，这才说道："这里面的道道儿深着呢，你根本没看透。你想想，从永乐四年到如今，多少年过去了，为何在此时偏偏召你去北京督办？你又不懂工部采办建造的事儿，在永城主簿的任上也没有多大的建树，又一直告假待在家里，原本应该罢免了你才是，可是现在为何要召你去凑这个热闹？"

"是，儿子也惶恐得很！"孙敬之连声应道。

孙云璞摇了摇头："你呀，心性淳朴，看不透也不怪你。只是以后你可要处处留心，才不会惹祸上身，也才不至于连累到若微！"

"若微？"孙敬之不由愣住了："父亲的意思是，此事关乎若微？"

孙云璞目色深沉，叹了口气："若微下个月就该十四了吧，按说也快了，不是明年就是后年，就要正式行礼嫁入皇家。上面在此时召你去北京，不外乎是想提携一下若微的母家，这皇宫与皇陵眼看着就要落成了，到时候以你督办有功，往上再升上几级，也好弄个体面。"

听了父亲这样一番话，孙敬之才恍然明白："原来如此，父亲大人此言如同醍醐灌顶，令儿子豁然开朗。既如此，此行，儿子当去？"

孙云璞点了点头，端起面前的茶杯，浅浅地抿了一口。

"你去吧，那宋礼的为人，为父最是清楚的，我与他有昔日同窗之谊，他品性高洁、清廉耿直，这么些年皇命在身，开运河、造皇宫，克己律人，水至清则无鱼，人至察则无徒，恐怕他的日子也不好过，你去了，也好帮帮他！"

"父亲大人！"孙敬之心中一荡，父亲一生不入仕，却心怀天下，事事都在洞悉之中，这样的胸怀与睿智，自己倒还真是难以企及。

……

"父亲！"孙继宗怒冲冲地从外面跑了进来，一声呼唤，把孙敬之从沉思回忆中拉了回来。

"外面又有兵士在强拉农夫，儿子实在看不过眼了！"孙继宗恨恨说道："这劳夫已然拉了有上百万，终年供役不耕作致使良田荒废、耽误了耕种。官府还要他们照常交纳田赋，我刚刚给车夫送饭的时候，那碗刚一端上来，就有几个饿疯了的路人上来抢食，真让人看着心里难受！"

孙敬之此时，不知何言以对，这茶肆四面透风，一人说话，里外众人皆能听到，邻桌的一个老者和怀抱婴孩的妇人听了，一个默默垂泪，一个深深叹息。

"男人们出工入山采木，许多人死在山里，官吏又强迫我们这些孤儿寡妇来应役，真真是没有活路了！"那女子想到伤心之处，索性痛哭起来。

孙敬之看了一眼孙继宗，心中不免黯然，以前还能偏安一隅，得一个自在悠闲的清静日子好过，只怕以后，就要在民生与皇命的夹缝中钻营求索了。

永乐十二年，大明天子朱棣带着皇太孙朱瞻基，率领五十万大军开始了第二次北征瓦剌的战争，此次特令近侍大臣杨荣随行。

与上一次的随皇祖出征有所不同，这次朱瞻基身边多了一个军师，此人便是杨荣。杨荣初名子荣，字勉仁，建安人，因居地所处，时人称为"东杨"。他机警敏捷，人又通达，善于察言观色。在文渊阁治事多年，谋而能断，老成持重，尤其擅长谋划边防事务。这一次，朱棣命他近身跟在皇太孙朱瞻基的身边，适机向朱瞻基讲说经史。

白天亲历战争，夜晚有良师相伴提点，朱瞻基觉得此行获益颇多，言辞中对杨荣也十分敬重。

这一日行至榆木川，用过晚饭，朱瞻基正与杨荣品著畅谈，忽然听到外面传令兵回奏，说是万岁有旨，宣皇太孙与杨荣觐见。

二人一道来到朱棣的金顶大帐中。

一身戎装在身的天子，面色沉静，招了招手："基儿，朕正要同杨学士讨论我军粮饷之事，你也过来听听！"

"是！"朱瞻基行礼后坐在东侧，朱棣赐座，杨荣谢恩后坐在西侧。

朱棣笑了："怎么样？这些天伴着皇太孙，这孩子是否可教呀？"

杨荣喜上眉梢，立即起身回奏："陛下如此说，真是折煞下官。皇太孙天资聪颖，更气宇天成。下官在皇太孙的身上，分明看到了陛下年少时的英姿与智慧！"

"哈哈！"朱棣一阵大笑："朕小时候的样子，你倒看到了？这样的称颂之词朕可不领，想想那个时候，你还在你娘肚子里呢！"

杨荣丝毫不见尴尬，反而仍是一脸明媚的笑容，看得人十分悦目。

朱瞻基眼光一扫，凝视着杨荣。早就听说，朝堂之上新晋升的"三杨"之中，以杨荣最为年轻且聪明伶俐，皇爷爷对其格外宠爱，还亲自将其名由杨子荣改为杨荣。朝堂之上议事时，皇爷爷一向不苟言笑，与大臣们讨论事情，每到议而不决之时，脸色更是难看，大臣们战战兢兢，无所适从。每当此时，杨荣便大显身手，三言两语便令"龙颜"大悦了。

朱瞻基曾经认为，有学识、有能力的人不会拍马奉迎，只有内中空空、没有本事的人才会阿谀奉承。现在他才知道，也许官场之道，有没有本事都要学会奉上，这样才能直上青云。

就在一念之间，杨荣收敛了笑容，正色说道："大军长途奔袭，深入大漠腹地，如今又正值青黄不接之际，这粮草确是掣肘，臣有两策，一为应急，二为远谋！"

"哦？如此甚好，快快讲来！"朱棣大为关注。

杨荣说道："长久之计，便是择将屯田，训练有方，耕耨有时，即兵食足矣。"

朱瞻基点了点头，这就是说要实行军屯制以解决粮草问题，自给自足，不加重朝廷和百姓的负担，是个好法子，只是眼下似乎来不及了。

刚刚想到这儿，只听到杨荣话音又起："而如今应急之策就是请陛下将御用的储粮散发给将士，并且让军队中粮多与粮少者借贷互济，由校官一一记录在案，出借军粮者，还京后加倍偿还，并重赏！"

朱瞻基初听时，不由暗暗倒吸了一口凉气。此人原来不仅会奉迎，居然还会触怒龙威，竟然想到动用皇爷爷的储粮？然而再往下听，不由为他的计划而频频点头。

朱棣脸一沉，盯着朱瞻基："基儿频频点头？你师傅要夺了朕的口粮去填外面将士的肚子，你以为如何？"

看他的神色和语气，分明已然不悦，朱瞻基看了一眼杨荣，只见他此时垂首而立，低眉顺目，一语不发。

朱瞻基把心一横说道："孙儿认为可行！"

"什么？"朱棣大感意外，一拳重重砸在龙案之上。

朱瞻基站起身，跪在殿中："孙儿曾听说，在靖难之战中，皇祖在无数次的战斗中披坚执锐，身先士卒，战旗被箭射中'集矢如猬'，后来皇祖将此旗护送回北京，让父王妥为保存，以激励后世子孙。瞻基有幸得以亲见，当时感动得泪如雨下。曾经问过父王，皇祖为何要身先士卒，为君者驭下臣、驱兵勇、居高台即可，为何要与普通士卒吃同样的苦？父王说，不如此，不能令天下真正地归顺臣服，更不会有大明的千秋万代！"

一席话说得有理有节，又十分动情。

朱棣原本就是假怒，以试探朱瞻基的定性和胆识，却没想到他会讲出这段经历，不由心中感慨万千。

而朱瞻基又说道："所以若皇爷爷捐出储粮，万千兵士定会大受鼓舞。而皇爷爷敬请放心，只要有孙儿在，不管是于山林中狩猎，还是割肉献食，绝不让皇爷爷挨饿！"

"好！"朱棣眼中渐渐湿润，他挥了挥手："有孙如此，甚为可慰，去吧，就按你们说的去办吧！"

朱瞻基恭恭敬敬地叩头行礼后，这才与杨荣一道退出。

金顶龙帐之外，再一次仰望北方的星空，朱瞻基只觉得江山是如此辽阔宽广，而自己心中更是气势如虹。

第四十七章　构　陷

永乐十二年闰九月，明成祖朱棣北征班师回朝。这是大明开国以来当朝天子的第二次御驾亲征，此役虽然明军损失不小，但也使瓦剌大伤元气。在此后相当长的一段时间里，北方边境基本保持了稳定。

大军一路南下行至北京，朱棣特意在此小住，看到已初具规模的宫城，朱棣迁都的决心更加强烈。

大军离开北京的前日，朱棣带着皇太孙朱瞻基、近侍大臣杨荣等人来到了还未峻工的皇宫之中。

工部尚书宋礼随侍左右，手拿图纸，每到一处，都为朱棣和诸大臣细细讲解。

新皇城比元时略向南迁，各大宫殿压中轴线而建；"左祖右社"，建庙筑坛；开凿南海，堆砌景山。整个设计方方正正，稳稳当当，象征大明长治久安。

当众人听到宋礼说道，新皇宫建有九重宫阙、九千九百九十九间半房屋的时候，不由瞠目结舌，大感意外。

朱棣面上也露出了难得的笑容，站在波光粼粼的前海之边，他侧身问着朱瞻基："基儿可知，这宫里为何偏偏是九千九百九十九间半房屋，而不是一万间？"

朱瞻基微一思索，对着宋礼拱手一揖，方说道："基儿妄言，说得不对，还请宋大人指教！"

宋礼大感惶恐，口中连连说着："不敢！"

朱瞻基微微一笑，才轻声缓缓说道："传说天宫正是一万间房屋，而北京城新建的皇宫比天宫少半间，既表明了皇权的威严，又显示着吾皇的谦逊！"

他话音刚落，立即引来一片附和之声，什么"吾皇圣明"，"皇太孙天资聪颖，体会上意"！

朱棣听了，心情更是大好，嘉许地注视着面前的朱瞻基。

而此时宋礼更是递上图纸，顺着他手指的方向，朱棣发现，这正是那半间房子的图纸，原来所谓的半间，并不缺墙少梁，只是比别的房子略小一点儿，如此说来还是一万间，也就是说事实上'皇宫与天齐'。朱棣不由龙颜大悦，历史上无论是秦皇还是汉武，多少旷古名君，有谁住过天宫一样的皇宫？

越往内走，众人越是惊叹连连，虽然整个宫城还在紧张的施工期间，很多宫殿还未全部建好，但是这丝毫不影响它带给人们的震撼。

在亲眼所见之前，这些南方来的官吏一直对北京的宫城不以为然，对朱棣的迁都之议多加阻挠，因为让他们离开故土，远赴塞下，实在是乡情难舍。

今日看到这座气派非凡、华美壮丽的宫城，它是如此玲珑剔透，布局缜密。众人除了赞叹以外再别无的言辞。面对这座华美至极、壮观至极的皇宫，不管是行武出身的大臣，还是满腹经纶的文士，都受到一种前所未有的激励，一时心潮澎湃，喜不自禁，一种身逢盛世的自豪感油然而生。

这座新建的宫城最后命名为紫禁城，"紫"指居于中天的紫微星，是天地的象征；"禁"指皇宫戒备森严，是禁地。"紫禁城"这个名字，表示这里是天地的中心，威严不可侵犯。

正如天子的威仪一样，神圣至极，不管是谁，哪怕是国之储君，贵为太子的朱高炽，与天子的威仪相比，也是如卵击石，不堪一击。

而接下来的事发生得如此突然，以至于满朝文武，即使是跟在朱棣身边的皇太孙朱瞻基，面对此事都无从应对。

那夜新月如钩，在太子宫西殿内，太子侧妃郭氏正倚在太子朱高炽的身边，一面为其轻摇手中团扇，一面懒懒地说道："殿下，听说皇上的大军走到北京城就停下了，如此说来这一时半会儿是不回京里来了？"

朱高炽于半梦半醒之间"嗯"了一声。

"殿下！"郭氏伸手在朱高炽那张珠圆玉润的脸上轻轻拍了一下："臣妾在跟殿下说话呢！"

"哦！"朱高炽睁开眼睛，看着郭氏那张绝色的容颜，不由把脸凑了上去。

与太子妃飘逸出尘的清灵之美不同，侧妃郭氏的美时而带着一份霸气和凄厉，让人不得不对她言听计从。而更多的时候，她又是千娇百媚，柔情似水，就像此时，她的纤纤玉指轻摇着一把团扇，露出半截圆润丰美的素臂，面上似笑非笑，眼中似嗔非嗔，气若幽兰，暗香浮动，朱高炽不由一阵心悸，口中赞了句"佳人半露梅妆额，绿云低映花如刻"。

郭氏嫣然一笑，拿起手中的团扇在朱高炽头上轻轻打了一下："若是真心要赞，就自己写来，哪有以人家的诗来充数的，况且这汪藻的《醉花魄》此时也不应景！"

"不应景？"朱高炽憨然一笑，坐起身来："内侍，摆宴，孤王要与娘娘同饮！"

"是！"殿内随侍的太监立即退下准备，不多时酒宴备好。

郭氏抚琴，朱高炽低吟，词曲相和，一派怡然。

曲音阵阵，传至东殿太子妃张妍的寝宫之中，张妍辗转难以成眠。太子虽然体弱，却天性多情，太子宫中，除太子侧妃郭温仪、李良仪、赵贤仪以外，有名号的嫔妾，还有太子侍姬张温媛、谭良媛，黄良娣，王良人，不下十人。

太子虽然刻意推恩降宠，雨露均沾，但太子妃张妍心如明镜，他最喜欢的还是那个郭温仪。郭氏固然出众，又何尝不是她身后的势力撑腰呢？郭氏原本就是太祖朝开国功臣武定侯郭英的嫡孙女，若不是当年太子册妃时她年纪尚小，恐怕这太子妃之位就是她的了。

想到此处，张妍不由长长叹息一声，心道：好没意思，不过是琴声扰人清梦，自己无端地去想这些做什么？

有瞻基傍身，就算你再得宠，接二连三地诞育皇孙，又有什么用？

此念一起，便再也睡不着了，索性起身走到侧殿佛堂之内，虔诚跪拜，祈求菩萨保佑瞻基平安归来。

在佛堂内打坐诵经，也不知到了几更天，突然听到外面一阵喧哗，随即西边殿宇仿佛瞬间灯火通明。张妍心中一惊，立即唤来管事宫女："慧珠，快去看看，何事喧哗？"

"是！"慧珠立即带上两名小太监往西殿去了，不多时便急匆匆地跑入殿内，一脸惊色："娘娘，大事不好了！"

"何事惊慌？"张妍面色微变，慧珠一向老到沉稳，一般的事情她不会如此失措。

"娘娘！"慧珠凑到太子妃张妍跟前低语道："听说万岁爷提前回来了。圣驾跟前的黄公公头前来传话，说是让太子殿下率文武群臣到承天门外接驾！"

"万岁爷回来了？不是说还要在北京多待些日子吗？"张妍略感意外："那太子殿下可动身了？"

慧珠又急又窘："殿下，殿下他去不了了！"

"什么？"张妍一双美目深邃如海，眉头微皱："为何？"

"娘娘！今儿夜里殿下留宿西边，自然是那位娘娘缠得紧了，又是饮酒、又是承欢，如今是有那个心，没那个力，倒在床上起不来了！"慧珠越说声音越轻，到了最后，似乎如蚊蚋嗡嗡，但是张妍一字不落全都听清了，不仅听在耳中更牢牢地记在心里。

"她这是想要我们太子一脉满盘皆输吗？"张妍面色沉静，目光如炬，"去，派小顺子到锦衣卫处找我兄张昶，让他将此事告知兵部尚书金大人！"

慧珠点了点头："娘娘，还需要跟舅爷说什么吗？"

张妍摇了摇头："不用！"

"是！"慧珠应声退下。

张妍立于门口，看着夜色中的朱楼玉宇，只觉得心灰意冷。

一切都是为了瞻基，如果没有瞻基，这一次，我绝不会施以援手。

带着北征的胜利之喜以及巡幸北京都城的悦然，原本满心欢喜的朱棣在到达南京城外的时候，在满朝文武接驾的队伍当中，没有看到那个熟悉的浑圆的身影，也没有看到那张敦厚的带着发自内心笑容的面庞。

朱棣面色微沉刚待开口，而以兵部尚书金忠为首的满朝文武突然三呼万岁，无比郑重地行着三拜九叩的大礼。当"万岁、万岁、万万岁"的声音响彻夜空，天边被初升的太阳划破一道口子，万丈红光跃然升空的时候，朱棣才勉强压抑着心中的不快，下令入城。

沐浴更衣之后，躺在乾清宫的龙榻之上，朱棣越想越气，突然大喊："黄俨呢？去把黄俨给朕叫来！"

黄俨这澡刚洗了一半，浑身湿漉漉地把衣服往身上一裹，一边整装，一边急匆匆步入殿内，小心地瞄了一眼天子的神色，心中就参透了七八分，"扑通"一声跪到地上："皇上，奴才先告个罪，发未梳、衣未正，失仪在先，奴才该死！"

朱棣从榻上狠狠地丢下一个枕头，正砸在黄俨的头上，黄俨一动不动，不敢躲闪，也不敢再开口了。

"说，朕让你头前回来传话，你传到哪儿去了？满朝文武都在城门口接驾，太子呢？大明朝的太子呢？"朱棣声音如钟，响彻整个大殿，殿内的太监与宫女立即全部跪在地下，深深地伏着头，连个大气都不敢喘。

朱棣咆哮了一阵，突然从床上跃起，冲着黄俨就踹了一脚："死了？不知道回话吗？"

"万岁爷息怒，奴才惶恐，不是不回万岁爷的话，而是奴才不知怎么开口呀！"黄俨双肩抖动，声音发颤，再次抬起头时，居然面上已然有了几行急泪。

朱棣紧紧盯着他的眼睛："说，照实说！"

"是！"黄俨伏在地上捣头如蒜："奴才快马加鞭一路急驰，过驿站的时候，是换马不换人，连口水都没喝！"

"捡要紧的说，谁让你表功了？"朱棣闷闷地哼了一声。

"是！"黄俨低着头："到了东宫，太子殿下……"

"说！"朱棣低吼道。

"是，太子殿下在太子侧妃郭娘娘处已经就寝了，奴才，奴才这话是带到了，只是……"黄俨不知是害怕还是刻意作态，说到此时，断断续续，却再也不肯往下说了。

朱棣大怒，他目露凶光："好一个太子，朕在外面披肝沥胆为他守着这个江山，他却抱着美人纵情欢娱，竟然连朕的驾都不接。好，好，好，太好了。看来这美人比江山重要。很好，朕看他这个太子之位，也不必坐了！"

"陛下息怒，陛下息怒！"黄俨的声音好像是因为害怕而颤抖着。

"去，传旨，文武百官到奉天殿候旨！"朱棣站起身，在殿内来回踱步，心中激愤难平，似滔滔江水，奔涌如潮。高炽，朕给了你太多的机会。你先天不足，体弱多病，朕可曾因此而嫌弃你？反倒是对你多加回护，更为了你不惜处处打压高煦和高燧，明知道他们英武擅谋、堪当大用，却不得不弃之不理，为的就是树立你太子之威。更为了让你太子之位巩固，自小朕就把瞻基带在身边，悉心调教，只为了将来能好好帮衬你，好堪以大用。朕的苦心，你非但不察，怎么会如此糊涂？"

此时的朱棣，远征的喜悦与紫禁城带给他的快感都荡然无存，他现在只是一个伤心的父亲。

当他步入奉天殿时，满朝文武已到，而一脸颓废与困倦的朱高炽被人搀扶着也立于百官之首，对上他那副迷茫的眼神儿，朱棣再一次失望。

朱棣还未开口，汉王朱高煦即乘机进谏，只见他奏道："父皇远征瓦剌，北巡以扬我天朝威仪，功高比天。儿臣在青州驻守，不能随侍在父皇左右、为父皇披荆斩棘，心中时时羞愧难当。正值大军南归，儿臣以马卒之身，得以送父皇回京，本想着亲自将父皇的战马牵到城下，将马鞭交于皇兄手中，如此儿臣才算心安。可是万万没有想到，皇兄居然连城门都没有出,接驾延迟或许情有可原,只是无论如何也不能伤了父皇的心啊!太子哥哥一向以仁义昭示天下,此举又如何面对天下呢?"

若在平日,汉王如此公开评说太子的过失,朱棣纵然不悦也定然会出言斥责,而今天朱棣稳居龙座,态度肃然、目露寒光又一语不发。

满朝文武心中暗暗揣测,不免明白了几分,于是都低下头,默而不语。

就在此时,文渊阁学士、东宫太子洗马杨溥起身出列:"汉王此言差矣,太子殿下有恙在身,困于病榻不能行走,实属无奈,并非有意触怒天威,忤逆圣上。圣上明察秋毫、自有定论,汉王应该稍安才是!"

此时兵部指挥使孟贤也出班启奏:"太子殿下即使有恙在身,就是着人抬着,也该去城外接驾,杨大人身为东宫太子洗马,不思匡扶太子行为,反而只一味开脱,未免不妥!"

汉王见百官中有人附和他参奏太子,立即大喜:"孟大人说得极是,况且说什么有恙在身?本王听说,昨日黄公公去东宫传旨时,太子哥哥醉卧美人榻,与宠妃吟诗听曲,好不热闹!"

此语一出,满朝文武原本深深埋首,此时也不禁低声议论,交头接耳起来。

大学士黄淮此时出列起奏,相驳汉王:"太子宫中私事,汉王如何得知?况且夜深人静,闺房之中,吟诗听曲有何不妥?难道汉王在府中每到入夜,就枕戈待旦、舞刀弄棒,没有闺房之乐吗?"

此语可谓是字字珠玑,直中要害。

汉王听了不由目露凶光,刚待出言相辩,而御座之上的朱棣已经面色铁青,他突然喝道:"够了!朝堂之上,朕的面前,你们如此吵闹,把朕置于何地?"

此语一出,众人立即伏在地上,口称:"万岁恕罪,臣等罪该万死!"

朱棣不理旁人,只盯着太子朱高炽:"太子可有开脱之词?"

朱高炽踉踉呛呛跪倒在地,以头触地:"儿臣知罪,愿打愿罚!"

太子忠厚,原本一句实言,而此时在朱棣看来,确似乎像是有恃无恐的一种挑战,他立即勃然大怒:"逆子,你信不信朕现在便废了你这个太子!"

太子伏在地上，一动不动，不知是吓呆了，还是听天认命般地服从。

而东宫宫僚的杨溥、黄淮等人立即叩首求情，朱棣皆不允。此时一直冷眼旁观的兵部尚书金忠出列跪在殿中，朱棣微微皱眉，这个金忠一向仗义执言，又是个死脑筋，若是他开口为太子讲情，倒还真是难缠得很。

果然金忠一开口就从永乐初年讲起，他说："陛下可是忘记了？然而臣不敢忘，按我朝定制，皇太子可以参预朝政，陛下登基之后，多次驾出北京，或巡幸，或征讨。每当此时，总是皇太子监国。'中外政务有成式者启皇太子施行，大事悉奏请'，历年来重大祭祀活动、赈济灾荒，接待外夷来使，直到文武百官的升迁降谪，大都由皇太子决断，诸事百情，皇太子可有差池？"

朱棣听金忠娓娓道来，又想起朱高炽曾经处事也确实是有法有度，好评如潮，随即微微颔首。

金忠又道："皇太子仁厚，在百官及万民中，极负声望。这一切不是成于一日，都是过往一点一滴累积而成的，这其中的辛苦与劳累，臣等都看在眼里，今日接驾延迟，是太子疏忽，然罪不当废呀！"

"罪不当废？"朱棣刚刚缓和的面色又阴沉起来："你是说朕处置不公？"

金忠伏地而拜："臣不敢，臣只愿以身家性命力保太子！"

他话音刚落，吏部尚书史骞义，身居左诠德之位的杨士奇，连同大学士黄淮、东宫洗马杨溥、大学士杨荣也出班跪倒："臣等也愿力保太子！"

朱棣在龙座之上看着这些一品二品的大员跪在地上替太子求情，心情十分矛盾，原本废太子就是一时的气话，可是激到面上，又无法下台，如今竟然有这么多大臣愿以身家性命相保，对朱棣而言，似乎也是一种安慰，看来这些年对太子的栽培，并非是无用的。

只是心中还是有些不是滋味，正在此时，只听近侍太监马云自外面躬身入内："启奏陛下，皇太孙在殿外素服跪拜！"

"基儿？"朱棣面上一沉："不是染了风寒吗？不好生在内中歇息，他跑到这儿来要做什么？"

"这……"马云怔住了，抬头看着朱棣："皇太孙说要代太子殿下请罪，他愿在殿外跪求领罚！"

"代父请罪?"朱棣手捋胡须:"确实该有人领罚,但不是他。朕只听说过子不教,父之过,哪里听说过父亲犯了错,儿子受罚的道理!"

他此语一出又觉得似乎有些不妥,果然殿内有人低着头压抑着暗暗窃笑。朱棣一想,若是太子有错,自己这个为父的似乎也难逃其咎。罢了,让这个基儿给绕进去了,朱棣心里一软,目光瞥到杨溥,突然怒火又起:"你们这些太子少师、太子洗马,平日领着俸禄,不思好好地襄助太子,出了事还推三推四地乱找借口,反倒不如一个孩子。来人,传旨,将东宫宫属全部逮治下狱!"

此语一出,众人大惊。

不由得又想起了前几年的解缙之案,想到解缙,众人均哑然缄口,不敢有人再出列求情了。于是自永乐初年起,这是朝堂上在立储之争中的第二场大事变。

虽然太子有惊无险,保住了太子之位,可是东宫的官僚当中,除了因系朱棣"靖难"旧人而幸未被牵连的金忠以外,杨溥、黄淮等人皆因此事而入狱。

第四十八章　夜　宴

秦淮河畔，百花巷内一座古朴严谨的宅子隐于大夫第、状元楼等建筑之间，显得那样悄然独步，孤寂遗世。

若微轻移莲步，悄悄跟在后面，瞻基瞻墉两兄弟在头前引路，而紧挽着自己手的咸宁公主此时也是一脸狐疑，有些莫名。

第一次在暮色时分出宫，第一次没有事先被告知去哪里，就这样莫名其妙一头雾水地跟了来，到现在还不知所为，心里怎能不犯疑，只是瞻基与瞻墉二人均避而不答，只一味地头前引路。

他们是从这所宅子的后门入内的，从后向前，穿过回廊亭台，才发现这里面别有洞天，远比从外面看到的要器宇轩昂、精美绝伦。

每套院子，正房匾额上的命名也极为讲究，"诒燕堂""开泰堂"等均为三开间，明间两缝采用平梁结构，次间山缝采用砖枋木结构梁架。梁、枋、檩及柱上布施彩绘，淡雅清丽，别具一格。

院中还有座造型小巧的湖泊，取名月牙池，湖心有亭，并有九曲桥与岸相连。亭子造型精巧，名为"彩虹明镜"。

若微与咸宁公主对视之下，都不免惊异。

此时，一众白衣侍女翩翩而至，领头一人看着极为眼熟，只见她身

320

穿绡纱金丝绣花长裙，外罩梅花纹纱袍，清丽出尘，美如仙子，她淡淡一笑，眸眼微转："怎么？贵客这么快便忘记了？"

瞻基与瞻墉站在一旁，并没有搭言。

咸宁公主轻哼一声，脸色微沉。

若微笑意盈盈："刚刚还在想，这宅子打理得如此精致美妙，想必主人定是不俗，原来竟是羽娘姐姐的府第！"

此人正是若微几个昔日游湖时在画舫之上遇到的那位脂粉娇客，秦淮河上昔日的名妓，今日独掌醉春楼的老板——羽娘。

羽娘笑了，轻启珠唇说道："妹妹过誉了，这宅子的主人不是我，我只是收了人家的银子，代为收拾，并备下今日的宴席，为妹妹庆生！"

"为我庆生？"若微不免稍感意外。是呀，自入宫以来，这生日似乎离自己越来越远了，客居东宫的尴尬身份，宫里那么多位嫡出、庶出的公主，东宫里太子的嫡女、庶女，这一年到头，每个月都要操办几场生日宴席，谁会想到自己呢？

入宫第一年，太子妃还曾经提过一句，可是那时自己为了暂避风头，少惹事端，便推托说在家中也不过生日，自此之后，太子妃便不再提起。

倒是瞻基与咸宁公主，年年都会记得送一些小礼物，或是从自己宫中的小厨房做些膳食送过来。所以时间久了，对于生日，若微自己都淡忘了。

想到此，不免心生感激，看着咸宁与瞻基，轻轻福了一个礼，唇边带笑，口中说道："若微谢过公主和皇太孙殿下！"

瞻基笑而不语，只是定定地注视着她，若微虚岁已经十四了。十四，瞻基嘴角微微上扬，心中抑制不住地欢喜。他知道，若微每大一年，离自己就更近一步，心中的欢喜更是溢于言表。

而咸宁公主则推了若微一把："我不受你的礼，你也别来谢我，今儿是他们兄弟俩安排的，好与歹，你只管去谢他们！"

瞻墉苦着脸，踱步上前，对着若微深深一揖礼："好嫂子，你还没入我朱家的门，怎么就这样托大起来，刚刚只谢大哥和姑姑，眼里真真没有我这个小叔子！"

此语一出，若微立即红了脸，轻啐了他一口。

众人皆笑，羽娘适时开口道："请各位贵客往湖心亭赴宴吧！"

众人举目望去，湖心亭中宴席早已备下，于是都移步入内，各自落座。

瞻基看了一眼坐在对面的若微，今日的她身上穿的依然是那身最爱的装扮，绣着白色牡丹的绿色抹胸，腰系绿烟水纹百花裙。裙子的优雅和妩媚绘出生动的美丽，将她的优雅柔媚、玲珑精致展现得淋漓尽致，头上的青丝斜斜地绾起一缕，像是一轮弯月，而余下的那些如瀑的黑亮秀发随意披散在身后，更显风流飘逸。

这样的若微，瞻基怎么看都仿佛看不够，于是便被瞻墡在桌下狠狠踢了一脚。瞻基笑了，这才轻轻击掌。

掌声刚过，便响起一阵古琴雅乐。

乐声中，一块像竹筏一样的长方形板子缓缓从对岸飘至湖心，没有太近，也没有太远，刚刚令坐在湖心亭上的他们可以看得清清楚楚。

那板子上好似覆了一层画布，上面是繁花如锦和渔火点点，春江花月夜的主题，一下子便让人身临其境，屏气凝神，静心观看。

她身穿蓝色的舞裳，手持着白色羽扇蹁跹起舞，时而闻花、时而照影、时而赏月、时而乘风，意态缠绵、春夜思情。一个简洁而纯净的抒情独舞，在优美音律的伴衬下，将春的生机、江的流逝、花的香艳、月的幽思、夜的神秘展现到了极致。

一曲终了，两个人结伴而来。

一静一动，一冷一热。

一人袭白衫，另一人着青袍，两位均是翩翩佳公子，白衣的是许彬，青袍的是宋瑛。

"许大人和宋大人，快请入席！"瞻基起身相请，若微与咸宁公主则略显意外。

宋瑛双手揖礼："公主殿下，上次御花园内撞到公主殿下的凤驾，实在是抱歉得很，在下再次赔礼！"

想起那日的尴尬，咸宁公主脸色微红，只轻说了一句："不妨事！"便扭过脸去，只看着那一池湖水，不再开口。

瞻基则将他们邀到桌前，一一落座之后才说道："刚刚这节目，虽是羽娘排的，但是画布是宋瑛亲绘，而雅乐却是许大人所奏。寓义有二，一为若微庆生，二为公主赔礼，如今他们二位都在东宫行走，我们也互为知己，所以今天特意聚在一处，也算尽释前嫌吧！"

原来如此！若微拿眼偷偷瞄了一眼许彬，他是文科榜眼，官任太常少卿，兼翰林待诏，又是提督四夷馆，听说通晓不少外夷的语言，如此学识渊博之人，那天怎么会在自己于栖霞山上遇险时出手相救呢？他身负绝世武功的隐士身份与今日的文臣作风相差甚远，究竟哪一个才是真正的他呢？若微怎么想也想不明白，心中实在是困惑。

见若微一直紧紧盯着许彬，许彬虽然面不改色，瞻基也未说什么，可是偏偏羽娘"扑哧"一声笑了出来："若微妹妹在看什么？许公子在这秦淮河畔可是出了名的玉面郎君，虽然好看，不过却是面如寒冰，无人可得亲近呢！"

此话一出，两个人都微微有些不悦。

咸宁公主先是一哼，开口冷冷说道："朝中重臣，新科榜眼，不为国家社稷殚精竭虑，原来把精力和时间都放在秦淮河上了！"

许彬也不气恼，只是手执梅花酒壶，为身侧的瞻基、瞻墉斟酒相邀。

瞻墉此时也有些不满地瞪了一眼羽娘："你莫要胡说。若微原本就是入宫待年，过几年我大哥出宫分府，她便是我的正牌嫂嫂！"

"原来如此，失敬失敬！"宋瑛立即双手揖礼，郑重地看了看若微，又看了看瞻基："皇太孙殿下与若微姑娘，当真是人中龙凤，堪称佳配！"

瞻基没有说话，只是面带笑意地看着若微，眼中含情似有千言万语，一时之间传递过来，全凭意会。

若微脸色微红，不发一语。她眼眸微转，不经意间扫向许彬，只见他淡然举杯，与瞻基相视一笑，一饮而尽。

不知为何，若微的心微微轻颤了一下。

"这样坐着饮宴，好生无趣！"瞻墉突然发起牢骚，拿眼瞄着羽娘："你们醉春楼平日有什么好玩的节目，讲给我们听，咱们也拿来乐乐！"

羽娘手执锦帕，掩面而笑："郡王说得容易，我们醉春楼解闷的乐子，怎么能用在这里？你不怕你的皇姑和嫂嫂一会儿教训你？"

众人听了皆不免哗然，偏是瞻墺撇了撇嘴瞪着瞻基道："每一次来秦淮河，都带着她们两个，真是碍事得很，下次咱们定要自己来！"

瞻基也笑了："休要胡说！"

正说笑之间，乐声又起，湖面上又换了舞蹈。浸身在这样的氛围中，顿感恬静惬意、极为舒心，若微看着静静的水面突然有了主意，她拉着咸宁公主的手说道："公主，不如我们来投壶吧！"

"投壶，好极了！"公主拍手称道。

瞻墺皱着眉头："何为投壶？"

瞻基刚待开口解释，若微已经抢先开口了："'分朋闲坐赌樱桃，收却投壶玉腕劳。'殿下，这首诗都没读过吗？"

瞻墺摇了摇头："没有……或者读过，本郡王忘记了，本郡王自小读过的诗词太多，怎能一一记住？"

宋瑛微微一笑，给瞻墺夹了一箸桂花鸭片，缓缓说道："投壶，就是以盛酒的壶口作标，在一定的距离间投矢，以投入多少计筹决胜负，负者罚酒。始行于唐时宴会，以助酒兴。刚才若微姑娘所说的正是王建的《宫词》，说的便是宫女们分成两组，以樱桃为注，玩投壶这种游戏玩得手腕酸疼。"

"有意思！"瞻墺连连应声。

许彬眼眸微闪，冲着羽娘稍作示意，羽娘则立即下去准备。若微看在眼里，心中更是惊讶连连，不禁暗暗猜度起许彬与羽娘的关系来，只须一个眼神儿就能领会彼此的意思，这恐怕不仅仅是歌妓与娇客之间的场面之交吧。

正在暗暗思忖，一切已经准备妥当。

羽娘心思巧妙，居然根据当下的环境，将这个游戏改了，她命人将那用作湖心舞台的筏子划至湖心中央，距离湖心亭数米之遥。

然后摆上些造型各异的坛坛罐罐，并以笔为矢，让人来投。

"我来先投！"刚刚布置妥当，瞻墺便迫不急待。咸宁公主瞪了他一眼："自然是若微先投，点子是若微想出来的，今儿又是为了替她庆生，你抢什么？"

瞻墉憨然一笑，又缩了回去。

若微站起身，倚在亭子的栏杆之上，从侍女手中挑了一支笔，瞄准了位置，手腕一抖，那笔便飘了出去，飘飘摇摇，晃晃悠悠，离目标一尺左右，坠入水中。

众人皆笑，若微回转过身，娇俏地露出笑靥："这笔一出手，便知道无望了！"

瞻基轻声相慰："以笔相投，笔头较轻，下次你反过来，以笔杆向前，定可击中！"

"瞻基！"咸宁公主倒了一杯酒，一面端给若微，一面嗔道："愿赌服输，哪有你这样公开帮衬的，心也太偏了！"

"就是，大哥也要罚酒一杯！"瞻墉也在一旁起哄。

凭栏相望，瞻基与若微四目相对，笑而不语，各自饮下杯中酒，情意绵绵，无从掩饰更无须掩饰。

接下来便是瞻墉，瞻墉选了一支用来作写意泼墨山水画的大狼毫，"砰"的一声，笔入罐中，众人皆击掌相贺。

虽没人让他罚酒，瞻墉却自己吵着喝了一杯。

接下来就是瞻基、宋瑛与许彬和咸宁公主、最后是羽娘。

瞻基与宋瑛击中，而咸宁和羽娘自然是不中。几轮下来，咸宁和若微输得最多，若微此时已经有些醉意。而咸宁更是一脸的不服气，她说道："男人的臂力自然要强过我们，这样的比法，自然是我们要吃亏些！"

若微倚着亭栏，一直低头不语，此时忽然说道："那我们便给他们增加难度好了！"

"增加难度？"咸宁公主不解，众人的目光均投向了若微。

若微冲羽娘招了招手，凑在她耳边只寥寥数语，话还未讲完，羽娘即频频点头，并笑着拉起若微下去准备。当游戏再开始时，已经换了玩法。

竹筏已然游向一边，而一叶小船载着一名蒙纱的少女渐渐驶入湖中。

绿衣掩衬着白色的抹胸，如碧荷莲衣一般含苞于水中。

手持陶罐，她先是坐在船边以手试水，湖水清净明澈，被她的玉手撩起纷乱的水花；轻盈地旋转像雪花飘舞，垂下的双手似柳丝那样娇柔，舞裙斜着飘起，仿佛白云升起。舞袖迎风带出万种风情。

双手持陶罐，时而置于胸前，时而捧于头顶，时而翻向背后，舞姿翩翩，亭上的众人看得有些痴了，忘记了投笔，忘记了赌注，全神贯注地盯着眼前美如诗画亦如梦幻的奇景。只有许彬一人不为所动，仍旧静静地独自品酌着杯中之物，仿佛周遭的一切与他无关，而若微与园中的其他歌舞女伶相较也毫无出众惊人之处。

羽娘如银铃般的声音瞬间响起，惊醒了众人："皇太孙殿下、各位大人，你们要投的壶在若微姑娘手中，这次，看看谁还能投中？"

此语一出，咸宁立即拍手称快："妙哉，妙哉，这个若微丫头，亏她想得出来！"

瞻墺立即垮了脸："这也太难了吧？"说着便将盛着笔的盘子递到瞻基面前："还是大哥先来吧！"

瞻基从中选了一支用作工笔花鸟的细杆"小白云"，站在亭畔，静静地注视着小舟上那个舞动的精灵，唇边抑制不住地浮起一丝笑容。是的，他知道她跳的舞蹈，他也知道她的心意。"君若天上云，侬似云中鸟，相随相依，映日浴风。君若湖中水，侬似水心花，相亲相怜，浴月弄影。人间缘何聚散，人间何有悲欢，但愿与君长相守，莫作昙花一现！"

这支舞原本应该是边唱边跳的，那词便是汉唐时期著名的《踏歌》词。她虽然没有唱，但是那舞动的广袖、婆娑的舞姿、流转的美目就仿佛莺燕娇啼，处处渗透蔓延出的情思柔媚万千、息息相通。

瞻基怎能不懂呢？他脸上笑意更浓，伸出手稍稍用力，"啪"的一声，掷地有声。偏就在此时，她双手捧壶在胸前，松膝、拧腰、倾胯，以婀娜之态定格，含笑而望、身韵优美。

只此一投一中，众人都如虚无一般，他和她的眼中，只有彼此。

第四十九章　踏　歌

池中花间饮夜宴，原本就会酒不醉人人自醉的。

咸宁公主看着瞻基与若微心心相印，情意和睦，心中不免有些凄然，不经意间，已然有了七分醉意。

而夜风轻袭，咸宁不禁打了个寒战。

宋瑛见了，立即开口说道："天晚了，更深露重，恐公主和若微姑娘受寒，今日宴席大家也算尽兴，不如就散了吧！"

本是一句体贴入微的好言，可是此时在咸宁公主听来，却分外刺耳，她笑了，凤目微挑："散了？你道是跟我们在一起，没有在妓舫自在开心吗？早早地就要散了吗？"

此语一出，不仅是宋瑛，就是若微、瞻基也微微一愣。若微轻轻拉了一下咸宁公主的袖子："公主，再晚了，宫里四处落锁，咱们便是想回去也难了，明日圣上和王贵妃面前，该如何应对？宋大人是好意相劝，公主莫要会错了意，误会了宋大人！"

宋瑛看了一眼若微，眼神中带着感激，微笑着颔首示意。

"如此，便回去吧！"咸宁公主面染流霞，人比桃花艳，醉意醺然的眼神与往日的高贵、华美不同。今晚，她流转的眼波中将她的美丽、她的鲜活、她的悲伤和生机表露得那样淋漓尽致，手执酒杯的宋瑛看得有些痴了，公主无疑是美丽的，可是在她那双美目之中为何要闪过悲伤呢？

宋瑛不懂，他只是觉得自己的心莫名地抽搐了一下，不知为何从这一刻便从心底怜惜起她来，说来不会有人相信，是的，高高在上的嫡公主，此时在他的眼中，只是觉得形同落花，惹人堪怜。

咸宁公主猛地站起身，转身走向通往岸边的长廊，然而仿佛是走得太急了，一阵头晕失重，显些摔倒，坐在下首的宋瑛立即起身相扶，而倔犟的她眼神一凛，冷冷说道："宋大人不怕又被本宫撞倒，压在身下？"

此话本来不过是一句玩笑，可是此时说出来，没有人发笑。

宋瑛脸上讪讪的，缩回了扶住她的那只手。

若微立即上前扶住了咸宁："公主怕是醉了！"

咸宁笑了："是醉了！"

突然，她甩开若微的手，伏在栏杆之上，不顾及形象地吐了起来，若微在她身后轻轻拍着她的背："这可怎么好？这样回宫，莫不是把大家都惊动了！"

整个晚上一直极为安静的许彬唤过羽娘，低语道："去煮些酸枣葛花汤来，让公主服下！"

羽娘微微皱眉："常用的醒酒汤不行吗？厨房里是现成的材料！"

许彬又道："葛花一钱、鸡具子一钱，豆蔻半钱，砂仁半钱，生姜四片，与酸枣数粒，相煮，去吧，从我之嘱！"

羽娘点了点头，立即下去安排。

许彬冲着瞻基一揖手："皇太孙殿下，不如请公主殿下移驾室内，暂作休息，醒酒之后再回去？"

瞻基点了点头："有劳许大人了，原本就是借你的园子，扰了一晚上，如今更要有劳了！"

许彬微微颔首，头前引路。

这是靠近月牙池最近的房间，一道月亮门将池水挡在外面，门内便是小小的一处苗圃，只一排正房，并无厢房，然而下实上虚，雕栏镂空的围墙与正房连在一起，隔出一个闹中取静的佳所。

正中的匾额上是三个草草的题字："妙音斋"。

许彬止步在外："既然公主要在此处休息，我等便不进去了！"又对身后侧立的两名侍女说道："绿腰，你们在此处小心服侍，有事便去诣燕堂找我们！"

"是！"被唤作绿腰的侍女与另外一人点头称是。

瞻基等人也随着许彬离去，若微这才扶着咸宁公主步入室内。

正中为厅，侍女领着若微直接进了东侧的房间。

这间显然是卧房。

碧纱窗下的香炉中升腾着沉香的袅袅轻烟。碧纱白烟相衬，不仅形美，且暗香可闻，十分幽静闲雅。

若微与丫头们一起将咸宁扶至轻纱幔帐低垂的镂空雕花大床上，然后透过跳动的烛火，环视四周。这分明是一个兰心蕙质的女子的闺房，床的斜对面是一座玳瑁彩贝镶嵌的梳妆台，华美绚丽，梳妆台的两边的墙上分别挂着四幅刺绣丝帛，梅兰竹菊四君子，更显出尘绝伦。

另外一侧是紫檀木棂架格，里面都是一些精巧的小摆设，还有几本书，若微一眼望去，不由笑了，原来竟是同道中人。

走出卧室，穿过客厅，来到西间，这西小间是书房和琴室，一眼望去，这屋子极为简单，一排紫檀木书架，摆的满满是书，房间四角是立式的花架子，上面摆着合果芋、绿萝、竹柏等绿色盆栽，正中是琴桌和琴椅，上面是一张古琴，墙上还挂着琵琶，不远处的条案上，还放着几只笛子。

若微看着那张古琴，不由心思微转，用手轻轻一拨，低音浑厚，高音具金石之声，清透圆润，没有杂音。

看那琴上的花纹便知是一把好琴，而以手试音，九德兼优，更是罕见的珍品。

正在暗自纳闷之时，侍女绿腰手奉香茶："姑娘，请用茶！"

若微接过茶盏，看着那名侍女，不由一时好奇问道："刚刚听许大人唤你'绿腰'，你的名字可是取自汉时宫廷舞名？"

绿腰点头称是，又指了指不远处的另外一名侍女："姑娘可知她的名字？"

那名女子长得也十分出众，身材更是婀娜，若微摇了摇头："难不成也是舞名？"

绿腰笑了："她的名字便在姑娘今晚所跳的那支舞中。"

"啊？"若微拿着茶盏的手微微颤了一下："可是唤作'踏歌'？"

"正是呢！"绿腰一面应着，一面紧走几步到厅里，挑开帘子，原来是羽娘走了进来。踏歌也立即上前，接过她手中的汤盅，闪身进入东里间，若微便也跟了进去。

"我来！"从踏歌手里接过药汤盅，眼神交错之间，踏歌微微一笑，有些发窘，立即闪身站在一旁。

"公主，喝点醒酒汤吧！"若微扶起咸宁，小心翼翼地将一勺汤水送到她口中，哪知咸宁只说了句："何须那样麻烦？"随即接过来，端着汤盅一饮而尽，喝得着实有些急了，汤水还洒了一些溅到衣襟上面，她也不顾，又歪在一边睡下。

守在身边的踏歌与绿腰见状都忍不住抿着嘴偷乐，羽娘狠狠瞪了她们一眼，又冲若微使了个眼色，若微会意，随她走出房间，置身院中。

静夜朗月当空，繁星点点。

"羽娘，你的名字可是源于霓裳羽衣？"若微仿佛有些明白了，那些侍女若说是羽娘自秦淮河上的醉春楼里带来的，似乎说得通。可是她们，以及羽娘自己，对许彬的恭敬与尊重，不是主仆胜似主仆，难到包括羽娘，都是属于许彬的吗？

这房子里显然只是许彬临时下榻之所，没有家人，没有老仆，只有清一色才色俱佳的女子。

于是她随即又陷入到一种混沌的情绪当中，许彬不过是刚刚入朝为官，可是从这所宅院，到府内的装饰、器具、侍女甚至是他的举止做派，绝非一般的官宦子弟可比，不仅富，而且贵。

仰头遥望星空，羽娘笑了："是啊，若微妹妹真是聪慧！"

"那么，绿腰、踏歌还有那些舞娘，都是你从醉春楼带来的？"若微还是太过好奇，索性问了出来。

羽娘摇了摇头："不是，她们原本都在这里的！"

若微糊涂了："许公子怎么会收留这么多绝色美姝在府里？他的夫人都不管吗？"

"夫人？"羽娘转而看着若微，突然在她脸上轻轻拧了一下："妹妹还小，问这么多做什么？"

若微脸一红，便不再说话。

"若微妹妹，看你与皇太孙殿下的情形，你是注定要留在宫中为妃了？"羽娘从苗圃中随意揪了一片叶子放在嘴里轻轻咀嚼，若微认得，那是"白英"，清热解毒的良药。

"姐姐可是风热头痛、内湿腹胀？"若微关切地问道。

羽娘眼中似有深意，仔细打量着若微："妹妹懂医？"

若微点了点头。

羽娘脸上笑意正浓，刚待开口，只见踏歌出来回话："羽娘，公主醒了，说要回宫去！"

羽娘点了点头，看着踏歌突然说道："你该改个名字，从明天起，就叫白纻吧！"

踏歌面上神情一僵，怔在那里，并未答话。

若微见状则开口问道："姐姐为何如此？踏歌这名字叫得好好的，为何要改？"

羽娘看了她一眼，又盯着踏歌问道："你可服气？"

踏歌点了点头。

羽娘又对上若微的眼睛："我们这些人，都是自小苦练舞技歌喉的，名字便代表着我们立世的绝艺。踏歌当初便是以此舞傲立于众姐妹之上的，所以才会称她为踏歌，今晚若微妹妹跳的这支踏歌，是在摆动不定的小舟之上完成的，比之我们平时在舞台上，不知要难上多少，更难得是那样的灵动传神，令我们汗颜。所以便不能再以此名自称！"

若微似懂非懂，她没有再说什么，因为她知道，这些女子虽然表面上为奴为婢，但骨子里都极为清高，如果自己刻意自谦，只会让她们觉得更加难堪。

她喃喃低语："白纻？这个舞蹈常是在宫廷夜宴中表演的，要求布景和服饰方面都极尽奢华。舞娘身穿轻罗雾般的洁白舞衣，长宽舞袖，身佩玉缨瑶珰，脚踏珠靴，腰系翠带，舞尽艳姿，容似娥婉。舞袖技巧和轻盈步态以及眉目神情的运用，对舞娘要求极高。"

她笑了，看着羽娘，又看了看踏歌："你应该谢谢羽娘，就舞艺而言，白纻比踏歌更难，而名字也更美妙。"

踏歌注视着若微，眼中渐渐有了些暖意。

谁说这世上只有男人间的争斗，女人的较量往往在不经意间，就刀光剑影了。

坐在马车上，与咸宁公主肩并着肩，忽然觉得很冷很冷，她悄悄伸出手，紧紧地握着咸宁，咸宁公主冲她展开笑颜，目光中带着关切，还好，在深宫禁苑中，还有你相伴。

第五十章　暗　流

静静地跪在东宫太子妃的寝殿中，四下无人，寂静极了。

只有香炉里的熏香，袅袅升腾起来的轻烟，带着些许的温柔和关心，渐渐地飘散开来。若微腰身挺直，一动不动，回想着刚刚太子妃的教诲，心中不仅仅是难过，更有些自责与愧疚。

"昨日暮色时出宫原本就已经不合规矩，又逗留至子时方才归返。咸宁是公主，你名为她的伴读，实为侍婢，怎么能如此不分轻重？"这不是第一次被太子妃训诫，但却是最为严厉的一次。

"你自小在东宫长大，虽然名分未定，但众人皆知你是未来的皇太孙妃，这名号意味着什么？"一向沉静贤淑的太子妃大为动怒："如今形势你又不是不知道，太子之位尚岌岌可危，更何况基儿？多少年的小心翼翼，多少次的随驾北巡，小小年纪就代父出征，这才换来了朝堂内外的一片称颂之词，也才让陛下认为虽然太子不济，好在有个贤孙可倚。可是你呢？居然引着他夜游秦淮。"

太子妃深深吸了一口气，她实在是气极了，声音都有些微微发颤。

天底下所有的母亲仿佛都是如此，若是自己的儿子犯了错，首先想到的是被身边的人带坏了，于是乎要打、要罚、要迁怒也是再自然不过的事了。

若微低头不语，不是不想为自己辩驳，而是太子妃一开口，仿佛就没有给她回嘴说话的机会。若微心里涌起一阵隐隐的不安，好像不知从何时开始，自己跟太子妃之间似乎有了些嫌隙。她不禁暗暗难过，自己的一片诚心不仅换来了咸宁公主的友谊，还令宫中贵妃对她宠爱有加，瞻基、瞻墉兄弟和那几位东宫小郡主就更不要说了，只是为什么自己好像从始至终就没有得到过太子妃真正的喜欢呢？

太子妃面色微愠，停顿了好一会儿，才又说道："光是瞻基、瞻墉他们兄弟也就罢了，居然还去见了外臣，就算是基儿的至交好友，那也是成年男子，你都不知道避讳吗？"

若微面上微烫，是的，太子妃的话她没有半分可以相辩的，太子妃说的都对，只是这语气却太重了，重得她心慌意乱，没了分寸。

昨夜送咸宁回宫之时，若微与瞻基悄然惜别后便悄悄回到静雅轩，不料一进屋就看到跪在屋里的湘汀和紫烟。

那时她就知道，自己错了，又一次坏了规矩，同时还连累了下人。

忐忑不安地挨到天明，早早来到东宫给太子妃请安，便被训斥到现在。

不敢去看太子妃的神色，低着头只能看到她明黄色的裙子下摆。过了半晌，太子妃仿佛是说累了，又好像她已不屑再说，太子妃丢下一句话："你好好想想吧，若是以后再犯，我就把你送出宫去！"说完，太子妃拂袖而去，留下若微一个人静静地跪在殿里。

若微静下心来，细细地品味太子妃这最后一句话，不禁浮想连连："要把我送出宫去？是什么意思呢？是送我回家吗？"

要是能送我回家，倒也不错，若微嘴角微微上扬，笑容就那样荡漾在她的脸上，以至于刚刚走进殿内的瞻基不由大感意外。

轻呼了几声"若微"，她都恍然不闻。

瞻基蹲下身子，凑到她眼前，伸手晃了晃："妹妹，可是跪得久了，头晕得厉害？"

若微收回思绪，也收回了脸上的笑容，低唤了一声："你来了？"

瞻基伸手要将她扶起来："快起来吧，跪得久了，膝盖上又要青紫起来！"

若微摇了摇头："娘娘还没让我起来！"

瞻基皱着眉头："母妃不是那样狠心的人，不过是一时生气，小惩而已，不然你还想跪到何时？"

说罢，便伸手用力将若微拉了起来。

"哎哟！"跪得久了，腿脚都麻了，一时无力，便靠在瞻基身上，瞻基脸一红，扶着她走到边上的罗汉床上："先坐会儿，我再送你回去！"

若微低着头，若有所思，一双眼睛转来转去，不知在想什么心事，瞻基在一旁看了，不免好奇："你在想什么？刚刚我进来的时候，也是一副痴痴的模样。"

若微看了看大殿之内，并无他人在侧，于是说道："刚刚娘娘说，如果我再犯错，就把我送出宫去！"

若微说着，不由自主地又笑了起来。

瞻基腾的一下站起来，双眉紧皱："母妃真是这样说的？"

若微仰着脸，点了点头，一脸欢喜地说道："娘娘的意思，就是放我回家吧？要真是这样的话，我倒是应该好好想想，再犯个错，这样，我就能回家了！"

瞻基的眉头紧紧拧在一起，突然蹲下身子，拉起若微的手，目光凝重，表情十分的郑重："若微，你还是那样想回家，是吗？"

若微看着瞻基紧张的神情，与眼中的不舍，心里立即就犹豫了，她想了想，才低语道："回去看看也好呀，我娘，我爹，继宗还有我小弟弟……"说着说着，眼圈突然红了，她扭过脸去，从瞻基手里抽回了自己的手。

瞻基见她如此，也没有再说话。

两个人一个坐在罗汉床上默默垂泪，一个蹲在床边静静相守。

躲在大殿拐角处的太子妃与彭城伯夫人看了，心思各异。

来到偏殿，相对品茗。

太子妃似怨非怨地看了一眼自己的母亲："看吧，这就是青梅竹马，自小长在一处的情分，如今连我这个母妃都靠后了！"

彭城伯夫人日益发福，耳边也有了几根白发，然而性情依旧爽朗大度，她深深饮了一口茶，放下茶杯，看着太子妃："娘娘在担心什么？感情好不正是娘娘希望的吗？况且若微这孩子一向乖巧伶俐，对你也恭敬孝顺。入宫这几年，不仅与公主情同姐妹，就是王贵妃和六宫妃嫔，哪个对她不是称赞有加？我冷眼瞅着，就连咱们当今万岁爷对她也是另眼相待的。"

说到这儿，彭城伯夫人突然压低声音说道："咱们东宫那几位，郭氏、黄氏、谭氏，素来与娘娘争风弄宠，可是他们的腾王、梁王和几位小郡主，哪个不是跟在若微屁股后面，姐姐长、姐姐短的，天天跟她玩在一处，这样的情义以后对咱们可是大大的有利呢！"

"母亲！"太子妃明显不悦了，秀眉一挑，将茶杯"啪"的一声放在案上："这种话也能随便讲出口，母亲真当这是自家的彭城伯府了吗？"

彭城伯夫人挨了女儿一通抢白，不但不恼，反而笑了。这一笑，倒让太子妃张妍有几分糊涂："母亲为何发笑？"

彭城伯夫人笑道："我看娘娘是在吃若微的醋，这当婆婆的心思娘最明白不过了，他们不好，你心里不舒坦，可是他们要是太好了，娘娘心里也不是滋味！"

"娘是说女儿变老了吗？"太子妃忽然变得沉默了，她站起身，走到妆台之前，对着那面朱雀纹铜镜细细观望。

歌屏朝掩翠，妆镜晚窥红。

镜中的那人，一头乌黑丰美的秀发堆成芙蓉归云髻，肤如凝脂，眉如远黛，明眸朱唇，依旧美艳。

是的，自己没有变，还是那般美丽。

可是娘说得对，自己为什么突然有了身为婆婆的心理呢？

分明是老了，韵华已去的感觉。太子自从用了若微的药之后，身子日渐好转，可是刚待好转，什么郭氏、黄氏、谭氏，统统跑了出来，这两年里，东宫里接二连三，像生产比赛一样，郭氏连着生了两子，黄氏与谭氏也各有一子一女，还有张氏，也有孕在身。

都说太子贤德，他确实贤德，就是对待太子宫中的嫔妾，也是雨露均沾，哪个都是心头上的宝贝。

唇边渐渐浮起一丝苦笑，对着镜子整妆，太子妃张妍突然发现，是的，自己还是变了。

他曾经说过，最爱自己的眉眼，是那般的清透，干净得就像天边的一抹云。

而如今，那眼神儿分明有些深邃和混沌，是的，就是复杂，是谁，是什么，让自己变得复杂了？

太子妃闭上了眼睛，心事久久难平。

第六卷

雨打梨花深闭门

第五十一章　选　妃

　　乾清宫东暖阁内，罗汉床上，朱棣与身穿褐色袈裟的僧人姚广孝正在对弈。

　　姚广孝幼时出家为僧，法名道衍，苏州人，通儒、道、佛诸家之学，善诗文，与文学家宋濂、高启等交友，又从灵应宫道士席应真习道家《易经》、方术及兵家之学。

　　洪武十五年，明太祖朱元璋选高僧侍诸王，为已故的马皇后诵经祈福。姚广孝经人举荐成为当时还只是燕王的朱棣的重要谋士，随朱棣至北京住持大庆寿寺，此后得以常入燕王府，参与夺位密谋，成为朱棣的重要谋士。

　　朱棣"靖难"称兵前，他曾推荐相士袁珙以占卜等方式，并通过对当时政治、军事形势分析，促使燕王朱棣坚定信心；又于王府后苑训练军士，打制军器，做好军事准备；建文元年六月起兵前夕，计擒北京布政使张昺、都指挥使谢贵。靖难之役中，他留守北京；十月，辅佐燕王世子朱高炽率万人固守北京，击溃朝廷数十万北伐之师；此后，仍多参谋帷幄，终使朱棣夺得皇位。

　　朱棣即位后，初授姚广孝官僧录司左善世，永乐二年再授之为太子

340

少师，复其姓，赐名广孝。

如今的姚广孝已经是一位六十多岁的老人了，平生的抱负悉数得以实现，早以厌惧了官场争斗的凶险，所以虽然受官，却未改变僧人身份，于是，大明朝堂之上便有了这样一位僧服光头的官员。

一再恳辞之后，朱棣允许他只担任皇太孙朱瞻基的辅导讲读，及主持《永乐大典》《明太祖实录》等书的修纂。

其博通精深的学识和修养对皇太孙朱瞻基有较大影响，然而今天，他再一次提交辞呈，要归隐山林。

朱棣不允，而姚广孝又一再坚持。

这才有了天子与谋臣的最后一弈。

这一弈，如果赢，便可以从此远离朝堂和纷争，但是坐在对面的对手是喜怒无常、手操生杀大权的大明天子——朱棣，要赢又不能赢得太过轻松，所以着实要好好费心筹谋一番，姚广孝手捻佛珠稍加思索之后，口中轻念道："阿弥陀佛。"

随后便落下一子，朱棣定睛一看，随即便笑了。

"朕知道你会赢，但是却不知道你会以怎样的方式来赢？"朱棣抚须而视，看着那棋局，心中不免有些离愁："广孝这次真的要走了吗？"

姚广孝苍老而泛黄的面上那双阴郁的三角眼微微一闪，目光柔和却又如此坚定，他神色肃然，只微微点了点头。

朱棣心底一沉，面上已然变了颜色，恳切地注视着姚广孝。

姚广孝手捻佛珠，面色一缓："万岁可是还有何心事难决？"

朱棣笑了："什么都瞒不过卿。如今朕心头之事，就只剩下一件要紧的，也算不得难决，不过想让广孝为朕卜上一卦！"

姚广孝微微一愣："是为了皇太孙纳妃之事？"

朱棣点了点头。

姚广孝盯着朱棣，只是想从他的神色中参透端倪显然不那么容易，正在纳闷之际，朱棣忽开御口。

"当初广孝曾经为基儿占卜过，说他"宜向济水畔求佳偶"，广孝并为其亲访济水之滨，为朕推荐了若微那丫头，巧的是此女也正是太子妃之母彭城伯夫人举荐的，所以朕便令她入宫，由太子妃育在东宫。"

姚广孝连连点头："正是如此，只是今日万岁提及此事，可是对那孙氏若微有所不满？"

朱棣眉头微拧，看了一眼侍立于侧的太监与宫女，挥了挥手，众人退下。

"也非不满，这孩子琴棋书画、才学品行都十分出众，与基儿情意深厚，朕也很是喜欢，只是……"朱棣稍稍一顿，没有再接语。

姚广孝仿佛明白了："只是因为那若微也正是彭城伯夫人推荐的，而彭城伯夫人与若微同为邹平、永城两地乡亲，万岁是担心百年之后，这两朝帝后均出自一隅，恐她外戚做大，危及社稷？"

朱棣看着姚广孝，虽然没有明言，但这意思姚广孝已经明白了。

他闭目凝神，掐指微忖。

若微既是天命如此，罢了，这也算是她命中注定的波折吧。

当姚广孝睁开眼睛的时候，面上已经释然了，他开口问道："万岁可是心中另有良配？"

朱棣这次神色终于缓开，他微微点头："广孝当日说过，基儿的良配在济水之滨，那邹平是济水之滨，而相比之下济宁则更近乎，朕曾命司礼监慎选，光禄寺卿、锦衣卫百户胡荣的第三女胡善祥原籍正是济宁。"

姚广孝频频点头，一丝不易被察觉的笑容浮现他脸上，他笑而不语。

朱棣不免起疑："广孝认为可有不妥？"

姚广孝双手合十，只默念了一句佛号，再次抬头对上天子之目时，他淡然说道："万岁'金口玉言'已出，广孝不再多言，只是孙氏女人宫已过六年，如今正值及笄，而彭城伯夫人与太子妃那里，陛下如何对待当初的'允诺'？"

朱棣微微低头，看着桌案上的那盘棋，稍加思索之后说道："若为基儿的情意考虑，或者可以封个皇太孙嫔的名分给她，不过……"

朱棣拿起一粒棋子握在手中，目中似有不忍，又终是寒光一凛："若从大局着眼，即有贤妃相伴，就不能再有宠姬侍在左右，否则醋海生波，还是后患无穷！"

"陛下！"就是曾经为朱棣筹谋半生、帮着他夺下江山的谋士姚广孝此时也不由微微胆寒，那若微是自己荐入宫内的，如今为了一个没有影子的所谓的百年之后的外戚做大这样莫须有的罪名，难道就要让她去死吗？

"陛下！"姚广孝刚待开口再劝。

朱棣却笑了："先生果然老矣，这心比起前些年着实是太软了！"

"这……"通常天子如此说，就是无须再议。

姚广孝一脸阴郁，怔在当场。

"先生请放宽心！"朱棣此时忽然改了称呼，依旧是十多年前在燕王府中对姚广孝的称呼，他和颜悦色道："既然她与宫闱有缘，朕便留她在宫中，只是百年之后，一道恩旨，命她相殉，也省去了武代李唐的悲剧！"

姚广孝饶是心中再有定力，这一次竟然也失算了。

没有让她死，万岁说得很明白。让她留在宫中，伴君左右，伴在谁的左右？朱棣吗？那么待到朱棣归天，令其殉葬，从此便干干净净。

这算是他对若微的肯定和宠爱吗？

这算是真正为自己百年之后的太平盛世与爱孙瞻基着想吗？

天意难违，君心莫测，原来真的如此。

姚广孝心中黯然，只是饶他上知天文下晓地理，精通周易，却不知道此时他们口中提及的那位同样来自济水之滨的胡姓女子，现在就正在宫中。

胡善祥从来没有像今天这样慌张失措过，她是锦衣卫百户胡荣的三女儿，家世不算显赫，更不是家中长女，虽然有些才艺在身，可是并没有让外人知晓，怎么会一朝就被选入宫中呢？

今日一早，便被家人以一顶二人小轿送到宫门口，自有太监引着来到西内的一排偏殿外，此时才放下心来，原来不只是自己一个人。

立于一排等候检选的，还有其她九位女子，看起来年龄相仿，都是十六七岁的样子，身材婀娜，面容姣好，一个个都垂首含羞，屏息静立。

不多时，一位身穿绯红色蟒衣的中年太监出现在人前，胡善祥拿眼细瞅，只见他衣襟左右绣着两条行蟒纹，除此之外，在袍裙当膝处还饰有横条式云蟒纹装饰，这便是膝襕，这样的服色在太监当中也算是极品了。

边上的小太监立即唱念道："这位就是咱们司礼监黄俨，黄公公！"

"见过黄公公!"众女子深深行了个万福礼。

黄俨点了点头,朗声说道:"咱家在此先恭喜各位姑娘,一会儿自有宫内年长的教养嬷嬷来给各位验身。经过今日这关,三日后,由东宫太子妃和皇太孙亲自典选,一位皇太孙妃,两位皇太孙嫔,便从你们十人当中选出。所以,咱家在此先给诸位道喜了!"

原来如此,胡善祥这才想起,此人分明就是前些日子出现在自家厅堂之中,与爹爹关起门来密议许久的那个人。

胡善祥心中满是疑团,只是此时容不得细想,只见黄俨手拿名册,逐一检选。

叫到自己的名字时,他居然一切如常,仿佛初见,胡善祥更加不解,只是如今只有听之任之了。

检选完毕之后,众女便依次进入西内暗室,而出来时都是面上飞霞,娇羞怯怯。

胡善祥最后一个入内,室内有两名嬷嬷,其中一人冲她微微一笑,上下打量:"请除去衣衫!"

胡善祥大愕,紧紧抓着自己的衣襟,面上极为惊恐。

其中另外一人看着她,面色含笑:"姑娘莫惊,入宫待选,都是这样的,别说是给皇太孙选妃,就是这宫里的粗使宫女,也要验个明白,才能入内的。"

胡善祥抿着嘴唇,眉头微皱,不禁想起今早临出门时,娘亲的叮嘱:"女儿此去,不仅是为了自己,也是为了咱们胡家上上下下这几十口子人,不求荣宠,但求平安。宫中比不得家中,规矩大,人口多,少不了要受些委屈,女儿就多担待吧!"

想到此,便把心一横,衣裳尽褪,站在她的面前。那嬷嬷仔细打量,手中不知何时多了一把玉尺:"肩广一尺六寸,臀视肩广减三寸,不痔不疡。"

一面看一面又说:"目波澄鲜,眉妩连卷,朱口皓齿,修耳悬鼻,辅靥颐颔,位置均适。"

另外一人则详细记录在案。

她的目光由上及下："规前方后，筑脂刻玉，脐容半寸许珠，胸乳菽发。"

胡善祥不免有些云里雾里，先是想着这词藻运用得如此美妙，随后细细品味，方觉得那是在形容自己，又不免有些汗颜。

随后，那中年嬷嬷指了指帘后的一张美人榻，"请姑娘走过去躺在上面"。

胡善祥如依而行。

"弓腿！"她语气平静。

此时胡善祥只有强作镇静，如她所说，做好准备，只等着她来看。

平生以来第一次接受这样的检查，气味、颜色、甚至她还以手轻触花萼之弹性与柔软程度，饶是胡善祥平时一向大度爽朗，此时也满面通红，眼中含泪。

好容易盼着一切都结束了，这才得以分配住处，暂时歇息。

"胡善祥、袁媚儿、曹雪柔，你们三个分住一室！"

就这样，胡善祥与袁氏、曹氏共分一室。那袁氏与曹氏，一个活泼好动，一个娴静如水，年幼的袁媚儿，拉着曹雪柔问道："姐姐多大？家在哪里？"

曹雪柔浅浅一笑："我十七，是苏州人氏。妹妹呢？"

袁媚儿一口标准的北地口音："我说姐姐看起来如此娇俏美丽，原来是苏州人氏，说话也是极好听的，不像我，我是北京城南大兴人氏，此次从北面一路而来，在车里颠簸了好些日子，如今正是腰酸腿痛，又困又乏！"

袁媚儿说话极快，又十分的干脆爽利。

她把头一歪看到了胡善祥，不由笑了："胡姐姐的名字好大气，刚刚在外面听到，我们几个都是略带女孩儿气的名字，只有胡姐姐，听起来就觉得有些雍容，我猜胡姐姐，莫不是我们当中的贵人？"

胡善祥心中有苦难言，只是淡淡一笑，没有答复。

袁媚儿自知无趣，冲着曹雪柔眨了眨眼睛，自嘲道："一路之上闷得紧了，见到姐姐们就不由得聒噪起来，姐姐们莫怪才是！"

她如此一说，胡善祥才知道自己刚刚的反应太过冷淡了，于是走过去，挨着她坐下，拉起她的手说道："妹妹哪里话，刚刚姐姐是一时心烦，不是冲着妹妹，而是突然才得知我们入宫的原由，又惊又怕，一时没了分寸！"

袁媚儿闪着灵动的大眼睛，看着胡善祥，有些不知所措。

而一旁的曹雪柔则目光中露出关切，她压低声音问道："难不成你入宫，家里人没有事先告诉你？"

胡善祥微微叹息："我只当是与我大姐一样，只是来做个宫女，过不了几年，就会被放出宫去，哪成想会是这样？"

曹雪柔与袁媚儿对视之后，面上也是一派哀色。

袁媚儿更是口无遮拦："原来姐姐是被家人骗来的！"

忽然她神情一变，立即喜笑颜开："姐姐莫要难过，我来时听父兄说过，皇太孙不同于一般的王孙贵戚，他不仅英俊潇洒，而且少年老成，举止得体，才学武艺都是一流，更难得的是，虽然已经成年，可是府中并无姬妾，人品是极好的！"

"人品是极好的？"胡善祥心中更加悲泣，好又怎么样？能好过他吗？

看她神色忽明忽暗，曹雪柔轻轻碰了一下袁媚儿的手，示意她不要再说了。

第五十二章　玄　虚

几日后，城曲堂内咸宁公主凭栏远望，面上很是焦急。而坐在一旁的若微怀抱琵琶凝神静思，如玉的十指在琵琶弦上流泻，此起彼伏的弹拨之音交错，一曲流畅的《阳春白雪》骤起，忧伤的感觉缓缓而出，像是铺散的丝绸，又像展开的书卷，更像是一泻千里的月光，阵阵拨音，纯净婉转的音色之中透着骨子里的刚劲与沧桑。

"若微，我知道你心里难过，你别急，我再去求求父皇！"咸宁公主说罢，便转身向外走去。

琴音骤止，若微淡然一笑："公主对若微的好，若微五内感铭，只是天子的金口，岂能朝令夕改呢，求也无望，不如顺受吧！"

只此一句之后，她又恍然无事人一般，自顾自地弹起琵琶来了。

只是这顺受二字说得如此简单，可是面对这样的变故，又有几人能坦然面对呢？

柔仪殿内，朱棣歪在床榻之上，王贵妃手拿锦扇小心地为其扇着。

而立在殿内的太监总管马云则如实回禀，不敢有半分的隐匿。

朱棣半晌之后，突然睁开眼睛："她真的如此平静？没有哭闹？"

马云打量着朱棣的神色，小心应对："正是，只是陪着公主在城曲堂弹琵琶，并没有说什么，听小扣子说，他过来的时候，那音律还在耳畔盘旋呢！"

"弹的是什么？"朱棣看似随口一问。

马云不由大感意外，看了一眼身边的王贵妃。

王贵妃会意，低笑着说道："万岁，马公公手下的小太监，有几个是通音律的？能知道在弹琵琶就不错了，怎么还会辨出曲目来？"

朱棣点了点头，扫了一眼马云："东宫那边，一切太平？"

马云立即答话："是，今日一早，太子妃就令皇太孙移驾东宫，如今正在检选，司礼监黄公公也侍候在侧！"

"好，你去吧！"朱棣仿佛倦了，身子向后一歪，闭目凝神，不再言语。

马云与王贵妃对视一眼，目光中尽是感激之色，这才躬身退下。

太子东宫大殿之上。

太子妃居正位，皇太孙朱瞻基居左下。

十名盛妆少女分列两排站于殿内。

当值尚仪手拿名册，一一念其姓氏，介绍其籍贯、出身，家世、才学。

朱瞻基面沉似海，默不作声。

太子妃微微示意，东宫大宫女慧珠手捧托盘，跪在朱瞻基面前，托盘之中放着三块玉牌，示意朱瞻基走到殿中，将玉牌交给中意之人。

可是朱瞻基迟迟没有动作。

整个大殿气氛凝重，压抑得让人有些喘不过气来。

司礼监黄俨心知肚明，却不敢有半分怠慢，只得示意尚仪女官又把名册重新念过，于是十位待选淑女再次一一行礼。

太子妃面色越来越难看，看来昨晚对瞻基的谆谆教导都付之东流了，许是站得太久了，又许是太过紧张，殿中一名身形娇小的待选女子，竟然昏了过去。

太子妃此时不得不开口说道："皇太孙以仁孝之心为诸行之首，在选妃之事上也不愿擅专，如此甚好，就从了皇太孙的心愿，请黄公公去往柔仪殿，禀万岁与贵妃娘娘旨意后再做决定吧！"

此语一出，众人皆长长松了口气。

待选秀女被尚仪等女官引领着行礼后退下，她们刚一退下，太子妃张妍重重一掌拍在案上："基儿今天此举是何意思？"

皇太孙朱瞻基站起身来，在太子妃面前跪下："母妃自然知道孩儿的意思，为何还要苦苦相逼？"

"殿下！"慧珠忍不住插嘴道："娘娘也是无可奈何，这都是万岁的意思，咱们娘娘能去跟万岁争辩吗？就是太子殿下，也不能违背圣意呀！"

朱瞻基低头不语，一脸激愤。

正在此时，殿外走来一人，正是太子妃之母彭城伯夫人。

一入殿内，看到孙儿跪在当场，立即过去相扶："基儿快起来，我与你同去面圣，我倒要以亲家的身份去问问万岁，为何言而无信？当初若微进宫，就是钦定的皇太孙妃，如今这么多年过去了，且不说我们的悉心教导，就是你们俩的情意，怎么能这样说断就断，居然连以嫔妾身份入侍皇太孙府这样退而求其次的要求都不允，生生地把你们拆散，这是为什么？"

"母亲！"太子妃又急又恼，冲着慧珠连连使着眼色，慧珠明白，立即走到殿外相守。

"母亲莫急，基儿，你也先起来！"太子妃张妍定了定神儿，这才说道："母亲，基儿不懂事，难不成您也没看出来吗？万岁此举，名为否定若微，实则是对我们的一种提点。这几年父亲与两位兄长的官做得越来越大，如果若微再入主东宫，恐怕万岁便不能安寝了！"

听太子妃如此一说，彭城伯夫人立即手抚胸口："我的老天，千算万算，没想到这一层！"随即又像是猛然觉醒："可是，你兄长与父亲的官都是自己用血汗换来的，这些年在天寿山督建帝陵，在北京修建宫苑，连你嫂嫂生产、父亲大寿，都没有回来一日，我们张家的荣耀可都是自己实打实干出来的！"

太子妃长长叹了口气："母亲忘记了，君心难测，很多事情是没有道理可讲的。况且，如今东宫刚刚太平了些，可是汉王与赵王无时不在暗处盯着我们的错处，我们不能因小失大，因为若微一事与陛下相争，况且争也争不出结果。我们如今只有恭顺，才可将东宫的贤名继续下去。"

"东宫，太子？"彭城伯夫人连连点头，是的，太子、太子妃之位比起皇太孙、太孙妃的位子要重得太多了，这两下相较，哪个为重，哪个是轻，一拎便明了。

太子妃三言两语便说服了母亲。

可是对着那个一脸沉静，看似心中全然有数的儿子，张妍只觉得一点儿办法也没有。

刚待开口再劝，朱瞻基再一次站起身，他拱手而揖，郑重其事地说道："母妃放心，孩子自幼被皇祖带在身边，最知身在帝王之家的取舍与立世之道，只是若微，万万不是我想舍便能舍的！"

说完，不等太子妃开口，便大步走出大殿，走出东宫，直奔城曲堂。

第五十三章　心　曲

城曲堂外，静静地听着那琵琶曲演绎出来的心声。

瞻基先是有些糊涂了，他以为会是高山流水，或是梅花三弄。

今天她的心情正是应该悲凉哀怨的，可是这曲子，居然是《阳春白雪》。

这曲子还是那年在静雅轩，她私下里为自己庆贺生辰时第一次弹起的，记得当时她说过，据传此曲是春秋时期晋国的师旷或齐国的刘涓子所作。

《宋玉答楚王问》中写道：当歌手唱《下里巴人》时，国中和者数万人；后又改唱《阳春白雪》，因为曲高和寡，只有几个人跟着唱和。

这曲子与高山流水同意。

都是知音难觅的意思，只是《阳春》取万物知春，和风坦荡之意；《白雪》取凛然清洁，雪竹琳琅之音。

正是曲高和寡，瞻基站在楼下，听了好一会儿，心中没有悲泣只有激昂，若微，有我在，你又怎么会真的曲高和寡呢？

站在楼上的咸宁公主，看他们一个玉树临风，立于楼下，一个身处静室，醉心低吟，相隔咫尺，又如天涯，想见，步如千钧、难以移步，而见了面，又该如何，又能如何呢？

351

心中一凛，拿起一件披帛，独自一人下了绣楼。

柔仪宫内，王贵妃在龙榻前轻声低唤："万岁，咸宁在外面候见！"

"咸宁？"朱棣唇边浮起一丝意味不明的笑容："叫她进来！"

"是！"王贵妃退了出来，不敢有丝毫怠慢，亲自到殿外相迎。

"母妃！"咸宁公主急切地喊着："父皇可是要见我了？"

王贵妃笑着点了点头，领着咸宁走入寝殿。

此时朱棣已经从龙榻上坐了起来，侍立一旁的宫女连忙奉上香茶，朱棣浅浅地饮了一口，抬眼看到咸宁公主俏生生地立在下首，这才说道："咸宁来了！"

咸宁公主"扑通"一声跪在朱棣面前，王贵妃吓了一跳，立即上前相扶。

朱棣不由眉头微皱："咸宁，该来这里跪的，不该是你！"

此语一出，咸宁大惊失色，仿佛难以置信一般，抬起头凝视着朱棣："父皇？你以为基儿或是若微会来此跪求吗？"

她花容变色，唇角浮起一丝苦涩的笑意，她点了点头："是该他们来，可是他们不会来，他们来了，父皇不觉得难堪吗？"

朱棣轻哼一声，没有发怒，却明显有些不悦："咸宁想说什么，直言便是！"

王贵妃小心打量着朱棣的神色，此时一再冲咸宁递着眼色，示意她不要触怒龙威，可是咸宁根本不理，她索性把心一横，道："直言就直言，若微从第一日进宫，便是要许给瞻基的，为何父皇突然改变主意，又从哪里弄来一堆秀女逼着瞻基去选，这是为何？"

朱棣并不作答，而王贵妃则在边上劝道："咸宁，莫要会错圣意，辜负了圣上的一片体恤之情。若微虽好，却不能占尽天下女子之所长。如今圣上颁旨，让各地选送淑媛才女，慎选之后才得了这十人，家世、才学、品行、容貌，都堪称翘楚，让咱们皇太孙在其中选择一二，更是陛下的龙恩。"

不说还好，她这样一番说辞，咸宁更是恼怒极了，她脸色微红、语言犀利顶了回去："既然是公开遴选，那也该让若微参与其中，与她们一道，我就不信若微会输了不成！"

挨她如此抢白，王贵妃不怒反笑，拿眼看着朱棣，一副无可奈何的样子，退到一边。

朱棣此时才开口说道："怎么？咸宁是替若微打抱不平？"

"正是，父皇这样出尔反尔，若微没说半个字，瞻基也是一副恭顺的样子，只是苦了他们两个。女儿看不过眼，这才跑来请求父皇收回成命，成全了他们这段好姻缘吧！"咸宁说得恳切，眼中竟然有了几滴急泪。

看着她的明眸与粉面，朱棣不由想起了早逝的皇后，自己的原配徐氏。心中感叹，你的女儿怎么一点儿都不像你呢？

自小长在深宫，处处拔尖逞强，可是性子又是那般古道热肠，见不得谁受一点儿委屈，这样的性子与大度、娴静又果断、睿智，人称"女诸生"的徐皇后，果然是相差甚远。

真是帝女不知愁滋味。朱棣与王贵妃对视一眼，又盯着咸宁说道："他们的事，用不着你来操心。如今你也要收收心，西宁侯宋晟次子宋瑛，为人谦和内敛，才学与性子都是极好的，如此，你与安成既是姐妹，又做妯娌，宫内宫外，守在一起，朕也好放心！"

"父皇！"咸宁听此语，如同惊雷，怎么好端端地扯到自己的头上来了？刚要再辩，司礼太监黄俨急匆匆走了进来。

王贵妃适时将咸宁扶了起来。

只见黄俨下跪启奏："回万岁，东宫那边刚刚派人来回话，太子妃说此次选送的十名淑女德容言工俱佳，不分伯仲，皇太孙难以决择，恭请圣裁！"

朱棣闻听之后，抚须深省，片刻之后说道："如此，传旨下去，立胡氏为皇太孙妃，曹氏、袁氏为皇太孙嫔，命礼部择吉日行册封礼！"

"是！"黄俨叩头之后又匆匆退下。

咸宁此时面色苍白，已经不能思考，原来不管是瞻基还是自己，这婚姻大事，只在一瞬之间，便由圣意圣裁了。

她痴痴呆呆，忘了谢恩，忘了礼数，只向殿外走去。

看着她的身影，王贵妃终是有些于心不忍："万岁，那宋瑛……咸宁嫁过去，不会委屈吧？"

"宋瑛之事，是仁孝皇后在世时便定下的，宋家书香门弟，品格高洁，安成嫁了他家长子，咸宁再嫁宋瑛，定然不会受到半点委屈的！"朱棣负手而立，凝眸远视，透过咸宁的背影，俯看着殿外的楼宇，心事悠悠。

王贵妃知道，他又在追忆皇后了。

仁孝皇后徐氏，大明开国功臣中山王徐达长女，自幼贞静，好读书，人称"女诸生"。

太祖闻其贤名，召徐达曰："朕与卿，布衣交也。古君臣相契者，率为婚姻。卿有令女，其以朕子棣配焉。"

徐达顿首谢恩。于洪武九年，徐氏被册立为燕王妃。

徐氏得太祖高皇后马后深爱，是马皇后眼中、口中的"贤媳"，对她的褒奖与宠爱甚至超过了当时的皇太子朱标的正妃，同样是大明开国重臣常遇春的女儿常氏。

后来马皇后仙逝，身为燕王妃的徐氏更是居孝慈，服丧三年，蔬食如礼。

靖难兵起，燕王远袭大宁，李景隆乘间进围北京。当时燕王世子高炽据守，多禀命于她。城中兵少粮缺，她激劝将士的妻女，亲自授甲登城拒守，以一万人击退李景隆十几万大军，她功不可没。

朱棣大业所成，内则全赖徐后维护，两人感情早已超越了男女之间的情爱，更有英雄相惜、互为表里之谊。

然而贤后命薄，只做了四年皇后，便离世而去。

朱棣为其亲拟尊谥：仁孝慈懿诚明庄献配天齐圣文皇后。自此之后，虽有宠妃，却不复立后，这样的情分，终究也算难得。

第五十四章　谜　局

太子宫内。

清早洗漱更衣之后，太子朱高炽与太子妃张妍一起用过早膳，对坐品茗。

看着太子妃眉目之间的一缕愁思，太子朱高炽也不免叹息："圣意难揣而更难违，只是若微好好的一个女孩儿，如今瞻基身边一妃两嫔都已定，若微的出路，依爱妃看，该如何安置？"

太子妃半晌无语，太子朱高炽举目望去，忽然发现太子妃的神情与往日大为不同，她的眼睛直直盯着窗外，于是乎展现在太子视线中的便只有一个侧脸，看她侧脸的表情与正面却像两个人。平日的她，贞静贤淑，温文尔雅，而今日看着侧面，却发现她神采奕奕，眼神机敏锐利，有如威严华贵的女主，让人又敬又怕。

太子妃转过脸来，看着太子说到道："臣妾倒是希望能替她做主，妥当地安置了她，可是，恐怕这也由不得臣妾。"

"此话怎讲？"太子朱高炽为人忠厚温敦，实在没有那么多心思，显然没明白张妍所指为何。

太子妃淡然一笑："昨日去柔仪宫给贵妃请安，贵妃看似无意地提了一句，说是这两日圣上睡得不太安稳，好像梦到了仁孝皇后，说是有意要从诸王府的郡主或者养女中选上几人，去宫外玉林寺为仁孝皇后带发修行，祈福纳祥。"

"那很好，可以让嘉兴和真定去！"朱高炽抚须暗忖，嘉兴郡主是张妍所出的皇长孙女，而真定郡主则是李选侍所出，两姐妹从小要好，太子妃对李选侍一向也很照拂，所以这样的安排最好。

而太子妃听了唇边便浮起一丝笑，苦涩而又悠远，她扫了一眼朱高炽："太子真是心存仁厚，这样的事情便派嘉兴和真定去，为何偏偏没想到庆都呢？"

太子朱高炽面上一窘，无言以对，庆都是太子侧妃郭温仪所出，这郭温仪才学、品性均不及太子妃万一，可是她偏偏长得娇憨美艳，性格又活泼爽快，在众嫔妾当中最得朱高炽的欢心，更为他诞育了三子一女，与太子妃张妍在名位上只差半肩，而饮食起居、配给用度，风头之劲，显然成了太子宫中的第一人。

太子妃美目一闪，看太子脸上有些尴尬之态，这才又借着奉茶，稍作缓和："不管是嘉兴还是庆都，都不必前往，我看贵妃的意思，是让若微去。"

"若微？"太子朱高炽面色一沉，很是意外："不妃不妾，非我皇族中人，为何要她前去，既然不中意，放人家回乡就是，何苦还要圈着人家！"

太子妃拿眼一扫，太子这才意识到自己有些失态，遂挥了挥手，内侍与宫女纷纷退下。

"若微在宫中待了这么多年，如果贸然退回娘家，恐怕今后也难以嫁人，况且宫中从来没有这样的先例，让她去寺中修行，也许正是为了今后的出路。"太子妃定定地注视着太子，眼波微转，将那些不便言表的意思递了过去。

太子饶是再愚钝，也仿佛明白了几分。

此时，除了扼腕叹息，再无他言。

东苑隆庆宫的偏殿内。

胡善祥歪倚在黄梨雕灵芝螭纹美人榻上，正独自想着心事。

此时司礼太监黄俨带着两名宫女、两名嬷嬷走了进来。

"老奴给皇太孙妃道喜了！"黄俨满面堆笑，胡善祥不敢怠慢，立即起身相扶："公公何须如此，善祥实在惶恐。公公只唤我名字即可，一切都从公公安排。"

"呵呵，皇太孙妃真是好性情，既然如此，老奴也就逾越了，今儿先给娘娘指派几个近身侍候的人。等大婚之后，与皇太孙离宫分府，宫内自然还会按例指派管事和下人的！"黄俨一面说，一面指着身后的四人介绍道："梅影，落雪。是东宫太子妃调教出来的，都是长着七巧玲珑心的明白人，这苏嬷嬷和李嬷嬷，原是王贵妃宫中的管事姑姑，如今也奉命来服侍娘娘，娘娘先用着，如果有什么不妥贴，就来回我，老奴一定再为娘娘另觅良人。"

胡善祥顺着黄俨所指向他身后望去，那四人立即齐身下拜，口里称道："奴婢拜见皇太孙妃！"

"快快免礼！"胡善祥态度和善，举止得体，立即起身相扶："我初入宫苑，诸礼荒疏，以后还赖诸位多多提点才是！"

说罢又从妆台上的手饰盒中取出几件钗环饰品，分赠众人，又是一番礼来复往，这才退下。

刚刚喘了一口气，只见落雪姗姗入内："娘娘，太子妃身边的慧珠姑娘来了！"

"慧珠？"胡善祥双眉微蹙，落雪抬眼偷偷打量，早就听人说了，不过是一个锦衣卫百户的女儿，却突然飞上枝头，成为大明最耀眼的皇太孙朱瞻基的正妃，不仅惹人羡慕，更让人暗暗猜测，她到底有何出众之处？

微微蹙起的眉宇间带一股子说不出的傲贵之气，一双与平常女孩子有异的浓眉更显出她的与众不同，再看她的那双眼睛，不娇，不娆，不艳，端庄而又坚韧，超脱而又出尘。鼻子高挺适中，给人坚强的感觉，鼻梁挺拔，鼻头微翘，秀气而鲜明，唇形饱满而丰润，她的五官是完美的，冰削玉雕的一样。

原来这位皇太孙妃长得很美，只是落雪不禁又暗暗替那位若微姑娘叫屈，这位胡妃长得虽然貌美，可是与若微姑娘那种静时如天上雪莲、动如新蕾绽放的灵动之美相差甚远，那么，她又是以什么胜过若微姑娘的呢？

落雪心中充满疑问，只是面上不动声色，静等着胡善祥的吩咐。

胡善祥眼神儿一敛，淡淡地说了一句："请慧珠姑娘进来！"

"是！"落雪悄然退下。

不多时，慧珠手捧着金镶玉的妆盒，并领着四名小太监，抬着两口箱子走进殿内。

慧珠未曾开口，先是浅笑连连，走到胡善祥跟前，先是深深一福："参见娘娘，给娘娘贺喜，这是太子妃为娘娘添妆的衣物、首饰，请娘娘查点！"

她字字如珠，声音柔和，端庄秀丽，皮肤白皙，更有一双灵动的大眼睛，惹人爱怜。

胡善祥看得有些痴了，眼中一热，刚要开口，只见慧珠抢着和落雪、梅影打着招呼："你们姐妹如今分来这里，太子妃叮嘱，要用心服侍皇太孙妃，莫要疏忽怠慢！"

"瞧慧珠姐姐说的，从今以后，便以皇太孙妃马首是瞻，只有小心翼翼、全心相待，怎会有半分懈怠呢？"落雪笑意吟吟抢先说道。

梅影嘴上没说什么，只是笑着连连应声。

胡善祥这才说道："落雪、梅影，带他们把箱子抬下去，再替我打赏！"

"是！"落雪、梅影领着小太监抬着箱笼退下。

当大殿内只剩下慧珠与胡善祥两个人的时候，胡善祥脸上这才变了颜色，目中含泪，扑到慧珠怀里哭道："姐姐，为何如今，会是这样的境遇呀！"

慧珠轻轻抚着她的背，不由浮想连连。慧珠原名善图，正是胡荣的长女，而胡荣这锦衣卫百户的封赏，还是自己为爹爹争来的呢，这么多年在东宫的小心侍候，原以为日后等太子初登大宝之后，太子妃成了皇后，主宰六宫，那时自己才好扬眉，却不想喜从天降，自己的小妹竟然入宫成了尊贵的主子，于是连忙宽慰道："妹妹好命，怎么不见欢喜反而哭了起来？"

　　胡善祥听她此言，止了泪，怔怔地望着她："姐姐，我宁愿如姐姐这般，只做个宫女，熬上几年出宫去，也好过从今往后战战兢兢，深宫内苑，上下奉迎，从此勾心斗角，好没意思！"

　　慧珠掏出帕子，为她轻轻拭去脸上的泪迹，又拉着她坐下，低声说道："妹妹可是听说了？"

　　胡善祥点了点头："既然皇太孙心中早有佳偶，为什么又要另选秀女？那天在东宫，我偷偷看着，皇太孙分明都没有拿正眼看过我们，怎么最后会选上我？"

　　慧珠叹了口气："所以说妹妹是好命，从永乐八年，若微姑娘入宫时起，这宫中上下哪个不知，她就是钦定的皇太孙妃，且不说太子殿下与太子妃是如何地宠她，就是咱们皇太孙也是恨不得朝朝暮暮与她待在一处。这次也不知为何，突然就传出要另选淑女的消息来，姐姐也不知道为了何故，只听说最后妹妹是由万岁钦点的！"

　　胡善祥一脸愁容："如此，那若微可是会恨死我了，就是皇太孙也定会以为是我雀占凤巢，日后怎能善待于我？"

　　慧珠盯着胡善祥不由笑了起来："看吧，这还没嫁呢，就担心起日后的妻妾争宠来了？"

　　"姐姐！"胡善祥仿佛要恼，嘴里突然嘀咕了一句："皇太孙，妹妹以前见过！"

　　"见过？在哪里见过？"此刻轮到慧珠惊讶了。

　　"妹妹不说！"一丝羞涩浮现在胡善祥的脸上，她又想起了三年前的往事，是呀，如果洞房花烛夜时，两个人四目相对，也不知他认出自己后会如何想？当初的任性妄为，想不到正是应了今日的良缘。

第五十五章　惊　鸿

看她的神色，忽明忽暗，悲喜交融，反而把慧珠弄糊涂了。

刚要追问，胡善祥便把话岔开："姐姐，这宫里可都知道咱们姐妹的关系？"

慧珠先是点点头，随即又摇了摇头："圣上和司礼监肯定是知道的，妹妹能被册立为皇太孙妃，想是我们祖宗八代都会被查得清清楚楚的，所以前儿我就在太子妃面前如实回禀了！"

"啊？那太子妃怎么说？"胡善祥一脸紧张。

慧珠笑了："妹妹放心，太子妃最是明理大度的。姐姐入宫十二年，从小宫女时就跟在太子妃身边，一步一步做了东宫的管事，太子妃十分信任于我。我将实情讲出，太子妃非但没有责怪，反而大喜。你想呀，当初她早早地将若微姑娘接进宫中，不外乎就是想在皇太孙妃的位子上放一个跟自己实心实意的人，如今突然被圣上另指他人，心里正呕得不行，这时候我将我们姐妹的关系全盘托出，她自然安心，也算是失之桑榆收之东隅。今儿一早就让我把妆礼送过来，这些东西我心中有数，都是她早前为若微姑娘备下的，所以妹妹尽可放心，太子妃那边有姐姐应酬，妹妹自然是媳孝婆慈，放心好了！"

胡善祥似懂非懂，面上飞霞，一副新嫁娘的羞涩模样，自然是乐在其中。

见她如此，慧珠又出言提醒："如今妹妹只要讨得皇太孙的欢心，其他的事不必放在心上，上有万岁恩旨、太子妃的信任，下有姐姐帮你打点宫中关系，大局已定，不必过虑！"

胡善祥点了点头，忽然想起一事："那袁媚儿与曹雪柔是何根基？姐姐可知晓？"

慧珠听了，不禁掩唇而笑，戏谑道："我看妹妹终究还是适合在宫中生存的，这脑子灵光得很，一点就透。正是如此呢，在这十名淑女当中，除了妹妹，就是她们二人最为出众，那袁媚儿不仅人长得好，你莫要小看，她是出自袁驸马家的小姐，根基、家世比我们要强上许多。那曹雪柔是出自江南书香世家，听说其父督建北京宫城有功，这才将她选了来。"

胡善祥恍然大悟："我说陛下连看都没看我们几人，怎么会在十人当中偏偏选了她俩，原来都是有来历的，那余下的人呢？"

"余下的？"慧珠想了想："不过是分往宫内各处，待个一二年，学完规矩，或是指给其他皇子、皇孙，或是被皇上看中，当了主子，也不一定。"

胡善祥点了点头："我还道是落选之后，便可以回家呢，本来还暗暗羡慕她们，想不到，也是要在这宫苑之中度过余生的！"

"落选之后，发回母家？那样还不如死了干净，皇家选过的女子，还会嫁得出去？哪有人敢上门提亲？"慧珠打量着偏殿内的摆设，仿佛有些不满："明儿我找些人来帮妹妹收拾一下，添些屏风、摆架之类的，看着也好有些生气！"

胡善祥又站起身拉住她："姐姐刚刚说落选的不会发回母家，那这位若微姑娘呢？以后还要留在宫中吗？"

慧珠淡然一笑，眼中不免有些悲泣："听说是要送到佛寺去为已故的仁孝皇后祈福，那样的人品，那样的性情，实在是可惜了！"

"什么？"胡善祥的心突然沉了下去，不知为何，隐隐发痛，那个女子虽然从未谋面，可是毕竟是自己在不知不觉中夺了她的位子，而她居然以花季之期，从此要长伴青灯古佛了吗？

同情还是怜惜？胡善祥也分辨不清，只觉得这大殿之中突然有些冷得怕人。

"妹妹呀，在这宫里最要不得的便是对人心软。这里就像戏台子，你方唱罢我登场，哪有日日得宠的？就说前些年的朝鲜妃子，那个权氏，万岁对她的恩宠，宫里哪有人能比得上？权势地位，吃穿用度与皇后没什么两样，可是后来呢，死得不明不白的，宫里哪儿还有人会记得她？"慧珠轻声叹息："妹妹自小饱读诗书，懂的定是比姐姐多，只是这宫里的道道儿，妹妹还没看透，你不必对若微姑娘心生同情，她若不走，你又怎能在这宫内坐稳皇太孙妃的位子？"

"姐姐此话怎讲？"胡善祥刚待细细追问，只听外面一阵脚步声由远及近，隔着帘子只听落雪说道："主子，曹、袁两位嫔主子来给您请安了！"

胡善祥看着慧珠，刚要开口，慧珠则站起身对着胡善祥一个福礼："那慧珠就先告退了，娘娘有什么吩咐，尽可派人来东宫传话！"

说罢，使了个眼色，抖了抖帕子，走到门口，落雪立即从外面打起帘子："慧珠姐姐慢走！"

帘子才放下，不多时又被高高打起，人还未到，那爽朗而娇憨的声音已然响起："给姐姐道喜，看吧，媚儿早就说过，姐姐是我们当中的贵人！"

随即两名俏丽佳人姗姗入内，袁媚儿身穿淡橘色的菊纹上裳，下着百褶如意月裙，娇俏如新荷出水，美得让人眼前一亮。

而跟在她身后体态婀娜、亭亭而立的正是曹雪柔，藕丝琵琶衿上裳和紫绡翠纹裙，这样一配，更将她娴静出尘的风姿衬托得尽善尽美。

两个如同仕女图上走下来的美娇娥，在胡善祥看了，居然有一阵儿的恍惚。

曹雪柔拉着袁媚儿深深一个福礼，一口吴侬软语缓缓响起："雪柔和媚儿一起给皇太孙妃道喜！"

胡善祥这才反应过来，唇边浮起一丝笑容，起身伸手相扶："何必多礼！"又冲着落雪和梅影吩咐着："快给两位嫔主子看座！"

"是！"落雪与梅影立即搬上两张黄花梨玉璧纹圆凳，又奉上香茶，这才退下。

三人纷纷坐下，袁媚儿借着品茗之机，拿眼偷偷打量着胡善祥，不由得眼神微转："姐姐好福气，能够成为皇太孙妃，应该满心欢喜才是，为何面上仿佛有些愁色？不如说出来，我和曹姐姐替您排解排解！"

她此语一出，曹雪柔也对上了胡善祥的脸，细细端详，方觉得袁媚儿所言不虚，不由心中暗暗发冷，这个袁媚儿虽然年纪轻，可是却又这般的伶俐，看来日后也是一个强劲的对手，自己更要打起精神、小心应对才是。

胡善祥面上微窘，端起茶杯浅浅地饮了一口，这才说道："入宫到今日，仿佛梦一场，想着从此之后久居深宫，再也见不到家人，心里不免有些感伤，让妹妹见笑了！"

这样的话，虽然是三分敷衍，倒透着七分真情，一时之间，同样是心怀离愁别绪，和对未来宫中生活、各自命运的不安与迷茫，三个人虽然各怀心思，此时也唯有一声叹息，默默品茶了。

东宫静雅轩内，若微倚在榻上，手里拿着一本琴谱，而眼睛微闭，仿佛已经睡着了。湘汀自外面走进来，看到这情形，不由一声叹息，随即拿起一床锦被，轻轻盖在她的身上。

谁知就在这个时候，若微突然握住了她的手，随即睁开明眸，淡淡地笑容浮起："好姐姐，这么多年，你在我身边，细心照顾，全力维护，原来只盼着日后能帮你觅一个好去处，可是如今，我自身尚不可知……"

"姑娘，湘汀知道姑娘心里的苦！"湘汀声音微颤，眼里噙着泪，把头扭向一边。

若微紧紧抿着嘴唇，思忖了一会儿，才说道："不管是出宫，还是去别处，紫烟是我自家里带来的，自然随着我；而姐姐原就是太子妃跟前的人，如今是回到东宫，还是跟了皇太孙妃，姐姐可要早做打算，千万不要因为我误了前程。本来我还想等太子妃召见的时候，替姐姐说句话，可是……"若微一顿，叹了口气。

想不到一向淡泊中庸的太子妃，居然也是如此势利，当皇上大张旗鼓地为皇太孙朱瞻基选妃以后，太子妃对自己就一下子疏远了。

若微原本不怪她，她的身份和一举一动，都关系着太子和瞻基，只是这么些天了，差个人来问问都没有，这小小的静雅轩成了被整个皇宫遗弃的地方，瞻基初时来过几次，可是两个人除了相对无言，又能如何？所以她就有意无意地开始回避，而后来呢，听说太子妃免了皇太孙的日日请安，明摆着不让他们来往。

这偌大的皇宫之内，只有咸宁公主是个知心人，还如过去那般，没有疏远和冷淡，依旧常常来看她，或是差人来请，让她去城曲堂相伴。只是如今，公主的婚事也近了，若微心中更是苦涩，这宫里唯一的性情中人，也去了，自己以后的日子该如何呢？

"姑娘，可是听了那些眼皮子浅的奴才的风言风语，心里不妥帖了？"湘汀一脸关切，对上若微的眼，细细打量。

若微笑了，从榻里摸出一个首饰盒，轻轻放在湘汀怀中："姐姐，你跟着我这么些年，你是知道的，这静雅轩恐怕就是这应天皇宫里最清冷的地方，除了月例和年节时各宫和万岁的封赏、皇太孙的馈赠，我也没什么进项，所以让你受了不少委屈，这些是我捡出来的，成色好的，贵重些的，就送给你，留作纪念吧！"

湘汀大惊："姑娘，你这是做什么？你，你可千万不能想不开呀！"

若微还未开口，只听外面"咣当"一声，是杯碗落地的声响，一个丽影掀开珠帘闪身入内，"扑通"一声跪倒在若微床前，声声哀凄："姑娘，姑娘万万不能想不开呀！"

自是身穿香色宫女服饰的紫烟，若微叹了口气，又好气又好笑："你们两个，提风就是雨，我何时说过我要轻生了，快快起来，咱们三人索性摊开来说个明白！"

紫烟抬起头，泪迹未干，似懂非懂，湘汀从袖中拿出帕子递给她："起来吧，听姑娘的话！"

紫烟点了点头，两个人挨着若微坐下。

若微未曾开口，先自嘲地笑了笑，眼睛扫着那门口的串串珠帘，这帘子还是去年，他和自己一起穿的呢，若微深深吸了口气，目光一凛，淡然说道："湘汀，宫里的东西，我一样都不会带走，我要走，就走得干干净净，所以这些，你必须收下！"

若微的表情十分严肃，不容置疑。

湘汀看着手上的妆盒，面色沉静，终是点了点头。

若微又看着紫烟："紫烟，我知道你是喜欢继宗的，等我们出宫回家以后，我跟爷爷和爹爹说，将你许给继宗，可好？"

"姑娘？"紫烟慌了，顾不得害羞和忌讳，直接喊了出来："姑娘怎么像是在安排后事？"

"死丫头，什么话也敢来浑说！"湘汀伸手拧了一下紫烟。

紫烟忍着疼，没敢作声。

若微笑了："可不就是在安排后事吗？不过不是死后的事，而是离宫以后的事情。"她环顾室内，目光落在妆台边上的那口紫檀箱子上，脸上浮起一丝凄凉之色，只是转瞬即逝，"湘汀，找两个小太监，把这口箱子抬到太子妃处，就说是物归原主！"

"姑娘！"紫烟大惊失色："这里面都是皇太孙送给你的，都是你的宝呀，怎么能还回去？"

湘汀面上也微微变色："姑娘，这样怕是不妥吧，一来，会伤了皇太孙的心；二来，太子妃也许会认为姑娘矫情做作，刻意相逼！"

若微点了点头："姐姐说得极是，只是如今，这些对我而言，正是无可无不可的事情，我只求无愧于心，不管他人作如何想法。"

"姑娘！"紫烟与湘汀还待开口再劝。

若微笑了："没事，你们不知道，其实我自己送出去，还能留个体面，你们以为这些东西，皇太孙送我了，就真的是我的了？不会的，他们总要收回去的，不如这样，大家干脆些，省了那许多的麻烦！"

紫烟紧紧咬着嘴唇，眼中含泪，不发一语。

而湘汀则面上凄然一笑："自从那年姑娘进宫，湘汀被分来服侍姑娘，就是一心一意，姑娘的性情，湘汀最是清楚，只是这样的好性情、好人品，为什么会遇到今日的结果？"

湘汀眼中噙着泪，低下头，不再言语。

若微在她肩上轻轻拍了两下："若姐姐在太子妃面前还有些周旋余

365

地，就尽量求太子妃留在东宫吧，你跟了我这么些年，再去服侍皇太孙妃，恐怕对你也不好，这宫里的风云，能避还是避开些吧！"

湘汀的头垂得更低了，抑制不住地哽咽着。

"紫烟，收拾一下，只将我从家里带来的旧衣服打包即可！"若微又吩咐着。

"姑娘，那旧衣服都小了，穿不得了！"紫烟一派天真，瞪着一双大眼睛不明就理。

若微笑了："那都是娘亲手缝的，就是不能穿了，也要带走，不能留在宫里，来的时候带了些什么，走的时候也一样，我们不拿这宫里的一针一线！"

紫烟仿佛懂了，深深地点着头。

第五十六章　求　偶

东宫太子妃寝殿。

看着殿中那口箱子，太子妃面上的表情阴晴不定，盯着湘汀，她冷冷问道："她怎么说？"

湘汀再次跪下，低垂着头轻语道："回太子妃，若微姑娘只说这些均是皇太孙昔日所赠，如今再放在她那儿，恐怕不妥，所以让奴婢着人抬来，算是物归原主！"

"物归原主？"太子妃目光一凛，不由暗想这丫头怕是心中有恨吧，如今竟公然地将这口箱子抬来，这无疑是在向世人宣告瞻基与她是怎样的情深义重……张妍心中不快，轻哼了一声说道："去，把她叫来！"

湘汀仿佛没听懂，脸上神情有些茫然。

"怎么？在她身边待得都没规矩了吗？"太子妃张妍气往上涌，语气也重了起来。

"奴婢不敢，只是刚刚奴婢出门的时候，若微姑娘被咸宁公主身边的小顺子叫走了，说是往城曲堂伴公主弹琴去了！"湘汀心中暗暗发冷，在这宫里果然没有永远的好与宠，一向娴静幽雅的太子妃，今日的性情分明像是变了一个人，恐怕日后自己回来，也未必有什么好日子过。

"哦，去咸宁那里了？"太子妃面色渐缓："你先下去吧，等她回来，让她立即来东宫见我！"

"是！"湘汀小心应答又伏身下拜做足了规矩才悄悄退下。

太子妃张妍站起身走到殿中，伸手打开那口箱子，林林总总，有各种精巧的首饰盒，有字画、笔墨，而更多的就是那些小孩儿家的玩意儿，什么九连环、胭脂盒、小铜镜和团扇。其中有一个物件，显然引起了张妍的兴致。她伸手拿起一看，这是一对带柄罐的器物，闻起来还有淡淡的药香，张妍想起来了，这是专门为她而烧制的药锅，当初她就是用这对药锅为太子熬制各种滋补汤药的……想到此，太子妃的心又软了下来，想起这七年的时间里，若微的种种好处。是呀，这样一个女孩子，从什么时候起自己便开始渐渐冷淡起她来了呢？

太子妃手执这柄药锅，坐在殿中的罗汉榻上，以手撑头，心思百转。

就在这个时候，也没有小太监通传，一个人影就风风火火地从外面闯了进来："母妃！"

太子妃张妍举目一看，不由嗔道："瞻墉，如今一年大似一年，怎么还这样风风火火的，没个规矩！"

东宫三皇孙越郡王朱瞻墉立即"扑通"一声跪倒在地："儿臣给母妃请安，祝母妃凤体安康！"

"这孩子！"太子妃凤目微瞪："做规矩就是让你这样愣愣地跪下叩头吗？还不快起来！"

"是！"朱瞻墉站起身，笑呵呵地立在一旁，忽地看着太子妃手上拿着药锅，不由一愣："母妃身上哪里不舒服了？可请太医看过了？"

见他神色焦急、语气紧张，太子妃心中一暖，随即说道："你莫要瞎猜，母妃一切都好，你且说说，今儿这个时辰怎么想着过来请安了？"

"嗯！"朱瞻墉转了转眼眸，索性挨着太子妃坐下。

"去，那边自有椅子，却偏要过来挤。"太子妃微微皱眉。

朱瞻墉把头靠在太子妃的肩上撒娇道："难得父王和兄长都不在，好好跟母妃说会子体己话，母妃反而让儿臣坐得远远的，多生分呀！"

太子妃掩面而笑，伸手在他额上轻轻戳了一下："你呀，跟瞻基没差几岁，却总是这样爱撒娇，你三弟和四妹、六妹，都比你强些！"

朱瞻墉笑呵呵地也不答话，眼睛扫着殿中那口箱子，不由一愣："这是什么？"

太子妃叹了口气："是若微差人送过来的，以往你兄长相赠的一些个小玩意儿！"

"啊？"朱瞻墉跳了起来："真的是没有回旋余地了吗？居然已经往来相绝决了？"

他紧走几步打开箱子，细细查看："这个猫眼石，还是上次满剌加国王亲率妻子来应天朝贡时进献的，当时皇爷爷赏了兄长，我跟他要，他都没给我。还有这个，这套银制的勺、箸，还是兄长画的图样子，让我去'银作局'交代他们办的，这勺柄上面还有若微的名字呢！"

一边看，一边说，他细细讲述着这些物件的来历，自己也渐渐情绪低落起来，也许在这宫里，最了解若微和瞻基感情的，就是他和咸宁了。

朱瞻墉转过身，再一次郑重地跪在太子妃张妍的面前："母妃，此事是否还有转寰的余地？"

太子妃摇了摇头。

"那么，若微呢，若微怎么办？"朱瞻墉急了："三月十六，就是兄长的册妃大礼，那么若微会如何？她会出宫吗？"

太子妃叹了口气："一切听从圣上旨意，瞻墉，你兄长那边，你还要多加宽慰才是！"

"他？我去宽慰他？我看，我倒是应该马上去静雅轩，去看看若微才是要紧！"瞻墉气呼呼地坐在榻上，拿起桌上太子妃面前的茶就喝。

太子妃不由伸手轻轻在他脸上拍了一下："这孩子，怎么老没个正形！"

"母妃！"朱瞻墉忽然一脸郑重："如果不能将若微配给兄长……如今不能为妃连个嫔也不给，倒不如许给儿臣，儿臣定不会亏待了她！"

"你说什么？"太子妃怒目圆睁，"这样的话也是浑说的吗？看来真真是本宫平日里把你宠坏了！"

朱瞻墉怔愣了一下，立即站起身又重新跪在太子妃面前："若微的好，不只是兄长，宫中上下这许许多多的人都看在眼里。儿臣知道，就是母妃定然也是心中有数的。如今，你们说她不配母仪天下。可是我不是兄长，不是皇太孙，只是一个普通的皇孙，将来当一个闲散的郡王，我不需要什么母仪天下的女人。我只知道，若微很好，我不能让她受委屈。"

太子妃藏在袖中的手指微微轻颤："原本我还不明白圣上为何执意要为瞻基另外选妃。现在我才明白，还是圣上英明，看得远呀，若微果然不能留在宫中。"

"母妃！"朱瞻墉还待开口相求。

太子妃面上一沉："退下去！好好想想你今日的言行错在哪里，想不明白，以后不必来见我！"

朱瞻墉在这一瞬，仿佛有些糊涂了，这是自己的母妃吗？她不是一向大度、内敛、温和而雍容的吗？今天她的神色为何如此肃然，语气又这样的严厉清冷，那样的不容置疑，那样的绝决果断，这是他的母妃吗？

朱瞻墉恍惚了，他不知自己是如何退出来的。

走出殿外，远远地看到一群宫女，三三两两簇拥着一位宫妆丽人，缓缓向这边走来。他索性停下脚步，等着她们近前，想看个仔细。

那群女眷刚刚走近，就听身后响起阵阵细碎的脚步，朱瞻墉一回身，看到母妃身边的管事宫女慧珠，她先是急匆匆地过来给自己请了个安，口中又说道："殿下，前边是新进宫的皇太孙妃，还请殿下回避一下！"

"回避？"朱瞻墉轻哼了一声："择日不如撞日，既然如此凑巧，本王今日倒要见识一下这位未来的皇嫂！"

说着，他索性站在太子宫门口，摆开架势，挡住了那群人的去路。

胡善祥今日是第一次正式拜见太子妃，所以穿得十分郑重，上身穿云霏妆花缎织彩百花飞蝶锦衣，下身配缕金百蝶穿花云缎裙。长发高高绾起，梳成流云髻，又戴了水澹生烟冠，中嵌着一朵海棠珠花，耳际两侧悬吊的珍珠光彩逼人。这身装扮，端庄又艳丽，加上她刻意保持的幽雅举止和步态，更显得十分大气和婉约。

朱瞻墉站在她的对面，细细打量，脸上存着一丝敌视。

白白地抢去了若微的位子，破坏了大哥和若微的好事，这样的女子，即使是美的，心也未必好。只是，为何那样似曾相识呢？

朱瞻塘无所顾忌地看着她的脸。

慧珠立即挡在中间："三皇孙，还是避一避吧，这样于礼不合呢！"

"慧珠姐姐，无妨！"胡善祥轻轻拍了拍慧珠，闪出身形，迎上了朱瞻塘的眼睛，淡然一笑，深深一个福礼。

虽是未行正式册封礼的皇嫂，但于情于理都不该给朱瞻塘行礼的。

朱瞻塘突然想起了，他用手指着她："是你？"

胡善祥嫣然一笑："三皇孙，想起来了！"

原来是她？朱瞻塘暗暗吃了一惊，这样的女子原以为不俗，想不到竟然也会削尖了脑袋钻到宫里来。

心道如此，面上则更加不屑，只轻哼了一声，便错身离去。

见他身形渐远，慧珠刚待开口询问，只见胡善祥微微摇了遥头，苦笑道："别让太子妃等急了，还请慧珠姐姐指引，我们先去请安！"

慧珠点了点头，头前引路。

胡善祥轻移莲步，一步一步登上汉白玉的石阶，心想这一切才刚刚开始，今后的路恐怕不会平顺。只是如今看来，虽说当初自己是误打误撞，只怕与皇太孙的缘分却是上天早早就安排好的，否则怎么会那么巧，当听到那个典故后自己心思一转就会上街择夫，而又偏偏遇到微服出行的他，如此也就算了，一道宫门，阻隔了那冥冥中的红丝线。

可是谁曾想，一旨诏命，自己又突然被召入这禁宫当中，成了皇上为他钦定的正妃，既然一切都是天意，那还有什么可犹豫和忐忑的呢？

第五十七章　认　亲

这是进深赝间、面阔七间的古朴端庄的大殿，东宫殿区建筑风格很独特，因为它与豪华的皇宫建筑迥然不同。

整个殿宇在满院翠柏的映衬下，庄重巍峨，清幽典雅，古朴无华。

它没有三大殿和东西六宫的那种华丽之感，建筑基座与民宅相似，青砖素瓦，装饰得极为淡雅，不施彩绘，在一片绿色植物的簇拥之中，更显得格外清爽、淡雅而恬静。

胡善祥在慧珠的引领之下，缓缓进入正殿。

殿内有宝座、罗汉床、屏风及各种精致的陈设。

宝座后面的屏风雕刻的是《耕织图》，描绘的正是水乡种稻和丝织劳作的情景，殿内东、西两侧的北山墙装有楠木书隔，以布帘遮挡。

微微愣神当中，慧珠走到东侧殿锦帘之下，冲着里面轻声回道："娘娘，皇太孙妃在外候见！"

"进来吧！"东侧殿响起一个似乎略微带着几分倦意的女声，难道这便是自己的婆婆，当今太子妃？

胡善祥心思微转，理了理衣衫，慧珠高高挑起帘子，胡善祥移步进入侧殿。

玉雕翔鸾屏风前，云凤玉案之后，镶金嵌宝的大楠木圈椅中端然稳座的正是一身红色大袖衣裙，外面加了件绣着彩凤的霞帔和红裙子的太子妃，云鬓峨峨，戴着朝阳五凤挂珠钗，比那次典选之日穿的明黄礼服、梳着九翠四凤双博鬓的正式妆扮，还要威仪华美。

此时自有跟前服侍的宫女太监呈上拜垫，胡善祥顾不得多想，立即大礼参拜：“胡氏善祥，参见太子妃！”

因为还未及册封，所以她只得如此自称。

“善祥，好名字，快快起来！”太子妃微微向前探着身子，示意左右宫女将胡善祥搀扶起来。

“赐座！”

太子妃细细端详，只见坐在下首的她，不言不语、端然不动，就像是一个娴雅的深闺小姐，再看那相貌，与若微相比，虽然少了些秀美灵动和妩媚之态，倒也端庄大方，气度不凡。

不由点了点头，刚待开口，又欲言而止。

慧珠何其聪明，立即使了个眼色，示意殿内随侍的几名宫女依次退下，她自己也跟着出去了。

当殿内寂静一片的时候，太子妃这才开口：“你入宫也有些时日了，想必有些事情也多少听说了些，之前曾经有位若微姑娘，是早年选来的，一直由本宫代抚，原本待成年后得配瞻基，只是……”

“娘娘！”胡善祥立即从椅子上滑落，依旧跪在太子妃面前：“善祥实在惶恐，雀占凤巢实非善祥本意，进宫之后，善祥每日莫不是忧心忡忡、寝食难安，既怕伤了太子妃的心，又怕让皇太孙觉得委屈，只想一走了之，又恐连累家人，求太子妃开恩，这样大的恩典，善祥实在是承受不起呀！”

太子妃看她神情急切，面色通红，眼中似有泪光闪过，倒像是个实在的女子，随即露出淡淡的笑容，起身相搀：“好端端的，急什么？如今你也是有身份的东宫之主，万事张弛有度，可不能这样莽撞！”

“是！”胡善祥忍着泪，又坐回到椅子上，怔怔地看着太子妃，目光中透着胆怯。

太子妃叹了口气:"你莫要疑心,你是当今圣上钦点的皇太孙妃,正经的主子,本宫今日召你来,就是要对你略加提点,也自然是认了你这个媳妇。"

"娘娘!"胡善祥又惊又喜,连连点头,目光真挚而热切地注视着太子妃。

这样的性情,如此直白,太子妃不知是喜欢还是遗憾,只觉得与若微的处处周全、乖巧伶俐,仿佛差之甚远,可是转念又一想,若微就是太聪明了,把个瞻基瞻墉兄弟和宫内上上下下奉迎得妥妥帖帖,这样的八面玲珑,反而让自己不那么贴心。是啊,她的母亲是有名的"十全"才女,她能差到哪里去?太子妃想到此,不由心中一紧,难不成接下来自己又要去想他吗?苦涩难当,抬眼看着对面端座的女子。

对着这个初入宫门,一派天真,心性自然淳朴的胡善祥,她反而是有些好感。

像是无意地提起,太子妃淡然一笑:"那镯子可还带在身上?"

"镯子?"胡善祥先是一惊,随即觉醒,立即满面通红,又要起身相拜,便被太子妃伸手拦下:"哪儿这么多礼数?"

胡善祥红着脸,悄悄伸出左手,以右手自腕上褪下那三只金镯,双手奉上,态度恭敬而虔诚。

太子妃接过这镯子,拿在手中细细赏鉴,过了好久,才说道:"善祥也是一位胆识过人、才学出众的奇女子!"

"娘娘过誉了,善祥实不敢当,当日听师傅讲了东魏丞相高欢之妻自己择夫的典故,年少荒唐,所以才上街滋事,却万万想不到,会冲撞了皇太孙殿下,现在想来,还后怕得很!"胡善祥声音越来越小,脸涨得通红,终于低下了头。

太子妃听了,不免一笑:"哪里?正是你当日之举,才与皇太孙结下良缘,如今看来,一切皆有命数,是你的终是你的!"

"娘娘!"胡善祥低声应着。

太子妃又叹了口气:"今日召你过来,就是想与你言明,瞻基与若微自小一起长大,难免有些青梅之谊,只是瞻基一向是进退有度,最是识大体、明大理的。你莫要管旁人的疯言疯语，只要你一心襄助于他，妥帖温存服侍，本宫相信，你们定是一对令人交口称赞的佳儿贤妇。本宫的意思，善祥可明白？"

听太子妃如此讲，胡善祥心如明镜，她再次伏首而拜："请娘娘放心，自当日街头相遇，虽然不知皇太孙的身份，但善祥早已认定，他就是善祥此生的良人，善祥一定全心相待，绝无二意。"

太子妃连连点头："如此，甚好。"

"这镯子本宫替皇太孙收下，大婚之日，由皇太孙为你亲自戴上，可好？"太子妃神情怡然，仿佛放下心中大石，舒畅了不少，谈话间语气也轻松了很多。

"全凭娘娘做主！"胡善祥低眉顺目，伏身再拜。

拜别太子妃走出殿外，迎面遇到一人，身穿紫色短衣，下面配同色的百褶裙，外罩白色绣紫花半绣长衣，头梳朝天髻，两边各垂下一缕青丝，淡扫蛾眉薄粉敷面，小脸润泽艳丽。好一个绝色的美人，只是眉宇间那抹若隐若现的淡淡的愁思，为其更添妩媚。这就是若微吧，胡善祥暗暗吃惊，比起三年前，她出落得更加水灵脱俗，一想到这样的她，居然要面对今后那般命运，胡善祥不由心生悲戚。

若微带着湘汀款款走来，她满腹心事，自然不会理会路上的宫妆女子，而湘汀眼尖，在身后轻轻拽了拽她的袖子："姑娘，那位就是胡善祥。"

一语惊醒梦中人，若微停下步子，远远地凝望着对面的伊人，不看她的衣衫与装扮，单单对上她的眼眸，若微定定地望着，唇边的笑容隐隐的，有些意味不明，仿佛过了半盏茶的时间，她才收回思绪，缓缓前行，行至胡善祥跟前时，她站住了。

嘴角含笑，面带忧思；眼波流转，倾国倾城。胡善祥看了，感觉一种动人心魄的美丽在她身上流淌，而那张清丽绝尘的脸上始终带着的一抹微笑，仿佛一支离弦的利箭，直直地射入自己的心房。

胡善祥仿佛慌了，她下意识地挺直腰肢，这样自己足足比对面的她高了半头，仿佛只有如此，她才有力量和她对峙。

"恭喜！"她笑了："如此，也不枉你当初的巧谋与壮举！"

一语言毕，她侧身而过，跟在后面的湘汀，此时也忘记了所谓的规矩，跟在她的主人后面，没有给这位皇太孙妃行礼，便走了过去。

"太无礼了，看她还能张狂到几时？"站在胡善祥身后的苏嬷嬷啐了一口，有些忿然地说道。

胡善祥什么话也没说，侍女们都只道她是好性子，只是落雪眼尖，分明看到她袖口中紧紧攥着的绣拳，落雪心中黯然，不由回转过身，看了一眼若微那个俏丽的紫色身影，为了她，也为了宫中无数还未及盛开就不得不早早凋零的花蕾，只觉得浑身上下有些瑟瑟发冷，都说春寒才是最浸人肌骨，原来真的是极有道理。

缩了身子，跟在胡善祥后，返回隆庆宫。

太子妃这一次见若微，是在东宫的正殿，坐在高高的宝座之上，俯视着殿中悄然而立的女孩儿。一袭紫衣，风姿飘然卓绝，就像一朵清雅的菡萏，淡雅而出尘。

张妍知道，若微喜欢绿色，常常以一身绿衣白裙在东宫内的各个角落闪过，如新荷照水，袅娜而曼妙，仿佛微风过处，就散出缕缕清香。

后来还是因为自己随意的一句戏言，才换了服色。

那是在去年新正的家宴上，自己曾对她说过的："虽然你爱绿色，可是总穿同样服色的衣裳，外人还道是东宫亏待了你，不给你做新衣！"

从此以后，若微的衣服变换了颜色和款式，张妍心道，这个孩子看似天真纯朴，其实心思缜密，远远超乎她的年纪。

以她幼年入宫，不奴不主的尴尬身份，上上下下得到那么多赞赏和美名，就不是常人能做到的，想到此，不免也心生可惜。

微微踌躇之后，她才开口："如今反倒是生分了，不差人喊你，你连本宫这大殿都不入了？"

若微仰起脸，眼中蒙着一层水雾，而唇边仍努力挤出一丝笑容："若微怕给娘娘添乱！"

"你这孩子！"太子妃张妍叹息一声，冲她招了招手："过来坐下！"

"是！"若微坐在下首的椅子上，面色坦然，对上太子妃张妍的目光，眼中无喜无悲，一副静听吩咐的乖巧模样，反而让太子妃张妍有些无措。

她心中暗暗发紧，眼神儿扫着若微的衣裙，改了初衷开口说道："看，穿惯了绿衣，如今换上紫服，更显美丽了。有的时候，太念旧了，也未尝是件好事！"

若微眼帘低垂，她何其聪明，太子妃一语刚落，她就已然明白了，她点头应道："娘娘提点得极是！"

"若微，你莫要怪谁，瞻基也好，就是本宫和太子殿下，我们都是真心待你的，只是这缘分的事情由不得人情，有天定，有万岁定，由不得自己……"太子妃的目光从若微的脸上转而投向那高高的楠木书隔，心神恍惚。

若微笑了，灿烂得如同八月的桂花，甜美可爱，只是这样的美转瞬即逝。

她收了笑容，一脸坚定："娘娘教诲得极是，若微斗胆相问，何时可以出宫返乡？"

殿外的阳光照了进来，太子妃神态微变，此时的她面相庄严，有一种不可侵犯的威严气势，那一刻，如同手操生杀大权的女主一般凌厉，正等着她开口，可是她迟迟不语，半晌之后才突然站起身，走到若微身边，伸手将她揽在怀中。

这样的太子妃，是若微从来没有见过的，她的心微微颤抖着，不知该如何是好，难道这还不是自己最惨的结果？还会有比退回母家更不堪的命运吗？

一向淡定的若微，终于有些慌了。

"娘娘，若微在宫中七年，伴着公主和诸位小郡主，从来都是如履薄冰、不敢有半分的懈怠与疏忽，扪心自问，虽无功却也无过，如今既然尘缘已了，不如放我归去，也好各得其所。"

若微的声音带着轻颤，这是她第一次在太子妃面前失态。

而太子妃将她揽在怀中，终于还是什么也没说，没有承诺，更没有推心置腹、将真相告之，太子妃只在心中默默念着："敬之，不要怪我！"

第五十八章　帝　女

　　晨晖掩映中，一辆马车悄悄从东华门驶出，车上坐着的正是一身碧色衣裙的若微，她的身旁，是一袭黄色大袖明衣的咸宁公主。

　　两人静静地坐在车上，赶车的小太监承顺不时地"啪啦"扬鞭策马疾行，那抽在马背上的一鞭一鞭，仿佛是打在两个人的心上，说不出的痛与悲。

　　若微把头稍稍一侧，看着咸宁公主，随着车子的颠簸，她宫鬓上斜插的那只金步摇轻轻晃动，而那对流苏状的耳坠更熠熠生辉、摇曳多姿，衬托得一张娇脸流光动人。若微淡然一笑，不由脱口而出："黛眉开娇横远岫，绿鬓淳浓染春烟。公主今日这身装扮更是裙袂飘飘、风姿绰约，新嫁娘的感觉可好？"

　　咸宁公主眼眸流转，定定地望着若微，忽地从袖中伸出玉手，紧紧握在若微的手上："若微，你现在的心情，我自然是感同身受，本不该拉你来陪我看什么公主府的。可是你知道，在这宫里，你是我最知心的人。此时的我，也带着几分惶恐与踟蹰，我也是胆怯的。一直以为在诸皇女当中，父皇独宠于我，对我是有所不同的。没想到，原是我错了，在他眼中，谁都不过如此！"

378

"公主！"若微默默叹息，对上咸宁的眼眸，她努力从唇边挤出一丝笑容："谁说的？其他几位公主可以自由出入宫闱吗？她们又有谁可以在大婚之前见到驸马，可以亲自督建公主府的营造？圣上待公主终究是不同的！"

咸宁摇了摇头："那个宋瑛，看起来油滑得很，举止又十分轻浮。还记得我们初见的时候，他在画舫之上，一想起来，我就呕得要命！"

提到宋瑛，咸宁面上微微泛红，仿佛有些羞怯。

看她的神色，若微便知道，咸宁公主对宋瑛芳心暗动，所以才说道："公主只记得第一次，可记得第二次吗？"

"第二次？"咸宁公主听若微的语气里带着一丝促狭，眼眸转动，仿佛在有意地戏谑，微一思忖，突然想到那一次，自己及笄礼毕，拉着若微在御花园里散步，追逐之间与宋瑛相撞，一下子扑在他身上的情景，立即大窘，伸手就打："好你个小蹄子，好没来由地又来编排我！"

若微以手相挡，乐不可支："好公主，抱都抱过了，如今又有了婚约，从此以后就要好好地相夫教子，不要再犹豫徘徊了。我想驸马也是极明理的，有了公主这样的美娇娘，以后什么画舫、歌伎，他都必会视如粪土、绕道而行的！"

咸宁公主住了手，气鼓鼓地瞪着她："好像你多了解男人似的？你怎么就知道他们的心思？"

此语一出，若微哑然，唇边浮起一丝笑，苦涩，又悠远。她点了点头，有些失神儿地说："是呀，我怎么会了解男人呢？如果我能了解，自己今日又怎会如此不堪？"

"若微，好妹妹！"咸宁眼中一热，揽住她的肩头："我会帮你的，瞻基的心，我们都知道，你不要对他失望，做不成正妃，还可以做侧妃、做嫔，只要你们心意相通，只要能厮守在一处，名分最是无用的东西，你说呢？"

若微一双明眸之中闪过一丝落寞，她暗暗叹息，不再言语。

此时，马车停下。

小太监承顺在外面轻声回话："主子，到了！"

若微一掀车帘，探身至车外，扶着承顺的手，踩着他放好的脚凳，走下马车，又转过身，伸出手扶着咸宁公主下了马车。

"主子，奴才上前通禀一声去？"承顺很是机灵，打量着咸宁公主的神色，却并未移动脚步。

"不必了，你在此候着便是！"咸宁公主眼帘低垂，轻声吩咐。

"是！"

若微扶着咸宁公主，两人相携向前走去。

这是一座高大的牌楼，上面的匾额用红布盖着，那应该是朱棣亲手御笔所题的"咸宁公主府第"。

再往里走，目之所及，是一座巨型石鼓。

穿过之后，便到了正门，那门楼富丽堂皇，气派等同王府。

汉白玉的麒麟与石狮分列大门两侧，高高的汉白玉底座，虽然公主还未入住，但大门两侧已经分列着兵士护卫。

她们步步近前，护卫刚欲上前相阻，然而看到咸宁公主的服色，一时又有些无措，咸宁左手微抬，自袖中露出一块玉牌。

兵士们立即跪倒参拜："参见公主殿下！"

"本宫只是过来看看，不必张扬！"咸宁目光清冷，仿佛一泓秋水照人寒，冷浸浸的，衬得她原本明艳绝色的容颜分外动人。

兵士们齐声应着，依旧跪拜在当中，忘记了起身。

若微轻轻扯了一下咸宁公主的衣衫，咸宁公主会意，随口说道："平身！"

众人才恍然起身，各自归位。

步入大门，迎面是一组玉石琉璃的影壁，上面绘的仿佛是一幅宫廷仕女图，走得近了，才看得清楚，若微不禁惊呼："画的居然是公主寿诞时的夜宴图！"

咸宁也愣了，有些难以置信，难道在那个时候，父皇就命画师候在宴席当中，将当日情形绘了出来，就为了做自己新家的屏障？

咸宁心中感慨，不及多想，这时看到里面急匆匆走来一行人。

头前的是个年长的管事模样的中年男子，他刚待下跪，咸宁挥了挥手：

"刘公公不必多礼，父皇命你为本宫督建这府第，本宫谢你还来不及呢。"

原来是宫里的公公，若微抬眼细看，果然有些眼熟，仿佛曾在王贵妃的柔仪殿当差。

"公主折煞老奴了。公主大喜了！这宅子收拾得差不多了，已经回禀了万岁，择吉日良辰把公主用的细软物件和万岁赏赐的妆箱送过来。公主今儿是过来瞧瞧？老奴前头引路，带公主四处看看？"刘公公弯着腰，态度十分恭敬。

"有劳公公了！"咸宁扫了一眼他身后的仆役："他们就各自方便吧，不必都跟着！"

"是，是！"刘公公一回身，挥了挥手，众人纷纷退下，只余他头前引路。

走不多远，便是一座楠木大厅和两进小楼。大厅是抬梁式结构，面阔四间，门砖雕刻精致。厅后两进楼房，卷棚歇山布瓦顶，上下围廊以苏画装饰。周围廊壁上，开着十面形态各异的什锦窗。大厅与小楼之间是个规整的方院，月台下两座石雕须弥座上置有铜鹿一对。院内松柏苍劲挺拔，枝繁叶茂，庭院中散缀山石、野花，芳草遍地，十分怡然。

"这大厅是公主和驸马爷会客的地方！"刘公公指着屋内的陈设说道："这螭纹镶瘿木面圆桌、拐子纹鸳鸯条案、木雕二龙戏珠纹扶手椅，还有木绞丝纹卷头案，都是用一流的红木材，造型繁复华丽，做工也是极考究的，有些是宫里存的精品，有些是特意为公主新近赶制出来，这些家具都是万岁爷亲自过问的！"

手扶着这些气派精美的家具，咸宁公主此时心绪难平，一时间竟不知如何开口。

"后面两座小楼是公主的卧房和书房！"刘公公一脸笑容："公主上去看看？"

咸宁公主摇了摇头："不必了，还是到那后面院子里走走吧！"

"好好好！"刘公公引着她们走到大厅的侧房，这里有一道夹壁墙，墙上开了一个小木门，以游廊连通后院，穿过长长的游廊，眼前豁然一亮。

想不到这后院别有洞天，竟然还有一个湖。经过松林绿荫下，假山石蹬通向湖边，湖边是一座玲珑小巧的八角亭。而就在亭子不远处，居然还交错地布置着几座风格各异的小型建筑，它们由短墙和半封闭的回廊相连，形成了既封闭又开敞的庭院。

刘公公捂着嘴乐了："公主殿下，这是给小殿下们预备的！"

"小殿下，哪里来的小殿下？"咸宁公主一时没有领悟他话里的意思。

若微却懂了，她轻声说道："自然是公主和驸马的小殿下！"

"啊？"咸宁公主愣住了，静静地注视着那几座小小的建筑，泪花在她眼中闪过，她终于转过脸去，看着一池春水，心事悠悠："父皇，你为女儿做的，原本比女儿想到的，要多得多！"

而若微的心情也渐渐明朗，今天伴咸宁巡幸公主府，让她看到了朱棣不为人知的一面，作为慈父，他细心体恤，温情脉脉，可谓是舐犊情深。

那么，也许自己和瞻基，还有一线希望？

正在暗自思索的当口，一阵窸窸窣窣的脚步声由远及近，若微抬眼一望，不由愣住了。

第五十九章　明　心

从外表上看，他英俊潇洒，又带着一种浑然天成的锐气，今日的一身蓝色常服，平添了几分儒雅之气。但是他的眼神又是那般的冷峻通透，仿佛能洞穿人心。

见若微肆无忌惮地看着他，他反而微微一笑，那笑容亦正亦邪，居然透着一丝亲切。

而在他身边悄然而立的，便是那位肤色白皙、眼眉细长，有着江南男子特有的俊秀与儒雅之气的准驸马，宋瑛。

此时的宋瑛正细细地打量着与他相距数丈之遥的咸宁公主，咸宁公主见他如此这般目不转睛地望着自己，不由微微有些窘意，想要恼又恼不得，刚待开口，又欲言又止。

还是若微机警，"扑哧"一声笑了起来："想不到公主和驸马如此默契，竟然会选在同一天、同一时辰来巡视这公主府，不知道的还以为是公主和驸马约好的呢！"

"正是，若微姑娘说得对，在下与公主所见过的四面当中，倒有三次都是不期而遇，还真是缘分天成！"宋瑛心情大好，他不像一般的儒生那样迂腐，反而很是爽朗，这样的性子，倒恰恰是合了公主之意。

咸宁公主面上微红，没有接宋瑛的话，反而只是瞪了一眼若微："如此轻浮的话，你也说得出口，这府第如今也看了，我也乏了，咱们正好回去！"

"哦？"宋瑛立即双手揖礼："公主这就回去了？可是宋瑛扰了公主的雅性？若真如此，该宋瑛回避才是！"

咸宁公主秋波微转，只看了他一眼，便转过身去："宋大人何必如此，确是出来得久了，该回去了！"

"哦！"宋瑛似乎明白了，于是又上前几步："东街有个点心铺子，苏州来的师傅，做的千层饼和八珍酥，很是可口。不如宋瑛陪公主过去，用些茶点，再送公主回宫？"

咸宁公主身形一顿，似乎有些难以抉择，只低语了一句："怕是于礼不合吧！"

此话一出，一旁站立的刘公公立即躬身说道："殿下，老奴前边厅里还有未交代的事情，容老奴先告退了！"说完，行了个礼，没等咸宁公主发话，就匆匆离去。

看着他慌慌张张的背影，若微不由叹道："这刘公公明白得很，此话的言下之意是让咱们自便，他什么也没看见，什么也没听见。在宫里待得久了，人都油滑到家了。"

"瑛弟，公主殿下既然有些乏了，不如你陪公主到那边的亭内小座，我和若微姑娘去东街将茶点买来，你看如何？"许彬终于适时开口。

这样的提议，公主自然难以相驳，于是轻移莲步，徐徐向湖畔那座八角亭走去，宋瑛回首冲许彬眨了眨眼睛，微微一笑，随即也跟在公主后面，向前走去。

若微注视着许彬，目光中无喜无悲，只说了句："许大人很会成人之美！"

许彬笑了，他的笑容中带着一丝嘲弄，便迈步向外走去。若微跟在他的身后，一直穿过回廊，走过大厅，出了大门，看到在门口候着的承顺，遂说道："我们去给公主买些点心回来，你在此候着便是！"

承顺点了点头："何时回宫？"

若微想了想："怕是还有一会儿，午时前应该会走！"

"好！"承顺坐到车边上的那只脚凳上，从怀里掏出一个羊皮水袋，猛灌了几口水。

若微随着许彬走了两条街，来到了一家苏式糕点铺面前，选了几样点心包好，又分别挑了几块，另外包了一小包。

许彬眉头微拧："给那个小太监包的？"

若微先是一愣，随即点了点头："你怎么知道的？"

许彬轻哼一声，仿佛十分不屑："公主待你如同姐妹，你若自己吃，定然不会单独包起来。况且我猜姑娘现在也没什么胃口！"

"你？"若微眼中闪过迷茫，她努努嘴，拧拧眉心，恨恨地说道："因为我突然被陷于离弃的尴尬境地里，我就该寻死觅活、不吃不喝的？"

随后，仿佛与谁赌气一般，她抓起一块点心就往嘴里送，一边嚼一边嘟囔着："你付银子！"说完，调头就走。

许彬在这一瞬仿佛被魇到了，因为她的娇小，比他几乎矮了一头半，所以在跟他说话的时候，她不得不仰起脸，就在她抬起脸的一刹那，波光涟漪的眼眸，灵动妩媚的神情，精致而清丽的容颜原本就让他深深地震撼了。刹时间他觉得她好小，像清晨一枝含露的梨花，带着混沌初始天地乍分的稚子般的无邪。只是那双忽然闪过梦幻般氤氲光芒的眼睛，仿佛藏着无尽的心事，许彬只觉得自己心突然被刺了一下，痛的感觉是那样的真切。

给老板丢下些碎银子，他紧走几步，跟在她的身后，脱口就是一句："三月之后，你会在何处？"

若微猛地停步，仿佛被点心呛到了，双肩抖动，一阵猛咳。

许彬下意识地伸手在她背上轻轻拍了两下，而她止了咳，再回首时，居然泪眼婆娑："所有的人都在问，三月十六以后，皇太孙大婚以后，我在哪里？"

她略带鼻音的呢喃显得那样无辜，又有些楚楚可怜，只是这副让人忍不住怜惜的神情转瞬即逝。再抬起头时，那双清亮的眼眸中盈满了痛恨的光。她笑了，笑得很是有些惨烈："我也很想知道，三月之后，我会在哪里？他们到底要置我于何地？我问了，没有人答。如今，每过一天，我就更加惊悚，越是临近那一天，我越害怕，我不知道自己的前路到底如何？"

许彬刚想出言相劝，只见她的神色忽地又变了，她眼底突然浮现出一抹淡淡的释然，笑嘻嘻地看着许彬："我希望可以回归故里，也希望可以在这南京城中开一家小小的医馆，专为穷困无依的老幼妇孺医病，不在宫内也好，可以顺着自己的性子，去做些有意义的事情！"

许彬看着她，神情竟然有些忧郁，以笑相掩，淡然说道："回去吧，莫让公主和瑛弟等久了！"

二月的午后，阳光明媚，绿草如荫，宫内的花都竞相开放，处处是景，美丽怡人，原本就一派融融的祥和之态，更因为咸宁公主的下嫁与皇太孙的册妃，两桩喜事紧紧相连，宫中上下一派喜气。

若微伴着公主返回城曲堂，又在一处用过午膳之后，刚刚回到自己的静雅轩，就看到紫烟急匆匆从外面进来："姑娘，王贵妃身边的柳嬷嬷差人来传话，说是请姑娘到柔仪殿去一趟！"

"王贵妃？"若微心中一惊，难不成是有了打算，要在朱瞻基成亲前，将自己遣出宫去？

她站起身就往外走，却被湘汀一把拦住："姑娘糊涂了吗？这衣裳也没换，头发也没梳。以前还好说，姑娘衣着朴素，人人赞你本分，如今只怕就成了短处，人家会说咱们故意寒酸、以触天威，咱们现在更是不能稍有差池，要分外小心才是！"

若微细想她的话，很是有些道理，遂点了点头，由着湘汀和紫烟，选来衣衫换上，又梳了头、施了粉，淡点胭脂，直到她们点了头，这才出来随着传话的小宫女来到了柔仪宫。

直接进了偏殿，王贵妃仿佛午睡刚刚醒来，面色红润，半倚在临窗的矮炕上，手中拿着一本《金刚经》，露出半截如玉的白臂，见若微进来，立即将经书放在炕案之上。

王贵妃细细打量着眼前人，身穿锦绣双蝶钿花衫，下配碎花翠纱露水百合裙，丽而不妖，恰到好处，头上低低绾着个堕马髻，又留出两绺头发娇俏地垂在脸颊两侧，头上只戴了一只金镂丝童子戏珠的头花，衬着那张薄施粉黛的小脸，只觉得青春逼人，让人不能直视。

她招了招手："若微，来炕上坐！"

"娘娘！"若微深深施礼，站在当场，没敢移步。

"这孩子，如今真是生分了，快上来坐，今儿本宫和你说会儿体己话！"王贵妃满脸笑容，亲切和蔼。

若微应了一声，这才脱掉那双云头踏殿绣鞋，坐在炕案的另外一侧。

王贵妃扫了一眼宫内侧立服侍的宫女："没你们的事了，都到外面候着去！"

"是！"

待宫女内侍都退下之后，王贵妃再回眸凝视着若微，眼神儿中透着一丝探究："丫头，这些日子不好过吧？"

"娘娘……"若微鼻子一酸，没了下文。

王贵妃拉起她的手，轻轻拍着："万岁金口玉言，若无缘由，不会轻意改弦的。"

若微眼前一亮："娘娘，究竟为何？可否告知？"

王贵妃点了点头："若微，人不能跟命争。你与瞻基虽然有青梅之缘，却无夫妻之分，眼看你们一年大似一年，圣上也想早日了这个心愿，只是你的八字与瞻基相克……"

若微脚下如同踩着浮云，王贵妃后来对她说了些什么，她自己是如何出的柔仪殿，她都恍然不知。

她脚下是平整的青石平台，踩着青石平台和鹅卵石组成的冰纹石小径。不绝于耳的鸟儿鸣叫和假山瀑布的哗哗流水，在杜鹃、石楠、红枫、翠竹的簇拥下，春天果然是生机盎然的，可是自己的春天在哪儿呢？

　　若微下意识地循着潺潺的流水声，一步一步走到了龙池之边，望着那一池春水，她只觉得自己的梦醒了，而心却碎了。

　　"如果你愿意，我可以向父皇去求你！"他声音如钟，从身后传来。

　　而她连头也未回，只痴痴地说了一句："既然我命如此，又岂是旁人可以拯救的？汉王的心意，若微领了！"

第六十章　大　婚

大明永乐十五年三月十六。

大红的帖子，大红的喜服，大红的龙凤烛。

那满室的红在瞻基看来，只是觉得格外刺眼。

看着一脸端庄坐在一旁的胡善祥，瞻基有片刻的恍惚。是的，她也很美。她的美是一种贤淑安静的美，是大气婉约的美。也许皇爷爷选她做自己的正妃确实有一定的道理。

这样的女子确实宜室宜家，只是可惜，她不是与自己一起长大、青梅竹马的若微。当自己还是一个青涩少年的时候，那娇小、可爱又有些霸道的若微就占据了他的心。七年的时间，从最初的不懂情为何物，到今日的曾经沧海，她已然牢牢地嵌在自己的心中，任谁都不能移去。皇爷爷的圣旨不能！母亲的耳提面命、谆谆教诲、暗陈利害也不能！而这个胡善祥，就更不可能了！

朱瞻基在心里默默叹息，若微！

一想到那两个字，他的心就绞在一起，痛不可遏。

他和她，有着太多的过去、太多的记忆、太多的秘密了。

一直以来，他都在默默地憧憬着自己和她的洞房之夜。而如今新娘换作她人，而她却什么都没有，甚至连一句交代的话都没有人对她说。

现在她在做什么？她会不会怪我？她是不是又气得在折磨自己，不停地弹琴、不停地写字、不停地练舞？

朱瞻基眉头深锁，眼睛紧紧盯着那摇曳的烛火，只觉得眼前的景象渐渐模糊起来。他隐隐地想起她曾经说过的一句话："身处皇家，连喜怒哀乐的自由也没有。"

好像以前每一次不开心的时候，她就会整日地练习技艺，不累到晕眩不肯罢手。那么现在，她在做什么？

瞻基紧紧皱着眉头，突然他眉头展开，径直站起身，冷冷地说了一句话："本王实不喜闺中之乐，王妃先安置吧。"

说罢，他头也不回地走了出去。

胡善祥怔住了，难道他还没有认出自己吗？为什么开口说的第一句话，便是如此地伤人？看着大红龙凤烛上跳动的火苗，她只觉得自己如坠深渊，无人可以救赎。

此时，朱瞻基快步赶去的只是一个地方，静雅轩。

还好，没有令人心碎的琴声，一片安静。只是为何室内一片黑暗？

走进院子，正逢湘汀从屋内走出来，看到一袭大红喜服的瞻基，她明显一愣，随即眼中一湿，悄悄退了出去。

推开门，瞻基走了进去，满室漆黑。

"为何不点灯？"瞻基知道，若微最怕黑了，就是夜晚安寝也要留一盏宫灯的。而今天，竟然是一片黑暗。

借着窗外的月光，瞻基好一会儿才适应了室内的黑暗，这才看到，若微一个人坐在妆台前，对着镜子，梳着满头如瀑的青丝。

一下又一下，狠狠地用力梳着，即使遇到缠绕，她也不曾停留，只是更加用力地扯动着，那每一下扯动，都像是在撕扯着朱瞻基的心！他走上前，用手轻轻按住她的手，拿过梳子，轻轻地、无比珍视地梳理着，动作小心翼翼，又极为轻缓。

也不知过了多久，他把梳子放在妆台上，用手轻轻抚着她的长发，千言万语，只化作了一句："为何不掌灯？"

她站起身，轻轻地靠在了他的怀里，"没有了你，我的生命就是一片黑暗，灯又有何用？"

朱瞻基的一双手紧紧攥着，"若微，我……"

她转过身，在黑暗中，她的眸子还是那般动人，眼波流转，璨若星辰。她笑了："瞻基，你会爱上她吗？"

瞻基把手放在了她的肩上，"不会。"

她的笑意更浓了："你会为她梳头发吗？"

瞻基哽咽了，用手紧紧箍着她的柔肩："不会！"

她收敛了所有的笑容，无比凄凉地走到窗前，拿起琵琶："我弹首曲子给你听，祝你新婚大喜。"

瞻基疯狂地冲了过去，一把从她手中夺过琵琶："不要这样，若微，我宁愿你打我、骂我，也不要你这样忍着！"

若微笑了："瞻基，过了今日，我就要出宫去了。我已经求了太子妃，以为徐皇后祈福为名，我要出宫去了，从此青灯古佛。你把我忘了吧。"

"什么？！"瞻基疯了！"为什么？谁来告诉我，这一切究竟是为了什么？！"

"她们说我命硬，我们在一起会害了你。"若微笑了，朱棣想要自己，所以他毁了约，给自己的皇孙另寻了一位王妃，让自己出宫，过不多时再纳入后宫。她笑了，何其荒唐？

瞻基紧紧地拥着若微，半晌才道："命硬？会害了我？我偏不信，如今就试试吧！"

他俯下头，托起若微的脸，重重一吻！吻住她的今生，吻住自己的真情和誓言！

在黑暗之中，在他与胡妃的大婚之夜，在小小的静雅轩内，别样的洞房里，他和她成为了一体……

你侬我侬，忒煞情多；情多处，热如火。

把一块泥，捻一个你，塑一个我。

将咱们两个一齐打破，用水调和，

再捻一个你，再塑一个我，

我泥中有你，你泥中有我，

与你生同一个衾，死同一个椁！

瞻基醒来时，微微侧起身，低头看着躺在身边的若微，眼中看到的是一个与平日完全不同的她，冰清玉洁、不食人间烟火的清丽脱俗，长长的秀发倾披而下，粉嫩的皮肤如刚刚出萼的花瓣，澄澈明净如秋水映月的眼睛，两颊的娇羞像染红了天际的晚霞，不着痕迹的温柔与娇美像一张无形的网将他缚得牢牢的。瞻基突然觉得一阵窒息，他轻轻地拉起她的手，在她的手心中央印上一个温润缠绵的吻，这个吻便如同他的誓言，"永不相负"，他喃喃低语。

而一滴晶莹的泪珠则从睡美人的眼角缓缓流淌下来，瞻基心中一痛，立即用自己的唇吻住了那滴美人泪。

"我不会让你独自承受黑暗的！"天明时分，他只说了这样一句，然后手执一方沾血的素帕，直接去往乾清宫。

经过东宫，远远地，看见太子妃张妍立于宫门口。

"母妃！"朱瞻基俯身行礼。

"欲往何处？"太子妃一脸漠然，冷冷地问道。

"去乾清宫面圣！"朱瞻基语气坚定。

"昨日大婚礼成，今早是该面圣谢恩的。只是瞻基好像忘了，应该携善祥同往才是。"太子妃紧紧盯着儿子的面庞。

"儿臣去面圣，不是为了谢恩！"朱瞻基一脸沉静，面不改色。

"哦？"太子妃柳眉紧皱。

"是去请罪！"朱瞻基面色清冷，目光投向母亲，重重一拜："昨夜，我已然要了若微，今日面圣，一为请罪，二是替她求个名分！"

"你！"太子妃只觉得一阵眩晕。失望，满心的失望！若微叫她失望，瞻基叫她失望，就是善祥也叫她失望。

"你好糊涂！"太子妃大怒。"随我来！"

朱瞻基初是不为所动，后来看着太子妃一人在前走得甚急，衣带飘飘，记忆中母妃仿佛从来没有如今日这般激动过，这才慢慢跟上。

进入太子妃寝宫，太子妃命左右退下，大门紧闭。

"跪下！"

朱瞻基从之，而脸上仍是一脸坚毅，不容更改。

"你可知道从永乐八年起，皇上就在为你的婚事操心。一直到如今永乐十五年，才最终为你定下胡氏，你可知道这里面的缘故？"太子妃满心恼恨无处宣泄，不由得一改往日作风，疾言厉色起来。

朱瞻基默不作声。

太子妃怒极："你眼中只有若微，一叶障目，再也看不到其他了吗？"

"若微？"朱瞻基终于开口："母妃，孩儿实在不懂，永乐八年，若微进宫待年，不是就早已定下她的身份了吗？为何如今平地起风波，偏又另指他人？"

"若微虽好，但……"太子妃终是迟疑了，那样的话她无论如何也说不出口。

"若微不是'虽好'，在瞻基的眼里，她就是儿臣的绝配！德言容工、琴棋书画、孝义礼让……这么多年来，她哪里有失？各宫妃嫔、公主郡主、她又得罪过哪个？为什么？为什么现在什么都不能给她？白白等了这么多年，如今竟要放她出宫？"朱瞻基越说越替若微委屈，竟然淌下两行急泪。

太子妃看在眼里，更是怒不可遏："若微是好，本宫身边长大的女孩儿，她的好我清楚得很，不用你来说教。可你只看到了她的好，月尚有阴晴圆缺，人岂能有长无短，她的短处呢？你便看不到了。如今，本宫干脆明言，她不适合做你的正妃，更不适合将来母仪于天下！"

"母妃？！"朱瞻基显然愣住了，他一向以为母妃是站在他和若微这一边的，他没有想到这样否定若微的话会从母妃口中说出。

"基儿！"太子妃看着朱瞻基年轻俊朗的脸上那抹化不开的愁容，终是于心不忍："算了，事已至此，多说无益……母妃只想告诉你，若微，不是你的。如果你现在去乾清宫，恐怕她连宫门都出不了了！"

"母妃！"朱瞻基大惊失色："你是说？"

"古往今来，被皇上看中的女子若是失了身……你说，她的下场会如何？"太子妃只觉得话已至此，一切都不必再说了，于是将朱瞻基晾在一边，转身进入内殿。

朱瞻基如遭雷亟，伏在地上，闭上了眼睛。

后　记

　　《大明皇妃——初入深宫》至此结束，在第二册里，若微离开瞻基，将在宫外度过一段痛并快乐的日子。身体的自由与精神的禁锢，清贫的生活与危机四伏的境遇，她会以她特有的善良、聪慧迎刃而解，一步一步走向属于她的锦瑟鸾梦。

　　而朱瞻基面对崭新的妻妾成群的帝孙生活，也会极为冷静地以自己的方式为我们的若微进行默默地抗争。

　　此部小说与《一代皇妃浮沉梦》不同。若微不是雪飞，她也没有雪飞的大度与大义，没有那样波澜迭荡的变故与生活；而瞻基更不是李豫，对于感情，他不会犹豫也不会闪烁，他的一生都在坚守和她的青梅之约。

　　所以，对于《大明皇妃》，我是以清新的笔触和感觉来描写这段隐于明史之中的难得的帝后之恋。

　　就像初春抽条的树枝，土地中展露新颜的小草，隐隐地萌动着可爱的绿色，让我们不禁小心呵护、充满耐心和期待。